삼대록계 국문장편소설

소현성록

1

역주자 조혜란(趙惠蘭)은 이화여자대학교 국문학과를 졸업하고 동 대학원에서 문학박사학위를 받았으며, 현재 이화여대 한국문화연구원 연구교수로 재직 중이다. 고전소설이 지닌 미학적 특징을 고찰하고 고전 작품을 여성적 시각에서 읽는 작업에 매력을 느끼며 동시에 고전문학을 대중화하는 일 역시 중요하다고 생각한다. 현재는 국문장편소설의 서사 세계를 밝히는 데 주력하고 있다. 대표적인 논문으로는 「『삼한습유』 연구」, 「『소현성록』 연작의 서술과 서사적 지향에 대한 연구」, 「삼대록계 국문장편소설에 나타난 추모 연구」 등이 있으며 『옛소설에 빠지다』, 『『삼한습유』 역주』와 같은 번역서들이 있다.

역주자 정선희(鄭善姬)는 이화여자대학교 국문학과를 졸업하고 동 대학원에서 문학박사학위를 받았으며, 이화여대 한국문화연구원 연구원, 국문학과 강의전담교수를 거쳐 현재는 국어문화원 연구원으로 재직 중이다. 국문장편고전소설의 인물형상과 서술시각, 작품에서 드러나는 여성들의 생활과 문화 등에 대해 탐구하고 있으며, 고전소설의 현대역과 주해 연구에 지속적인 관심을 갖고 있다. 저서로 『19세기 소설작가 목태림 문학 연구』 등이 있고, 논문으로는 「삼대록계 국문장편소설에 나타난 상례 서술의 변모양상과 그 의미」, 「17세기 후반 국문장편소설의 딸 형상화와 의미」, 「『소현성록』에서 드러나는 남편들의 폭력성과 서술시각」 등이 있다.

이화한국문화연구총서 8

소현성록 1

초판 인쇄 2010년 2월 20일 **초판 발행** 2010년 2월 25일

역주자 조혜란 · 정선희 **펴낸이** 박성모 **펴낸곳** 소명출판 **출판등록** 제13-522호

주소 서울시 서초구 서초동 1621-18 란빌딩 1층

전화 02-585-7840 **팩스** 02-585-7848 **전자우편** somyong@korea.com **홈페이지** www.somyong.co.kr

값 28,000원

ISBN 978-89-5626-446-2 93810
ISBN 978-89-5626-445-5 (세트)

이 저서는 2005년 정부의 재원으로 한국연구재단의 지원을 받아 수행된 연구임(KRF-2005-078-AS0041)

이화한국문화연구총서 8

삼대록계 국문장편소설

소현성록 1

조혜란 · 정선희 역주

소명출판

| 일 러 두 기 |

가. 현대어역 및 주해

1. 현대어 번역은 한글 맞춤법 체계에 의거해 어법에 맞는 자연스러운 현대 한국어 문장이 되도록 하였다.
2. 띄어쓰기와 관련해 한 인물에 대한 관직명이 연달아 나올 때는 붙여 쓰기로 한다.
3. 띄어쓰기와 관련해 '공'이나 '부인'과 같은 호칭이 성과 연달아 나올 경우, 원래는 띄어 써야 하나 독서의 편의를 위해 예외적으로 붙여 썼다.
4. 현대어로 번역한 표현이 작품 원문의 단어와 형태가 많이 달라졌을 경우, 각주에서 원문의 단어를 밝혀 주었다.
5 현대어역 본문에서 어려운 한자어는 한자를 병기해 주었다.
6. 판독(判讀)이 어려운 어휘나 문장은 가능하면 이본을 참조하여 보완하고 주석을 달아 그 사실을 명기(明記)하였다.
7. 이본을 참조해도 판독이 불가할 경우 그 사실을 각주를 통해 밝혔다.
8. 면이 바뀔 경우 바뀐 부분에 첫 글자 위에 방점(˙)을 찍고 원문의 면수를 표시하였다.
9. 작품 내용에 오류가 있을 경우 바로 잡고 그 사실을 밝혀 두었다.
10. 주해는 다음과 같은 경우에 하였다.
    1) 관직명, 인명과 같은 고유명사.
    2) 전고(典故)가 있는 한자어 및 지금은 사용하지 않는 한자어.
    3) 어학적 주석이 필요한 근대 국어 어휘나 표기 체계.
    4) 등장인물 및 그들 간의 관계, 앞 줄거리를 환기시킬 필요가 있을 경우.
11. 주석의 표제어는 현대어역 본문을 대상으로 하였다.
12. 문장 부호의 사용은 다음과 같다.
    1) 큰 따옴표(" ") : 직접 인용, 대화, 장명(章名).
    2) 작은 따옴표(' ') : 간접 인용, 인물의 생각이나 내적 독백.
    3) 『 』: 책명(冊名).
    4) 「 」: 편명(篇名)
    5) 〈 〉: 작품명
    6) ( ) : 한자어를 드러낼 경우.
    7) [ ] : 표제어에서 제시하는 단어와 한자어가 음이 같은 경우는 '( )'로 표시하고, 만약 음이 일치하지 않는 경우에는 '[ ]'를 사용함.
    8) { } : 원문에 첨기되어 있는 구절을 현대역한 경우.
    단, 각주에서는 원문에 표시된 어휘를 밝히기 위해 원문 내용을 그대로 옮긴 경우

나. 원문

1. 현대 맞춤법 체계에 의거해 띄어쓰기를 해 주었다.
2. 한자는 병기하지 않았다.
3. 면이 바뀌는 곳은 면 표시를 해 주었다.
4. 판독이 불가한 경우에는 □ 표시를 해 주었다.

서문

1975년도에 경북 북부 지역에 사시던 할머님들을 대상으로 고전소설에 대한 독자 연구를 진행했던 논문이 있다. 그 조사 결과 중 흥미로웠던 점은 피조사자였던 할머니들께서 당신들은 전(傳) 계열 소설보다는 질(秩) 계열 혹은 록(錄) 계열 소설을 더 많이 읽으셨다고 한 내용이었다. 당시만 하더라도 고전소설은 '—전'으로 끝나는 작품이 다수를 차지하고 있었기에 그 조사 결과와 더불어 열거되었던 작품들이 낯설었던 기억이 있다. 그 후로 30여 년이 지난 지금, 당시 연구 결과에서 보고되었던 소위 '록 계열' 작품이란 임형택 선생님의 용어인 '규방소설'과도 통하며 또 이제는 상당한 연구 성과가 축적된 국문장편소설들 역시 이와 상통하는 작품들일 수 있다는 생각이 든다.

1960년대 중반 창덕궁 안에 있는 낙선재(樂善齋)에 소장되어 있던 다수의 서책들이 발견되었고 정부에서는 그 도서의 성격을 파악하기 위해 해당 분야의 전문가를 초빙하여 낙선재 문고를 정리하였다. 그때 낙선재에

서는 기존에 알려졌던 조선시대의 소설과 비교해 볼 때 보기 드물 정도로 매우 긴 소설들이 발견되었는데 그 소설들을 일컬어 낙선재본 소설이라고 지칭하였다. 그 중에는 『홍루몽』과 같이 명백한 번역 작품들도 있었으나 국적을 판단하기 어려운 다수의 작품들이 있었다. 처음 발견되었을 때에는 이 작품들이 유례없는 대하 장편이라는 점과 매우 생소한 제목으로 인해 국내 창작인지 아니면 중국소설의 번역인지에 대한 논의가 필요했다. 그리고 어느 정도 연구가 진행된 결과 낙선재에 소장되어 있던 장편소설들은 조선의 창작 소설임이 확인되었다. 이 작품들은 주로 3, 4대에 이르는 두세 가문의 이야기를 다루고 있으며, 그런 까닭에 낙선재본 소설로 불리던 작품들은 가문소설이라는 호칭으로 더 자주 불리게 되었다.

1970년대 중반부터 가문소설에 대한 연구 성과가 제출되기 시작하였고 1990년대 이후 논의가 활발해졌으며 현재는 개별 작품론을 비롯하여 여러 방면에서 상당한 양의 연구 성과가 축적되고 있다. 연구가 진행되면서 이 장르의 명칭 역시 낙선재본 소설, 고전장편소설, 가문소설, 대하장편소설, 가족사소설, 국문장편소설 등 다양한 용어로 불렀다. 본 연구 팀이 2005년부터 시작하여 2년에 걸쳐 학술진흥재단 기초학문 토대연구 프로젝트를 수행하고 그 후 다년에 걸친 수정 및 교정 작업을 통해 이번에 소명출판에서 출판한 삼대록계 국문장편소설 역시 몇 대에 걸친 두세 가문 정도의 서사가 전개되는 작품들이다. 본 연구 팀은 장르를 지칭하는 용어 중 가장 객관적인 방식으로 조합된 '국문장편소설'이라는 용어를 선택하였으며, 번역 연구의 효율성을 높이기 위해 대상 범위를 삼대록계 국문장편소설로 한정하였다.

삼대록계 국문장편소설이란 국문장편소설 중에서도 삼대기(三代記)를

기술하면서 선행 작품과 후행 작품의 연작을 지닌 소설군을 지칭한다. 여기에는 『소현성록』 본전과 『소씨삼대록』, 『유효공선행록』과 『유씨삼대록』, 『성현공숙렬기』와 『임씨삼대록』, 『현몽쌍룡기』와 『조씨삼대록』과 같은 연작형 작품들이 속한다. 본 연구 팀은 그 중 『소현성록』 연작(15권 15책), 『유씨삼대록』(20권 20책), 『현몽쌍룡기』(18권 18책), 『조씨삼대록』(40권 40책), 『임씨삼대록』(40권 40책) 5작품을 택하였다. 『유효공선행록』과 『성현공숙렬기』 두 작품은 이미 기존의 다른 연구 팀에서 선행 프로젝트를 수행하여 결과를 제출한 작품들이므로 연구의 중복을 피하기 위해 이 두 작품을 제외한 5작품을 현대어 번역의 대상 작품으로 선정하였다.

작품을 선정한 후 작품별로 이본 상황을 살펴 번역의 대상으로 삼기에 가장 적합하다고 여겨지는 이본을 선택하여 현대어역하였다. 본 연구 팀이 선택한 이본의 서지 사항은 각 작품의 해제에서 명시될 것이므로 여기에서는 생략하도록 한다. 국문장편소설은 창작 연대를 추정하기가 용이하지 않은데, 삼대록계 국문장편소설의 경우에는 연대 추정에서 의미 있는 작품이 포함되어 있다. 왜냐하면 이 장르의 효시로 논의되는 작품인 『소현성록』 연작이 여기에 들어 있기 때문이다. 『소현성록』의 창작 연대는 옥소 권섭(1671~1759)이 남긴 서책 분배기를 근거로 하여 17세기 중후반으로 추정되었다. 박지원이 소설 구연 장면을 목격하면서 거론한 기록(1780)을 토대로 하여 『유씨삼대록』은 18세기 초반에, 그리고 그 선행작인 『유효공선행록』은 그보다 앞선 시기에 창작되었을 것으로 추정되었다. 18세기 후반 작품일 것으로 보이는 『옥원재합기연』 소설 목록에 제목이 수록된 『임씨삼대록』은 적어도 그보다는 앞서 창작되었을 것으로 보인다. 그리고 홍희복이 남긴 『제일기언』(1848)에 제목이 보이는 『조씨삼대록』은 최소한

19세기 중반에는 창작되었을 것으로, 그 선행 작품인 『현몽쌍룡기』는 이보다 앞선 18세기에 창작되었을 것으로 추정되는 작품이다. 창작 시기 추정이 17세기에서 19세기에 걸쳐 있는 만큼 내용 역시 변화를 보인다. 『소현성록』과 『유씨삼대록』이 진지한 자세로 시대와 가문에 대한 소설적 대응을 모색하는 국문장편소설의 초기적 형태를 보여준다면, 『임씨삼대록』이나 『조씨삼대록』은 훨씬 오락적인 흥미를 추구하는 쪽으로 서술자의 관심이 변했음을 알 수 있다.

고전소설 연구자를 제외한 일반 독자들에게 고전소설은 여전히 『춘향전』, 『홍길동전』, 『구운몽』 등 교과서 수록 작품에 한정되는 경우가 있다. 물론 판소리계 소설이나 방각본 소설은 한글 고전소설에서 중요한 작품군들임에 틀림없다. 그러나 국문장편소설의 서사 세계 또한 특징적이며, 작품 수 역시 상당하여 앞의 두 장르에 못지않은 역량을 함축하고 있는 장르이다. 즉 한글 고전소설의 서사 세계를 이해하기 위해서는 판소리계 소설, 방각본 소설 그리고 국문장편소설의 세 가지 범주를 제대로 파악해야 할 필요가 있다. 국문장편소설이라는 고전소설 하위 장르는 고전문학 연구자들에게는 익숙하지만 일반 독자들은 그 존재조차 잘 모르는 경우가 허다하며, 고전문학 전공자라 해도 워낙 방대한 분량의 서사인 데다가 궁체 필사본으로 영인된 형태라서 작품을 읽어 내기가 녹록하지 않다. 본 연구 팀의 작업은 삼대록계 국문장편소설의 현대어 번역 및 주해 작업으로는 첫 번 작업인 셈이다. 이와 비슷한 기존 작업들은 대개 필사본을 활자화하면서 한자 병기를 시도하거나 한자를 병기하고 간단한 주석을 다는 방식으로 수행되었다. 물론 그 정도도 도움이 되기는 하나, 가독성 있는 현대국어 문장으로 번역을 시도하고 정확한 주석을 달며 원문

입력까지 한 본 연구 팀의 작업은 기존 작업들과 차별화된다. 본 연구 팀의 작업은 국문장편소설의 효시인 『소현성록』 연작을 포함하고 있을 뿐 아니라 삼대록계 국문장편소설들의 초역이다. 자연스러운 현대 국어 문장으로 다듬는 노력에 더하여 정밀한 주석을 제공한 것은 독자들이 그 정황을 보다 정확하게 입체적으로 이해할 수 있기를 기대한 것이며, 번역의 정확성을 기하기 위해 입력한 원문을 제시한 것 역시 이 작업이 초역인 것과 유관하다.

1960년대 낙선재본 문고가 발견되었을 때 사람들은 이를 가리켜 '국문학 연구의 새로운 보고'라고 하였다. 국문장편소설은 이제 본격적인 연구 궤도에 진입한, 고전소설 연구의 새 영역이다. 장편소설은 시대와의 조우 속에서 삶의 총체성을 드러내며 서사 편폭의 방대함만큼 서사를 다룰 줄 아는 능력의 신장을 보여주는 장르라고 한다. 조선시대에 창작된 국문장편소설은 하나의 하위 장르를 구축할 만큼의 작품 수를 보유하고 있으며, 작품의 길이 또한 유례를 찾기 힘든 장편 대하에 속한다. 이 같은 국문장편소설은 여전히 더욱 활성화된 연구가 요청되는 장르이며, 더불어 단지 연구의 영역에만 머무르고 말 일이 아니다. 조선시대 소설 작품들은 우리의 문화유산이므로 국문장편소설 독서와 연구 결과는 일반 독자들과도 공유할 필요가 있기 때문이다. 자기 이야기를 지닌 이들은 자신들의 역사를 기억하기에, 그리고 잘 알려지지 않았던 조선의 대하 서사는 우리에게 또 다른 생명력의 원천이자 상상력의 보고일 수 있기에 이는 단지 연구자들의 연구 대상을 넘어서는 의미를 지니고 있다. 삼대록계 국문장편소설의 현대어역 출판은 연구자들에게는 연구의 편의를 제공하여 후속 연구를 촉진하는데 기여할 수 있을 것이며, 일반 독자들에게는 또 다른 조선

시대의 이야기 공간을 열어 보일 것이며, 문화 콘텐츠를 생산하는 이들에게는 조선시대를 배경으로 한 스토리텔링을 위한 풍부한 원천소스를 제공할 수 있을 것이다.

이 책들은 번역문과 원문으로 구성되어 있다. 가능한 한 정확하고 읽기 쉽게 번역하려 노력했지만 막상 번역본을 내려니 마음이 편치만은 않다. 매번 검토할 때마다 계속 수정하고 싶은 부분들이 발견되기 때문이다. 이런 까닭에 번역 작업은 늘 어려우며, 겸손한 마음으로 다음 작업에서 보완될 수 있기를 기다리게 된다. 국문장편소설은 한글로 쓰여 있지만 원 상태로는 편안한 독서가 불가능할 정도로 독해가 만만치 않은 자료들이다. 프로젝트를 수행하는 기간 동안 매주 혹은 격주로 모여서 회의를 하면서 각자가 받은 번역 분량에서 풀리지 않는 부분을 놓고 고민했던 시간들이 새삼스럽다. 이 번역 과정에는 한문 자료 번역이라면 없었을 과정이 한 단계 더 있었는데 그것은 바로 한글을 보면서 원래의 한자를 재구해 내는 것이었다. 더군다나 맞춤법이라는 개념이 아직 자리 잡히기 전인 조선시대의 한글 자료에는 수많은 개인어와 사투리가 섞여 있으며, 게다가 한문 교양의 인용이 각자의 발음과 교육 수준에 따라 다양하게 변주되어 표기되어 있다. 이런 어휘나 내용을 원래의 한자로 재구해 내는 작업은 생각보다 어려운 일이었다. 또 17세기 국어 사전류나 조선시대 어휘 사전에는 등록되어 있지 않은 표현들도 많았으며, 이 부분에 대해서는 중세국어문법 전공자인 정언학 선생님의 자문을 구하였다. 국문장편소설을 현대어역하면서 한문 자료만이 아니라 이 같은 한글 자료의 번역 역시 꾸준한 지원이 필요한 영역임을 절감하였다.

이 책을 내면서 많은 분들께 도움을 받았다. 우선 중요한 조선시대 한글 자료를 현대국어로 번역할 수 있도록 지원해 준 한국연구재단(구 학술진흥재단), 세미나 장소 제공뿐만 아니라 연구 진행 과정상 실제적인 도움을 주신 이화여대 한국문화연구원, 그리고 이같이 방대한 작업을 선뜻 출판해 주신 소명출판의 박성모 사장님과 엄청난 분량의 원고를 맡아 편집해 주신 이주혜 씨께 감사드린다.

소설을 읽을 때는 즐거우나 그것을 번역해서 책으로 내는 작업은 버겁다. 하지만 국문장편소설의 서사 세계를 몇몇 연구자만 알고 있다면, 그것은 더 안타깝다. 그 마음이 우리 번역 팀 모두에게 추동력이 되어 조선시대의 다섯 작품을 오늘날의 독자들 앞에 선보이게 되었다. 조심스럽지만 감사하고 보람된 작업이었다.

역자들을 대신하여 조혜란 씀

소현성록 해제

『소현성록』은 17세기에 창작되었을 것으로 추정되는 작자 미상의 한글소설이다. 삼대록계 국문장편소설 현대어역의 저본으로 선택한 이화여자대학교 도서관 소장본 『소현성록』은 한글 필사본으로, 15권 15책으로 되어 있으며, '본전(권1~권4)'과 '별전(권5~권15)'이 완비된 완질본이다. 권5 마지막에 표기되어 있는 것처럼 '다음 회(回)로 회를 나누었으니 이를 보면 알 것이다.'와 같은 서술자의 언급이 있는 경우도 있지만, 회장체 소설은 아니다. 『소현성록』은 17세기 조선의 유교적 가부장제 강화 및 가문 수호에 대한 관심이 반영된 작품으로, 여러 이본 중 이대본은 특히 풍부하고 섬세한 묘사를 통해 등장인물들이 생동감 있게 형상화되어 있다. 특히 스스로의 수신(修身)을 통해 군자가 되려는 소현성의 서사와, 죽은 후에까지 아들 소현성의 지극한 효성을 받는 어머니 양부인의 서사는 이 작품의 중심 서사축을 형성하면서 독자들의 눈을 끈다.

『소현성록』이라는 표제가 붙은 이본들은 모두 16종인데 그 중 완질로

전하는 것은 5종이다. 완질 5종은 우선 15권 15책의 이화여자대학교 소장본, 21권 21책으로 된 서울대 규장각 소장본, 26권 26책으로 된 서울대학교 소장본, 16권 16책으로 된 박순호 소장본, 그리고 4권 4책의 국립도서관본이다. 서울대 규장각 21권본(이하 서울대 21권본으로 칭함), 서울대 26권본 및 박순호본에도 본전(소현성록)과 별전(소씨삼대록)의 이야기가 다 전한다. 이 세 개의 이본들은 이대본에 비해 권수가 더 많아 상대적으로 서술이 더 섬세할 것 같은데 막상 그렇지가 않다. 오히려 생략과 축약이 많아서 맥락이 분명하지 않은 부분이 보이기도 한다. 현재 남아있는 이본들 중 이대본 『소현성록』이 가장 선본(先本)이자 동시에 선본(善本)으로 인정되는 이본이다. 이대본 『소현성록』은 15권 모두 겉표지 왼쪽에 한문으로 된 '소현성록 권지□(蘇賢聖錄 卷之□)'이라는 표제가 붙어 있다. 그런데 내부 표제를 보면 권1부터 권4까지는 '소현성록'으로, 권5부터 권15까지는 '소시삼딕록'(혹은 '별뎐 소시삼딕록'이나 '별뎐 삼딕록')로 되어 있어 그 두 개의 작품이 합해져서 한 작품으로 받아들여졌음을 알 수 있다. 각권의 제목은 각권 시작 부분에 한글로 적혀 있다. 겉표지와 내부 표제를 확인해 본 결과, '소현성록'은 이 작품 전체를 아우르는 명칭이면서 동시에 권1부터 권4까지의 이야기를 가리키는 호칭으로 쓰였음을 알 수 있다. 이대본은 권4까지를 '본전(本傳)'으로, 그 이후를 '별전(別傳)'으로 지칭하여 분명하게 나누고 있는데, 『소현성록』의 여러 이본 중 '소씨삼대록'이라는 작품명이 분명하게 나타나는 이본은 이대본이 유일하다. 이대본 『소현성록』은 '소씨삼대록'의 존재를 분명하게 확인해 준다는 점에서도 의미가 있다. 『소현성록』 본전은 소현성과 그 부인들의 이야기가 주를 이루고, 별전은 소현성의 여러 아들들과 그 부인들의 이야기가 주를 이룬다.

『소현성록』은 국문장편소설의 효시로 불리는 작품으로, 이 작품의 창작 시기는 권섭(權燮)이 남긴 자기 집안의 분재기(分財記)를 통해 확인된다. 이 기록에 의하면 권섭은 자신의 어머니인 용인 이씨가 이 작품을 필사하였고 모두 15권 15책인데 이 소설은 장자가 상속하도록 하였다. 용인 이씨의 생몰 연대를 근거로 필사 시기를 추정하면 17세기 후반 정도가 된다. 필사 시기가 17세기 후반이라면 창작 시기는 그보다 선행할 것이 분명하므로 창작 시기를 17세기로 추정하는 데 무리가 없다.

이제 연구자들 사이에서는 『소현성록』의 소설사적 가치에 대해 새삼 논의할 필요가 없을 정도로 상당한 양의 연구사가 축적되어 있다. 17세기에 창작된 대표적인 작품으로는 『홍길동전』, 『구운몽』, 『사씨남정기』 등이 있는데, 이전 시대의 대표적 작품인 『금오신화』와 비교해 볼 때 17세기 작품들은 한글 표기, 서사 분량의 확대, 주제의 다양성, 향유층의 확대 등 여러 면에서 소설 창작과 수용이 본격적인 궤도에 올랐음을 보여준다. 여기에 더하여 국문장편소설의 효시로 일컬어지는 『소현성록』이 등장하는 것인데, 장편 대하소설의 창작, 유통은 조선의 서사물이 당대의 총체적 삶을 그려낼 수 있는 충분한 역량을 갖추었음을 반증하는 것이다. 또 두세 가문을 중심으로 한 국문장편소설은 17세기 이후 왕성하게 창작, 유통되는 하위 장르로 자리 잡게 되었다. 이런 의미에서 볼 때 한국소설사에서 『소현성록』이 차지하는 비중은 확고하다고 하겠다. 박영희의 박사논문인 「『소현성록』 연구」가 연구의 선편을 잡은 이후로 후속 연구가 꾸준히 이어지는 작품이 『소현성록』이다. 『소현성록』은 국문장편소설의 효시이고, 필사 시기가 가장 이르면서 서사의 맥락이 풍부하고 정교한 작품일 뿐만 아니라 가문을 다루는 소설이 통속적인 관심으로 옮겨가기 이

전 시대, 즉 그 하위 장르의 초기적인 관심사를 보여준다는 점에서도 중요한 작품이다.

『소현성록』 연작 15권 중 1권은 조혜란이, 2권부터 7권 및 14권 71면부터 15권은 정선희가, 14권 1면에서 70면까지 그리고 8권부터 10권 97면까지는 최수현이, 10권 98면부터 13권은 허순우가 일차 번역하였고, 최종 출판 형태인 4권 중 각 권 번역 책임에 따라 서로 수차례에 걸친 번역 검토 및 교정과 윤문 작업을 통해 번역 작업을 마무리하였다.

2010년 1월

조혜란

◎ 소현성록 1 차례

원문

소 현 성 록

소승상 본전 별서

1 송나라 태종(太宗)[1] 때 강릉후 겸 구석(九錫)[2] 참지정사(參知政事)[3] 용도각(龍圖閣) 태학사(太學士)[4]인 소공의 이름은 경이고, 자는 자문이었다. 그는 날 때부터 산천이 지닌 기운과 해와 달의 정기, 그리고 천지의 조화를 타고났다. 가슴에는 세상을 다스릴 뜻을 품었고 얼굴에는 어지러운 나라를 평안하게 할 재주가 어려 있었으며, 빼어난 문장과 뛰어난 절개가 당대에 으뜸이었고 수려한 풍채는 천고에 따를 자가 없을 정도였다. 그 붓끝의 신이함은 옛적 종요(鍾繇)와 왕희지(王羲之),[5] 이백(李白)과 두보(杜甫)[6]보다 낫고, 외모는 진평(陳平),[7] 주유(周瑜),[8] 육손(陸孫)[9]보다 잘 생겼

---

1) 태종(太宗) : 북송의 2대 황제(재위 기간 976~997)로 본명은 조광의(趙匡義). 태조 조광윤의 동생이며 중국의 통일을 완성하여 형과 함께 송나라의 기초를 확립하였음. 그가 즉위한 배경에는 의문점이 있어 태조를 시역하였다고도 하고 혹은 당시 종실에 내분이 있었다고도 하는데, 이 내용은 『소현성록』 4권에도 언급되어 있음.

2) 구석(九錫) : 임금이 공로가 큰 신하에게 내리는 아홉 가지 물건. 곧 거마(車馬) · 의복(衣服) · 악칙(樂則) · 주호(朱戶) · 납폐(納陛) · 호분(호분) · 궁시(弓矢) · 부월(斧鉞) · 거창(秬鬯)을 말함.

3) 참지정사(參知政事) : 재상 밑에서 정치를 보좌하는 일을 맡은 벼슬임.

4) 용도각(龍圖閣) 태학사(太學士) : {뇽두각 틔혹ᄉᆞ}. '뇽두각'은 고전소설에서 흔히 '용두각'으로 표기되어 있는데, 송(宋) 진종(眞宗) 때 건립한 관부(官府)로, 태종(太宗)의 어서(御書) · 어제(御製) 문집 및 보록(譜錄) · 보물 등을 봉치하고 학사 · 직학사 · 대제 · 직각학사 등의 관리를 두었음. 용도각 태학사는 홍문관의 으뜸 벼슬.

5) 종요(鍾繇)와 왕희지(王羲之) : {죵왕}. 종요와 왕희지를 가리킴. 종요(151~230)는 중국 삼국시대(三國時代) 위(魏)의 서예가로 자는 원상(元常). 왕희지(307~365)는 중국 동진(東晉)의 서예가로 자는 일소(逸少). 우군장군(右軍將軍)의 벼슬을 하였으므로 왕우군(王右軍)으로도 불리기도 함. 둘 다 서예의 대가로 알려져 있음.

6) 이백(李白)과 두보(杜甫) : {니두}. 당나라를 대표하는 두 시인인 이백(李白)과 두보(杜甫)를 가리킴.

7) 진평(陳平) : 중국 한(漢)나라 초기 공신. 빈농 출신으로 항우(項羽)의 군에서 도위(都尉)를 지냈고 그 뒤 유방(劉邦)의 호군중위(護軍中尉)가 되어 한나라 통일에 이바지함. 통일 후 장군으로 활약, 모반을 진압하여 곡역후(曲逆侯)에 봉해지기도 함. 혜제(惠帝)때 좌승상 · 우승상이 되었고, 여후(呂后) 집정 아래에서 어려움을 겪었으나 여후가 죽은 뒤 주발(周勃)과 함께 여씨 일족을 주멸(誅滅)하고 문제(文帝)를 옹립함.

8) 주유(周瑜) : 중국 삼국시대 오나라의 명신(名臣)으로 문무(文武)에 능하였으며, 유비의 청으로 제갈공명과 함께 조조의 위나라 군사를 적벽(赤壁)에서 크게 무찔렀음.

9) 육손(陸孫) : 대대로 강동 지방 동오 땅에서 살아온 호족 출신으로 훗날 이릉 전투에서 유비의 군대를 물리쳐 오나라에 큰 공을 세웠음. 그는 자신을 매우 신임한 손권 휘하에서 오나라의 최고사령관이자 정승을 역임하였음.

으며, 보기 드문 기이함은 한나라 때 제갈공명(諸葛孔明)[10]과 비길 만하고,
의롭지 못한 것을 참지 못하는 강한 힘은 당나라 때 위징(魏徵)[11]이라도
미치지 못할 바였다. 뿐만 아니라 성격이 조용하며 침착하여 그가 기뻐하
거나 노하는 것을 남들이 알지 못했고, 가벼이 웃거나 말하거나 하지 않
았다. 그러나 집에서는 유순하면서도 툭 트였고[12] 홀어머니를 효성스럽
게 봉양하는 일에는 정성이 미치지 않은 곳이 없었으니 비록 그 옛날 증
자(曾子)[13]라도 이보다 낫지 못할 바였고, 동기간에는 우애 있고 서모를
공경하였으며 집안 다스리는 것이 한결같았다. 지위가 정승[14]에 이르렀
는데도 청렴하고 검소하여 입은 옷이 소박하였고 성품이 조용하여 사람
들 사귀는 일을 그쳤다. 그러니 평생토록 친구가 십여 명을 넘지 않았다. 2
또 여자를 꺼려 매일 외당에서 향을 사르고 글을 읽어 문장의 이치를 깨
닫는 데 더욱 힘썼고, 행실을 닦아 맑은 도학이 다른 사람들보다 뛰어났

10) 제갈공명(諸葛孔明) : 중국 삼국시대 촉한(蜀漢)의 정치가 · 전략가로, 본명은 제갈량(諸葛亮)이며 자(字)는 공명(孔明). 시호 충무(忠武). 호족(豪族) 출신이었으나 어릴 때 아버지와 사별하여 형주(荊州)에서 숙부 제갈현(諸葛玄)의 손에서 자랐음. 후한 말의 전란을 피하여 벼슬하지 않았으나 명성이 높아 와룡선생(臥龍先生)이라 일컬어짐. 위(魏)나라의 조조(曹操)에게 쫓겨 형주에 와 있던 유비(劉備 : 玄德)로부터 삼고초려(三顧草廬)의 예로써 초빙되었고, 오(吳)나라의 손권(孫權)과 연합하여 남하하는 조조의 대군을 적벽(赤壁) 싸움에서 대파하고, 형주 · 익주(益州)를 얻음. 그 후에도 수많은 전공을 세웠고, 한(漢)의 멸망을 계기로 유비가 제위에 오르자 재상이 됨. 유비가 죽은 후는 어린 후주(後主) 유선(劉禪)을 보필하였음.

11) 위징(魏徵) : 당나라 초기의 공신, 학자로서 수(隋)나라 말기 혼란기에 이밀(李密)의 군대에 참가하였으나 곧 당고조(唐高祖)에게 귀순하여 고조의 장자의 유력한 측근이 되었음. 황태자 건성이 아우 세민(世民, 나중에 太宗이 됨)과의 경쟁에서 패하였으나 위징의 인격에 끌린 태종의 부름을 받아 간의대부 등의 요직을 역임한 후 재상으로 중용되었음. 굽힐 줄 모르는 직간으로 황제 태종을 보필한 것으로 유명함.

12) 툭 트였고 : {할연[豁然]}. 활연은 환하게 터져 시원한 모양 혹은 밝게 깨달은 모양을 가리킴.

13) 증자(曾子) : B.C. 505~436?. 공자의 문하생으로 이름은 증삼(曾參), 자는 자여(子輿). 『대학』의 저자이며, 유가에서 강조하는 효를 재확립하는 데 힘쓴 인물로 알려져 있음.

14) 정승 : {삼틔}. 삼태(三台)는 자미궁(紫微宮) 주위에 있는 상태(上台) · 중태(中台) · 하태(下台)의 각각 두 별씩 도합 여섯 별을 뜻함. 전(轉)하여 삼공(三公)의 뜻으로 쓰임. 삼공은 가장 높은 세 가지 벼슬을 뜻함.

다. 자식을 훈계하고 제자들을 가르치면서 성인(聖人)들의 풍속을 이으니 오복 중 흠 잡을 것이 없는 팔자였다. 그렇게 천수를 누리고 세상을 뜨니 인종(仁宗)[15] 황제가, 그가 세 임금을 받든 신하임을 슬퍼하셔서 왕에게 행하는 예(禮)로 장사지내고 묘 아래에 사당을 지어 네 계절마다 제사지내게 하셨으며 시호를 충렬공(忠烈公)이라 하고 비문에 효의선생이라고 새기도록 하셨다. 그리고 늦게까지 생각하신 후 학사 포증(包拯)[16]과 상서 여이간(呂夷簡)[17] 등에게 그의 행적을 기록하도록 하셨다. 포증과 여이간은 '집에 있을 때의 소소한 일들까지 다 알기는 어렵다.'고 하여 소경의 집에 가서 공이 태어나던 일부터 죽을 때까지의 일을 일일이 매일같이 쓴 문서를 얻어 견주어 가며[18] 꼼꼼하게 해서 전(傳)을 지었다.

그런데 공이 기뻐하거나 화를 내거나 웃고 대화를 나누며 즐긴 일이 적고 행실이 높은 까닭에 사람들이 이 전을 본다면 정신이 번쩍 나면서 공경은 하겠지만 그 이야기 가운데 빛나고 화려한 사건은 없다. 그러므로 공의 자식들 이야기를 지어서 내용이 풍부하게 되도록 하였다. 공이 살아
3 있을 때의 별호가 현성선생이었던 까닭에 첫머리의 제목[19]은 『소현성록』이라 하고 자손의 이야기는 별도의 제목을 써서 『소씨삼대록』이라고 하였다. 여러 권 이야기를 지어 세상에 전하는 것은 대개 사람의 어미 되어서는 공의 모친 양씨 같고 자식이 되어서는 공처럼 효도하기를 권하는

15) 인종(仁宗) : 중국 송나라의 제4대 황제로, 이름은 조정(趙禎). 재위 기간은 1022~1063년. 중국 역사상 능력 있고 어진 황제 중 한 명으로 여겨짐. 재위 기간 동안 유교 고전들에 대한 해석과 정책적으로도 치열한 다툼을 벌인 정치적, 철학적 세력이 당파로 전개되어 가기도 했음.

16) 포증(包拯) : 999~1062. 북송의 정치가. 지극한 효성과 청렴함, 엄격하고 공정한 법 집행으로 유명한 인물임.

17) 여이간(呂夷簡) : 979~1044. 중국 북송의 정치가.

18) 견주어 가며 : {ᄭᅩᆫ노고}. '꼲다'는 '글의 잘잘못을 살펴 판단하다'라는 뜻의 고어임.

19) 제목 : {수뎨[首題]}. 첫머리에 쓰는 제목.

까닭이다. 아, 이 이야기를 본다면 방탕하고 무식하여 부모를 생각지 않는 불효자라고 해도 느끼는 바가 없을 수 있겠는가?

경오 18년 가을 7월 13일에 포학사와 여상서가 천자의 명을 받들어 『현성록』을 지었으니 길이 전해지기를 바란다.

소 현 성 록

1권

4 화설(話說). 변(汴)[20]땅 남문 밖 40리 되는 곳에 있는 자운산은 둘레가 3백 리나 되었다. 산의 모습이 여덟 폭 휘장을 꽂은 듯하였는데,[21] 앞뒤로 폭포가 솟는 곳이 70여 군데였다. 물줄기가 잔잔했고, 산 앞면으로 흘러 들어 맑은 못이 되었다. 못의 둘레는 10여 리였고 깊이는 1천 척이었으며 와룡담이라고 불렀다. 못과 산을 남북으로 두르고 그 가운데 장현동이라는 마을이 있었다. 둘레가 백 리에 달하는 그 마을은 마치 유리로 밀어놓은 듯 평평한 땅에 자리하고 있었다. 사면에는 울창한 푸른 대나무와 아름드리 큰 소나무가 둘러있었으며 그윽한 경치와 범상치 않은 풍광은 무릉도원 같은 별천지였고 봉래산(蓬萊山)[22]이나 방장산 같았다.

자운산의 높이는 천여 길이고 봉우리가 열둘이나 되었다. 천지가 처음 생겨날 때 맑은 정기와 영험한 기운이 서려 있었고 그 가운데 와룡담과 자운산이 잠겨 있었기에 다른 산천에 비해 매우 기이하였다. 골짜기 가운데 한 처사가 살았는데 성은 소이고 이름은 광이었으며 그 집은 큰 나무 같이 대대로 내려온 가문이었고 오랫동안 번성한 집안이었다. 그 조상이 한나라와 당나라 두 나라를 섬겨 대대로 이름난 재상들이 이어졌는데 오
5 대(五代)[23] 때 천하가 크게 어지러워지자 소광은 그 시절을 피하여 자운산에 은거하였다. 부인 양씨는 태원(太原)[24] 사람인 참정 양문관의 장녀

---

20) 변(汴) : 변량(汴梁). 변량은 하남성(河南省) 개봉시(開封市)의 옛 이름으로, 전국시대 위(魏)는 이 곳을 대량(大梁)이라고 불렀고 당(唐)은 이곳에 변주(汴州)를 둔 데서 유래함.

21) 여덟 ~ 듯하였는데 : {풀댱 고존 듯ᄒᆞ엿ᄂᆞᆫ듸}. '풀댱'은 팔장신(八將神)의 팔장(八將)이거나 여덟 폭 휘장에 해당하는 팔장(八帳)일 것으로 보임. 팔장신(八將神)은 음양도(陰陽道)에서 길흉의 방위를 맡은 여덟 신을 가리키는데 '고존 듯ᄒᆞ엿ᄂᆞᆫ듸'라는 서술어와의 호응을 고려하여 팔장(八帳)으로 옮겼음.

22) 봉래산(蓬萊山) : 중국 전설에서 나타나는 가상적 영산(靈山)인 삼신산(三神山) 가운데 하나로, 동쪽 바다의 가운데에 있으며, 신선이 살고 불로초와 불사약이 있다고 함.

23) 오대(五代) : 중국 역사상 당이 망하고 송이 건국하기까지의 기간을 가리킴.

24) 태원(太原) : 중국 산서성(山西省)의 성도(省都). 분하(汾河) 상류의 동쪽과 서쪽이 태행(太行)산맥・여량(呂梁)산맥에 둘러싸인 분지에 위치함.

였다.

이때 송나라 태조 무덕황제[25]가 즉위하여 법령과 덕스러운 정치가 갖추어지니[26] 온 백성이 기꺼이 따랐다. 그런데 처사가 끝까지 벼슬에 나가지 않자 승상 조보(趙普)[27]와 석수신(石守信)[28] 등이 천자께 아뢰었다. 천자가 편안한 수레를 보내 지극한 예의를 갖춰 연이어 다섯 번을 부르시자 처사가 관리[29]에게 말하였다.

"당요(唐堯)[30]가 지극한 정성이셨으나 소부(巢父)와 허유(許由)[31] 같은 이가 있었듯 지금 임금님의 은혜가 부족하지 않으시나 내 스스로 뜻이 대범하여[32] 벼슬살이에 대한 욕심이 없습니다. 만약 임금께서 굳이 강권하신다면 제가 죽음으로써 본래 뜻을 지키고자 합니다."

유사가 돌아가 아뢰니 임금께서 탄식하시고 그 뜻을 빼앗지 못하였다. 이로부터 별호를 소소부(蘇巢父)라 하니 그 청렴하고 고결하며 어짊을 알

25) 무덕황제 : 오대가 분열한 뒤 중국을 거의 통일하고 송을 세운 황제로 이름은 조광윤(趙匡胤). 재위 기간은 960~976년이고, 시호는 '영무예문신덕성공지명대효황제(英武睿文神德聖功之明大孝皇帝)'임. 무덕황제는 이 시호를 줄여서 쓴 것으로 보임.

26) 갖추어지니 : {ᄀᆞ족ᄒᆞ샤}. 기본형은 'ᄀᆞ족ᄒᆞ다'로, '가지런하다, 구비하다, 넉넉하다'의 고어임. 문맥을 고려하여 이같이 번역함.

27) 조보(趙普) : 922~992. 북송 건국기의 정치가. 자는 칙평(則平). 후주(後周) 때 조광윤(趙匡胤)의 막료가 되었고 후에 조광윤이 송 태조가 되는데 공을 세웠음. 태조의 신임 하에 문치주의적 중앙 집권화를 추진했으며 송조의 지배 체제 확립을 도모한 인물임.

28) 석수신(石守信) : 928~984. 송(宋)의 개국 공신으로 실존 인물. 그러나 소설 속에 등장하는 그의 자녀에 관한 일 등은 허구임.

29) 관리 : {ᄉᆞ명}. 사명(司命)은 왕명을 관장하는 관리임.

30) 당요(唐堯) : 요(堯) 임금을 가리킴. 그는 중국의 가장 위대한 성군으로 당대에 어진 이로 이름이 높았던 소부와 허유에게 임금의 자리를 물려주고자 했으나 그 두 사람이 거절했음.

31) 소부(巢父)와 허유(許由) : {소혜}. '소혜'의 '혜'는 '허'에 주격조사 'ㅣ'가 붙은 것임. 소부(巢父)는 요(堯) 임금 때의 도(道)가 높았던 선비. 산 속에 숨어 세상의 이익을 돌아보지 않고 나무 위에 집을 지어 그곳에서 잤다는 데에서 유래한 이름임. 요임금이 천하를 주어도 받지 않았다. 허유(許由)는 요(堯) 임금 때의 도(道)가 높았던 선비로 그 역시 요임금이 천하를 주려 했으나 거절하고 기산(箕山)으로 들어가 삼.

32) 대범하여 : {낙〃[落落]하야}. '낙낙'이란 사람의 기질과 생각을 표현하는 말로 고상하고 고결하며 깨끗한 모양, 혹은 작은 일에 얽매이지 않고 대범함을 가리킴.

겠다. 처사가 벼슬을 그만두고 골짜기 가운데서 한가롭게 지내면서 학을 춤추게 하고 거문고[33]를 타며 천자의 자리를 헌 신 보듯 하였고 때로는 나귀를 타고 천하를 두루 보며 때로는 작은 배를 만들어 사해에 떠다녔다. 깊은 산 속에서 사나운 짐승을 만난 것이 여러 번이었는데 처사가 한 곡조 가사를 부르면 호랑이, 표범, 승냥이, 이리 같은 짐승들도 스스로 그
6 뜻을 알아듣고는 즐거이[34] 돌아가고 해치지 못 했으며, 끝없이 넓은 바다에 바람이 일정하지 않아 배[35]를 엎을 듯하다가도 처사가 글을 지어 읊으면 물결이 기름으로 씻은 듯하며 교룡[36]이 귀를 기울여 그 글에 항복하니 문장과 재주가 이와 같았다. 또한 용모가 관옥(冠玉)[37] 같고 풍채가 가을달 같으며 모습과 태도가 준엄하였다. 마치 사람 가운데 신선이고 까막까치 중 봉황 같아 속세의 티끌이 없어 진정 깨끗한 산사람이고 기이한 처사였다.

일찍이 부인과 함께 한 지 10여 년이 되도록 부인은 처사가 희롱하거나 성나서 소리 지르는 것을 보지 못하였고 처사는 부인이 크게 웃거나 거꾸로 말하거나 갑자기 성을 내어 소리를 높이는 것을 듣지 못하였다. 남편[38]은 과묵하고 부인은 곧고 깨끗하며, 남편은 순하고 편안하며 부인은 부드럽고 온화하였다. 서로 어긋날까[39] 두려워하고 예의(禮義)를 공경

---

33) 거문고 : 원문에는 '오현금(五絃琴)'으로 되어 있는데 이는 다섯 줄 거문고로 순 임금이 만들었다고 함.

34) 그 ~ 즐거이 : {신희육희[神會遊戲] ᄒᆞ야}. 신회(神會)는 대개 심령신회(心領神會) 즉 말로 하지 않고 바로 통하는 것을 가리킴.

35) 배 : {쥬즙[舟楫]}. 주즙(舟楫)은 배와 삿대라는 뜻으로 배 전체를 가리키는 말.

36) 교룡 : 교룡(蛟龍)은 상상 속에 등장하는 동물의 하나. 모양이 뱀과 같고 몸의 길이가 한 길이 넘으며 넓적한 네 발이 있고, 가슴은 붉고 등에는 푸른 무늬가 있으며 옆구리와 배는 비단처럼 부드럽고 눈썹으로 교미하여 알을 낳는다고 함.

37) 관옥(冠玉) : 관의 앞을 꾸미는 옥으로, 잘 생긴 남자의 얼굴을 비유적으로 이르는 말.

38) 남편 : {냥인[良人]}. 양인은 부부가 서로 상대를 이르는 말임.

39) 서로 어긋날까 : {이려(離戾)}. 이려는 서로 등지거나 어긋나는 것을 가리킴.

하여 부부가 출입할 때는 반드시 서로 일어나서 보내고 일어나서 맞으며 방석에서 물러나 예의를 갖추었다. 집안사람과 종들과 온 집안이 일찍이 저 부부가 가까이 앉아 있는 것을 보지 못하였으니 바로 공경하는 손님과 같았다.

처사는 팔대 독자로 외로운 처지에 부부가 서로 의지하며 지냈는데 나
이 서른이 되도록 자식[40]이 없어 그가 이를 밤낮으로 슬퍼하였다. 양부 7
인 또한 걱정이 되어 대장군 석수신의 첩의 딸인 석파와, 양인(良人)의 딸 인 이씨를 얻어 남편에게 두 미녀를 권하였다. 처사가 사양치 않고 다 사랑하되 자못 엄숙하게 법도가 있었다. 두 여자가 또한 조심하여 상공과 부인 섬기기를 종이 주인 섬기듯 하였는데, 수삼 년이 지나도록 두 미인이 전혀 잉태를 못하니 처사가 탄식하여 말하였다.

"이는 다 내 팔자로구나."

일 년 후에 부인에게 갑자기 태기가 있으니 처사가 매우 기뻐하였고 두 미인이 또한 기꺼이 아들 낳기를 빌었다. 그런데 불행하게도 아들을 얻지 못하고[41] 다만 딸을 낳았다. 처사가 비록 놀랐으나 처음으로 어린아이를 낳으니 아들보다 더 사랑하였다. 부인이 다시 잉태하였다. 산달이 가까워지자 처사가 향을 사르며 하늘에 기도하면서 아들이기를 바랐는데 또 딸을 낳았다. 그러자 처사가 향로를 박차고 탄식하며 오열하였다.

"하늘이 어찌 내게만 많은 악을 내리시는가? 14년을 기다려 문득 연이어 두 딸을 낳았으니 죽은 다음의 일들과 조상 제사는 누구에게 맡기겠나?"

---

40) 자식 : {골육(骨肉)}. 골육은 부자, 형제 등의 육친을 가리키는 말인데, 문맥을 고려하여 자식으로 옮겼음.

41) 아들을 얻지 못하고 : {농쟝ᄒᆞ믈 엇지 못ᄒᆞ고}. '농장지경(弄璋之慶)'은 『시경』 「기부지십(祈父之什)」의 〈사간(斯干)〉에 있는 표현으로, 아들을 낳음을 이르는 말.

8 말을 마치고 눈물을 흘리니 주위가 다 근심에 눈물을 흘렸다. 그 후로
는 처사가 소망을 잃어 다시는 '아들'을 입에 올리지 않았다. 하루는 꿈을
꾸는데, 자운산 꼭대기에서부터 신선의 음악이 넘실대고 봉황 둥지에 머
무르던 두어 신선이 여러 빛깔로 된 무늬가 고운 옷을 떨치고 가볍게 내
려왔다. 그들은 자리를 정하지 않은 채 곧장 처사에게 다가와 손을 잡고
는 반가이 웃으며 말했다.

"헤어진 후 별 탈 없이 지내는가? 그대가 아들을 못 낳을까 근심하나 하늘이 명하셨으니 후사를 어찌 염려하겠는가?"

처사가 급히 맞아 절하면서 말하였다.

"선생은 일찍이 뵌 일이 없으니 어찌 서로 친한 사이겠습니까? 다만 악을 많이 쌓아서 한낱 병든 아들조차 없으니 소씨 가문의 후사가 그치게 생겼습니다. 이 때문에 슬퍼하는데 신선께서는 어떤 분이시기에 저의 마음 속을 아시며 또 하늘이 명하셨다는 말씀은 무슨 뜻입니까? 끝내 후사가 없겠습니까? 가르쳐 주십시오."

신선이 웃고 소매 안에서 백옥 하나를 내는데 기이한 꽃무늬가 어른어른하고 금으로 장식이 된 것이었다. 그가 이 물건을 처사를 주면서 말하였다.

"이는 그대 집안의 귀중한 보배이다. 값을 부를 수 없을 정도이지."

하였다. 처사가 받아보니 갑자기 물건이 옥으로 된 용으로 변하고 금
장식은 황금빛 구름이 되어 좌우에서 용을 호위하여 둘렀다. 괴이하게 여
9 겨 자세히 보았다. 옥룡이 스스로 움직여 구름을 토하자 위에 서 있었던
성인(聖人)이 웃고 붓을 들어 '구름 운(雲)' 자와 '빛날 수(秀)' 자 다섯을 써
서 처사를 보여주며 말하였다.

"이는 너의 성손(聖孫)이다."

그러자 처사가 탄식하며 말하였다.

"아들도 없는데 어찌 후손을 바라겠습니까?"

"나는 남두성(南斗星)[42]이고 저 이는 태상노군(太上老君)[43]이다. 이제 영보도군(靈寶道君)[44]이 원시천존(元始天尊)[45]과 태상노군과 함께 상청(上淸)[46] 미라궁[47]에서 삼청(三淸)[48]이 되었는데 천황이 그대의 사정과 덕에 감격하여서 삼청 사제 중에서 가려 뽑은 것이다. 영보도군이 전세(前世)에서 그대에게 은혜를 입은 까닭에 자원해서 85일 말미를 얻어 내려오니 이 '구름 운' 자와 '빛날 수' 자가 도군의 자식이다. 다만 그대 팔자는 속세와 인연이 너무 없어서 도군이 영화롭게 되는 걸 보지는 못할 것이다. 양씨는 비록 그대와 삼생(三生)의 부부이지만 속세 인연이 중하니 84일을 쇠지(衰地)[49]에서 보내는 기한이 차면 그대와 함께 할 것이다."

드디어 옥룡을 처사의 품에 넣고 '구름 운' 자와 '빛날 수' 자라고 쓴 것을 벽에 붙였다. 처사가 자세히 보니 글자마다 생기가 흘러넘치는 듯하고 다섯 '수' 자 중에서 다섯 번째 '수' 글자가 그 중 크고 글자 위에 황룡이 어

---

42) 남두성(南斗星) : 남방에 있는 여섯 별로 구성된 별자리. 그 모양이 말[斗]과 비슷하기에 생긴 이름임.

43) 태상노군(太上老君) : 도가의 시조로 알려진 노자(老子)가 도교에서 신으로 모셔질 때의 존칭. 5세기 북위의 도교기록인 『위서(魏書)』의 「석로지(釋老志)」에서 처음 나타나는데 최고신으로 취급되고 있음.

44) 영보도군(靈寶道君) : 태상노군, 원시천존과 더불어 신선의 하나. 영보도군은 상청(上淸)에 거처했음.

45) 원시천존(元始天尊) : 도교에서 제일 높은 신.

46) 상청(上淸) : 도교에서 가장 이상적인 하늘로, 영보군(靈寶軍)이 관장한다는 하늘을 가리킴.

47) 미라궁 : 미상. 서울대 규장각 21권본에는 '미와궁'으로 되어 있음. 이후로 서울대 규장각 21권본은 규장각본으로 칭할 것임.

48) 삼청(三淸) : 도교에서 신선이 산다는 옥청(玉淸), 상청(上淸), 태청(太淸)의 세 궁(宮)을 가리킴.

49) 쇠지(衰地) : 쇠하는 땅. 여기에서는 인간 세상을 가리키는 말.

10 려 있었다. 잠자코 보는데 갑자기 품 가운데에서 옥룡이 변하더니 길이가 만여 장이나 되었다. 그것이 눈 같은 비늘을 번득이고 여의주를 물고 양부인 자리로 들어가자 두 신선이 박장대소하였다. 처사가 놀라 깨니 꿈이었고, 시간은 사경 삼점[50]이었다.

처사가 본래 과묵하고 말수가 적어 입 밖으로 별 말을 내지 않았고, 양부인이 꾼 꿈도 똑같았으나 부인 또한 말수가 적었다. 그런 까닭에 부부 두 사람이 모두 신이한 꿈을 얻었지만 서로 속으로 품기만 하고 발설하지 않았다. 그러나 각자 마음 속으로는 몰래 축원하였다. 이 일이 있은 후 부인이 잉태하니 늘 기이한 향기가 방 가운데 어리고 기운은 더욱 맑고 깨끗하였다. 처사가 기쁨을 가라앉히지 못하여 아침 저녁으로 향을 사르며 하늘에 기도하고 아들 낳기를 빌었다. 부부가 서로 고마워하며 감사히 여겼는데 불행하게도 양씨가 잉태한 지 일곱 달이 되었을 무렵 처사가 갑자기 병을 얻어 하루 만에 위태롭게 되었다. 처사가 스스로 살지 못할 것을 알고 급히 장인 양참정을 모셔 와서 유언을 하였다.

"제가 불행하여 슬하에 아들이 없고 강보에 싸인 딸과 고독한 부인만 이 외롭고 걱정스러운 처지가 되었습니다. 그러니 구천(九泉)[51]에 들어가도 눈을 감지 못할 것 같습니다. 장인께서는 저의 사정을 불쌍히 여
11 기셔서 두 명 딸자식을 보호하여 제 영혼을 위로하시고 비록 외롭지만 이 자운산에 두셔서 저의 뜻을 지키게 해 주십시오."

또 부인에게 말하였다.

"내가 벌써 세상과의 인연이 다하였소. 슬퍼해도 어쩔 수 없는 일이오.

---

50) 사경 삼점 : 하룻밤을 5경(五更)으로 나누고, 1경은 다시 오점(五點)으로 나누었음. 사경(四更)은 오전 1시부터 3시이므로, 사경 삼점은 오전 2시 무렵.

51) 구천(九泉) : 죽은 뒤에 넋이 돌아가는 곳임.

다만 그대 태 중에 있는 아이는 틀림없는[52] 사내 아이오. 일찍이 이러저러한 꿈을 꾸었기에 아들을 볼까 바랐는데 팔자가 기구하여 미처 보지 못하게 되었으니 비로소 꿈이 맞았구려. 신선의 말이 영험하니 태아가 반드시 영화롭고 귀하게 될 것이오. 그대는 잘 보호하여서 이름을 경이라 하여 '서울 경(京)' 자를 쓰고 자를 자문이라 하시오. 행여 불행하게 되어 또 딸이라 해도 꿈이 기이하니 이 아이로 제사를 잇게 하시오."

말을 마친 후 길게 탄식하고 두 딸과 부인의 손을 잡더니 눈물이 비 흐르듯 하였다. 이윽고 운명하니 30살 되던 해 3월이었다. 온 집안이 곡하여 마지아니하였다. 염을 하여 초상을 마치고 양부인이 설움을 품고 제사를 치르더니 한 달이 지나자 양부인 기력이 장차 위태롭게 되었다. 부인은 태아가 잘못 될까 두려워 사소한 설움은 억지로 참고 큰 의리를 생각하며 한 그릇 육즙을 들고 관 앞에 나아가 말하였다. 12

"그대의 정령이 멀리 계시지 않으니 반드시 밝히 보고 계시겠지요. 내가 이제 이리 하는 것은 구차하게 살고 싶어서가 아니랍니다. 행여 태아가 아들이라면 소씨 가문의 후사와 그대의 영혼을 위로할 것이고 설령 딸이라도 또한 내 몸이 보전하여야 그대의 삼년 제사와 슬하의 어린 것들을 거둘 수 있을 테지요. 이미 죽지 못할 것이라면 또한 보전해야 하는데 스스로 기운을 헤아려 보니 지탱하지 못할 줄을 알기에 육즙으로 손이 간 것이니 정녕 아시는지요?"

말을 마친 후에 목 놓아 큰 소리로 울고 끝까지 마셨다. 그리고 침소(寢所)에 돌아와 제사를 받들고 더욱 엄하고 바르게 집안을 다스렸다. 장례

52) 틀림없는 : {벅벅흔}. '벅벅흐다'는 '틀림없다'는 뜻의 고어임.

를 다 치르자 자운산 동쪽에 묻고 새삼 슬퍼하니 양참정이 아침 저녁으로 딸을 위로하며 지냈다.

잉태한 지 14개월 만인 9월 15일 신시(申時)[53]에 양씨가 아들을 낳았다. 순산이었다. 이때 양공이 의원을 데리고 외당에서 딸이 해산하기를 기다렸는데 이미 아들을 낳았다는 소식을 듣고 기쁨을 이기지 못하여 서둘러 들어가 보았다. 부인은 정신이 없어서 혼미한데 산모의 요에서 나는 기이한 향내가 코에 진동하였다. 공이 놀랍고 의아하여 아이를 보니 아이
13 가 형옥[54]과도 같았다. 정녕 바다 위에 뜬 달이 떨어진 듯 눈이 어찔하고
그 빛이 주위를 비추니 이는 진정 산천의 빼어난 기운과 음양의 정기가 어리어 사람이 된 것이었다. 양공이 한번 보고는 매우 기쁘고 크게 놀라 놀람과 기쁨이 지극하였는데 또한 사위 생각이 나자 눈물이 소매에 뚝뚝 떨어졌다.[55] 가까이 모시는 이들이 다 감동하여 마지않았다.

약을 내어와 부인에게 드렸다. 부인이 잠깐 정신을 차려 아들인 줄 알고는 꿈이 맞은 것을 마음 속으로 기뻐하였다. 그러나 죽은 남편을 생각하니 그 속이 다 막히고 끊어져 슬픔을 이기지 못하여 큰소리로 목 놓아 울기를 그치지 않았다. 양공이 재삼 위로하여 여러 날 지나니 조금 진정하여 기운을 조섭하였고 한 달 후에는 차도가 있었다.[56] 집안에서는 부인이 평소와 다름없이 회복한 것과 이렇듯 기이한 공자를 얻은 것을 서로 치하하고 슬픈 가운데 즐기면서 어느덧 삼년상을 마쳤다. 양씨는 더욱 슬퍼서 아들을 어루만져 가르치고, 장녀 월영과 차녀 교영에게 다 여도(女

---

53) 신시(申時) : 오후 3시부터 5시까지의 시간.

54) 형옥 : 형산(荊山)의 옥. 형옥은 매우 아름다운 옥을 이르는 말로, 초(楚)의 변화(卞和)가 형산에서 박옥(璞玉)을 얻은 데에서 유래함.

55) 뚝뚝 떨어졌다 : {니음차}. '니음차다'는 '이어지다'의 뜻임.

56) 차도가 있었다 : {향차(向差) ᄒᆞ니}. '향차'는 '회복됨. 조금 차도가 있음' 등의 뜻임.

道)를 힘써서 가르치며, 처사의 첩인 석파, 이파를 어린아이같이 불쌍히 여겨 안팎을 잘 다스려 안정시켰다. 혹은 부드럽고 혹은 엄숙하며 상벌이 명백하니 집안에서 행하는 일이 옛날과 다르지 않았다.

소경은 두 살이 못 되어 글자를 깨쳐 알고 세 살에 성인의 경전을 낭랑 14
하게 외우게 되었다. 그러자 양부인은 행여 나중에 크게 되지 못할까 근심하고 두려워하여 유모에게 서당 가까이 가서 책을 보지 못하게 하라고 하였다. 유모가 이때부터 공자를 데리고 한가하게 놀고, 글자는 일깨우지 않았다. 공자는 비록 서너 살짜리 어린아이였지만 평범한 인물이 아니었다. 어머니[57]가 염려하는 것을 알고 또한 생각하기를, '내 나이 어리니 공부에[58] 나아감이 바쁘지 않다.' 하여 다시 물어보지 않더니 다섯 살이 되자 유모를 물리치고 두 쌍 동자를 데리고 서당에서 놀음놀이를 하는데 하는 행동이 다 비상하였다. 일곱 살이 되자 비로소 부인이 친히 글을 가르쳤다. 공자는 한 가지 일을 들으면 백 가지 일을 통달하고 백 가지 일에 통달하면 천 가지를 깨달았다. 그러니 아침마다 책을 끼고 어머니 앞에 나아가 배우는데 부인이 한번 물 솟듯 가르치면 공자는 일일이 새겨들어 한번 읽으면 외우니 힘들게 하는 일이 없었다. 부인이 감탄하며 말하였다.

"네 아버지가 살아 계셨더라면 기뻐하심[59]이 적지 않았을 게다. 일곱 살 된 아이가 어찌 한번 읽고는 마치 흐르는 듯 외우느냐?"

공자는 단지 총명이 뛰어났을 뿐 아니라 사람의 도리가 성숙해지고 효 15
성이 출중하였다. 동자들과 서실에서 지내면서 새벽닭이 처음 울 때 세수

---

57) 어머니 : {태태(太太)}. '태태'는 '어머니'라는 뜻임.
58) 공부에 : {곳부}. 규장각본에는 '공부의'라고 되어 있음. 규장각본을 참고하여 '공부'라고 옮김.
59) 기뻐하심 : {두굿기심}. '두굿기다'는 '기뻐하다'의 고어임.

하고 부인 숙소 창 밖에서 소리를 나직이 하여 문안을 여쭙고 회답을 기다려 두 번 절하고 물러난 후 다음날 아침 인사드릴 때 의관을 바르게 하고 얼굴빛을 온화하게 하며 기운을 평안하게 하여 어머니 상 아래 꿇어앉은 채로 모시면서 혹 글 뜻도 여쭙고 혹 시사(詩詞)를 배웠다. 이렇게 하루 네 번 문안드리는 일과 행실이 『소학』보다 더한 일이 많으니 부인이 그가 행실을 너무 닦아 몸이 상할까 두려워 새벽에 일어나는 것을 금하였다. 그러자 공자가 천천히[60] 웃고 아뢰었다.

"제가 생각하니 조상 제사 모시는 일과 어머니께서 바라시는 바가 제 한 몸에 있으니 비록 못났어도 어찌 제 몸이 중한 것을 모르겠습니까? 이러므로 스스로 몸을 보존하기를 깊은 못에서 봄 얼음 딛는 듯 조심하여 행여 사소한 병이라도 나서 어머니께 근심을 끼칠까[61] 두려워하고 있습니다. 그러니 어찌 병이 날 정도로 피곤하게 하겠습니까? 몸이 무척 편안하고 기운이 성하여서 불안한 데가 없으니 평안한 가운데 자식이 드리는 아침 저녁 문안과 낮 세 때 문안이야 그만둘 게 있겠습니까?
16 제가 비록 어리지만 대의를 염두에 두고 있으니 어머니께서는 전혀 염려 마세요."

그러자 주변사람들이 모두 칭찬했고 부인이 기쁨을 이기지 못하여 아들의 손을 잡고 등을 어루만지면서 길이 탄식하더니 말하였다.

"내 아이가 하는 일이 노나라 효낭자[62]보다 못하지 않으니 어미가 일

60) 천천히 : {날ᄒᆞ여}. '날ᄒᆞ여'는 '천천히'의 고어임.
61) 끼칠까 : {닐월가}. '닐위다'는 '이르게하다', '이루다'는 뜻의 고어임.
62) 노실 효낭자 : 노나라 효공(孝公) 칭(稱)의 보모인 효의보(孝義保). 노고(魯姑)라고도 함. 아들인 장(臧)을 데리고 궁에 들어가 공자 칭의 보모가 되었는데, 무공(武公)의 손자인 백어(伯御)가 난을 일으켜 제후가 되고 공자 칭을 죽이려 하자 자기 아들에게 칭의 옷을 입히고, 칭의 처소에 눕혀 두고 자신은 칭을 안고 궁을 빠져나왔음. 백어가 의보의 아들 장을 칭인 줄 알고 죽이고, 칭은 목숨을 구해 나중에 효공이 되었음.

찍 기쁘면서도 두렵구나. 너는 다만 몸가짐을 여린 옥처럼 하여 내 고독함과 하늘에 계신 아버지 영을 위로하여라.”

그리고 지난날 처사가 아들을 바랐던 일과 임종 때 했던 유언에 대해 이야기하는데 눈물이 마구 흘러 고일 정도이니 두 딸과 석파 등도 한숨을 쉬며 눈물 흘리기를 마지않았다. 공자가 비록 슬픔이 극에 달했지만 억지로 참아 겉으로는 낯빛을 편안하게 하고 위로하며 말하였다.

“지난 일을 들으려니 자식으로서는 차마 견디지 못할 슬픔이오나 어머니께서 새삼 슬퍼하시니 몸이 상하실까 걱정됩니다. 그러니 어머니께서는 제 마음을 돌아보셔서 너무 울지는 마세요.”

부인이 아들의 온화한 안색을 보고 도리어 탄식을 하였다. 공자가 침착하게 물러나와 서당에 와서 하늘을 우러르며 울며 말하였다.

“내 나이 일곱 살이 되었지만 아버지 얼굴을 모르고 그저 어머니께서 건강하시기만 바라고 뭘 어떻게 해야 하는 줄은 몰랐는데, 오늘 어머니 말씀을 들으니 목석이라도 어찌 설움을 참을 수 있겠는가?”

말을 마치고는 큰소리로 울기를 그치지 않았다. 그러나 저녁 문안을 17
드리러 갈 때에는 얼굴에 부드러운 기운을 가득하게 하고 웃음을 띠어 슬픈 기색을 보이지 않았다. 어린아이[63]의 효성과 처사가 이러하니 집안사람들은 어른, 아이 할 것 없이 다 공자가 오래 살지 못할까 걱정하였다.

이때 양부인의 장녀 월영이 장성하여 13살이 되었다. 월영은 골격이 시원하고 눈빛이 빛나서 푸른 바다에 밝은 구슬이 솟고 지는 해가 약목[64]에 걸린 듯하였으며, 거울 같은 눈매와 먼 산 같은 눈썹, 조용하고 곧은[65]

---

63) 어린아이 : {황구소ᄋᆞ}. ‘황구(黃口)’는 부리가 누른 새 새끼라는 뜻으로 어린아이 혹은 미숙한 사람을 가리킬 때 쓰는 말임.

64) 약목(若木) : 예전에 해가 지는 곳에 서있었다는 나무. 해가 지는 곳을 의미함.

기질은 가을 서리 같은데 화려하고 시원시원하여 재주 있고 아름다운 여자가 될 기상이 많았다. 월영은 아우 교영과 더불어 같은 방에서 지내면서 여공(女功)을 다한 여가에 글을 읽었다. 재주가 빠르고 필법이 정교하여 사령운(射靈運)[66]보다 못하지 않았고 인물은 반듯하게 생겼지만 장난치기를 좋아하였다. 교영은 온화하고 아담하면서도 기발[67]하여 봄비 촉촉한 푸른 이끼 같았다. 사람됨이 약한 듯하나 실은 너무 활발하여서 맑은 것에 가깝고, 성격이 부드러워 굳은 결심이 없으니 부인이 늘 안 좋게 여겨 탄식하였다.

"월영이는 밖으로는 화려하나 마음은 얼음 같고, 외모는 유순하고 활발
18 하나 그 속은 돌 같으니, 비록 날카로운 칼끝[68] 같은 쟁기[69]로 위협해도[70] 그 곧은 마음은 고치지 않을 아이이지. 하지만 교영이는 밖으로는 냉담하고 뜻이 팽팽하게 선 듯하나 그 마음은 바람에 흔들리는[71] 거미줄 같구나. 그러니 내가 근심하는 것은 이 아이가 소씨, 양씨 두 가문의 맑은 덕을 떨어뜨리지는 않을까 하는 것이다."

그러자 석파 등이 이상하게 여겨 말하였다.

"첫째 낭자가 씩씩하고 정직하시나 오히려 둘째 낭자만 못하시거늘 부인이 어찌 늘 둘째 낭자의 서리 같은 기질을 나쁘게 여기십니까? 그 뜻

---

65) 조용하고 곧은 : {유한정뎡[幽閒貞靜]ᄒᆞᆫ}. '유한'은 여자의 인품이 조용하고 그윽한 것을 말하고 '정정'은 곧고 정밀한 것을 의미함.

66) 사령운(射靈運): {사두운}. 사령운의 오기인 듯함. 사령운(385~433)은 중국 남북조시대(南北朝時代) 동진(東晋)의 산수시인(山水詩人).

67) 기발 : {경발(警拔)}. '경발'은 착상 따위가 아주 독특하고 뛰어나다, 기발하다의 뜻임.

68) 날카로운 칼끝 : {셜봉}. 설봉(舌鋒)은 '날카롭고 매서운 말재주'인데 문맥상 '날카로운 칼끝'으로 옮겼음.

69) 쟁기 : {잠기}. '잠기'는 쟁기의 고어.

70) 위협해도 : {저히나}. '저히다'는 '위협하다', '두렵게 하다'는 뜻의 고어. "죄복(罪福)ᄋᆞᆯ 저히ᅀᆞᆸ거든" 〈용비어천가〉 124장.

71) 바람에 흔들리는 : {붓치ᄂᆞᆫ}. '붓치다'는 '부치다', ' 나부끼다'라는 뜻임.

을 모르겠군요."

참정 한경현이 소소저의 아름다운 소문을 듣고 구혼하니 부인이 허락하고 택일하여 육례(六禮)[72]로 한생을 맞았다. 딸 부부의 재주와 용모가 붉은 꽃과 옥 같은 나무 같으니 부인이 기쁨과 슬픔을 다스리지 못하였다. 상서 복야(僕射)[73] 이기휘 또한 교영에게 구혼하니 교영과 혼인하게 되었다. 신부의 꽃 같은 얼굴, 옥 같은 자태와 이생의 준수하고 맑은 기운은 하늘이 내린 한 쌍이었으나 이생은 소소저를 보고 기뻐하지 않았다. 그러더니 훗날 월영을 보고 칭찬하고 흠모하여 말하였다.

"곱지만 요염하지 않고, 맑지만 윤이 나며, 넉넉하되 진하지[74] 않으며, 정정하고 씩씩하니 이 진정 숙녀이며 가인(佳人)이로구나. 어찌 그 아이가 서로 같지 않을꼬?" 19

이렇게 안타까워하며 소공자의 재주와 용모를 보고는 더욱 진심으로 존경하여 늘 소경을 만나면 웃으며 말했다.

"내가 일찍이 보니 한생의 처는 진정 기이한 여자이군요. 비록 장모의 행동거지의 위엄과 용모에 미치지는 못하나 요즘 세상에 드문 여자요. 그대도 사람됨이 바르고 이름 있는 선비이거늘……. 어찌 홀로 내 부인만 떨어지는가 하는 것은 그 얼굴을 나무람이 아니라 인물이 단정하지 않은 것을 탄식하는 것이오."

---

72) 육례(六禮) : 『주자가례』를 따른 혼인의 여섯 가지 예법. 납채(納采 : 남자의 집에서 청혼 예물을 보냄) · 문명(問名 : 여자의 출생 연월일을 물음) · 납길(納吉 : 문명 후 길조를 얻으면 이것을 여자의 집에 알림) · 납폐(納幣 : 혼인을 정한 증명으로 예물을 여자 집에 보냄) · 청기(請期 : 남자 집에서 결혼날짜를 정하여 여자 집에 지장의 유무를 물음) · 친영(親迎 : 신랑이 신부 집에 가서 아내를 맞이함)의 여섯 가지 예를 치르면 결혼이 이루어지는 것임.

73) 복야(僕射) : 진(秦)나라 때에는 활 쏘는 것을 맡은 벼슬 이름이었으나, 당(唐)나라 이후에는 상서성(尙書省)의 장관(長官)임.

74) 진하지 : {툽디}. '툽디'는 미상이나 '툽툽디'로 보아 옮김. '툽툽하다'는 '진하다', ' 질다', '바특하다'는 뜻임.

그러자 소공자가 길게 한숨을 쉬고 대답하였다.

"우리들이 아버지께서 안 계시지만 어머니의 가르치심이 맹자 어머니보다 못하지 않으십니다. 하지만 자식이 두드러지지 못하여 가르치심을 받들지 못하고 도리어 못나고 어리석은 것이 심합니다. 맑은 세상에 세울 만한 행실이 없으니 부끄럽습니다. 하지만 누이는 단정한 여자라서 사리에 어두운 저와 같지 않지요."

이생이 또한 한숨을 쉬었다. 이생이 교영과 지극한 정은 있었지만 늘 부인의 사람됨을 나무라고 경계하였다. 일년이 지났는데 불행이 찾아왔다. 이복야[75]가 간신에게 잡혀 역적으로 모함당하는 일을 면치 못하여 친가, 처가, 외가 삼족이 다 죽임을 당한 것이다. 이생도 급제하여 한림 벼슬을 하고 있었는데 잡혀 들어갔고 임금이 친히 엄한 형벌로 죄 주시니
20 붉은 피가 뚝뚝 흘렀다. 그런데도 한림이 옥 같은 얼굴빛을 편하게 하고 눈동자를 감고서 한결같이 하는 말씀이 '나라를 위한 충성된 뜻'이며 '진정한 충성과 효성'이었으니, 끝내 거짓 자백을 하지 않고 형장[76]에서 죽었다. 그때 나이 17세였다.

한림이 죄를 시인한 것[77]이 없으므로 그 아내는 용서하여 서주(徐州)[78] 땅에 유배하였다. 시집 삼족이 다 죽임을 당했지만 교영 본인은 한림의 굳은 태도 덕분에 그 목숨이 살아서 서주 땅으로 유배가게 되었다. 그녀에게 만일 결단력이 있었다면 슬하에 한 명 자식이 없고 외롭고 약한 몸이 만리타향에 떠돌게 될 터인데 어찌 살 생각을 하였겠는가. 그러나 교

---

75) 이복야 : 이생의 아버지이자 교영의 시아버지.
76) 형장 : {당하[杖下]}. 장하는 장형(杖刑)을 집행하는 장소를 가리키는 말임.
77) 죄를 시인한 것 : {복됴[服招]ᄒᆞ미}. 복초는 문초를 받고 순순히 죄상을 털어놓는 것을 가리킴.
78) 서주(徐州) : 중국 강서성(江蘇省)의 북서쪽에 있는 도시.

영은 심기가 부드러운 까닭에 풀 이슬같이 부질없는 목숨이 구태여 살아서 서주를 향하였다. 길 떠날 때에 자운산에 이르러 하직 인사를 드리니 양부인이 딸을 안고 목 놓아 통곡하다가 피를 토하고 기절하여 고꾸라졌다. 석파 등이 겨우 구해서 깨우니 양부인이 가슴을 두드리고 크게 곡하면서 말하였다.

"내 일찍이 너희 세 남매로 마음을 위로하였는데 이제 네가 장차 이리 되니 이는 차마 견디지 못할 바이다. 그러나 너는 살았거니와 이생은 청년의 나이에 형장에서 죽어 놀란 혼이 되니 하늘이 어찌 차마 이런 일을 하시는가?"

말을 마치고 다시 기절하니 모두들 겨우 구했다. 소경이 누이를 재촉 21
하며 말하였다.

"날이 늦었고 어머니께서 지나치게 슬퍼하시니 누이는 출발하시지요."

그리고 어머니를 재삼 위로하고 차마 공차(公差)[79]만 보내지 못하고 교영과 동행하니 양부인이 울음을 그치고 주위에서 『열녀전』[80] 한 권을 가져다가 교영에게 주며 말하였다.

"이 가운데 여종편[81]과 도미(都彌)의 아내[82]며 백영(伯嬴)[83] 공주며 역

---

79) 공차(公差) : 관청에서 보낸 관리나 사자(使者)를 가리킴.

80) 『열녀전』 : 『열녀전』은 부녀의 교양을 위하여 만들어진 부인들의 전기로 두 종류가 있음. 첫째는 유향(劉向)이 지은 『열녀전(列女傳)』 8편 15권으로, 나중에 송(宋)나라 방회(方回)가 7권으로 간추림. 부인의 유형을 모의(母儀) · 현명(賢明) · 인지(仁智) · 정신(貞愼) · 절의(節義) · 변통(辯通) · 폐얼(嬖孽)의 7항목으로 나누어, 항목마다 15명 가량을 수록함. 유명한 현모 · 양처 · 열녀 · 투부(妬婦)의 이야기는 모두 다 나와 있음. 둘째는 명나라 해진(解縉) 등이 임금의 명으로 지은 것으로, 상권은 고대부터의 후비(后妃), 중권은 제후(諸侯) · 대부(大夫)의 처가 수록되어 있고, 하권은 사인(士人) · 서인(庶人)의 처의 전기임.

81) 여종편 : 여종(女宗)은 중국 춘추시대 송(宋) 나라 포소의 처로 남편이 두 번째 부인을 얻었음에도 불구하고 남편과 시어머니를 잘 모신 인물임.

82) 도미(都彌)의 아내 : 도미는 백제 개루왕 때 사람으로 의리에 밝았으며 그 아내는 절개 굳고 아름답기로 유명했음. 김부식 『삼국사기』 「열전」 〈도미 처〉 참고.

83) 백영(伯嬴) : 춘추시대 초나라 평왕의 부인이며 소(昭)왕의 어머니이자 진(秦) 목(穆)공의 딸.

대 절개 있는 부인의 행적이 들어 있다. 그러니 네가 마땅히 유배지에 가져가 이 책이 네 주변에서 떠나지 않게 하여라. 그러면 깊은 산 궁벽한 골짜기에서 호랑이, 시랑 같은 무리가 비례(非禮)로 핍박해도 몸은 십만 군병이 지켜주는 것보다 굳으며 그 도움은 옥 같아서 절개를 잃지 않을 것이다. 하지만 만일 이를 어그러뜨리면 가문에 욕이 미칠 것이니 구천에 가서라도 서로 보지 않을 것이다."

교영이 통곡하고 명을 받든 후에 길을 떠나니 공자가 함께 가 주었다. 서주 땅 경계에 이르러 공자가 돌아가게 되자 남매가 서로 붙들고 통곡하니 사람들마다 차마 보지 못하였다. 공자는 또한 그 누이를 알므로 울면서 말하였다.

"제가 생각해 보니 여자의 사덕(四德)[84] 중에는 절개가 으뜸입니다. 누이는 타향에 있지만 몸 숨기기를 소상(瀟湘)[85] 보옥같이 하고, 조심하
22 기를 깊은 연못에서 봄 얼음 디디는 것같이 하고, 뜻을 쇠와 돌같이 단단하게, 가을 서리같이 매섭게 하셔서 훗날 다시 만나기 바랍니다."

공자의 이 두어 마디 조심시키는 말이 백행(百行)에 통하고 또 누이를 근심해서 하는 말이었다. 교영도 부끄러워 울며 "네 말을 잊지 않겠다."라고 하였다. 공자가 돌아와 어머니를 뵈니 온 집안이 새롭게 슬퍼하였다.

이때 나라에서 과거 시험을 치르는데 생의 나이 14세였다. 양부인이

오(吳)나라 군대가 초나라의 도읍에 이르렀을 때 오왕 합려가 평왕의 후궁 등을 모두 따르게 했다. 이때 백영은 칼로 자결하여 따르지 않았음.

84) 사덕(四德) : 여자로서 갖추어야 할 네 가지 덕으로 마음씨[婦德], 말씨[婦言], 맵시[婦容], 솜씨[婦功]를 말함.

85) 소상(瀟湘) : 중국 호남성(湖南省) 동정호(洞庭湖) 남쪽에 있는 소수(瀟水)와 상수(湘水)가 합쳐지는 지역을 말함.

탄식하며 말하였다.

"공명을 얻는 것이 기쁘다고 하지는 않았지만 너는 나의 하나밖에 없는 아들이다. 그러니 까닭 없이 과거 시험을 안 보지는 못할 것이다."

공자가 본래 뜻이 넉넉했는데 이한림을 보고는 과거[86] 볼 뜻이 더욱 씻은 듯 사라졌다. 그러나 편모께 효도로 봉양하며 중하게 모실 사람이 자기뿐이어서 부모님을 기쁘게 해 드릴 생각으로 어머니 말씀을 순순히 따라 과거 시험장에 들어갔다. 이 날 한생도 함께 들어가 시험을 보았다. 천자가 아홉 용이 새겨진 금상(金床)에 높이 앉으시고 문무백관이 구름같이 좌우에 늘어서 있었다. 천자가 어필로 과거 제목을 내시고 향을 피워 하늘에 아뢰어 재주 있는 인물을 얻을 수 있도록 기도하고 백관에게 말씀하셨다.

"내 조정에 학식이 넓고 글을 두루 많이 읽은 문신이 적도다. 오늘 성균관 문묘에 참여하되[87] 깊은 대궐 안에서 삼일 동안 몸을 근신하여 하늘에 기원하고 계수나무 꽃과 청삼(青衫)을 각별하게 궁중에서 선택하여 만들었으니 기특한 재주 있는 이를 얻게 되면 특별히 주어 풍속 23
을 권장하고자 한다."

백관이 다 마땅하다고 아뢰었다. 자신이 황제가 타시던 소요마에 금으로 장식한 안장을 즉시 갖추시고 특별히 만든 화대(華帶)를 용상 가에 놓고 인재 얻기를 바라시는데 그 마음이 마치 가뭄에 비를 기다리는 듯하였다. 이때 소공자가 천자가 화대를 특별히 만들어 인재 얻기를 바라시는 것을 보고는 글을 일찍 바치는 것이 좋지 않다고 여겨 한가하게 놀다가

86) 과거 : {과옥}. 과옥(科獄)은 조선 시대에 과거(科擧) 부정으로 일어난 형사 사건을 뜻하나 여기에서는 이한림이 과거를 보고 벼슬을 하다가 변을 당했기 때문에 이런 표현을 쓴 것으로 보임.
87) 성균관 문묘에 참여하되 : {알성(謁聖)ᄒᆞ디}. '알성'은 왕이 성균관 문묘에 참여하는 일을 가리킴.

마칠 시각이 다 되어서야 종이[88]를 펴고 붓을 들어 한번 휘둘렀다. 종이 위에 구름이 어리고 글씨가 살아 움직이는 듯[89]하였다. 어느새 다 쓰고는 한생에게 주면서 함께 바치라고 하고 붓을 던진 후 두루 걸어 다니다가 한 곳에 이르렀다. 다섯 사람이 앉아 있는데 종이를 어루만지며 당황한 기색들이니 소공자가 마음 속으로 탄식하며 말하였다.

'저런 재주를 가지고 과거 시험장에 참여한 것이 실로 가소롭구나.'

그리고서 그 하는 모습들을 보았다. 앞에 있는 선비가 한숨을 쉬며 말하였다.

"내가 과거를 귀하게 여기는 것은 아니라네. 하지만 편모께서 바라시는 마음을 저버릴 수 있겠는가?"

또 한 선비가 슬퍼하며 말하였다.

"그대 사정도 슬프긴 하오. 그런데 내 경우는 늙으신 아버지께서 병환 중에 내가 영화롭게 되는 것을 보고 싶어 하신다오. 그래서 부모님을 기쁘게 해 드리고자 했는데 낙방할 것이 분명하겠소."

그 나머지 세 사람은 서로 얼굴을 돌아보는데, 얼굴 표정에 경황이 없
24 었다. 소공자가 그 말들을 듣고는 그들이 부모님을 위하는 마음에 감동하여 '어떤 사람들인지 물어봐야겠다.'라고 생각하고 가까이 가서 예의를 갖춰 인사하고 말하였다.

"여러 형장께서는 어느 곳에서 사시며 존함은 어떻게 되십니까?"

여러 사람들이 바야흐로 민망하게 있다가 생의 목소리가 나는 데를 돌아보았다. 옥으로 몸을 새긴 듯하고 꽃으로 얼굴을 만든 듯한 한 선인(仙

---

88) 종이 : {명지}. 명지(名紙)는 시지(試紙)라고도 하며 과서 시험에서 쓰던 종이를 가리킴.

89) 글씨가 살아 움직이는 듯 : {농새비등[龍蛇飛騰]}. '용사비등'은 용과 뱀이 하늘로 날아오른다는 뜻으로, 글씨가 살아 움직이는 듯 기운 찬 것을 가리킴.

人)이 백저포를 가을바람에 나부끼며 흰 얼굴에 검은 관(冠)을 쓰고는 고개를 숙여 저희를 향해 말을 묻고 있었다. 한번 보고 크게 놀라 순간 몸을 일으켜 자리를 만들고 말하였다.

"형께서는 어디서 오셔서 우리를 놀라게 하십니까? 우리는 다 서울에 있으니 하나는 이름이 유한이고, 둘은 형제로 경수, 경환이고, 둘은 내 사촌형제니 윗사람은 성우경이고 아랫사람은 임수보이지요. 다섯 사람이 다 같은 곳에서 함께 공부한 같은 또래로, 오늘같이 과거 시험장에 참여했습니다."

그러자 소공자가 말하였다.

"원래 여러분들이 같은 데서 공부했습니까? 글쎄요, 여러 형들이 지으신 것[90]이 이렇습니까?"

다섯 사람이 대답하였다.

"재주가 둔해서 글을 완성하지 못했지요. 형장은 글을 바쳤는지요?"

그랬더니 대답하기를, "제가 어찌 이렇게 빠르게 할 수 있겠소?"하였 25
다.

유한이 탄식하며 말하였다.

"저는 일찍 아버지를 여의고 홀어머니만 모시고 있습니다. 어머니께서는 제가 과거 보기를 너무나 바라셔서 나올 때 당부하시길 '네가 마땅히 계수나무 꽃을 꺾어 온다면 내 당당하게 문에 나가 맞이하겠다.' 하셨지요. 그런데 이제 글 제목을 보니 생각이 막혀서 빈 종이를 끼고 헛되이 돌아가게 생겼습니다. 늙으신 어머니께서 문에 기대어 기다리며 바라시던 것을 그만두시게 할 일을 생각하니 차라리 여기에서 죽고 싶

90) 지으신 것 : {가작(佳作)}. 가작(佳作)은 남이 지은 것을 높여 표현한 것임.

군요.”

경수, 경환이 말하였다.

“우리는 어머니께서 일찍 돌아가시고 늙으신 아버지께서 중병을 얻어 목숨이 아침 저녁에 달려 있습니다. 아버지께서는 고통이 심하신 와중에도 과거가 있다는 소식을 들으시고 약을 마련할 것으로 종이를 사셨습니다. 과거에 참여해서 생전에 영화를 보여 달라고 하시니 우리가 혹 손산(孫山) 아래만 되지 않는다면[91] 병중에 계신 아버지의 회포를 조금이나마 위로할까 바랐지요. 그런데 재주가 둔하여 장차 병든 아버지를 속이게 생겼으니 당초에 들어오지 않은 것만 못하게 되었습니다.”

말을 마치고 세 사람은 눈물이 비 오듯 흐르고 성우경, 임수보는 고개를 숙이고 묵묵히 앉아 있었다. 공자가 한번 듣고는 그들이 부모를 위하
26 는 사정을 불쌍하게 여겨 또한 눈물을 머금고 걱정하며 생각하기를, ‘군자가 세상에서 지내면서 사람의 급한 사정을 구하지 않겠는가? 하물며 내 죄악이 매우 중하여 아버지의 얼굴과 사랑을 모르고 두 명 누이 중 한 명이 저렇듯 고생하니[92] 내 잠깐 선을 베풀어 전후의 죄를 면해야겠다.’ 하고 위로하며 말하였다.

“여러 형들의 말을 들으니 저도 모르는 사이에 제 마음이 슬퍼졌습니다. 다들 글의 초안을 잡지 않으셨다면 제가 필력이 추하고 재주가 둔하나 잠깐 대신 써드리리니[93] 문방사우를 빌려 주십시오.”

---

91) 손산(孫山) ~ 않는다면 : 손산(孫山)은 송나라 때 선비로 향시(鄕試)에 맨 마지막으로 붙었는데 고향에 돌아와 동네 사람이 자기 아들의 합격 여부를 물으니 ‘이름이 손산 아래 있다[名落孫山 : 과거에 떨어짐]’고 말한 것으로 알려진 인물임. 그러므로 ‘손산 ~ 않는다면’은 ‘과거에 떨어지지만 않는다면’의 뜻임.

92) 고생하니 : {굿기니}. ‘굿기다’는 ‘고생하다’의 고어.

모두들 놀라서 서로 돌아보며 대답하지 못하니 공자가 다시 말을 했다.

"옛사람이 말하기를 '사해(四海) 안이 모두 다 형제'[94]라고 하였으니 대장부가 어찌 의심하고 난처하게 여길 것이 있겠습니까? 제가 형장들을 처음 보고는 문득 평생 지음(知音)이 될 것 같은 까닭에 망령된 말을 했습니다. 그래서 여러분들께서 의심을 하시는군요."

유한이 염치를 잊고서 급히 사과하며 종이와 붓과 벼루를 가져왔다. 공자가 그가 초 잡은 것을 보니 겨우 예닐곱 구를 지었는데 논리정연한 문장이라고는 한 곳도 뛰어난 곳이 없었다. 공자가 다른 말은 않고서 맑은 목소리로 읊조리더니 벌써 진서와 초서를 섞어서 주옥 같은 재주를 흔들어 내니[95] 잠깐 사이에 다 지어 유한을 주며 말하였다.

"못난 글귀라서 병통이 많지만 이미 쓴 것이니 얼른 바치시지요." 27

유생이 하도 기뻐서 다만 감사하다는 말만 하였다.

"나를 낳아준 이는 부모이시고 다시 살게 하신 이는 형장이십니다. 제가 채찍을 잡아[96] 은혜를 갚으리다."

그러자 다른 이들도 비로소 종이와 붓을 가지고 나와 대신 지어달라고 부탁하였다. 공자가 넉 장 종이를 받아서 쓰는데 마지막 장에 이르자 장차 마칠 때가 가까워졌다. 공자가 옥같이 곱고 가는 손으로 산호 붓을 급히 휘둘러 쓰니 급한 비바람 지나가는 곳에 주옥이 떨어지는 것 같았고

---

93) 써드리리니 : {식칙ᄒᆞ리니}. '색책(塞責)하다'는 책임을 면하기 위해 겉으로 둘러대서 꾸미는 것을 가리키는데 여기에서는 맥락에 맞춰 옮김.

94) 사해(四海) ~ 형제 : {ᄉᆞᄒᆡ지ᄂᆡ다형뎨}. 사해형제(四海兄弟)는 사방이 다 형제라는 뜻으로 온 세상 사람들이 다 형제처럼 지낼 수 있다는 뜻을 가리킴. 『논어』「안연」에 "남과 접촉할 적에 공손하고 예를 지키면 사해의 안 사람들이 모두 형제가 된다[與人恭而有禮, 四海之內 皆兄弟也]"라는 구절이 있음.

95) 진서와 ~ 내니 : {진초롤 버므려 쥬옥을 흔드니}. 진서(眞書)는 해서(楷書)의 다른 이름.

96) 채찍을 잡아 : {채롤 잡아[執鞭]}. 집편(執鞭)은 귀인(貴人)이 외출할 때 채찍을 가지고 그가 타는 거마를 어거하는 것을 의미함.

필법은 총총한 반흘림체였다. 곳곳마다 글씨가 매우 활기차니 모두들 크게 놀라 글을 바치고 돌아와 자리를 내어주며 공경을 표하고 말하였다.

"예부터 글 잘 쓰고 재주 있는 선비는 많았지만 선생같이 빠르고 기이한 이는 천고에 없었습니다. 아무래도 선인이 우리를 살피심인가[97] 두려우니 선생께서 사시는 집과 이름을 알고 싶습니다."

공자가 본래 재주 자랑할 뜻이 없었으나 저 사람들의 사정이 불쌍하여 대신 지어 준 것이니 어찌 즐거이 이름을 말하겠는가? 다만 사양하며 말하였다.

"서툰 시로 종이를 더럽히고 여러 형장의 높은 이름을 욕되게 할 뿐입니다. 유익함이 없는데 어찌 과도하게 겸손하게 하셔서 제가 설 땅이
28 없게 만드십니까? 저는 본래 외롭고 쓸쓸한 신세로[98] 이름도 없으니 어찌 선인이라 하심을 감당하겠습니까? 훗날 서로 볼 날이 있겠지요. 형장은 굳이 다시 묻지 마시고 또 번거롭게 널리 알리지 마십시오."

말을 마치고 일어나 천천히 인사를 하고 서쪽으로 갔다. 모두들 이상하게 여겨 가만히 뒤를 좇아 살피니 그 소년이 한 젊은 선비 곁에 가서 앉았다. 그 선비가 "자문이, 어디 갔었는가?" 물으니, "두루 구경했습니다." 하고는 다른 말을 하지 않았다. 그 선비는 한생이었다. 그들이 오래 서서 지켜보았는데 둘이 한담을 주고받으며 저희들에게 글을 지어 주었다는 말을 하지 않으니 더욱 수상하게 여기며 나중에 어떻게 하는지 보고자 하였다.

이때 모든 시권을 학사가 채점하여 천자께 올리니 천자가 살펴 정하시

97) 살피심인가 : {믹바드민가}. '맥받다'는 남의 눈치나 뜻을 살핀다는 뜻임.
98) 외롭고 쓸쓸한 신세로 : {누〃냥〃[踽踽凉凉]ᄒᆞ야}. '우우냥냥'은 '외롭고 쓸쓸하여'라는 뜻인데 문맥을 고려하여 이같이 옮김.

는데 문득 시험관들이 여러 권자(卷子)[99]를 가지고 천자 앞에 이르러 아뢰었다.

"여섯 장 글이 매우 비상합니다. 성당(盛唐)[100] 때의 교묘한 재주[101]라도 미치지 못할 것이니 저희들이 우열을 가리지 못하겠습니다."

황제가 받아보시니 필법이 날아오를 듯하여 구름이 일고 용과 뱀이 뛰노는 듯 글자 획이 기이하였다. 맑고 맵시 나게 곱되 깨끗하고 굳세며, 시의 뜻이 맑고 새롭고 빼어나고 우아하니 어찌 매 편마다 한갓 수놓은 비단에, 글자마다 옥구슬에 비하겠는가? 바다를 헤치고 장강을 바라다보는 것 같아서 스스로 등선(登仙)하고자 하는 듯했다. 신이한 붓놀림은 이미 29
종요(鍾繇)[102]와 왕희지(王羲之)[103]보다 낫고 재주는 이태백과 두보보다 나았다. 한번 보니 눈이 어찔하고 읽어가니 정신이 상쾌하여 황제가 크게 놀라시며 칭찬하셨다.

"내가 조정에 인재가 적은 것을 한탄했는데 오늘 여섯 인재를 얻으니 어찌 다행스러운 일이 아니겠는가? 다만 한결같이 아름다우니 장원을 정하기 어렵구나."

---

99) 권자(卷子) : 두루마리. 과거를 볼 때 글을 지어 올리던 종이.

100) 성당(盛唐) : 중국 당(唐) 300년은 시에 있어서 황금시대로 초당(初唐), 성당(盛唐), 중당(中唐), 만당(晩唐)의 4가지로 구분됨. 그 중에 성당(盛唐)은 시문학이 가장 융성했던 시기로, 현종(玄宗)의 개원 원년(713)에서 숙종(肅宗)의 상원(上元) 2년(761)에 이르는 48년간을 말함.

101) 교묘한 재주 : {묘슈[妙手]}. 묘한 기술이나 수를 의미함.

102) 종요(鍾繇) : {종유}. 이는 종요의 오기일 것으로 보임. 종요(鍾繇)는 삼국시대 위(魏)나라의 정치가·서예가. 자는 원상(元常). 영천군(潁川郡) 장사현(長社縣) 출생. 후한(後漢)에서 벼슬하여 상서복야(尙書僕射)에 올랐으나, 조조(曹操)와 제휴하여 위(魏)나라 건국 후에는 조조 이후로 3대를 섬겨 중용됨. 글씨는 팔분(八分 : 隷書)·해서(楷書)·행서(行書)에 뛰어나, 호소(胡昭)와 더불어 '호비종수(胡肥鍾瘦)'라 일컬어짐. 왕희지(王羲之)는 특히 그의 글씨를 존경하였다 함.

103) 왕희지(王羲之) : 동진(東晋)의 서예가. 자는 일소(逸少). 우군장군(右軍將軍)의 벼슬을 하였으므로 세상 사람들이 왕우군이라고도 부름. 중국 고금(古今)의 첫째가는 서성(書聖)으로 존경받고 있으며, 그에 못지않은 서예가로 알려진 일곱 번째 아들 왕헌지(王獻之)와 함께 '이왕(二王)' 또는 '희헌(羲獻)'이라 불림.

얼마쯤 뒤에 임금과 신하가 함께 채점하시는데 이미 차례로 여섯째까지 정하시고 그 나머지 시권을 가려서 수를 채웠다. 장차 장원을 불렀다.

"산동인 처사 소광의 아들 소경으로, 나이 14세이오."

한생이 크게 기뻐하며 공자를 향해 축하하니 공자가 정색하고 답하였다.

"천하에 재주 있는 사람은 부지기수이지요. 어찌 제게 장원이 오겠습니까? 이는 반드시 이름이 같은 이가 있는 것입니다."

그런데 전(殿) 가운데에서 연이어 부르니 한생이 재삼 권하며 말하였다.

"동생의 높은 재주가 많은 사람들을 당당하게 이긴 것이네. 어찌 굳이 사양하는가?"

공자가 바야흐로 여러 사람들을 헤치고 우뚝하게 걸어서 대궐 섬돌[104]에 다다랐다. 그 모습을 멀리서 바라보니 둥실한[105] 밝은 달이 부상(扶桑)[106]에 떠오른 것 같아서 광채가 영롱하여 어지러울 따름이었다. 가까이
30 나아오니 시선을 고정하여 자세히 봤는데 옥 같은 골격에 눈 같은 피부였다. 눈썹은 강산의 맑은 이슬을 머금고 두 눈은 샛별이 반짝이는 듯하고 입술은 복숭아 빛[107] 같고 두 귀밑은 백년화를 꽂은 듯하고 두 뺨은 연분홍 복숭아꽃 같으며 태도는 준수하고 기질이 청신하니 어찌 한낱 반악(潘岳)[108]의 고움과 두예(杜預)[109]의 맑은 정신에 비길 바이겠는가. 얼굴에 북

---

104) 대궐 섬돌 : {옥계(玉階)}. 이는 대궐 안의 섬돌을 뜻함.

105) 둥실한 : {일륜(一輪)}. 일륜은 '수레바퀴'인데 문맥을 고려하여 이같이 옮김.

106) 부상(扶桑) : 동쪽 바다의 해 뜨는 곳 혹은 그곳에 있다고 하는 신령스러운 나무.

107) 복숭아 빛 : {도듀}. 도주(桃珠). '도주홍순(桃珠紅脣)'은 아름다운 붉은 입술을 지칭하는 말인데 문맥을 고려하여 이같이 옮김.

108) 반악(潘岳) : 중국 서진(西晉)의 문인. 하남성(河南省) 영양(滎陽) 출생. 어릴 때부터 신동이라 불렸고 또 미남이었다고 하는데, 용모가 아름다워 그가 젊었을 때 낙양의 길에 나타나면 여자들이 몰려와 그를 향해 귤을 던졌다는 고사가 있음. 미남의 대명사로 쓰임.

109) 두예(杜預) : 중국 진대(晉代)의 학자, 정치가. 하남윤(河南尹) · 진주자사(秦州刺史) 등을 역임하고 진남대장군(鎭南大將軍)이 되었음. 오(吳)를 평정한 공으로 당양현후(當陽懸侯)에 봉해졌으나 만년에는 학문과 저술에 힘을 기울인 인물.

두성이 벌여 있고 등에는 삼태성의 형상이 있으며 어깨는 봉황 같고 허리는 화살대 같으며 조용한 행동거지는 용이 노는 듯하였다. 문무백관이 크게 놀라고 전두관(銓頭官)[110]은 정신이 어린 듯 신래(新來)[111] 부르는 일을 잊었으니, 황제가 재촉하며 크게 칭찬하여 주위 사람들에게 말하였다.

"내가 오늘 세상을 다스릴 인재를 얻었구나."

백관이 바야흐로 일시에 만세를 불러 축하드렸다. 차례로 부르니 유한, 경수, 경환, 성우경, 임수보 등 다섯 사람이 구슬을 꿴 듯이 참예하였다. 이는 다 장원의 덕이었다. 일곱 번째에야 한생이 득의했고 그 차례대로 다 불러들이신 후 차례로 청삼(青衫)과 어사화를 주셨다. 소경을 전에 올려 위로하며 말씀하셨다.

"내가 소소부의 맑고 어짊을 공경해서 그에게 세상에 나오기를 청하였다. 그러나 그대의 아비가 고집하고 나오지 않아서 늘 애석하게 여겼
는데 이제 그대가 나를 도우려 하니 이는 조정의 큰 경사로다. 어찌 다 31
행하지 않겠는가?"

말을 마치고 친히 청삼과 어사화를 주시고 천자의 말인 소요마와 천동쌍개(天童雙蓋)[112]를 내려주셨다. 생이 전을 향해 네 번 절해 은혜에 감사드리며 즐거이 나아갔다 들어갔다 하는 모습이 마치 태을선군(太乙仙君)[113]이 옥경에 조회하는 것 같았다. 그 모습이 정숙하여 옛사람의 위엄

110) 전두관(銓頭官) : 인재를 뽑는 일을 담당하던 부서인 전부(銓部)의 우두머리. 과거 시험 채점관.
111) 신래(新來) : {실닉}. 신래(新來). 신래(新來)란 과거에 새로 급제한 사람을 말함.
112) 천동쌍개(天童雙蓋) : 임금님이 내려 주신 예쁜 남자 아이를 들러리로 하고 청・홍색 두 개의 일산(日傘)을 받침을 뜻함. 천동의 용례는 다음과 같음. "무과에 급제한 유숙(柳塾), 한치례(韓致禮), 박숙선(朴叔善) 등에게 각각 천동(天童) 10인, 청주(清酒) 30병을 내려주고"(『세조실록』 21권)
113) 태을선군(太乙仙君) : 주로 병란, 재화, 생사를 맡아 다스린다고 하는 신령스러운 별을 관장하는 신선 세계의 관원.

이 있으니 온 조정이 흠모하고 감탄하기를 마지않았다. 과거에 합격하고[114] 자운산에 이르자 양부인이 놀라고 기뻐함을 이기지 못하여 바삐 불렀다. 멀리서부터 보이는 생의 풍채가 사람을 놀라게 했으며 안색이 기이함을 보고는 아름다움과 슬픔이 번갈아 몰려왔다. 양부인이 공자의 손을 잡고 눈물을 흘리며 말하였다.

"네 어미가 오늘 경사스러운 일을 보게 될 줄은 꿈에서도 생각 못했던 것이다. 노모가 죽어 구천에 가더라도 한이 없겠구나."

생이 또한 얼굴 표정을 가다듬고 두 서모를 보니 석파, 이파 등이 다 칭찬하고 축하하기를 마지않았다. 문득 한생이 이르러 또한 계수나무와 청삼을 가지고 뵈었다. 부인이 갑자기 이생을 생각하고 더욱 슬퍼 눈물이 비 오듯 하니 석파 등이 위로하였다. 부인이 잔치를 열어 즐기고 양참정
32 이 손자와 손자사위의 영화를 기뻐하여 경내에 청하여 사흘 동안 큰 잔치를 열었다. 만조백관이 장원의 풍모를 보고 새롭게 흠모하며, 한생이 관옥 같음을 또한 칭찬하였다. 즐기기를 마치니 천자가 한생은 한림[115] 탐화(探花)[116]를 시키시고 소생은 금문직사(金門直士)[117]를 시키셨다. 소공자가 마지못하여 벼슬살이를 하였다. 그리고 그때 글 지어준 다섯 사람이 다 당대 이름난 선비로 한림원에 뽑히니 모두 소생의 덕이었다. 다섯 사람이 그날 전(殿) 앞에서 장원한 이가 저희의 은인인 것을 보고 찾아가고

114) 과거에 합격하고 : {챵방ᄒᆞ야}. 창방(唱榜)은 방목(榜目)에 적힌 과거 급제자의 이름을 부르던 일.

115) 한림 : 한림은 한림원(翰林院)으로, 학문과 문필(文筆)에 관한 일을 맡던 곳을 이르며. 한원(翰苑)이라고도 불렸음.

116) 탐화(探花) : 과거의 갑과(甲科)에서 세 번째로 급제한 사람을 가리킴.

117) 금문직사(金門直士) : 금문에 소속된 직사. 금문은 금마문(金馬門)의 준말로 한나라 미앙궁의 문 가운데 하나. 문 앞에 동제(銅製)의 말이 있었으므로 금마문이라 칭해짐. 후에 금마(金馬)와 옥당(玉堂)이 함께 쓰여 한림원(翰林苑)의 이칭이 됨. 직사는 벼슬 이름인데, 주로 과거에 갓 급제한 이에게 내려진 벼슬로 사관(史官)의 역할을 함.

자 하였으나 역시 바빠서 육칠일이 지나서야 자운산에 이르렀다. 산천이 빼어나고 경치가 수려하니 그윽한 풍수가 예사로운 땅이 아니었다. 깊이 들어가 큰 못 하나를 건너 골짜기 가운데로 들어가 오리(五里)쯤 갔다. 소나무 사이로 우뚝한[118] 누각이 햇빛에 비취니,[119] 이는 곧 소처사의 집이었다. 동네 입구에 있는 돌비석에 '자운산 와룡담 장현동'이라고 새겨져 있었고, 그 문에 다다르니 푸른 문에 액자를 썼는데 '소처사 은성문'이라고 하였다. 모두 다 감탄하며 말하기를, "진정 거룩한 세계로구나." 하였다. 명함을 들여보내니 푸른 옷을 입은 동자가 나와 들어오라고 하였다. 모두 동자를 따라 열두 문을 지나가는데 갈수록 헌칠하고 기이하여 마치 몸에 학 날개가 생겨 신선이 되어 날아갈 듯하였다. 한 곳에 이르니 33
비단창이 한가하고 원만한 곡선 난간이 화려하여 응당[120] 신선의 집인데, 소직사가 대나무 관에 흰 옷을 입고 맞아 올려 인사를 마쳤다. 그 사람들이 피석(避席)[121]하여 산 같고 바다 같은 은덕에 감사하기를 마지않았다. 그러자 소직사가 정색하고 겸손하게 사양하여 말하였다.

"제가 우연히 솟[122]을 토하여 써 드린 적이 있는데 여러 형장께서 벼슬에 올랐으니 이는 곧 그대 집 복덕(福德)이 중한 까닭이지요. 어찌 내 글을 힘입은 것이 있겠습니까? 이제 함께 조정 신하가 되었으니 서로 지음(知音)이 될 따름입니다. 어찌 여러 번 말해서 다른 사람이 알도록 하는 게 옳겠습니까?"

---

118) 우뚝한 : {거록한}. 이를 문맥을 고려하여 '우뚝한'으로 옮김.
119) 햇빛에 비취니 : {브이니}. '브이다'는 눈부시게 비치다는 뜻의 고어.
120) 응당 : {표연(飄然)ᄒᆞᆫ}. 이는 나타나거나 떠나는 모양이 거침없음을 의미하므로 문맥상 거침없다는 의미를 살려 이같이 옮김.
121) 피석(避席) : 공경의 뜻으로 웃어른을 모시던 자리에서 일어나는 것을 가리킴.
122) 솟 : {숫글}. '숫ㄱ'은 솟의 고어.

그들이 더욱 감탄하여 경씨 형제가 말하였다.

"아버지께서 병 가운데 우리들의 경사를 보시고 천만다행으로 차도가 계시니 이 더욱 지극한 은혜이지요. 죽어도 다 갚지 못할 것입니다."

소현성이 재삼 사양하고 술과 반찬을 드려 잘 대접하며 서로 지기(知己)가 되자고 언약하고 실컷 취하는데 그는 본래 술을 먹지 않는 까닭에 다만 손님에게만 권할 따름이었다. 석양에 돌아가면서 다섯 사람이 산천을 돌아보며 감탄하였다.

"천지가 처음 만들어질 때 맑은 기운이 이 산천에 넘놀았거늘 소직사
34 가 그 땅의 기운과 사람의 품성과 하늘의 명[123]을 다 거두어 가슴 가운데 감추었구나. 골짜기 이름이 '장현'이니 참언(讖言)이 되어 '어진 이를 감춘 골짜기'이고, 연못 이름이 '와룡'으로 '용이 누운 못'이니 다 소생에게 응한 것이었도다."

드디어 가지에 기대어 소나무에 쓰고 돌아가니 이때부터 친구가 되었다. 소공자가 한생과 함께 소임을 다하니 열 살 갓 넘은 어린아이지만 하는 일과 위엄 있는 태도는 수신(修身)한 군자의 풍모가 있었다. 비록 조정의 큰일과 어려운 조서라도 조용하고 신속히 처리하여 조금도 어려움이 없었고 하는 일마다 다른 사람보다 나았다. 원로대신과 사리에 밝은 재상이라도 미치지 못하니 만조백관이며 천자가 더욱 중하게 여기셨다. 이때부터 양부인의 어짊이 맹자 어머니에게 비길 만하다고 일컬어졌다.

각설(却說). 이한림의 처 교영이 유배지에 머물었는데 그 옆집에 유장이란 백성이 있었다. 그가 상처(喪妻)하고 홀아비로 지내게 되니 어진 여자를 구하였는데 담 너머에 사는 이한림의 처가 외롭게 지낸다는 것을 듣

123) 사람의 품성과 하늘의 명 : {셩명[性命]}. 이는 인성(人性)과 천명(天命)을 이름.

고 서로 뜻이 맞아 사통하여 산 지 삼년이 되었다. 그런데 시아버지 이복야의 억울하고 답답한 사정을 아뢴 이가 있어서 천자가 뉘우치시고 이씨 가문을 용서하여, 죽은 이는 추증하시고 산 이는 풀어주었다. 소공자가 조정 일을 마치고 돌아와 어머니께 고하고 기쁜 마음으로 이생의 묘를 수리하고 누이[124]가 돌아와 제사 드리기를 기다렸다. 35

용서한다는 문서가 서주에 이르니 교영은 오히려 깜짝 놀라며 기뻐하는 기색이 없었다. 교영은 마지못해 길을 떠나면서 유장에게 찾아오라고 당부하고 서울에 이르렀다. 소공자가 100리를 나가 맞이하니 남매가 반갑고도 슬퍼했고, 집에 이르니 부인이 신을 벗고 문 밖에 나와 딸의 손을 잡고 새삼 통곡했으며 월영 또한 붙들고 울며 말하였다.

"우리 형제 각각 하늘 끝에 떨어져 있어서 모일 날이 없더니 임금님의 은혜를 입어 다시 모이게는 되었구나. 허나 너의 거동을 차마 어이 보겠느냐?"

석파 등이 역시 슬퍼하고 위로하니 교영이 한편으로는 슬프고 또 한편으로는 부끄러웠다. 슬픈 것은 어머니와 가족을 만나서였고 부끄러운 것은 제 행실을 천하게 했기 때문이었다. 이날 밤에 부인이 딸을 데리고 자면서 밤이 새도록 어루만지며 감회를 느끼고 물었다.

"네가 정절을 온전히 지켰느냐?"

교영이 대답하기를, "제가 어찌 정절을 잃었겠습니까?" 하니, 부인이 기뻐하였다. 그런데 온 집안이 다 몰랐지만 공자만은 홀로 짚이는 것이 있었다. 교영이 온 지 십여 일이 지나 소생이 서당에 앉아 글을 읽는데 동자가 아뢰었다.

---

124) 누이 : {미쳐}. 매처(妹妻)는 형제들이 집에 있을 때 부르는 호칭.

36 "밖에 한 남자가 와서 상공을 뵙고 싶다고 하는데 서주에 사는 유장이 라 한다고 합니다."

공자는 본래 강산의 영명한 기운을 모아 아버지의 총명함이 있으므로 하나를 들으면 백 가지 일을 통하였다. 공자는 이미 동자가 전하는 말을 듣고 짐작하고 매우 놀라서 주위 사람에게 청하여 들어오게 하였다. 보니, 그 사람의 나이는 서른쯤 되었고 인물이 풍류 있게 생겼다. 서로 인사를 마친 후 자리에 앉으니 생이 물었다.

"일찍이 당신과 면분(面分)[125]이 없으니 글쎄, 무슨 까닭으로 찾아왔는가?"

그 사람이 공경의 표시로 몸을 굽히며 답하였다.

"저는 서주 사람으로 삼년 전에 이한림 부인이 귀양 왔을 때 운우의 정을 맺었습니다. 그런데 그 사람이 조정의 용서를 입어 돌아가면서 언약하기를 경성 남문에 있는 자운산 소처사 집에 간다고 하였던 까닭으로 천신만고 끝에 겨우 찾아 왔습니다. 선생은 누이와 저의 정을 생각해 주십시오. 누이에게 한 오라비가 있다고 하더니 분명 당신인 것 같습니다. 글쎄요, 장모를 뵙고 인사를 드릴까요?"

소학사가 한번 듣고는 가슴이 서늘해서 불행한 마음을 이기지 못하고 억지로 웃으며 말하였다.

"이곳은 소처사의 집이 아니라 소직사의 집이고 산은 자운산이 아니고
37 벽운산이오. 그대가 잘못 찾은 것이지요. 그러나 내가 듣기로 이한림 처가 서울로 오다가 도중에 죽고 빈 수레만 들어왔다고 하니 그대가 속절없는 수고를 했구려."

---

125) 면분(面分) : 얼굴이나 알 정도로 사귄 교분을 이름.

그러자 그 사람이 길게 탄식하고 말하였다.

"제가 잘못 찾아 귀하신 분의 눈앞에서 그만 무례하게 굴었으니 죄가 중하게 되었습니다. 황공하나 묻고자 합니다. 자운산은 어디입니까?"

공자가 대답하였다.

"네가 마땅히 하인에게 묻도록 해라. 나도 모르겠다."

그 사람이 인사하고 나가니 공자가 하인에게 분부하여 다시 그 사람이 오거든 들이지 말라고 하였다. 유장이 사방으로 바삐 다니며 자운산이 어디인지 물었더니 다들 남문 밖을 가리켰다. 다시 그곳에 나아갔더니 소부 문지기가 빛나는 창칼과 붉게 달궈진 매로 두려움을 조성하여 별 도리가 없어서 고향으로 내려갔다.

이때 소생이 유장을 계교로 보내고 나서 서당에 앉아 탄식하였다.

"우리 부모의 성덕과 조상의 명성이 어찌 이 누이로 인해 욕되게 될 줄 알았겠는가?"

한숨 몇 마디에 맑은 눈물이 옷깃을 적시니 이는 대개 누이가 돌아가신 아버지의 밝은 이름과 어머니의 어진 가르침을 잊은 것을 슬퍼함이었다.

시비 춘영은 석파의 심복이었다. 그녀가 소직사가 유장과 말할 때 그 내용을 들은 까닭으로 크게 놀라서 급히 돌아와 주인에게 아뢰니 석파가 38
하늘을 우러러 탄식하였다.

"부인이 교영을 늘 나무라시기에 우리가 이상하다고 여겼는데 부인이 과연 밝히 아셨던 것이었구나. 차마 어찌 그리 했겠는가? 이는 우리 같은 천한 사람도 못할 행실이로다."

서로 탄식하기를 그치지 않는데 마침 양부인이 지나가다가 듣고서 문을 열고 물었다.

“너희는 무슨 일로 슬퍼하며 한숨을 쉬는가?”

두 사람이 놀라서 머뭇거리고 감히 아뢰지 못하자 부인이 재삼 캐물었다. 그러자 두 사람이 감히 숨기지 못하고 모호하게 대답하였다.

“저희들이 듣기로는 한 남자가 서주에서 왔다고 하면서 낭군을 뵈었다고 합니다.”

양부인이 다 듣고 나서 몸을 돌이켜 침소에 이르러 시녀를 시켜 공자를 불렀다. 공자가 명을 듣고는 눈물을 거두고 어머니를 뵈었다. 부인이 한번 보니 공자의 낯에 가득하고[126] 옥 같은 얼굴에 눈물 자국이 있기에 이미 짐작하고 물었다.

“내가 들으니 서주에서 사람이 와서 네 누이를 찾았다고 하더구나. 그는 어떤 사람이냐?”

생이 묵묵히 말이 없는 채 대답을 하지 않으니 부인이 꾸짖었다.

“부모가 말씀을 하시면 입안에 머금었던 것을 뱉고 그 말에 답하는 것이 도리다. 네가 어찌 감히 묻는 말에 대답을 하지 않느냐?”

생이 돗자리에서 일어나서[127] 두 번 절하고 말하였다.

39 “제가 못난 것이 심하니 벌을 내려 주십시오. 과연 서주에서 온 사람이 누이를 찾기에 제가 계교로 물리쳤는데 차마 아뢰지 못한 것입니다.”

비록 아들의 말이 모호하여 자세하지는 않으나 부인이 한번 듣고는 딸이 실절(失節)한 것은 알았다. 그러자 부인은 갑자기 매우 화가 나서 주위 사람들에게 교영을 불러오게 하여 당 아래에 꿇리고 죄를 따졌다.

“네가 타향에서 유배살이를 했으나 몸을 깨끗이 하여서 돌아올 것이거

---

126) 낯에 가득하고 : {ᄂᆞᆾ치 ᄀᆞ족ᄒᆞ고}. ‘ᄂᆞᆾ’은 ‘낯’의 고어이고 ‘ᄀᆞ족ᄒᆞ다’는 ‘구비하다’, ‘넉넉하다’의 고어. 여기에서는 맥락상 얼굴에 눈물이 가득한 것으로 보임.

127) 돗자리에서 일어나서 : {돗글쪄나}. ‘돗ㄱ’은 ‘자리’, ‘돗자리’라는 뜻이므로 문맥상 이같이 옮김.

늘 순간 실절하여 죽은 아비와 산 어미에게 욕이 미치며 조상에게 불행을 끼치니 어찌 차마 살려 두겠느냐? 친정에는 못난 딸이고 시집에는 더러운 여자가 되어 천지간에 죄인이니 죽어 마땅하다. 그러므로 오늘 부모 자식의 정을 끊어 한 그릇 독주를 주니 빨리 마셔라."

교영이 아뢰었다.

"제가 비록 잘못했지만 어머니께서는 남은 목숨을 용서해 주세요."

그러자 부인이 꾸짖었다.

"네가 스스로 네 몸을 생각해 본다면 다른 사람이 죽으라고 재촉할 때
까지 기다리지도 않을 것이다. 하물며 그렇거든 무슨 면목으로 '용서'
두 글자를 입 밖에 내느냐? 내 자식은 이렇지 않을 것이니 내게 어미라
부르지 마라. 네가 비록 유배지에서는 약해서 절개를 잃었다지만 돌아
오게 되어서는 그 남자를 거절했어야 옳거늘 문득 서로 만나자고 언약 40
하고 사는 곳을 가르쳐 주어 여기까지 찾아왔으니 이는 나를 흙이나 나
무토막같이 여기는 것이다. 내가 비록 일개 여자지만 자식은 처단할
것이니 이런 더러운 것을 집안에 두겠느냐? 네가 비록 구천(九泉)에 가
더라도 이생과 아버지를 무슨 낯으로 보겠느냐?"

말을 마치고 약을 빨리 마시라고 재촉하며 교영에게 먹이니 월영이 머리를 두드리며 애걸하고 석파 등이 계단 아래에서 무릎을 꿇은 채로 슬피 빌며 살려주기를 바랐다. 그러나 부인의 노기가 등등하고 기세[128]가 매서워 겨울바람 부는 하늘에 걸린 찬 달 같았다. 소생은 눈물이 비단 도포에 젖어 자리에 고였지만 입을 닫고 애원하는 말은 한 마디도 입 밖에 내지 않으니 그 속뜻을 알 수가 없었다. 부인은 월영과 석파 등을 앞뒤에서

---

128) 기세 : {ᄉᆞ긔}. 사기(辭氣)는 말의 기운을 뜻함.

부축하여 들어가게 하고 그들의 청을 끝내 들어주지 않은 채 교영을 죽였다. 그 시신을 누일 빈소를 별채에 마련하니 월영과 소생이 서러워하는 것을 차마 볼 수가 없었다. 택일해서 장례를 치를 때 생이 어머니께 아뢰었다.

"이 누이를 이씨 선산에 묻을 수는 없게 되었습니다. 우리 선산에 장사 지내는 것이 어떻겠습니까?"

부인이 한숨을 쉬고 말하였다.

"네 누이가 남편 집에는 음란한 며느리가 되었고 소씨에게는 더러운
41 딸이니 어찌 네 집[129] 선산엔들 묻을 수 있겠느냐? 각별히 다른 산을 골라서 안장하여라."

생이 그 명을 삼가 받들고[130] 중당(中堂)[131]으로 나오니 석파가 따라와서 생의 소매를 잡고 울며 말하였다.

"소낭자가 비록 잘못했지만 부인이 어찌 차마 죽이기까지 하시며, 낭군은 살려달라는 말도 한 마디 안 하십니까? 이제 장사를 지내게 되었는데 이씨 가문의 묘에 묻는 것은 불가능하지만 소씨 선산에 묻어 지하에서 낭자가 외로운 영혼이 되지 않게 하는 게 옳습니다. 하물며 그런데 어찌 낭군이 오로지 부인 말씀만 들으시고 동기(同氣)의 정은 박하게 하십니까?"

생이 방석을 밀어 석파에게 앉으라고 하고 한숨을 한참 쉬더니 눈물을 떨어뜨리며 오열하다가 말하였다.

---

129) 집 : {짓}. '짓'은 '집'의 고어.

130) 삼가 받들고 : {비샤슈명ᄒᆞ고}. 배사(拜賜)는 웃어른이 주시는 것을 삼가 공손히 받드는 것이고 수명(受命)은 명령을 받는다는 뜻임.

131) 중당(中堂) : 내당과 외당의 중간에 있는 건물로, 내당에 있는 여자들과 외당에 있는 남자들이 모일 때 주로 이곳을 사용하였음.

"제가 비록 무식한 아이이지만 또한 형제의 정은 압니다. 어찌 누이를 죽게 하고자 하는 생각이 있으며 우리 선산에 장사지낼 뜻이 없겠습니까마는 일의 사정이 이러하니 장차 어찌하겠습니까? 어머니께서는 저희 세 남매를 두시고 만금같이 중하게 여기셨습니다. 사랑이 적어서가 아니며 정이 덜해서가 아닌데 천성이 굳세고 매서워 정대(正大)한 것을 선택하시는 까닭에 그 산 같은 정을 끊어 죽이신 것입니다. 무릇 임금과 부모가 잘못한 일이 있거든 곡진하게 아뢰는 것이 예이거니와 옳은 일을 하시는데 그르게 하시라고 아뢰는 것은 자식의 도리가 아닙니다. 42
어머니께서 처단하시는 바가 합당하지 않은 것이 없으니 장차 무엇이라고 하면서 말리면 좋겠습니까? 서모는 밝히 가르쳐 주십시오."

석파가 놀라서 말이 없더니 칭송하며 말하였다.

"저희들이 생각이 어두워서 아득하게 깨닫지 못하고 있었는데 낭군의 금옥 같은 말씀을 들으니 봄꿈을 깬 듯하군요."

그러자 생이 슬퍼하며 말하였다.

"불행해서 둘째 누이가 이런 변을 당하니 사람으로서는 차마 참지 못할 바입니다. 그러나 서모는 어머니 눈앞에서는 슬퍼하는 빛을 보이지 마십시오. 비록 정도(正道)로 약을 내리셨지만 마음 속으로는 그 슬픔이 칼에 베인 듯하십니다. 그러니 내가 감히 어머니 앞에서는 슬픈 빛을 보이지 못합니다."

석파가 참지 못하고 다가가 등을 두드리며 칭찬하였다.

"낭군은 참 어질군요. 공자, 맹자의 뒤를 이어 제삼자의 자리에 앉을 것입니다."

생은 탄식만 할 뿐 대답이 없었다. 이미 좋은 산을 골라서 교영을 안장

하고 종일토록 곡을 하였다. 그리고 집에 돌아와서는 안색을 온화하게 하
고 기운을 차분하게 하여 어머니를 뵈니, 부인이 바야흐로 상에서 내려와
43 생을 붙들고 길이 통곡하였다. 생이 더욱 슬퍼져 겨우 어머니를 위로하
고 물러나와 월영과 함께 눈물 흘리기를 그치지 않았고, 그 제사와 상복
입는 것을 극진하게 하였다.

이때 생의 나이 15세였다. 모란 같은 얼굴과 달 같은 광채며 버들 같은 풍채가 날로 새로우니 구혼하는 이들이 구름같이 많았다. 모든 창기들도 문에 모여 아리따운 태도와 잘 꾸민 말로 반하게 유혹하면서[132] 시첩 되기를 청하였지만 생은 다 물리치고 응하지 않았다. 하루는 여러 친구들이 와서 창기들을 스무 명 남짓 불러 풍류를 즐기도록 시켰다. 소생은 기쁘지 않았지만 친구들에게 잡혀서 시녀를 불러 자리에 술과 음식을 내보내라고 하였다. 석파가 일일이 차려서 손님을 접대했는데 그 자리에 있던 창기 네 명은 당대의 이름 있는 이들이었다. 그들이 맑은 음성을 내어 아름다운 목소리를 늘이니 깊은 가을에 슬피 우는 기러기와 같았고, 삼협에서 부르짖는 원숭이[133]라도 그 청초함에는 미치지 못할 것이었다. 소생이 웃으며 말하였다.

"진정 명창이로구나. 다만 너희들의 곡조가 새롭지 않으니 내가 가사 하나를 지어 너희 빈손에 값을 더하겠다."[134]

드디어 붓과 벼루를 내어 가사를 지어 여러 여자들에게 주니 그녀들이

---

132) 유혹하면서 : {다래여}. '달애다'가 기본형으로 '달래다', '꾀다'는 뜻의 고어.

133) 삼협에서 ~ 원숭이 : 진(晉)나라 환온(桓溫)이 촉(蜀)을 정벌하기 위해 가던 중 양자강 중류 삼협에서 병사들이 새끼 원숭이 하나를 잡아왔음. 어미 원숭이가 백여 리를 울며 따라와서 배에 올랐는데 오르자마자 죽었음. 이상하게 여긴 병사들이 배를 갈라보니 자식을 잃은 슬픔에 '창자가 토막토막 잘라져 있었다[단장(斷腸)]'고 하는 데서 유래함. 『세설신어』「출면편」 참고.

134) 더하겠다 : {도〃리라}. '도도다'란 '돋우다'란 뜻의 고어로, 여기서는 문맥을 고려하여 '값을 더한다'란 뜻으로 이같이 옮김.

크게 기뻐 감사하며 공자를 모시고 싶다고 간구하였다. 그러자 공자가 웃으며 말하였다.

"내가 본래 호걸의 마음이 없고 성인의 가르침에 뜻이 있으니 창녀는 44
모으지 않을 것이다."

그 가운데 유낭자란 기녀가 자리에서 일어나 낯빛을 고치고 말하였다.

"저는 기녀이나 실은 군자를 사모하여 다른 사람을 섬기지 않았으니 상공 밑에서 수건과 빗 시중 들기를 바랍니다."

그 자리에 있던 이들이 크게 웃고, 직사는 다만 웃음을 띠며 말하였다.

"군자가 세상에 태어나서 숙녀 얻기를 근심해야지 어찌 노류장화를 모으겠느냐?"

여러 사람들이 칭찬하기를, "형장은 진실로 사마천(司馬遷)[135]의 후신이십니다." 하였다. 석양이 지자 잔치가 끝났는데 가사를 지어준 네 명 창기가 가지 않았다. 생이 이상하게 여겨 가라고 꾸짖고는 들어가 어머니를 뵙고 한담하는데 문득 시녀가 부인에게 아뢰었다.

"경내에 있는 창원루 명창 유낭자, 홍선색, 경왕, 선랑 네 명이 부인께 명함을 들여보냈습니다."

그러자 부인이 말하였다.

"거참, 이상하다. 내 일찍이 과부가 되면서부터 집안에 있는 아이들에게도 풍류 가르치는 것을 금하였는데 어떤 창녀들이 명함을 들였느냐?

---

135) 사마천(司馬遷) : {태ᄉ쳔}. 사마천(司馬遷)은 전한(前漢)의 역사가. 자는 자장(子長). 태사령 사마담(司馬談)의 아들로. 부친 사망 후 부친의 뒤를 이어 태사령이 되었음. 무제(武帝) 때 흉노에게 항복한 이릉(李陵)의 일족을 다 죽이려는 논의가 있자, 그의 충신(忠信)과 용전(勇戰)을 변호하다가 무제의 격노를 사서 궁형을 당하고 그 후에 중서령(中書令)이 되었다. 부친이 끝내지 못한 역사 기술을 계승하여 태사령으로 있을 때 궁중에 소장된 도서를 자유롭게 읽었고 궁형을 당한 후에는 더욱 발분하여 거작인 『사기(史記)』를 지었음.

네가 빨리 나가 무슨 까닭으로 왔는지 물어보아라."

잠시 있다가 시녀가 돌아와 아뢰었다.

"상공이 가사를 지어주시고 다정하게 대하시니 머물고자 한다고 합니다."

부인이 다 듣고는 화를 내며 말하였다.

45 "내 일찍이 남편을 여의고 너를 의지하여 아름답게 혼인하기를 바랐다. 그런데 네가 어찌 감히 요사한 것을 외당에 모아 혼자서 방자한 일을 한단 말이냐?"

양부인이 주위사람들에게 공자를 잡아내리라고 하였다. 생이 어머니가 노한 것을 보고 크게 두렵긴 하나 저지른[136] 죄가 없으므로 편안하게 계단 아래로 내려서서 관을 벗고 용서를 빌었다.

"제가 비록 못났지만 어찌 감히 삿된 것들을 머물게 하고 어머니에게 숨기는 게 있겠습니까? 과연 아침에 여러 친구들이 경치 구경하러 와서 풍물을 갖춰 즐기니 저는 원래 집안이 번화하지 못하고 뜻이 화려한 데가 없지만 마지못해서 손님 접대를 한 것입니다. 또 곡조에 올린 가사가 매우 옛날 것이기에 여러 친구들과 장난으로 우연히 두어 수를 지어주었더니 저 무리가 갑자기 머물겠다고 해서 정말 괴롭습니다. 어찌 사사로운 정에 뜻을 두어서이겠습니까? 다만 제가 여러 친구들을 모아 어지러이 시끄럽게 하고 풍류를 들인 것이 어머니께서 치가(治家)하시는 위풍을 떨어뜨렸으니 그 죄는 죽어 마땅합니다."

부인이 공자의 온화한 말과 두려워하는 거동을 보고 노기가 거의 반이나 사그라졌다. 그러나 행여 혈기 왕성한 어린아이가 부인을 얻기 전에

---

136) 저지른 : {저즌}. '저줄다'는 '저지르다'라는 뜻의 고어.

여자를 들일까 두려워 다시 꾸짖었다.

"네가 어린 나이에 입신하여 천자의 은혜가 중하시니 마땅히 마음을 46
경계하여 체면과 위의를 바르게 해야 한다. 그리고 아비 없이 외로운 어미를 모시고 처지가 쓸쓸하니 호화롭게 지내는 것이 가하지 않거늘 과부의 집에 창기의 음악과 친구들을 어지럽게 모으겠느냐? 다시 네 마음대로 행동하면 결단코 용서하지 않겠다."

공자가 깊이 뉘우치고 머리를 조아려 죄를 인정하고 물러나와 네 명의 창기를 보냈다. 이 일이 있은 후로 더욱 몸을 닦으니 조용하고 침착하고 단정하고 엄한 것이 날로 더하였다.

이때 평장사(平章事)[137] 화현은 아들 일곱에 딸 둘을 두었다. 장녀 수은은 단정하고 영민하고 태도가 절색이었다. 늘 걸맞은 짝을 구했는데 금문직사 소경을 보고 매우 사랑하여 사위를 삼고자 하여 양참정에게 가서 구혼을 하였다.

양참정이 말하였다.

"내 하나밖에 없는 외손자의 며느리를 선택하는 일이 심상한 일이 아니라오. 그대 딸이 내 손자의 짝인가?"

화공이 웃으며 말하였다.

"상공이 믿지 않으신다면 오셔서 제 딸을 보십시오."

화공의 말에 양공도 웃으며 자운산에 이런 사실을 알렸다. 양부인은 화평장이 어진 사람임을 알기에 혼인을 허락하고 택일하여 혼례를 치르는데, 혼례식의 훌륭함은 비길 곳이 없었다. 수레 백 대로 신부를 맞이하

137) 평장사(平章事) : 당대(唐代)에 상서성・중서성・문하성의 장관을 재상이라 하였는데, 상설하지 않고 기타 관원으로 하여금 그 직무를 대행하게 하면서 동중서문하평장사(同中書門下平章事)라고 하였음.

47 여 집에 돌아와 자리에 앉았는데, 보니 신랑의 깨끗하고 빛나는 용모와 버들 같은 풍채가 표연하여 이태백보다 훨씬 나았다. 신부의 여리고 아리땁고[138] 우아하고 고운 기질도 신랑보다 못하지는 않았지만[139] 오히려 신랑의 눈같이 흰 살빛과 맑은 물에 샛별이 비친 듯한 눈매와 붉은 입술, 흰 이의 곱고 기이한 기품에는 한참이나 미치지 못하였다. 그러니 부인이 가장 서운하여 얼굴에 즐거운 빛이 없었고 집안의 어른들도, 나이 어린 사람들도 다 마음에 들어 하지 않았다. 혼례를 마친 후 신방에 나아가 합환주를 마실 때 직사가 잠깐 눈을 들어 신부를 보았다. 신부의 외모는 비록 자기에게 미치지 못했지만 그는 별로 개의치 않았고, 또 신부 얼굴에 한 조각 흠잡을 곳이 있었지만 소중히 대접하며 공경하기를 가벼이 하지 않았다.

다음날 폐백을 받들고 사당에 올랐다. 생이 잔을 올리면서 탄식하며 눈물을 흘리니 눈물이 푸른 옷소매를 적셨다. 이 모습을 보고 신부 또한 마음에 감동하여 낯빛을 가다듬었다. 그리고 사당에서 내려와 새 단장을 하고 부인께 예를 올리니 부인이 기쁨과 슬픔을 가라앉히지 못해 시원한 눈물이 옷깃에 가득하였다. 그 빛나고[140] 깨끗함은 마치 흰 연꽃 한 송이가 푸른 잎에 비스듬히 놓여 있는 것 같았다. 나이가 거의 오십[141]이지만
48 쇠하지 않았기에 그 자리의 손님들은 입이 마르도록 복이 있다고 칭찬했

---

138) 여리고 아리땁고 : {경영뇨라[輕英嫋娜]ᄒᆞ고}. '경영'은 '여리고 아리땁다'는 뜻이고 '요나'는 '가냘프며 아리땁다'는 듯임.

139) 못하지는 않았지만 : {상하[上下]티 아니ᄃᆡ}. 이를 문맥을 고려하여 '못하지는 않았지만'으로 옮김.

140) 빛나는 : {흐웍고}. '흐웍ᄒᆞ다'는 '흡족한', '윤택한', '무르녹은' 등의 뜻을 지닌 고어.

141) 나이 ~ 오십 : 『소현성록』 1권 47면 마지막 줄의 세 글자 정도가 판독 불가능함. 그런데 이 부분을 규장각본에서 참조해 보면 그 원문에 '년긔 오십이 거의로ᄃᆡ 화안셩티 쇼년의 희미한 지분을 버렷ᄂᆞᆫ 듯'으로 되어 있음. 이 부분을 참고해서 옮김.

는데[142] 월영을 보니 온갖 태도가 빛이 나는 게 신부보다 세 배는 더하였다. 어머니와 딸의 소담하고도 빼어난 자태가 그 자리를 비취니, 서로 감탄하기를 저 부인이 아니라면 저 한학사 부인 같은 이를 낳지 못했을 것이라고 하며 물었다.

"오늘 신부를 보니 당대에 빼어난 분이로군요. 글쎄요, 직사와 걸맞다고 여기시는지요?"

그 말에 부인이 웃으며 말하였다.

"내 자식에게 짝이 없을까 걱정했는데 신부가 빠지는 곳이 없으니 제게는 다행한 일입니다."

말이 끝날 무렵 석파가 나아가 아뢰었다.

"오늘 낭군을 부르셔서 한 쌍으로 뵙는다면 큰 경사일 겁니다. 부인 마음에는 어떠하신지요?"

부인이 비록 엄정한 성품이나 이런 경사스러운 일에서는 참지 못하고 주위사람들에게 생을 불러 오라고 하였다. 나이 어린 손님들은 휘장 사이로 들어오고 나이 든 부인네들은 모두 자리를 피하지 않은 채로 있었다. 이윽고 생이 자주색 두건에 푸른 도포를 입고 들어와 어머니를 뵙는데 여러 손님들이 있는 것을 보고 문득 자리를 피하고자 하였다. 그러자 모든 부인네들이 청하여 말하였다.

"저희들과 직사 사이에는 현격한 차이가 있지만 그래도 조카뻘이 됩니다. 그러니 어찌 내외를 하겠습니까? 어서 들어오셔서 양부인의 기쁨을 더하십시오."

생이 사양하고 썩 들어오지 않으려 하니 양부인이 소리를 내어 한번 49

142) 입이 ~ 칭찬했는데 : {칭복ᄒᆞ믈 이긔디 못ᄒᆞ고}. 문맥을 고려하여 이같이 옮김.

부르며 말하였다.

"방해 될 것 없으니 내 아들은 빨리 들어오너라."

그 말이 끝나기도 전에 생이 즉시 도로 나아와 그 자리에 있는 이들에게 예(禮)를 갖추고 잔을 들어 신부와 어깨를 나란히 하여 어머니께 헌수(獻壽)하였다. 번듯하고 우아한 풍채와 깔끔한 골격은 마치 해와 달의 정기가 머문 것 같았다. 신부도 들어왔는데 훤하게 둥근 달 같기는 신랑만 못하였다. 그러나 눈동자의 빛만은 자못 강하여 밝은 별 같으니 어찌 달과 별의 밝은 빛이 이르렀다고 하지 않을 수 있겠는가. 여러 손님들은 위로하는 말로 걸맞은 짝이라고 칭찬은 했지만 마음 속으로는 신랑이 아깝다고 생각했다. 월영의 아름다운 자태가 독보적이었는데도 소생에게는 쳐지므로[143] 오히려 떨어지는 곳이 많았다. 사람마다 도리어 남자가 너무 고운 것이 아닌지 기이하게 여기고 오래 살지 못할까 걱정하면서도 모두 축하의 말을 하였다.

"신부의 운치와 신랑의 아름다움은 옥황상제가 명하신 것이로군요. 그러나 직사가 우리 노인들을 보시고 너무 고집스럽게 예의를 차리시니 이는 도리어 우리 여자들이 지나치게 활발하다고 여기시는 것인지요?"

그러자 부인이 웃으며 인사를 하였다.

50 "제가 못난 자식을 두고 며느리 보기를 지나치게 바랐지요. 신부가 저에게 걸맞으니 어찌 기쁘지 않겠습니까? 하지만 외로운 인생이 고독하게 살면서 유복자가 과거에 급제하고 부인을 얻어 혼인하는 걸 보니 이 마음을 어찌 다 헤아리겠습니까?"

부인이 드디어 직사에게 말하였다.

---

143) 쳐지므로 : {드릭매}. '듣다'는 '떨어지다'라는 뜻임.

"이 자리의 부인네들은 모두 다 나와 절친한 분들이시다. 그러니 네게는 숙모와 조카 사이와도 같단다. 고집스럽게 지나치게 예의를 차리지 마라."

그러자 생이 편안하게 절을 하며 어머니 말씀대로 그 자리의 손님들에게 인사를 드렸다.

"저는 박명한 사람인데 외람되이 여러 숙모님들의 사랑을 입으니 감격한 마음을 이기기 어렵습니다. 제가 사람의 도리를 차리는 일이 부족해서 후한 뜻을 극진히 받들지 못할까 생각하니 더욱 황공할 뿐입니다."

그 자리에 있던 석상서 부인 진씨는 곧 석파와 가까운 친척이었다. 석상서는 바로 석수신의 적장자였고 석파는 첩의 딸이었는데, 석파가 부인에게 말하고 오늘 잔치에 자기 친척을 불렀기에 그 자리에 있었던 것이다. 직사가 공경하면서도 매우 삼가서 비록 입으로는 손님을 향해 말을 하고 있었지만 관을 숙여 눈길을 아래로 향하였다. 진씨는 그가 행여 부인네들을 볼까 십분 마음을 쓰며 조심하는 것을 보고 매우 기특하게 여겼다. 51

"상공이 늘 칭찬하셨어도 어디서 그렇게 기특하겠는가 생각했는데 과연 거짓말이 아니로구나. 15세 소년 남매가 어찌 이같이 신중할 수 있을까? 다만 신부는 많이 떨어지니 반드시 그 마음에 불쾌한 부분이 있을 게야."

이렇게 생각하면서 다시 주의 깊게 살펴보니 온화한 기운이 가득하여 부드러운 빛이 그 자리에 비취었다. 이를 보고 진부인이 가만히 석파에게 말하였다.

"신랑이 신부에게 정이 있는지요? 기색이 매우 즐거워 보입니다."

이 말에 석파가 웃으며 말하였다.

“우리 낭군은 세상을 아시면서부터는 화내는 얼굴과 불평하는 모습을 보이지 않으셨지요. 신부를 좋아해서 저러는 것이 아니고 평생 본래 기색이 저렇게 즐거워 보입니다.”

진씨가 속으로 생각하였다.

‘소생이 조정에서는 엄숙한 것으로 이름이 났고, 일찍이 유순하다는 말을 들어보지 못했지. 그러니 이는 반드시 어머니 앞에서는 온화하게 순종하고 관직에 임해서는 곧 맑고 곧은 게로구나.’

그러자 더욱 흠모하는 마음이 들었다. 술이 세 바퀴 돌자 공자가 물러나겠다고 인사하고 밖으로 나가는데 가는 허리와 빼어난 기상이 볼수록 새로웠다. 그 주위에 있던 사람들이 모두 감탄하며 말하였다.

“부인에게 아들이 하나 있지만 남의 열 아들을 부러워하지 마십시오.”

그 말에 양씨 또한 근심하며[144] 대답하였다.

52 “여러분들의 말씀이 옳으십니다. 그러나 한 명밖에 안 되는 자식을 사람들마다 지나치게 칭찬하시니 오래 가지 못할까 염려가 되기도 합니다.”

이렇듯 이야기를 나누다가 날이 저물어서야 자리를 파하였다. 신부를 녹운당에서 거처하게 하였는데 부인이 지극하게 사랑하는 것이 월영보다 못하지 않았고, 석파 등이 화씨가 생만 못하다고 말하기는 했으나 또한 사랑하고 따랐으며, 월영의 우애가 옛사람에 뒤지지 않았으니 화씨 일생이 자못 평안하여 흠할 것이 없었다. 또한 천성이 민첩하고 상황에 맞게 일을 잘 하여 무릇 나아가고 물러나는 것을 때에 맞게 하니 부인이 더욱 사랑하였다.

144) 근심하며 : {척〃}. ‘척척(慼慼)’은 ‘근심하는 빛이 있다’는 뜻임.

소생이 화씨를 얻고 화씨의 사람됨이 자기보다 못한 것을 알았으나 내색하지 않고 공경하고 후대하였다. 다만 침소에 들어가기를 드물게 하여, 한 달에 열흘은 침소에 들어가고 이십일은 서당에서 글 읽기에 힘썼다. 생이 어머니께 가서 기운을 온화하게 하고 낯빛을 편안하게 하고 누이와 두 서모와 더불어 한가하게 이야기할 때에도 혹 격조 있는 농담으로 분위기를 돕고 어머니의 뜻을 받들어 좋은 분위기를 돋우기는 하였으나 행여 화씨에게 눈길을 보내는 일은 없었다. 또 녹운당에 가는 날이라도 밤늦 53
게까지 어머니를 모셨다가 친히 이부자리를 펴드리고 베개를 바르게 해드려 어머니께서 누우신 후에야 물러나와 화씨 방에서 잤다. 그리고 새벽을 알리는 북이 울리면 일어나 세수하고 아침 문안을 드리고 대궐에 가서 조회에 참석한 후 어머니께 하루 세 때 문안하고 서당으로 가서 향을 피우고 옷매무새를 바르게 하여 종일토록 단정하게 앉아 사서를 공부하고 예법을 연구하였다. 그러니 집안사람들이 화씨가 정이 별로 없는 게 아닌지 매우 의심하였으며 양부인 또한 염려하여 석파를 불러 말하였다.

"아들이 화씨를 얻었는데 기색이 소원하니 매우 염려스럽네. 내가 묻고 싶어도 제가 나를 어렵게 여기고 그 사정을 말하지 않을 것이니 네가 가서 물어보는 게 어떠한지?"

석파가 그 말을 받들어 직사가 있는 곳을 찾아 서헌 백화정에 이르렀다. 두 쌍 동자가 난간 밖에서 학을 길들이고 있고, 구슬로 만든 발을 높이 걷었는데 향로의 향내가 그윽했으며[145] 주변에는 만 권 경서를 쌓아놓고 거문고를 비스듬히 세워 두었다. 몸이 마치 신선의 공간에 오른 듯한 곳인데 생이 책상에 『주역』을 펴놓고 자미수(紫微數)[146]를 점치고 있

145) 향내가 그윽했으며 : {팀향[沈香]은 ᄂᆡ를 토ᄒᆞ고}.

54 었다. 그윽한 대청 가운데 발 그림자가 몽롱한데 생의 백옥같이 흰 살쩍과 복숭아같이 붉은 입술은 분명 신선이 꽃과 나무 가운데 떨어진 것 같으니 석파가 새삼 사랑스럽고 감탄하여 고꾸라질 듯 다가가서 웃으며 말하였다.

"이 집은 소처사의 집인데 웬 신선이 온갖 꽃 가득한 가운데 있는가?"

생이 바야흐로 글 가운데 빠져 있다가 석파의 소리를 듣고 일어나 맞으며 웃으면서 말하였다.

"서모께서 듣기 좋은 말씀을 하시는[147] 건 갈수록 더하십니다."

드디어 자리를 내어주고 자기는 방석 밖에 앉은 채 물었다.

"서모께서 어찌 외당에 나오셨습니까?"

석파가 대답하였다.

"낭군이 부인께 문안하신 후에는 내당으로 들어오시는 경우가 없고 혹 화부인 숙소에 가실 때에도 이경[148]이 지난 후에야 가시니 제가 낭군이 그리워서 왔지요."

생이 문득 웃고 변명을 하듯 말하였다.

"내가 서모에게 정이 없어서가 아닙니다. 어머니께 문안할 때 함께 뵙게 되니 구태여 서모의 침소에 가서 뵐 일이 없기에 서모의 처소에 가지 못한 것이지요. 그런데 서모께서 스스로 저를 찾아오시게 했으니 불초했음을 깨닫습니다."

55 워낙[149] 생이 석파의 말을 알아듣고, 화씨를 어머니 앞에서 보니 사사

---

146) 자미수(紫微數) : 명리학(命理學)의 일종임.
147) 듣기 ~ 하시는 : {위쟈ᄒᆞ시믄}. '위자(慰藉)하다'는 위로하고 도와준다는 뜻인데 문맥을 고려하여 이같이 옮김.
148) 이경 : 이경(二更)은 밤 9시에서 11시 사이를 가리킴.
149) 워낙 : {원간}. '원간'이란 '워낙'의 고어.

로이 그 처소에 갈 일이 없다고 빗대어 말한 것이다. 석파는 영리한 사람이므로 그녀 역시 소생의 말을 알아듣고 웃으며 말하였다.

"저는 어머니 앞에서 보시거니와 화소저는 무슨 까닭으로 찾지 않으셔서 한 달에 열흘을 들어가거나 말거나 하시니 매우 괴이합니다. 낭군 부부는 다 젊은 청춘이라서 정이 중할 터인데 취성전[150]에서 모였을 때에도 여러 사람들 가운데서 말씀을 안 건네시고 또 눈도 보지 않으시니 남의 집 부인을 대하듯 조심하시더군요. 단정한 화소저도 무심코 낭군을 보실 때가 있는데 낭군은 도리어 부녀자의 부끄러움보다 더하십니다. 그러니 어찌 이상하지 않겠습니까? 제가 보기로는 낭군의 기상으로 부끄러워서 이렇게 하시는 것은 아니고 소저께 소원하신 것이 분명하니 뭐가 부족하셔서 그러신지 부족하게 여기시는 점을 알고자 합니다. 설마 저를 내외[151]하셔서 속이시겠습니까?"

생이 다 들은 후 낯빛을 부드럽게 하고 바르고 당당한 태도로 말하였다.

"제가 행하는 바는 세상 사람들과 다릅니다. 그러니 서모께서는 의심하지 않으시는 게 좋겠습니다. 그러나 선비가 글을 읽어 나라를 다스
리고 천하를 평정하며 몸을 닦아 집안을 다스림이 그 도리를 차리는 56
것이니, 오륜 가운데 부부 또한 중요합니다. 어찌 칠거지악에 걸리는 죄상이 나타나지 않았는데 까닭 없이 부모가 정해주신 정실을 박대하는 자가 있겠습니까? 이제 화씨가 우리 집에 들어온 지 몇 개월에 어머니께서 사랑하시고 누이가 우애롭게 대하시며 두 서모가 후대하시는데 하물며 내 부부의 정이 박할 게 있겠습니까? 다만 남자가 비록 부인

150) 취성전 : 소현성의 어머니 양부인의 처소.
151) 내외 : 내외(內外)는 남의 남녀 사이에 서로 얼굴을 마주 대하지 않고 피함을 뜻함.

을 중요하게 대한다고 한들 어찌 구들만 차지하고 있는 사람이 되어서 머리도 내밀지 않은 채 밤낮으로 부인만 바라보고 있겠으며, 더욱이 취성전은 지극히 높은 곳인데 어찌 감히 서로 마주보며 함부로 말하여 자식이 어버이 공경하는 도를 잊겠으며, 또 구태여 여러 사람들이 모인 가운데 말을 주고받아야지만 부부인 줄을 알겠습니까? 나는 지아비는 묵묵하고 부인은 맑고 고요한 것을 중요하게 여기며, 서로 희롱하며 즐거워하는 것을 좋지 않게 여깁니다. 또 한 달에 열흘 들어가는 것도 내 나이가 젊어서 사사로운 정에 이끌려 호색함인가 여기니, 어찌 화씨의 방에 자주 가지 않는다고 의아하게 생각하십니까? 서모의 생각에는 어떠한 것이 후대하는 것이고 어떠한 것이 박대하는 것인지요? 듣고 싶습니다."

석파가 다 듣고 난 후 크게 웃으며 말하였다.

"낭군은 과연 소진(蘇秦)과 장의(張儀) 같은 말주변[152]이 있군요. 이 말
57 이 비록 그럴 듯하지만 다정한 말일 뿐이고 진정은 아닌 게지요. 만일 진정이라면 회부인께 본래 은근한 정이 중할 것이니 낭군이 화부인의 외로움을 살펴 녹운당에 날마다 가실 것입니다. 어찌 자손 두기를 생각하지 않으십니까? 생이 자식을 위하여 한 달에 열흘을 간다 하나 팔자에 있다면 능히 백 명의 자식이라도 있을 겁니다. 심지어 자식 운운하시니 실소를 금치 못하겠습니다."

석파가 또 말을 이었다.

---

152) 소진(蘇秦)과 장의(張儀) 같은 말주변 : {소댱의 구변}. '소장(蘇張)'은 중국 전국 시대의 세객(說客)인 소진(蘇秦)과 장의(張儀)를 아울러 이르는 말로 구변이 좋음을 의미하는 말. 강국 진(秦)에 대해 상대적으로 열세에 있던 6국의 제후들이 모색한 전략적인 외교책으로 소진은 합종(合縱)을, 장의는 연행(連衡)을 주장했음.

"제 말이 옳을 겁니다. 젊은 나이의 낭군이 어여쁜[153] 부인을 두고 외당에서 밤낮으로 홀로 지내다가 자고 싶은 때 기생첩 대하듯 들어가서 서너 시간[154] 머물고 새벽 문안을 핑계하고 내쳐돌아온 후 낮에는 얼굴도 들이밀어 보지 않는 예가 있습니까? 부인[155]이 장차 크게 염려하시리니 낭군은 즐겁겠지만 부인께는 불효이지요."

이 말을 듣고 생이 옥 같은 얼굴에 웃음을 띠며 대답하였다.

"서모가 무슨 말씀을 이렇게 무례하게 하십니까? 나이가 젊다고 하나
마음에 노소(老少)가 있겠습니까? 혼자 지낸다고 어머니께서 근심하신
다고 하니 내 비록 자주 들어가고 싶지만 서모의 말씀 같다면 내 외로
운 처지로 혈기가 미정(未定)한데 호색해서 병을 얻으면 어머니께 큰 염
려를 끼칠까 두렵습니다. 이러므로 정은 중하지만 몸이 상할까 두려워 58
조심하는 것입니다. 정실에게 함부로 대하지 못하므로 공경하여 엄숙
하고,[156] 밤에 모친께 저녁문안 드린 후 녹운당에 가서 자고, 아침문안
드리느라 새벽닭이 울면 일어났던 것입니다. 그랬더니 서모가 기생첩
대하듯 한다 하시는군요. 밤낮으로 끼고서 그 곁을 떠나지 않으면 공
경하는 것입니까?"

석파가 크게 웃고 일어나며 말하였다.

"첩의 어눌한 입으로는 낭군의 소진(蘇秦) 같은 말주변을 당하지 못하겠군요. 입을 닫고 징을 울리며 물러나야겠습니다."[157]

---

153) 어여쁜 : {숙뇨(淑嫋)}. 숙뇨는 맑고 예쁘다는 뜻임.

154) 서너 시간 : {두어 경}. 일경(一更)이 두 시간이므로 서너 시간으로 옮김.

155) 부인 : 여기서는 소현성의 어머니 양부인을 가리킴.

156) 엄숙하고 : {석석ᄒᆞ고}. '석석ᄒᆞ다'는 '엄숙하다', '장엄하다'의 고어.

157) 징을 ~ 물러나야겠습니다 : 석파가 자신이 소현성과의 대화에서 불리해지자 물러나면서 이를 전쟁에서 전투하다가 퇴각할 때 징을 울려 군사를 거둬들였던 것에 비유해서 한 말.

석파의 말에 생이 크게 웃었다. 석파가 양부인 처소에 들어와 묻고 답한 일을 일일이 아뢰니 부인이 한동안 묵묵하게 있다가 한숨을 쉬며 말하였다.

“내 아이는 사람 중 성인이고 까막까치 중의 봉황 같아서 속된 사람이 바랄 바가 아니로구나. 제 아버지가 비록 희롱하는 일이 없고 지극히 엄격했지만 이렇지는 않았어. 일찍이 외당에 머무는 것은 본 적이 없었지. 이는 진정 제 아비보다 더한 것이다. 내가 그 아이가 호색해서 상할까 염려할 일은 없겠구나.”

석파 등도 복 있다고 감탄할 따름이었다.

이때 나라에서 소경을 호광순무사[158]에 제수하면서 사흘 안에 짐을 꾸려서 떠나라고 하니 양부인이 이별할 것을 슬퍼했다. 떠날 때에 생이 어머니께 하직 인사를 드리니 얼굴에슬픔이 지극하여[159] 자기도 모르게 눈
59 물이 떨어졌다. 그러자 부인이 문득 얼굴빛을 바르게 하고 타일렀다.

“신하가 되어 나라의 명을 받들었으니 비온 후 환한 달빛같이 모름지기 뜻을 그렇게 해야지 어찌 근심스러워하며 슬퍼하느냐? 내 비록 여기 있지만 나이 많지 않고 네 아내도 아침 저녁으로 위로[160]할 것이니 족히 평안할 것이다. 너도 청춘의 나이로 태평한 시절에 벼슬살이를 하니 마땅히 나랏일을 밝히 살펴 맑은 이름을 후세에 드리우는 것이 곧 부모를 드러내어 효도를 이루는 것이다. 그러니 너는 슬퍼 말고 선친

---

158) 호광순무사 : 호광(湖廣)은 호북(湖北) 동남부와 호남(湖南), 광서(廣西) 지방 전부를 가리킴. 순무사(巡撫使)는 백성의 질고와 수령의 잘잘못을 살피던 관직.

159) 지극하여 : {ᄌᆞ상하여}'. '자상(仔詳)'은 인정이 넘치고 정성이 지극하다는 뜻으로, 여기에서는 문맥을 고려하여 '지극하여'로 옮김.

160) 위로 : {위ᄐᆡ}. '위태'로는 맥락이 잘 통하지 않음. 규장각본에는 '위로'로 되어 있어 문맥을 고려하여 이같이 옮김.

의 맑고 밝은 이름을 실추시키지 마라."

어사가 두 번 절하고 말씀을 받들어 물러나와 두 서모 및 누이와 작별하고 비로소 녹운당으로 갔다. 화씨가 옥같이 고운 얼굴 표정으로 멀리 이별하게 된 것을 시름겨워 하며 두 눈썹을 찡그리고 비단 창에 기대어 한숨을 쉬는 것이 보였다. 생이 들어가서 가까이 앉아 웃으며 말하였다.

"부인이 시름하는 게 나를 위한 것이오?"

화씨가 안색을 바꾸고 말하였다.

"당신이 황제의 명을 받들었으니 시어머니의 슬픔과 저의 마음을 헤아리겠습니까? 그러나 멀리 가시니 몸을 잘 돌보시고 일들도 잘 다스리시고 얼른 돌아오시길 원합니다."

어사가 천천히 말하였다.

"호광 땅이 비록 멀지만 평안한 곳이고 내 또 몸이 건강해서 다른 염려 60
가 없소. 다만 아침 저녁 문안과 낮 세 때 문안을 못하니 어머니를 뵙지 못하는 것이 자식으로서 참기 어려운 바이오. 부인은 어머니 앞을 떠나지 말고 뵙는 것을 게을리 마시오."

드디어 몸을 일으켜 나가려다가 다시 말하였다.

"언제 돌아올지 말할 수 없으니 부인은 부디 잘 지내시오."

여러 사람들이 엿보다가 바야흐로 생이 화씨와 말하는 것을 처음으로 들었다.

생이 길을 떠나 밤낮을 가리지 않고 가서 호광에 도착, 부임하였다. 호광의 군현에서는 생이 나이 어린 명사로서 재주와 인품이 다른 사람보다 월등하고 총명한 것을 보고 마음으로 받아들였다. 그가 다스린 지 몇 개월 만에 도적들이 다 어진 백성이 되니 천자가 들으시고 매우 아름답게

여기셨다. 천자가 생을 특별히 발탁하여 역말[161]을 보내 부르시니, 임소에 부임한 지 다섯 달 만의 일이었다. 조정의 명에 응해 다시 서울로 돌아가려는데 백성들이 수레를 붙들며 떠나지 말라고 말렸다. 어사는 마지못하여 육칠일을 더 머물렀다. 그리고 서울로 갈 때는 뒤따르는 종들은 다 떨쳐버리고 한 필 말에 종 한 명을 데리고 떠났다.

떠난 지 며칠 만에 인가(人家)가 나타나 그곳을 숙소[162]로 정했다. 촛불을 밝히고 앉아 『육도(六韜)』, 『삼략(三略)』[163]을 읊조리고 있는데 밤 11
61 시쯤 되어 문득 창 밖에서 신발 소리가 나더니 문을 두드리는 자가 있었다. 생이 혹시 도깨비[164]인가 의아해하며 지게문[165]을 열었다. 달빛 아래 나이 어린 여자 한 명이 서 있었다. 그 여자가 생이 문을 여는 것을 보고 원망이 서린 듯[166] 걸음을 옮겨 방안으로 들어왔다. 그리고는 생을 향해 복이 가득하시기를 바란다고 인사를 하고는 눈물을 흘렸다. 생이 눈을 들어 그 여자를 보니, 입은 옷은 낡았지만 피부는 맑은 옥 같고 눈썹은 버들 같았으며 두 눈에는 가을 호수 물결같이 잔잔한 떨림이 있는데 구름 같은 머리는 흘러내릴 듯하였다. 마치 달이 근심하고 꽃이 시름에 잠긴 듯 곱고 아리땁고 아스라하면서도 산뜻하니 나라를 기울일 만한 미인이

161) 역말 : 각 역참에 갖추어 둔 말로, 관(官)에서 공적인 업무에 사용하는 교통 및 통신 수단.
162) 숙소 : {쥬인ᄒᆞ고}. 주인(住人)은 객점, 숙소의 고어.
163) 『육도(六韜)』, 『삼략(三略)』 : 병서(兵書)의 이름. 『육도』는 문도(文韜) · 무도(武韜) · 표도(豹韜) · 견도 (犬韜) 등 총 60편이고 태공망(太公望)이 편찬했다고 함. 『삼략』은 상중하 3권으로 황석공(黃石公)이 편찬했다고 하는데 두 책이 다 후세의 위작(僞作)인 듯함.
164) 도깨비 : {니미망냥}. '이매망량(魑魅魍魎)'은 온갖 도깨비로. 산천 · 목석의 정령에서 생겨난다고 함. 이매(魑魅)는 얼굴은 사람 모양이고 몸은 짐승 모양으로 되어 있다는 네 발 가진 도깨비로 사람을 잘 홀리며 산이나 내에 있다고 하고, 망량(魍魎)은 도깨비를 말함.
165) 지게문 : {지게}. 지게문은 옛날식 가옥에서 마루와 방 사이의 문 혹은 부엌의 바깥문으로 흔히 돌쩌귀를 매달아 안팎을 두꺼운 종이로 싸서 바름.
166) 원망이 서린 듯 : {앙연[怏然]히}. '앙연하다'는 '야속하다', '마음에 차지 않는다'는 뜻인데 문맥을 고려하여 이같이 옮김.

었으며 꽃과 물고기도 부끄러워할 만한 미모였다. 고운 모습은 화장으로 꾸미지 않았어도[167] 그 광채가 촛불 아래에서도 빛이 났다.[168] 어사가 매우 의아해하며 물었다.

"그대는 어떤 사람이기에 나그네가 있는 곳에 와서 무슨 말을 하려고 하는가?"

그 여자가 눈물을 거두고 옷깃을 여미며 대답하였다.

"저는 호광 윤평장[169]의 딸입니다. 집이 부요하여 화적떼가 들어와 집
안을 불살라 다 죽이고 저만 겨우 살았습니다. 지금 주인은 바로 저의
집 종이었는데 도적들과 공모하여 제 부모를 죽이고 저를 데려온 것입
니다. 제가 죽고자 하나 죽을 땅이 없고 그 놈이 자기 자식이 있어 저 62
를 며느리 삼으려 하니 제가 온갖 방법으로 막았으나 듣지 않고 택일하
여 혼인시키려 합니다. 밤낮으로 하늘을 향해 빌었더니 오늘 군자를
만나게 되었군요. 제가 있는 곳이 멀지 않은 까닭에 부끄러움을 잊고
여기에 와서 고하는 것입니다. 비록 제가 죽는다 하더라도 군자께서
일개 아녀자의 원한을 불쌍하게 여기셔서 관아에 고해 제 부모의 시신
이나 장례 지내게 해 주시면 그 은덕을 마음에 두고 뼈에 새겨 결초보
은(結草報恩)[170]하겠습니다."

말을 마치자 구슬 같은 눈물이 얼굴에 가득 흐르고 맑은 소리로 흐느끼

---

167) 화장으로 ~ 않았어도 : {지분의 취식ᄒᆞ믈 더러이 여겨}. '화장하여 예쁘게 꾸미는 것을 더럽게 여겨'라는 뜻인데 문맥을 고려하여 이같이 옮김.

168) 빛이 났다 : {ᄇᆡ의는디라}. 'ᄇᆡ의다'는 '눈부시게 비치다', '빛이 나다'라는 뜻의 고어임.

169) 평장 : 평장(平章)은 중서문학성(中書門下省)에 속한 정 2품의 관직임.

170) 결초보은 : {함호결초[銜環結草]}. 결초는 '결초보은(結草報恩)' 고사에서 유래하였음. 함환(銜環)은 '함환이보(銜環以報)' 고사에서 유래하였음. 한나라 때 양보(楊寶)가 화음산(華陰山)에서 부상당한 꾀꼬리를 치료해서 날려 보내준 적이 있는데 이는 서왕모의 사자였음. 하루는 그 새가 꿈에 나타나더니 입에 하얀 옥 4개를 물고 와 주면서 나중에 당신의 네 아들들이 잘 될 것이라고 알려주었다고 함. 함환은 『후한서』 「양진전(楊震傳)」 참고.

니 깨끗하고 우아하여 비길 데가 없었다. 소생이 다 듣고 나더니 낯빛을 고쳐 존경하는 뜻을 표하고 자리를 내주며 말하였다.

"소생은 서울 사람입니다. 아무 곳으로 가던 길이었는데 이런 사정을 알게 되니 놀람과 슬픔을 이기지 못하겠군요. 이런 줄 모르고 당초 함부로 굴었던 것을 황공하게 여깁니다. 제가 비록 미약하나 이 일까지는 신원하시게 할 것이니 안심하십시오. 밤이 깊었으니 돌아가십시오. 내일 처리가 될 것입니다."

그 여자가 감사드리며 말하였다.

"깊은 밤에 서로 만나는 것이 예가 아니나 제가 부끄러움을 잊고 편법
으로 나아와[171] 군자께 말씀을 붙였는데 흔쾌히 대해 주시니 놀라움과
63 기쁨을 이기지 못하겠습니다. 귀하신 이름을 알고 싶습니다."

생이 웃으며 사양하였다.

"불안한 사정을 보고 신원해 주는 것이 남자의 일입니다. 어찌 지나친 말씀을 감당하겠습니까? 이름은 자연스레 알게 되실 것이니 빨리 돌아가십시오. 보는 눈이 있을까 두렵습니다."

여자가 인사하고 나간 후 생이 홀로 앉아 곰곰 생각해 보니 분이 치밀어 오르는 것을 이기지 못하였다. 간신히 날이 새기를 기다려 종과 함께 본현(本縣)에 가서 호광어사가 왔다고 전하였다. 그랬더니 지부(知府)[172]가 크게 놀라 급히 관에서 보내준 종[173]과 함께 맞이하여 당 위로 올라오게 하고 말하였다.

---

171) 편법으로 나아와 : {곡경의 나와}. '곡경(曲徑)'은 '개인의 이익을 위하여 취하는 바르지 못한 방법'이란 뜻으로, 여기에서는 문제 해결을 위해 밤에 여자가 낯선 남자를 찾아간 일을 이름.

172) 지부(知府) : 부의 책임을 맡은 관리.

173) 관에서 보내준 종 : {절급뇌즈}. 절급(切給)은 예전에 관청에서 토지나 물자를 나누어 주는 것을 가리킴. '뇌자'는 규장각본의 '노즈'를 참고하여 종으로 옮김.

"존귀한 어르신인 선생께서 어찌 한 필 말만 끌고 여기에 오셨습니까? 일찍 조보(朝報)[174]를 보고 상경하셨다는 소식을 들은 후 날마다 기다렸는데 오늘 존안을 뵙게 되니 천만다행입니다."

한편으로는 말을 하면서 한편으로는 잔치를 마련하게 하였다. 그런데 어사가 불평한 사정을 알았으니 어찌 술과 안주를 기다리겠는가. 다만 관에서 보낸 종을 불러 명령에 따르라고 하니 지부가 가만히 생각하기에 '이 어사가 나이가 어려 뭘 모르는구나.' 싶어서 나아가 아뢰었다.

"비록 아무리 급한 일이 있어도 잔치를 받으신 후에 분부하시는 것이 법도입니다."

그러자 어사가 노하여 말하였다.

"남자가 세상에 나서 부당한 일을 보면 신원해 주고 국사를 보게 되면 64
정치를 하는 것이 도리이다. 사정이 급한 일을 보거든 재빨리 구하는 것이 귀한 일이거늘 어찌 유유하게 술과 음식 즐기는 것을 좋다고 여기겠는가?"

그리고 관에서 보낸 종에게 큰소리로 명하였다.

"너희는 남문 밖에 가서 서녘촌 사람을 잡아오너라."

하인이 급히 가서 잠시 후 여남은 명의 노인을 잡아왔다. 생이 보니 그 중에 어제 묵었던 집의 주인이 있기에 잡아내어 죄를 주며 작은 교자를 보내 윤평장 딸을 모셔오라고 하였다. 딸이 와서 변정(辨正)하니 그 놈이 심장과 혼이 몸에서 떨어진 듯 놀라 자기가 처음부터 모의해서 주인을 죽이고 그 딸을 데려와 며느리 삼고자 했는데 윤씨가 듣지 않아서 억지로

174) 조보(朝報) : 승정원에서 재결 사항을 기록하고 서사(書寫)하여 반포하던 관보로 조칙, 장주(章奏), 조정의 결정 사항, 관리 임면, 지방관의 장계(狀啓)를 비롯하여 사회의 돌발 사건까지 실었음.

몰아대던 일을 일일이 고하였다. 어사가 크게 노하여 즉시 그 삼부자(三父子)를 시장 거리에 데려가 허리를 베어 죽이고 그 처자는 섬에 내치고 그 집 재산은 적몰하여 관가[175]로 들이라 하고 지부를 꾸짖었다.

"그대가 한 지방을 맡아 다스리면서 이런 해괴한 일이 있었으니 스스로 부끄럽지 않는가?"

지부가 묵묵히 사죄하였다. 어사가 즉시 관을 갖추어 윤평장 일가를 선산에 묻고 그 집 딸을 머물게 하고자 하니 그녀가 곡진하게 절하여 은덕에 감사를 표하고 말하였다.

65 "저는 외로운 신세로 홀로[176] 의지할 곳이 없으니 결코 이곳에는 있지 못할 것입니다. 서울에는 두어 명 친척이 있으니, 상공께서 불쌍히 여기신다면 저를 데려가 주시기 바랍니다."

어사가 말없이 오랫동안 생각에 잠겼다가 윤소저에게 말하였다.

"소저의 말씀이 절박하시군요. 하지만 남녀가 동행하는 것은 성인의 가르침에서 크게 벗어나는 일이어서 피차에 불편합니다. 만일 소저가 더럽게 여기지 않는다면 오빠와 누이 관계로 의남매를 맺으면 혐의가 없을 터이니 모셔갈까 합니다."

윤씨가 이어서 곧[177] 감사하며 말하였다.

"만일 이렇게 해 주신다면 살려주신 은혜에 감사하는 마음을 헤아릴 수 있겠습니까?"

어사가 기뻐하며 나이를 물어보니 17살이라고 하였다. 생보다 한 살

---

175) 관가 : {구위}. 구위는 관청, 관가의 고어.

176) 홀로 : {혈〃이}. 혈혈(孑孑)은 '우뚝하게 외로이 서 있다', '의지할 곳 없이 외롭다'는 뜻인데 원문 앞뒤에 '외로온 자최', '의디 업슨디라'와 같은 반복되는 표현들이 중첩되어 있어 맥락상 의미를 강화시키면서도 가독성이 높다고 판단되는 '홀로'로 옮김.

177) 이어서 곧 : {년망[連忙]이}.

아래였다. 생이 드디어 두 번 절하여 누이동생을 삼은 후 매우 기뻐하며
함께 데려갔는데 그녀를 친누이라고 하였다. 윤씨가 당초에는 억울함을
호소하기 위해 생을 찾았는데 그가 뜻이 두텁고 은덕이 중한 것을 보고
평생 남편으로 섬길까 하는 뜻도 잠깐 두었다. 그런데 어사가 씩씩하고
정대하여 의남매를 맺는 것을 보고는 한편으로는 기뻤지만 그래도 한편
으로는 아직 의심하는 마음이 있었다. 그렇게 수십 일을 동행하는데 저
소생의 기색이 갈수록 정다웠고 침소는 각기 멀찌감치 정하였다. 또 말 66
을 주고받을 때가 많았는데 한번도 눈을 낮추어 보지 않았고 웃거나 활발
하게 말하지 않았다. 말씀마다 공경하고 겸손함이 지극하니 윤씨가 감탄
하며 '진정 하혜(下惠)와 미자(微子)[178] 같은 사람이로구나. 세상일에 처신
하는 것이 이 같으니 진정 성현군자로구나.'라고 생각하였다.

드디어 서울에 도착하여 대궐에 인사를 드렸다. 임금께서 술을 내리고 불러 보시며 호광 땅을 잘 다스린 공을 기리시고 벼슬을 높여 이부시랑을 제수하셨다. 생은 그 은혜에 감사드리고 자운산에 돌아와 어머니를 뵈었다. 부인은 반가운 마음과 기쁨을 이기지 못하여 앉은 자리에서 내려와 손을 잡고 기쁨의 눈물을 흘릴 따름이었다. 잠시 후에 생이 윤씨를 데려온 사실을 고하니 부인이 놀라 곰곰 생각하다가 말하였다.

"사정이 이렇다면 그 친족을 찾아 주는 게 옳다."

생이 대답하였다.

"제가 이미 하인을 시켜 윤소저에게 친척들의 이름을 물어서 그들이 사는 곳을 찾으라고 하고, 집을 잡아 머물게 했습니다."

---

178) 하혜(下惠)와 미자(微子) : 유하혜(柳下惠)와 미자(微子)를 가리킴. 유하혜는 춘추시대 노나라의 대부 전금(展禽). 미자는 상나라 주왕의 서형(庶兄)으로 주왕에게 여러 번 간언을 했으나 듣지 않자 그 나라를 떠난 인물. 두 사람 모두 현인으로 이름이 높음.

그 말이 끝나기도 전에 하인이 아뢰었다.

"윤소저의 친척을 찾아봤는데 아무데도 없었습니다."

생이 탄식하고 어머니께 고하였다.

67 "소저에게 이미 친척이 없고 외로운 처지니 어머니께서 불러 집 안에 두시는 것이 어떠십니까?"

부인이 말하였다.

"내 자식의 의로움이 이 같으니 노모가 어찌 듣지 않겠느냐?"

드디어 윤소저를 들어오라고 하여 만나보았다. 윤씨가 들어와 부인께 절한 후 화씨, 월영 등에게 예를 올리고 자리에 앉았다. 부인이 한번 보고는 크게 기특하게 여겨 물었다.

"서로 같은 세상에 있지만 서울과 시골이 거리가 멀어[179] 이름도 알지 못했군요. 그랬는데도 연분이 있어서 서로 만나니 참으로 다행한[180] 일입니다. 그러나 낭자의 외로움을 생각하니 마음이 참담하군요."

윤씨가 공경의 뜻으로 일어나며 감사하다고 말하였다.

"제가 삼생(三生)의 죄가 많아 부모를 참혹하게 이별하고 죽게 생겼는데 어사의 태산 같은 성은을 입어 어버이의 원수를 갚고 이곳에서 친척을 찾을까 했습니다. 그랬는데 친척들의 종적을 알 수가 없어 장차 돌아갈 곳이 없게 되었습니다. 그러니 성은을 입어 죽을 때까지 이 집 시녀라도 삼아 주시기를 바랍니다."

부인이 저의 애원하는 말과 옥 같은 목소리를 듣고 매우 사랑스럽고 불쌍하여 위로를 하였다.

---

179) 거리가 멀어 : {너도ᄒᆞ야}. 이는 '멀다', '무심하다'는 뜻의 고어.
180) 다행한 : {영힝[榮幸]}. 영행은 다행스럽고 좋은 일 혹은 운 좋은 영광이라는 뜻임.

"낭자의 말을 들으니 나무와 돌도 감동하겠구나. 우리 아이의 의기를
좋게 여기고 내 또한 좋은 마음을 품었으니 어찌 낭자를 시녀 삼겠느 68
냐? 나와 함께 같은 곳에서 지내는 게 좋겠다."

윤씨가 두 번 절하며 말하였다.

"만일 이렇게 해 주신다면 은덕을 더욱 기리겠습니다.[181] 비록 외람되지만 어사와 더불어 의남매가 되었으니 부인 슬하의 자식이 되기를 바랍니다."

부인이 기쁘게 허락하니 윤소저가 드디어 여덟 번 절하여 모녀지간을 맺고 월영, 화씨와는 형제가 되어 충만한 기쁨을 이기지 못하였다. 그런데 석파 등은 품은 생각이 있어 윤씨가 의남매가 된 것을 기뻐하지 않았다. 양부인이 시녀로 하여금 취성전 곁에 회운각이란 집을 수리하여 윤씨를 머물게 하니 사람들이 다 물러간 후 석파가 양부인에게 말하였다.

"제가 윤소저를 보니 진정 나라를 기울일 만한 미인이고, 일 처리하는
것이 또한 바르니 문벌이 높은 큰 가문 중에서 찾아도 이런 사람은 얻
지 못할 것입니다. 화낭자가 비록 아름다우나 시랑[182]께는 미치지 못
하시니 어찌 윤씨로 시랑의 둘째 부인을 삼지 않으십니까? 하물며 시
랑이 화씨와는 부부의 금슬지락이 없고 기색이 냉랭하신데 윤평장 일
가를 장례 지내고 그 원수를 갚고서 그 딸을 데려왔습니다. 젊은 남자 69
가 절세가인과 수십 일 동안 동행해 와서 구태여 집에 머무르게 하고자
하니 그 뜻을 족히 알 것 같습니다. 만일 결의형제하면 반드시 어사의
심사가 울울할 것입니다. 이렇듯 일의 형세가 불안하여 저 여자도 난

181) 기리겠습니다 : {층냥[稱揚]ᄒᆞ며}. '칭양하다'는 칭찬하다의 뜻임.
182) 시랑 : 소현성을 가리킴. 소현성이 호광순무사 임무를 잘 수행하여 임금이 이부시랑을 제수하였음.

처하고 인륜이 어지러울 것이니 부인께서는 잘[183] 생각해 주십시오."

부인이 오랫동안 생각하더니 말하였다.

"네 말을 들으니 또한 그럴 법도 하나 화씨가 일찍 잘못한 일이 없고, 정도 구태여 소원하다고 말할 만한 것은 아니다. 또 하물며 윤씨를 데려올 때 의남매로 결의한 것을 보면 다른 뜻이 없는 것이다. 본인이 말하지 않는데[184] 내 금하기는커녕 어찌 도리어 재취하라고 부추길 것이냐? 그러나 여러 날 동행하였으니 혹 아이가 삼가지 못한 게 있는지 의심이 되긴 하는군. 자네가 한번 물어보게나."

석파가 그 말을 듣고 시랑이 있는 곳에 이르러 예를 차리니 시랑이 물었다.

"무슨 기쁜 일이 있는지요?"

석파가 말하였다.

"다른 일이 아니라 낭군께서 아름다운 숙녀 얻으신 것을 축하드립니다. 14세에 과거 급제하셔서 15세에 화씨를 얻으시고 16세에 벼슬이 춘경(春卿)[185]에 오르시고 또 윤소저 같은 숙녀를 얻으셨으니 어찌 축

70 하드리지 않겠습니까?"

순간 생이 놀라 온화한 기운이 싹 가신 채 물었다.

"서모의 다른 말은 군이 사양하지 않겠지만 윤씨 누이를 데려온 게 어찌 축하받을 일인지요? 동생이 적었는데 의매(義妹)를 얻게 되었다는 말씀이신지요? 말씀하시는 게 모호하시니 그 뜻을 몰라 의아합니다."

---

183) 잘 : {세 번}. 삼(三)은 완성수로, 온전하다는 뜻이 있으므로 맥락을 고려하여 '잘'로 옮김.

184) 본인이 ~ 않는데 : {제 드ᄂᆞ티 아닛ᄂᆞᆫ듸}. 'ᄃᆞᄂᆞᆺ다'는 '발설하다', '말하다'의 고어.

185) 춘경(春卿) : 주대(周代) 춘관(春官) 육경(六卿)의 하나로 국가의 예(禮)를 관장하였음. 뒤에 예부장관을 이르는 말이 됨.

석파가 웃으면서 말하였다.

"낭군이 의아해 하시는 게 교정(矯情)[186]입니다. 제가 어찌 누이를 얻었다고 해서 축하드리겠습니까? 부인께서 윤씨의 재주와 용모를 사랑스럽게 여기시고 낭군이 윤씨를 데려온 것이 다 뜻이 있어서라고 하시며 조만간 택일하여 낭군의 재취를 삼으려고 하시니 이는 기쁜 일입니다. 어찌 모르는 체하십니까?"

시랑이 다 듣고 나서 말하였다.

"당초에 윤씨를 데려온 것은 그 뜻을 중하게 여겨서입니다. 그리고 그녀가 머물 곳이 없는 것을 보고 부중에 머물게 한 것은 아름다운 선비를 얻어 그녀의 혼인을 완전하게 이루어주어 선을 쌓고자 한 것이지 내가 재취하려고 한 것이 아닙니다. 내 애당초 재취할 뜻이 있었으면 왜 남매를 맺어서 일을 복잡하게 하겠습니까? 서모의 말은 나를 몹시 놀래키니[187] 귀를 씻고 싶지만 하수가 먼 것이 한스럽습니다.[188] 대장부가 세상에 나서 몸을 닦아 행할 때 다만 성스러운 가르침을 받들고 예의를 어그러뜨릴까 두려워할지언정 처자가 없다고 근심하지는 않을 71
것입니다. 하물며 나는 처자가 있으니 어찌 번거로운 일을 생각하겠습니까? 설령 어머니께서 재취를 하라고 하신다면 세상천지에 여자가 적지 않습니다. 어찌 인륜의 중요한 일을 바르지 못한 방법으로 해서 「국풍」과 「대아」[189]를 더럽게 만들겠습니까? 하물며 윤씨 누이는 나와

---

186) 교정(矯情) : 마음 속에서 우러나오는 감정을 억눌러 나타내지 않는 것을 의미함.
187) 몹시 놀래키니 : {심한골경(心寒骨硬)}. 몹시 놀라 마음이 서늘하고 뼈가 굳는 듯하다는 뜻임.
188) 귀를 ~ 한스럽습니다 : 요(堯) 임금 때의 은자(隱者)인 허유(許由)는 요임금이 왕위를 넘겨주려 하자 거절하고 영수(穎水)에 귀를 씻었다고 함. {하슈}의 '하슈'는 하수(河水)이거나 혹은 영수(穎水)의 오기인 것으로 보임.
189) 「국풍」과 「대아」 : 『시경』은 '국풍(國風)', '대아(大雅)', '소아(小雅)', '송(頌)'으로 이루어져 있으며, 이를 줄여 흔히 '풍아송(風雅頌)'이라고도 함. '「국풍」과 「대아」'는 시경을 가리키는 표현인

함께 수십 일 동안 동행하고 깊은 밤에도 상종했습니다. 또 저 도적들을 내가 다 죽여 수치를 갚고 그 여자를 취한다면 이는 무식하여 아는 게 없고 염치가 하나도 없는 것이니 온 세상 사람들이 반드시 내게 침 뱉고 놀릴 것입니다."

그러자 석파가 칭찬하며 말하였다.

"시랑의 뜻이 착하고도 어집니다. 유하혜(柳下惠)와 미자(微子)[190]가 어찌 기특하다고 하기에 족하겠습니까? 다만 낭군이 여색에 너무 관심 없어 하시니 도리어 〈관저〉의 즐거움과 요조숙녀가 군자의 좋은 짝[191]인 줄 생각하지 않으십니까?"

생이 웃으면서 말하였다.

"서모가 또한 생각하지 못하시는 게 있군요. 『시경』 〈관저〉 장은 성인과 성녀에 대한 찬(讚)입니다. 문왕이 어찌 태사(太姒)[192]를 환란이 있는 어려운 지경에서 만나셨겠으며 '요조숙녀는 군자호구'이니 좋은 짝을 잘 만날 것이지 어찌 구차하게 남의 시비 들을 일을 할 숙녀나 군자
72 가 있겠습니까? 제가 서모의 말씀을 쉽게 표현하자면, 사마장경과 탁문군의 일[193]이나 신후경과 교랑의 일[194]을 내게 하라고 권하시는 것

것으로 보임.

190) 유하혜(柳下惠)와 미자(微子) : 유하혜(柳下惠)는 춘추시대 노나라의 대부 전금(展禽). 미자(微子)는 상나라 주왕의 서형(庶兄)으로 주왕에게 여러 번 간언을 했으나 듣지 않자 그 나라를 떠난 인물. 두 사람 모두 현인으로 이름이 높음.

191) 관저의 ~ 짝 : 관저의 즐거움은 관저지락(關雎之樂), 즉 '관관이 우는 저구새의 즐거움'이란 뜻으로 군자와 숙녀가 좋은 배필을 만나 즐거워함을 의미함. '요조숙녀가 군자의 좋은 짝'이라는 표현 역시 『시경』 「주남」 〈관저(關雎)〉에 있음.

192) 태사(太姒) : 신국왕의 딸로 주 문왕의 후비이며 무왕의 어머니임. 훌륭한 어머니와 현숙한 여성으로 유명함.

193) 사마장경과 ~ 일 : 사마상여는 전한(前漢)사람으로 자(字)가 장경(長卿)이었음. 탁문군(卓文君)은 한나라 때의 부호 탁왕손의 딸로 어릴 때부터 재용(才容)이 있었음. 탁문군이 과부가 되어 친정에 와 있을 때, 사마상여가 거문고를 타며 음률을 좋아하는 문군의 마음을 돋우자 탁문군은 사마상여의 거문고 소리에 반해 밤중에 집을 빠져나가 사마상여의 집에 가서 그의 아내가

이니, 어찌 〈관저〉장을 즐거워하겠습니까? 내가 생각하기로 하주 숙녀의 경우가 진정 「국풍」, 「대아」 같이 정도(正道)에 해당한다면 혹 부인으로 취할 수도 있겠지요. 하지만 이같이 힘든 지경에서 만나 의남매를 맺은 후라면 비록 임사(姙姒)[195]의 덕과 서시(西施)[196]의 아름다움이 있다고 해도 한낱 꿈일 뿐이지요. 그러니 서모는 부질없는 말을 해서 내 수행을 기울게 말며 윤씨 누이의 빛나는 절개를 어지럽게 만들지 마십시오."

말을 마치고는 조용히[197] 단정하게 바로 앉아 『논어』를 펼쳤다. 여운을 길게 남기며 읽어 나가는데, 맑은 목소리가 낭랑해서 단혈(丹穴)[198]에서 봉황이 우는 듯하였다. 그리고는 다시 말을 건네지 않으니 석파가 마음으로 감탄하고 들어가 부인에게 자세히 수말을 고하였다. 부인은 기쁨을 이기지 못하여 스스로 위안을 삼으며 말하였다.

"내 아이가 어찌 이토록 어른스러운가? 내가 죽어 지하에 가도 죽은 남편을 보기에 부끄럽지 않을 것이네."

그리고 석파를 향해 말하였다.

"그 아이의 뜻이 이렇듯 정다우니 너희들은 삼가 이런 말을 입 밖에 내지 마라."

된 것을 가리킴.

194) 신후경와 ~ 일 : 미상. 사마장경과 탁문군의 경우처럼 예의에 어긋난 남녀의 만남을 가리키는 예일 것으로 보임.

195) 임사(姙姒) : 중국 고대의 후비(后妃). 주나라 문왕의 어머니이며 왕계의 아내인 태임(太任)과 신국왕의 딸로 주 문왕의 후비이며 무왕의 어머니인 태사(太姒)를 말함. 모성으로 갖추어야 할 도리와 부녀가 지켜야 할 떳떳하고 옳은 도리를 펼친 것으로 이름났음.

196) 서시(西施) : 오(吳) 나라 임금 부차(夫差)의 총희(寵姬)였던 월(越) 나라의 미인.

197) 조용히 : {팀경}. 팀경[沈靜]은 마음이 가라앉아 조용한 것을 가리킴.

198) 단혈(丹穴) : 단사(丹砂)가 나는 굴로, 중국에서 남쪽의 태양 바로 밑이라고 여기던 곳. 단혈의 봉황을 단혈봉(丹穴鳳)이라고 함.

모든 사람들이 그 말대로 하겠다고 하며 물러나왔다.

생이 이 날 녹운당에 들어가서 화씨를 보고 반갑고도 기쁘게 인사를 마친 후 촛불을 껐다. 자리에 누우니 은근한 정이 태산 같고 마음이 기뻤지
73 만 생은 끝내 서모가 하던 말과 희롱하던 소리를 전하지는 않았다. 그런데 석파와 이파가 삼경(三更)[199]이 지나도록 그 둘의 동정을 엿보고 있었다. 시랑이 화씨의 잠자리에 나아가 함께 즐기며 잠깐 동침하고는 즉시 물러나왔다. 그리고 자기 자리에 누워 긴 팔을 늘여 화씨의 손을 잡고 가만히 물어보았다.

"해산할 때가 언제이신가?"

화씨가 부끄러워 대답을 못하니 시랑이 또 웃는 소리로 말하였다.

"너덧 달 떠났다가 만나니 새삼 부끄러워하시는 게오? 내가 생각하기로는 부인의 산달이 불과 몇 달 안 남았는데 집안사람들은 어찌 모르고 있소? 아무튼 옥동자 낳기를 바라오."

그리고는 갑자기 탄식하며 말하였다.

"어느 집 아들이 귀하지 않겠는가마는 어찌 우리 집 같겠는가?"

말을 마치더니 평안하게 누워 잠이 들었다. 잠자는 동안에도 화씨의 손을 놓지 않으니 이파, 석파 두 할미가 보고 큰 경사가 난 것처럼 급히 돌아와 양부인께 고하였다.

"화낭자가 잉태한 지 7~8 개월 정도 된 듯싶습니다."

그 말에 양부인이 누웠다가 자기도 모르게 벌떡 일어났다. 그리고는 물었다.

"정녕 화씨가 잉태하였느냐? 너희들이 그걸 어찌 아느냐?"

---

199) 삼경(三更) : 깊은 밤이라는 뜻으로, 밤 11시에서 1시 사이를 가리킴.

석파가 그 처음부터 끝까지의 이야기를 전하니 부인이 보기에도 분명한 일 같기에 참지 못하여 웃으며 말하였다.

"경의 기색이 심히 냉랭하니 알 방법이 없어 늘 그렇게 소원하게 지내 74
는가 걱정했었네. 그런데 이제 너희들이 전하는 말을 들어보니 정말인가 싶구나. 그 일의 사정을 생각하니 어여쁨을 누르지 못 하겠고 또 화씨가 잉태함을 다행스럽게 여기노라."

이튿날 어머니 앞에 다들 모였는데 생의 기색이 예전과 같았다. 석파가 웃고 시랑과 화씨를 물끄러미 바라보니 영리한 화씨는 눈치를 채고 그윽하게 미소를 머금은 채로 눈길을 낮추었다. 생은 본래 눈을 들어 사람들을 둘러보지 못하는 성격이어서 석파가 자기를 보는 것을 알지 못한 채 온화하게 웃으며 담소를 나누었다. 양부인 또한 점잖으므로[200] 화씨가 잉태하였는지를 묻지 않으니 석파가 참지 못하여 크게 웃고 말하였다.

"시랑이 저리 정다운 체 말고 화소저에게 어제 밤 보여주시던 기색을 잠깐이나 해보시는 것이 어떠한지요?"

생이 바야흐로 눈을 들어 상황을 깨닫고는 미소만 지을 뿐 대답을 않으니 석파가 어젯밤 말들을 전하는데 태반은 꾸며낸 것이었다. 시랑이 여전히 훈훈한 화기를 띠었지만 어머니 앞이라 머리를 숙이고 크게 웃으며 말이 없었다. 그러자 월영이 웃고 동생을 놀리면서 화씨에게 해산달을 물었다. 바야흐로 임신 8개월인 줄 알고 서로 아들 낳기를 바라면서 축하하였
다. 생의 행동거지가 이 같으므로 어두운 방 가운데서도 희롱하는 일이 75
없고 겨우 깊은 밤에야 부부가 잠자리에 들어 손을 잡은 일과 해산에 대해 묻는 것 같은 일을 집안사람들이 처음 보고 크게 놀리며 웃었으니 그

---

200) 점잖으므로 : {팀엄}. '침엄(沈嚴)'은 매우 엄숙하다는 뜻이나 문맥에 맞춰 옮겼음.

단정하고 엄숙하고 정숙함을 알 만하였다.

시랑이 윤씨를 위하여 재주 있는 선비를 골랐다. 친구 중 유기란 자는 재상 자제로 나이는 17세였다. 비록 아직 과거 급제를 못하였지만 훗날 반드시 출세할[201] 재주를 지녔고 용모가 관옥(冠玉)[202] 같고 풍류는 달 같으니 시랑이 힘써 주선하여 혼인을 이루었다. 부부의 기질이 서로 견주어 기울어지지 않았고[203] 은정은 산 같고 바다 같아 헤아리지 못할 정도였다. 그가 곧 부인을 데리고 가니 양부인이 여종 10명과 남종 10명을 주어 보내고 매사를 돌보는 것이 월영에게 지지 않았다. 또 시랑이 자주 가 보며 우애하는 것도 친남매지간보다 못하지 않았고 유생도 시랑을 친구로서 더욱 후하게 대하였다. 유생이 후에 급제하여 벼슬이 용도각 태학사에 오르고 윤부인과 함께 백년해로하고 4자 3녀를 두었으니, 이는 다 소시랑 덕분이었다. 윤씨가 죽을 때까지 양부인과는 모녀의 정이, 시랑과 월영에게는 동기의 정이 두터워 자주 친정에 가서 즐기니 훗날 사람들이 시랑의 음덕에 탄복하였다.

76 이때 화씨가 만삭이 되어 남자 아이를 낳으니, 양부인과 시랑의 기쁨은 헤아리지 못할 정도이고 온 집안이 매우 기뻐하였다. 이로 인해 화씨의 권세가 날로 중하게 되었는데 시랑은 기색이 더욱 엄숙하고 정숙하여 행여 여러 사람 가운데서는 말을 건네는 일이 없었다. 그러자 석파가 홀로 의심하기를, '자고로 남자가 비록 단정하다고 해도 이미 자식을 두었고 다시 나이가 차 가는데 점점 냉랭해지니 이는 반드시 흡족하지 않다고

---

201) 출세할 : {농문[龍門]의 오롤}. 용문은 중국 황허강 중류에 있는 여울목으로 잉어가 이곳에서 뛰어오르면 용이 된다고 전하여짐.

202) 관옥(冠玉) : 관 앞을 장식하는 옥으로, 남자의 아름다운 얼굴을 비유적으로 이르는 말임.

203) 서로 ~ 기울어지지 : {겸손티}. 여기에서는 문맥상 부부의 자질이 서로 견주어 어느 한 쪽이 떨어지는 점이 없음을 이르는 말인 듯함.

여겨서 이러한 것이다. 그러니 내 또한 숙녀를 얻어주어 낭군의 부인을 삼으며 낭군의 쌍을 이루어 딱 갖춰지게 해야겠구나. 다만 다른 곳에서는 그런 신부감을 찾을 수가 없고, 석소저를 보면 시랑의 풍모가 아니면 그 쌍이 아니고, 또 저 석소저를 다른 집안에 시집보내기는 차마 못할 일이다. 그러니 내가 당당히 중매가 되어 두 사람의 아름다운 인연을 이루고 정을 겹겹이 맺어야겠다.'라고 뜻을 정하였다.

각설(却說). 병부상서 겸 참지정사 석현은 대장군 안도후 석수신의 큰
아들이었다. 석장군은 개국공신이고 천자가 지극히 후대하시는 까닭에
재산이 왕공(王公)보다 많았다. 석상서는 지위가 일품에 있으면서 성정이
말이 없으며 남보다 고집이 세었고, 집에 부인 진씨를 두어 5자 1녀가 있
었다. 위로 세 아들은 부인을 얻었고 그 다음[204] 딸이 장성하니 이름은 77
명혜요 자는 숙란이었다. 그 딸은 나이 13세에 용모는 서시(西施),[205] 양
귀비(楊貴妃)[206]라도 그녀에게 미치지 못하고 재주는 사씨,[207] 소혜(蘇
蕙)[208]와 나란히 할 만하며 여공(女功)과 부인의 후덕함[209]이 갖추어졌으

---

204) 다음 : {버거}. 이는 '둘째 혹은 다음'의 고어.

205) 서시(西施) : 중국 춘추시대 월(越)나라의 미인. 월왕 구천이 오나라에 패한 뒤 서시를 미인계로 사용하여 오왕 부차에게 보내서 부차를 멸망에 이르도록 했다고 함.

206) 양귀비(楊貴妃) : 당(唐) 현종(玄宗)의 귀비(貴妃)인 양귀비(楊貴妃)를 말함. 양귀비의 본명은 양옥환(楊玉環)으로, 본래는 당 현종의 아들인 수왕(壽王)의 비(妃)인데, 현종이 그 빼어남을 보고 반하여 아들을 변방으로 보내고 며느리를 차지하였음. 가무에 뛰어나고 총명하여 현종의 총애를 한 몸에 받았으나 안록산(安祿山)이 난을 일으킴에 현종과 함께 피난하여 마외역(馬嵬驛)에 이르러 관군에게 책망당하고 목매어 죽었음. 백거이(白居易)의 〈장한가(長恨歌)〉를 비롯하여 시나 소설에서 많이 다뤄졌음.

207) 사씨 : 미상. 그러나 고전소설에 등장하는 칭송 받는 여성 인물 중 사씨가 있음. "율양(溧陽) 여자인 사씨(史氏)의 고사를 본받아서 '정의녀(貞義女)'라는 칭호를 내리고", 김소행, 〈삼한습유〉 권1 참고.

208) 소혜(蘇蕙) : 진(秦)나라 때의 여인으로, 소약란(蘇若蘭)이라고도 함. 남편을 그리워하여 시를 짓고 이를 비단에 수놓아 남편에게 보냈다고 하는데, 이를 직금도(織錦圖)라고 함.

209) 부인의 후덕함 : {슈목지덕}. '슈목'은 '규목'의 오기일 것으로 보임. 규목지덕(樛木之德)은 부인이 후덕하여 집안이 화평하고 복이 깃든다는 내용의『시경(詩經)』〈규목(樛木)〉 장을 이르는 것임.

니 석공 부부가 사랑하고 소중히 여기기를 마치 손바닥 위의 구슬같이, 여린 옥같이 하였다. 걸맞은 배우자를 얻어 은교자랑의 한[210]이 없도록 하고자 6, 7년 동안 사위를 골랐는데 딸과 방불한 이가 없어서 매우 민망하게 여겼다.

전에 소현성이 신부[211]를 얻을 때 진부인이 갔다가 소현성을 보았는데 진정 딸의 아름다운 짝이었고 당대의 기남자였다. 진부인은 신랑이 화씨와 현격하게 차이가 나는 것을 보고 그윽이 유념하였다가 돌아와 상서와 의논했는데, 상서가 평생 바라는 바였으나 그때는 딸이 너무 자라지 못한 것이 애달팠으니 바쁠 것이 없었다. 그러나 화평장에게 소현성을 앗기고 또 부인의 말을 들으니 더욱 사모하였으나 어떻게 해 볼 수가 없었다. 그리고 이제 와서는 딸은 비록 자랐지만 소현성은 이미 부부 사이가 좋았고 또 화씨가 아들을 낳았다는 소식까지 듣게 되니 다시 생각에 두지 않고 다른 데서 사윗감을 고르던 중이었다. 석파가 와서 상서와 부인을 보았는데 석파는 비록 얼매(孼妹)였으나 상서가 매우 사랑하는 까닭에 함께 이야기를 나누었다. 그러던 중 석파가 물었다.

78 "상공은 숙난소저를 어떤 집에 시집보내려 하시는지요?"

상서가 말하였다.

"어버이의 뜻이야 어찌 한 가지라도 부족한 곳에 보내고자 하겠는가마는 그렇게 하지 못할까 두렵고, 다만 나는 신랑과 집안[212]을 으뜸으로

---

210) 은교자랑의 한 : {은교ᄌᆞ랑의 ᄒᆞᆫ}. 미상임. 그런데 〈서유기〉 중 현장법사(혹은 삼장법사)가 탄생하게 되는 과정을 서술하는 내용이 이와 비슷함. 당 태종 때 진악이라는 이가 홀어머니를 모시고 있었는데 장원급제한 후 재상 은개산의 딸 온교와 눈이 맞아 혼례를 치른 후 부임지로 가던 길에 부인의 미모를 탐한 악한들에 의해 살해당함. 이때 온교는 유복자를 임신하고 있어서 그들에게 순종했다가 아들을 낳고 자살했고 그 아들이 훗날 현장법사(혹은 삼장법사)가 되었다고 함.

211) 신부 : 화부인을 가리킴.

본다."

석파가 웃으며 말하였다.

"신랑이 만일 소시랑 같으면 어떠하겠습니까?"

상서부부가 미소를 머금고 말하였다.

"만일 그 같으면 족하겠지마는 그 사람과 비슷하기는 누구라도 쉽지 않은 일이지. 딸이 화씨만 못하지 않으나 지아비를 고르지 못하고 있으니 팔자가 화씨만 못하도다."

석파가 웃으며 답하였다.

"소저의 재주와 용모를 보면 상청(上淸)[213]에도 짝이 없을 것이니 진정 소시랑과 천생연분일 겁니다. 둘째 부인 자리이기는 하나 위아래가 없을 것이니 어찌 소생을 신랑[214]으로 정하지 않으시는지요?"

상서와 부인이 웃으며 말하였다.

"우리도 이런 뜻이 있지마는 소현성이 화씨와 정이 중하고 하물며 자식이 있으니 어찌 재취를 얻겠는가?"

석파가 상서가 무심하지 않은 것을 보고 크게 기뻐하며 대답하였다.

"소시랑이 화씨를 취하였으나 정이 소원하고 또 기색이 단정하고 엄격합니다. 부인 처소에 한 달에 열흘 들어가나 모시고 있는 시녀도 저들이 말하는 것을 듣지 못하였고 한밤중에도 각자 베개에 누워 잔다고 합•
니다. 그러니 이 어찌 애정이 중한 것이며 설령 자식이 있다고 한들 어 79
찌 개의하겠습니까? 부인도 보셨겠습니다만 시랑과 화씨가 서로 어울

212) 집안 : {문미(門楣)}. 문맥을 고려하여 '집안'으로 번역함.

213) 상청(上淸) : 신선의 거처인 삼청(三淸)의 하나로, 영보도군(靈寶道君)이 거처하는 곳.

214) 신랑 : {슌향[順向]}. '순향'은 '따라야 할 곳', '향해야 할 곳' 등을 뜻하므로 문맥에 맞춰 '신랑'으로 옮겼음.

럽니까? 재주와 용모가 거리가 머니 결단코 정이 적은 것입니다. 행여 양부인이 염려하실까 두려워 거짓 예의를 갖춘 말로 정대히 말하지만 진정은 아니지요. 상공과 부인이 생각이 있다고 하시면 제게 세 치 짧지 않은 혀가 있으니 양부인과 소시랑을 달래서 혼인의 좋은 인연[215]을 온전히 이루고 군자와 숙녀로 좋은 짝을 만나게 하겠습니다."

석공 부부가 기쁨을 이기지 못하여 말하였다.

"누이가 마땅히 때를 봐서 잘 처리하여라."

석파가 그러겠다고 하고 숙난의 침소에 이르렀다. 소저가 옥같이 곱게 단장하고 굽은 난간에 기대어 있는데 소담하고 깨끗하기가 비길 곳이 없었다. 석파가 다가가서 웃으면서 말하였다.

"월궁이 아닌데 항아(姮娥)[216]가 있군요?"

소저가 반짝이는 눈을 맑게 뜨고 붉은 입술을 잠깐 열어 답하였다.

"아주머니는 어찌 늘 놀리시기만 합니까? 제가 태어난 지 13년 동안 일찍이 아주머니께서 정직한 말씀을 하시는 것을 듣지 못했습니다. 하루 종일 입에 내어[217] 하는 말이 다 부질없는 말,[218] 헛된 말들입니다. 사람이 어찌 이렇듯 단정하지 못합니까?"

석파가 크게 웃으면서 말하였다.

80 "그대가 나를 번잡하다고 하지만 이 미친 고모를 공경하고 감격해 하게 될 것이다."

소저가 잠깐 대답이 없기에 석파가 눈을 들어 보니, 앞에 화전(花箋) 한

---

215) 혼인의 ~ 인연 : {진〃의 죠흔 거술}. '진진(秦晉)의 좋음'이란 진(秦)과 진(晉) 두 나라가 대대로 혼인했다는 데에서 유래하여 사돈의 우의가 두터움을 뜻함.

216) 항아(姮娥) : 달 속에서 살고 있다는 미녀의 이름임.

217) 내어 : {드리워}. 맥락상 '내어'로 옮김.

218) 부질없는 말 : {부담(腐談)}. '부담'은 케케묵은 말 혹은 쓸모없는 이야기라는 뜻임.

폭이 놓여 있었다. 얼른 앗아 보니 신앵(新鶯)[219]을 읊은 소저의 시였다. 석파가 모른 척 소매에 넣으니 소저가 말리며 말하였다.

"이는 내가 지은 것입니다. 아주머니가 앉아서 보고 도로 줄 것이지 무슨 까닭으로 소매에 넣어다가 누구에게 보이려 하는지요?"

석파가 말하였다.

"내 적녀(嫡女)인 한학사 부인이 재주가 기특하여 맞적수를 못 얻어 하는데 소저의 시전을 가져다가 보여야겠다."

석소저가 본래 월영의 재주를 들은 지 오래였다. 소저는 소생과 혼인 얘기가 있는 줄은 모른 채 말하였다.

"이는 규중의 필적입니다. 소경이 보면 이상하게 여기겠지만 한생의 처는 같은 여자이니 봐도 관계 없습니다. 하지만 형편상 불편하니 가져가지 마시지요."

석파가 웃고 말하였다.

"내 무슨 일로 소생에게 보이겠느냐? 소저는 근심하지 마라."

한편으로 그렇게 말하며 나가니 소저가 별수 없어 다만 이르기를, '보인 후 즉시 돌려보내고 내 글이라고 하지 말라'고 하니, 석파가 그러겠다고 하고 모든 이들에게 하직 인사를 하고는 교자에 올라 자운산으로 돌아왔다. 시랑이 문 밖에 나와 맞으며 석파가 교자에서 내리는 것을 보고 땅에서 절하니 석파가 황망하게 붙들며 말하였다. 81

"전날 아이였을 때에도 과분하던 것이었는데 하물며 조정의 신하가 되어 지위가 춘경(春卿)[220]에 이르셨는데 어찌 첩에게 절하기를 이렇게

219) 신앵(新鶯) : 초봄에 깊은 산에서 나와 우는 꾀꼬리를 가리킴.

220) 춘경(春卿) : 주대(周代) 춘관(春官) 육경(六卿)의 하나로 국가의 예(禮)를 관장하였다. 뒤에 예부장관을 이르는 말이 됨.

과도하게 하십니까? 앞으로 제 복이 줄어들까 걱정입니다."[221]

그러자 시랑이 말하였다.

"서모는 이 어인 말씀이십니까? 조정 대신으로 어른 되었노라 하기를 서모에게 하겠습니까?"

석파가 황공하고 감격하여 시랑의 소매를 이끌어 내당으로 들어가 양부인을 뵙고 웃으며 말하였다.

"낭군이 소년 때 버릇을 아까 또 하시니 어찌 놀랍지 않겠습니까? 제가 하도 황망하여 답례도 미처 못 했습니다. 어렸을 때는 존비(尊卑)를 모르시고 부인께 하는 예를 저에게도 해야 하는 일로만 여기셨지만 자라면서 그치시지 않을까 생각했었는데 그 어인 행동이십니까?"

시랑이 미소를 띠며 대답하였다.

"서모가 늘 말씀하길 '어리면 숙맥을 구별 못하고 자라면 날마다 인사(人事)가 는다.'고 했는데 내 실로 이상하게 생각합니다. 이로 미루어 내가 하는 행동을 헤아려 보니 아마도 늘지 않은 듯 싶었지요. 그래서 5세 때 하던 일을 생각하고 지금의 행동과 견주어 보니 도리어 아이 때보다 못하더군요. 그래서 민망하여 어렸을 때 하던 일을 생각해내서
82 스스로 본받은 것이니 어찌 자랐다고 하여 어렸을 때 버릇을 그만두겠습니까?"

그러자 석파가 크게 웃었고, 양부인도 미소를 띠며 말하였다.

"요새 석파가 없으니 경의 우스개 소리가 없어 재미가 없었는데 석파가 오늘 왔으니 화려한 말이 근심 있는 사람을 즐겁게 하는구나. 네가

221) 제 ~ 걱정입니다 : {손복(損福) ᄒᆞ리로소이다}. 손복(損福)은 복을 일부 또는 전부 잃는다는 뜻임. 소현성이 자신을 지나치게 공경으로 대하는 것을 보고 석파가 현재 자신이 과할 정도로 복을 받고 있으니 앞으로 복이 깎일까 걱정이라는 뜻으로 한 말로 보임.

비록 경에게 명칭은 서모지만 또한 모자지의(母子之義)가 있으니 땅에서 절하는 게 무엇이 이상하겠느냐?"

이 말에 석파가 사례하였다. 원래 이파는 양순하고 말수가 적으며, 석파는 영리하고 꾀가 많아 잘 둘러대어 말이 물 흐르듯 하고 재치와 화려함이 지극하여 진정 여자 중 소진(蘇秦)[222] 같았다. 석파는 또 지혜가 남보다 뛰어나 뜻이 너무 활발하기에 살짝 굳센 뜻이 없고 마음이 고지식하지 않았으나 본래 천성은 아주 어질었다. 이러므로 양부인이 두 사람을 지극히 어여쁘게 여겼고 시랑도 공경하고 효로 봉양하기를 어머니 다음으로 하였다. 석파는 늘 희롱하며[223] 실없이 놀리는 걸로 일을 삼으니,[224] 시랑이 본디 성품이 맑고 아름답지만 집에서 하는 일마다 유순하게 하였고 또 석파가 자기를 사랑함이 지극하여 농담으로 보채는 것임을 알았다. 그래서 화답하지 않으면 무안할까 하여 짐짓 장난으로 동조하곤 하였다. 그러나 일찍이 거만한 낯빛과 예의 없는 말은 하지 않았고 오직 83
석파가 시작하면 대답할 따름이었다. 이때 석파가 석소저의 글을 월영에게 보이지 않고 소매 속에 넣어두었다가 모두 흩어진 뒤 부인 면전에 나아와 아뢰었다.

"석상서가 소저 하나를 두셨는데 시랑의 재주와 용모를 바라셔서 혼인의 좋은 인연을 맺고자 하여 저로 하여금 부인께 고하라 하시더이다."

부인이 물었다.

"석소저가 어떠한가?"

---

222) 소진(蘇秦) : 전국시대 낙양사람인 소진(蘇秦). 소진은 진(秦)에 대항하기 위해 연합해야 한다는 합종설(合從說)을 주장하였음.

223) 희롱하며 : {히이쳐}. '희이치다'는 '희롱하다'의 고어.

224) 일을 삼으니 : {젼쥬[專主]ᄒᆞ니}. '전주(專主)하다'는 오로지하다'인데, 문맥을 고려하여 이같이 옮김.

석파가 대답하였다.

“제가 말이 어눌하고[225] 보고 들은 것이 고루하여 아는 일이 없습니다. 그래도 다만 말씀드려 보자면 화부인이 싹싹하고[226] 빛나기는 하시지만 유한정정(幽閑靜貞)[227]한 것은 석소저에게 미치지 못할 것이고, 또 한학사 부인의 넉넉하고 산뜻함과 한없는 자태와 맑고 씩씩함으로도 미치지 못할 것입니다. 다만 윤낭자가 거의 비길 만한데 오히려 정숙하고 신중하여 성녀(聖女)[228]의 유풍(遺風)이 있는 걸로 보자면 또한 석소저에게 많이 떨어지지요.”

부인이 듣고 나서 말하였다.

“비록 아름다우나 어찌 까닭 없이 재취를 얻겠느냐? 하물며 경이 다른 뜻이 없으니 내가 어찌 번오[229]함을 취하겠으며, 여러 사람이 모이면 자연 어지러운 일이 많으니 또한 염려가 된다. 상서의 후의(厚意)에는 감격하나 받들지 못하겠다고 알려드려라.”

석파가 놀라 대답하였다.

84 “자고로 공후(公侯) 각료(閣僚)는 일곱 부인을 두는데, 시랑이 어찌 두 부인을 못 얻을 지위입니까? 제가 석소저가 친척이라고 하여 두둔하는 게 아닙니다. 석소저는 실로 여자 중 요순 같은 인물이니 차마 다른 가문에 시집보내기가 아까워서 혐의를 무릅쓰고 어진 숙녀를 천거하는

---

225) 어눌하고 : {서외ᄒᆞ고}. 문맥상 ‘서어(齟齬)하고’로 보아 이같이 옮김. 서어하다는 의견이 맞지 않아 뜻대로 되지 않다, 탐탁하지 않다는 뜻.

226) 싹싹하고 : {경첩ᄒᆞ고}’. 경첩(輕捷)은 움직임이 가뿐하고 날쌘 것을 가리킴.

227) 유한정정(幽閑靜貞) : 부녀의 태도나 마음씨가 얌전하고 정조가 바른 것을 가리킴.

228) 성녀(聖女) : 여자 중 성인을 가리킴.

229) 번오 : {번오}. 문맥상 번요(煩擾)일 것으로 보임. 『소현성록』에서 ‘번오’를 명사처럼 사용하는 용례들은 문맥상 조강치처 외의 다른 여자를 얻어 생기는 괴로움 혹은 그 처첩을 가리키는 맥락에서 사용되었음.

겁니다. 부인은 생각해 보시기 바랍니다."

부인이 탄식하며 말하였다.

"이렇게 기특한 여자가 네 가까운 친척 중에 있을 것 같으면 네가 어찌 일찌감치 말하지 않았느냐? 이제 화씨를 얻어 금슬이 좋으니 또 얻는다는 건 부질없는 일이다. 석소저가 내 집과 인연이 없구나."

석파가 대답하였다.

"시랑의 사람됨이 마침내 여자 한 명으로 늙을 골격이 아니고 화부인이 아무리 어질고 사리에 밝다 해도 낭군에게 걸맞은 짝이 아니십니다. 그러니 석씨를 재취로 얻어 자손이 번성하고 집안이 번화해지는 것을 취하지 않으시렵니까? 석소저는 13세입니다. 저는 벌써부터 생각하고 있었는데 시랑이 부인을 얻기 전에는 나이가 어렸으므로 이제야 말하는 것입니다."

부인이 오랫동안 말이 없다가 천천히 대답하였다.

"화씨 또한 아름답고 자식도 있으니 다른 염려가 없구나."

석파가 부인이 허락하지 않는 것을 보고 할 수 없이 물러나와 생각하 85
였다.

'내 당당하게 이 글을 가지고 서당에 가서 시랑의 마음을 움직여야겠다.'

그리고서 바로 서당으로 갔다. 마침 시랑이 단정히 앉아 흰 비단 8폭에 글을 지어 예서[230]로 크게 썼는데 이는 태복경[231] 구준(寇準)[232]이 시랑

230) 예서 : {금즈}. 금자(今字)는 엣날의 문자와 구별되는 문자를 말하는데 특별히 예서(隸書)를 가리킴.

231) 태복경 : 태복(太僕)은 왕명의 전달과 시종직을 주무로 하던 관직. 진한(秦漢) 때부터는 구경(九卿)의 하나로 천자의 어가(御駕)와 어마(御馬)를 관리하는 직책으로 바뀌었음. 태복이 9경의 하나이므로 태복경이라 칭한 것으로 보임.

의 서법(書法)이 오악(五嶽)을 요동하여 종요(鍾繇)와 왕희지(王羲之)[233]보다 나음을 알고 병풍을 만들어 금자를 써달라고 하였기 때문이다. 석파가 나아가 한번 보고 칭찬하여 말하였다.

“낭군의 신기한 붓글씨는 비할 사람이 없군요. 제가 옛 글을 장서각에 가서 얻어 왔으니 낭군의 재주와 나란히 할 만할 것입니다.”

시랑이 대답하였다.

“옛사람의 재주에야 내가 어찌 미치겠습니까? 그런데 장서각에 가서 어떤 글을 얻어 왔습니까?”

석파가 웃으며 말하였다.

“내가 일러 드려도 시랑은 모를 것입니다.”

한편으로는 말하면서 소매에서 한 폭 화전을 내어 주었다. 생이 받아 눈을 들어 한번 보니 그 필법이 나는 듯 구름이 일어나고 용사(用事)[234]가 찬란하여 붓글씨의 빛이 춤추는 듯 나는 듯하였다. 문득 낯빛을 거두어 공경을 표하고 나직이 읽었다. 뜻이 맑고 깨끗하고 천향이 밝게 비춰[235] 비록 소사[236]의 문장이라도 미치지 못할 것이어서 칭찬하였다.

86 “아름다운 글이군요. 두 번 읊조려 보니 이는 옛날 글이 아니라 요새 사람이 지은 것이고 구법(句法)[237]이 맑고도 높고 뜻이 그윽하고도 우

---

232) 구준(寇準) : 961~1023. 자는 평중(平仲), 시호는 충민(忠愍)으로 북송 초기의 정치가, 시인. 태종의 두터운 신임을 받았으나 강직한 성격으로 좌천되었다가 진종 대 중앙관직에 복귀한 후 거란 침입 때 많은 공을 세워 내국공(萊國公)에 봉해졌으며 후에 구래공(寇萊公)으로도 불렸음.

233) 종요(鍾繇)와 왕희지(王羲之) : 종요(鍾繇)는 삼국시대 위(魏)나라의 정치가 · 서예가. 왕희지(王羲之) 역시 동진(東晋)의 유명한 서예가임.

234) 용사(用事) : 한시를 지을 때 옛날의 뛰어난 글들에서 표현을 빌어다 쓰는 일을 가리킴.

235) 천향이 ~ 비춰 : {텬향[天香]이 죠요[照耀]ᄒᆞ야}. 천향(天香)은 하늘의 향기, 선계(仙界)의 향기라는 뜻임. 향기가 비춘다고 한 것은 공감각적인 표현으로 보임.

236) 소사 : 소혜(蘇蕙)와 사씨. 소혜(蘇蕙)는 진나라 사람으로, 남편을 그리워하는 마음을 시로 지어 비단에 수놓은 〈직금도〉로 유명함. 사씨는 율양 땅의 덕 있는 여성 사씨를 가리키는 듯함.

237) 구법(句法) : 시문 따위의 구절을 만들거나 배열하는 방법.

아하니 반드시 여자가 지은 것입니다. 누이의 재주가 비록 기특하시나 오히려 이 글의 향기와 깨끗함에는 미치지 못하는군요. 이 어떤 사람이 지은 것인지요?"

석파가 말하였다.

"장서각에 있으나 누구의 글인지는 모릅니다."

시랑이 말하였다.

"서모가 나를 어수룩하게 여기시는군요. 장서각에 있는 것은 내가 다 아는데 이는 전에 보지 못하던 것입니다. 하물며 화전이 새 것이고 글씨도 갓 쓴 것이니 어찌 옛날 글이겠는가?"

석파가 웃고 말하였다.

"낭군은 능한 척 마십시오. 그러나 이 시는 과연 여자가 지은 것입니다. 솜씨가 어떻습니까?"

생이 말하였다.

"아주 아름답습니다."

석파가 또 말하였다.

"이런 재주와 기특한 얼굴을 겸한 여자가 저곳에 있는데 제가 보기에 황홀하더이다."

"어떤 여자입니까? 아마도 서모의 친척이겠지요."

석파가 대답하였다.

"그렇습니다."

시랑이 말하였다.

"그런 부인을 어떤 복된 자가 얻었을까? 남편이 부인과 걸맞습니까?"

석파가 웃으며 말하였다.

"이이는 규수입니다. 어찌 남편이 있겠습니까?"

시랑이 문득 말을 그치고 글을 즉시 서모에게 주고는 예서를 썼다. 원
87 래 시랑은 성인군자라서 옛날 글인 줄로만 알았기에 주는 것을 받아보았고, 그 신기한 재주에 감탄하여 어떤 여자가 지은 것인지 물었던 것이다. 그런데 규중처녀임을 듣고 매우 뉘우쳐 즉시 읊조리던 것을 내려놓고 다시 묻지 않았다. 석파가 당초에는 생이 마음으로 글을 칭찬하는 것을 보고 속으로 기뻐하며 계획대로 이루어지겠구나 생각했다. 그런데 뜻밖에 그가 말을 그치고 글을 도로 주는데, 마땅한 꾀가 없어 다만 소리를 더 돋워 말하였다.[238)]

"낭군은 청춘소년으로 하늘로부터 문장과 넉넉한 풍모를 받으셨습니다. 일찍이 과거 급제하여 사람은 물론 하늘도 낮춰 보고[239)] 봉의 꼬리를 밟아 몸이 천지에 두루 날리니 너그럽고 어진 큰 도량으로 임금을 섬기고 나라를 보필하시고 집에는 어질고 예쁜 부인을 쌍쌍이 갖추어서 한 몸의 영화와 어머니의 기쁨을 돕는 게 어떠하십니까? 낭군이 만일 재취하고자 하신다면 제가 곤륜산의 신선 같은 부류가 되어 권세 있는 재상 가문의 숙녀를 얻어 천거하겠습니다. 모름지기 어떻게 생각하십니까?"

서모가 설득하는 말이 이렇듯 청산유수 같은 걸[240)] 보고 생이 평생 처음으로 흰 이가 드러나게 웃으며 말하였다.

"서모의 말씀을 들으니 실없는 웃음이 납니다. 내 평생 마음이 즐겁지

---

238) 더 ~ 말하였다 : {말로ᄡᅥ 도〃와 ᄀᆞᆯ오ᄃᆡ}. 직역하면 '말을 더 돋워 말했다'는 뜻이나 맥락을 고려하여 '소리를 더 돋워 말하였다'로 옮김.
239) 낮추어 보고 : {묘시(藐視)}. 묘시는 넘봄, 깔봄의 뜻임.
240) 청산유수 같은 걸 : {화려ᄒᆞᆫ 믈}. 맥락상 '청산유수 같은 걸'로 옮김.

않았는데 오늘은 처음으로 웃습니다. 대장부가 되어 숙녀를 얻어 주랴 88
하시는 말씀을 들으니 사양할 바가 있겠습니까마는 집안 식구들이 즐거이 여기지 않을 것입니다. 마음이 화창하지 못하니 한 아내와 집을 지키면서 뜻을 온전히 하고 조용히 행실이나 닦으며 어머니 섬기기를 일삼고자 합니다. 그러니 처자 선악을 모으고자 하는 뜻이 없습니다."

그런데 석파는 오히려 사양해 보는 걸로 알고 물었다.

"집안에 경사가 이어지니 무슨 일인들 즐겁지 않겠습니까?"

시랑이 문득 슬퍼 마음이 상해 눈물을 머금고 말하였다.

"서모의 말이 틀리셨습니다. 사람이 세상에 나서 하늘과 땅이 온전한 뜻을 보거늘 저는 삼생(三生)에 죄악이 산같이 높아 부모 두 분을[241] 보지 못했습니다. 하늘 같은 아버지의 가르치심과 깊은 사랑을 받들지 못하였고 아버지의 얼굴조차 모르니 인륜의 죄인이고 제 박명함이 심합니다. 무릇 보는 것과 듣는 것이 다 마음을 상하게 하지 않는 것이 없고 내 효성이 극진하지 못해 어머님께서 기뻐하실 때가 없으니 밤낮으로 허물을 닦으며 죄를 헤아립니다. 또 제게 벼슬과 자식이 있는데 부
모가 함께 기뻐하시는 것을 보지 못하니 심사가 더욱 날로 슬퍼져서 89
마음이 베어지는 듯합니다. 그러니 어찌 즐거움이 있겠습니까? 이러므로 온갖 일에 다 생각이 없어 다른 사람의 허물이나 기특한 일을 봐도 의논하고 싶지 않습니다. 그저 평생 마음에 머금고 바라기는 어머니께서 기뻐하시는 일을 구하는 것인데 이미 갖추어졌으니 번화한 마음이 다 꿈만 같습니다."

---

241) 두 분을 : {ᄀᆞᄌᆞ시믈}. 'ᄀᆞᄌᆞ시믈'은 '갖추어지심을' 혹은 '구비하심을'의 고어이나 맥락을 고려하여 '두 분을'로 옮김.

말을 마치고 얼굴빛이 참담하여 문득 오열을 터뜨리고는 말이 없었다.

석파도 슬퍼져서 눈물을 흘리며 말하였다.

"오늘 낭군의 말씀을 들으니 목석이라도 움직일 것 같은데 하물며 저야 말할 필요가 있겠습니까? 자고로 효자가 증자(曾子) 같으며 곽거(郭巨)[242]가 자식을 묻고 황향(黃香)[243]이 베개를 부채로 부친 것이야 뭐 귀한 일이라고 하겠습니까? 낭군의 정성과 효성은 이 세 가지보다 더 합니다."

생이 탄식하여 말하였다.

"내 어찌 이 사람들과 같기를 바라겠습니까? 본래는 효성스러운 마음을 품었지만 사람 사는 일이 자잘하므로 마음과 일의 형편이 같지 않더군요."

석파가 감탄하고 마음이 슬퍼져서 다시 혼삿말을 꺼내지 못 하였다. 즉시 일어나 돌아와서 양부인에게 시랑의 말을 전하니, 부인이 감탄하여 말하였다.

"내 아이가 성정이 이러하니 재미있는 이야기가 적겠구나. 속세의 모
90 습이 너무 없어 맑고 높은 기질이 우뚝하니 도리어 근심이로다."

한편으로 이야기하면서 또한 슬퍼하는데 문득 생이 들어왔다. 어머니

---

242) 곽거(郭巨) : 효자로 유명한 사람임. 그는 융려(隆慮) 사람으로 홀로 어머니를 모시고 객사(客舍)에 살았는데 부부가 남의 품팔이를 하여 어머니를 봉양하였음. 얼마 후 아내가 아들을 낳았는데 어머니가 식사를 하면서 맛있는 음식을 손자에게 나누어 줄 것이니 결국 어머니의 몫이 줄어들 것을 염려하여 땅을 파고 아들을 묻어버리려고 결심하고 땅을 팠음. 그런데 파던 땅에서 돌 뚜껑이 나왔고 그 속에는 황금이 한 솥 들어있었고 "효자 곽거여! 황금 한 솥을 그대가 쓰도록 하사하노라"라고 쓰인 문서가 들어 있어 그 이후에 그는 효자로 천하에 이름을 떨치게 되었음.

243) 황향(黃香) : 동한 때 사람으로 자는 문강(文强). 그는 아홉 살 때 벌써 어버이 섬기는 도리를 깨달아 여름에는 베개에 부채를 부쳐 시원하게 해 드리고 겨울에는 이부자리를 몸으로 덥혀 따듯하게 해 드렸다고 함.

를 뵙는데 그 얼굴에 온화한 기운이 가득하고 얼굴빛이 편안하였고, 어머니 말씀을 듣는데 마치 기쁜 일을 만나고 즐거운 일이 생긴 것같이 하였다. 그러자 양부인이 자기 앞에 나아오라고 하여 아들의 등을 두드렸다. 새삼 사랑스럽고 대견스러운 한편 한숨도 나왔다.

며칠이 지난 뒤 석파가 시랑에게 조용히 말하였다.

"제가 낭군이 후하게 대해 주시는 걸 감격해 하며 갚을 길이 없다고 여겼습니다. 그런데 석상서에게 규수가 있는데 당대의 숙녀랍니다. 낭군께 천거하니 소저에게 재취하시면 제가 더욱 그 은혜에 감사할 겁니다."

시랑이 듣고 나서 천천히 대답하였다.

"서모의 말씀은 감사하지만 조강지처가 있으니 번오[244]는 아예 생각지도 않습니다."

서가가 다시 달래어 말하였다.

"석소저가 만일 평범한 사람이라면 제가 무슨 일로 낭군께 천거하겠습니까? 얼굴로 말하자면 반짝이는 눈, 버들 같은 눈썹에 분을 바른 듯한 흰 뺨과 검은 귀밑머리,[245] 그리고 붉은 입술에 흰 이가 곱습니다. 진실로 하주(河州) 땅 숙녀[246]보다 나으니 제가 다른 집안에 시집보내기 아깝고 또 낭군의 뛰어난 재주를 아껴 조카와 아들이 한 쌍의 인연을 갖추는 걸 보고 싶으니 낭군은 고집하지 마시게나."

생이 대답하였다.

---

244) 번오 : 조강지처 외의 처첩을 가리키는 것으로 보임.

245) 분을 바른 듯한 흰 뺨과 검은 귀밑머리 : {분빅뉴빙}. 규장각본에는 '분백녹빈(粉白碌鬢)'으로 되어 있어서 이렇게 옮김.

246) 하주(河州) 땅 숙녀 : 미상. 덕이 아름다운 여인을 일컫는 말로 보임. 『시경』「주남」〈관저〉장의 "관관히 우는 저구새, 하수의 모래섬에 있도다(關關詛鳩, 在河之州)."에서 유래한 것으로 보임.

91 "서모의 말씀이 옳으시나 내 뜻이 별로 없으니[247] 숙녀 얻을 복이 없습니다. 하물며 어머니의 뜻이 어떠신 줄 모르겠으니 나 혼자 마음대로 처리할 일이 아닙니다."

그러자 석파가 또 말하였다.

"제가 부인께 아뢰었더니 부인께서는 뜻이 있으셨습니다. 헌데 낭군의 뜻을 알 수가 없어서 주저하시면서도 석소저의 재주를 매우 사랑스러워 하셨습니다."

시랑이 한동안 말이 없다가 입을 열었다.

"어머니께서 어떻게 그 재주를 아십니까?"

석파가 웃으며 말하였다.

"지난 번 낭군께서 보셨던 시전이 석소저가 지은 것입니다. 부인은 낭군이 뜻이 있다고 하면 혼인을 시키자고 하셨습니다."

시랑이 듣고 나서 미소를 띠며 말하였다.

"원래 석소저에게 이런 재주가 있었습니까?"

말을 마치고 일어나려 하니 석파가 소매를 잡고 말하였다.

"낭군아, 정말 고집을 부리시려는가? 부인이 허락하시면 낭군 또한 재취하겠는가?"

시랑이 웃으며 말하였다.

"어머니께서 허락하시면 내 감히 사양하겠습니까? 허나 어머니의 명이 없다고 하면 내 또한 어찌 하겠습니까? 아직 재취할 뜻이 없으니 내 스스로 구할 길은 없고, 만일 서모가 숙녀를 얻어 주신다면 나도 사양하

247) 별로 없으니 : {낙〃[落落)]ᄒᆞ야}. '낙낙'이란 거절하는 모양, 듬성듬성 성긴 모양이라는 뜻도 있으므로 맥락을 고려하여 '별로 없으니'로 옮김.

지는 않겠습니다."

말을 마치고 나가 버리니 유수 같은 말재주를 지닌 석파라도 별 수 없어 중당에서 배회하고 있었다.

이때 화씨의 시녀 쌍수가 이 말을 듣고 돌아와 화씨에게 아뢰었다. 내 92
용인즉 석파랑이 상공에게 석참정 댁 규수를 재취로 얻으라고 권했는데 낭군이 처음은 듣지 않더니 여러 번 말을 하여 재취하라고 조이며 석파랑에게 양부인 허락을 받아오라고 하셨다는 것이었다. 화씨가 천성은 영민하지만 성격이 조급하고 자못 강했으며 또 시랑을 태산같이 중히 여겨 은정이 가득해서 병에 이를 지경이고 친애하는 것이 극진하였다. 그런데 시랑은 씩씩하여 일찍이 사사로운 정을 일컫는 일이 없고 공경은 하지만 너무 애중하기에, 투기하는 일이 심히 □□□□[248] 않을 기습이었다.[249] 시랑이 일찍이[250] 집 밖에 기생첩을 두지 않았고 집안에 붉은 치마 입은 시녀들이 가득했지만 정을 둔 일이 없으며 빈말이라도 재취를 일컫지 않았다. 게다가 아들이 있으니 남편의 사랑을 받는 화씨의 세도가 극에 달하였다. 화씨 스스로 자신이 복이 있다고 여겨 기뻐했는데 석파가 단정한 남편을 부추겨 재취를 하라고 한다 하니 어찌 분이 나지 않겠는가. 갑자기 크게 화를 내며 크게 꾸짖기를, '명이 긴 노파가 죽지 않고 살아서 어찌 내 남편을 꼬드기는가? 시랑도 그렇지, 어찌 이유 없이 석씨 여자를 취하고자 하며 시어머니 또한 허락하는 일이 계시는가 말이다.' 하며 분노하
기를 마지않았다. 그리고 허둥대며 엎어질 듯[251] 일어나 내당으로 들어 93

248) 원문에 서너 자 정도가 안 보여서 해독 불가능한 부분임. 이 부분은 규장각본에는 생략된 부분임.

249) 않을 기습이었다 : {아닐 긔습[奇習]이라}. 맥락상 화부인의 투기는 기이한 습성이라고 서술하는 것으로 추정되는데 앞 글자들이 판독 불가능하므로 이 부분도 풀지 않고 원문을 살려 두었음.

250) 일찍이 : {일즉}. '일즉'은 일찍의 고어.

251) 허둥대며 엎어질 : {뎐도[顚倒]히}. '전도(顚倒)'는 '엎어지듯이 허둥대다'라는 뜻임.

가다가 바로 석파와 마주쳤다. 석파가 화씨가 얼굴에 노기가 가득한 채로 자기를 향해 말을 하려는 걸 보고 이미 짐작하고 먼저 물었다.

"낭자가 무슨 일로 이토록 평안하지 않으신지요?"

이 말에 화씨가 갑자기 꾸짖으며 말하였다.

"내 일찍이 서모와 원수진 일이 없는데 무슨 까닭으로 나를 미워하여 적국[252]을 천거하는지요? 서모가 만일 그만두면 나도 말겠지만 끝내 내 원수를 만들 것 같으면 전제(專諸)의 어장검(魚腸劍)[253]을 한번 찔러서 한을 갚고 나 또한 죽을 것이오."

석파가 차갑게 웃으며 말하였다.

"낭자가 나이 적어 헤아림이 없구려. 여자의 도는 유순한 것이 귀하고 투기는 칠거지악에 분명히 들어있으니 자고로 투기하는 숙녀는 없었지요. 낭자가 이제 소시랑의 원비(元妃)로 소공자로 인해 가권(家權)을 다 가지셨으니 번화를 좇아 둘째 부인이 들어온다고 해도 당당하게 아황(蛾黃)과 여영[254] 자매같이 하시는 것이 옳지요. 그런데 말씀이 이렇듯 사리에 맞지 않으시니[255] 첩을 원수라고 하신다면 우리 양부인께서는 스스로 원수라고 생각하시면서 첩들을 모으신 것입니까? 제가 어려서부터 지금까지 장현동[256]에서 늙었지만 일찍이 돌아가신 처사와 양

252) 적국 : 본처에게 있어서 둘째 부인이나 첩 또는 첩과 첩 사이를 일컬음.

253) 전제(專諸)의 어장검(魚腸劍) : 전제는 춘추전국시대 월나라 오자서의 자객. 구야자(歐冶子)라는 장인(匠人)이 세 개의 명검을 만들어 이 중 하나를 오자서에게 주자 오자서가 이 칼을 전제에게 주면서 오나라 왕 요(僚)를 죽이도록 지시하였음. 전제는 요리사로 가장하여 생선 속에 이 칼을 몰래 숨겨 넣고 들어가 왕을 죽이는데 성공하였는데, 쿠데타로 왕이 된 합려는 요를 처단한 검을 물고기 내장에 숨겼다 하여 어장검이라는 이름을 붙여 주었음.

254) 아황(蛾黃)과 여영(女英) : 중국의 요임금의 두 딸로 요임금이 순임금에게 시집보냈음. 두 여인이 순임금을 사이좋게 모시고 화락하다가 순임금이 죽자 두 사람도 상강(湘江)에 빠져 죽음.

255) 사리에 맞지 않으시니 : {뎐도[顚倒]ᄒᆞ시니}. 거꾸로 되거나 넘어짐을 의미하지만 문맥을 고려하여 이같이 번역함.

256) 장현동 : 장현(藏賢)은 소부가 있는 골짜기 이름이므로 장현동은 소부를 가리킴.

부인께 책망을 듣지 않았고 시랑을 어루만져 길러내어 정이 산하(山河) 94
같으니 비록 낭자께 어장검을 받는다고 해도 서러워서라도 기특한 숙녀를 천거해야겠습니다."

그러자 화씨가 크게 화를 내고 이를 갈며 말하였다.

"이는 삼생(三生)의 원수다. 만일 석현의 딸을 데려온다면 당당하게 찢어 죽여 분을 풀고 늙은 년이 하늘의 재앙을 입어 죽는 걸 볼 테다. 반드시 석씨녀를 데려와 아주머니와 조카가 공모하여 시어머니와 우리 부부의 목숨을 끊으려 하는 계교로다."

그리고서 표독하고 편안하지 않은 말로 꾸짖기를 마지않고 침소로 돌아갔다. 석파 또한 크게 노하여 실로 괴로웠다. 소시랑이 한학사와 함께 시를 주고받다가 어머니께 문안하러 들어오는 길에 문득 석파를 봤는데, 석파가 중당에서 발을 구르며 통곡하고 있었다. 시랑이 놀라고 의아했지만 어머니를 뵙는 게 바빠 물어보지 못하고 다만 친척의 부음을 들었나보다 생각하며 어머니 처소에 이르러 안부를 여쭙고 주변을 돌아보며 물었다.

"석서모가 누가 돌아가셨는가?"

시녀들이 다 모른다고 하자 양부인이 물었다.

"네가 어찌 누가 죽었는지를 묻느냐?"

시랑도 의심스러워 소리를 낮추어 대답하였다.

"아까 서모가 중당에서 슬퍼하고 있기에 묻는 것입니다."

한편으로는 말을 하면서 한편으로는 석파가 있는 곳에 오니 석파가 시 95
랑을 보고는 가슴을 두드리고 생에게 머리를 받으며 말하였다.

"시랑은 빨리 저를 죽이시오. 만일 시랑이 죽이지 않으면 제가 반드시

어장검에 죽게 생겼습니다. 그렇게 되느니 차라리 약이나 먹고 죽는 게 나을 겁니다."

말을 마치고 석파는 생이 차고 있던 칼을 빼어 스스로 찌르고자 하였다. 시랑이 총명한 사람이기는 하나 어찌 미처 어떻게 된 영문인 줄 알아챘겠는가? 소현성은 아무런 까닭을 알지 못한 채 이런 놀라운 장면과 서모가 칼을 빼어든 걸 보고 십분 놀라고 의아하여 급히 칼을 빼앗으려 하다가 칼날이 왼쪽 손가락을 스치니 크게 다쳐 피가 솟아나 흘렀다. 그러자 석파가 놀라 악 쓰는 걸 늦췄고 시랑은 안색을 평안하게 하고 손을 들어 흐르는 피를 스스로 먹었다. 이는 부모가 남겨주신 살과 피를 버리지 않으려 함이었다. 비단을 찢어[257] 손을 싸고 석파에게 잘못했다며 말하였다.

"제가 비록 무식한 사내이지만 또한 어려서부터 글을 읽어 한 조각 정성이나마 효도를 하려고 조심했습니다. 그런데도 불민(不敏)하여 불효하고 말았군요. 이로 인해 서모가 부족하게 여기시니 감히 효성스럽지 못하려니와 오늘 행동은 실로 꿈에도 생각 못한 일입니다. 만일 제가
96 죄가 있다고 하면 서모는 당당히 나를 벌주시고 종을 시켜 매를 때리시는 것이 옳습니다. 어찌 검을 빼들어 자결하려 하시며 통곡하고 슬피 우십니까? 이 진실로 내 죄가 태산 같고 명교(名教)를 거스른 죄인이 되는 것이니 무슨 면목으로 행세하겠습니까? 부탁이니, 이리 하시는 이유를 말씀해 주십시오."

석파가 한때 분노하여 지나친 행동을 하다가 시랑이 손을 크게 다쳤는데 그가 정색하지 않고 온화한 낯빛으로 잘못했다고 말하는 걸 들으니 매

---

257) 찢어 : {믜여}. '믜다'는 '찢다'의 고어임.

우 무안하기도 하고 또 한편으로 화씨가 노여워서 울며 말하였다.

“제가 낭군을 귀한 옥같이 여겨 주야로 바라보는 것조차 부끄럽게 여
기고[258] 낭군 또한 저를 어머니 다음으로 공경해 주시니 그 은혜는 죽
어 백골이 되어도 잊지 못할 것입니다. 갚을 길이 없으니 시랑께 숙녀
를 천거함은 본디 좋은 뜻이었지요. 그런데 화부인이 저를 이렇듯 꾸
짖으시니 저의 용렬함을 따져 책망하는 것은 본래 그럴 수도 있겠지만
다만 제가 낭군과 부인을 거스르려 한다 함은 매우 원통하고 민망합니
다. 어찌 죽고 싶을 정도의 한이 되지 않겠으며 또 실로 화부인 손에 죽
기 쉬우니 차라리 낭군 앞에서 빨리 자결하여 요망한 모함을 입지 않고
자 한 것입니다. 그런데 뜻밖에 시랑의 귀한 손이 크게 다쳤으니 제 죄 97
가 더욱 큽니다. 죽기를 청합니다. 어찌 시랑이 죄가 있어 죄를 청하겠
습니까?”

시랑이 고개를 낮추고 그 말을 들었는데, 다 듣고 나니 벌써 마음의 상냥함이 다른 사람보다 더하였다. 그러자 탄식하고 위로하며 죄를 일컬어 말하였다.

“이 말을 들으니 제 마음이 시원합니다. 당초에는 실로 무슨 까닭인 줄 알지 못하고 놀랐는데 자세히 듣고 보니 이 또한 저의 죄이군요. 화씨가 패악한 것이 다 제가 잘못해서 그런 것입니다. 한날 화씨의 허물만이 아니고 제 허물이 더욱 큽니다. 서모께 불경하게 대한 것은 내쳐버리기에 족하지만 그러면 어머니께서 마음 불편하실 것이고, 또 자식이 있으면 내칠 수 없다[259]고 하는 말을 살펴 머물게 하니 이 또한 저의

258) 부끄럽게 여기고 : {북드이 여기고}. 미상임. 원문의 이 부분은 종이가 해진 흔적이 있고 그 위에 덧대서 쓴 듯함. 맥락을 고려하여 이같이 옮겼음.

259) 자식이 있으면 내칠 수 없다 : 유교에서 시집간 여성을 규제하는 규정을 칠출삼불거(七出三不

죄입니다. 손을 다친 것은 서로 무심한 가운데 일어난 일이니 어찌 이 일로 마음에 두실[260] 게 있겠습니까? 바라건대 제 얼굴을 봐서라도 노기를 가라앉히십시오."

말을 마치고 주변에 있는 사람들을 명하여 화씨의 유모를 잡아내라 하였다. 그리고 죄를 물어 크게 꾸짖고 종으로 하여금 큰 매를 골라서[261] 장 60대를 치니 유모가 기절하였다. 석파가 도리어 말리니 '끌어내라' 하고 서모를 향해 재삼 겸손하게 말하고 위로하니 석파가 감격하고 뉘우쳤
98 다. 그러나 화씨에 대해서는 오히려 분을 풀지 못하였다.

去)라고 하는데, 원문의 '유ᄌᆞ식블거[有子息不去]'는 칠출삼불거에 해당하지 않음. 내칠 수 없는 세 가지, 삼불거에 해당하는 항목은 보내도 돌아갈 곳이 없거나[有所取無所歸], 함께 부모의 삼년상을 치렀거나[與共更三年喪] 혹은 전에 가난하였다가 뒤에 부자가 된 경우[前貧賤後富貴]이며, 이 중에 자식이 있으면 내칠 수 없다는 항목은 없음. 이는 칠출 항목 중 하나인 무자(無子)면 내칠 수 있다는 항목을 반대의 경우로 해석한 것으로 보임.

260) 마음에 두실 : {개회(介懷)}. '개회'는 '개의한다'는 뜻임.

261) 골라서 : {ᄀᆞᆯ희여}. 'ᄀᆞᆯ희다'는 '가리다'의 고어.

소 현 성 록

2권

1 이때에 양부인은 이 일을 전혀 알지 못하였고, 월영은 알아도 모르는 체하였다. 저녁 문안 때에 취성전262)에 모두 모였다. 한편, 화씨는 유모에게 중형(重刑)을 내리고 나서 시랑의 책망을 들었으니, 성품이 가볍고 사리분별 못하는 부인이므로 어찌 분하지 않겠는가? 종일 울면서 병을 핑계로 문안에 오지 않았다. 양 부인은 화씨가 아픈 것으로만 알고 있었다. 그런데 석파의 안색263)이 편치 않음을 보고 물었다.

"너는 무슨 일로 오늘 큰소리로 울었느냐?"

석파가 대답하였다.

"한숨도 나오고, 마음이 슬퍼서 웁니다."

부인이 말하였다.

"사람이 서러운 때가 있다 해도 어찌 시도 때도 없이 소리 내어 울겠느냐? 다음부터는 그러지 마라."

석파가 부인에게 사례하고 나서 한결같이 모셨다.

시랑은 행여 어머니께서 손을 보실까 두려워 팔을 소매에 넣고 단정히 앉아 있었는데, 부인이 화씨가 낳은 손자를 안고 어르다가 시랑에게 주면서 말하였다.

"이 아이가 아비보다 낫구나."

시랑이 비록 부자 사이의 정이 지극했지만 아이를 안아 보지는 않았었는데, 어머니께서 주시니 마지못하여 두 손으로 받아 유모에게 주고는 다시 꿇어앉았다. 그러자 부인이 시랑의 손을 보고 놀라 말하였다.

"어쩌다 그렇게 다쳤느냐?"

262) 취성전 : 양 부인의 처소.
263) 안색 : {ᄉᆞᄉᆡᆼ}. 문맥상 사색(辭色)으로 보아 이같이 옮김.

시랑이 웃으며 대답하였다.

"제가 아까 우연히 칼을 쓰다가 잘못 실수하여 베었습니다. 대단치 않 2
지만 상할까봐 싸맸습니다."

부인이 말하였다.

"악정(樂正) 자춘(子春)264)은 발을 다치자 두 달 동안 근심했는데, 너는 손을 다치고도 웃으니 어찌 옛사람만 못하느냐?"

시랑이 사죄하고 명을 받들었다. 그러고 나서 잠자리를 살펴 드린 후 물러 나와 외당(外堂)에서 지낸 지 석 달이 다하여도 화씨 숙소를 찾지 않았으며, 아들이 아버지를 찾아오면 유모를 꾸짖으며 데려오지 말라고 하였다. 양부인은 매우 엄정(嚴正)한데, 이 일을 전혀 모르고 있었다. 소씨가 시랑을 책망하고 달래니, 시랑이 오직 답할 뿐이었다.

"조강지처(糟糠之妻)는 불하당(不下堂)265)이니 제가 어찌 버리겠습니까마는, 나이 젊고 철이 없어 아녀자의 도리를 모르고, 서모(庶母)께 공손하지 않은 말을 하니 이것은 곧 패악한 행동입니다. 그래서 잠시 경계하고자 하는 것이지 박대하려는 것은 아닙니다."

소씨가 어쩔 수 없어 어머니께 일의 처음과 끝을 말씀드리니, 양 부인이 석파를 불러 말하였다.

"너희들266)과 내가 바라보는 바는 다만 경267)의 부부뿐인데, 젊은 여

---

264) 악정(樂正) 자춘(子春) : 악정은 성(姓)이고 자춘은 자(字). 증자(曾子)의 문인으로 노나라에서 벼슬하였으며, 이름은 극(克). 당(堂)에서 내려오다가 발에 상처를 입자 수개월이나 근심스러운 표정을 짓자 이유를 물으니, 부모가 완전한 형상으로 낳아주신 몸을 손상하는 일 없이 땅에 되돌려 주어야 효(孝)인데 지금 상처를 입었으니 근심이 사라지지 않는다고 하였음. 『예기(禮記)』「제의(祭儀)」.

265) 조강지처(糟糠之妻)는 불하당(不下堂) : 가난할 때에 같이 고생하던 아내는 전일에 고생하던 일을 생각하여 뒷날에 부귀하게 된 후에도 버려서는 안 된다는 말. 중국 후한(後漢) 때 광무제(光武帝)의 신하 중 한 명인 송홍(宋弘)이 광무제가 자신을 황제의 손윗누이인 호양공주(湖陽公主)와 혼인시키려 했을 때 한 말임.

자가 이치에 맞지 않는 말을 했다고 해서 어찌 집어내[268] 경의 귀에 들
어가게 하여 집안을 어지럽게 하느냐? 하물며 경과 내가 재취(再娶)를
3 둘 뜻이 없다고 했는데도, 너는 어찌하여 여러 번 말하느냐?"

석파는 부인의 기색이 엄한 것을 보고 머리를 조아려 사죄할 뿐이었다. 석파가 물러난 후, 양부인이 화씨를 불렀다. 좌우 사람들을 물리치고 나서, 다섯 죄[269]를 이르고 여덟 허물[270]을 경계하여, 화씨가 석파에게 욕했던 것이 매우 잘못된 일이었음을 깨닫게 하였다. 그 말씀이 위엄 있고 그 이유가 명백하여, 들으니 모골이 송연하였다. 화씨가 밤낮으로 석파와 시랑을 원망하였는데, 부인의 말씀을 듣고는 분명히 깨달아 머리를 조아려 잘못했다고 하고 물러났다.

석파도 부인의 말씀을 듣고 잠깐 뉘우쳐, 서당에 가 시랑을 보고 도리어 전후 사정을 풀어 말하면서 깨우치게 하였다. 제가 한때 노여워서 한 행동인데 그 잘못된 말 때문에 화씨를 잡으려 한 것이니 마음을 풀어주라고 하였다. 시랑이 다만 엷은 미소를 띠며 은은히 웃을 따름이었다. 석파가 다시 사정을 풀어 말하였다.

"낭군이 나 때문에 낭자를 박대하시니 내가 무슨 면목으로 사람들을

---

266) 너희들 : 소광의 첩인 석파와 이파를 지칭. 정실(正室)인 양부인은 첩들에게 '해라체'를 사용함.
267) 경 : 소현성의 본명.
268) 집어내 : {족수ᄒᆞ야}는 미상이나, 집어내다는 뜻으로 보임.
269) 다섯 죄 : 『좌씨전(左氏傳)』에 나오는 말로, 춘추 시대의 적(狄)이 범한 다섯 가지 죄[五罪]를 말함. 불사(不祀 : 제사를 지내지 않은 것), 기주(嗜酒 : 술을 좋아한 것), 탈려씨지(奪黎氏地 : 려씨의 땅을 뺏은 것), 학아백희(虐我伯姬 : 나의 백희를 학대한 것), 상기군목(傷其君目 : 임금의 눈을 상하게 한 것).
270) 여덟 허물 : 『장자(莊子)』「인간세(人間世)」에 나오는 말로, 사람의 여덟 가지 결점[八疵]을 말함. 총(摠 : 제가 할 일도 아닌데 그 일을 하는 것, 녕(佞 : 임금이 돌아보지도 않는데 굳이 나아가 아뢰는 것), 첨(諂 : 남의 기분에 영합하여 말하는 것), 유(諛 : 일의 시비를 가리지 않고 말하는 것), 참(讒 : 남의 결점을 말하는 것), 적(賊 : 남의 교제를 끊거나 친한 사이를 갈라놓는 것), 특(慝 : 일부러 남을 칭찬하여 속여서 악에 밀어 넣는 것), 험(險 : 선악을 가리지 않고 다 받아들여 안색을 살피며 상대방이 좋아하도록 장단을 맞추는 것).

보겠습니까? 바라건대, 낭군께서는 생각해 보십시오."

시랑이 천천히 위로하는데 말이 온화하여 그녀의 말을 들을 듯했으나 그 마음이 아직 풀리지 않았다. 석파가 양부인께서 화 내셨던 것을 말하니, 시랑이 오래도록 묵묵히 있다가 말하였다.

"어머니께서 노하신 것을 위로하고 서모의 말씀으로 말미암아 들어가 4
서 깨우쳐 보겠습니다."

석파가 기뻐하며 돌아왔는데, 며칠이 지나도 아무 움직임이 없었다. 석파가 다시 가서 달래니, 시랑이 유유히 받아들였다. 하지만 끝내 화씨를 찾지 아니하고, 갈수록 숙엄하였다. 화씨가 밤낮으로 울고 곡기(穀氣)를 그친 지 십여 일이 되어 병이 나도 시랑이 묻지 않았다. 소씨가 석파와 더불어 화해하기를 권하였으나 풀 길이 없자, 소씨가 석파에게 말하였다.

"서모는 권하지 말라. 제 뜻이 굳으니 풀리지 않을 것이다."

석파가 매우 멋쩍어하며 뉘우치는 마음으로 시랑을 만나 애써 빌어 말하니, 시랑이 아무렇지 않은 듯이 기꺼이 대답하였다.

"내 어찌 조강지처(糟糠之妻)를 박대하겠는가? 진실로 다른 뜻이 없으니 서모는 너무 걱정하지 마오. 조만간 들어가 타이르겠소."

석파가 매번 곧이들었으나, 시랑은 겉으로는 온화했지만 마음이 철석(鐵石) 같고 추상(秋霜) 같았다. 이럭저럭 예닐곱 달이 지나니 양부인이 바야흐로 자세히 알게 되어, 이에 시랑을 불러 타일렀다.

"화씨가 석파를 욕한 것은 비록 그르지만, 어찌 마음을 이리 심하게 풀지 않느냐? 아녀자의 실수를 용서하고 관대한 도량으로 후대(厚待)함이 옳단다."

시랑이 절하고 대답하였다. 5

"어머니의 명령을 제가 어찌 거역하겠습니까? 그러나 그녀의 말이 패악하여 마치 칼로 서모를 해한 듯하였습니다. 말로는 비록 명시할 수 없지만 이것은 큰 죄입니다. 그래서 소자가 끝내 용서하지 않으려 했는데, 어머니의 말씀이 계시니 오늘부터는 화평하게 지내겠습니다."

부인이 몇 번을 달래니 시랑이 순순히 대답하였다. 날이 저물어 달빛이 밝고 바람이 한가로이 부니, 시랑이 서당(書堂)에서 굽은 난간을 배회하며 글을 읊었다. 시사(詩詞)가 위엄 있으면서 우아하고, 읊조리는 소리가 맑고 신선하여, 초산(楚山)의 봉황[271]이 읊는 듯하였다. 조금 머뭇거리다가 천천히 걸어 녹운당[272]으로 향하였다. 나부끼는 향내와 쇄락한 광채가 달빛에 눈부시게 빛나니 하늘의 신선이 옥황상제의 궁궐에 조회하는 것 같았다.

이때에 화씨는 병이 날로 심해져 장차 죽을 지경에 이르렀는데도 시랑이 물어보지도 않자 더욱 분노하여 스스로 죽으려 하였다. 그러나 소씨[273]가 매번 달래고 양부인이 자주 와 보며 의약을 극진하게 마련해 주니 잠시 위로를 받으며 지내고 있었다. 그러나 사람을 보면 저절로 눈물을 흘렸는데 그 부친과 오라비를 보면 눈물이 비 오듯 하였다. 이에 화공
6 과 화생 형제[274]가 민망하여 시랑에게 들어가 보라고 권하였으나 시랑은 안색을 단엄하게 하고 목소리를 엄하게 하여 한 마디도 답하지 않으니, 어찌할 도리가 없어 돌아갈 뿐이었다.

화씨가 설움과 분함을 이기지 못하여 죽기로 마음먹었다. 시랑의 안부

---

271) 초산(楚山)의 봉황 : 초(楚)나라의 변화씨(卞和氏)가 형산(荊山)에서 봉황이 돌 위에 깃들이는 것을 보고 옥(玉)을 발견했다고 하여, 대개 이같이 표현함.

272) 녹운당 : 화씨의 처소.

273) 소씨 : 경의 누이인 월영.

274) 화공과 화생 형제 : 화씨의 부친과 오라비들.

인사가 없은 지 여덟 달에 이르러서는 아주 곡기(穀氣)를 끊었고 스무 날이 넘어가자 장차 황천(黃泉)에 가까워졌다. 그러다 뜻하지 않게, 시랑이 편하지 않은 마음으로 어머니의 명령을 따르기 위해 방으로 들어오는 것을 본 화씨는 놀라며 화를 내어 비단 이불을 들어 머리까지 뒤집어쓰고 남편을 쳐다보지도 않았다. 시랑이 그녀의 거동을 보고 궤에 기대어 앉아 아이를 오라고 하여 어르다가 시녀에게 이부자리를 펴게 하였다. 그러자 화씨가 참지 못하고 소리를 지르며 말하였다.

"상공의 이불은 외당으로 내어가고 여기에 깔지 마라."

시녀가 명을 듣고 감히 거역하지 못하고 있으니, 시랑이 천천히 말하였다.

"내 오늘은 여기에서 자려 하니 이불을 펴라."

화씨가 성난 기세를 이기지 못해 얌전히 누워 있지 못하자, 시랑이 마음 속으로 개탄하여 마지않았다. 밤이 깊자 시랑이 자리에 나아가 촛불 7
을 내어놓고 손을 들어 부인이 머리에 덮은 이불을 내리고 물었다.

"무슨 질병이 이토록 오래갑니까? 나를 보고 머리를 싸고 낯을 동여맬 까닭이 있습니까? 매우 이상하니, 속마음을 듣고 싶습니다."

화씨는 그가 씩씩하고 엄정한 낯빛으로 묻는 것을 보고, 또한 노기를 품고 말하였다.

"제가 비록 불민하나 죄를 지은 것이 없는데 상공의 박대가 매우 심하십니다. 유모에게 참혹한 형벌을 내리고, 석파와 더불어 재취 둘 것을 의논하니, 일을 처리하심이 매우 어긋납니다. 제가 당당히 결백한 아내로 죽는 것을 보여줄 따름이지 낭군의 모습은 보고 싶지 않습니다."

시랑이 다 들은 뒤에 좌우를 돌아보고 인적이 있는지 창을 열어본 후에 소리를 낮게 하고 말을 조용히 하면서, 매우 경계하고 책망하며 말하였다.

"무릇 여자란 것은 사덕(四德)[275]이 넉넉하고, 칠거(七去)[276]를 삼가며, 유순하려 힘쓰고, 지아비를 부끄러워하며 섬겨야 하오. 그래야 가히 사람의 자식으로서 부모를 욕 먹이지 않으며 사람의 아내 되어 은혜와
8 의리를 잃지 않고 몸이 평안할 것이오. 부인은 그렇지 않아서, 모친을 받듦에 효성이 게으르고, 사람을 대접하고 사물을 마주할 때에 기색이 너무 강하여 온순하지 않으며, 나를 섬김에는 당돌하고 소홀하며, 말을 할 때에는 온화하지 않으니, 무엇을 착하다고 일컬어 공경히 대하겠는가?

하지만 나는 마침 마음이 여색에 있지 않고 뜻이 세속에서 벗어났기에 야단스럽게 남의 잘잘못을 논하는 일이 없으며, 지위가 춘경(春卿)[277]에 이르도록 창기 한 명 없으니, 이 어찌 부인의 복이 아니겠는가? 그런데도 만족할 줄을 모르니 참으로 부인의 처신이 아교(阿嬌)[278]와 비슷하네. 나는 무제(武帝)의 시원스러움[279]을 본받지 않고 그대에게 가권(家權)을 모두 주어 고당(高堂)에서 한가히 자내게 하였으니, 무슨 일에 부족함이 있는가? 석파의 지위가 비록 모친과는 층이 지지만 또한 나의 서모네. 무릇 일에는 귀천이 있어 길에 있는 천한 창기라도 이미 서모로 일컬으면 감히 방자히 못하는데 하물며 이 서모는 공후(公侯)의

---

275) 사덕(四德) : 여자가 갖추어야 할 네 가지 덕목. 부덕(婦德 : 마음씨), 부언(婦言 : 말씨), 부용(婦容 : 맵씨), 부공(婦公 : 솜씨)

276) 칠거(七去) : 칠거지악(七去之惡). 여자가 행하면 안 되는 일곱 가지 허물. 시부모에게 불효함, 자식이 없음, 행실이 음탕함, 투기함, 몹쓸 병을 지님, 말이 지나치게 많음, 도둑질을 함.

277) 춘경(春卿) : 주대(周代) 춘관(春官) 육경(六卿)의 하나로 국가의 예(禮)를 관장하였음. 뒤에 예부장관을 이르는 말이 됨. 여기서는 높은 지위에 있음을 뜻함. 소현성은 곧 예부상서 복야사가 됨.

278) 아교(阿嬌) : 한(漢) 무제(武帝)의 비(妃). 한 무제가 매우 사랑하였으나 결혼 후 6년간 아이가 없었고, 그녀의 성격이 거만하고 질투가 많아 다른 여자에게 눈을 돌리게 됨. 무제가 위자부라는 여인을 사랑하자 무고(巫蠱)를 행하다가 폐위 당함.

279) 시원스러움 : {쾌(快)함}. 무제가 본처인 아교를 폐위시킨 일을 두고 이른 말.

양첩(良妾)[280]의 딸로 열세 살에 아버지께 시집 와 은혜와 사랑을 두텁
게 받으셨으니 어머니께서도 함부로 대접하지 않네. 내가 서모를 공경 9
하는 것은 그대 또한 알 것인데, 부인이 어찌 서모와 나란히 하여 잘잘
못을 따지는가? 심지어 전제(專諸)의 어장검(魚腸劍)으로 죽인다고 하였
으니 이는 하찮은 종들에게도 아녀자가 쓰면 안 되는 말인데 하물며 서
모에게 할 말인가? 서모가 다행히 마음이 넓고 천성이 어질어 꾸짖지
않고 흔연스럽게 대하지만 어찌 마음에 불편함이 없겠는가? 나는 듣기
만 해도 뼛속 깊이 놀랍고 서늘할 지경이네. 만약 그대의 죄를 말해 본
다면, 칼로 지아비의 서모를 죽이려 한 것이라고 할 수 있네. 그러니 부
인이 어떤 사람이 되려는지 궁금하네. 내가 단지 아이들 얼굴을 봐서
당신을 대놓고 책망하지는 않고 잘 가르치지 못한 죄로 유모에게 약간
의 형벌을 주었네. 그 후 외당에서 여러 달을 머무르며 놀란 마음을 진
정하면서 당신의 흉한 말을 잊으려고 혼자 지낸 지 칠팔 개월이 되었
네. 그러던 중 어머니의 말씀이 계셔서 마지못하여 온 것이네.

예전에 장인과 화생 등이 말하기를, 당신이 병이 난 것은 나의 매몰참
에서 비롯되었다고 했으나, 내 생각에는 당신의 죄가 크지만 내가 책망
하지도 않고 내친 일도 없이 단지 유모를 잘못 가르쳤다 하여 정신 차 10
리게 했을 뿐이니 특별히 나 때문에 병들지는 않은 듯하네. 또 장인께
서 이르시기를, 네가 들어가 보면 병이 나을 것이라고 하셨으나, 만일
내가 보아 나을 병이면 이것이 문득 나를 그리워하여 마음의 병이 된
것인가? 자고로 여자가 어찌 지아비를 그리워하여 병이 나겠는가? 사
람들이 들으면 얼굴을 가리고 부끄러워 할 일이네. 내가 일찍이 사람

280) 양첩(良妾) : 양민(良民) 신분으로 남의 첩이 된 사람.

을 꾸짖는 일이 없었고 그 허물을 알지 못하였는데, 부인의 일은 실로 한심하네. 여자의 투기는 칠거지악(七去之惡) 중에도 있으며, 그대 또한 옛 일을 익히 두루 보았으니 알 것이네. 태임(太任)과 태사(太姒), 번희(樊姬)[281]가 투기하지 않은 것과 여후(呂后)가 척희(戚姬)를 인체(人彘)로 만든 일,[282] 위징(魏徵)의 처가 지아비의 얼굴을 상하게 한 일 등 이 다섯 사람을 논한다면 누가 어질며 누가 사납다고 할 수 있겠는가?

또 지금 나에게 재취하라고들 권하지만 일이라는 것은 다 하늘의 운수라 사람의 힘으로 할 바가 아니네. 그런데도 부인이 드러나게 근본 없는 투기를 하니 어찌 죄를 더하지 않겠는가? 내가 비록 용렬하여 훌륭하지 못하나 여자의 투악(妬惡)은 용납하지 않을 것이니, 내 당당히 아름다운 숙녀를 얻어 재취하여 부인이 그녀를 찢어 죽일 수 있을까 볼
11 것이네. 부인의 말이 이렇듯 패악하니 장차 무슨 일을 못하겠는가? 나를 보고도 낯을 동여매고 벽을 향해 있기에 허물과 죄를 스스로 생각하고 부끄러워 저러는 것이라고 짐작했는데, 어찌 도리어 나를 미워하기를 원수같이 하여 얼굴을 보지 않으려 함인 줄 알았겠는가? 그대가 나에게 나가라고 하는데, 이는 우리 집이라, 내가 어찌 나가겠는가? 그대가 나가는 것이 옳네. 이 말을 하려는데 내가 도리어 부끄러웠고, 행여 심부름하는 아이들과 종들이 듣고 한 집안의 어머니인 당신의 잘못을 폄하하여 소곤거리는 말이 아랫것들 사이에서 오가면서 당신을 조롱하고, 또 그들이 나의 뜻을 살피면서 참소하고 당신의 흠을 말할까 두려웠네. 그래서 참고 참으며 머금고 서리 담았다가 인적이 없어진 후

---

281) 번희(樊姬) : 초(楚) 장왕(莊王)의 첩으로, 재주와 식견이 뛰어났던 여인.
282) 여후가 ~ 일 : 여태후(呂太后)가 한고조(漢高祖)의 총희(寵姬)인 척희(戚姬)의 수족을 자르고 눈을 빼내고 귀를 지지고 벙어리가 되는 약을 먹인 후 뒷간에서 살게 하면서 '인체(人彘)'라고 한 일.

에 가만히 경계하니 이 또한 나의 약함이라고 할 수 있겠네. 인정이 많
아서, 매몰차고 엄하게 여러 사람 가운데에서 책망하지 못하니, 이는
오로지 아이들의 얼굴과 부부의 정을 생각했기 때문이네. 그러니 부인
은 너무 무례하게 행동하지 마시게. 또 설사 내 벼슬이 높아져 진실로
그대하고만 함께 하지 못하여 재취할지라도 패악한 일을 해서는 안 되
네. 석서모가 어머니를 우러르는 정성에는 내가 미치지 못하고, 나를
애지중지하시는 정성에는 부인이 미치지 못하리니, 그대가 어찌 이 같 12
은 정황을 모르고서 서모를 대하여 어머니와 나를 해치려 한다고 일컬
어 강상(綱常)[283]의 변고를 만들었는가? 옛말에 '내 마음으로써 남의 마
음을 짐작한다.'라고 했으니, 부인이 이런 뜻이 있지 않은가? 만일 그렇
지 않다면 어찌 생각지도 못한 나쁜 말이 갑자기 나올 수 있었겠는가?
내가 비록 어질지 못하지만 일곱 살부터 수행하여 선비의 도를 무너뜨
린 일이 없으니 부인이 나를 향해 도리에 어그러지고 사납다고 하는 책
망은 달게 받지 못하겠네. 나의 사나움은 근심 말고, 그대의 패악함이
나 고치게. 어디에 당신같이 정결한 부인이 있겠는가? 옛 글을 읽었으
나 그 뜻을 모르고 말을 하니 사람의 웃음거리가 될 것이네. 기울어짐
이 이 같은 줄은 진실로 생각하지 못한 바네."

말을 마치는데 온화한 낯빛이 사라져 엄정하고 굳건함이 눈 위에 서리를 더한 것 같아 일분도 너그럽게 대하는 빛이 없었으며, 다시 그녀의 말을 듣지 않고 스스로 자기 자리에 평안히 누워 자되 부인을 돌아보지 않았다. 화씨가 시랑의 긴 책망의 말을 들으니 크게 부끄러워 조용히 입을

283) 강상(綱常) : 삼강(三綱)과 오상(五常) 등 사람의 도리. 삼강은 군위신강(君爲臣綱), 부위자강(父爲子綱), 부위부강(夫爲婦綱)을 말하며, 오상은 인(仁), 의(義), 예(禮), 지(智), 신(信)을 말함.

13 다물고 근심하며 눈물을 비같이 흘려 베개에 괴일 뿐이었다. 시랑이 비록
자는 체했지만, 그녀의 뉘우치는 모습과 마음의 병으로 밤새도록 자지 못
하는 것을 보고 속으로 불쌍히 여겼다. 그러나 마음이 철 같고 옥 같아서
끝내 병세도 묻지 않았다. 새벽닭이 울자 일어나 아침문안 하러 들어갔다
가 곧바로 외당으로 나간 지 며칠이 지났다. 시녀 중 유모가 급히 와서 알
렸다.

"화부인이 혼절하셨습니다."

시랑이 들은 뒤에 분부하였다.

"어머니께서 놀라실 테니 아직 고하지 말라."

드디어 약을 소매에 넣고 느리게 걸어 녹운당에 이르니, 소부인과 석파
등이 다 모여 있었다. 시랑이 나아가 화씨를 보니 얼굴이 핼쑥하고 맥이
거의 그치려는 듯 혼절하여 있었다. 원래 화씨의 성품이 조급하고 심한
약질이라서 병에 걸린 지 오래 되니 기운이 허약해졌는데, 시랑이 엄하게
꾸짖고 용서하지 않으니 뉘우침과 설움이 심해져 갑자기 기운이 막힌 것
이다. 하물며 임신하여 만삭에 이른 상태이니 보통의 경우로 보건대[284]
어찌 살아날 방법이 있겠는가? 시랑이 더욱 염려하여 얼굴빛을 고치고,
의원을 부르고 약을 썼다. 그러하니 반일 후에 온 몸에 온기가 생기고 한
참 뒤에 정신을 차리더니 새롭게 눈물을 금치 못하였다. 소씨 등은 그녀
14 가 단지 병중에 살지 못할까 슬퍼하는 줄 알고 미음을 권했으나 화씨는
끝내 먹지 않고 죽으려 하였다. 이윽고 시랑이 의원을 데리고 들어와 시
녀에게 화씨를 부축하게 하고 진맥한 후 약을 지어오라고 의원을 돌려보
냈다. 그러고 나서 그곳에 머물러 그녀의 행동거지를 보니 어찌할 수가

284) 보통의 경우로 보건대 : {인ᄉᆞ[人事]로 보건대}. 문맥을 고려하여 이같이 옮김.

없고 사생(死生)이 중요하기에 그녀의 치우침과 패악함을 너그러이 용서하고 좌우 시종에게 한 그릇 미음과 죽을 가져오라고 하였다. 시랑이 친히 약을 풀어 온도를 맞추고 앓는 부인에게 다가가 덮은 것을 젖히고 위로하여 말하였다.

"병이 위중하나 원래부터 쌓인 병이 아니라 갑자기 얻은 것이니 자연히 나을 것인데, 어찌 도리어 마음을 상해하는가? 또한 곡기를 그치면 기운을 보호하지 못할 것이니 억지로라도 마시게."

화씨는 더욱 화가 났지만 한 마디 말도 못하고 또한 먹지도 않았다. 시랑이 낯빛을 부드럽게 하고 말을 태연하게 하여 억지로 달래어 먹이고 손으로 그 어지러운 머리카락을 쓸어 올리다 수척해진 것을 보며 또한 탄식하였다. '저가 나를 중히 여김이 이와 같은데, 내가 매몰차게 대하는 것은
인정이 아니구나.' 그리하여 평소에 마음을 묶어 두었던 것을 풀고, 모친 15
께 문안한 후에는 화씨가 앓는 곳에 있으면서 스스로 은근하고 자상하게 간호하기를 극진히 하였다. 그러니 집안사람들이 모두 탄복하였고, 화씨 또한 그가 십여 일에 이르도록 추호도 달라짐이 없이 한결같음을 보고 마음을 풀어 차도가 있었다.

시랑이 원래 화씨와 더불어 은정이 중하였으나 그 허물을 책하느라 일부러 매몰찬 기상을 하여 얼굴을 보지 않으려 하면서 책망하였던 것이다.
그러나 화씨가 뉘우치고 또한 슬퍼하여 병이 난 것을 보고 그 죄를 너그 16
러이 용서하여 은근히 간호하니 수십 일 후에 화씨의 병이 점차 나았다. 그리고 순산하여 또 아들을 낳으니 시랑이 크게 기뻐하여 더욱 의약을 극진이 하였다. 화씨의 병이 다 나은 후에는 시랑이 서당으로 나왔는데 엄숙함이 예전과 같았다. 화씨가 이후로는 감히 도리에 어긋난 행실을 하지

않았고, 근심하고 두려워하였다. 시랑이 또한 그녀를 공경하고 중히 대하지만, 세월이 오래될수록 내외를 바르게 정리하여 정대하게 대함이 날로 더하였다. 이에 양부인이 탄복하며 말하였다.

"소년 남아가 이렇듯 맑고 고상하여, 사랑하는 부인을 두고도 한번도 낮에는 들어가 말하지 않고 깊은 밤에도 희롱하는 것을 듣지 못하였으니, 이것이 도리어 인정이 아니구나."

17 화설(話說). 석파가 화씨가 계속하여 두 아들을 낳았고 양부인과 시랑이 그녀를 애중히 여김을 보고 감히 다시는 재취를 권하지 못하여 스스로 골똘히 생각할 뿐이었다. 그리하여 숙난소저[285]의 시(詩)가 쓰인 종이를 자신의 방 벽에 붙여 놓고 읊조리기도 하고, 시랑이 들어와 뭔가 생각하는 빛이 있는지 탐지하려고도 하였다. 그러나 시랑이 간혹 들어오더라도 눈을 낮게 하고 말씀을 온화하게 할 따름이며, 시전(詩箋)을 벽에 붙여 놓은 지 십여 일이 되어도 보지 못하였다.

다만 소씨 월영이 이르러 보고 크게 칭찬하여 말하였다.

"맑고 참신하며 구법(句法)과 문장이 부드럽고도 우아하여 이백, 두보보다 뛰어나니, 궁금하군요. 이것은 누가 지은 것입니까?"

석파가 대답하였다.

"이는 곧 석상서댁 규수가 지은 것입니다."

소씨가 고개를 조아리며 말하였다.

"이 사람이 바로 예전에 서모가 동생[286]의 재취 삼을 만하다고 했던 여자입니까?"

---

285) 숙난소저 : 석파의 친척으로, 석파가 소경의 재취로 들이려 애쓰는 소저. 후에 석부인이 됨.
286) 동생 : {사데[舍弟]}. 남에게 자기 아우를 겸손하게 이르는 말. 가제(家弟)와 같음.

석파가 대답하였다.

"맞습니다. 그녀의 재주와 용모가 이러함을 제가 매우 애석하게 생각하여 중매하기를 힘썼던 것입니다."

소씨가 무심코 탄식하며 말하였다.

"하늘이 재주 있는 사람을 내실 때에는 재주 있는 여자도 같이 두었을 것입니다. 내 아우의 출중한 풍채와 고금(古今)을 훤히 알고 있는 재주로 그 숙녀를 만나지 못하니 어찌 아깝지 않겠습니까?"

석파가 소씨의 마음 둠을 보고 몰래 기뻐하면서 더욱 돋우어 말하였 18
다.

"낭자께서 어찌 양부인과 시랑에게 권치 않으십니까?"

소씨가 대답하였다.

"서모는 말도 마십시오. 내가 어찌 이 글재주를 아끼지 않겠습니까마는 화씨의 사람됨이 숙녀가 아니며 좋은 사람이 아니어서 이렇게 투기하며 사납게 구니, 내가 어찌 다른 아내를 얻어주어 그 마음을 불평하게 하겠습니까? 화씨가 만일 도량이 넓다면 내가 조금도 의심하지 않고 동생으로 하여금 숙녀를 만나게 하고 모친께서 아름답고 현숙한 며느리를 얻으시게 할 것입니다. 또한 나와 더불어 규방의 스승 같은 벗도 되어 즐기는 것이 옳지만, 화씨가 반드시 투기할 것이고 그렇게 된다면 동생의 정이 소원하게 될 것입니다. 부질없는 일이라 못하겠습니다."

석파가 안타까이 탄식할 뿐이었다. 원래 소씨는 총명하며 마음이 넓고 툭 트인 여자여서 부녀의 네 가지 덕[287]에 흠할 곳이 없었다. 남편 한학

287) 부녀의 네 가지 덕 : 마음씨, 말씨, 맵시, 솜씨 등 부녀가 갖추어야 할 네 가지 덕.

사가 방탕한 풍류로 집 안에 붉게 단장한 창녀들을 십여 인이나 두고, 재취하여 둘째 부인 영씨를 총애하였지만, 소씨는 조금도 거리끼지 않고 갈수록 기색이 청정하였다. 또한 본부인의 자리에서 오로지 집안을 다스리며 여러 자녀를 낳으니, 한학사가 젊은 나이의 허랑함으로 창녀를 모으기
19 는 하지만 원래 부인에게 정이 깊었으며 또 부인의 지극히 현명한 성품을 보고는 깨닫고 감동하여 여러 여인들을 물리치고 다시 옛 정을 이었다. 그러니 소씨가 어이없어 웃으며 여러 미인들을 집에 머물게 하여 옷과 음식을 넉넉히 주었다. 또 둘째 부인 영씨를 너그럽게 대하여 형제같이 지내며, 집안을 다스리는 데에 위엄과 덕이 모두 있으니, 시부모가 사랑함이 자녀보다 더하고 한생의 은정이 태산도 가벼울 정도였다. 그런데 오직 소씨가 편모(偏母)와 하나밖에 없는 남동생을 잊지 못하여 1년 중 여덟 달을 친정으로 돌아오니 한생도 따라와 부인과 함께 지내었다. 이러므로 늘 자운산에 있으니 양부인의 사랑함과 시랑의 기뻐함이 비길 데가 없었다. 그런데 양씨는 한생의 뛰어남을 볼 때마다 죽은 사위 이한림의 단엄하고 중후한 인물과 관옥(冠玉)[288] 같은 얼굴을 생각하여 슬퍼하지 않은 적이 없었다. 오히려 친딸 교영을 잊고 생각하는 때가 적으니, 이러므로 시랑이 이생과 교영의 제사를 종신토록 극진히 하였다.

석파가 중매하는 소임을 모자라지 않게 하지만, 시랑과 양부인의 뜻이 견고하여 유수 같은 말솜씨로도 능히 말을 조금도 꺼내지 못하니 주야로
20 근심하면서 군자와 숙녀가 그 쌍을 잃을까 걱정하였다.

하루는 친정에 돌아가 부모님을 뵙겠다고 청하니, 양부인이 허락하면서 다시 말하였다.

288) 관옥(冠玉) : 관에 달린 옥. 남자의 아름다운 얼굴을 비유적으로 이르는 말.

"자네가 가면 집안이 고요하고 쓸쓸하여 매우 무료할 것이니 빨리 돌아오게."

석파가 사례하며 말하였다.

"제 어미가 병이 나서 잠깐 뵈러 가지만 어찌 부인의 성은을 잊겠으며 한부인[289]과 시랑을 어찌 오래 보지 않겠습니까? 어미의 병이 나으면 즉시 돌아올 것입니다."

드디어 작별 인사를 하고 나가니, 시랑이 문 밖까지 가 배웅하고 들어왔다.

석파가 집에 가서 어미를 보고 석장군[290]과 석참정[291]을 보고는 서로 반가워하며 함께 말씀을 나누었다. 숙난 소저가 아주머니가 왔음을 듣고 나와 보았는데, 그 기질이 깨끗하며 자태가 맑고 아름다워 한 해 사이에 장성함과 빼어남이 백 배나 더한 듯하였다. 그래서 석파가 또 생각하기를 '소시랑의 비범한 풍채가 아니면 진실로 짝할 사람이 없겠구나.'라고 하면서 더욱 아끼고 사랑스러워하며 웃고 말하였다.

"소저가 정혼한 곳이 나와 있습니까?"

참정이 웃으며 말하였다.

"누이가 예전에 중매쟁이가 되기를 스스로 바라서 틀림없이 하겠다고 말하고서는 돌아오는 답이 없으니 큰일을 어찌 이처럼 몽롱하게 하는가? 우리는 기다리고 있었는데 양부인의 허락을 받아 왔는가?"

---

289) 한부인 : 소현성의 누이인 월영을 말함. 한학사의 아내이므로 한부인이라 하였는데, 다른 부분에서는 소부인이라고도 지칭함.

290) 석장군 : 숙난소저의 조부이자 석파의 부친인 석수신을 말함. 석수신(石守信:928~984)은 송(宋)의 개국 공신으로 실존 인물이나 그의 자녀에 관한 일 등은 허구임. 아들로 나오는 석현, 즉 석참정은 가상 인물.

291) 석참정 : 석장군의 아들이자 숙난소저의 아버지이며 석파의 이복 오라비인 석현을 말함.

석파가 다만 말하였다.

21 "제가 정신이 없어 아득하게 잊어버리고 있다가 오늘에서야 깨달았습니다. 다만 저의 말솜씨가 엉성하니 특별히 어진 중매쟁이를 선택하여 구혼하시면 일이 될 듯합니다."

석장군이 웃고 말하였다.

"소경이 수행함을 옛날 절부(節婦)같이 하여 남자의 풍도(風度)가 전혀 없으니 우리 아이를 어찌 그의 재취로 주겠는가?"

원래 석장군은 장군의 씨를 타고나 선비와 도학에 별로 관심을 두지 않고 활발하고 융성한 것을 구하는 사람이다. 석참정은 비록 그 아들이지만 겸손하고 공경하며, 두루 알고도 말이 없어 선비의 온갖 행실을 아버지처럼 하지 아니하여 부자(父子)가 서로 같지 않았다. 이 날 참정은 석파의 시원한 답을 듣지 못하고 일단 흐지부지[292] 흩어지게 되었다.

숙난 소저는 부모께서 소시랑과 자신을 혼인 시키려고 의논하는 것을 듣고 문득 석파가 자신의 글을 가져갔던 것이 까닭이 있음을 알았다. 그리하여 애초에 보여 준 것을 매우 뉘우치고 후회하였으며 놀림을 당할까 두려워 석파를 보아도 글도 찾지 않고 말과 웃음을 냉정하게 하였다. 석파도 또한 그녀의 단엄함을 보고 감히 희롱치 않았다.

이때에 소시랑이 임금을 섬기고 정사(政事)를 다스리는 행실이 숙연하니, 임금께서 매우 사랑하시어 특명으로 예부상서(禮部尙書) 복야(僕射)[293]
22 의 관직을 더하셨다. 시랑이 사양하려 하였으나 어찌할 수가 없어 문에서 기다리다가 임금 계신 곳에 들어가 조참(朝參)[294]하여 은혜에 감사한

---

292) 흐지부지 : {홍미(興味) 업서}. 문맥을 고려하여 이같이 옮김.
293) 복야(僕射) : 진(秦)나라 때에는 활 쏘는 것을 맡은 벼슬 이름이었으나, 당(唐)나라 이후에는 상서성(尙書省)의 장관(長官)임.

후, 수레를 돌려 서모를 보러 왔다.

석파가 소저를 이끌어 자기 방에 와 투호 놀이를 하고 있었는데, 시녀가 급히 들어와 소상서가 왔다고 알리니 석파가 생각하였다. '저 낭군이 비록 정대하지만 숙난 소저를 보면 어찌 능히 수행(修行)할 뜻이 있겠는가? 한 가지 계책으로 그의 거동을 봐야겠다.'라고 하고는 석소저를 머물게 하며 말하였다.

"내가 난간 밖으로 가서 그를 데리고 별채로 갈 것이니 소저는 방에 계시지오."

말을 마치고 시녀에게 소상서가 있는 곳을 물으며 문을 닫고 나갔다. 이에 소저가 비록 기껍지는 않았으나 자신의 뜻대로 우겨 나가다가 마주칠까 두려워 다만 휘장 사이에 앉아 책을 뒤적이며 손님이 가기를 기다렸다. 석파가 난간 밖에 와 상서를 맞아 그 금포옥대(錦袍玉帶)를 한 대신(大臣)의 모습을 보고 웃으며 말하였다.

"낭군이 십여 일 사이에 품계가 오르셨으니 매우 축하드립니다."

상서가 안색을 바르게 하고 눈썹 사이를 찡그리며 말하였다.

"나이 젊고 재주가 부족한데 외람되게 성은을 입으니 송구함을 이기지 못하였는데, 서모의 축하를 들으니 더욱 기가 막힙니다. 이리로 오신 후 즉시 와 뵈었어야 했는데 뜻밖에 아프게 되어 치료하느라 늦게야 23
왔습니다. 서모 어머님의 병환은 어떠합니까?"

석파가 대답하였다.

"어미의 병은 차도가 있지만, 낭군이 아프신 것도 모르고 있었군요. 비

294) 조참(朝參) : 임금이 한 달에 네 번씩 정전(正殿)에 친림하고, 모든 벼슬아치들이 인사를 드리고 할 말을 아뢰는 일.

록 멀지는 않지만, 교외와 도읍지가 현격한 차이가 있는 것이 안타깝네요. 바람이 사나워 아픈 곳이 심해지기 쉬우니 저의 침소로 가십시다."

상서가 이때에 병이 쾌차하지 못하였기에 9월 늦가을 바람이 찬 것을 보고 사양하지 않고 서모를 따라 방 안으로 온 것이니 어찌 석씨가 있었음을 알았겠는가? 장차 문에 들어서니 패옥 소리가 급한 듯이 나고 향기로운 바람이 가득하였다. 복야가 눈을 드니, 한 분 미인이 안개 같은 머리를 꿰어 올리고 구름 같은 귀밑머리를 단정히 빗었으며 백설 같은 얼굴의 붉은 빰은 일천 가지 자태를 머금었다. 달 같은 이마와 버들 같은 눈썹, 별 같은 눈이며, 앵두 같은 입술과 흰 이가 견주어 비길 곳이 없었다. 책상에 기대어 책을 보던 그녀는 손님이 들어오는 것을 보고 눈길을 낮추고 안색을 자연스럽게 하여 몸을 일으켜 벽을 향해 걸어가는데, 가는 허리에는 비단을 묶었고 놀란 어깨는 은은한 봉황 같았다. 복야가 한번 보고 그
24 녀가 천인(賤人)이 아닌 줄을 알고 붉은 소매로 낯을 가리고 빨리 걸어 방문을 나왔다. 석파가 웃으며 말하였다.

"낭군은 어찌 돌아갑니까?"

상서 복야가 말하였다.

"방 안에 봐서는 안 될 사람이 있는데도 서모가 이를 살피지 않고 나를 데려오셨으니, 내 죄가 크거니와 서모도 또한 잘못하신 것입니다. 크게 마음에 둘 일은 아니지만 매우 편안하지 않으니 감히 오래 앉아 있지 못하겠습니다. 다른 날 다시 오겠습니다."

말을 마치고 편안한 모습으로 인사를 하고 마루에서 내려와 느리게 걸어 나가니, 석파가 단지 웃을 뿐이었다. 방 안으로 들어오니 석소저가 기색을 준엄히 하고 다만 말하였다.

"아주머니가 비록 정신없는 사람이기는 하지만 콩과 보리는 구별할 줄 알 터인데 어찌 바깥손님을 데리고 감히 내가 있는 곳으로 들어왔습니까? 평소에 매우 가까운 친척으로 생각했었는데 아닌가 보군요."

석파가 웃으며 말하였다.

"내가 정신이 없어 까마득히 잊고 데려왔으니 설마 어떻게 하겠습니까? 그러나 복야 또한 정인군자(正人君子)이니 알고 지내는 집안 사이의 정의[295]로, 설령 보지도 못할 바이겠습니까?"

소저가 매우 불쾌하고 평온하지 못하여 다시 말을 않고 나가 신을 신으면서 원망하며 말하였다.

"이것이 모두 내 죄입니다. 가까운 친척이라 친하게 여기고 사람의 됨됨이를 알지 못하면서 따라 다녔으니 짐승만도 못하네요."

그러고 나서 자신의 방으로 들어가니, 석파가 다만 웃을 뿐 답하지 않았다.

소상서가 자운산에 돌아와 마음 속으로 서모의 단정치 않음과 그 여자 25
의 기이함을 생각하고 웃으며 탄식하고 한탄하다가 고쳐 생각하였다. '그녀는 남의 집 여자이고 나는 외간 남자이니 사이가 현격하다. 그러니 감탄하고 생각하는 것이 부질없구나.'라고 하고는 다시 마음에 두지 않았다.

십여 일 후 석파가 집에 돌아와 양부인을 뵙고 말씀하다가 상서를 보고 웃으며 말하였다.

"지난번에는 무슨 이유로 그리 쉽게 돌아왔습니까? 또 묻고 싶은 것은,

---

295) 알고 지내는 집안 사이의 정의 : {통가지의(通家之誼)}. 절친한 친구 사이에 친척처럼 내외를 트고 지내는 정의를 뜻함.

낭군께서 그 여자를 어떤 사람으로 알고 피하셨는가 하는 것입니다."

상서가 웃으며 대답하였다.

"누구인 줄은 몰랐지만 천한 사람은 아니니 예의상 내가 볼 사람이 아니었기에 나왔습니다."

석파가 또 물었다.

"그 여자가 어떠해 보였습니까?"

상서가 대답하여 말하였다.

"유의하여 보지 않았으니 어찌 알겠습니까?"

소씨가 자세히 물어 알고자 말하였다.

"동생은 말을 꾸며내지 말게. 진실로 어떠했는가?"

상서가 크게 웃으며 아무 말도 하지 않았다. 소씨가 좌우 시종에게 족자 세 개를 내오게 하였는데, 모두 옛날 명화(名畵)였다. 하나는 상고(上古)시대의 여와(女媧)[296]요, 둘째는 한(漢)나라의 비연(飛燕),[297] 셋째는 당(唐)나라의 태진(太眞)[298]이었다. 모두 그 정기(精氣)가 살아나는 듯하고 채색이 찬란하며 필치가 나는 듯하니, 좌우 사람들이 칭찬함을 마지않았다. 소씨가 석파를 돌아보며 말하였다.

"서모가 그리 칭찬하시는데, 석씨를 이 세 사람과 비교하면 어떻습니까?"

---

296) 여와(女媧) : 중국의 천지창조 신화에 나오는 여신. 사람의 얼굴과 뱀의 몸을 한 여신으로 알려져 있음.

297) 비연(飛燕) : 뛰어난 몸매와 가무(歌舞)로 한(漢) 성제(成帝)의 총애를 받아 황후가 됨. 본명은 조의주(趙宜主)임.

298) 태진(太眞) : 양귀비(楊貴妃)를 말함. 17세에 당 현종의 제18왕자 수왕(壽王)의 비(妃)가 되었으나 현종의 무혜비(武惠妃)가 죽은 후 현종의 총애를 받게 되어 27세에 귀비(貴妃)로 책립되었음. 친척 오빠인 양국충과의 반목(反目)이 원인이 되어 안녹산(安祿山)이 반란을 일으키자, 도주하던 중 길가의 불당에서 목을 매어 죽었음. 절세의 풍만한 미인으로 가무(歌舞)에 능했다고 함.

석파가 그림 앞으로 다가가 오래도록 보다가 말하였다.

"한나라 여인 비연은 너무 가볍고 작아 윤택하지 못하고, 당나라 여인 26
태진은 풍만하고 온화하지만 너무 살졌고, 오직 여와가 조금 비슷하지만 또한 깨끗하고 빛나며 아리따운[299] 것은 오히려 석소저에 미치지 못합니다."

소씨가 맑게 웃으며 말하였다.

"이 세 여인은 천만고(千萬古)에 일컬어지는 사람들입니다. 서모가 스스로 친조카 도와주심을 지나치게 하시니 어찌 우습지 않습니까? 아우 자문[300]아. 너의 말은 꾸밈이 없을 것이다. 이미 보았다고 하니 묻겠다. 서모의 말씀이 옳으냐?"

상서가 느리게 말하였다.

"성인께서 말씀하시기를, 예의가 아니면 말하지 말라고 하셨습니다. 제가 어찌 규중 여자의 옳고 그름을 말하겠습니까?"

말을 마치는데 태도가 온유하고 정숙하니, 좌우 사람들이 잠자코 있었다.

이때에 화씨는 석파가 양부인과 상서를 부추기는 것을 보고 마음 아픔이 골수에까지 사무쳐 노한 기운이 갑작스럽게 일어났다. 혹 자신의 기색을 알아차리는 사람이 있을까 두려워 침소로 돌아와 혼자 앉아 석파를 꾸짖으며 상서를 원망하였다. '흉한 할미가 능숙한 언어로 사리에 어둡고 경박한 사람을 부추기다니! 조강지처를 잊고 둘이 똑같은 마음으로 매섭게 나를 호령하면서 장차 재취할 뜻을 두니 어찌 분하지 않은가?'라고 꾸짖기를 마지않았다.

---

299) 아리따운 : {어리로온}. 아리땁다, 귀엽다는 뜻의 고어.
300) 자문 : 소현성의 자(字).

27 촛불을 켜니 상서가 방으로 들어왔다. 화씨가 분을 참지 못하였으나 그의 엄숙함을 보고 말을 꺼내지 못하였다. 다만 소매로 낯을 가리고 눈물을 흘리며 두 아들을 수없이 두드려 때리니 두 아이가 동시에 울었다. 상서가 이미 알아차리고 특별히 본 체 않고 자리에 나아가 자니, 화씨가 두 아들을 두었다는 세력을 깊이 믿고 아이들을 끝없이 쳐서 상서의 노함을 돋우었으나 상서는 끝내 시끄럽다는 말조차 하지 않았다. 화씨가 어찌할 수가 없어 촛불 아래 앉아 밤이 새도록 자지 않는데도 상서가 묻지 않았다. 닭이 우니, 상서가 일어나 평안하게 세수하고 신성(晨省)하러 어머니 방에 들어가니 화씨 또한 들어가 문안하고 돌아왔다.

이날 밤에 또 상서가 들어와 자는데, 화씨가 노한 기운이 갑자기 일어나 밤새 원망하며 책상을 마주하고 앉아 자지 않았다. 그러나 상서의 기색이 부드럽고 말이 태연함을 보고 핑계를 얻지 못한 데다, 여러 날을 고생하며 새우니 매우 피곤하여 노한 기운을 그치고 누워 잤다. 상서가 또 본 체 않았다.

며칠 후 혼정(昏定)하기를 마치고 녹운당에 이르니, 화씨가 아들을 앞에 두고 놀고 있었다. 상서가 잠자코 오랫동안 보다가 또한 아들을 나오게 하여 어루만지니 화씨가 기뻐하며 담소하기를 편안히 하였다. 상서가 얼
28 마동안 깊이 생각하다가 옷깃을 여미고 단정히 앉아 물었다.

"모르겠습니다. 부인이 지난번에 무슨 걱정으로 예니레를 앉아서 밤을 새었으며, 이 강보(襁褓)의 아기가 무슨 죄가 있어 때렸는지 듣고 싶습니다."

그가 이렇듯 신중하게 마음을 쓰며 묻는 것을 보고, 화씨는 부끄러운 얼굴로 묵묵히 대답하지 않았다. 상서가 탄식하며 말하였다.

"공자님이 말씀하기를 '부인은 다른 사람에게 굽혀야 한다'[301]라고 하셨으니, 내가 지극히 옳은 말씀으로 알았습니다. 그런데 지금 당신의 처신을 보니 거룩하신 가르침을 어기는 면이 있습니다. 지아비는 온화하고 아내는 순종하는 것은 고금(古今)의 떳떳한 바입니다. 나는 화평하기를 힘쓰는데 부인은 유순한 행실이 없으니, 내가 어찌 구태여 순종하지 않는 지어미를 데리고 살겠는가마는 아직은 어머님 앞에 불효를 더하지 않아야겠기에 마지못하여 참는 것입니다. 옛 글에 '사람이 누가 허물이 없겠는가마는 고치는 것이 귀하다'[302]라고 했으니, 부인이 만일 제멋대로 행동한 것을 자책하고 개과하여 행실을 바르게 하면 내가 참겠습니다. 그러나 그렇지 않는다면 나에게는 남이 될 것이니, 어찌 두 아들 때문에 너그럽게 대하며, 조강지처라 하여 어려워함이 있겠습니까?"

화씨가 크게 부끄러워하며 사죄하여 말하였다.

"제가 나이 젊고 천성이 조급하고 편협하여 부도(婦道)를 전혀 몰랐습니다. 오늘 밤에 저의 잘못을 말씀하시는 것을 듣고 스스로 뉘우쳤으니 이후로는 무례히 행하지 않겠습니다."

보고 듣는 사람들이 두렵고 놀랄 정도로[303] 눈썹 언저리에는 잠잠하 29
게 찬 기운이 어리었으며 두 눈썹을 찡그려 엄한 뜻과 엄숙한 기운이 뼈에 사무친 듯 배어나오니, 화씨가 당황하고 부끄러워 어찌할 바를 알지

---

301) 공자님 ~ 한다 : {공ᄌᆞ[孔子]ㅣ ᄀᆞᆯ오샤ᄃᆡ 부인(婦人)은 복어인(伏於人)이라 ᄒᆞ시니}. 이 구절은 한(漢)의 대덕(戴德)이 찬(撰)한 『대대례기(大戴禮記)』 권13 "본명(本命)"에 나오는 말로, 원래는 "부인복우인(婦人伏于人)"이라 되어 있었음.

302) 사람이 ~ 귀하다 : {사ᄅᆞᆷ이 뉘 허물이 업ᄉᆞ리오마ᄂᆞᆫ 곳치미 귀타}. 이는 『논어(論語)』 「자한(子罕)」 24장 "공자께서 말씀하시기를 법으로 해 주는 말을 따르지 않을 수 있겠는가? 잘못을 고치는 것이 법으로~귀하다[子曰, 法語之言, 能無從乎. 改之爲貴]."라는 구절을 이르는 듯함.

303) 보고 ~ 정도로 : {이목으로ᄡᅥ 승아ᄒᆞ고}. 문맥상 '이목(耳目)으로써 송아(悚訝)ᄒᆞ고'로 봄.

못하였다.

이때에 천자(天子)께서 남문(南門) 밖에 나와 사냥하시고 활쏘기를 연습하셨다. 이는 자운산에서 매우 가까운 거리여서 소씨가 양부인께 알려 말하였다.

"임금께서 사냥하시는 행사가 크게 열린다 하니 저는 화씨와 함께 마땅한 곳을 잡아 구경하려 합니다."

부인이 말하였다.

"그것이 뭐 어렵겠느냐? 나도 과부로 지내게 된 후에는 마음을 호화로운 것에 두지 않았으나, 경과 한생이 반열(班列)에 참석하는 것을 보러 가봐야겠다."

상서가 모친께서 가려 하시는 것을 보고 기쁨을 이기지 못하였다. 원래 양부인은 밤낮으로 근심하며 슬퍼하여 즐기지 않았는데 오늘은 화려한 것에 뜻을 두심을 보고, 하나의 경사를 얻은 듯 기쁨을 이기지 못하며 구경할 곳을 잡아 드리니 소씨가 양부인을 모시고 석파 등을 거느려 갔다. 화씨는 처음에는 함께 가려 했으나 석파가 가는 것을 보고 병을 핑계로 물러나니 양부인이 구태여 권하지 않고 딸과 함께 숙소에 이르러 천자의 거동을 기다렸다.

이때에 문득 특별히 위엄 있는 행차가 길을 덮고 금으로 장식한 덩[304]을 옹위하여 소상서 집 숙소로 들어오려 하였다. 소부(蘇府)의 하인이 문
30 을 막으니, 그 종과 집안사람들이 어지러이 다투어 말하였다.

"석상서댁 부인과 소저가 구경하러 오셨는데 너희 등이 어찌 감히 막느냐?"

304) 덩 : 공주나 옹주가 타던 가마. 전하여 양반댁 여인들이 타던 가마를 지칭함.

석파가 이 말을 듣고 급히 시녀로 하여금 다투지 말고 저 행차를 들어오시게 하라고 전하게 하니, 소부의 하인이 비로소 문을 열었다. 금덩을 붙들어 안으로 이르니, 석파가 친히 맞았다. 원래 석공 부인이 천자의 사냥하심을 구경하려고 숙소를 잡아 숙난 소저와 함께 온 것이었다. 소저가 처음에는 즐겨 가지 않으려 하여 진부인이 우겨서 데리고 이곳에 이르렀는데 뜻밖에 소씨 집안 숙소와 같은 곳이 되니, 이미 돌아가지 못하게 되었고 하물며 이전에 알고 지내던 사이였기에 흔연히 들어갔다. 하지만 매우 불편해 하며, 여기에 온 것을 후회했다. 석파가 웃음을 머금고 맞이하여 중청(中廳)[305]으로 들어왔다. 소씨가 봉관화리(鳳冠華履)[306]로 고운 빛깔의 옷을 끌며 양부인을 모시고 손님을 맞아 올려 예를 마쳤다. 진부인이 양부인과 더불어 안부를 여쭌 후, 소씨와 더불어 예전에 제대로 인사 나누지 못했음을 말하였다.[307] 석파가 웃고 말하였다.

"어찌 소저를 덩 안에 넣고 나오게 하지 않습니까?"

양부인이 웃으며 말하였다.

"서로 한 집안 같고 늙은 미망인과 어린 딸뿐이라 피할 것이 없는데, 소저를 감추어 하십니까?" 31

진부인이 감사하며 말하였다.

"어찌 내외함이 있겠습니까? 규중의 어리석은 사람이 높으신 분을 뵙는 것을 두려워하여 마음을 가라앉히고 바로잡으려 함입니다."

소씨가 말씀을 이어 말하였다.

---

305) 중청(中廳) : 집 가운데의 대청.
306) 봉관화리(鳳冠華履) : 고귀한 가문의 여인들이 쓰던 봉황문양의 조각을 한 관과 꽃이 수놓인 신발.
307) 예전에 ~ 말하였다. : {젼일[前日] 낫비 본 말을 ᄒᆞ더니}. 그 이전에 나쁘게 이야기한 바가 없으며, 다른 이본인 규장각본에는 이 부분이 "젼일 밧비 보고 기리 ᄋᆡ모ᄒᆞ여 ᄉᆞ샹ᄒᆞ믈 닐오더니"로 되어 있는 점을 감안하여 이같이 옮김.

"제가 일찍이 서모로 말미암아 소저의 아름다운 풍모와 좋은 재주를 듣고 늘 탄복하여 우러렀으나 만날 길이 없었습니다. 그러던 차에 이런 특별한 기회를 만나니 진실로 천만 다행이라 여기고 있었습니다. 그런데 부인이 이렇듯 소원히 대하여 소저를 깊이 감추시니, 우리 가문 사람들이 바르지 못하여 깊이 사귀지 못할 사람으로 알아 소저에게 차라리 덩 안에서 구차함을 지키고 더럽고 낮은 무리에게 뵈지 않으려 하심인가 하여 부끄러움을 이기지 못하겠습니다."

진부인이 소부인의 격한 말과 엄한 태도를 대하니 더 이상 할 말이 없어 여러 번 겸손히 사양하고 소저를 불렀다. 소저가 싫어도 마지못하여 시녀와 더불어 그 곳으로 오니, 양부인 모녀가 이파와 함께 먼 데서부터 바라보았다. 처음에는 광채가 영농하고 모습이 아름다워 지는 해가 약목(若木)[308]에 걸리고 옥토끼가 오색구름에 싸여 있는 듯 황홀하게 광채가 빛나니 자세히 보지 못할 정도였다. 당(堂)에 올라 예(禮)를 마치고 자리를
32 정한 후 눈을 두어 익히 보니, 이미 하늘에서 내려 주신 강산의 빼어난 기운과 깨끗하고 맑은 기운이 어리어 아름다움이 보통 사람보다 빼어났다. 또 마음에는 태임(太任)과 태사(太姒)의 덕과 도량을 깊이 간직하였고, 눈썹 언저리에는 오색의 상서로운 기운이 영롱하고 찬란하며, 두 눈은 생동하는 기운이 없는 가을철 물결을 비웃고, 붉고 고운 입술은 둥근 앵두를 꺼리는 듯하고, 가는 허리는 바람에 나부끼는 버드나무 가지를 나무라고, 키는 조비연(趙飛燕)이 작은 것을 부족하다고 여기는 듯하였다. 그녀는 날렵했지만 가볍거나 키가 작지는 않았으며, 탐스럽게 살쪄 아름답지만 투박하지는 않아, 천태만광(千態萬光)이 태양의 빛을 가렸다. 그러니 소씨가

308) 약목(若木) : 해가 지는 곳에 서 있다는 나무.

놀라고 탄복함은 말할 필요도 없고, 양부인은 평소에 눈이 높아 천하의 아름다운 얼굴을 깔보며 묵직한 성품이 남들보다 뛰어나 아무리 특별한 일이 있어도 놀라거나 칭찬하지 않았는데, 석소저의 얼굴을 보고는 놀라움을 이기지 못하여 정신을 가다듬어 다시 살펴보고 크게 칭찬하여 말하였다.

"늙은이가 비록 심산궁곡(深山窮谷)에 있지만 뛰어난 미인을 많이 구경했는데, 오늘 댁의 따님은 진실로 내가 보지 못하던 바이며 또한 만고에 드물 것입니다. 그러니 정말로 경국지색(傾國之色)[309] 입니다."

진부인이 겸손히 사양하며 감당치 못할 칭찬이라고 말하니, 소씨가 홀린 듯이 앉아 있다가 석파를 돌아보고 웃으며 말하였다. 33

"서모의 유수(流水)같은 말솜씨로 전하는 말씀이 그토록 서툴렀습니까? 진실로 듣던 것보다 더하군요."

석파가 웃었고, 진부인이 겸손히 말하였다.

"딸의 못난 기질로 어찌 양부인과 소부인의 과찬을 받겠습니까?"

양부인이 숙난소저에게 나아오라고 하여 그 옥 같은 손을 잡고 머리를 쓰다듬어 칭찬함을 마지않았으며, 석파와 진부인은 매우 대견함을 이기지 못하였다. 그런데 소씨가 문득 탄식하며 모친을 자주 보았으니, 이는 은근히 소생을 재취시키고자 하였기 때문이다. 차를 내어 와 조용히 이야기를 나누는데 소씨가 말하였다.

"소저의 재주와 용모가 이러하니 걸맞은 짝을 찾기 어려울 듯합니다. 일찍이 혼인할 곳[310]을 정해 놓으셨습니까?"

---

309) 경국지색(傾國之色) : 나라를 기울일 만한 아름다운 여인을 뜻함.
310) 혼인할 곳 : {순향[順向]}. 문맥을 고려하여 이같이 옮김.

진씨가 갑자기 슬픈 듯이 대답하였다.

"딸이 못났으나 부모의 마음으로는 좋은 사위를 얻어 그 일생을 편하게 하고 싶은데, 딸아이의 평생이 걸린 큰일을 잘못할까 두렵습니다. 그 아이의 나이가 열 셋이니 과년한 처녀라고 할 수는 없지만 사위를 고른 지 일곱 해가 되었어도 끝내 마땅한 곳을 얻지 못하여 몸과 외모가 다 자랐으니 매우 민망합니다."

양부인이 대답하였다.

"진실로 어떤 복 많은 사람이 저런 며느리를 얻을꼬? 부인은 근심 마십시오. 예부터 짝이 다 있다고 했습니다. 소혜(蘇蕙)가 두도(竇滔)를 만났고[311] 사마상여(司馬相如)가 탁문군(卓文君)을 만났으니 어찌 소저만 유독 짝이 정해지지 않겠습니까?"

34 이렇게 말씀했으나, 진부인은 이 칭찬의 말을 조금도 마음에 두지 않는 듯하였다.

시각이 되니, 임금께서 모든 조정 대신들을 거느리고 남문 밖으로 나와 사냥하셨다. 상서복야 소경이 한림학사 한생과 더불어 조복(朝服)[312]을 갖추어 입고 반열(班列)에서 모시고 서 있었다. 그 뛰어난 풍모가 많은 사람 중에서 뛰어나고 눈빛이 밝게 빛나 좌우에 쏘이니, 삼군(三軍)[313]이 눈을 기울여 보며 칭찬하기를 마지않았다. 또한 임금께서도 기이하게 여겨 앞으로 나아오라 하여 말하였다.

"경의 격조 있는 멋이 오늘 새로우니 재주 또한 출중할 것으로 보인다.

---

311) 소혜(蘇蕙)가 ~ 만났고 : 두도는 진(晉)나라 사람. 그의 처 소혜가 글을 잘 지었는데, 그가 유배 갈 때에 비단에 회문선도시(廻文旋圖詩)를 지어주며 이별의 마음을 보였음.

312) 조복(朝服) : 관원이 조정에 나아가 하례할 때에 입던 예복.

313) 삼군(三軍) : 군대 전체를 뜻함.

짐이 보배로이 감추어 놓았던 활과 화살을 줄 테니 한번 쏘아, 지금 양유기(養由基)[314]가 다시 나왔다 함을 일컫게 하여라."

소상서가 엎드려 감사하며 말하였다.

"제가 나이 어리고 재주가 둔하여 당당한 시부(詩賦)도 능히 쓰지 못하는데 어찌 감히 활을 쏠 기력이 있겠습니까?"

임금께서 웃으며 말하였다.

"경은 사양하지 마라."

드디어 활과 화살을 앞에 놓으시니, 상서가 자세를 가다듬고 머리를 조아리며 말하였다.

"성인이 말씀하시되 '도(道)가 같지 않으면 사귀지 말라'[315]고 하셨는데, 하물며 두 가지[316]를 행하겠습니까? 또 위령공이 진(陣) 치는 법을 물으니 공자께서 가버리셨습니다.[317] 저는 다만 성인의 가르침을 배울 뿐이니 군대의 일을 모르옵고 또 재주도 없으니 어찌 임금의 활을 더럽히겠습니까?"

임금께서 얼굴빛을 고쳐 공경하는 낯빛이 되었고, 여러 신하들도 그 35
바르고 곧은 절개에 탄복하였다. 장차 날이 저물어 임금께서 환궁하시

---

314) 양유기(養由基) : 초나라 공왕(共王)의 신하로 활의 명사수. 진나라 장수 위기(魏錡)의 화살에 눈을 맞은 공왕이 양유기에게 두 대의 화살을 주며 보복해 달라 하자 한 대의 화살만으로 위기의 말을 쏴 죽이고 나머지 한 대는 왕에게 돌려 주어 유명해짐. 그 후 버드나무 잎 세 개를 골라 번호를 표시해 두고 백 보 떨어진 곳에서 차례로 맞추니 백발백중(百發百中)이라는 말이 유래하게 됨.

315) 도가 ~ 말라 : {도(道) ㅣ 갓디 아니ᄒᆞ거든 사괴디 말나}. 이는『논어(論語)』「위령공(衛靈公)」15장의 "공자께서 말씀하시길, 도가 같지 않으면 일을 도모하지 말라[子曰, 道不同, 不相爲謀]."라는 구절을 이르는 듯함.

316) 두 가지 : 여기서는 문(文)과 무(武)를 가리킴.

317) 위령공이 ~ 가버리셨습니다 :『논어』「위령공」1장의 "위령공이 공자에게 진 치는 법을 물으니 공자가 대답하였다. '제사에 관련된 일은 일찍이 들어보았으나 군대와 관련된 일은 배우지 못했습니다'라고 했다. 그랬더니 다음날 드디어 떠나갔다[衛靈公問陳於孔子. 孔子對曰, 俎豆之事, 則嘗聞之矣. 軍旅之事, 未之學也. 明日遂行]."라는 구절을 이름.

고 구경하던 양반 부녀자들이 구경을 마치고 흩어지니, 양부인이 진부인과 이별하고 돌아가려 하면서 석소저의 손을 잡고 매우 애틋해 하였다.

부인들이 자운산에 돌아와 상서가 오기를 기다렸다. 그가 오자 양부인은 다만 임금의 거동이 성대했음을 말하였지만, 소씨가 석소저를 칭찬하니 화씨는 마음 속으로 매우 한스러워 하였다. 소씨가 석소저의 재주와 용모가 아까우니 그 모친께 구혼하시라고 하자, 양부인이 답하였다.

"그 처자가 진실로 빼어나지만, 화씨는 두 아들을 두었고 또 부부가 화락하니 내가 어찌 재취를 권하겠느냐?"

소씨가 다시 아뢰었다.

"동생의 기질로 어찌 화씨와 오로지 함께하겠습니까? 아내를 여럿 두고 자손을 두는 것이 좋을 것이니, 창녀 같은 것은 엄히 금하심이 옳지만 저 같은 숙녀를 절개 지키느라 고집스럽게 버리는 것을 어찌 저 푸른 하늘도 웃지 않겠습니까? 당초에 서모의 말을 믿지 못했던 것은, 그녀가 마음이 어진 여자인 줄 알지 못하여 행여 집안을 어지럽힐까 두려웠기 때문이었습니다. 그런데 이제 보니 외모는 말할 것도 없고 마음
36 이 매우 어질며 사리에 밝은 듯하니, 어찌 화씨 하나 때문에 저런 숙녀를 버리겠습니까?"

양부인이 말하였다.

"너는 말을 그쳐라. 화씨의 동정을 볼 것이다. 화씨가 만일 투기를 한다면, 그녀가 모든 일에 경만 못하면서 또한 질투까지 겸하는 것이니 쾌히 석씨를 얻어 하나밖에 없는 아들의 일생을 헛되이 늙게 하지 않을 것이다. 그러나 만일 공경하고 온순하면, 그녀의 재주와 자질이 경과

등급이 다르지만 그 마음은 너그러울 것이니 어찌 조금 얼굴이 미치지 못한다 하여 여자의 설움을 만들겠느냐? 양홍(梁鴻)은 비상한 용모였지만 맹광(孟光)[318]의 못난 얼굴을 만났으나 후에 군자(君子)와 숙인(淑人)이 되었으니, 나는 다만 화씨의 인물됨을 살피고 얼굴에 대해서는 말하지 않을 것이다."

소씨가 모친의 뜻이 화씨의 인물됨을 더 중요하게 여기는 것을 보고 속으로 웃으며 생각하였다. '저 가볍게 행동하고 질투 많은 여자가 반드시 졸렬한 행실을 할 것이니 석씨가 들어오는 것은 손바닥 뒤집는 것처럼 쉬운 일이다.'

며칠 후 소상서가 정사(政事)를 의논하려고 석공을 찾아갔다. 이때 마침 팔왕과 칠왕이 석장군 부자를 보려고 모였는데, 소상서가 왔음을 듣고 함께 반기며 말씀을 나누었다. 칠왕은 태종의 아들이니 곧 태자이고, 팔왕은 태종의 친조카이다. 그 둘은 사람됨이 현명하고 재주와 덕을 두루 갖추고 있어 조야(朝野)[319]가 모두 공경하였다. 오늘 소상서를 보고 매우 37
어여삐 여겨 예로부터 지금까지의 세상 다스리는 방법에 대해 의논하니 도도하게 흐르는 강물을 드리운 듯하였다. 팔왕이 웃으며 말하였다.

"소 총재(總裁[320])는 청년이며 18세이므로 아직 어린아이[321]인데, 어찌 오히려 상쾌한 논의를 나이 많고 학식이 높은 선비보다 잘 합니까? 일찍이 아내는 두었습니까?"

상서가 대답하였다.

---

318) 맹광(孟光) : 후한(後漢) 시대의 양홍의 아내. 추녀였지만 덕행이 뛰어났음.
319) 조야(朝野) : 조정과 재야 모두.
320) 총재(總裁) : 일을 총괄하는 사람을 뜻함. 소경이 예부상서 복야이므로 이같이 호칭하는 것임.
321) 어린아이 : {황구쇼ᄋᆞ[黃口小兒]}. 황구는 입 언저리가 노란 새 새끼라는 뜻으로 어린아이나 미숙한 사람을 비유하여 이르는 말임.

"조강지처가 있습니다."

석참정이 말을 이었다.

"내가 할 말이 있으니 총재는 즐겨 듣겠습니까?"

상서가 듣기를 청하며 물으니, 석참정이 답하였다.

"제가 여러 아들을 둔 후 다만 딸 하나를 얻었습니다. 재주와 행실이 비록 옛 사람들과 나란히 할 만하지는 못하지만 거의 비슷[322]은 할 것입니다. 제가 밤낮으로 걱정하는 것은 행여라도 질투하거나 너무 억세어 근심을 만들까 하는 두려움이었습니다. 그런데 총재를 보니 재주와 용모가 족히 딸아이로 하여금 건즐(巾櫛)[323]을 받들게 할 만합니다. 구차함을 돌아보지 않고 구혼하니, 어린 딸이 비록 뛰어나지는 않지만 총재께 공손치 않지는 않을 것이며 조강지처인 본부인에게 무례히 대하지는 않을 것이니, 모름지기 기꺼이 재취를 허락하시겠습니까?"

상서가 옷깃을 단정히 하고 감사하며 말하였다.

"저는 박명(薄命)한 인생으로 아버지의 가르침을 듣지 못하였기에 세상에 이름을 세울 재주가 없어 밤낮으로 근심함을 깨닫지 못하였습니다.
38 그런데 이렇듯 너그러이 사위[324]로 삼으려 하시니 감사함을 이기지 못하겠고 외람됩니다. 어찌 사양하겠습니까마는 제가 어렸을 때부터 뜻이 번화하지 못하여 재취를 생각하지 않았기에 크신 명령을 감히 받들지 못하니 미안함을 이기지 못하겠습니다."

석참정이 말하였다.

---

322) 비슷 : {안항(雁行)}. 남의 형제를 높여 부르는 말인데, 문맥을 고려하여 이같이 옮김.

323) 건즐(巾櫛) : 수건과 빗. 건즐을 받든다는 것은 여자가 남편을 받든다는 의미로 처나 첩이 되는 것을 의미함.

324) 사위 : {동상(東床)}. 진(晉)나라의 태위 극감(郄鑒)이 왕희지(王羲之)를 사윗감으로 고르려는데 왕희지가 동쪽 평상에 엎드려 음식을 먹고 있었다는 고사에서 유래함.

"어찌 보잘 것 없게 여김이 이렇듯 심합니까? 다시 생각하시기를 바랍니다."

상서가 눈썹을 펴고 붉은 입술에 웃음을 은은히 띠고 겸손히 사양하며 말하였다.

"제가 어찌 감히 보잘 것 없게 여기는 마음이 있겠습니까? 본래 성정(性情)이 좁고 못났으며 또한 노모께서 당(堂)에 계시니 제 마음대로 결정하지 못 합니다."

참정이 말하였다.

"그렇다면 그대 어머님의 허락은 내가 청할 것이니, 모름지기 총재 자신은 허락하십시오."

상서가 공경히 몸을 굽히며 대답하였다.

"노모께서 위에 계시니 제가 임의로 할 바가 아니며, 혼인은 인륜의 큰 일이니 육례(六禮)[325]가 있습니다. 제가 어찌 감히 홀로 계신 어머니의 뜻을 모르고 허락하겠습니까? 노선생님은 원로대신(元老大臣)이시니 반드시 예의를 아실 것입니다. 저의 무례함을 용서하십시오."

팔왕이 웃고 말하였다.

"소총재가 이렇게 사양하니 우리가 중매 되어 인연을 좋게 이루도록 해야겠다."

칠왕이 말하였다.

"형님의 말씀이 마땅하십니다. 우리가 힘써 주선할 것이니 소생은 고 39

325) 육례(六禮) : 전통적으로 내려오는 혼인의 여섯 가지 예법. 납채(納采:남자의 집에서 청혼의 예물을 보냄) · 문명(問名:여자의 출생 연월일을 물음) · 납길(納吉:문명 후 길조를 얻으면 이것을 여자의 집에 알림) · 납폐(納幣:혼인을 정한 증명으로 예물을 여자 집에 보냄) · 청기(請期:남자 집에서 결혼날짜를 정하여 여자 집에 지장의 유무를 물음) · 친영(親迎:신랑이 신부 집에 가서 아내를 맞이함)의 여섯 가지 예를 치르면 결혼이 이루어지는 것임.

집하지 마라."

상서가 이런 모습을 두루 보고 속으로 픽 웃고는 조금 후에 하직하고 돌아갔다. 팔왕이 소상서의 기풍이 성현을 닮은 것을 보고 매우 칭찬하였다. 팔왕은 석공의 명령을 받아 다음날 자운산 소부(蘇府)에 이르러 중매로 왔음을 고하였다.

모르겠구나. 양부인이 즐겨 들을까? 다음 회를 보시오.[326)]

이때에 팔왕이 스스로 수레를 밀어 자운산에 이르러 양부인께 중매로 왔음을 고하고 혼인을 허락하기를 청하였다. 그랬더니 양부인이 눈썹 사이를 찡그리며 고개를 돌려 상서에게 말하였다.

"너는 어린아이이고, 임금님의 은혜는 크시다. 또 화씨는 어진 여자이고 두 아들도 있는데, 석공이 무슨 이유로 구혼하기를 간절히 하는 것이냐?"

상서가 미처 답하지 못하고 있는데, 화씨가 눈물을 흘리며 고하였다.

"이는 반드시 서모와 낭군이 마음을 같이하여 팔왕을 부추긴 것일 테니, 저는 정말로 깊은 규방의 죄인이 될 것입니다."

양부인이 듣고 나서 위로하여 말하였다.

"석씨가 들어오더라도 너에게 해로울 일이 있겠으며, 비록 용렬(庸劣)하지만 경이 살아 있으니 어찌 깊은 규방의 죄인이라 일컫겠느냐?"

말을 마친 후, 다시 느리게 말하였다.

40 "팔왕이 친히 오셨으니 내가 어찌 아름다운 며느리를 사양하겠는가?"

326) 모르겠구나 ~ 보시오 : {아디 못게라 양부인이 즐겨 드룬가 하회(下回)를 볼디어다}. 이는 서술자의 말임.

드디어 시녀에게 다음과 같은 말을 전하게 하였다.

"제가 어린 자식을 가르치지 못하여 밤낮으로 부끄러웠는데 일찍이 임금의 은혜를 입었고 또다시 대왕께서 이런 거친 곳에 이르러 재상가의 숙녀를 천거하시니 감사하고도 황공합니다. 어찌 명령을 어기겠습니까? 날짜를 택하여 육례(六禮)를 갖추겠습니다."

원래 양부인은 다른 뜻이 없었다. 그러나 화씨가 눈물을 흘리며 운 후에 투기하여 부인의 말끝에 남편과 서모가 함께 모의했다하며 법도에 맞지 않고 맹랑하게 구는 것을 보고 순간 패악하다고 여겨 확실히 결정하였으니 어찌 애닯지 않은가? 얼굴빛과 말을 평안하게 하고 잠잠히 있었다면 비록 팔왕이 아니라 황제가 오셨다 해도 석소저가 들어오겠는가?

이때 팔왕이 허락을 받고 크게 기뻐하며 감사하고 돌아가 석씨 가문에 알렸다. 석참정이 매우 기뻐하며 급히 날을 택하여 보내니, 맹동(孟冬)[327] 초순이라 겨우 팔구일이 남았다. 양가(兩家)에서 위의(威儀)를 갖추기 위해 정성을 들이는데, 양부인이 비록 화씨가 그르다고 생각하지만 그 마음을 살펴 딸 소씨로 하여금 신랑이 될 소상서의 길복(吉服)을 지으라고 하였 41
다. 그러자 소씨가 말하였다.

"한학사가 어사(御使)로 강서 땅으로 나가게 되었는데 날이 임박하였기에 제가 그 행장(行裝)[328]을 다스려야 하므로 아우의 길복을 짓지 못하겠습니다. 화씨는 무슨 일로 못하나요?"

양부인이 말하였다.

"내가 시키면 안 하겠느냐만 다만 투기하고 조급한 여자이니 반드시

327) 맹동(孟冬) : 초겨울. 음력 10월을 달리 이르는 말.
328) 행장(行裝) : 여행할 때 쓰는 물건과 차림.

더욱 서러워할 것이다."

소씨가 낭랑하게 웃으며 말하였다.

"어머니께서 어찌 이런 말씀을 하십니까? 제가 비록 불초하지만 한어사가 영씨[329]와 혼인할 때에 직접 준비하여 관복(冠服)을 손수 만들었습니다. 아내가 지아비를 다른 사람에게 보낼 때 어찌 의복을 다른 사람을 빌어 시키겠습니까? 저에게 지아비 먼 길 떠나는 행장을 혼자 준비하면서, 부인 있는 아우의 길복까지 지으라고 하십니까?"

양부인이 웃으며 말하였다.

"너의 성품은 화씨와 다르다. 화씨가 만일 너 같으면 내가 무슨 일이 부족하여 석씨를 얻겠느냐? 너는 조급한 여자를 논박하지 말고 어사의 행장을 화씨에게 준비해 달라고 한 후에 너는 경의 길복을 지어라."

소씨가 웃고 물러나 상서의 길복을 짓는데, 한어사의 행차 또한 임박하였으니 두 가지를 하기가 진실로 어려웠다. 이에 능라(綾羅)[330] 몇 필과
42 촉금(蜀錦)[331] 십여 필을 녹운당으로 보내며 말하였다.

"한어사가 갑자기 강서로 가게 되어 내가 혼자서 준비하지 못하겠습니다. 낭자가 도와주실 줄 믿으니 본에 맞게 지어 주시기 바랍니다."

화씨가 매우 성을 내면서, 시녀를 대하여 크게 꾸짖어 말하였다.

"너희 부인이 어찌 나에게 어사의 행장을 준비해 달라고 하느냐? 당당히 석가의 천한 여자를 데려와 부릴 것이지, 나는 월영의 시녀가 아니니 못하겠다. 너희 부인은 남편[332]에게 푹 빠져 정신을 못 차리므로 여

329) 영씨 : 한어사의 첩.
330) 능라(綾羅) : 두꺼운 비단과 얇은 비단을 이름.
331) 촉금(蜀錦) : 촉 땅에서 나는 좋은 비단.
332) 남편 : {남진}. 남편이나 사내를 가리키는 고어.

러 창녀와 더불어 총애를 나누는 것을 좋게 여기지만 나는 더럽게 여긴다. 이미 상서의 길복을 지을 정도로 한가한데, 왜 나를 부리려 하더냐? 빨리 돌아가 너희집 부인에게 말하여라. '미친 남동생 길복을 지을 정도로 이같이 한가한데 어찌 일이 많다고 하는가? 내가 지어 주고자 하나 남의 일 하는가 싶으니, 이렇기에 내가 부질없이 수고할 일이 없으므로 도로 보냅니다.'라고 하여라."

시녀가 돌아와 보고하면서 일의 앞뒤를 자세히 말하니, 소씨가 어이없어 도리어 잠깐 웃으며 대답하지 않고 있었다. 마침 한어사가 같이 있다가 듣고 매우 무상(無狀)하게 여겨 말하였다.

"정말로 패악하고 투기 많은 부인이로다. 장모님과 자문이 진실로 고 43
집스럽구나. 저렇게 투기하는 아내를 두고 재취하는 것을 늦게야 하는가?"

소씨가 정색하고 말하였다.

"비록 그러하지만 상공과는 상관없는 일인데, 남의 집 부녀자의 과실을 어찌 논합니까? 자못 쓸데없는 일에 관심을 두는 것이고 바른 도리가 아닙니다. 말씀이 치우침이 어찌 이러하십니까?"

한어사가 크게 웃고 잘못 했다고 말하였다.

원래 소씨의 천성이 강직하고 뜻이 바다 같아 거리끼는 일이 없고 또 투기를 우습게 여기므로 투기하는 여자를 매우 배척하였다. 그런데 화씨가 저렇듯 잘못된 행실을 하는 것을 보고 일부러 길복을 화씨에게 짓게 하려 했으나, 모부인께서 듣지 않으니 마지못하여 스스로 짓고 한어사의 의복을 보낸 것이었다. 그런데 화씨가 욕함을 듣자 문득 마음이 평안하지 못하여 앉아 있었다.

저녁 문안에 들어가 화씨를 만났는데 상서가 있었다. 예전에 석파의 일로 화씨가 상서께 책망 받았음을 생각하고 헤아리되, 조만간 석씨가 들어올 것인데 또 화씨의 흠을 이르면 아우의 뜻이 멀어져[333] 박대할 것이다. 그러니 화씨가 비록 어질지 못하나 박명하게 하지는 말자고 하였다. 이에 정색하고 단정히 앉아 말을 하지 않았다. 상서와 화씨가 물러난 후,
44 소씨가 양부인께 일의 앞뒤를 자세히 알리고 웃으며 말하였다.

"아우가 재취 두는 일에 저를 욕하니 어찌 우습지 않습니까?"

양부인이 어이없어 다만 말할 뿐이었다.

"내가 자연스럽게 화씨에게 항복 받아 투기를 제어하고 집안을 편하게 하겠다."

드디어 다음 날 아침 문안 후에 양부인이 화씨에게 말하였다.

"경의 길일(吉日)[334]이 다다랐으니 너는 예복을 다스려야겠다."

드디어 좌우 시종으로 하여금 아름다운 비단을 내어와 화씨에게 옷을 마르라고 하였다. 화씨가 분하고 억울했으나 상서가 자리에 있고 양부인의 기색이 매우 엄정하니 감히 발악하지 못하고 눈물만 계속 흘러 붉은 치마에 떨어졌다. 이파 등이 그녀를 애처롭고 불쌍하게 여겼고, 소씨는 행여 양부인께 공손치 않은 말을 하여 상서의 귀에 들릴까 근심하였다. 양부인이 다시 재촉하니, 화씨가 억지로 비단을 펴고 한편으로는 울며 한편으로는 옷을 말랐다. 양부인이 그녀에게 옷을 맡기며 말하였다.

"내가 월영에게 지으라 하니 한생의 행장 준비하느라 여의치 않다고 한다. 그러니 네가 마땅히 준비해야겠다."

---

333) 멀어져 : {닉도ᄒᆞ야}. 소원하다, 판이하다는 뜻의 고어로, 맥락에 맞춰 옮겼음.
334) 길일(吉日) : 운이 좋거나 상서로운 날. 여기서는 혼인날을 이름.

화씨가 받아 가지고 침소에 돌아와 붙들고 눈물 흘리며 슬피 울면서 말하였다.

"어머니마저 이렇게 하실 줄은 정말로 생각하지 못했다. 내가 차라리 죽어 이 거동을 보지 않으리라."

이때 문득 이파[335]가 들어와 위로하여 말하였다. 45

"부인은 슬퍼 마십시오. 우리 양부인이 평소에 낭자를 사랑하심이 어찌 상서보다 못하겠습니까만 이렇게 하시는 것은 오로지 부인의 투기를 꺼리시기 때문입니다. 부인이 갈수록 온순하시면 상서가 아름다워할 것이고 양부인도 어여뻐 여기실 것입니다. 석소저가 들어오지만 부인이 옥 같은 두 공자를 끼고 가권(家權)을 모두 가지고 계시면 어떤 사람이 부인의 권세를 바라볼 수 있겠습니까? 지금 고집스럽게 투기를 하면 꽃다운 얼굴과 마음이 상하고 남들이 우습게 여길 것입니다. 상서의 마음이 석씨에게 돌아가면 그때는 뉘우쳐도 늦습니다."

화씨가 더욱 슬퍼하며 마음을 안정하지 못하고 있었는데, 문득 양부인이 불러 말하였다.

"내가 있는 곳에 와 관복을 지어라."

화씨가 어찌할 도리가 없고, 또 이파가 백단(百端)[336]으로 위로하니 겨우 참고 취성전에 이르러 바느질을 하였다. 눈물이 저절로 솟아나니 참지 못할 정도여서 행여 부인이 보실까 두려워 머리를 숙여 십분 마음을 넓게 가지려 하였다. 이 날 상서가 들어와 문안하고 나서 화씨가 어머니를 뫼시고 앉아 길복 짓는 것을 보고 깊이 생각하되, '저가 무슨 투악으로 도리

---

335) 이파 : 소경의 서모 중 한 명. 서모이기 때문에 며느리 화씨에게 존대하는 것임.
336) 백단(百端) : 온갖 일의 실마리. 백방(百方)과 같은 뜻임.

46 어 혼인 준비를 스스로 하는가?'라고 하였다. 또한 그 슬픈 빛을 보고 한 가닥 은정(恩情)으로 어여쁘게 여김이 있었다.

길일이 다다라 매자(媒子)[337] 네 사람과 양참정[338]이 이르렀다. 양부인이 매자 네 사람과 부친을 받들어 자리를 정해 앉았고, 시각이 다 되어갔다. 소씨가 저 화씨가 자기 욕함을 그릇되었다고 여겼지만 그녀가 매우 서러워하는 것을 보고, 한편으로는 화씨가 비뚤어지고 속이 좁음을 괴이히 여겼지만 한편으로는 불쌍하게 여겨 가만히 타일러 말하였다.

"오늘 어머니께서 반드시 그대에게 아우의 옷을 섬기라 하실 것이니 만에 하나라도 불평하지 마라."

화씨가 사례하며 소리 높여 울었다. 양부인이 화씨를 불러 상서의 관복을 입히라고 하시니, 명령을 듣고 나아가 관대(冠帶)[339]를 받들어 섬겼다. 양부인이 남모르게 눈길을 보내 그 행동거지를 살피니, 화씨가 얼굴색이 흙빛이 되어 그 옷고름과 띠를 매는데 손이 떨려 쉽게 하지 못하였다. 그윽이 애달프게 여기고 있는데 관대를 섬기기를 마치고 모인 사람들에게 하직하니, 양부인이 슬퍼하며 감탄하여 눈물을 흘렸다.

상서도 또한 눈물을 머금고 위엄 있는 의식을 갖추어 석씨 집에 이르러 기러기를 전하였다.[340] 신부가 교자에 오르기를 기다리니, 소저가 여러 보물로 몸을 잘 단장하고[341] 백냥(百輛) 수레[342]에 올랐다. 상서가 순금

---

337) 매자(媒子) : 남자쪽과 여자쪽의 사이에서 혼인이 되게 하는 일, 또는 그 사람. 중매(仲媒) 또는 매작(媒妁)이라고도 함.

338) 양참정 : 양부인의 부친.

339) 관대(冠帶) : 관복(官服)과 같은 말. 정식 옷차림을 뜻함.

340) 기러기를 전하였다 : 혼인의 여섯 가지 예 중에서 전안(奠雁)을 한 것임.

341) 보물로 ~ 단장하고 : {칠보웅장을 일우고}. 七寶雄粧(칠보웅장)으로 볼 수 있지만 이는 신부의 단장한 모습에 어울리지 않는 어휘라서 七寶凝粧(칠보응장)으로 봄.

342) 백냥(百輛) 수레 : 백승지가(百乘之家)라고 하여 대부(大夫)의 집안에서 성대하게 혼례를 치를 때에는 백 대의 수레 행렬을 이끌었다고 함.

으로 된 자물쇠를 가지고 덩을 잠그고 말에 올랐다. 칠왕과 팔왕 두 제후가 요객(繞客)[343] 이 되고 만조백관(滿朝百官)이 십 리에 벌여 있으며 무수 47
히 따라오는 사람들이 좌우에 가득 어깨를 겹칠 정도로 있어, 티끌이 해를 가리니 그 풍성함을 이루 다 기록하지 못하겠다.

자운산에 이르니, 중당(中堂)에 혼인 예식을 치를 자리가 잘 차려 있었다. 신랑과 신부가 예를 마치고 같은 자리에 나아가 자하상(紫霞觴)[344]을 나누는데, 남자의 풍모와 여자의 모습이 서로 비쳐 구슬 꽃과 옥 나무가 서로 마주 대한 듯 부부의 재질이 빠지는 데가 없었다. 그러니 이른바 삼생(三生)[345]의 오랜 인연이며 하늘이 정한 좋은 짝이었다. 모든 사람들이 탄복하고 매우 놀라 칭찬함을 마지않았다.

상서가 동방(洞房)[346]에 돌아가 잠깐 눈을 들어 보니, 눈이 현란하여 모든 혼이 놀라 움직이는 듯하니 숨을 길게 쉬고 생각하였다.

'세상에 어찌 이런 사람이 있는가? 나의 고독한 한 몸으로 다만 맹광(孟光)[347] 같은 이를 구하였는데, 뜻밖에 이런 미인을 얻으니 이는 좋은 징조가 아니다. 지난번에 서모가 나를 유인하여 보여주었을 때에는 윤씨 누이와 비슷하더니 그 사이에 어찌 이렇게 빼어나게 아름다워졌는가?'

이렇듯 수려하니 도리어 기뻐하지 않았다. 이날 밤을 지내되 기색과

343) 요객(繞客) : 혼인 때에 신랑이나 신부를 데리고 가는 사람. 위요(圍繞), 후배(後陪), 상객(上客)이라고도 함.
344) 자하상(紫霞觴) : 자줏빛 안개 같은 빛깔의 술잔. 자줏빛 안개는 신선이 사는 곳에 떠돈다는 운기(雲氣)임. 자하주(紫霞酒)라는 명칭은 고소설에서 종종 나옴.
345) 삼생(三生) : 불교 용어로 전생, 현생, 후생을 이름.
346) 동방(洞房) : 동방화촉(洞房華燭)의 준말로 신랑이 첫날밤에 신부 방에서 자는 일을 이름. 여기서는 같이 자는 방을 뜻함.
347) 맹광(孟光) : 후한(後漢)시대 양홍(梁鴻)의 아내로, 추녀였으나 덕행이 뛰어났음.

행동이 엄하여 원앙이 푸른 물에서 노는 일[348]이 없었다. 그렇게 한 이유
48 는 대개 그녀의 자색(姿色)[349]이 너무 빼어나게 아름다워 한 조각 삼가고
검박한 뜻이 놀라고 평안하지 않았기 때문이다.

다음 날에 시어머니를 뵙고 사당에 절하는 데 예의를 갖추어 행하였다. 축하하러 온 손님이 구름 같으니, 양부인이 비로소 화씨를 불러 경계하여 말하였다.

"여자의 마음으로 오늘 같은 날을 좋게 여길 리가 있겠는가마는 이 일은 물이 엎친 것과 같으니 그렇게 불평해도 어쩔 수 있겠느냐? 네 마음이 넓지 못하기 때문에 전부터 근본 없는 투기를 자주하여 경의 책망을 입었었는데, 이제 참으로 남편의 또 다른 부인을 만났구나. 매사가 사람의 힘으로 미칠 바가 아니니 어찌 투기하는 악행으로 이을 길이 있겠느냐? 내가 자못 심하다고 여겼기에 일부러 여러 가지로 책망하였는데, 네가 비록 그릇되나 오히려 시어미 공경할 줄은 아니 이로써 다른 죄를 다 용서한다. 그리고 오늘 잔치자리에 손님이 모였으니, 너는 참을 수 있을 것 같으면 참여하고 참지 못하겠으면 깊이 들어가 여러 사람의 비웃음을 받지 마라."

화씨가 눈물을 머금고 감사의 절을 하고 말하였다.

"어머니께서 저의 죄를 용서하시고 이렇듯 가르치시니 제가 어찌 받들어 행하지 않겠습니까? 마침내 기색이 평안치 않게 될지라도 어머님을 모시고 큰 잔치에 참여하겠습니다."

49 양부인이 불쌍히 여겨 말하였다.

---

348) 원앙이 ~ 노는 일 : 신랑과 신부가 기쁨을 나누는 것을 뜻함.
349) 자색(姿色) : {자식}. 오기(誤記)로 보고 이같이 옮김.

"네가 만일 참는다면 이는 복이 될 것이다."

화씨가 침소(寢所)로 물러나와 눈물을 비같이 흘리며, 스스로 세상에 머물러 살고 있음을 원망하였다. 소씨가 들어와 아름다운 말씀으로 위로하고 또 웃으며 말하였다.

"나는 평소에 마음에 품은 뜻을 숨기지 않았네. 지난번에 그대가 나를 이유 없이 욕했으나 내가 그 때문에 원망하지는 않네. 하지만 그대가 여자의 바른 행실을 안다고는 못하겠네. 당초에 나 또한 석씨를 보고 인연을 맺고 싶은 뜻이 적지 않았네. 그러나 이제 그녀가 경의 아내가 되고 나니, 문득 새 사람이 멀게 느껴지고 그대가 가깝게 느껴지네. 또 두 조카를 돌아보니 더욱 남다르게 느껴지고. 그러니 그대는 말과 안색을 편하게 하여 첫째 부인의 위엄을 갖추도록 하게. 그러면 축하하러 온 손님들도 일컫기를 '첫째 부인은 덕(德)이 있고 둘째는 색(色)이 있다.'고 찬양할 것이고, 그렇지 못하면 무릇 칭찬하는 것이 신부에게 돌아갈 것이니, 무엇이 더 시원하겠는가? 거듭 살펴 생각하게. 내 뜻이 진심이지만 그대는 분명 달래는 말로 알겠지?"

화씨가 감사하다고 하고는 말없이 있었다. 소씨가 화씨와 함께 단장을 하고 잔치 자리에 나아갔다. 화씨 또한 옥 같은 귀밑머리와 붉은 얼굴에 아득한 기품이 있고, 태연하며 찬 기운과 매몰찬 듯한 기상이 눈 위의 차가운 매화 같았다. 소씨도 풍성하고 영화로우며 상쾌하고 깨끗한 것이 50
좋은 화분에 심긴 모란이나 가을 맑은 물 위의 연꽃 같았다. 이때 양부인의 양녀 윤씨는 유한림의 부인이 되어 있었다. 그녀 또한 갖추어 단장한 우아한 자태로 잔치에 참석하니, 빼어나게 깨끗한 분위기가 소씨와 더불어 우위를 다툴 만하였으나 아리따운 태도는 오히려 한 층 더 높았다. 이

세 사람의 빛나는 얼굴과 곱고 아름다운 자태가 모든 자리에 밝게 비치니 손님들이 크게 칭찬하며 말하였다.

"양부인이 양녀 길러낸 것이 저렇게 기특하며, 소상서 첫째 부인 또한 이 시대의 뛰어난 미인이로다."

이윽고 신부가 나와 폐백하는 예를 마치고 단장을 새로 고쳐 시어머니께 잔을 올렸다. 다만 보니, 얼굴빛은 흰 연꽃 같고 눈썹은 먼 산 같으며 눈동자는 맑은 별 같고 두 뺨은 복숭아꽃 같으며 붉은 입술은 앵두 같고 태도는 신중하고 행동은 민첩하며 키와 풍채가 거리낄 곳이 없었다. 사람으로 하여금 정신을 잃고 마음을 황홀하게 하니, 한번 바라보면 얼굴빛을 고쳐 존경의 뜻을 표할 정도였다. 윤씨와 소씨의 하늘이 내려주신 특별한 용모도 이에 비하니 빛을 잃었고, 더군다나 화씨는 성한 모란이 쇠한 두견화로 바뀐 것 같았다. 모인 사람들이 크게 놀라며 양부인께 다투어 칭찬하여 말하였다.

51 "우리들이 무슨 행운으로 월궁에 이르러 항아(姮娥)[350]를 구경하게 되니 평생의 귀한 복입니다. 화부인의 오묘하심과 소부인의 풍요로우심, 윤부인의 깨끗하심도 비슷한 이가 없을 듯하였는데, 신부는 이보다 배나 더하니 이 어찌 소상서의 복과 양부인의 경사가 아니겠습니까?"

양부인이 겸손히 감사하며 말하였다.

"제가 번화한 것에는 뜻이 없는데, 못난 자식의 누추한 얼굴을 보고 외람되게도 재상 가문에서 계속하여 구혼하시니, 재취하는 것은 바라는 바가 아니지만 어찌 다행스럽다고 하지 않겠습니까? 다만 세상에 혼자 남아 경사를 보니 회포가 마디마디 끊어지는 듯하여 도리어 슬픔을 이

350) 항아(姮娥) : {샹아}. 문맥을 고려하여 이같이 옮김.

기지 못하겠습니다."

말을 하자마자 눈물이 옷에 떨어지니 옆에 있던 사람들이 모두 슬퍼하며 위로하였다.

종일 마음껏 즐기다가 잔치가 끝난 후, 신부의 숙소를 벽운당으로 정하였다. 신부 숙난소저가 침소로 돌아와 단의(禮衣)[351]를 바르게 입고 촛불을 대하여 있었는데, 문득 석파가 들어와 웃고 말하였다.

"나를 바르지 않은 사람이라고 하시더니 왜 평생토록 이렇게 함께 앉아 이야기를 나눕니까?"[352]

이렇게 상서를 기다리는데 자취가 없자 이상하게 여겨 시녀에게 나가보라고 하였다. 돌아와 보고하는데, 서당에도 안 계시니 녹운당[353]에 가신 듯 52
하다고 하였다. 석파가 믿지 않고 의심하니, 소저가 천천히 말하였다.

"아주머니가 나와 함께 자면 되는데 어찌 이리 번거롭게 하십니까?"

석파가 이에 함께 잤지만, 상서가 오지 않음을 매우 이상하게 여겼다. 이 날 화씨가 잔치 자리에서 신부의 빛나는 얼굴을 보고 매우 놀라 생각하였다. '이 사람이 진실로 상서의 배필이구나. 정말로 듣던 것보다 더하다.' 이렇듯 생각하니 마음이 참담하여 자리에서 겨우 참고 있다가 침소에 돌아와 상서가 자취를 아주 끊을 것이라 생각하였다. 단장했던 것을 벗고 책상에 엎드려 자기 신세가 박명함을 슬퍼하다가 설움과 애달픔이 함께 솟아나 가슴이 막히니 혼미(昏迷)하여 정신을 잃었다. 뜻하지 않게

351) 단의(禮衣) : 왕후(王侯)의 복색 가운데 하나로, 세간에서는 공경대부(公卿大夫) 등 고관(高官)의 부인이 입는 옷이었음. 흰 바탕에 무늬가 있는 옷이라고도 하고 일설에는 붉은 색 옷이라고도 함.

352) 이야기를 나눕니까? : {말ᄒᆞ며}. 연결형이지만, 문맥상 석파의 말이 여기서 끝난다고 보아야겠기에 종결형으로 처리함.

353) 녹운당 : 화씨의 처소임.

상서가 들어와 그녀가 엎드려 있음을 보고 예전처럼 투기하는 것인가 하여 스스로 침상에 올랐으나 저가 전혀 움직이지 않으니 또 조급하여 자결했는가 걱정하였다. 옷의 띠를 고쳐 매고 다가가 계속 불렀으나 대답하지 않으니 친히 붙들어 보았다. 그녀가 정신을 잃은 듯하여 급히 살펴보았으나 특별한 점은 없었다. 하지만 손발이 얼음 같고 혼절하였으니, 시녀에
53 게 약을 풀게 하여 친히 먹였다. 조금 지나자 화씨가 숨을 내쉬며 정신을 차렸지만 다만 귀밑으로 눈물을 계속 흘리며 상서가 왔음을 아직 모르고서 입안으로 웅얼거렸다.

"깊은 규방의 죄인이 되어, '오경(五更)에 일어나니 닭이 세 홰 우네. 맑은 새벽에 〈백두음(白頭吟)〉[354]을 읊조리네'[355]와 같은 일을 내 몸에 당하였으니 '호박 베개를 놔두겠습니다. 간혹 꿈속에 올 때도 있겠지요'[356]를 읊조려야겠구나."

상서가 시녀에게 화씨의 이런 모습을 발설하지 말라고 명령하고, 유모를 불러 화씨를 자리에서 쉬게 하고는 자기도 또한 의관(衣冠)을 풀고 나아가 잤다. 한참 후에 화씨가 정신을 차리고 한숨을 쉬며 탄식하니, 상서가 매우 가련하게 여겨 나아가 말하였다.

"사람이 여러 아내[357]를 얻는 것은 보통일이고, 또 내가 비록 석씨를 얻었지만 어머니 말씀을 받들기 위한 것이었소. 그대에게 매몰차게 대한 일도 없는데 어찌 이렇듯 괴로워하시오? 부인이 오늘 신부의 외모

354) 〈백두음(白頭吟)〉 : 사마상여가 첩을 들이려 할 때 탁문군이 지어 불렀다는 노래로, 남자가 변심하여 여자가 헤어질 결의를 읊는 가운데 단념하지 못하는 고뇌의 흔적을 담음.
355) 오경(五更)에 ~ 읊조리네. : {오긔계삼챵[五起鷄三唱] 쳥신빅두음[淸晨白頭吟]}. 이백(李白)의 〈백두음(白頭吟)〉의 한 구절.
356) 또 ~ 있겠지요. : {차류호박침(且留琥珀枕) 혹유몽닋시[或有夢來時]}. 이백(李白)의 〈백두음(白頭吟)〉의 한 구절.
357) 여러 아내 : {뎍인(敵人)}. 적국(敵國)과 같은 뜻으로 보고 이같이 옮김.

를 보고 백두(白頭)의 탄식을 두려워하는가 싶소. 내가 비록 나이 젊고 어리석으나 색(色)을 밝히는 부류는 아니니 모름지기 상심하지 말고, 내가 나중에 일을 처리하는 것이 공평한지 아니면 색(色)에 치우치는지 보시오."

화씨가 묵묵히 대답하지 않았다. 또한 그가 왔음을 비로소 알고는 놀라고 이상하게 여겨 고개를 돌려 얼굴을 살폈다. 그래도 또 의아해 하니,
상서가 그 뜻을 알아채고 마음을 묶어 두었던 것을 풀고 그 팔을 만지면 54
서 웃으며 말하였다.

"부인이 내가 들어온 것을 믿지 못하는데, 내가 바로 소생이오. 그 처자의 방에 들어오는 것이 무엇이 이상하오? 다만 부인이 덕을 닦으면 흰머리가 될 때까지 해로할 것이오."

드디어 화씨를 사랑하고 곡진히 정을 주는데 그 지극한 은혜와 정이 마음에서 우러나와 간곡하고 부드러움이 예전보다 더하니, 화씨가 반신반의(半信半疑)하였다. 드디어 은하수가 서쪽으로 기울고 새벽닭이 아침을 알리며 종가(鍾街)의 경고(更鼓)358) 소리가 크게 울려 퍼지니, 세수를 하고 부부가 함께 어머님께 아침 문안을 드렸다. 신부는 이미 문안을 드리고 물러갔으므로 양부인이 상서를 보고 웃으며 말하였다.

"오늘 신부는 일찍 왔는데, 너는 한 방에서 잤으면서 왜 떨어져 오느냐?"

상서가 모친께서 잘못 알고 계심을 보고 대답하고자 할 때에, 양부인이 다시 말하였다.

"네가 이제 요조숙녀를 만나니 새로운 사람을 좋게 여기며 미모를 중

---

358) 경고(更鼓) : 밤에 시각을 알리려고 매 경(更)마다 관아에서 치던 북.

히 여긴다면 화씨가 가련해질 것이다. 군자가 아녀자를 거느릴 때에는
공평함이 가장 좋은 방법이다. 모름지기 사마상여처럼 믿음이 없는 행
실을 하지 말고 옛 정을 옮기지 마라. 또한 화씨에게는 두 아들이 있으
니 당당히 정실(正室)의 지위가 있다. 그러하니 혹 사사로운 정은 석씨
55 에게 있을지라도 무릇 대접을 존중히 하여 혼인한 부부의 의리를 온전
하게 하는 것이 좋겠다. 내 아이는 모름지기 홀로 된 어미가 수고스럽
게 가르치는 말을 헛되이 듣지 마라."

상서가 듣고 나서 그 교훈이 이렇듯 정대(正大)함에 감동하여 두 번 절하고 명을 받들고는 손을 모으고 예를 표하면서 감사하며 말하였다.

"어머님의 밝은 가르침이 이러하시니 제가 비록 화씨에게 정이 없을지라도 억지로라도 할 것이지만 하물며 조강지처를 이유 없이 버리겠습니까? 삼가 어머님의 가르침을 받들겠습니다."

양부인이 마음 속으로 매우 흐뭇하게 여겼다.

날이 밝으니 여러 자녀들이 몸단장을 하고 취성전에 모였는데, 꽃 같은 모습과 달빛 같은 광채가 주렴 사이로 영롱하였다. 석소저가 금 단추와 옥 장식으로 칠보단장(七寶丹粧)을 하고 나아오니, 부드럽고 환하고 깨끗한 기질과 그윽하고 어질고 밝은 풍채와 도량이 소씨, 윤씨 두 사람보다 열 배나 나았다. 그러하니 화씨에게야 더욱 비교할 수 있겠는가? 양부인이 어여쁨을 이기지 못하여 그 옥 같은 손을 잡고 말하였다.

"너같이 뛰어난 풍채와 도량을 지닌 사람이 내 슬하에 들어오니, 늙은 이의 기쁨과 안타까운 뜻을 이루 다 헤아릴 수가 없구나. 화씨 또한 속되지 않고 맑은 여자이니 화목하고 우애함을 형제같이 하여라."

56 소저가 명을 받고 감사의 절을 올리고는 자리에 앉으니, 꽃다운 기질

이 볼수록 새로웠다.

상서가 이 날 서당에서 밤이 깊도록 옛 성현들의 일들을 익히느라 신방(新房)에 돌아가는 것을 잊으니, 석파가 나와 재촉하여 말하였다.

"예를 이룬 지 아직 사흘도 되지 않았는데 홀로 거처할 마음이 다시 났습니까?"

상서가 미소를 띠고 아무 말도 하지 않았다. 석파가 계속하여 재촉하니, 상서가 저의 걱정함을 보고 천천히 벽운당으로 갔다. 신부가 겉옷과 허리띠를 풀고 붉은 저고리와 치마를 입고 화관(花冠)을 비스듬히 쓰고 책상에 기대어 있으니, 봉황 문양을 조각한 관(冠) 아래로 보이는 아름다움이 더욱 깨끗하였다. 상서가 마음 속으로 칭찬하고 한편으로는 이상하게 여기며 생각하였다. '이같이 어리고 약한 여자를 두고 석공이 왜 그토록 바삐 혼인을 시키려 했을까? 이미 내 집 사람이 되었으니 장성하기를 기다려야지 어린 여자와 더불어 즐기는 것은 옳지 않다.'

이렇게 여러 날이 지났다. 석소저가 일을 주선하는 행동과 사람 사이의 처신함이 나이 든 부인이라도 미치지 못할 정도였다. 또 양부인 섬기기를 그림자가 응하듯 하여 아침저녁으로 식사를 드릴 때에 직접 상을 받들며, 청소하고, 아침에 베개와 자리[359]를 걷고, 해가 저물면 이부자리를
폈다. 일마다 뛰어나고 명철하며 겸손하고 공손하니, 양부인이 매우 사 57
랑하고 상서가 더욱 어여삐 여기고 공경하였다. 하루는 화씨가 양부인의 방에 들어와 보니 석소저가 가늘고 고운 손으로 부인의 이부자리를 까는데 상서도 또한 자리를 펴며 침상을 바르게 하고 가까이 서서 저녁 문안을 드리는 것이었다. 이에 화씨가 문득 마음이 평안치 못하여 조용히 서

359) 자리 : {삿글}. '삵을'의 연음. 삵은 삿자리 즉 갈대를 엮어 만든 자리임.

서 보니, 두 사람이 다 눈을 나직이 하고 입을 열지 않으며 서로 손님 같아서 의아해 하며 돌아왔다.

이럭저럭 삼동(三冬)[360]이 다 지나고 다음 해가 되었으나 상서가 조금도 치우친 일이 없고 갈수록 공정하였다. 한 달의 열흘은 화씨에게 있고 열흘은 석씨에게 있고 열흘은 서당에 있어 엄숙하고 단엄함이 한결 같았다. 집안사람들이 처음에는 상서가 화씨에게 정이 박할 것이라고 하면서, 석씨를 취했으니 철석같은 마음이라도 물러져 움직이게 될 것이라고 생각했다. 반드시 진중하게 기뻐하리라고 여겼는데 뜻밖에 상서가 색(色)을 취하지 않으며, 천성이 너그럽고 공정하여 화씨와 석씨 두 사람에게 은혜를 똑같이 베풀면서 화씨에게 집안을 다스리는 권한을 모두 주니, 사람마
58 다 존경하여 감복하는 것에서 넘어 도리어 이상하게 여겼다. 양부인은 만족하여 아주 기뻐하였고, 화씨 또한 한을 품을 이유가 없고 상서의 씩씩하고 엄숙한 기색에는 마음을 드러내 보일 수가 없어[361] 처음의 투악(妬惡)이 많이 없어지고 적이 부드럽고 온화하기를 힘썼다. 그러나 다만 석파의 숙질인 석소저를 보면 자연스레 얼굴이 변하고 노기를 품으니, 석파는 모르는 체했고 석소저는 자신의 뜻을 낮추어 화부인 공경함을 양부인 다음으로 하였다. 상서가 석소저의 유순함을 더욱 공경하여 애석해 하나 잠깐이라도 드러내 표현하지 않았다. 또한 화씨를 어려서 만난 정과 자식을 사랑하는 정이 중하게 이끌리는 것인데 사람들은 그 깊이를 알지 못하였다.

하루는 석파가 석소저와 더불어 난간에 나와 매화를 구경하였다. 소저

360) 삼동(三冬) : 겨울의 석 달을 뜻함. 음력 10, 11, 12월임.
361) 드러내 ~ 없어 : {발뵈도 못ᄒᆞ야}. '발뵈다'는 '발보이다'의 준말로 무슨 일을 극히 적은 부분만 잠깐 드러내 보이다, 자랑하기 위해 자기의 재주를 일부러 드러내 보인다는 뜻임.

가 앵무새를 희롱하여 금으로 된 새장을 여는데, 문득 팔 위에 붉은 점이 앵두같이 찍혀 있었다. 석파가 크게 놀라 물었다.

"소저, 어찌된 일인지 모르겠군요. 앵혈(鶯血)362)이 왜 그대로 있습니까?"

소저가 눈썹 사이에 부끄러움을 머금고 붉은 입술에 백옥 같은 이를 내비치며 은은히 웃음을 띠고 답하지 않았다. 석파가 온 정신이 멍해져 말하였다.

"마땅히 상서에게 따져 물어야겠습니다."

소저가 바야흐로 말하였다.

"아주머니가 어찌 이처럼 일을 그릇하여 사람들의 웃음을 사려 합니 59
까?"

석파가 듣지 않고 바로 서당으로 나가니, 상서가 손님을 보내고 들어오고 있었다. 청하여 앉았는데 석파의 기색이 매우 급한 듯하였다. 상서가 잠깐 눈을 들어 저의 안색이 당혹스러움을 살피고 매우 이상하게 여겨 묻고자 할 때에, 석파가 먼저 물었다.

"제가 오늘 사사로이 간절한 말이 있어서 낭군께 물어보아 알고 싶습니다."

상서가 훤히 깨달은 듯이 답하였다.

"무슨 말입니까?"

석파가 말하였다.

"낭군이 석부인을 얻으셨는데 그 마음이 어떠합니까?"

---

362) 앵혈(鶯血) : {싱혈[生血]}. 문맥상 '앵혈'을 뜻함. 앵혈은 여자의 팔에 꾀꼬리의 피로 문신한 자국으로 성교를 하면 이것이 없어진다고 하여 처녀의 징표로 여겼다고 함. 주표(朱標)라고도 함.

상서가 말하였다.

"석씨도 또한 부녀자로서의 행실이 있습니다. 내 집 사람이 되어 사납지 않으면 그 가장(家長)이 족히 기뻐할 것이니 구태여 물어 알려 하십니까?"

석파가 말하였다.

"이 말과 같다면 낭군이 석부인을 싫어하지 않는다는 것인데, 어찌 동실지락(同室之樂)[363]이 드뭅니까?"

상서가 말하였다.

"이것이 본디 내 뜻입니다. 또한 한 달에 열흘을 들어가는데 어찌 동실지락(同室之樂)이 드물다고 하십니까?"

석파가 웃으며 말하였다.

"다른 말은 말고, 석소저 팔뚝의 앵두가 변하지 않았으니 이것이 매우 이상합니다. 그러니 어찌 좋게 대하는 뜻이라고 하겠습니까?"

상서가 웃으며 말하였다.

60 "서모의 말씀이 어찌 이리 우습습니까? 비록 무례하지만 잠깐 아뢰겠습니다. 부부는 인륜(人倫)의 큰 절목(節目)이고 예나 지금이나 통하는 의리이니, 서로 공경하고 사랑하며 중히 여길 따름입니다. 어찌 서로 친하게 지내는 데에 바쁘겠습니까? 뜻이 화합하여 거문고와 비파, 종과 북이 화합하는 것 같은 즐거움[364]을 나눠야지 구태여 앵혈이 있고 없음으로 말할 바가 아닙니다. 하물며 석씨의 나이가 어리고 기질이 너무 맑고 뛰어나 내 마음이 혼자 불안한 것이니 어찌 박대하는 뜻이겠

363) 동실지락(同室之樂) : 한 방에서 운우(雲雨)의 정을 나누는 즐거움.
364) 거문고와 ~ 즐거움 : {금슬종고지락(琴瑟鐘鼓之樂)}. 부부의 화합하는 즐거움을 뜻함.

습니까? 서모는 모름지기 염려하지 마십시오."

석파가 대답하였다.

"상서의 말을 어떻게 믿겠습니까?"

상서가 또한 웃고 말하였다.

"제가 비록 어질지 못하나 거짓말은 안 합니다."

석파가 말하였다.

"예전에 화부인도 열네 살에 들어와 계시는데 어찌 석부인만 유독 어리겠습니까?"

상서가 말하였다.

"석씨는 열세 살 아닙니까?"

석파가 말하였다.

"지난해에는 열세 살이었지만 벌써 신정(新正)[365]이 되었으니 열네 살입니다."

상서가 그녀의 몹시 서두름을 보고 잠시 놀라게 하려고 말하였다.

"내 나이가 점점 차 가니 마음이 식은 재 같아 여색에 더욱 무심하니 참 이상합니다."

석파가 크게 근심하며 일어나 취성전에 이르렀다. 소부인 · 윤부인 등이 양부인을 모시고 있으니, 석파가 나아가 양부인께 일의 정황을 고하였다. 양부인이 웃으며 말하였다.

"아이의 천성이 공손하고 검소하며 뜻이 관대하니 무슨 이유로 석씨를 61
박대하겠느냐? 그녀가 너무 어림을 염려하는 것이니 오래지 않아 앵혈이 없어질 것이다."

---

365) 신정(新正) : 정초(正初), 새해, 신년(新年)을 이름.

모든 사람들이 다 웃고 물러났다.

상서가 하루는 조회에 참석하고 길에서 칠왕을 만났는데, 왕이 그를 데리고 석공 부중(府中)에 이르렀다. 석참정과 더불어 술과 안주를 내 와 친히 잔을 잡아 소상서에게 권하니 상서가 사양하며 말하였다.

“제가 어릴 때부터 한 잔도 마시지 않으니, 거룩하신 권유를 능히 받들지 못하겠습니다. 대왕께서는 용서하소서.”

왕이 웃으며 말하였다.

“총재(總裁), 구태여 사양 말고 이 잔만 드시오.”

상서가 억지로 받아먹었다. 왕이 바야흐로 취하여 계셨기에 소상서를
붙들고 억지로 권하시니, 두어 번에 이르렀다. 소상서가 본디 주량이 적
은 것은 아니지만, 마음을 도학(道學)에 굳건히 다잡고 있었기에 술을 먹
지 않았던 것이었다. 그런데 오늘 연이어 먹으니 취기를 이기지 못하여
옥 같은 얼굴에 붉은 빛이 올랐다. 그리하여 마치 눈 덮인 산에 붉은 복숭
아꽃이 핀 듯, 연꽃 같은 귀밑머리와 유성(流星) 같은 눈길과 아름다운 봉
황 같은 눈은 몽롱히 풀어지고 머리 위의 오사모(烏紗帽)[366]는 사람의 기
62 운을 따라 살짝 기울어졌다. 그런데도 오히려 엄숙하고 단정하며 행여
바르지 못할까 두려워 큰 소매 사이에서 옥 같은 손을 내어 관(冠)을 어루
만져 바르게 가다듬었다. 또 앉은 모습에 위엄이 없을까 의심하여 옷과
허리띠를 고치고 무릎을 쓸어내리며 바로잡아 단정히 앉으니, 늠름한 정
신과 서리 같은 골격이 당대의 바른 사람이고 예와 지금에 이름난 군자였
다. 왕은 술을 그치고 상서를 공경하며 기이하게 여겼으며, 석공은 상서
를 어여삐 여기고 한없이 흐뭇해하였다.

---

366) 오사모(烏紗帽) : 관복을 입을 때 쓰던, 얇은 비단으로 짠 검정 모자. ‘사모(紗帽)’라고도 함.

잠시 후에 상서가 자운산에 돌아왔는데, 술이 매우 취하고 몸과 마음이 모두 곤하여 잠깐 서당에서 쉬고 나서 양부인을 뵈었다. 부인이 일찍이 생의 낯빛 변하는 것을 보지 못하였다가 오늘 붉은 빛이 선명하고 봉황 같은 눈을 나직이 뜨는 것을 보니 비록 애련하는 마음이 컸지만 또한 그 수행이 부족한가 싶어 마음이 불편하여 심하게 책망하여 말하였다.

"네가 비록 아비 없이 어미를 모시고 있지만 사람의 마음을 지녔을 텐데, 이제 벼슬자리가 맑고 높으며 나이가 약관(弱冠)[367]이니 매사에 어리석지 않을 때이거늘 어찌 나갔다가 들어와 외당(外堂)에 머물고 어미 보기를 게으르게 하며 술을 취하도록 먹어 바르지 않은 거동을 감히 내 눈앞에 뵈느냐? 빨리 나가고 들어오지 마라."

상서가 크게 놀라고 황공하여, 머리를 숙여 죄를 청할 따름이고 물러 63
나지 않으니, 윤씨가 나아가 사정을 풀어 이야기하였다.

"오라비가 비록 그릇됨이 있지만 까닭 없이 취한 것은 아닙니다. 칠왕께서 먹이시니 어찌 사양하겠습니까? 바라건대 너그러이 용서해 주십시오."

양부인이 다시 말하였다.

"그 애의 벼슬이 천관(天官) 총재(總裁)[368]이니 그 관직에 있는 태도가 엄숙하고 바르다면 칠왕이 어찌 함부로[369] 보챘겠는가? 네가 용렬했기 때문이다."

상서가 섬돌 중간에 엎드려 한마디 말도 못하니, 소씨 등이 여러 번 애걸하였다. 양부인이 바야흐로 용서하여 말하였다.

---

367) 약관(弱冠) : 남자가 스무 살이 된 때임.
368) 천관(天官) 총재(總裁) : 소경의 벼슬은 예부상서 복야인데 이같이 표현함.
369) 함부로 : {간대로}. 함부로, 망녕되이라는 뜻의 고어임.

"만약 다시 그릇된 행실이 있으면 결단코 용서하지 않을 것이다."

상서가 머리를 조아리며 죄를 청하며 모시고 앉았다가 혼정(昏定)의 예를 마치고 벽운당으로 갔다. 석소저가 단장을 하고 촛불 그림자 아래 있으니 태도가 새삼 신이하고 하늘의 향기[370]가 온 몸에 가득하였다. 깨닫지 못하는 사이에 은혜로운 마음이 일어나 함께 원앙이불 속으로 들어가니 그 깊은 은혜와 사랑이 산과 바다도 가벼울 정도였다.

다음 날 아침에 석소저가 시어머니께 문안을 마치자, 양부인이 두 딸에게 투호(投壺)[371]를 하게 하고 화씨와 석씨에게 화살을 주우라고 하셨다.
64 소저가 상서가 자리에 있음을 보고 몸을 다시 매만지며 머뭇거리니, 윤씨는 매우 영민한 여자여서 문득 기색을 알아차렸다. 그래서 투호를 그만두고 쌍륙판(雙六板)[372]을 들어 석씨의 앞으로 가 돌을 던지기를 재촉하였다. 소저가 마지못해 승부를 겨루었으나 전혀 흥미가 없는 듯하니, 윤씨가 웃고 말하였다.

"석부인이 근심 있는 사람 같으니, 알지 못하겠네, 무슨 일이 있는지?"

소저가 묵묵히 답하지 않으니, 석파가 웃으며 말하였다.

"요사이 낭자가 부모님을 그리워하느라 시름하십니다."

윤씨가 낭랑하게 크게 웃으며 말하였다.

"그대가 잘못 아는 것이네. 내가 생각하건대 석씨의 근심은 팔뚝 위의 앵혈에 관한 일인가 싶네."

---

370) 하늘의 향기 : {텬향天香}. 이는 하늘의 향기, 선계(仙界)의 향기라는 뜻임. 주로 천향국색(天香國色)이라는 낱말로 쓰이고, 나라에서 제일가는 미인을 비유함.

371) 투호(投壺) : 화살같이 만든 청홍의 긴 막대기를 갈라 가지고 일정한 거리에 놓인 병 속에 던져 꽂아 넣는 놀이.

372) 쌍륙판(雙六板) : {상뉵판(象陸板)}. 상륙(象陸)을 하는 판. 상륙이 원말이기는 하나, 현재 표준어는 쌍륙(雙六)이며 한자도 이같이 표기함. 여러 사람이 편을 갈라 차례로 돌을 던져서 나는 사위대로 판에 말을 써서 먼저 궁에 들여보내는 내기임.

좌우 사람들이 의아해 하는데 그녀의 팔을 소씨가 빼 보니 앵혈의 형태와 자국이 없었다. 소씨가 웃으며 말하였다.

"과연 모친 말씀이 옳습니다. 그런데 어제 있던 것을 오늘 없게 하니 아우는 정말 능력 있다고 할 만하다."

드디어 한 자리에 있던 사람들이 손뼉을 치며 크게 웃으며 놀리기를 마지않았다. 상서만 오직 밝은 눈동자를 잠깐 들어 소씨를 보고는 잠시 후에 웃음을 감추며 말하였다.

"앵혈은 처녀에게 있는 것이니 부부가 갖추어진 사람에게 있지 않은 것은 보통일인데 어찌 이상하게 여기십니까? 저는 그 뜻을 알지 못하겠습니다." 65

소・윤부인이 웃고 말하였다.

"처녀에게 있는 것이 석씨에게 있어서 이상하게 여겼는데 홀연히 없어졌으니 이 때문에 이상하게 여기지 않겠는가?"

상서가 미소 지으며 답하지 않았고, 석씨는 온 얼굴 가득히 부끄러워하며 머리를 숙이고 아무 말도 하지 않았다.

이때부터 상서가 두 부인과 더불어 종과 북이 화합하는 것 같은 부부의 즐거움을 이루었다. 일 년이 지나니 석소저가 잉태하여 아들을 낳았다. 상서가 기뻐하였고, 양부인도 외아들이 낳은 아들[373]이 많음을[374] 보고 환희하여 시름을 잊고 지내셨다. 또한 소씨와 상서가 더욱 혼정신성(昏定晨省)에 힘썼다.

하루는 소씨가 윤씨와 함께 백화헌으로 갔는데 상서가 마침 나갔기에

---

373) 낳은 아들 : {장옥[璋玉]}. '농장지경(弄璋之慶)'에서 나온 말로, 예전에 중국에서 아들을 낳으면 규옥으로 된 구슬의 덕을 본받으라는 뜻으로 구슬을 장난감으로 주었다는 데에서 유래함.

374) 많음을 : {선〃(詵詵)ᄒᆞ믈}. 많다는 뜻임.

이곳이 고요하였다. 두 사람이 꽃들을 구경하다가 시녀에게 이 · 석 두 서모와 화부인과 석부인을 나오게 하였다. 네 사람이 모두 오니, 소씨가 좌우 시종들에게 소나무 정자 아래에 용문석을 깔라 하고 벌여 앉아 술과 안주를 내오게 하였다. 석소저가 술을 먹지 못하니 소씨와 윤씨 두 사람이 강제로 권하였다. 소저가 억지로 한 잔을 먹으니 아름다운 얼굴빛이 눈부시도록 어지러웠다. 석파가 기특하게 여기고 어여삐 여겨, 갑자기 주흥(酒興)이 솟아나 팔을 걷고 일어나 말하였다.

66 "제가 오늘 옥 같은 미인들의 잔치자리에 잔을 올려 심부름하는 아이의 임무를 다하겠습니다."

소씨가 웃으며 농담하였다.

"조금 미안하겠지만, 술을 부어 오시면 사양치는 않겠습니다."

석파가 크게 웃고, 먼저 한 잔을 부어 소씨 앞에 가 치하하며 말하였다.

"부인이 열네 살에 한씨 집안에 들어가 어사의 방탕함을 만났으나, 기색과 행실이 맑고 여유로워 마침내 방탕한 사람을 감동케 하시고 옥 같은 자녀를 좌우에 벌여 계시니 태임(太任), 태사(太姒)와 같은 덕이라도 이보다 더하겠습니까?"

소씨가 웃으며 말하였다.

"서모가 나를 어린아이 놀리는 듯하시군요."

석파가 웃으며 답하였다.

"제 진심입니다."

소씨가 기분 좋게 잔을 기울이니, 석파가 또 윤씨께 나아가 위로하며 잔을 바치고 말하였다.

"부인은 하늘이 내신 우아한 자질을 지녀 보통 사람들보다 빼어나시니

윤평장의 천금 같은 따님입니다. 그런데 가문의 운수가 좋지 않고 운수에 액이 있어 호랑이 굴 같은 곤경에 빠져 계셨습니다. 그러나 하늘의 도가 밝게 살피셔서 예전의 유하혜(柳下惠)와 같은 소상서를 만나게 하시어 부모의 원수를 갚게 하고 소부의 양녀가 되어 은혜와 사랑을 철석같이 맺게 하셨습니다. 또 풍류 있고 총명한 유학사를 맞아 아름다운 공자를 연이어 낳으시고 부모 사당을 세워 제사를 이으시니, 효녀와 67
열부(烈婦)의 도리가 가득하심을 감탄합니다."

윤씨가 다 듣고 나자, 맑은 눈에서 눈물이 나와 연꽃 같은 귀밑머리에 연이어 흘렀다. 흐느끼며 말하였다.

"서모의 말씀을 들으니 제 마음이 새롭습니다. 박명한 인생이 오라버니[375]를 만나지 못하였으면 벌써 저승에서 물고기 밥이 되었을 겁니다. 이 은혜는 삼생(三生)[376]을 다해도 어찌 갚겠습니까?"

좌우 사람들이 모두 안쓰러워했으며, 소씨가 위로하여 말하였다.

"지난 일을 말하는 것은 속절없다. 오늘은 형제가 모여 즐기는 날이니 아우는 마음을 진정하여라."

윤씨가 슬픔을 거두는데, 석파가 또 잔을 들어 다시 나아가 말하였다.

"저의 말 한마디로 낭자가 그리 슬퍼하시니 사죄합니다. 그런데 유학사가 소저를 매우 아끼시어 잠시라도 떨어져 있지 못한다 하여, 제가 어느 날 밤에 가서 엿보니 과연 낭군의 단정함으로도 소저의 아리따운 모습을 대하여서는 능히 단정하고 엄하지 못하시고 달래고 빌기를 여차여차하시니 정말 우스웠습니다. 이파가 먼저 웃어 제가 말리고 있는

375) 오라버니 : {거〃[哥哥]}. 형이나 오빠에 대한 호칭임.
376) 삼생(三生) : 불교 용어로, 전생·현생·후생을 이름.

데 유학사가 갑자기 창을 열어 보시니 저희들이 급하여 벽 틈에 엎드려 있다가 왔습니다."

좌중(座中)이 다 웃는데, 윤씨가 웃고는 대답하였다.

68 "서모는 잊지도 않고 계십니다."

석파가 크게 웃었다.

또 잔을 부어 화씨에게 나아가 말하였다.

"부인은 화평장의 사랑하시는 딸로 명문가 규방[377]의 훌륭한 숙녀입니다. 나이 어려서 이 가문에 들어오시되 덕행이 마황후(馬皇后)와 등황후(鄧皇后)[378]를 압도하시고, 재주와 마음은 반희(礬姬),[379] 상비(湘妃)[380]와 우열을 다투며, 용모는 장강(莊姜),[381] 반비(班妃)[382]보다 낫습니다. 이 같은 재덕(才德)과 특별한 용모를 지녔으며, 푸른 하늘이 살피시고 신기한 복록을 두터이 하셨기에 청춘에 예부상서의 정실이 되시고 상서의 은총을 오로지 받으시어 신선의 풍모가 있는 훌륭한 아이들을 좌우에 두고 계시니 진실로 만인(萬人)이 흠모할 바요, 천인(千人)이 추앙할 바입니다. 저의 입과 혀가 둔하여 오히려 다 형언하지 못하였습니다."

화씨가 마음에 석파를 미워함이 골수에 사무쳤었는데, 오늘 그녀가 잔

---

377) 명문가 규방 : {ᄌ각금규[紫閣金閨]}. 문맥을 고려하여 이같이 옮김.

378) 마황후(馬皇后)와 등황후(鄧皇后) : {마등(馬鄧)}. 이는 복파장군 마원의 딸로 후한 명제의 황후였던 마황후와 후한 화제의 황후였던 등황후를 이름. 둘 다 인자하고 후덕하였다고 함.

379) 반희(礬姬) : 초(楚)나라 장왕(莊王)의 아내로 재주와 식견이 있는 여자였음. 장왕이 사냥을 좋아하여 정사를 돌보지 않자 정사를 돌볼 때까지 음식을 먹지 않아 왕이 사냥을 포기하게 하는 등 지혜로운 언행으로 남편을 바른 길로 인도했다고 함.

380) 상비(湘妃) : {샹ᄉ}. 문맥상 이같이 옮김. 상비는 상강(湘江)의 이비(二妃)라고 부르는 아황(娥皇)과 여영(女英)을 이르는데 둘 다 후덕한 여인의 대명사.

381) 장강(莊姜) : 춘추시대 위(衛)나라 장공(莊公)의 비(妃). 이름난 미인이었음.

382) 반비(班妃) : 한나라 성제의 후궁이었던 반첩여(班婕妤)를 이름. 매우 아름다워 성제의 총애를 받았으나 나중에 조비연에게 총애가 옮겨가자 참소당하여 장신궁으로 물러났다고 함.

을 들고 앞에 와 조롱함을 보고 발끈하여 얼굴색이 변하며 말하였다.

"서모의 말씀은 저를 흙이나 나무와 같이 여기고 하는 것입니다. 비록 어리지만 사람의 마음은 같은 것인데, 이렇듯 빈정거리며 놀리는 것이 너무 심하지 않습니까? 서모가 본디 저를 은근히 미워하셨으니 마음 꾸미기를 수고롭게 권하지 마시고 댁의 조카와 더불어 치하하십시오." 69

석소저가 듣고 나서 팔자(八字) 같은 두 눈썹을 숙이고 탐스러운 귀밑머리[383]를 낮추어 침착하고 자연스럽게 있었고, 석파는 무안하여 사죄하며 말하였다.

"제가 어찌 감히 부인을 조롱하겠습니까? 정말 사이가 멀게 느껴집니다. 이렇듯 노하시니 제 말이 가벼웠음을 스스로 책망합니다."

화씨가 쌀쌀하게 웃고 말하였다.

"서모가 어찌 이런 말씀을 하십니까? 차라리 저에게 미움을 받을지언정 숙녀를 얻어 상서에게 주는 것이 옳다고 생각하셨으니, 어찌 스스로 책망하겠습니까?"

소씨가 느리게 말하였다.

"오늘 우리가 모두 실컷 즐기고자 하는데 어진 동생이 어찌 왜 불평한 말을 하는가? 서모가 우연히 희롱하신 것이니 어찌 문득 성내어 화목한 분위기를 잃겠는가?"

윤씨 또한 말리니, 화씨가 화를 풀고 석씨의 불안해하는 것을 보고 바야흐로 속마음을 펴서 말하였다.

"제가 감히 서모를 헐뜯으려는[384]것이 아니라 마음 가운데에 간절히

---

383) 탐스러운 귀밑머리 : {운빙}. 운빈(雲鬢)의 오기(誤記)로 보고 이같이 옮김.
384) 헐뜯으려는 게 : {헐쌔리미}. '헐쌔리다'는 헐뜯다, 훌뿌리다는 뜻의 고어.

품은 것이 맺혀 세월이 오래 되어도 풀리지 않으니 말로 저절로 나왔습
니다. 제가 아름답지 못한 기질로 군자의 건즐(巾櫛)을 받든 것이 외람
된 줄을 스스로 알기는 했지만 이미 문하(門下)에 의지하고 나서는 충분
70 한 줄을 모르고 지냈습니다. 또 지아비와 시어머님의 대접이 과분하시
고 제가 또 두 아들을 하늘의 덕으로 얻으니 더욱 마음에 믿는 바가 되
어 눈앞에 다른 이의 자취를 보지 않을 것이라 생각했습니다. 그런데
뜻하지 않게 서모가 낭군의 철석같은 마음을 달래어 석씨를 천거하였
습니다. 만약 낭군이 당초부터 다른 뜻이 있어 방약무인(傍若無人)[385]했
다면 서모가 비록 석씨를 천거하시더라도 설마 어쩌겠습니까마는 단
정한 남자를 달래어 요조숙녀로 낭군의 백년해로할 부인을 얻어 주셨
습니다. 그런데 석씨는 진실로 상서의 좋은 짝이고 저는 그에 미치지
못하니, 상서가 만일 믿음을 가벼이 여기며 의리를 멸하여 새로운 사람
을 좋아한다면 제가 홀로 빈 방에서 〈백두음(白頭吟)〉을 읊지 않겠습니
까? 행여 상서의 높은 뜻이 군자께서 남긴 가르침을 이었기에 저 같은
숙녀가 있는 것입니까? 상서가 여자의 마음을 살펴 대접을 예전과 같
이 하시니 이로써 마음을 놓았으나 만약 그렇지 않았다면 저의 평생이
무너질 것이니 서모를 원수로 삼지 않겠습니까? 이러므로 말이 온화하
지 못하고 거칠어졌으니 제가 예절이 없어서입니다. 석씨는 부녀자의
71 마음으로 바라보는 바가 지아비뿐일 것이니 어찌 미움이 있겠습니까?
또한 저를 공경하기를 과도히 하니 미안하고 감격하여 평생 동기(同氣)
같이 화합하기를 원합니다. 석씨를 원망하는 것이 아닙니다."

윤씨가 웃으며 말하였다.

385) 방약무인(傍若無人) : 곁에 사람이 없는 것처럼 언어와 행동에 어려움이 없음.

"그대의 말이 옳으나 이미 엎어진 물과 같네. 매사를 관대하게 생각하는 것이 상책이네."

화씨는 아무 말이 없었고, 석파는 재삼 사죄하고 웃으며 말하였다.

"제가 차례로 하다가 어찌 석부인께만 치하하지 않겠습니까?"

드디어 노자작(鸕鶿杓)[386]을 들고 나아가 말하였다.

"부인은 석상서의 하나밖에 없는 딸로 존귀함이 공주에 버금이지만, 난초 같은 자질로 하주(河洲)의 숙녀[387]의 기풍을 이으시어 열세 살 청춘에 소복야의 건즐(巾櫛)을 받들어 여인의 네 가지 덕에 흠잡을 것이 없고 양부인 섬김이 동동촉촉(洞洞燭燭)[388]하시니 정숙한 여인이며 효성스런 며느리입니다. 만고(萬古)에 독보적이심을 칭찬합니다."

석소저가 두 눈썹을 움직이고 얼굴빛을 엄숙하고 냉담하게 하여, 한마
디 말도 없이 억지로 잔을 받아 앵두 같은 입술에 댔다가 곧바로 물려 시
녀에게 주었다. 원래 소저는 석파가 말 많고 사람 희롱하는 것을 마땅하 72
게 여기지 않았는데, 말하기가 좋지 않아 단지 옷깃을 바로 하고 단정하게 앉아 있으니 그 준엄하고 단정함이 어찌 화씨가 여러 말로 꾸짖는 매서움에 비기겠는가? 사람으로 하여금 공경하는 마음이 일어나게 하니, 석파의 강하고 씩씩하며 능란함으로도 부끄러운 얼굴이 되어 물러났다. 진실로 소부인 · 윤부인도 두려울 정도였다.

이윽고 상서가 손님을 데리고 들어오니 모든 부인이 흩어졌다. 이 날 황혼에 석파가 석소저의 당(堂)으로 갔는데, 소저가 본 체도 않았으며 기

---

386) 노자작(鸕鶿杓) : 가마우지라는 새의 모양처럼 생긴 술을 뜨는 도구를 이름.

387) 하주(河州)의 숙녀 : 덕이 아름다운 여인을 일컬음. 『시경(詩經)』「국풍(國風)」〈관저(關雎)〉 장의 "자웅이 응하며 우는 저 비둘기가 하수의 모래섬에 있구나. 요조한 숙녀는 군자의 좋은 짝이로다[關關雎鳩 在河之州. 窈窕淑女 君子好逑]."라는 구절에서 온 말임.

388) 동동촉촉(洞洞燭燭) : 공경하고 삼가서 매우 조심스러움.

색이 더욱 준절하였다. 석파가 바로 물으려 하는데 상서가 문득 들어와 촛불을 대하니, 석파가 웃으며 말하였다.

"제가 오늘 용납지 못할 죄를 얻었습니다."

상서가 말하였다.

"무슨 일입니까?"

석파가 대답하였다.

"낮에 네 부인이 백화헌에 가 경치를 구경하시는데 제가 우연히 실언을 하여 화부인의 책망을 받았습니다. 또 석부인이 무슨 일로 화가 났는지 말을 않으니 이 어찌 용납지 못할 죄가 아니겠습니까?"

상서가 다 듣고 나서 말하였다.

"화씨가 어그러진 것도 그르고, 또 서모가 석씨와 예전에는 허물없는
73 친족이었으나 이제는 그렇지 않으니 어찌 말 않는 일이 있겠습니까? 나이가 어려 사리를 모르는 데에 불과합니다."

석파가 장난으로 말하였다가 상서가 심하게 책망함을 듣고 도리어 웃으며 말하였다.

"이는 제가 헛소리한 것입니다. 석부인이 어찌 나이가 어려 사리를 모르겠습니까? 그 통달하고 노련함은 나이 많은 낭군보다 백배 더합니다."

상서가 크게 웃고 답하지 않았다. 석파가 돌아간 후 상서가 소저를 은근히 보니 그 앉고 누움에 평안하지 않은 빛이 맺혔고 눈썹에 근심이 가득하였다. 혹은 화를 삼키고 혹은 한숨 쉬어 원망하는 듯도 하고 근심하는 듯도 하니 마음 속에 품은 것이 많은 듯하였다. 상서가 천천히 물었다.

"부인에게 근심의 빛이 간절한데 집안에 무슨 일이 있는가?"

소저가 대답하였다.

“저의 변변치 못한 자질로 귀한 가문의 덕업을 입어 한 몸이 평안하니 다른 한은 없고, 다만 부모를 그리워하는 마음 때문에 온화한 기운이 사라진 것입니다. 다른 이유는 아닙니다.”

상서가 마음 속으로 그 뜻을 알아차리고 다시 묻지 않았다. 원래 소저
는 높은 가문의 딸로 사람의 아래가 된 적이 없었는데 하루아침에 소부에
들어와 화씨의 능멸과 천대를 받아도 한결같이 화평한 듯이 지내며 공손 74
하기를 힘썼다. 그러나 석상서가 편안치 못하다는 말을 듣고 일생이 괴로움을 슬퍼하며 참지 못하고 있던 중, 또 석파가 화씨가 어떤 사람인 줄 알면서도 자기를 상서와 인연 맺게 했음을 더욱 이상하게 여겨 밤새도록 울적하여 자지 못하였다. 다음 날 아침에 양부인께 친정으로 돌아가 부모님을 뵙기를 청하니 허락하셨다. 침소에 돌아와 시녀를 시켜 상서께 친정으로 갈 것을 여쭈니 상서도 또한 허락하였다.

소저가 매우 기뻐하며 친정으로 돌아와 부모님을 뵈니 온 집안 식구들이 기뻐하였다. 오라비인 석생 등이 마구 놀리며 웃으며 말하였다.

“상서가 너를 떠나보내면서 빨리 오기를 간청하더냐? 더군다나 아이를 어떻게 이별하여 보내더냐?”

소저가 다만 살짝 웃을 뿐 입을 열지 않았다.

십여 일이 지났으나 상서가 찾아오지 않으니, 어머니 진부인이 걱정스럽기도 하고 궁금하기도 하여 물었다.

“소 서방이 예전에 석파가 와 있을 때에는 조회하러 가는 길에 일부러 와서 보고 가더니 어찌 네가 온 후에는 종적이 아주 끊어져 아이도 찾지 않느냐?”

소저가 천천히 대답하였다.

"그 사람은 다른 사람과 같지 않아 제가 거기 있을 때에도 낮에 방으로
75 들어오는 것을 보지 못하였고 여러 사람이 있는 중에 말하는 법도 없었습니다. 또 한 달에 열흘을 제 방에 들어오지만 대화를 하는 경우가 드무니, 그 나이의 보통 사람들의 화려함과 매우 다릅니다. 어찌 저를 찾아다니겠습니까?"

진부인이 듣고 나서 크게 놀라며 말하였다.

"이것이 무슨 말이냐? 반드시 소 서방이 너를 박대하고 화씨에게만 은혜와 정이 가득한 것이로구나."

소저가 웃고 말하였다.

"제가 비록 총명하지 못하나 어찌 지아비의 뜻을 모르겠어요? 진실로 저와 화씨를 차별하지 않으며, 또 여자와 한 방에 있거나 아무 때나 출입하거나 말을 나누는 것을 천성적으로 싫어하는 것이지 저를 박대하는 것이 아닙니다."

진부인이 머리를 흔들며 말하였다.

"그렇지 않다. 여색(女色)을 싫어한다 하는 것에는 이유가 있을 것이다. 머리를 깎고 스님이 되어 모든 생각을 끊고 깊은 산에 들어가 도를 닦으며 처자를 두지 않는 것은 이른바 여색을 싫어한다 할 수 있다. 그러나 몸에 오사모(烏紗帽)와 자줏빛 두루마기며, 옥으로 만든 허리띠를 하고, 붉고 목이 있는 신발[389]을 신고, 손에는 아홀(牙笏)[390]을 잡은[391]

389) 목이 있는 신발 : {훠}. 목이 있는 신을 뜻하는 고어임. 지금의 장화와 비슷하며 옛 관리들이 신던 신.

390) 아홀(牙笏) : 관직이 높은 벼슬아치가 가지는 물소뿔이나 상아로 만든 홀. 홀은 조복(朝服)을 입고 임금을 뵐 때에 오른 손에 쥐던 패임.

391) 손에는 ~ 잡은 : {슈파아ᄒᆞᆯ[手把牙笏]ᄒᆞᆫ}. 'ᄒᆞᆯ'은 '홀'의 오기로 봄.

사람으로 모든 일이 보통 사람과 같은데 유독 부인의 침소에 들어오는
것만 드물게 하니 이것이 박대 아니면 무엇이겠느냐? 비록 수행하는
스님이라도 너 같은 숙녀를 보면 족히 마음이 녹아 움직일 것인데 이같
이 멀리하니 소서방이 어찌 하나의 괴이한 물건이 아니리오. 당초에 76
석파의 꼬드기는 말로 너의 일생을 그릇 마치게 되니 다 나의 죄로구
나."

소저가 여러 번 그렇지 않다고 말하여도 진부인이 곧이듣지 않고 번뇌하기를 마지않으니, 석공도 듣고 의심스러워 걱정하였으며, 형제들도 모두 괴이하게 여겼다. 그러니 이른바 제비와 참새 같은 작은 인물이 기러기와 고니 같은 큰 인물의 뜻을 알지 못함 같았다.

스무날 뒤에 상서가 공적인 일을 의논하려고 석씨 집에 이르니 석공이 맞아 안부를 나누고 나서 말하였다.

"어진 사위가 요사이 내 집에 오지 않았는데 무슨 이유가 있었나?"

상서가 말하였다.

"자연히 일이 많고, 또 조회하러 가는 길에도 매번 바빠 문 앞을 그냥 지나쳤습니다."

석공이 웃으며 말하였다.

"그대의 뛰어난 풍모와 도(道)로 나의 사위가 되니, 밤낮으로 나는 자네를 어여삐 여겨 하루라도 보지 못하면 마치 3년을 보지 못한 것 같았네. 자네는 나의 마음을 모르고 정이 없음이 심하군."

상서가 감사하며 말하였다.

"제가 외로운 몸으로 어머님을 모시고 있으며, 관련되는 일이 아주 많으니 한가하지 못하기 때문입니다. 어찌 사랑하시는 정을 모르겠습니

까?"

석공이 기쁘게 웃으며 그 손을 잡고 내당으로 들어갔다. 진부인이 맞아 인사를 나누는데, 상서가 사모(紗帽)를 숙이고 고집스럽게 공경하니 부
77 인이 더욱 아쉬워하였다. 석공이 좌우 사람들에게 소저를 불러오게 하였는데, 소저가 핑계를 대고 오지 않았다. 석공이 웃으며 말하였다.

"자네가 내 딸과 더불어 함께한 지 3년이 되었고 자식도 있는데, 마음을 지나치게 다잡으면서 미루고 사양하는 것은 왜인가? 나와 같이 들어가 보는 것이 어떤가?"

상서가 말하였다.

"말씀을 행하는 것이 어렵지는 않으나, 어머님 뵙는 것이 늦었기에 다른 날 다시 와야겠습니다."

석공이 듣지 않고 이끌어 소저의 침소에 오니, 석씨가 놀라 일어나 맞아 자리를 안내하였다. 그런 후에 공이 나가고, 진부인이 가만히 몰래 살펴보니, 두 사람이 모두 눈을 낮추고 기색이 엄숙하여 만분의 일도 부부의 친애하는 빛이 없고 또 오래도록 말이 없었다. 잠시 후에 소저가 어머니의 거동을 알아채고 마지못하여 부끄러움을 머금고 먼저 말을 열었다.

"제가 자운산을 떠난 지 오래되었는데, 그간 어머님의 안부는 어떠십니까?"

상서가 길게 소리를 끌며 대답하여 말하였다.

"어머님은 한결같이 평안하십니다. 단지 아이를 보고 싶어 하시니 내일 보내십시오."

이야기가 끝나자 일어났다.

진부인은 이로부터 근심하고 애달파 하여 병이 생겼으니, 석씨는 모친

의 조급함을 민망해 하며 여러 가지로 위로하였다.

이후로는 상서가 혹 와도 길 밖에서 석생 등과 한담하다가 돌아가고 78
매번 바쁘다고 하며 내당에 들어가지는 않았다.

재설(再說). 추밀사(樞密使)[392] 여운이 3자 4녀를 두었는데, 둘째 딸이 용모가 아름답고 재주가 민첩하니 추밀이 사랑하여 좋은 사위를 가리고 있었다. 예부상서 복야인 소경이 당세의 영웅으로 군자의 풍모가 있으니 뜻이 그에게 기울어 비록 셋째 부인 자리라도 달게 여기며 들여보내려고 하였다. 소경이 자신의 뜻을 들어주지 않을까 걱정하였는데, 임금이 소경에게 상대부(上大夫)[393]의 관직을 더하시니 여운이 이때를 틈타려 하였다. 후궁(後宮) 여귀비가 그의 친조카딸이었기에 함께 은밀히 도모하니 천자(天子)가 믿고 곧이들으시어 소현성을 불러들여 말씀하셨다.

"짐이 들으니 경이 셋째 부인을 들이지 아니하였다고 하는데, 추밀사 여운의 딸이 숙녀의 풍모가 있다 하니 특별히 중매하여 경의 셋째 부인으로 정하려 한다. 경의 뜻은 어떠한가?"

소상서가 사양하며 말하였다.

"제가 임금님의 은혜를 과도히 입어 벼슬이 외람되게 높아진 것을 송구스러워했는데, 또 일대(一代) 아리따운 미인으로 사혼(賜婚)[394]을 이르시니 어찌 외람되지 않겠습니까? 하물며 제 집에는 아내가 있으므로
폐하께서 내려주시는 숙녀를 욕되게 할 것입니다. 전교(傳敎)[395]를 거 79
두어 주시기 바랍니다."

---

392) 추밀사(樞密使) : 왕명의 출납, 숙위(宿衛), 군기(軍機) 따위의 일을 맡아 하던 관리.
393) 상대부 : {샹태우}. 상대부(上大夫)를 가리킴.
394) 사혼(賜婚) : 임금께서 하사하시는 혼인.
395) 전교(傳敎) : 임금의 명령.

임금께서 웃으며 말하였다.

"경은 고집하지 말고 짐을 저버리지 마라. 옛말에 '임금이 주신 바는 개나 말이라도 공경한다'[396]고 했는데, 하물며 숙녀와의 혼인을 내려 주는 것을 어찌 심하게 사양하는가?"

소상서가 비록 기쁘지 않았으나 임금께서 내려 주시는 은혜가 큰 것에 감격하여 임금의 명령을 감사히 받고 절하고 돌아와 어머니께 알렸다. 양부인이 크게 놀라며 말하였다.

"네가 이미 두 명의 아내를 두었으면서 어찌 또 아내를 취하며, 더군다나 여씨는 여귀비의 친척이니 결연(結緣)할 수 없다. 네가 어찌 사양치 않고 모호하게 물러났느냐?"

상서가 아뢰었다.

"제가 번거로운 일을 구하였겠습니까마는 임금의 명령이 급하시고 말뜻이 그러하시니 진실로 사양하지 못했습니다."

양부인이 눈살을 찌푸리며 주저하였으며, 상서도 역시 즐겨 하지 않았다. 그렇지만 날짜를 택하여 예를 치르게 되었는데, 중춘(仲春)[397] 초열흘[398]이었다. 겨우 열흘이 남았으니 두 집안이 모두 위의(威儀)를 가다듬었다. 소씨 가문에서 백량(百兩)[399] 수레로 여씨를 맞아 자운산 장현동에

396) 임금이 ~ 공경한다. : 『논어(論語)』「향당(鄕黨)」편. "임금이 음식을 주시면 반드시 자리를 바로 하고 먼저 맛보시며, 임금이 날고기를 주시면 반드시 익혀서 조상께 올리시고, 임금이 살아있는 것을 주시면 반드시 기르셨다[君賜食 必正席先嘗之 君賜腥 必熟而薦之 君賜生 必畜之]."라는 구절이 있는데, 이 구절을 변용한 듯함. 고전소설에서는 사혼(賜婚)을 받아들이라는 의미로 자주 쓰임.

397) 중춘(仲春) : 봄의 한창 때. 음력 2월을 달리 일컫는 말로 중양(仲陽)이라고도 함.

398) 초열흘 : {순일[旬日]}. 음력 초열흘을 뜻함.

399) 백량(百兩) : 『시경(詩經)』〈소남(召南)〉편 중 "새아씨가 시집옴에 백량으로 맞이하도다. 지자우귀, 백량어지[之子于歸, 百兩御之]" 등의 시에서 유래함. 제후의 딸이 제후에게 시집감에 보내고 맞이함을 모두 수레 백량으로 한 것이라고 주해되어 있음.

들어와 대청 가운데에서 교배(交拜)하였다. 신부의 꽃 같은 얼굴과 달 같
은 태도는 모란꽃이 소나기에 젖은 것 같기도 하고 가을 달이 안개 낀 하
늘에 비스듬히 떠 있는 것도 같아, 풍성하고 영화롭고 시원스러운 것이 80
화씨보다 나은 데가 있으니 온 식구들이 다 기뻐하였다. 하지만 양부인은
조금도 기뻐하는 빛이 없었고, 상서도 불행하게 여겼다.

알지 못하겠구나. 그 전에 석소저가 부모님을 뵈러 친정에 갔다가 몇 달 뒤에 돌아오니 모두 반기고 새로이 사랑했었다. 그리하여 화씨가 이를 자주 마음에 들지 않아 하면서 석씨를 헐뜯는 일이 많았으나, 석씨가 한결같이 온화로이 순종하니 핑계 댈 일이 없었다. 그러던 중 의외에 상서와 여씨가 혼인을 이룬다 하니 혼인날이 임박해도 화씨가 전혀 신랑의 길복(吉服)을 짓지 않았다. 그러니 양부인이 화씨와 석씨 두 사람에게 똑같이 시켰다. 화씨는 미루고 사양하며 하지 않았고, 석씨는 화씨가 있는데도 혼자 맡아서 한다고 시비할까 두려워 또 못하였다. 혼인 날짜가 임박하니 양부인이 상서의 옷을 하나하나 점검해 보려고 가져오라고 하셨다. 그러자 두 사람이 서로 보고 대답하지 못하다가 한참 후에 화씨가 대답하였다.

"저는 재주가 노둔한데 큰 손님 맞는 번다한 일을 당하니 이루지 못하였습니다."

석씨는 잠자코 답하지 않으며 말씀을 꾸며 내지 않으니, 양부인이 발끈하여 얼굴빛이 변하면서 말하였다.

"어떤 대악투부(大惡妬婦)인들 시어미 말을 듣지 않겠느냐? 다시 이런
행실 없는 일이 있으면 죄를 주고 용서하지 않을 것이다. 이미 화씨는 81
이유가 있다 하니, 석씨가 빨리 가져다가 옷을 지어 내일 입을 수 있게

하여라."

석씨가 명령을 받고 비단을 거두어 자기 방으로 돌아오니, 석파가 와서 탄식하며 말하였다.

"낭자, 이런 힘든 상황을 만났으니 연약한 마음이 편하겠으며, 또한 내일까지 미처 못할 것이니 제가 돕겠습니다."

석씨가 가만히 웃고 말하였다.

"저는 여자 벗을 여럿 만나겠다 싶어 영광스럽고 다행하게 생각하니 어찌 괴롭겠습니까? 또 재주가 노둔하지만 넉넉하게 다 할 수 있을 것입니다.[400] 서모가 길복을 짓는 것은 마땅하지 않은 일이니 모름지기 염려 마십시오."

석파가 칭찬하여 마지않으면서 탄복하고 돌아갔다.

상서가 이 날 석씨 방에 들어와 그녀가 온화한 빛으로 촛불 아래에서
길복을 짓는 것을 보고 마음 속으로 칭찬하고 공경하였지만 각별히 유념
하지는 않고 먼저 침상에 올라 누웠다. 석씨가 이미 여러 가지 화려한 옷
을 지어 시녀에게 맡기고 스스로 촉나라 비단을 끊어 흉배(胸背)[401]를 수
놓아 관복(官服)에 붙이니 닭이 막 울었다. 그래서 어머니께 아침 문안드
리러 들어가니, 상서가 그녀의 바느질 솜씨가 신기함에 놀라면서 한편으
로는 감동하였다. 상서가 그 전에는 아침 문안 후에 외당(外堂)으로 나갔
82 는데 이 날은 일부러 어머니 방 창문 밖에서 안부를 묻고 벽운당으로 가
석부인을 보려 하였다. 석씨가 먼저 돌아와 겉옷을 벗고 누워 쉬려고 하
였는데 뜻밖에 상서가 들어오니 크게 놀라 급히 일어나 앉아 옷을 입으려

400) 내일까지 ~ 것입니다. : {유여(有餘)밋ᄎᆞ리니}. 문맥을 고려하여 이같이 옮김.
401) 흉배(胸背) : 관복(官服)의 가슴과 등에 붙이던 학이나 호랑이를 수놓은 헝겊 조각.

고 하였다. 상서가 홀연히 곁으로 와 앉으며 그 고운 손을 잡고 말하였다.

“평안하게 쉬셔도 되는데 왜 갑자기 일어납니까?”

석씨가 그가 손을 잡고 흔연하게 대함을 보고 크게 부끄러워 고운 얼굴에 붉은 빛이 도니 그 정묘한 광채가 휘황찬란하여 심신이 요동하였다. 그러나 상서는 예의 바른 군자여서 그 얼굴을 취한 것이 아니라 정성스런 마음에 감탄한 것이었다. 촛불을 멀리 하고 장막을 가리고 친애하는 것이 평생 처음 같았다. 부부 두 사람의 공경하고 친애함이 서로 어긋나지 않았다. 상서가 비록 석씨를 이렇듯 사랑으로 대하였지만, 여자의 뜻을 살펴 눈치를 보는 사람이 아니므로[402] 끝내 여씨를 얻는 이야기에 대해 말하지 않았다.

다음 날 아침에 정당(正堂)에 모였는데, 양참정[403]이 웃으며 말하였다.

“오늘은 석씨가 내 손자의 길복을 섬겨라.”

석씨가 두 번 절하고 명을 받아, 관복을 받들어 먼저 양부인이 보시게 하였다. 이를 보고 양부인이 매우 놀라며 크게[404] 칭찬하여 말하였다. 83

“내가 비록 화씨가 그르다고 여겨 석씨에게 맡겼으나 어찌 한 사람이 하룻밤 사이에 다시 지을 줄을 알았겠느냐? 더욱이 수놓은 것의 신묘함은 다른 사람들이 할 수 없을 뿐 아니라 소혜(蘇蕙)의 〈직금도(織錦圖)〉라도 이에는 미치지 못할 것이다.”

소 · 윤 두 사람이 나아가 펴 보고 칭찬함을 마지않았다. 석파가 흔연히 기뻐하며 양부인께 아뢰었다.

“알지 못하겠습니다. 오늘 길복을 다 못 지었으면 상서가 여씨를 취하

402) 눈치를 ~ 아니므로 : {ᄆᆡᆨ[脈]밧기ᄅᆞᆯ 아닛ᄂᆞᆫ디라}. ‘맥받다’는 남의 눈치나 뜻을 살핀다는 뜻임.
403) 양참정 : 양부인의 아버지인데, 손자의 혼인날이므로 온 것임.
404) 크게 : {실셩[失聲]}. 문맥을 고려하여 이같이 옮김.

지 않게 하시렵니까?"

양부인이 웃으며 말하였다.

"두 며느리를 얻을 적에 지은 길복이 있으니 파혼(破婚)할 이유는 없지. 하지만 그 애는 보통 신랑과 다르고 나의 외아들이기도 하니, 어찌 낡은 것을 입혀 보내겠느냐? 그러므로 석씨를 시켜서 못 미치면 옛 것을 입히려 했다."

그러고는 바로 석씨를 칭찬하였다. 시각이 다다르니 석씨가 고운 손으로 길복을 받들었는데, 모인 사람들의 눈이 모두 한결같이 구경하였다. 석씨가 맑고 깨끗한 눈동자를 나직이 하고 소상서가 옷 입는 것을 섬기기를 마치자 편안하고 침착하게 물러나는데 그 기색이 태연하였다. 사람마다 칭찬하였으나 양부인과 소씨만은 칭찬하지 않으니, 양참정이 웃으며 물었다.

84 "내 딸은 나이 많고 또 투기를 하지 않는 사람이거니와 손녀딸은 나이 젊어 마음에 맞지 않는 일이 반드시 있을 터이다. 오늘 석씨 손녀 며느리의 어진 덕을 보니 가히 칭찬하고 탄복할 만한데 왜 한 마디 칭찬하는 말이 없느냐?"

소씨가 공경히 자리에서 일어나며 아뢰었다.

"무릇 여자란 것은 다른 사람에게 굽혀야 하니,[405] 유순한 것이 큰 덕입니다. 제가 생각건대, 사람이 지아비에게 혼자 총애를 입고 모든 일을 맡아서 하려고 하는 것은 탐내는 마음과 욕심이 무궁하여 그칠 줄을 모르기 때문입니다. 모든 일이 하늘의 명령이니, 한 사람의 화와 복도

405) 여자란 ~ 하니 : {녀즈[女子] ㅣ란 거시 복어인(伏於人)이라}. "婦人伏於人, 是故, 無專制之義, 有三從之道."라는 『내훈(內訓)』 권1의 한 구절에서 따온 말임.

다 저 푸른 하늘이 정하신 것입니다. 여후(呂后)가 큰 패악으로 척희(戚姬)를 인체(人彘)로 만들었으나 후세에 침 뱉고 꾸짖을 따름이요, 태사(太姒)는 거룩한 덕으로 삼천 명의 후궁을 형제같이 대하고 일백 명의 자식을 자기가 나은 아이들처럼 대하였으나 따뜻한 사람이라는[406] 말이 없습니다.

이로써 제가 헤아려 보니, 지아비가 여러 여자를 취할 수 있도록 첫째 부인 자리에 거하여 마음을 평안히 하고 자기 행실만 맑게 닦아 다른 사람들에게 부끄러움을 보이지 말아야 할 것입니다. 길복을 안 짓는다고 하여 그 혼인이 안 되겠으며, 기색을 불평하게 한다고 해서 들어올 사람이 안 들어오겠습니까? 세속의 여자들이 헤아려 생각함을 모르고 85
한갓 투기와 악언(惡言)으로 칠거지악(七去之惡)을 범하고 시부모님께 불순하며 지아비와 겨루어 화목한 기운을 잃으니 진실로 그 뜻을 모르는 것입니다. 투기를 한다는 것은 지아비를 빼앗기자 다른 부인을 미워하는 것이니, 그렇게 하여 좋지 않은 말과 독한 언어로 지아비와 힐난하여 은혜와 정이 어그러져 미워하면 다른 부인에게 총애를 돌려보내며 자신의 몸에는 투기하는 부인이라는 이름을 얻고 여자의 유순한 덕을 저버려 마음을 상하고 단명(短命)할 징조를 만드는 것이니 어찌 가소롭지 않겠습니까? 설사 지아비가 자기를 애중하여 다른 아내들을 다 버리고 자기에게만 은혜와 사랑이 완전하게 된다고 해도 반드시 그 마음에는 치우친다고 여길 것이니, 이렇다면 비록 화락하지만 어찌 부끄럽지 않겠습니까? 이런 일을 모르고 다만 말하되, 다른 부인이 없고 지아비의 뜻이 단정하여 은혜로운 뜻이 내게 돌아왔다고 생각하는 사람

406) 따뜻한 사람이라는 : {다스ᄒᆞ닷}. '다사하다'는 좀 따뜻한 기운이 있다는 뜻.

은 백만 가지 염치를 다 잊고 마치 총애만 구하는 것과 같으니 어찌 비루하지 않겠습니까? 다만 지아비가 청루(靑樓)에 다녀 방탕하고 패려하여 위엄을 잃으면 사리에 맞게 직간(直諫)할 것이요, 만약 집으로 창녀를 모으거든 그녀에게 옷과 음식을 후하게 줘 평안히 머무르게 하지만 업신여기거나 무례하게 행하지는 못하게 하여 창녀 무리들이 감히 내 방에 들어오지는 못하게 해야 합니다. 그러다가 만약 그 창녀가 자식을 낳으면 지아비의 골육을 지녔으니 또한 천대하지 말고 난간에라도 앉혀야 합니다.

86

그러니 오늘 석씨의 태연함은 이것이 곧 늘 있는 보통의 일입니다. 그녀가 불평을 해도 여씨가 들어올 것이니, 만약 평안해하면 남들이 또한 예사롭게 볼 것입니다. 그러나 만일 불안해하면 경의 둘째 부인으로 들어와 어찌 그른 행실이라고 하지 않겠습니까? 이러므로 저는 다만 그녀를 염치 있는 사람으로 알 뿐이지 각별히 탄복하지는 않습니다."

양공이 다 듣고 나서 매우 기특히 여겨 시녀에게 외당으로 가 한어사를 불러 들어오게 하여 웃으며 말하였다.

"네가 무슨 복으로 이 같은 숙녀를 얻었느냐? 이 아이는 당대(當代)의 태사(太姒)로구나. 네가 주(周) 문왕(文王)이 아닌데도 어찌 태사를 아내로 두었느냐?"

한어사가 웃으며 말하였다.

"무슨 일이 있었기에 할아버님[407]께서 놀리십니까?"

석파가 일의 수말(首末)을 자세히 전하니, 어사가 또한 탄복하지만 일부

407) 할아버님 : {샹공(相公)}. 재상을 높여 부르는 말로, 여기서는 양참정을 이르는데, 둘의 관계를 고려하여 이같이 옮김.

러 말하였다.

"소씨의 말이 다 투기하는 말입니다. 명백하게 드러나지 않으므로 할아버님께서 모르고 들으시지만 그 말을 자세히 살피면 투기 중에 가장 87
흉한 투기입니다."

자리에 있던 사람들이 모두 크게 웃으니, 소씨가 가만히 웃고 답하지 않았다.

이때 소상서가 함께 자리에 있었으나 한 마디 말도 않고 있다가 모든 사람들의 기뻐 웃는 것을 보고 붉은 입술에 옥 같은 이를 비치며 간간이 미소 지으니 한어사가 그 손을 잡아 양부인께 아뢰어 말하였다.

"이제 장모님께서 비록 신부를 데려올지라도 이처럼 단정한 체하는 신부는 없을 것입니다. 자문아, 네가 조정에 가서는 상쾌하고 숙엄하여 전혀 이렇지 않더니 어찌 집에서는 이처럼 얌전하냐?"408)

상서가 바야흐로 잠깐 희롱하여 말하였다.

"어떤 사람이 자형처럼 부모님 눈앞에서는 모진 기운을 드날리고 벼슬살이하면서는 아래 사람에게 몸을 구부려 공손하게 대하는 경우가 있겠습니까?"

한어사가 손을 어루만지며 크게 웃고 다시 말하였다.

"네가 지금 공손하기는 한데, 두 처남댁에게도 굴복할 수 있겠느냐? 나는 선비의 숙엄함은 서리나 눈과 같다고 들었다."409)

상서가 대답하여 말하였다.

"저는 본래 성품이 좁고도 못나서 집에서는 엄숙하지 않습니다. 그런

---

408) 얌전하냐? : {소졸(疏拙)ᄒᆞ뇨}. 면밀하지 못하고 능하지 못하다는 뜻인데, 문맥을 고려하여 이같이 옮김.

409) 서리와 ~ 들었다 : {상셜[霜雪] ᄀᆞᆺᄐᆞᆯ와}. 어미 처리가 모호하기에 문맥을 고려하여 이같이 옮김.

88 데 지난번에 형님이 운취각에서 누이에게 백만 번 죄를 청하며 용서하라고 비시던데, 알지 못하겠습니다. 그 때는 서리가 녹았었습니까?"

좌우 사람들이 한꺼번에 박수치며 웃으니, 어사가 상서의 등을 치며 크게 웃고 말하였다.

"네가 참으로 나의 추하고 졸렬함을 점점 내 보이는구나. 너와 더불어 말을 겨루다가는 나의 앞길이 모두 어려운 처지에 빠질 것 같으니 다시는 않겠다."

상서가 말하였다.

"제가 어찌 감히 형의 앞길을 방해하겠습니까? 다만 옳은 말을 할 뿐입니다."

어사가 말하였다.

"이 말이 더욱 해롭구나. 네 말을 헛소리라고 미루어놔야 내게 방해가 되지 않을 것이다."

상서가 비로소 고운 얼굴에 웃음이 가득하여 천천히 웃으니 온화한 기운이 햇빛을 가릴 정도였다. 양참정과 양부인의 대견해 함이 한이 없었다.

장차 날이 기울어가니 여씨 집에 가 신부를 맞아왔다. 그 용모가 아름다웠으나, 양부인과 상서가 기뻐하지 않는 것은 그 마음을 꿰뚫어 보아 바르지 못함을 알고 놀랐기 때문이다. 날이 저무니 신부의 숙소를 청운각으로 정하였다. 상서가 생각하되, '비록 그녀가 어질지는 않으나 내가 편벽하게 대하는 것은 옳지 않다.'라고 다짐을 하고는 신방(新房)에 가 지냈다.

석파가 벽운당에 가니 석소저가 아이를 품에 안고 침상 위에서 단잠을

재촉하고 있었다. 석파가 혀를 차고 방을 나오며 말하였다. 89

"신선 같은 낭군을 남에게 보내고 어떻게 잠이 올까? 진실로 뜻이 견고한 여자로다."

또 녹운당에 갔는데, 화씨는 눈썹에 근심이 잠겨 원망하는 빛이 가득하더니 석파를 보고 두 줄기 눈물을 흘리며 말하였다.

"제가 서모를 원망했었는데, 오늘은 황제가 매우 원망스럽습니다. 만승지주(萬乘之主)[410]로서 나라나 다스릴 것이지 음란한 행실을 신하에게 하라고 하니 오래지 않아 죽을 것입니다."

석파가 화씨를 위로하고 자신의 처소로 돌아와, 그 인품이 예의를 알지 못함을 애석해 하였다.

다음날 닭이 울자, 석씨가 일어나 세수하고 시녀에게 정당(正堂)에 가보라 했더니 돌아와 아뢰었다.

"소 · 윤 두 부인과 상공은 그곳에 계시고, 화부인과 신부는 아직 계시지 않았습니다."

석씨가 다시 말하였다.

"네가 가 보아 두 부인이 모두 가시거든 나에게 알려라."

석씨가 이같이 한 뜻은 사람들이 혹 겨룬다고 할까 두렵고 또 자기만 칭찬할까 괴로웠기 때문이다. 매사에 겸손하고 공경하며 자연스러움이 이와 같으니, 양부인과 상서가 매우 공경하여 중히 여기고 관대히 대하였다.

상서가 세 부인을 두게 되니, 한 달 중의 열흘은 서당(書堂)에 있고 여드

410) 만승지주(萬乘之主) : 수레 만 대를 가진 큰 나라의 황제, 천자를 뜻함. 천승(千乘)은 제후, 임금을, 백승(百乘)은 대부를 뜻함.

90 례는 화씨에게 있고 엿새는 석씨에게 머물며 또 엿새는 여씨에게 돌아갔다. 그 집안 다스림에 차례가 있음이 이와 같았다. 보통 때에 화씨와는 간혹 화답하여 말씀하는 일이 잦아 한 달에 두어 번 있었는데, 다른 일이 아니라 그 도리에 어긋나고 조급함을 경계하느라 자연히 말이 된 것이었다. 심지어 석씨는 행실이 상서의 뜻에 어긋남이 없으니 말할 필요가 없고 미진한 데도 없어 피차가 서로 말이 없었으며, 여씨는 새로 만난 사람이라서 다만 후대할 따름이었다.

양부인이 아들이 제가(齊家)를 잘 하는 것을 더욱 아름답게 여겨, 자신도 또한 며느리 거느리기를 고르게 하였다. 비록 속으로는 석씨를 기특하게 여겨 예뻐하나 겉으로 나타내지는 않았고, 화씨가 비록 도리에 어긋나는 경우가 있으나 그 마음이 맑고 높아 부녀의 기품이 있고 여러 아들이 있으므로 자못 중하게 여겨 그른 일이 있어도 즉시 일러서 고치게 하고 사랑함을 친딸같이 하였다. 그러하니 화부인과 석부인이 어머니를 받드는 정성이 지극하여 북두성(北斗星)같이 바라보고 태산같이 믿어 효성이 그윽하고 깊으니 가문의 행실이 엄숙한 것이 어긋나지 않았고 위아래 할 것 없이 화목한 기운이 가득하였다. 그러나 모든 사람들이 여씨에게만은
91 겉으로는 잘 대했지만 항상 속으로는 화부인과 석부인을 으뜸으로 하니, 이는 곧 소씨 집안의 위아래 사람들이 모두 신의(信義)를 중요하게 여겨 뒤에 온 사람을 낮게 여기기 때문이었다. 그러니 만일 석씨의 지극한 덕과 높은 행실이 아니었다면 어찌 능히 화씨와 대등하게 일컬음을 받았겠는가?

여씨는 상서의 발걸음이 드문 것을 속으로 걱정하였다. 상서의 본디 행실이 여색을 멀리하기 때문인 줄은 모르고 다만 두 부인에게 혹하여 자

기를 멸시하는 것인가 하여 간사한 생각이 솟아났다. 여러 달이 지나니 문득 여자가 닦아야 할 행실을 잊고 저녁에 분주히 다니면서 두 부인의 방을 몰래 살폈다. 이파와 석파, 두 사람이 일의 기미를 알고 상서의 귀에 이를 대략 전하였다. 상서가 비록 알아듣기는 했지만 스스로 생각하되, '내 눈앞에서 보기 전에는 발설하거나 믿지 않을 것이다.'라고 하면서, 들었으나 못 들은 것으로 하였다.

화부인이 여씨가 온 후에는 석소저의 현철함과 공손함을 깨달아 화목하였다. 시간이 흘러[411] 여름 6월 보름이 되자, 연못에 오색(五色) 부용(芙蓉)이 활짝 피어 향기를 다투어 내뿜었다. 화씨가 시녀와 함께 부용정에 가 두 부인을 나오라고 청하였다. 여씨가 먼저 이르렀고 석씨는 석파와 92
함께 나아오는데, 눈처럼 흰 이마는 찬 달 같고, 예쁜 눈썹은 버들 같으며, 밝은 눈빛은 맑고도 깨끗하여 새벽별의 정기를 띠었다. 또 두 뺨은 복숭아꽃을 아침 이슬로 꾸민[412] 듯하고, 붉은 입술은 붉은 모래를 바른 듯 밖으로 고운 것을 자랑하며, 초나라의 좋은 옥을 깎은 듯한 흰 이는 안으로 비쳐 고움을 날리는 듯하였다. 윤기 나는 귀밑머리는 향기 좋고 윤택한 기름을 허비하지 않아 흐르는 빛이 거울 같고, 봉황의 날개 같은 두 팔과 가는 허리[413]로 금 연꽃 같은 발걸음[414]을 가볍게 옮기니, 아름다우면서도 단정하여 온 몸에서 빼어난 빛이 나오는 듯하였다. 붉은 비단 치마를 끌고 금실로 수놓은 적삼을 나부끼며 칠보로 장식한 부채를 들고 난간으로 오르니, 몸에서 나는 향기가 연꽃의 향기를 물리치고 광채가 여기

411) 시간이 흘러 : {일월(日月)이 뉴매[流邁]ᄒᆞ야}. 문맥을 고려하여 이같이 옮김.
412) 꾸민 : {비왓ᄂᆞᆫ}. 꾸미다, 분장하다는 뜻임.
413) 가는 허리 : {초요(楚腰)}. 초나라 영왕(靈王)이 허리가 가는 미인을 좋아했다는 고사에서 유래한 말임.
414) 금 연꽃 ~ 발걸음 : {금년(金蓮)}. 걸을 때마다 금 연꽃이 피어나는 듯한 미인의 걸음걸이를 말함.

저기로 쏟아져 좌우를 비췄다. 그리하여 구름과 무지개를 쓸고 태양을 마주하여 어둑해지는 밤에 밝은 구슬을 비친 듯[415] 수려하고도 깨끗함이 비길 곳이 없었다. 가까이에서 보는 사람들이 눈이 부시는 듯하여 탄복하고, 화씨, 여씨 두 사람이 취한 듯 부끄러운 듯하여 한참이 지나서야 화씨가 비로소 말하였다.

"오늘 우연히 이곳에 이르러 '훈향이 나에게 오니 마침내 사양하기 어
93 렵네'[416]를 생각하고 부인과 더불어 경치를 즐기고자 했는데, 이제 보니 어찌 말 없고 예쁘지도 않은 연꽃을 보겠는가? 벽운당으로 가 부인을 구경하는 것이 옳겠네."

석씨가 웃고 화씨를 칭찬하며 말하였다.

"저도 연꽃을 보려 하였으나 자꾸 미루게 되었는데, 형님께서 불러주신 덕을 입어 경치를 감상하게 되어 다행스러워 하고 있습니다. 어찌 지나치게 위로하시어 저의 부끄러움을 도우십니까?"

화씨가 낭랑하게 웃고 석씨와 함께 붉은 구슬 달린 신발을 끌고 연못가에 가 연꽃을 꺾어 물결을 희롱하더니, 화씨가 말하였다.

"이 연꽃은 기이하게도 진홍, 분홍, 백색, 황색, 청색이 있네. 예부터 연꽃은 홍, 백 두 가지뿐인데 어찌 다섯 가지 색이 있을까?"

석파가 탄식하고 말하였다.

"우리 돌아가신 처사[417]께서 배를 타고 유람하다 남해(南海)에 갔는데 바다 가운데에 섬이 있고 섬 가에 오색 연꽃이 피어 있어 기특하게 여

415) 어둑해지는 ~ 듯 : {회야의 명조(明珠)를 비췸 ᄀᆞᆺ트여}. 문맥상 회야는 회야(晦夜)의 오기로 보여 이같이 옮김.
416) 훈향이 ~ 어렵네 : {훈향내아(薰香來我)의 경난사(竟難辭)}. 상연(賞蓮) 관련일 듯함.
417) 돌아가신 처사 : 소현성의 아버지를 뜻함.

기시어 연밥을 꺾어 돌아오셨습니다. 그리하여 못을 파고 연밥을 심으
시니 다섯 해 만에 가지 하나가 나더니 해마다 번성하였습니다. 처사
가 매우 아끼시어, 관리에게 못 가를 파고 완룡담 물을 이리로 닿게 하 94
여 물길을 깊게 하시고 정자를 지으셨습니다. 그런데 이곳의 일을 남
에게 말하지 않으시고 종일토록 이곳에 와 지내셨습니다. 이런 까닭에
양부인과 상서가 차마 이 당(堂)을 보지 못하셨고, 계속하여 잠가놓았
으므로 부인네들도 이제야 보시는 것입니다."

세 사람이 듣고 나서 기특하고 귀하게 여기며 머리를 들어 당(堂)의 제액(題額)[418]을 보았더니, 푸른 옥으로 된 판에 붉은 글자로 메워 '금연오채하화정(金蓮五彩荷花亭)'이라 쓰여 있었다. 필법과 먹의 광채가 나는 듯하여 용이 움직이는 것같이 놀라웠다. 화부인과 석부인 두 사람이 매우 놀라고 탄복하며 물었다.

"서모! 이것이 시아버님 필체이십니까?"

석파가 대답하였다.

"이는 우리 돌아가신 처사께서 쓰신 것입니다."

두 사람이 매우 공경하며 탄복하였다.

원래 상서가 부친의 책과 살아계실 때에 지으신 것들을 차마 보지 못하여 깊이 간수하고 취성전과 서당 벽에 쓴 글을 다 갈무리해 두었다. 그래서 두 사람이 보지 못하였다가 이 날에야 보고 모두 놀라고 탄복한 것이었다.

석씨가 다시 말하였다.

"이 연꽃이 비상하여 다른 연꽃과 다르고, 널리 퍼져 잘 자라 꽃송이 크

---

418) 제액(題額) : 액자에 그림을 그리거나 글씨를 써 놓은 것.

95 기가 비슷한 것이 없을 정도이니, 바로 요지(瑤池)[419]의 연꽃과 같은 종류로군요. 그런데 궁금하네요. 이것은 일찍 피는 꽃입니까?"

석파가 말하였다.

"한여름[420]에 피어 늦가을[421]에 집니다."

석씨가 좌우로 바쁘게 둘러보니 옛 자취가 완연하여 마음에 사모하는 정이 느껴져 길게 슬퍼하며 화씨에게 말하였다.

"어머님께서 깊이 잠가 놓으셨는데 우리가 한가로이 노니는 것은 옳지 않으니, 채련정으로 가 홍백(紅白) 연꽃을 보는 것이 좋겠습니다."

화씨가 따라서 채련정에 모여 향기로운 차와 과일을 내어와 즐겼다. 여씨가 저 석씨의 행동거지가 일마다 남보다 뛰어나니 마음 속으로 불평하며 '이 사람이 있으면 내게 상서의 사랑이 오지 않을 것이다.'라고 생각하였다. 날이 늦어감에 모두 흩어졌는데, 석파가 여씨 침소에 가 이야기를 나누었다. 여씨가 물었다.

"석부인은 진실로 하늘에서 귀양 온 신선 같으니, 상공이 애중함이 가볍지 않을 것 같습니다."

석파가 바야흐로 취하였기에 실언(失言)함을 깨닫지 못하며 말하였다.

"석부인은 당대에 뛰어난 숙녀라서 양부인이 더욱 사랑하십니다."

말을 멈춘 사이에 석씨가 석파를 부르니 석파가 즉시 벽운당에 와 웃으며 말하였다.

"불러서 무엇을 하려고 합니까? 내가 아까 청운당에 가 여씨에게 양부

---

419) 요지(瑤池) : 중국 곤륜산에 있다고 하는 연못으로, 주나라 목왕(穆王)이 서왕모(西王母)를 만났다는 이야기로 유명함. 신선의 거처를 이르는 말로 쓰임.

420) 한여름 : {듕하[仲夏]}. 여름이 한창인 음력 5월임.

421) 늦가을 : {계츄[季秋]}. 늦가을로 음력 9월임.

인께서 부인을 특별히 사랑하심을 자랑하고 오는 길입니다." 96

석씨가 장난인가 하여 웃으며 물었다.

"무엇이라 하셨어요?"

석파가 일의 앞뒤를 자세히 이르니, 석씨가 그 말이 정말인 것을 알고 낯빛을 바로 잡으며 말하였다.

"서모의 허황됨이 어찌 이와 같으십니까? 정말로 서모는 제게 해롭습니다."

석파가 웃으며 말하였다.

"어찌 해롭습니까?"

석씨가 대답하였다.

"여럿이 모여 있는데 놀리면서 칭찬하시니, 두 부인이 화평하다가도 서모의 말씀에 화가 나서 온화한 기운이 사라지고 언어에 편안하지 않음이 많이 드러납니다. 바라건대 이후로는 그른 일이 있든지 어진 일이 있든지 간에 친척인 저를 편들지 말고 가만히 두시면 보호하여 주시는 것보다 감사할 것입니다."

석파가 손뼉을 치며 크게 웃고는 대답하였다.

"나를 가장 괴로워하시니, 이제는 노인이 마른 입술과 늙은 이를 꽉 닫고 간섭하지 않겠습니다."

석씨가 대답하였다.

"괴로운 것이 아니라 순리(順理)대로 하고자 하는 것입니다."

석파가 웃기를 그치지 않았다.

이날 밤에 여씨가 녹운당에 가 엿보니, 화부인이 두 아들을 앞에 두고 놀고 있었으며 시녀는 병풍 밖에서 기다리고 있었다. 상서가 들어오다가

97 난간 아래에 이르렀는데 석씨가[422] 엿보는 것을 보고 매우 놀랐으나 본체 않고 들어가 화부인과 더불어 잠자리에 들었다. 여씨가 삼경(三更)[423]이 다하도록 엿보았으나 그 동정을 보지 못하고 무료하게 돌아왔다.

수오(數五)[424] 일 후 여씨가 벽운당에 가 엿보았는데, 이 날 상서가 들어오다가 그녀가 창 아래에 몸을 구부리고 있는 것을 보고 시녀일 거라 생각하여 물었다.

"너는 어떤 사람이냐?"

여씨가 크게 놀라 당황하며 달아나니, 상서가 비로소 알아보았다. 상서가 문을 열고 들어오니, 석씨가 일어나 맞아 자리를 정해 앉고 물었다.

"어떤 시녀가 엿듣고 있었습니까?"

상서가 한참동안 깊이 생각하다가 대답하였다.

"황혼이라 자세히는 모르겠으나 계집종의 형상이었습니다."

석씨가 그의 주저함을 보고, 이전에 들은 말이 있었기에 스스로 짐작하여 다시 묻지 않았다.

상서가 이후로 여씨를 그르다고 여겼으나 내색하지 않았다. 여씨 또한 이 같은 사실을 모르고 있었다.

하루는 상서가 청운당에 갔는데 여씨가 없었다. 상황을 밝게 알려고 먼저 녹운당에 가 보았으나 보지 못하였고, 벽운당을 바라보니 희미한 달빛 아래 여씨가 난간가에 엎드려 있었다. 상서가 이를 보고 청운당으로
98 가 시녀에게 여씨를 보자고 하니, 여씨가 급하게 돌아왔다. 상서가 정색

422) 석씨가 : 실은 여씨가 석씨로 얼굴을 바꾸어 이렇게 한 것임. 나중에 밝혀지나 아직은 상서가 모르고 있는 상태임.
423) 삼경(三更) : 하룻밤을 다섯으로 나눈 셋째. 곧 밤 11시부터 오전 1시까지의 사이임.
424) 수오(數五) : 5의 두세 배 또는 서너 배를 뜻함.

하여 물었다.

"어두운 밤에 어디에 갔었습니까?"

여씨가 대답하였다.

"정당(正堂)에 가 어머님께 혼정(昏定)한 후 운취각[425]에 갔었습니다."

상서는 본디 사람을 지극한 도로 가르칠 뿐 내외(內外)를 나누어 생각하지 않기 때문에 바른 도로 가르치고자 하여 여씨를 책망하였다.

"부인이 여자의 행실을 전혀 모르는군요. 여자란 것이 한번 움직이고 한번 멈춤에 하나라도 어긋하게 하거나 어지러우면 평생의 행실이 상하게 됩니다. 밤에 다닐 때에는 촛불을 잡으며, 호령 소리는 문 밖으로 나가서는 안 되고, 부모님이 돌아가셨다는 소식을 듣고도 백 리 멀리는 가지 않는 것입니다.[426] 그러니 부인이 설사 운취각에 갔다고 할지라도 어두운 밤중인데다 한형[427]이 출입하는 곳이고, 누이는 마음대로 다닐 수 있는 침소일지라도 오히려 남녀의 명분을 바르게 하시어 밤에 다니지 않으시거늘 하물며 그대가 어찌 부르시지도 않았는데 한형이 계신 곳에 어두운 때에 분주히 다닙니까? 더욱이 다른 부인의 방을 엿보는 것은 금수(禽獸)나 행할 일입니다. 이전에 이렇다는 말을 나에게 말해 준 사람이 있었으나 내가 전혀 믿지 않았는데, 내 눈으로 세 번을 보고나서 비로소 그 말이 맞았음을 깨닫겠으니 매우 놀라울 따름입니 99
다. 그러니 부인은 다시는 이런 행동을 하지 말고, 잘못을 고치고 몸을 잘 가다듬어 소씨 가문에서 해로하기를 생각하십시오."

---

425) 운취각 : {취운각}. 문맥상 소부인 월영의 처소이므로 운취각이 맞기에 이같이 옮김.

426) 부모님이 ~ 것입니다 : {빅니불분상[百里不奔喪]이어놀}. 분상은 먼 곳에서 부모의 돌아가심을 듣고 급히 집으로 돌아가는 것을 뜻함.

427) 한형 : 한어사를 뜻함. 소월영의 남편이므로 상서에게는 매형임.

소 현 성 록

3권

1 말을 마치는데,[428] 상서의 위풍이 당당하고 기개(氣槪)가 엄숙하니 여씨가 크게 부끄러워하며 말을 못하였다. 여씨가 소상서의 사람됨을 보니 스스로 드러낼 수가 없어[429] 밤낮으로 생각만 하였다. 문득 강충(江充)이 저주로 한무제(漢武帝)와 여태자(戾太子)[430]를 이간(離間)하던 일[431]을 본받아 남몰래 무고(巫蠱)[432]를 이루어서 취성전[433]을 무릅쓰니, 일의 기미가 치밀하니 누가 능히 알겠는가?

하루는 태부인이 일찍 일어나 씻고 앉아 있었다. 마침 석씨가 병이 나 문안하는 자리에 참석하지 않으니, 청소할[434] 사람이 없었다. 이에 양부인이 계선[435]에게 청소를 시켰다. 계선이 평상(平床) 아래를 쓸다가 문득 봉한 것을 하나 꺼내어서 말하였다.

"이런 것이 평상 아래에 있기에 드립니다."

양부인이 이를 가져다가 보고는 봉한 것을 수상하게 여겼으며 특히 위에 축사(祝辭)가 쓰여 있음을 보고 의심스러워하였다. 그 글이 매우 흉하고 사나우나, 필적(筆跡)이 깨끗한 것이 완연히 석씨가 쓴 것 같았다. 매우 이상하게 여겨 봉한 것을 열어 보니 나무 인형과 더럽고 흉한 물건들[436]
2 이 차마 보지 못할 정도였다. 양부인이 잠시 보고 좌우 시녀들에게 불을

428) 말을 마치는데 : {셜파(說破)}. '말을 마친다'는 뜻으로 고소설에서 자주 쓰이는 말.
429) 드러낼 ~ 없어 : {발뵈지 못하여}. '발뵈다'는 '일부러 드러내 보이다', '잠깐 드러내 보이다'는 뜻임.
430) 여태자(戾太子) : {녀태亽}. 한무제(漢武帝)와 효무황후(孝武皇后) 사이의 장남인 거(據)를 이르는 것으로 보아 이같이 옮김. 효무황후는 여가수 출신인 위자부(衛子夫).
431) 강충(江充)이 ~ 일 : 한무제 때에 강충이라는 간신이 태자를 제거할 모략으로 무제가 다니는 길과 침소에 저주가 쓰인 물건과 인형을 마구 파묻고 이를 태자의 소행으로 뒤집어 씌움. 이후, 강충의 모함으로 태자가 억울하게 죽었다는 사실을 알게 된 무제가 태자를 복권시켜줌.
432) 무고(巫蠱) : 무술(巫術)로 남을 미혹하게 하는 것을 이름.
433) 취성전 : 양부인의 처소.
434) 청소할 : {스레질}. 문맥상 '쓰레질(비로 쓸어서 집안을 깨끗이 하는 일)'로 보아 이같이 옮김.
435) 계선 : 윤부인의 시녀임.
436) 더럽고 ~ 물건들 : {오여지물}. 문맥상 '오예지물(汚穢之物)'로 보아 이같이 옮김.

가져다가 살라버리게 한 후, 시녀에게 당부하여 말하였다.

"너희들이 이 일을 누설하면 죽을죄로 다스릴 것이다."

좌우 시녀들이 명령을 듣고는 두려움을 이기지 못하여 입을 닫고 말하지 않았으나, 유독 계선은 누설하지 않는 것에 매우 조바심을 내었다.[437] 양부인이 이후에 석씨와 자녀들을 보아도 내색하지 않으니 친자식들은 모두 몰랐다. 그런데 계선이 윤씨를 만나자 몰래 아뢰는 체하며 말하였다.

"태부인이 아시면 큰 벌을 받을 것이니 제가 한 말이라고 하지 마시고 부인만 아십시오."

윤씨가 평소에 양부인을 우러르는 것이 친어머니보다 더했기 때문에 그 침소에 흉한 일이 있음을 듣고는 심신이 어지러워 바삐 운취각에 가 소씨를 보고 말하였다.

"언니는 어머니 숙소에 변고가 있었던 것을 모릅니까?"

소씨가 놀라 말하였다.

"나는 듣지 못하였는데, 무슨 일인가?"

윤씨가 계선의 말을 자세히 전하면서 말하였다.

"어머니께서 한 마디도 말씀하지 않고 불살라 버리신 뜻은 반드시 지목되는 사람이 중한 사람이기 때문에 이르지 않으셨을 것이니 그냥 두는 것이 어찌 낫지[438] 않겠어요?"

소씨가 크게 놀라 말하였다.

"집안에 이런 변이 있는데도 우리가 몰랐구나. 어머니를 모시는 일에 3

437) 매우 조바심을 내었다 : {탹급[着急]ᄒᆞ야 ᄒᆞ더니}. 문맥을 고려하여 이같이 옮김.
438) 낫지 : {측(惻)ᄒᆞ디}. '측'은 진심을 다하는 모양이므로 문맥을 고려하여 이같이 옮김.

태만했으니 어찌 부끄럽지 않겠는가? 어머니께서 가만히 계시지만, 우리의 도리로는 듣고도 편안하게 있지는 못할 것이다."

드디어 좌우 시종에게 상서 복야를 불러오라 하였다. 상서가 즉시 들어와 물었다.

"누님, 무슨 분부가 있습니까?"

소씨와 윤씨 두 사람이 좌우 시종들을 물리치고 가만히 수말(首末)을 일러 말하였다.

"누가 한 일인 줄은 모르지만, 대개 시녀의 일은 아닌가 싶습니다."

상서가 놀라움을 이기지 못하며 말하였다.

"어머니께서 행하시는 바가 신중하시니, 집안이 평안하기를 힘쓰시는 뜻일 겁니다. 그러나 우리들이 듣고도 잠잠히 있는 것은 옳지 않습니다. 원래 이 말이 어디에서 나왔습니까?"

윤씨가 계선의 말을 이르니, 상서가 한참을 깊이 생각하다가 계선을 불러 물었다.

"네가 글씨를 보니 어떤 사람의 필적이더냐?"

계선이 머뭇거리다가 말하였다.

"부인네 필적이었습니다. 태부인께서 이는 며느리가 할 바가 아니라고 하셨습니다."

상서가 더욱 놀라 말하였다.

"그 글씨가 어떠했느냐?"

계선이 말하였다.

"누구의 필적인 줄은 모르지만, 보기에 신이하기가 맑고 묘하여 보통 필체와는 달랐습니다."

상서가 그녀의 말이 점점 수상함을 보고 크게 의심하여, 두 누이를 돌 4
아보며 말하였다.

"이를 제가 어머니께 가 물으면 반드시 말씀하지 않으실 것이니, 누님이 여쭤 보십시오."

소씨가 대답하고 나서 취성전에 가니, 마침 인적이 드물었다. 이에 조용히 물었다.

"제가 요사이 추위를 만나 병이 더하여 자주 모시지 못했더니 괴이한 일이 있었던 듯합니다. 놀라움을 이기지 못하겠습니다. 무고(巫蠱)가 흉하니 가볍게 넘어갈 일이 아닙니다. 글씨를 써 놓은 필적이 있을 것이니, 어떤 사람의 필적인지 묻고 싶습니다."

양부인이 웃고 말하였다.

"내가 말하지 않았는데 네가 어떻게 아느냐?"

소씨가 말하였다.

"제가 비록 불초하지만 어찌 모르겠습니까?"

양부인이 천천히 말하였다.

"그것이 매우 요망(妖妄)하지만, 내가 이미 없애버렸으니 해로울 것이 없다. 심지어 글씨로는 더욱 판단하기 어렵다. 그러니 어찌 작은 일로 말을 만들어서 집안을 어지럽게 하여 치가(治家)하는 바른 도를 잃겠느냐? 너는 마음을 놓아라."

소씨가 어머니께서 말씀하려 하지 않음을 보고 어찌할 도리가 없어, 돌아와 상서에게 자세히 말하였다. 상서가 갑자기[439] 일어나 말하였다.

"제가 직접 가서 아뢰겠습니다." 5

439) 갑자기 : {가연히}. 문맥상 '개연(慨然)히'인 듯하여 이같이 옮김.

드디어 어머니 앞에 이르러 조용히 말하였다.

“제가 효성이 없어 집안의 근심을 살피지 못하여 무고의 흉함이 어머님께 미쳤습니다. 스스로 죄를 헤아려 보니 죽기를 바랄 뿐입니다. 흉계를 꾸민 사람이 반드시 제가 거느리는 가운데에서 나왔을 것입니다. 그런데도 어머니께서 어찌 말씀하지 않으셔서 제 마음을 어지럽게 하십니까?”

양부인이 웃으며 말하였다.

“내 아이가 총명한데도 알지 못하고, 또 생각이 왜 이리도 좁으냐? 네 어미가 비록 작고도 작은 여자이지만, 식견이 고루하지 않아 일찍이 생각하는 것이 깊다. 만약 우리 집안에 방해가 된다면 큰일을 어찌 모호하게 처리하겠느냐? 이 일은 질투하는 여자가 요괴로운 일로 다른 부인을 잡으려고 이간질을 하는 것이지 나를 해치려고 하는 것이 아니다. 만약 의심하고 그 말을 곧이들어 따져 물으면 그 뜻을 이루게 하는 결과가 된다. 이미 그 저주가 적힌 종이를 찾아내어 없앴으니 아는 체하지 않으면 그칠 것이다. 만약 조금이라도 드러나면 시녀에게 뇌물을 주어 어진 사람을 모해할 것이니, 이 때문에 내가 즉시 불살라버리고 더 이상 말하지 않은 것이다. 그렇게 하여 바르지 않은 마음으로 양호(陽虎)가 공자님을 해친 것[440] 같은 일이라고 웃어넘기고, 나중에 어떻

6 게 될지 보려고 한다. 그러니 너는 구태여 알려고 하지 말고 내가 처리하는 것을 보아라.”

상서가 이 말을 듣고는 취한 것이 깨는 듯하여 절하며 말하였다.

440) 양호(陽虎)가 ~ 해친 것 : {양홰 듕니 해홈 ᄀᆞᆺᄐᆞ믈}. 양화는 양호의 오기임. 양호는 노나라 계씨의 신하였다가 반란을 일으킨 인물인데 공자와 외모가 흡사하여 공자가 광 땅에 들어갔다가 그로 오인되어 곤욕을 치른 일이 있음.

"어머님께서 저의 무식한 소견을 활짝 열리게 하셨습니다. 삼가 밝으신 가르침을 받겠습니다. 하지만 저의 세 부인 가운데에서 일어난 일이라 더욱 불안합니다."

태부인이 머리를 끄덕였다. 상서가 물러나와 마음이 답답하여 여러 날이 지나도 세 부인에게 자취를 그치니, 화부인과 석부인 두 사람은 무심했으나 여씨는 한 가지 겁나는 일이 있었다. 그래서 속으로 생각하되, '시어머니께서 나를 의심하지 않는가?'라며 기회를 엿보았다.

양부인 생일이 다다라 세 부인이 하루씩 돌아가며 잔치를 베풀고 오래 사시기를 비는 술잔을 올렸다. 여씨가 석씨의 시녀와 함께 모의하여 석씨가 술잔을 올리는 날에 독을 풀어 양부인의 상에 드렸다. 이때 석씨는 술과 안주를 분부해 놓고 자신의 당(堂)으로 돌아와 의복을 가다듬었다. 그때를 틈타 간계를 행한 듯하였다.

장차 세 며느리와 두 딸, 유학사, 한어사 등이 상서와 더불어 예(禮)에
참여하고, 양부인의 친조카인 양생 등 예닐곱 명도 왔다. 풍류하는 시녀 7
에게는 중계(中階)에서 거문고 한 곡조와 예상무(霓裳舞)[441] 한 곡을 하게 하였다. 이를 마치니 술을 내 왔다. 양부인이 잔을 들어 마시고 금 젓가락을 들어 안주를 집을 때에 문득 독한 기운이 코를 거슬렸고 금빛이 변하였다. 양부인이 잠깐 웃고 드디어 먹지 않았다. 이윽고 유생과 한생이 잔을 올린 후, 소씨와 윤씨가 이어서 차례로 올렸다. 그 후 상서가 잔을 들고 어머니 앞에 나아가니 양부인이 또한 의심치 않고 먹었다. 하지만 유독 금 쟁반에 팔진미가 산처럼 쌓여 있으나 젓가락을 대지 않으면서, 천

441) 예상무(霓裳舞) : 예상우의무(霓裳羽衣舞)라고도 하는데, 이는 당 현종이 인도 지역에서 유입된 곡을 개편하여 만든 〈예상우의곡〉에 맞추어 추는 춤을 뜻함.

천히 말하였다.

"내가 술을 여러 잔 마셔 취하였으니 세 며느리는 잔을 올리지 마라."

이는 대개 독을 술잔 속에 넣을까 해서였다.

종일토록 즐기는데, 상서가 모친의 말씀과 안색이 흔연스러운 가운데에 불안한 빛이 있고 안주에 젓가락을 대지 않음을 보고 매우 이상하게 생각하였다. 석양에 잔치를 끝내고 손님들이 돌아간 후 양부인이 눈으로 석파를 보며 말하였다.

"자네가 이 음식을 반드시 가져다가 처치하는 것이 어떤가?"

8 드디어 손으로 가리키니, 석파가 알아보고 시녀에게 거두어 나가게 하여 자세히 살폈다. 모두 독이 들어 있어 더욱 놀라고 당황할 때에 상서가 마침 들어오다가 크게 놀라 캐물었다. 석파가 어찌할 도리가 없어 대답하였다.

"양부인이 저에게 가져다가 없애라고 하셔서 땅에 버리니 불이 났습니다. 저도 무슨 까닭인지 모릅니다."

상서가 다 듣고 나서 외당으로 나와 시종에게 명령하여 형장(刑杖)을 갖추고 벽운당 시녀 수십여 인을 다 잡아내어 결박하였다. 으뜸으로 술과 안주를 차리던 사람이 누구인지 물으니 모든 여자들이 혼백이 나간 듯하여 다만 말하기를 석부인이라 하였다. 상서가 으뜸인 사람부터 신문(訊問)하라[442]고 하니, 집안 사람들이 매우 혼란스러워졌다. 양부인이 시녀에게 상서를 불러오라 하니, 상서가 비록 신문할 마음이 급하였지만 마지못하여 천천히 하라고 하고 정당(正堂)에 들어갔다. 양부인이 물었다.

"네가 어찌 벽운당의 시녀를 다 잡아내어 가두었느냐?"

---

442) 신문(訊問)하라 : {져주라}. '져주다'는 신문하다, 따져 묻는다는 뜻임.

상서가 슬픈 듯이 온화한 기운이 사라지더니 아뢰어 말하였다.
"제가 바른 법도가 없어 집안을 제대로 다스리지 못하여 오늘 이런 망
극한 변고를 만났습니다. 사람의 아들로서 어찌 견디어 참겠습니까?
반드시 석씨의 일인 줄은 확실히 모르지만 석씨를 해하려는 것인가, 9
스스로 지은 일인가 조사하려는 것입니다."
양부인이 듣고 나서 목소리를 가다듬어 말하였다.
"내가 항상 너에게 글을 가르쳐서 아는 체하는 것을 경계했는데, 어찌
식견이 옅고 소견이 밝지 못함이 길가의 나무꾼보다 못하냐? 사람의
인품으로 짐작하여 알아야 한다. 화씨는 성품이 너무 강하지만 사람됨
이 맑고 깨끗하고 뜻이 높아 선비 가문의 행실이 있고, 석씨는 당대의
현철한 부인이어서 백 가지 행실과 네 가지 덕에 모자람이 없으니 어찌
큰 죄악이나 도리에 맞지 않는 일을 하겠느냐? 하물며 내가 아낌이 친
딸보다 더하니 무슨 까닭으로 나를 해치겠느냐? 설사 석씨로 짐작할지
라도 그녀는 통달한 여자라서 무고를 하더라도 어찌 구태여 평상 아래
에 놓아두어 남들이 보기 쉽게 했겠으며, 스스로 글씨를 친히 써 두드
러지게 하며, 또 독을 두는 것도 화씨와 여씨가 잔치 자리에 있으니 어
떻게 일을 행하여 다른 부인들을 잡을 수 있었을 것이며, 나를 죽이려 10
했거든 어찌 자기가 잔치 자리에 있는데 독을 넣어 위태로운 일을 했겠
느냐?
그러니 이는 간악한 무리가 석씨를 잡고자 하여 시녀와 공모한 것이다.
그러니 만약 네가 지금 시녀를 신문한다면 그녀는 반드시 죄를 시인하
되 석부인이 시켜서 주인과 종 사이라 거스르지 못하여 했다고 할 것이
다. 또 시녀가 혹시 석씨 스스로 독을 넣은 것이라고 하여 실체 없는 말

이 연속되면 애매한 석씨가 죽을 지경에 빠지게 되고 간사한 사람은 죄에서 벗어나게 될 것이다. 그러면 어찌 애통하지 않겠느냐? 내가 비록 사리에 어둡지만[443] 헤아림이 있으니 어떤 사람이 감히 이렇듯 요괴로운 일을 하여 어지럽히고 내 기둥 같은 어진 며느리를 해하여 강충의 무고사(巫蠱事)를 입히려고 하느냐? 그만 둘지어다. 망령된 노인인 내가 이미 쉰 살에 이르렀으니 젊은 너희들이 간사한 속임수를 많이 내어 속이지만 듣기는 하되 믿지는 않을 것이다. 여러 번에 이르면 발각될 것
11 이니 누구라도 감히 이렇게 못할 것이다. 화씨, 석씨 두 사람은 천만(千萬) 사람이 권하여도 이렇게 하지 않을 사람들이다. 맞지 않은 생각으로 어진 사람을 해치지 말고 너는 재삼 살펴라. 그리고 수고롭게 시녀를 신문하지 마라."

말씀이 위엄 있고 정중하며 기상이 엄정하여 눈 위에 서리를 내린 것과 겨울 하늘에 찬 달이 뜬 것 같았다.

이때에 석씨는 대(臺)[444] 아래에서 죄를 청하고, 화씨 · 여씨 두 사람은 양부인을 모시고 앉아 있었는데, 양부인의 말씀을 듣고 여씨는 스스로 위축되어 근심하였다. 상서가 비록 석씨를 의심하지 않았지만 묻지 않는 것도 옳지 않으므로 시녀를 신문하고자 하였는데, 어머니의 명령을 듣고 묵묵히 물러나 일마다 받들어 순종하였다.

이 날 밤 상서가 시녀를 통해 석씨를 책망하였다.

"부인이 어머님의 술과 안주를 차려 드릴 때에 마땅히 조심하는 것이 옳은데, 어찌 요망한 것이 지존하신 곳을 범하게 하였는가? 비록 부인

443) 사리에 어둡지만 : {모황(模荒)}. 문맥을 고려하여 이같이 옮김.
444) 대(臺) : 높이 쌓은 곳.

이 한 일이 아닐지라도 음식 봉양을 게을리 한 죄가 작지 않으니 마땅히 무슨 벌을 주는 것이 좋은가?"

석씨가 회답하여 말하였다.

"제가 아주 약한 기질로 매사가 민첩하지 못하지만, 어머님을 우러르 12
는 정성은 귀신에게 따져 물어도 부끄럽지 않습니다. 그런데 사악한 액이 몸에 이르러 씻지 못할 나쁜 이름과 죄를 입으니 하늘과 땅을 불러 고할 곳이 없습니다. 스스로 어머님과 상서의 처치하심만 기다립니다."

상서가 듣고 나서 탄식하고 의심을 전혀 석씨에게 두지 않았다. 그러나 여씨를 못 믿기는 하지만 직접 보지 못한 일이고, 또 비록 그 말을 곧이듣지는 않았지만 마음이 평안하지 않아 석씨의 당(堂)으로는 자취를 끊었다. 그러니 양부인이 현명하지 못하다고 책망하였으며, 석파는 크게 서러워하며 석씨를 대하여 눈물을 뿌려 말하였다.

"제가 낭군의 기풍과 글재주를 아껴 부인과 쌍을 이루어 공작과 물총새가 넓고 깊은 물에서 쌍으로 노니는 것을[445] 보려 하였는데, 화락하지는 못하고 낭군의 성정이 남과 달라 한 방에서 즐기는 일도 드물며 여씨가 온 후에는 자취가 드뭅니다. 부인의 어진 덕과 빼어나게 아름
다운 용모로 어찌 총애가 화씨의 아래 되며 여씨와 비슷하겠습니까? 13
밤낮으로 애달파 했는데, 이런 참담한 액을 만나 해와 달도 그 진가(眞假)를 밝히지 못하게 되었으니 어찌 서럽지 않습니까? 낭군의 자취가 아주 끊어졌으니, 이는 제가 부인의 일생을 그르친 것입니다."

석씨가 듣고 나서도 태연하였다. 그리고 탄식하며 말하였다.

---

445) 공작과 ~ 것을 : {공츄[孔翠] ㅣ 젹슈[積水]의 쌍유[雙遊]ᄒᆞᆫ믈}

"제가 하늘께 죄를 치우치게 얻어 이런 재앙을 받는 것이니, 어찌 서모의 탓이며 다른 부인을 원망하겠습니까? 다만 애매함을 씻을 길이 없어 지하의 한을 품은 귀신이 될 것이니 어찌 슬프지 않겠습니까? 심지어 총애는 봄 꿈 같으니 자색(姿色)으로 애증을 둘 바가 아닙니다. 그러나 어머님의 은혜에 보답하기 위한 저의 효성[446]이 여기에 있지 않아 누명을 벗지 못할까 두렵습니다."

석파가 탄복하였다.

여씨가 요괴롭게 어진 사람을 잡으려 하나 양부인이 듣고 믿지 않아 오히려 상서를 준엄하게 꾸짖고 시녀를 신문하지 않으니 놀라며 생각하였다.

'이 늙은 노인이 어찌 이리 사리분별의 밝음이 심한가? 비록 진평(陳
14 平)[447] · 장량(張良)[448]이라도 이 흉한 부인은 속이지 못할 것이니 장차 어찌할꼬?'

밤낮으로 계책을 꾀하였는데 홀연히 떠오른 바가 있어 온 마음으로 기뻐하며 정신이 날아오를 듯하였다. 과연 무슨 흉계인가?

원래 천하 가운데에 맑고 깨끗한 환술(幻術)과 요괴로운 약이 무궁하지만, 무고(巫蠱)의 일은 방연(龐涓)[449]이 전하였고, 환술의 변고는 진시황제

---

446) 어머님의 ~ 효성 : {첩[妾]의 효은(孝恩)}. 효은이란 부모님의 은혜에 보답하기 위한 효도를 뜻함.

447) 진평(陳平) : 전한(前漢)의 공신. 지혜와 모략이 뛰어나 한고조를 도와 천하를 평정하였고, 혜제 때에 좌승상이 되었으며 여공(呂公)이 죽은 후 여씨 일가를 죽이고 한나라 왕실을 편안케 하였음.

448) 장량(張良) : 전한(前漢)의 공신. 한(韓)나라가 망하자 그 원수를 갚고자 역사(力士)를 시켜 진황을 치게 했으나 실패함. 훗날 한(漢)고조 유방의 모신(謀臣)이 되어 진나라를 멸망시키고 초나라를 평정하여 한(漢)나라를 세움. 모략이 뛰어남.

449) 방연(龐涓) : 전국시대 위(魏)나라의 병법가. 손빈과 함께 병법을 배웠는데, 방연은 손빈보다 빨리 하산하여 위나라 재상의 자리에 올랐으나 손빈이 자신을 능가할까 두려워 거짓으로 손빈을 위나라로 부른 뒤 '손빈이 고향인 제나라로 돌아간 후 위나라를 멸하려 한다' 는 누명을 씌움. 이 때문에 손빈은 두 발목이 잘리는 형벌을 받고 정신적 충격을 받아 오랫동안 바보 같은 행동을 했다고 함.

와 한무제가 허무한 일을 숭상하던 것에서 비롯된 바이다. 깊은 산중에서 약초를 캐고 깊은 골짜기에서 도를 깨달은 사람들이 마음을 바른 데로 돌려보내지 않아 요망한 일로 속세 사람들을 가르쳐 전하니 오대(五代)[450] 시절에 더욱 성하였다. 송 태조가 중흥하신 후에 사람들의 마음이 순박하고 후덕해졌으나 모두 그치지는 못하였으니, 오직 강주(江州)와 심양(潯陽)은 사람과 물건이 번화하고 또 깊은 산에 도사가 많아 요괴로운 환약이 세 종류가 있었다. 첫째는 이름하여 '도봉자'이고 별호(別號)는 '회심단(回心丹)'이다. 이는 부부 사이가 소원하다가도 이 약을 그 지아비에게 먹이면 은혜로운 정이 사생(死生)을 다 잊을 정도로 무르익는다. 둘째는 '여의개용단(如意改容丹)'이니 사람이 만약 먹으면 즉시 얼굴이 변하여 그 되고자 하는 사람의 얼굴이 된다. 이는 그 용모를 마음대로 바꾼다고 하는 뜻이다. 셋째는 이름하여 '외면회단(外面回丹)'이니 여의개용단을 먹어 얼굴이 바뀌었다가 외면회단을 먹으면 다시 자기의 낯으로 돌아오기 때문에 이렇게 지었다. 이 세 종류의 약 값이 천금보다 비싸다. 그러므로 여씨가 개용단을 얻어 해와 달을 속이려는 뜻이 일어나 가만히 두루 듣고 보아 구태여 외면단과 개용단을 얻어 계교를 행하게 된다.

재설(再說). 소상서가 집안의 변고를 만났으나 어머니께서 침착하라고 하시니 명령을 거역하지 못하였다. 밤낮으로 부지런히 힘써 모친의 당(堂)과 아침 저녁 식사 봉양을 살펴 간사한 것을 막으면서 세 부인에게는 매우 엄하게 대하였다.

어느 날 밤에 어머니께 저녁 문안을 드리고 나와 서헌(書軒)에서 밝은

450) 오대(五代) : 전오대(前五代)는 송(宋), 제(齊), 양(梁), 진(陳), 수(隨)를 가리키고, 후오대(後五代)는 후량(後梁), 후당(後唐), 후진(後晋), 후한(後漢), 후주(後周)를 가리킴. 여기서는 후오대를 이르는 듯함.

16 달을 구경하며 시를 읊조리고 있었다. 앞에 두 서동(書童)이 기다리고 있
었고 사방에 인적이 드물었다. 그런데 갑자기 한바탕 향기로운 바람에 패
옥(佩玉) 소리가 나더니, 뒤에서 한 미인이 가냘프고도 예쁘게 나와 상서
의 곁에 와 앉으며 말하였다.

"제 죄가 중하기는 하지만 상공의 박대가 너무 심하니 어찌 한스럽지 않겠습니까? 비록 설씨에게 정이 머물고 복중(腹中)에 설씨의 골육이 있지만, 낭군의 옥 같은 모습과 꽃 같은 풍모를 잊을 수가 있겠습니까?"

상서가 머리를 돌려 보니 이 사람은 바로 석씨였다. 귀신의 거울이라고 한들 달빛 아래에서 아름다운 자태를 어찌 능히 가려 낼 수 있겠는가? 상서가 그녀를 보고 말을 듣고는 매우 이상하게 여겨 밝은 눈동자를 바르게 하여 오래도록 보고 말을 하지 않았다. 그러니 석씨가 가까이 와서 상서의 손을 잡고 머리를 무릎에 얹으며 말하였다.

"낭군이 어찌 저에게 매몰차게 대하십니까? 바라건대 제가 그리워하는 정을 어여삐 여기십시오."

드디어 방탕하고 더러운 행동을 심하게 하였다. 상서가 다만 기괴하고
17 이상하게 여기는 것은 석씨가 저럴 리가 만무한데, 아닐 것이라 생각해도
또한 용모와 목소리가 분명하고, 만삭의 몸도 전혀 의심할 것이 없으니
일단 놀라고 의심스러움을 이기지 못하여 탄식하며 말하였다.

"사람의 마음 알기는 어렵도다. 우리 어머니의 사람 알아보심과 나의 사람 알아봄이 다른 사람에게 비할 바가 아닌데, 석씨를 몰랐구나."

이에 손을 떨치고 물러 앉아 그녀를 책하였다.

"그대의 행실이 이럴 줄을 몰랐습니다. 내가 밝히 보지 못했군요. 여자가 되어 어두운 밤에 서당에 나온 것도 그르거니와 자식을 남의 자식이

라고 함은 스스로 실행(失行)한 것을 자랑하는 것이니 이 어찌 사람이라고 할 수 있겠소? 내가 당초에 어머님 거처에 저주를 내린 것과 음식에 독을 넣은 것에 대해 부인이 애매하게 오해 받는 것이고 여씨가 저지른 일인가 생각하였는데, 이제 헤아려 보건대 그대가 지어낸 것이군요. 빨리 당신 방으로 들어가고, 내일 친정으로 돌아가시오."

석씨가 떨치고 일어나 상서를 박차며 철 여의봉으로 치려하며 말하였다.

"이 상전을 배반한 종[451] 소경아, 네가 진실로 무례한 말을 하는구나.
나는 공후(公侯)[452]의 자손이며 대신(大臣)의 딸로서, 미천한 소광의 며 18
느리가 되고 너의 재취가 된 걸 한스럽게 여겨 설생과 부부의 도를 이루어 이미 잉태하였는데, 너의 자식같이 여기느냐? 화씨와 여씨에게 혹하여 한 달에 열흘도 오지 않으니 내가 어찌 빈방을 달게 지키겠느냐? 늙은 시어미를 먼저 죽이고 이어서 너를 없애려고 하였으니 설마 어쩌겠느냐?"

상서가 얼굴빛을 바르게 하고 대답하지 않으니, 석씨가 일어나 안으로 들어갔다.

여씨가 침소에 돌아와 외면단을 먹고 심복 시녀와 더불어 탄식하며 말하였다.

"만약 이 약이 아니었다면 하마터면 비밀이 샐 뻔하였다. 양부인만 그렇게 아는가 했더니, 상서도 내가 석씨를 잡으려고 하는가 여기더라. 그러니 어찌 놀랍지 않으냐?"

---

451) 상전을 ~ 종 : {반노(叛奴)}. 이는 자기 상전을 배반한 종을 이름. 여씨가 석씨로 얼굴을 고치고 소경에게 욕하면서 이렇게 말하는 것임.

452) 공후(公侯) : 공작과 후작. 석씨의 조부가 장군으로서 공후이므로 이같이 말하는 것임.

다음 날 아침에 상서가 어머니 앞에 나아갔는데, 세 부인과 소씨 · 윤씨 두 누이와 두 서모가 모여 있었다. 상서가 기운을 참고 눈을 낮추어 양부인을 뵌 후에 갓을 벗고 허리띠를 풀고 계단 아래로 내려가 죄를 청하니, 양부인이 물었다.

"무슨 일이 있느냐?"

19 상서가 두 번 절하고 꿇어 앉아 아뢰었다.

"지난 번 무고(巫蠱)와 음식에 독을 넣은 일이 비록 의심스러웠으나 드러난 일이 없고, 또 어머님의 가르침을 받들고자 자세히 조사하지 못하였습니다. 그래서 마음 한구석으로 불안해하며 지냈는데, 어제 달밤에 석씨가 나와서 하는 일과 거동이 음란하고 패악할 뿐만 아니라 자기 입으로 무고한 일과 독 넣은 일을 실토하였습니다. 예전에는 의심할 뿐이었으나 이제 당하고서는 미루어 의심이 다른 데에 있지 않습니다. 바라건대 어머니께서는 그 죄를 다스리시어 인간의 떳떳한 도리를 바르게 하시고 제가 집안 다스리지 못한 죄를 다스리시기를 바랍니다."

좌우의 사람들이 크게 놀라 각각 돌아보고, 세 부인은 상서가 마루 아래로 내려가 꿇어앉았음을 보고 당 위에 있지 못하여 중계(中階)로 내려왔다. 이 말을 듣고 석씨는 하늘을 우러러 길게 탄식하였고, 화씨는 의아하여 자주 돌아보니, 양부인이 천천히 물었다.

"내 아들은 빈 소리를 하지 말 것이니, 진실로 석씨가 나갔더냐?"

상서가 대답하였다.

20 "제가 비록 예의를 모르지만 어찌 감히 어머니를 속이겠으며 또 무슨 일로 석씨를 모함하겠습니까?"

양부인이 말하였다.

"네가 이매(魑魅)[453]와 망량(魍魎)[454]을 본 게 아니냐?"

상서가 대답하였다.

"저와 함께 두 서동(書童)도 보았습니다. 요괴를 몰라보겠습니까?"

양부인이 상서의 어른스럽고 완숙함을 알지만 믿지 못하여 서동을 불러 엄하게 물었다. 서동이 모두 석부인이라고 하여 세 사람의 말이 하나 같았다. 양부인이 또한 한참동안[455] 놀라고 의아해 하고는 말하였다.

"석씨는 들어라. 네가 내 집에 온 지 네 해 만에 무슨 일이 부족하여 이런 패악한 행동을 하느냐?"

석씨가 눈물을 머금고 머리를 두드리며 말하였다.

"제가 슬기롭지 못한 기질로 거룩한 은혜를 두터이 받아 죽을 때까지 우러러 곁에서 모시려고 하였습니다. 그런데 효성이 없어 지난번에는 망극한 변을 만났고 어제 달밤에는 서당에 갔었다고 하니, 이는 푸른 하늘이 죄를 내리신 것입니다. 입이 있어도 죄가 없음을 변명하지 못하니 죽을죄를 청할 따름입니다."

소씨와 윤씨가 말리며 말하였다.

"석씨가 무슨 이유로 이런 변을 이루겠습니까? 아우의 말이 그릇된 듯 21
합니다."

상서가 하늘을 우러르고 싸늘하게 웃으며 말하였다.

"제가 비록 아는 것이 없지만 어릴 때부터 빈말은 하지 않았는데 어찌 사람마다 믿지 않습니까? 결단하여 그냥 두지 않고 국법으로 다스릴 것입니다."

---

453) 이매(魑魅) : 인면수신(人面獸身)으로 사람을 잘 홀린다는 네 발 가진 도깨비.
454) 망량(魍魎) : 도깨비.
455) 한참동안 : {반향[半晌]이 디난 후}. 문맥을 고려하여 이같이 옮김.

말을 마치기도 전에 얼굴빛이 찬 재 같아졌다. 어머니 앞이라 성난 기세를 억지로 참았지만 억제할 수가 없었다. 눈썹에 묵묵한 위풍(威風)이 맺혀 북풍(北風)이 높이 부는 듯하고, 봉황 같은 눈은 더욱 몽롱하고 가늘며, 맑고 굳센 목소리는 점점 낮아져 장차 분한 기운이 막힐 듯하였다. 양부인이 그 거동을 보고 능히[456] 어찌할 수 없어 걷잡아 꾸짖어 말하였다.

"석씨를 처치함을 조용히 의논할 것이지 어찌 저렇게 성을 내며 내 앞에서 공손치 못한가?"

상서가 얼굴을 고치고 기운을 온화하게 하여 사례하며 말하였다.

"제가 어찌 감히 방자하겠습니까? 다만 석씨를 옥사(獄司)에 고하십시오."

양부인이 말하였다.

"비록 석씨가 그르지만 그 자식이 있고 또 잉태하고 있으니 어찌 천박
22 하게 옥사를 이루겠느냐? 더욱이 앞으로는 석공[457]의 얼굴을 보지 않으려 하느냐? 아직 머무르게 하여 자식 낳기를 기다려서 조사한 후에 내치는 것이 옳다."

상서가 듣고 나서 머리를 조아리며 말하였다.

"만약 그렇게 한다면 이는 그 죄를 다스리지 않는 것이니, 제가 무슨 면목으로 세상을 살아가겠습니까? 어머님은 세 번 살피십시오."

양부인이 미처 답하지 못하고 있는데, 석파가 나와 고하였다.

"석부인이 어찌 이럴 리가 있겠습니까? 부인께서는 밝히 살피시어 내쫓는 화를 보지 않게 하십시오. 하물며 뱃속의 아이와 어린 공자의 낯

---

456) 능히 : {시러곰}. 능히, 얻어 등의 뜻임.
457) 석공 : 석부인의 부친을 이름.

을 보시어 너그러이 용서해 주시기를 바랍니다. 또 상서는 어찌 살피지 않고 이렇게 화를 내십니까?"

양부인도 그렇다고 생각하였는데, 상서가 마음이 불평하여 소매를 들어 무릎을 쓸고 고쳐 앉으며 불쾌한 안색을 드러내고 갓을 숙이며 말하였다.

"서모가 이 일의 의심스러움을 생각하지 않으시고 어찌 말씀을 함부로 하십니까? 석씨가 서모께서 사정을 봐주심을 믿고 악행을 하는데도 책망하여 막지는 않으시고 도리어 구하려 하시니 어찌 사사로운 정이 넘쳐 한쪽으로 치우친 것이 아니겠습니까? 이는 또 제가 평소에 바라던 바가 아닙니다." 23

석파가 상서가 스무 해가 지나도록 큰소리 내는 것을 듣지 못하다가 정숙한 빛으로 평안하지 않음을 말하는 것을 듣고 부끄러워하며 물러났다. 양부인이 상서의 거동을 보고 또한 이상하게 여겨 어떻게 할 줄을 몰라 석씨에게 말하였다.

"이미 이 일에 다다라서는 내가 실로 어두워서 해결하지 못하겠다. 아들이 매우 평안치 못해 하니 잠깐 친정으로 돌아갔다가 액이 다한 후에 다시 모이는 것이 좋겠다."

석씨가 머리를 조아리며 인사하고 말하였다.

"목숨을 살려 주시는 훌륭하신 덕을 입어 친정으로 돌아가게 되니 이 은혜는 산과 바다도 가벼울 정도입니다."

드디어 소씨 · 윤씨 두 사람과 화씨 · 여씨 두 사람을 이별하고 벽운당에 와 조금도 슬퍼하는 빛이 없이 짐을 꾸렸다. 상서가 외당으로 나가 시녀를 시켜 석씨에게 말을 전하였다.

“부인이 이런 죄를 무릅쓰고 무슨 면목으로 친정엔들 돌아가겠소? 내
가 행여 어머님 명령을 받들어 법대로 처리하지 않은 것이고, 성인의
24 가르침을 닦아 예가 아닌 말을 하지 않기에 어젯밤에 부인이 하던 말을
채 발설치 않은 것이지 그대를 아껴서가 아니오. 또 장인[458]의 얼굴을
보고 그런 것도 아니며 내가 집안 다스림에 더러운 일을 말하지 않으려
한 것이오. 그대가 염치가 있으면 뱃속 아이를 거느리고 어디를 가겠
소? 빨리 한 그릇 독주(毒酒)를 먹고 스스로 죽어야 석공의 가풍과 나의
분노와 그대의 죄를 씻을 것이오. 그러니 살아 돌아갈 뜻을 두지 마시
오.”

소저가 차게 웃고 회답하여 말하였다.

“제가 사납다고 하는 것은 다른 행동으로 말한다면 달게 받겠지만 무
고의 일과 독을 넣은 일, 그리고 지난밤에 나갔다고 하는 것은 받아들
이지 못하겠습니다. 저도 성인의 가르침을 조금은 보았는데, 군자가
거짓말을 해도 된다는 데는 없었습니다. 제가 비록 지은 죄가 있을지
라도 어머님께서 친정으로 돌려보내시면 집에 가 부모님을 뵙고 편히
있을 따름입니다. 무슨 이유로 부모께서 주신 몸을 버리고 청춘에 더
러운 누명을 씻지 못하여 스스로 죽겠습니까? 죄가 있다면 부끄럽겠지
만 제가 비록 불초해도 죄 없기가 대낮 같습니다. 여러 가지로 책하시
지만, 너무 부끄러워 친정에 돌아가지도 못할 정도의 죄는 없는가 싶습
25 니다. 그러나 어머님과 상서가 나가기를 재촉하시는데, 여자가 돌아가
의지할 곳이 없으니 친정으로 돌아가지만 죽으라고 하시는 말은 알아
듣지 못하겠습니다. 또 어젯밤 일을 다시 일컬어 책하시지만, 저는 죄

458) 장인 : {참정[參政]}. 석부인의 아버지인 석참정을 이르므로 이같이 옮김.

를 지은 적이 없으니 두렵지 않습니다."

시녀가 돌아와 전하니, 상서가 매우 놀라고 통탄하며 빨리 석씨의 혼서(婚書)[459]와 채단(綵緞)[460]을 내어오라고 하였다. 이에 석씨가 흔쾌히 내어 주니, 석파가 급히 말리며 말하였다.

"부인이 어찌 이것을 내어 보냅니까? 내가 마땅히 양부인께 고하여 상황을 완전하게 돌려 놓을 것입니다."

석씨가 말하였다.

"옳지 않습니다. 이것을 보내지 않으면 보고 듣는 이들이 다 나를 구차하게 여길 것입니다. 얘야, 빨리 가져가라. 뒷날 저와 다시 인연이 있다면 혼서가 없다고 나를 버리겠으며 첩으로 삼을 것도 아니니, 서모는 염려 마시오."

드디어 혼서와 채단을 내어오니, 상서가 난간에 의지하여 불을 가져다가 사르라 하였다. 석파가 나아와 말하였다.

"낭군이 차마 이것을 불 지르고 저 어린 공자를 어느 땅에 두려 하십니까?"

상서가 석파를 보고 옷깃을 가다듬고 단정히 앉아 머리를 숙이고 잠시
후에야 밝은 눈동자를 가늘게 하고 차가운 눈초리로 대답하였다. 26

"저는 평생의 무식한 아이입니다. 그래서 군신유의(君臣有義)와 어머니 우러르는 뜻만 있을 뿐이고, 부부유별(夫婦有別)과 부자유친(父子有親)은 알지 못합니다."

말을 마치는데 분위기가 매서웠다. 석파는 그의 태연자약하던 얼굴빛

459) 혼서(婚書) : 혼인 때에 신랑집에서 신부집에 보내는 글.
460) 채단(綵緞) : 혼인 때에 신랑집에서 신부집에 보내는 청색 · 홍색의 비단.

이 저절로 슬퍼지고 말씀이 매우 순조롭지 못하자, 말을 붙이지 못하고 길게 탄식하며 들어왔다.

상서가 본디 천성이 과도한 것을 삼가는 사람이니, 이유 없이 혼서를 불 지른 것이 아니다. 여씨가 석씨로 변하여 나갔을 때에 설씨와 사통하며 자식이 다 설씨의 자식이라고 하였으니, 비록 무례하다고 여겼지만 높은 신하의 밝은 가르침으로 풍속의 교화를 더럽게 하지 않으려고 발설치 않은 것이다. 그렇지만 아주 관계를 끊어버리겠다고 생각하였고 그 자식도 자기 골육이 아니니 더욱 혼서를 그대로 두지 않겠다고 하여 깊은 뜻을 정하여 혼서를 없앤 것이다. 그런데 다른 사람들은 상서가 다만 한때의 분함을 푸는 것이라고 생각하였다. 이 때문에 아이를 어미에게 마저 맡겨 함께 보내고, 벽운당을 무너뜨려 자취를 없앴다. 소상서의 현명하고
27 너그러움으로도 능히 깨닫지 못한 것은 다 석씨의 액이 무거워서이다.

석부인이 친정에 돌아와 일의 처음과 끝을 전하니, 일가가 크게 놀라고 석장군[461]이 벌컥 크게 노하여 칼을 빼며 말하였다.

"내가 당당히 소경을 죽여 이 한을 씻을 것이다."

드디어 떨치고 일어나 자운산에 이르렀다. 소상서가 의관(衣冠)을 바르게 하고 맞으니, 장군이 노기(怒氣)가 하늘을 찔러 칼을 빗겨 차고 마루에 올라가 눈을 부릅뜨고 소상서를 보는데 위풍(威風)이 당당하고[462] 살기(殺氣)가 얼굴에 가득하였다. 상서가 알아보고 하늘을 우러러 탄식하며 말하였다.

"하늘과 땅이 사람을 낼 때에 어찌 이렇듯 고르지 않아 강포하고 악함

---

461) 석장군 : 석소저의 조부임.
462) 당당하고 : {규〃[赳赳]ᄒᆞ고}. 헌걸차다, 용맹하다는 뜻.

이 이렇게 심한가?"

석장군이 사나운 목소리로 말하였다.

"누가 강포하고 악하냐?"

상서가 말하였다.

"무식하고 말이 안 통하는 사람은 바로 군후(君侯)[463] 입니다."

장군이 크게 성내어 칼을 들고 말하였다.

"네가 어찌 나를 욕하느냐? 내가 반드시 너를 죽여 한을 풀 것이니 빨리 목을 늘어 뜨려 칼을 받아라."

상서가 단정히 앉아 안색을 변치 않고 말하였다.

"장군은 화를 식히고 내 말을 들으십시오. 지금 천하가 신령하고 인심이 불안하니 장군이 마땅히 개국(開國) 공훈(功勳)으로 국정을 다스리고
나라를 보호하는 것이 옳은데, 이유 없이 칼을 들고 나를 죽이려고 하 28
시니 그 성내는 뜻을 알지 못하겠고 대개 천자께서 명을 내리신 것도 아닙니다. 소생이 군령의 간섭을 받지 않으니, 알지 못하겠습니다. 내가 장군께 무슨 죄를 지었습니까? 내가 비록 일개 서생(書生)으로 어린아이지만 일찍이 벼슬이 지존을 가까이서 모시는 데에까지 이르렀으니 같은 조정 신하입니다. 하물며 문(文)과 무(武)는 한계가 매우 차이가 나는데, 저는 공부자(孔夫子)를 배웠고 장군은 『육도(六韜)』·『삼략(三略)』을 스승 삼았습니다. 또 나는 군후(君侯)의 휘하에 있지 않고 성상(聖上)의 자리 아래에서 모시고 있는 신하입니다. 장군이 공훈(功勳)으로 세력을 부려 저를 해치려 하지만 한신(韓信)[464] 의 공로로도 미앙궁(未央宮)[465]

---

463) 군후(君侯) : 제후 또는 재상을 이름. 여기서는 무반(武班)의 우두머리 즉 장군을 지칭하는데, 소경이 자신은 문반(文班) 즉 서생(書生)이라고 지칭하고 있는 것과 대가 됨.

464) 한신(韓信) : 한나라 고조의 공신으로 소하·장량과 함께 삼걸(三傑)이라 불림. 고조의 대장으

에서 베임을 당했으니 예부터 장수와 재상의 삼갈 바입니다. 군후가 만약 모진 기운을 날린다면 두려워하는 바는 나의 죽음을 싫어하는 것이 아니라 군후의 머리를 보전치 못할까 근심하는 것이니, 군후는 모름지기 살펴야 할 것입니다."

석장군이 듣기를 마쳤는데, 그 강렬하고 정직한 것에 탄복하여 칼을 버리고 기운을 잃어 눈썹을 찡그리며 탄식하였다.

29 '내가 반생(半生)을 세상에서 살아 왔는데 도리어 어린 서생[466]만 못한가?'

드디어 상서의 손을 잡고 등을 두드리며 웃고 사죄하며 말하였다.

"과격한 일을 늙은이가 스스로 하였으니, 상서는 모름지기 노하지 마라. 내가 하는 바가 사람 죽이기를 힘쓰는 것이니 마음과 같지 않게 문득 칼을 빼는 것이 본래 소행이네. 무례함을 뉘우치네."

상서가 그 거동을 보고 역시 웃고 사례하며 말하였다.

"학생이 군후를 가볍게 보는 것이 아니고 어린 소견을 펴는 것이었는데, 쾌히 깨달으시니 천만 다행입니다."

장군이 석씨를 내친 일을 묻지 않고 오래도록 말하다가 돌아가니, 상서 또한 마음에 거리끼지 않았다.

장군이 석씨를 불러 웃고 말하였다.

"내가 항상 너를 강직하다 생각했더니, 소경은 더 모질더라. 평상시 보기에 얼굴과 거동은 매우 엄하지만 사람됨은 매우 단정하고 소박했는

로서 조·연·제 등의 나라를 차례로 공략하여 천하 통일의 기초를 확립하였으나 마침내는 여후와 소하의 모계(謀計)로 잡혀 모반죄로 삼족이 멸족됨.

465) 미앙궁(未央宮) : 한(漢) 나라의 유명한 궁전.

466) 어린 서생 : {빅면[白面]}. 나이가 어려서 경험이 부족한 사람을 이름.

데, 그 속은 네 할아비에 미칠 바가 아니더라."

석씨가 말하였다.

"할아버지께서 어떻게 아셨습니까?"

장군이 수말(首末)을 말하였더니, 석씨가 크게 놀라 묵묵히 아무 말도 하지 않았다. 장군이 웃으며 말하였다.

"네가 나를 잘못했다고 여기는 것 아니냐?" 30

석씨가 천천히 대답하였다.

"손녀가 어찌 감히 할아버지를 잘못했다 여기겠습니까? 다만 할아버지께서 우레같이 노하셔서 그의 목숨을 가볍게 여기시니 놀랐습니다."

장군이 탄식하였다.

석씨가 물러나와 아들을 기르며 복중의 아이를 보호하여 비록 소씨 집안에 가지 못할지라도 두 자식을 의지하여 늙기로 하고 지게문밖을 가벼이 나가지 않으니, 부모가 매우 불쌍하게 여겼다. 석참정이 조정에 가 소상서를 만나긴 했으나, 그가 관복(官服)을 입고 엄숙하게 상대하니 사사로운 정황을 묻지 못하고 한갓 노할 따름이었다.

소상서가 이부(吏部)467)에서 당직을 하다가 나와 어머니 앞에 뵈었는데 석파가 없어 물으니, 소씨가 말하였다.

"석서모가 병이 들어 일어나지 못하고 병세가 매우 중하다."

상서가 놀라고 의아하여 문병하였다.

원래 석파가 석부인이 쫓겨나는 화를 당하는 것을 보고, 중매하던 좋은 뜻이 사그라져 두 가문에 낯이 안 섰다. 또 소상서가 전날 석씨를 내칠 때

---

467) 이부(吏部) : 중앙 관청의 하나로 처음에는 상서성의 일부였으나 명청시대에는 독립된 한 부를 이루어 호(戶)·예(禮)·병(兵)·형(刑)·공(工)의 다섯 부서와 합하여 육부(六部)라 함. 문관의 임면(任免)·훈계(勳階) 등에 관한 사무를 맡음.

에 한 말이 편안하지 않아 두루 마음이 답답하여 문득 마음에 병이 일어
31 났다. 본래 기질이 약하였기에 병이 든 후에는 날로 중해져 이파가 밤낮으로 간호하며, 소·윤 두 사람과 집안의 시녀들이 다 근심하여 점치는 이에게 묻기도 하고 의원에게 약을 짓게도 하였으나 낫지 않았다. 그래서 집안사람들이 매우 근심하였는데, 상서가 나와 듣고 놀라 급히 일희당으로 가 서모를 보았다. {일희는 으뜸 첩이 있는 곳이니, 소처사가 살아 있었을 때에 지은 이름이다.}468) 석파의 용모가 비쩍 말랐고469) 숨이 몹시 약하여470) 반생반사(半生半死)하여 이부자리에 누워 있었다. 상서가 매우 근심하여 나아가 물었다.

"제가 십여 일을 떠났다가 돌아왔더니 그 사이에 서모가 어찌 이렇듯 병이 나셨습니까? 증세를 알고 싶습니다."

석파가 눈을 들어 상서를 보고 눈물을 비같이 흘리니, 상서도 느껍고 슬퍼져서 위로하여 말하였다.

"서모는 어찌 이렇게 슬퍼하십니까? 마음을 넓게 하시고 몸을 잘 돌보십시오."471)

이에 석파가 울며 말하였다.

"홀로 된 늙은이가 낭군 바라봄을 태산같이 하여 친조카의 아름다움을
32 보고 인연을 이루게 하였는데, 운수가 기구하여 이런 일을 만나니 두 집안에 낯이 없습니다. 또 웃음이 변하여 울음이 되었으니 석공께서 저를 원망하시며 낭군이 또 나를 미워하십니다. 그러니 이는 바로 집

468) 원문에 작은 글씨로 쓰여 있는 세주(細註)는 이같이 { }로 처리함.
469) 비쩍 말랐고 : {한형(寒荊)}. 문맥을 고려하여 이같이 옮김.
470) 숨이 ~ 약하여 : {엄〃(奄奄)ᄒᆞ야}. 숨이 곧 끊어지려고 하거나 몹시 약한 모양임.
471) 몸을 ~ 돌보십시오 : {실셥[失攝]ᄒᆞ믈 방비(防備)ᄒᆞ소셔}

이 있지만 들어가지 못하고 나라가 있지만 의지할 데가 없는 격으로, 외롭고 궁한 몸이 외롭고도 쓸쓸하여 큰 바람 속의 흙과 모래를 부러워하는 것은 가는 곳마다 부딪치기 때문입니다. 제 인생이 거미줄만 못합니다. 이렇기 때문에 제가 스스로 헤아리건대 반드시 죽을 듯하니, 낭군은 바라건대 제가 석씨를 천거한 죄를 용서하고 제 시신을 선친 묘 아래에 묻어 박명한 영혼을 위로하십시오."

상서가 듣고 나서 안색을 낮추고 목소리를 온유하게 하여 사죄하였다.

"제가 비록 아는 것이 없으나 어찌 감히 서모를 좋지 않게 여기겠습니까? 그러나 지난번에 어머니께서 제 말을 허탄하다고 여기실 때에 서모도 또한 곧이듣지 않으시고 석씨를 구하려 하시니, 제가 한때 참지 못하고 그렇게 한 것입니다. 그 일 때문에 이렇듯 병이 나시고, 또한 말씀이 이러한 지경에 있으니 황공하기 그지없습니다. 죽고자 해도 용납될 땅이 없으니 비록 만 번 후회한다 해도 어찌 용서 받겠습니까? 이는 33
다 저의 성품이 조급하고 말이 무례한 탓입니다. 바라건대 서모는 저의 죄를 용서하시고 마음을 넓게 하시어 병을 조리하십시오. 석씨의 사나움이 서모께 관련되지 않는데도 이처럼 걱정하십니까?"

석파가 탄식하며 말하였다.

"만약 낭군이 말이 잦고 희로(喜怒)의 표현이 잦은 사람이라면 제가 족히 회개하지 않을 것이나, 수십 년이 되도록 노한 얼굴을 보지 못하다가 하루아침에 심한 책망을 들으니 부끄러워 용납할 수 없을 듯하여 저절로 고민이 된 것입니다. 어찌 석부인 때문에 난 병이겠습니까?"

상서가 웃고 위로하여 말하였다.

"제가 평소에 생각이 얕아 마음에 두는 일이 없는데, 서모가 저를 매우

어렵게 대하고 그르다고 여기시어 이렇게 마음에 담아 두는 사람이라 고 깊이 의심하시니 저도 또한 서모가 박정하다[472] 여겨집니다. 만약 석씨 같으면 비록 그보다 더한 말을 하더라도 이처럼 노하시지 않으셨을 것입니다."

석파가 상서의 거동이 온화하고 말씀이 간절함을 보고 또한 웃고 대답하였다.

34 "제가 낭군을 석부인보다 더 중히 여겼는데 낭군이 매몰차게 하시니 기대하고 아끼던 마음이 놀라서 이리 노여운 것입니다. 석씨 같으면 무엇 때문에 그처럼 노하겠습니까? 제 원망은 낭군을 친조카보다 더 생각하여 비롯한 것입니다."

상서가 은은하게 웃음을 머금고 간호하는데 약을 친히 준비하고 옷의 띠를 풀지 않으니, 석파가 고마움을 이기지 못하였다.

며칠 후 상서가 들어와 문후하고 앉아 한가로이 이야기를 나누는데, 석장군의 말을 이르니 석파가 또한 놀라고 우습다고 여겼다. 또 조용히 물었다.

"낭군이 혼서와 채단을 태웠는데, 이제 저 어린 공자를 어찌하려 하십니까?"

상서가 눈썹을 찡그리고 대답하였다.

"그 모자(母子)는 내가 간섭할 바가 아닙니다."

석파가 놀라 말하였다.

"석부인은 낭군이 버리시더라도 골육도 찾지 않으려 하십니까?"

상서가 대답하였다.

---

472) 박정하다 : {믜야ᄒᆞ야}. 매정하다, 박정하다는 뜻의 고어.

"내가 비록 사납지만 어찌 내 자식을 버리겠습니까? 또 '부모는 자식을 사랑으로 키우고 자식은 자라서 효도한다.'[473]고 합니다. 그런데 내가 그 어미를 사랑하거나 미워하는 것에 따라 자식에 대한 애증(愛憎)이 달려 있겠습니까? 이 경우는 그런 것이 아닙니다."

석파가 그 거동을 보고 깨달아 반드시 석씨가 음란한 행실을 했다고 35
의심하는 것 같다고 여겨 얼굴색을 바꾸며 말하였다.

"낭군의 말씀이 이상합니다. 어찌 이렇게 모호하게 굽니까? 석부인 자식이 바로 상공의 아들인데, 비록 어미를 거절했다고 자기 자식조차 버립니까? 말씀을 왜 이렇게 하십니까?"

상서가 옅게 웃으며 말하였다.

"내가 어찌 자식을 버리겠습니까? 그렇기에 운아 형제[474] 사랑하는 것이 병이 될 지경이지만, 그밖에는 내 자식이 없습니다. 내 자식이 아닌 것을 사랑하는 것도 이상하니, 서모는 내 진짜 자식을 데려 오십시오. 아침 저녁으로 책하셔도 내가 낳은 자식은 어여삐 여기겠습니다."

석파가 말하였다.

"석부인 아들이 상공 자식인 것으로 압니다."

상서가 말하였다.

"저도 그렇게 생각했는데 잘못 알았던 듯합니다."

석파가 말하였다.

"어찌 잘못 알았다고 하시는 것이 아니라 잘못 알았던 듯하다고 합니까?"[475]

---

473) 부모는 ~ 효도한다 : {모ᄋᆡᄌᆞ포[母愛子哺] ㅣ}. 문맥을 고려하여 이같이 옮김.
474) 운아 형제 : 화부인 소생의 두 아들을 뜻함.
475) 어찌 ~ 합니까 : {엇디 그릇아랏노라 ᄒᆞ시는 거시 그릇 아는 말이로다}. 문맥을 고려하여 이같

상서가 말하였다.

"내가 스스로 안 것이 아니라 석씨의 말입니다."

석파가 말하였다.

"석부인이 무엇이라고 했습니까?"

상서가 대답하지 않자 재삼 캐물으니, 상서가 천천히 말하였다.

36 "서모의 병이 나으시거든 도성(都城)으로 들어가 석씨를 보고 물으십시오. 이에 대해 가장 잘 알던 사람이니 서모께 어련히 말씀드리겠습니까?"

석파가 탄식하며 말하였다.

"낭군이 벌써 석부인을 미워하여 이렇게 말씀을 하지만, 석부인은 그런 류의 사람이 아닙니다."

상서가 말하였다.

"나도 또한 석씨를 이렇지 않은 부류의 사람으로 알았는데 행실이 이와 같으니, 사람 속은 진실로 알지 못하겠습니다."

석파가 매우 서글프고 아쉬워하였고, 상서 또한 탄식하였다. 이 날 밤에 석파가 병이 좀 나아 기운이 잠깐 돌아왔기에, 상서가 물러나 외당으로 와 촛불을 밝히고 글을 보았다.

이때 여씨가 석씨를 해쳤으나 상서의 종적이 자기에게 더하는 일이 없고 기색이 옛날과 같으니 또 생각하기를, '화씨를 마저 없애 그 가권(家權)을 빼앗아야겠다.'고 하였다. 그리하여 이 날 황혼에 약을 삼켜 화씨가 되어 외당으로 나오니, 인적이 드문데 비단 창문에 촛불 그림자가 휘황하고 상서가 글을 읽는 소리가 났다. 가만히 엿보니, 상서가 의관을 바르게 쓰

이 옮김.

고 옷의 띠를 풀지 않고 책상을 대하여 책을 보고 있었다. 여씨가 비록 부 37
부가 된 지 여덟아홉 달이 되었지만 어머님 계신 곳에서 여러 사람이 모인 가운데에서는 불편하여 보지 못하였고, 자기 방에서 혹 같이 있었어도 어두운 밤에 들어와 엄숙하게 머물고 새벽에 나가니 그 얼굴을 자세히 몰랐다. 이 날 엿보니 아름다운 봉황 같은 어깨에 청삼(靑衫)을 입고 연꽃 같은 얼굴에 검은 갓을 쓰고 있었다. 귀밑머리는 가을 달이 구름 속에서 비치는 듯하고 눈썹 사이에 바르고 밝은 기운이 어리었다. 그가 맑은 눈을 들어 한번 둘러보니 밝은 빛이 네 벽에 비치고 정채(精彩)가 북두성과 견우성을 깨뜨리는 듯하였다. 여씨가 공경스러움과 사랑스러움을 이기지 못하여 화씨를 없애고 총애를 얻으려는 마음이 더욱 일어나 한번 보고 들어갔다. 상서의 곁에 앉으니 상서가 화씨가 나왔음을 보고 놀라 물었다.

"부인이 왜 나왔습니까?"

화씨가 탄식하며 말하였다.

"제가 석씨와 함께 상공의 사랑을 입었는데 이제 낭군이 저를 박대하고 외당에 나와 날을 보내니, 제가 빈 방에서 〈백두음(白頭吟)〉을 읊다가 오늘 달밤을 타 여기에 왔습니다."

상서가 대답하였다.

"내가 일이 많아 녹운당을 찾지 못하였는데, 이 밤에 어찌 부인이 외당
으로 나왔소? 빨리 들어가시오." 38

화씨가 거짓으로 부끄러워하는 체하며 일어나 들어가니, 상서가 마음속으로 좋지 않게 여겼으나 또한 생각하되, '내 성품이 여색(女色)에 관심을 갖지 않아 밤낮으로 혼자 있으니 나이 젊은 여자가 삼가지 못하는구나.' 하고는 탄식하며 말하였다.

"하나는 극악무도하고 또 하나는 추하고 비루하여 부녀의 사덕(四德)에 힘쓰지 않으니, 내가 평소에 화씨와 석씨를 이렇지 않은 인물로 알았던 것이 진실로 현명하지 못해서로구나. 이후에는 눈을 감고 마음을 흐트러뜨려, 사람 알아보기를 그만할 것이다."

다음날 아침에 문안하는데, 양부인이 기뻐하지 않으셔서 상서가 물으니 대답하였다.

"내가 다시 생각해 보니 석씨의 죄가 매우 분명치 않고 너의 처분도 모호하구나. 그래서 마음이 평안하지 않다."

소씨도 말하였다.

"석씨가 설마 그렇게 할 리가 있겠는가마는 아우가 그 얼굴을 보았다고 하니 사람은 알지 못할 바로구나."

상서가 아무 말도 대답하지 않고 물러났다. 이 날 화씨가 문안하러 나
39 왔는데 상서가 매우 마음이 편안하지 않아 정색하며 본 체도 않았다. 화씨가 오래 앉아 놀다가 들어갔다. 상서가 며칠 후 녹운당에 와 자는데, 말과 기색이 준엄하여 예전과 같지 않았다. 화씨가 이상하게 여겼지만 어찌 이 일 때문인 줄 알겠는가?

이후로는 상서가 외당에 있는 날이면 여씨가 화씨가 되어 나가 기괴한 행동을 무궁히 하였다. 상서가 혹은 책하고 경계하여 들여보내고 입 밖으로 내지 않았지만 이 때문에 화씨에 대한 깊은 정이 어그러졌다.

이때에 화씨가 아들을 낳으니, 상서가 의약을 극진하게 해주었지만 방에 들어가 보지는 않았다. 집안사람들이 모두 의아해하며 걱정하였다.

원래 예부터 성현군자가 간사한 사람에게 속는 일이 있고 일월(日月) 같은 빛으로도 뜬 구름에 가리니, 당요(唐堯)[476] 때에는 사흉(四凶)[477]이 있

었다. 소상서가 어질지 않은 것이 아니지만, 집안에 요괴로운 일이 있으니 어찌 한스럽지 않은가? 그러나 간사한 사람이 천 가지 방법과 백 가지 계교로도 끝내는 밝은 거울에서 도망치지 못할 것이다. 한번 소상서를 속이는 것도 이상한데, 어찌 두 번 속이겠는가?

하루는 상서가 완룡담 가에 나와 한가하게 거닐다가 탄식하며 말하였다. 40

"내가 만약 형제가 하나만 있었던들 서로 손을 이끌어 한가롭게 노닐며 외롭지 않았을 텐데……"

문득 바라보니 티끌이 이는 곳에 따르는 사람이 구름 같고 다섯 재상이 말 머리를 나란히 하여[478] 오고 있었다. 이는 바로 성우경, 임수보 등이었다. 상서의 덕으로 급제하여 벼슬이 모두 한원(翰苑)[479] · 춘경(春卿)[480]과 풍대헌[481]에 올랐는데, 평상시에 소상서를 높은 스승으로 생각하였다. 또 소상서와 다섯 사람이 함께 지극히 친한 벗이 되어 서로 공경하고 어여삐 여겼다. 하지만 사람들이 소상서가 글을 대신 지어준 줄을 알 리 없었다. 소상서가 끝내 입 밖에 내어 일가친척에게도 말하지 않으니 그 침착하고 무게가 있는 인품이 이와 같았다. 그러하니 그 다섯 사람이 매우 감격하여 했는데, 오늘 자운산에 온 것이다.

소상서가 그들이 오는 것을 보고 편평한 바위에 걸터앉아 낚싯대를 못에 던진 채 움직이지 않으니, 임수보 등이 몰라보고 골짜기 안으로 들어

---

476) 당요(唐堯) : 옛 성황(聖皇) 중 하나인 요임금. 도당씨(陶唐氏)라고도 일컬으며 호가 요(堯)임.

477) 사흉(四凶) : 요임금 때의 네 명의 악인으로 공공(共工), 환두(驩兜), 삼묘(三苗), 곤(鯀)을 이름. 공공은 궁기(窮奇), 삼묘는 도철(饕餮), 곤은 도올(檮杌)이라고도 함.

478) 나란히 하여 : {골와}. '골오다'는 함께 나란히 하다, 맞서서 견주다는 뜻임.

479) 한원(翰苑) : 한림원의 별칭임. 이는 당나라에서부터 청나라에 이르기까지 계속된 관직으로, 주로 학문과 문필에 관한 일을 맡았음.

480) 춘경(春卿) : 춘관(春官)을 이르는 듯함. 춘관은 주대(周代) 육관(六官)의 하나로, 예법과 제사의 일을 맡았음.

481) 풍대헌 : 미상임.

41 가 소부에 이르렀다. 이들이 왔다고 말하니, 문지기가 대답하였다.

"상공이 골짜기 밖에 나가 계십니다."

다섯 사람이 말을 돌려 찾았는데, 완룡담 서쪽에 한 소년이 흰 옷을 가을바람에 날리며 낚시를 고운 손과 긴 팔482)에 비스듬히 들고 석벽(石壁)에 의지하고 있는데 가볍게 나부끼는 것이 신선 같았다. 모두 놀라 가까이 가니, 그 사람이 낚시를 버리고 몸을 돌려 여러 사람이 모인 가운데로 향하였다. 자세히 보니 이 사람이 곧 소상서였다. 모두 반기며 웃고 말하였다.

"형님이 여기에 왜 와 계십니까?"

상서가 답하였다.

"국화 향기를 맡으니 맑고 깨끗한 가을 물이 생각나서 여기에 나왔습니다. 그런데 여러 형들이 찾아오니 매우 다행스럽습니다."

드디어 바위 위에 벌여 앉으라고 하여 오랫동안 보지 못했음을 이야기하면서, 가을 경치를 둘러보았다. 단풍은 비단 장막을 친 듯하고, 국화는 만발하여 미풍에 향기가 코를 찌르고, 시내는 잔잔하여 옥 같은 바위에 비스듬히 흘렀다. 또 울창한 푸른 대나무와 긴 가지가 축축 늘어진 키 큰
42 소나무가 하늘 가운데로 솟아 있고, 침향 나무483)가 온 산에 가득하여 꽃다운 기운을 토하니, 이를 대하면 세속을 아주 잊고 속세의 티끌을 씻어버릴 듯하였다. 모든 사람이 칭찬하여 말하였다.

"소형은 진실로 맑고 고상한 사람입니다. 이런 선경(仙境)을 대하여 낚시를 하며 노니니 어찌 아름답지 않겠습니까? 저희들은 형이 부럽습니

482) 긴 팔 : {원비(猿臂)}. 원숭이처럼 팔이 길고 힘이 있음을 뜻함.
483) 침향 나무 : {팀향목(沈香木)}. 침향은 동인도 지방이 원산지인 상록 교목으로 향료로 이름난 나무임.

다. 신선이 산다는 영주산(瀛洲山)[484]을 아침 저녁으로 대하셨군요."

상서가 가만히 웃고 말하였다.

"여러 형들이 영주산을 본 적이 있습니까? 군자가 어찌 말의 허탄함을 삼가지 않습니까?"

모든 사람이 다 웃고 말하였다.

"보지는 않았지만 신선이 사는 산이 있다고 합디다."

임수보가 말하였다.

"강주(江州)는 진실로 이상한 땅입니다. 약이 있어 능히 사람의 얼굴을 바꾼다고 합니다."

상서가 웃으며 말하였다.

"무슨 약인가?"

임생이 말하였다.

"내 친족 왕생이란 사람이 강주에 있는데, 어떤 창기를 매우 잊지 못하여 자주 가 보았다고 합니다. 그런데 하루는 그 창기가 스스로 왔기에 기뻐서 동침하려 하니 남자였다고 합니다. 하지만 외모는 여자여서 크게 놀라 물으니 그 여자가 웃고 말하기를, '내가 바로 그대가 애중하던 43
사람입니다.'라고 하였다 합니다. 왕생이 매우 이상하게 여겨 행여 희롱인가 하여 그녀를 데리고 그녀의 집에 가보니 과연 맞기에 놀라서 돌아왔다고 합니다. 그 후에 제가 듣기로는 그녀의 옛날 애인이 그 약을 먹고 와서 속이고 그 창기를 데리고 멀리 피하였기에 왕생[485]이 주야로 근심한다고 하였습니다."

484) 영주산(瀛洲山) : 삼신산(三神山)의 하나로, 진시황과 한무제가 불사약을 구하러 사신을 보냈다는 가상적인 선경임.

485) 왕생 : {황싱}. 바로 앞에서 왕생이라 했으므로 오기(誤記)임.

상서가 탄식하며 말하였다.

“진실로 협기가 있으며 방탕한 사람이로구나. 창녀를 잃고 어찌 근심하며 웃음거리가 되겠는가? 애달픈 사람이로다.”

모든 사람들이 말하였다.

“세속의 사람[486]이라 그러하니 왕생을 꾸짖지 못하겠습니다.”

상서가 매우 한탄하자 문득 좋았던 흥취가 사라져 버렸다. 상서가 심하게 한탄한 이유는 왕생이 그릇된 곳에 잘못 들어간 것[487]을 애달파 하기 때문이다. 이윽고 담소하다가 흩어졌다.

상서가 홀로 앉아 경치를 완상하는데, 갑자기 가슴이 열려 큰 의심이 일었다. 이는 바로 뜬구름을 쓸고 해와 달이 빛을 토하며 어두운 방에 야
44 광구슬을 비치는 것 같았다. 그러니 이제 화씨, 석씨 두 사람의 액이 다한 것이다. 상서가 임생의 말을 듣고 생각하였다.

‘화씨가 비록 성품이 드세고 급하여 부드럽고 순한 덕이 적지만 사람됨이 높고 밝으며 좋은데, 어찌 저녁에 분주하게 외당으로 나오며 행동거지가 음란하겠는가? 하물며 석씨는 높고 이름난 가문의 딸로 애초에 행실이 숙녀의 위엄이 있어 옥같이 깨끗하고 얼음같이 맑은 마음을 지니고 있었지. 그래서 내가 한갓 부부의 사사로운 정만 있는 것이 아니었는데, 의외에 이런 일이 있으니 정말 이상하다고 생각했어. 하지만 석씨와 화씨의 얼굴을 보고 말을 직접 들었기에 의심하지 않았는데, 지금 임생의 말로 비추어 보건대 여씨가 매우 어질지 않은 사람이기에 혹 요망한 일을 했던 것인가 의심되는구나.’

---

486) 세속의 사람 : {시셰지인[時世之人]}.
487) 잘못 들어간 것 : {외입(外入)}. 오입(誤入)과 같은 뜻임.

그리고는 집으로 돌아왔다. 이 날 또 화씨가 달밤을 이용하여 나와서 상서의 곁에 앉으니 상서가 의심하여 촛불을 내어 놓고 자세히 보았으나 조금도 의심되지 않기에 행동을 보고 있었다. 화씨가 이에 웃고 말하였다.

"낭군이 여씨는 자주 찾고 저는 멀리 대하니 어찌 애달프지 않겠습니 45
까?"

상서가 대답하였다.

"부인은 내 조강지처(糟糠之妻)라 중요하게 여겼는데, 요새 부인의 행적을 보면 정이 없어지는군요. 내가 여씨인들 각별히 후하게 대접할 일이 없으며, 또 그 인물됨이 거의 석씨와 다르지 않으니 불행하게 생각합니다."

화씨가 문득 얼굴빛을 고치고 말을 하지 않으니, 상서가 의심이 일어났다. 그러니 어찌 그대로 보내겠는가? 짐짓 그 소매를 이끌어 일어나 말하였다.

"부인은 녹운당으로 돌아가는 것이 어떠합니까?"

화씨가 사양하며 말하였다.

"상공은 여기에서 밤을 지내십시오."

상서가 듣지 않고 억지로 이끌어 녹운당으로 가니, 화씨가 일이 너무 급하여 손을 쓸 수가 없어[488] 온갖 꾀로 핑계를 대었다. 상서가 더욱 의심이 일어나 우겨서 데리고 녹운당에 이르니, 화씨가 촛불 아래에 앉아 옛 일들을 수련하고 있었다. 상서가 가짜 화씨[489]를 데리고 문을 들어오

488) 일이 ~ 없어 : {조슈불갑[措手不搕]}. '조수불급(措手不及)'과 같은 뜻으로 보아 이같이 옮김.
489) 가짜 화씨 : {가(假)화씨}. 화씨로 얼굴을 바꾼 여씨를 이름.

니, 진짜 화씨가 남편[490]이 오는 것을 보고 크게 놀라 물었다.

"저 사람은 어떤 여자입니까?"

상서가 웃으며 천천히 말하였다.

46 "요새 부인이 분신법(分身法)을 행하여 날마다 서당에 나오는데, 오늘은 합신(合身)하기를 청하려 하네."

화씨가 보니 저 여자가 자기와 더불어 머리카락 하나도 다르지 않았다. 그래서 일단 매우 놀라고 의아해 하면서도 또한 크게 노하여 꾸짖어 말하였다.

"네가 어떤 도깨비이기에 감히 내 얼굴이 되어 상공을 속이고 나를 업신여기느냐?"

가짜 화씨가 노하며 꾸짖어 말하였다.

"네 어떤 요괴이기에 내 얼굴이 되어 내 방에 있느냐?"

화씨가 발끈하며 크게 성을 내어 곁에 놓은 철 부채를 들어 가짜 화씨를 쳤다. 그러니 가짜 화씨가 소리 질러 말하였다.

"네가 어떤 것인데 이렇게 방자하냐?"

상서가 매우 기이하고도 괴상하다고 여기나 천천히 말하였다.

"두 부인은 무례하게 서로 옳다고 따지지 마라. 내가 스스로 가려낼 것이다."

드디어 시녀에게 청운당에 가 여씨를 불러오고, 운취각에 가 소씨를 불러오며, 일희당에 가 두 서모를 불러오게 하였다. 그러면서 조금도 요란하지 않게 하여 어머니 계시는 취성전에는 소리가 들리지 않게 하라고 하였다. 시녀가 명을 받들어 두루 부르니, 이 · 석 두 노인이 먼저 들어왔다.

---

490) 남편 : {소텬}. 소천(所天)은 아내가 남편을 이르는 말.

방 안에 두 화씨가 앉아 있는데, 상서가 한 부인의 소매를 굳게 잡고는 눈썹 사이에 웃음을 가득 띠고 있었고 두 화씨는 서로 싸우고 있었다. 두 서모가 크게 놀라 얼떨떨하여 서서 보는데, 상서가 웃음을 머금고 시녀에게 소씨와 윤씨를 청하니 두 부인이 다 취침한다고 일컫고 오지 않았다. 석파가 바삐 운취각에 가 시끄럽게 하며 말하였다. 47

"두 부인은 이런 기이한 볼거리를 구경하지 않으려 하십니까?"

소씨가 물었다.

"무슨 기이한 볼거리인가?"

석파가 말하였다.

"가서 보시면 아실 것입니다."

두 사람이 믿지 않고 와서 보고 역시 크게 놀라 말하였다.

"저것이 무슨 일인가?"

상서가 비로소 일의 수말(首末)을 자세히 고하니, 소씨가 웃으며 말하였다.

"우습구나. 이렇다면 누가 암까마귀와 수까마귀를 가려내랴?"

상서가 말하였다.

"제가 잠깐 살핀 바가 있으니, 여씨를 마저 불러온 후 결단하겠습니다."

말이 아직 끝나기도 전에 시녀가 돌아와 보고하였다.

"청운당에 가니 여부인이 안 계십니다."

상서가 이에 청운당의 시녀와 녹운당의 시녀를 잡아내어 엄하게 물었다. 48

"화부인이 저녁 문안한 후에는 침소를 떠나지 않으셨느냐?"

시녀가 고하였다.

"부인이 혼정(昏定)하신 후에는 이곳에 있으며 움직이지 않으셨으니, 어찌 서당에 나갔겠습니까?"

청운당의 시녀는 서로 보며 말을 하지 않았다. 상서가 재삼 캐물으니, 저 시녀가 어찌 감히 숨기겠는가? 그러니 자기도 모르는 사이에 고하였다.

"여부인이 날마다 화부인이 되어 나가셨는데, 저희들이야 무슨 이유인 줄 알 리가 있습니까?"

상서가 말하였다.

"여부인과 마음을 함께한 시녀가 여기에 있을 것이니 너희들이 똑바로 고하여 죄를 더하지 말라."

시녀가 이에 여씨 심복인 미양을 가리켜 아뢰니, 상서가 잡아내어 형장(刑杖)을 갖추어 신문하면서 사실을 물었다. 미양이 혼비백산(魂飛魄散)하여 일의 처음부터 끝까지를 자세히 고하고 그 두 가지 약을 내어 드렸다. '여의개용단'은 빛이 붉고 크기가 제비알만하고 '외면회단'은 빛이 푸르고 크기가 콩만하니, 소씨 등이 다투어 보고 웃었다. 그러나 상서는 홀로 눈
49 을 들어 보지 않으니, 이는 사악한 모습을 보지 않으려 해서였다. 석파 등이 '오면단'[491]을 풀어 두 화씨에게 나눠주니, 진짜 화씨는 노한 기운이 가득하여 약을 들어 빨리 먹으면서 말하였다.

"내가 이 약을 먹는다고 부모님께서 주신 몸이 다르게 되겠는가? 네가 내 얼굴이 되려고 하는데, 우리 부친의 첩의 딸이 여운에게 의탁하여도 내 얼굴이 되려고 할 리 없다."

상서가 정색하며 말하였다.

---

491) 오면단 : 앞에서는 외면회단이라 했는데 여기서는 이같이 이르고 있음.

"모름지기 어지럽게 굴지 마시오."

화씨가 오면단을 먹었으나 전혀 용모가 변하지 않았다. 상서가 또 여씨에게 권하니, 여씨는 먹지 않았다. 윤씨가 웃고 말하였다.

"안 먹는 사람이 의심쩍다."

소씨가 나아가 억지로 들어부으니, 여씨가 마지못하여 먹었다. 갑자기 옛 얼굴이 드러나는데, 가벼운 듯한 화부인이 변하여 풍만한 여씨가 되었다. 상서가 바야흐로 잡은 소매를 놓고 옷깃을 바로하고 단정히 앉았다. 좌우의 사람들은 모두 박수치며 웃는데, 상서가 탄식하며 말하였다.

"군자가 있는 곳에는 요괴로운 일이 없는 것인데, 제가 어질지 못하여 집안에 이런 변이 있습니다. 대장부가 되어 아녀자를 거느리지 못하니 사람들을 대할 때에 어찌 못나고 속된 것이 부끄럽지 않겠으며, 또 어찌 조정의 정사를 의논하겠습니까? 석씨를 잡은 것은 여씨가 한 바이니, 두 서모와 누이가 자세히 물으십시오."

석파가 먼저 나서서 •미양을 붙들고 물으니, 미양이 여씨가 당초부터 50
계책을 도모하던 일을 낱낱이 고하였다. 소씨와 윤씨 두 사람이 같은 소리로 웃으며 말하였다.

"우리가 당초에 아우가 그르다고 여겼는데, 이제 보니 아우의 처리도 그르지 않았고 우리가 의심한 것도 옳구나."

석파는 춤을 추며[492] 기쁨을 이기지 못하였고, 여씨는 부끄러움을 이기지 못하여 움직이지 못하였으며, 화씨는 꾸짖기를 마지않았다.

날이 새어 취성전에 들어가 어젯밤 일을 낱낱이 고하니, 양부인이 놀람을 이기지 못하였다. 이에 여씨를 불러 마루 아래에 꿇리고 죄를 묻는데,

492) 춤을 추며 : {슈무족두[手舞足蹈]}. 몹시 좋아 뛰는 모습임.

그 위엄이 늠름하고 말씀이 명백하여 들으면 모골이 송연하였다. 그리하여 여씨를 내치고 계선과 미양 등을 심하게 때린 후 고향으로 돌아가게 하고 궁 안[493]을 깨끗하게 하였다. 석파와 더불어 한탄하고 놀라며 말하였다.

"내 아이가 집안 다스리는 일이 매우 공평하였는데, 이런 일이 있으니 어찌 이상하지 않은가?"

석파도 또한 탄식하며 말하였다.

"이는 상서를 원망할 일이 아닙니다. 다 여씨의 사나움과 석부인의 액이 가볍지 않기 때문이었던가 싶습니다."

모두 그 말이 옳다고 하였다.

이때에 여씨가 쫓겨나는 화를 만나 친정에 돌아가 부모를 보고 자기의 일을 고하였다. 그 부모가 또한 크게 노하여 소상서를 해치려 꾀하며 여씨를 개가(改嫁)하여 보내려 하였다.

51 각설(却說). 석부인이 친정에 온 지 몇 달이 지나 아들 하나를 낳으니, 석참정 부부가 매우 사랑하고 기뻐하였다. 석씨가 두 아들을 얻으니 마음에 족하고 뜻에 차 소씨 집안에서 거의 찾지 않음을 원망하지 않고, 두 아이가 장성하면 아비를 찾을 것이라 생각하였다. 그런데 뜻밖에 석파가 친정에 다니러 와서 소상서가 아이를 찾지 않을 기색이라는 말을 하니 수상해 하였다. 또 상서가 그 이유를 석씨에게 물으라 하던 말을 전하니, 참정이 크게 노하여 말하였다.

"소경이 정인군자(正人君子)인 줄 알았더니, 어찌 이처럼 무례한 줄 알았겠는가? 백 가지로 구박한들 어찌 내 딸을 이런 것으로 의심하여 제 자

---

493) 궁 안 : 미양은 여씨가 데리고 온 사람이므로 궁녀의 신분이니 이같이 표현한 것임.

식도 찾지 않으려 하는가?"

진부인은 다만 눈물만 흘리고, 석씨는 탄식하며 말하였다.

"이는 다 저의 죄악이 무거워서입니다. 하지만 어찌 상서가 너무 심하다 하지 않겠습니까? 저는 버릴지라도 어찌 그 골육을 찾지 않습니까? 아주머니는 상서와 함께 내 말을 힐난하지 말고 그가 어떻게 하는지만 보세요. 푸른 하늘이 끝내는 저에게 편벽되게 하지 않을 것입니다."

좌우 사람들이 슬피 울며 눈물을 흘렸다.

석파가 돌아간 후, 석씨가 소상서의 마음은 뜻을 한번 정한 후에는 고
치기 어려운 것을 알기 때문에 자기와의 인연을 봄날의 꿈같이 여겼다. 52
하지만 저 두 아들이 부자유친(父子有親)을 잃을까 밤낮으로 마음을 놓지 못하였다.

세월이 빨리 흘러 너댓 달이 지났다. 하루는 석참정이 조회에 참례한 후 길에서 소상서를 만났다. 함께 석참정 집에 들어가 좌정한 후, 상서가 먼저 말을 꺼내었다.

"소생이 벌써부터 와 뵙고자 하였으나 매우 일이 많아 오늘 상공이 부르신 후에야 와서 뵈니 부끄럽습니다."

석참정이 말을 하려고 하니 분이 먼저 일어났는데, 상서가 그의 말을 기다리지도 않고 일어서며 말하였다.

"마침 노모께서 평안치 않아, 감히 오래 뫼시고 있지 못합니다. 뒷날 다시 와 인사드리겠습니다."

말을 끝내자 나가니, 참정이 꾸짖기를 마지않았다.

이렇게 한 지 열흘 뒤에 비로소 석씨의 애매함이 드러나니, 양부인이 상서에게 석씨를 데려오라고 하였다. 상서가 대답하였다.

"소자가 비록 많이 쇠하였지만 어찌 부녀자를 데리고 다니겠습니까?"

양부인이 말하였다.

"옳지 않다. 네가 공연하게 석씨를 데리고 다니는 것이 아니니, 스스로 가서 아내를 데리고 오는 것이 옳다."

53 상서가 대답은 하였으나 즐겨 가지 않고, 예부(禮部)에 기별하여 친히 기록한 것을 가져다가 살피고 나서 이에 혼서와 채단을 다시 만들어 석씨 가문에 보냈다. 석참정이 크게 노하여 안 받으려 하자, 진부인이 말하였다.

"우리 딸아이는 소씨의 사람입니다. 혼서가 없으면 의지할 곳이 없습니다. 채단과 예물을 빼앗았다가 지금 도로 보내는 뜻은 인연을 이으려 하는 것이니 사리를 본다면 물리치지 못할 것입니다."

참정이 받아 석씨에게 주었지만 참으로 그 뜻을 제대로 몰랐다. 이윽고 석파가 글로써 일의 수말을 자세히 기별하니, 온 가문이 다 놀라고 기뻐하며 서로 치하하였다.

며칠 후 소상서가 이르러 서로 보는데, 참정이 매우 노하여 그 무안함을 보고자 좌우로 석씨의 두 아들을 내어다가 뵈며 말하였다.

"이 아이가 이렇듯 아비 없는 것이 되었네. 그대가 말하기를, '그 모자(母子)는 내가 간섭할 바가 아니다.'라고 하였는데, 내 딸은 그대에게 부부의 사랑이 그쳤더라도 이 아이는 어찌 그대 자식이 아니겠는가? 그대가 보아 다른 사람의 자식이거든 두고 가고 그대의 자식이거든 부자(父子)의 의리를 잇게. 그러나 부자유친(父子有親)의 의리를 이룬다면 이 아이를 다른 사람의 자식이라고 한 것이 어찌 부끄럽지 않겠는가? 그
54 대는 살펴보게. 이 아이가 다른 사람의 자식인가? 군자가 되어 말의 패

악하고 무식함이 이 같은가! 그대는 나라의 녹봉을 먹는 큰 신하가 되기 부끄럽지 않은가?"

소상서가 듣고 나서 봄바람 같은 온화한 기운을 바꾸더니 흔연스럽게 대답하였다.

"상공의 말씀을 들으니 이상하게 여겨집니다. 제가 비록 간사한 사람에게 속았으나 일찍이 자식이 의심된다고 하면서 내치지는 않았습니다. 그런데 오늘 상공 말씀으로 보건대, 제가 화락하여 부자유친(父子有親)과 부부유별(夫婦有別)을 온전하게 하려던 뜻이 사라져 부끄러우니, 이 부끄러움을 억지로 참고 인연을 잇는 일은 할 수 없습니다. 하물며 상공의 말씀으로 미루어본다면 석씨를 구박할 때에 내 입에서 나오지 않은 말이 있으니 또한 의심이 일어나 아이가 정말로 내 자식인 줄 모르겠습니다. 그러니 아무렇게나 처치하십시오. 저는 본디 무식하니 상서로 녹을 먹는 것이 진실로 부끄럽습니다."

말이 끝나자 소매를 떨치고 일어나니, 참정이 더욱 노하였다.

상서가 자운산에 돌아오니, 석파가 맞아 웃고 말하였다.

"낭군이 오늘 무슨 낯으로 어머니를 보십니까?"

상서가 태연하게 웃음을 머금고 대답하지 않으니, 양부인이 물었다.

"석씨를 데려 오려 하는데, 네 뜻은 어떠하냐?"

상서가 대답하였다.

"석공이 노하여 하니, 아직 그대로 두십시오."

열흘 남짓 지나서 상서가 조회를 마치고 나오는 길에 팔왕을 만났는데 55
그는 상서를 데리고 석공의 집으로 갔다. 석참정과 석장군이 인사를 마치자 소상서와 함께 보았는데 피차의 기색이 좋지 않으니, 팔왕이 이상하게

여겨 말하였다.

"소총재가 석참정과 장인 · 사위 사이인데 오늘 두 사람에게 편안치 않은 얼굴빛이 있으니 무슨 이유인가?"

석장군이 웃고 전후의 곡절을 말하니, 팔왕이 크게 웃고 말하였다.

"소총재의 탓이 아니라 요망한 부인 때문인데, 석공이 어찌 노하여 하는가? 나를 보아 두 사람이 모두 털어버리기를 바라노라."

참정은 감사하다고 하고 말하였다.

"제[494]가 어찌 감히 총재를 사위라 하여 대접을 가볍게 하겠습니까? 다만 제 딸을 구박하던 행실을 원망한 것이었는데 대왕이 이렇듯 하시니 저는 마음에 두지 않습니다."

상서가 아무 말도 없이 있으니, 팔왕이 웃으며 말하였다.

"총재는 어찌 대답하지 않는가?"

상서가 한번 깊이 생각하고 말하였다.

"제가 어찌 마음에 둔 뜻이 있겠습니까? 스스로 마음이 허탄하여 비구름에 흩어버렸으니, 털어버릴지 말지를 생각하지 못합니다. 예전에 하
56 신 말씀도 무식하여 살피지 못하였으니 이 또한 패려함이요, 책망을 듣고도 다시 와 뵙는 것도 방탕하여 염치가 없습니다. 이미 염치가 없어진 사람에게 마음에 두는 뜻이 있겠습니까? 그래서 대왕 말씀에 대답지 못하였습니다."

석공이 발끈하여 얼굴빛이 변하였는데, 팔왕이 소상서의 손을 잡고 웃으며 말하였다.

"총재는 진실로 '찬 물의 돌'이구나. 너무 견고하여 장부(丈夫)의 풍채가

494) 제 : {만싱[晩生]}. 자기 자신을 낮추어 이르는 말임.

아주 없으니, 도학선생(道學先生)으로는 으뜸이지만 풍류랑(風流郞)으로는 말자(末子)로다. 그러나 오늘은 즐기는 것이 옳다."

상서의 말과 얼굴빛이 온화하고 기쁜 듯하여 사람들이 그 뜻을 헤아리지 못하였다. 이윽고 부마 시옥과 우복야 구준이 이르렀다. 일시에 별처럼 벌였으니, 술과 안주를 내왔다. 잔을 받을 차례가 소상서에게 갔으나 상서가 매번 마시지 않으니, 왕이 구태여 먹이려고 금 술잔에 향온(香醞)[495]을 부어 권하였다. 상서가 사양하며 말하였다.

"제가 정말로 술을 먹지 못하니, 대왕은 용서하십시오."

구준이 또 잔을 들고 앞에 가 말하였다.

"형이 대왕의 명령을 거역했지만 제 잔을 먹지 않을 수는 없을 것입니다."

상서가 또한 웃으며 말하였다.

"내가 만약 먹는다면 어찌 대왕과 형이 권하신 후에 먹겠습니까만, 진 57
실로 한 잔이라도 먹으면 병이 다시 일어날 것입니다.[496] 예전에 칠왕 전하가 먹이시던 날에 종일토록 신음하고도 낫지 않았으니, 결단코 먹지 못합니다."

팔왕이 다시 권하시니, 상서가 팔왕의 어여삐 여기는 뜻을 마지못하여 한 잔을 먹었다. 그랬더니 시옥 부마가 또 한 잔을 들고 앞으로 왔다. 상서가 사람들이 괴롭게 권하는 것을 보고 소매로 낯을 가리고 잔을 물리치고 먹지 않으니, 모든 사람들이 어찌할 수가 없어 서로 웃고 술과 안주를 권하였다. 석양이 되니 소상서가 더욱 취하여 일어나 하직하며 말하였다.

---

495) 향온(香醞) : 보리와 녹두로 만든 누룩으로 멥쌀 찐 것에 담근 술임.
496) 다시 ~ 것입니다 : {복발(復發)ᄒᆞ니}. 근심이나 설움이 다시 일어남을 뜻함.

"대왕이 은혜롭게 내려주신 향온(香醞)이 온 몸에 퍼졌으니, 이제 몸을 가누어 모시지 못하겠습니다. 먼저 하직합니다."

구준이 듣지 않고 손을 잡아 앉히니, 석장군이 말하였다.

"내 집이 비록 누추하지만, 총재는 하룻밤 더 새는 것을 아끼지 마라."

팔왕도 또한 권하시니, 상서가 대답하였다.

"제가 사양할 이유가 없지만, 무단히 노모를 뵙지 않을 수 없으니 다른 날에 오겠습니다."

58 석장군이 그 소매를 잡으니 상서가 한번 떨쳤는데, 장군의 센 힘으로도 감히 미치지 못하여 놓아버렸다. 여러 사람들이 그의 기색이 엄숙함을 보고 다 말을 그쳤으나, 유독 구준이 그를 잡고 놓지 않으니 상서가 웃으며 말하였다.

"형은 어찌 이렇게 잡되게 굽니까?"

복야 구준이 소리를 낮게 하여 말하였다.

"형이 평소에 지나치게 규칙에 얽매이지 않고 매우 통달하였는데 어찌 이리 고집합니까? 벌써 날이 어두워졌으니 지금 어떻게 가려고요? 여기에 있는 것이 좋겠습니다."

소상서가 어쩔 수가 없어 억지로 앉으니 다시 술을 권하였다. 상서가 이미 모친을 뵈지 못하리라 생각하여 마음을 잠깐 펴 억지로 두어 잔을 겨우 먹고 견디지 못하여 왕을 향하여 말하였다.

"대왕이 저를 취하도록 먹이시니 감격스럽기는 하지만, 예의를 잃을 것[497]이 분명합니다."

팔왕이 말하였다.

---

497) 예의를 잃을 것 : {시례ᄒᆞ미}. 문맥상 '실례(失禮)ᄒᆞ미'로 보고 이같이 옮김.

"총재는 개인 방에 가 쉬는 것이 좋겠다."

석한림, 석학사 등{모두 석참정 아들}이 상서의 소매를 이끌어 누이의 침소로 갔다. 석씨가 피하려고[498] 나오려 하니, 학사 형제가 웃고 말하였다.

"이 사람이 누이와 더불어 친하니 피하지 말게."

석씨를 권하여 앉히고 문을 닫고 나갔는데, 상서는 아무것도 모르고 다
만 베개 옆으로 거꾸러졌다. 석씨가 저 소상서를 보니 한편으로는 원망 59
하는 마음과 놀라운 뜻이 지극하여 상머리에 앉아 촛불을 돋우고 예절과 음악을 익혔다. 삼경(三更)[499]이 지난 후, 상서가 스스로 깨어 보니 자기가 의관(衣冠)도 벗지 않고 누워 있는 것이 이상하여 사면을 둘러보았다. 서쪽 벽 아래에 한 미인이 엷은 화장에 흰 옷을 입고 비녀[500]를 빼고 책상에 비껴 앉아 책을 보고 있었는데, 다시 보니 바로 석부인이었다. 문득 어제 취하여 들어온 것을 알았다. 또 목이 말라 상머리의 향기로운 차를 들어 마시고 띠를 풀고 옷을 다시 여민 후에 누웠던 자리를 떠나 책상 가에 가 대나무 베개를 얻어 베고 얼굴을 덮고 다시 잠들었는데, 석씨는 끝내 자지 않았다.

다음날 아침에 상서가 일어나 세수하는데 끝까지 부인에게 한 마디도 하지 않고 편안하고 고요하게 의관을 바로 입은 뒤 나갔다. 그 아이들이 좌우에 있었으나 또한 본 체도 아니하고 외당에 와 석참정께 하직하였다. 석학사가 상서의 얼굴빛이 평안하지 않음을 보고 물었다.

"형이 어제 술을 먹어 편안치 않은가?"

---

498) 피하려고 : {슬라}. '슬다'는 '사라지다'의 고어임. 문맥을 고려하여 이같이 옮김.
499) 삼경(三更) : 밤 11시부터 새벽 1시 사이를 이름.
500) 비녀 : {소두(搔頭)}. 비녀를 뜻함. 삽두(挿頭)라고도 함.

상서가 대답하였다.

"왜 그런지 모르지만, 온 몸이 피곤하여 견디지 못하겠습니다."

석참정이 말하였다.

"반드시 어제 몸이 상한 것일 터이니 그대가 더욱 나를 원망하겠구나."

60 소상서가 잠깐 웃고 일어나 자운산에 돌아와 양부인께 뵈옵고 서당으로 나왔다. 정신이 흐릿하고 맥이 빠져 피곤하여 누웠는데, 갑자기 오한이 들고 열이 나며 병이 났다. 원래 소상서가 몸을 스스로 조심하여 행여 어머니께 불효를 끼칠까 두려워하였고, 온 가족이 모두 이렇듯 섬기며 지냈다. 그런데 이 날 못 먹는 술을 인정에 거리껴 세 잔을 먹고 또 의관(衣冠)도 벗지 않고 찬 데에 거꾸러졌다가 깬 후 또 편히 자지 못하고 책상에 비스듬히 기대고 새웠으니 이 때문에 병이 생긴 것이다. 겨우 참고 모친께 아침저녁 문안을 드린 후에는 서당에 나와 누워 신음하기를 예니레가 되니 날로 더한 듯하였다. 상서가 하루는 문안하고 양부인께 아뢰었다.

"불초한 제가 어머님의 가르침을 받들어 일찍이 술 먹기를 조심하였습니다. 그런데 지난번에 팔왕이 석공의 집에 데려가시어 여러 재상과 더불어 핍박하여 권하시니 마지못하여 잠깐 먹고 그 밤에 편히 쉬지 못하였습니다. 그래서 병이 더할 듯하니 서당에서 조리하려 합니다."

양부인이 놀라 말하였다.

"그렇다면 약을 지어라. 어찌 조리하지 않고 몸을 돌보지 않느냐?[501]

61 상서가 사례하고 외당에 와 누운 후에는 자못 병이 깊어져, 집안사람들이 질서가 잡히지 않은 상황을 견디지 못하였고 양부인도 밤낮으로 근심하여 말하였다.

---

501) 몸을 ~ 않느냐? : {실셥[失攝]ᄒᆞᄂᆞ뇨}. 실섭은 몸을 잘 돌보지 못함을 이름.

"병이 이렇듯 깊으니 석씨를 불러야겠다."

사람을 시켜 상서의 병이 심함을 전하고 오라하시니, 석씨가 주저하다가 부모님께 고하였다.

"남편이 병이 났고 시어머니께서 그가 일을 뉘우치니 오라고 하십니다. 어떻게 할까요?"

석참정이 얼굴빛이 바뀌어 말하였다.

"가지 못한다. 아무리 여자라고 해도 이럴 수가 있느냐? 소생이 병이 깊을지라도 조강지처(糟糠之妻)가 있고 태의(太醫)[502]가 약을 받드니, 네가 무엇을 하겠느냐? 너를 놀리는 것에 불과하다."

석씨가 대답하였다.

"비록 그렇지만 가지 않는 것은 그르니, 아버지께서는 생각해 보십시오."

석참정이 평소에 재주와 인물됨이 뛰어나지만 성품이 고집스러워 그른 줄을 알면서도 우기면 천 사람이 권해도 마음을 돌이키지 못하는 집요함이 있었다. 그런데 그가 소상서를 매우 원망하며 딸을 그에게 보내지 않으려고 뜻을 정했으니, 진부인과 석씨가 재삼 불가하다고 말해도 굳게 고집하여 듣지 않았다. 석씨가 어쩔 수가 없어 끝내 가지 못했다. 그래서 62
양부인이 잠시 석씨가 잘못이라고 여기는 빛이 있으니, 석파가 나아가 고하였다.

"이는 석참정의 고집하심 때문이지 석부인[503]의 탓이 아닙니다."

양부인이 말하였다.

502) 태의(太醫) : 의약의 일을 맡은 벼슬을 뜻함.
503) 석부인 : {소부인}. 문맥상 오기(誤記)인 듯함.

"이는 아들이 현명하지 못하고 내가 모호했던 때문이니 어찌 석씨가 원망하지 않겠느냐? 석공은 대장부이니 어찌 의리를 모르겠는가? 이는 석씨가 우리를 원망하여 오지 않는 것이다."

또 웃으며 말하였다.

"경의 병이 깊어 불렀으나, 석씨가 마음에 담아둔 것이 있다면 설령 어떻게 하겠느냐?"

석파가 부끄러워하며 물러났다.

상서의 병이 나날이 위중해지니, 스스로 마음을 넓게 하고 담을 크게 하여 통증 때문에 나오는 소리를 참고, 또 먹는 것이 비록 거슬려서 토하지만 반드시 억지로라도 먹었다. 한편으로는 편안한 낯빛으로 지내는 듯했지만 몸이 괴로워 신음하는 것은 심했다. 하루는 양부인이 나와 보셨는데, 상서가 병풍과 가리개[504]를 걷고 웃옷과 띠를 매고 갓을 쓰고는 억지로 참으며 침상에서 내려와 맞았다. 양부인이 들어와 상서를 보시니, 얼굴빛은 특별히 안 좋지 않았지만 호흡이 가쁘고 손발이 불 같았다. 부인이 손을 잡고는 눈물을 머금고 슬퍼하며 물었다.

63 "네가 우연한 병으로 이같이 아프니, 내 마음이 평안치 못함을 어찌 다 말하겠느냐? 너는 모름지기 조심하여 조리하는 것이 옳은데 어찌 이렇듯 세수하고 머리 빗고 앉아 있느냐?"

상서가 안색을 부드럽고 온화하게 하여 아뢰었다.

"제가 불초한 몸을 삼가지 못하여 병이 들어 오랫동안 뵙지 못하니 불효가 가볍지 않습니다. 몸을 상하게 하는 병 때문에 한때 괴롭기는 하지만 자연히 쉽게 나을 것입니다."

---

504) 병풍과 가리개 : {병댱(屛帳)}. 누워 있던 이부자리와 이를 가리던 것.

양부인이 슬퍼하며 즐거워하지 않으시니, 상서가 좌우를 돌아보며 말하였다.

"내가 아침 먹은 후에는 미음을 가져다가 주지 않았으니 병든 사람이 어찌 보호되겠느냐? 이제 빨리 가져오너라."

화씨가 급히 일어나 복령(茯笭)[505] 미음을 가져다가 주니, 흔연히 마시고 이에 모친 곁에 앉아 옛 인물들의 일과 예의와 음악 등을 논의하며 벗들의 재주도 말씀 드렸다. 온화한 말씀과 우아하며 중후한 웃음이 자연스러워 조금도 병색을 뵈지 않더니, 양부인이 들어가신 후에는 새롭게 신음함을 이기지 못하였다. 이파가 석씨가 오지 않음을 전하니 상서가 잠자코 답하지 않았다.

며칠 후 석참정이 석씨에게 말하였다.

"너는 내 생전에 보내지 않으려 하지만, 네 아들들은 양부인 보시게 보내라."

석씨가 명령을 이어받아 두 아들을 유모에게 맡겨 보냈다. 양부인이 64
들으시고 두 손자를 불러 보고는 기뻐하며 예뻐하였다. 아이들을 서당으로 보내니 상서가 신음하던 중에 아들이 왔음을 듣고 데려다가 보았다. 두 아이가 장성하고 빼어나게 아름다워 따라갈 사람이 없었다. 아버지와 자식 사이의 정으로 어찌 기쁘지 않으며 어여쁘지 않으리오? 무릎 위에 앉혀 그 손을 어루만지며 유모에게 명령하였다.

"이는 내 자식이니 내 집에 두고 너희는 석씨 가문의 종이니 돌아가라."

유모가 어찌할 바를 몰라 석파에게 고하니, 석파가 탄식하며 말하였다.

---

505) 복령(茯笭) : {복녕}. 문맥상 복령의 오기(誤記)로 봄. 소나무를 벤 뒤에 그 뿌리에 생기는 버섯의 일종으로, 약재로 씀.

"낸들 어쩌겠느냐? 순조롭게 다시 모이는 것이 옳다. 상서가 병이 깊어 양부인이 석소저를 불렀는데 이유 없이 오지 않으니 양부인이 그르다고 여기시고 상서도 노하시니, 석참정의 고집하심이 어찌 애달프지 않겠느냐? 상서가 명령하셨으니 너희들은 돌아가는 것이 옳겠다."

두 여자가 각각 공자를 떠나가니 맥없이 눈물을 흘리고 돌아가 석참정께 고하였다. 참정이 웃고 말하였다.

"자문[506]이 심하게 노하였느냐?"

석씨는 고개를 숙여 말을 하지 않았다.

며칠 후 석파가 글을 참정에게 부쳤는데, 대개 소상서의 병이 지극히 깊으니 석씨를 보내라는 뜻이었다. 그래서 석씨가 참정에게 고하였다.

65 "소녀 결단하여 가려 하니 아버지께서는 막지 마십시오."

석참정이 딸의 마음이 움직임을 보고 어찌할 수가 없어 탄식하였다.

"네가 가겠다면 모름지기 조심하여 근심하게 하지 마라."

석씨가 명을 받아 자운산에 이르렀다. 문밖에 머물러 양부인께 죄를 청하니, 양부인이 듣고 기뻐하며 시녀에게 빨리 들어오라고 하셨다. 석씨가 명을 받아 들어와 취성전 마루 아래에서 죄를 청하니 모두 바라보았다. 검푸른 머리가 흐트러져 고운 얼굴을 덮어서 난초가 시냇물에 쓸린 듯하였다. 또 가는 허리는 거의 끊어질 듯하여 고운 태도와 깨끗한 기질이 새롭게 황홀하고, 아리따운 용모에 심신이 녹을 지경이었다. 남루한 옷과 근심하는 거동이 더욱 절묘한데, 계단 아래에 꿇어 앉아 사죄하며 말하였다.

"제가 못난 기질로 훌륭한 가문에 의탁하여 일마다 잘못하여도 어머님

506) 자문 : 소상서인 소경의 자(字)임.

덕택으로 수삼 년을 지냈는데, 마침내 하늘의 재앙을 입어 슬하를 떠났었습니다. 그런데 또다시 은혜와 사랑을 입어 악명을 씻었고, 지아비가 병이 있으니 비록 부르시는 명령이 없어도 나와 인사드리고자 하였으나 사람 사는 일이 자잘하여 뜻과 같지 않았습니다. 명령을 거스른
죄를 밤낮으로 헤아려 죽기를 바랄 따름이었는데, 지아비의 증세가 심 66
하다 하셔서 오늘은 당돌함을 잊고 문 밖에 이르러 갖추어 여쭙고자 하였습니다. 그런데 저의 깊은 죄를 용서하시고 앞으로 불러 보시니, 제가 어머님의 얼굴을 뵙게 되었습니다. 그러니 기쁨을 이기지 못하여 죽어도 한이 없습니다."

양부인이 좌우 사람들에게 명령하여 석씨를 마루로 올리고 위로하여 말하였다.

"집안의 운세가 불행하고 어진 너의 액이 무거워 괴상한 일이 있었다. 당초에 무고(巫蠱)의 일과 음식에 독을 넣은 일은 늙은 내가 경과 더불어 의심하지 않았다. 그런데 천만 의외에 여씨가 단약(丹藥)으로 너의 용모가 되어 나가 여차여차하니, 경이 비록 총명하지만 귀신이 아니니 어찌 가려내겠느냐? 이러므로 너를 내보내고, 여씨가 화씨를 마저 잡는 등 행실이 패악하고 더러우니, 경이 친구가 한 말에 깨달아 그 비밀스런 기미를 들춰 내었다. 내가 사사로운 정에 가려 그런지 모르겠지만 굳이 경의 현명하지 못함 때문이 아닌 것 같다. 이제 이미 간사한 무리를 쓸어버렸으니 다시 모여 즐기도록 하자. 네가 당초에 오지 않은 것도 당당한 예교와 정대한 의리로 헤아린다면 그르지만 또한 들으니
너의 마음대로 할 수 없는 일이었다고 하니 어찌 잘못을 뉘우치라고 67
하겠느냐? 경의 병이 위중하여 마음이 산란하다. 너는 화씨와 함께 병

든 이의 옆을 살펴라."

석씨가 슬퍼하며 사례하고 소 · 윤 두 사람과 화씨 · 이파와 서로 보았다. 여러 사람이 반기고 슬퍼하면서 이별한 이후의 일을 못내 말하며, 또 아들 낳은 일을 치하하였다.

이 날 저녁에 양부인이 화씨와 석씨 두 사람을 데리고 서헌(書軒)에 오시니, 상서가 부축을 받아 이들을 맞이하였다. 석씨가 모친의 곁에 있음을 보고 문득 눈을 낮게 하여 모친과 말씀하니, 양부인이 말하였다.

"석공이 고집하여 보내지 않으시니 석씨가 네가 병이 났음을 듣고 재삼 간하여 참정의 뜻을 돌려 오늘 온 것이다. 그러하니 가히 부녀자의 덕을 잃지 않았다고 하겠다. 지금 너희 부부가 반드시 각각 원망하는 일이 있을 것이다. 석씨는 예전에 내쫓긴 것에 성내고, 경은 남편이 병이 났는데도 즉시 오지 않은 것을 잘못했다고 여길 것이다. 하지만 내 생각으로는 둘 다 그르지 않으니 각각 품은 뜻을 버리고 화해하여라."

석씨는 손을 모으고 듣고 있을 뿐이었고, 상서는 사죄하며 말하였다.

"엄하신 명령을 받들겠습니다."

양부인이 일어나시며 말하였다.

68 "화씨가 매양 밤을 새웠으니, 석씨가 오늘은 여기서 간호하여라."

석씨가 비록 난처했지만 대답하고 다시 앉았다. 상서가 특별히 말도 하지 않고 다만 괴로이 신음할 뿐이었다. 이날 밤 석씨가 침상 가에서 간호하는데, 상서가 한두 시간도 잠을 이루지 못하고 머리를 싸고 눈을 감고 있는데 혼미한 것이 심했다. 석씨가 설사 예전에 내쫓기는 화를 당한 것을 원망한다 해도 이는 상서의 본심이 아니고, 또 두 아들을 낳고 네 해 동안 함께 살아 은혜와 사랑이 태산같이 얽혔기에 그의 증세가 매우 심함

을 보고 마음이 당황스럽고 난처하여 촛불 아래에 앉아 밤이 다하도록 전혀 졸지 않았다. 그러나 상서는 간혹 차를 달라고 할 때에도 반드시 시녀를 부르고 석씨와 더불어 말을 하지 않았다.

이튿날 석씨가 어머님 방에 들어가 문안하고 침소에 와 잠깐 쉬는데, 양부인이 불러 말씀하셨다.

"화씨가 갑자기 병이 들어 일어나지 못한다고 하니, 네가 아이의 침소를 연이어 지켜야겠다."

석씨가 명령을 받고 녹운당에 가 보니, 화씨가 침상에 누워 말하였다.

"내가 연달아 밤을 새워 그런지 온 몸이 피곤하여 견딜 수가 없으니 두어 날 쉬려 합니다. 그러니 부인이 서당에 가 간호해 주십시오."

석씨가 그녀의 병이 또 가볍지 않음을 보고 대답하였다. 69

"제가 민첩하지 못하여 아픈 지아비의 침상을 잘 살피지는 못하겠지만 계속하여 갈 것이니, 부인은 마음을 놓고 조리하십시오."

드디어 서당으로 돌아가 상서를 보았다. 상서는 잠깐 잠이 들었는데, 열이 나서 옷을 풀고 가슴을 드러내고 누워 있었다. 하지만 시동(侍童)과 시녀가 모두 난간 밖에 있기에 그가 찬 기운에 병이 날까 두려워 나아가 옷을 당겨 덮으니, 상서가 문득 깨어서는 즉시 옷을 여미고 벽을 향해 돌아누웠다. 원래 상서가 석씨에게 화가 난 것이 아니라 석참정과 석장군이 칼을 들어 자기를 죽이려 한 일과 참정이 노하여 얼굴빛을 바꾼 것에 화가 난 것이었다. 또 석씨가 겉으로는 평안한 낯빛을 짓지만 그 마음 가운데에는 깊이 맺힌 것이 있음을 생각하고 먼저 말을 꺼냈다가 그녀가 대답하지 않는 욕을 볼까 하여 스스로 쌀쌀한 얼굴을 하고 있는 것이었다. 그런데 석씨는 영민하고 마음이 툭 트인 여자이기에 이를 알아보고 일부러

모르는 체하며 온순하고 나직하게 그리고 친근히 간호한 것이 스무날 정도가 되었다. 그런데도 상서가 끝내 낫지 않고 증세가 날로 위중하니 온
70 가족이 망극하여 하였다. 화씨도 우연하게 얻은 병이 쉽게 낫지 않아 오랫동안 앓고 있었기에[507] 석씨는 서당을 잠시도 떠나지 못하였다.

하루는 상서가 화씨의 세 아들과 석씨의 두 아들을 데려다가 보고 탄식하며 말하였다.

"내가 다섯 아들을 두었으니 지금 죽어도 조상님께 불효는 하지 않는 것이지만 어머니께 불효하는 것은 가볍지가 않구나."

말을 마치자 갑자기 아득하게 혼미해지며 기절하였다. 석파 등도 함께 있었는데 크게 놀라고 망극하여 눈물을 흘리며 양부인께 고하려고 하였다. 그랬더니 석씨가 급히 말리며 말하였다.

"잠시 기운이 막힌 것이니 약을 쓰면 됩니다. 어찌 정당(正堂)에 계신 어머님께 고하여 놀라시게 하겠어요?"

그러고는 시녀에게 요란하게 굴어 양부인이 들으시게 하지 말라고 하고나서, 직접 약을 가져가 계속하여 상서의 입에 넣었다. 그의 기운과 맥이 위태한 것을 보고 꽃 같은 뺨에 구슬 같은 눈물을 계속 흘려 옷깃이 젖으니, 좌우의 사람들도 정신을 잃을 정도로 울었다.

한참이 지나서야 상서가 숨을 내쉬고 잠깐 정신을 차리니, 석파가 울며 말하였다.

"상공이 아까 어찌하여 기운이 막히셨습니까?"

상서가 말하였다.

"우연히 아득해져 혼절하였으니 거의 살지 못할 뻔하였습니다. 그런데

507) 오랫동안 ~ 있었기에 : {미류(彌留) ᄒᆞ엿ᄂᆞᆫ디라}. 미류는 병이 오랫동안 낫지 않음을 뜻함.

어머님이 알고 계십니까?"

석파가 말하였다. 71

"놀라실까봐 고하지 못하였습니다."

상서가 크게 기뻐하여 물었다.

"서모가 그렇게 하신 일에 감사합니다. 바쁜 가운데에 어떻게 미처 생각하셨습니까?"

이파가 말하였다.

"석파가 한 것이 아니라 석부인이 생각하신 것입니다."

상서가 갑자기 말을 그쳤다.

이 날 저녁에 모든 사람이 흩어지고 석씨가 촛불 아래에 앉아 있었다. 상서가 그녀의 눈물 자취가 처량하고, 한 달 이상 간호하는데 조금도 태만하지 않으며, 밤에 눈을 부치지 못하고 밤낮으로 단정히 앉아 옷고름도 풀지 않으며, 식음을 폐하고 근심하는 것을 보니 어찌 감동하지 않겠는가? 일단 은혜로운 감정이 노함보다 강했는데, 또 자기가 혼절했을 때에 어머니께 고하지 않은 것을 아름답게 여겨, 이 날 밤에는 높고 고상한 빛을 덜고 마음을 풀었다. 이경(二更)[508] 후에 차를 달라 하니 석씨가 나와서 주었다. 다 마신 후 상서가 비로소 물었다.

"부인이 어떻게 나의 침소에 와서 병간호를 하느라 고생함이 이와 같습니까? 내가 하룻밤이라도 불안함을 이기지 못하니 평안히 쉬기를 바랍니다."

석씨가 머리를 숙이고 정색하며 답하지 않으니, 상서가 조금 후에야 또 말하였다.

---

508) 이경(二更) : 하룻밤을 오경(五更)으로 나눈 두 번째의 때로, 밤 9시부터 11시까지임.

72 "내가 비록 못났으나, 석장군이 칼로 죽이려고 하고 장인이 대놓고 책망하며 부인이 어머니 명을 거역하니 진실로 편안하겠습니까? 그러나 부인이 나를 위하여 밤낮으로 고생하시니 오늘은 편안히 쉬십시오."

석씨가 천천히 대답하였다.

"제가 변변치 않은 자질로 군자의 후한 대우를 받아 복이 넘쳐 액을 만나니 이 또한 저의 운수가 기구함입니다. 어찌 감히 원망하며 시어머님의 명을 거슬리겠습니까마는 죄를 알면서도 범하고 말았고 심지어 조부와 부친의 일도 저의 깊은 죄입니다. 벌 받기를 청할 따름입니다."

상서가 바야흐로 소리를 온화하게 하여 대답하였다.

"지금 옛 일을 말하는 것은 쓸데없는데 내가 말이 가벼워 부질없는 말을 했군요. 그대가 병간호한 지 한 달여 만에 잠깐도 쉬지 않았는데, 오늘은 내 기운도 조금 나으니 평안히 쉬시오. 나도 평안할 것이오."

석씨가 대답하였다.

"저의 숙소가 있으니 군자의 병이 나으시면 제가 스스로 가 쉴 것입니다. 군자는 염려치 마십시오."

상서가 석씨가 이곳이 외당임을 꺼려 쉬지 않는 것을 보고 또한 옳게 여겨 강권하지 않았다.

73 이렇게 저렇게 하여 며칠이 지난 후, 석씨가 침상머리에서 약을 준비하다가 칼날에 손을 심하게 다쳐 피가 흘러 자리에 가득하였다. 상처를 거두어 싸맸는데 약한 자질에 아픔을 이기지 못하여 얼굴빛이 찬 재와 같았으나, 상서가 잠들었으므로 소리를 내지 않았다. 온 몸이 떨리고 정신이 아득하여 침상 가에 엎드려 기운을 진정하며 차마 그 피를 보지 못하여 시녀를 불러 없애려고 하였는데 그렇게 하지 못하였다. 상서가 마침

깨어 돌아누워 눈을 들어보니 석씨의 기색이 당황스럽고 손을 품고 엎드려 있기에 물었다.

"부인은 어디가 불편합니까?"

석씨가 대답하였다.

"우연히 실수하여 손을 다쳤기에 자연히 마음이 편치 않습니다."

상서가 바야흐로 보니 부인의 옷에 피가 가득하였다. 놀라서 그 손을 보다가 갑자기 안색이 변하며 말하였다.

"어찌 이처럼 크게 다쳤습니까?"

상서가 스스로 몸을 일으켜 헝겊을 매어 약을 섞어 싸매고 매우 불안해하였다. 석씨가 고운 손을 다친 후부터 왼쪽 팔이 저리고 부어 마음대로 쓰지 못하니, 상서가 재삼 침소에 가 편히 쉬라고 권하였으나 듣지 않았다. 74

하루는 석파가 양부인을 모시고 들어와 상서를 보는데, 석씨는 책상에 의지하여 졸고 상서가 그녀의 손을 잡고 자고 있었다. 양부인이 웃으시고 병풍 밖에서 소리를 내시니, 석씨가 놀라 깨었는데 상서가 자기 손을 잡고 있음을 보고 손을 밀고 급히 일어나 양부인을 맞았다. 양부인과 석파가 웃고 들어와 앉으니, 상서 또한 깨어나 보고 침상에서 내려와 앉아 말하였다.

"계속 자지 못하다가 조금 전에 잠들어 맞이하지 못했습니다."

양부인이 말하였다.

"오늘은 어떠하냐?"

상서가 대답하였다.

"두어 배는 나으니 다행입니다."

양부인이 경계하며 말하였다.

"네가 항상 행동이 지극히 신중하고 이번에 병이 심하니, 의심치 않고 석씨에게 밤낮으로 간호하게 하는 것이다. 너는 모름지기 조심하여 조리하여라."

상서가 석씨와 더불어 40여 일에 이르도록 한 방에 있었으나 조금도 아내와 노는 것에 관심이 없었다. 그런데 이 날 마침 그녀의 손이 크게 다친 것을 보고 마음이 편안치 못하던 중, 그녀가 책상에 기대어 조는 것을 보니 뜻이 은근하여 그 손을 잡아 다친 것을 보다가 잠들었었다. 그런데
75 어머니가 보시고 걱정하여 당부함을 알고 다만 즐겁게 명을 받들 따름이었다.

이렇게 저렇게 하여 또 10여 일이 지나니 병세가 조금 나아졌다. 널리 알려지도록 집안사람들이 모두 경사를 치하하고, 석씨도 마음을 놓고 벽운당에 돌아와 쉬는데 갑자기 병이 났다. 원래 기질이 버들 같은데 50여 일을 밤낮으로 눈을 붙이지 못하고 앉아 지내면서 상서가 아픈 것에 마음씀을 더하였으니 바쁠 때에는 모르다가 마음을 놓으니 병이 일어난 것이다.

이 무렵 화씨와 상서는 쾌차하여 일어났으나 석씨가 병이 드니 집안에 우환이 떠나지 않았다. 상서가 어머님이 걱정하실까 근심하여 더욱 의약을 부지런히 준비하여 석씨의 병이 낫기를 바랐다.

이때 여운이 제 딸 내친 것을 원망하여 소상서를 해치고자 하였는데 핑계가 없었다. 그러던 중 강주의 인심이 거칠고 어지러워 도적이 곳곳에 모여 난리를 일으킨다고 하니, 추밀사 여운이 표문(表文)[509]을 올려 말하였다.

---

509) 표문(表文) : 임금님께 올리는 글임.

"강주(江州)는 중요한 곳이니 마땅히 총명한 재주와 지략을 갖춘 사람이 진정시킬 수 있을 것입니다. 상서(尙書) 복야(服射) 소경이 문무가 겸전하고 지혜가 남들보다 뛰어나니 가히 강주 안찰사(按察使)[510]를 시켜 부임하게 하십시오. 비록 직함은 낮아지나 공로를 이룬다면 벼슬을 올 76
려주는 것이 옳습니다."

천자(天子)가 미루어 놓으셨는데, 여귀비가 사사로이 부탁하니 허락하였다. 추밀이 통정사(通政司)[511]에게 뇌물을 주어 그 날로 발행하라 하셨다. 소상서가 전교(傳敎)를 듣고 들어와 모친께 아뢰니, 양부인이 크게 놀라 말하였다.

"강주는 험한 곳이다. 네가 중병을 겪고 회복되지 않았는데 장차 먼 길을 어떻게 가겠느냐?"

상서가 대답하였다.

"제가 정신을 차린 지 오래되었으니 염려하실 바가 아닙니다. 더디면 일 년이고 쉽게 오면 반 년 안에 돌아올 것이니 너무 염려하지 마십시오."

양부인이 길게 탄식하며 말하였다.

"네가 젊어서 부귀가 지극한데 이는 모두 황제의 은혜다. 명령을 받들어 사방으로 가 임금님의 명령을 욕되게 하지 않는 것이 당연하다. 너는 나를 생각하지 말고 임무를 잘 행하여 맑은 이름을 드리우고 황제의 전교를 욕되게 하지 마라."

상서가 두 번 절하며 명을 받고 나서 두 서모와 소·윤 두 누이를 이별

510) 안찰사(按察使) : 지방 군현의 치적 및 불법의 검찰(檢察)을 맡은 관직임.
511) 통정사(通政司) : 명나라 때에 내외의 상소를 관장하던 관청이었음. 이 작품의 시대배경은 송나라이지만 창작시기는 청나라 연간이므로 이같은 직책이 등장한 것으로 보임.

하니, 모든 사람이 눈물을 뿌렸다. 이에 먼저 녹운당에 와 화부인을 이별하는데 다만 아침 · 저녁 음식 받드는 일과 어머니 곁에서 떠나지 말 것을 말하였다. 이어서 벽운당에 이르러 석부인을 보았는데, 석부인이 침석에
77 단정하게 누워 있었다. 병세가 매우 심하니, 상서가 비록 마음이 견고하지만 한번 보고는 마음이 좋지 않아 나아가 나직이 말하였다.

"내가 나라의 명령으로 강주로 나가는데, 부인의 병이 낫는 것을 보지 못하고 가니 마음이 편안하지 않습니다. 아무쪼록 다시 건강해져 서로 보기를 바랍니다."

석씨가 듣고 나서 정색하여 말하였다.

"군자가 황제의 명을 받들어 만 리 먼 곳으로 가시니 어머니와 이별하는 마음이 클 것이어서 다른 네에 뜻이 없으실 겁니다. 하찮은[512] 아녀자를 대하여 이별하는 것도 중요하지 않은 일에 신경 쓰시는 것인데, 어찌 몸에 공복(公服)을 입고 부녀와 더불어 사사로운 마음을 이르십니까? 제가 바야흐로 청춘이므로 적은 병이 있으나 자연히 나아 회복할 것이니 부질없는 염려에 얽매이지 마십시오."

상서가 듣기를 마치매 길이 사례하며 말하였다.

"부인의 말씀이 옳습니다. 내가 어찌 마음에 구애되어 걱정하겠습니까? 다만 병을 잘 조리하십시오."

드디어 일어나 나가 대궐에서 황제를 하직하니, 황제께서 불러들여 보고 위로하시고 절월(節鉞)[513]을 주셨다. 감사의 인사를 드리고 강서지방을 향하였는데, 뒤따르는 사람들을 다 떨쳐 뒤에서 따라 오라고 하고 유

512) 하찮은 : {혈〃[孑孑]흔}. 문맥을 고려하여 이같이 옮김.
513) 절월(節鉞) : 천자가 적을 치러 가는 장군에게 주는 부절(符節)과 도끼임.

생(儒生)의 복장으로 강주에 이르렀다.

한 시골 주점에 들어갔더니 두어 늙은이가 술을 먹고 노래 부르며 춤추
고 있었다. 안찰사가 나아가 배를 채우기를 청하니, 노인이 놀라 맞으며 78
말하였다.

"젊은이는 어디에서 오십니까?"

안찰사가 대답하였다.

"저는 서울 사람으로 산을 구경하러 이곳에 왔습니다. 여러 어르신들은 어떤 사람이십니까?"

노인이 말하였다.

"우리는 대대로 강주에서 살았고, 우리 둘은 형제입니다. 이름은 원화, 원숭이라고 합니다. 그대는 멀리서 왔군요."

드디어 술을 권하였는데, 사양하고 먹지 않으면서 조용히 말하며 풍속을 생각하고 또 물었다.

"이 곳에 여의개용단과 오면회단이 있다고 하는데 어디에서 파는지 알고자 합니다."

노인이 말하였다.

"이 약이 매우 귀하여 값이 비쌉니다. 사고자 한다면, 여기서 정동쪽으로 20리만 가면 만춘산이라는 산이 있는데 그 가운데에 도화 진인(眞人)[514]이 있습니다. 그가 이 단약(丹藥)을 고아서 팝니다."

안찰사[515]가 가르쳐 준 것에 감사하고 물었다.

"그 진인이 도술이 높은가요?"

---

514) 진인(眞人) : 도교(道教)의 깊은 진리를 깨달은 사람.
515) 안찰사 : {어사}. 소경의 직함을 말하므로 '안찰사'로 통일하여 옮김. 안슥, 안디 등으로도 부름.

노인이 말하였다.

“진인은 2, 3천 년을 득도한 신선이라서 그 조화가 천지에 가득합니다.”

안찰사가 말하였다.

“그렇다면 맑고 고상한 도사일 텐데 어찌 구구하게 이런 약을 팝니까?”

노인이 말하였다.

“약을 만들어 팔아 중생의 요구와 바람에 응답하니 이것도 하나의 적선(積善)이라고 합니다.”

안찰사가 다 듣고 나서 얼마동안 앉았다가 일어나 하직하고 가니, 그 노인들이 서로 의심하며 말하였다.

79 “어떤 젊은이기에 그처럼 기특한가? 아니면 도화 진인이 와서 희롱한 것인가? 비록 진인일지라도 우리가 해로운 말은 하지 않았으니 근심할 것은 없다.”

소안찰사가 예니레를 돌면서 인심을 살핀 후 통지(通知)를 하고 그 날로 부임하였다. 부(府)와 현(縣)의 관리들이 다투어 영접하며, 하급 벼슬아치들이 어지러이 허둥대면서 맑은 하늘에 날벼락이 친 것같이 여겼다. 안찰사가 아래 관리들과 군졸을 인품으로 차등을 두어 상과 벌을 밝게 주고, 다투고 죽이는 일[516]을 완전히 끊어지게 하며, 백성을 어여쁘게 여기니, 강주 일대가 몇 달이 되지 않아 〈태평가(太平歌)〉를 부르고 도적이 성자(聖者)가 되었다. 그러니 안찰사의 덕택과 도량을 알 것이다.

안찰사가 하루는 서헌(書軒)에 앉아 있는데, 문득 아래 관리가 한 젊은이를 밀며 마루 아래[517]에 와 고하였다.

---

516) 다투고 죽이는 일 : {혁눅[鬩戮]}.

"이 선비가 미친 말을 하면서 어르신께 아뢰겠다고 하여 반 일을 싸우다가 마지못하여 데려 왔습니다."

눈을 들어 보니 눈썹과 눈이 맑고 아름다우며 기풍이 수려하되 병색이 가득하였다. 이에 물었다.

"선비는 어떤 사람이며, 무슨 원한이 있느냐? 마음 속 생각을 말하면 판결해 주겠다."

그 서생이 눈물을 흘리고 말하였다.

"저는 원래 서울 사람인데 떠돌다가 이 땅에 와서 의지할 데 하나 없었 80
습니다. 오직 비파정의 이름난 창기 취연을 거두어 아내로 삼았는데, 작년에 취연의 옛 애인[518] 이경수란 놈이 여의개용단을 먹고 와 저를 속였습니다. 제가 정말로 취연인 줄 알고 그 후에는 그녀를 찾지 않았는데, 이경수가 그렇게 꾀를 내어 취연을 데리고 무위군에 가 살고 있었습니다. 제가 아무리 가서 찾아도 주지 않고 도리어 저를 심하게 쳐 이렇게 병이 들었습니다. 어르신의 신이하고 밝으신 위엄과 덕에 힘입어 취연[519]을 찾고 이경수를 죽여주시기를 바랍니다."

안찰사가 듣고 나서 매우 우습게 여기고 또한 한심하여 다시 물었다.

"선비의 이름이 무엇인가?"

그가 대답하였다.

"이름은 왕한입니다."

문득 이 사람이 바로 임수보가 말하던 왕생인 것을 알고, 그 외입(外入)함을 불쌍히 여겨 말하였다.

---

517) 마루 아래 : {면하(殿下)}. 문맥을 고려하여 이같이 옮김.
518) 옛 애인 : {고인(故人)}. 문맥을 고려하여 이같이 옮김.
519) 취연 : {츄연}. 바로 앞에서 처음 소개할 때에는 '취연'이라 했으므로 계속 이같이 호칭함.

"네 말로 보건대 그가 요사한 약을 먹고 속인 일과 취연이 배반한 일이 다 죄가 있으나 취연의 죄가 더욱 크다. 둘 다 잡아다가 처치하겠다."

드디어 죄인을 잡아 오라고 사람을 보내어[520] 이경수와 취연을 무위군에 가 잡아다가 죄를 물으려 하였는데, 취연의 자색(姿色)이 매우 뛰어났

81 다. 안찰사가 취연을 엄하게 심문하니, 사실대로 말하였다.

"저는 본래 이씨의 오랜 애인인데 왕생이 핍박하여 빼앗으니 부득이 계교를 쓴 것입니다."

안찰사가 잠깐 생각하는 듯하더니 소리를 가다듬어 말하였다.

"네가 당초에 이씨에게 갈 거였다면 왕생과 살지 않았어야지 그때는 순순히 좇았다가 나중에 속였구나. 그러니 처음에는 절개를 잃은 계집이었고 나중에는 몸을 잃은 계집이었던 것이니, 아주 죄가 없지는 않다."

드디어 매우 쳐서 내치고, 이생을 책망하였다.

"네가 요망한 약을 먹어 사람을 속이니, 엄연히 죄가 크다. 하지만 상황을 짐작하여 너그러이 용서하니, 다시는 이런 행동을 하지 마라."

또 왕생을 꾸짖어 말하였다.

"너의 유치함과 사나움이 이 같구나. 남의 계집을 빼앗고 이후에는 속은 것이 참혹하다. 그런데 부끄러운 줄 모르고 스스로 용납하지 못할 행적으로써 어찌 나에게 와 원한이 있다고 했느냐?"

드디어 칼을 씌워 옥에 넣으라고 하고 공무(公務)를 끝냈다. 이경수를 끌어 내치고 나서 동헌에서 쉬었다.

날이 어두워지매 심복에게 왕생을 데려와 마루에 오르게 하고 물었다.

---

520) 죄인을 ~ 보내어 : {발ᄎᆡ[發差]ᄒᆞ여}. '발차'는 죄인을 잡아오라고 사람을 보내는 것을 뜻함.

"내가 그대를 보니 이미 가슴에 글을 감추고 있고 눈빛에 선비의 품이 82
있구나. 그런데 무슨 이유로 성인의 가르침을 저버리며 스승의 인도함
을 잊어 몸을 무례하고 방탕하게 가져 부모가 주신 몸과 조상을 욕 먹
이느냐? 내가 일찍이 들으니 대장부는 세상을 조심스러워하며 처신하
고 수신(修身)하여 도리를 행하며 충성과 효도를 잃을까 두려워할지언
정 처자가 없을까 근심하지 않는다 했다. 하물며 조그만 창녀 따위야
말해 뭐 하겠는가? 내가 비록 어질지 못하지만 평소에 조그만 의기를
품었기에, 남이 그른 곳에 나아가는 것을 보면 문득 마음이 편치 않아
하네. 그대의 행실을 보니 매우 절실하므로, 내가 바라건대 어진 미인
을 선비 집안에서 가려 그대의 좋은 짝을 정해주고 싶네. 그러니 나와
더불어 서울로 가는 것이 어떤가?"

왕생이 매우 부끄러워하며 감격하여 두 번 절하고 사례하여 말하였다.

"저는 사람으로 치지도 못할 사람인데 대인께서 이렇듯 어여삐 여기시
니, 어찌 감히 큰 가르침을 받들지 않겠습니까? 시키시는 대로 하겠습
니다."

기쁜 빛이 안찰사의 얼굴에 드러났다.[521] 이때부터 왕생을 머물게 하
여 관아[522]에 두고 의식(衣食)을 후하게 대접하며 형제로 칭하며 벗이 되
었다. 왕생이 매우 감격하고 한편으로는 부끄러워하였다. 저 안찰사의 83
행동 하나하나[523]가 어긋남이 없어 일마다 남보다 뛰어나고 처신할 때에
는 예의를 갖추어 행하니, 그의 일을 보고 자기의 행실을 보며 생각하기

---

521) 기쁜 ~ 드러났다 : {희동안식[喜動顏色]ᄒᆞ야}.

522) 관아 : {부듕[府中]}. 부(府)라는 이름이 붙은 행정구역의 안이라는 뜻도 있고 재상이 집무하던 관아라는 뜻도 있음. 여기서는 문맥상 후자로 봄.

523) 행동 하나하나 : {일동인경}. 문맥상 '일동일정(一動一靜)'이라고 보아 이같이 옮김.

를 공자(孔子)와 양화(陽貨)의 경우와 매우 비슷하다고 여겼다. 그래서 크게 깨달아 마음을 고치고 뜻을 닦아 수행하기를 안찰사가 하는 대로 하였다. 안찰사는 평소에도 재주 있는 이를 사랑하고 아끼는 것이 지극하였다. 안찰사가 그가 잘못을 고치는 것을 보고 기뻐하였으며, 그 문재(文才)가 빛남을 보고는 매우 후대하였다.

안찰사가 하루는 배를 타고 지역을 순찰하였는데, 한 사람의 시신이 물 위에 떠 오는 것 같았다. 사공에게 건져 배에 올리게 하여 보니 젊은 여자였는데, 갑자기 물을 토하고 정신을 차렸다. 안찰사가 기뻐하며 선창(船艙)[524]으로 들어와 누이고 한 그릇 좋은 음식을 갖다 먹이니 바야흐로 정신을 차려 말하였다. 그 근본을 물으니, 파주 가시랑의 딸인데 온 가족이 선유(船遊)하다가 풍파를 만나 죽고 자기만 혼자 구조되어 산 것이라고 하였다. 나이 18세인 처녀인데, 아리땁고 절묘한 것이 나라를 기울일 만한 미모이며 물고기가 숨고 기러기가 떨어질 만한 태도[525]가 있었다.

84 안찰사가 반 년을 타향에 와 외롭게 지냈는데 국색(國色)[526]을 대하니, 보통의 남자라면 어찌 무심하겠는가마는 그는 조금도 유의하여 마음을 두는 일이 없었다. 단지 그 마음을 슬피 여겨 교자를 갖추어 관아로 보내고, 순행을 마치고 돌아와 그 여자를 보았다. 가씨가 두 번 절하며 하늘같은 은혜를 사례하니, 안찰사가 답례하여 말하였다.

"이는 소저의 명이 길어서 그런 것이니, 어찌 나의 공이겠습니까?"

가씨가 눈물을 흘리며 감사함을 마지않았고, 안찰사는 굳이 사양하였다.

---

524) 선창(船艙) : 물가에 다리처럼 만들어서 배가 닿게 하는 곳임. 배다리라고도 함.
525) 물고기가 ~ 태도 : {팀어낙안지틔[侵魚落雁之態]}. 뛰어난 미모를 이름.
526) 국색(國色) : 경국지색(傾國之色)의 준말임.

이 날 가씨가 안찰사를 보니 젊고 총명하고 빼어나며 뛰어나고 호방한 것이 매우 두드러졌다. 그래서 무척 기특하게 여겨 문득 마음에 생각하였다.

'내가 그에게 목숨을 구해주는 은덕을 입었으니 당당히 은혜를 갚아야겠다.[527] 그가 젊은 남자로 객지에서 홀로 있으니 나의 미모를 보고 반드시 마음이 동할 것이다. 오늘 밤에 나가 그의 마음을 돋워야겠다.'

이렇게 뜻을 정하고 이날 밤에 외당에 나오니, 안찰사가 바로 잠들어 있었다. 가씨가 나아가 불러 말하였다.

"안찰사 상공께서는 깨었습니까?"

안찰사가 잠을 깨어 보니 가씨가 곁에 와 자기를 흔들며 부르고 있었다. 이상하게 여겨 일어나 앉아 물었다.

"누이[528]가 왜 여기에 왔는가?"

가씨가 대답하였다.

"제가 상공의 은덕을 입어 살아나고 상공이 바다 가운데에서 저를 구 85
하셨으니 이는 우연한 인연이 아닙니다. 상공과 제가 다 객지의 외로운 젊은이이니 하늘이 주신 것입니다. 옛말에 이르기를, '하늘이 주는 것을 받지 않으면 도리어 재앙을 받는다'[529]고 하였습니다. 우리 두 사람이 부부가 되는 것이 옳지 않음이 없으니 제가 부끄러움을 잊고 여기

527) 은혜를 갚아야겠다 : {함호결초}. 함호는 함환(銜環)의 오기(誤記)임. '함환'은 후한(後漢) 때 양보(楊寶)라는 사람이 올빼미에게 쫓기다 떨어진 황작(黃雀)을 구해 치료해서 살려주자 그날 밤에 황의동자가 나타나 보답으로 흰 팔찌를 주어 은혜에 보답했다는 데에서 유래한 말임. '결초(結草)'는 결초보은(結草報恩)의 준말로, 진(晉)나라 때의 위무자가 아들 위과에게 자기 첩을 개가시키라고 유언을 하였다가 다시 마음이 변해 순사(殉死)시키라고 유언했으나 위과가 그렇게 하지 않고 개가하게 하니 그녀의 아버지의 영혼이 위과의 싸움터에서 풀을 묶어 도와주어 은혜를 갚은 일에서 유래한 말임.

528) 누이 : {현믹(賢妹)}. 안찰사가 가소저를 누이같이 생각한다는 의미에서 이렇게 호칭하는 듯함.

529) 하늘이 ~ 받는다 : {텬여[天與]를 불취(不取)ᄒᆞ면 반슈기히[反受其害]라}.

에 왔습니다."

안찰사가 다 듣고 나서 낯빛을 엄하게 하고 책망하여 말하였다.

"내가 들으니, '군자의 모든 행실은 깜깜한 방 가운데에서도 정대(正大)함을 힘쓰고 눈이 보이지 않는 이를 공경하며, 여자의 사덕(四德)은 절의(節義)가 으뜸'이라고 했소. 그러므로 유하혜(柳下惠)[530]의 어짊과 여종(女宗)[531]의 절개가 후세에 전하는 것이오. 내가 비록 일개 서생이지만 어려서부터 글을 읽어 예의와 염치를 조심하니, 비록 유하혜의 정대함에는 미치지 못하지만 그렇다고 하여 여색을 탐하여 천지신명을 속이지 않을 줄은 아네. 그대가 물속의 물고기 밥이 되게 하였다면 사람 마음이 슬퍼질 것이니 구한 것이오. 당당히 오누이로 결의하는 것이 옳은데 어찌 감히 거룩한 가르침을 잊고 법도를 어기겠는가? 누이도
86 춘경(春卿)의 딸로 선비 가문의 처녀이니, 비록 참혹한 난리를 만났으나 뜻을 얼음같이 맑고 옥같이 깨끗하게 가져 아름다운 지아비를 얻어 부모 제사를 잇는 것이 옳네. 어찌 어두운 밤에 분주하게 다니며 음란한 만남[532]의 천함을 달게 여기는가? 내가 차라리 누이의 후의(厚意)를 저버릴지언정 감히 밝으신 가르침에 죄인이 되지는 않을 것이니 남이 알까 두렵소. 빨리 들어가시오."

말을 마치고 의관(衣冠)과 띠를 바르게 하고 엄연하게 옷깃을 바로 하는데 기색이 매우 준절하여 찬 기운이 사방을 깨뜨리고 뼈에 스며드니, 가

530) 유하혜(柳下惠) : 춘추 시대 노나라의 대부. 본명은 전금(展禽)이지만 유하(柳下)에 살았으며 시호가 혜(惠)이기에 유하혜라고 부름.

531) 여종(女宗) : 송나라 포소(鮑蘇)의 아내. 포소가 위나라에 가 벼슬하면서 다른 아내를 얻어 살았는데, 한번 혼례를 올렸으면 남편이 죽더라도 개가할 수 없다면서 여전히 시부모를 열심히 봉양함.

532) 음란한 만남 : {상님[桑林]}. 뽕나무 아래에서의 정든 남녀의 밀회를 뜻함. 『시경』에 〈상중(桑中)〉이라는 시에서 남녀의 불의(不義)한 만남이라는 소재를 읊었음.

씨가 매우 부끄러워하며 사례하여 말하였다.

"제가 삼가지 못한 죄가 큽니다. 바라건대 어르신께서는 용서하십시오."

안찰사가 정색하며 말하였다.

"피차가 선비 가문으로 한 가지인데 누이의 존칭함을 어찌 받겠는가? 다만 이런 자질구레한 뜻을 없애고 수행하면 내가 당당히 기특한 배우자를 가려 누이의 재주와 마음을 저버리지 않겠네."

가씨가 깊이 뉘우치며 사례하고 들어가니, 안찰사가 탄식하였다.

"내가 왕생을 기구하다 생각했는데, 어찌 더 심한 사람이 있을 줄 알았겠는가? 이 같은 여자를 관아에 오래 두지는 못할 것이지만, 이미 돌아
갈 데가 없는 사람을 버리면 처음에 구해주지 않음만 못하니 어찌 처 87
리해야 순조로울까?"

갑자기 한 가지 생각이 떠올라, 다음 날 아침에 하인을 불러 일을 치르기에 가장 좋은 날[533]을 가리라고 하고, 안찰사 스스로 위엄 있는 의례를 극진하게 준비하였다.

날이 다다라 부(府)와 현(縣)의 관리와 본부의 낮은 관리들을 불러 잔치 자리를 열고 자리를 만들고 기구들을 벌여 놓으니, 모인 사람들이 다 지난번에 강에서 구해온 여자를 안찰사가 취하는가 생각하였다.

사람들이 공경스럽게 앉아 있는데 시각이 다다르니 안찰사가 좌우 사람들에게 신랑의 길복(吉服)을 내어다가 놓게 하고 부(府)와 현(縣)의 높은 관리[534]들을 대하여 말을 했다.

---

533) 일을 ~ 날 : {황도길일(黃道吉日)}. 음양 궤도에서 일을 거행하는 데에 가장 좋다는 날임.
534) 부(府)와 ~ 관리들 : {부존(府尊)과 디현[知縣]}.

"내가 들으니 천지간에 신의(信義)를 중요하게 여겨야 한다고 했습니다. 파주의 가시랑이 참혹한 액을 만나 풍랑에 빠졌는데 내가 마침 그 딸을 구해내었으나 사고무친(四顧無親)하니 같이 살 사람을 구했습니다. 그녀의 평생을 즐겁게 하려 해도 마땅한 데가 없고 오직 내 친구인 왕생이 있는데, 그는 얼굴이 관옥(冠玉) 같고 글과 글씨에 정통합니다. 비록 그가 예전에 취연 때문에 웃음거리가 되었지만, 자고로 여색에 마음 끌리지 않는 사람이 없으니 그만 꾸짖지는 못할 것입니다. 하물며
88 그는 왕상서의 손자이니 곧 명문가의 선비입니다. 그러니 피차가 욕되지 않으므로 오늘 좋은 자리를 갖추어 두 사람의 인연을 이루고자 합니다. 여러분들은 어떻게 생각합니까?"

부와 현의 관리들이 듣기를 마치고 모두 소리를 나직이 하여 하례하여 말하였다.

"안찰사 대인의 금과 옥 같은 말씀이 족히 만고의 호색(好色)의 무리를 사라지게 하셨고 의기가 산과 바다 같으시니 저희들은 놀랍고 존경스러움을 이기지 못할 뿐입니다. 대인의 처리하시는 바가 지극히 옳으신데 저희가 어찌 감히 다른 논의를 하겠습니까? 좋은 인연이니, 상객(上客)[535]이 되어 술을 먹는 것이 바라는 바입니다."

안찰사가 중론(衆論)이 한결같음을 보고 기뻐하며 좌우 사람들에게 왕생을 불러 오게 하여 길복(吉服)을 입혔다. 시녀에게는 가소저를 붙들어 나오게 하여 교배(交拜)하니, 부부의 풍모가 새로워 진실로 평생의 한 짝이었다. 합환주를 마시고 동방(洞房)으로 돌아가니, 아래 관리들과 모든 손님들이 안찰사를 매우 흠앙하며 말하였다.

---

535) 상객(上客) : {위요긱[圍繞客]}. 혼인 때에 신랑과 신부를 데리고 가는 사람을 뜻함.

"저 같은 미모의 숙녀에게 안찰사가 마음을 두지 않고 남에게로 보내니 어찌 유하혜(柳下惠)와 미자(微子)[536]를 족히 기특하다 하겠습니까? 젊은 남자의 행실이 이 같으니 진실로 공자의 남기신 풍모를 이으셨습 89
니다."

석양에 잔치를 끝내고 여러 손님들이 흩어진 후, 안찰사는 서헌(書軒)에서 편히 쉬었다.

이때에 왕생이 취연을 잃고 안찰사와 함께 한 곳에서 수행하며 옛날을 뉘우쳤지만 아직도 아름다운 미인을 얻고 싶은 마음이 자나 깨나 맺혀 있었다. 그런데 뜻밖에 가시랑의 규수를 얻는 중에 보니 그녀의 용모가 신선 같아 매우 다행으로 여겼다. 가씨도 처음에는 안찰사에게 정을 두었으나 거절당하여 부끄러워하며 행실을 닦았는데 그 일생이 보통 남자에게 빠질까 두려워하였다. 그러나 천만다행으로 꿈같이 성대한 예로 혼인하는데 나이 젊은 풍류랑을 만나니 마음에 환희하였다. 부부의 진중함이 진짜 짝을 얻은 것이다.

왕생과 가씨가 서로 안찰사의 큰 덕을 말하며 감격함을 이기지 못하여 이튿날 부부가 함께 안찰사에게 나아가 은혜를 사례하였다. 안찰사가 흔연히 말하였다.

"내가 무슨 공이 있는가? 다 왕형과 누이의 복이 높기 때문이네. 이제 이 곳이 둘의 고향이 아니니, 왕형이 아내를 데리고 서울로 가면 내가 행장(行藏)[537]을 도울 것이네."

두 사람이 사례하며 말하였다.

536) 미자(微子) : 은나라 마지막 임금인 주(紂)의 배다른 형인데, 주가 음란하자 간하였으나 듣지 않으므로 은을 떠나 은둔한 사람임.
537) 행장(行藏) : 여행할 때에 쓰는 모든 기구.

90 “그렇게 해 주시면 은혜가 측량할 길이 없지만, 다만 서울에 아는 사람이 없으니 어떻게 하지요?”

안찰사가 말하였다.

“내가 하인을 시켜 길을 인도할 것이니, 자운산에 들어가 봉한 편지를 전하고 머물러 있으면 임학사도 반드시 돌볼 것이오. 어머님도 자비로우시니 편히 지낼 수 있을 것이니 근심하지 말게.”

왕생이 말하였다.

“임학사가 누구십니까?”

안찰사가 웃음을 머금고 말하였다.

“바로 임수보인데, 예전에 형과 절친한 사이였다고 하였네.”

왕생이 바야흐로 깨달아 크게 기뻐하며 사례하였다.

“원래 그는 저의 내종형제(內從兄弟)[538]입니다. 일찍이 가난하고 군색한[539] 선비였는데 어떻게 과거에 급제하였으며, 또 어떻게 저와 절친하다고 말했습니까?”

안찰사가 다만 말하였다.

“임형과 나는 친한 벗이므로 강주 땅의 친척을 말하는데 형을 일컬었네.”

왕생이 듣고 나서 탄식하며 말하였다.

“항상 임형이 큰 재주가 적어 제가 웃었는데, 어찌 공명(功名)을 먼저 얻을 줄 알았겠습니까?”

안찰사가 웃음을 머금고 아무 말도 하지 않았다.

538) 내종형제(內從兄弟) : 고모의 자녀임.
539) 가난하고 군색한 : {빙군}. 문맥상 ‘빈군(貧窘)’의 오기(誤記)로 보임.

즉시 날을 택하여 길을 떠나는데, 안찰사가 편지 한 통을 써 모친께 올리고 십 리나 되는 장정(長亭)[540]까지 가 전송하고 돌아왔다. 이때에 안찰사가 부임지에 있은 지 여덟 달이 되어 모친을 생각하는 뜻이 간절하여 꽃이 피는 아침이나 달이 뜨는 저녁, 아침 구름이나 저녁 비를 대할 때면 91
문득 취성전에 문안하던 때를 생각하여 탄식함을 마지않으며 말하였다.

"부모 섬길 날은 적고 임금 섬기기는 오랠 것인데, 나는 학발(鶴髮)[541]의 홀어머니를 다른 형제도 없이 외롭게 버리고 만 리 밖으로 물러나와 좋은 술과 진수성찬으로 누리니 어찌 사람의 아들로 차마 할 일이겠는가? 그런데도 마음과 같이 못하니 설마 어떻게 하겠는가?"

그리고는 아침 저녁 밥도 맛없어 하며, 해와 달을 보아도 어머님의 용모를 대한 듯이 반기고 슬퍼하였다. 속절없이 새벽에 일어나 신성(晨省)하던 때를 맞추고 의관을 바로 하여 종일토록 앉아 있는데, 마치 어머님을 모시고 있는 것같이 공경하였다. 또 이경(二更)까지 앉아 어머니를 길이 사모하는 시를 지어 읊으며 혼정(昏定)하던 것을 맞추어 한 때도 폐하지 않았다. 그 효성과 행실이 만 리 밖에 있어도 매우 정성스러워 부모 섬기는 마음을 놓지 않으니 어찌 기특하지 않겠는가?

하루는 안찰사가 하인을 불러 말하였다.

"여기 만춘산에 도화 진인이라는 사람이 있다고 하는데 맞느냐?"

하인이 대답하였다.

"그런 사람이 있습니다."

안찰사가 말하였다.

---

540) 장정(長亭) : 먼 길을 떠나는 사람을 전송하는 곳.
541) 학발(鶴髮) : 학의 깃처럼 흰 머리털. 곧 노인의 백발을 뜻함.

"내가 가서 보려 하니, 너희들이 길을 안내하여라."

92 하인이 말하였다.

"어르신께서 가고자 하시면, 마땅히 목욕재계(沐浴齋戒)[542]하고 마음에 느껴 기도하면서 폐백을 갖추어 가십시오."

안찰사가 말하였다.

"너희들은 가만히 있어라."

드디어 천리마를 타고 심복 종을 데리고 선비의 복색으로 만춘산에 이르렀다. 산이 높고 경치가 수려하여 제일의 좋은 경치였다. 산에 올라서 두루 찾으니 소나무 사이에 붉은 전각(殿閣)이 은은히 보였다. 이에 도관(道觀)인 줄 알고 찾아갔다.

각설(却說). 도화 진인은 3천 년씩이나 도를 닦은 신선인데, 마음을 바른 데에 두지 않아 요괴로운 약을 만들어 세상에 팔았다. 이 날 구름 낀 산에서 연단(煉丹)[543]하며 경(經)을 외다가 문득 크게 놀라 말하였다.

"내가 연단하는 것이 잦아 세상에 팔았는데, 이제 영보도군이 오시니 이는 반드시 나를 다스리려 하는 것이다."

말을 마치는데, 급작스런 비가 퍼붓듯이 오며 벽력 소리가 나니 진인이 발을 구르며 말하였다.

"금갑신은 빨리 오너라."

말이 끝나지도 않아서 한 귀신이 앞에 와 뵈며 말하였다.

"한 젊은 유생(儒生)이 사부(師父)님을 보러 왔는데, 말과 행동거지가 무

93 례하여 전혀 조심하거나 정숙하지 않습니다. 제가 번개와 벽력으로 없

542) 목욕재계(沐浴齋戒) : {목욕정조[沐浴正調]}. 목욕재계와 같은 뜻으로 봄.

543) 연단(煉丹) : 몸의 기력을 단전(丹田)에 모으는 방법, 또는 진사(辰砂)로 황금을 만드는 연금술을 이름. 여기서는 단약(丹藥)을 만드는 일을 뜻함.

애려고 했더니, 서생의 몸에 옥룡(玉龍)이 둘렀고 향기로운 바람과 온화한 빛이 그를 둘러싸고 비쳐 감히 해치지 못했습니다. 뿐만 아니라 그 서생이 전혀 겁내지 않으니 제가 그의 종을 해치려던 참인데, 사부께서 왜 부르셨습니까?"

진인이 급하여 말을 못하고 다만 전각 위의 삼청(三淸)[544]을 가리키니, 금갑신이 물었다.

"사부는 왜 삼청을 가리키십니까?"

진인이 바야흐로 말하였다.

"내가 여의개용단과 오면회단을 팔아 중생의 바람에 응했지만 그것은 실은 바른 도가 아니라 스스로 그른 줄을 알고 있었다. 예전에 영보도군이 소씨의 자식이 되어 태어났는데 그가 내가 이 약을 파는 것을 듣고 오늘 보려고 여기에 오니, 내가 바로 사죄하려 했다. 그런데 네가 어찌 또 가서 범했느냐? 빨리 도복을 입고 관문(觀門) 밖에 가 맞아야겠다."

금갑신이 매우 놀랐다. 진인이 도복을 입고 골짜기 밖으로 와 기다리다가 안찰사가 오는 것을 보고 말 아래에 몸을 구부리고 뵈었다. 안찰사가 말에서 내리자 맞아서 함께 도관 안으로 들어가 앉았다. 안찰사가 물 94
었다.

"도사가 바로 도화 진인 아닌가?"

진인이 두 번 절하고 대답하였다.

"소승[545]이 바로 도화 진인입니다. 천만 의외에 대인이 오시니 황공하

544) 삼청(三淸) : 도교에서 일컫는 신선이 산다는 궁의 이름으로 옥청(玉淸), 상청(上淸), 태청(太淸)의 세 궁임.
545) 소승 : {빈도(貧道)}. 중이나 도사가 자기를 낮추어 이르는 말.

고 두려움을 이기지 못하겠습니다.”

안찰사가 천천히 말하였다.

“도사가 나를 아는가?”

진인이 생각하였다.

‘저 사람이 천상에서도 검소하고 공손하며 몸가짐이 무거워 벼슬이 높았지만 여러 신선들 중에 드러내지 않았고, 도술이 무궁하지만 나타내지 않아 모든 신선들이 오히려 그의 도술이 어느 정도 되었는지 알지 못하였다. 내가 이제 삼청에서의 일을 말하면 반드시 허탄하다고 생각할 것이니, 편한 방법으로 해야겠다.’

그리고는 안찰사에게 고하였다.

“소승이 생각하건데, 대인이 소안찰사인가 싶었습니다. 일찍 맞아 받들지 못한 죄가 큽니다.”

안찰사가 그가 자신을 알아보는 것을 보고 또한 속이지 않고 말하였다.

“진실로 도사의 말대로이다. 도사에게 여의개용단과 오면회단이 있다고 들었는데 그것들을 사고 싶다.”

진인이 대답하였다.

“일찍부터 저에게 이 약이 없었으니, 대인이 잘못 아셨습니다.”

안찰사가 성내며 말하였다.

“네가 비록 도를 닦은 요사한 사람이라 해도 어찌 감히 군자를 속이느
95 냐? 네가 여의개용단을 세상에 퍼뜨려 맑고 깨끗한 시절을 요괴로이 만드니 다 너의 죄이다. 이제 그것을 없애지 않고 나쁜 짓을 또 하려 하니 네 죄가 지옥에 드는 것을 면하지 못할 것이다. 빨리 개용단을 가져와 없애 옥황상제께 죄를 면하고 청정한 도법(道法)을 행하여라. 그렇

지 않으면 너의 목숨을 보전하지 못할 것이다. 설사 도술로 달아나더라도 하늘에 고하여 죽도록 할 것이니, 네가 장차 나와 겨루고자 하느냐?"

진인이 듣고 나서 매우 놀라 사죄하며 말하였다.

"제가 어찌 감히 어르신의 엄한 명령을 거역할 리가 있습니까?"

드디어 단약을 만드는 방에 가 호리병 둘을 내어다가 드렸다. 안찰사가 보니 과연 그 물건이기에 거두어 없애고, 다시 말하였다.

"이 풀도 또한 보고 싶다."

진인이 민망하기는 했지만, 그를 보니 자연히 마음이 움츠러들고 정신이 황황하여 풀을 가리켜 보였다. 안찰사가 종에게 다 불을 지르게 하고 다시 꾸짖어 말하였다.

"네가 진실로 도사라면 청정하고 한가하게 도업(道業)을 닦아 경(經)을
외고 구름을 희롱할 것인데, 다만 저 삼청에 기도하는 것만 생각하고 96
요사한 그릇에 약만 지어 팔아 값을 취하니 무슨 신선인가? 극악무도
한 요괴로다."

진인이 감히 잘잘못을 이야기하지 못하고 눈물만 흘리며 잘못했음을 사죄하니, 안찰사가 다시 말하였다.

"네가 만일 다시 그른 뜻을 먹지 않고 도학을 닦으면 3천 년 공부가 헛되지 않을 것이다. 그러나 또 개용단을 만들어 팔면 결단코 용서하지 않을 뿐만 아니라 너의 도행(道行)도 사라질 것이다."

진인이 사례하고 백자(柏子)[546] 차를 내왔으나, 안찰사가 먹지 않고 소매를 떨치고 일어나 나갔다.

---

546) 백자(柏子) : 잣을 뜻함.

이후로 진인이 뜻을 닦아 득도하고 세상에 자취를 끊으니, 개용단과 오면단은 세상에서 씨가 끊어져 없어졌다. 그러나 단지 도봉자는 다른 도사가 고아서 팔아 후세에 그치지 않았으나 소안찰사 생전에는 끝내 그런 약의 종류가 나타나지 않았다.

안찰사가 도화 진인을 제어하고 부중(府中)으로 돌아와 정사를 다스리는데, 때는 오월 보름[547]이었다. 날이 매우 더워 안찰사가 심양의 강가에
97 가서 경치를 감상하였다. 강바람[548]은 소슬하고 단풍잎이 붉게 물들었으며, 백로(白鷺)가 모래 언덕에 내려온 것이 일천 점 눈 같았다. 산 그림자가 물에 거꾸러졌으니 물고기가 산부리에서 뛰노는 듯하고, 연꽃은 향기를 자랑하고, 낚시하는 노인은 푸른 물결에 비스듬히 앉아 물결을 희롱하였다. 뛰어난 경치의 산과 내를 둘러보니 어머니를 그리워하는 마음이 더욱 솟아났지만, 속절없이 황성(皇城)을 바라보고 슬퍼할 따름이었다.

석양에 수레를 돌려 부중(府中)에 이르러 촛불을 대하니 더욱 마음을 붙일 곳이 없었고, 또 어머니를 우러러 뵐 날이 얼마 없다고 생각하였다. 창문을 열고 달빛을 우러러 어머니인 듯 반겼는데, 갑자기 어린 아들이 자란 것을 보고 싶은 마음이 생기고 또 두 서모와 소·윤 두 누이를 잊지 못하여 글을 지어 회포를 위로하였다. 그러나 생각이 두 부인에게는 미치지 않았다. 간혹 석씨가 약질에 병들어 있었던 모습을 생각하여 염려할 때가 있었으나 마음에 거리끼지는 않아 늘 어머니를 생각하는 마음이 아내를 그리워하는 마음[549]을 이겼다. 그리하여 밤낮으로 어머니를 앞에서 모시
98 며 황제의 용안(龍顔)에 절하고 싶어 마음이 급해지니, 진실로 충성스럽고

547) 보름 : {망시(望時)}.
548) 강바람 : {강품}. '강풍(江風)의 오기(誤記)인 듯함.
549) 아내를 ~ 마음 : {부〃[夫婦]의 상ᄉᆞ[相思]}. 문맥을 고려하여 이같이 옮김.

효성스런 사람이었다.

안찰사가 부임지에 있은 지 열 달 만에 팔왕과 구준 등이 황제께 아뢰었다.

"강주 안찰사 소경이 부임한 지 1년이 안 되어 풍속이 순후(淳厚)해지고 백성이 어질어져 밤에 문을 닫지 않고 길에 떨어뜨린 것을 줍지 않으며 남녀가 길을 나누어 다니는 등 매우 예의가 있다 하옵니다. 그러니 이 같은 인재를 어찌 강주 땅에 내버려두겠습니까? 원컨대 불러 크게 쓰시옵소서."

황제께서 응하여 윤허하시니, 그 날로 전교(傳敎)를 청하여 사명(使命)을 보냈다. 안찰사가 조서(詔書)를 받고 나서 향로를 얹은 상(床)을 놓아두고 네 번 절한 후, 행장을 준비하여 길을 떠났다. 백성들이 길을 막고 단사호장(簞食壺醬)[550]을 안찰사께 드리며 울며 말하였다.

"상공이 가시니 우리는 사랑하는 부모를 잃음과 같습니다. 서울에 가셔서 어진 관원을 가려 보내시면 끝내 어르신의 은덕을 입은 것일 겁니다."

말을 마치고 통곡하니, 안찰사 또한 슬퍼 눈물을 머금고 위로하며 말하였다.

"내가 너희에게 끼친 은혜가 없는데 이렇게 후하게 대접하니 고마움을
이기지 못하겠다. 성상께서 밝게 살피시어 어진 관리를 후임자로 가려 99
보내실 것이니, 너희는 예법을 삼가고 풍속을 교화시키기에 힘써라. 그러면 거의 죄를 면할 것이다."

550) 단사호장(簞食壺醬) : 도시락밥과 병에 든 물로 백성들이 소박한 정성으로 임금의 군대를 환영함을 뜻하는 말임. 여기서는 떠나는 안찰사에게 소박한 정성을 바친다는 의미로 쓰였음.

드디어 반나절을 주저하며 연연하는데, 백성들이 시골의 탁주와 말고기를 가지고 들여와 말하였다.

"어르신이 가시는데 정을 표할 것이 없어 이것으로 우리의 산과 바다 같은 정을 아룁니다."

안찰사가 술을 먹지 못하지만 백성의 정을 보아 반 잔을 부어 마시고 흔연히 안주를 먹으며 말하였다.

"내가 평소에는 한 잔도 마시지 않는데 오늘은 너희들의 정성을 막지 못하여 취하도록 마셨다. 가는 길이 바빠 발행하니, 너희들은 탈 없이 잘 지내라."

백성들이 모두 눈물을 흘리며 백 리 밖까지 나가 호송하였다.

소 현 성 록

4권

1 이때에 소안찰사가 한 길로 탈 없이 달려와 서울에 이르러 황제께 공경히 절하였다. 황제께서 불러들여 보시고 강주에서 잘 다스린 재주와 덕을 길게 칭찬하셨다. 그리고는 예부상서(禮部尙書) 참지정사(參知政事) 홍문관(弘文館) 태학사(太學士)로 관직을 높이시니, 안찰사가 굳이 사양하며 아뢰었다.

"제가 나이 어리고 재주도 없는데 거룩하신 은혜를 지나치게 입어 벼슬이 과분하였습니다. 그런데 지금 황제의 은혜가 지극히 중하시어 여러 가지 벼슬을 더하시면, 제가 실로 복이 줄어들고 폐하께 민첩하지 못한 죄를 얻을 것입니다. 그러니 엎드려 바라옵건대 성상(聖上)께서는 살피십시오."

황제가 답하였다.

"경은 미루고 사양하지 마라. 공이 젊은데도 강주를 다스리는 일에 있어서는 이미 태공망(太公望)[551]이 다섯 달의 정사(政事)를 아뢰던 일을 족히 행하였으니, 이것이 어찌 참정이나 상서 직위에 적당하지 않음이 있겠느냐? 내 뜻이 이미 이쪽으로 기울어졌으니 고집하는 것은 신하의 도리가 아니다."

안찰사가 어쩔 수 없어 은혜에 감사하고 조정에서 물러나 자운산에 돌아왔다.

이때 양부인이 상서를 보내고 밤낮으로 염려가 끝이 없고 손자 아이들
2 을 데리고 놀며 소일하였다. 석씨도 몸의 병이 점차 나아 다시 양부인을 봉양하였는데, 음식 만드는 일을 맡아하며 효성이 지극하였고, 두 시누이와 화씨와 더불어 시어머니를 위로하여 시름을 잊으시게 하였다. 그러던

551) 태공망(太公望) : 주(周)나라 초기의 현신(賢臣)이었던 여상(呂尙)을 말함.

중 문득 상서가 들어온다는 통지[552]를 보고 반가움과 기쁨을 이기지 못하고 있는데, 갑자기 상서가 들어와 비단 도포에 옥으로 장식한 띠를 매고 모친께 뵈었다. 일년 사이에 뛰어난 풍모와 기운찬 위세가 더욱 새로웠다. 온 가족들이 새삼스럽게 공경하고 우러르며 양부인이 다행스러워하며 기뻐함은 비길 데가 없었다. 양부인이 그의 손을 잡고 등을 어루만지며 말하였다.

"네가 젊은 나이의 어린 사람으로 국가에 공을 세워 벼슬이 참정(參政)에 오르니, 이는 내 바람보다 넘치고 황제의 은혜가 외람되구나. 너는 갈수록 마음을 닦고 뜻을 낮추어 조상을 욕되게 하지 마라."

소참정이 명을 받고 나서 어머니를 모시고 앉은 후에 소씨와 윤씨 두 누이와 이파와 석파 두 서모가 나와 서로 반겼다. 화씨도 자리에 있었으나, 석씨는 이때 어린 아들이 병이 나 걱정하느라 나오지 못하였다. 참정이 마음 속으로 이상하게 여겨 묻고자 하였지만 어머니를 갓 만나 그동안 그리워 하던 마음을 풀어놓고 즐기느라 말을 꺼내지 않고 바로 긴 이야기 3
를 하려고 하였다.

그때에 외당에 손님들이 모이니 바삐 나와 손님을 맞이하였다. 석공[553]은 어머니의 병이 심하여 오지 못하였고 석학사 등도 약을 준비하느라 바빠 나오지 않았다. 오직 화평장이 여러 아들들과 많은 관리들과 더불어 이르렀기에 참정이 맞아 예를 마쳤다. 안부 인사를 나눈 후, 벼슬이 오른 것을 치하하였다. 임수보가 사례하며 말하였다.

"형님이 자비로운 마음이 높으셔서 제 외사촌 동생[554]인 왕한에게 숙

552) 통지 : {션문[先文]}. 미리 통지하는 글.
553) 석공 : 석부인의 아버지인 석참정을 이름. 그 뒤의 석학사는 석부인의 오라비를 이름.
554) 외사촌 동생 : {표뎨[表弟]}. 외제(外弟)와 같은 말.

녀를 구해주시고 서울의 옛 집으로 돌려보내어 혼인하게 하셨으니, 아우와 함께[555] 저희들이 감동한 것은 말할 필요도 없고 외숙께서 구천에서 거룩한 덕을 명심하여 은혜를 갚을 것입니다."

참정이 대답하였다.

"그대의 외사촌 동생이 타향에서 떠도느라 영웅의 기운이 사라졌으니 사람이 슬퍼할 바였기에 내가 보호한 것이네. 때맞춰 가시랑의 규수를 얻었는데 재주와 용모가 서로 비슷하여 그대 동생의 좋은 짝으로 정한 것이네. 그대가 과장하는 것을 들으니 부끄러움을 견딜 수가 없네."

4 임생이 재삼 감사하였다.

이윽고 많은 관리들이 흩어졌다. 그러나 왕생이 또 들어와 뵙고 성은에 감사하니, 참정이 반기고 기뻐하며 거처와 음식을 관대하게 베풀고 물었다.

"형이 지금은 어디에 있는가?"

왕생이 말하였다.

"제가 귀댁 문하에 있으려 했는데, 형이 여러 번 청하여 도성(都城)의 네거리에서 임형과 담을 사이에 두고 삽니다."

참정이 물었다.

"누이도 편안하신가?"

왕생이 말하였다.

"성은을 입어 한결같이 평안합니다."

드디어 한가로이 이야기하다가 돌아갔다.

참정이 들어와 다시 어머님을 뫼셨는데, 한편으로는 석씨를 보지 못하

555) 함께 : {다뭇}. '더불어, 함께'라는 뜻의 고어.

여 마음이 쓰였다. 이별할 때에 그녀의 병이 자못 고질이 되어 위태하여 마음을 놓지 못할 정도였기 때문이다. 또한 '비록 어떻다 하여도 석씨가 자취도 없이 요절할 리는 없다.'라고 하면서 이리저리 생각하였다. 그러나 어머니께서 아직 그가 쉽게 돌아옴과 그 송사(訟事)를 다스린 것에 대해 묻고 답하는 것을 들으시느라 기쁨을 이기지 못하시어 깊이 빠져 계시니 미처 손자의 병듦을 말하지 못하였던 것이다.

밤이 깊어 물러나 중당(中堂)을 나오다가 석파를 만났다. 석파가 원래 석씨 아들의 병을 살피고 근심하여 걱정스런 얼굴로 돌아오다가 참정을 만난 것이었다. 평소에 참정이 석씨에게 매몰차게 대하는 것을 원망하여 문득 시험해 보고 싶어 일부러 발을 구르고 가슴을 두드리며 말하였다.

"낭군, 이런 일이 어디에 있으며, 홍안박명(紅顏薄命)556)이라고 해도 이처럼 수명이 짧은 사람이 있을까요?"

참정이 문득 석씨의 이야기인가 하여 놀랐으나, 천천히 답하였다.

"무슨 일입니까?"

석파가 거짓으로 오열하며 소매로 얼굴을 가리고 말하였다.

"석부인이 상공이 가신 후에도 계속 신음하며 지내시다가 마침내 세상을 버리셨습니다. 장사지낸 지 다섯 달이 되었고, 두 공자는 석부에서 기르시며, 벽운당에 영연(靈筵)557)을 모셔놓았습니다. 어찌 세상에 이런 일이 있습니까?"

참정이 듣고 나서 문득 태연자약하게 웃고 말하였다.

"서모가 나를 속이시는 것입니다. 만약 말씀대로라면 어머님이 어찌

---

556) 홍안박명(紅顏薄命) : 아주 예쁜 여자는 팔자가 사납다는 뜻으로 쓰임. 미인박명(美人薄命)과 같은 뜻.

557) 영연(靈筵) : 죽은 이의 혼령을 위로하기 위하여 차려 놓은 궤석(几席).

6 말하지 않으셨으며, 비록 강주가 멀지만 부음(訃音)이 통하지 않았겠습니까?"

석파가 노하여 일어나며 말하였다.

"석부인이 만약 살아있다면, 내가 비록 앞뒤 분간 못하는 사람이라고 할지라도 어찌 이런 불길한 말을 하겠습니까? 상공이 나를 그런 사람으로 아시니 돌아가겠습니다."

참정이 급히 사죄하며 말하였다.

"제 실언을 용서하십시오. 여쭙겠으니, 석씨가 언제 죽었습니까? 또 어머님이 말씀하시지 않는 뜻은 무엇인지 듣고 싶습니다."

석파가 다시 탄식하고 말하였다.

"낭군이 총명해도 진실을 알아차리지 못하는 것이 이러하십니까? 처음에는 양부인이 부고를 내려고 하셨는데, 다시 생각하니 타향 객지에서 절도사558)로 맡은 일을 그르칠까 두려워서 내지 않았습니다. 또 지금에 이르러서도 입을 다물고 계시는 것은 낭군이 갓 와서 몸이 피곤할까 염려하시기 때문입니다. 만약 그렇지 않다면 석부인이 친정에 가 계신다 해도 오늘 같은 날에는 반드시 오실 것입니다. 또 두 공자는 왜 오지 않으며, 더욱이 석참정과 석학사 형제가 한 명도 낭군을 보러 오지 않음은 다 일의 기미가 드러날까 두려워서입니다. 이렇게 한 것은 모두
7 어머니의 뜻입니다. 하지만 비록 양부인이 엄하게 당부하셨지만 제가 참지 못하여 발설합니다. 석부인이 임종에 말하기를, '내가 비록 죽지만 두 자식이 있고 악명을 씻었으니 여한이 없습니다. 그러나 낭군이 강주 험한 곳에 가셨으니 넋이라도 지방에서 은연 중에 보호하여 쉽게

558) 절도사 : {수상[使相]}. 송나라 때 절도사로 중서령 시중 또는 중서평장사를 겸하던 벼슬.

돌아오시게 하겠습니다.'라고 하였습니다. 그리고는 유서 한 장을 써 주셨는데, 그 내용 중에 옛 사람의 망부석(望夫石)을 슬퍼하였고 두 공자를 맡겼습니다. 세상에 이런 일도 있습니까?"

말을 마치고 난간을 두드리며 우는 체하였는데, 이때에 촛불 그림자가 몽롱하여 석파의 울음이 진짜인지 가짜인지를 분별하지 못하였고, 또 그 말이 비록 믿기지는 않았지만 다 차례가 있어서 놀라움이 적지 않았다. 그래서 참정이 자기도 모르는 사이에 한 쌍의 봉황 같은 눈에 눈물이 어렸고 옥 같은 얼굴이 참담해져 오직 머리를 숙이고 깊이 생각하며 놀라워하였다. 아주 오래 지나서야 얼굴빛을 바르게 하였지만 말은 하지 않았다. 석파가 일어나 간 후에 참정이 다시 생각하되 사실인지를 알지 못하다가 홀연히 깨달아 말하였다.

"내가 벽운루에 가서 봐야겠다."

그리고는 걸음을 돌려 벽운당에 이르니, 비단 창문에 촛불 그림자가 8
휘황하고 담소하는 소리가 들렸다. 바야흐로 석파가 속인 것을 깨달아 문을 열고 들어가니, 석씨가 평상 난간에 의지하여 근심스런 빛이 가득하여 아이를 보고 있었다. 참정의 얼굴에 반가움이 가득하였고, 석씨도 또한 일어나 맞이하여 자리를 정하였다. 참정이 천천히 말하였다.

"작년에 부인에게 병이 있던 것이 낫는 것을 보지 못하고 길을 떠나 마음에 남아 있었는데 무사하신 듯하여 다행입니다. 알지 못하겠습니다. 아까 환영의 자리에 왜 두 아이가 보이지 않았습니까?"

석씨가 옷깃을 여미고 대답하였다.

"저는 어머님 덕택으로 쉽게 차도가 있었지만, 어린아이는 바람과 추위에 병이 나 아파하여 출입하지 못하고 있습니다. 그래서 저도 근심이

되어 일찍이 나아가 큰 경사를 축하하지 못하였습니다."

참정이 듣기를 마치고 기쁨을 이기지 못하였지만 겉으로 나타내지 않
고 다만 나아가 아이의 병을 보았다. 먼 길에 피곤한데다 이미 왔는데 도
9 로 가는 것이 너무 고집스러운 듯하여 시녀에게 이부자리를 펴게 하였다.
그러자 석씨가 나직이 고하여 말하였다.

"군자께서 오늘 돌아오셨으니 외당에 머물러 사람들에게 급하게 행동함을 뵈지 마십시오. 그렇지 않으면 화부인의 녹운당이 있으니 어찌 저의 처소에 먼저 오시는 것이 옳겠습니까? 청컨대 군자께서는 생각하시어 단정하고 화목함에 힘쓰십시오."

참정이 듣고 나서 대답하였다.

"나도 그대와 같이 생각했으나, 아이의 병이 있고 내 몸이 피곤하니 움직여 다니는 것이 괴로워 부인이 권하는 것을 행하지 못하겠습니다. 구태여 마음이 편벽한 것은 아닙니다."

말을 마치고 잠자리에 나아갔으나 전혀 젊은 나이의 예의를 잃은 모습
으로 부인을 친압하고 설만하거나 사모하던 말을 하거나 물고기와 물의
즐김559) 같은 것은 없었다. 평안히 자기 이부자리에 누워 자고 나서 아침
문안드리러 일어나 나갔다. 그러니 그가 일년을 타향 객지에 나갔다가 돌
아와 정이 깊은 부인과 한 방에 있으면서도 침착하고 중후한 것이 이 같
으니 도리어 밖에 나가서 하는 일은 더욱 기특하지 않겠는가? 그윽하게
10 어두운 중에도 정대함이 더욱 희한하였다. 논의하건데, 유하혜(柳下惠)나
미자(微子)560)도 이렇게까지는 하지 않았을 것이다.

---

559) 물고기와 ~ 즐김 : {어슈[魚水]의 즐거움}. 주로 신하와 어진 임금이 서로 이해하고 돕는 즐거움을 비유하지만, 여기서는 부부간의 일을 비유함.

560) 미자(微子) : 은나라 마지막 임금인 주(紂)의 배다른 형인데, 주가 음란하자 간하였으나 듣지 않

다음 날 아침에 정당(正堂)에 모였는데, 참정이 석파를 보았으나 어제 석파가 자신을 속이던 일을 말하지 않았다. 그러나 석파가 크게 웃더니 어젯밤에 말을 꾸며 속이던 것과 참정이 놀라고 참혹해 하던 기색을 다 말하였다. 그랬더니 온 가족이 크게 웃었다. 석파가 또 웃으며 말하였다.

"나의 지혜로움이 족히 장자방(張子房)[561]을 압두할 것입니다. 목소리와 얼굴빛을 바꾸지 않고, 세 치 혀로 두어 구절밖에 안 되는 적은 말을 하여 참정을 속였습니다."

참정은 다만 희미하게 웃었고, 소씨와 윤씨 두 사람도 또한 놀리며 웃었다. 석파가 다시 물었다.

"낭군은 가는 데마다 족족 미인을 잘 얻어 오십니다. 왕생의 처 가씨가 나라를 기울일 만한 미모입디다."

그래서 참정이 왕생과 가씨를 혼인시키던 말을 하였으나 가씨가 음란하게 행하던 일은 말하지 않았다. 종일토록 어머님을 모시고 한담하다가, 이 날 녹운당에 와 화부인을 보고 자녀들을 어루만지며 기뻐하였다. 하지만 석부인의 아이가 병들어서 근심하였는데, 의약을 다스리자 10여 일 후에는 나았다. 바야흐로 근심이 없어진 것이다. 11

이에 도성 안에 들어가 석공을 뵈었는데, 공이 반가워하며 웃으며 말하였다.

"사위가 공적을 세워 지위가 나와 같아졌으니, 이제는 장인과 사위의 나뉨이 없고 같은 관직의 의리가 있네. 친히 가서 축하하려 했으나 어

으므로 은을 떠나 은둔한 사람임.

561) 장자방(張子房) : 전한(前漢)의 공신으로 이름은 량(良). 한(韓)나라가 망하자 그 원수를 갚고자 역사(力士)를 시켜 진시황을 치게 했으나 실패함. 훗날 한(漢)고조 유방의 모신(謀臣)이 되어 진나라를 멸망시키고 초나라를 평정하여 한(漢)나라를 세움. 모략이 뛰어남.

머님이 깊이 병이 나셔서 가지 못하였네. 빚을 내 물을 수 있게 되었으니 용서하게. 요새는 손자의 병이 어떠한가?"

참정이 사례하며 말하였다.

"성상의 넓으신 덕으로 강주를 다스리고 외람되게도 크게 기용하심을 받자오니 매우 외람되어 송구스러움을 이기지 못하겠습니다. 즉시 나아와 장인어른께 뵈었어야 했는데, 어머님을 곁에서 모시고 그 외의 시간에는 어린아이의 병을 보느라 한가하지 못하였기에 늦게야 뵘을 부끄럽게 생각합니다. 그런데 길게 과찬하심을 입으니 더욱 부끄러워 감당하지 못하겠습니다."

석공이 웃고 손을 이끌어 내당에 들어가 진부인과 더불어 서로 보았다. 진부인의 기뻐함과 반가워함이 양부인보다 적지 않았다. 이윽고 한담하
12 다가 하직하고 돌아와 홀연히 웃고 생각하되, '화평장[562] 집에 가지 않는 것은 옳지 않다'고 하였다.

수레를 돌려 화씨 집으로 나아가니, 평장은 없고 화생 등만 있었다. 들어가 설부인께 뵈오니, 설씨가 새로이 다행스러워하고 기뻐하며 먼 길에 무사히 돌아옴을 하례하였다. 성찬(盛饌)을 갖추어 정성껏 대우하니, 참정이 사례하고 친근하게 말씀하는 것이 석씨 집의 진부인에게보다 더하였다. 이는 그가 어려서부터 의지하였던, 조강지처(糟糠之妻)의 어머니인데다 원래 설부인이 매우 현숙하여 그 딸과 다르고 사람됨이 성녀(聖女)에 가까워 참정이 친근하게 여기고 흠모함이 더하되 공경함도 한가지였다. 장인도 둘을 두었는데, 석공은 공경하고 높이며 화공은 공손히 대접하지만 석공께 미치지 못하니, 그 각각 사람의 됨됨이에 따라 대접하는 것이

562) 화평장 : 화부인의 아버지임.

었다. 화씨는 모친이 어질고 석씨는 부친이 어지니, 대략 화공은 천성이
매우 정직하지만 위엄이 없고 진부인은 아름답지만 성품이 편협하였다.
소참정이 비록 밖으로 나타내지는 않지만 그 우열을 이미 밝게 알고 있었
다. 또 겉으로는 한결같이 공경하지만 오직 화공과 진부인을 대하면 안 13
부인사 외에는 다른 말을 하지 않았고, 석공과 설부인을 대하면 혹 마음
에 결정하지 못한 바와 타인이 보고들은 것도 전하며 허다한 말씀을 그치
지 않았다.

하루는 설부인이 술을 권하지 않으니, 화생이 웃으며 말하였다.

"어머니는 왜 축하주 한 잔을 소형에게 권하지 않으십니까?"

설부인이 웃으며 말하였다.

"어진 사위의 몸가짐이 바른 군자여서 내가 감히 돕거나 가르칠 것이 없다. 남자가 술 먹는 것이 예사이지만 술은 곧 사람을 미치게 하는 약이다. 하물며 사위는 한 잔도 마시지 않는 사람이기에 만약 술을 권하여 취하면, 수행하는 것을 잊어버릴까 두렵다."

소참정이 사례하여 말하였다.

"장모님이 저의 마음을 밝게 하시며 정대하게 가르치시니 감격스러움을 이기지 못하겠습니다."

석양에 하직하고 자운산에 돌아왔다.

이후에는 상께서 예의로 공경하고 우대함이 그에 미칠 사람이 없었으
며, 참정도 또한 나라의 일을 밝게 다스렸다. 집에 있으면 두 누이와 두 14
부인과 여러 어린 아들들과 더불어 화락하며, 어머니 앞에서 효를 받드니
삶의 즐거움이 지극하였다. 오래지 않아서 부인 두 사람이 잉태하여 아들
을 낳으니, 소씨가 일찍이 참정에게 말하였다.

"동생이 아들 일곱을 둘 줄 생각했겠는가? 진실로 이는 한갓 조상의 음덕뿐 아니라 아우의 자비로운 마음에 감동하여 천우신조(天佑神助)한 덕분이로다."

참정이 옷깃을 바로하고 사례하고는 한편으로 슬퍼하며 말하였다.

"누님[563]의 맑은 덕으로도 불초한 저를 사브지 못하셨는데,[564] 저는 무슨 복으로 일곱 아들을 연이어 보았는지 모르겠습니다. 세상일이 이같이 상반됨과 옛 일을 생각하니 더욱 슬퍼집니다."

소씨가 듣고 나서 소리를 삼키며 울 뿐이었다.

참정이 석부인과 더불어 대화를 나눌 때가 있어도 옛날 여씨의 흉한 일을 말하지 않았다. 석씨도 그것이 지난 일이기도 하고 그가 다시 거론하여 말하지 않음을 보고 묻지 않았으나, 마음 속에 한 점 유감이 풀리지 않아 늘 원망함이 맺혀 있었다.

어느 날 밤에 참정이 벽운당에 와 아이를 데리고 놀면서 아이에게 말하였다.

"너는 언제 자라서 숙녀를 얻어 물고기와 물의 즐김을 이룰까나?"

석씨가 생각 없이 참정에게 창피를 주려고 아이에게 말하였다.

"어떤 숙녀가 들어올지 모르지만, 혼서(婚書)를 불 지르고 없는 일을 했다고 하며 구박하여 내쫓는 화를 보기 쉬울까 두렵구나."

참정이 정색하고 말하였다.

"부인이 내 말을 가지고 자기의 일로써 조롱하며 공격하는군요. 나도 또한 묻고 싶네요. 지금 다른 사람이 내 얼굴이 되어 여기에 오면 부인

563) 누님 : {현군(縣君)}. 부인의 봉호 중의 하나로 여기서는 누나 소씨를 가리킴.
564) 사브지 못하셨는데 : 비슷하다, 닮다는 뜻인 듯하나, 미상임.

이 가히 의심하겠습니까? 어머님 계시는 정당(正堂)에서의 요사스런 일이 의심스러워도 부인을 지목하지 않았으나, 여의개용단에는 속았습니다. 이는 다 그대의 액이 크기 때문인데 어찌 나를 원망합니까? 만약 그렇다면 그대의 소견에는 어머니를 해롭게 하는 처자라도 달게 생각하고 데리고 살라는 것입니까? 내가 처음부터 집안을 잘못 다스렸기 때문이기도 하지만, 또한 부인이 다른 사람들을 대하는 것과 효성이 부족했기 때문에 비롯된 일입니다. 어찌 나를 원망합니까?"

석씨가 겸손하게 말하였다.

"제가 감히 군자를 조롱하는 것이 아니라 제 자신이 마음이 군색하고 16
좁아 무겁고[565] 큰 도량이 없어 널리 생각하지 못하고 늘 군자의 밝은 처치를 원하였습니다. 그런데 지금 밝고도 바른 책망을 받으니 어리석은 저의 그름을 깨달았습니다."

말을 마치는데 별 같은 눈이 가늘어지며 얼굴빛이 표연하고 엄숙한 것이 눈 위에 서리가 내린 것 같았다. 참정이 다 듣고 나서, 그 말씀이 더욱 조롱하고 노기가 미미하게 흐르는 것을 보고 계속 별 같은 눈동자를 바르게 하여 오랫동안 볼 따름이었다. 그러더니 또한 웃고 말하였다.

"내가 평소에 부인의 말과 행실이 이처럼 사람을 조롱함을 알지 못하였네. 다만 묻겠네. 무당[566]이 여의개용단을 먹고 나인 체한다면 부인이 속지 않을 수 있는가?"

석씨가 옷깃을 여미고 자리를 떠나 말씀을 엄숙하게 하였다.

"제가 어찌 상공의 맑고 밝은 처사를 조롱하며, 여씨에게 속은 것이 그

565) 무겁고 : {천균(千鈞)}. 균은 30근을 말함.
566) 무당 : {태인(兌人)}. 무사(巫師)를 가리킴.

17 르다고 하겠습니까? 이 일은 그 전후(前後)의 나의 불민함 때문에 현명하게 몸을 지키는 방법을 알지 못하였기에 일어난 것이니 제가 마땅히 달게 받습니다. 다만 군자가 아녀자를 셋이나 거느리시어 집안이 소란하니 이를 다스려야 하는 재주가 크고 위엄이 중함을 족히 알겠습니다. 자고로 황제[567]가 온 세상을 다스리는 데에 겨를이 없는 중에 궁첩의 참언(讒言)으로 황후를 폐출하는 것이 반드시 그른 것은 아님을 이제 깨달았습니다. 그리고 마침 상공이 아들의 배필을 말씀하셨는데, 만약 아들이 어질지 못하다면 이 아이가 비록 자라더라도 상공의 후덕함을 받들어 잇지 못하고 불초하여 여자에게 화를 끼칠까 두려워서 한번 언급한 것입니다. 지금 은근한 욕과 죄를 지었다는 책망을 받으니 황공함을 이기지 못하여 죽고자 하여도 죽을 곳이 없습니다."

참정이 그녀가 깊이 노함을 보고 사리로써 심하게 책망하려 했지만 그
녀의 사람됨이 겁냄이 없어서, 불같이 화를 내고 그릇되었다 하는 것이
18 또한 장부의 위의를 잃는 것이다. 그래서 단지 얼굴빛을 차게 하고 기운
을 바르게 하여 다시 말을 하지 않았다. 석부인이 다만 온유하고 단엄한
것이 몸에 완전하여 겉으로는 태연하고 내심은 가을날의 서리 같아 자연
히 사람으로 하여금 놀라게 하였다. 참정이 마음 속으로 칭찬하였으나,
그래도 준엄한 빛을 돋우어 그 마음을 거슬러 내보였다.

하루는 참정이 조회를 마치고 집에 돌아오다가 길에서 한 사람을 만났다. 그 사람이 몸에 선비의 옷을 입었으나 거동은 매우 남달랐고 등에는 '걸식(乞食)'이라는 두 글자를 써 놓았다. 이상하게 여겨 데리고 집에 이르

567) 황제 : {만승지주[萬乘之主]}. 만승의 나라를 다스리는 군주, 즉 황제나 천자를 가리킴. 주나라 때에 천자는 그 영토 안에서 병거(兵車) 일만 량(輛)을 내는 제도가 있었기에 이같이 이름.

러, 묻기를 청하였다.

“선생은 어떤 사람인데 구태여 ‘걸식’ 두 글자를 등 위에 붙였는가?”

그 사람이 문득 눈을 부릅뜨고 꾸짖어 말하였다.

“네가 나를 어떤 사람으로 아는가? 내가 곧 너와 같은 고향 사람[568]인데 나를 굶주리게 하니 네 죄는 죽고도 남지 못할 것이다.”

참정이 안색을 바꾸지 않고 조용하게 물었다. 19

“선생의 말을 들으니 내가 반드시 죄를 지은 것이 있는가 싶지만 능히 깨닫지 못하겠소. 청하건대 선생은 밝게 가르치시오.”

그 사람이 더욱 노하여 칼을 들어 책상을 치며 크게 꾸짖었다. 그래도 참정이 조금도 노하지 않고 말과 얼굴빛이 태연하니 그 사람이 바야흐로 웃고 그 손을 잡으며 말하였다.

“그대의 어짊이 변하지 않았구나.”

참정이 다시 물었다.

“나는 속세의 아득한 사람입니다. 그윽하게 보니, 선생은 선풍도골(仙風道骨)[569]로 속세에서 벗어났으니, 길흉(吉凶)을 가르쳐 주십시오.”[570]

그 사람이 바야흐로 웃고, 그의 손을 잡으며 말하였다.

“나는 산과 들판에 사는 머리 깎은 중[571]입니다. 어찌 대인의 길흉(吉凶)을 폄하하여 말하겠습니까?”

참정이 답하였다.

“옛날에 공자(孔子)가 노자(老子)에게 예(禮)를 물으셨으니, 내가 선생 같 20

---

568) 같은 ~ 사람 : {동관(同貫)}. 전생에 같은 하늘에 있었다는 의미인 듯함.

569) 선풍도골(仙風道骨) : 신선이나 도인답게 생긴 풍채, 곧 뛰어나게 고아한 풍채임.

570) 가르쳐 주십시오 : {ᄀᆞᄅᆞ치쇼셔}. 그 뒤의 ‘기인이’부터 ‘ᄀᆞᄅᆞ치쇼셔’까지 세 줄 반 정도가 반복 필사되어 있음.

571) 머리 깎은 중 : {테인[剃人]}. 머리 깎고 중이 된 사람. 여기서는 도교의 스님인 듯함.

은 이인(異人)[572]을 대하여 어찌 길흉(吉凶)을 묻지 않겠습니까?"

그 사람이 흡족하여 크게 웃으며 말하였다.

"공이 공자가 노자에게 예(禮)를 물었다고 하니, 오늘 그대가 나에게 길흉을 묻는 것과 앞뒤가 다르지 않군요. 나도 또한 묻고 싶습니다. 공자는 어떤 사람이며, 노자는 또 어떤 사람입니까?"

참정이 홀연 웃으며 말하였다.

"그대가 나를 시험해 보는 것이 심하군요. 원래 어디에 있었으며, 성명은 누구십니까? 알고 싶군요."

그 사람이 붓과 벼루를 내어 와 글을 하나 썼다.

"나는 비록 몸은 한가하지만 추위와 더위를 피하지 않고 주야로 화롯가에서 괴롭게 불을 붙여 풀과 나무를 삶는다. 내가 있는 곳을 묻는다면 오로지 소나무로 집을 삼고 있고, 지명을 말하자면 서른 셋 푸른 것이 가려 있고, 이름을 묻는다면 담으로 오래된 전각을 둘렀다. 그대와 아주 친함[573]을 말하자면, 그대가 나에게 예의를 묻는 정도이고, 또 기
21 한이 차면, 영보[574]와 태군을 갖추어 받들 것이니, 의심하건대 그대의 재주와 덕을 내가 감당할 수가 없을 듯하다. 소씨의 은혜가 크니 세속의 더러움을 혐의하지 않고, 음덕이 융성하니 자손이 영화롭고, 사람됨이 청결하니 역사서에 이름을 뒤덮을 것이다. 그대는 경년(庚年)에 죽을 것인데, 팔십이오 팔년이오 오년이 오년에 마칠 것이다.[575] 하늘의

---

572) 이인(異人) : 재주가 신통하고 뛰어난 사람을 뜻함.

573) 그대와 ~ 친함 : {교주(膠柱)의 친(親)}. 기러기발을 아교로 붙여 놓은 듯이 친함을 이름. 혹은 원문을 '교두(交頭)'라고 읽고 귀에다 입을 대고 속삭거림을 뜻하는 '교두접이(交頭接耳)'할 정도의 친함이라고 볼 수도 있음.

574) 영보 : 소현성의 전신(前身)이 영보 도군이었다고 앞에서 언급되었음. 뒤의 '태군'은 아직 밝혀지지 않음.

575) 팔십이오 ~ 것이다 : 수수께끼 같은 말이라 속뜻을 알 수 없음.

도가 이와 같다."

쓰기를 마치고 참정에게 주니 받아 보았다. 다 보고 나서 깨달아 종이를 놓고 썼다.

"공이 쓴 것을 잠깐 살펴보니, 이는 노자(老子)의 말이어서 너무 허탄하다. 내가 어찌 감히 이런 말을 듣겠는가?"

그 사람이 다만 웃고 허리 아래에서 석 자 정도 되는 칼을 꺼내어 주며 말하였다.

"내가 옛 친구를 만났으나 줄 것이 없어 이것으로 표지(標識)를 삼네. 오래지 않아 이 칼을 가질 사람이 생길 것이니 헛되이 임자를 잃지 말고 그때까지는 그대의 벽에 걸어두시오."

참정이 말하였다.

"이것은 중요한 보배이니, 내가 감히 받지 못하겠네."

그 사람이 성내며 말하였다.

"내가 그대에게 주는 것이 아니라 '구름 아래 별'[576]에게 주는 것이니, 22
그대는 다만 받아 두시오."

말을 마치자 한 바탕 맑은 바람이 이는 곳에 그의 모습이 없어졌다. 참정이 그 괴이함을 기뻐하지 않으면서 칼을 빼 보니, 맑은 빛이 흰 눈 같고 자루 안에 '칠성참요(七星讖謠)' 네 글자가 분명하였다. 드디어 벽에 걸고 그 사람이 쓴 것을 꼭꼭 접어 궤 안에 갈무리하였으나 끝내 입 밖으로 내지 않았다.

이때에 유학사가 윤부인과 더불어 금슬(琴瑟)이 매우 좋아[577] 보통의

---

576) 구름 아래 별 : 이는 소경의 셋째 아들인 '운성(雲星)'을 예견한 것임.
577) 금슬(琴瑟)이 ~ 좋아 : {금슬우비(琴瑟于飛)의 즐기미}. 금슬과 우비는 모두 부부가 화락하여 의좋음을 비유하는 말임.

부부와 달랐다. 벼슬이 재상에 올랐으나 한낱 첩이 없으니, 한시랑이 늘 고지식하다고 놀렸다. 하루는 참정이 중당(中堂)에서 유생과 한생 두 사람과 담소하는데, 한생이 웃으며 말하였다.

"처남이 비록 정조 있는 여자의 행실과 짝할 만하지만 이는 성품이 여색을 멀리하기 때문이네. 그런데 유형은 여색에 굶주린 잡귀(雜鬼)[578] 같은 마음이지만 부인만 애중하는 것처럼 하느라 창문 아래에서 울적해 하니, 어찌 용렬하다 하지 않겠는가?"

유생이 말하였다.

23 "저는 본디 형 같은 호화로움이 없는데다, 또 아내도 일찍이 바라보는 것이 저뿐입니다. 그녀가 일찍 부모를 여의고 혈혈단신(孑孑單身)임을 측은해 하여 그 정황을 위로하며, 또 나의 한계를 살펴 집안 일을 잘 다스리는 것입니다. 그러니 무슨 이유로 번다한 일을 하겠습니까?"

한생이 부채를 펴며 크게 웃고 말하였다.

"과연 미혹함이 심하다. 내 아내의 재주와 용모가 구태여 윤부인보다 못하지 않은데도 나는 꽃과 달 같은 여인들을 많이 데리고 있으니, 너의 못남이 가소롭지 않은가?"

유생은 다만 크게 웃었고, 참정은 책상을 대하여 옛 일들을 보면서 마침내 두 사람의 문답에 간섭하지 않았다.

이 날 윤씨가 취운각에 가 소씨와 함께 투호(投壺) 놀이를 하는데, 갑자기 한어사가 들어오니 협실로 피하였다. 어사가 일부러 모르는 체하고는 소씨를 대하여 웃으며 말하였다.

"유생이 윤부인을 매우 천하게 여기는 듯하네."

---

578) 잡귀(雜鬼) : {귓거ᄉᆡ}. '귓것ᄋᆡ'의 연음인데, '귓것'은 잡귀를 뜻하는 고어.

소씨가 말하였다.

"무슨 이유입니까?"

한어사가 웃고 말하였다.

"유생이 자문[579]과 나와 함께 있는데 말하기를, '윤씨가 비록 재상가의
자녀이지만 길에 떠돌다 도적들에게 잡혀갔다가 자문을 만나 돌아와 24
나의 배필이 되었습니다. 처음에는 재주와 용모에 기뻐하였으나 오래 두고 생각해 보니 매우 비천합니다. 조만간 숙녀를 얻어 본부인으로 삼고 윤씨는 첩[580]으로 두려고 합니다.'라고 하였네. 그래서 자문이 사리로써 마음을 돌리려 했으나, 유생의 뜻이 벌써 정하여졌더이다."

소씨가 듣고 나서 노하여 말하였다.

"유랑은 단아한 한사(寒士)[581]라고 생각했는데, 이렇듯 무례할 줄 어떻게 알았겠습니까?"

한어사가 대답하였다.

"부인이 잘못 생각한 것입니다. 내가 본다면 구태여 유생의 말이 그르지 않습니다."

드디어 밖으로 나가니, 윤씨가 협실에서 이미 처음부터 끝까지 다 듣고 노함을 이기지 못하여 억지로 참으며 소씨와 두어 마디 한 후에 침소에 돌아왔다. 그 자녀인 네 아이들이 모친 앞에 모였는데 윤씨가 노기가 엄하고 맹렬하여 모든 아이들을 박차고 침상에 앉아 있었다. 갑자기 유학사
가 취한 얼굴로 들어와 부인을 보니, 성난 빛이 은은하여 옥으로 장식한 25
병풍을 의지하고[582] 있었다. 그러하니 옥 같은 얼굴과 꽃 같은 태도가 더

579) 자문 : 소현성의 자(字)임.
580) 첩 : {쇼셩지녈[小星之列]}. 첩의 반열을 뜻함.
581) 한사(寒士) : 가난하고 세도 없는 선비.

욱 기이하여 소담하고 맑은 광채가 어두운 벽을 밝혔다. 취중에 대하니 은혜로운 정이 더욱 흘러 넘쳐 나아가 그 고운 손을 잡고 어깨를 짚으며 흔연하게 말하였다.

"아름답다, 부인이여. 빛나는구나, 윤씨여. 날마다 선약(仙藥)을 먹어 보통 사내인 나를 희롱하는구나. 그렇지만 비천한 천한 사람들에게 잡혀갔다가 어찌하여 나의 아내가 되었는가? 그러니 봉관화리(鳳冠花履)[583]가 어찌 욕되고 외람되지 않겠는가? 내가 조만간 숙녀를 얻어 운우(雲雨)[584]의 즐김을 이룰 것이니, 모름지기 그대는 나를 원망하지 마라."

윤씨가 듣고 나서 불같이 화를 내며 손을 떨치고 물러나 앉으니, 유학사가 부인의 말과 낯빛이 전과 달리 가을 서리 같고 뜨거운 태양 같음을 보고 걱정하며 물었다.

"그대, 무슨 이유로 이처럼 매서운가? 비록 무슨 일이 있더라도 나를 이렇듯 멸시하며 대하지는 못할 것이네. 두렵건대, 나를 매우 싫어하고 괴롭게 여기는 것인가?"

26 윤씨가 물어도 답하지 않았다.[585] 유학사가 문득 노하여 말하였다.

"그대의 행실을 보니 매우 이상하네. 아무리 천한 집에 가서 지내었으나 근본은 양반 가문인데, 어찌 이렇듯 무례한가? 조만간 내치고 아름다운 숙녀를 쌍쌍이 얻을 것이네."

윤씨가 봉황 같은 눈을 높이 뜨고 눈썹을 치켜세우며 꾸짖어 말하였다.

---

582) 의지하고 : {지혀시니}. '지혀다'는 의지하다는 뜻의 고어.

583) 봉관화리(鳳冠花履) : 봉황 문양의 조각이 되어 있는 관(冠)과 꽃을 수놓은 신발로, 고귀한 부인의 예관(禮冠)과 신.

584) 운우(雲雨) : {우디[雨池]}. 문맥을 고려하여 이같이 옮김.

585) 물어도 ~ 않았다 : {문이답(問而答)이라}. 문맥상 문이부답(問而不答)으로 보여 이같이 옮김.

"내가 비록 운수와 액이 기구하여 일찍 부모를 잃고 천신만고(千辛萬苦)를 겪다가 겨우 소생을 만나 형매(兄妹)로 결약하여 여기에 이르렀고, 연분이 있어 그대를 만났습니다. 상의하며 산 지 거의 7년이며 2자 2녀가 있고, 내가 비록 지혜롭지는 못하지만 칠거지악(七去之惡)을 범하지 않았는데 이유 없이 구박하여 욕합니까? 그대가 지금 비록 나를 내친다 해도 조금도 두렵지 않으며 열 명의 미인을 취한다 해도 관계없지만, 단지 그대의 경박함을 한스럽게 생각합니다. 또 나는 그대를 안 보아도 그리워하며 죽지는 않을 것이고, 그대 또한 나의 비천함과 지혜롭지 못함을 보아 오느라 괴로웠을 것이니, 오늘부터 부부의 의를 그쳐 서로 보지 않는 것이 다행스럽겠습니다." 27

유학사가 그녀의 말이 이러함을 듣고 매우 이상하게 여기면서도, 또한 불순함에 기분이 나빠 발끈하며 성을 내고 말하였다.

"그대는 무슨 이유로 나를 책망합니까?"

윤씨가 말하였다.

"낭군께서는 왜 나를 욕보였습니까? 내가 아무리 보잘것없고 약하지만 낭군 같은 대장부의 위엄을 두려워하지 않으니, 마음대로 하십시오."

말을 마치자 아이를 밀치고 일어났다. 유학사가 일찍이 부인이 소리 높이는 것을 듣지 못하다가 저렇게 초조한 것을 보고 성난 감정이 사라져 묵묵하게 앉아 있었는데, 갑자기 임금의 명령을 알리는 전갈이 온 것을 듣고 급히 나갔다.

윤씨가 마음 속으로 생각하였다.

'내 팔자가 무상하여 부모님을 일찍 여의고 천신만고(千辛萬苦)를 겪고 나서 유생에게 의탁하였으니 사람들이 천하게 여기는 것이 당연하다.

재삼 생각해 보니 유생이 다른 생각을 하게 된 것이 이상한 일이 아니다. 내가 이제 자녀를 고루 갖추었고 영화와 총애가 지극하여 봉관화리(鳳冠花履)로 명부(命婦)[586]의 직책을 고루 누렸으니, 박명한 인생이 끝까지 좋기를 바라지는 못하리라. 명철하게 몸을 지키는 방법을 써서
28 유생의 구박을 당하지 말고 머리를 자르고 중이 되어 사문(沙門)[587]의 사람이 되는 것만 못하다.'

절에서 불도(佛道)를 닦는 사람들이 묘하다고 하니 중이 되려는 것이었다. 이는 그녀가 험난함을 겪어 마음이 약하여 굳지 못하기에 사람의 논의함을 두려워하는 것이 심하기 때문이다. 유학사의 마음이 변하면 다른 사람에게 더욱 박복하다고 놀림을 당할까 하여 문득 출가(出家)할 뜻이 일어난 것이다. 이에 스스로 구름 같은 머리를 풀어 칼을 꺼내 머리카락을 베려고 하였다. 그런데 마침 이파가 들어오다가 보고 크게 놀라 칼을 급히 빼앗고 붙들어 물었다.

"부인이 무슨 이유로 이런 행동을 하십니까?"

윤씨가 약한 자질로 슬픔과 분함이 일어나니 말을 못하고 눈물을 흘리며 땅에 엎어졌다. 이파가 당황하여 바삐 물었다.

"이것이 무슨 행동입니까?"

윤씨가 한 마디도 하지 않고 정신이 빠지고 가슴이 막힌 듯 멍해 있어 매우 위급하였다. 이파가 급히 좌우 사람들에게 소씨와 참정을 부르라 하니, 두 사람이 이르러 보고 말하였다.

"윤씨 누이가 어찌 갑자기 병이 났습니까?"

---

586) 명부(命婦) : 종친의 딸과 아내를 이름. 문무관리의 아내들의 총칭임.
587) 사문(沙門) : 불도(佛道)를 닦는 사람.

이파가 말하였다.

“제가 아까 들어와 보니, 윤부인이 칼로 머리카락을 베려고 하였습니 29
다. 그래서 칼을 빼앗으니 이렇듯 위급한 지경에 빠졌습니다. 무슨 이유인 줄은 모르겠습니다.”

두 사람이 놀람을 이기지 못하였다. 소씨가 나아가 물었다.

“아우에게 뜻대로 되지 않는 일이 무엇이 있기에 몸에 난 터럭을 상하려하는가?”

윤씨가 한참 있다가 탄식하고 말하였다.

“내 삶이 박명하여 기구한 지경을 많이 겪었으니, 이제는 마음을 안정시키고자 출가(出家)하기를 원합니다. 다른 뜻은 아닙니다.”

소씨가 위로하며 말하였다.

“아우가 오히려 잘못 생각했네. 사람이 비록 머리를 자를 형편이어도 비구니의 무리가 되는 것이 괴이한데, 지금 그대는 슬하에 자녀가 골고루 있고 유학사도 아무 탈 없으며 벼슬하는 높은 집안의 아내 반열[588]이고 재상의 첫째 부인이네. 그런데 이런 마음을 먹은 것은 지극히 곤란한 지경이니 어찌 생각 없이 이렇게 하는가?”

윤씨가 눈물이 비 오듯하여 말하였다.

“내 인생이 매우 괴롭고 어렵기는 했지만 한편으로는 부귀가 지극하니, 이제 진실로 세상의 영화와 욕됨을 모르는 법문(法門)의 사람이 되고 싶습니다. 저 스스로도 마음이 이상한 줄을 모르지는 않습니다.”

참정은 다만 머리를 숙이고 오래도록 말이 없었고, 소씨는 여러 번 사 30
리로써 깨우치게 했지만, 그 근본적인 이유를 알지 못하였다. 유학사가

588) 높은~반열 : {경궁명부(卿宮命婦)}. 경궁은 높은 벼슬을 하는 집안을 이름.

온다고 하니, 두 사람이 물러나왔다.

유학사가 이 날 대궐에 다녀왔는데, 시녀는 휘장 밖에 있으면서, 비단 휘장을 가득 쳐 놓았다. 마음 속에 의심스러워 나아가 보니, 유씨가 머리를 싸고 침상 위에 누워 부모를 생각하는 눈물로 옷섶을 적시고 있었다. 학사가 한번 보고 매우 이상하고 놀라워 곁으로 나아가 앉으며 말하였다.

"부인이 무슨 일로 옛날에 하지 않던 행동을 이렇듯 합니까? 내가 아침에 한 말은 한때 희롱한 말입니다. 어찌 그 일로 화를 내는 것이 이처럼 지나칩니까?"

윤씨가 끝내 대답하지 않았는데, 그의 아들 유영이 영민한 아이라 문득 말하였다.

"아까 어머니가 칼을 빼 머리를 자르고 중이 되려 하시니, 숙부와 소부인이 마음을 깨우쳐 구하셨습니다."

학사가 듣고 나서, 아이가 비록 어리지만 그 말이 맹랑하지 않음을 알았다. 또 평소에 부인이 자신의 정황이 외로운 것을 슬퍼하였고 그 행동
31 도 세상사에 거리끼는 바가 없어 세상 욕심을 벗어남을 걱정하여 끝내 이
런 일이 있을까 우려하던 바였다. 이 말을 들으니 매우 놀라서 진심으로 그 부인을 대하여 노한 이유를 물었다. 그래도 윤씨가 다시 입을 열지 않고, 식음을 모두 폐하였다. 아침 저녁으로 부모를 부르며 눈물 흘리면서 우니 좌우의 시녀들도 슬퍼하지 않는 이가 없었다.

원래 윤씨가 젊은 나이에 서러운 일을 겪고 소씨 가문에 의탁하여 형제로 결의하니, 양부인과 참정 남매가 후대하는 것이 친 혈육보다 지극하였다. 또 식구들이 모두 높이 받들지만, 가는 곳마다 자기 부모를 생각하여 양부인이 어여삐 여김을 보면 더욱 마음이 슬퍼졌다. 이미 세월이 오래되

자 마음이 상하여 온유하고 단정하던 성품이 변하여 가파르고 세며 엄정한 바가 되었다. 아울러 유학사가 한어사 등에게 자기를 하찮다고 말하였다는 것을 듣고 애달프고 분하였다. 만약 자기의 부모가 계시다면 자기는 평장사(平章事)의 딸이고 그는 상서의 아들이니 피차에 욕되지 않을 것인 32
데 부모를 잃고 남에게 의지하여 있으니 업신여긴 것이니 무슨 얼굴로 부부의 의를 이어 살겠는가 생각하였다.

마음이 여기에 미처 여자의 연약하고 편협한 심정이 나날이 더하였다. 유학사를 대하면 그가 하찮게 여긴다고 생각하여 부끄럽고 노함이 일어나고, 음식을 보면 심화가 일어나 한 술 물도 넘기지 못하였다. 유학사가 민망하여 했고 집안사람들이 그 이유를 몰라 하였다. 이때에 소씨가 윤씨의 행동거지가 전과 다름을 매우 의아하게 여겨 아침 저녁으로 위로하며 지냈다.

하루는 윤씨가 침소(寢所)의 난간에 의지하였다가 갑자기 부모를 생각하니 심사가 끊어지는 듯하여 길게 탄식하고 피를 토하며 난간에 거꾸러졌다. 시녀가 크게 놀라 겨우 구하고 어떻게 할 줄을 몰라 하였는데, 유학사가 이르러 보고 바삐 붙들어 침상에 눕히고 약을 썼다. 반향(半晌)[589]이 지난 후 의식을 차렸는데, 유학사가 부인의 행동거지가 이같이 균형을 잃은 것을 슬퍼하여 그 손을 잡고 눈물을 흘리며 말하였다. 33

"그대가 무슨 이유로 이렇듯 병이 들어 평소에 온화하고 단아하던 성정을 다 잃고 심기가 위중합니까? 내가 비록 박행하지만 그대의 지아비이니 편치 못한 심정이 있으면 시원하게 말하고 숨기지 마시오."

윤씨가 손을 떨치고 벽을 향하여 누워 말하였다.

---

589) 반향(半晌) : 반나절을 뜻함.

"내가 바라는 바는, 아들이 어리고 아버지가 계시지 않아 삼종지도(三從之道)[590]의 의지함이 그대에게 있었습니다. 그런데 그대가 하루아침에 은혜와 사랑이 엷어져 심지어 한어사에게 나의 흠을 늘어놓고 재취를 말하였습니다. 재취할지라도 내가 싫어할[591] 바가 없는데 어찌 구태여 나의 흠을 말한 후에 재취하겠습니까? 그대가 이미 부부의 의리를 끊고 남을 대하여 아내의 부덕을 이르니 이것이 무슨 정이겠습니까? 이 때문에 내가 부부의 덕업과 세상사를 끊어 머리를 자르고 중이 되어 안정된 도관(道觀)[592]을 찾아 머무르며 부모님 제사나 지내면서 양부인
34 과 소참정을 의지하며 몸을 마치려 합니다. 그대는 나를 걱정하지 말고 배필을 얻어 함께 즐기십시오."

유학사가 듣고 나서 급히 물었다.

"누가 내가 한어사에게 그대의 흠을 말하더라고 했소?"

윤씨가 묵묵히 답하지 않으니, 학사가 시녀에게 외당으로 가 참정을 불러오라 하였다. 참정이 들어오니 학사가 정색하고 말하였다.

"그대는 말이 적으니 이런 데에 간섭하지 않았을 것이지만 들은 것이 있을 것이기에 묻습니다. 누가 이런 이간질하는 말을 했습니까?"

드디어 윤씨의 말을 다 이르니, 참정이 듣고 나서 웃고 말하였다.

"대단치 않은 말인데 유형이 구태여 변명하겠습니까? 이는 아는 사람이 한때 흥으로 웃으려고 한 말에 불과합니다. 누이가 곧이듣고 화를

---

590) 삼종지도(三從之道) : {삼죵의탁[三從依托]}. 문맥상 '삼종지도'와 같은 뜻임. 이는 봉건 시대의 여자의 도리로, 집에서는 아버지를, 시집가서는 남편을, 남편이 죽은 뒤에는 자식을 좇는다는 뜻.

591) 싫어할 : {아쳐ᄒᆞᆯ}. '아처ᄒᆞ다'는 싫어하다는 뜻의 고어.

592) 도관(道觀) : 도사가 수도하는 산과 물이 맑고 깨끗하고 으슥한 곳. 윤씨가 가고자 하는 곳이 이곳인 것으로 보아 스님이 된다는 것도 불승(佛僧)이 아니라 도승(道僧)임을 알 수 있음.

낸 것이니 피차가 서로 웃고 그만 두면 될 따름입니다."

유학사가 말하였다.

"그대의 말이 진실로 옳지만, 이 일로 윤씨가 화가 나 피를 토하는 지경에 있으니 한때 희롱으로 사람의 목숨을 해하는 것이 옳습니까?"

참정이 놀라고 근심하며 묵묵히 답하지 않고 있는데, 갑자기 양부인이
오신다고 하였다. 유학사가 일어나 나가고 참정은 머물러 어머니를 맞아 35
자리를 정하니, 윤씨도 억지로 참으며 일어났다. 양부인이 윤씨의 모습이
바람에 날릴 듯하며 신선이 되어 날아갈 듯함을 보고 매우 놀라 그 손을
잡고 등을 어루만지며 물었다.

"네가 어찌 며칠 내에 이처럼 수척해졌으며, 무슨 일로 화가 나 머리를 자를 뜻을 가졌느냐?"

윤씨가 대답하였다.

"제가 근래에 심사가 좋지 못하여 능히 어머님을 곁에서 뫼시지 못하였으니 불효가 큽니다. 머리를 자르려 한 일은 마음이 여차여차하여 차라리 비구니의 무리가 되려 한 것이지만 어찌 쉽겠습니까?"

양부인이 듣고 나서 정색하고 책망하여 말하였다.

"네가 비록 윤씨 집안 딸이지만 나와 더불어 모녀의 의리가 있은 지 여
덟 해가 되었다. 이미 너의 어미가 되어 그 흠을 보고도 가르치지 못하
였으니 이제 말한다. 무릇 여자는 온순하고 겸손하며, 몸이 비록 황제
의 딸인데 천한 사람에게 시집가도 교만함이 없어야 가히 여인의 사덕
(四德)을 온전하게 하는 것이다. 그런데 너와 월영은 방자하기를 마음
대로 하여 늘 지아비를 꾸짖고 재단하는 것을 내가 이미 그릇되었다고 36
여겼다. 설사 유생이 잘못 이런 말을 하였을지라도 개의치 않음이 옳

은데, 하물며 유랑은 입이 무겁고 돈후한 사람이다. 어찌 즐겨 한생을 대하여 정실(正室)의 흠을 말하겠느냐? 이는 불과 한생이 젊은 나이에 부질없이 논 것인데, 네가 지나치게 곧이들어 문득 도리에 어긋난 일을 행하고 속임과 웃음거리가 되었구나. 재삼 생각해 보면 유랑 보기도 부끄러울 것을 어찌 깨닫지 못하느냐? 더욱이 신체발부(身體髮膚)를 상하여 성인의 가르침을 잊고 패도(悖道)를 행하고, 마음대로 행동하는 것이 매우 패악(悖惡)하고 괴이하며 사나움에 가깝다. 그런데도 유생이 허물치 않는 것은 그가 지극히 어질어 풀어지기에 가까워서이니 너는 원망치 말고 감격하여라. 마음먹기를 좁은 뜻에 두지 말고 빨리 일어나 남의 비웃음을 받지 마라."

윤씨가 듣고 나서 황공하고 또 감격함을 이기지 못하여 눈물을 흘리고 사례하며 말하였다.

37 "어머님의 밝으신 가르침을 제가 어찌 거역하겠습니까? 한때 애달파 예를 잃고 심기가 불편하여 문득 병이 났지만, 조리하여 일어나겠습니다."

양부인이 그 사정을 슬프게 여겨 탄식하며 말하였다.

"너의 마음이 다른 사람과 같지 않음이 당연하지만, 마음을 다잡고 슬픔을 참아 즐거워하는 것이 옳다. 어찌 서럽다 하면서 참지 못하겠느냐? 하물며 어떤 사람이 부모가 죽지 않았겠느냐? 내가 비록 늙어 사리에 어둡지만 외람되게도 네 어미가 되었으니, 모든 일에 너의 친어머니보다 덜하다고 생각하지 마라. 내가 어찌 너를 대함에 있어 월영보다 못함이 있겠느냐?"

참정이 한숨을 쉬며 슬피 말하였다.

"저희들은 어머니를 뫼시고 있지만 돌아가신 아버지의 자취를 생각하
면 마음이 막히고 끊어지는데, 하물며 누이는 한 가지 위로할 일도 없
으니 어찌 마음이 기쁘겠습니까? 그러나 마음을 넓게 가지고 슬픔을
참으십시오. 제가 비록 불민하지만 종신토록 누이에게 쓸쓸함이[593]
없게 하겠습니다. 심지어 유학사와 한어사 두 형님들의 농담은 한번
웃고 넘어갈 만하니, 설사 유형이 그런 말을 해도 관계 없습니다. 누이 38
는 마음을 놓으십시오."

윤씨의 감격함이 뼈에 사무쳐 눈물을 흘리며 말하였다.

"이 몸이 죽어도 어머님과 오라비의 은혜는 갚기 어렵습니다."

참정이 즐거워하지 않으며 말하였다.

"저는 동기(同氣)의 정이 있는데 누이는 어찌 이렇듯 정이 얕습니까? 저의 우애로운 의리는 떳떳한데 어찌 은혜라 칭하여 굳이 의남매임을 나타내고 친남매가 아님을 밝히겠습니까? 또 한 명의 누이는 감격스럽다는 말을 않는데, 누이는 은혜라고 일컬으시니 이런 부분에 이르면 우리 사이가 먼가 싶습니다."

윤씨가 다만 감탄할 뿐 다시 사례하지 못하였다. 이윽고 말씀을 나누다가 양부인이 재삼 타이르고 돌아가셨다.

이때에 소씨가 자신의 침소에서 한어사를 대하여 유생의 말의 실제를
물으니, 어사가 웃고는 속이려고 거짓말한 것임을 사실대로 말하였다. 소
부인이 그가 장부로서 정직하지 않음을 탐탁하게 여기지 않아 사리로써
그름을 논의하며 책망하였다. 어사가 다만 크게 웃고 입 가득히 사죄를 39
일컬었다.

593) 쓸쓸함이 : {서의ᄒᆞ미}. '서의ᄒᆞ다'는 쓸쓸하다는 뜻임.

그리하여 소씨가 윤씨의 당으로 가 윤씨를 대하여 한어사가 거짓말로 일부러 속이려 했던 뜻을 다 말하고 나서 웃으며 말하였다.

"나이가 서른이 다 되었어도 어릴 때 장난치던 것이 그저 있어 일이 마땅한지 불가한지를 알지 못하고 괜히 아우를 화나게 했으니 어찌 밉지 않겠는가?"

윤씨가 이 말을 듣고 바야흐로 유학사가 애매하게 오해받은 것임을 알고 흔쾌히 사례하며 말하였다.

"이는 한상공이 붕우(朋友)의 친함으로 놀리신 것이니 어찌 개의하겠습니까? 다만 유랑이 정이 없음을 원망하고, 그가 나를 욕하더라는 말을 듣고 부끄러워했던 것입니다. 그렇다면 한상공은 잘못이 없는 듯합니다."

소씨가 웃으며 말하였다.

"아우의 성품이 헤아리기 어렵더군요. 유생의 독한 성품으로도 능히 말을 꺼내지 못하다니요. 내가 그대와 형제가 된 지 8년 동안에 희미한 노색(怒色)과 자연스런 울음조차도 보지 못했는데 이번 일에는 큰 소리와 성난 기색이 드러나니, 알지 못하겠습니다. 그런 성품이 어느 곳에 들어가 있다가 그렇게 나왔습니까?"

40 말을 마치고 두 사람이 낭랑하게 크게 웃었다.

소씨가 돌아간 후 유학사가 들어와 말하였다.

"부인이 나를 믿지 못하더니 이제야 깨달음이 있습니까?"

윤씨가 마음을 안색에 드러내지 않고, 오직 말할 뿐이었다.

"나의 비루함을 군자가 싫어하고 괴로워하는 것이 마땅하니, 어찌 원망하겠습니까?"

유학사가 탄식하며 말하였다.

"내가 비록 경박하지만 부인의 사정을 슬프게 여겨 흰 머리가 되도록 같이 늙으려고 했습니다. 그런데 하루아침에 내가 하지 않은 말을 이유 없이 덮어씌우고 성을 내니, 사람의 마음을 알지 못함이 이처럼 심할 줄을 어찌 알겠습니까?"

윤씨가 몸가짐을 가다듬고 용서를 구하며 말하였다.

"제가 박명한 인생으로 군자께 일생을 의탁하였는데, 하루아침에 말을 지어내어 거절하려 함을 들으니 어찌 한스럽지 않겠습니까? 그러나 제가 불민하여 군자의 뜻을 모른 죄가 큽니다."

유학사가 부인의 온유한 행실과 애원한 말을 들으니 은혜와 사랑이 샘솟듯 하여 은근하게 위로하고 아끼는 정이 헤아리지 못할 정도였다.

이때에 소참정이 벼슬이 높아 복록(福祿)이 조상을 이었지만,[594] 뜻 가 41
지기를 나직이 하며 침묵하고 말을 적게 하였다. 또 남의 급한 일을 돕기를 미치지 못할까 두려운 듯이 하여 길에 구걸하는 사람과 가난하고 군색하여[595] 혼인하지 못하는 사람들에게 천금(千金)을 흩어 바라는 것을 이룰 수 있게 하였다. 그러니 그가 전후(前後)로 사람을 구제한 것이 수천 명을 넘고, 사방에서 진상하는 물건은 한 가지도 받지 않으며 나라에서 주신 녹봉밖에는 추호도 받지 않았다. 또 부인 두 사람이 있지만 감히 사사로운 재물과 금은과 능라며 그릇이 없어 비록 친정에서 온 것이라도 창고 안에 두었다가 쓸 때에는 반드시 어머니께 고한 후에 내어 쓰고 자기 마음대로 행하는 일이 없었다. 그의 가법(家法)이 삼엄함이 이 같으니 당시

594) 조상을 ~ 이었지만 : {졔미[濟美]ᄒᆞᆫ디}. '제미'란 아름다움을 성취한다는 뜻으로 조상의 유업을 이어 이를 성취했을 때에 주로 씀.

595) 가난하고 군색하여 : {빙군ᄒᆞ야}. 문맥상 '빈군(貧窘)ᄒᆞ야'로 보임.

의 사람들 가운데 탄복하지 않는 사람이 없어 그 예법을 배우려면 당당히 소현성의 집으로 가라고 하였다. 또 자식을 둔 사람들은 다 그 맑고 고상함을 공경하여 가르침을 청하였으니, 열 살 이하 어린아이들이 책을 끼고
42 문이 메이도록 모여들었다. 참정이 한번 보고 그 우열(優劣)을 살펴 스물다섯 사람을 택하여 제자로 삼고 가르쳤는데, 매우 엄숙하고 참된 도리가 있어 모든 제자들이 공경하고 사랑하여 그 정성이 부모보다 더하였다.

하루는 모든 부인네들이 의란당에 모여 한가로이 이야기를 나누었다. 석파가 와서 보니 네 명의 젊은 부인들이 모두 부귀한[596] 재상가의 아녀자로 봉황 문양의 조각이 되어 있는 관을 숙이고 수놓은 치마를 나부끼며 난간에 벌여 있었다. 아름다운 얼굴이 서로 비추고 있는데 특히 뛰어난 사람은 윤씨와 석씨 두 사람이었다. 맑고 빼어나며 소담하고 자연스러우면서 깨끗하여 요지(瑤池)[597]나 금당(金塘)의 연꽃 같았다. 소씨의 초월한 행동거지와 품위와 아름다움이 찬란한 풍채는 마치 계수나무 가지 하나가 봄날 얼음에 비치고 가을 달이 구름 속에서 나온 듯하였다. 빼어나고 깨끗한 것이 비유컨대 한 마리의 난새나 봉황이 기산(箕山)[598]에 앉아 있는 듯하였다. 화씨가 조금 떨어지는 면이 있지만 그녀도 또한 하급이 아니라서, 바라보니 탄복하고 흠모함을 이기지 못할 정도였다. 그래서 바삐 나아가 웃으며 말하였다.

"이곳 풍경이 신선 세계 같더니 과연 네 명의 선녀가 강림하여 황정경(黃庭經)[599]을 외고 계시는군요."

---

596) 부귀한 : {긔환(綺紈)}. 지위가 높고 부귀한 집안을 비유함.

597) 요지(瑤池) : 곤륜산에 있다고 하는 연못으로, 주(周) 목왕(穆王)이 서왕모(西王母)를 만났다는 전설이 있음.

598) 기산(箕山) : 중국의 하남성에 있는 산으로, 요임금 때에 소부(巢父)와 허유(許由)가 이 산에서 은거하였다고 함.

소씨가 웃으며 말하였다. 43

"서모의 화려한 언사가 볼 때마다 새삼스러워 그 말솜씨에 깊이 항복합니다. 우리들을 신선에 비한다면 서모는 으뜸 신선이 되시고 우리 후생(後生)들은 자잘한 신선의 도(道) 정도 얻었습니다."

석파가 크게 웃으며 말하였다.

"부인이 나를 신선이라고 하시니 내가 어찌 당하겠습니까? 신선은 천만년이라도 쇠하지 않는데 이 노인은 마흔이 멀었어도 백발이 생겼으니 잘못 견주신 것입니다."

모든 사람이 낭랑하게 웃었다. 이때 소씨에게 4자 1녀가 있고, 윤씨에게 2자 2녀가 있고, 화씨는 4자, 석씨는 3자가 있었다. 옥 같은 아들과 딸이 가득 늘어서 있으니 석파가 칭찬하고 탄복하며 말하였다.

"오늘 작은 공자님과 소저들의 밝은 모습과 빼어난 용모를 보니, 각각 부모의 풍채를 닮아 세속 사람들보다 뛰어납니다. 나중에 성장하면 자운산이 더욱 빛날 것입니다."

이파가 웃으며 말하였다.

"모든 공자 중에서 우리 일곱 공자는 유씨, 한씨 두 집안의 공자들보다 한 배나 나으니, 이는 다 소참정을 이어받은 것입니다."

소씨가 답하였다.

"서모의 말씀이 옳습니다. 그러나 모든 조카들이 다 내 아우만 못하니 아깝다고 하겠습니다." 44

윤씨가 웃으며 말하였다.

"모든 아이들이 자라면 어찌 군이 참정께 지겠습니까? 아직 어린아이

599) 황정경(黃庭經) : 도교의 경서임.

라 활짝 피지 못해 풍성하고 화려한 것이 못 미치지만 군이 못하지는 않을 것입니다.”

석파가 머리를 흔들며 말하였다.

“그렇지 않아요. 여러 공자들이 비록 아름답지만 어찌 참정이 어렸을 때의 얼굴에 미치겠습니까? 참정이 지금은 뛰어난 풍모가 깨끗하고 기골이 준수하여, 맑고 아름다운 것이 없습니다. 그러나 어릴 적에는 한갓 곱기만 한 것이 아니라 아름다운 태도와 향기가 어리어 자연히 사람의 뼈가 시리고 마음이 녹게 하였습니다. 지금 어린 공자들이 관옥(冠玉) 같지만 어찌 그에게 미치겠습니까?”

화씨가 웃으며 말하였다.

“서모가 참정을 칭찬하는 말이 너무 과도합니다. 사람이 어렸을 때에는 약하지만 자연히 아리따운 모습이 있는 것이니, 어떤 아이가 그렇지 않겠습니까? 참정만 홀로 그런 것이겠습니까? 하물며 사람이 보면 마음이 녹고 뼈가 시리다고 하셨으니 이는 기특한 것이 아니라 해로운 얼굴이네요.”

좌우의 사람들이 동시에 웃으며 말하였다.

“화부인 말씀이 딱 맞습니다.”

또 석파가 웃으며 말하였다.

45 “다른 부인들은 믿지 않는 것이 마땅하지만 소부인은 보셨으니 아실 것인데 어찌 내 말을 믿지 않으십니까?”

소씨가 흡족하게 웃으며 말하였다.

“나는 정신이 밝지가 못해 어제 일도 잊습니다. 그러니 더욱이 어릴 때의 아우의 얼굴이 어떠했는지 알겠습니까? 재삼 생각해 보니 아주 곱

지는 않아서 조카들만 못하였던 듯합니다."

석파가 팔을 걷고 손을 저으며 거짓말이라고 다투었다. 석부인이 그 거동을 보고, 평생 처음으로 붉은 빰이 조금 열려 흰 이를 드러내며 말하였다.

"서모가 매우 드세고 급하게 행동하시니, 언니께서 그만하여 주세요."

모든 사람들이 크게 웃었다. 이때에 참정이 내당으로 들어오다가 마주쳐 그 거동을 보고 웃고 말하였다.

"서모와 누이는 한가하십니다. 무슨 일로 석서모가 저렇게 날뛰십니까?"

소씨와 윤씨 두 사람이 같은 목소리로 말하였다.

"아우는 빨리 와서 아들과 함께 누가 더 아름다운지 겨루어 보시게."

참정이 듣고는 희롱하는 것인 줄 알고 웃으며 말하였다.

"아직 어머님을 뵈러 들어가는 길이니, 문안을 드린 후에 즉시 나오겠습니다."

화씨와 석씨 두 낭자도 일어나 들어가니, 모두 웃고 흩어졌다. 46

이날 모든 공자와 소저들,[600] 그리고 그 자리에 있던 사람들이 양부인께 고하였다.

"화씨, 석씨, 소씨 그리고 윤씨 네 낭자가 일곱 공자가 참정보다 낫다고 했는데, 이것이 맞는 말입니까? 제가 말하기를, 일곱 공자가 비록 뛰어나지만 참정에게는 떨어진다고 하였더니, 소부인이 더욱 우기고 화씨, 석씨 두 부인은 곧이듣지 않으셨습니다."

양부인이 웃으며 말하였다.

600) 공자와 소저들 : {소년(少年)}. 문맥을 고려하여 이같이 옮김.

"너희들이 궁금하여 갑갑해 하는 것은 자못 잘못된 일이다. 너희가 한가한 이야기를 느긋하게 하고 있구나. 내가 한 마디만 하면 족히 두 며느리와 두 딸의 입을 막을 수 있다."

석씨가 문득 알아듣고 머리를 숙여 웃음을 머금고 있는데, 석파는 깨닫지 못하여 깊이 생각하다가 홀연 크게 웃으며 말하였다.

"옳고도 묘합니다. 부인의 가르치심이 맞습니다. 여러 낭자야, 지금도 나와 누가 맞는지 다투겠느냐?"

소씨가 일부러 말하였다.

"무슨 일을 못하겠습니까? 실로 조카들이 아우보다 많이 낫습니다."

석파가 말하였다.

"그러면 화씨, 석씨 두 부인과 참정이 돌아가신 처사와 우리 양부인보다 나으셔서 자식을 잘 나으셨습니까?"

47 모인 사람들이 모두 말없이 크게 웃었으며, 소씨는 웃으며 말하였다.

"이는 곧 어머님이 가르치신 것입니다. 서모의 능력이 아닙니다."

서로 즐겁게 웃기를 마지않았다.

이때에 황제[601]께서 태조의 태자인 덕소(德昭)를 죽이니,[602] 참정이 놀라고 탄식하며 말하였다.

"만승(萬乘)의 기업(基業)이 비록 크기는 하지만 지극히 가까운 골육을 잔인하게 해치는 것을 풀잎같이 하는구나. 그는 곧 태조(太祖)의 태자로 나중에 대(代)[603]를 이을 사람이니, 그를 죽인 이유를 명백히 알겠다."

---

601) 황제 : 송(宋) 나라의 태종임. 태조의 동생인데, 태조가 나라의 안위를 위하고 어머니인 두태후(杜太后)의 유언을 지키기 위하여 왕위를 아들에게 넘기지 않고 동생에게 넘긴 것임.

602) 황제께서 ~ 죽이니 : 『송사(宋史)』에서는 태조(太祖)의 태자인 덕소(德昭)가 자결했다고 하였으나 여기서는 이렇게 설정되어 있음.

603) 대(代) : {뎍[籍]}. 문맥을 고려하여 이같이 옮김.

참정이 원망함을 이기지 못하였는데, 조정의 구준과 팔왕 등도 어찌할 수가 없었다. 드디어 한밤중에 촛불 아래에서 죽인 일[604]도 자세히 듣고 나자 문득 마음을 세상에 머물러 둘 수 없었다. 그러나 아직 벼슬에서 물러나지 않았기에 소임을 다하러 나아갔지만, 모든 일을 동료 관리들에게 미루고 종일토록 입을 열어 시국을 논하거나 정사를 다스리지는 않았다. 그가 비록 벼슬이 높고 명망이 중했지만 역사 기록 가운데에는 이름이 없으니, 그의 마음이 탁 트이고 청아함을 가히 알 만하다.

하루는 참정이 모든 친구와 더불어 자운산 동쪽을 유람하였다. 황실의 친족인 양왕도 함께 갔는데, 참정은 떨어져 있었다. 양왕이 여러 관료들과 더불어 유산(遊山)하다가 절을 찾아 쉬니, 모든 중들이 분주하게 맞아 48
법당의 정전(正殿)에 앉게 하고 함께 간 사람들에게 다과를 드려 서로 권하였다. 들으니 멀지 않은 곳에서 사람 소리가 났는데, 매우 괴이하여 앓는 소리도 아니고 우는 소리도 아니었다. 왕이 이상하게 여겨 수승(首僧)[605]을 불러 물었다.

"내가 오늘 황실의 대신들과 더불어 유산하는데, 너희들이 무슨 이유로 벽 하나를 사이에 두고 이상한 것을 놓아두어 우리를 업신여기기를 이같이 하느냐?"

수승이 땅에 엎드려 대답하였다.

"대왕과 여러 어르신들이 누추한 절을 빌어 쉬시는데 저희들[606]이 어

604) 한밤중에 ~ 일 : {야반(夜半) 촉영사(燭影事)}. 이는 태종이 덕소를 죽인 일을 이르는 듯함. 태조가 위독하자 그의 동생 진왕(晉王)이 문병을 갔는데 둘이만 있는 상황에서 왕위를 맡겼다고 한다. 그런데 다른 사람들은 멀리서 촛불 그림자로 태종와 태조의 모습을 보았을 뿐인데 태조가 도끼를 땅에 던지는 등의 모습이 보였다고 함. 다음 날 새벽이 되기 전에 태조는 죽음. 『속자치통감장편(續資治通鑑長篇)』에 실려 있는 기사임.

605) 수승(首僧) : 중의 우두머리.

606) 저희들 : {쇼뎍[小的]}. 이는 천한 사람이 웃사람에게 자기를 낮춰 칭하는 말임.

찌 감히 업신여기겠습니까? 다만 저희의 작은 상좌(上佐)[607]가 매우 총
명하고 기특하여 모두 아꼈는데, 몇 달 전에 산에서 나는 열매를 따러
갔다가 요괴를 하나 만나더니 발광(發狂)하였습니다. 돌아와 옆방에 있
으면서 밤낮으로 저런 소리를 내니 저희들도 갑갑하여 혹 정신이 들어
왔을 때에 물으면 그가 말하기를, 빼어난 미모의 고운 계집이 긴 나무
로 온 몸을 두드리니 이렇게 앓는다고 하였습니다. 혹은 그녀가 인시
49 (寅時)[608]와 묘시(卯時)[609] 사이의 네 시간 동안 나갔다가 즉시 도로 들
어와 밤낮으로 보챈다고도 하였습니다. 그러니 저희들이 망극함을 이
기지 못하겠습니다. 또 저런 때에 사람이 밀고 들어가 보면 반드시 더
앓고, 보는 사람도 해로와 병이 드니 이렇기 때문에 감히 끌어내지도
못하였습니다."

곁에 있던 사람들이 모두 크게 놀라고 또한 믿지 않았는데, 갑자기 앓는 소리가 그치더니 그 상좌가 크게 불러 말하였다.

"스승님! 이제 그 귀신이 피하여 달아났으니 시원합니다."

모든 중들이 놀라 달려 들어가 물었다.

"지금 그 귀신이 어떻게 달아났느냐?"

상좌가 말하였다.

"그 요괴가 말하되, '이제 성인(聖人)이 오셨으니 내가 어찌 감히 있겠는가? 오늘까지는 내가 소굴로 돌아갈 것이다.'라고 하고는 당황하여 거꾸러지며 나갔습니다."

---

607) 상좌(上佐) : {샹재}. 문맥상 '샹좨[上佐]'로 봄. 상좌는 사승(師僧)의 대를 이을 여러 사람 중에서 가장 뛰어난 사람을 뜻하거나, 속인(俗人) 중에서 절에 들어가 불도(佛道)를 연구하는 사람 즉 행자(行者)를 뜻함.

608) 인시(寅時) : 새벽 3시에서 5시 사이를 말함.

609) 묘시(卯時) : 새벽 5시에서 7시 사이를 말함.

모두 기이하게 여기며 지껄이고 있는데, 문득 젊은 사람 하나가 나는 듯이 걸어 들어왔다. 이 사람이 곧 소참정이었다. 왕이 맞아 예를 마치고 그 상좌의 괴이함을 전하니, 참정이 미소 지으며 말하였다.

"어찌 세상에 이런 일이 있습니까? 매우 허탄합니다."

참정이 비록 입으로는 이렇게 말했지만 마음 가운데에는 새겨듣고 유
산(遊山)하였다. 절 문을 나와 한 곳에 이르니, 수승이 탄식하며 말하였다. 50

"우리 상좌가 여기에 와서 원수 같은 병을 얻었으니 어찌 서럽지 않겠습니까?"

모든 관료들이 듣고 다 두려워하며 돌아가고자 하였다. 참정이 눈을 들어 보니 앞에 나무 하나가 서 있는데, 이미 수천 년이 지난 버드나무[610]였다. 길이가 구름 낀 산에 닿았고 몸채가 세 아름이었는데, 나무를 잡고 한 줄을 기록하고 나서 곁의 사람들을 대하여 말하였다.

"여러 형님들은 대왕을 모시고 돌아가십시오. 저는 천천히 뒤를 좇아가겠습니다."

모든 사람들이 응낙하고 돌아간 후, 참정이 한 자루 필묵(筆墨)을 내어와 나무를 둘러 글을 썼다. 그랬더니 갑자기 운무(雲霧)가 사방을 막고 기와가 땅에 떨어지며, 벽력 소리가 한번 나더니 산이 무너지고 물이 터지는 듯한 기세로 일천 개의 불빛을 거느려 그 나무를 쳤다. 좌우에서 모시고 따르던 사람들이 다 거꾸러졌으나, 참정은 얼굴빛도 바꾸지 않고 붓돌리기를 급하게 하지 않고 쓰기를 마쳤다. 그러고 나서 천천히 물러나
니, 비로소 벽력이 그 뿌리[611]에 이르러 잘게 부순 후 한 조각 밝은 해가 51

610) 버드나무 : {양뉴목(楊柳木)}.
611) 뿌리 : {불회}. 문맥상 '불휘'의 오기(誤記)로 보임. '불휘'는 뿌리의 고어.

구름 사이에서 드러나 청명하고 고요하였다. 따르던 사람들이 정신을 차리고 일어나 보니, 나무 옆에 큰 지네가 죽어 있고 나무는 가루가 되어 있었다. 한 조각 나무를 가져다가 바위 위에 얹고 보니 이는 곧 참정이 글 쓴 것을 떼어내어 놓은 것이었다. 놀라지 않은 사람이 없었고, 참정도 또한 이상하게 여겨 자세히 보니 자기의 필적이 그대로 있고 한 글자도 상하지 않았다.

참정이 즉시 절에 돌아와 여러 관료들과 더불어 말하다가 집에 돌아왔으나, 끝내 이 일을 발설치 않았다. 그 상좌는 영원히 병이 나았고 그 절도 평안해졌다. 이로 인하여 참정을 따르는 사람이 집에 연이어 숙박하여 온 성안에 두루 퍼졌고 당시 사람들도 참정의 신기함을 알아 추앙하였다. 그렇지만 참정은 더욱 마음을 굳게 하고 말을 적게 하여 가슴 가운데의 무궁한 조화를 내보이지 않았다.

이렇게 저렇게 하여 영화롭게 날들을 지냈다. 화부인이 5자 2녀를 낳
52 고 석부인이 5자 3녀를 낳으니, 모두 곤산(崑山)의 백옥(白玉)이고 바다 속의 구슬이었다. 참정이 10자 5녀를 두어 원래의 바람보다 넘으니 기쁨과 다행함이 지극하였지만, 부친을 생각하고 슬퍼함을 마지않았다. 양부인이 여러 손자들을 두니 예전에 꿈꾸었던 일을 생각하고 남모르게 기이하게 여겼다. 그래서 남자의 이름은 다 '운'자를 쓰고 여자의 이름은 다 '수'자를 썼지만, 끝내 꿈 이야기를 말하지 않았다. 그 정대(正大)하고 침중(沈重)함이 이 같으니, 그 아들이 어찌 보통 사람들의 무리에서 특출하지 않겠는가? 소씨는 6자 4녀를 두었고, 윤씨는 4자 2녀를 두었으니, 모두 남자는 풍채가 있고 여자는 용모가 뛰어났다.

이때 양참정[612]이 세상을 떠나시니 양부인이 슬퍼하고 마음 아파하며

상(喪)을 치르는 예절을 지키는 것이 과도하여 병이 위태하였다. 그런데도 고기즙을 먹지 않으니 자손들이 질서가 잡히지 않고 어수선하였다. 그래서 소씨가 울며 간하였다.

"예전에 아버지가 세상을 떠나신 후에 어머님이 친히 고기즙을 내오시어 기운을 보호하시니 사람마다 믿지 못할 성덕(聖德)이라고 하였습니다. 지금 조부의 춘추(春秋)가 일흔[613]이 넘으시고 영화와 복을 누리신지 수십 년 만에 세상을 떠나셨습니다. 어머님의 슬퍼하심이야 늙고 53
젊음이 있겠습니까마는 그래도 위로하심이 계셨습니다. 어찌 돌아가신 아버지가 많은 한을 품으시고 돌아가신 일에 비하겠습니까만 어머님께서 슬퍼하며 고집하심이 이와 같으시어 마침내 고기즙을 물리치시고 병세가 중하십니다. 어머니께서 소녀와 경의 마음을 살피지 않으시니 어찌 망극하지 않겠습니까?"

양부인이 탄식하며 말하였다.

"네가 항상 총명하고 통달하였는데, 유독 어미 마음을 아득히 모르는구나. 내가 네 부친이 돌아가셨을 당시에 스스로 몸을 보호한 것은 경이 뱃속에 있고 또 지아비가 남기신 부탁을 받아 삼년 제사를 이루기 위함이었다. 지금은 내 나이 쉰이 지났고 너희 남매가 장성하여 영화롭고 귀하며 자녀가 번성하니, 이제 나는 살든 죽든 별 상관이 없는 사람이다. 또 하물며 부친이 나를 낳으신 큰 은혜를 생각한다면 하늘을 잃은 듯한 아픔[614]을 만난 것이니 오장(五臟)이 끊어지는 듯하다. 어찌 괴롭게 욕됨을 무릅쓰고 살려고 하겠느냐?"

---

612) 양참정 : 양부인의 아버지이자 소경의 외조부임.
613) 일흔 : {희년(稀年)}. 일흔 살을 뜻함.
614) 하늘을 ~ 아픔 : {일텬지통(逸天之痛)}. 부모님이 돌아가셨을 때의 아픔.

참정이 나아가 고하여 말하였다.

54 “어머님의 말씀이 비록 정리(情理)로는 옳지만 진실로 큰 의리는 어기
시는 것입니다. 공자와 증자가 어찌 성인이 아니시겠습니까만, 신체발
부(身體髮膚)는 부모님께 받은 것이니 그 본성이 헐어서 없어지지 않게
하는 것이 예의의 시작이라고 하셨습니다. 이제 조부님께서 불행하게
도 돌아가셨지만 어머니께서 더욱 몸을 삼가 아끼시어 조부께서 낳고
길러주신 몸을 보호하시는 것이 아름다운 일입니다. 예로부터 큰 효는
구태여 몸을 죽이는 것이 아니라고 했으니, 이런 말로 마음을 경계하시
는 것이 좋겠습니다.”

양부인이 자녀가 망극해 함을 보고 탄식하며 말하였다.

“이 또한 운수에 달렸다. 삶과 죽음은 운명에 달렸고, 부귀는 하늘에 달려 있는 것이다. 어찌 한 그릇 고기즙에 목숨이 달렸겠느냐? 너희는 안심해라. 내가 스스로 조섭하겠다.”

자녀들이 감히 다시 간하지 못하였다. 부인이 이후로는 마음을 너그럽
게 가지고 기운을 조절하고 길러 위급한 지경은 없었으나, 끝내 고기즙을
먹지 않고 3년을 지냈다. 자녀들이 늘 망극하였지만 능히 말릴 수가 없었
55 다. 양부인이 부친상 3년을 마치고 새롭게 슬퍼하니, 며느리 등이 아침
저녁으로 모시고 지냈다.

그러던 중 양부인의 남동생 양상서의 아들 양현이 급제하니, 양상서가 잔치하여 축하하였다. 양부인이 두 며느리와 두 딸을 거느리고 도성 내에 들어가 네 명의 오라버니를 보았지만, 잔치자리에 다다라서는 고집스럽게 사양하고 나아가지 않았다. 다만 며느리와 두 딸들에게 참여하게 하니, 네 명의 부인들이 다 청춘의 젊은 나이로 미모와 재주, 지혜가 당대에

특출하였다. 몸단장에 사치스럽고 화려한 것을 구하지 않아 한 가지 복색이었는데, 붉은 치마를 끌고 비취 적삼을 떨쳐입었으며 패옥을 드리우고 봉황 문양의 조각이 되어 있는 관을 바르게 쓰고 손님 자리에 벌여 있었다. 키가 차이가 나지 않고 빛나는 얼굴이 뒤지는 사람이 없어, 연꽃 같은 얼굴과 샛별 같은 눈길이며 먼 산 능선같이 둥근 눈썹과 앵두 같은 입술, 고운 빰[615]이 어두운 방을 밝히는 듯하였다. 또 봉황의 날개 같은 두 팔과 버들 같은 허리는 가볍게 나부끼는 듯하면서도 위엄이 있어 세속에서
뛰어났다. 또 예쁜 목소리는 버들 사이에서 맑게 우는 노란 꾀꼬리 같았 56
다. 상쾌하고도 시원한 골격과 씩씩한 위의(威儀)는 사람으로 하여금 사랑할 뿐만 아니라 공경하게 하는 분위기가 있었다. 그래서 잔치 자리에 가득한 사람들이 아득히 칭찬하며 먹을 것을 잊고 감상하였는데, 석부인을 보고는 정신이 몽롱하고 기운이 빠지는 듯하였다.

이때 젊은 손님들 수천여 명이 벌여 있어 뛰어난 미인이 수풀 같았지만, 소 · 윤 · 석 세 사람이 고운 손에 칠보로 장식한 부채를 기울여 잡고 많은 사람들이 모인 가운데를 향하여 붉은 입술과 옥 같은 이를 움직여 말씀을 이루니 향기로운 바람이 일어나고 온갖 자태와 만 가지 빛이 흘러넘쳤다. 본래 세 부인들은 옷가지의 품급과 연지와 분을 초월한 빼어난 미모이다. 이들이 잔치 자리에 들어오니, 속세를 벗어난 듯하여 비유컨대 금 화분에 붉고 흰 연꽃이 활짝 피어 이슬을 머금고 아침 햇살에 떨쳐 있는 듯한 그 곁에 지는 두견화가 나란히 있는 것 같았다.

이때 석참정 부인과 화평장 부인, 그리고 소부인, 윤부인 두 사람의 시 57
어머니와 시누이 등이 다 모였는데, 각각 그 딸과 며느리가 뛰어남을 다

615) 고운 빰 : {년험}. 문맥상 '년협[姸頰]'의 오기(誤記)로 보임.

행스러워하고 기뻐하며 대견해 하였다. 그리하여 곁에 있는 사람들의 축하를 조금도 사양하지 않았다.

한참정 부인이 소씨에게 물어 양부인이 와 계심을 듣고 시녀에게 뵙기를 청하였다. 양부인이 간청하는 것을 듣고 사람들 사이[616]에서 나와 자리에서 예를 마치고 앉았다. 모인 사람들이 그녀를 바라보니, 나이가 오십이 지났지만 절반도 쇠한 것이 없어 머리카락 하나도 희지 않고 용모가 풍성하고 넉넉해 보였다. 비유컨대 탐스러운 붉은 연꽃과 활짝 핀 흰 모란이라도 그 풍성하고 편안하며 윤택함에는 미치지 못할 듯하였다. 윤택함은 바다 속 구슬 같고 시원스러운 풍모는 하늘의 달 같았으며, 구름 같은 귀밑머리와 흰 눈 같은 피부[617]는 의심컨대 비견할 사람이 없을 듯하였다. 비록 네 명의 젊은 부인들이 빼어나지만 그녀의 무궁한 광채와 끝없는 윤택함에는 떨어지는 데가 있었는데, 유독 석부인이 시어머니보다 못하지 않았다. 단지 석씨는 젊어 자연스럽고 가냘프면서도 깨끗하여 여
58 리고 아리따운 자태가 있지만, 그 맑고 아름다우며 풍요롭고 완숙함에는 조금도 미치지 못할 듯하였다. 한갓 풍모가 이와 같을 뿐 아니라 행동과 태도에 자연스럽게 법도가 있어 한번 움직이면 난새와 봉황이 벽오동 나무에 오르는 듯하였다. 또 침착하고 바르며 단정하게 앉으면 용이 여의주를 희롱하는 듯하였고, 맑은 눈을 한번 기울여 사람을 살피면 자연히 사람이 놀라고 당황하여 제 몸을 돌아보며 위축되었다. 모습을 바르게 하고 사람들을 향하여 손님들을 맞는데, 붉은 입술을 열어 부드럽고 온화한 목소리로 정숙하고 흐르는 듯한 말씀을 하니 온화한 기운이 마치 봄바람이

---

616) 사람들 사이 : {합닉[閤內]}. 남의 집안 식구를 의미함. 문맥을 고려하여 이같이 옮김.
617) 피부 : {긔뵈}. 문맥상 '긔부[肌膚] ㅣ'의 오기(誤記)로 보임.

온화하여 모든 사물의 생기를 돕는 듯하였다. 한없는 행실의 위엄이 한갓 얼굴 곱기보다 열 배나 더하니 이 사람이야말로 진실로 여자 가운데 군왕이었다. 의복을 꾸미지 않음이 심하였지만 그 용모가 더욱 뛰어나 보여 구름 사이로 엿보이는 달 같았다.

자리에 있던 사람들이 한번 보고 각각 숨을 길게 쉬고 서로 돌아보며 오히려 놀라워하고 모진 범을 마주한 듯 기운이 위축되는 것 같았다. 이
를 보고 소씨와 윤씨 등이 그윽하게 웃었다. 양부인은 많은 사람들이 자 59
기를 보고 아무 말 없이 두려워함을 보고 마음 속으로 이상하게 여겼다. 그러다가 홀연 깨달아 먼저 말을 꺼냈다.

"홀로 된 나이든 부인네가 조카의 경사를 듣고 아름답고 기쁘게 여겨 여기에 이르렀지만, 몸이 남과 같지 않은 박명한 죄인이라서 감히 성대한 잔치자리에 참여하지 못하였습니다. 부르심을 입어, 모이신 높은 분들을 대하오니 평생의 요행이라고 생각합니다."

모인 사람들이 비로소 입을 열어 대답하였다.

"저희들이 부인의 거룩한 덕화(德化)를 듣고 우러르고 사모한 지 오래되었습니다. 오늘 여기에 계신다고 들었으나 보이지 않으셔서 실망했는데 빛나게 오셔서 후한 말씀을 들려주시니 다행함을 이기지 못하겠습니다."

한참정 부인 위씨와 유상서 부인 단씨가 치사하며 말하였다.

"부인이 뛰어난 딸을 두셨으면서도 제 아들의 못나고 추함을 싫어하지 않으시어 혼인하기를[618] 허락하셨습니다. 며느리가 그윽하고 한가로

---

618) 혼인하기를 : {쥬딘[朱陳]의 친(親)ᄒᆞ므로뻐}. '주진지계(朱陳之計)'를 뜻함. 주씨와 진씨 두 가문이 진(秦)나라의 악정(惡政)을 피해 무릉도원에 들어가 서로 혼인했다는 고사에서 유래한 말로, 혼인함을 가리킴.

우며 정숙하여 숙녀의 풍채가 있으니, 이는 다 부인의 덕택입니다."

양부인이 겸손하게 사례하며 말하였다.

60 "홀로된 제가 못난 자식을 거룩한 가문에 보내고 밤낮으로 걱정하는 바는 죄를 얻을까 하는 염려입니다. 그런데 부인들께서 너그러우시고 거룩하신 덕을 열어 세월을 무사하게 지내니, 이는 다 높으신 가문의 어지심 덕분이며, 어진 사위들이 관대하여 아내의 작은 허물을 용서한 덕입니다. 제가 감격함을 이기지 못하여 구천에 가더라도 이 은혜를 반드시 갚겠습니다."

단부인이 대답하였다.

"제 며느리는 부모 없는 인생이지만 부인이 친딸보다 더 위하시니 높은 뜻에 깊이 감격하고 있습니다."

위씨가 다시 사례하여 말하였다.

"제 아들이 창녀를 모아 방탕함이 심하고 이유 없이 재취하였지만, 어진 며느리가 조금도 원망하지 않았습니다. 또 결혼한 지 10여 년이 되었어도 급하게 웃는 웃음과 도리에 어긋나게 성내는 기색을 보지 못하였으니, 진실로 〈규목(樛木)〉[619]의 덕이 있습니다. 그러니 한갓 아들의 좋은 복과 가문의 빛나는 경사일 뿐이겠습니까? 금석(金石)에 새겨 후세에 전할 만합니다."

양부인이 사양하며 말하였다.

61 "제 딸이 비록 잠깐이라도 도리에 어긋나는 일은 없지만, 부인께서 어찌 이같이 과장하십니까? 딸의 사람됨이 너무 강하여 유순한 덕이 적

619) 규목(樛木) : 나뭇가지가 늘어져 아래로 굽은 느티나무. 여기서는 부인이 후덕하여 집안이 화평하고 복이 깃든다는 내용의 『시경(詩經)』 〈규목(樛木)〉 시(詩)를 이르는 것임.

어, 제가 아침 · 저녁으로 근심합니다. 하물며 윤씨 아이는 저의 양녀로, 그 처지가 참혹하니 어찌 제 자식이 아니라고 자애함이 적겠습니까? 부모 없는 인생인데 또 저도 가르친 것이 없어 근심하였습니다. 하지만 유랑이 바라는 것보다도 넘치게 대접하고 부인과 상서께서 친딸같이 하여 일생이 평안하니, 어찌 감격하지 않겠습니까?"

두 부인이 재삼 사례하였다.

이때 화평장 부인도 처음으로 양부인을 보았다. 또 소부인, 윤부인과 석씨를 구경하고는 마음이 놀라고 감탄하여 바야흐로 그 딸이 온전히 복을 누리는 것이 소참정과 양부인의 덕이며 시누이들의 어진 마음에 힘입은 줄을 알았다. 그래서 자리에서 일어나 양부인 앞에 나아와 옷깃을 여미고 사례하여 말하였다.

"저의 못난 딸이 멀리는 〈규목(樛木)〉의 덕이 없고 가까이는 한가롭고
초탈한 모습이 없습니다. 꿩과 같은 비루한 자질로 난새나 봉황과 나 62
란히 하여 사위[620]의 빛남을 드러내고 가문의 광채를 도왔군요. 제 딸의 못난 자질이 군자께 맞지 않으니 자나깨나 허둥대다 행여 일생토록 남편의 사랑을 얻으려고 부(賦)를 사야 하는 근심[621]을 입을까 두려워하였습니다. 그런데 어진 사위가 숙녀를 또 얻되 아내가 원망을 품게 하지 않으니 딸의 일생이 평안하고, 또 자녀도 갖추었으니 이는 다 부인의 해와 달 같으신 덕택과 소 · 윤 두 부인의 보호하신 은혜입니다."

---

620) 사위 : {동상(東牀)}. 사위를 가리킴.

621) 남편의 ~ 근심 : {믹부[買賦]ᄒᆞ는 환(患)}. 한무제(漢武帝)의 첫째 왕후였던 진아교(陳阿嬌)의 일화에서 유래한 말임. 한무제의 사랑을 받던 진아교가 사랑을 잃자 무당을 불러 요사한 일을 행하다가 이 일이 발각되어 장문궁(長門宮)에 유폐된다. 이에 무제의 총애를 구하기 위해 당시에 문명이 높았던 사마상여에게 금 백 근을 보내 자신의 처지를 형상화한 〈장문부(長門賦)〉를 지어 왕에게 바치게 하였다. 그러니 사마상여에게 시를 사서 남편의 총애를 되찾으려 한 일을 말함.

양부인이 기뻐 웃으며 말하였다.

"어찌 이런 말씀을 하십니까? 며느리가 내 집에 온 후로 허물된 일이 없는데도 이유 없이 재취하였으니 이 또한 하늘의 운수입니다. 그래서 젊은 여자의 마음에 불평이 있지만 이런 일은 예사로운 일입니다. 어찌 허물이라고 하겠습니까? 이제는 두 며느리가 서로 화목하여 〈주아(周雅)〉의 기풍[622]을 따르니, 이 또한 며느리의 맑고 바르며 온순한 덕입니다. 하물며 여러 자녀를 두어 당당한 첫째 부인으로 있으니 어찌 우리 아이가 공경하지 않으며 제가 편벽하게 대하겠습니까? 오늘 부인
63 을 뵙는 영광을 입었는데, 이렇게까지 고마워하심은 당치 않습니다."

말을 마치고 양부인이 눈을 들어 설부인[623]을 보니, 그윽이 한가롭고 정숙하며 풍요롭고 시원스러워 위엄 있는 자태가 매우 법도가 있었다. 그래서 매우 공경하였으며, 그 딸과 품격이 같지 않음을 그윽이 칭찬하였다. 설부인이 몸을 돌려 석씨를 향하여 은근히 사례하며 말하였다.

"제 아이를 통해 부인의 훌륭하신 교화를 듣고 늘 뵙고자 하였는데, 지금 만나오니 사모하던 마음이 위로가 됩니다. 미련한 딸의 부족함을 가르치시어 허물을 감추시고 좋은 점을 드러내며 화목하게 지내시니 제가 감격스러움을 이기지 못하겠습니다."

석씨가 용모를 단정히 하고 자리에서 조금 물러나며 대답하였다.

"제가 지혜롭지 못한 기질로 잘못한 것이 많은데도 화부인이 어여삐 여기시어 형제간의 즐김을 얻었습니다. 오늘 또 어르신을 뵙고 지나치

---

622) 〈주아(周雅)〉의 기풍 : 〈주아〉는 『시경(詩經)』의 〈소아(小雅)〉·〈대아(大雅)〉 두 편을 말함. 이 편에는 주(周)나라 문왕(文王)의 후비(后妃)인 태사(太姒)가 나무가 가지를 드리우듯 첩들에게 은덕을 드리워 첩들이 그녀를 공경하고 그 덕을 기려 집안이 화평했다는 〈규목〉 시 등 여성의 부덕(婦德)과 관련된 내용들이 있음.

623) 설부인 : 지금까지 양부인과 대화하던, 화평장의 부인이자 화씨의 어머니임.

게 칭찬하심을 들으니 감격스러우면서도 부끄럽습니다.”

진부인[624]도 양부인께 사례하고 나서, 화씨에게 각별히 사례하며 말하였다.

“제 딸의 성품이 좁고 사리에 어둡고 어리석은데도[625] 부인과 어깨를 64
나란히 하여 같은 항렬이 되었습니다. 그런데 부인이 피하지 않으시고 어여삐 여겨 화락하시니 진실로 은혜를 잊을 수가 없습니다.”

화씨가 또한 겸손히 사례하면서 이 같은 감사를 감당하지 못하겠다고 하였다. 서로 안부 인사를 마치고 술이 두어 차례 돌자, 소 · 윤 · 화 · 석 부인 등이 술기운을 띠었다. 취한 얼굴빛이 마치 세 가지 색을 띤 복숭아꽃이 아침 이슬을 머금고 백옥루(白玉樓)[626]의 연못을 비추는 듯하였고, 별 같은 눈은 가늘어졌으며 붉은 입술은 더욱 붉어졌고 봉황 문양이 조각되어 있는 관은 조금 기울어졌다. 그 맑고 깨끗한 풍채와 세상에서 빼어난 용모가 진실로 빙옥(氷玉)의 재질이며 선녀의 얼굴이어서 마치 갓 핀 다람화[627] 네 가지를 꺾어 옥으로 된 화분에 심어 놓은 듯하였다. 더욱이 석부인의 얼굴빛은 사람들 중에서 특출하여 모인 사람들 가운데 두드러지니 모든 눈길이 그녀에게 다 쏟아져 겹겹이 칭찬뿐이었다. 왕복야의 부인 경씨는 개국공신 왕전빙의 며느리인데, 이 네 명의 부인들을 보고 흠복(欽服)함을 이기지 못하면서 물었다.

“네 부인의 춘추(春秋)가 몇이십니까?” 65

네 사람이 동시에 공손히 자리를 고쳐 앉았으며, 소씨가 얼굴을 가다듬

---

624) 진부인 : 석참정의 부인이자 석씨의 어머니임.

625) 사리에 어둡고 어리석은데도 : {우인이 햐암되거놀}. ‘위인(爲人)이 향암(鄕闇)되거놀’의 오기(誤記)로 보임. 향암은 사리에 어둡고 어리석음을 뜻함.

626) 백옥루(白玉樓) : 천상(天上) 선계(仙界)에 있다는 궁전.

627) 다람화 : 어떤 꽃인지는 미상.

고 말씀드렸다.

"저는 나이가 26세입니다."

윤씨가 옷깃을 여미고 대답하였다.

"저는 24세입니다."

화씨가 머리를 숙이며 말하였다.

"제 나이는 23세입니다."

석씨가 옷매무새를 바로하고 옷깃을 여미면서 대답하였다.

"저는 세상을 안 지 19년이 되었습니다."

말씀을 마치는데, 목소리가 맑고 깨끗하여 형산(荊山)의 옥[628]을 가는 듯하고 단혈(丹穴)[629]의 봉황이 우는 듯하여 대답하는 소리가 빼어났다. 주변 사람들이 홀린 듯이 바라보며 칭찬하는데, 갑자기 시녀가 들어와 말하였다.

"장원하신 낭군이 들어와 잔을 올리려 하십니다."

모든 손님들이 일어나 피하고 일가친척만 모였다. 이윽고 한 무리의 남자들이 아내를 데리고 들어와 좌중(座中)에 예의를 마쳤다. 그러자 장원이 잔을 들어 어머니와 모든 숙모께 술잔을 올렸는데, 남자와 여자의 자리가 나뉘어 있었다. 그랬더니 양상서가 말하였다.

"조카는 어째서 들어오지 않느냐?"

시녀에게 소참정을 불러오게 하며 말하였다.

66 "비록 내당에 들어오기가 불편하겠지만 우리 모두 들어왔으니 혐의하지 말고 빨리 어머니[630]께 뵈어라."

---

628) 형산(荊山)의 옥 : 매우 아름다운 옥을 이르는 말로, 초(楚)의 변화(卞和)가 형산에서 박옥(璞玉)을 얻은 데에서 유래함.

629) 단혈(丹穴) : 단사(丹砂)가 나는 굴. 봉황의 다른 이름이 단혈조(丹穴鳥)임.

소참정은 숙부의 말을 듣고 억지로 들어와 사람들에게 예의를 표하고 숙부를 모시고 앉았다. 부드럽고 온화한 거동과 시원스러운 얼굴이며 엄숙한 풍채가 가을 하늘의 달 속에 핀 계수나무 꽃 같고 9월의 가을 서리와 바람 속에 바다 동쪽의 달 속 옥토끼가 옥 누각에 눈부시게 비치는 듯하여 남자들이 앉아 있는 중에서 특히 빼어났다. 그러니 만약 양부인이 아니라면 낳지 못하였을 것이고, 석씨가 아니면 그 짝이 되지 못하였을 것이다. 사람마다 칭찬하기를 마지않았는데, 소참정이 인사를 마치고나서 서둘러 외당으로 나갔다.

양부인이 이 날 며느리와 자녀가 남들보다 빼어나고 더욱이 소참정과 석씨가 고금(古今)에 드문 인물과 얼굴이어서 마음 속으로 대견해 하고 기뻐하면서 모든 일이 뜻대로 되는 듯이 여겼다. 석양에 잔치를 끝내고 이 날은 거기에서 머물렀는데, 소참정도 그곳에 있었다. 양부인이 촛불을 밝히고 앉아 있는데 양상서의 4형제가 들어와 그녀를 보고 웃으며 말하였다.

"누이가 오늘 특출한 자녀들을 데리고 와 잔치자리에서 자랑함이 적지 67
않더이다."

양부인이 웃으며 말하였다.

"두 며느리와 윤씨 아이631)의 특출함을 보면 내가 무슨 복으로 이같이 아름다운 아이들을 얻어 슬하에 두었는가 싶어 더욱 기쁩니다. 월영과 경의 아름다움은 단지 대견할 따름이고 다행스럽지는 않으니, 어찌 자

---

630) 어머니 : {미졔[妹弟]}. 여동생을 뜻하는데 여기서는 양부인을 이르므로, 이 말을 듣는 소참정에게는 어머니가 됨.

631) 윤씨 아이 : {윤ᄋᆞ[尹兒]}'라고 되어 있는데, 여기서는 윤씨(윤부인)를 가리킴. 양녀이기 때문에 이같이 호칭한 것임.

랑하겠습니까?"

양공 형제가 감탄하며 말하였다.

"누이의 공평한 마음과 높은 의기, 또 소형[632]의 맑고 고결함, 대범한 인품으로 기른 것이 헛되지 않는군요. 경이 젊은 나이에 월궁(月宮)의 붉은 계수나무를 받들어[633] 임금님의 향온(香醞)을 받고 벼슬이 일품(一品)[634]에 있으며, 조카딸 역시 숙녀의 기풍이 있어 정숙한 덕이 이 시대 사람들의 눈을 놀라게 하니 이른바 범이 나고 큰 바다에 용이 있는 것과 같습니다. 우리들도 영광스러움이 끝이 없습니다."

양부인이 슬퍼져[635] 눈물을 흘리는데, 갑자기 소참정이 들어와 어머니가 슬퍼하시는 것을 보고 놀라 머리를 숙이고 오래도록 말을 하지 않았
68 다. 양부인이 비로소 눈물을 거두신 후에 담소를 거드는데 온화하고 침착하며 바르고 자연히 법도가 있으며 일마다 예의가 있어 엄연한 성인의 도리가 있었다. 양생 등 10여 인이 벌여 있었으나 감히 소참정과 나란히 할 만하지 못하여 다 높은 스승같이 공경하였다. 그렇지만 소참정은 조금도 교만하거나 자랑하는 빛이 없이 공경하고 사랑하여, 사람들에게 정이 솟아나게 하면서도 또한 두려워하게 하였다. 양공 형제도 탄복함을 이기지 못하며 말하였다.

"너를 대하면 우리 몸을 절로 돌아보아 닦아 익히게 되고 너의 말을 들으면 성인의 가르침을 대하는 듯하니 실로 공자·맹자의 후신(後身)이

---

632) 소형 : 소경의 아버지이자 양부인의 남편인 소광을 이름. 양공 형제에게는 매형이 되므로 이같이 호칭함.

633) 월궁(月宮)의 ~ 받들어 : 과거 급제한 것을 비유하는 표현임. 장원급제자는 머리에 계화(桂花) 가지를 꽂기 때문에 이같이 이르는 것임.

634) 일품(一品) : 벼슬의 품계의 첫째.

635) 슬퍼져 : 먼저 간 남편을 생각하니 슬퍼졌다는 의미인 듯함. 감격스러워 흘리는 눈물임.

아니라면 이렇지 못할 것이다."

소참정이 웃음을 삼키며 겸손히 사례하고 말하였다.

"숙부가 조카를 이렇듯 위로하시어 감히 몸 둘 땅이 없게 하십니까?"

양공이 웃으며 말하였다.

"우리가 어찌 거짓으로 위로하겠느냐?"

소씨가 잇따라 웃으며 말하였다.

"경이 사양하는 것도 옳고 숙부가 기리심도 맹랑하지는 않습니다. 단
지 여러 사촌오라비들[636]이 오늘 잔치 자리에서 염치를 다 잊고 자기
부인들을 유심히 바라보았는데, 생각건대 혼인한 지 10여 년이나 되었 69
으면서도 여럿이 모인 가운데에 새삼스럽게 바라보는 것이 이상하다
고 여겼습니다. 모씨 형님의 {모씨는 양상서의 둘째 며느리이고 양장
원의 아내} 말을 들으니 그 오라비들이 본래 부인과 모여 있으면 그렇
게 본다고 하니, 이는 틀림없이 요사이의 새로운 예법[637]을 그대들이
행하는가 싶습니다."

자리의 사람들이 모두 크게 웃으며 말하였다.

"누이가 우리를 놀리는군요. 한생도 단정치 않은데 어찌 누이의 말은 이리 시원스레 나옵니까?"

소씨가 낭랑히 웃으며 말하였다.

"한생이 단정한지 그렇지 않은지는 내가 모릅니다. 다만 눈이 성하고 병들지 않았기에 한번 본 사람은 다시 유심히 보지 않습니다."

양생들이 모두 말하였다.

---

636) 사촌오라비들 : {양형}. 양생 등을 가리키므로 소씨와는 사촌 간임.

637) 새로운 예법 : {별녜문[別禮文]}. 문맥을 고려하여 이같이 옮김.

"우리도 눈이 병들지 않았지만 아내를 볼 때마다 새삼스러워 눈을 떼지 못합니다."

소씨가 말하였다.

"그렇지 않아요. 부부란 것이 어찌 구태여 주야로 얼굴만 바라보는 것이겠습니까? 행실을 살펴보고 재주와 덕을 보아 공경하는 것입니다. 숙부와 숙모가 위에 계신데 무례하게 바라보아 아득하게 정신을 잃으
70 니, 의심컨대 다른 사람의 눈에도 엄한 아버지를 모시고 있는 사람같지 않았습니다. 뿐만 아니라 오라비들이 자기 처자(妻子)를 바라보느라 겨를이 없어 부모가 쇠약하셨는지 늙으셨는지도 모를 것 같습니다."

모두 손뼉을 치며 크게 웃으며 말하였다.

"누이는 진실로 허무한 사람이구나. 사람의 없는 허물을 만들어 논박하는 것이 참혹하니 험한 성품이네. 화 · 석 두 제수(弟嫂)는 저렇게 사나운 시누이를 어떻게 대하십니까?"

소씨가 낭랑하게 웃고, 화씨와 석씨 두 사람도 웃음을 머금었다. 밤이 되니 모두 흩어졌다.

다음날 양부인이 네 낭자를 데리고 집에 이르러 석파 등에게 말하였다.

"화평장 부인을 보니 비록 태임(太任) · 태사(太姒)에는 미치지 못하지만 번희(樊姬)[638]나 월희(越姬)[639]와 같은 유(類)이니 가히 당대의 숙녀라고 할 만하다."

그러니 설씨[640]의 현철함을 알 수 있다. 또 양부인이 말하였다.

638) 번희(樊姬) : 초 장왕의 아내로, 재주와 식견이 있는 여인의 대명사임.

639) 월희(越姬) : 초(楚)나라 소왕(昭王)의 첩. 월(越)나라 왕 구천(句踐)의 딸임. 소왕이 연회를 베풀 때에 자기를 따라죽을 수 있느냐는 물음에 그럴 수 없다고 했으나, 소왕이 아팠을 때에는 의(義)를 위해 죽었기에 『열녀전(列女傳)』「절의(節義)」편에 수록되어 있음.

640) 설씨 : 화평장의 부인임.

"오늘에야 내 두 딸이 하등(下等)이 아님을 알았다. 단부인과 위부인이 모두 순하지 않은 사람인데도 두 아이가 맏며느리가 되어 사랑받음이 친딸 같으니, 내가 이제야 자식이 못나지 않음을 알았다."

하루는 소참정이 중당(中堂)에 혼자 앉아 있었는데, 마침 석씨가 윤씨 71
의 침소에 갔다가 돌아오는 길이었다. 아이를 유모에게 안게 하다가 이곳에 이르러 석부인이 스스로 안아 친히 화단에 나아가 꽃을 꺾어 아이에게 주었다. 그러고 나서 난간에 올라 쉬려고 신을 벗고 당에 올라 문득 보니 참정이 붉은 난간에 기대 있다가 일어섰다. 석부인이 한번 보고는 매우 놀라고 어려워하며 부끄러운 빛이 얼굴에 가득하여 아이만 놔두고 도로 당에서 내려가려고 하였다. 참정이 그 어려워함을 보고 청하여 말하였다.

"마침 경치가 아름다워 감상하고 있었는데 부인이 여기에 왔으니 잠깐 앉아 쉬는 것이 옳습니다. 어찌 들어가십니까?"

석씨가 참정이 처음으로 낯에 말하는 것을 듣고 시험하는가[641] 싶어 더욱 부끄러워하며 감히 한마디 말도 못 하고 진퇴양난(進退兩難)하여 머뭇거리는 태도가 진실로 더욱 애원하는 듯하고 예쁘기도 하여 심신을 녹게 하였다. 참정이 그 거동을 보고 흔연히 웃으며 말하였다.

"부부가 비록 공경하고 엄숙해야 한다고 하지만 이처럼 내외할 것은 72
아닌데 부인이 너무 어려워하시니 내가 피하여 나가겠습니다."

말을 마치고 난간에서 내려와 외당(外堂)으로 나가니, 석씨가 바야흐로 놀란 마음을 진정하고 잠시 쉬고 침소로 갔다. 이로부터 석씨가 출입을 더욱 신중하게 하니, 참정이 그 유순하고 바름을 깊이 탄복하여 아낌이

---

641) 시험하는가 : {믝밧는가}. '믝밧다'는 남의 눈치나 뜻을 살핀다, 시험한다는 뜻.

날로 더하였다. 그러면서도 총애가 화씨보다 위에 있지 않아 공정함이 지극하였다. 나이가 점점 많아지니 여색을 더욱 꿈같이 여겨 아침 저녁으로 효성스럽게 어머니를 봉양하고 시서(詩書)에만 마음을 두었다. 그리하여 사람들이 그 얼굴을 보기는 해도 그 말을 듣는 경우가 적고, 그 말을 듣지만 그 웃음을 본 사람이 적었다. 또 만일 시인(詩人) · 재사(才士) · 문인(文人) · 명공(名公)이 아니면 비록 왕후장상(王侯將相)이라도 함께 사귀어 이야기를 나누지 않았으니, 기개가 맑고 높으며 뜻이 웅장하여 당시 사람들이 공경하지 않는 이가 없었다.

하루는 별채에 앉아 거문고를 타는데, 걸인 한 명이 슬피 울며 양식을
73 구하였다. 그를 보니, 용모가 아름답고 풍채가 맑고 빼어나므로 성명을
물었다. '단경상'이라는 사람이었는데, 본래 사족(士族)의 선비이지만 집이 가난하여 빌어먹는다고 하였다. 불쌍히 여겨 술과 음식을 주어 위로하고 별채를 치워[642] 머물게 하였다. 단생은 나이가 17세이며 사람됨이 노련하고 글재주가 매우 많았지만 친족이 없었다. 마침 이파가 기르던 취란이 본래 양인(良人)[643]의 자식으로 나이가 18세요 자색과 마음이 아름다웠다. 그래서 참정이 단생에게 취란을 맺어 주어 혼인하게 하였다.[644] 단생이 감격스러움을 이기지 못하여 은혜를 백골(白骨)에 새겼다.

소참정이 단생을 보니 결코 보통 사내이거나 하급(下級)의 사람이 아니었다. 매우 비상하고 맑고 기이하였으며, 문장이 바다의 근원 같았으나 과거 공부에는 힘쓰지 않았고, 초연하게 인간 세상에 뜻이 적었다. 참정

642) 치워 : {서러저}. '서릇다'의 변형으로 보임. 서릇다는 치운다, 깨끗하게 한다는 뜻.
643) 양인(良人) : 천역(賤役)을 하지 않는 일반 백성. 양민(良民) · 평민(平民)과 같은 뜻.
644) 혼인하게 하였다 : {속현(續絃)ᄒᆞ니}. 재취(再娶)나 삼취(三娶)를 뜻하지만, 문맥에 맞지 않으므로 이같이 옮김.

이 그에게 조용히 물었다.

"내가 선생을 보니 틀림없이 한번 들어 구천(九天)에 날아오를 듯한데 어찌하여 계수나무 가지를 아직 꺾지 못 하였는가?"[645]

단생이 웃으며 말하였다.

"내 나이가 젊고 재주가 열고 못나서 임금님을 도울 재주가 없으니 무
엇을 가지고 이런 세상에 입신(立身)하겠습니까? 그래서 스스로 고초를 74
달게 여겨 동서(東西)로 부르짖어 빌어먹으면서 호탕하게 노닐며 오사자포(烏紗紫袍)[646]에 관심을 두지 않았습니다. 그러던 중 공의 은혜로 이 한 몸 평안히 누리게 되니 또한 은혜입니다."

참정이 깊이 부끄러워하면서 칭찬하며 말하였다.

"선생은 참으로 뛰어난 군자입니다. 우리 무리는 배운 것 없는 재주로 속절없이 조정의 두터운 녹을 먹으니 어찌 부끄럽지 않겠습니까? 나의 여러 아들이 모두 수학(受學)할 곳이 없습니다. 내가 스스로 가르치려 해도 문하의 생도가 많아서 우리 아이에게는 겨를을 내지 못합니다. 요사이 구공이 보내라고 하지만, 연소하고 변변치 않은 아이들을 재상의 문하에 나아가게 하는 것이 너무 이상하기에 주저하였습니다. 선생이 마침 한가하시니, 외람되지만 아이들의 스승이 되어 주시면 천만다행일 듯합니다."

단생이 사양하지 않고 대답하였다.

"가르치는 것이 어렵지는 않지만 다만 아드님[647]이 입신(立身)해야 할 텐데 내 문하생(門下生)으로는 혁혁하게 빛나는 사람이 없어 영광스러

645) 계수나무 ~ 못하였는가 : 계수나무 가지를 꺾는다는 것은 과거에 급제하는 일을 이르는 말.
646) 오사자포(烏紗紫袍) : 과거 급제자가 쓰는 오사모(烏紗帽)와 입는 자포(紫袍)를 이름.
647) 아드님 : {녕낭[令郞]}. 영식(令息)과 같은 뜻으로 남의 아들을 공손히 이르는 말임.

움이 없을 것이니 다시 생각해 보십시오."

75 참정이 웃으며 말하였다.

"선생은 나를 얕잡아보지 마십시오. 내가 비록 세속의 벼슬을 하지만 마음은 명리(名利)에 간섭하지 않으니, 어찌 세태를 따라 자식의 스승을 가리겠습니까? 선생이 이미 노련하면서도 침묵하고 말을 드물게 하니 당당히 옛 사람의 스승 가리는 바와 차이가 나지 않습니다. 다만 어질게 가르쳐 도(道)를 이루게 하십시오. 구공은 정직한 사람이라 나 또한 싫어하지 않습니다. 하지만 우리 아이들이 모두 민첩하므로 세상 사람들의 아첨하는 말을 듣고 칭찬하는 소리를 들으면서 번영하리라는 헛된 명성으로 손가락질 받을까 두렵습니다. 그래서 깊이 감추어 그 재주와 학문을 밖으로 드러내지 않으려 하는 것이니, 선생은 사양치 마십시오."

단생이 다 듣고 나서 안색을 고치고 사례하니, 참정이 열 아들을 모두 불러내어 스승을 뵙게 한 뒤 스승[648]으로 모시고 공경하였다. 단생이 그 맑고 고상함을 깊이 감격하여 하며 모든 아이들에게 글을 가르치되 매우
76 엄숙하게 하면서 잠깐이라도 태만하면 너그럽게 대하지 않고 많이 때렸다.

하루는 화부인의 둘째 아들과 석부인의 셋째 아들이 다리에 피를 흘리고 들어와 각각 자기 어머니께 뵈며 울며 말하였다.

"사부가 글을 잘 못 외운다면서 이렇듯 쳤습니다."

화씨가 크게 성을 내며 말하였다.

---

648) 스승 : {셔셕[西席]}. 옛날에 임금은 동쪽에 앉고 손님은 서쪽에 앉았던 데에서 유래하여, 서당의 훈장이나 막료(幕僚)를 높여 '서석' 또는 '서빈(西賓)'이라고 하였음.

"제가 불과 길가에서 빌어먹던 걸인이었으니 우리 집 말 지키는 일도 괜찮았을 터이다. 그런데 상공이 과대평가하여 스승으로 추존하고 내 아이를 제자로 두니 외람한 줄 모르고 방자하게 높은 사람인 양 하여 이미 잘못이 심하다 여겼다. 그런데 어찌 나의 천금(千金) 같은 아이를 이렇듯 상하게 했는가? 내가 반드시 이 놈을 내치게 할 것이니 이후로는 너희들이 거기에 가서 글을 배우지 마라."

모든 아이들이 우쭐하여 물러났으나, 석부인만은 안색을 엄하게 하고 아이를 꾸짖어 말하였다.

"너희가 주야로 마음을 두는 것은 글뿐이다. 그러니 조심하여 읽고 외우는 것이 옳은데 마음에 깊이 새기지 않으므로 태만하고 어두워 통하지 않으니 선생이 꾸짖은 것이다. 그런데도 스스로 부끄러워하지 않느냐? 비록 어린아이이지만 사람의 일을 거의 알 것인데 스승에게 죄를 77
입고 들어와 어미에게 하는 행태가 매우 사나운 행실이구나. 시험 삼아 맞아 보아라."

말을 마치고 시녀에게 아들을 잡아 내리게 하여 세우고 매를 때리니 옥 같은 살에 붉은 피가 흘렀다. 석파가 와서 이를 보고 황급하게 말려 그친 후, 공자의 피를 씻고 스스로 안아 내당으로 들어갔다. 소참정이 마침 어머니와 함께 있었는데, 석파가 나아가 공자의 매 맞은 다리를 들어 뵈고 일의 처음과 끝을 고하였다. 그러자 참정은 다만 웃을 뿐이고, 양부인은 웃으며 말하였다.

"어린아이가 비록 잘못하였다 해도 이렇게 칠 수가 있는가?"

석파가 대답하였다.

"석부인이 유순하신가 여겼는데 이를 보니 매우 모집니다."

소씨가 칭찬하며 말하였다.

"모진 것이 아니라 이것이 진실로 어진 처사입니다. 나는 항상 그녀가 현숙함을 알고 있었지만 이처럼 기특한지는 알지 못했습니다."

바로 말하고 있는데, 화씨가 다다라 화난 기색을 머금고 소씨를 대하여 일부러 참정이 듣도록 말하였다.

78 "단생이 이유 없이 내 아들을 마구 때려 피가 홍건하니 그 놈을 내치는
것이 옳습니다. 제가 아들에게 가르쳐서 이후로는 단생에게 배우지 말
라고 하였습니다."

소씨가 웃으며 말하였다.

"그대의 아들 가르치는 것이 정말로 옳고 잘 하는군요."

말을 마치고 크게 웃으니, 화씨가 묵묵히 답하지 않았다.

이때에 소씨는 화부인과 석부인의 사람됨이 이같이 다름을 보고 다만 모호히 웃었다. 하지만 양부인이 천천히 경계하며 말하였다.

"사내자식은 아비가 가르쳐야 한다. 아비 없는 사람은 마지못하여 어
미가 가르치는데 이것이 굳이 떳떳한 일은 아니다. 이제 여러 손자들
이 비록 너의 친자식이지만 그 아비가 있어 스승을 가려 맡겼다. 남자
는 스승에게 하루를 배웠어도 죽을 때까지 아비같이 섬기는 것이 예의
니라. 이러므로 아버지와 스승은 한가지이다. 또 단생이 스승의 자리
에 있는데 제자가 태만하여 책망한 것은 지극히 옳다. 아이가 들어와
말하면 네가 당당히 어루만지며 경계하되 지극히 조심하여 배우고 게
을리 태만하여 죄를 얻지 말라고 해야 할 것인데, 어찌 아직 철이 들지
79 않은 아이를 돋우어 단생을 꾸짖고 글을 배우지 말라고 하느냐? 단생
이 어질지 않아 모든 아이들을 잘못된 도(道)로 가르치는 형세라면 남

편과 상의하여 내어보내고 제자를 삼지 못하게 하면 될 것이다. 그렇지 않은 이전에는 스승이므로 가장 중한 사람이니 제 아비도 마음대로 못하려니와 더욱이 어미의 위엄으로 바깥 가장이 있는데도 스스로 처단하여 가르쳐 스승을 배반하라 하였느냐? 걱정하건대 예(禮)를 건너뛰어 행하는가 싶다."

화씨가 처음에는 단생의 흠을 한 가지 말하여 내치려 하다가 어머니의 말씀을 듣고 뜻밖이라 맥없어 부끄러워하며 삼가 명령을 받들었다. 소참정은 한마디도 하지 않고 밖으로 나가 화부인의 둘째 아들을 불러 서동(書童)[649]에게 그를 때리라고 하며 말하였다.

"네가 왜 공부를 게을리 하여 죄를 얻어 놓고는 안에 들어가 누구에게 스승의 잘못을 참소하느냐?"

말을 마치고는 다시 묻지 않고 매마다 잘못을 헤아리니, 화부인이 듣고 당황하여 소씨를 보며 말하였다.

"아이가 각별히 선생을 해치는 말을 한 것이 아니라 맞은 데를 보여 주기만 했는데, 제가 한 때 화가 나서 그런 것입니다. 상공이 이유 없이 80
아이를 잡아내어 가니 반드시 심하게 때리려 하는 것입니다. 형님께서 구해 주십시오."

소씨가 본디 출입하는 것이 가볍지 않은 사람이라 은근히 웃으며 말하였다.

"조카가 매 맞는다고 해도 대단치는 않을 것이니 그대는 안심하게나."

화씨가 마음이 타는 것같이 급하여 말 없는 가운데 어찌할 바를 몰라

649) 서동(書童) : 서당에서 공부를 배우는 아이를 뜻하지만, 여기서는 참정의 곁에서 시종 드는 아이를 이름.

하였다. 그러자 소씨가 천천히 일어나 외당에 이르니, 참정이 정말로 아이를 치고 있었다. 소씨가 서동을 꾸짖어 물리치고 조카를 이끌어 마루로 오르니, 참정이 일어나 맞아 자리를 정하고 아이를 꾸짖어 서당으로 보냈다. 소씨가 웃으며 말하였다.

"왜 이렇게 큰일처럼 굴면서 애꿎은 아이를 치는가?"

참정이 다만 웃을 뿐이었고 다른 말로 한담하다가 흩어졌다.

화씨가 바야흐로 석씨의 아들 가르침과 자기의 아들 가르침이 전혀 다름을 깨달아 그윽이 부끄러워하였다. 이후로는 모든 아이들이 비록 스승의 책망을 받아도 감히 내색하여 부모께 고하지 못하고 조심하여 배우니, 문리(文理)가 날로 크게 나아졌다.

81 참정이 본부에 나아가 정사를 다스리고 난 여가에는 글을 놓지 않았는데, 하루는 『모시(毛詩)』[650]를 읽다가 "나를 낳은 것은 아버지이시니 은혜를 잊을 수가 없다."라고 하는 데에 다다라 마음이 감동하여 눈물이 두 귀밑에 계속 흐르는 것도 깨닫지 못할 정도였다. 책을 덮고 길게 탄식하며 말하였다.

"사람이 세상에서 이 같은 은혜로 맺어졌으면서도 효도를 못하고 또 얼굴도 알지 못하는 인생은 무지한 짐승만 못하다. 내가 지금 비록 몸에 비단옷을 입고 입에 온갖 맛있는 음식을 싫도록 먹으며 벼슬은 일품(一品)에 있지만, 부자유친(父子有親)과 삼강(三綱) 중 가장 중요한 것[651]을 행치 못하니 심한 죄인이다. 어찌 범사(凡事)를 남들과 똑같이 하겠

650) 모시(毛詩) : 한(漢)나라 사람 모형(毛亨)과 모장(毛萇)이 전한 중국 고대의 시를 말함. 지금은 『시경(詩經)』이라 부름.

651) 삼강(三綱) ~ 것 : 삼강은 유교 도덕의 기본이 되는 세 가지 벼리가 되는 것으로, 군위신강(君爲臣綱), 부위자강(父爲子綱), 부위부강(夫爲婦綱) 사이에 지킬 떳떳한 도리를 이름. 여기서 삼강 중 가장 중요한 것이라고 한 것은 '부위자강'을 이름.

는가?”

참정을 모시는 아이가 들어와 위승상이 왔음을 알리니, 참정이 눈물을 거두고 맞아들여 예의를 마치고 자리를 정하여 앉았다. 위공이 눈을 들어 참정을 보고 물어 말하였다.

“형이 무슨 이유가 있어서 번뇌하는 빛이 있습니까?”

참정이 탄식하며 말하였다.

“제가 슬퍼하는 것은 아버지의 얼굴을 모르기 때문입니다.” 82

위공이 슬피 말하였다.

“형의 마음이 이러한데 목석(木石)인들 어찌 감동치 않겠습니까? 예전에 그려 놓은 그대 선친의 화상(畵像)이 있습니까?”

참정이 듣고 나서 더욱 슬퍼져 두 눈에서 눈물을 흘리며 말하였다.

“아버지께서 일찍이 부질없다고 여기시어 그리지 않았으니 어찌 있겠습니까?”

위공이 듣고 나서 말하였다.

“일찍이 우리 아버님이 그림 그리는 법을 익히 아셨는데, 산에 경치를 구경하러 갔다가 형님의 아버지를 우연히 만나 사귀시고 그 뛰어나고 신이한 풍채를 깊이 잊지 못하셨다고 합니다. 그래서 화상을 그려서 돌아와 족자를 만들어 두었는데, 대인께서 세상을 떠나시니 회포를 느껴 깊이 감추고 내놓지 않으셨습니다. 저도 또한 아버지의 필적(筆跡)이라 깊이 보관하였는데, 형의 집에 화상(畵像)이 없다면 가져다가 보고 마음을 위로하십시오.”

참정이 한번 듣고는 홀린 듯, 취한 듯하다가 한참이 지난 후에야 슬픔과 기쁨을 진정하고 의자에서 내려와 머리를 조아리며 사례하고 말하였다. 83

"형의 큰 은혜를 어찌 갚겠습니까? 원컨대 빨리 가지고 와 저의 마음을 위로해 주시오."

위공이 흔연히 하직하고 가는데, 참정도 수레를 버리고 급히 안장과 말을 갖추어 위공을 따라 도성(都城)으로 들어가 공의 집에 이르렀다. 공이 참정의 이런 모습을 보고 마음이 슬퍼져 또한 눈물이 흐르는 것을 깨닫지 못하였다. 좌우 시종들에게 서당에 가서 화상(畫像)을 내어오게 하였는데, 참정이 멀리서 바라보다가 마루에 내려와 친히 궤를 받들어 들어올려 놓고 위공을 향하여 말하였다.

"제가 마음이 매우 어지러우니, 다음에 와서 사례하겠습니다."

말을 마치고 궤를 들고 집에 돌아와 서당에서 시녀에게 두 서모를 불러오게 하였다. 일의 수말(首末)을 이르고 족자를 벽에 거니, 과연 위쪽에
'소소부(蘇巢父)[652] 화상'이라 쓰여 있었다. 소처사가 접리건(接羅巾)[653]
을 쓰고 흰 도포 조복(朝服)에 학창의(鶴氅衣)[654]를 입고 손에는 깃으로
84 된 부채를 들고 산 위의 바위 위에 서 있는 모습이었다. 생생한 기운이
매우 뛰어나고 맑은 눈빛과 엄하고 위엄 있는 모습이며 맑고 시원스런
기골이 살아 있을 때와 조금도 다르지 않으니 '말 없는 소처사'라고 할
만하였다. 이파와 석파가 보고 둘 다 놀라며 슬피 말하였다.

"이는 정말로 돌아가신 어르신의 얼굴입니다. 터럭 하나도 다름이 없습니다."

참정이 의복을 고쳐 입고 향을 사른 후 나아와 한번 우러러보는데, 천

---

652) 소소부(蘇巢父) : 소경의 아버지 소광을 가리킴, 소광은 소부・허유를 동경했으며 벼슬을 마다하고 처사로 지냈기에 이 같은 별호로 불렸음. 『소현성록』 1권, 5면 참고.

653) 접리건(接羅巾) : 학창의를 입을 때에 머리에 썼던 흰 색 두건.

654) 학창의(鶴氅衣) : 웃옷의 한가지로, 소매가 넓고 뒷솔기가 갈라져 있으며 흰 옷의 가를 돌아가며 검은 헝겊을 넓게 댄 옷.

줄기 눈물이 두 쪽 귀밑에 맺힐 사이도 없이 흘러 옷 앞과 소매가 젖었다. 이파와 석파도 참지 못하고 서로 붙들고 통곡하니, 양부인과 소부인, 윤부인, 화부인, 석부인 등이 나와 이유를 물었다. 참정이 어머니께서 나오신 것을 보고 당황하여 다급하게 서모에게 통곡을 그치라고 하는데, 벌써 양부인이 난간에 이르러 물었다.

"무슨 일이 있는데 너희가 이렇듯 슬퍼하느냐?"

참정이 오열하며 대답하지 못하였다. 양부인이 눈을 들어 보니 벽에 족자 하나가 걸려 있어, 문득 놀라고 슬픔이 터져 나와 물었다. 85

"저것이 어떻게 저리 선군(先君)의 얼굴과 똑같으냐? 누구의 그림이냐?"

참정이 겨우 마음을 진정하여 가슴의 슬픔을 진정하고 일의 수말을 고하니, 양부인이 자기도 모르는 사이에 정신을 잃을 정도로 통곡하였고 소씨도 울었다. 화씨, 석씨 등도 감동하여 모두 눈물을 흘렸으며, 이파와 석파도 새삼스레 통곡하였다. 오직 참정만이 마음을 억지로 참고 어머니를 붙들어 여러 번 마음을 가라앉히시게 하면서, 두 서모와 누이에게 울음을 그치라고 권하여 어머니의 마음을 돋우지 않게 하였다. 양부인이 참정이 위로하는 것을 보고 슬픔을 억지로 참으면서 눈물을 거두고 탄식하였다.

"이 그림이 터럭 하나라도 다르지 않아, 마치 네 부친이 말을 않고 앉아 있는 듯하다. 오늘에야 네가 비로소 아버지의 얼굴을 보니, 위공의 은혜는 갚기가 어렵구나."

참정이 슬퍼하며 울음을 삼키는데 얼굴빛이 처량하고 당황한 것이 마치 흙빛같이 되어 한 마디 말도 못하였다. 그러자 양부인이 도리어 위로하며 말하였다.

"세상에 유복자(遺腹子)가 너뿐이 아니다. 네가 지금 이것을 보고 지나

86 치게 마음을 상하면 해롭지 않겠느냐?"

참정이 눈물을 머금고 절하며 말하였다.

"제가 몸을 조심할 것이니 어찌 지나침이 있겠습니까? 어머니는 마음을 놓으십시오."

드디어 양부인이 석파 등과 며느리를 거느리고 들어가신 후, 참정이 소씨와 함께 말하였다.

"누이는 오히려 아버님의 얼굴을 기억하시겠지만, 저는 아득한 일이기에 위공이 화상을 가지고 있다는 것을 듣고 바삐 가서 모셔 왔습니다. 그런데 이는 한갓 헝겊 속의 그림일 뿐 한 마디 음성도 듣지 못하니 천하에 저의 사정과 같은 사람이 어디에 있겠습니까?"

소씨가 탄식하며 말하였다.

"설마 어떻게 하겠느냐? 오늘 똑같은 모습을 뵈었으니 이것으로 마음을 가라앉혀라."

참정이 비록 모친 앞에서 시원스럽게 말을 하기는 했지만 효자의 지극한 정성으로 어찌 마음이 편하겠는가? 자연히 마음이 슬퍼져 눈물을 참지 못하고 식음을 폐한 지 예니레가 되자 모습이 수척해졌다. 양부인이 알고
87 친히 서당에 이르러 보시니, 참정이 웃옷을 입고 화상을 향하여 꿇어 앉아 눈물만 흘리고 정신을 놓은 듯하였다. 양부인이 매우 의아해 하며 문을 열고 책망하였다.

"네가 당당히 예(禮)를 근본으로 삼고 몸을 보중하여야 하는데 지금 속절없이 그림을 대하여 눈물 흘리기만 하면서 늙은 어미의 외로움을 돌아보지 않는구나. 하물며 네 몸은 곧 네 부친의 뼈와 피다. 스스로 몸을 공경하고 조심하여 아버지께서 주신 몸을 아끼는 것이 옳은데, 무슨

이유로 저 그림을 보면서 문득 몸이 상하는 것을 생각하지 않느냐? 자고로 효자가 많지만 너같이 그림을 보면서 슬퍼하여 병이 들어 부모가 남긴 몸을 가볍게 여긴다고 하는 말은 듣지 못하였다. 또한 이 그림은 네 부친 얼굴이니 무례하게 벽에 걸어두고 예의 없이 볼 것이 아니다. 빨리 사당에 받들어 안치하여라."

참정이 다만 사죄하고 나서 아뢰었다.

"저도 사당에 받들어 모시고자 하였지만 그 비슷함을 보니 차마 쉽게 감추지 못하겠습니다. 잠깐 며칠만 지체하여 머물러 두어 모신 후에 봉안하겠습니다."

양부인이 더욱 슬펐지만 아들의 얼굴과 몸을 보니 걱정이 매우 커, 꾸 88
짖어 말하였다.

"내가 하라는 일이 틀리지 않은데, 네가 어찌 우기느냐? 네가 아침 저녁으로 사당에 절하지만655) 이렇지 않았는데, 화상 때문에 병이 나게 되었으니 빨리 사당에 모셔라."

참정이 감히 거역하지 못하여 족자를 말아 사당에 함께 모시고 이후로는 천만 갈래의 마음을 굳게 잡아 슬픔을 눌렀다.

원래, 그림을 보낸 승상 위공은 남양 사람이고 이름은 '의성'이다. 사람됨이 청렴하고 성품이 넓고 우아하여 세상 사람들이 공경하였다. 젊어서 과거에 급제하여 벼슬이 삼공(三公)의 지위656)에 있었으나 자녀가 없어

---

655) 절하지만 : {허빈[虛拜]}. 신위(神位)에 절하는 것을 이름.

656) 삼공(三公)의 지위 : {삼틔[三台]}. 자미궁(紫微宮)의 주위에 있는 상태(上台) · 중태(中台) · 하태(下台)의 각각 두 별씩 도합 여섯 별을 뜻함. 전(轉)하여 삼공(三公)의 뜻으로 쓰임. 삼공은 가장 높은 세 가지 벼슬을 뜻하는데, 조선시대에는 영의정 · 좌의정 · 우의정을 일러 이같이 말하였다. 이 작품의 시대배경은 중국이지만 조선의 상황이 반영된 부분이 많이 있음. 바로 뒤에서 소참정이 우승상의 직위를 받게 되는데 이 때에도 '삼틔의 츙수ᄒᆞ야'로 되어 있음.

슬퍼하였다. 첫째 부인인 강씨가 2남 1녀를 낳고 죽으니 재혼하였는데, 계실(繼室)[657]인 방씨가 들어온 지 얼마 되지 않아 아들 하나를 낳았다. 그리하여 방씨가 남몰래 강씨 소생을 해치려고 하였으나, 위승상의 성품이 엄숙하고 현명한 판단력이 있으니 감히 드러내지는 못하였다. 승상이 일찍이 강부인의 딸을 편애하여 아름다운 사위를 얻어 딸의 일생을 즐겁게 하려 하였으나 어떤 곳도 마땅치가 않아 주야로 애달파 하니, 방씨가 늘 말하였다.

89 "저 아이는 이제 일곱 살입니다. 무엇이 바빠 혼인 자리를 가리는 것이 이처럼 급합니까?"

위승상이 말하였다.

"사람의 일이란 미리 알지 못하는 것인데, 어찌 지금 가리는 것이 이르다고 하겠는가?"

방씨가 이를 달가워하지 않았지만 드러내지는 않았다. 하지만 승상이 어찌 몰라보겠는가? 그래서 마음 속으로 생각하였다.

'내가 행여 불행하여 죽으면 저 아이들이 죽어도 묻힐 땅이 없을 것이니 일생을 맡길 수 있는 곳을 바삐 정하여 의지할 곳을 얻게 해야겠다. 들으니 소참정 집에 10여 인의 어린 아들들이 있다고 하는데 보지 못하였으니 한번 보고 뜻에 차면 혼인을 정해야겠다.'

그러고 나서 자연히 슬퍼져 소참정을 만나 보았지만 먼저 말을 꺼내는 것이 여의치 않아 쉽게 말하지 못하였다.

이때 태종황제가 소경의 정직과 절개 그리고 맑은 명성을 아끼시어 특별히 교지를 내려 우승상으로 올리셨다. 소참정이 굳이 사양하며 말하였다.

---

657) 계실(繼室) : 후실(後室)과 같은 뜻.

"제가 나이 어리고 미약한 자질로 한 가지 일도 할 만하지 않은데 어찌 감히 삼공(三公)의 직위를 채우며 속절없이 국록(國祿)을 허비하겠습니까?"

황제가 말하였다.

"경은 사양하지 마라. 조정에 예순이 넘는 사람이 있지만 누가 노련함이 경과 같은가? 무릇 장수가 될 만한 지략과 지혜는 노소(老少)에 있지 않다. 젊은 유후(劉侯)658)에게 범아부(范亞夫)659)를 제어하는 꾀가 있었
으니 어찌 나이로 가리겠느냐? 경은 맑은 뜻으로 짐을 돕고 속절없이 90
사양치 마라."

참정이 다시 어찌할 수가 없어 은혜에 감사하고 물러나 면류관을 드리우고 옥띠를 비스듬히 띠고 묘당(廟堂)에 나아가 삼공(三公)의 자리에 거하게 되었으니, 이때 나이가 스물다섯이었다. 임금을 섬기고 나라에 은혜를 갚는데 마음을 다하여 국사(國事)를 다스리고 몸을 바르게 하여 모든 관리들을 거느렸다. 위엄 있는 태도가 침착하고 재주와 총명이 남보다 뛰어나 정사를 결정함이 귀신같아 온 나라가 태평하고 백성들이 추앙하여 모두 다 말하기를, "하늘을 괼 만한 기둥이다."라고 하였다.

승상이 하루는 석파와 함께 한가로이 이야기를 나누는데, 석파가 물었다.

"상공이 태어난 지 20여 년이 되도록 비록 크게 웃으시는 모습을 보지

---

658) 유후(劉侯) : 전한(前漢)의 고조인 유방(劉邦)을 이름. 그가 항우(項羽)와 5년간을 다툰 후 마침내 중국을 통일하고 한(漢)나라를 세운 일을 두고 말하는 것임. 이 때에 항우를 돕던 이가 범아부임.

659) 범아부(范亞夫) : 초나라 항우의 모신(謀臣)이었던 범증(范增)을 이르는데, 아부라 불림. 그가 모시던 항우가 유방에게 패하였으므로 이같이 말한 것임. 그는 뒤에 항우에게 의심을 받자 벼슬을 내놓고 물러나 동창을 앓다가 죽었다고 함.

는 못했지만 늘 온화하고 즐거워 웃음을 머금고 기쁜 빛을 띠시어 위엄 있는 태도와 엄한 거동은 없습니다. 생각건대 집에 있을 때에는 이렇게 하셔도 좋지만, 벼슬에 나아가서도 이처럼 하시면 동료들과 아래 관료들이 비록 아끼기는 하지만 두려워하지는 않을까 싶습니다."

승상이 웃고 말하였다.

"서모의 말씀이 옳지만, 어찌 반드시 업신여기겠습니까?"

말을 마치기 전에 시종 드는 아이가 알렸다.

91 "밖에 이부상서 경 어르신과 호부시랑 미 어르신이 공복(公服)을 입고 정사(政事)를 물으러 와 계십니다."

승상이 듣고 나서 갓과 의복을 갖추어 입고 외당으로 나와 의자[660]에 앉아 두 사람을 불렀다. 두 재상이 사모(紗帽)를 숙이고 허리를 굽혀 빨리 걸으며 몸을 수그리고[661] 가까이 들어와 난간 가에서 절하기를 마치고 엎드려 정사(政事)를 여쭈었다. 승상이 다 듣고 나서 그르고 옳은 것을 분변하고 이해(利害)와 곡직(曲直)을 일일이 일러 결단하고 나서 분부하여 말하였다.

"삼가 내 말을 구승상께 아뢰어 행한 후 그대가 나에게 와서 고하시오."

두 사람이 연이어 대답하고 인사드린 후 나가는데, 감히 우러러 보지 못하고 두려워하는 것이 임금께보다 더하였다. 승상의 봄볕 같은 행동도 변하여 가을 서리와 겨울철 북풍 같아 늠름한 위엄과 엄한 용모가 찬 달 같았다. 석파가 엿보고는 바야흐로 머리를 흔들며 말하였다.

"이는 어렵고도 어렵고, 모질고 엄정한 낭군이로구나."

---

660) 의자 : {교위}. 문맥상 '교의(交椅)'의 오기(誤記)로 보고 이같이 옮김. 교의는 다리가 교차되어 접을 수 있게 된 의자를 이름.

661) 몸을 수그리고 : {국공ᄒᆞ야}. 문맥상 '국궁(鞠躬)ᄒᆞ야'의 오기(誤記)로 보고 이같이 옮김.

승상이 홀로 녹운당으로 들어갔다. 화부인이 없어 시녀에게 물으니 운취각에 갔다고 하기에 바로 침상 위에 비스듬히 기대어 있었다. 이때 석부인이 침소에서 글을 읽는데 소리가 낭랑하여 옥을 가는 듯 맑고 깨끗한 92
목소리가 은근히 들렸다. 본래 두 당(堂)이 가까워 겨우 서너 간 정도를 사이에 두었다. 오래도록 듣고 있는데, 홀연 그 소리가 그치고 문득 석파의 웃음소리가 낭자하며 말하는 소리가 들렸다.

"지금 승상에게 물어보아도 애매합니다."

석씨도 나직이 두어 마디 말을 하니, 석파가 박수를 치며 크게 웃으며 말하였다.

"진실로 그런 일이 없어요. 내가 소부인은 뵈었지만 승상은 꿈에도 뵈지 않았었으니, 부인은 지레 짐작하지 말고 승상에게 물으십시오."

그러면서 연달아 묻는데 석부인의 소리는 한 마디도 알아듣지 못하겠고 석파는 말끝마다 애매하다고 하였다. 승상이 오래 들어도 한꺼번에 알아듣지 못하여 마음 속으로 궁금하게 여겼지만, 움직이기 괴롭고 또 마음이 가볍지 않기에 듣기만 하였다. 화부인이 이르렀기에 침상에 올라 자면서 들으니, 삼경(三更)이 다하도록 석파의 말하는 소리가 그치지 않았다.

다음 날 아침에 석파가 승상을 보고 웃으며 말하였다.

"어젯밤에 석부인께 속았습니다."

승상이 홀연 깨달아 웃음을 삼키며 아무 말도 하지 않았다. 석파가 다시 말하였다.

"내가 당초에 중매할 때에 석부인의 글을 부질없이 승상께 뵈었었는데
석부인이 어떻게 들으시고 어젯밤에 나에게 말하기를, '서모가 내 글을 93
승상에게 보이지 않았나요? 지금 생각하니 서모가 나를 아낀 것이 아

니라 미워하여 흠을 내려고 일부러 아녀자의 필적을 뵈신 것이지요? 승상을 볼 때마다 부끄럽습니다.'라고 하였습니다. 내가 아니라고 하여도 곧이듣지 않으시니, 상공이 말씀하신 것입니까?"

승상이 듣고 나서, 석부인이 자기를 보면 글 지은 것을 감추고 내놓지 않으며 말할 때에도 글쓰기 따위를 드러내지 않는 것이 이 일 때문에 그런 줄을 알게 되었다. 그리하여 마음 속으로 그녀의 단정하고 무거운 몸가짐에 탄복하며 이같이 말하였다.

"제가 진실로 정신이 밝지 못하여 10여 년이 지난 일을 기억하지 못하니 어떻게 그것을 알아 말하겠습니까?"

그러고는 외당에 손님이 와 있다는 전갈을 듣고 나갔다. 석부인이 마침 지나가다가 듣고 어이가 없었지만 도리어 모르는 체하였다.

이때 나라에 사정이 있어 화부인과 석부인의 직첩을 즉시 내리지 못하고 계시다가 조정이 평안해지자 드디어 화씨를 '경국부인'으로 봉하고 석씨를 '조국부인'으로 봉하여 1품 내명부(內命婦)의 직첩을 주셨다. 또 소처
94 사를 '승상부춘후'로 추존하였고 양부인을 '진국부인'으로 봉하여 1품 녹봉을 주셨으며, 승상에게 양부인을 축수(祝壽)하는 자리를 열게 하여 잔치 음식들과 음악을 내려 주셨다. 또 전임(前任) 추밀사 여앙을 보내어 양부인께 헌수(獻酬)하라고 하시니, 영광이 만고(萬古)에 처음이었다.

양부인이 승상을 불러 말하였다.

"네 부친이 벼슬을 싫어하셨기에, 지금 네가 삼공(三公)의 직책에 오른 것이 비록 의리에 떳떳하지만 내가 그윽이 기뻐하지는 않는다. 하물며 나는 일개 아녀자이다. 너로 인해 두터이 작위를 받았지만 어찌 임금께 잔치를 받는 성대함까지 누리겠느냐?"

승상이 예의를 갖추어 절하고 대답하였다.

"저 또한 생각해보니 어머님의 가르침이 마땅하지만, 저는 다만 제가 입신(立身)하여 부모님 이름을 드날리는 것이 아버지께 시호(諡號)를 드리고 어머니께 영광을 뵈는 것이라고 여겼을 뿐입니다. 당초에 임금께서 이 전교(傳敎)를 내리실 때에 감히 사양하지 못하고 감사히 받았으니 지금 어떻게 할 수 있겠습니까?"

양부인이 깊이 생각하다가 한참 뒤에 말하였다.

"일의 형편이 이러하고 황제의 은혜가 융성하니 사양하지 못하겠구나. 하지만 너는 잔치를 너무 성대하게 하지 마라."

승상이 절하고 명을 받들었다.

며칠 후 큰 잔치를 열어 양부인께 헌수(獻酬)하는데, 이원(梨園)[662]의 풍류와 상방(上房)[663]의 맛있는 음식들, 물과 뭍에서 난 것들이 산같이 많았다. 서울의 명창(名唱) 천여 명이 모두 모였는데 승상이 단지 임금님께서 내려주신 풍류만 내당에 들여 양부인이 보시게 하였다. 그 노랫소리가 95
우아하게 무수히 울려 퍼지니, 양부인이 잔을 들고 눈물을 드리우며 좌중(座中)에 아뢰었다.

"홀로 된 늙은이가 외롭게 세상에 머물러 아들의 효성스런 봉양을 오로지 받았으며, 또 아버지께서 제 아들과 저를 어루만지고 기르는 데에 치우치게 마음을 쓰시면서 늘 대견해 하셨는데 불행하게도 세상을 떠나셨습니다. 이제 나라의 은혜를 입어 이 같은 영광을 받으니, 제가 아버지와 남편의 기뻐하심을 보지 못하고 또 제 아이가 또한 이 경사를

662) 이원(梨園) : 당나라 현종(玄宗)이 속악(俗樂)을 익히게 하던 곳으로, 전하여 배우들이 소속된 곳을 이름.
663) 상방(上房) : 천자(天子)가 쓰는 물건을 만들고 또 이것을 저장하는 관아.

아뢸 곳이 없어 홀로 저와 함께 마음 아파합니다. 생각하건대 우리 모자의 마음과 같은 사람이 없을 듯합니다."

좌중(座中)이 다 슬퍼하며 말하였다.

"물이 엎어짐 같으니 어떻게 하겠습니까? 하물며 이 같은 경사는 남들이 부러워할 바입니다. 어찌 늘 슬픔을 품으시겠습니까?"

말을 멈춘 사이에 여추밀사가 여러 재상들과 더불어 잔을 드리러 들어오신다고 하니, 모든 손님들이 다 장막 사이에 숨어보았다. 추밀사가 예의를 마치고 한번 눈을 들어 양부인을 보니 심신이 놀라고 당황스러워 무릎을 꿇는 줄도 모르고 말하였다.

96 "제가 황제의 명을 받고 부인께 잔을 드리오니 부인은 당돌함을 용서하소서."

양부인이 옷깃을 여미고 겸손히 사례하는데, 말씀이 흐르는 듯하고 상쾌하며 엄정하고 위엄 있어 비길 곳이 없었다.

추밀사는 원래 여운[664]의 조카로, 승상과 같은 나이였다. 사람됨이 결백하여 그 숙부나 사촌 누이와는 매우 달랐다. 그가 이 날 양부인을 잠깐 보고는 모골이 송연함을 이기지 못하며 생각하였다.

'여자의 도량 넓음[665]이 이 같으니, 소승상은 도리어 대단치 않구나.'

그러고는 감히 다시 눈으로 보지 못하면서, 세 번 절하고 잔 바치기를 마치고 즉시 외당으로 나갔다. 그 후 아들과 사위가 잔을 드리는데, 큰 사위 한생의 벼슬이 상서에 있었으니 자줏빛 도포에 금색 띠를 두르고 검정 사모(紗帽)를 빗겨 쓰고 나아왔다. 유리잔을 드리는데, 그 헌걸찬 행동과

---

664) 여운 : 소경의 셋째 부인이었으나 쫓겨난 여부인의 아버지임.
665) 도량 넓음 : {어위츠미}. '어위다'는 넓다, 너그럽다는 뜻의 고어.

풍요로운 모습이 이태백이 다시 살아난 듯하였다. 축수(祝壽)하는 노래 한 곡을 부르니 정말로 풍류 있는 장부였다. 둘째 사위 유생은 용도각(龍圖閣) 태학사(太學士)로 조정에서 일하는 재상이라 홍포(紅袍)[666]를 나부끼며 띠를 높이 둘렀는데, 술잔을 들고 나아와 노래를 부르며 양부인께 잔을 드렸다. 관옥(冠玉) 같은 얼굴과 빼어난 기상, 준수한 골격이 빛나서 관우(關羽)[667]와 사마상여(司馬相如) 같았다.

차례가 소승상께 이르렀는데, 한생이 유생에게 웃으며 말하였다. 97

"그가 평소에 우리에게 가무(歌舞)를 즐긴다고 웃었으니 오늘 장모님께 술을 드리고 나서 축수(祝壽)하는 노래를 어떻게 부르는지 봐야겠다."

유생이 말하였다.

"그가 본래 목소리가 깨끗하고 시원스러우니 어찌 잘 못 부르겠습니까?"

한생이 말하였다.

"비록 그렇지만 나서부터 한번도 익히지 않았으니 어찌 생소하지 않겠는가?"

다만 보니, 승상이 비단 도포에 옥띠를 두르고 자줏빛 비단 갓을 쓰고 옥으로 된 잔을 들어 모친 앞에 이르러 잔을 바쳤다. 그 아름답고 준수한 풍도가 빼어나게 아름답고 빛났으며, 노래를 부르니 소리가 구천(九天)에 어리어 맑고 뛰어남과 시원스러움이 비길 곳이 없었다. 음률이 맞고 청탁(淸濁)도 분명하여 유생과 한생, 두 사람이 일생동안 익힌 노랫소리라도 그 맑고 그윽함에는 미치지 못하였다. 모든 사람들이 다 듣고 나서 손뼉

---

666) 홍포(紅袍) : 정3품 이상의 벼슬아치가 입던 붉은 빛깔의 도포.

667) 관우(關羽) : {관낭[關郞]}. 문맥을 고려하여 이같이 옮김. 관우는 삼국시대 때 촉(蜀) 나라의 명장(名將)으로, 자(字)가 운장(雲長)임.

을 치며 어린 듯이 앉아 있었다. 양부인도 놀라며 웃고 말하였다.

"네 나이가 서른이 되도록 노래 부르는 것을 듣지 못하였는데, 언제 익혔느냐?"

승상이 웃음을 머금고 물러나니, 양부인이 대견스러움을 이기지 못하였고, 사람마다 탄복하며 말하였다.

98 "아들을 낳았는데 소현성 같으면 부모가 죽어도 산 것 같을 것이다."

승상이 □□□□□□[668] 함께 나간 후, 모든 손님이 다 나와 자리를 정하고 하례하여 말하였다.

"승상의 아름다우심은 말할 것도 없고 한상서와 유학사가 모두 일대(一代)에 빼어나신데, 부인은 저런 복록(福祿)을 누리면서 어찌 그리 슬퍼하십니까?"

양부인이 겸손히 사례하며 그렇지 않다고 하였다. 이때 양부인의 자손인 남녀 30여 명이 벌여 있었는데 모두 옥으로 새기고 꽃으로 맨 듯하여 구구하게 찬양하느라 겨를이 없을 정도였다. 즐거움이 지극하고 모두 취하니 한 명의 창녀(娼女)가 중계(中階)에 올라 〈석양곡〉을 부른 뒤, 모인 손님들이 흩어졌다. 다음 날에 임금님께 표문(表文)을 올려 은혜에 감사하였다.

각설(却說). 여앙이 돌아가 숙부와 사촌 누이를 보고 말하였다.

"소현성의 모친은 진실로 고기 가운데의 용이요, 사람 가운데 왕입니다. 그 부드럽고 온화하며 어짊이 따뜻한 봄 같으면서도 자연스럽게 법도와 위엄이 있어 가을 서리와 겨울 달 같으니, 한번 보면 몸이 수그러들고 서늘해집니다. 그러니 누이의 기질로 어찌 감히 드러내겠습니

668) 원문에서 6자 정도가 닳아 지워졌음.

까? 소현성은 남자니 그 씩씩하고 위엄 있는 모습이 오히려 이상하지 않았습니다."

여운과 여씨가 묵묵히 부끄러워하며 말을 못하였다.

이때부터 양부인의 거룩한 이름이 온 도성(都城)에 퍼졌으며, 소씨 가 99
문이 고요하고 즐거우며 화기가 가득하였다. 또 소부인과 윤부인 등이 출가하였지만 늘 자운산에서 함께 즐기니 당시의 사람들이 부러워하였다.

하루는 승상이 죽은 누이 교영669)의 제사를 지내고 소부인과 함께 슬퍼하는데, 석파 등이 모두 눈물을 흘리며 말하였다.

"이부인670)이 비록 잘못하였지만 죽이지는 마시고 가둬 두셨으면 참혹하지 않았을 것입니다."

말을 멈춘 사이에 화부인과 석부인이 마침 지나가다가 듣고 이상하게 여겨 서로 의심스럽게 생각하였으나 아득히 알지 못하였다. 깊이 생각하다가 각각 침소로 돌아갔는데, 석파가 석부인 침소에 오니 석부인이 조용히 물었다.

"제가 아까 우연히 들으니 서모가 이러저러하다고 말씀하시던데, 이부인이 어떻게 죽으셨습니까?"

석파가 석부인의 단정하고 무거우며 말씀이 적음을 알지만 말하기가 편하지 않아 오직 웃으며 말하였다.

"어떻게 죽다니요? 염라대왕이 사자(使者)671)를 보내었고 병에 심하게 걸렸으니 아침 이슬 같은 인생이 어찌 죽지 않겠습니까?"

---

669) 교영 : 소경의 둘째 누이로, 남편이 죽은 뒤에 귀양처에서 남자를 만나 살다가 소부(蘇府)로 데리고 왔다가 양부인에게 용납되지 못하고 독주를 먹고 죽임을 당함.

670) 이부인 : 교영의 남편이 이씨였으므로 이같이 호칭함.

671) 사자(使者) : {치ᄉᆞ}. 문맥상 '차사(差使)'인 듯하여 이같이 옮김.

석부인이 웃으며 말하였다.

"서모가 나를 멀게 생각하는군요. 반드시 이유가 있었을 것인데, 왜 숨깁니까?"

석파가 웃으며 말하였다.

"내가 왜 숨기며, 내가 또 언제 부인을 속였습니까? 진실로 병 때문이었습니다."

100 석씨가 매우 이상히 여겨 오래도록 깊이 생각하다가 말하였다.

"어머니가 독약을 내리신 것이 아닙니까?"

석파가 손을 저으며 말하였다.

"이상하고도 이상한 말 하지 마세요. 자식 죽이는 사람이 어디에 있습니까? 하물며 우리 부인의 거룩한 덕과 이부인의 현명하고 밝음으로 이런 일이 있겠습니까?"

석파의 말이 분명하였지만 기색이 확실히 이상하였다. 그 원인을 모르기는 하지만 그 죽음이 제 명(命)을 다하지 못한 것인 줄은 명백히 알아차리고 일부러 말하였다.

"서모의 말씀이 맞지 않습니다. 사람이 자식 가르치기 어려우니, 요순(堯舜) 같은 성군(聖君)의 자식도 다 불초하였습니다. 만일 사나운 행실을 한다면 어진 어버이가 깊이 마음 아파하면서도 죽이지 않고 어떻게 하겠습니까? 죽어 마땅한 것을 살려두는 것은 마음이 너무 착하고 약하여 쓸데없는 일을 하는 것이니, 서모는 자식을 제 죄 때문에 죽여도 사납다고 하시겠습니까?"

석파가 웃으며 말하였다.

"천하에는 짝이 반드시 있으니, 손빈(孫臏)[672] · 오기(吳起)[673]와 관중

(管仲)[674] · 악의(樂毅)[675]가 그 짝을 얻은 사람들이며, 여자를 말해도 주(周)나라 왕실의 세 어머니[676]가 두루 어질었습니다. 사나운 것을 말한다면 걸(桀)과 주(紂)[677]의 포악함이 저울에 달아도 추호(秋毫)도 더하거나 덜하지 않습니다. 지금 천하에는 양부인의 맹렬하며 엄정하고 현숙하심과 석부인의 엄하고 모질며 통달하심이 진실로 짝이 되니, 가히 101
태임(太任) 같은 시어머니에 태사(太姒) 같은 며느리이십니다. 옛날에는 주(周)나라 왕실에 세 어머니가 있었는데, 지금은 소씨 가문에 두 어머니가 있다고 할 수 있겠습니다."

석부인이 정색하며 말하였다.

"서모의 말씀이 옳지 않습니다. 내가 어찌 감히 시어머니와 짝이 되며 태사(太姒)가 되기를 바라겠습니까? 조롱과 농담이 너무 심합니다."

석파가 단지 크게 웃고 일어나 나가니, 끝내 교영의 죽음에 관한 말을 하지 않았다. 그 사람됨이 이와 같았다.

다음 날 아침에 정당(正堂)에 모였는데, 한상서도 들어와 뵙고 나갔다. 그러자 양부인이 갑자기 이한림을 생각하고 슬퍼하였다. 석파가 물었다.

"이한림이 단아하시지만 찬찬하지 못하고 서툴러 한상서의 기상에 미치지 못할 것 같은데, 부인께서는 늘 견고하다고 생각하시니 그 뜻을 알지 못하겠습니다."

---

672) 손빈(孫臏) : 춘추전국시대 제나라의 무장(武將).

673) 오기(吳起) : 춘추전국시대 위(衛)나라의 무장(武將)으로 나중에 노(魯), 위(魏), 초(楚)에서 혁혁한 공을 세움.

674) 관중(管仲) : 춘추전국시대 제나라의 재상.

675) 악의(樂毅) : 춘추전국시대 연나라의 무장(武將).

676) 주(周)나라 ~ 어머니 : 왕계(王系)의 어머니인 태강(太姜), 왕계의 부인이자 문왕의 어머니인 태임(太任), 문왕의 부인이며 무왕의 어머니인 태사(太姒)를 가리킴.

677) 걸(桀)과 주(紂) : 중국 하(夏)나라의 걸왕과 은(殷)나라의 주왕으로, 둘 다 폭군임.

소승상이 탄식하며 말하였다.

"한형은 풍류 있는 장부(丈夫)이면서 문인(文人)·재사(才士)의 거동이 있지만, 이형은 이른바 옥 같은 군자입니다. 그 밝고 분별력 있으며 강직하고 맑고 고결한 것이 당대에 또 있지 않을 것이라 생각하는데 어찌 찬찬하지 못하다고 하십니까? 서모가 잘못 알고 계십니다."

양부인이 길게 한탄하면서 말하였다.

102 "이생이 어찌 한랑과 비슷한 무리이겠는가? 한랑은 인자하고 유순한 사람이지만, 이생은 밖으로 온화하며 맑고 고요하나 실은 금옥(金玉)같이 굳으며 심지가 굳었다. 한 조각 붉은 마음은 철석같아 고금의 사리를 통달한 정인(正人)이며 재주와 용모를 아울러 가진 군자이니, 경이 비록 아름답지만 그의 맑고 한가로움에는 미치지 못할 것이다. 내 팔자가 무상하여 이같이 어진 사위를 참혹하게 죽였으니 슬프다."

곁에 있던 사람들이 모두 눈물을 흘렸다. 문안을 마치고 승상이 서당에 나와 책을 살피다가 이생이 지은 글을 보고 탄식하며 말하였다.

"시에 담긴 생각이 이같이 맑고 고상하며 아름다워 한 조각 티끌의 모습도 없으니, 설사 이씨 가문이 역모(逆謀)에 관계되지 않았더라도 원래의 목숨을 누릴 그릇이 아니었구나."

또 한생의 글과 유생의 시집을 보고 혼자 웃으며 말하였다.

"유·한 두 형의 글이 다 빼어나기는 하지만 너무 허탄하다. 또 한 글자에 함축하여 공교하게 쓰지만 침착하고 바른 것이 없어 어지럽게 날리는 눈 같아 깊고 큰 재주라 할 수 없고, 붓 끝에서 용과 뱀이 날리는 듯할 뿐이어서 경륜이 있는 재주는 못 된다."

또 소·윤 두 누이의 글과 화·석 두 사람이 지은 시가 있어 한번 보았

다. 소씨의 통달한 뜻과 윤씨의 공교하고 맑고 아름다운 문체, 석씨의 빼 103
어난 글재주, 화씨의 절묘한 재주가 각각 뜻을 이루었으니 귀신을 울리는 묘한 경지였다. 하지만 진짜 적수는 소씨와 윤씨여서 차등이 없고, 화씨도 동렬(同列)은 될 정도이고, 특출한 것은 석부인의 글이었다. 미인이 꽃을 마주한 듯하고 비단에 수놓은 것이 화려하게 비친 듯하며 푸른 용이 날아오르는 듯하고 아지랑이 낀 구름이 어리어 있는 듯하였다. 스스로 생각하되, 자기의 재주가 아니면 짝할 이가 없을 듯하여 마음 속으로 칭찬하며 오래도록 보았다. 갑자기 석파가 왔기에 책을 덮고 일어나 맞아 자리에 앉았다. 석파가 승상이 보던 것을 펴 구경하더니 칭찬하며 말하였다.

"석부인의 재주가 이럴 뿐 아니라 총명도 남보다 뛰어나십니다."

드디어 어제 서로 주고받던 말을 하고는 또 승상을 속이려고 말하였다.

"정말 이상한 일이 있습니다."

승상이 온화한 기운을 잃고 미간을 찡그리며 말하였다.

"할 말이 많고 아름다운 일이 무궁한데, 어찌 부질없이 옛 말을 하십니까? 서모가 석씨에게 말했다고 하신 것은 저를 속이시려 하시는 말씀이지요? 후에도 부질없이 말하지 마십시오."

석파가 웃으며 말하였다.

"내가 말하지 않은 줄 어떻게 아셨어요?"

승상이 탄식하고 대답하지 않았다. 104

갑자기 조정에 일이 있어 공경대신(公卿大臣)을 모으니, 승상도 모친께 하직하고 조정으로 들어갔다. 공무가 해결되지 않아 10여 일 이상 집에 가지 못하니, 외당(外堂)이 여러 날 비었다. 단선생은 서당에 있으면서 외

당의 일은 간섭하지 않았으니, 승상이 나간 후 바깥일을 살피는 이는 아래관리였다. 이름은 '이홍'인데, 성품이 충성스럽고 부지런하며 강직하였다. 승상이 매우 아끼고 미더워하여 이 주부(主簿)[678]를 시켜 안팎의 집안 일을 모두 맡겼다. 그리고는 승상 자신은 모든 일에 힘써 관여하지 않으니, 이홍도 그를 위하는 정성이 죽을 곳이라도 피하지 않을 정도였다.

이때 승상이 집에 없고 또 풍경이 빛나므로 화부인이 후원과 외당(外堂)을 둘러보고 싶어, 시녀에게 후원의 문과 외당 사이의 중문(中門)을 열고 지키고 있던 종들을 나가게 한 후 아뢰라고 하였다. 지키던 종이 감히 거역하지 못하여 이홍을 보고 아뢰었다.

"어르신의 첫째 부인께서 집안을 두루 구경코자 하시어 협문과 후원의 문을 열라고 하시니, 상공께 고합니다. 열쇠를 주십시오."

주부(主簿)가 듣고 얼른 분부를 내렸다.

105 "어르신께서 조정에서 오늘 저녁에 나오실 것이니 오시거든 열쇠를 너희에게 주어 열게 하겠다."

종이 듣고 돌아와 시녀에게 말하였다.

"이상공이 듣지 않으시고 여차여차하였습니다."

시녀가 화씨께 보고하니, 화부인이 크게 노하여 말하였다.

"제 어찌 감히 나의 명령을 거스르느냐? 네가 이홍에게 이렇게 직접 말하여라. '네가 우리 집의 가신(家臣)에 불과한데 마침 참정이 잘못 알아 주부(主簿)로 올리신 것이다. 어찌 감히 내 명령을 거역하여 열쇠를 주지 않느냐? 네 머리 베임과 열쇠 드리기 중 어느 것이 쉬운지 가려 행

678) 주부(主簿) : 각 관청의 낭관(郎官) 벼슬의 하나로, 문서나 장부를 맡은 사람을 이름. 여기서는 주사(主事)·집사(執事)의 의미와 비슷하게 쓰임.

하라.'"

시녀가 나와 이홍에게 말하니, 이홍이 정색하며 말하였다.

"내가 들으니, 한(漢)나라 때 주아부(周亞夫)679)가 군사들을 다스릴 때에 많은 군사들이 천자를 보고 말하기를 '우리는 주장군의 명을 들을 뿐 천자는 모릅니다.' 하였다. 지금 승상이 집안을 다스리는 것이 어찌 아부가 군사를 다스린 것보다 못하겠느냐? 내가 비록 못났지만 한나라 때 군사들의 마음 정도는 되니 지금 천자가 오실지라도 문을 감히 열지 못하겠다고 전하여라."

시녀가 그대로 보고하니, 화부인이 상을 박차고 꾸짖으며 말하였다.

"그를 죽인 후에야 내 한이 풀어질 것이다."

시녀에게 명령하여 이홍을 잡아 가두라고 하였다. 106

원래 화부인의 권세가 가장 커서 집안의 시녀들이 모두 떠받들지만, 승상의 치가(治家)함이 엄하여 내당(內堂)의 시녀들이 감히 중문(中門) 밖으로 나가 외당(外堂)의 종들과 만나는 일이 없었다. 또 양부인이 내당의 일을 총괄하지만 승상이 장성한 후에는 외당의 일을 알지 못하니, 하물며 젊은 부인이야 어찌 작은 호령이라도 문밖으로 나가게 하겠는가? 또 승상이 이홍을 얻은 후에는 스스로 집안 일을 하지는 않고 단지 그가 아뢰는 말을 들을 따름이었다. 그런데 오늘 화씨가 심하게 화를 내면서 상황을 모두 살피지 않고 이홍을 가두라고 하니, 이홍이 어찌 내몰아 쫓아냄을 달게 받겠는가? 다만 주부(主簿)의 인끈을 벽에 걸고 갓과 띠를 벗어놓고 나가

---

679) 주아부(周亞夫) : 한나라의 장군으로 문제 때에 흉노를 물리쳤고 경제 때에 오초칠국의 난을 평정하여 공을 세움. 그러나 누명을 써 하옥되자 절곡(絶穀)하여 스스로 목숨을 끊음. 한고조 유방의 황후인 여후의 일족을 처단한 것은 그의 아버지인 주발(周勃)이었지만 그가 하였다고 와전되기도 했음.

버렸다. 화부인이 이홍이 달아난 것을 듣고 더욱 노하여 종들을 풀어 잡으려 하니, 종들이 마지못하여 쫓아갔다. 이홍이 바로 앞에 가고 있으니 모두 붙들고 말하였다.

"부인이 주부(主簿)를 부르시니 가지 않을 수 없을 겁니다. 잠깐 가서 대답하고 오십시오."

107 이홍이 종들에게 잡혀 들어오니, 화부인이 그를 나무 옆으로 데리고 가 동여매라고 하고는 또 한 그릇 더러운 물을 입에 부으라고 하여 외당(外堂)이 매우 요란하였다. 그러나 소씨와 윤씨 등이 있는 곳과 취성전, 일희당이 멀고 또 화씨가 시녀에게 당부하여 남이 알게 하지 말라고 하였다. 석부인만 조금 알았는데 관여하지 않으려 문을 꽉 닫고 들어가 있었다.

이때에 승상이 나라의 일을 마치고 돌아왔는데, 이홍의 아들 이량이 완룡담 가에 와 울고 있기에 이상하게 여겼다. 집에 다다랐는데 종들이 한 명도 나오지 않으니, 따르던 사람들을 물리치고 혼자 걸어오던 성문으로 들어가 의성문[680]을 들어갔다. 사람들의 소리가 자자하니, 머리를 들어 바라보았다. 셋째 문 안에 종들이 까마귀 모이듯 모여 한 사람을 결박하여 치려고 하는 모습이었는데, 가까이 가서 보니 바로 가신(家臣) 이홍이었다. 종들이 승상을 보고 놀라 좌우로 물러섰는데, 여자들은 안색이 변하지 않고 모여 앉아 있었다. 승상이 일단 일의 실마리[681]가 있을 듯하여
108 아래관리에게 홍을 끌러 앞에 나오게 하여 이유를 말하라고 하였다. 홍이 중계(中階)에 올라 천천히 고하였다.

---

680) 의성문 : 소부의 성문 이름임. 가장 바깥문이 은성문이고 두 번째 문이 의성문임.
681) 실마리 : {묘믝[苗脈]}. 일이 나타날 실마리를 뜻함.

"제가 보잘것없는 몸으로 은혜로우신 상공의 어여삐 여기심을 입어 집안의 일을 맡았기에 주야로 열심히 일하여 은혜를 갚으려 하였습니다. 다른 일로 죄를 얻은 것이 아닙니다. 아침에 상공의 첫째 부인께서 외당(外堂)과 후원을 구경하시려고 열쇠를 달라고 하셨는데 감히 거역하려 한 것이 아니라 상공께서 계시지 않은데 좌우의 문을 어지러이 열어 난잡하게 하는 것이 상공께도 해로울 뿐만 아니라 경국부인[682]께도 해가 있을 듯하였습니다. 그래서 마음에 직무를 소홀히 할 수가 없어[683] 여차여차 아뢰었는데, 이는 저의 충정을 다하려 한 것이지 방자하려 한 것이 아닙니다. 그런데 부인이 크게 노하시어 잡아 결박하고 더러운 물로 벌하려 하셨습니다. 저의 죄가 크지만, 원하옵기는 상공께서 죽을죄를 용서하시고 거두시어 문 밖으로 내치시기를 바랍니다."

승상이 원래 홍을 중히 여겼으며, 또 옛 글에 부인 여자가 바깥일을 총괄하여 혹 나라를 엎고 집을 망하게 한 사람이 한둘이 아니었다. 뿐만 아니라 화씨의 방자함은 또한 옹졸한 여자라서 그런 것이 아니므로 늘 암탉이 새벽을 주관하는[684] 일이 있을까 걱정하였는데, 이 말을 들으니 놀람 109
을 이기지 못하여 한바탕 큰 화가 일어났다. 그래서 문을 박차서 열고 난간에 나와 한 쌍의 눈을 뚜렷이 뜨고 이홍을 치던 종들을 결박하여 꿇리고 금방울을 급하게 흔들어 녹운당의 시녀를 잡아내었다. 온화하던 기운이 변하여 맑은 서리와 삭풍이 어지러이 불어 골수가 쭈뼛해지는 듯하니 사람들이 모두 벌벌 떨었다. 승상이 소리 내어 물었다.

"누가 감히 내 명령 없이 이주부(主簿)를 결박하여 벌을 주었으며, 또 누

682) 경국부인 : 화부인을 이름.
683) 직무를 ~ 없어 : {광딕[曠職]ᄒᆞ믈 ᄌᆞᆷ초디 못ᄒᆞ야}. 문맥을 고려하여 이같이 옮김.
684) 주관하는 : {ᄀᆞ옴아ᄂᆞᆫ}. 'ᄀᆞ옴알다'는 '가말다'의 고어로 일을 맡아 처리한다는 뜻.

구의 명령을 듣고 어떤 시녀가 감히 나와서 말하였느냐? 곤장을 받기 전에 아뢰어라."

종들이 혼비백산(魂飛魄散)하여 저절로 다른 이의 입을 빌지도 못한 채 저희들이 곧이곧대로 다 말하여 죄를 더하지 않았다. 승상이 나라의 일을 하러 가자 가장(家長)이 없는가 하여 방약무인(傍若無人)하던 노비 몇 명을 잡아내어 따로 곤장을 50대씩 가려 쳐 내치고, 나머지는 30대씩 벌로 주어 내쳤다. 그리고는 홍을 불러 위로하며 말하였다.

"내가 밝지 못하여 부인네의 호령이 너에게 미쳤으니 어찌 부끄럽지 않겠는가? 너는 안심하고 옛 뜻을 바꾸지 마라."

110 홍이 사양하며 말하였다.

"제가 여주인을 해롭게 하면서 주인을 좇은 것이 잘못입니다. 원컨대 상공께서 저를 고향으로 돌아가게 하시면 하늘이 주신 수명을 잘 마칠 수 있을 것입니다."

승상이 웃으며 말하였다.

"그대는 하나만 알고 둘은 모르는구나. 당초에 부인의 처사가 잘못이지만 내가 이미 깨끗이 처리하고 나서 머물기를 청하는데도 고집스럽게 가려 하는 것은 한신(韓信)과 팽월(彭越)[685]의 죽음에 비유하여 피하고자 하는 것이다. 내 아내가 규수로서 예에 어긋난 바가 있기는 하지만 여후(呂后)[686]보다 더하지는 않으며, 나 또한 한(漢)나라 황제의 노년과 같지 않으니 어찌 너무 멀리 염려하느냐?"

이홍이 이 말을 듣고 황공하여 사죄하고 물러났다.

---

685) 한신(韓信)과 팽월(彭越) : 두 사람 모두 한(漢) 고조(高祖) 유방(劉邦)의 신하로 한나라의 건국에 공을 세웠지만 이후에 죽임을 당한 장수들임.

686) 여후(呂后) : 한(漢) 고조(高祖) 유방(劉邦)의 비(妃).

승상이 안으로 들어가 모친을 뵙는데 이 일을 각별히 내색하지 않았다. 중당(中堂)으로 나와 아이에게 명하여 종이에 쓴 것을 주면서 화씨에게 갖다 주라고 하였는데, 아이가 잘못 듣고 양부인께 드렸다. 소씨, 윤씨, 석씨 등이 모시고 있었는데, 이상하게 여겨 소씨, 윤씨 두 사람이 빼어 보니 이는 승상의 필적이었다. 양부인이 읽으라고 하시니, 윤씨가 상 앞에 꿇어 목소리를 높여 읽었는데 이는 아름다운 글이 아니라 사람을 문책하는 글이었다. 그 글에서 말하였다.

부인의 행실은 호령이 중문 밖으로 나가지 않아야 하고 덕은 사해(四海)에 가득 111
하여야 가히 여자됨이 부끄럽지 않소. 그러는 가운데 혹 가장(家長)이 없고 자식이 어려 가도(家道)가 있지 못할 형세면 마지못하여 내외(內外)의 일을 모두 살펴 집안을 다스리는 것이 또한 어진 덕이오. 만약 이렇지 않으면 가장의 위엄은 줄어들고 부인의 하는 일이 두루 행해져 그 집이 잘못되거나 그 가장이 부끄럽게 되지 않겠는가? 지금 부인이 하는 일이 패악하고 거만하며 도에 넘쳐, 밖에 반역하는 사람이 없고 또 내가 일러 허락한 바도 없는데 여후(呂后)가 한신(韓信)을 죽인 일을 본받았는가? 또 내가 죽지 않았는데도 무후(武后)[687]가 조정에서 정권을 휘두르던 일을 흠모하여 내외사를 결정하고 총 지휘하면서 나를 짓밟아 압두하고 시종들을 호령하여 아래관리를 잡아매었는가? 또 내가 없는 틈을 타 사방을 두루 구경하려 한 것도 여

687) 무후(武后) : 중국 당나라 고종(高宗)의 황후인 측천무후(則天武后)를 말함. 624년에 산서 지방에서 태어났으며 이름은 무측천(武則天). 14세에 궁녀로 선발되어 입궁했으나 태종이 죽자 절에 들어감. 나중에 고종에 의해 환속되어 그의 후궁이 되었다가 다음해에 황후로 봉해짐. 고종이 와병 중이던 660년부터 정치를 본격적으로 보좌하다가 그가 사망하자 중종을 폐위하고 자신의 넷째 아들을 황제로 내세운 뒤 황태후의 신분으로 정권을 잡음. 국호를 주(周)라고 바꾸고 15년간 황제의 지위에 있다가 82세에 죽음. 비밀 정치와 공포 정치의 폐단과 친족들의 권력 남용 등 문제가 있었지만 과거제 체제의 위상을 높인 점과 농업을 발전시킨 점 등은 높이 평가되기도 함. 중국 역사상 유일한 여제(女帝)임.

자의 바른 행실이 아니어서 위엄을 잃어 이홍의 업신여김을 받았으니 이 무슨 도리 인가?

비록 짐승이라도 사람에게 길들면 개도 주인의 뜻을 아는데, 부인은 내가 경계하
112 는 것이 한두 번이 아닌데도 이전의 잘못을 고칠 줄 모르는가? 알고도 일부러 이렇
게 하면 방자한 것이고, 모르고 이렇게 하면 어리석은 것이니, 나의 근심이 한 때의 급한 화가 아니라 이 때문에 오로지 근심하는 것이오. 내가 만약 죽으면 멀리 곽광(霍光)[688]의 아내를 본받아 가문에 불행을 끼칠까 두려우니, 뜻이 이에 미치자 한심함을 이기지 못하여 차마 마주 대하지 못하고 글로 부치오. 자세히 살펴보고 마음을 다잡아 옳은 곳을 향하고자 하면 여기에 있고, 그렇지 않으면 10여 년의 은정(恩情)을 끊고 자식은 놔두고 부부는 각각 이 집에 있으면서 피차가 편한 대로 하면서 관련되는 일이 없게 되면 좋을 것이오. 이 글이 도착하면 이는 헛말이 아니니 자세히 생각하고 결단하여 답하시오.

윤씨가 읽기를 마치자 사람들이 다 놀랐다. 그러나 양부인은 웃으며 말하였다.

"이는 반드시 화씨에게 부칠 것이로구나."

소씨가 말하였다.

"누구에게 하는 말인 줄 어떻게 알겠습니까?"

연이어 석씨에게 물었다.

"그대가 이런 일을 행했는가?"

688) 곽광(霍光) : 전한(前漢) 사람으로 무제(武帝)의 유언을 받들어 소제(昭帝)를 도왔으며, 다음 창읍왕이 음란하자 그를 폐위시키고 8세의 선제(宣帝)를 세워 정치를 도움. 후에 황후 허씨(許氏)를 독살하고 자신의 딸을 황후로 만듦으로써 일족의 권세를 강화하였으나, 선제는 그가 죽은 후 그의 일족을 반역죄로 몰아 모두 죽임.

석씨가 낮은 소리로 말하였다.

"그런 죄를 혹 지었는지 어떻게 알겠습니까마는 아직은 생각나지 않습니다."

이러고 있는데 시녀인 난혜가 아뢰었다. 113

"낮에 화부인께서 이주부(主簿)를 벌하셨다고 승상께서 녹운당의 시녀를 문책하였는데, 제가 아뢰지 못하였습니다."

모두 웃자, 소씨가 혀를 차며 말하였다.

"지아비라도 그의 거동을 보고 압두해야지 승상 같은 지아비를 화씨가 어찌 넘보려 하여 저런 곤란한 책망을 받는가? 식견이 부족한 줄을 알겠다."

승상의 글을 말아 조카에게 주며 말하였다.

"네 모친께 갖다 드려라."

양부인이 탄식하며 말하였다.

"애달픈 사람이구나. 반드시 대답을 순순히 하지 않아 경의 화를 돋울 것이니, 네가 가서 잘 해결되도록 해라."

소씨가 그러겠다고 하면서 웃으며 대답하였다.

"제가 말을 잘 못하니 능히 세객(說客)[689]의 임무를 다하지 못하여 어머니께서 맡기신 일을 저버릴까 두렵습니다."

말을 마치자 앉아 있던 사람들이 모두 즐겁게 웃었다. 그러나 석부인만은 낙심하고 근심하는 것이 마치 자기 몸에 당한 듯하여 조금도 웃는 빛이 없어 양부인과 소씨와 윤씨 두 사람이 모두 칭찬하였다. 소씨가 조카에게 먼저 글을 주어 보내고 한참 후에야 녹운당에 이르렀다. 화씨가

---

689) 세객(說客) : 교묘한 말솜씨로 유세(遊說)를 일삼는 사람.

글을 보고 크게 노하고 부끄러워하며 매우 분하여 하다가 문득 보니 소씨가 들어와 앉는 것이었다. 화씨가 맞아 자리에 앉았는데 기분이 좋지 않
114 아 미처 어찌해야 할지 모르고 있었다. 그러자 소씨가 물었다.

"그대, 무슨 일이 있는가?"

화씨가 소씨는 모르는 줄 알고 승상의 글을 주며 일의 수말(首末)을 다 말하였더니, 소씨가 말하였다.

"그대는 어떻게 생각하는가?"

화씨가 대답하였다.

"내가 설사 잘못이 있을지라도 이처럼 심하게 책망합니까? 더욱이 승상의 아래관리가 나를 업신여기기에 내가 주인된 사람으로서 죄를 다스린 것이 죄가 아닌데도 무단히 이홍을 편들어 나를 문책하는 것은 부부의 정이 없는 것입니다. 그러니 제가 반드시 내쫓기는 화를 감수하고라도 홍을 죽이려 합니다."

소씨가 듣고 나서 옷깃을 여미며 옷매무새를 바르게 하고 단정히 앉아 말씀하였다.

"그대가 말은 매우 시원스럽게 하는구나. 생각건대 우리 모친과 아우가 여자 하나는 제어하고도 남음이 있다고 여겼다. 만약 그대가 옳은 일을 하였는데 지아비가 잘못 했다고 해도 방자하게 옳다고 하지 못할 것이다. 하물며 내 아우가 어리석거나 병들지도 않았고 단지 집 밖에 있는 상황이라면 그대가 아무리 이홍을 미워한다고 해도 아우에게 청하여 다스려야 한다. 어찌 스스로 본부(本府)의 관원을 결박하여 칠 수가 있느냐? 처음에 아우의 글을 보았을 때에는 그대가 반드시 깨달아 허물을 고칠까 하였는데, 이렇듯 자기가 옳은 체하니 어찌 가소롭지 않

은가? 그대 마음대로 할 것이지만, 나는 단지 그대가 어떻게 계교를 내 115
야 이홍을 죽일지 뜻을 듣고 싶구나."

말을 마치고 침묵하고 있는데, 양부인이 남긴 풍모이고 승상의 동기(同氣)이기에 엄하고 준절함이 눈 위에 얼음이 언 것 같았다. 화부인이 비록 성질이 과도하고 조급하지만 어찌 감히 소부인을 당하며, 입을 열어 옳고 그름을 말할 뜻이 있겠는가? 그 마음 속으로는 노함이 불같지만 겉으로 드러내지는 못하고, 또 한편으로 부끄러운 마음도 있어 눈물을 흘리고 사죄하며 대답하였다.

"제가 늘 성품이 편협하여 일을 잘못하지만 본심이 그런 것은 아닙니다. 그런데 승상이 곽광의 처에게 비기니 어찌 애달프지 않겠습니까?"

소씨가 말하였다.

"그렇지 않다. 내가 보건대, 그대가 지금 모친을 모시고 있고 또 아우가 있어도 이같이 방자하니 나중에 아주 오랜 후에 어머니께서 불행하여 내 아우가 먼저 죽으면 그대가 어찌 한갓 곽광의 처뿐이겠는가? 여후(呂后)가 했던 일을 할지도 모르겠다."

화씨가 묵묵히 아무 말도 하지 않으니, 소씨가 비로소 경계하여 말하였다.

"이후에는 이런 이상한 일을 하지 말고 마음을 고치거라. 이 글월에 회답하되 여차여차하여라."

화씨가 바야흐로 감격하여 일어나 사례하고, 답하는 글을 써 아이에게
주어 승상께 보내었다. 승상이 받아보니, 다음과 같았다. 116

제가 비록 무례하지만 어려서부터 성현(聖賢)의 글을 읽어 예의를 조금 압니다.

그윽이 생각건대, 나라의 황후와 황제가 높으신 것이 같고 집의 가장(家長)과 가모(家母)가 중요함이 같습니다. 군자가 수신제가치국평천하(修身齊家治國平天下)[690]의 근본이라고 하지만, 자고로 남자가 나라의 일을 다스리면 집의 일을 다 보기 어렵습니다.

그래서 승상이 나라의 큰 신하로 조정의 일을 살피느라 겨를이 없어 이홍에게 맡겨 집의 내외사를 다스리게 하였습니다. 그러나 홍은 우리 집안의 사람이 아니며 가까운 절친(切親)도 아니고 높게는 지기(知己)도 아니니, 비록 사람됨이 근실하다고 하지만 어찌 부중(府中)의 자잘한 일을 다 알게 하겠습니까? 홍이 무거운 권한을 맡고 있으므로 종들이 아첨하느라 집안의 조그만 일도 먼저 홍에게 물은 후에 우리의 말을 좇습니다. 그러니 제가 그윽이 부끄러워하는 것은 저의 처사가 하찮아 상공의 가모(家母) 소임을 능히 못하고 또 내조하는 공로가 없어 아래관리에게 집안 일을 맡기는가 하는 걱정이었습니다.

117 오늘 경치를 구경하려 한 것은 승상이 없기를 기다려 놀려고 한 것이 아니라 어머니께서 평안하여 여러 자녀와 함께 노시니 한가한 때를 타 소 · 윤 · 석 세 부인과 더불어 후원을 보면서 산수(山水)의 성함을 보고 내년의 누에치기를 상의하려 한 것이지 경치를 구경하려 한 것이 아닙니다.

홍을 잡아맨 것은 그가 무례한 말을 하지는 않았지만 저를 욕보였기 때문입니다. 상공에게도 오히려 저를 모욕하는 말을 듣지 못하였는데 그가 가신(家臣)으로서 어지러운 말을 하니 갑자기 성이 나서 참지 못한 것입니다. 또 이는 승상이 집을 다스리는 데에도 해롭습니다. 그래서 만약 승상이 외당에 계셨다면 제가 그 사이에서 호령하지 못하였겠지만 상공이 조정에 들어가 돌아올 때를 정하지 못한 상태였기에

---

690) 수신제가치국평천하(修身齊家治國平天下) : 행실을 닦고 집안을 바로잡으며, 나라를 잘 다스리고 온 세상을 편안하게 함.

집에 주인이 없다고 여겨 종들과 홍이 무례하였습니다. 그러하니 집의 여주인이 하
나의 규범을 굳게 지켜 무너져가는 위의를 붙들어야 하지 않았겠습니까?

예부터 제가 비록 외람되고 당돌하기는 했지만, 홍을 매어 놓고 어머니께 아뢰어
다스려 비록 승상이 안 계시지만 감히 모든 일을 무례하게 못하고 집을 바로잡는 이
기이함을 탄복하게 하며 알게 하고자 함이었지 마음대로 행하여 도에 넘치려 한 것
은 아니었습니다. 그런데 지금 홍을 치지 않고 내당의 시녀를 잡아내어 치니, 이는
시녀를 치는 것이 아니라 저를 다스리는 것입니다. 제가 감히 당신[691]을 원망하지 118
는 않지만 다만 이로 보건대 부부의 의리를 삼강(三綱)과 오륜(五倫)에 넣지 말고 부
중(府中)의 아래관리를 부부 대신에 넣는 것이 좋겠습니다. 그런데 옛 성현들이 어
찌 잘못 알고 중요한 아래관리는 빠뜨리고 가벼운 부부를 넣었는지 이상합니다. 또
부부 사이를 말하지 않고 저를 벗으로 여기더라도 저는 상공을 안 지 열두 해가 되
었고 홍은 다섯 해가 되었습니다. 그런데 선후(先後)를 분변하지 않으시니, 홍을 위
하는 정성은 지극하다고 할 만하지만 저에게는 박절하시군요. 각각 따로 집에 있자
고 하시는데, 여자의 삼종지의(三從之義)는 중요한 것입니다. 상공은 삼강오륜(三綱
五倫)을 잊어 버리셨지만 저는 '여자는 반드시 지아비를 따르고 부모형제를 멀리 한
다'는 말을 지키려 합니다. 상공이 저를 버린다면 뱃속의 아이를 품고 의지하여 윤
기(倫紀)의 삼종(三從)을 오로지 지킬 것이니 마음대로 처치하십시오. 곽광의 아내
와 여후(呂后), 무측천(武則天)에 비하시니 감히 뭐라 말씀드리지는 못하지만, 다만
무측천(武則天)은 어떤 사람이었으며 여후(呂后)는 어떤 계집이었습니까?

이 글을 보니 모골(毛骨)이 쭈뼛해집니다. 한없이 넓고 푸른 하늘만이 내 뜻을 알
것이고 남들은 모를 것입니다. 제가 만약 높은 가문의 후환이 될 사람이라면 밝게 119
알고 처치하십시오. 그렇지 않으면 한무제(漢武帝)의 경우와는 달리 강한 가신(家

691) 당신 : {냥인[良人]}. 부부가 서로 상대방을 일컫는 말.

臣)이나 종들이 없으니 저 또한 없어야 할 겁니다. 빨리 처단하는 글을 내리시어[692] 후에 세상의 변란과 골육의 죽음을 막으십시오. 마음을 바꾸지 않기를 진정으로 바랍니다.

승상이 다 보고 나자 화난 얼굴이 풀어졌다. 다시 보니 말이 격렬하고 절실하며 상쾌하여 강개함이 지극하였다. 생각건대 화부인의 역량으로는 이런 말을 못할 것이었다. 보고 또 보니 이는 보통 사람 이상의 총명함이었다. 문득 깨달아 웃음을 머금고 말하였다.

"이는 반드시 누이가 가르치신 것일 것이다."

아이에게 물었다.

"네 모친이 이 글을 쓸 때에 누가 있었느냐?"

아이가 대답하였다.

"제가 처음에 잘못하여 할머니께 드렸더니 윤부인이 읽고 나서 한꺼번에 웃었습니다. 그 후에 다시 어머니께 보내셨고 소부인이 오셔서 가르쳐 쓰게 하셨습니다."

승상이 어이가 없어 도리어 웃고 생각하였다.

"내 성품이 누군가와 편안하지 못한 관계이면 눈을 들어 보기 싫어하고, 또 화씨에게 들어가 말로 책하면 그가 급히 화를 내어 어지러운 말을 많이 할 것이니 좋지 않을 듯하여 글을 지어 아이에게 주어 가만히
120 책망하고 제어하려 했다. 그런데 일이 이상하게도 두루 펴지기만 하고 화씨의 항복도 받지 못한 채 누이의 말을 보태어 도리어 나를 책하는

692) 처단하는 ~ 내리시어 : {졔ᄉᆞ[題辭]ᄒᆞ야}. '제사'란 관부에서 백성의 소장(訴狀)이나 원서(願書)에 대하여 적절한 처리를 내리는 글을 뜻함. 여기서는 화부인이 자신의 이 글을 소장이나 원서의 일종으로 여기고 이같이 말한 것임.

말이 바르고 이치에 맞게 되어 버렸으니, 어찌 우습고 분하지 않겠는가? 그러나 누이의 도움이 있었으니 아무 말 않고 있으면서 어떻게 하는지 봐야겠다."

글을 접어 책 사이에 끼우고 저녁 문안에 들어갔다. 그런데 양부인이 그 일에 대해 조금도 아는 체하지 않으셨고 소 · 윤 등도 전혀 모르는 듯 하였기에 승상도 잠잠히 있었다.

열흘 남짓 뒤에 승상이 녹운당에 가니 화씨가 촛불 그림자를 따라 얼굴을 숙였다. 이에 승상이 다시 꾸짖는 말을 하지 않고 기분 좋게 대하는 것이 예전과 같았다. 그러나 이후로는 내외(內外)의 일을 통하지 않게 하였으며 엄숙함이 지극하였다. 그리하여 심부름하는 아이나 종 등 내당(內堂)의 시녀들은 부인의 명령을 받들지만 부인의 호령이 중문 밖으로 나가지 못하게 하였다. 승상도 또한 스스로 내당의 일을 알지 못하였으며, 외당에 어떤 큰 일이 있어도 모친과 두 누이하고만 의논하여 결정하고 자기 부인에게는 전하여 묻지 않았다. 석씨가 승상이 그와 같음을 보고 마음을 더욱 겸손하고 안정되게 하여, 아침 몸단장을 마친 후에는 취성전으로 들어가 날이 저물도록 식사 준비를 살피고 석파와 이파 두 사람이 하는 바 121
를 도왔다. 하지만 집안 일에 간섭하지는 않고 말단 시녀에게도 좋지 않은 말을 하지 않으니, 사람마다 사랑하고 공경하여 시비(是非)를 가리는 일에 오르내리지 않았다. 그러니 그 맑고 고상함과 견고함을 알 만하다.

소씨가 하루는 승상이 밖으로 나갔을 때에 일기(日記)를 보려고 조카에게 가지고 오라고 하니 가져왔다. 죽 읽어보는데 편지가 하나 끼어 있어서 꺼내 보니 이는 예전의 화씨의 답장이었다. 그 끝에 절구(絶句) 한 수를 지어 놓았는데, 이는 곧 승상이 소씨가 화씨를 도운 것을 놀리며 읊은 것

이었다. 그 글에 말하였다.

동기(同氣)가 더 중요하다고 말하지 마십시오. 의리로 맺은 동생이 더욱 중요하지요? 종이를 대하여 화씨의 좁은 말을 물리치고 뜻이 깊은 말로 가르쳐 나를 책하셨군요. 한번 보고 묵묵히 있다가 두 번 보니 이는 곧 누이가 쓰신 것이라고 생각하고 스스로 웃었습니다. 내 말이 궁해진 일이 없지만, 없는 체하며 그칩니다.

소씨가 크게 놀라 말하였다.

"아우는 과연 생각하는 것[693]이 총명하구나."

드디어 그 끝에 차운(次韻)하였다.

이렇듯 밝고도 밝은 총명이 있는데 어찌 그 때에는 아득했던고? 이상하구나. 너무 스스로를 믿지 마라. 일찍이 확실히 말하지 않은 것을 모함하는 것은 그르고도
122 그르다. 그러니 네가 직접 보기 전에는 판단하지 말라는 성현의 경계를 잊지 마라. 그리고 의리로 맺어진 동생이 더 중요하냐고 했는데 그것은 맞다. 너도 한씨[694]를 나보다 더 중요하게 생각하니 나도 너를 본받았다. 또 네가 말이 궁해진 것이 아니라 하면서 말재주를 자랑하였지만 내가 보건대 진실로 궁해진 것인 듯하다. 옛날 탁문군(卓文君)의 〈백두음(白頭吟)〉[695]과 소혜(蘇蕙)의 〈직금도(織錦圖)〉[696]가 공교하지만 구차함이 심하다. 그러나 화씨의 글은 이치가 통달하여 조금도 구차하지 않

---

693) 생각하는 것 : {ᄉᆞ량}. '생각'의 고어임.

694) 한씨 : 소부인의 남편인 한생을 이름.

695) 탁문군(卓文君)의 〈백두음(白頭吟)〉 : 탁문군은 한(漢)나라 대부호 탁왕손의 딸로 과부로 있다가 사마상여와 사랑에 빠져 야반도주했으나 나중에 그가 무릉인의 딸을 첩으로 삼자 〈백두음〉을 읊었음.

696) 소혜(蘇蕙)의 〈직금도(織錦圖)〉 : 진(秦)나라의 소혜라는 여인이 남편을 그리워하는 마음을 시로 지어 비단에 수를 놓은 〈직금도〉를 남편에게 보냈다고 함.

고 명백하니, 족히 옛 사람의 부질없는 수고와 괴로운 시 짓기보다 배나 낫다.

쓰기를 마치고 종이를 책 사이에 끼워 조카에게 서당에 갖다 놓으라고 하였다. 승상이 다음날 아침에 들어와 소씨를 보고 웃으며 말하였다.

"어제 써 놓은 빛나는 글을 보니 영광이었습니다. 그러나 그 뜻을 잘 모르겠습니다."

소씨가 웃으며 말하였다.

"네가 모르는데 내가 어떻게 알겠느냐?"

말을 마치고 남매가 서로 웃었다. 승상이 희롱하는 것을 싫어하지만 동기(同氣)[697] 사랑함이 지극하기에 늘 두 누이와 함께 말씀하며 이같이 웃었다.

하루는 서당에 들어가 단선생을 보고 여러 아들들의 재주를 물었다. 단선생이 대답하였다.

"자제분이 어리지만 문재(文才)가 아름다워 옥당(玉堂)[698]에 오를 만한
재주이지만 단지 아깝고도 아까운 것은 승상의 재주를 전해 받을 사람 123
은 없는 듯한 것입니다."

승상이 듣고 나서 깜짝 놀라며 말하였다.

"무슨 말인가?"

선생이 웃으며 말하였다.

"자제분 열 사람이 붓 아래 문장을 이루고 기품도 있어 문채(文彩)가 나

---

697) 동기(同氣) : 원문에는 '동싱[同生]'으로 되어 있는데 이는 자기보다 나이가 적은 형제를 뜻하니 문맥상 맞지 않음. 소씨는 승상의 누나이고 윤씨는 동생이므로 문맥을 고려하여 이같이 옮김.

698) 옥당(玉堂) : 한대(漢代)에 문사(文士)가 출사(出仕)하던 곳. 전하여 송대(宋代)부터 한림원(翰林院)의 별칭. 조선에서는 홍문관(弘文館)의 별칭.

지만 모두 유람하며 놀 정도의 아름다움일 뿐 바다처럼 큰 재주는 아닙니다. 오직 셋째만 거의 비슷하지만 그도 승상보다는 두어 층이 낮습니다. 그러나 여덟 아들이 모두 영화롭고 귀하게 되며 장수할 것입니다."

승상이 웃으며 말하였다.

"팽조(彭祖)[699]는 한 글자 남긴 글이 없는데도 장수하였으니 어찌 좋지 않겠는가? 다만 셋째는 게으르기 짝이 없으니 문장이 어디에서 나겠는가?"

선생이 말하였다.

"명공(明公)께서는 듣지 못하였습니까? 자고로 영웅이 언제 머리를 높이 들고 독서한 적이 있습니까? 옛날 신야(莘野)의 이윤(伊尹)[700]과 위수(渭水)의 태공망(太公望),[701] 한(漢) 나라의 장량(張良)[702]이나 촉(蜀)의 제갈량(諸葛亮)[703]이 무슨 경전을 읽었을까마는 세상을 바꾸는 손이 있었고 유씨 임금들을 바로 보필하는[704] 틀이 있었으니, 어찌 소소한 태사(台司)[705] 벼슬을 하늘의 북두성(北斗星)·자미성(紫微星)[706]과 같은

699) 팽조(彭祖) : 전설적 인물로, 800세의 수(壽)를 누렸다 함.

700) 이윤(伊尹) : 은(殷)의 재상. 이름은 이(伊) 또는 지(摯)임. 윤(尹)은 벼슬 이름. 탕왕(湯王)을 도와 걸(桀)을 쳐서 탕왕이 천하를 통일하게 하였음.

701) 태공망(太公望) : 주(周)나라의 현신(賢臣)으로, 성은 강(姜)이고 이름은 상(尙)임. 무왕(武王)을 도와 은(殷)을 치고 주(周)를 세운 공으로 제(齊)에 봉해짐. 강태공, 여상(呂尙), 여망(呂望) 등으로 불림. 위수 가에서 낚시질하다가 문왕에게 발탁되었다고 함.

702) 장량(張良) : 한고조(漢高祖) 유방(劉邦)의 신하이자 모사(謀士). 자(字)는 자방(子房). 진(秦)나라를 멸망시키고 초(楚)나라를 평정하여 한업(漢業)을 세우고 그 공로로 유후(留侯)로 봉해짐.

703) 제갈량(諸葛亮) : 삼국시대 촉(蜀)나라의 재상으로 자(字)는 공명(孔明). 유비(劉備)의 삼고초려(三顧草廬)에 못이겨 출사(出仕)한 후 유비로 하여금 촉나라를 건국케 하였음. 그가 지은 〈출사표(出師表)〉는 명문으로 유명함.

704) 바로 보필하는 : {광부ᄒᆞᆫ}. 문맥상 '광보(匡輔)ᄒᆞᆫ'의 오기(誤記)로 보고 이같이 옮김.

705) 태사(台司) : 제왕을 보좌하는 삼공(三公) 등의 대신(大臣)을 이름.

706) 자미성(紫微星) : 북두성의 북쪽에 있는 별자리 이름. 천제(天帝)가 거처하는 곳이라 함. 전하여 제왕의 궁궐을 뜻하기도 함.

제왕[707]에 비하겠습니까? 지금 셋째 아드님의 재주는 한갓 글재주를 말하는 것이 아니라 영웅과 호걸의 거동이 있다는 것입니다. 그래서 공맹(孔孟)의 바른 도리로 몸가짐을 할 사람이 아니고 반드시 협기(俠氣)를 가져 뜻이 하늘 높이 뛰놀고자 하는 기운이 있습니다. 나중에 제 말 124
이 맞을 것입니다."

승상이 또 웃고 말하였다.

"아이가 만약 그렇다면 다 선생의 덕입니다."

선생이 크게 웃으며 말하였다.

"어찌 내 덕이겠습니까? 다만 셋째 아드님이 장성하면 제어하기 어려울 것이니 승상은 마음을 써서 살피십시오."

말을 마치자 손님과 주인이 함께 즐거이 웃고 술을 내와 흠뻑 마시고는 해가 저물고 나서 흩어졌다.

세월이 물 흐르듯 하여 자녀가 장성하니, 승상이 널리 구하여 각각 아름다운 배필을 얻게 하였다. 또 두 부인과 화락하면서 두 누이와도 우애하고 서모를 공경하며 어머니께 효를 지극히 받들어, 비록 자녀가 많고 나이가 쇠하였지만 모친 앞에서는 몸가짐을 아이같이 하며 신성(晨省)과 혼정(昏定)의 예의를 게을리 하지 않고 한 때도 폐하지 않았다.

양부인이 5대손까지 보았어도 집안 일을 놓지 않으니, 화부인과 석부인이 또한 예의와 법도를 넘지 않아 방 안의 작은 것도 사사로운 재물과 그릇이 없이 모두 양부인께 드려 창고 안에 넣었다가 승상과 자기에게 쓸 곳이 있으면 아뢰고 얻어 썼다. 또 비단을 얻어도 다 창고에 넣어 쓸 데가

707) 하늘의 ~ 제왕 : {쳔니빅두미}. 이본을 대조하고 문맥을 고려하여 '천니[天裏] 북두자미(北斗紫微)'로 보고 이같이 옮김.

125 있으면 고한 후에야 마음에 맞게 내어 쓰니 집안사람들이 다 변함없는 일
로 알아 사재(私財)를 집에 두면 시녀라도 무례하다고 여겼다. 그래서 양
부인이 네 계절에 맞게 며느리와 두 딸을 불러, 석파에게 창고를 열고 이
파에게 좋은 비단을 가려내게 하였다. 눈앞에서 네 부인에게 부부의 옷을
마름질하고 손자들의 옷 지을 것을 준비하여 시녀에게 지으라고 맡겨 짓
게 한 후 주었는데, 반 마디 터럭만큼도 차이가 없었다. 다만 윤씨는 친가
가 없고 사사로운 재물도 없어 대접해 주는 사람이 없기에 더 거두어 한
단계 더 주시니, 거룩한 덕이 이와 같았다.

네 부인이 몸이 한가하고 여력이 있었으나 의복에 간여하지 않으며, 손
님 대접할 수를 헤아려 양부인 앞에서 석파 등과 더불어 술과 안주를 도
울 따름이었다. 소씨와 윤씨 부인도 자기 남편의 손님맞이를 시녀에게 맡
기고 아는 것이 없었으며 단지 장복(章服)[708]과 관복(官服)을 시녀가 잘못
준비할까 하여 스스로 짓는 일 외에는 종일토록 시사(詩詞)를 화답하여 읊
고 바둑으로 소일하여 시인(詩人)의 모습과 풍류 있는 거동이 있었다. 유
독 석씨만은 손님을 대접하는 것을 알지 못하고 바느질에도 간섭하지 않
았다. 비록 양부인이 시절에 맞는 옷을 마름질해 주지만 시녀에게 맡겨
126 완성하게 하고 스스로는 양부인 식사를 받들며 의복을 몸소 맡아 처리하
여 신임을 받으면서 모셨다. 마치 그림자가 얼굴을 좇는 듯하니 비록 나
이가 늙어도 성품이 쇠하지 않아 한결 같았다. 그래서 양부인이 자연히
긴요하고 중하게 여기는 것이 화씨보다 더하였다. 수십 년을 모시되 터럭
하나도 미진한 일을 보지 못하였으니 양부인이 앞에 두기를 마땅하게 여
겼으며, 승상께도 허물을 보이지 않았으니 석부인의 현철함을 가히 알 만

708) 장복(章服) : 직품(職品)을 가진 부인의 예복.

하였다.

승상이 모친을 수명이 다할 때까지 효도로 마쳤고, 벼슬이 제후에 있으면서 공적을 자주 세웠으며 80이 넘어서 세상을 버렸다. 두 부인이 이어 돌아간 후, 자손이 번성하여 관직이 그치지 않았다. 두 아들이 재상이 되었는데 7대를 연이어 재상이 된 것이니,[709] 후대 사람들이 시를 지어 찬양하며 말하였다.

"평생토록 덕을 베풀고 순박하고 검소하며, 공손히 예의를 지켰네. 선(善)을 쌓아 놓은 것이 자손에게까지 흘러[710] 자손들이 가문을 드높였네. 7대에 걸쳐 정승이 난 것은 효행과 정직함을 푸른 하늘이 도우시고 신명(神明)이 감동하신 것이라네."

그 자녀가 모두 기이하였는데, 일기(日記)를 보니 후세에 전할 만하기에 이어 전(傳)을 지어낸다. 소공의 행적이 집안에 많이 알려져 죽을 때까지의 일기가 있기에 '별전(別傳)'을 『소씨삼대록』이라고 한다.

---

709) 재상이 된 것이니 : {황각(黃閣)의 깃드리니}. '황각'은 재상의 관서(官署)를 이름.
710) 선(善)을 ~ 흘러 : {젹셩여음이 흘너}. 문맥상 '젹션여음[積善餘音]이 흘너'의 오기(誤記)로 보임. 적선여음은 선행을 쌓아 그 영향이 자손에 미치는 것을 가리킴.

소승샹 본뎐 별셔

1면

대승 태종시절의 강능후 겸 구셕 참지정ᄉᆞ 농두각 태ᄒᆞᆨᄉᆞ 쇼공의 명은 경이오 ᄌᆞᄂᆞᆫ ᄌᆞ문이라 ᄉᆡᆼ셩ᄒᆞ매 산쳔슈존과 일월졍긔며 텬디조화ᄅᆞᆯ 타나 흉격의 경쳔위디ᄒᆞᆯ 뜻을 품으며 미목 듕의 안방뎡국ᄒᆞᆯ ᄌᆡ죄 이셔 문쟝긔졀이 일시ᄅᆞᆯ 압두ᄒᆞ고 표티풍광이 쳔고의 독보ᄒᆞ니 필하의 신이ᄒᆞ믄 죵왕니두의 디나고 용모의 아ᄅᆞᆷ답기ᄂᆞᆫ 딘평 쥬유 뉵손의 넘으며 긔관지식 ᄒᆞᆫᄃᆡ 졔갈과 가ᄌᆞᆨᄒᆞ며 풍녁강개ᄒᆞ미 당ᄃᆡ 위딩이라도 밋디 못ᄒᆞᆯ 거시오 팀묵온듕ᄒᆞ여 희노ᄅᆞᆯ ᄂᆞᆷ이 모ᄅᆞ고 언쇼ᄅᆞᆯ 가ᄇᆡ야이 아니ᄒᆞᄃᆡ 거가의 유슌할연ᄒᆞ고 편모효양을 졍셩의 못 밋ᄎᆞᆫ ᄃᆡ 업ᄉᆞ니 비록 녯 증ᄌᆡ라도 이에 디나디 못ᄒᆞᆯ 배오 우애동긔와 공경셔모ᄒᆞ며 티가지졍이 ᄒᆞᆫᄀᆞᆯ ᄀᆞᆺ고 위삼ᄐᆡ예 니ᄅᆞᄃᆡ 청현ᄒᆞ고 검소ᄒᆞ야 의복이 슌박ᄒᆞ고 셩품이 고요ᄒᆞ야 벗 사괴기ᄅᆞᆯ 폐ᄒᆞ니 평ᄉᆡᆼ 친붕이 십여인의 지ᄂᆞ

2면

디 아니코 녀ᄉᆡᆨ을 더러이 너겨 ᄆᆡ일 외당의셔 분향ᄒᆞ고 글을 닑어 문니ᄅᆞᆯ 더욱 힘ᄡᅳ고 ᄒᆡᆼ실을 닷가 ᄇᆞᆰ은 도ᄒᆞᆨ이 졔뉴의 특츌ᄒᆞ고 훈ᄌᆞ 교뎨ᄌᆞ ᄒᆞ매 셩인의 유풍을 니으니 팔ᄌᆞ 오복의 흠ᄒᆞᆯ 거시 업더니 향슈ᄅᆞᆯ 기리ᄒᆞ고 텬당의 도라가니 인종황뎨 그 삼ᄃᆡ 노신인 쥴 슬허ᄒᆞ샤 왕녜로 장ᄒᆞ고 묘ᄒᆞ의 ᄉᆞ당 지어 ᄉᆞ시로 졔ᄒᆞ며 시호ᄅᆞᆯ 튱녈공이라 ᄒᆞ고 비문의 사기ᄃᆡ 효의션ᄉᆡᆼ이라 ᄒᆞ시니라 날이 오라도록 ᄉᆡᆼ각ᄒᆞ샤 이에 ᄒᆞᆨᄉᆞ 포증과 샹셔 녀이간 등으로 그 ᄒᆡᆼ젹을 긔록ᄒᆞ라 ᄒᆞ시니 이인이 서ᄅᆞ 닐오ᄃᆡ 거가의 쇼쇼ᄒᆞᆫ 일을 다 알기 어렵다 ᄒᆞ여 본부의 가 공의 츌셰ᄒᆞ던 근본으로븟터 죵신ᄒᆞᆫ 일을 녁녁히 일긔ᄒᆞᆫ 문셔ᄅᆞᆯ 어더내여 ᄉᆞᆯ노고 히득ᄒᆞ기ᄅᆞᆯ 셰쇄히 ᄒᆞ야 뎐을 지으ᄃᆡ 공의 희노와 언쇠 젹고 ᄒᆡᆼ실이 높기로 사ᄅᆞᆷ으로 ᄒᆞ여금 이 뎐을 보면 숑연히 공경ᄒᆞ

---

* 이화여자대학교 소장본 『소현성록』은 '권지일' 1면부터 3면까지가 '소승상 본면 별셔'이고, 4면부터 본격적인 서사인 '소현셩녹 권지일'이 시작됨.

나 빗나며 화려ᄒᆞᆫ 일이 업ᄂᆞᆫ 고로 그 ᄌᆞ식의 쇼셜을 지어 번화를 돕고 공의 ᄉᆡᆼ시 별회 현셩션ᄉᆡᆼ인

3면

고로 슈데 소현셩녹이오 ᄌᆞ손의ᄂᆞᆫ 별데를 뼈 소시삼ᄃᆡ록이라 ᄒᆞ고 여러 권 셜화를 셰샹의 뎐ᄒᆞ믄 대개 사ᄅᆞᆷ의 어미 되야 공의 효ᄒᆡᆼ ᄀᆞᆺ트믈 권ᄒᆞ미라 희라 이 셜화를 보면 방탕무식ᄒᆞ야 부모 혜디 아닛ᄂᆞᆫ 불효ᄌᆞᆫ들 감동티 아니랴

경오 십팔년 츄칠월 십삼일의 포흑ᄉᆞ 녀샹셔ᄂᆞᆫ 만셰슈명ᄒᆞ야 작 현셩녹ᄒᆞᄂᆞ니 뉴뎐쳔츄로다

소현셩녹 권지일

4면

화셜 변경 남문 밧 ᄉᆞ십 니의 ᄒᆞᆫ 뫼히 이시니 호왈 ᄌᆞ운산이오 쥬회 삼ᄇᆡᆨ 니라 산형이 폴당 고즌 ᄃᆞᆺᄒᆞ엿ᄂᆞᆫᄃᆡ 폭푀 젼후로 솟ᄂᆞᆫ 곳이 칠십여 쳬라 잔완이 흘너 산 젼면의 모다 ᄃᆡᆼ현이 되니 믓 듀회 십여 리오 깁희 일쳔 쳑이라 ᄀᆞᆯ온 와뇽담이라 못과 산을 남북으로 두르고 그 가온대 ᄒᆞᆫ 골이 이시니 ᄀᆞᆯ온 장현동이라 쥬회 ᄇᆡᆨ니오 평탄ᄒᆞ기 뉴리로 밀틴 ᄃᆞᆺᄒᆞ더라 ᄉᆞ면의 창〃녹듁과 낙〃당숑이 둘럿고 그윽ᄒᆞᆫ 경티와 비샹ᄒᆞᆫ 풍식이 무릉 별셰계오 봉닉 방댱이라 ᄌᆞ운산 놉희 쳔여 댱이오 봉만이 열둘히라 텬디 초판ᄒᆞᆯ 적 ᄆᆞᆯ근 졍긔와 녕이ᄒᆞᆫ 긔운이 엉긔여 와뇽담과 ᄌᆞ운산의 즘겨 긔이ᄒᆞ미 다른 산쳔과 크게 ᄀᆞᆺ디 아니ᄒᆞ더라 곡듕의 ᄒᆞᆫ 쳐ᄉᆡ 이시니 셩은 소요 명은 광이라 교목셰개오 ᄇᆡᆨ년 구족이라 그 조샹이 한당 이ᄃᆡ를 셤겨 ᄃᆡ〃로 명공거샹이러니 오ᄃᆡ적 텬해대란ᄒᆞ니 소광이 시졀을 피ᄒᆞ야

5면

ᄌᆞ운산의 은거ᄒᆞ니 부인 양시ᄂᆞᆫ 태원인 참졍 양문광의 ᄯᆞᆯ네라 이ᄯᅢ 송 태조 무덕황뎨 즉위ᄒᆞ샤 법녕과 덕졍이 가즉ᄒᆞ샤 만민이 열복ᄒᆞᄃᆡ 쳐ᄉᆡ ᄆᆞᄎᆞᆷ내 나디 아니니 승샹 됴보 셕슈신 등이 텬ᄌᆞᄭᅴ 고ᄒᆞᆫᄃᆡ 샹이 안거후례로 년ᄒᆞ야 다ᄉᆞᆺ 번 쳥ᄒᆞ시니 쳐ᄉᆡ

ᄉᆞ명을 ᄃᆡᄒᆞ야 닐오ᄃᆡ 당외 지셩이샤ᄃᆡ 소혜 이시니 이제 셩샹 은ᄐᆡᆨ이 브죡ᄒᆞ미 아니로ᄃᆡ 내 스ᄉᆞ로 ᄯᅳᆺ이 낙〃ᄒᆞ야 환욕이 업ᄉᆞ니 만일 샹이 구ᄐᆞ여 핍박하시면 뼈 곰ᄒᆞᆫ 번 죽어 본ᄯᅳᆺ을 ᄃᆡᆨ희리라 ᄉᆡ 도라와 주ᄒᆞ니 샹이 차탄ᄒᆞ시고 그 ᄯᅳᆺ을 앗디 못ᄒᆞ신디라 일노조차 별호ᄅᆞᆯ 쇼소부라 ᄒᆞ니 그 쳥개ᄒᆞ고 어딜믈 보리러라 쳐ᄉᆡ 됴뎡의 가기ᄅᆞᆯ ᄀᆞᆺ고 곡듕의 한가히 이셔 학을 춤추고 오현금을 어ᄅᆞ문져 만승을 헌신 보ᄃᆞᆺᄒᆞ며 혹 나귀ᄅᆞᆯ ᄐᆞ고 텬하ᄅᆞᆯ 텸관ᄒᆞ며 혹 쇼션을 지어 ᄉᆞ히예 듕류ᄒᆞ니 깁흔 산듕의 모진 즘ᄉᆡᆼ을 만나미 여러 번이로ᄃᆡ 쳐ᄉᆡ ᄒᆞᆫ 곡됴 가ᄉᆞᄅᆞᆯ 브ᄅᆞ면 호표싀랑의 뉘 스ᄉᆞ로 신히 육희ᄒᆞ야 즐겨 도ᄅᆞ가고 해티 못ᄒᆞ

6면

며 만니 창파의 풍셰 불일ᄒᆞ여 쥬즙이 업칠 ᄃᆞᆺᄒᆞ다가도 쳐ᄉᆡ 글을 지어 음영ᄒᆞ면 물결이 기름 스ᄉᆞᆫ ᄃᆞᆺᄒᆞ고 교룡이 귀ᄅᆞᆯ 기우려 글을 항복ᄒᆞ니 문장과 ᄌᆡ홰 이러ᄐᆞᆺ ᄒᆞ고 ᄯᅩᄒᆞᆫ 용뫼 관옥 ᄀᆞᆺ고 풍치 츄월 ᄀᆞᆺᄐᆞ며 톄되 쥰엄ᄒᆞ여 사ᄅᆞᆷ 가온대 신션이오 오작 듕 봉황 ᄀᆞᆺᄐᆞ야 진쇽 듯글이 업ᄉᆞ니 진짓 쳥졍ᄒᆞᆫ 산인이오 긔이ᄒᆞᆫ 쳐ᄉᆡ러라 일즉 부인으로 동낙 십여 년의 부인이 쳐ᄉᆞ의 희롱ᄒᆞ며 노호오믈 보디 못ᄒᆞ엿고 쳐ᄉᆡ 부인의 크게 우ᄉᆞ며 뎐도히 말ᄒᆞ며 불연히 셩내여 소ᄅᆡ 놉히믈 듯디 못ᄒᆞ니 냥인은 묵〃ᄒᆞ고 슉녀ᄂᆞᆫ 졍뎡ᄒᆞ며 냥인은 슌젼ᄒᆞ고 슉녀ᄂᆞᆫ 유화ᄒᆞ야 이려ᄅᆞᆯ 두리고 녜이ᄅᆞᆯ 공경ᄒᆞ야 부뷔 츌입의 반ᄃᆞ시 서ᄅᆞ 니러 보내고 니러 마ᄌᆞ며 방셕을 피ᄒᆞ니 가인복부와 일개 일즉 뎌 부〃의 갓가이도 안자시믈 보디 못ᄒᆞ니 이 졍히 공경ᄒᆞᄂᆞᆫ 손과 ᄒᆞᆫ가지러라 쳐ᄉᆡ 팔ᄌᆡ 독ᄌᆞ로 일신이 경〃ᄒᆞ고 부뷔 서ᄅᆞ 의디ᄒᆞ여 나히 거의 삼십이로ᄃᆡ ᄒᆞᆫ낫 골육이 업ᄉᆞ니

7면

듀야 슬허ᄒᆞ거ᄂᆞᆯ 양부인이 ᄯᅩᄒᆞᆫ 념녀ᄒᆞ야 이에 대장군 셕슈신의 쳡녀 셕파와 냥인의 녀아 니시ᄅᆞᆯ 어더 두 미희로ᄡᅥ 당부ᄅᆞᆯ 권ᄒᆞ니 쳐ᄉᆡ ᄉᆞ양티 아니코 다 통ᄋᆡᄒᆞᄃᆡ ᄌᆞ못 엄슉ᄒᆞᆫ디라 이녜 ᄯᅩᄒᆞᆫ 조심ᄒᆞ야 샹공과 부인 셤기믈 노쥬간ᄀᆞᆺ티 ᄒᆞ더라 수삼년이 디나ᄃᆡ 두 미인의 잉ᄐᆡ 돈연ᄒᆞ니 쳐ᄉᆡ 탄왈 이ᄂᆞᆫ 다 내 팔ᄌᆡ로다 ᄒᆞ더라 일년 후 부인이 홀연 잉ᄐᆡᄒᆞ니 쳐ᄉᆡ 대희ᄒᆞ고 냥미인이 ᄯᅩᄒᆞᆫ 깃거 ᄉᆡᆼ남ᄒᆞ믈 츅원ᄒᆞ더니 블힝ᄒᆞ야 농장ᄒᆞ믈 엇지 못ᄒᆞ고 ᄒᆞᆫ낫 녀ᄋᆞᄅᆞᆯ ᄉᆡᆼᄒᆞ니 쳐ᄉᆡ 비록 악연ᄒᆞ나 쳐음으로 유치ᄅᆞᆯ 두니

〈랑ᄒᆞ미 남ᄋᆞ의 지나더라 부인이 다시 회ᄐᆡᄒᆞ니 쳐식 그 님산ᄒᆞ기를 당ᄒᆞ야 분향ᄒᆞ야 츅텬ᄒᆞ고 아들을 ᄇᆞ라더니 문득 일개 녀ᄋᆞ를 나흔지라 쳐식 향노를 박ᄎᆞ고 탄식오열 왈 하놀이 엇디 내게 홀로 젹악을 ᄂᆞ리오시나뇨 십ᄉᆞ연을 기ᄃᆞ려 문득 두 ᄯᆞᆯ을 년ᄒᆞ야 나흐니 일신 후ᄉᆞ와 조샹혈식을 뉘게 의탁ᄒᆞ리오 언필의 눈물을 ᄂᆞ리오니 좌위 다 쳑연슈루ᄒᆞ

8면

더라 ᄎᆞ후는 쳐식 ᄇᆞ라미 긋쳐뎌 다시 아들을 일으디 아니ᄒᆞ더니 일〃은 일몽을 어드니 ᄌᆞ운산 샹으로셔 션악이 양〃ᄒᆞ야 봉쇼의 좌ᄒᆞ여 두어 션인이 ᄎᆡ의를 붓치고 표연히 ᄂᆞ려와 좌를 뎡티 아니ᄒᆞ고 바로 나아와 쳐ᄉᆞ의 손을 잡고 흔연 쇼왈 별후 무양ᄒᆞ냐 그ᄃᆡ 아들을 못 나흘가 근심ᄒᆞ나 샹텬이 뎡ᄒᆞ야 겨시니 죵ᄉᆞ를 엇디 죡히 념녀ᄒᆞ리오 쳐식 급히 마자 ᄇᆡ샤 왈 션싱은 일즉 면분이 업ᄉᆞ니 엇디 졍의 친ᄒᆞ미 이시리잇고 다만 젹악이 극ᄒᆞ야 ᄒᆞᆫ낫 병든 아들도 업ᄉᆞ니 소시의 후ᄉᆡ 멸홀디라 일로ᄡᅧ 슬허ᄒᆞ더니 션인은 엇던 사ᄅᆞᆷ이완ᄃᆡ 싱의 심곡을 능히 아ᄅᆞ시며 샹텬이 뎡ᄒᆞ다 ᄒᆞ미 무슨 뜻이며 죵내 무후ᄒᆞ리잇가 원컨대 션형은 ᄀᆞᄅᆞ치라 션군이 웃고 ᄉᆞ매 안흐로셔 일쳑 빅옥을 내니 긔홰 암〃ᄒᆞ고 금으로 장식을 ᄒᆞ엿더라 쳐ᄉᆞ를 주며 왈 이 그ᄃᆡ 집 듕뵈라 갑시 업ᄉᆞ리라 쳐식 밧다 보니 이 문득 옥뇽이오 금장식은 누른 구름이 되야 뇽을 옹위ᄒᆞ야 둘너시니 고이히 너겨

9면

ᄌᆞ시 보니 옥뇽이 스ᄉᆞ로 움즉여 구름을 토ᄒᆞ거놀 샹슈의 셧던 셩인이 웃고 붓을 드러 구름 운ᄌᆞ 열과 빗날 슈ᄌᆞ 다ᄉᆞ술 ᄡᅥ 쳐ᄉᆞ를 뵈여 왈 이 너의 셩손이라 쳐식 탄왈 아들도 업거든 엇디 셩손을 ᄇᆞ라리오 션인 왈 나는 남두셩이오 뎌는 태샹노군이라 이제 녕보도군이 원시텬존과 태샹노군과 ᄒᆞᆫ가지로 샹쳥 미라궁의셔 삼쳥이 되얏더니 텬황이 그ᄃᆡ 졍ᄉᆞ와 덕을 감격ᄒᆞ야 삼쳥 ᄉᆞ데 듕 골히시매 녕보도군이 젼셰예 그ᄃᆡ 은혜를 닙엇는 고로 ᄌᆞ원ᄒᆞ야 팔십오일을 말미ᄒᆞ고 ᄂᆞ려오니 이 구름 운ᄌᆡ와 빗날 슈ᄌᆡ 도군의 소싱이라 다만 그ᄃᆡ 팔ᄌᆡ 너모 딘연이 업기로 도군의 영화를 보디 못ᄒᆞ리라 양시는 비록 그ᄃᆡ와 삼싱 부뷔나 셰연이 듕ᄒᆞ니 팔십ᄉᆞ일을 쇠디의 ᄒᆞᆫ이 ᄎᆞ면 그ᄃᆡ와 모드리라 드ᄃᆡ여 옥뇽을 쳐ᄉᆞ의 품의 너코 구름 운ᄌᆞ와 빗날 슈ᄌᆞ 쓴거술

벽의 븟티거ᄂᆞᆯ 쳐ᄉᆡ 유의ᄒᆞ야 보니 글ᄌᆡ 다 ᄉᆡᆼ긔 뉴동ᄒᆞᄂᆞᆫ 듯ᄒᆞ고 다ᄉᆞᆺ 슈ᄌᆞ 듕의 뎨오 슈ᄌᆡ 뉴의 크고 글ᄌᆞ 우히 황농이 어리엇거ᄂᆞᆯ 즘탁ᄒᆞ

10면

야 볼 적 문득 품 가온대 옥농이 변ᄒᆞ야 기ᄅᆡ 만여 댱이나 ᄒᆞ여 눈 ᄀᆞᆺ튼 닌갑을 번득이고 여의쥬ᄅᆞᆯ 물고 양부인 자리로 드러가거ᄂᆞᆯ 두 션인이 박장대쇼ᄒᆞᆫ대 쳐ᄉᆡ 놀라 ᄭᆡᄃᆞᄅᆞ니 이 ᄒᆞᆫ ᄭᅮᆷ이오 ᄉᆞ경삼뎜이러라 쳐ᄉᆡ 본ᄃᆡ 팀묵언희ᄒᆞᆫ디라 구외에 내디 아니코 양부인 몽ᄉᆡ ᄯᅩ ᄒᆞᆫ가지나 ᄯᅩᄒᆞᆫ 말ᄉᆞᆷ이 젹은 고로 부〃 두 사ᄅᆞᆷ이 ᄒᆞᆫ 가지로 신몽을 어드ᄃᆡ 서ᄅᆞ 품고 발셜치 아니나 각〃 심듕의 암축ᄒᆞ더라 일로붓터 부인이 잉틔ᄒᆞ니 ᄆᆡ양 긔이ᄒᆞᆫ 향긔 방듕의 어ᄅᆡ고 긔운이 더옥 청졍ᄒᆞ니 쳐ᄉᆡ 깃브믈 뎡티 못ᄒᆞ야 됴셕으로 분향츅천ᄒᆞ야 아ᄃᆞᆯ 나기ᄅᆞᆯ 빌며 부뷔 서ᄅᆞ 티하ᄒᆞ더니 불힝ᄒᆞ여 양시 잉틔 칠삭이 된 후 쳐ᄉᆡ 홀연 득병을 어더 일〃 ᄉᆞ이 위틔ᄒᆞ니 스ᄉᆞ로 사디 못ᄒᆞᆯ 줄 알고 급히 악부 양참졍을 청ᄒᆞ야 유언 왈 쇼셰 불힝ᄒᆞ야 슬하의 아ᄃᆞᆯ이 업고 강보유녀와 고독ᄒᆞᆫ 쇼쳬 혈〃경〃ᄒᆞᆫ디라 구쳔의 도라가나 눈을 ᄀᆞᆷ디 못ᄒᆞ리로소이다 악부ᄂᆞᆫ 쇼셔의 졍ᄉᆞᄅᆞᆯ 어엿비 너기샤

11면

두 낫 ᄯᆞᆯᄌᆞ식을 보호ᄒᆞ야 나의 녕혼을 위로ᄒᆞ시고 비록 외로오나 이 ᄌᆞ운산의 두샤쇼셔의 ᄯᅳᆺ을 ᄃᆡ히게 ᄒᆞ쇼셔 ᄯᅩ 부인ᄃᆞ려 왈 내 블셔 셰연이 진ᄒᆞ얏ᄂᆞᆫ디라 슬허ᄒᆞ나 밋디 못ᄒᆞ리로다 다만 그ᄃᆡ 복듕의 벅〃ᄒᆞᆫ 남ᄋᆡ라 일즉 여ᄎᆞ〃ᄒᆞᆫ 몽ᄉᆞᄅᆞᆯ 어더 남ᄋᆞᄅᆞᆯ 볼가 ᄇᆞ라더니 팔ᄌᆡ 긔구ᄒᆞ야 밋처 보디 못ᄒᆞ니 비로쇼 몽죄 마ᄌᆞᆫ디라 션인의 말이 녕험ᄒᆞ니 복ᄋᆡ 반ᄃᆞ시 영귀ᄒᆞᆯ 거시니 그ᄃᆡ 가히 보호ᄒᆞ야 명을 경이라 ᄒᆞ야 경ᄉᆞ경ᄌᆞᄅᆞᆯ 짓고 ᄌᆞᄅᆞᆯ ᄌᆞ문이라 ᄒᆞ라 힝혀 블힝ᄒᆞ여 ᄯᅩ ᄯᆞᆯ일디라도 몽ᄉᆡ 긔이ᄒᆞ니 이 아희로ᄡᅧ 졔ᄉᆞᄅᆞᆯ 니으라 셜파의 기리 탄식고 냥녀와 부인의 손을 잡아 눈믈이 비 ᄀᆞᆺ더니 이윽고 망ᄒᆞ니 츈취 삼십이셰오 시셰 삼월이라 일개 호곡ᄒᆞ믈 마디 아니ᄒᆞ더라 습념ᄒᆞ야 초상을 ᄆᆞᆺ고 양부인이 셜우믈 품어 졔ᄉᆞᄅᆞᆯ 일우더니 일삭이 디나매 양시 긔력이 쟝ᄎᆞᆺ 위틔ᄒᆞᆫ디라 스ᄉᆞ로 복듕ᄋᆡ 샹ᄒᆞᆯ가 두려 져근 셜우믈 강잉ᄒᆞ고 관대ᄒᆞᆫ 의리ᄅᆞᆯ ᄉᆡᆼ각ᄒᆞ야 ᄒᆞᆫ 그ᄅᆞᆺ 육즙을 들고 관

12면

알픽 나아가 닐오딕 군의 정녕이 머디 아니시니 반드시 쇼감ᄒᆞ라 내 이제 투싱ᄒᆞ미 아니라 힝혀 복듕의 남질딘대 소시 후ᄉᆞ와 군의 녕혼을 위로홀 거시오 셜ᄉᆞ 녀지라도 쏘ᄒᆞᆫ 내 몸이 보젼ᄒᆞ여야 군의 삼년 졔ᄉᆞ와 슬하 유톄를 거둘디라 임의 죽디 못홀딘대 쏘ᄒᆞᆫ 보젼홀 거시므로 스ᄉᆞ로 긔운을 짐쟉ᄒᆞ야 ᄇᆞ디티 못홀 줄 알고 육즙을 나오ᄂᆞ니 정녕이 알미 잇ᄂᆞ냐 셜파의 실셩통곡ᄒᆞ고 마시기를 다 ᄒᆞ고 침소의 도라와 졔ᄉᆞ를 밧들고 티가ᄒᆞ기를 더옥 엄졍히 ᄒᆞ더니 장ᄉᆞ를 일우매 ᄌᆞ운산 동녁희 안장ᄒᆞ고 새로이 슬허 양참졍이 됴셕의 위로ᄒᆞ야 디내더니 십ᄉᆞ월 만의 구월 십오일 신시의 양시 슌산ᄒᆞ고 ᄉᆡᆼᄌᆞᄒᆞ니 이ᄯᅴ 양공이 의원을 ᄃᆞ리고 외당의셔 녀ᄋᆞ의 ᄒᆡ산을 ᄃᆡ령ᄒᆞ더니 임의 ᄉᆡᆼᄌᆞᄒᆞ믈 드ᄅᆞ매 깃브믈 이긔디 못ᄒᆞ야 밧비 드러가 보니 부인은 혼미ᄒᆞ야 인ᄉᆞ를 모ᄅᆞ고 산뇩의 긔이ᄒᆞᆫ 향내 옹비ᄒᆞ니 공이 경아ᄒᆞ야 ᄆᆞᆺ 아ᄒᆡ를 보매 이 일쳑 형옥이라 용뫼 완연히 ᄒᆡ

13면

월이 ᄣᅥ러딘 ᄃᆞᆺ 안광이 착난ᄒᆞ야 좌우의 ᄲᅩ이니 이 진짓 산쳔슈긔와 음양졍긔 어ᄅᆡ여 인형이 되엿ᄂᆞᆫ디라 양공이 ᄒᆞᆫ번 보매 크게 깃브고 크게 놀라 경희ᄒᆞ미 지극ᄒᆞ야ᄂᆞᆫ 쏘ᄒᆞᆫ 쳐ᄉᆞ를 ᄉᆡᆼ각고 안뉘 ᄇᆡᆨ슈의 니음차 슬허ᄒᆞ니 근시인이 다 늣기믈 마디 아니ᄒᆞ더라 이에 의약을 나와 부인이 잠간 인ᄉᆞ를 출히매 이 남인 줄 알고 몽됴의 마ᄌᆞ믈 암희ᄒᆞ며 망부를 ᄉᆡᆼ각ᄒᆞ매 오ᄂᆡ 봉졀ᄒᆞ야 슬프믈 이긔디 못ᄒᆞ야 호읍ᄒᆞ믈 긋치디 아니〃 양공이 지삼 위로ᄒᆞ야 여러 날 되매 잠간 진졍ᄒᆞ고 긔운을 됴보ᄒᆞ야 일삭 후 향차ᄒᆞ니 가듕이 부인의 여샹홈과 공ᄌᆞ를 어더 이러ᄐᆞᆺ 긔이ᄒᆞ믈 서ᄅᆞ 티하ᄒᆞ고 슬픈 듕 즐겨 임의 삼년을 ᄆᆞᄎᆞ니 양시 더옥 슬허 ᄋᆞᄌᆞ를 어ᄅᆞ문져 교양ᄒᆞ고 댱녀 월영과 ᄎᆞ녀 교영을 다 녀도를 힘ᄡᅥ ᄀᆞᄅᆞ치며 쳐ᄉᆞ 통희 셕파 니파를 얼이ᄋᆞ 굿티 어엿비 너겨 ᄂᆡ외를 티졍ᄒᆞ매 혹 브드럽고 혹 엄슉ᄒᆞ야 샹벌이 명ᄇᆡᆨᄒᆞ니 가힝이 슉연ᄒᆞ미 녯날과 ᄃᆞ리디 아니터라 소경이

14면

임의 두 설이 못 ᄒᆞ야셔 글ᄌᆞ를 ᄒᆡ득ᄒᆞ고 삼셰에 셩경을 낭〃이 외오ᄂᆞᆫ디라 양부인이 크게 근심ᄒᆞ고 두려 힝혀 댱원티 못홀가 ᄒᆞ야 유모로 ᄒᆞ야곰 셔당 갓가이 가셔 칙

을 보디 못ᄒᆞ게 ᄒᆞ라 ᄒᆞ니 유뫼 일로써 공ᄌᆞ를 ᄃᆞ리고 한가히 노ᄅᆞᆸ 글ᄌᆞ를 일쉬오디 아니ᄒᆞ니 공직 비록 삼ᄉᆞ셰 유ᄋᆞ나 이 믄득 범골이 아니라 태〃의 념녀ᄒᆞ시믈 알고 ᄯᅩᄒᆞᆫ ᄉᆡᆼ각ᄒᆞᄃᆡ 내 나히 어리니 곳 부의 진취ᄒᆞ미 밧브디 아니타 ᄒᆞ여 다시 무ᄅᆞᆷ을 니ᄅᆞ디 아니터니 오셰 되매 유모를 믈니티고 두 ᄲᅡᆼ 동ᄌᆞ를 ᄃᆞ리고 셔당의셔 노롬노리ᄒᆞ매 다 비샹ᄒᆞ더니 칠셰 되매 비로소 부인이 친히 글을 ᄀᆞᄅᆞ칠ᄉᆡ ᄒᆞᆫ 일을 드러 빅일을 통ᄒᆞ고 열흘 드러 쳔을 ᄊᆡᄃᆞᄅᆞ니 아ᄎᆞᆷ마다 ᄎᆡᆨ을 ᄭᅵ고 모젼의 나아가 ᄇᆡ호매 부인이 ᄒᆞᆫ번 믈 솟ᄃᆞ시 ᄀᆞᄅᆞ치면 공직 일〃히 사겨 드러 ᄒᆞᆫ번 닑고 외오니 슈고로오미 업ᄂᆞᆫ디라 부인이 탄왈 너의 부친이 겨실딘대 두굿기시미 젹디 아닐낫다 칠셰 ᄋᆞ동이 엇디 믄득 ᄒᆞᆫ번 닑고 ᄒᆞᄅᆞᄂᆞᆫ 둧 외오ᄂᆞ뇨 ᄒᆞ더라 공직 ᄒᆞᆫ갓 총명이 긔이ᄒᆞᆯ 분 아니라 인

15면

시 슉셩ᄒᆞ고 셩회 츌텬ᄒᆞ야 동ᄌᆞ로 더브러 셔실의셔 셔계초명이 관셰ᄒᆞ고 부인슉소 창외예셔 소ᄅᆡ를 ᄂᆞᄌᆞᆨ이 문안을 뭇ᄌᆞᆸ고 회답을 기ᄃᆞ려 ᄌᆡᄇᆡᄒᆞ고 믈러난 후 명됴의 신셩ᄒᆞᆯᄉᆡ 관ᄃᆡ를 졍히 ᄒᆞ고 ᄂᆞᆺ빗ᄎᆞᆯ 온화히 ᄒᆞ며 긔운을 평안히 ᄒᆞ야 모친 상하의 ᄉᆞ러 안자 뫼셔 혹 문의를 뭇ᄌᆞᆸ고 시ᄉᆞ를 ᄇᆡ화 ᄒᆞᄅᆞ ᄉᆞ시 문안과 힝실이 쇼홀 가온대 넘은 일이 만흐니 부인이 그 너모 슈힝ᄒᆞ기로 몸이 샹ᄒᆞᆯ가 두려 새배 닐기를 금ᄒᆞ니 공직 날호여 웃고 주왈 히ᄋᆡ ᄉᆡᆼ각ᄒᆞ니 도션 혈식과 모친의 ᄇᆞ라시미 쇼ᄌᆞ 일인이라 비록 불쵸ᄒᆞ나 엇디 아히 몸이 듕ᄒᆞᆫ 줄 모ᄅᆞ리잇가 이러므로 ᄉᆞᄉᆞ로 슈신ᄒᆞᆷ을 심연츈빙 드딤ᄀᆞᆺ티 ᄒᆞ야 힝혀 죠고만 병이 나 이셔 모친긔 근심을 닐윌가 두려ᄒᆞᄋᆞᆸᄂᆞ니 엇디 병이 나도록 근노ᄒᆞ리잇가 몸이 ᄌᆞ못 평안ᄒᆞ고 긔운이 셩강ᄒᆞ야 불안ᄒᆞ미 업ᄂᆞᆫ 고로 평안ᄒᆞᆫ 듕 인ᄌᆞ의 신셩혼뎡과 나지 세 ᄯᅢ 문안이야 말니잇가 히ᄋᆡ 비록 어리나 잠간 대의를 ᄉᆡᆼ각ᄒᆞᄋᆞᆸ노니 태〃는

16면

졀념쇼려ᄒᆞ쇼셔 좌위 다 칭하ᄒᆞ고 부인이 두굿긔우믈 이긔디 못ᄒᆞ야 손을 잡고 등을 어ᄅᆞ믄져 기리 탄왈 내 아히 힝ᄉᆡ 노실 효낭자의 ᄂᆞ리디 아니ᄒᆞ니 ᄌᆞ뫼 일즉 깃브고 두려ᄒᆞᄂᆞ니 너는 다만 장신ᄒᆞᆷ을 여린 옥ᄀᆞᆺ티 ᄒᆞ야 나의 고독ᄒᆞᆷ과 션군의 ᄌᆡ텬지녕을 위로ᄒᆞ라 인ᄒᆞ야 셕일 쳐ᄉᆞ의 아들 ᄇᆞ라던 일과 님죵 유언을 니를ᄉᆡ 쳥뉘 환란ᄒᆞ야

좌셕의 고이니 냥녀와 셕파 등이 ᄯᅩᄒᆞᆫ 탄셩톄읍ᄒᆞ믈 마디 아니ᄒᆞᄂᆞᆫ디라 공ᄌᆡ 비록 슬프미 극ᄒᆞ나 것ᄎᆞ로 강잉ᄒᆞ야 안ᄉᆡᆨ을 화히 ᄒᆞ고 위로 왈 셕ᄉᆞᄂᆞᆫ 듯ᄌᆞ오매 인ᄌᆞ의 ᄎᆞᆷ아 견ᄃᆡ디 못ᄒᆞ올 비회오나 새로이 슬허ᄒᆞ샤 셩톄 샹ᄒᆞ실가 두려옵ᄂᆞ니 모친은 쇼ᄌᆞ의 심ᄉᆞ를 도라보샤 과도히 톄읍디 마ᄅᆞ쇼셔 부인이 ᄋᆞᄌᆞ의 화긔를 보고 도로혀 탄식ᄒᆞ더라 공ᄌᆡ ᄌᆞ약히 믈러 셔당의 와 양텬 읍왈 내 나히 칠셰 되야시ᄃᆡ 엄친의 면목을 모ᄅᆞ고 ᄌᆞ모의 무양ᄒᆞ심만 밧ᄌᆞ와 아모란 줄을 모ᄅᆞ더니 금일 모친 말숨을 듯ᄌᆞ오니 셕목인들 엇디 셜오믈 ᄎᆞᆷ으리오 언필의 호읍

17면

ᄒᆞ믈 마디 아니ᄒᆞ더니 져녁 문안의 드러갈ᄉᆡ 옥면의 화긔 ᄀᆞ득ᄒᆞ여 우음을 ᄯᅴ여 슬프믈 뵈디 아니니 황구 쇼ᄋᆞ의 효셩과 쳐ᄉᆡ 이러틋 ᄒᆞ니 가듕샹해 다 두려ᄒᆞ미 항슈티 못ᄒᆞᆯ가 ᄒᆞ더라 이ᄯᆡ 양부인 댱녀 월영이 댱셩ᄒᆞ야 십삼의 니ᄅᆞ니 골격이 쇄락ᄒᆞ고 안광이 윤ᄐᆡᆨᄒᆞ야 창ᄒᆡ예 명쥬 소ᄉᆞ며 낙일이 약목의 걸닌 ᄃᆞᆺ 거울 ᄀᆞᆺ튼 눈ᄯᅴ와 원산 ᄀᆞᆺ튼 아미와 유환졍뎡ᄒᆞᆫ 긔질이 츄상 ᄀᆞᆺᄐᆞ되 화려상활ᄒᆞ여 ᄌᆡ녀가인의 긔샹이 만터라 아오 교영으로 더브러 일방의 쳐ᄒᆞ야 녀공을 다ᄉᆞ린 여가의 글을 닐그니 ᄌᆡ죄 신속ᄒᆞ고 필법이 졍묘ᄒᆞ야 사두운의 ᄂᆞ리디 아니ᄒᆞ고 인물이 견고ᄒᆞᄃᆡ 희ᄒᆡ를 됴히 너기고 교영은 온아경발ᄒᆞ야 벽티츈우를 ᄯᅴ임 ᄀᆞᆺᄐᆞᄃᆡ 인물이 잔졸ᄒᆞᆫ ᄃᆞᆺᄒᆞ나 기실은 너모 활발ᄒᆞ기 극ᄒᆞ야 쳥ᄒᆞ기의 갓갑고 셩졍이 브드러워 집심이 업ᄉᆞ니 부인이 ᄆᆡ양 낫비 너겨 탄식고 닐오ᄃᆡ 댱녀ᄂᆞᆫ 밧그로 화려ᄒᆞ나 기심은 빙상 ᄀᆞᆺ고 외모ᄂᆞᆫ 유슌 활발ᄒᆞ나 그 속은 돌 ᄀᆞᆺᄐᆞ니 비록

18면

셜봉 ᄀᆞᆺ튼 잠기ᄅᆞ 저히나 그 뎡심은 고티디 아닐 아ᄒᆡ어니와 교영은 밧그로 ᄂᆡᆼ담ᄒᆞ고 ᄯᅳᆺ이 죄ᄃᆞᆺ ᄒᆞ나 그 ᄆᆞ음은 븟치ᄂᆞᆫ 거믜줄 ᄀᆞᆺᄐᆞ니 내 근심ᄒᆞᄂᆞᆫ 배 소양 이문의 쳥덕을 이 아ᄒᆡ ᄡᅥ러 ᄇᆞ릴가 두려ᄒᆞ노라 ᄒᆞᆫ대 셕파 등이 고이히 너겨 왈 쟝낭ᄌᆡ 셕〃 졍딕ᄒᆞ시나 오히려 쇼낭ᄌᆞ만 못ᄒᆞ시거ᄂᆞᆯ 부인이 엇디 ᄆᆡ양 쇼낭ᄌᆞ의 서리 ᄀᆞᆺ튼 긔질을 ᄂᆞᆺ비 너기시ᄂᆞᆫ고 그 ᄯᅳᆺ을 모ᄅᆞ리로다 ᄒᆞ더니 참졍 한경현이 소쇼져의 아름다오믈 듯고 구혼ᄒᆞᆫ대 부인이 허락ᄒᆞ고 튁일ᄒᆞ야 뉵녜로 한ᄉᆡᆼ을 마ᄌᆞ니 부부의 ᄌᆡ뫼 쥬화옥슈 ᄀᆞᆺ튼디라 부인이 깃븜과 슬프믈 제어티 못ᄒᆞ더라 샹셔 복야 니긔휘 ᄯᅩᄒᆞᆫ 교영

을 구혼ᄒᆞ니 교영을 혼인ᄒᆞ매 신부의 화안옥틱와 니싱의 쥰슈쳥아ᄒᆞ미 텬싱일ᄃᆡ로ᄃᆡ 니싱이 소쇼져를 보고 깃거 아녀ᄒᆞ더니 후ᄅᆡ예 월영을 보고 칭찬ᄒᆞ고 흠모ᄒᆞ여 ᄀᆞᆯ오ᄃᆡ 고으ᄃᆡ 황혹디 아니코 ᄇᆞᆰ으ᄃᆡ 완윤ᄒᆞ며 풍영ᄒᆞᄃᆡ 틉디 아냐 뎡졍 셕〃ᄒᆞ여 이 진짓 슉녀며 가인이라 엇디 그 아이

19면

서ᄅᆞ ᄀᆞᆺ디 아닌고 차셕ᄒᆞ며 소공ᄌᆞ의 ᄌᆡ모를 보매 더옥 경복ᄒᆞ여 샹시 소경을 ᄃᆡᄒᆞ여 우어 왈 내 일즉 보니 한싱 쳐 진짓 긔녀ᄌᆡ라 비록 악모의 동지위엄과 용안의 밋디 못ᄒᆞ나 시셰예 드문 녀ᄌᆡ오 그ᄃᆡ의 위인이 졍대한 명위어ᄂᆞᆯ 엇디 홀로 내 쳐ᄌᆡ 써디ᄂᆞᆫ 그 얼골을 나모라미 아니라 인물이 단졍티 아니믈 탄ᄒᆞ노라 소공ᄌᆡ 기리 탄식고 ᄃᆡ왈 우리 등이 가친이 아니 겨시고 ᄌᆞ모의 교훈이 ᄆᆡᆼ모의 ᄂᆞ리디 아니시ᄃᆡ ᄌᆞ식이 현효티 못ᄒᆞ여 ᄀᆞᄅᆞ치시믈 받ᄌᆞᆸ디 못ᄒᆞ고 도로혀 불쵸ᄒᆞ미 심ᄒᆞᆫ디라 믈근 셰샹의 닙할 힝실이 업ᄉᆞ니 븟그럽거니와 ᄆᆡ녀ᄂᆞᆫ 단졍ᄒᆞᆫ 녀ᄌᆡ라 쇼뎨의 혼암과 ᄀᆞᆺ디 아닌디라 니싱이 역탄ᄒᆞ고 교영으로 지극ᄒᆞᆫ 졍은 이시ᄃᆡ ᄆᆞ양 그 인물 나모라 경계ᄒᆞ더니 일년이 디나매 불힝ᄒᆞ여 니복애 간신의 잡히여 역진을 무함ᄒᆞ이믈 면티 못ᄒᆞ니 젼가 삼족이 다 멸ᄒᆞ고 니싱도 급뎨ᄒᆞ야 한님의 잇더니 잡히여 드러 샹이 친히 엄형으로 죄 주시니 블근 피 돌〃이 흐ᄅᆞᄃᆡ

20면

한님이 옥 ᄀᆞᆺ튼 안식을 편히 ᄒᆞ고 셩안을 ᄀᆞᆷ아 흔글 ᄀᆞᆺ튼 말솜이 위국튱의며 젹심튱효를 닐너 ᄆᆞᄎᆞᆷ내 무복디 아니코 당하의 죽으니 년이 십칠이라 한님이 복툐ᄒᆞ미 업ᄉᆞ매 쳐ᄌᆞ를 면ᄉᆞᄒᆞ야 셔쥐 싸히 안티ᄒᆞ니 교영이 쟝ᄎᆞ 구가삼족이 멸ᄒᆞᄃᆡ 저ᄂᆞᆫ 한님의 견고ᄒᆞ기로 일명이 사라 셔쥬 뎡빅ᄒᆞ니 만일 결단이 이실딘대 슬하의 ᄒᆞᆫ ᄌᆞ식이 업고 외로온 약질이 타향만니의 표령ᄒᆞ니 엇디 가히 투싱ᄒᆞ리오마ᄂᆞᆫ 심긔 브드러온디라 초로 ᄀᆞᆺ튼 잔명이 구ᄐᆞ야 사라 셔쥐로 향홀식 님힝의 ᄌᆞ운산의 니ᄅᆞ러 하딕을 고ᄒᆞ니 부인이 녀ᄋᆞ를 안고 실셩통곡ᄒᆞ다가 피를 토ᄒᆞ고 혼졀ᄒᆞ야 것구러디니 셕파 등이 겨유 구ᄒᆞ야 ᄭᆡ오매 가ᄉᆞᆷ을 두ᄃᆞ려 대곡 왈 내 일즉 너희 삼ᄌᆞᄆᆡ로ᄡᅥ ᄆᆞ음을 위로ᄒᆞ더니 이졔 네 쟝ᄎᆞᆺ 이리 되니 이ᄂᆞᆫ ᄎᆞ마 견ᄃᆡ디 못ᄒᆞᆯ 배라 연이나 너ᄂᆞᆫ 사랏거니와 니싱이 쳥년의 당하경혼이 되니 창텬이 엇디 ᄎᆞ마 이런 일을 ᄒᆞᄂᆞ뇨 말을 ᄆᆞᄎᆞ

매 다시 긔졀ᄒᆞ니 모다 겨

21면

유 구ᄒᆞ매 소경이 누의롤 지촉ᄒᆞ야 골ᄋᆞᄃᆡ 일지 느젓고 모친이 과도ᄒᆞ시니 져〃는 발힝ᄒᆞ쇼셔 부인을 지삼 위로ᄒᆞ고 ᄎᆞ마 공치만 보내디 못ᄒᆞ고 교영을 ᄃᆞ리고 갈ᄉᆡ 부인이 울기롤 긋치고 좌우로 널녀던 ᄒᆞᆫ 권을 갓다가 교영을 주어 왈 이 가온대 녀종편과 도미의 안해며 빅영공쥬며 녁ᄃᆡ 졀부의 힝젹이 이시니 네 맛당이 덕소의 가져가 좌우의 써나디 아니면 심산궁곡의 호랑 ᄀᆞᆺ튼 무리 비례로 구박ᄒᆞᄂᆞ ᄌᆞ연 몸이 십만 군병이 옹위홈도곤 구드며 도호미 옥 ᄀᆞᆺᄐᆞ야 졀을 일터 아니려니와 만일 이롤 어그룻ᄎᆞ면 가문의 욕이 밋ᄎᆞ리니 구쳔의 가나 서ᄅᆞ 보디 아니리라 교영이 통곡ᄒᆞ고 명을 바든 후 발힝ᄒᆞ매 공지 ᄒᆞᆫ 가지로 ᄃᆞ려가 셔쥐 디계예 드니 공지 도라갈ᄉᆡ 남ᄆᆡ 서ᄅᆞ 븟들고 통곡ᄒᆞ니 인〃이 ᄎᆞ마 보디 못ᄒᆞ더라 공지 쏘ᄒᆞᆫ 그 누의롤 아ᄂᆞᆫ디라 울며 고왈 쇼뎨 ᄉᆡᆼ각ᄒᆞ니 녀ᄌᆞ의 ᄉᆞ덕이 졀의 읏듬이라 져졔 타향의 이시나 장신ᄒᆞ믈 쇼샹 보옥ᄀᆞᆺ티 ᄒᆞ고 조심ᄒᆞ기롤 심연

22면

츈빙 드딤ᄀᆞᆺ티 ᄒᆞ시고 ᄯᅳᆺ을 텰셕츄상ᄀᆞᆺ티 ᄒᆞ샤 타일 모ᄃᆞ믈 ᄇᆞ라ᄂᆞ이다 ᄒᆞ니 공ᄌᆞ의 이 두어 말 경계 녀ᄌᆞ의 빅힝을 ᄉᆞ뭇고 누의롤 근심ᄒᆞ미라 교영이 쏘ᄒᆞᆫ 붓그려 울며 왈 네 말을 닛디 아니ᄒᆞ리라 ᄒᆞ더라 공지 도라와 모친긔 뵈옵고 일개 새로이 슬허ᄒᆞ더니 이ᄯᅢ 나라히셔 셜과ᄒᆞ시니 ᄉᆡᆼ의 나히 십ᄉᆞ셰라 양부인이 탄왈 공명이 깃브다 아니커니와 네 나의 독지라 무고히 폐과티 못ᄒᆞ리라 공지 본ᄃᆡ ᄯᅳᆺ이 낙〃ᄒᆞᄃᆡ 니한님을 보매 과옥의 ᄯᅳᆺ이 더옥 싀연ᄒᆞᄃᆡ 편모ᄭᅴ 효양ᄒᆞ며 듕ᄃᆡᄒᆞ미 ᄌᆞ긔ᄲᅮᆫ이라 열친ᄒᆞ믈 ᄉᆡᆼ각고 모명을 슌슈ᄒᆞ야 과당의 드니 이날 한ᄉᆡᆼ도 ᄒᆞᆫ가지로 드러 볼ᄉᆡ 뎐지 놉히 구룡 금상의 어좌ᄒᆞ시고 문뮈 구름ᄀᆞᆺ티 좌우의 버럿ᄂᆞᆫᄃᆡ 어필노 글뎨롤 내시고 향을 픠워 하늘긔 진졍 지ᄌᆞ 어드믈 빌고 빅관ᄃᆞ려 니ᄅᆞ샤ᄃᆡ 딤의 됴뎡의 박혹광남홀 문신이 젹은디라 금일 알셩ᄒᆞᄃᆡ 심궁의셔 삼일지계ᄒᆞ야 츅텬ᄒᆞ고 계화와 청삼을 각별이 궁듕의셔 션틱ᄒᆞ야 믄

23면

ᄃᆞ라시니 긔특ᄒᆞᆫ 지조를 어더든 별노 주어 세속을 권당코져 ᄒᆞ노라 ᄇᆡᆨ관이 다 맛당ᄒᆞ믈 칭하ᄒᆞ니 뎨 즉시 ᄐᆞ시던 쇼요마의 금안을 ᄀᆞ초고 별노 ᄆᆡᆫ든 화ᄃᆡ를 농상ᄀᆞ의 노코 지조 ᄇᆞ라시ᄂᆞᆫ ᄆᆞ음이 한셔의 비 ᄀᆞᆺ더니 이ᄣᆡ 소공지 텬ᄌᆞ의 화ᄃᆡ 별노 ᄆᆡᆫᄃᆞ라 지ᄌᆞ ᄇᆞ라시믈 보고 몬져 글 바티기 죠티 아냐 한가히 노다가 시ᄀᆞᆨ이 다 ᄃᆞᆺ거ᄂᆞᆯ 명지를 펴고 붓을 드러 ᄒᆞᆫ번 두르티니 지샹의 구룸이 어릐고 농새 비등ᄒᆞ니 임의 다 ᄡᅳ매 한싱을 주어 홈ᄭᅴ 밧티라 ᄒᆞ고 붓을 더디고 두로 거러 ᄒᆞᆫ곳의 다ᄃᆞᄅᆞ니 다ᄉᆞᆺ 사ᄅᆞᆷ이 안자 됴희를 어ᄅᆞ만지며 긔ᄉᆡᆨ이 창황ᄒᆞ거ᄂᆞᆯ 심하의 탄왈 뎌런 지조를 가지고 과당의 참예ᄒᆞ미 실노 가소로온디라 인ᄒᆞ야 뎌 거동을 보니 알ᄑᆡ 션ᄇᆡ 탄식 왈 과거ᄂᆞᆫ 족히 귀티 아니ᄒᆞᄃᆡ 편모의 ᄇᆞ라시ᄂᆞᆫ 마음을 져ᄇᆞ리과라 ᄯᅩ 한 션ᄇᆡ 슬허 왈 그ᄃᆡ 졍ᄉᆞ도 슬프거니와 나ᄂᆞᆫ 노뷔 병듕의 나의 영화를 보고져 ᄒᆞ시니 열친코져 ᄒᆞ더니 낙방ᄒᆞ미 반ᄃᆞᆺᄒᆞ리로다 기여 삼인은 면〃샹고ᄒᆞ여 긔ᄉᆡᆨ이 황〃

24면

ᄒᆞ니 소공지 ᄒᆞᆫ번 뎌 말을 드ᄅᆞ매 그 위친ᄒᆞ믈 감동ᄒᆞ여 ᄉᆡᆼ각ᄒᆞᄃᆡ 엇던 사ᄅᆞᆷ인고 무를 거시라 ᄒᆞ야 갓가이 나아가 기리 읍ᄒᆞ야 왈 녈위 졔형은 어ᄂᆞ 곳의 복거ᄒᆞ야 겨시며 놉흔 셩명이 뉘시뇨 졔인이 ᄇᆞ야흐로 민망ᄒᆞ여 ᄒᆞ다가 ᄉᆡᆼ의 소릐를 조차 도라보니 ᄒᆞᆫ 옥으로 몸을 사기고 곳ᄎᆞ로 얼골을 ᄆᆡᆫ든 션인이 ᄇᆡᆨ뎌포를 금풍의 붓치고 흰 ᄂᆞᆺ치 거믄 관을 수겨 저희를 향ᄒᆞ여 말을 뭇ᄂᆞᆫ디라 ᄒᆞᆫ번 보매 대경ᄒᆞ야 일시의 몸을 니러 좌를 일우고 ᄀᆞᆯ오ᄃᆡ 션형은 어ᄃᆡ를조차 니ᄅᆞ러 아등을 놀내ᄂᆞ뇨 우리등은 다 경ᄂᆡ예 이시니 ᄒᆞ나흔 셩명이 뉴한이오 둘흔 형뎨라 경슈 경환이오 둘흔 내 죵형뎨니 우희치ᄂᆞᆫ 셩우경이오 아래치ᄂᆞᆫ 님슈뵈라 다ᄉᆞᆺ 사ᄅᆞᆷ이 다 동졉 동년이러니 금일 ᄒᆞᆫ가지로 과당의 참예ᄒᆞ엿ᄂᆞ이다 ᄒᆞᆫ대 소공지 왈 원ᄂᆡ 녈위 동졉이랏다 아디못게라 졔형의 가작이 이럿ᄂᆞ냐 오인이 왈 지죄 노둔ᄒᆞ야 셩편티 못ᄒᆞ엿노라 션형은 글을 밧텻ᄂᆞᆫ다 ᄃᆡ왈

25면

쇼뎨 엇디 이리 신속홀 니 이시리오 뉴한이 탄왈 쇼뎨ᄂᆞᆫ 일즉 엄친을 여희읍고 편모만 뫼셧더니 모친이 과거를 과도히 ᄇᆞ라샤 나올제 당브ᄒᆞ샤 네 맛당이 계화를 것거

올딘대 내 당〃이 문의 나 마즈리라 ᄒᆞ시더니 이제 글뎨를 보니 의식 막히는디라 빈 됴희를 씨고 헛도이 도라가 노모의 문의 비겨 ᄇᆞ라는 거술 곳출 일을 싱각ᄒᆞ니 출하리 예셔 죽고져 ᄒᆞ노라 경슈 경환이 닐오ᄃᆡ 아등은 ᄌᆞ뫼 조졸ᄒᆞ고 노뷔 독병을 어더 명지됴셕ᄒᆞ시니 고극 듕 과거 긔별을 드ᄅᆞ시고 의약할 거ᄉᆞ로 명지를 사 참방ᄒᆞ야 싱젼의 영화를 뵈라 ᄒᆞ시니 우리 혹 손산 아래 되디 아닐딘대 노부의 병회를 일분이나 위로홀가 ᄇᆞ라더니 지죄 노둔ᄒᆞ야 쟝춧 병친을 소기니 당초 아니 드러옴만 굿디 못ᄒᆞ이다 언필의 삼인의 눈물이 비 굿고 셩우경 님슈보는 머리를 숙이고 묵〃ᄒᆞ야 안쟛거ᄂᆞᆯ 공지 ᄒᆞᆫ번 드ᄅᆞ매 뎌의 위친ᄒᆞ는 졍ᄉᆞ를 잔잉히 너겨 ᄯᅩᄒᆞᆫ 함누ᄒᆞ

26면

고 쳑연히 싱각ᄒᆞᄃᆡ 군지 셰샹의 쳐ᄒᆞ매 사ᄅᆞᆷ의 급ᄒᆞᆫ 거술 구티 아니리오 ᄒᆞ믈며 내 죄악이 심듕ᄒᆞ야 엄친의 면목과 은익를 모ᄅᆞ고 두 낫 누의로 ᄒᆞ나히 뎌러틋 굿기니 내 잠간 젹션ᄒᆞ야 젼후의 죄를 면ᄒᆞ리라 ᄒᆞ고 이에 위로 왈 제형의 말을 드ᄅᆞ니 쇼뎨 감창ᄒᆞ믈 씌듯디 못ᄒᆞᄂᆞ니 모다 뎡초를 아냐 겨실딘대 쇼뎨 필녁이 추ᄒᆞ고 지죄 둔ᄒᆞ나 잠간 ᄃᆡ신ᄒᆞ야 식칙ᄒᆞ리니 문방ᄉᆞ우를 빌니쇼셔 제인이 놀라 서ᄅᆞ 도라보고 답디 못ᄒᆞ니 공지 다시 닐오ᄃᆡ 고인이 왈 ᄉᆞ히지ᄂᆡ 다 형뎨라 ᄒᆞ니 대당뷔 엇디 의심ᄒᆞ고 난쳐홀 거시 이시리오 쇼뎨 형등을 처엄으로 보매 문득 평싱 디음 굿튼 고로 망녕된 말을 발ᄒᆞ니 군등이 의심ᄒᆞ는도다 뉴한이 념치를 닛고 급히 샤례ᄒᆞ며 명지와 필연을 나오니 그 초 잡은 거술 보니 겨요 여닐곱 귀를 지어시ᄃᆡ 졍〃ᄒᆞᆫ 문식 ᄒᆞᆫ 곳도 경발티 못ᄒᆞᆫ디라 다른 말을 아니코 쳥음을 여러 음영ᄒᆞ더니 볼셔 진초를 버므려 쥬옥을 흔드니 경긱의 다 지어 뻐 뉴한을 주어 왈 졸ᄒᆞᆫ

27면

글귀 병이 만커니와 임의 쁜 거시니 밧비 밧티라 뉴싱이 하 깃거 다만 칭샤 왈 싱아쟈는 부뫼시고 지싱쟈는 인형이라 쇼뎨 채를 잡아 은혜를 갑흐리라 제싱이 비로소 지필을 나와 ᄃᆡ작ᄒᆞ믈 청ᄒᆞ니 공지 넉 당 명지를 바다 쁠식 말좌 당의 니ᄅᆞ러는 쟝춧 파홀 ᄣᆡ 갓가왓는디라 옥슈 셤지의 산호필을 급히 둘러 쓰니 급ᄒᆞᆫ 풍위 디나는 곳의 쥬옥이 ᄲᅧ러디고 필법은 춍〃ᄒᆞᆫ 반최라 곳마다 봉샤 굿ᄐᆞ니 제인이 크게 놀라 글을 밧티고 도라와 피셕 공경 왈 ᄌᆞ고로 문인지ᄉᆡ 만흐나 션싱굿티 신속고 긔이ᄒᆞ믄 쳔

고의 업ᄉᆞᆫ디라 의심컨대 션인이 우리를 ᄯᅵᆨ 바드민가 두리ᄂᆞ니 션ᄉᆡᆼ 샤관과 셩명을 알고져 ᄒᆞᄂᆞ이다 공ᄌᆡ 본ᄃᆡ ᄌᆡ조 자랑홀 ᄯᅳᆺ이 업ᄉᆞᄃᆡ 뎌 사ᄅᆞᆷ[들]의 졍ᄉᆞ를 불샹ᄒᆞ야 ᄃᆡ작ᄒᆞ나 엇디 즐겨 셩명을 니ᄅᆞ리오 다만 칭샤 왈 졸영이 죠히를 더러이고 졔형의 놉흔 셩명이 욕될 분이라 유익ᄒᆞ미 업ᄉᆞ려든 엇디 과도히 겸손ᄒᆞ야 쇼뎨로 용납홀 ᄯᅡ히 업게 ᄒᆞ시ᄂᆞ뇨 쇼뎨ᄂᆞᆫ 본ᄃᆡ 누〃냥〃ᄒᆞ여 셩명

28면

도 업ᄉᆞ니 엇디 션인이라 위쟈ᄒᆞ시믈 당ᄒᆞ리오 타일 서ᄅᆞ 볼 날이 이[시리]니 형은 구ᄐᆞ여 다시 뭇디 말고 ᄯᅩ 번거히 뎐파티 말라 언필의 니러 안셔히 읍ᄒᆞ고 셔녁흐로 가거ᄂᆞᆯ 모다 더옥 고이히 너겨 ᄀᆞ만이 뒤흘 조차 술피니 그 쇼년이 ᄒᆞᆫ 져믄 션비 겻ᄐᆡ 가 안ᄌᆞ니 그 션ᄇᆡ 일오ᄃᆡ ᄌᆞ문이 어ᄃᆡ 갓던다 두로 완경ᄒᆞ더니이다 ᄒᆞ고 다른 말을 아니ᄒᆞ니 그 션ᄇᆡᄂᆞᆫ 이 한ᄉᆡᆼ이라 졔ᄉᆡᆼ이 오래 셔시ᄃᆡ 한담ᄒᆞ고 저희 글 지어준 말을 일ᄏᆞᆺ디 아니〃 더옥 슈상히 너겨 나죵을 보려 ᄒᆞ더라 이ᄯᅢ 모든 시권으로 혹시 ᄭᅩ노와 샹긔 올니니 텬ᄌᆡ 술펴 뎡ᄒᆞ시더니 문득 시관들이 여러 권ᄌᆞ를 가지고 좌탑의 니ᄅᆞ러 고왈 이 여ᄉᆞᆺ 댱 글이 크게 비샹ᄒᆞ야 셩당 묘슈라도 밋디 못홀 거시니 신등이 우렬을 뎡티 못ᄒᆞ야 ᄒᆞᄂᆞ이다 뎨 바다보시니 필법이 비동ᄒᆞ야 부운이 닐고 놉새 ᄯᅱ노ᄂᆞᆫ ᄃᆞᆺ ᄌᆞ획이 긔이ᄒᆞ야 ᄅᆞᆰ고 ᄌᆞᄐᆡ로이 고ᄋᆞᄃᆡ 쇄락웅건ᄒᆞ며 시의 쳥신ᄒᆞ고 준아ᄒᆞ야 엇디 ᄒᆞᆫ갓[편〃] 금슈며 ᄌᆞ〃 쥬옥의 비기리오 바다흘 헤치고 댱강을 ᄇᆞ롬 ᄀᆞᄐᆞ야 스ᄉᆞ로 등션

29면

코져 ᄒᆞᄂᆞᆫ디라 신한은 임의 죵유와 왕희지의게 디나고 ᄌᆡ조ᄂᆞᆫ 태ᄇᆡᆨ과 두시의 디난디라 ᄒᆞᆫ번 보매 안광이 현난ᄒᆞ고 닐거가매 졍신이 상쾌ᄒᆞ니 뎨 크게 놀나 칭찬 왈 딤이 됴뎡의 인ᄌᆡ 젹으믈 ᄒᆞᆫᄒᆞ더니 금일 여ᄉᆞᆺ ᄌᆡ도를 어드니 엇디 다힝티 아니리오 다만 ᄒᆞᆫᄀᆞᆯᄀᆞᆺ티 아름다오니 장원을 뎡키 어렵도다 군신으로 더브러 이윽이 ᄭᅩ노시니 임의 ᄎᆞ례로 여ᄉᆞᆺ 가지 뎡ᄒᆞ시고 기여 시권을 ᄀᆞᆯ히여 수를 ᄎᆡ오매 쟝ᄎᆞᆺ 장원을 호명 왈 산동인 쳐ᄉᆞ 소광의 ᄌᆞ 소경이 년이 십ᄉᆞ셰라 ᄒᆞ니 한ᄉᆡᆼ이 크게 깃거 공ᄌᆞ를 향ᄒᆞ야 티하ᄒᆞᆫ대 공ᄌᆡ 경ᄉᆡᆨ 답왈 텬하의 ᄌᆡ죄 브디기쉬라 엇디 쇼뎨의게 장원이 오리오 이 반ᄃᆞ시 동명ᄒᆞ미 이시미라 ᄒᆞ더니 뎐듕으로셔 년ᄒᆞ야 브ᄅᆞ니 한ᄉᆡᆼ이 ᄌᆡ삼 권왈 현뎨의

고지 당〃이 쳔인을 이길더라 엇디 고ᄉᆞᄒᆞ리오 공지 ᄇᆞ야흐로 듕인 총듕을 헤치고 앙연히 거러 옥계예 다ᄃᆞᄅᆞ니 멀니 ᄇᆞ라보매 일눈 명월이 부상의 오롬 ᄀᆞᆺ타야 광치 녕농ᄒᆞ야 현황ᄒᆞᆯ ᄯᆞᄅᆞᆷ이러니 갓가이 나아오매 눈을 뎡ᄒᆞ야

30면

ᄌᆞ시 보니 옥골 셜뵈라 눈섭은 강산의 물근 니ᄉᆞᆯ 머금고 냥목은 효셩이 동ᄒᆞᄂᆞᆫ 둧 입시울은 도듀 ᄀᆞᆺ고 두 귀 밋ᄎᆞᆫ ᄇᆡᆨ년화를 ᄭᆞ잣ᄂᆞᆫ 둧 냥협은 미홍도화 ᄀᆞᆺᄐᆞ며 톄되 쥰슈ᄒᆞ고 긔질이 청신ᄒᆞ야 엇디 ᄒᆞᆫ갓 반악의 고옴과 두예의 경신 뮈기의 비기리오 ᄂᆞᆺ치 북두션이 버럿고 등의ᄂᆞᆫ 삼틱의 샹이 이시며 엇게ᄂᆞᆫ 봉됴 ᄀᆞᆺ고 허리ᄂᆞᆫ 살대 ᄀᆞᆺᄐᆞ며 동용힝지ᄂᆞᆫ ᄂᆞᄂᆞᆫ 봉 ᄀᆞᆺᄐᆞ니 문무ᄇᆡᆨ관이 아연대경ᄒᆞ고 뎐두관이 어린ᄃᆞ시 실ᄂᆡ ᄇᆞ롤 줄을 니저시니 샹이 지쵹ᄒᆞ며 크게 칭찬ᄒᆞ여 좌우ᄃᆞ려 닐너 ᄀᆞᆯ오샤ᄃᆡ 딤이 오늘날 경눈지직를 엇과라 ᄇᆡᆨ관이 ᄇᆞ야흐로 일시예 만셰롤 블러 티하ᄒᆞ더라 ᄎᆞ례로 ᄇᆞᄅᆞ니 뉴한 경슈 경환 셩우경 님슈보 등 오인이 구슬 꿴 ᄃᆞ시 참예ᄒᆞ니 이 다 장원의 덕이라 뎨칠의야 한싱이 ᄃᆞᆨ의ᄒᆞ고 기ᄎᆞ롤 다 블러드리신 후 ᄎᆞ례로 청삼 어화롤 주실ᄉᆡ 소경을 뎐의 올녀 위로 왈 딤이 쇼소부 청현ᄒᆞᆷ믈 공경ᄒᆞ야 츌셰ᄒᆞᆷ믈 청ᄒᆞᄃᆡ 경뷔 고집ᄒᆞ니 ᄆᆡ양 가셕ᄒᆞ더니

31면

이제 경이 딤을 도으랴 ᄒᆞ니 이ᄂᆞᆫ 됴뎡의 큰 경ᄉᆡ라 엇디 다힝티 아니리오 언필의 친히 청삼 어화롤 주시고 쇼요 어마와 텬동 빵개롤 흠ᄉᆞᄒᆞ시니 싱이 뎐의 ᄉᆞᄇᆡ 샤은ᄒᆞ야 진퇴유희ᄒᆞ니 태을션군이 옥경의 됴회ᄒᆞᆷ ᄀᆞᆺ고 톄뫼 경슉ᄒᆞ야 고인의 위의 이시니 만되 흠탄ᄒᆞᆷ믈 마디 아니하더라 챵방ᄒᆞ야 ᄌᆞ운산의 니ᄅᆞ니 양부인이 경희ᄒᆞᆷ믈 이긔디 못ᄒᆞ야 밧비 블너볼ᄉᆡ 멀니셔븟터 싱의 풍광이 동인ᄒᆞ고 안ᄉᆡᆨ이 긔이ᄒᆞᆷ믈 보고 아름다옴과 슬프미 교집ᄒᆞ니 공ᄌᆞ의 손을 잡고 눈물을 흘려 왈 네 어미 오ᄂᆞᆯ 경ᄉᆞ 볼 줄은 몽ᄆᆡ 밧기라 노뫼 구쳔의 가나 ᄒᆞᆫ이 업ᄉᆞ리로다 싱이 ᄯᅩᄒᆞᆫ ᄂᆞᆺ빗출 고티고 두 셔모로 서ᄅᆞ 보매 셕파 니파 등이 다 칭하ᄒᆞ기롤 마디 아니 ᄒᆞ더니 믄득 한싱이 니ᄅᆞ러 ᄯᅩᄒᆞᆫ 계지 청삼으로 뵈오니 부인이 믄득 니싱을 싱각고 더옥 슬허 눈물이 비 ᄀᆞᆺᄐᆞ니 셕파 등이 지삼 위로ᄒᆞ더라 부인이 셜연ᄒᆞ야 경연ᄒᆞ고 양참졍이 손ᄌᆞ와 손셔의 영화롤 두굿겨 경ᄂᆡ예 청ᄒᆞ야

32면

삼일대연ᄒᆞ니 만됴ᄇᆡᆨ관이 장원의 풍도를 보고 새로이 흠모ᄒᆞ며 한ᄉᆡᆼ의 관옥 ᄀᆞᆺᄐᆞᆷ을 또ᄒᆞᆫ 칭찬ᄒᆞ더라 즐기기를 다ᄒᆞ매 텬ᄌᆡ 한ᄉᆡᆼ으로 한님탐화를 ᄒᆞ이고 소ᄉᆡᆼ은 금문딕ᄉᆞ를 ᄒᆞ이시니 공ᄌᆡ 마디못ᄒᆞ여 벼슬의 ᄃᆞᆫ니더니 그ᄢᅢ 글 지어준 다ᄉᆞᆺ 사ᄅᆞᆷ이 다 일ᄃᆡ 명ᄉᆞ로 한원의 ᄉᆡᆨ이니 일시 소ᄉᆡᆼ의 덕이라 그날 뎐젼의셔 장원낭이 저의 은인인 줄 보고 ᄎᆞᄌᆞ가고져 ᄒᆞᄃᆡ 역시 분주ᄒᆞ기로 늒칠일 후 ᄌᆞ운산의 니ᄅᆞ니 산쳔이 졀승ᄒᆞ고 경개 슈려ᄒᆞ야 그윽한 풍쉬 녜ᄉᆞ 싸히 아니라 깁히 드러가 ᄒᆞᆫ 큰 소흘 건너 곡듕으로 드러 오리는 가니 솔 ᄉᆞ이예 거록한 누각이 일광의 ᄇᆡ이니 이 곳 소쳐ᄉᆞ의 집이러라 동구 셕비의 사겨시ᄃᆡ ᄌᆞ운산 와뇽담 장현동이라 ᄒᆞ엿고 밋 그 문의 다ᄃᆞᄅᆞ니 프른 문의 ᄋᆡᆨᄌᆞ를 뻐시되 소쳐ᄉᆞ 은셩문이라 ᄒᆞ엿거ᄂᆞᆯ 졔인이 차탄 왈 진짓 거록ᄒᆞᆫ 셰계로다 ᄒᆞ고 명함 드리니 쳥의동ᄌᆡ 나와 드러오기를 니ᄅᆞ거ᄂᆞᆯ 졔인이 동ᄌᆞ를 ᄯᆞᆯ와 열두 문을 디나니 가지록 훤츨ᄒᆞ고 긔이ᄒᆞ여

33면

몸이 학우등션ᄒᆞᆯ ᄃᆞᆺᄒᆞ더라 ᄒᆞᆫ 곳의 니ᄅᆞ니 사창이 한가ᄒᆞ고 곡난이 화려ᄒᆞ야 표연ᄒᆞᆫ 션당인ᄃᆡ 소ᄃᆡᆨᄉᆡ 듁관ᄇᆡᆨ의로 마자 올나 한훤을 파ᄒᆞ고 졔인이 피셕ᄒᆞ야 산히 ᄀᆞᆺᄐᆞᆫ 은덕을 샤례ᄒᆞ기를 마디 아니〃 소ᄃᆡᆨᄉᆡ 정ᄉᆡᆨ 겸손 왈 쇼뎨 우연히 ᄉᆞᆺ글 토ᄒᆞ야 ᄉᆡᆨ칙ᄒᆞ미 잇더니 졔형이 뇽문의 오ᄅᆞ니 이 곳 그ᄃᆡᄂᆡ 복덕이 듕ᄒᆞ미라 엇디 내의 글을 힘닙으미 이시리오 이제 ᄒᆞᆫ 가지로 경신이 되니 서ᄅᆞ 디음이 될 ᄯᆞᄅᆞᆷ이라 엇디 여러 번 닐너 타인이 알게 ᄒᆞ미 올흐리오 졔인이 더옥 감탄ᄒᆞ야 경ᄉᆡᆼ 형뎨 닐오ᄃᆡ 노뷔 병듕 우리 등의 경ᄉᆞ를 보시고 만분다힝ᄒᆞ여 차도의 겨시니 이 더옥 지극ᄒᆞᆫ 은혜라 죽어도 다 갑디 못ᄒᆞ리로소이다 소ᄉᆡᆼ이 ᄌᆡ삼 손양ᄒᆞ고 쥬찬을 드려 관ᄃᆡᄒᆞ며 서ᄅᆞ 디긔 되믈 언약ᄒᆞ고 진ᄎᆔᄒᆞᆯᄉᆡ 소ᄉᆡᆼ은 본ᄃᆡ 술을 먹디 아닛ᄂᆞᆫ디라 다만 ᄀᆡᆨ을 권ᄒᆞᆯ ᄯᆞᄅᆞᆷ이러라 셕양의 도라갈ᄉᆡ 오인이 산쳔을 도라보와 차탄 왈 텬디 초판ᄒᆞᆯ 제 ᄆᆞᆯ근 긔운이 이 산쳔의 모닷거ᄂᆞᆯ 소ᄃᆡᆨᄉᆡ 그 지긔 셩명

34면

을 다 거두어 흉듕의 ᄀᆞᆷ초왓도다 곡회 장현이니 츔언이 되여 어디니를 ᄀᆞᆷ촌 골이오 연회 와뇽이니 뇽이 누은 모시라 다 소ᄉᆡᆼ을 응ᄒᆞ얏도다 드ᄃᆡ여 년지ᄒᆞ야 소남긔 쓰

고 도라가니 일로붓터 친위 되다 소공지 한싱으로 더브러 소임을 출히매 십셰 곳 디낸 쇼이로디 힝수위의 슈신흔 군주의 풍이 이셔 비록 됴뎡의 큰일과 어려온 죠셔라도 죠용ᄒ고 신속ᄒ야 일분 어려오미 업고 일마다 과인ᄒ야 대노원신과 불근 지상이라도 밋디 못ᄒ니 만되며 텬지 더옥 듕히 너기시니 일로조차 양부인의 어디르미 밍모의 ᄀ즉다 일컷더라 각셜, 니한님 쳐 교영이 뎍소의 머므니 겻집의 뉴쟝이란 빅셩읫 사름이 잇더니 샹쳐ᄒ고 환거ᄒ야 어딘 겨집을 구훌시 니한님 쳬 격쟝의 이셔 외로오믈 듯고 서르 뜻이 마자 ᄉ통ᄒ여 사란 디 삼년의 니복야의 원민ᄒ믈 고ᄒ리 이셔 텬지 뉘웃추샤 니시 일문을 샤ᄒ야 죽으니를 츄증ᄒ시고 사니를 노흐시니 소공지 파됴ᄒ고 도라와 모친긔 고ᄒ고 깃거 니싱의 묘소를 슈리ᄒ야 믹쳐

35면

의 도라와 졔ᄒ기를 기ᄃ리더라 샤문이 셔쥐 니ᄅ니 교영이 악연대경ᄒ야 깃븐 뜻이 업ᄉ디 마디 못ᄒ야 발힝ᄒ며 뉴쟝을 당부ᄒ여 ᄎ자오라 ᄒ고 경ᄉ의 니ᄅ니 공지 빅니의 가 마자 남믹 반기고 슬허 집의 니ᄅ니 부인이 신을 벗고 문 밧긔 나와 녀ᄋ의 손을 잡고 새로이 통곡ᄒ며 월영이 ᄯᅩᄒᆞᆫ 붓들고 우러 왈 우리 형데 각〃 지텬일방ᄒ야 모들 날이 업더니 군은을 닙ᄉ와 다시 모드나 네 거동을 ᄎ마 어이 보리오 셕파등이 역시 슬허ᄒ고 위로ᄒ니 교영이 일변 슬프고 일변 붓그리니 슬프믄 모친과 친족을 만나미오 붓그리믄 졔 힝실을 쳔히 ᄒ미라 이날 밤의 부인이 녀ᄋ를 ᄃ리고 자며 죵야토록 어ᄅ문져 늣겨 인ᄒ야 문왈 네 뎡졀을 능히 완젼흔다 교영이 디왈 쇼녜 엇디 실절ᄒ미 이시리잇고 부인이 깃거ᄒ더라 가듕이 다 모ᄅ디 공지 홀로 스ᄉ로 짐작ᄒ미 잇더니 교영이 온 후 십여일 후 소싱이 셔당의 안자 글을 보더니 동지 보ᄒ디 밧긔 흔 쟝재 와 상공긔 뵈와디라 ᄒ고 셩명을

36면

셔쥐 뉴쟝이라 ᄒ더이다 공즈는 본디 강산의 녕긔를 모도와 소광의 총이 잇는디라 흔 굿틀 드러 빅 일을 ᄉ뭇ᄎ니 임의 동즈의 뎐언을 듯고 짐쟉고 만분 경히ᄒ야 좌우로 ᄒ여금 쳥ᄒ야 드러오니 그 사름이 나흔 삼십은 ᄒ고 인물이 풍뉴롭더라 서ᄅ 녜필의 좌뎡ᄒ고 싱이 문왈 일즉 군으로 면분이 업슨디라 아디 못게라 므슴 연고로 서ᄅ ᄎᄂ뇨 기인이 흠신 답왈 노싱은 셔쥐인으로셔 삼년 젼의 니한님 부인이 뎍거ᄒ

야 쇼ᄉᆡᆼ으로 운우의 졍을 ᄆᆡ잣더니 뎨 됴뎡의 샤를 닙어 도라올 적 언약ᄒᆞ야 경셩 남문의 ᄌᆞ운산 소쳐ᄉᆞ 집이라 ᄒᆞ던 고로 쳔신만고ᄒᆞ야 겨유 ᄎᆞ자 니ᄅᆞ럿ᄂᆞ니 션ᄉᆡᆼ은 소시와 쇼ᄉᆡᆼ의 졍을 ᄉᆡᆼ각ᄒᆞ라 소시 ᄒᆞᆫ 오라비 잇다 ᄒᆞ더니 반ᄃᆞ시 그ᄃᆡ로다 아디 못게라 악모긔 뵈오랴 소혹식 ᄒᆞᆫ 번 드ᄅᆞ매 심긔 서늘ᄒᆞ니 블힝ᄒᆞ믈 이긔디 못ᄒᆞ야 강잉 쇼왈 이ᄂᆞᆫ 쇼쳐ᄉᆞ 집이 아니라 소ᄌᆡᄉᆞ 집이오 뫼히 ᄌᆞ운산이 아니라 벽운산이니 그ᄃᆡ ᄎᆞᆺ기를 그ᄅᆞᆺᄒᆞ도다 연이나

37면

내 드로니 니한님 체 경ᄉᆞ의 오다가 길히셔 죽고 공치만 드러왓다 ᄒᆞ니 그ᄃᆡ 쇽졀업ᄉᆞᆫ 슈고ᄒᆞ도다 기인이 창황탄식고 닐오ᄃᆡ 쇼인이 그ᄅᆞᆺ ᄎᆞ자 귀인의 안젼의 그ᄅᆞᆺ 셜만ᄒᆞ니 죄 듕ᄒᆞ이다 황공ᄒᆞ나 뭇ᄌᆞᆸᄂᆞ니 ᄌᆞ운산이 어ᄃᆡ니잇고 공ᄌᆡ 왈 네 맛당이 하인ᄃᆞ려 무로라 나도 아디 못ᄒᆞ리로다 당재 ᄇᆡ샤ᄒᆞ고 나가거ᄂᆞᆯ 공ᄌᆡ 하인을 분부ᄒᆞ야 다시 그 사ᄅᆞᆷ이 오거든 드리디 말나 ᄒᆞ니 뉴쟝이 ᄉᆞ면으로 분주ᄒᆞ야 ᄌᆞ운산을 무ᄅᆞᆫ즉 다 남문 밧글 ᄀᆞᄅᆞ치ᄂᆞᆫ디라 다시 그곳의 나아가니 소부 문니 빗난 검극과 불근 매로 저히니 ᄒᆞᆯ 일이 업서 본향으로 ᄂᆞ려가니라 이때 소ᄉᆡᆼ이 뉴쟝을 계규로 물니티고 셔당의 안자 탄왈 우리 부모의 셩덕과 조샹 셩홰 엇디 이 누의로 인ᄒᆞ야 욕될 줄 알니오 허희 수셩의 쳥뉘 옷기슬 적시니 이 대강 망친의 불근 일홈과 ᄌᆞ모의 어딘 경계 니저디믈 슬허ᄒᆞ미라 시비 츈영은 셕파의 심복이라 ᄃᆡ식 뉴쟝과 말ᄒᆞᆯ 적 드른 고로 대경ᄒᆞ야 급히 도라와 쥬인의게 고ᄒᆞ니 셕

38면

파 등이 앙텬 탄왈 부인이 ᄆᆞ양 나모라시니 우리 고이히 너기더니 부인이 과연 ᄇᆞᆰ으시닷다 쇼낭ᄌᆡ ᄎᆞ마 엇디 이러ᄒᆞ시리오 우리 등 쳔인도 못ᄒᆞᆯ ᄒᆡᆼ실이로다 서ᄅᆞ 탄식ᄒᆞ믈 긋치디 아니〃 마초와 양부인이 디나다가 듯고 문을 열고 문왈 너희 므ᄉᆞ 일 개탄ᄒᆞᄂᆞ뇨 이인이 놀나 머뭇거리고 감히 고티 못ᄒᆞ거ᄂᆞᆯ ᄌᆡ삼 힐문ᄒᆞᆫ대 이인이 감히 은휘티 못ᄒᆞ야 모호히 ᄃᆡ왈 쳡등이 듯ᄌᆞ오니 ᄒᆞᆫ 당재 셔쥐셔 왓다 ᄒᆞ고 낭군긔 뵈옵더라 ᄒᆞᄂᆞ이다 부인이 텽필의 몸을 두로혀 침뎐의 니ᄅᆞ러 시녀로 공ᄌᆞ를 브ᄅᆞ니 공ᄌᆡ 명을 니어 눈믈을 거두고 모젼의 ᄇᆡ알ᄒᆞ니 부인이 ᄒᆞᆫ 번 보매 공ᄌᆡ ᄂᆞᆺ치 ᄀᆞᄌᆞᆨᄒᆞ고 옥면의 누흔이 잇ᄂᆞᆫ디라 임의 짐쟉고 문왈 내 드ᄅᆞ니 셔쥐셔 사ᄅᆞᆷ이 와 네 누의를 ᄎᆞᆺ

더라 ᄒᆞ니 긔 엇던 사ᄅᆞᆷ고 ᄉᆡᆼ이 믁연무언ᄒᆞ야 답언이 업ᄂᆞᆫ디라 부인이 ᄎᆡᆨ왈 부뫼 명이 잇거든 머금은 거ᄉᆞᆯ 비왓고 명을 응ᄒᆞ미 도리라 네 엇디 감히 뭇ᄂᆞᆫ 말을 응티 아닛ᄂᆞ뇨 ᄉᆡᆼ이 돗글 ᄡᅥ나 ᄌᆡ비 왈 ᄒᆡᄋᆡ 블쵸ᄒᆞ미 심ᄒᆞ니 죄ᄅᆞᆯ

39면

청ᄒᆞᄂᆞ이다 과연 셔쥐셔 온 사ᄅᆞᆷ이 니ᄆᆡᄅᆞᆯ ᄎᆞᄌᆞ니 ᄒᆡᄋᆡ 계규로 물니텨숩거니와 ᄎᆞ마 알외디 못ᄒᆞ미러니이다 부인이 ᄒᆞᆫ 번 드ᄅᆞ매 비록 ᄋᆞᄌᆞ의 말ᄉᆞᆷ이 모호ᄒᆞ여 ᄌᆞ셔티 못ᄒᆞ나 녀ᄋᆞ의 실졀ᄒᆞ믈 알고 블연대로ᄒᆞ여 좌우로 교영을 블러 당하의 꿀니고 수죄 왈 네 타향의 뎍거ᄒᆞ나 몸을 조히 ᄒᆞ야 도라올 거시어ᄂᆞᆯ 믄득 실졀ᄒᆞ야 죽은 아비와 사랏ᄂᆞᆫ 어믜게 욕이 미ᄎᆞ며 조션의 불ᄒᆡᆼ을 깃치니 엇디 ᄎᆞ마 살와두리오 친가의 불쵸 네ᄋᆞ 구가의 더러온 겨집이 되여 텬디간 죄인이니 당〃이 죽엄즉ᄒᆞᆫ 고로 금일 ᄌᆞ모의 졍을 긋처 ᄒᆞᆫ 그ᄅᆞᆺ 독쥬ᄅᆞᆯ 주ᄂᆞ니 쾌히 먹으라 교영이 고왈 쇼녜 비록 그ᄅᆞᆺᄒᆞ여시나 모친은 잔명을 용샤ᄒᆞ쇼셔 부인이 즐왈 네 스ᄉᆞ로 네 몸을 ᄉᆡᆼ각ᄒᆞ면 죽으미 타인의 ᄌᆡ촉을 기ᄃᆞ리디 아니려든 어ᄂᆞ 면목으로 용샤 두 ᄌᆡ 나ᄂᆞ뇨 내의 ᄌᆞ식은 이러티 아니리니 날ᄃᆞ려 어미라 일ᄏᆞᆺ디 말나 네 비록 뎍소의셔 약ᄒᆞ므로 졀을 일허시나 도라오매 거졀ᄒᆞ미 올커ᄂᆞᆯ 믄득 서ᄅᆞ

40면

만나믈 언약ᄒᆞ야 거듀ᄅᆞᆯ ᄀᆞᄅᆞ쳐 이에 ᄎᆞ자 와시니 이ᄂᆞᆫ 날을 토목ᄀᆞᆺ티 너기미라 내 비록 일 녀ᄌᆡ나 ᄌᆞ식은 쳐티ᄒᆞ리니 이런 더러온 거ᄉᆞᆯ 가듕의 두리오 네 비록 구쳔의 가나 니ᄉᆡᆼ과 네 부친을 어ᄂᆞ ᄂᆞᆺᄎᆞ로 볼다 언필의 약을 ᄌᆡ촉ᄒᆞ야 교영을 먹이니 월영이 머리ᄅᆞᆯ 두ᄃᆞ려 ᄋᆡ걸ᄒᆞ고 셕파 등이 계하의 꾸러 슬피 비러 살기ᄅᆞᆯ ᄇᆞ라ᄃᆡ 부인의 노긔 등〃ᄒᆞ고 ᄉᆞ긔 녈〃ᄒᆞ야 삭풍한월 ᄀᆞᆺᄐᆞ니 소ᄉᆡᆼ은 눈물이 금포ᄋᆡ 저저 좌셕의 고이ᄃᆡ 입을 닷고 ᄒᆞᆫ 소ᄅᆡ 비ᄂᆞᆫ 말을 내디 아니니 그 쥬의ᄅᆞᆯ 아디 못ᄒᆞᆯ너라 부인이 월영과 셕파 등을 좌우로 븟드러 드러가라 ᄒᆞ고 죵시 허티 아니ᄒᆞ고 교영을 죽이고 그 신톄ᄅᆞᆯ 별사의 빙소ᄒᆞ니 월영과 소ᄉᆡᆼ의 셜워ᄒᆞ믈 ᄎᆞ마 보디 못ᄒᆞᆯ너라 ᄐᆡᆨ일ᄒᆞ야 장ᄉᆞᄅᆞᆯ 일울ᄉᆡ 공지 모친긔 품왈 니 누의ᄅᆞᆯ 니가 션산의 뭇기ᄂᆞᆫ 불가ᄒᆞᆫ디라 우리 묘하의 장ᄒᆞ미 엇더ᄒᆞ니잇고 부인이 탄식 왈 네 누의 부가의 음뷔 되엿고 소시의 더러온 ᄯᆞᆯ이니 엇디 네 짓 션산읜

41면

들 무드리오 각별 다른 뫼흘 골희야 안장ᄒᆞ라 싱이 비사슈명ᄒᆞ고 듕당의 나오니 셕패 쫄와와 싱의 ᄉᆞ매를 잡고 울며 왈 쇼낭지 비록 그릇ᄒᆞ여시나 부인이 엇디 ᄎᆞ마 죽이시며 낭군이 ᄒᆞᆫ 말도 구티 아니시고 이졔 장ᄉᆞ를 일우매 니시 묘하ᄂᆞᆫ 비록 불가ᄒᆞ나 소시 션산의 장ᄒᆞ야 디하의 나 낭지 외로온 녕혼이 되디 아니케 ᄒᆞ미 올커ᄂᆞᆯ 엇디 낭군이 ᄒᆞᆫ갓 부인 말숨만 슌슈ᄒᆞ고 동긔지졍이 박ᄒᆞ시뇨 싱이 방셕을 미러 석파를 안치고 탄식 냥구의 눈믈을 드리워 오열ᄒᆞ다가 닐오ᄃᆡ 경이 비록 무식 쇼ᄋᆡ나 ᄯᅩᄒᆞᆫ 슈쪽의 정은 아노니 엇디 니ᄆᆡ를 죽과져 ᄯᅳᆺ이 이시며 우리 션산의 장ᄒᆞᆯ ᄯᅳᆺ이 업ᄉᆞ리오마ᄂᆞᆫ ᄉᆞ셰 이러ᄒᆞ니 쟝ᄎᆞᆺ 엇디ᄒᆞ리오 모부인이 세 남ᄆᆡ를 두샤 만금ᄀᆞᆺ티 너기시던 디라 ᄉᆞ랑ᄒᆞ시미 젹으미 아니며 경이 헐ᄒᆞ미 아니로ᄃᆡ 텬셩이 견강ᄒᆞ고 녈〃ᄒᆞ야 경대ᄒᆞ기를 취ᄒᆞ시ᄂᆞᆫ 고로 그 산 ᄀᆞᆺᄐᆞᆫ 졍을 긋처 죽이시니 믈읫 님군과 부뫼 그른 일이 잇거시든 곡진이 간ᄒᆞ미 녜어니와 올흔

42면

일을 ᄒᆞ시ᄂᆞᆫᄃᆡ 그ᄅᆞ쇼셔 간ᄒᆞ기ᄂᆞᆫ 이 ᄌᆞ식의 도리 아니라 ᄌᆞ당의 쳐단ᄒᆞ시ᄂᆞᆫ 배 가티 아닌 배 업ᄉᆞ니 쟝ᄎᆞᆺ 므어시라 말니오며 간ᄒᆞ리오 청컨대 셔모ᄂᆞᆫ 블기 ᄀᆞᄅᆞ치라 셕패 악연무언이러니 칭샤 왈 쳡등이 암ᄆᆡᄒᆞ야 아득히 ᄭᆡᆺ돗디 못ᄒᆞ더니 낭군의 금옥ᄀᆞᆺᄐᆞᆫ 말숨을 드로니 츈몽이 ᄭᆡᆫ 돗ᄒᆞ이다 싱이 슬허 왈 블힝ᄒᆞ여 젹은 동싱의 이런 변을 만나니 사ᄅᆞᆷ의 ᄎᆞᆷ디 못ᄒᆞᆯ 배라 연이나 셔뫼 모부인 안젼의란 슬허ᄒᆞᄂᆞᆫ 빗출 뵈디 마ᄅᆞ쇼셔 비록 경도로 ᄉᆞ약ᄒᆞ시나 듕심은 슬허ᄒᆞ시미 버히ᄂᆞᆫ 돗ᄒᆞ야 ᄒᆞ시ᄂᆞ니 내 감히 모젼의ᄂᆞᆫ 슬픈 빗출 뵈ᄋᆞᆸ디 못ᄒᆞᄂᆞ이다 셕패 ᄎᆞᆷ디 못ᄒᆞ야 나아가 등을 두ᄃᆞ려 칭찬 왈 어디다 낭군이여 공밍의 이후로ᄂᆞᆫ 뎨삼좌의 안ᄌᆞ리라 싱이 탄식 브답이러라 임의 조흔 뫼흘 골희여 교영을 안장ᄒᆞ고 죵일토록 호곡ᄒᆞ고 집의 도라와ᄂᆞᆫ 안ᄉᆡᆨ을 화히 하고 긔운을 ᄂᆞᄌᆞ기 ᄒᆞ야 모친긔 뵈오니 부인이 ᄇᆡ야흐로 상의 ᄂᆞ려 싱을 븟들고 기리 통곡ᄒᆞ니 싱이 이 더옥 슬허

43면

겨유 모친을 위로ᄒᆞ고 믈러나 월영으로 더브러 톄읍ᄒᆞ믈 마디 아니ᄒᆞ고 그 졔와 복을 극진히 ᄒᆞ니라 어시의 싱의 년이 십오셰라 모란 ᄀᆞᆺᄐᆞᆫ 얼골과 ᄃᆞᆯ ᄀᆞᆺᄐᆞᆫ 광치며 앙뉴

ᄀᆞᄐᆞᆫ 풍치 날노 새로오니 구혼ᄒᆞ리 구름 ᄀᆞᆺ고 모든 챵녜 문의 며여 아리싸온 틱도와 공교로온 말솜으로 혹히 다래여 시쳡 되믈 청ᄒᆞ나 싱이 다 믈니텨 답디 아니터니 일〃은 모든 친위 니ᄅᆞ러 챵녀 스므나믄을 블러 풍뉴 시길식 소싱이 깃거 아니나 친붕의게 잡히여 시녀로 셕파의게 쥬식을 내여보내라 ᄒᆞ니 셕패 일〃이 출혀 딕긱ᄒᆞ더니 좌듕의 챵기 ᄉᆞ인이 일시 명뉘라 청음을 여러 가셩을 ᄂᆞ리니 구츄의 슬픠 우ᄂᆞᆫ 홍안이오 삼협의 ᄇᆞᄅᆞ지〃ᄂᆞᆫ 쥔납이라도 그 청초ᄒᆞ믈 밋디 못홀디라 소싱이 쇼왈 진짓 명챵이로다 다만 연등의 곡되 새롭디 아니니 내 ᄒᆞᆫ 가ᄉᆞ를 지어 너희 빈 손의 갑술도〃리라 드딕여 필연을 나와 가ᄉᆞ를 지어 졔녀를 주니 졔네 대희ᄒᆞ야 샤례ᄒᆞ고 공ᄌᆞ의 시인 되믈 비니 공지 쇼왈 내 본딕 호

44면

걸의 ᄆᆞ음이 업고 셩교의 ᄯᅳᆺ이 이시니 챵녀ᄂᆞᆫ 모호디 아니리라 기듕 뉴낭이란 기네 좌를 써나 념용 고왈 쇼쳡은 일홈이 기네나 기실은 군ᄌᆞ를 ᄉᆞ모ᄒᆞ여 사롬을 셤기디 아냣ᄂᆞ니 샹공 좌하의 슈건과 빗 밧들기를 ᄇᆞ라ᄂᆞ이다 좌듕이 대쇼ᄒᆞ고 딕식 다만 우음을 띄여 골오딕 군지 셰예 쳐ᄒᆞ매 슉녀 엇기를 근심홀디라 엇디 노류장화를 모드리오 즁인이 칭찬 왈 현형은 진실노 태ᄉᆞ쳔의 후신이로다 ᄒᆞ더라 셕양의 연파ᄒᆞ고 가ᄉᆞ 지어준 ᄉᆞ챵이 가디 아니니 싱이 긔괴히 너겨 ᄭᅮ지저 가라 ᄒᆞ고 드러와 모친ᄭᅴ 뵈ᄋᆞᆸ고 한담ᄒᆞ더니 믄득 시네 부인ᄭᅴ 고왈 경ᄂᆡ 창원누 명챵 뉴낭 홍션식 경왕 션낭 ᄉᆞ인이 부인ᄭᅴ 명함 드리ᄂᆞ이다 부인이 왈 고이ᄒᆞ다 내 일즉 과거ᄒᆞ므로븟터 가듕의 잇ᄂᆞᆫ 아희들도 풍뉴 ᄀᆞᄅᆞ치기를 금ᄒᆞ거든 엇던 챵네 명함 드리ᄂᆞ뇨 네 ᄲᆞᆯ리 나가 므솜 연고로 왓ᄂᆞᆫ다 무로라 이윽고 시녜 회보 왈 샹공이 가ᄉᆞ 지어주시고 유졍ᄒᆞ시니 머므노라 ᄒᆞ더이다 부인이 텽파의 노왈 내 일즉 션군을 여희고 너를

45면

의디ᄒᆞ야 아름다이 셩인ᄒᆞ믈 ᄇᆞ라거ᄂᆞᆯ 네 엇디 감히 요괴로온 거슬 외당의 모도와 방ᄌᆞᄒᆞ기를 젼쥬ᄒᆞᄂᆞ뇨 좌우로 공ᄌᆞ를 잡아나리오라 ᄒᆞ니 싱이 모친의 노를 보고 크게 두려ᄒᆞ나 저즌 죄 업ᄉᆞᆫ디라 안셔히 계예 ᄂᆞ려 면관사죄 왈 히ᄋᆡ 비록 불초ᄒᆞ나 엇디 감히 샤식을 머물워 ᄌᆞ당을 은회ᄒᆞ미 이시리잇고 과연 아ᄎᆞᆷ의 모든 친위 완경ᄒᆞ려 와셔 풍물을 ᄀᆞ초와 즐기니 히ᄋᆡ 문뎡이 번화티 못ᄒᆞ고 ᄯᅳᆺ이 화려의 업ᄉᆞ나 마디

못ᄒᆞ야 ᄃᆡ긱ᄒᆞ고 ᄯᅩ 곡됴의 올닌 가ᄉᆡ 심히 고거롭거ᄂᆞᆯ 졔붕과 희롱ᄒᆞ야 우연히 두어 슈를 지어 주어ᄉᆞᆸ더니 뎌 무리 믄득 머믈 ᄯᅳᆺ을 두니 졍히 괴로와 ᄒᆞ옵ᄂᆞ니 엇디 ᄉᆞ졍의 유의ᄒᆞ미 이시리잇고 다만 ᄒᆡᄋᆡ 여러 붕우를 모도와 어ᄌᆞ러이 드레고 풍뉴를 들미 태〃 티가ᄒᆞ시ᄂᆞᆫ 위풍을 ᄯᅥ러ᄇᆞ리니 죄 죽어도 족ᄒᆞ도소이다 부인의 공ᄌᆞ의 온화ᄒᆞᆫ 말ᄉᆞᆷ과 두려하ᄂᆞᆫ 거동을 보고 노긔 태반이나 업ᄉᆞᄃᆡ 힝혀 혈긔 미뎡ᄒᆞᆫ 쇼ᄋᆡ 취쳐 젼의 입홀가 두려 다시 칙ᄒᆞᄃᆡ 네 쇼년의 닙

46면

신ᄒᆞ야 텬은이 듕ᄒᆞ시니 당〃이 경심계지ᄒᆞ야 톄면과 위의를 졍히 ᄒᆞᆯ 거시오 외로온 어미를 ᄃᆞ리고 자최 쳐량ᄒᆞ니 호화ᄒᆞ미 가티 아니려든 과부의 문뎡의 챵악과 붕우를 어ᄌᆞ러이 모호리오 다시 방ᄌᆞᄒᆞ미 이시면 결연히 용셔티 아니리라 공ᄌᆡ 깁히 뉘우쳐 돈슈복죄ᄒᆞ고 믈러와 ᄉᆞ챵을 보내고 일로븟터 더옥 슈힝ᄒᆞ야 온듕단엄ᄒᆞ미 날로 더으더라 이ᄣᅢ 평장 화현이 칠ᄌᆞ이녀를 두어시니 댱녀 슈은이 단졍영민ᄒᆞ고 ᄐᆡ되 졀ᄉᆡᆨ이라 ᄆᆞ양 ᄀᆞᆺ튼 ᄶᅡᆨ을 구ᄒᆞ더니 금문 ᄃᆡᆨᄉᆞ 소경을 보고 크게 ᄉᆞ랑ᄒᆞ야 녀셔를 삼고져 ᄒᆞ야 양참졍을 가보고 구혼ᄒᆞᆫ대 양공 왈 내 ᄒᆞᆫ낫 외손을 ᄐᆡᆨ부ᄒᆞ미 심샹티 아니니 그ᄃᆡ 녀ᄌᆡ 내 손ᄋᆞ의 ᄶᅡᆨ이냐 화공이 쇼왈 샹공이 밋디 아니시거든 녀ᄋᆞ를 와셔 보쇼셔 공이 ᄯᅩᄒᆞᆫ 웃고 ᄌᆞ운산의 긔별ᄒᆞ니 양부인이 화평장의 어딘줄 알고 허혼ᄒᆞ고 ᄐᆡᆨ일ᄒᆞ야 셩녜ᄒᆞ니 긔구의 거록ᄒᆞ미 비길 곳 업고 ᄇᆡᆨ냥으로 신부를 마자 집의 도라와 득좌ᄒᆞ니 신낭의 쇄락호왹ᄒᆞᆫ

47면

용모와 버들 ᄀᆞᆺ튼 풍치 표연히 니뎍션의 디나고 신부의 경영뇨라ᄒᆞ고 소아쟉약ᄒᆞᆫ 긔질이 샹하티 아니ᄃᆡ 오히려 신낭의 눈 ᄀᆞᆺ튼 술빗과 뎡슈의 효셩이 비췬 ᄃᆞᆺᄒᆞᆫ 눈ᄡᅵ와 단슌호치의 ᄌᆞ틱롭고 긔이ᄒᆞ며 텸듕ᄒᆞ매ᄂᆞᆫ 밋디 못ᄒᆞ미 먼디라 부인이 ᄀᆞ장 서운ᄒᆞ야 쾌ᄒᆞᆫ 빗치 업고 가듕 노쇠 다 낫비 너기더니 녜를 파ᄒᆞᆫ 후 동방의 나아가 합환쥬를 먹을ᄉᆡ ᄃᆡᆨᄉᆡ 눈을 드러 잠간 술피니 신부의 외모ᄂᆞᆫ 비록 ᄌᆞ가의게 밋디 못ᄒᆞ나 개의치 아니코 ᄯᅩ ᄒᆞᆫ 조각 흠홀 곳이 인물의 이시ᄃᆡ 듕ᄃᆡ공경ᄒᆞ미 가ᄇᆡ얍디 아니터라 명일의 폐ᄇᆡᆨ을 밧드러 ᄉᆞ당의 오ᄅᆞ니 ᄉᆡᆼ이 쟉을 헌홀ᄉᆡ 탄셩톄읍ᄒᆞ야 눈물이 쳥삼의 저ᄌᆞ니 신뷔 ᄯᅩᄒᆞᆫ 인심이 감동ᄒᆞ야 ᄂᆞᆺ빗출 곳치더라 이에 ᄉᆞ당의 ᄂᆞ려 새단장을 곳

티고 부인씌 녜롤 일우니 부인이 두긋김과 슬프믈 뎡티 못ᄒᆞ야 상연ᄒᆞᆫ 누싊 옷기ᄉᆡ ᄀᆞ즉ᄒᆞ니 흐웍고 쇄락ᄒᆞᆫ 빅년 ᄒᆞᆫ 숑이 쳥엽의 빗겨심 ᄀᆞᄐᆞ야 츈취 오십이 거의로ᄃᆡ 쇠ᄒᆞ미 업ᄂᆞᆫ

48면

디라 좌샹 빈ᄀᆡᆨ이 칭복ᄒᆞ믈 이긔디 못ᄒᆞ고 월영을 보매 빅티 찬난ᄒᆞ야 신부의게 세 번 나오미 이시니 모녀의 소담청월ᄒᆞ미 만좌의 보이ᄂᆞᆫ디라 서ᄅᆞ 차탄 왈 뎌 부인 곳 아니면 뎌 한혹ᄉᆞ 부인을 나티 못ᄒᆞ리라 ᄒᆞ야 문왈 금일 신부롤 보오니 당ᄃᆡ예 싸혀난디라 아디 못게라 ᄃᆡᆨ시 샹뎍ᄒᆞ시니잇가 부인이 쇼왈 내 ᄌᆞ식의 빵이 업술가 두리더니 신뷔 겸손홀 곳이 업ᄉᆞ니 이 쳡의 ᄃᆞ힝ᄒᆞ미로소이다 언필의 셕패 나아가 고왈 금일 낭군을 브ᄅᆞ샤 빵으로 뵈오미 큰 경ᄉᆡ오니 부인 셩의 엇더ᄒᆞ시니잇가 부인이 비록 엄졍ᄒᆞ나 이런 경ᄉᆞ의 다ᄃᆞ라ᄂᆞᆫ 능히 춤디 못ᄒᆞ야 좌우로 ᄉᆡᆼ을 브ᄅᆞ니 쇼년 빈ᄀᆡᆨ은 다 댱 ᄉᆞ이로 들고 년노 부인내ᄂᆞᆫ 다 피티 아니터라 이윽고 ᄉᆡᆼ이 ᄌᆞ건녹포로 드러와 모부인씌 뵈올ᄉᆡ 졔ᄀᆡᆨ의 이시믈 보고 믄득 피코져 ᄒᆞ거ᄂᆞᆯ 모든 부인내 쳥ᄒᆞ야 ᄀᆞᆯ오ᄃᆡ 쳡등과 ᄃᆡᆨ시 길히 현격ᄒᆞ나 이 ᄌᆞ딜빅라 엇디 ᄂᆡ외ᄒᆞ리오 쾌히 드러오셔 양부인의 깃브믈 도으쇼셔 ᄉᆡᆼ이 ᄉᆞ양ᄒᆞ고 즐겨

49면

오디 아니〃 양부인이 소ᄅᆡᄒᆞ야 ᄒᆞᆫ 번 블너 왈 방해로오미 업ᄉᆞ니 내 아ᄒᆡᄂᆞᆫ 섈니 드러오라 말이 ᄆᆞᆺ디 못ᄒᆞ여셔 즉시 몸을 두로혀 나아와 좌의 녜롤 ᄆᆞᆺ고 잔을 드러 신부로 엇게롤 ᄀᆞᆯ와 모친긔 헌슈ᄒᆞ니 헌아ᄒᆞᆫ 풍치와 쇼쇄ᄒᆞᆫ 골격이 일월 졍긔롤 머므럿ᄂᆞᆫ디라 신뷔 이에 들매 일뉸 명월 ᄀᆞᆺ기ᄂᆞᆫ 신낭만 못ᄒᆞ고 다만 졍치 쵸강ᄒᆞ야 ᄆᆞᆯ근 별 ᄀᆞᄐᆞ니 명월과 셩신의 명광이 엇디 ᄂᆡ도티 아니리오 듕빈이 입으로 위쟈ᄒᆞ야 상뎍ᄒᆞ믈 칭하ᄒᆞ나 심듕의 각각 신낭을 앗기고 월영이 풍용ᄒᆞᆫ 용뫼 만좌의 독보ᄒᆞᄃᆡ 소ᄉᆡᆼ의게 드ᄅᆞ매 오히려 써딘 고디 만흐니 인〃이 도로혀 남ᄌᆞ의 너모 고오믈 고이히 너기고 댱원티 못홀가 의심ᄒᆞ야 다 하례 왈 신부의 ᄌᆡ미 운치와 신낭의 아롬다오미 옥뎨 명ᄒᆞ시미로소이다 연이나 ᄃᆡᆨ시 우리 노인들을 보시고 너모 고집ᄒᆞ시니 이 도로혀 우리 녀ᄌᆞ로셔 활발ᄒᆞ믈 그ᄅᆞᆺ 너기미니잇가 부인이 웃고 샤례 왈 미망인이 용녈ᄒᆞᆫ 돈ᄋᆞ롤 두고 며ᄂᆞ리 ᄇᆞ라기롤 과도

50면

히 ᄒᆞ더니 신뷔 저의 뎍ᄉᆔ니 엇디 깃브디 아니리오마는 혈〃ᄒᆞᆫ 인ᄉᆡᆼ이 고독히 사라 유복ᄌᆞ의 급뎨홈과 취쳐ᄒᆞ야 셩인ᄒᆞ믈 보니 심회를 엇디 층냥ᄒᆞ리잇고. ᄌᆞ식이 본ᄃᆡ 소졸ᄒᆞ야 존젼의 방ᄌᆞ티 못ᄒᆞ미니 제 엇디 존긱을 그릇 너기미 이시리잇고 드ᄃᆡ여 ᄃᆡᄉᆞᄃᆞ려 왈 좌듕 부인내는 다 내의 졀ᄒᆞᆫ 배니 곳 네게 슉딜 ᄀᆞᆺ튼디라 므ᄅᆞ미 고집고 외ᄃᆡ치 말나 ᄉᆡᆼ이 안셔히 ᄇᆡ샤슈명ᄒᆞ고 좌듕의 샤례 왈 쇼딜은 박명한ᄉᆡ어늘 외람이 졔빅모의 ᄉᆞ랑ᄒᆞ시믈 닙으니 감격ᄒᆞ믈 이긔디 못ᄒᆞ오나 인ᄉᆡ 브족ᄒᆞ므로 후의를 극진이 밧드ᄋᆞᆸ디 못ᄒᆞᆯ가 더옥 황공ᄒᆞ여이다 좌듕의 셕샹셔 부인 진시는 이 셕파의 지친이라 셕샹셰 곳 셕슈신의 경실지오 셕파는 쳡예니 금일 잔치예 셕패 제친쳑을 부인긔 고ᄒᆞ고 쳥ᄒᆞ니 좌의 잇던디라 ᄃᆡᄉᆞ의 온공극양ᄒᆞ야 비록 입으로 긱을 향ᄒᆞ야 말ᄒᆞ나 관을 수기고 눈을 ᄂᆞ즉이 ᄒᆞ야 힝혀 뎌 부인ᄂᆡ를 볼가 십분 샹심ᄒᆞ야 조심ᄒᆞ믈 보고 크게 긔특이

51면

너겨 ᄉᆡᆼ각ᄒᆞᄃᆡ 샹공이 ᄆᆡ양 기리시거ᄂᆞᆯ 어ᄃᆡ셔 그대도록 긔특ᄒᆞ리 ᄒᆞ엿더니 과연 거즛말이 아니로다 십오셰 쇼년 남ᄋᆡ 엇디 이대도록 온듕ᄒᆞ리오 다만 신부는 만히 ᄡᅥ러디니 반ᄃᆞ시 그 심샹의 불쾌ᄒᆞ미 이시리라 ᄒᆞ고 다시 유의ᄒᆞ여 ᄉᆞᆯ피ᄃᆡ 화긔 젼연ᄒᆞ야 유화ᄒᆞᆫ 빗치 일좌의 ᄡᅩ이니 진부인이 ᄀᆞ만이 셕파ᄃᆞ려 왈 신낭이 신부를 견권ᄒᆞ는가 긔ᄉᆡᆨ이 십분화열ᄒᆞ다 셕패 쇼왈 우리 낭군은 셰샹을 아ᄅᆞ시면셔븟터는 노ᄉᆡᆨ과 불평ᄒᆞᆫ 양을 보디 못ᄒᆞ엿노니 신부를 즐겨 뎌러ᄒᆞ미 아냐 평ᄉᆡᆼ 본 긔ᄉᆡᆨ이 뎌러틋 흔연ᄒᆞ니이다 부인이 혜오ᄃᆡ 소ᄉᆡᆼ이 됴뎡의셔는 엄슉ᄒᆞ기로 일홈 나고 일즉 유순탄 말을 듯디 못ᄒᆞ엿더니 이 반ᄃᆞ시 승안ᄒᆞ야 화슌ᄒᆞ고 거관의 슉ᄃᆡᆨᄒᆞ미로다 더옥 흠모ᄒᆞ더라 술이 세 슌ᄇᆡ 디나매 공지 블러 하딕고 밧그로 나가니 ᄀᆞ는 허리와 표일ᄒᆞᆫ 긔상이 볼ᄉᆞ록 새로오니 좌위 탄왈 부인긔 일지 이시나 타인의 십ᄌᆞ를 블워 마ᄅᆞ쇼셔 양시 ᄯᅩᄒᆞᆫ 쳑〃 ᄃᆡ왈 존긱의

52면

의 말ᄉᆞᆷ이 올흐나 ᄒᆞᆫ낫 ᄌᆞ식의 사ᄅᆞᆷ마다 과찬ᄒᆞ니 ᄯᅩᄒᆞᆫ 두려워ᄒᆞ미 당원티 못ᄒᆞᆯ가 념녀ᄒᆞᄂᆞ이다 이러틋 담쇼ᄒᆞ야 셕양의 연파ᄒᆞ고 신부를 녹운당의 쳐ᄒᆞ게 ᄒᆞ니 부인

의 지극 ᄉᆞ랑ᄒᆞ미 월영의게 나리디 아니코 셕파 등이 비록 ᄉᆡᆼ만 못ᄒᆞ다 일ᄏᆞᄅᆞ나 또ᄒᆞᆫ ᄉᆞ랑ᄒᆞ야 ᄯᆞᆯ오며 월영의 우ᄋᆡᄒᆞ미 녯사ᄅᆞᆷ의 디〃 아니〃 화시 일ᄉᆡᆼ이 ᄌᆞ못 평안ᄒᆞ여 흠훌 거시 업슨디라 또ᄒᆞᆫ 텬셩이 민쳡ᄒᆞ고 인ᄉᆡ 영오ᄒᆞ니 므릇 진퇴를 조각의 응ᄒᆞ기를 잘ᄒᆞ니 부인이 더옥 ᄉᆞ랑ᄒᆞ더라 소ᄉᆡᆼ이 화시를 어드니 스ᄉᆞ로 그 위인이 ᄌᆞ가의 ᄧᅥ디믈 아나 ᄉᆞ식디 아니코 공경하고 후ᄃᆡᄒᆞ나 다만 침소의 가기를 드므리ᄒᆞ야 일삭의 십일은 침소의 드러오고 이십일은 셔당의셔 글 닑기를 힘ᄡᅳ고 모젼의 니ᄅᆞ나 긔운을 온화히 ᄒᆞ고 ᄉᆞ식을 ᄌᆞ약히 ᄒᆞ야 져〃와 두 셔모로 한가히 말솜ᄒᆞ여 혹 아담ᄒᆞᆫ 희힉로 찬조ᄒᆞ여 ᄌᆞ친의 ᄯᅳ즐 승안ᄒᆞ며 화긔를 도으ᄃᆡ ᄒᆡᆼ혀도 화시긔 눈 보내는 일이 업

53면

고 녹운당의 가는 날이라도 야심토록 모젼의 뫼셔 친히 침금을 포셜ᄒᆞ고 벼개를 바르게 ᄒᆞ야 누으신 후 믈러 화시 방듕의셔 자고 새박북을 동ᄒᆞ매 관셰ᄒᆞ고 니러나 신셩ᄒᆞ고 대궐가 됴츰ᄒᆞᆫ 후 모친긔 삼시문안ᄒᆞ고 셔당으로 나가 향을 픠오고 의관을 졍히 ᄒᆞ야 죵일토록 단좌ᄒᆞ야 ᄉᆞ셔를 슈련ᄒᆞ고 녜의를 강구ᄒᆞ니 가듕이 크게 의심ᄒᆞ야 다 화시의 졍 박ᄒᆞ민가 너기고 부인이 또ᄒᆞᆫ 념녀ᄒᆞ야 셕파를 불너 닐오ᄃᆡ ᄋᆞ지 화시를 취ᄒᆞ매 긔ᄉᆡᆨ이 소원ᄒᆞ니 심히 념녀로온디라 내 믓고져 ᄒᆞᄃᆡ 제 심히 날을 ᄂᆡ외ᄒᆞ고 두려 진졍을 니ᄅᆞ디 아닐 거시니 네 가셔 무러보미 엇더뇨 셕패 승명ᄒᆞ고 ᄃᆡᆨᄉᆞ의 간 곳을 ᄎᆞ자ᄂᆡ 셔헌 ᄇᆡᆨ화뎡의 니ᄅᆞ니 두 ᄡᅡᆼ 동지 난간 밧긔셔 학을 질드리고 쥬렴을 놉히 거덧는ᄃᆡ 향노의 팀향은 ᄂᆡ를 토ᄒᆞ고 좌우의 만권 경셔를 ᄡᅡ코 거믄고를 빗기 셰워시니 몸이 션당의 오른 ᄃᆺᄒᆞᆫᄃᆡ ᄉᆡᆼ이 셔안을 ᄃᆡᄒᆞ여 쥬역을 펴고 ᄌᆞ미수를 졈복ᄒᆞ니

54면

그윽ᄒᆞᆫ 뎡듕의 발 그림재 몽농ᄒᆞᆫᄃᆡ ᄉᆡᆼ의 ᄇᆡᆨ옥 ᄀᆞᆺᄐᆞᆫ 귀밋과 도쥬 ᄀᆞᆺᄐᆞᆫ 쥬슌이 완연이 일개 신션이 화목 총듕의 ᄣᅥ러딤 ᄀᆞᄐᆞ니 셕패 새로이 ᄉᆞ랑홉고 항복ᄒᆞ야 뎐됴히 나아가 우어 왈 이 집이 소쳐ᄉᆞ 집이어늘 엇던 신션이 ᄇᆡᆨ화 총듕의 잇ᄂᆞ뇨 ᄉᆡᆼ이 ᄇᆡ야흐로 글의 좀심ᄒᆞ엿더니 셕파의 소ᄅᆡ를 듯고 니러 마ᄌᆞ며 쇼왈 셔모의 위쟈ᄒᆞ시믄 가지록 더으도소이다 드ᄃᆡ여 좌를 밀고 ᄌᆞ긔 스ᄉᆞ로 방셕 밧긔 안자 문왈 셔뫼 엇디 외

당의 나오시니잇가 셕패 디왈 낭군이 부인긔 문안ᄒᆞ신 후ᄂᆞᆫ ᄂᆡ당의 드ᄅᆞ실 적이 업고 혹 화부인 슉소의 가시나 이경이 디난 후 가시니 이러므로 쳡이 낭군을 그리워 나오미니이다 ᄉᆡᆼ이 믄득 웃고 샤왈 내 셔모씌 졍이 업ᄉᆞ미 아니라 ᄌᆞ당의 문안홀 적 ᄒᆞᆫ가지로 뵈오니 구ᄐᆞ여 별침의 가 뵈올 일이 업ᄉᆞ므로 셔모당의 가디 못ᄒᆞ야 셔뫼 스ᄉᆞ로 날을 ᄎᆞᄌᆞ시게 ᄒᆞ니 불쵸ᄒᆞ믈 ᄭᆡ돗ᄂᆞ이다 ᄒᆞ니 원간 ᄉᆡᆼ이 셕파의 말을 아라듯고 화시를

55면

존뎐의셔 보니 ᄉᆞ〃 당으로 갈 일이 업다 비우ᄒᆞ미라 셕파ᄂᆞᆫ 이 녕니ᄒᆞᆫ 인물이라 소ᄉᆡᆼ의 말을 ᄯᅩᄒᆞᆫ 아라듯고 역쇼 왈 쳡은 존뎐의셔 보시거니와 소져ᄂᆞᆫ 므슨 연고로 ᄎᆞᆺ디 아니샤 일삭의 슌일을 드러가거나 말거나 ᄒᆞ시니 심히 고이ᄒᆞ고 낭군의 부뷔 다 쇼년 쳥츈이라 졍이 듕홀딘대 취셩뎐의 모드셔 힝혀ᄂᆞᆫ 듕인듕 말ᄉᆞᆷ을 아니시고 ᄯᅩ 눈을 보디 아니샤 ᄂᆞᆷ의 집 쳐ᄌᆞ를 디ᄒᆞᆫ 둧 조심ᄒᆞ시니 화소져의 단졍ᄒᆞ시므로도 무심코 낭군을 보실 적이 이시니 낭군은 도로혀 부녀의 슈습ᄒᆞ매 디난디라 엇디 고이티 아니ᄒᆞ리잇가 쳡이 보건대 낭군이 슈습ᄒᆞ야 이럴 긔샹은 아니시고 쇼져긔ᄂᆞᆫ 소원ᄒᆞ신 졍상이 분명ᄒᆞ시니 브족ᄒᆞ야 ᄒᆞ시ᄂᆞᆫ 일을 알고져 ᄒᆞᄂᆞ니 현마 쳡이야 ᄂᆡ외ᄒᆞ야 소기리잇가 ᄉᆡᆼ이 텽파의 안ᄉᆡᆨ을 화히 ᄒᆞ고 졍대히 닐너 ᄀᆞᆯ오디 녀 힝ᄒᆞᄂᆞᆫ 배 시셰인과 다ᄅᆞ니 셔뫼 의심ᄒᆞ시미 올흐니이다 연이나 션비 글을 닐거 티국평텬하 슈신졔가ᄒᆞ

56면

미 그 도리를 출히미니 오륜 가온대 부뷔 ᄯᅩᄒᆞᆫ 듕ᄒᆞᆫ디라 엇디 칠거의 죄상이 나타나디 아냐셔 무고히 부모 뎡ᄒᆞ신 졍실을 박디ᄒᆞᄂᆞᆫ 재 이시리잇고 이졔 화시 드러완 디 수월의 모친이 ᄉᆞ랑ᄒᆞ시고 져졔 우ᄋᆡᄒᆞ시며 두 셔뫼 후디ᄒᆞ시니 ᄒᆞ믈며 내 부〃의 졍이 박홀 배 이시리오 다만 남ᄌᆡ 비록 부인을 듕디ᄒᆞᆫ들 엇디 구들 가온대 사ᄅᆞᆷ이 되야 머리를 내왓디 아냐 듀야 부녀를 상디ᄒᆞ며 더옥 취셩뎐은 지존ᄒᆞᆫ 곳이라 엇디 감히 서ᄅᆞ 보며 셜만히 말ᄒᆞ야 ᄌᆞ식이 어버이 공경ᄒᆞᄂᆞᆫ 도를 니ᄌᆞ며 ᄯᅩ 구ᄐᆞ여 듕회듕 언ᄉᆞ를 슈작ᄒᆞᆫ 후 부뷘 줄을 알니오 나ᄂᆞᆫ ᄯᅳᆺ의 혜오디 지아비ᄂᆞᆫ 묵〃ᄒᆞ고 녀ᄌᆞᄂᆞᆫ 쳥졍ᄒᆞ믈 크게 너겨 서ᄅᆞ 희롱[ᄒᆞ고 흔연]ᄒᆞ믈 더러이 너기며 ᄯᅩ 일삭의 십일 드러감도

내 나희 졈기로 ᄉᆞ졍의 잇글녀 호ᄉᆡᆨᄒᆞ민가 너기ᄂᆞ니 엇디 화시 방의 ᄌᆞ로 가디 아닛ᄂᆞᆫ다 의심[ᄒᆞ며 고이티 아니]ᄒᆞ리잇가 셔모의 ᄯᅳᆺ의 엇더ᄒᆞ면 후ᄒᆞ고 엇더ᄒᆞ면 박ᄃᆡᄒᆞ미니잇가 듯고져 ᄒᆞᄂᆞ이다 셕패 청파의 크게 웃고 왈 낭군은 과연 소당의 구변이 잇도다 ᄎᆞ언

57면

이 비록 유리ᄒᆞᆫ ᄃᆞᆺᄒᆞ나 다졍의지언이오 진졍이 아니라 만일 진졍일딘대 화부인ᄭᅴ 본은졍이 듕ᄒᆞ니 낭군의 ᄒᆞᆫ 몸이 외로오믈 슬펴 녹운당의 날마다 가실디니 엇디 ᄌᆞ손두기를 ᄉᆡᆼ각디 아니시ᄂᆞ뇨 ᄉᆡᆼ왈 ᄌᆞ식을 위ᄒᆞ야 일삭의 십일을 가ᄂᆞ니 팔ᄌᆞ의 이실딘대 죡히 일ᄇᆡᆨ이라도 이시리니 지어 ᄌᆞ식을 니ᄅᆞ시믄 실쇼ᄒᆞᄂᆞ이다 셕패 ᄯᅩ 닐오ᄃᆡ이 말은 올커니와 쇼년 낭군이 슉뇨ᄒᆞᆫ 부인을 두고 외당의 듀야독쳐ᄒᆞ고 자고시븐ᄶᅢ 챵쳡 ᄃᆡ졉ᄃᆞᆺ 드러가 두어 경은 잇다가 새박 문안 핑계ᄒᆞ고 내도라온 후ᄂᆞᆫ 나ᄌᆡᄂᆞᆫ드리미러도 보디 아닐 네 이시리오 부인이 쟝ᄎᆞᆺ 크게 념녀ᄒᆞ시ᄂᆞ니 낭군은 즐기나부인긔ᄂᆞᆫ 불회로다 ᄉᆡᆼ이 옥면의 우음을 씌여 ᄃᆡ왈 셔뫼 말ᄉᆞᆷ을 이리 무례히 ᄒᆞ시ᄂᆞ니잇가 나히 졈은들 ᄆᆞ음이야 노쇠 이시리잇가 독쳐ᄒᆞ믈 부인이 근심ᄒᆞ신다 ᄒᆞ니 내비록 ᄌᆞ로 드러가고 시브나 셔모의 말ᄉᆞᆷ ᄀᆞᆺᄐᆞ야 내 외로온 자최로 혈긔 미뎡ᄒᆞᆫᄃᆡ 호ᄉᆡᆨᄒᆞ야 병을 어드면 모친긔 큰 념녀를 깃치올

58면

가 두리오니 이러므로 졍은 듕ᄒᆞᄃᆡ 몸이 샹홀가 두려 조심ᄒᆞᄂᆞ이다 졍실을 셜만이못홀ᄉᆡ 공경ᄒᆞ야 셕〃 ᄒᆞ고 밤의 모친긔 혼뎡ᄒᆞ고 녹운당의 가 자고 신셩ᄒᆞ라 계쵸명의 니러나더니 셔뫼 챵쳡 ᄃᆡ졉ᄃᆞᆺ ᄒᆞᆫ다 ᄒᆞ시니 듀야 씨고 이셔 써나디 아니면 공경ᄒᆞ미니잇가 셕패 크게 웃고 니러나며 왈 쳡의 둔ᄆᆡᄒᆞᆫ 일귀 낭군의 소진 ᄀᆞᆺᄐᆞᆫ 구변을 당티 못홀리라 입을 닷고 징을 울녀 퇴ᄒᆞᄂᆞ이다 ᄉᆡᆼ이 크게 웃더라 셕패 드러와 문답ᄉᆞᄅᆞᆯ 일〃이 고ᄒᆞ니 부인이 묵연 냥구의 탄왈 내 아히ᄂᆞᆫ 인듕셩인이오 오쟉 듕 봉황 ᄀᆞᆺᄐᆞ야 쇽인의 ᄇᆞ랄 배 아니라 제 부친이 비록 희롱된 일이 업고 지극 엄쥰ᄒᆞ나 이러ᄐᆞᆫ아니ᄒᆞ야 일즉 외당의 머믈믈 보디 아냣ᄂᆞ니 이 진짓 제 부친긔 디난디라 내 그 호ᄉᆡᆨᄒᆞ야 샹홀가 념녀ᄂᆞᆫ 업도다 셕파등이 칭복흠탄홀 ᄯᆞ름이러라 이ᄶᅢ 나라히셔 소경으로 호광슌무ᄉᆞ를 ᄒᆞ이샤 삼일티힝ᄒᆞ야 발힝ᄒᆞ라 ᄒᆞ시니 부인이 니별을 슬혀ᄒᆞ더니

님힁의 싱이 모젼의 빅별ᄒᆞ매 안식이 참연ᄌᆞ상ᄒᆞ야 눈믈

59면

써러디믈 씌돗디 못ᄒᆞ니 부인이 믄득 ᄂᆞᆺ빗출 졍히 ᄒᆞ고 경계 왈 신지 되야 국명을 밧ᄌᆞ오니 당〃이 ᄯᅳᆺ을 광풍졔월ᄀᆞᆺ티 ᄒᆞᆯ 거시니 엇디 쳑〃이 슬허ᄒᆞ미 이시리오 내 비록 이에 이시나 나히 만치 아니코 네 안해 됴모의 이셔 위틱ᄒᆞᆯ 거시니 죡히 평안ᄒᆞᆯ 거시오 네 ᄯᅩ 쳥츈 쇼년의 태평시의 ᄉᆞ환ᄒᆞ니 맛당이 국ᄉᆞ를 명찰ᄒᆞ야 ᄆᆞᆯ근 일홈을 드리오미 이 곳 현양부모ᄒᆞ야 효도를 닐위미니 내 아힉는 모ᄅᆞ미 슬허말고 션인의 청명을 써러ᄇᆞ리디 말라 어싀 지빅 슈명ᄒᆞ고 믈너 두 셔모와 져져를 니별ᄒᆞ고 비로소 녹운당의 니ᄅᆞ니 화시 옥빙홍안의 원별을 시름ᄒᆞ야 쌍미를 ᄶᅵᇰ긔고 사창을 딕ᄒᆞ야 탄식ᄒᆞ거ᄂᆞᆯ 싱이 드러가 갓가이 안자 웃고 왈 부인이 시름ᄒᆞ미 싱을 위ᄒᆞ미냐 화시 념용 왈 군지 황명을 밧ᄌᆞ오니 존고의 슬프심과 쳡의 심싀 측냥ᄒᆞ리오 연이나 먼니 힝ᄒᆞ시니 보듕ᄒᆞ야 임ᄉᆞ를 션티ᄒᆞ시고 수이 도라오시믈 원ᄒᆞᄂᆞ이다 어싀 날호여 ᄀᆞᆯ오딕 호광이 비록 요원ᄒᆞ나 평안ᄒᆞᆫ 싸히오

60면

내 ᄯᅩ 몸이 견강ᄒᆞ야 다른 념녜 업ᄉᆞ딕 다만 신셩혼뎡과 나지 세ᄢᅢ 문안을 폐ᄒᆞ야 ᄌᆞ안을 니별ᄒᆞ[오]미 인ᄌᆞ의 ᄎᆞᆷ디 못ᄒᆞᆯ 배라 부인은 슬젼을 써나디 말고 승안ᄒᆞ믈 게얼니 말나 드딕여 몸을 니러 나갈싀 다시 닐오딕 디속을 뎡티 못ᄒᆞ니 부인은 기리 무양ᄒᆞ라 ᄒᆞ니 졔인이 여어 보고 ᄇᆡ야흐로 싱이 화시와 말ᄒᆞ믈 처엄으로 드ᄅᆞ니라 싱이 발힝ᄒᆞ야 듀야로 호광의 니ᄅᆞ러 도임ᄒᆞ니 군현이 뎌의 [쇼년] 명ᄉᆞ로 직품이 과인하고 총명ᄒᆞ믈 보고 항복ᄒᆞ기를 마디 아니ᄒᆞ더라 다ᄉᆞ련 디 수삼월의 도적이 변ᄒᆞ야 어딘 빅셩이 되니 텬지 드ᄅᆞ시고 크게 아름다이 너기샤 특별이 탁용ᄒᆞ야 역마로 브ᄅᆞ시니 임소의 이션 디 다ᄉᆞᆺ 돌이라 ᄋᆞᆼ됴 환경ᄒᆞᆯ싀 빅셩이 술위를 븟드러 말니니 어싀 마디 못ᄒᆞ야 뉵칠일을 뉴련ᄒᆞ야 경ᄉᆞ로 갈싀 추종을 다 ᄠᅥᆯ티고 필마단노로 힝ᄒᆞᆫ 수일만의 인가를 어더 쥬인ᄒᆞ고 촉을 ᄇᆞᆰ히고 안자 뉵도셔를 외오더니 밤이 이경이 진ᄒᆞ매 믄득 드ᄅᆞ니 창밧긔 신 소릭 나며 문

61면

두ᄃᆞ리ᄂᆞᆫ 재 잇거ᄂᆞᆯ 의시 의혹ᄒᆞ야 ᄉᆡᆼ각ᄒᆞᄃᆡ 이 니ᄆᆡ망냥인가 ᄒᆞ야 지게를 열고 보니 희미ᄒᆞᆫ 월하의 일위 쇼년 녀ᄌᆡ 셧더니 ᄉᆡᆼ의 문 열믈 보고 앙연히 거러 방듕의 드러 ᄉᆡᆼ을 향ᄒᆞ야 만복ᄒᆞ믈 일캇고 눈믈을 흘니니 ᄉᆡᆼ이 눈을 드러 보니 그 녀ᄌᆡ 술빗ᄎᆞᆫ ᄇᆞᆰ은 옥 ᄀᆞᆺ고 아미ᄂᆞᆫ 버들 ᄀᆞᆺᄐᆞ며 냥목은 츄패 흐르ᄂᆞᆫ ᄃᆞᆺ 구름 ᄀᆞᆺᄐᆞᆫ 머리를 헛트르고 남누ᄒᆞᆫ 의샹을 닙어시니 ᄃᆞᆯ이 근심ᄒᆞ고 고지 시름ᄒᆞᄂᆞᆫ ᄃᆞᆺ 연〃 아리ᄯᆞᆸ고 표묘쇄락ᄒᆞ야 경셩경국지ᄉᆡᆨ과 폐월슈화지틱니 염〃ᄒᆞᆫ 용뫼 지분의 취ᄉᆡᆨᄒᆞ믈 더러이 너겨 광치 ᄎᆞᆨ하의 ᄇᆡ이ᄂᆞᆫ디라 어ᄉᆡ 크게 고이히 너겨 문왈 그ᄃᆡᄂᆞᆫ 엇던 사ᄅᆞᆷ이완ᄃᆡ ᄀᆡᆨ의 곳의 니ᄅᆞ러 므ᄉᆞᆷ 말을 ᄒᆞ고져 ᄒᆞᄂᆞ뇨 그 녀ᄌᆡ 눈믈을 거두고 옷기ᄉᆞᆯ 념의여 ᄃᆡ왈 쳡은 호광 윤평쟝의 녀ᄌᆡ라 집이 호부ᄒᆞ기로 명화적이 드러 일가를 분탕ᄒᆞ야 죽이고 쳡은 겨유 사랏더니 쥬인은 곳 쳡의 집 죵이라 도적과 동모ᄒᆞ야 부모를 죽이고 쳡을 ᄃᆞ려 왓ᄂᆞᆫ디라 쳡이 죽고져 ᄒᆞ나 ᄡᅡ히 업고 이놈이 제 ᄌᆞ식

62면

을 두고 며ᄂᆞ리 삼으라 ᄒᆞ니 쳡이 ᄇᆡᆨ단으로 밀막오ᄃᆡ 듯디 아니ᄒᆞ고 ᄐᆡᆨ일ᄒᆞ야 혼인ᄒᆞ랴노라 ᄒᆞ니 듀야 하ᄂᆞᆯᄭᅴ 비더니 금일 군ᄌᆞ를 만나니 잇ᄂᆞᆫ 고ᄃᆡ 머디 아닌디라 븟그러오믈 닛고 이에 와 고ᄒᆞ노니 비록 쳡이 죽을디라도 군ᄌᆡ 일녀ᄌᆞ의 함원ᄒᆞ믈 참혹히 너기샤 관부의 고ᄒᆞ야 쳡의 부모 신톄나 영장ᄒᆞ게 ᄒᆞ야 주시면 은덕을 슈심명골ᄒᆞ야 함호결초ᄒᆞ리이다 언파의 쥬뤼 만면ᄒᆞ야 ᄆᆞᆰ근 소ᄅᆡ로 늣기니 청아교〃ᄒᆞ야 비길 곳이 업더라 소ᄉᆡᆼ이 듯기를 ᄆᆞᄎᆞ매 ᄀᆡ용치경ᄒᆞ야 피셕 샤왈 소ᄉᆡᆼ은 경ᄉᆞ 사ᄅᆞᆷ이라 모쳐 길흘 말미아마 이런 경샹을 보오니 경황참담ᄒᆞ믈 이긔디 못ᄒᆞᄂᆞ이다 이런 줄을 모ᄅᆞ와 당초 셜만ᄒᆞ믈 황공ᄒᆞ며 쇼ᄉᆡᆼ이 비록 약ᄒᆞ나 이 일ᄉᆡ디ᄂᆞᆫ 신원ᄒᆞ시긔 ᄒᆞᆯ거시니 안심ᄒᆞ시고 밤이 깁흐니 도라가쇼셔 ᄂᆡ일 결단이 이시리이다 녀ᄌᆡ 샤례 왈 혼야의 샹죵ᄒᆞ미 비례나 쳡이 슈괴ᄒᆞ믈 닛고 곡경의 나와 군ᄌᆞᄭᅴ 말ᄉᆞᆷ을 붓텻더니 쾌허ᄒᆞ시믈 드ᄅᆞ니 경희ᄒᆞ믈

63면

이긔디 못ᄒᆞᄂᆞ니 존셩과 대명을 드러디이다 ᄉᆡᆼ이 쇼샤 왈 블안ᄒᆞ믈 보고 신원ᄒᆞ미 남ᄌᆞ의 일이라 엇디 과히 니ᄅᆞ시믈 당ᄒᆞ리오 셩명은 ᄌᆞ연 아ᄅᆞ실 거시니 밧비 도라

가쇼셔 보ᄂᆞ니 이실가 두리ᄂᆞ이다 녀ᄌᆡ 빅샤ᄒᆞ고 나간 후 ᄉᆡᆼ이 독좌샹냥ᄒᆞ매 분격ᄒᆞ믈 이긔디 못ᄒᆞ야 겨유 새기를 기ᄃᆞ려 시노로 더브러 본현의 니ᄅᆞ러 호광어ᄉᆞ 와시믈 뎐ᄒᆞ니 디뷔 대경ᄒᆞ야 급히 졀급뇌ᄌᆞ로 더브러 마자 당샹의 올니고 ᄀᆞᆯ오ᄃᆡ 존대인 노션ᄉᆡᆼ이 엇디 필마로 이에 니ᄅᆞ러 겨시뇨 일즉 됴보를 보고 샹경ᄒᆞ시믈 드른 후 일〃 ᄃᆡ후ᄒᆞ더니 금일 존안을 뵈오니 만ᄒᆡᆼ이로소이다 일변 니ᄅᆞ며 일변 셜연ᄒᆞ라 ᄒᆞ니 어ᄉᆡ 블평ᄒᆞ믈 보왓ᄂᆞᆫ디라 엇디 쥬찬을 기ᄃᆞ리리오 다만 졀급뇌ᄌᆞ를 블너 뎡녕ᄒᆞ라 ᄒᆞ니 디뷔 ᄀᆞ만이 ᄉᆡᆼ각ᄒᆞᄃᆡ 이 어ᄉᆡ 쇼년이라 톄 모ᄅᆞᄂᆞᆫ도다 ᄒᆞ고 나아가 품왈 비록 아모 급ᄒᆞᆫ 일이 이셔도 잔치를 바드신 후 분부ᄒᆞ미 규구니이다 어ᄉᆡ 노왈 남ᄌᆡ 쳐셰ᄒᆞ매 블평ᄒᆞᆫ 일을 보고 신원ᄒᆞ고 국

64면

ᄉᆞ를 보고 티경ᄒᆞ미 도리니 급ᄒᆞᆫ 일을 보매 셩화ᄀᆞᆺ티 구ᄒᆞ미 귀커ᄂᆞᆯ 엇디 뉴〃히 술잔과 음식을 됴히 너기리오 이에 크게 소ᄅᆡᄒᆞ야 졀급을 명ᄒᆞᄃᆡ 너희등이 남문 밧긔 가 션녁촌 사ᄅᆞᆷ을 잡아오라 하인이 분〃이 가더니 슈유의 여라믄 노인을 잡아오니 ᄉᆡᆼ이 보니 그 듕의 어졔 쥬인ᄒᆞ엿더니 잇거ᄂᆞᆯ 잡아내여 져줄ᄉᆡ 져근 교ᄌᆞ를 보내여 윤평쟝 녀ᄌᆞ를 뫼셔오라 ᄒᆞ야 변졍ᄒᆞ니 그 놈이 심혼이 니톄ᄒᆞ야 저의 처엄븟터 모의ᄒᆞ야 쥬인을 죽이고 [그] 녀ᄌᆞ를 ᄃᆞ려와 며ᄂᆞ리 삼으랴 ᄒᆞ니 윤시 듯디 아니매 강박고져 ᄒᆞ던 쥬의를 일〃이 고ᄒᆞ니 어ᄉᆡ 대로ᄒᆞ야 즉시 그 놈의 삼부ᄌᆞ를 져재 가 요참ᄒᆞ고 그 쳐ᄌᆞᄂᆞᆫ 히도의 내티고 그 집 ᄌᆡ산은 젹몰ᄒᆞ야 구위로 드리라 ᄒᆞ고 디부를 칙ᄒᆞᄃᆡ 그ᄃᆡ 일면을 맛다 다ᄉᆞ리며 이런 ᄒᆡ이ᄒᆞᆫ 일이 이시니 ᄉᆞᄉᆞ로 븟그럽디 아니냐 디뷔 묵연샤죄ᄒᆞ더라 어ᄉᆡ 즉시 윤평쟝 일가를 관각을 ᄀᆞ초와 션산의 장ᄒᆞ고 그 집의 녀ᄌᆞ를 머믈오고져 ᄒᆞ니 녀ᄌᆡ 곡비ᄒᆞ여 은덕을 샤례ᄒᆞ고 또 닐오

65면

ᄃᆡ 쇼쳡이 외로온 자최로 혈〃이 의디 업ᄉᆞᆫ디라 결단코 이에 잇디 못ᄒᆞᆯ 거시니 샹공이 만일 어엿비 너기실딘대 경ᄉᆞ의 두어 친족이 이시니 ᄃᆞ려다가 두시믈 ᄇᆞ라ᄂᆞ이다 어ᄉᆡ 팀음ᄒᆞ기를 오래 ᄒᆞ다가 윤쇼져를 향ᄒᆞ야 ᄀᆞᆯ오ᄃᆡ 쇼져 말ᄉᆞᆷ이 졀박ᄒᆞ시나 남녜 동ᄒᆡᆼᄒᆞ미 크게 셩교의 버서난디라 피ᄎᆡ 블편ᄒᆞ니 쇼졔 만일 더러이 아니 너길딘대 잠간 형ᄆᆡ의 의를 의탁ᄒᆞ야 결의 동긔 되면 혐의 업서 뫼셔 갈가 ᄒᆞᄂᆞ이다 윤시 년망

이 샤례 왈 만일 이리ᄒᆞ면 쳡이 더옥 ᄉᆡᆼᄉᆞ의 감은ᄒᆞ믈 측냥ᄒᆞ리잇가 어ᄉᆡ 흔연이 나흘 무로니 십칠셰라 ᄉᆡᆼ의게 일년 ᄆᆞᆺ이어ᄂᆞᆯ ᄉᆡᆼ이 드ᄃᆡ여 두 번 절ᄒᆞ야 형ᄆᆡ를 삼고 십분 환희ᄒᆞ야 ᄒᆞᆫ가지로 ᄃᆞ려가ᄃᆡ 뼈곰 친ᄆᆡ라 ᄒᆞ더라 윤시 당초 신원ᄒᆞ려 ᄉᆡᆼ을 보고 후의 은덕이 듕ᄒᆞ니 평ᄉᆡᆼ 우러ᄂᆞᆫ ᄯᅳᆺ이 잠간 잇더니 어ᄉᆞ의 ᄉᆡᆨ〃 졍대ᄒᆞ여 남ᄆᆡ로 결약ᄒᆞ믈 보고 ᄯᅩᄒᆞᆫ 깃브고 ᄯᅩᄒᆞᆫ 의혹ᄒᆞ야 수십일 동ᄒᆡᆼᄒᆞ매 뎌 소ᄉᆡᆼ의 ᄀᆡᄉᆡᆨ이 가디록 졍다와 침

66면

소ᄅᆞᆯ 멀니 각방의 ᄒᆞ고 언어슈작ᄒᆞᆯ 적이 만흐ᄃᆡ ᄆᆞᄎᆞᆷ내 눈을 ᄂᆞ초와 보디 아니코 웃고 말ᄉᆞᆷ을 활발이 ᄒᆞᆯ 적이 업서 언〃의 공경겸손ᄒᆞ미 지극ᄒᆞ니 윤시 칭복ᄒᆞ야 혜오ᄃᆡ 이 진짓 하혜 미ᄌᆞ의 뉘로다 셥셰 쳐신의 졍대ᄒᆞ미 이 ᄀᆞᆺᄐᆞ니 진짓 셩현군ᄌᆡ로다 ᄒᆞ더라 ᄒᆡᆼᄒᆞ야 경ᄉᆞ의 니ᄅᆞ러 궐하의 샤은ᄒᆞ니 샹이 ᄉᆞ쥬ᄒᆞ시고 인견ᄒᆞ샤 호광딘무ᄒᆞᆫ 공을 기리시고 벼ᄉᆞᆯ을 도〃와 니부시랑을 ᄒᆞ이시니 ᄉᆡᆼ이 샤은ᄒᆞ고 밧비 ᄌᆞ운산의 도라와 모친긔 뵈오니 부인이 반김과 깃브믈 이긔디 못ᄒᆞ야 상의 ᄂᆞ려 손을 잡고 ᄒᆞᆫ〃이 우을 ᄯᆞ름이러라 ᄉᆡᆼ이 인ᄒᆞ야 윤시 ᄃᆞ려와시믈 고ᄒᆞ니 부인이 놀나 팀음ᄒᆞ다가 닐ᄋᆞᄃᆡ 이러커든 그 친족을 ᄎᆞ자 주미 올토다 ᄉᆡᆼ이 ᄃᆡ왈 ᄒᆡᄋᆡ 임의 하인으로 뎌의 니ᄅᆞᄂᆞᆫ 셩명을 아라 잇ᄂᆞᆫ 곳을 ᄎᆞᄌᆞ라 ᄒᆞ고 집 잡아 머믈웟ᄂᆞ이다 언미필의 하인이 보ᄒᆞᄃᆡ 윤쇼져 친족을 ᄎᆞᄌᆞᄃᆡ 아모ᄃᆡ도 업더이다 ᄉᆡᆼ이 탄식고 모친긔 고ᄒᆞᄃᆡ 뎨 임의 친족이 업고 외로온 자최라 모친이 블너 가

67면

듕의 두시미 엇더ᄒᆞ니잇가 부인 왈 내 아ᄒᆡ 의기 이 ᄀᆞᆺᄐᆞ니 노뫼 듯디 아니리오 드ᄃᆡ여 윤쇼져를 청ᄒᆞ야 보니 윤시 드러와 부인긔 ᄉᆞᄇᆡᄒᆞ고 화시 월영 등을 녜ᄒᆞ고 좌를 일우니 부인이 ᄒᆞᆫ 번 보매 [크게] 긔특이 너겨 문왈 서ᄅᆞ 한 텬디간의 이시ᄃᆡ 경향이 ᄂᆡ도ᄒᆞ야 셩명도 아디 못ᄒᆞ더니 ᄯᅩᄒᆞᆫ 연분이 이셔 서ᄅᆞ 만나니 영ᄒᆡᆼᄒᆞ믈 이긔디 못ᄒᆞ나 낭ᄌᆞ의 심ᄉᆡ 외로오믈 참담ᄒᆞ야 ᄒᆞᄂᆞ이다 윤시 피셕 샤례 왈 쳡이 삼ᄉᆡᆼ의 죄역이 듕ᄒᆞ야 부모를 참혹히 니별ᄒᆞ고 쟝ᄎᆞᆺ 죽기의 다ᄃᆞ랏ᄉᆞᆸ거ᄂᆞᆯ 어ᄉᆞ의 태산 ᄀᆞᆺ튼 셩은을 닙어 어버의 원슈를 갑고 이에 니ᄅᆞ러 친쳑을 ᄎᆞ줄가 ᄒᆞ야ᄉᆞᆸ더니 다 동젹을 므ᄅᆞ니 쟝ᄎᆞᆺ 도라갈 ᄃᆡ 업ᄉᆞᆫ디라 ᄆᆞᄎᆞᆷ내 셩은을 닙ᄉᆞ와 죵신토록 문하의 시녀의나 츙

수케 ᄒᆞ시믈 원ᄒᆞᄂᆞ이다 부인이 뎌의 ᄋᆡ원ᄒᆞᆫ 말숨과 옥 ᄀᆞᆺᄐᆞᆫ 쇼ᄅᆡ를 듯고 심히 ᄉᆞ랑ᄒᆞ고 잔잉히 너겨 위로 왈 낭ᄌᆞ의 말을 드ᄅᆞ니 셕목도 감동ᄒᆞ리로다 ᄋᆞ직 의긔를 됴히 너기고 내 ᄯᅩᄒᆞᆫ 일념

68면

션심을 품엇ᄂᆞ니 엇디 낭ᄌᆞ를 시녀의 두리오 날로 더브러 일방의셔 디내미 올흐니라 윤시 ᄌᆡᄇᆡ 왈 만일 이리 ᄒᆞ시면 은덕을 더옥 층냥ᄒᆞ며 비록 외람ᄒᆞ나 어ᄉᆞ로 더브러 형ᄆᆡ 되여시니 부인긔 슬하 ᄋᆡ 되기를 ᄇᆞ라ᄂᆞ이다 부인이 흔연이 허락ᄒᆞ니 윤쇼졔 드ᄃᆡ여 팔ᄇᆡᄒᆞ야 모녜 되고 월영 화시로 형뎨 되야 십분 환희ᄒᆞ믈 이긔디 못ᄒᆞᄃᆡ 셕파 등은 품은 회푀 이셔 뎌의 결약ᄒᆞ믈 깃거 아니ᄒᆞ더니 부인이 시녀로 ᄒᆞ야금 취셩뎐 겻ᄐᆡ 회운각이란 당을 슈리ᄒᆞ야 윤시를 머믈게 ᄒᆞ니 사ᄅᆞᆷ이 다 믈너난 후 셕패 부인긔 술오ᄃᆡ 쳡등이 윤쇼져를 보니 진짓 경국ᄒᆞᆯ ᄉᆡᆨ이오 인ᄉᆡ ᄯᅩ 뎡〃ᄒᆞ니 이런 사ᄅᆞᆷ을 고문거족의 ᄀᆞᆯ히여도 엇디 못ᄒᆞᆯ 배오 화낭ᄌᆡ 비록 아ᄅᆞᆷ다오시나 시랑긔 밋디 못ᄒᆞ시니 엇디 윤시로 시랑의 둘재 부인을 삼디 아니ᄒᆞ시ᄂᆞ니잇가 ᄒᆞ믈며 시랑이 화시긔 금슬지락이 업고 긔ᄉᆡᆨ이 ᄂᆡᆼ낙ᄒᆞ시며 윤평쟝 일가를 장ᄒᆞ고 그 원슈를

69면

갑고 그 녀ᄌᆞ를 ᄃᆞ려오니 쇼년 남ᄌᆡ 졀ᄃᆡ가인으로 수십일 동ᄒᆡᆼᄒᆞ야 와셔 구ᄐᆞ여 집의 머믈고져 ᄒᆞ니 그 ᄯᅳᆺ을 족히 알디라 만일 결약형뎨ᄒᆞ면 반ᄃᆞ시 어ᄉᆞ의 심ᄉᆡ 울〃ᄒᆞᆯ 거시오 이런즉 ᄉᆞ셰 불안ᄒᆞ야 뎌 녀ᄌᆞ도 난쳐ᄒᆞ야 인뉸이 어ᄌᆞ러오리니 부인은 세 번 ᄉᆡᆼ각ᄒᆞ쇼셔 부인이 팀음냥구의 닐오ᄃᆡ 네 말을 드ᄅᆞ니 ᄯᅩᄒᆞᆫ 유리ᄒᆞ나 화시 일즉 허믈된 곳이 업고 경이 구ᄐᆞ야 소원티 아니며 ᄒᆞ믈며 윤시를 ᄃᆞ려올 적 형ᄆᆡ로 결약ᄒᆞ미 다른 ᄯᅳᆺ이 업ᄉᆞ미니 제 드ᄂᆞ티 아닛ᄂᆞᆫᄃᆡ 내 금단티 아니코 엇디 도로혀 ᄌᆡ취를 도〃리오 연이나 여러날 동ᄒᆡᆼᄒᆞ니 혹 ᄋᆞ직 삼가디 못ᄒᆞ미 잇는가 의심되니 네가 무러보라 셕패 텽녕ᄒᆞ고 시랑이 잇ᄂᆞᆫ 곳의 다ᄃᆞ라 하례ᄒᆞᆫ대 시랑 왈 므ᄉᆞᆷ 깃브미 잇ᄂᆞ니잇고 셕패 왈 다른 일이 아니라 낭군의 졀ᄉᆡᆨ슉녀 어드시믈 티하ᄒᆞᄂᆞ니 십ᄉᆞ의 등뎨ᄒᆞ샤 십오의 화시를 어드시고 십뉵의 벼슬은 춘경의 오ᄅᆞ시고 ᄯᅩ 윤쇼져 ᄀᆞᆺᄐᆞᆫ 슉녀를 어드시니 엇디 티

70면

하티 아니리잇가 싱이 믄득 화긔를 쇼삭ᄒᆞ야 정ᄉᆡᆨ 문왈 셔모의 다른 말은 각별 ᄉᆞ양티 아니려니와 윤시 누의를 ᄃᆞ려오매 엇디 티하ᄒᆞ미 잇ᄂᆞ뇨 동싱이 젹더니 양믹를 엇다 니ᄅᆞ시미니잇가 언단이 모호ᄒᆞ시니 그 ᄯᅳᆺ을 몰나 의혹ᄒᆞᄂᆞ이다 셕패 쇼왈 낭군의 의혹ᄒᆞ시미 교정이라 노인이 엇디 누의를 엇다 ᄒᆞ고 티하ᄒᆞ리오 부인이 윤시의 ᄌᆡ모를 ᄉᆞ랑ᄒᆞ시며 낭군의 ᄃᆞ려오미 유의타 ᄒᆞ샤 조만의 턱일ᄒᆞ야 낭군의 ᄌᆡ취를 삼으랴 ᄒᆞ시니 이 가히 깃브미라 엇디 모ᄅᆞᄂᆞᆫ 톄 ᄒᆞ시ᄂᆞ니잇고 시랑이 텽파의 닐오ᄃᆡ 당초 윤시를 ᄃᆞ려오믄 그 의지를 듕히 ᄒᆞᆫ 배오 머믈 곳이 업서ᄒᆞ믈 보고 부듕의 머믈미 아름다온 ᄌᆡᄉᆡᆨ를 어더 뎌의 금슬을 완젼이 ᄒᆞ야 젹션코져 ᄒᆞ미니 내 ᄉᆞᄉᆞ로 ᄌᆡ취ᄒᆞ랴 ᄒᆞ미 아니라 내 처엄의 ᄯᅳᆺ이 이시면 므ᄉᆞ 일 남ᄆᆡ로 결약ᄒᆞ야 어즈러이 ᄒᆞ리오 셔모의 언ᄉᆡ 날로 ᄒᆞ야곰 심한골경ᄒᆞ니 귀를 싯고져 ᄒᆞᄃᆡ 하슈 멀믈 ᄒᆞᆫᄒᆞᄂᆞ니 대댱뷔 쳐세ᄒᆞ야 슈신힝동ᄒᆞ매 다만 셩교를 밧ᄌᆞᆸ고 녜의

71면

를 어그룻출가 두릴디언뎡 쳐ᄌᆡ 업ᄉᆞ믈 근심티 아닐거시니 ᄒᆞ믈며 나ᄂᆞᆫ 쳐ᄌᆡ 잇거니 엇디 번ᄉᆞᄒᆞ믈 ᄉᆡᆼ각ᄒᆞ며 모친이 ᄌᆡ취를 니ᄅᆞ실딘대 텬하의 녀ᄌᆡ 젹디 아니니 엇디 인뉸 듕ᄉᆞ를 곡경으로 힝ᄒᆞ야 국풍대아를 더러이[리]오 ᄒᆞ믈며 윤시 ᄆᆡᄌᆡ 날로 수십일 동힝ᄒᆞ고 혼야의 샹죵ᄒᆞ며 뎌 도적뉴를 내 다 죽여 셜티ᄒᆞ고 그 녀ᄌᆞ를 취ᄒᆞ면 이ᄂᆞᆫ 무식불통ᄒᆞ고 념치 상진ᄒᆞ미니 텬하 사ᄅᆞᆷ이 날을 반ᄃᆞ시 춤밧고 긔롱ᄒᆞ리라 셕패 칭션 왈 션ᄌᆡ며 현ᄌᆡ라 시랑의 ᄯᅳᆺ이여 뉴하혜 미ᄌᆞ를 엇디 족히 긔특다 ᄒᆞ리오 다만 낭군이 녀ᄉᆡᆨ을 너모 블관이 너기시므로 도ᄅᆞ혀 관져지낙과 뇨죠슉녀 군ᄌᆞ호귀 줄 ᄉᆡᆼ각디 아니시ᄂᆞᆫ도다 싱이 쇼왈 셔뫼 ᄯᅩᄒᆞᆫ ᄉᆡᆼ각디 못ᄒᆞ시ᄂᆞᆫ도다 관져ᄂᆞᆫ 이 셩인셩녀찬이라 문왕이 엇디 태ᄉᆞ를 유환곡경의 만나미 겨시며 뇨죠슉녀ᄂᆞᆫ 군ᄌᆞ호귀니 죠흔 ᄧᅡᆨ을 됴히 만날디니 엇디 구챠히 ᄂᆞᆷ의 시비를 닐윌 슉녜며 군ᄌᆡ 이시리

72면

오 이ᄌᆡ 셔모의 니ᄅᆞ시ᄂᆞᆫ 바를 슈이 ᄒᆞ면 ᄉᆞ마댱경과 탁문군이며 신후경 교랑의 일로 날을 권ᄒᆞ시며 엇디 관져를 드놋ᄂᆞ뇨 내의 ᄉᆡᆼ[각]ᄂᆞᆫ 배 진실로 하쥐 슉녀를 국풍대아ᄀᆞᆺ티 졍되면 혹취ᄒᆞ미 이시려니와 여ᄎᆞ 곡경의 만나 결약남ᄆᆡᄒᆞᆫ 후ᄂᆞᆫ 비록 임ᄉᆞ지

덕과 셔즈지식이라도 쉽굿트니 셔모는 브졀업순 말을 내야 내의 슈힝호는 곳을 측호게 말며 윤미의 명졀을 난케 마르쇼셔 셜파의 팀졍단좌호야 논어를 펴고 기리 닐거 청음이 낭〃호야 단혈의 봉뢰 우는 둧호고 다시 말을 슈작디 아니니 셕패 찬탄항복호야 드러가 부인긔 [슈말을] 즈시 고흔대 부인이 두굿긔오믈 이긔디 못호야 스스로 위쟈 왈 내 아히 엇디 이대도록 관슉호뇨 내 죽어 디하의 가나 족히 션군을 보매 붓그럽디 아닐로다 셕파드려 왈 제 뜻이 이러퉃 졍다오니 너희등이 삼가 이런 말을 내디 말나 제인이 슈명호야 믈러나다 싱이 이날 녹운당의 드러가 화시를 보고 반기고 깃거 디호야 한훤을 뭇고 측을 쓰고 자리의 나아가매 은정이 태산 굿고 의식 흔연호나 무춤내 스모

73면

호던 말과 희롱의 소리를 발티 아니니 셕파 니파 삼경이 진토록 여어보디 시랑이 화시 침셕의 나아가 동낙호고 잠간 나아가 동침호엿더니 즉시 믈러 즈긔 자리의 누어 원비를 느리혀 화시의 손을 잡고 ᄀ만이 문왈 히산을 어느 때 호실고 화시 붓그려 묵연이어놀 시랑이 또 웃는 소릭로 닐ᄋ디 ᄉ오 삭 써낫다가 만나시니 새로이 슈습호시느냐 내 혜건대 부인의 산월이 블과 수월이 ᄀ렷거놀 가듕인은 엇디 모르는고 아모려나 옥동을 나흐시믈 ᄇ라느이다 인호야 [홀연] 탄왈 어느 집의 아돌이 귀티 아니리오마는 엇디 우리집 굿트리오 언필의 평안이 누어 자디 오히려 화시의 손을 노치 아니코 자거놀 니셕 이패 이를 보고 큰 경ᄉ를 어듬굿티 너겨 급히 도라와 부인긔 고왈 화낭지 잉틱 칠[팔]삭인가 시브더이다 부인이 누엇다가 니러나는 줄을 씨둧디 못호여 문왈 진실로 화시 잉틱호엿느냐 너희 엇디 아느뇨 셕패 슈말을 고호니 부인의 텰셕 굿트므로도 춤디 못호야 쇼왈 경의 긔식이 심히 닝담호니 알 길이 업서 무양 소원흔

74면

가 두리더니 이졔 너희 뎐어를 보건대 딘듕호던가 시브니 그 형상을 싱각호니 어엿브믈 뎡티 못호고 화시 히틱호믈 다힝호야 호노라 호더라 이튼날 존젼의 모드니 싱의 긔식이 녯날과 흔가지라 셕패 웃고 시랑과 화시를 니기 보니 화시 영오흔디라 눈치를 알고 그으기 함쇼뎌미호야시며 싱은 본디 눈을 둘너 사름 보기를 못호는디라

셕패 ᄌᆞ긔 보믈 아디 못ᄒᆞ고 온화히 한담ᄒᆞᄃᆡ 부인이 ᄯᅩᄒᆞᆫ 팀엄ᄒᆞ므로 화시 잉ᄐᆡᄒᆞ믈 뭇디 아니터니 셕패 ᄎᆞᆷ디 못ᄒᆞ여 크게 웃고 닐오ᄃᆡ 시랑이 뎌리 졍다온 쳬 말고 화쇼져긔 어제 밤 긔식을 잠간이나 두시미 엇더ᄒᆞ니잇가 ᄉᆡᆼ이 ᄇᆞ야흐로 눈을 드러 보고 ᄭᆡᄃᆞ라 잠쇼브답이어ᄂᆞᆯ 셕패 어제밤 언어ᄅᆞᆯ 뎐ᄒᆞᄃᆡ 태반이나 주작ᄒᆞ야 니ᄅᆞ니 시랑이 온〃ᄒᆞᆫ 화긔ᄅᆞᆯ 변티 아니ᄃᆡ 모친 면젼이라 머리ᄅᆞᆯ 수기고 ᄃᆡ쇼무언이러니 월영이 웃고 거〃ᄅᆞᆯ 희롱ᄒᆞ며 화시ᄃᆞ려 ᄒᆡ만ᄒᆞᆫ ᄃᆞᆯ을 힐문ᄒᆞ야 ᄇᆞ야흐로 잉ᄐᆡ 팔삭인 줄 알고 서ᄅᆞ 농쟝ᄒᆞ믈 ᄇᆞ라 티하ᄒᆞ더라 ᄉᆡᆼ의 ᄒᆡᆼ지 이 ᄀᆞᆺᄐᆞ므로 암

75면

실 가온대셔 희롱된 일이 업고 블과 혼야의 부뷔 침금의 나아가 손 잡음과 ᄒᆡ산 무ᄅᆞ믈 가듕이 처엄으로 보고 큰 긔롱으로 우ᄉᆞ니 그 단엄ᄒᆞ며 정슉ᄒᆞ믈 가히 알니러라 시랑이 윤시ᄅᆞᆯ 위ᄒᆞ야 ᄌᆡᄌᆞᄅᆞᆯ ᄀᆞᆯ힐ᄉᆡ 친우 뉴긔란 재 ᄌᆡ샹 ᄌᆞ뎨오 나히 십칠이니 비록 계지ᄅᆞᆯ 것디 못ᄒᆞ야시나 타일 반ᄃᆞ시 뇽문의 오ᄅᆞᆯ ᄌᆡ죄오 용뫼 관옥 ᄀᆞᆺ고 풍뉘 ᄃᆞᆯ ᄀᆞᆺᄐᆞ니 시랑이 힘써 쥬션ᄒᆞ야 혼인을 일우니 부〃의 긔질이 겸손티 아니코 은정이 산ᄒᆡ ᄀᆞᆺᄐᆞ야 측냥티 못ᄒᆞᆯ러라 즉시 권실ᄒᆞ야 가니 양부인이 시녀 열과 시노 열흘 주어 보내고 ᄆᆡᄉᆞᄅᆞᆯ 돌보미 월영의게 ᄃᆡ〃 아니코 시랑이 ᄌᆞ로 가보며 우ᄋᆡᄒᆞ미 친ᄉᆡᆼ 형ᄆᆡ의 감티 아니코 뉴ᄉᆡᆼ도 시랑을 붕우지의 더옥 후ᄒᆞ더라 뉴ᄉᆡᆼ이 후의 급뎨ᄒᆞ야 벼ᄉᆞᆯ이 뇽두각 태ᄒᆞᆨᄉᆞ의 오ᄅᆞ고 윤부인으로 더브러 ᄇᆡᆨ슈히로 ᄒᆞ고 ᄉᆞᄌᆞ삼녀ᄅᆞᆯ 두니 이 다 소시랑의 셩덕이라 죵신토록 양부인긔 모녀의 졍과 시랑 월영으로 동긔의 졍이 두터워 ᄌᆞ로 근친ᄒᆞ며 즐기니 후인이 시랑의 음덕을 탄복ᄒᆞ더라

76면

이ᄣᅢ 화시 만삭ᄒᆞ야 슌산ᄒᆞ고 일개 남ᄋᆞᄅᆞᆯ 나흐니 부인과 시랑의 깃거ᄒᆞ믄 측냥티 못ᄒᆞ고 합개 진동ᄒᆞ니 일로조차 화시의 권셰 날로 듕ᄒᆞᄃᆡ 시랑의 긔ᄉᆡᆨ이 더옥 ᄉᆡᆨ〃 정슉ᄒᆞ야 ᄒᆡᆼ혀도 듕인듕 말ᄒᆞ미 업ᄉᆞ니 셕패 홀로 의심ᄒᆞ야 ᄉᆡᆼ각ᄒᆞᄃᆡ ᄌᆞ고로 남ᄌᆡ 비록 단정ᄒᆞ나 임의 ᄌᆞ식을 두고 다시 년긔 차가ᄃᆡ 졈〃 ᄂᆡᆼ낙ᄒᆞ니 이 반ᄃᆞ시 미흡ᄒᆞᆫ ᄯᅳᆺ이 이셔 이러ᄒᆞ니 내 ᄯᅩᄒᆞᆫ 슉녀ᄅᆞᆯ 어더주어 낭군의 부인을 삼으며 낭군의 ᄡᅡᆼ을 일워 ᄀᆞ죽긔 ᄒᆞ리라 다만 다른 곳의 업ᄉᆞ니 셕쇼져로ᄡᅥ 시랑의 풍도 곳 아니면 그 ᄡᅡᆼ이 아니오 뎌 셕쇼져ᄅᆞᆯ 타문의 보내기ᄂᆞᆫ ᄎᆞ마 못ᄒᆞ리니 내 당〃이 듕ᄆᆡ 되야 낭인의 가

연을 일우고 졍을 겹〃이 미ᄌᆞ리라 쥬의를 뎡ᄒᆞ니라 각셜 병부샹셔 겸 참지졍ᄉᆞ 셕현은 대쟝군 안도후 셕슈신의 댱ᄌᆞ라 셕쟝군이 ᄀᆡ국공신이오 텬ᄌᆞ 후ᄃᆡᄒᆞ시미 극ᄒᆞᆫ 고로 가산이 왕공의 디나고 셕샹셰 위 일품의 이셔 셩졍이 팀목ᄒᆞ며 고집이 과인ᄒᆞ고 샤듕의 부인 진시를 두어 오ᄌᆞ일녜 이시니 우흐로 삼ᄌᆞ 취쳐ᄒᆞ고 버거 녀ᄋᆡ

77면

댱셩ᄒᆞ니 명은 명혜오 ᄌᆞ는 슉난이라 시년이 십삼셰라 용뫼 셔ᄌᆞ 태진이라도 밋디 못ᄒᆞ고 ᄌᆡ죄 샤시 소혜로 병구ᄒᆞ며 녀공지ᄉᆞ와 슈목지덕이 ᄀᆞ즉ᄒᆞ니 셕공부뷔 ᄋᆡ듕ᄒᆞ믈 손 우히 명쥬와 여린 옥ᄀᆞᆺ티 너겨 ᄀᆞᆺ튼 ᄇᆡ우를 어더 은교ᄌᆞ랑의 ᄒᆞᆫ이 업과댜 ᄒᆞ야 뉵칠년으로 틱셔ᄒᆞᄃᆡ 녀ᄋᆞ와 방불ᄒᆞ니는 업ᄉᆞ니 심히 민망ᄒᆞ야 ᄒᆞ더니 부인이 일즉 소시랑 부인 어들 적 연츠의 가 소ᄉᆡᆼ을 보니 진짓 녀ᄋᆞ의 아름다온 짝이오 당셰에 긔남ᄌᆡ라 화시로 현격ᄒᆞ믈 보고 그윽이 유의ᄒᆞ야 도라와 샹셔로 의논ᄒᆞ니 샹셰 평ᄉᆡᆼ 흠ᄋᆡᄒᆞ는 배로ᄃᆡ 그때는 녀ᄋᆡ 밋처 ᄌᆞ라디 못ᄒᆞ믈 애돌와ᄒᆞ나 밧바 아니ᄒᆞ더니 화평쟝긔 아이고 ᄯᅩ 부인의 말을 드ᄅᆞ매 더옥 ᄉᆞ모ᄒᆞ나 ᄒᆞᆯ 일이 업고 이때의 다ᄃᆞ라는 녀ᄋᆡ 비록 ᄌᆞ라시나 뎨 임의 금슬이 화ᄒᆞ며 ᄯᅩ 화시 ᄉᆡᆼᄌᆞᄒᆞ믈 드ᄅᆞ매 다시 념녀의 두디 아녀 다른 ᄃᆡ 틱셔ᄒᆞ더니 셕패 니ᄅᆞ러 샹셔와 부인을 서ᄅᆞ 볼ᄉᆡ 샹셰 비록 얼믜나 심히 ᄉᆞ랑ᄒᆞ는 고로 ᄒᆞᆫ가지로 말ᄉᆞᆷᄒᆞᆯᄉᆡ 셕패 인ᄒᆞ야 문왈 샹공이 슉난 쇼져

78면

를 엇던 집의 보내려 ᄒᆞ시ᄂᆞ니잇고 샹셔 왈 어버의 ᄯᅳᆺ이야 어이 ᄒᆞᆫ 일인들 브죡ᄒᆞᆫ 곳의 보내고져 ᄒᆞ리오마는 그러티 못ᄒᆞᆯ가 두립고 다만 나는 신낭과 문미를 웃듬으로 ᄀᆞᆯ히노라 셕패 쇼왈 신낭이 만일 소시랑 ᄀᆞᆺᄐᆞ면 엇더ᄒᆞ리잇가 샹셔 부뷔 함긔 닐오ᄃᆡ 만일 이 ᄀᆞᆺᄐᆞ면 족ᄒᆞ리오마는 그 사ᄅᆞᆷ과 방불ᄒᆞ니도 쉽디 아니〃 녀ᄋᆡ 화시만 못ᄒᆞ디 아니ᄃᆡ 지아비를 ᄀᆞᆯ히디 못ᄒᆞ니 팔ᄌᆞ 화시만 못ᄒᆞ도다 셕패 답쇼 왈 쇼져의 ᄌᆡ뫼 샹쳥의도 ᄡᅡᆼ이 업ᄉᆞᆯ거시니 진짓 소시랑과 텬ᄉᆡᆼ일ᄃᆡ라 ᄌᆡ취 되나 고해 업ᄉᆞ리니 엇디 소ᄉᆡᆼ을 슌향을 졈복디 아니시ᄂᆞ뇨 샹셔와 부인이 쇼왈 우리도 이 ᄯᅳᆺ이 이시ᄃᆡ 화시로 졍이 듕ᄒᆞ고 ᄒᆞ믈며 ᄌᆞ식이 이시니 엇디 ᄌᆡ취ᄒᆞ리오 셕패 샹셔의 무심티 아니믈 보고 크게 깃거 ᄃᆡ왈 소시랑이 화시를 취ᄒᆞ나 졍이 소원ᄒᆞ고 긔ᄉᆡᆨ이 단엄ᄒᆞ야 일삭의 십일을 드러가나 뫼신 시녜 뎌의 말ᄒᆞ믈 듯디 못ᄒᆞ고 혼야의라도 각침각와ᄒᆞ

니 이 엇디 은이 듕ᄒᆞ미며 셜ᄉᆞ ᄌᆞ식이 이신들

79면

엇디 개의ᄒᆞ리잇고 부인도 보와 겨시거니 시랑과 화시 샹뎍ᄒᆞ더니잇가 직뫼 ᄂᆡ도ᄒᆞ니 결단코 졍이 젹으미라 힝혀 양부인이 념녀ᄒᆞ실가 두려 거즛 녯말노 졍대히 니ᄅᆞ나 실졍이 아니니이다 샹공과 부인이 유의ᄒᆞ실딘대 쳡이 세 치 젹디 아닌 혜 이시니 가히 양부인과 소시랑을 다래여 진〃의 죠흔 거술 완젼킈 ᄒᆞ고 군ᄌᆞ와 슉녀로 호구를 만나게 ᄒᆞ리이다 셕공 부뷔 불승환히ᄒᆞ야 닐오ᄃᆡ 누의 맛당이 조각을 보와 잘 쳐티ᄒᆞ라 셕패 응낙고 슉난의 침소의 니ᄅᆞ니 쇼졔 유장을 다ᄉᆞ리고 곡난 의지혀시니 소담ᄒᆞ고 쇄락ᄒᆞ미 비길 곳이 업ᄂᆞᆫ디라 셕패 나아가 우어 왈 월궁이 아니로ᄃᆡ 홍애 잇ᄂᆞ뇨 쇼졔 명모를 ᄂᆞᆯ게 ᄯᅳ고 쥬슌을 잠간 여러 답왈 아ᄌᆞ미 ᄆᆡ양 어이 희롱ᄒᆞᄂᆞ뇨 내 셰샹 아란 디 십삼년의 일즉 아ᄌᆞ미 졍딕ᄒᆞᆫ 말숨을 ᄒᆞ시믈 듯디 못ᄒᆞ니 입의 드리워 죵일토록 ᄒᆞᄂᆞᆫ 말이 다 부담과 허언광셜이라 사ᄅᆞᆷ이 엇디 이러틋 단일티 못ᄒᆞ뇨 셕패 대쇼 왈 그ᄃᆡ 날을 번잡다 ᄒᆞ거

80면

니와 밋친 노고를 공경ᄒᆞ고 감격ᄒᆞ야 ᄒᆞ리라 쇼졔 잠쇼브답이어ᄂᆞᆯ 셕패 눈을 드러보니 알픠 화젼 일복이 잇거ᄂᆞᆯ 아사 보니 신잉을 을픈 바 쇼져의 지은 시라 셕패 짐즛 ᄉᆞ매예 녀흐니 쇼졔 말려 왈 이 내의 소작이라 아ᄌᆞ미 안자 보고 도로 줄 거시어ᄂᆞᆯ 므숨 연고로 ᄉᆞ매예 녀허다가 눔을 뵈랴 ᄒᆞᄂᆞ뇨 패왈 내의 뎍녀 한혹ᄉᆞ 부인이 ᄌᆡ죄 긔특ᄒᆞ야 뎍슈를 못 어더 ᄒᆞᄂᆞ니 쇼져 시젼을 개[져]다가 뵈리라 쇼졔 본ᄃᆡ 월영의 ᄌᆡ조를 드런 디 오란디라 소ᄉᆡᆼ과 의혼ᄒᆞ믈 모ᄅᆞ고 닐오ᄃᆡ 이ᄂᆞᆫ 규듕필젹이니 소경이 보면 고이히 너기리니 ᄀᆞᆺᄐᆞᆫ 녀ᄌᆡ니 한ᄉᆡᆼ 쳐ᄂᆞᆫ 보와도 관겨티 아니커니와 ᄉᆞ셰 비편ᄒᆞ니 가져가디 말나 셕패 웃고 왈 내 므ᄉᆞ 일 소ᄉᆡᆼ을 뵈리오 쇼져ᄂᆞᆫ 근심 말나 일변 니ᄅᆞ며 나가니 쇼졔 ᄒᆞᆯ 일이 업서 다만 닐오ᄃᆡ 뵌 후 즉시 도라보내고 내 글이라 니ᄅᆞ디 말나 셕패 응답ᄒᆞ고 모든 ᄌᆡ 하딕고 교ᄌᆞ의 올나 ᄌᆞ운산의 도라오니 시랑이 문밧긔 나와 마자 교ᄌᆞ의 ᄂᆞ리믈 보고 ᄡᅡ히셔 절ᄒᆞ야 뵈니 셕패 황

81면

망히 븟드러 닐오ᄃᆡ 젼일 아ᄒᆡ로 겨실 적도 과분턴 거시어든 ᄒᆞ믈며 뎡신이 되야 위츈경의 니ᄅᆞ서 겨시거ᄂᆞᆯ 이 엇디 쳡의게 절ᄒᆞ믈 이러틋 과도히 ᄒᆞ시ᄂᆞ니잇가 쳡이 쟝ᄎᆞᆺ 손복ᄒᆞ리로[소이]다 시랑 왈 셔뫼 긔 엇딘 말솜이니잇가 됴뎡 대신으로 어룬 되얏노라 ᄒᆞ기ᄅᆞᆯ 셔모긔 ᄒᆞ리잇가 셕패 황공감격ᄒᆞ야 시랑의 ᄉᆞ매ᄅᆞᆯ 잇그러 ᄂᆡ당의 드러가 부인긔 뵈ᄋᆞᆸ고 우어 왈 낭군이 쇼년 적 버ᄅᆞᄉᆞᆯ 앗가 또 ᄒᆞ시니 엇디 놀납디 아니리잇가 쳡이 하 황망ᄒᆞ야 답녜도 밋처 못ᄒᆞ이다 어려 겨실 적은 존비ᄅᆞᆯ 모ᄅᆞ시고 부인긔 ᄒᆞᄂᆞᆫ 녜ᄅᆞᆯ 쳡의게도 ᄒᆞᆯ 일만 너기시나 ᄌᆞ라면 아니 긋티시랴 혜엿더니 긔 어인 거죄니잇가 시랑이 미소 ᄃᆡ왈 셔뫼 ᄆᆡ양 어리면 ᄉᆞᆨ믹불변ᄒᆞ고 ᄌᆞ라면 날마다 인ᄉᆡ 는다 ᄒᆞ시니 내 실노 고이ᄒᆞ야 ᄒᆞᄂᆞ이다 일노 츄이ᄒᆞᆯ딘대 내 인ᄉᆞᄅᆞᆯ 혜아리니 아마도 느디 아냐 오셰 적 ᄒᆞ던 일을 ᄉᆡᆼ각ᄒᆞ고 이제 힝ᄉᆞᄅᆞᆯ 비겨보니 도로혀 아ᄒᆡ 적만 못ᄒᆞ여 가니 민망ᄒᆞ야 어려실 적 ᄒᆞ던 일을 ᄉᆡᆼ각ᄒᆞ야 ᄉᆞᄉᆞ로 본

82면

밧ᄂᆞ니 엇디 ᄌᆞ라다 ᄒᆞ고 쇼ᄋᆞ 적 버ᄅᆞᄉᆞᆯ ᄇᆞ리리잇고 셕패 크게 웃고 부인이 쇼왈 요ᄉᆞ이 셕패 업ᄉᆞ니 경의 희담이 업서 무미ᄒᆞ더니 패 오ᄂᆞᆯ 와시니 화려ᄒᆞᆫ 말이 ᄌᆞ심ᄒᆞᆫ 사ᄅᆞᆷ을 즐겁게 ᄒᆞᄂᆞᆫ도다 네 비록 경의게 일홈이 셔뫼나 또ᄒᆞᆫ 준ᄒᆞ야 모ᄌᆞ지의 이시니 ᄡᅡ히셔 절ᄒᆞ미 고이ᄒᆞ랴 셕패 샤례ᄒᆞ더라 원ᄂᆡ 니파ᄂᆞᆫ 낭슌ᄒᆞ고 말ᄉᆞᆷ이 젹으며 셕파ᄂᆞᆫ 녕니혜힐ᄒᆞ며 언ᄉᆡ 흐ᄅᆞᄂᆞᆫ 둧ᄒᆞ고 능ᄒᆞᆫ 희ᄒᆡ와 화려ᄒᆞ미 극ᄒᆞ야 진짓 녀듕소진이오 또 디혜과인ᄒᆞ야 너모 ᄯᅳᆺ이 활발ᄒᆞ기로 잠간 뎡〃ᄒᆞ미 업고 ᄆᆞᄋᆞᆷ이 고디식디 아니나 본 텬셩은 극히 어디니 부인이 이러므로 두 사ᄅᆞᆷ을 지극 어엿비 너기고 시랑이 공경ᄒᆞ고 효양ᄒᆞ미 부인 버금이로ᄃᆡ 셕패 ᄆᆡ양 히이쳐 긔롱ᄒᆞ기로 젼쥬ᄒᆞ니 시랑이 본셩이 고요ᄒᆞ고 청소ᄒᆞ나 거가의 일마다 유슌ᄒᆞ고 또 뎌의 자긔 ᄉᆞ랑ᄒᆞ미 지극ᄒᆞ야 희언으로 보채믈 알고 화답디 아니면 무류ᄒᆞ야 ᄒᆞᆯ가 두려 짐즛 희히로 찬조ᄒᆞ나 일즉 셜만ᄒᆞᆫ 빗과 녜 업ᄉᆞᆫ 말솜을 내

83면

디 아냐 오직 셕패 [시작ᄒᆞ면 ᄃᆡ답ᄒᆞᆯ ᄯᆞᄅᆞᆷ이로ᄃᆡ 이ᄯᅢ] 셕쇼져의 글을 월영을 뵈디 아냐 ᄉᆞ매 속의 장ᄒᆞ엿더니 졔인이 흣터딘 후 부인 면젼의 나아와 고왈 셕샹셰 일위 쇼

져를 두시고 시랑의 지모를 ᄇᆞ라샤 쥬딘의 됴흐믈 밋고져 쳔쳡으로 ᄒᆞ야곰 부인긔 고ᄒᆞ라 ᄒᆞ더이다 부인이 문왈 셕쇼졔 엇더ᄒᆞ뇨 셕패 ᄃᆡ왈 쳡이 말숨이 서외ᄒᆞ고 문견이 고루ᄒᆞ와 아ᄂᆞᆫ 일이 업거니와 다만 의논컨대 화부인 경쳡ᄒᆞ고 빗나시므로도 유환뎡졍ᄒᆞ믄 뎌의게 밋디 못ᄒᆞᆯ 거시오 한혹ᄉᆞ 부인의 풍영쇄락ᄒᆞ시미나 ᄒᆞᆫ업ᄉᆞᆫ ᄌᆞ틱와 붉고 싁〃ᄒᆞ미 밋디 못ᄒᆞᆯ 거시니 다만 윤낭지 방불ᄒᆞ나 오히려 졍슉신듕ᄒᆞ야 셩녀유풍이 이시믄 ᄯᅩᄒᆞᆫ 셕쇼져긔 만히 써디니이다 부인이 텽필의 닐오ᄃᆡ 비록 아름다오나 엇디 무단이 ᄌᆡ취ᄒᆞ리오 ᄒᆞ믈며 경이 다른 ᄠᅳᆺ이 업거니 내 엇디 번오ᄒᆞ믈 취ᄒᆞ며 여러 사름이 모드면 ᄌᆞ연 어ᄌᆞ러오미 만흐니 ᄯᅩᄒᆞᆫ 념녀로온디라 샹셔의 후의ᄂᆞᆫ 감격ᄒᆞ나 밧드디 못ᄒᆞ믈 회보ᄒᆞ라 셕패 악연 ᄃᆡ왈 ᄌᆞ고로 공후각노ᄂᆞᆫ

84면

칠부인이라 시랑이 두 부인을 엇디 못 어들 위리잇가 쳡이 셕쇼져를 친족이라 ᄒᆞ야 위쟈ᄒᆞ미 아니라 실로 녀듕요슌이니 ᄎᆞ마 다른 가문의 보내믈 앗가와 혐의로오믈 폐티 아냐 현인슉녀를 쳔거ᄒᆞᄋᆞᆸᄂᆞ니 ᄇᆞ라건대 부인은 ᄉᆡᆼ각ᄒᆞ야 보쇼셔 부인이 차탄왈 이리 긔특ᄒᆞᆫ 녀ᄌᆡ 네 졀친의 이실딘대 네 엇디 블셔 니ᄅᆞ디 아닌다 이졔 화시를 어더 금슬이 화합ᄒᆞ니 ᄯᅩ 어드면 브졀업ᄉᆞ미라 셕쇼졔 내 집의 인연이 업도다 셕패 ᄃᆡ왈 시랑의 위인이 ᄆᆞᄎᆞᆷ내 일녀ᄌᆞ로 늘글 골격이 아니오 화부인이 아모리 현텰ᄒᆞ시나 낭군의 뎍쉬 아니시니 쳡의 ᄠᅳᆺ은 셕시를 ᄌᆡ취ᄒᆞ야 ᄌᆞ손이 번셩홈과 가듕의 번화ᄒᆞ믈 취티 아니시ᄂᆞ니잇가 셕쇼졔 나히 십삼셰라 쳡은 블셔 유의ᄒᆞᄃᆡ 시랑의 취쳐젼은 넌긔 어려시므로 이제야 발ᄒᆞ미니이다 부인이 팀음냥구의 날호여 답왈 화시 ᄯᅩᄒᆞᆫ 아름답고 ᄌᆞ식이 이시니 다른 념네 업세라 셕패 부인의 허티 아니믈 보고 ᄒᆞᆯ 일이 업서 믈

85면

너와 ᄉᆡᆼ각ᄒᆞᄃᆡ 내 당〃이 이 글을 가지고 셔당의 가 시랑을 격동ᄒᆞ리라 ᄒᆞ고 바로 셔당의 니ᄅᆞ니 시랑이 단좌ᄒᆞ야 ᄇᆡᆨ능 팔복의 글을 지어 금ᄌᆞ를 크게 ᄡᅧ시니 이ᄂᆞᆫ 태복경 구균이 시랑의 셔법이 오악을 요동ᄒᆞ야 죵왕의 디나믈 알고 병풍을 ᄆᆡᆫ들여 금ᄌᆞ를 바드미러라 셕패 나아가 ᄒᆞᆫ번 보고 칭션 왈 낭군의 문묵의 신긔ᄒᆞ믄 더브러 비ᄒᆞ리 업도다 쳡이 녯글을 장셔각의 가 어더오니 거의 낭군 ᄌᆡᄌᆞ와 병구ᄒᆞ리러라 시랑

이 되왈 고인의 직조야 내 엇디 밋출 배리오 연이나 장셔각의 가 엇던 글을 어더 겨시뇨 셕패 쇼왈 내 닐러도 시랑이 일즉 모르리라 일변 니르며 소매로셔 일복 화젼을 내여 주니 싱이 바다 눈을 드러 흔번 보니 필법이 비등호야 부운이 니러나고 봉새 찬난하야 묵광이 비무호니 믄득 눗빗출 슈렴호야 공경호고 누리 닑으니 의식 청졀호고 텬항이 죠요호야 비록 소샤의 문장이라도 밋디 못홀디라 칭찬 왈 아름다온 글이로다 두 번 음영호매 이는

86면

녯글이 아니라 요스이 지은 사룸의 지은 배오 귀법이 청고호고 의식 유아호니 반드시 녀조의 지은 배라 져〃의 직죄 비록 긔특호시나 오히려 이 글의 향염호믄 밋디 못호리로다 이 엇던 사룸의 소작이니잇가 셕패 왈 장셔각의 이시니 아모 글인 줄 모르느이다 시랑 왈 셔뫼 날을 어둡게 너기시미로다 장셔각의 잇는 거순 내 다 아느니 이는 젼의 보디 못흔 배라 호믈며 화젼이 새롭고 글시 굿 뻐시니 엇디 녯글이리오 셕패 웃고 왈 낭군은 능흔 톄 마르쇼셔 연이나 이 시 과연 녀조의 소작이라 엇더케 지엇느뇨 싱왈 극진이 아름다오이다 셕패 우왈 이런 직조와 긔특흔 얼골을 겸흔 녀지 뎌 곳의 이시니 쳡이 보기의 황홀호더이다 엇던 녀지런고 혜건대 셔모의 친족이로다 패 되왈 연호이다 시랑 왈 그런 부인을 엇던 복된 재 어덧는고 그 가뷔 샹뎍더니잇가 셕패 쇼왈 이 규쉬라 엇디 가뷔 이시리잇가 시랑이 믄득 말을 긋치고 글을 즉시 셔모를 주고 금즈를 쓰니 원닉 시랑은 셩인군직라 당

87면

초 녯글로 아라 뎌의 주는 거술 바다보고 그 직죄 신긔호믈 항복호야 엇던 녀조의 지은 거신고 뭇다가 규듕 쳐지믈 듯고 심히 뉘웃처 즉시 음영호던 거술 노코 다시 뭇디 아니니 셕패 당초는 싱의 글 흠찬호믈 보고 암희호야 계규를 일우과라 호더니 뜻 아닌 제 말을 긋치고 글을 도로 주믈 보매 계괴 업서 다만 말로써 도〃와 골오되 낭군이 청춘쇼년으로 하늘긔 품슈흔 배 문장과 영풍이라 일즉 등뎨 농방의 쳔인을 묘시호고 봉미를 블와 몸이 텬향의 녁양호니 관인 대도로 수군 보국호시고 샤듕의 숙뇨흔 부인으로 빵〃이 굿초샤 일신 영화와 부인의 깃브시믈 도오미 엇더호니잇가 낭군이 만일 직취코져 호시면 쳡이 곤눈뉘 되야 권문샹가의 일위 숙녀를 어더 낭군긔 헌

ᄒᆞ리니 모ᄅᆞ미 엇더타 ᄒᆞ시ᄂᆞ뇨 ᄉᆡᆼ이 셔모의 셰언이 이러ᄐᆞᆺ 화려ᄒᆞ믈 보고 평ᄉᆡᆼ 처음으로 호치 현츌케 우어 왈 셔모의 말솜을 드ᄅᆞ니 가히 실쇼ᄒᆞᄂᆞ니 내 평ᄉᆡᆼ ᄆᆞ음이 즐겁디 아니ᄒᆞ더니

88면

금일은 처엄으로 웃ᄂᆞ이다 대장뷔 되야 슉녀를 어더 주랴 ᄒᆞ시니 ᄉᆞ양홀 배 이시리오마ᄂᆞᆫ 가듕이 즐겁디 아니니 ᄆᆞ음이 화려티 못ᄒᆞ야 ᄒᆞᆫ 안해로 집을 딕희오고 ᄯᅳᆺ을 온젼히 ᄒᆞ야 고요히 ᄒᆡᆼ실이나 닷그며 모친 셤기오믈 일삼고져 ᄒᆞᄂᆞ니 쳐ᄌᆞ 션악과 모호고져 의ᄉᆡ 업서이다 셕패 [오히려] ᄉᆞ양으로 알고 문왈 가듕의 경ᄉᆡ 년면ᄒᆞ니 므ᄉᆞ 일이 즐겁디 아니리오 시랑이 믄득 쳑연ᄌᆞ상ᄒᆞ야 눈믈을 머금고 닐오ᄃᆡ 셔모의 말이 그ᄅᆞ시이다 사ᄅᆞᆷ이 셰샹의 이셔 텬디 ᄀᆞ즉ᄒᆞᆫ 의ᄅᆞᆯ 보거ᄂᆞᆯ 경은 삼ᄉᆡᆼ의 죄악이 여산ᄒᆞ야 부모의 ᄀᆞᄌᆞ시믈 보디 못ᄒᆞ고 하ᄂᆞᆯ 경계와 은이ᄅᆞᆯ 밧ᄌᆞᆸ디 못ᄒᆞ야 엄친의 면목을 모ᄅᆞ니 인뉸의 죄인이오 박명ᄒᆞ미 심ᄒᆞᆫ디라 믈읫 보ᄂᆞᆫ 것과 듯ᄂᆞᆫ 거시 샹심티 아닐 거시 업고 내 효셩이 극진티 못ᄒᆞ여 ᄌᆞ당의 흔연ᄒᆞ실 적이 업ᄉᆞ니 듀야 허믈을 닷그며 죄ᄅᆞᆯ 혜아리고 벼ᄉᆞᆯ과 ᄌᆞ식이 이시므로ᄂᆞᆫ 더옥 부뫼 ᄒᆞᆫ가지로 두굿기시믈 보디 못ᄒᆞ니 심ᄉᆡ 날

89면

노 감창ᄒᆞ여 ᄆᆞ음이 버히ᄂᆞᆫ ᄃᆞᆺᄒᆞ니 엇디 즐거오미 이시리오 이러므로 빅ᄉᆞᄅᆞᆯ 다 ᄯᅳᆺ의 두디 아냐 사ᄅᆞᆷ의 허믈과 긔특ᄒᆞᆫ 일을 보와도 의논ᄒᆞ고 시브디 아니며 일ᄉᆡᆼ ᄆᆞ음의 먹음어 ᄇᆞ라ᄂᆞᆫ 배 ᄌᆞ당의 긧거ᄒᆞ시믈 요구ᄒᆞ야 ᄀᆞ즉ᄒᆞ니 번화의 ᄆᆞ음이 쉼 ᄀᆞᆺ튼디라 언필의 안ᄉᆡᆨ이 참담ᄒᆞ야 믄득 오열묵〃ᄒᆞ니 셕패 ᄯᅩᄒᆞᆫ 슬허 눈믈을 ᄲᅳ려 왈 금일 낭군의 말솜을 드ᄅᆞ니 셕목도 감동ᄒᆞ리니 ᄒᆞ믈며 쳡이ᄯᆞ냐 ᄌᆞ고로 효ᄌᆡ 증ᄌᆞ ᄀᆞᆺᄐᆞ며 곽거의 ᄌᆞ식을 뭇고 황향의 벼개 분ᄌᆞ믈 엇디 족히 귀타 ᄒᆞ리오 낭군과 셩효ᄂᆞᆫ ᄎᆞ삼쟈의 디나도다 ᄉᆡᆼ이 탄왈 내 엇디 이 사ᄅᆞᆷ들의게 ᄇᆞ라리오 연이나 본졍은 효의ᄅᆞᆯ 품으ᄃᆡ 인ᄉᆡ 미셰ᄒᆞ기로 ᄆᆞ음이 ᄒᆡᆼ셰 ᄀᆞᆺ디 못ᄒᆞ더이다 셕패 감탄ᄒᆞ고 처량ᄒᆞ야 다시 혼ᄉᆞᄅᆞᆯ 니ᄅᆞ디 못ᄒᆞ고 즉시 니러 도라와 부인긔 시랑의 말을 고ᄒᆞ매 부인이 탄왈 내 아히 셩졍이 이러ᄐᆞᆺ ᄒᆞ야 희담이 젹닷다 너모 딘쇽 ᄐᆡ 업서

90면

청고ᄒᆞ미 츌뉴ᄒᆞ니 도ᄅᆞ혀 근심이라 일변 니ᄅᆞ며 ᄯᅩᄒᆞᆫ 슬허ᄒᆞ더니 믄득 ᄉᆡᆼ이 드러와 뵈올ᄉᆡ 화긔 ᄀᆞ독ᄒᆞ고 안ᄉᆡᆨ이 ᄌᆞ약ᄒᆞ야 모젼의 말ᄉᆞᆷᄒᆞ믈 깃븐 거ᄉᆞᆯ 만나고 즐거오믈 당ᄒᆞᆷ ᄀᆞᄐᆞ니 부인이 나아오라 ᄒᆞ야 등을 두ᄃᆞ려 새로이 ᄉᆞ랑ᄒᆞ고 두굿기며 ᄯᅩᄒᆞᆫ 탄식ᄒᆞ더라 수일이 디난 후 셕패 시랑ᄃᆞ려 죠용히 닐오ᄃᆡ 쳡이 낭군의 후ᄃᆡᄒᆞ시믈 감격ᄒᆞ야 갑흘 길히 업서 ᄒᆞ더니 셕샹셔의 규슈 이셔 당셰예 슉녜니 낭군긔 쳔거ᄒᆞᄂᆞ니 ᄌᆡ취ᄒᆞ시면 쳡이 더옥 감은ᄒᆞ리이다 시랑이 텽파의 안셔이 ᄃᆡ왈 셔모의 말ᄉᆞᆷ은 감격ᄒᆞ나 조강지쳬 이시니 번오의 사ᄅᆞᆷ은 ᄉᆡᆼ각디 아닛ᄂᆞ이다 셕패 다시 다래여 왈 셕쇼졔 만일 범샹ᄒᆞᆫ 사ᄅᆞᆷ일딘대 쳡이 므ᄉᆞ 일 낭군긔 쳔거ᄒᆞ리오 얼골을 의논ᄒᆞᆯ딘대 명모뉴미며 분빅뉴빙이오 단슌호치라 진실로 하쥐 슉녀의 넘으니 쳡이 타문의 보내기를 앗기고 ᄯᅩ 낭군의 ᄌᆡ화를 앗겨 뎍딜과 뎍ᄌᆞ롤 ᄡᅡᆼ으로 ᄀᆞᄌᆞᆨᄒᆞ믈 보고져 ᄒᆞᄂᆞ니 낭군은 고집디 말라 ᄉᆡᆼ이 ᄃᆡ왈 셔모의 니ᄅᆞ

91면

시ᄂᆞᆫ 바ᄂᆞᆫ 올흐시ᄃᆡ 내 ᄯᅳᆺ이 낙〃ᄒᆞ야 슉녀 어들 복이 업ᄉᆞ미라 ᄒᆞ믈며 모친의 ᄯᅳᆺ이 아모라 ᄒᆞ실 줄을 모ᄅᆞ니 내의 ᄌᆞ단ᄒᆞᆯ 배 아니니이다 셕패 ᄯᅩ 닐오ᄃᆡ 쳡이 부인ᄭᅴ 고ᄒᆞ니 부인의 유의ᄒᆞ고 낭군의 ᄯᅳᆺ을 아디 못ᄒᆞ야 듀뎨ᄒᆞ시며 셕쇼져의 ᄌᆡ조를 크게 ᄉᆞ랑ᄒᆞ시ᄂᆞ니이다 시랑이 팀음냥구 왈 모친이 어이 ᄌᆡ조를 아ᄅᆞ시ᄂᆞ뇨 셕패 쇼왈 뎌적 낭군의 보시던 시젼이 셕쇼져의 소작이라 부인은 낭군이 유의ᄒᆞ시면 셩혼코져 ᄒᆞ시더이다 시랑이 텽파의 미쇼 왈 원ᄂᆡ 셕쇼졔 이런 ᄌᆡ죄 겨시닷다 언필의 니러나고져 ᄒᆞ니 셕패 ᄉᆞ매롤 잡고 왈 낭군아 진실노 고집ᄒᆞ시ᄂᆞ냐 부인이 허ᄒᆞ시면 낭군이 ᄯᅩᄒᆞᆫ ᄌᆡ취ᄒᆞ리잇가 시랑이 쇼왈 모친이 허하시면 내 감히 ᄉᆞ양ᄒᆞ며 모명이 업술딘대 내 ᄯᅩᄒᆞᆫ 엇디 ᄒᆞ리잇가 아직 의ᄉᆡ ᄌᆡ취예 밋디 못ᄒᆞ니 내 스ᄉᆞ로 구ᄒᆞᆯ 길흔 업ᄉᆞᆫ디라 셔뫼 만일 슉녀를 주시면 내 ᄯᅩ ᄉᆞ양티 아니리이다 셜파의 나가니 패 뉴슈지언이라도 ᄒᆞᆯ 일이 업서 듕당의셔 빅회ᄒᆞ더니 이ᄢᅢ 화시 시녀

92면

ᄡᅡᆼ쉬 이 말을 듯고 도라와 화시긔 고ᄒᆞᄃᆡ 셕파랑이 샹공을 권ᄒᆞ야 셕참졍 규슈를 ᄌᆡ취ᄒᆞ쇼셔 ᄒᆞ니 낭군이 처엄은 듯디 아니하시더니 여러 번의 니ᄅᆞ매 ᄌᆡ취를 죄오시며

졍당 허락을 피랑으로 바드라 ᄒᆞ시더이다 화시 텬셩이 영민ᄒᆞ나 셩되 [조급]쵸강ᄒᆞ고 쏘 시랑 듕히 너기믈 태산ᄀᆞᆺ티 ᄒᆞ야 은졍이 ᄀᆞ죽ᄒᆞ야 병되이 다ᄅᆞ고 친익ᄒᆞ미 극진ᄒᆞᄃᆡ 시랑이 싁〃ᄒᆞ야 일죽 ᄉᆞ〃졍을 니ᄅᆞᄂᆞᆫ 일이 업고 공경ᄒᆞ나 너모 익듕ᄒᆞ기로 투긔ᄒᆞᄂᆞᆫ 일 심이 □□□□ 아닐 긔습이라 시랑이 일즙 방외예 챵쳡이 업고 가듕의 홍쟝 시네 무궁ᄒᆞᄃᆡ 유졍ᄒᆞ미 업ᄉᆞ며 언어간의도 지취를 일ᄏᆞᆺ디 아니코 겸ᄒᆞ야 ᄋᆞ지이시니 통셰 극ᄒᆞᆫ디라 스ᄉᆞ로 일신이 복되믈 깃거ᄒᆞ더니 셕패 단졍ᄒᆞᆫ 가부를 도〃와 지취ᄒᆞ라 ᄒᆞᆫ다 ᄒᆞ니 엇디 분〃티 아니리오 블연대로ᄒᆞ야 크게 ᄭᅮ지ᄌᆞ되 명완ᄒᆞᆫ 노괴 죽디 아니코 사라셔 엇디 내의 가부를 다래ᄂᆞ뇨 시랑인들 엇디 무단히 셕녀를 취ᄒᆞ고져 ᄒᆞ며 존괴 쏘ᄒᆞᆫ 허락ᄒᆞᄂᆞᆫ 일이 겨시도다 분노ᄒᆞ

93면

믈 마디 아니코 뎐도히 니러 ᄂᆡ당으로 드러가더니 졍히 셕파를 맛난디라 셕패 뎌의 만면 노긔로 저를 향ᄒᆞ야 말ᄒᆞ고져 ᄒᆞ믈 보고 짐작고 문왈 낭지 므ᄉᆞ 일 뎌러ᄐᆞᆺ 블평ᄒᆞ시뇨 화시 븐득 ᄭᅮ지저 왈 내 일죽 셔모로 원슈 업거ᄂᆞᆯ 므슴 연고로 날을 믜워 뎍국을 쳔거ᄒᆞᄂᆞ뇨 셔뫼 만일 긋치면 말녀니와 나죵 내 원슈를 디을딘대 젼졔의 어댱검을 ᄒᆞᆫ번 딜너 셜ᄒᆞᆫᄒᆞ고 내 쏘ᄒᆞᆫ 죽으리라 셕패 ᄂᆡ쇼 왈 낭지 년쇼ᄒᆞ야 혜아리미 업도다 녀ᄌᆞ의 도ᄂᆞᆫ 유슌ᄒᆞ미 귀ᄒᆞ고 투악은 칠거의 명〃ᄒᆞ니 ᄌᆞ고로 투긔ᄒᆞᄂᆞᆫ 슉녜 업ᄉᆞ니 낭지 이제 소시랑의 원비로 쇼공ᄌᆞ를 ᄡᅧ 가권을 젼일ᄒᆞ시니 번화의 조ᄎᆞᆫ 둘재 부인이 드러오나 당〃이 황영의 ᄌᆞᄆᆡᄀᆞᆺ티 ᄒᆞ시미 올커ᄂᆞᆯ 언에 이러ᄐᆞᆺ 뎐도ᄒᆞ시니 쳡으ᄅᆞᄡᅧ 원슈라 ᄒᆞ실딘대 우리 부인이 몸을 스ᄉᆞ로 원슈로 아ᄅᆞ샤 쳡둥을 모ᄒᆞ시미니잇가 쳡이 ᄌᆞ쇼로 쟝현동의셔 늘그ᄃᆡ 일죽 션쳐ᄉᆞ긔와 부인긔 칙을 밧ᄌᆞᆸ디 아냣고 시랑을 어ᄅᆞᄆᆞᆫ져 길너 내야 경의

94면

산히 ᄀᆞᆺᄐᆞ니 비록 낭ᄌᆞ긔 어댱검을 바드나 설워 긔특ᄒᆞᆫ 슉녀를 쳔거ᄒᆞ리로소이다 화시 대로ᄒᆞ야 졀치 왈 ᄎᆞᄂᆞᆫ 삼싱슈인이라 만일 셕현의 ᄯᆞᆯ을 ᄃᆞ려올딘대 당〃이 ᄡᅳ저 죽여 분을 플고 늘근 년이 텬앙 닙어 죽으믈 보리라 반ᄃᆞ시 셕녀를 ᄃᆞ려와 슉질이 동모ᄒᆞ야 부인과 우리 부쳐의 목숨을 긋ᄎᆞ려 ᄒᆞᄂᆞᆫ 계교로다 인ᄒᆞ야 표독블평ᄒᆞᆫ 말노 ᄭᅮ짓기를 마디 아니ᄒᆞ고 침쇼로 도라가니 셕패 쏘ᄒᆞᆫ 대로ᄒᆞ야 졍히 번뇌ᄒᆞ더니 소시

랑이 한혹ᄉᆞ로 더브러 시부를 챵화ᄒᆞ다가 모친긔 문안ᄒᆞ려 드러오더니 믄득 보니 셕패 듕당의셔 발을 굴너 통곡ᄒᆞ거ᄂᆞᆯ 시랑이 경아ᄒᆞ나 모친긔 뵈오미 밧바 뭇디 못ᄒᆞ고 다만 친족의 부음을 드른가 ᄒᆞ야 모친 면젼의 니ᄅᆞ러 문후ᄒᆞ고 좌우를 도라보와 문왈 셕셔뫼 뉘 상ᄉᆞᄅᆞᆯ 만나 겨시냐 시녜 다 아디 못ᄒᆞ거ᄂᆞᆯ 부인이 문왈 네 엇디 상ᄉᆞᄅᆞᆯ 만나다 ᄒᆞᄂᆞ뇨 시랑이 의심ᄒᆞ야 이셩 ᄃᆡ왈 앗가 셔뫼 듕당의셔 슬허ᄒᆞ거ᄂᆞᆯ 무ᄅᆞ미로소이다 일변 니ᄅᆞ며 일

95면

변 셕파의 곳의 오니 패 시랑을 보고 가슴을 두ᄃᆞ리며 머리를 ᄯᅵ의게 브드이저 왈 시랑은 쾌히 쳡을 죽이라 시랑이 만일 죽이디 아니면 쳡이 반ᄃᆞ시 어댱검의 죽이리니 출하리 약이나 먹고 죽으면 나으리라 셕파의 ᄯᅵ의 춘 칼흘 ᄲᅢ혀 스ᄉᆞ로 디ᄅᆞ고져 ᄒᆞ니 비록 시랑이 총명ᄒᆞ나 엇디 밋처 근본을 ᄭᅵᄃᆞᄅᆞ며 아모 연괸 줄 아디 못ᄒᆞ고 이러툿 ᄒᆞᆫ 경샹과 셔모의 칼 ᄲᅢ히믈 보고 십분 경아ᄒᆞ야 [급히] 칼흘 아술 적 좌편 손가락을 시쳐 크게 닷쳐 피 소사 흐ᄅᆞ니 셕패 놀나 첫 발악을 느추더니 시랑이 안식을 평안이 ᄒᆞ고 손을 드러 흐ᄅᆞᄂᆞᆫ 피ᄅᆞᆯ 스ᄉᆞ로 먹으니 이ᄂᆞᆫ 부모 혈육을 ᄇᆞ리디 아니랴 ᄒᆞ미라 깁을 믜여 손을 ᄡᅡ고 셕파의게 쳥죄 왈 경이 비록 무식필뷔나 ᄯᅩᄒᆞᆫ 어려셔븟터 글을 닐거 ᄒᆞᆫ 조각 경셩은 효의ᄅᆞᆯ 조심ᄒᆞ더니 블민블효ᄒᆞ야 ᄲᅧ 곰 셔모의 브족히 너기믈 바드니 감히 ᄒᆞᆫ티 못ᄒᆞ려니와 금일 거조ᄂᆞᆫ 실로 몽듕 의외라 만일 경이 죄 이실딘대 셔뫼

96면

당〃이 날을 수죄ᄒᆞ시고 시노로 당칙ᄒᆞ시미 올커ᄂᆞᆯ 엇디 발검 ᄌᆞ결ᄒᆞ며 통곡비열ᄒᆞ시ᄂᆞ뇨 이 진실로 내 죄 태산 ᄀᆞᆺ고 명교의 죄인이 되ᄂᆞ니 어ᄂᆞ 면목으로 힝셰ᄒᆞ리오 쳥컨대 이리 ᄒᆞ시ᄂᆞᆫ ᄯᅳᆺ을 니ᄅᆞ쇼셔 셕패 일시 분노ᄒᆞ기로 ᄲᅧ 과도ᄒᆞᆫ 거조ᄅᆞᆯ ᄒᆞ다가 시랑의 손이 듕샹ᄒᆞᄃᆡ ᄉᆡᆨ디 아니코 온화ᄒᆞᆫ 빗ᄎᆞ로 쳥죄ᄒᆞ믈 드ᄅᆞ니 극히 무안ᄒᆞ고 ᄯᅩᄒᆞᆫ 화시ᄅᆞᆯ 노호와 울며 닐ᄋᆞᄃᆡ 쳔인이 낭군을 쟝옥ᄀᆞᆺ티 너겨 일야 ᄇᆞ라믈 븍드이 여기고 낭군이 ᄯᅩᄒᆞᆫ 쳡을 부인 버금으로 공경ᄒᆞ시니 은혜 ᄇᆡᆨ골난망이라 갑흘 길히 업ᄉᆞ니 시랑긔 슉녀ᄅᆞᆯ 쳔거ᄒᆞ믄 본ᄃᆡ 됴흔 ᄯᅳᆺ이러니 화부인이 쳡을 이러툿 칙ᄒᆞ시니 쳡의 용수ᄒᆞ믈 슈칙ᄒᆞ믄 본ᄃᆡ 가커니와 다만 쳡이 낭군과 부인을 시역ᄒᆞ려 ᄒᆞᆫ다 ᄒᆞ

믄 지극원민흔디라 죵텬디흔이 되디 아니며 진실로 화부인긔 죽기 쉬오니 출히 낭군 알픽셔 쾌히 즈결호야 요괴로이 모함호믈 닙디 말고져 호더니 의외예 시랑의 옥쉬 듕샹호니 쳡

97면

의 죄 더옥 듕흔디라 죽으믈 청호ᄂ니 엇디 시랑이 죄 이시며 청죄호리오 시랑이 고개를 ᄂ즈기 호야 듯기를 ᄆᄎ매 불셔 듕심의 샹냥호미 과인흔디라 이제 탄식고 위로호며 죄를 일ᄏ라 골오딕 ᄎ언을 드ᄅ니 경의 ᄆ음이 싀훤호이다 당초ᄂᆫ 실노 아모 연괸 줄 아디 못호고 차악호더니 ᄌ시 듯ᄌ오매 이 쏘흔 경의 죄라 화시의 패악호미 다 졔가 못흔 죄라 흔낫 화시의 흔단만 잇디 아냐 내의 허믈이 더옥 듕흔디라 셔모씌 블공호미 족히 내쳠즉호오딕 모친이 블평홀 거시오 유ᄌ식블거를 술펴 머무ᄅ니 이 쏘흔 경의 죄로소이다 지어 손이 샹호믄 서ᄅ 무심듕이라 엇디 일로뻐 개회호시리잇고 청컨대 내 ᄂᆾ출 보와 식노호쇼셔 언필의 좌우로 화시의 유모를 잡아내여 수죄호야 대칙호고 시노로 호야곰 큰 매를 골히여 형댱 뉵십을 티니 유뫼 혼졀흔디라 셕패 도ᄅ혀 말니〃 쓰어내라 호고 셔모를 향호야 직삼 쇼샤호고 위로호니 셕패 감격호고 뉘웃ᄎ나 오히려

98면

화시긔 분을 프디 못호엿더라

소현셩녹 권지이

1면

이적의 양부인은 젼혀 아디 못호고 월영은 아ᄅ딕 모ᄅᄂᆫ 톄호더니 져녁 문안의 취셩뎐의 모드니 화시 유모를 듕형을 닙히고 시랑의 수죄호믈 드ᄅ니 경도흔 부인이 엇디 분티 아니리오 종일토록 울고 문안의 칭병호고 오디 아냣더니 부인이 다만 질병으로 알고 셕파의 ᄉ싱이 불평호믈 보고 문왈 너ᄂᆫ 므ᄉ일 오ᄂᆯ 통곡호더뇨 패 딕왈 위연히 심시 슬프거ᄂᆯ 발곡호이다 부인 왈 사름이 셜온 째 이신들 엇디 무시 곡읍

을 ᄒᆞ리오 ᄎᆞ후란 이러ᄐᆞᆺ 말라 셕패 샤례ᄒᆞ고 ᄒᆞᆫ가지로 뫼시니 시랑이 힝혀 모친이 손을 보실가 두려 폴을 ᄭᅵ자 단좌ᄒᆞ엿더니 부인이 화시 손ᄌᆞ를 안아 ᄉᆞ랑ᄒᆞ다가 인ᄒᆞ야 시랑을 주어 왈 이 아희 승어부모로다 비록 부ᄌᆞ지졍이 극ᄒᆞ나 일즉 안아보도 아니터니 모친의 주시믈 보고 마디 못ᄒᆞ야 빵슈로 밧ᄌᆞ아 유모를 주고 다시 ᄭᅮ러 안ᄌᆞ니 부인이 손을 보고 놀라 왈 엇지 저러ᄐᆞᆺ 상ᄒᆞ엿ᄂᆞ뇨 시랑

2면

[이 쇼이ᄃᆡ 왈 앗가 우연히] 칼흘 쓰다가 그ᄅᆞᆺ 실슈ᄒᆞ야 버힌디라 대단티 아니ᄃᆡ 상홀가 ᄲᅡ믜얏ᄂᆞ이다 부인 왈 악졍 ᄌᆞ츈은 발이 샹ᄒᆞ매 두 ᄃᆞᆯ을 근심ᄒᆞ거ᄂᆞᆯ 너ᄂᆞᆫ 손을 샹히오고 우ᄉᆞ니 엇디 고인만 못ᄒᆞ뇨 ᄉᆡᆼ이 샤죄슈명ᄒᆞ더라 인하야 혼뎡ᄒᆞ고 물러 외당의 이션디 셕 ᄃᆞᆯ이 진ᄒᆞᄃᆡ 화시 슉소를 ᄎᆞᆺ디 아니코 ᄋᆞ직 아비를 ᄎᆞ자 니ᄅᆞ매 유모를 ᄭᅮ지저 ᄃᆞ려오디 말라 ᄒᆞᄃᆡ 부인이 지극엄졍ᄒᆞ매 이 일을 젼혀 모ᄅᆞ고 소시ᄂᆞᆫ 시랑을 칙ᄒᆞ고 기유ᄒᆞᆫ 즉 오직 답ᄒᆞᄃᆡ 조강지쳐ᄂᆞᆫ 불하당이니 소뎨 엇디 ᄇᆞ리리오마ᄂᆞᆫ 뎨 년소미거ᄒᆞ야 부도를 모ᄅᆞ고 서모긔 불공ᄒᆞᆫ 말을 ᄒᆞ니 이 곳 패악ᄒᆞ미라 잠간 경계코져 ᄒᆞ미니 박대ᄒᆞᄂᆞᆫ ᄯᅳᆺ이 아니니이다 소시 ᄒᆞᆯ 일이 업서 모친긔 슈말을 고ᄒᆞᆫ대 부인이 셕파를 불너 ᄀᆞᆯ오ᄃᆡ 너희등과 내의 ᄇᆞ라ᄂᆞᆫ 배 다만 경의 부〃쌴이어ᄂᆞᆯ 져믄 녀직 형상 업ᄉᆞᆫ 말을 ᄒᆞᆫ들 엇디 족수ᄒᆞ야 경의 귀예 들녀 가ᄂᆡ 산난ᄒᆞ게 ᄒᆞᄂᆞ뇨 ᄒᆞ믈며 저와 내 지취의 ᄯᅳᆺ이 잇다 아니커ᄂᆞᆯ 네 엇디 여러 번

3면

니ᄅᆞᄂᆞ뇨 셕패 부인의 긔ᄉᆡᆨ이 쥰절ᄒᆞ믈 보고 고두사죄ᄲᅮᆫ이라 패 믈러난 후 부인이 화시를 블너 좌우를 물니티고 다ᄉᆞᆺ 죄를 니ᄅᆞ며 여ᄃᆞᆲ 허물을 경계ᄒᆞ야 셕파 욕ᄒᆞ미 크게 불가ᄒᆞ믈 히유ᄒᆞ야 니ᄅᆞ니 언에 엄졍ᄒᆞ고 곡졀이 명빅ᄒᆞ야 드ᄅᆞ매 모골이 송연ᄒᆞ니 화시 듀야 셕파와 시랑을 원망ᄒᆞ더니 부인 말솜을 듯고 과연히 ᄭᆡᄃᆞ라 돈슈복죄ᄒᆞ고 물러나니 셕파ᄂᆞᆫ 부인 말솜을 드ᄅᆞ매 잠간 뉘웃처 셔당의 가 시랑을 보고 도로혀 프러 기유ᄒᆞ며 제 일시의 노홉거ᄂᆞᆯ 허언으로 화시를 잡으롸ᄒᆞ야 뎌의 폴기를 요구ᄒᆞ니 시랑이 다만 미ᄒᆞᆫ 우음을 ᄯᅴ여 은은히 우ᄉᆞᆯᄯᆞ름이라 셕패 다시 프러 왈 낭군이 쳡의 연고로 낭ᄌᆞ를 박ᄃᆡᄒᆞ시니 쳡이 어ᄂᆞ 면목으로 사ᄅᆞᆷ을 보리오 ᄇᆞ라ᄂᆞ니 낭군은 ᄉᆡᆼ각ᄒᆞ라 ᄉᆡᆼ이 날호여 위로ᄒᆞ고 언담이 온화ᄒᆞ야 뎌 말을 드ᄅᆞᆯ ᄃᆞᆺᄒᆞ나 그 심

졍은 긔티 아니니 셕패 부인의 노ᄒᆞ시는 말을 니른대 싱이 팀음냥구의 닐오ᄃᆡ 모친 노ᄒᆞ시믈 위

4면

로ᄒᆞ고 셔모의 말ᄉᆞᆷ을 인ᄒᆞ야 드러가 칙ᄒᆞ리이다 셕패 깃거 도라왓더니 수일이 디나ᄃᆡ 동졍이 업거ᄂᆞᆯ 셕패 다시 가 긔유ᄒᆞ니 시랑이 유유히 허락ᄒᆞᄃᆡ ᄆᆞᄎᆞᆷ내 ᄎᆞᆺ디 아냐 가디록 슉엄ᄒᆞ니 화시 듀야 울고 곡긔ᄅᆞᆯ 그쳔 디 십여 일의 침병ᄒᆞᄃᆡ 시랑이 뭇디 아니니 소시 셕파로 더브러 권히ᄒᆞᄃᆡ 풀 길히 업ᄉᆞ니 소시 셕파ᄃᆞ려 왈 셔모는 권티 말나 제 ᄠᅳᆺ이 고집ᄒᆞ니 풀 적이 업ᄉᆞ리라 셕패 크게 무류ᄒᆞ고 뉘웃처 시랑을 만난즉 괴로이 비러 니ᄅᆞ면 흔연ᄌᆞ약ᄒᆞ야 ᄃᆡ답ᄒᆞᄃᆡ 내 엇디 조강을 박ᄃᆡᄒᆞ리오 실노 다른 ᄠᅳᆺ이 업ᄉᆞ니 셔모는 과려티 말나 요ᄉᆞ이 드러가 경계ᄒᆞ리이다 셕패 슌마다 고디 드ᄅᆞᄃᆡ 시랑이 밧기 온화ᄒᆞ나 심식 텰셕 ᄎᆔ상ᄀᆞᆺᄐᆞ니 이러구러 뉵칠삭이 디나니 부인이 ᄇᆡ야흐로 ᄌᆞ시 알고 이에 싱을 불너 경계 왈 화시 셕파ᄅᆞᆯ 욕ᄒᆞ미 비록 그ᄅᆞ나 엇디 프디 아니키ᄅᆞᆯ 심히 ᄒᆞᄂᆞ뇨 ᄋᆞ녀ᄌᆞ의 젼도ᄒᆞ믈 용샤ᄒᆞ고 관대ᄒᆞᆫ 도량으로 후ᄃᆡᄒᆞ미 올흐니라 싱이 절

5면

ᄒᆞ고 ᄃᆡ왈 존명을 소ᄌᆡ 엇디 거역ᄒᆞ리잇고 연이나 뎌의 말이 패악ᄒᆞ야 칼로뻐 셔모ᄅᆞᆯ 해ᄒᆞ렷노라 말이 비록 죡수티 못ᄒᆞ나 이 큰 죄라 소ᄌᆡ ᄆᆞᄎᆞᆷ내 용샤티 아니랴 하더니 모명이 겨시니 금일노붓터 화평ᄒᆞ리이다 부인이 ᄌᆡ삼 긔유ᄒᆞ니 슌〃 응ᄃᆡᄒᆞ더니 날이 져믈매 월식이 명낭ᄒᆞᆫᄃᆡ 혜풍이 한가ᄒᆞ니 싱이 셔당의셔 곡난의 비회ᄒᆞ며 글을 읇흐니 시식 쥰아ᄒᆞ고 소ᄅᆡ 쳥신ᄒᆞ야 초산의 봉뫼 읇는 ᄃᆞᆺ ᄒᆞ더라 이윽이 머뭇거리다가 날호여 거러 녹운당을 향ᄒᆞ니 표〃ᄒᆞᆫ 향내와 쇄락ᄒᆞᆫ 광ᄎᆡ 월식의 ᄇᆡᄋᆡ니 텬션이 옥경의 됴회홈 ᄀᆞᆺ더라 이ᄣᅢ 화시 질병이 [일]향팀면ᄒᆞ야 쟝ᄎᆞᆺ ᄉᆞ디의 갓가오ᄃᆡ 시랑의 뭇는 일이 업ᄉᆞ믈 보고 더욱 분노ᄒᆞ야 ᄉᆞᄉᆞ로 죽고져 ᄒᆞ나 소시 ᄆᆞ양 긔유ᄒᆞ고 부인이 ᄌᆞ로 와 보며 의약을 극진이 ᄒᆞ니 잠간 위로ᄒᆞ야 디내나 사ᄅᆞᆷ 곳 보면 ᄌᆞ연 톄읍ᄒᆞ믈 그 부친과 오라비ᄅᆞᆯ 보면 눈물이 비ᄀᆞᆺᄐᆞ니 화공과 화싱형데

6면

민망ᄒᆞ야 시랑ᄃᆞ려 드러가 보믈 권ᄒᆞᆫ즉 ᄉᆡᆼ이 안ᄉᆡᆨ을 단엄이 ᄒᆞ고 ᄉᆞ긔를 쥰졀히 ᄒᆞ야 일언도 답디 아니니 ᄒᆞᆯ일이 업서 도라갈 분이라 화시 셜옴과 분ᄒᆞ믈 이긔디 못ᄒᆞ야 죽기를 ᄌᆞ분ᄒᆞ야 시랑의 무ᄅᆞ미 업ᄉᆞᆫ 지 팔삭의 니ᄅᆞ러ᄂᆞᆫ 아조 곡긔를 긋천 디 이십일 박기라 장ᄎᆞᆺ 황쳔의 갓갑더니 불의예 시랑이 미안ᄒᆞ미 이시나 모명을 슌슈ᄒᆞ야 드러오믈 보고 ᄯᅩᄒᆞᆫ 놀납고 역시 노호와 금〃을 드러 머리를 ᄡᅡ고 보디 아니ᄒᆞ더니 ᄉᆡᆼ이 뎌의 거동을 보고 궤를 비겨 ᄋᆞᄌᆞ를 나오혀 ᄉᆞ랑ᄒᆞ다가 시녀로 ᄒᆞ야금 침금을 포셜ᄒᆞ라 ᄒᆞ니 화시 ᄎᆞᆷ디 못ᄒᆞ야 소ᄅᆡ 질너 왈 샹공의 침금은 외당의 내여 가고 이에 ᄯᅵ디 말나 시녜 슈명ᄒᆞ야 감히 거역디 못ᄒᆞ거ᄂᆞᆯ ᄉᆡᆼ이 날호여 닐오ᄃᆡ 내 오ᄂᆞᆯ은 이에 슈침ᄒᆞ랴 ᄒᆞ니 침금을 포셜ᄒᆞ라 화시 노긔를 이기디 못ᄒᆞ야 ᄂᆞᆼ히 뎡ᄒᆞ야 누엇디 못ᄒᆞ거ᄂᆞᆯ ᄉᆡᆼ이 심하의 개탄ᄒᆞ믈 마디 아니ᄒᆞ더라

7면

야심ᄒᆞ매 ᄉᆡᆼ이 자리의 나아가 촉을 나오혀 노코 옥슈를 드러 부인의 머리 덥흔 거ᄉᆞᆯ 열고 문왈 무슴 질병이 이대도록 긔리ᄒᆞ며 ᄉᆡᆼ을 보고 머리를 ᄡᅡ고 ᄂᆞᆺ출 동일 연괴 이시리오 ᄀᆞ장 고이ᄒᆞ니 소회를 듯고져 ᄒᆞᄂᆞ이다 화시 뎌의 ᄉᆡᆨ〃 졍ᄉᆡᆨᄒᆞ야 무ᄅᆞ믈 보고 ᄯᅩᄒᆞᆫ 함노 왈 쳡 슈 불민이나 작죄ᄒᆞ미 업거ᄂᆞᆯ 샹공의 박ᄃᆡ 태심ᄒᆞ고 유모를 참형을 더으고 셕파로 더브러 ᄌᆡ취를 의논ᄒᆞ니 ᄒᆡᆼᄉᆡ 패려ᄒᆞ미 극ᄒᆞᆫ디라 쳡이 당〃이 결부의 죽음을 보고 낭군의 자최를 보고져티 아닛ᄂᆞ이다 시랑이 텽파의 좌우를 도라보고 인젹이 잇ᄂᆞᆫ가 ᄒᆞ야 창을 여러 본 후 소ᄅᆡ를 ᄂᆞᄌᆞ기 ᄒᆞ고 말ᄉᆞᆷ을 ᄀᆞ만이 ᄒᆞ야 경계졀ᄎᆡᆨ 왈 믈읫 녀ᄌᆞ란 거시 ᄉᆞ덕이 ᄀᆞ즉ᄒᆞ고 칠거를 삼가며 유슌ᄒᆞ믈 힘ᄡᅳ고 지아븨게 븟그리믈 두어 셤겨야 가히 사ᄅᆞᆷ의 ᄌᆞ식이 되야 부모를 욕먹이디 아니며 사ᄅᆞᆷ의 안해 되야 은의를 일치 아니코 몸이 평

8면

안ᄒᆞᄂᆞ니 부인은 그러치 아냐 모친을 밧드오매 효셩이 게어ᄅᆞ고 ᄃᆡ인졉물ᄒᆞ매 긔ᄉᆡᆨ이 초강ᄒᆞ고 ᄒᆞᆨᄉᆡᆼ을 셤기매 당돌ᄒᆞ고 뎌됴ᄒᆞ며 말ᄉᆞᆷ을 발ᄒᆞ매 온화ᄒᆞᆫ 일이 업ᄉᆞ니 무ᄉᆞ 일을 가히 칭션ᄒᆞ야 경ᄃᆡᄒᆞ리오마ᄂᆞᆫ 내 ᄆᆞᄎᆞᆷ ᄆᆞ옴이 녀ᄉᆡᆨ의 잇디 아니ᄒᆞ고 ᄯᅳᆺ이 믈외예 버서나므로 호화히 흔단의 논ᄒᆞᄂᆞᆫ 일이 업고 위 츈경의 니ᄅᆞ도록 ᄒᆞᆫ낫 챵

기 업ᄉᆞ니 이 엇디 부인의 복이 아니리오 족ᄒᆞᆫ 줄을 아디 못ᄒᆞ니 이 진짓 부인의게 힝시 ᄋᆞ교의 잇도다 연이나 혹ᄉᆡᆼ이 무뎨의 쾌ᄒᆞ믈 본밧디 아니ᄒᆞ고 그ᄃᆡ로 가권을 젼일ᄒᆞ고 고당의 한가ᄒᆞ니 무ᄉᆞᆫ 일이 부족ᄒᆞ미 잇ᄂᆞ뇨 셕패 위 비록 모친긔 층등ᄒᆞ나 ᄯᅩᄒᆞᆫ 내의 셔뫼라 므ᄅᆞ 일이 귀쳔 이셔 길히 잇ᄂᆞᆫ 쳔챵이라도 임의 셔모로 일ᄏ[ᄅᆞ]면 감히 방ᄌᆞ티 못ᄒᆞ려든 ᄒᆞ믈며 이 셔모ᄂᆞᆫ 공후 냥쳡여로 십삼의 션군긔 도라와 은이를 듕히 밧ᄌᆞ와시니 모친이 간대로 ᄃᆡ졉디 아니시고

9면

내의 공경ᄒᆞ믄 그ᄃᆡ ᄯᅩᄒᆞᆫ 아ᄂᆞᆫ 배라 부인이 엇디 병구ᄒᆞ야 ᄌᆡᆼ션ᄒᆞ며 지어 젼졔의 어댱검으로 죽이믈 니ᄅᆞ매ᄂᆞᆫ 이ᄂᆞᆫ 말재 비복ᄃᆞ려도 부녀의 아냠즉ᄒᆞᆫ 배어ᄂᆞᆯ 더욱 셔모ᄃᆞ려 니를 말이냐 셔뫼 힝혀 ᄆᆞ음이 너ᄅᆞ고 텬셩이 어질므로 족수티 아냐 흔연ᄒᆞ나 엇디 심졍의 미안ᄒᆞ미 업ᄉᆞ리오 날노 ᄒᆞ야곰 드ᄅᆞ매 심골이 경한ᄒᆞ니 만일 그ᄃᆡ 죄를 닐워 낼딘대 칼로ᄡᅧ 지아븨 셔모를 죽이려 ᄒᆞᆫ다 ᄒᆞ면 아디 못게라 부인이 엇던 사름이 되리오 내 ᄡᅧ곰 ᄒᆞᆫ갓 ᄋᆞᄌᆞ의 ᄂᆞᆺ출 보와 그ᄃᆡ를 면칙디 아니코 유랑의 잘 ᄀᆞᄅᆞ치디 못ᄒᆞᆫ 죄로 약간 형벌을 주고 외당의 여러 ᄃᆞᆯ을 머므러 내의 놀라온 ᄆᆞ음을 진뎡ᄒᆞ고 부인의 흉언을 닛고져 독쳐 칠팔삭이러니 모명이 겨시매 마디 못ᄒᆞ여 왓거니와 일즉 악댱과 화ᄉᆡᆼ 등이 닐오ᄃᆡ 그ᄃᆡ 유병ᄒᆞ미 내의 ᄆᆡ물ᄒᆞ므로 비로섯다 ᄒᆞ니 내 ᄉᆡᆼ각ᄒᆞ니 부인이 죄 듕ᄒᆞᄃᆡ 칙ᄒᆞ미 업고 내친 일

10면

이 업서 일즉 유모를 잘못 ᄀᆞᄅᆞ친 일노 경각ᄒᆞ야시니 각별 날노 ᄒᆞ야 병들미 업ᄉᆞ며 악댱이 니ᄅᆞ시ᄃᆡ 네 드러가 보면 병이 나으리라 ᄒᆞ시니 만일 내 보와 나을 병이면 이 문득 나를 ᄉᆡᆼ각ᄒᆞ여 심병이 되엿ᄂᆞᆫ쟉가 ᄌᆞ고로 녀ᄌᆞ 엇디 지아비를 샹ᄉᆞᄒᆞ야 병 나리오 사름으로 ᄒᆞ야곰 드ᄅᆞ매 엄면슈괴ᄒᆞ니 내 일즉 사람을 ᄡᅮ지ᄌᆞ미 업고 그 허물을 아디 못ᄒᆞ더니 부인의 일은 한심ᄒᆞ야 ᄒᆞᄂᆞ니 녀ᄌᆞ의 투긔ᄂᆞᆫ 칠거의 잇ᄂᆞᆫ디라 그ᄃᆡ ᄯᅩ 고ᄉᆞ를 니기 박남ᄒᆞ니 알디니 임ᄉᆞ 번희의 투긔 아님과 녀후의 쳑희 인톄 삼으며 위딩의 쳬 지아븨 ᄂᆞᆺ출 샹히오니 다ᄉᆞᆺ 사름을 의논ᄒᆞ매 뉘 어딜며 뉘 사오나오뇨 이제 혹 날ᄃᆞ려 지취ᄒᆞ라 권ᄒᆞ나 므릇 일이 다 텬쉬니 인녁의 밋출 배 아니어ᄂᆞᆯ 부인이 드러나 근본 업ᄉᆞᆫ 투긔를 ᄒᆞ니 엇디 가죄 아니리오 내 비록 용녈ᄒᆞ고 화려티 못ᄒᆞ

나 녀즈의 투악은 용납홀 니 업스리니 당〃이 흔낫 아름다온 슉녀를 어더 지취ᄒ야 부인이 가히 쓰저 죽일가 보리니 부인의

11면

말이 이러틋 패악ᄒ니 장ᄎ 므스 일을[못]ᄒ리오 날을 보고 ᄂᆞᆺ출 동이고 벽을 향하거놀 내 뻐 혜오딕 허물과 죄를 스스로 싱각고 붓그리미로다 하더니 엇디 도로혀 날을 믜워ᄒ미 구슈ᄀᆞᆺ트야 얼골 아니 보려ᄒ민 줄 알니오 그딕 날을 나가라 ᄒ니 이는 우리 집이라 내 엇디 나가리오 그딕 나가미 올흐니라 내 이 말을 니ᄅᆞ매 내 도로혀 슈괴ᄒ고 힝혀 차환복쳡이 드러 가모의 흔단을 폄텸ᄒ며 하빅 의논이 종힝ᄒ야 부인을 긔롱ᄒ며 내의 뜻을 보와 츰소와 흔단을 닐윌가 두려 츰고 츰으며 머금고 서리 담앗다가 인젹이 업슨 후 ᄀ만이 경계ᄒ니 이 쏘 내의 약ᄒ미라 인졍이 만흐믈 믹믈코 식〃이 즁인 즁 곤칙디 못ᄒ니 이 젼혀 히ᄋ의 ᄂᆞᆺ과 부〃의 졍을 뉴렴ᄒ미라 부인은 너모 방즈티 말고 내 벼술이 놉흘 적 진실로 그딕로 오로지 동쥬티 못ᄒ여 지취홀디라도 패악흔 일을 말나 셕 셔모의 존당 우러옵는 정셩은 내 밋디 못ᄒ고 날을 익듐ᄒ시는 졍셩은 부인이

12면

불급ᄒ리니 그딕 엇디 모ᄅᆞ뻐 셔모를 딕ᄒ야 즈친과 혹싱을 해ᄒ라 흔다 일ᄏ라 강샹의 대변을 짓ᄂᆞ뇨 녯 말의 내 ᄆᆞ음으로뻐 놈의 ᄆᆞ음을 짐쟉흔다 ᄒ니 부인이 아니이 뜻이 잇ᄂᆞ냐 만일 그러티 아닐딘대 엇디 의외예 악언이 믄득 이에 니ᄅᆞ리오 내 비록 어디디 못ᄒ나 칠셰븟터 슈힝ᄒ야 션빅 도를 믄허ᄇᆞ린 일은 업ᄉᆞ니 부인의 패려타ᄒ믄 내 감심티 아닛ᄂᆞ니 내의 패려ᄒ믄 근심 말고 그딕 패악ᄒ미나 곳티라 어딕부인 ᄀᆞᆺ튼 결뷔 이시리오 녯 글을 닐거시나 그 뜻을 모ᄅᆞ고 말을 ᄒ니 사롬의 우음이 될디라 경도ᄒ미 이대도록 ᄒ믈 실노 싱각디 못흔 배로다 언필의 온화흔 빗치 ᄉᆞ라뎌 엄졍 식〃ᄒ미 눈 우희 서리를 더음 ᄀᆞᆺ고 일분도 요딕ᄒ는 빗치 업서 다시 뎌의 말을 듯디 아니ᄒ고 스스로 즈긔 자리의 평안이 누어 자딕 부인을 도라보디 아니ᄒ니 화시 시랑의 허다 칙언을 드ᄅᆞ매 크게 붓그려 묵연 묵〃ᄒ고 쏘흔 뉘우ᄎᆞ며 념녜만하 눈물이 비ᄀᆞᆺ트여 벼개의 괴일 ᄯᆞ롬이러

13면

라 시랑이 비록 자는 톄ᄒᆞ나 ᄯᅩᄒᆞᆫ 뎌의 뉘웃처ᄒᆞᆷ과 심병이 되야 종야토록 자디 못ᄒᆞ믈 보고 심하의 어엿비 너기ᄃᆡ ᄆᆞ음이 털옥 ᄀᆞᆺ튼디라 ᄆᆞᄎᆞᆷ내 병후도 뭇디 아니ᄒᆞ더니 계초명의 니러나 신셩ᄒᆞ라 [드러]갓다가 인ᄒᆞ야 외당으로 나가 수일이 디낫더니 시녀 유랑이 급히 고왈 화부인이 혼졀ᄒᆞ야 겨시이다 시랑이 텽파의 분부 왈 존당이 놀나시리니 아직 고티 말라 드ᄃᆡ여 약을 ᄉᆞ매예 녀코 날호여 거러 녹운당의 니ᄅᆞ니 소시 셕파 등이 다 모닷더라 시랑이 나아가 화시를 보니 용뫼 환형ᄒᆞ고 촌ᄆᆡᆨ이 다 ᄀᆞᆺ처뎌 혼졀ᄒᆞ야시니 원ᄂᆡ 셩되 조급ᄒᆞ고 심ᄒᆞᆫ 약질이라 팀병ᄒᆞ연디 오라니 긔운이 허약ᄒᆞ엿ᄂᆞᆫᄃᆡ 시랑이 쥰졀히 ᄭᅮ짓고 요ᄃᆡ티 아니니 뉘우ᄎᆞᆷ과 셜움이 극하야 문득 귀운이 막히니 ᄒᆞ물며 회ᄐᆡ 만삭ᄒᆞ엿ᄂᆞᆫ디라 인ᄉᆞ로 보건대 엇디 ᄉᆡᆼ되 이시리오 시랑이 경녀ᄒᆞ야 ᄂᆞᆺ빗ᄎᆞᆯ 곳티고 의원을 브ᄅᆞ고 약을 ᄡᅳ니 반일 후 일신의 온긔 잇거ᄂᆞᆯ 냥구 후 인ᄉᆞ를 ᄎᆞᆯ혀 새로이 눈물을 금티 못ᄒᆞ니 소시 등은 ᄒᆞᆫ

14면

갓 병듕 사디 못ᄒᆞᆯ가 슬허ᄒᆞ므로 알고 미음을 권ᄒᆞᄃᆡ 화시 ᄆᆞᄎᆞᆷ내 먹디 아니코 죽으믈 결단ᄒᆞ니 이윽고 시랑이 의원을 ᄃᆞ리고 드러와 시녀로 ᄒᆞ야금 화시를 붓드러 딘ᄆᆡᆨᄒᆞᆫ 후 약 지으라 의원을 보내고 병소의 머므러 뎌의 동지를 보매 ᄒᆞᆯ일이 업고 ᄉᆞᄉᆡᆼ이 듕ᄒᆞᆫ디라 그 경도ᄒᆞᆷ과 패악ᄒᆞ믈 관셔ᄒᆞ고 좌우로 ᄒᆞ여곰 일긔 미쥭을 가져오라 ᄒᆞ여 친히 약을 프러 온ᄂᆡᆼ을 마초와 부인의 곳의 나아가 덥흔 거ᄉᆞᆯ 열고 위로ᄒᆞ야 ᄀᆞᆯ오ᄃᆡ 병이 듕ᄒᆞ나 본ᄃᆡ 젹병이 아니오 돌연히 어든 배니 ᄌᆞ연 회츈ᄒᆞ려든 엇디 도로혀 심ᄉᆞ를 샹히오ᄂᆞ뇨 ᄯᅩ한 곡긔를 긋치면 능히 긔운을 보호티 못ᄒᆞ리니 강잉ᄒᆞ야 마시라 화시 더욱 분노ᄒᆞᄃᆡ ᄒᆞᆫ 말도 못ᄒᆞ고 ᄯᅩᄒᆞᆫ 먹디 아니니 시랑이 안ᄉᆡᆨ을 유화히 ᄒᆞ고 ᄉᆞ긔 ᄌᆞ약ᄒᆞ야 굿ᄐᆞ여 ᄀᆡ유ᄒᆞ야 먹이고 손으로ᄡᅥ 그 어ᄌᆞ러은 머리털을 ᄲᆞᆯ고 그 쳑골ᄒᆞ야시믈 보매 ᄯᅩᄒᆞᆫ 탄식ᄒᆞᄃᆡ 뎌ᄂᆞᆫ 나를 듕히 너기미 이[ᄀᆞᆺ]거ᄂᆞᆯ 내의 ᄆᆡ믈ᄒᆞ미 인졍이 아니로다 ᄒᆞ야 평일 속 묵던 거

15면

ᄉᆞᆯ 덜고 모친긔 문안 후ᄂᆞᆫ 화시 병소의 이셔 스ᄉᆞ로 은근 위곡ᄒᆞ야 구호ᄒᆞ기를 극진이 ᄒᆞ니 가인이 다 항복ᄒᆞ고 화시 ᄯᅩᄒᆞᆫ 뎌의 십여 일의 니ᄅᆞ도록 추호도 다ᄅᆞ미 업서

ᄒᆞᆫ ᄀᆞᆯᄀᆞᆺᄐᆞᆷ을 보고 위회ᄒᆞ야 차도의 잇더라 시랑이 원ᄂᆡ 화시로 더브러 은졍이 듕ᄒᆞᄃᆡ 그 허물을 칙ᄒᆞ노라 짐즛 ᄆᆡ몰ᄒᆞᆫ 긔샹을 지어 면목을 보디 아니ᄒᆞ고 수죄ᄒᆞ미 잇더니 화시 뉘웃고 ᄯᅩᄒᆞᆫ

16면

슬허 팀병ᄒᆞᆷ을 보고 그 죄를 관셔ᄒᆞ야 은근히 구호ᄒᆞ니 수십 일 후 화시 향차ᄒᆞ고 슌산ᄒᆞ며 ᄯᅩᄒᆞᆫ ᄉᆡᆼᄌᆞᄒᆞ니 시랑이 대희ᄒᆞ야 더욱 의약을 극진이 ᄒᆞ야 다 ᄒᆞ린 후는 셔당으로 나와 ᄉᆡᆨᄉᆡᆨᄒᆞ미 처엄 ᄀᆞᆺᄐᆞ니 화시 ᄎᆞ후는 감히 뎐도티 못ᄒᆞ야 근심ᄒᆞ고 두려ᄒᆞ야 ᄉᆡᆼ이 ᄯᅩᄒᆞᆫ 공경 듕ᄃᆡᄒᆞ나 일월이 오랄ᄉᆞ록 ᄂᆡ외를 규졍ᄒᆞ야 졍대ᄒᆞ미 날노 더으니 부인이 탄왈 소년남ᄋᆡ 이럿ᄐᆞᆺ 쳥고ᄒᆞ야 ᄉᆞ랑ᄒᆞᄂᆞᆫ 부인을 두고 ᄒᆞᆫ 번 나지 드러가 말ᄒᆞᆷ과 혼야의 희롱ᄒᆞᆷ을 듯디 못ᄒᆞ니 이 도로혀 너모 인졍이 아니로다 ᄒᆞ더라

17면

화셜 셕패 화시의 년ᄒᆞ야 냥ᄌᆞ를 ᄉᆡᆼᄒᆞᆷ과 부인과 시랑의 ᄋᆡ듕ᄒᆞᆷ을 보니 감히 다시 ᄌᆡ취를 권티 못ᄒᆞ야 스ᄉᆞ로 골돌ᄒᆞᆫ디라 슉난소져의 시젼을 벽샹의 븟텨 풍송ᄒᆞ며 시랑이 방의 니ᄅᆞ러 ᄉᆡᆼ각ᄂᆞᆫ 빗치 잇ᄂᆞᆫ가 탐지ᄒᆞ랴 ᄒᆞ니 시랑이 혹 드러오나 눈을 ᄂᆞ족이 ᄒᆞ고 말ᄉᆞᆷ을 온화히 ᄒᆞᆯ ᄯᆞᄅᆞᆷ이라 시젼이 부벽ᄒᆞ연 디 십여 일이로ᄃᆡ 보디 못ᄒᆞ엿더니 소시 월영이 니ᄅᆞ러 보고 [크게] 칭찬 왈 쳥신ᄒᆞ고 귀법과 유아ᄒᆞᆫ 문쟝이 니두의 디나니 아디못게라 이 엇던 사ᄅᆞᆷ의 소작고 셕패 ᄃᆡ왈 이 곳 셕샹셔의 규슈라 소시 고개 조아 왈 이 젼일 셔뫼 샤뎨의 ᄌᆡ취되염즉다 ᄒᆞ던 녀ᄌᆡ니잇가 패 ᄃᆡ왈 올흐이다 이 녀ᄌᆡ ᄌᆡ뫼 이러ᄐᆞᆺ ᄒᆞ므로 쳡이 ᄋᆡ셕ᄒᆞᆷ을 각별이 ᄒᆞ야 듕ᄆᆡ되기를 힘쓰더니이다 소시 우연 탄왈 하늘이 ᄌᆡ조를 내시매 ᄌᆡ녜 잇ᄂᆞ니 내 아의 츌뉴ᄒᆞᆫ 풍도와 박고통금지ᄌᆡ로 그 슉녀를 만나디 못ᄒᆞ니 엇디 앗갑디 아니리오 셕패 소시의 유의

18면

ᄒᆞᆷ을 보고 암희ᄒᆞ야 도〃와 ᄀᆞᆯ오ᄃᆡ 낭ᄌᆡ 엇디 부인과 시랑을 권티 아니시ᄂᆞ뇨 소시 ᄃᆡ왈 셔뫼 니ᄅᆞ디 아니시다 내 엇디 이 글의 ᄌᆡ조를 ᄉᆞ랑티 아니리오마ᄂᆞᆫ 화시 위인이 슉녜 아니며 가인이 아니라 이 투한ᄒᆞ니 내 엇디 뎍국을 어더주어 그 ᄆᆞ음을 불평케 ᄒᆞ리오 화시 만일 도량이 너를딘대 내 조곰도 의심 아냐 샤뎨로 ᄒᆞ야곰 슉녀를 만

나고 모친이 아름다온 현부를 어드시게 ᄒᆞ며 날로 더브러 규방의 ᄉᆞ위 되야 즐기미 올흐ᄃᆡ 화시 반ᄃᆞ시 투긔ᄒᆞ리니 이런즉 동ᄉᆡᆼ의 졍이 서외ᄒᆞ야 됴티 아닐 거시니 브절업서 못홀소이다 셕패 차탄홀 ᄯᆞᄅᆞᆷ이러라 원ᄂᆡ 소시ᄂᆞᆫ 춍명 상활ᄒᆞᆫ 녀ᄌᆡ라 부녀의 ᄉᆞ덕이 흠홀 곳이 업ᄉᆞ므로 한혹ᄉᆡ 방탕풍뉴로 가듕의 홍장챵녀 십여인이오 ᄌᆡ취ᄒᆞ야 둘재 부인 영시를 통이ᄒᆞ되 소부인이 조곰도 거리ᄭᅵ디 아냐 가지록 긔ᄉᆡᆨ이 청졍ᄒᆞ고 원위예 거ᄒᆞ야 가권을 젼일히 ᄒᆞ며 여러 ᄌᆞ녀를 ᄉᆡᆼ산ᄒᆞ니 한 혹ᄉᆡ 소년 허랑으로 창녀를 모흐나 본ᄃᆡ 부인긔 졍이 듕ᄒᆞ던 고로 ᄯᅩᄒᆞᆫ 부인의 지극ᄒᆞᆫ 현셩

19면

을 보매 ᄭᆡ둣고 감동ᄒᆞ야 졔녀를 믈니티고 다시 옛 졍을 니으니 소시 실소ᄒᆞ고 졔 미인을 가듕의 머믈워 의식을 후히 치고 버금부인 영시를 관ᄃᆡᄒᆞ야 형뎨ᄀᆞᆺ티 ᄒᆞ며 티가ᄒᆞ매 위덕이 겸젼ᄒᆞ니 구괴 ᄉᆞ랑ᄒᆞ믈 ᄌᆞ녀의 디나고 한ᄉᆡᆼ의 은졍은 태산도 경홀디라 오직 소시 편모와 ᄒᆞᆫ낫 오라비를 닛디 못ᄒᆞ야 일년의 팔구삭을 친당의 도라오니 한ᄉᆡᆼ이 ᄯᅩᄒᆞᆫ ᄯᆞᆯ와 니ᄅᆞ러 부인과 ᄒᆞᆫ가지로 디내니 이러므로 ᄆᆡ양 ᄌᆞ운산의 이시니 양부인의 ᄋᆡᄃᆡ홈과 시랑의 깃거ᄒᆞ미 비길 ᄃᆡ 업ᄉᆞᄃᆡ 양시 ᄆᆡ양 한ᄉᆡᆼ의 츌뉴ᄒᆞ믈 보면 망셔 니한님의 단엄아듕ᄒᆞᆫ 인물과 관옥ᄀᆞᆺᄐᆞᆫ 얼골을 ᄉᆡᆼ각ᄒᆞ야 쳐창티 아닐 적이 업ᄉᆞ니 도로혀 친녀 교영을 니ᄌᆞ미 잇고 ᄉᆡᆼ각ᄂᆞᆫ ᄣᅢ 젹으니 이러므로 시랑이 니ᄉᆡᆼ과 교영의 졔를 종신토록 극진이 ᄒᆞ더라 셕패 듕ᄆᆡ소임을 브족히 [아니]ᄒᆞᄃᆡ 시랑과 부인의 ᄯᅳᆺ의 견고ᄒᆞ야 뉴슈ᄀᆞᆺᄐᆞᆫ 말ᄉᆞᆷ이 시러곰 발뵈디 못ᄒᆞ니 듀야 근심ᄒᆞᄃᆡ 군ᄌᆞ슉인이 각〃 그 ᄡᅡᆼ을 일

20면

흘가 두리더니 일〃은 ᄉᆞ귀ᄒᆞ야 봉친ᄒᆞ믈 쳥ᄒᆞ니 부인이 허락고 다시 닐오ᄃᆡ 너 곳 나가면 종듕이 젹뇨ᄒᆞ고 심히 무류ᄒᆞ니 수이 도라오라 셕패 사례 왈 천쳡의 어미 유병ᄒᆞ믈 잠간 근친ᄒᆞ나 엇디 부인 셩은을 닛ᄌᆞ오며 한부인과 시랑을 엇디 오래 샹니ᄒᆞ리잇가 어ᄆᆡ 병이 나으면 즉시 도라오리이다 드ᄃᆡ여 ᄇᆡ별ᄒᆞ고 나갈ᄉᆡ 시랑이 문밧긔 가 보내고 드러오다 셕패 집의 가 어미를 보고 셕쟝군 참졍을 보니 서ᄅᆞ 반겨 ᄒᆞᆫ가지로 말ᄉᆞᆷ홀ᄉᆡ 슉난소졔 아ᄌᆞᄆᆡ 와시믈 듯고 나와보니 긔질이 쇄락ᄒᆞ고 ᄌᆞ틔 청슈ᄒᆞ야 일년지ᄂᆡ예 댱셩홈과 슈미ᄒᆞ미 ᄇᆡᆨᄇᆡ나 승ᄒᆞ니 새로이 ᄉᆡᆼ각건대 소ᄉᆡᆼ의 비범

한 풍치 곳 아니면 진실로 짝ᄒᆞ리 업슬디라 더욱 앗기고 ᄉᆞ랑ᄒᆞ와 웃고 닐오ᄃᆡ 소제 뎡혼ᄒᆞᆫ ᄃᆡ 나 겨시니잇가 참졍이 소왈 누의 젼일 월하의 되기를 ᄌᆞ원ᄒᆞ야 뎡녕이 니ᄅᆞ고 회뵈 업ᄉᆞ니 대ᄉᆞ를 엇디 몽농히 ᄒᆞᄂᆞ뇨 우리ᄂᆞᆫ 기ᄃᆞ리고 잇ᄂᆞ니 양부인 허락을 바다 온다 셕패 다만 닐오ᄃᆡ 쳡

21면

이 정신이 업서 아득히 니젓더니 금일 ᄭᅵ듯과이다 다만 쳔ᄆᆡ 말솜이 서외ᄒᆞ니 각별 어딘 듕ᄆᆡ를 션틱ᄒᆞ야 구혼ᄒᆞ시면 일이 되리이다 셕쟝군이 웃고 왈 소경이 슈힝ᄒᆞ믈 예 졀부ᄀᆞᆺ티 ᄒᆞ야 남ᄋᆞ의 풍되 아조 업ᄉᆞ니 ᄋᆞ녀를 엇디 뎌의 ᄌᆡ취를 주리오 ᄒᆞ니 원ᄂᆡ 쟝군은 이 장종이라 션비와 도혹을 불관이 너기고 활발 풍늉ᄒᆞᆫ 거술 구ᄒᆞ미오 참졍은 비록 그 아ᄃᆞᆯ이나 겸공ᄒᆞ고 박혹팀묵ᄒᆞ니 ᄉᆞ류의 빅힝을 이 ᄀᆞᆺ티 아냐 부ᄌᆡ 서ᄅᆞ ᄀᆞᆺ디 아니ᄒᆞ더라 이 날 참졍이 셕파의 쾌ᄒᆞᆫ 말을 듯디 못ᄒᆞ고 일단 흥미 업서 흣터디매 슉난이 부뫼 소ᄉᆡᆼ과 의혼ᄒᆞ믈 듯고 믄득 셕파의 글 가져가믈 연괴 이시믈 아라 처엄의 뷘 줄 심히 뉘웃처 후회ᄒᆞ믈 마디 아니ᄃᆡ 긔롱을 드ᄅᆞᆯ가 두려 셕파를 보나 글도 ᄎᆞᆺ디 아니코 언소를 ᄉᆡᆨ〃이 ᄒᆞ니 패 ᄯᅩᄒᆞᆫ 뎌의 단엄ᄒᆞ믈 보고 감히 희롱티 아니터니 이ᄯᅢ 소시랑이 ᄉᆞ군티졍의 힝ᄉᆡ 슉연ᄒᆞ니 샹이 크게 ᄉᆞ랑ᄒᆞ샤 특명으로 녜부샹셔 복야ᄉᆞ를 더

22면

으시니 ᄉᆡᆼ이 ᄉᆞ양ᄒᆞ야 엇디 못ᄒᆞ고 일죽 ᄃᆡ문ᄒᆞ야 경ᄂᆡ예 드러와 죠참샤은 후 술위를 두로혀 셔모를 와 볼ᄉᆡ 셕패 셕소져를 잇그러 제 방의 와 투호 티더니 시네 급히 드러와 소샹셔의 와시믈 고ᄒᆞ니 셕패 ᄉᆡᆼ각ᄒᆞᄃᆡ 뎌 낭군이 비록 졍대ᄒᆞ나 슉난쇼져를 보면 엇디 능히 슈힝홀 ᄯᅳᆺ이 이시리오 내 일계로 뎌 거동을 보리라 ᄒᆞ고 셕쇼져를 머물워 왈 내 난간 밧긔 가 보고 인ᄒᆞ야 ᄃᆞ리고 별샤로 가리니 쇼져ᄂᆞᆫ 방의 겨쇼셔 셜파의 시녀로 소ᄉᆡᆼ을 청ᄒᆞ야 일변문을 닷고 나가니 쇼제 비록 깃거 아니나 우겨 나가다가 마조틸가 두려 다만 당 ᄉᆞ[이]예 안자 ᄎᆡᆨ을 뒤져[기]며 긔의 가기를 기ᄃᆞ리더라 셕패 난간 밧긔 와 샹셔를 마자 그 금포옥ᄃᆡ로 대신의 모양을 보고 쇼왈 낭군은 십여일 ᄉᆞ이 승품ᄒᆞ시니 만〃 티하 ᄒᆞᄂᆞ이다 ᄉᆡᆼ이 안ᄉᆡᆨ을 졍히 ᄒᆞ고 미우를 ᄲᅵᆼ긔여 왈 나히 졈고 ᄌᆡ죄 브족거ᄂᆞᆯ 외람이 셩은을 닙ᄉᆞ오니 츅쳑ᄒᆞ믈 이긔디 못ᄒᆞ더니 셔모의

티하를 드ᄅᆞ니 더욱 한심ᄒᆞ이다 이리 오신 후 즉시

23면

와 뵈올 거시로ᄃᆡ 우연히 촉샹ᄒᆞ여 티료ᄒᆞ기로 늣ᄭᅴ야 니ᄅᆞ과이다 셔모의 친병은 엇더ᄒᆞ시뇨 ᄃᆡ왈 어뫼 병은 차도의 잇거니와 낭군의 유병ᄒᆞ시믈 아디 못ᄒᆞ니 비록 머디 아니나 교외와 년곡지해 격ᄒᆞ믈 흔ᄒᆞᄂᆞ이다. ᄇᆞ람이 사오나오니 쳠샹키 쉬온디라 쳡의 침소로 가사이다 복애 이때 병휘 쾌차티 못ᄒᆞ엿는디라 구월 심츄를 당ᄒᆞ야 금풍이 ᄎᆞ믈 보고 ᄉᆞ양티 아녀 셔모를 ᄯᆞᆯ와 방듕의 니ᄅᆞ니 엇디 셕시 이시믈 알니오 쟝ᄎᆞᆺ 문을 들매 패옥소ᄅᆡ 급ᄒᆞ고 향풍이 진울ᄒᆞ니 싱이 눈을 들매 일위 미인이 안개ᄀᆞᆺ튼 머리를 쉬오고 구룸ᄀᆞᆺ튼 귀밋출 다ᄉᆞ리고 빅셜ᄀᆞᆺ튼 옥면의 홍협은 일쳔 ᄌᆞ틔를 머금엇고 ᄃᆞᆯᄀᆞᆺ튼 니마와 뉴미셩안이며 잉슌호치 견조와 비길 곳이 업ᄉᆞᆫ디라 셔안을 지혀 ᄎᆡᆨ을 보다가 ᄀᆡᆨ의 드러오믈 보고 츄파를 ᄂᆞᄌᆞ기 ᄒᆞ고 안ᄉᆡᆨ을 ᄌᆞ약히 ᄒᆞ야 몸을 니ᄅᆞ혀 벽을 향ᄒᆞ니 ᄀᆞᄂᆞᆫ 허리ᄂᆞᆫ 깁을 뭇것고 놀난 엇게ᄂᆞᆫ 은〃흔 봉됴ᄀᆞᆺᄐᆞ니 복애 ᄒᆞᆫ 번 보매 이 텬인이 아닌 줄

24면

알고 홍슈로 ᄂᆞᆺ출 ᄀᆞ리오고 ᄌᆞ로 거러 방문을 나니 셕패 우어 왈 낭군이 엇디 도라가ᄂᆞ뇨 복애 왈 방듕의 경의 못볼 사ᄅᆞᆷ이 잇거ᄂᆞᆯ 셔뫼 슬피디 아니시고 날을 ᄃᆞ려오시니 내의 죄ᄂᆞᆫ 크거니와 셔뫼 ᄯᅩᄒᆞᆫ 그ᄅᆞ시이다 무심흔 일이나 극히 미안ᄒᆞ니 감히 오래 안잣디 못ᄒᆞ리니 타일 다시 오리이다 언필의 안졍히 빅별ᄒᆞ고 당의 ᄂᆞ려 날호여 거러 나가니 셕패 흔갓 우술 ᄯᆞᆫ이오 방듕의 드러오니 쇼제 긔ᄉᆡᆨ이 쥰절ᄒᆞ야 다만 닐오ᄃᆡ 아ᄌᆞ미 비록 실셩인이나 슉믹은 분변ᄒᆞ리니 엇디 외ᄀᆡᆨ을 ᄃᆞ리고 감히 나 잇ᄂᆞᆫ 곳의 드러오ᄂᆞ뇨 평일 지친으로 ᄇᆞ라던 배 아니로다 셕패 쇼왈 내 경신이 모순ᄒᆞ야 망연이 닛고 ᄃᆞ려와시니 현마 엇디ᄒᆞ리오 네 ᄯᅩᄒᆞᆫ 경인군ᄌᆡ라 통가지의로 셜ᄉᆞ 보다 못홀 배리오 소제 ᄀᆞ장 불쾌미온ᄒᆞ야 다시 말을 아니코 나가 신을 신으며 흔ᄒᆞ야 ᄀᆞᆯ오ᄃᆡ 이 다 내의 죄라 지친이라 ᄒᆞ야 친히 ᄒᆞ고 사ᄅᆞᆷ의 위인을 아디 못ᄒᆞ야 ᄯᆞᆯ와 ᄃᆞᆫ니미 금슈만 못ᄒᆞ도다 ᄒᆞ고 드러가니 셕패 다만 웃고 답언이 업더라 소샹세 ᄌᆞ운산의 도라와 심하의 셔모

25면

의 단졍티 아님과 그 녀즈의 긔이ᄒᆞ믈 싱각고 우으며 차탄ᄒᆞ더니 곳쳐 싱각ᄒᆞᄃᆡ 뎌 ᄂᆞᆫ 님의 집 녀지오 나는 외간 남즈로 ᄉᆞ이 현격ᄒᆞ니 차탄ᄒᆞ고 싱각ᄒᆞ미 브졀업도다 ᄒᆞ야 다시 ᄆᆞ음의 두디 아니ᄒᆞ더라 십여 일 후 셕패 니ᄅᆞ러 부인긔 뵈옵고 말솜홀ᄉᆡ 샹셔를 보고 우어 왈 뎌적은 엇던 고로 슈이 도라오시뇨 내 쏘 뭇ᄂᆞ니 낭군이 그 녀즈를 엇던 사름으로 알고 피ᄒᆞ시뇨 복애 쇼이ᄃᆡ 왈 아모신 줄은 모ᄅᆞᄃᆡ 쳔인은 아니라 내 볼 녜 업ᄂᆞᆫ 고로 나오이다 패 우문 왈 그 녀지 엇더ᄒᆞ야 뵈더니잇가 ᄃᆡ왈 유의ᄒᆞ야 보디 아냐시니 엇디 알니잇가 소시 ᄌᆞ시 무러 알고 왈 현뎨는 말을 짓디 말나 진실로 엇더터뇨 복애 ᄃᆡ쇼무언이라 소시 좌우로 ᄒᆞ야곰 족ᄌᆞ 세흘 내야 거니 다 옛 명홰라 일왈 샹고녀왜오 이왈 한가비연이오 삼왈 당가태진이라 다 졍긔 뉴동ᄒᆞ고 치식이 찬난ᄒᆞ며 묵홰 비무ᄒᆞ니 좌위 칭션ᄒᆞ믈 마디 아니 ᄒᆞ더니 소시 셕파를 도라보아 왈 셔뫼 하 기리시니 셕시 ᄎᆞ 삼인과 엇더ᄒᆞ뇨 패 나아가 냥구히 보다가 닐오ᄃᆡ 한희비연은 너모

26면

너모 표경ᄒᆞ고 젹어 윤틱디 못ᄒᆞ고 당희태진은 풍영유화ᄒᆞ나 너모 술찌고 오직 녀왜 잠간 방불ᄒᆞ나 쏘ᄒᆞᆫ 쇼쇄ᄒᆞ고 찬난ᄒᆞ며 어리로온 거순 오히려 셕쇼져긔 밋디 못ᄒᆞ리이다 소시 낭〃이 우어 왈 ᄎᆞ 삼녀ᄂᆞᆫ 쳔만고의 일ᄏᆞᆺᄂᆞᆫ 배어ᄂᆞᆯ 셔뫼 스ᄉᆞ로 친딜 위쟈ᄒᆞ시믈 과히 ᄒᆞ시니 엇디 가쇼롭디 아니리오 현뎨 ᄌᆞ문아 너의 언어ᄂᆞᆫ ᄉᆞ미디 아닛ᄂᆞ니 임의 보와시니 뭇노라 셔모의 말솜이 올흐냐 복애 날호여 ᄀᆞᆯ오ᄃᆡ 셩인이 유언ᄒᆞᄃᆡ 녜 아니어든 니ᄅᆞ디 말나 ᄒᆞ시니 소뎨 엇디 규듕 녀ᄌᆞ의 시비를 ᄒᆞ리오 언필의 온유졍숙ᄒᆞ니 좌위 묵연이러라 이ᄣᆡ 화시의 셕파의 부인과 샹셔 도〃믈 보고 통입골슈ᄒᆞ야 노긔 블연ᄒᆞ니 긔식을 알 니 이실가 두려 침소로 도라와 혼자 안자 셕파를 ᄉᆞ지ᄌᆞ며 샹셔를 ᄒᆞᆫᄒᆞᄃᆡ 흉험ᄒᆞᆫ 노괴 능휼ᄒᆞᆫ 언어로 혼암경박ᄌᆞ를 도〃니 조강을 닛고 동심 일톄로 초독히 날을 호령ᄒᆞ고 쟝찻 직취홀 ᄯᅳᆺ이 이시니 엇디 분티 아니리오 졍히 ᄉᆞ지ᄌᆞ믈 마디 아니ᄒᆞ더니 촉을 혀매 샹셰 드러왓거ᄂᆞᆯ 화시 분을 춤디

27면

못ᄒᆞᄃᆡ 뎌의 엄숙ᄒᆞ믈 보매 발뵈디 못ᄒᆞ여 ᄉᆞ매로 ᄂᆞᆺ출 가리와 눈물을 흘니며 냥ᄌᆞ

를 수업시 두ᄃᆞ려 두 아히 일시의 우ᄂᆞᆫ디라 샹셰 임의 아라보고 각별 본톄 아니코 자리의 나아가 자니 화시 냥ᄌᆞ의 셰를 깁히 미더 두 아히를 무궁히 텨 샹셔[의 뇌]를 도〃딕 샹셰 ᄆᆞᄎᆞᆷ내 요란타 ᄒᆞᄂᆞᆫ 말도 아니〃 화시 ᄒᆞᆯ 일이 업서 촉하의 안자 새도록 자디 아니ᄃᆡ 샹셰 쏘ᄒᆞᆫ 뭇디 아니터니 ᄃᆞᆰ이 울매 싱이 니러 안졍히 쇄소관셰ᄒᆞ고 신셩ᄒᆞ라 드러가니 화시 쏘ᄒᆞᆫ 드러가 문안ᄒᆞ고 왓더니 이 밤의 쏘 샹셰 드러와 잘시 화시 노긔 불연ᄒᆞ야 새도록 ᄒᆞᆫᄒᆞ며 셔안을 ᄃᆡᄒᆞ야 자디 아니ᄃᆡ 샹셔의 긔식이 유환ᄒᆞ고 ᄉᆞ긔 ᄌᆞ약ᄒᆞ믈 보고 핑계 어들 연괴 업고 쏘 여러 날을 근노ᄒᆞ야 새오니 심히 혼곤ᄒᆞᆫ디라 노긔를 긋치고 누어자니 샹셰 쏘ᄒᆞᆫ 본 톄 아냣더니 수일 후 혼뎡ᄒᆞ기를 ᄆᆞᄎᆞ매 녹운당의 니ᄅᆞ니 화시 ᄋᆞᄌᆞ를 알픠 두어 희롱ᄒᆞ거ᄂᆞᆯ 싱이 묵연히 오래 보더니 쏘ᄒᆞᆫ ᄋᆞᄌᆞ를 나오혀 ᄉᆞ랑ᄒᆞ매 화시 환희ᄒᆞ야 담쇠 ᄌᆞ약ᄒᆞᆫ대 싱이 이윽이 팀음ᄒᆞ다가 졍금위좌

28면

ᄒᆞ야 문왈 아디 못게라 부인이 뎌적 므ᄉᆞᆫ 우환으로 뉵칠 일을 안자 새오며 이 강보의 므ᄉᆞᆷ 죄 잇관ᄃᆡ 티던고 듯고져 ᄒᆞᄂᆞ이다 화시 뎌의 이러ᄐᆞ시 신듕유심ᄒᆞ야 무ᄅᆞ믈 보고 참안ᄒᆞ야 묵연 ᄇᆞ답ᄒᆞ니 샹셰 탄식 왈 공ᄌᆞ ᄀᆞᆯ오샤ᄃᆡ 부인은 복어인이라 ᄒᆞ시니 내 지극 올흔 말ᄉᆞᆷ으로 아랏더니 그ᄃᆡ 힝ᄉᆞ를 보건대 셩괴 차착ᄒᆞ미 잇도다 부화쳐슌은 고금의 덧〃ᄒᆞᆫ 배라 나ᄂᆞᆫ 화열ᄒᆞ기를 힘쓰ᄃᆡ 부인은 유슌ᄒᆞᆫ 힝실이 업ᄉᆞ니 내 엇디 구ᄐᆞ여 불슌ᄒᆞᆫ 지어미를 ᄃᆞ리고 살니오마ᄂᆞᆫ 아직 모젼의 ᄇᆞ회 더으디 아냐시므로 강잉ᄒᆞ미라 녯글의 사ᄅᆞᆷ이 뉘 허물이 업ᄉᆞ리오마ᄂᆞᆫ 곳치미 귀타 ᄒᆞ니 부인이 만일 뎐도ᄒᆞᆫ 거ᄉᆞᆯ ᄌᆞ칙ᄒᆞ고 ᄀᆡ과 슈행ᄒᆞ면 내 오히려 강잉ᄒᆞ려니와 불연즉 소ᄌᆞ문의게ᄂᆞᆫ 타인이 되리니 엇디 냥ᄌᆞ로 요ᄃᆡᄒᆞ며 조강이라 ᄒᆞ야 난쳐ᄒᆞ미 이시리오 화시 대참ᄒᆞ여 문득 사죄 왈 쳡이 나히 졈고 텬셩이 조협ᄒᆞ니 젼혀 부도를 모ᄅᆞᄂᆞᆫ디라 금야의 수죄ᄒᆞ시믈 드ᄅᆞ니 ᄌᆞ칙ᄒᆞ야 ᄎᆞ후 무례티 아니리이다 샹셰 이목으로ᄡᅥ

29면

승아ᄒᆞ고 미우의 묵〃ᄒᆞᆫ 한긔 어릐여 냥미를 찡긔여 싁〃ᄒᆞᆫ 졍신과 엄슉ᄒᆞᆫ 긔운이 텰골신히ᄒᆞ니 화시 황괴ᄒᆞ야 ᄒᆞᄂᆞᆫ 바를 아디 못ᄒᆞ더라 이때 텬ᄌᆡ 남문 밧긔 나샤 뎐녑ᄒᆞ시고 습샤ᄒᆞ시니 ᄌᆞ운산의셔 지근ᄒᆞᆫ디라 소시 양부인긔 고왈 황샹의 뎐녑ᄒᆞ시

미 셩ᄒᆞ다 ᄒᆞ오니 소녜 화시로 더브러 집잡아 관경코져 ᄒᆞᄂᆞ이다 부인 왈 긔 무어시 어려오리오 나도 과거ᄒᆞᆫ 후 ᄆᆞ옴이 호화의 잇디 아니ᄒᆞ더니 경과 한싱이 반녈의 참예ᄒᆞ물 보고져ᄒᆞ니 내 ᄯᅩᄒᆞᆫ 가리라 복애 모친의 가려 ᄒᆞ시믈 보고 깃브믈 이긔디 못ᄒᆞ니 원ᄂᆡ 부인이 일야수우ᄒᆞ며 쳑연ᄒᆞ여 즐기디 아니터니 금일 호화ᄒᆞᆫ ᄯᅳᆺ 두시믈 보고 ᄒᆞᆫ 경ᄉᆞ를 어든 ᄃᆞᆺ 불승환희ᄒᆞ야 집잡아 드리니 소시 양부인을 뫼시고 셕파 등을 거ᄂᆞ려 갈시 화시 처엄은 가려 ᄒᆞ다가 셕패 가믈 보고 칭병ᄒᆞ고 물너디니 부인이 구틔여 권치 아니ᄒᆞ고 녀ᄋᆞ로 더브러 햐쳐의 니ᄅᆞ러 쟝ᄎᆞᆺ 거동을 기ᄃᆞ리더니 문득 긔특ᄒᆞᆫ 위의 길흘 덥펴 금덩을 붓드러 소샹셔 집 햐쳐로 드러오니 소부하리 조당ᄒᆞᆫ대 그 창두 가

30면

인이 어ᄌᆞ러이 짓제여 ᄀᆞᆯ오ᄃᆡ 셕샹셔ᄃᆡ 부인 쇼졔 관광ᄒᆞ려 오시거ᄂᆞᆯ 너희 등이 엇디 감히 막ᄂᆞ뇨 셕패 이 말을 듯고 급히 시녀로 ᄒᆞ야곰 ᄃᆞ토디 말고 뎌 힝ᄎᆞ를 드러오시게 ᄒᆞ라 ᄒᆞᆫ다 소부하리 비로소 문을 여니 금덩을 붓드러 안히 니ᄅᆞ매 패 친히 마ᄌᆞ니 원ᄂᆡ 셕공 부인이 뎐념ᄒᆞ시믈 귀경ᄒᆞ려 햐쳐를 잡아 슉난쇼져로 더브러 올시 쇼뎨 처엄은 즐겨 가디 아니〃 진부인이 우겨 ᄃᆞ리고 이에 니ᄅᆞ러 ᄯᅳᆺ밧긔 소가 햐쳐와 ᄒᆞᆫ 곳이 되니 임의 도라가디 못ᄒᆞᆯ 거시오 ᄒᆞ믈며 이 젼 면분이 이시니 흔연히 드러오ᄃᆡ 쇼뎨 심히 불평ᄒᆞ야 온 줄을 뉘웃더라 셕패 우음을 머금고 마자 듕텽의 드러오니 소시 봉관화리로 ᄎᆡ복을 ᄀᆞ초고 양부인을 뫼셔 긱을 마자올녀 녜를 ᄆᆞᄎᆞᆫ 후 진부인이 양부인으로 더브러 한훤을 파ᄒᆞ고 소시로 더브러 젼일 낫비 본 말을 ᄒᆞ더니 셕패 웃고 왈 엇디 쇼져를 뎡 안희 녀코 내디 아니ᄒᆞ시ᄂᆞ니잇가 양부인이 흔연 왈 피ᄎᆞ 일가 ᄀᆞᆺᄐᆞ니 늘근 미망인과 어린 ᄯᆞᆯ 분이라 혐의 업거ᄂᆞᆯ 쇼져를 ᄀᆞᆷ초샤 ᄂᆡ외

31면

ᄒᆞ시ᄂᆞ니잇가 진부인이 칭샤 왈 엇디 ᄂᆡ외ᄒᆞ미 이시리오마ᄂᆞᆫ 규듕의 향암저온 인믈이 존젼의 뵈오믈 두립고 슈습ᄒᆞ미니이다 소시 말ᄉᆞᆷ을 니어 ᄀᆞᆯ오ᄃᆡ 쇼쳡이 일즉 셔모로 인ᄒᆞ야 쇼져의 미풍션ᄌᆡ를 텽문ᄒᆞ옵고 듀야 경복ᄒᆞ야 우러오ᄃᆡ 만날 길히 업습더니 이런 긔특ᄒᆞᆫ 조각을 만나오니 졍히 만힝ᄒᆞ야 ᄒᆞ거ᄂᆞᆯ 부인이 이러ᄐᆞᆺ 소ᄃᆡᄒᆞ샤 깁히 ᄀᆞᆷ초시니 그ᄋᆞ기 븟그려ᄒᆞ옵기ᄂᆞᆫ ᄌᆞ가 위인이 ᄇᆞ졍ᄒᆞ야 후히 사괴디 못ᄒᆞᆯ 인믈

로 아ᄅᆞ셔 쇼져로 ᄒᆞ야곰 출히 뎡 안히 구챠ᄒᆞᄆᆞᆯ ᄃᆡ희고 추비ᄒᆞᆫ 무리를 뵈디 아니랴 ᄒᆞ시민가 불승슈괴ᄒᆞ이다 진부인이 소부인의 격년ᄒᆞᆫ 언ᄉᆞ와 졀쥰ᄒᆞᆫ 풍용을 ᄃᆡᄒᆞ매 퇴탁ᄒᆞᆯ 말이 업서 ᄌᆡ삼 손샤ᄒᆞ고 쇼져를 브ᄅᆞ니 쇼졔 슬희여도 마디 못ᄒᆞ여 시녀로 더브러 텽의 니ᄅᆞ니 양시 모녜 니파로 더브러 먼니셔븟터 ᄇᆞ라보니 처엄은 광치 영농ᄒᆞ고 풍되 요〃ᄒᆞ야 낙일이 약목에 걸니고 옥퇴 ᄎᆡ운의 ᄡᅧ엿ᄂᆞᆫ 듯 현황ᄒᆞ야 광치 휘동ᄒᆞ니 ᄌᆞ시 보디 못ᄒᆞᆯ러니 당의 올나 녜를 ᄆᆞᆺ고 좌를 일운

32면

후 눈을 뎡ᄒᆞ야 니기 보니 임의 하ᄂᆞᆯ긔 품슈ᄒᆞᆫ 배 강산슈긔와 졍명지긔 어ᄅᆡ여 미려ᄒᆞ미 범뉴의 ᄲᅡ여나니 가슴 가온대ᄂᆞᆫ 임ᄉᆞ의 덕냥을 슈장ᄒᆞ엿고 미우의ᄂᆞᆫ 오ᄉᆡᆨ 샹셔의 긔운이 녕농찬난ᄒᆞ여 냥목은 츄파의 졍긔 업ᄉᆞᄆᆞᆯ 웃고 듀슌은 잉도의 동글믈 혐의로이 너기고 셰요ᄂᆞᆫ 뉴지의 붓치이믈 나모라고 신댱은 비연의 킈 젹으믈 브죡히 너겨 놀나ᄃᆡ 경삽디 아니며 풍영ᄒᆞ나 튭지디 아냐 텬ᄐᆡ 만광이 타양의 빗출 ᄀᆞ리오니 소시의 경복ᄒᆞᆷ은 니ᄅᆞ도 말고 양부인이 평ᄉᆡᆼ 눈이 놉하 텬하 미ᄉᆡᆨ을 모시ᄒᆞ며 ᄯᅩ 팀듕ᄒᆞ미 과인ᄒᆞ므로 아모리 긔특ᄒᆞᆫ 일이 이셔도 경찬티 아니 ᄒᆞ더니 셕쇼져의 얼골을 보매ᄂᆞᆫ 불승경아ᄒᆞ야 졍신을 ᄀᆞ다ᄃᆞ마 다시옴 ᄉᆞᆯ펴보와 크게 칭찬 왈 쳡이 비록 심산궁곡의 이시나 졀ᄉᆡᆨ을 귀경ᄒᆞ미 만터니 금일 녕ᄋᆞ 쇼져ᄂᆞᆫ 진실노 미망인의 보디 못ᄒᆞᆫ 배오 ᄯᅩᄒᆞᆫ 만고의 드므니〃 이 진짓 경국지ᄉᆡᆨ이로소이다 진부인이 손샤ᄒᆞ야 감당티 못ᄒᆞᄆᆞᆯ 일ᄏᆞᄅᆞ니 소시 어린 ᄃᆞ시 안잣다

33면

가 셕파를 도라 보아 쇼왈 셔모의 뉴슈지언으로 뎐ᄒᆞᄂᆞᆫ 말ᄉᆞᆷ이 그대도록 서외ᄒᆞ시더뇨 진실노 듯던 바의 디나ᄂᆞᆫ도소이다 셕패 웃고 진부인이 손샤 왈 쇼녀의 더러운 긔질노 양소 이 부인의 과찬ᄒᆞᄆᆞᆯ 엇디 당ᄒᆞ리잇가 양부인이 숙난쇼져를 나아오라 ᄒᆞ야 그 옥슈를 잡고 머리를 ᄡᅳ다ᄃᆞ마 칭찬ᄒᆞᄆᆞᆯ 마디 아니ᄒᆞ고 셕파와 진부인은 두긋기믈 이긔디 못ᄒᆞ니 소시 믄득 탄식고 ᄌᆞᄌᆞ로 모친을 보니 이ᄂᆞᆫ 그ᄋᆞ기 소ᄉᆡᆼ을 ᄌᆡ취콰져 ᄒᆞ미라 차를 나오고 죠용히 한담ᄒᆞ야 [소시] 닐오ᄃᆡ 쇼져의 ᄌᆡ뫼 이러틋 ᄒᆞ시니 ᄀᆞᆺ튼 ᄇᆡ위 어려울디라 일즉 슌향을 졈복ᄒᆞ야 겨시니잇가 진시 흘연 쳑연 ᄃᆡ왈 ᄋᆞ녜 용널ᄒᆞ나 부모의 졍은 가셔를 어더 그 일ᄉᆡᆼ을 편케 ᄒᆞ고져 ᄒᆞᄃᆡ [녀ᄌᆞ의 죵신 대ᄉᆞ를 그

롯홀가 두리오며 제 나흔 십삼 셰 과시흔 쳐녜라 ᄒᆞ리잇가마는] 틱셔ᄒᆞ연 디 칠년의 ᄆᆞᄎᆞᆷ내 그 맛당흔 곳을 엇디 못ᄒᆞ야시니 [신당과 외뫼 다 ᄌᆞ라시니] 더욱 민망ᄒᆞ야 ᄒᆞᄂᆞ이다 양부인이 ᄃᆡ왈 진실노 엇던 복다온 재 뎌런 며ᄂᆞ리를 어들고 부인은 근심 마ᄅᆞ쇼셔 녜븟터 빵이 ᄀᆞᄌᆞᆨᄒᆞ니 쇼혜 두도를 만나고 샹예 문군을 만나니 엇디 쇼져 긔 홀로 빵이 뎡티 아냐시리잇가 이러

34면

톳 말ᄉᆞᆷ홀ᄉᆡ 죠곰도 유의티 아니터라 쟝촛 시국이 다ᄃᆞᄅᆞ매 샹이 만됴를 거ᄂᆞ려 남문 밧긔 나샤 뎐녑ᄒᆞ시니 샹셔복야 소경이 한님혹ᄉᆞ 한싱으로 더브러 됴복을 ᄀᆞ초고 반녈의 시위ᄒᆞ야시니 영풍이 만인 듕 쒸여나고 안치 찬난ᄒᆞ야 좌우의 ᄡᅵ이니 삼군이 눈을 기우려 칭찬ᄒᆞ기를 마디 아니ᄒᆞ고 텬지 쏘흔 긔이히 너기샤 알픽 나아오라 ᄒᆞ야 ᄀᆞᆯ오샤ᄃᆡ 경의 풍티 금일 새로오니 직죄 쏘흔 츌뉴홀디라 딤이 보궁비젼을 주ᄂᆞ니 흔 번 습샤ᄒᆞ야 당시의 양유긔 다시 낫다 ᄒᆞ믈 닐위라 소복애 부복샤은 왈 쇼신이 나히 어리고 직죄 노둔ᄒᆞ오니 당〃흔 시부도 능티 못ᄒᆞ옵거ᄂᆞᆯ 엇디 감히 젼샤홀 긔력이 이시리잇고 샹이 쇼왈 경은 ᄉᆞ양 말나 드ᄃᆡ여 궁시를 알픽 노흐시니 복애 념용돈슈 왈 셩인이 ᄀᆞᆯ오샤ᄃᆡ 되 긋디 아니ᄒᆞ거든 사괴디 말나 ᄒᆞ시니 ᄒᆞ믈며 몸소 두 가지를 힝ᄒᆞ오며 위령공이 딘도를 무ᄅᆞ니 공지 힝ᄒᆞ신디라 신이 다만 셩교를 ᄇᆡ호니 군녀를 모ᄅᆞ옵고 쏘 직죄 업ᄉᆞ오니 엇디 어궁을 더러이리잇고

35면

샹이 기용티경ᄒᆞ시고 군신이 그 ᄃᆡᆨ졀을 탄복ᄒᆞ더라 쟝촛 날이 져믈매 샹이 환궁ᄒᆞ시고 관광ᄒᆞ던 ᄉᆞ녜 파ᄒᆞ야 흣터디니 양부인이 진부인을 니별ᄒᆞ고 도라갈ᄉᆡ 셕쇼져의 손을 잡아 넌〃ᄒᆞ믈 이긔디 못ᄒᆞ더라 ᄌᆞ운산의 도라와 샹셔의 오믈 기ᄃᆞ려 부인은 다만 겨동의 셩ᄒᆞ믈 니ᄅᆞ고 소시는 셕쇼져를 칭찬ᄒᆞ니 화시 심듕의 흔ᄒᆞ믈 마디 아니ᄒᆞ더라 소시 셕쇼져의 직뫼 앗가오니 모친긔 구혼ᄒᆞ쇼셔 흔대 부인이 답왈 그 녀진 실로 긔이하나 화시 냥ᄌᆞ를 두엇고 저의 부뷔 화락거ᄂᆞᆯ 내 엇디 직취를 권ᄒᆞ리오 소시 다시 ᄉᆞᆯ오ᄃᆡ 아ᄋᆡ 긔질노 엇디 화시와 오로디 동쥬ᄒᆞ며 쏘흔 여러흘 어더 ᄌᆞ손을 두미 가ᄒᆞ니 챵녀ᄀᆞᆺ튼 거슨 엄금ᄒᆞ시미 올커니와 뎌ᄀᆞᆺ튼 슉녀를 일졀을 ᄃᆡ희여 ᄇᆞ리미 엇디 창텬이 고집ᄒᆞ믈 웃디 아니리오 당초 셔모의 언어는 밋디 못ᄒᆞ미 그 심

경이 어딘 녀진 줄 아디 못ᄒᆞ야 힝혀 가ᄂᆡ 어ᄌᆞ러올가 두리미러니 이제 보건대 외모ᄂᆞᆫ 니ᄅᆞ도 말고 심경이 극히 현텰ᄒᆞ야 뵈니 엇디

36면

ᄒᆞᆫ 화시로ᄡᅥ 뎌런 슉녀를 ᄇᆞ리리잇가 부인 왈 너ᄂᆞᆫ 말을 긋치라 화시의 동졍을 보리니 화시 만일 투긔 이시면 ᄆᆡ식 경만 못ᄒᆞ나 ᄯᅩ 질투를 겸ᄒᆞᆯ딘대 쾌히 셕시를 취ᄒᆞ야 독ᄌᆞ의 일ᄉᆡᆼ을 헛도이 늙디 아닐 거시오 만일 공슌ᄒᆞ면 ᄌᆡ질이 경으로 층등ᄒᆞ나 그 심졍은 관흥ᄒᆞᆯ 거시니 엇디 져근 얼골이 밋디 못ᄒᆞᆫ다 ᄒᆞ야 녀ᄌᆞ의 셜오믈 깃치리오 낭홍의 비상ᄒᆞᆫ 용모로ᄃᆡ ᄆᆡᆼ광의 더러온 얼골을 만나ᄂᆞᆫ 후셰예 군ᄌᆞ슉인이 되야시니 내 다만 화시 인물을 ᄉᆞᆯ피고 얼굴은 니ᄅᆞ디 아니리라 소시 모친의 ᄠᅳᆺ이 화시 인물을 ᄉᆞᆯ피려 ᄒᆞ믈 보고 ᄂᆡ렴의 우어 왈 뎌 경도투한ᄒᆞᆫ 녀ᄌᆡ 반ᄃᆞ시 취졸을 내리니 셕시 드러오믄 여반쟝이[로]다 ᄒᆞ더라 수일 후 소샹셰 경ᄉᆞ 의논ᄒᆞᆯ 일로 셕공을 ᄎᆞ자가니 이ᄯᅢ 팔왕 칠왕이 셕쟝군 부ᄌᆞ를 보려 이에 모닷더니 소복야의 와시믈 듯고 ᄒᆞᆫ 가지로 반겨 쳥ᄒᆞ야 말ᄉᆞᆷᄒᆞᆯᄉᆡ 칠왕은 태종의 아ᄃᆞᆯ이니 이 곳 태ᄌᆡ오 팔왕은 태종의 친질이라 위인이 현명ᄒᆞ고 ᄌᆡ덕이 겸젼ᄒᆞ니 됴

37면

얘 다 공경ᄒᆞ더니 금일 소ᄉᆡᆼ을 보고 심히 ᄉᆞ랑ᄒᆞ야 고금티란을 의논ᄒᆞ니 도〃히 하슈를 드리온 ᄃᆞᆺᄒᆞᆫ디라 팔왕이 쇼왈 소통ᄌᆡ 쳥년 십팔이라 이 황구 쇼ᄋᆡ어ᄂᆞᆯ 엇디 도로혀 상쾌ᄒᆞᆫ 의논이 노ᄉᆞ슉유를 압두ᄒᆞᄂᆞ뇨 일즉 취쳐ᄒᆞ얏ᄂᆞ니잇가 ᄃᆡ왈 조강지쳐 잇ᄂᆞ이다 셕참졍이 말을 니어 ᄀᆞᆯ오ᄃᆡ 혹ᄉᆡᆼ이 ᄒᆞᆫ 말이 이시니 통ᄌᆡ 즐겨 드ᄅᆞ시랴 ᄉᆡᆼ이 쳥ᄒᆞ야 무론대 셕공이 답왈 만ᄉᆡᆼ이 일즉 여러 아ᄃᆞᆯ을 두고 다만 일녀를 어드니 ᄌᆡ힝이 비록 고인을 병구티 못ᄒᆞ나 ᄯᅩᄒᆞᆫ 거의 안항은 되리니 듀야 우려ᄒᆞ믄 [힝혀] 투강ᄒᆞᄂᆞᆫ 환을 닐윌가 두리더니 통ᄌᆡ를 보니 [ᄌᆡ뫼] 죡히 녀ᄋᆞ로 건즐을 밧드럼ᄌᆞᆨ ᄒᆞᆫ디라 구차ᄒᆞ믈 도라보디 아냐 구혼ᄒᆞᄂᆞ니 쇼녜 비록 불민ᄒᆞ나 통ᄌᆡ긔 불공티 아니코 조강샹원위를 셜만티 아닐만ᄒᆞ니 모ᄅᆞ미 즐겨 ᄌᆡ취를 허락ᄒᆞ시리잇가 샹셰 경금 사례 왈 쇼ᄉᆡᆼ은 박명ᄒᆞᆫ 인ᄉᆡᆼ으로 엄친의 훈교를 듯ᄌᆞᆸ디 못ᄒᆞ엿ᄂᆞᆫ디라 명셰에 닙ᄒᆞᆯ ᄌᆡ죄 업ᄉᆞ니 일야 우탄ᄒᆞ믈 ᄡᅵᄃᆞᆺ디 못ᄒᆞ거ᄂᆞᆯ

38면

이러틋 위쟈ᄒᆞ샤 동상을 구ᄒᆞ시니 불승감샤ᄒᆞ고 외람ᄒᆞᆫ디라 엇디 ᄉᆞ양ᄒᆞ미 이시리잇가마는 싱이 ᄌᆞ소로 ᄯᅳᆺ이 번화티 못ᄒᆞ야 지취를 싱각디 아닛는디라 감히 틱명을 밧드디 못ᄒᆞ니 불승미안ᄒᆞ이다 참졍 왈 엇디 비박히 너거미 이러틋 심ᄒᆞ뇨 다시 샹냥ᄒᆞ시믈 ᄇᆞ라ᄂᆞ이다 샹셰 미우를 펴고 듀슌의 우음을 은연이 ᄯᅴ여 손샤 왈 쇼싱이 엇디 감히 비박지심이 이시리오 본ᄃᆡ 셩졍이 용소ᄒᆞ미오 다시 노뫼 당의 이시니 ᄌᆞ단티 못ᄒᆞ미니라 참졍 왈 이런즉 녕랑 허락은 혹싱이 쳥ᄒᆞ리니 [모ᄅᆞ미] 통지 스ᄉᆞ로 허락ᄒᆞ라 상셰 흠신 ᄃᆡ왈 노뫼 우히 겨시니 쇼싱이 임의로 홀 배 아니오 혼인은 인뉸의 대관이니 뉵녜 잇는디라 싱이 엇디 감히 편모의 ᄯᅳᆺ을 모ᄅᆞ고 허락ᄒᆞ미 이시리잇고 노션싱은 이 곳 대로원신이라 반ᄃᆞ시 예의를 아ᄅᆞ시리니 ᄲᅧ곰 쇼싱의 셜만ᄒᆞ믈 용샤ᄒᆞ쇼셔 팔왕이 웃고 왈 소통지 ᄉᆞ양ᄒᆞ믈 이러틋 ᄒᆞ니 우리 중ᄆᆡ 되야 인연을 됴히 일우게 ᄒᆞ리라 칠왕 왈 형 왕의 말ᄉᆞᆷ이 맛당ᄒᆞ시니 아등이

39면

힘ᄡᅥ 듀션ᄒᆞ리니 소싱은 고집디 말나 샹셰 두로 이러ᄒᆞᆫ 경샹을 보고 심하의 실쇼ᄒᆞ고 냥구 후 하딕고 도라 가니 팔왕이 소싱의 셩현 유풍을 불승칭찬ᄒᆞ고 셕공의 명을 바다 명일 ᄌᆞ운산 소부의 니ᄅᆞ러 중ᄆᆡ로 와시믈 고흘ᄉᆡ 아디 못게라 양부인이 즐겨 드ᄅᆞᆫ가 하회를 볼디어다 어시의 팔왕이 스ᄉᆞ로 술위를 미러 ᄌᆞ운산의 니ᄅᆞ러 양부인ᄭᅴ 동ᄆᆡ로 와시믈 고ᄒᆞ고 허혼ᄒᆞ믈 쳥ᄒᆞ니 부인이 미우를 ᄲᅵᆼ긔고 도라 샹셔ᄃᆞ려 왈 네 황구쇼ᄋᆞ로 텬은이 듕ᄒᆞ시고 화시 어딘 녀지라 ᄒᆞ믈며 두 아ᄃᆞᆯ이 잇거ᄂᆞᆯ 셕공이 엇딘 고로 구혼ᄒᆞ기를 근졀이 ᄒᆞᄂᆞ뇨 샹셰 밋처 답디 못ᄒᆞ여셔 화시 눈물을 흘녀 고왈 이 반ᄃᆞ시 셔모와 낭군이 동심ᄒᆞ야 팔왕을 브촉ᄒᆞ미니 쳡은 아조 심규 죄인이 되리로소이다 부인이 텽파의 위로 왈 셕시 드러오다 그ᄃᆡᄭᅴ 해로울 일이 이시며 비록 용녈ᄒᆞ나 경이 사랏거니 엇디 심규 죄인이라 칭ᄒᆞ리오 셜파의 날호여 ᄀᆞᆯ오ᄃᆡ 팔왕이 친님ᄒᆞ시니 내

40면

엇디 아ᄅᆞᆷ다온 며ᄂᆞ리를 ᄉᆡ양ᄒᆞ리오 드ᄃᆡ여 시녀로 뎐어 왈 미망인은 어린 ᄌᆞ식을 ᄀᆞᄅᆞ치디 못ᄒᆞ야 듀야 붓그리더니 일즉 텬은을 닙ᄉᆞᆸ고 ᄯᅩ 대왕이 거ᄎᆞᆫ ᄯᅡ히 니ᄅᆞ러

직샹 문미의 슉녀를 쳔거ᄒᆞ시니 일즉 감샤ᄒᆞ고 ᄯᅩᄒᆞᆫ 황공ᄒᆞᆫ디라 엇디 명을 어그릇ᄎᆞ리잇고 튁일ᄒᆞ야 뉵녜를 ᄀᆞ초리이다 ᄒᆞ니 원ᄂᆡ 부인이 다른 ᄯᅳ디 업더니 화시 톄읍후 투ᄒᆞ야 부인의 말긋틱 가부와 셔뫼 동심ᄒᆞ다 ᄒᆞ야 ᄆᆡᆼ낭히 경도ᄒᆞ믈 보고 일심의 패악히 너겨 뇌렁ᄒᆞ니 엇디 애듧디 아니리오 ᄌᆞ식을 평안히 ᄒᆞ고 즘〃코 잇더면 비록 팔왕 아냐 황뎨 니ᄅᆞ신들 셕쇼졔 드러 오리오 이ᄯᅢ 팔왕이 허락을 밧고 대희ᄒᆞ야 칭샤ᄒᆞ고 도라가 셕가의 회보ᄒᆞ니 참졍이 만심환희ᄒᆞ야 급히 튁일ᄒᆞ야 보내니 ᄆᆡᆼ동 초슌이 겨유 팔구 일은 ᄀᆞ렷더라 냥가의셔 위의를 졍졔ᄒᆞ니 양부인이 비록 화시를 그릇 녀기나 그 졍ᄉᆞ를 술펴 월영으로 ᄒᆞ여금 신낭의 길복을 지

41면

으라 ᄒᆞ니 소시 닐오ᄃᆡ 혹시 어ᄉᆞ로 강셔로 나가니 일지 님박ᄒᆞ엿ᄂᆞᆫ 고로 쇼녜 그 ᄒᆡᆼ장을 다ᄉᆞ리매 길복을 못ᄒᆞ게 ᄒᆞ엿ᄂᆞ니 화시 므ᄉᆞ일 못ᄒᆞ리잇가 부인 왈 내 시기면 아니 ᄒᆞ리오마ᄂᆞᆫ 다만 투한ᄒᆞᆫ 녀지 반ᄃᆞ시 더욱 셜워ᄒᆞ리라 소시 낭〃이 우어 왈 모친이 엇디 이런 말솜을 ᄒᆞ시ᄂᆞ니잇고 소녜 불쵸ᄒᆞ나 어ᄉᆡ 영시ᄭᅴ 입당ᄒᆞᆯ 적 ᄉᆞᄉᆞ로 출혀 관복을 손조 셤겻ᄂᆞ니 부녜 가부를 다른 사ᄅᆞᆷ의게 보낼 제 엇디 의장을 ᄂᆞᆷ 비러 시기리잇고 쇼녜ᄂᆞᆫ 지아비 원노 ᄒᆡᆼ장을 혼자 출히며 가뫼 잇ᄂᆞᆫ 오라븨 길복 지이다 ᄒᆞ리잇가 부인이 쇼왈 너의 셩졍이 화시와 다른디라 화시 만일 너ᄀᆞᆺᄐᆞ면 내 므ᄉᆞ 일이 브죡ᄒᆞ야 셕시를 어드리오 너ᄂᆞᆫ 조급ᄒᆞᆫ 녀ᄌᆞ를 하 논박디 말고 어ᄉᆞ의 ᄒᆡᆼ장을 화시로 출혀 달나 ᄒᆞ고 너ᄂᆞᆫ 경의 길복을 디으라 소시 웃고 믈러나 이에 샹셔 길복을 지을ᄉᆡ 한싱의 ᄒᆡᆼ치 ᄯᅩᄒᆞᆫ 님박ᄒᆞ야시니 두 가지를 진실로 ᄒᆞ기 어려워 이에 능나 수필과 촉금

42면

십여 필을 녹운당으로 보내여 왈 어ᄉᆡ 불의예 강셔를 비도ᄒᆞ니 ᄂᆡ 능히 혼자 출히디 못ᄒᆞ여 낭ᄌᆞ의 조역ᄒᆞ시믈 밋ᄂᆞ니 본대로 지어주시믈 밋ᄂᆞ이다 화시 대로ᄒᆞ야 시녀를 ᄃᆡᄒᆞ야 크게 ᄭᅮ지저 왈 너희 부인이 엇디 날ᄃᆞ려 어ᄉᆞ의 ᄒᆡᆼ장을 출혀 달나 ᄒᆞᄂᆞ뇨 당〃이 셕가 쳔녀를 ᄃᆞ려와 브릴씨니 나ᄂᆞᆫ 월영의 시녜 아니니 못ᄒᆞ리로다 너희 부인은 남진의게 고혹ᄒᆞ야시므로 여러 창녀로 더브러 ᄐᆞᆼ을 논호ᄂᆞ라 됴히 너기나 나ᄂᆞᆫ 더러이 너기노라 임의 샹셔의 길복을 짓거니 이 ᄀᆞᆺ티 한가ᄒᆞ며 날을 브리려 ᄒᆞ더냐

쾌히 돌아가 너ᄒᆡ 짓부인다려 니ᄅᆞ라 미친 오라븨 길복을 지으니 이 ᄀᆞᆺ티 한헐ᄒᆞ니 엇디 다ᄉᆞ하리오. 내 지어주고져 ᄒᆞ나 놈의 일 ᄒᆞ시ᄂᆞᆫ가 시브니 이런즉 내 부졀 업시 슈고ᄒᆞᆯ 일이 업서 도로 보내ᄂᆞ이다 ᄒᆞ라 시녜 도라와 회보ᄒᆞᆯᄉᆡ 슈말을 ᄌᆞ시 고ᄒᆞ니 소시 어히업서 도로혀 잠쇼브답이러니 한어ᄉᆡ ᄒᆞᆫ ᄃᆡ 잇다가 듯고 크게 무상히 너겨 왈 진짓 대악 투뷔로다

43면

악모와 ᄌᆞ문이 진실로 고집닷다 뎌련 투부를 두고 ᄌᆡ취ᄒᆞ미 느ᄌᆞ뇨 소부인이 졍ᄉᆡᆨ 왈 슈연이나 샹공ᄭᅴ 간셥디 아니커ᄂᆞᆯ 놈의 집 부녀의 과실을 의논ᄒᆞ리오 ᄌᆞ못 다ᄉᆞᄒᆞ고 졍되 아니라 언어의 경도ᄒᆞ미 이러ᄐᆞᆺ ᄒᆞ시냐 어ᄉᆡ 대쇼ᄒᆞ고 그ᄅᆞᆺᄒᆞ롸 일ᄏᆞᆺ더라 원ᄂᆡ 소시 텬셩이 강딕ᄒᆞ고 의ᄉᆡ 바다 ᄀᆞᆺᄐᆞ야 거리ᄭᅴᄂᆞᆫ 일이 업고 ᄯᅩ 투긔를 우이 너기므로 투긔ᄒᆞᄂᆞᆫ 녀ᄌᆞ를 심히 비쳑ᄒᆞ더니 화시 뎌러ᄐᆞᆺ 경도ᄒᆞ믈 보고 짐즛 길복을 화시로 짓게 ᄒᆞ려 ᄒᆞ니 모부인이 듯디 아니 ᄒᆞ거ᄂᆞᆯ 마디 못ᄒᆞ야 스ᄉᆞ로 지으며 어ᄉᆞ의 의복을 보내엿더니 믄득 화시 욕ᄒᆞ믈 듯고 심니의 불평ᄒᆞ야 안잣더니 져녁 문안의 드러가 화시를 만나ᄃᆡ 샹셰 잇ᄂᆞᆫ디라 젼일 셕파의 일로ᄡᅧ 화시 샹셔ᄭᅴ 견과ᄒᆞ믈 ᄉᆡᆼ각고 샹냥ᄒᆞᄃᆡ 조만의 셕시 드러오ᄂᆞᆫ데 ᄯᅩ 화시의 흔단을 니ᄅᆞ면 아ᄋᆡ ᄡᅳ디 ᄂᆡ도ᄒᆞ야 박ᄃᆡᄒᆞ리니 비록 더디디 못ᄒᆞ나 그 박명으란 깃치디 말거시라 ᄒᆞ고 졍ᄉᆡᆨ 단좌ᄒᆞ야 말을 아니터니 샹셔와 화시 퇴ᄒᆞᆫ 후

44면

소시 부인ᄭᅴ 슈말을 ᄌᆞ시 고ᄒᆞ고 우어 왈 샤뎨 ᄌᆡ취의 쇼녀를 슈욕ᄒᆞ니 이 엇디 가쇄 아니리잇고 부인이 어히 업서 다만 닐오ᄃᆡ 내 ᄌᆞ연 화시를 항복 바다 투긔를 졔어ᄒᆞ고 가듕을 편히 ᄒᆞ리라 드ᄃᆡ여 명됴 신셩 후 부인이 화시ᄃᆞ려 왈 경의 길일이 다ᄃᆞ라시니 그ᄃᆡ 가히 녜복을 다ᄉᆞ리라 드ᄃᆡ여 좌우로 ᄒᆞ야곰 [금슈를 내여와 화시로] ᄆᆞ르라 ᄒᆞ니 화시 간담이 분분ᄒᆞ나 샹셰 좌의 잇고 부인의 긔ᄉᆡᆨ이 십분 엄졍ᄒᆞ니 감히 발악디 못ᄒᆞ고 눈물이 년면ᄒᆞ야 홍군의 ᄣᅥ러디니 니파 등이 잔잉히 너기고 소시ᄂᆞᆫ 힝혀 부인긔 불공ᄒᆞᄂᆞᆫ 말을 ᄒᆞ야 샹셔의 귀예 들닐가 근심ᄒᆞ더니 부인이 다시 ᄌᆡ촉ᄒᆞ니 화시 강잉ᄒᆞ야 금슈를 펴고 일변 울며 일변 ᄆᆞ르니 ᄯᅩ 맛뎌 왈 내 월영으로 지으라 하니 한심의 힝장 출히기로 여엿디 못ᄒᆞ다 ᄒᆞ니 그ᄃᆡ 맛당이 다ᄉᆞ리라 화시 바다

가지고 침소의 도라와 브드잇고 톄읍 왈 존괴 ᄆᆞ자 이러ᄒᆞ실 줄은 실로 ᄉᆡᆼ각디 못ᄒᆞᆫ 배로다 내 출히 죽어 이 거동을 보디 아니리라 ᄒᆞ더

45면

니 믄득 니패 드러와 위로 왈 부인은 슬허 마ᄅᆞ쇼셔 우리 부인이 평일 낭ᄌᆞ ᄉᆞ랑ᄒᆞ시미 엇디 샹셔ᄭᅴ 디리오마ᄂᆞᆫ 이 거조ᄂᆞᆫ 젼혀 부인 투긔를 ᄶᅥ리시미라 부인이 가지록 온슌ᄒᆞ시면 샹셰 아름다와 ᄒᆞᆯ 거시오 부인이 어엿비 너기시며 셕쇼졔 드러오나 부인이 옥 ᄀᆞᄐᆞᆫ 이 공ᄌᆞ를 ᄡᅧ 가젼을 통집ᄒᆞ시면 어ᄂᆞ 사ᄅᆞᆷ이 부인 권셰를 ᄇᆞ라리잇고 이제 고집히 투긔를 힘ᄡᅳ면 화용이 감ᄒᆞ고 심긔 샹ᄒᆞ며 ᄂᆞᆷ이 우이 너기리니 일심이 셕시긔 도라디면 뉘웃ᄎᆞ나 밋디 못ᄒᆞ리이다 화시 더욱 슬허 ᄆᆞ음을 뎡티 못ᄒᆞ더니 문득 부인이 불너 왈 내 잇ᄂᆞᆫ ᄃᆡ 와 관복을 지으라 화시 ᄒᆞᆯ 일이 업고 니시 ᄇᆡᆨ단 위로ᄒᆞ니 겨유 강잉ᄒᆞ야 취셩뎐의 니ᄅᆞ러 침션을 일울ᄉᆡ 눈물이 스ᄉᆞ로 소사나니 ᄎᆞᆷ디 못ᄒᆞ여 힝혀 부인이 보실가 두려 머리를 수겨 십분 ᄆᆞ음을 널니ᄒᆞ더라 이 날 샹셰 드러와 문안ᄒᆞ고 화시와 뫼셔 안자 길복 일우물 보고 깁히 혜오ᄃᆡ 뎨 어인 투악으로 [도로혀] 티장을 스ᄉᆞ로 하ᄂᆞᆫ고 ᄯᅩᄒᆞᆫ 그 슬픈

46면

빗출 보고 일단 은졍이 어엿비 너기미 잇더라 길일이 다ᄃᆞᄅᆞ 매ᄌᆞ기 네 ᄉᆞᄅᆞᆷ과 양참졍이 니ᄅᆞ니 양부인이 [기ᄌᆞ 네 ᄉᆞᄅᆞᆷ과] 부친을 밧드러 좌를 뎡ᄒᆞ고 시긱이 님ᄒᆞ니 소시 뎌 화시의 ᄌᆞ가욕ᄒᆞ믈 그릇 너기나 뎌의 심히 셜워ᄒᆞ믈 보고 일변 경도조협ᄒᆞ믈 고이히 너기고 일변 잔잉히 너겨 ᄀᆞ만이 경계 왈 오ᄂᆞᆯ 모친이 반ᄃᆞ시 그ᄃᆡ로ᄡᅥ 아ᄋᆡ 오술 셤기라 ᄒᆞ시리니 쳔만 불평ᄒᆞᆫ 일을 말나 화시 샤례 호읍ᄒᆞ더니 부인이 화시를 불너 관복을 닙히라 ᄒᆞ시니 명을 니어 나아가 관ᄃᆡ를 밧드러 셤길ᄉᆡ 투목으로 그 동지를 ᄉᆞᆯ피니 화시 면ᄉᆡᆨ이 여토ᄒᆞ야 그 골홈과 ᄯᅴ를 ᄆᆡ매 손이 ᄯᅥᆯ녀 쉽디 못ᄒᆞᆫ디라 그 윽이 애ᄃᆞᆯ이 너기더니 관ᄃᆡ를 ᄆᆞᄎᆞ매 모든 ᄃᆡ 하ᄃᆡᆨ홀ᄉᆡ 부인이 츄연히 감챵ᄒᆞ야 눈물을 ᄂᆞ리오니 ᄉᆡᆼ이 ᄯᅩᄒᆞᆫ 쳥누를 먹음고 위의를 ᄀᆞ초와 셕가의 니ᄅᆞ러 홍안을 뎐ᄒᆞ매 신부의 샹교를 기ᄃᆞ릴ᄉᆡ 쇼졔 칠보웅장을 일우고 ᄇᆡᆨ냥의 오ᄅᆞ매 샹셰 슌금 쇄악을 가져 덩을 ᄌᆞ므고 상마ᄒᆞ니 칠팔 냥 졔휘 요긱

47면

이 되고 만됴 빅관이 십니의 버러 무수 추죵이 좌우의 쪄 엇게 기야이고 듯글이 히를 ᄀ리오니 그 부셩ᄒ믈 니ᄅ 긔록디 못홀러라 ᄌ운산의 니ᄅ니 듕당의 포딘을 셩히 ᄒ고 냥 신인이 녜를 ᄆᆞᆺ고 동상의 나아가 ᄌ하상을 ᄂᆞᆫ홀ᄉᆡ 남풍녀뫼 서ᄅ 빗최여 구슬곳과 옥남기 서ᄅ ᄃᆡᄒᄂᆞᆫ둧 부〃 ᄌᆡ질이 겸손ᄒ미 업ᄉ니 가히 니론 삼싱슈연이며 텬뎡호귀라 만좌 불승경복ᄒ고 만분경아ᄒ야 칭찬ᄒ믈 마디 아니ᄒ더라 샹셰 동방의 도라가 잠간 눈을 드러보니 용광이 혈난ᄒ야 삼혼이 경동ᄒ니 숨을 길게 쉬고 싱각ᄒᄃᆡ 셰샹의 엇디 이런 사름이 잇ᄂ뇨 내 고독ᄒ 일신으로 다만 밍광 ᄀᆞᄐ니를 구ᄒ더니 ᄯᅳᆺ밧긔 이런 미인을 어드니 이 믄득 길되 아니라 뎌적의 셔뫼 유인ᄒ야 뵐 적 윤시 누의와 방불ᄒ더니 그 ᄉ이 어이 슈미ᄒ엿ᄂ뇨 이러ᄐᆺ 슈려ᄒ매 도로혀 깃거 아니ᄒ더라 이 날 밤을 디내ᄃᆡ 긔싴과 동지 석〃ᄒ야 원앙이 녹슈의 노ᄂᆞᆫ 일이 업ᄉ니 그 듀의ᄂᆞᆫ 대강 뎌의 ᄌ식이 너모 슈미ᄒ믈 인

48면

ᄒ야 ᄒᆫ 조각 공검ᄒᆫ ᄯᅳ디 놀나고 불평ᄒ미러라 명일의 현존고 빅ᄉ당의 녜의를 구횡홀ᄉᆡ 빙긱이 구름 ᄀᆞᄐ니 부인이 비로소 화시를 불너 경계ᄒ야 ᄀᆞᆯ오ᄃᆡ 겨집의 ᄆ옴이 오늘날을 됴히 너기리 이시리오마ᄂᆞᆫ 그러나 물이 업침 ᄀᆞᄐ니 불평ᄒ야 엇디ᄒ리오 그ᄃᆡ 셩경이 너ᄅ디 못ᄒ기로ᄲᅧ 젼븟터 근본업ᄉᆫ 투긔ᄒ미 ᄌ자 경의 견과ᄒ믈 닙엇더니 이제ᄂᆞᆫ 진짓 뎍국을 만난디라 ᄆᆡᄉ 인녁의 밋출 배 아니니 엇디 투악으로 니홀 길히 이시리오 내 ᄌ못 과도히 너긴 고로 짐즛 여러 가지로 칙ᄒ니 그ᄃᆡ 비록 경도ᄒ나 오히려 ᄉ어미 공경홀 줄은 아ᄂᆞᆫ디라 일로ᄲᅧ 다른 죄를 다 샤ᄒ고 금일 연셕의 빙긱이 모드니 그ᄃᆡ 가히 춤을가 시브거든 참예ᄒ고 강잉티 못홀 양이어든 깁히 드러 듕인의 티쇼를 밧디 말나 화시 함누ᄇᆡ사 왈 존괴 쇼쳡의 죄를 샤ᄒ시고 이러ᄐᆺ 훈교ᄒ시니 [쳡이] 엇디 봉힝티 아니리잇고 ᄆ춤내 ᄉ긔 불안홀디라도 존고를 뫼와 셩연의 참예ᄒ리이다 부인

49면

이 어엿비 너겨 왈 그ᄃᆡ 만일 춤을딘대 이 믄득 복이 되리라 화시 침소의 물러와 눈물이 비ᄀᆞᄐ야 스ᄉ로 유어셰샹ᄒ믈 ᄒᆫᄒ더니 [소]시 드러와 아름다온 말슴을 위로

ᄒᆞ고 우쇼 왈 내 평ᄉᆡᆼ 프믄 ᄠᅳ들 숨기디 아닛ᄂᆞ니 뎌 젹 그ᄃᆡ 날을 무고히 즐욕ᄒᆞ나 내쌔곰 ᄒᆞᆫ티 아니ᄒᆞ거니와 그ᄃᆡ 가히 녀힝을 안다 못ᄒᆞ리러라 당초의 내 ᄯᅩᄒᆞᆫ 셕시를 보고 인연코져 ᄯᅳ디 젹디 아니터니 이제 경의 쳬 된 후ᄂᆞᆫ 믄득 새 사ᄅᆞᆷ이 소ᄒᆞ고 그ᄃᆡ를 친ᄒᆞ며 냥 딜ᄋᆞ를 도라 보건대 더욱 범연티 아닌디라 그ᄃᆡ ᄉᆞ식을 편히 ᄒᆞ야 원비의 위를 가지매 빙긱도 일ᄏᆞᆺ기를 샹원은 덕이 잇고 둘재ᄂᆞᆫ ᄉᆡᆨ이 잇다 찬양ᄒᆞ려니와 그러티 못ᄒᆞ면 물윗 칭찬ᄒᆞᄂᆞᆫ 거시 신부의게 도라가리니 므어시 쾌ᄒᆞ리오 ᄌᆡ삼 술펴보라 내 ᄯᅳᆺ이 진졍이나 그ᄃᆡ 반ᄃᆞ시 셰언으로 알니라 화시 칭사묵연이라 소시 ᄒᆞᆫ 가지로 단장을 일우고 좌의 나니 화시 ᄯᅩᄒᆞᆫ 옥빙홍안이 표묘쟈약ᄒᆞ야 ᄎᆞᆫ 긔운과 ᄆᆡ믈ᄒᆞᆫ 긔상이 셜상한ᄆᆡ ᄀᆞᆺᄐᆞ

50면

며 소시의 풍영쇄락ᄒᆞ미 금분목난과 츄슈부용 ᄀᆞᆺ고 이ᄣᅢ 양부인 양녀 윤시 뉴한님 부인이 되얏ᄂᆞᆫ디라 ᄯᅩᄒᆞᆫ 셩장아ᄐᆡ로 참연ᄒᆞ니 졀쇄ᄒᆞᆫ 풍되 소시로 더브러 병구징션ᄒᆞ되 오히려 염녀ᄒᆞᆫ ᄐᆡ되 ᄒᆞᆫ 층이 놉흘디라 ᄎᆞ 삼인의 용광ᄉᆡᆨ티 죠요만좌ᄒᆞᆫᄃᆡ 빙긱이 불승칭찬 왈 양부인은 양녀 지이 뎌대도록 긔특ᄒᆞ며 소샤셔 원비 ᄯᅩᄒᆞᆫ 당금의 졀ᄉᆡᆨ이로다 ᄒᆞ더라 이윽고 신뷔 나와 폐빅ᄒᆞᄂᆞᆫ 녜를 ᄆᆞᆺ고 새 단장을 곳쳐 존고ᄭᅴ 헌쟉 홀ᄉᆡ 다만 보건대 안ᄉᆡᆨ은 빅년 ᄀᆞᆺ고 아미ᄂᆞᆫ 원산 ᄀᆞᆺᄐᆞ며 명모ᄂᆞᆫ 낭셩 ᄀᆞᆺ고 냥협은 도화 ᄀᆞᆺᄐᆞ며 듀슌은 잉도 ᄀᆞᆺ고 톄지 신듕ᄒᆞ고 동지 민쳡ᄒᆞ며 신댱과 풍치 염이홀 곳이 업서 사ᄅᆞᆷ으로 ᄒᆞ여금 졍신을 일코 ᄆᆞ음을 어리게 ᄒᆞ니 ᄒᆞᆫ 번 ᄇᆞ라보매 ᄀᆡ용티경홀디라 윤시 소시의 텬ᄉᆡᆼ특용이 이에 들매 탈ᄉᆡᆨᄒᆞ고 화시ᄂᆞᆫ 더욱 셩한 모란의 쇠한 두견화로 ᄀᆞᆯ와이심 ᄀᆞᆺᄐᆞ니 일좌 대경ᄒᆞ고 ᄃᆞ토아 양부인ᄭᅴ 티하 왈 우리 등이 하힝으

51면

로 월궁의 니ᄅᆞ러 샹아를 귀경ᄒᆞ오니 평ᄉᆡᆼ 영복이라 화부인의 졀묘ᄒᆞ심과 [소] 부인의 풍영ᄒᆞ시미며 윤부인의 쇄락ᄒᆞ시므로도 방불ᄒᆞ니도 업술가 ᄒᆞ옵더니 신부ᄂᆞᆫ 오히려 ᄇᆡ승ᄒᆞ시니 이 엇디 소샤셔의 복과 부인 경ᄉᆡ 아니리잇가 부인이 손샤 왈 미망지인이 번화의 ᄯᅳᆺ이 업ᄉᆞᄃᆡ 용녈ᄒᆞᆫ ᄌᆞ식의 더러온 얼골을 보고 외람히 ᄌᆡ상문미 년ᄒᆞ야 구혼ᄒᆞ시니 ᄌᆡ춰ᄒᆞ매 ᄇᆞ란 밧기라 엇디 힝희티 아니리잇가 다만 셰샹의 혼자 이셔 경ᄉᆞ를 보니 회픠 ᄎᆞᆫ단ᄒᆞᆫ디라 도로혀 비감ᄒᆞ믈 이긔디 못거이다 말로조차 안쉬

의샹의 쓧드ᄅᆞ니 좌위 다 쳑연히 위로ᄒᆞ더라 죵일 진환ᄒᆞ고 연파 후 신부 슉쇼를 벽운당의 ᄒᆞ니 슉난쇼졔 침소의 도라와 단의를 졍히 ᄒᆞ고 쵹을 ᄃᆡᄒᆞ엿더니 믄득 셕패 드러와 웃고 왈 쇼졔 날을 브졍타 ᄒᆞ시더니 죵신토록 안자 말ᄒᆞ며 샹셔를 기ᄃᆞ리ᄃᆡ 죵젹이 업ᄂᆞᆫ디라 고이히 너겨 시녀로 나가보라 ᄒᆞ니 회보ᄒᆞᄃᆡ 셔당의도 아니 겨시니 녹

52면

운당의 가신가 시브이다 셕패 밋디 아냐 호의ᄒᆞ거ᄂᆞᆯ 쇼졔 날호여 ᄀᆞᆯ오ᄃᆡ 아ᄌᆞ미 날과 자미 올커ᄂᆞᆯ 엇디 다ᄉᆞ히 구ᄂᆞᆫ고 패 이에 ᄒᆞᆫ가지로 자나 샹셔의 오디 아니믈 극히 고이ᄒᆞ야 ᄒᆞ더라 ᄎᆞ일 화시 연샹의셔 신부의 용광을 보고 악연ᄒᆞ야 혜오ᄃᆡ 이 진짓 샹셔의 ᄇᆡ필이라 진실로 듯던 바의 디나도다 이러ᄐᆞᆺ ᄉᆡᆼ각ᄒᆞ매 심ᄉᆡ 참담ᄒᆞ야 셕샹의 겨유 촘고 침소의 도와 샹셔의 자최를 아조 긋ᄎᆞ리라 혜여 단장을 벗고 셔안의 업더여 ᄌᆞ가신셰 박명ᄒᆞ믈 슬허ᄒᆞ다가 인ᄒᆞ야 셜옴과 애돌오미 병츌ᄒᆞ야 흉격의 막히니 혼미ᄒᆞ야 인ᄉᆞ를 모ᄅᆞ더니 쯧 아닌 샹셰 드러와 뎌의 업더여시믈 보고 젼ᄀᆞᆺ티 투긔ᄒᆞ민가 ᄒᆞ야 스ᄉᆞ로 상의 오ᄅᆞᄃᆡ 뎨 젼혀 동티 아니커ᄂᆞᆯ ᄯᅩᄒᆞᆫ 조급ᄒᆞ야 ᄌᆞ결ᄒᆞ미 잇ᄂᆞᆫ가 [의려]ᄒᆞ야 ᄡᅴ를 곳쳐 ᄆᆡ고 나아가 년ᄒᆞ야 브ᄅᆞᄃᆡ ᄃᆡ답디 아니커ᄂᆞᆯ 친히 붓드러 보니 인ᄉᆞ를 모ᄅᆞ거ᄂᆞᆯ 급히 ᄉᆞᆯ펴보매 각별ᄒᆞᆫ 배 업ᄉᆞ나 슈족이 어름 ᄀᆞᄐᆞ야 혼졀ᄒᆞ엿거ᄂᆞᆯ 시녀로 약을 프러 친히 먹이니

53면

반향이 디나매 숨을 내쉬며 인ᄉᆞ를 아ᄃᆡ 다만 귀밋티 눈물이 니음차 흐ᄅᆞ며 오히려 샹셔의 와시믈 모ᄅᆞ고 입 안히 닐러 왈 심규 폐륜지인이 되야 오긔계삼챵 쳥신ᄇᆡᆨ두음을 내 몸의 당ᄒᆞ니 챠류호박침과 혹유몽ᄂᆡ시를 읇흐리로다 ᄒᆞᆫ대 샹셰 시녀를 명ᄒᆞ야 부인의 경샹으로ᄡᅧ 누셜티 말나 ᄒᆞ고 유모를 불러 화시를 자리예 쉬게 ᄒᆞ고 ᄌᆞ개 ᄯᅩᄒᆞᆫ 의관을 그ᄅᆞ고 나아가 자더니 냥구 후 화시 졍신을 출혀 희허탄식이어ᄂᆞᆯ 샹셰 심히 가련히 너겨 나아가 닐오ᄃᆡ 사ᄅᆞᆷ이 뎍인 어드믄 샹ᄉᆡ오 비록 셕시를 취ᄒᆞ나 모명을 밧ᄌᆞ오미오 그ᄃᆡᄭᅴ ᄆᆡ몰ᄒᆞ미 업거ᄂᆞᆯ 엇디 괴독ᄒᆞ미 이러ᄐᆞᆺ ᄒᆞᄂᆞ 부인이 오ᄂᆞᆯ 신부의 외모를 보고 ᄇᆡᆨ두의 탄을 두려 ᄒᆞᄂᆞᆫ가 시브니 소ᄉᆡᆼ이 비록 년소용녈ᄒᆞ나 취ᄉᆡᆨᄒᆞᄂᆞᆫ 뉴ᄂᆞᆫ 아니라 모ᄅᆞ미 샹심 말고 ᄉᆡᆼ의 나죵쳐티의 공번된가 편ᄉᆡᆨᄒᆞᆫ가 볼디어다

화시 묵연브답ᄒᆞ고 쏘ᄒᆞᆫ 뎨 와시믈 비로소 알고 경괴ᄒᆞ야 회슈찰ᄉᆡᆨᄒᆞ여 지삼 의아ᄒᆞ니 샹셰 그 뜻을 ᄉᆞᆺ치고

54면

속 묵던 거술 덜고 그 폴흘 므져 쇼왈 부인이 내의 드러오믈 의심ᄒᆞ니 내 이 소ᄉᆡᆼ이라 그 쳐ᄌᆞ의 방의 오미 고이ᄒᆞ리오 다만 부인이 덕을 닷그면 ᄇᆡᆨ슈[해로]ᄒᆞ리라 드ᄃᆡ여 ᄋᆡ듕ᄒᆞ고 견권ᄒᆞ야 그 지극ᄒᆞᆫ 은졍이 ᄆᆞ음으로조차 나니 위곡유화ᄒᆞ미 젼일로 더브러 디난디라 화시 쟝신쟝의ᄒᆞ더니 은해 서ᄅᆞ 기울고 효계창효ᄒᆞ며 죵가의 경괴늉〃ᄒᆞᆫ디라 관셰를 일우고 부뷔 ᄒᆞᆫ가지로 신셩지례를 일울ᄉᆡ 신뷔 [임]의 문안ᄒᆞ고 물러갓더라 부인이 샹셔를 보고 우어 왈 금일 신부는 일즉 오ᄃᆡ 너는 ᄒᆞᆫ 방의셔 자며 써디미 엇디오 샹셰 모친의 그릇 아라시믈 보고 ᄃᆡ답고져 ᄒᆞᆯ 적 부인이 다시 닐오ᄃᆡ 네 이제 뇨됴슉녀를 만나니 반ᄃᆞ시 새를 됴히 너기며 ᄉᆡᆨ을 듕히 너길딘대 화시 가련ᄒᆞᆯ디라 군ᄌᆡ 규ᄂᆡ를 거ᄂᆞ리매 공번되미 샹칙이라 모ᄅᆞ미 샹여의 무신ᄒᆞ믈 힝티 말고 녯 정을 옴기디 말며 쏘한 냥ᄌᆡ 이시니 당〃이 졍비의 위 이시니 혹 ᄉᆞ졍은 셕시ᄭᅴ 이실디라도 믈읫 ᄃᆡ졉을 존듕히 ᄒᆞ야

55면

결발지의를 온젼ᄒᆞ미 가ᄒᆞ니 내 아희는 모ᄅᆞ미 편모의 근노ᄒᆞ야 ᄀᆞᄅᆞ치믈 헛도이 듯디 말라 샹셰 텽파의 그 교훈이 뎌러ᄐᆞᆺ 졍대ᄒᆞ믈 감동ᄒᆞ야 ᄌᆡᄇᆡ슈명ᄒᆞ고 공슈칭샤 왈 모친의 명괴 이러ᄐᆞᆺ ᄒᆞ시니 ᄒᆡᄋᆡ 비록 화시로 졍이 업술디라도 강잉ᄒᆞ오려든 ᄒᆞ믈며 조강결발을 무관히 ᄇᆞ리리잇가 삼가 ᄌᆞ교를 맛들니이다 [부인이] 심듕의 두긋기믈 이긔디 못ᄒᆞ더니 날이 ᄇᆞᆰ으매 졔 쇼년이 단장을 일우고 취셩뎐의 모드니 화모월ᄎᆡ 쥬렴 ᄉᆞ이예 녕농커늘 셕소졔 금과옥식으로 칠보를 드리워 나아오매 유환뎡〃ᄒᆞᆫ 긔질과 뇨됴현텰ᄒᆞᆫ 풍되 소윤 이인의게 십 배나 승ᄒᆞ니 화시ᄭᅴ야 더욱 비겨 니ᄅᆞ리오 부인이 아름다오믈 이긔디 못ᄒᆞ야 그 옥슈를 잡고 닐오ᄃᆡ 그ᄃᆡ 츌뉸ᄒᆞᆫ 풍도로 내의 슬하를 님ᄒᆞ니 노인의 두긋김과 슬픈 ᄯᅳ들 측냥티 못ᄒᆞᆯ디라 화시 쏘ᄒᆞᆫ 쳥[한]ᄒᆞᆫ 녀지니 그ᄃᆡ 화우ᄒᆞ믈 골육ᄀᆞᆺ티 ᄒᆞ라 쇼졔 슈명ᄇᆡ샤ᄒᆞ고 좌를 일우니

56면

곳다온 긔질이 볼ᄉᆞ록 새롭더라 샹셰 ᄎᆞ일 셔당의셔 밤이 깁도록 고ᄉᆞ를 슈련ᄒᆞ야 신방의 도라가기를 니젓더니 셕패 나와 지촉ᄒᆞ야 골오ᄃᆡ 셩녜ᄒᆞ연 디 미급 삼일이라 독쳐홀 의ᄉᆡ 다시 ᄂᆞ니잇가 ᄉᆡᆼ이 미쇼브답이러라 셕패 지촉ᄒᆞ기를 마디 아니ᄒᆞ니 ᄉᆡᆼ이 뎌의 의려ᄒᆞ믈 보고 날호여 벽운당의 니ᄅᆞ니 신뷔 의ᄃᆡ를 그ᄅᆞ고 단의홍군으로 화관을 브졍히 ᄒᆞ고 옥상을 의지ᄒᆞ야시니 봉관 아래 아름다오미 더욱 쇄락ᄒᆞ니 샹셰 심하의 칭찬ᄒᆞ고 고이히 너기며 ᄉᆡᆼ각ᄒᆞᄃᆡ 이ᄀᆞᆺ티 유약ᄒᆞᆫ 녀ᄌᆞ를 셕공이 혼인을 그대도록 밧바 ᄒᆞ던고 임의 내 집 사름이 되여시니 그 댱셩ᄒᆞ믈 기ᄃᆞ릴디니 유튱ᄒᆞᆫ 녀ᄌᆞ로 더브러 동낙ᄒᆞ미 가티 아니라 ᄒᆞ더라 이러틋 ᄒᆞ야 여러 날이 되매 셕쇼졔 쥬션동지와 인ᄉᆞ쳐신이 노셩ᄒᆞᆫ 부인이라도 밋디 못홀 배오 부인 셤기믈 그림재 응홈 ᄀᆞᆺ티 ᄒᆞ야 됴셕식봉의 친히 상을 밧들고 쇄소ᄒᆞ며 아ᄎᆞᆷ의 벼개와 삿글 것고 황혼의 침금을

57면

포셜홀ᄉᆡ ᄉᆞ〃의 비약ᄒᆞ고 명털ᄒᆞ며 겸공ᄒᆞ니 부인이 지극 ᄉᆞ랑ᄒᆞ고 샹셰 더욱 아름다이 너기며 공경ᄒᆞ더니 일〃은 화시 드러와 보니 셕쇼졔 셤〃ᄒᆞᆫ 옥슈로 부인 침금을 잘ᄉᆡ 샹셰 ᄯᅩᄒᆞᆫ 돗글 펴며 상을 바로 ᄒᆞ야 ᄀᆞ족이 혼뎡ᄒᆞ믈 보니 믄득 불평ᄒᆞ야 이윽이 셔〃 보ᄃᆡ 냥인이 다 눈이 ᄂᆞ족ᄒᆞ고 입을 여디 아니며 피ᄎᆡ 손 ᄀᆞᆺ거ᄂᆞᆯ ᄯᅩᄒᆞᆫ 의심ᄒᆞ야 도라왓더니 이러구러 삼동이 진ᄒᆞ고 명년이 되나 샹셰 죠곰도 일편된 일이 업서 가디록 공경ᄒᆞ야 일삭의 십일은 화시긔 잇고 십일은 셕시긔 잇고 십일은 셔당의 이셔 ᄉᆡᆨ〃고 단엄ᄒᆞ미 ᄒᆞᆫ골 ᄀᆞᆺᄐᆞ니 가인이 당초ᄂᆞᆫ 화시긔 졍 박ᄒᆞ리라 ᄒᆞ고 셕시를 취ᄒᆞ매 털셕간댱이라도 농쥰홀디라 반드시 진듕흔희ᄒᆞ리라 아랏더니 ᄯᅳᆺ 아닌 샹셰 ᄉᆡᆨ을 취티 아니며 텬셩이 관후ᄒᆞ고 공경ᄒᆞ야 화셕 이인의 은의 ᄒᆞᆫ 가지오 화시긔 가권을 젼일ᄒᆞ니 인〃이 경복ᄒᆞ매 디나 도로혀 고이히 너기고 양부인은

58면

만심환희ᄒᆞ고 화시 ᄯᅩᄒᆞᆫ 함흔홀 연괴 업서 ᄉᆡᆨ〃 엄숙ᄒᆞᆫ 긔ᄉᆡᆨ의ᄂᆞᆫ 발뵈도 못ᄒᆞ야 첫 투악이 만히 쇼삭ᄒᆞ고 뎌기 유화ᄒᆞ기를 힘ᄡᅳᄃᆡ 다만 셕파의 슉질 곳 보면 ᄌᆞ연 변ᄉᆡᆨ함노ᄒᆞ니 셕파ᄂᆞᆫ 모ᄅᆞᄂᆞᆫ 톄ᄒᆞ고 쇼져ᄂᆞᆫ ᄯᅳᆺ을 ᄂᆞᆺ초와 공경ᄒᆞ믈 [부인] 버금으로 ᄒᆞ니

샹셰 그 유슌ᄒᆞ믈 더욱 공경ᄒᆞ야 익셕ᄒᆞ나 잠간도 ᄉᆞ식디 아니ᄒᆞ며 ᄯᅩᄒᆞᆫ 화시의 어려셔 만난 정과 ᄌᆞ식을 ᄉᆞ랑ᄒᆞ야 졍이 듕히 잇글니나 사ᄅᆞᆷ이 그 깁희를 아디 못ᄒᆞ더라 일〃은 셕패 셕쇼져로 더브러 난간의 나와 ᄆᆡ화를 귀경ᄒᆞ더니 쇼졔 잉모를 희롱ᄒᆞ야 금사롱을 열ᄉᆡ 믄득 ᄑᆞᆯ 우희 쥬뎜이 잉도 ᄀᆞᆺᄐᆞ니 셕패 크게 놀라 문왈 쇼졔야 아디 못게라 싱혈이 엇디 그저 잇ᄂᆞ뇨 쇼졔 미우의 슈괴ᄒᆞ믈 머금고 쥬슌의 빅옥을 비최여 미〃히 함쇼ᄒᆞ고 답디 아닌대 셕패 심신이 황홀ᄒᆞ야 닐오ᄃᆡ 맛당이 샹셔ᄃᆞ려 힐문ᄒᆞ리라 쇼졔 ᄇᆡ야흐로 ᄀᆞᆯ오ᄃᆡ 아ᄌᆞ미 엇디 이대도록 젼도ᄒᆞ야

59면

사ᄅᆞᆷ의 티쇼를 취ᄒᆞᄂᆞ뇨 셕패 듯디 아니ᄒᆞ고 바로 셔당의 나오니 샹셰 손을 보내고 드러오거ᄂᆞᆯ 쳥ᄒᆞ야 안즌 후 긔식이 쳔촉ᄒᆞ니 싱이 잠간 명모를 드러 뎌의 ᄉᆞ식이 창황ᄒᆞ믈 ᄉᆞᆯ피매 졍히 고이히 너겨 뭇고져 ᄒᆞᆯ 적 셕패 몬져 문왈 쳡이 금일 ᄉᆞ〃로이 근졀ᄒᆞᆫ 말이 이셔 낭군 ᄭᅴ 문지코져 ᄒᆞᄂᆞ이다 샹셰 셰연히 ᄭᅵᄃᆞ라 ᄃᆡ왈 므ᄉᆞᆷ 말이니잇가 셕패 왈 낭군이 셕부인을 어드시니 그 ᄯᅳᆺ이 엇더뇨 싱왈 셕시 ᄯᅩᄒᆞᆫ 부녀의 힝실이 이시니 내 집 사ᄅᆞᆷ이 되야 사오납디 아니면 그 가댱이 죡히 깃거ᄒᆞᆯ 거시라 구ᄐᆞ여 무러 아ᄅᆞ시리잇가 셕파 왈 이 말 ᄀᆞᆺᄐᆞ면 낭군이 셕부인을 염히 아니 너기시ᄂᆞᆫ ᄯᅳ디로ᄃᆡ 엇디 동실지락이 드므뇨 싱왈 이 본ᄃᆡ 내 ᄯᅳᆺ이라 ᄯᅩᄒᆞᆫ 일삭의 십 일을 드러 가니 엇디 동실지락이 드므다 ᄒᆞ시ᄂᆞ뇨 패 우어 왈 다른 말을 덜고 셕쇼져의 옥비의 잉되 변티 아냐시니 이 심히 고이ᄒᆞᆫ디라 엇디 후ᄃᆡᄒᆞᄂᆞᆫ ᄯᅳᆺ이리오 샹셰 쇼왈 셔모의 말ᄉᆞᆷ이 엇디 가소로오

60면

뇨 비록 셜만ᄒᆞ나 잠간 ᄉᆞᆯ오리이다 부〃ᄂᆞᆫ 인뉸의 대졀이[오 고금의 통ᄒᆞᆫ 의]라 서ᄅᆞ 공경ᄒᆞ고 ᄋᆡ듕ᄒᆞᆯ ᄯᆞᄅᆞᆷ이니 엇디 샹친ᄒᆞ미 밧브리오 ᄯᅳ디 화합ᄒᆞ야 금슬죵고지락이 구ᄐᆞ여 싱혈이 업ᄉᆞ며 이시므로 니를 배 아니라 ᄒᆞ믈며 셕시 년긔 유튱ᄒᆞ고 긔질이 너모 쳥슈ᄒᆞ야 내 ᄆᆞ음이 스ᄉᆞ로 불안ᄒᆞ미니 엇디 박ᄃᆡᄒᆞᄂᆞᆫ ᄯᅳᆺ이리오 셔뫼 모ᄅᆞ미 념녀티 마ᄅᆞ쇼셔 패 ᄃᆡ왈 샹셔의 말을 어이 미드리오 샹셰 ᄯᅩᄒᆞᆫ 웃고 왈 소경이 비록 어디〃 못ᄒᆞ나 거즛말은 아닛ᄂᆞ이다 패왈 젼일 화부인도 십ᄉᆞ의 드러와 겨시니 엇디 셕부인이 홀로 어려시리오 싱왈 셕시 십삼셰 아니니잇가 패왈 거년은 십삼이나 [블

셔] 신정이 되야시니 이칠이라 샹셰 뎌의 착급ᄒᆞ믈 보고 잠간 도〃와 ᄀᆞᆯ오ᄃᆡ 내 나히 졈〃 차가니 ᄆᆞ음이 츤 ᄌᆡ ᄀᆞᆺᄐᆞ야 녀ᄉᆡᆨ이 더욱 ᄂᆡ도ᄒᆞ니 역시 고이터이다 셕패 크게 근심ᄒᆞ야 니러 취셩뎐의 니ᄅᆞ니 소윤 등이 뫼셧거ᄂᆞᆯ 패 나아가 부인ᄭᅴ 슈말을 고ᄒᆞᆫ대 부인이 쇼왈 ᄋᆞᄌᆡ

61면

텬셩이 공검ᄒᆞ고 의ᄉᆡ 관대ᄒᆞ니 하고로 셕시를 박ᄃᆡᄒᆞ리오 그 어려시믈 념녀ᄒᆞ미니 오라디 아냐 ᄉᆡᆼ혈이 업ᄉᆞᆯ디라 졔인이 다 웃고 퇴ᄒᆞ다 샹셰 홀른 죠참ᄒᆞ고 길히셔 칠왕을 만나니 왕이 ᄃᆞ리고 셕공 부듕의 닐러 참졍을 더브러 쥬찬을 나오고 친히 잔을 잡아 소ᄉᆡᆼ을 권ᄒᆞᆫ대 ᄉᆡᆼ이 ᄉᆡ양 왈 신이 ᄌᆞ유로이 일작불음이니 능히 셩권을 밧드디 못ᄒᆞᄂᆞᆫ디라 대왕은 용샤ᄒᆞ쇼셔 왕이 쇼왈 통ᄌᆡ 구ᄐᆞ여 ᄉᆡ양 말고 이 잔만 먹으라 ᄉᆡᆼ이 강잉ᄒᆞ야 바다 먹으매 왕이 보야흐로 취ᄒᆞ야 겨신디라 븟들고 괴로이 권ᄒᆞ시니 두어 슌의 니ᄅᆞ매 본ᄃᆡ 듀량이 젹으미 아니로ᄃᆡ 임의 셥심도혹ᄒᆞ므로ᄡᅥ 술을 먹디 아냣ᄂᆞᆫ 고로 금일 념ᄒᆞ야 먹으므로 취ᄒᆞ믈 이긔디 못ᄒᆞ야 옥면의 홍광이 오ᄅᆞ매 셜산의 홍되 피엿ᄂᆞᆫ둣 부용 ᄀᆞᆺᄐᆞᆫ 귀밋과 뉴셩ᄀᆞᆺᄐᆞᆫ 눈ᄡᅵ와 아름다온 봉목은 몽농히 프러디고 두샹의 오사ᄂᆞᆫ ᄉᆞ람의 긔운을 조차 잠간 기울매 오히려 슉

62면

경ᄒᆞ야 힝혀 브졍ᄒᆞᆫ가 두려 홍슈 ᄉᆞ이로조차 옥 ᄀᆞᆺᄐᆞᆫ 손을 내여 각모를 어ᄅᆞ문져 슈경ᄒᆞ고 좌셕이 불엄ᄒᆞᆫ가 의심ᄒᆞ야 의ᄃᆡ를 곳치고 무릅흘 �며 졍졔히 단좌ᄒᆞ니 늠〃한 졍신과 서리 ᄀᆞᆺᄐᆞᆫ 골격이 당셰 가온대 졍인이오 고금의 군ᄌᆡ라 왕이 술을 긋치고 공경ᄒᆞ며 긔이히 너기시고 셕공의 ᄉᆞ랑ᄒᆞ고 두긋기미 ᄒᆞᆫ 업더라 냥구 후 ᄌᆞ운산의 도라오매 술이 극취ᄒᆞ고 신ᄉᆡ 혼곤ᄒᆞ니 잠간 셔당의셔 쉬여 부인ᄭᅴ 뵈오니 부인이 일즉 ᄉᆡᆼ의 ᄂᆞᆺ빗 변ᄒᆞ믈 보디 못ᄒᆞ엿다가 금일 홍광이 쇄락ᄒᆞ고 봉안이 ᄂᆞ즉ᄒᆞ믈 보매 비록 ᄋᆡ련ᄒᆞ미 듕ᄒᆞ나 ᄯᅩᄒᆞᆫ 그 슈힝의 브족ᄒᆞᆫ가 미안ᄒᆞ야 졀칙 왈 네 비록 아비 업시 ᄌᆞ모 시하ᄒᆞ나 이 곳 인심이어ᄂᆞᆯ 이제 쟉위 쳥고ᄒᆞ고 년유 약관이니 ᄆᆡ시 미거티 아닐 ᄣᅢ어ᄂᆞᆯ 엇디 나갓다가 외당의 드러와 머물고 어미 보기를 게얼리 ᄒᆞ며 술을 취토록 먹어 브졍ᄒᆞᆫ 거동을 감히 내 안젼의 뵈ᄂᆞ뇨 ᄲᆞᆯ니 나가고 드러오디 말나

63면

ᄉᆡᆼ이 대경황공ᄒᆞ여 머리를 수겨 죄를 청ᄒᆞᆯ ᄯᆞ름이오 믈러나디 아니커ᄂᆞᆯ 윤시 나아가 희왈 통ᄌᆡ 비록 그ᄅᆞᆺᄒᆞ미 이시나 무관히 취ᄒᆞ미 아니라 칠뎐해 먹이시니 엇디 ᄉᆞ양ᄒᆞ리오 ᄇᆞ라건대 관셔ᄒᆞ쇼셔 부인이 다시 닐오ᄃᆡ 제 벼ᄉᆞᆯ이 텬관 통ᄌᆡ이시니 거관이 슉덕ᄒᆞᆯ딘대 칠왕이 엇디 간대로 보채시리오마ᄂᆞᆫ 이제 용녈ᄒᆞ미라 샹셰 듕계예 부복ᄒᆞ야 일언도 못ᄒᆞ니 소시 등이 ᄌᆡ삼 ᄋᆡ걸ᄒᆞᆫ대 부인이 ᄇᆞ야흐로 샤왈 만일 다시 그ᄅᆞ미 이시면 결연히 용셔티 아니리라 ᄉᆡᆼ이 돈슈복죄ᄒᆞ고 이에 시좌ᄒᆞ엿다가 혼뎡지녜를 파ᄒᆞ고 벽운당의 가니 쇼졔 단장을 다ᄉᆞ리고 촉영을 씌여시니 틔되 새로이 신이ᄒᆞ고 텬향이 만신ᄒᆞ니 은ᄋᆡ 동ᄒᆞ믈 ᄭᆡ닷디 못ᄒᆞ야 ᄒᆞᆫ 가지로 원앙금니의 나아가매 그 쳔만 은ᄋᆡᄂᆞᆫ 산ᄒᆡ 경ᄒᆞᆯ러라 명됴의 존당 문안을 ᄆᆞᄎᆞ매 부인이 투호를 이녀로 티이고 화시 셕시로 살홀 주으라 하시니 쇼졔 샹셰 좌의 이시믈 보고 새로이 슈습ᄒᆞ야 머믓기

64면

니 윤시ᄂᆞᆫ 극히 영민ᄒᆞᆫ 녀ᄌᆡ라 믄득 긔ᄉᆡᆨ을 ᄉᆞᆺ치고 투호를 ᄇᆞ리고 상뉵판을 드러 셕시의 알ᄑᆡ 가 쥬편ᄒᆞ믈 ᄌᆡ촉ᄒᆞ니 쇼졔 마디 못ᄒᆞ여 승부를 결우ᄃᆡ 젼혀 흥미 업서 ᄒᆞ거ᄂᆞᆯ 윤시 웃고 왈 셕부인이 우환을 만난 사ᄅᆞᆷ ᄀᆞᆺ트니 아디 못게라 므ᄉᆞ 일이 잇ᄂᆞ냐 쇼졔 묵연브답이어ᄂᆞᆯ 셕패 쇼왈 요ᄉᆞ이 낭ᄌᆡ ᄉᆞ친지졍으로 시름ᄒᆞ시ᄂᆞ니이다 윤시 낭연대소 왈 그ᄃᆡ 그ᄅᆞᆺ 알미라 오심으로ᄡᅥ ᄉᆡᆼ각건대 셕시 근심이 비샹ᄋᆡᆼ혈 일ᄉᆡᆫ가 ᄒᆞ노라 좌위 경아ᄒᆞ야 그 ᄑᆞᆯ흘 소시 ᄲᅢ혀 보니 형영이 업ᄂᆞᆫ디라 소시 쇼왈 과연 모친 말ᄉᆞᆷ이 올흔디라 작일 잇던 거ᄉᆞᆯ 오ᄂᆞᆯ 업시ᄒᆞ니 아ᄋᆡ 가히 능ᄒᆞ다 ᄒᆞ리로다 드ᄃᆡ여 일쾌 박쇼ᄒᆞ믈 마디 아니ᄒᆞ며 긔롱ᄒᆞ기를 마디 아니ᄒᆞ니 샹셰 오직 명모를 잠간 드러 소시를 보고 냥구 후 잠쇼 왈 쥬표ᄂᆞᆫ 규슈의게 잇ᄂᆞ니 부뷔 ᄀᆞ존 사ᄅᆞᆷ의게 잇디 아니믄 샹ᄉᆡ라 엇디 고이히 너기시ᄂᆞ니잇고 쇼뎨 쟝ᄎᆞᆺ 그 ᄯᅳᆺ을 아디 못ᄒᆞ리로소이

65면

다 소윤이 웃고 왈 규슈의게 잇ᄂᆞᆫ 배 셕시의게 잇거ᄂᆞᆯ 고이ᄒᆞ야 ᄒᆞ더니 홀연 업ᄉᆞ니 ᄲᅥ곰 고이히 너기디 아니랴 ᄉᆡᆼ이 미쇼브답ᄒᆞ고 셕시ᄂᆞᆫ 슈괴만안ᄒᆞ야 머리를 수기고 말ᄉᆞᆷ을 긋쳣더라 일로붓터 두 부인으로 더브러 죵고지락을 일우고 일년이 디나매 셕

쇼졔 잉틱ᄒᆞ야 싱남ᄒᆞ니 샹셰 깃거ᄒᆞ고 부인이 득ᄌᆞ의 쟝옥이 선〃ᄒᆞᆷ을 보매 환희ᄒᆞ야 시름을 닛고 디내시니 소시와 샹셰 더욱 효셩을 힘쓰더라 일〃은 소시 윤시로 더브러 빅화헌의 가니 샹셰 마춤 나가고 셔헌이 고요ᄒᆞ니 냥인이 화류를 귀경ᄒᆞ며 인ᄒᆞ야 시녀로 니셕 이파와 화셕 이부인을 청ᄒᆞ니 ᄉᆞ인이 모다 와 소시 좌우로 ᄒᆞ야금 숑뎡 아래 농문석을 빅셜ᄒᆞ고 버러 안자 쥬과를 나오니 셕쇼졔 술을 먹디 못ᄒᆞᄂᆞᆫ디라 소윤 냥인이 핍박ᄒᆞ야 권ᄒᆞᆫ대 강잉ᄒᆞ야 일비를 먹으매 아름다온 용광이 혈난ᄒᆞ니 셕패 두긋기고 ᄉᆞ랑ᄒᆞ야 믄득 쥬흥 발작ᄒᆞ야 폴흘 것고 니러나 ᄀᆞᆯ오ᄃᆡ 쳡이 금일 옥인연샹

66면

의 잔 진지ᄒᆞ야 쇼동 소임ᄒᆞ리이다 소시 쇼이농 왈 잠간 미안커니와 술을 부어 오시면 ᄉᆡ양티 아니리이다 셕패 대쇼ᄒᆞ고 몬져 ᄒᆞᆫ 잔을 브어 소시 알픠 가 티하ᄒᆞ야 ᄀᆞᆯ오ᄃᆡ 부인이 십ᄉᆞ의 한가의 드러가샤 어ᄉᆞ의 방탕을 만나시ᄃᆡ ᄀᆡ식과 힝실이 쳥한ᄒᆞ야 ᄆᆞ춤내 탕ᄌᆞ를 감동케 ᄒᆞ시고 옥 ᄀᆞᆺᄐᆞᆫ ᄌᆞ녀를 좌우의 버러 겨시니 임ᄉᆞ의 덕냥인들 이에 디나리잇가 소시 쇼왈 셔뫼 날로뻐 어린 아ᄒᆡ 죠롱ᄐᆞᆺ ᄒᆞ시ᄂᆞᆫ도다 패 답쇼 왈 쳡은 진졍이로소이다 소시 흔연이 잔을 긔후ᄅᆞ니 패 또 윤시긔 나아가 위로헌쟉 왈 부인은 텬싱아질이 인뉴의 ᄲᅡ혀 나시니 윤평쟝의 쳔금농쥐라 가운이 블니ᄒᆞ고 운쉬 유익ᄒᆞ야 호혈의 ᄲᅡ뎌 겨시더니 텬되 명찰ᄒᆞ샤 셕일 뉴화혜오 금셰 소샹셔를 만나샤 부모 원슈를 갑흐시고 본부 양녜 되샤 은이를 텰셕ᄀᆞᆺ티 ᄆᆡᄌᆞ시며 풍뉴총명의 뉴혹ᄉᆞ를 마ᄌᆞ셔 아름다온 공ᄌᆞ를 년ᄒᆞ야 나흐시고 ᄉᆞ당을 일워 부모 졔ᄉᆞ를 니으시니 효녀

67면

와 녈뷔의 도리 ᄀᆞ족ᄒᆞ시믈 감탄ᄒᆞᄂᆞ이다 윤시 텽파의 명목으로 조차 쥬뤼 년화 ᄀᆞᆺᄐᆞᆫ 귀밋틱 니음차 늣겨 왈 셔모의 말숨을 드ᄅᆞ니 쳡의 심ᄉᆡ 새로온디라 박명인싱이 거〃를 만나디 못ᄒᆞ면 블셔 텬하어육이 되리니 이 은혜야 삼싱의 어이 갑흐리오 좌위 쳑연ᄒᆞ고 소시 위로 왈 일을 닐너 쇽졀 업고 오놀 형뎨 모다 즐기ᄂᆞᆫ 날이니 아은 관회ᄒᆞ라 윤시 슬프믈 거두고 셕패 또 잔을 드러 다시 나아가 ᄀᆞᆯ오ᄃᆡ 쳡의 일언의 냥직 하 슬허ᄒᆞ시니 샤죄ᄒᆞ사이다 연이나 뉴 냥군이 쇼져를 딘듕ᄒᆞ샤 슈유불니ᄒᆞ신다

ᄒᆞ거ᄂᆞᆯ 쳡이 일야ᄂᆞᆫ 가셔 여어 보니 과연 낭군의 단정ᄒᆞ시므로ᄡᅥ 쇼져의 ᄉᆡᆨ티를 ᄃᆡ ᄒᆞ시매 능히 단엄티 못ᄒᆞ샤 다래고 비ᄅᆞ시믈 여ᄎᆞ〃ᄒᆞ시니 가히 우엄즉 ᄒᆞᆫ디라 니시 몬져 웃거ᄂᆞᆯ 쳡이 말니노라 ᄒᆞ니 뉴랑이 불의예 창을 여러 보시거ᄂᆞᆯ 쳡 등이 급ᄒᆞ야 벽틈의 업더엿다가 왓ᄂᆞ이다 좌듕이 다 웃고 윤시 쇼이ᄃᆡ 왈 셔모ᄂᆞᆫ 닛도

68면

아냐 겨시이다 패 대쇼ᄒᆞ더라 ᄯᅩ 잔을 브어 화시긔 나아가 ᄀᆞᆯ오ᄃᆡ 부인은 화평쟝의 ᄉᆞ랑하시ᄂᆞᆫ 진쥬로 ᄌᆞ각금규의 독보ᄒᆞ신 슉녜라 년긔 유튱ᄒᆞ야셔 본부의 드러오시ᄃᆡ 힝덕이 마등을 압두ᄒᆞ시고 ᄌᆡ경은 반희 샹ᄉᆞ의 병구ᄒᆞ시며 용모ᄂᆞᆫ 장강 반비의 디나신디라 이ᄀᆞᆺᄐᆞᆫ ᄌᆡ덕과 특용으로 창텬이 슬피시고 신기 복녹을 두터이 ᄒᆞ샤 청츈의 녜부샹셔 원비 되시고 복야의 은툥을 젼일ᄒᆞ샤 학우션동으로 좌우의 버러 겨시니 진실로 만인이 흠모ᄒᆞᆯ 배오 쳔인이 츄앙ᄒᆞᆯ 배라 쳡의 구셜이 둔ᄒᆞ야 오히려 채 형언티 못ᄒᆞᄂᆞ이다 화시 심두의 셕파 믜워ᄒᆞ미 골슈의 드럿더니 금일 잔을 들고 알픠와 됴롱ᄒᆞ믈 보고 블연변ᄉᆡᆨ 왈 셔모의 말ᄉᆞᆷ이 쳡을 토목ᄀᆞᆺ티 너기미로다 비록 어리나 사ᄅᆞᆷ의 ᄆᆞ옴은 서ᄅᆞ ᄀᆞᆺ틀디니 이러ᄐᆞᆺ 죠희ᄒᆞ미 너모 심티 아니리오 셔뫼 본ᄃᆡ 쳡을 더브러 그ᄋᆞᆨ이 믜워ᄒᆞ시ᄂᆞ니 졍의 가작을 슈고로이 권티 마ᄅᆞ시고 녕덜노 더브

69면

러 티하ᄒᆞ쇼셔 셕쇼졔 텽파의 팔ᄌᆞ 빵미를 수기고 운빙을 ᄂᆞᆺ초와 안연ᄌᆞ약ᄒᆞ고 셕파ᄂᆞᆫ 무안ᄒᆞ야 사왈 쳡이 엇디 감히 부인을 됴롱ᄒᆞ리오 진경 소격이러니 이러ᄐᆞᆺ 노ᄒᆞ시니 언경ᄒᆞ믈 ᄌᆞ칙ᄒᆞᄂᆞ이다 화시 ᄂᆡᆼ쇼 왈 셔뫼 엇디 ᄎᆞ언을 ᄒᆞ시ᄂᆞ뇨 출히 쳡의게 믜일디언뎡 슉녀를 어더 샹셔를 주미 가ᄒᆞ니 ᄌᆞ칙ᄒᆞ미 이시리오 소시 날호여 ᄀᆞᆯ오ᄃᆡ 오ᄂᆞᆯ 우리 모다 진환코져 ᄒᆞ거ᄂᆞᆯ 현데 엇디 불평ᄒᆞᆫ 언담을 ᄒᆞᄂᆞ뇨 셔뫼 우연히 희롱ᄒᆞ시미어ᄂᆞᆯ 엇디 문득 노희야 화긔를 일ᄒᆞ리오 윤시 ᄯᅩᄒᆞᆫ 말리니 화시 노긔를 풀고 셕시의 불평ᄒᆞ믈 보고 ᄇᆡ야흐로 진경을 펴왈 쳡이 감히 셔모를 헐ᄲᅳ리미 아니라 듕심의 근졀ᄒᆞᆫ 소회 ᄆᆡ쳐 일월이 오라ᄃᆡ 풀니디 아니〃 언단의 ᄌᆞ츌ᄒᆞᆫ디라 쇼쳡이 불미ᄒᆞᆫ 긔질노 군ᄌᆞ의 건즐을 오로디 밧들미 외람ᄒᆞᆫ 줄 ᄉᆞᄉᆞ로 알오ᄃᆡ 임의 문하의 의지ᄒᆞ매ᄂᆞᆫ 족ᄒᆞᆫ 줄을 아디 못ᄒᆞ고 가군과 존괴 ᄃᆡ졉이 과망ᄒᆞ

70면

시고 쳡이 다시 냥자를 텬덕으로 어드니 더옥 ᄆᆞ음의 밋는 배 되어 안젼의 타인의 자최를 보디 아닐가 ᄒᆞ더니 ᄯᅳᆺ 아닌 셔뫼 냥군의 텰셕ᄀᆞᆺᄐᆞᆫ ᄆᆞ음을 다래여 셕시를 쳔거ᄒᆞ니 만일 가뷔 당초븟터 다른 ᄯᅳᆺ이 이셔 방약무인ᄒᆞ면 셔뫼 비록 셕시를 천거ᄒᆞ시나 현마 엇디 ᄒᆞ리오마는 단졍ᄒᆞᆫ 남ᄌᆞ를 다래여 뇨됴슉녀로 냥군의 ᄇᆡᆨ년 부인을 어더 주시니 셕시 진실로 샹셔의 호귀라 쳡슈불급ᄒᆞ리니 샹셰 만일 신을 경ᄒᆞ며 의를 멸ᄒᆞ야 새를 호홀딘대 쳡이 공방의 ᄇᆡᆨ두음을 읇디 아니랴 힝혀 샹셔의 놉흔 ᄯᅳ디 군ᄌᆞ의 유풍을 니어 더 ᄀᆞᆺᄐᆞᆫ 슉녀 이시리오 녀ᄌᆞ의 졍ᄉᆞ를 슬펴 ᄃᆡ졉이 네 ᄀᆞᆺᄐᆞ니 일로ᄡᅧ 관회ᄒᆞ나 불연즉 쳡의 평ᄉᆡᆼ이 함ᄒᆞ리니 가히 셔뫼 원슈 되디 아니랴 이러므로 말ᄉᆞᆷ이 패만ᄒᆞ니 쳡의 무상ᄒᆞ미라 셕시는 부녀졍니 ᄇᆞ란 바 지아비ᄲᅮᆫ이니 엇디 믜

71면

오미 이시리오 ᄯᅩᄒᆞᆫ 쳡 공경ᄒᆞ믈 과히 ᄒᆞ니 쳡이 미안ᄒᆞ고 감격ᄒᆞ야 평ᄉᆡᆼ 동긔ᄀᆞᆺ티 화동ᄒᆞ믈 원ᄒᆞᄂᆞ니 셕시를 ᄒᆞᆫᄒᆞ미 아니〃이다 윤시 소왈 그ᄃᆡ 말이 올ᄒᆞ나 물이 업팀 ᄀᆞᆺᄐᆞ니 ᄆᆡᄉᆞ를 관억ᄒᆞ미 샹ᄎᆡᆨ이로다 화시 무언브답이오 셕파는 ᄌᆞ삼 샤죄ᄒᆞ고 우어 왈 쳡이 ᄎᆞ례로 ᄒᆞ다가 엇디 홀로 셕부인ᄭᅴ 티하티 아니리오 드ᄃᆡ여 노ᄌᆞ쟉을 들고 나아가 닐오ᄃᆡ 부인은 셕상셔의 일녀ᄌᆞ로 존귀ᄒᆞ미 황녀의 버금이어ᄂᆞᆯ 난ᄌᆞ혜질노 하쥐 슉녀의 풍을 니으샤 십삼 쳥츈의 소복야의 건즐을 밧드러 ᄉᆞ덕의 흠홀 거시 업고 부인 셤기오미 동〃쵹〃ᄒᆞ시니 슉인효뷔라 만고의 독보ᄒᆞ시믈 칭찬ᄒᆞᄂᆞ이다 셕쇼졔 ᄲᅡᆼ미를 변ᄒᆞ고 안ᄉᆡᆨ이 ᄉᆡᆨ〃ᄒᆞ야 ᄂᆡᆼ담ᄒᆞ야 ᄒᆞᆫ 말도 아니코 강잉ᄒᆞ야 잔을 바다 ᄋᆡᆼ슌의 졉ᄒᆞ고 즉시 믈녀내여 시녀를 주니 원ᄂᆡ 셕파의 말이 만코 사ᄅᆞᆷ의

72면

희롱ᄒᆞ믈 맛당이 못 너기나 니ᄅᆞ기 죠티 아냐 졍금위좌ᄒᆞ니 쥰슉단엄ᄒᆞ미 엇디 화시의 여러 말로 ᄭᅮ짓는 쵸독ᄒᆞ매 비기리오 사ᄅᆞᆷ으로 ᄒᆞ여곰 공경ᄒᆞ는 ᄆᆞ음이 니러나니 셕파의 강장홈과 능휼ᄒᆞ므로도 참안이 물러나니 소윤 냥인이 ᄯᅩᄒᆞᆫ 숑연ᄒᆞ더라 이윽고 샹셰 빙긱을 ᄃᆞ리고 드러오니 졔부인이 흣터디다 이 날 황혼의 셕패 쇼져 당듕의 가니 부인이 본 톄 아니ᄒᆞ고 긔ᄉᆡᆨ이 더욱 쥰졀ᄒᆞ거ᄂᆞᆯ 패 졍히 뭇고져 ᄒᆞᆯ 적 샹셰 믄득 드러와 쵹을 ᄃᆡᄒᆞ매 패 우어 왈 쳡이 금일 용납디 못ᄒᆞᆯ 죄를 더욱 어덧ᄂᆞ이다 싱

왈 므스 일이니잇가 패 딕왈 나죄 ᄉ위 부인이 빅화헌의 가 완경ᄒ실ᄉ 우연히 실언ᄒ야 화부인의 칙을 밧줍고 또 셕부인이 므ᄉ 일로 쵹노ᄒ야 말을 아니시니 이 엇디 용납디 못홀 죄 아니리오 샹셰 텽파의 골오ᄃ 화시 뎐도홈도 그ᄅ거니와 셔뫼 셕시로 젼일 허물 업ᄉ 친족이나 이

73면

제ᄂ 그러티 못ᄒ리니 엇디 말 아니미 이시리오 년쇼ᄒ야 불과 ᄉ리를 모ᄅ미라소이다 셕패 희롱으로 니ᄅ다가 샹셔의 졀칙ᄒ믈 듯고 도로혀 쇼왈 이ᄂ 쳡의 허언이라 셕부인이 엇디 년쇼ᄒ야 ᄉ리 모ᄅ미 이시리오 그 통달ᄒ고 노셩ᄒ믄 나 만흔 낭군씌 빅승ᄒ디라 싱이 ᄃ쇼 브답이러라 셕패 도라간 후 샹셰 그윽이 보매 좌와의 불평ᄒ 빗치 ᄆ쳣고 미우의 근심이 ᄀ득ᄒ야 혹 함노ᄒ고 혹 희허ᄒ야 ᄒᄒᄂ 듯 근심ᄒᄂ 듯 소회 만단이나 ᄒ거ᄂᆯ 날호여 문왈 부인이 우환의 빗치 ᄀ졀ᄒ니 가듕의 므ᄉ 일이 잇ᄂ냐 쇼졔 ᄃ왈 쳡의 비박지질노 귀퇵 덕업을 닙ᄉ와 일신이 평안ᄒ니 다른 ᄒ이 업ᄉᄃ ᄉ친지의로 화긔 ᄉ라디니 다른 연괴 아니〃이다 샹셰 심니의 그 뜻을 슷치고 다시 뭇디 아니터라 원ᄂ 쇼졔 샹문 녀ᄌ로 사ᄅᆷ아래 되디 아냣더니 일됴의 소부의 드러와 화시의 능만쳔ᄃᄒ믈 바드ᄃ 일양 화평ᄒ ᄃ시 디내

74면

공손ᄒ기를 힘쓰더니 셕샹의 불안ᄒ 말을 듯고 일싱이 괴로오믈 슬허 ᄎᆷ디 못ᄒᄂ 듕 또ᄒ 셕파의 화시를 알면셔 ᄌ긔로 인연ᄒ믈 더옥 고이히 너겨 죵야토록 울억ᄒ야 자디 못ᄒ고 명됴의 부인씌 ᄉ귀ᄒ야 봉친ᄒ믈 청ᄒ니 허락ᄒ시거ᄂᆯ 침소의 도라와 시녀로 ᄒ여곰 샹셔씌 도라가믈 품ᄒ니 샹셰 또ᄒ 허ᄒ대 쇼졔 환희ᄒ야 집의 도라와 부모씌 뵈니 일개 깃거ᄒ고 셕싱 등이 어ᄌ러이 긔롱ᄒ고 우어 왈 샹셰 너를 써나니 수이오믈 근청ᄒ더냐 더욱 ᄋᄌ를 어이 니별코 보내더뇨 쇼졔 다만 미〃히 웃고 입을 여디 아니ᄒ니 십여 일이 디나ᄃ 샹셰 오디 아니커ᄂᆯ 부인이 의려 문왈 소랑이 젼일 석패 와실 적 됴회길히 부러 와보고 가더니 엇디 네 온 후ᄂ 죵젹이 돈졀ᄒ야 ᄋᄌ도 ᄎ디 아닛ᄂ뇨 쇼졔 날호여 ᄃ왈 뎌ᄂ 이 다른 사ᄅᆷ과 ᄀ디 아니ᄒ니 희ᄋ게 이실 적도 나죄 방듕의 드러오믈 보디 못ᄒ엿고 즁인

75면

듕 말ᄒᆞ미 업서 일삭의 십 일을 드러오나 언어 일울 적이 드므니 졔형의 화려홈과 크게 다른디라 엇디 쇼녀를 ᄎᆞ자 ᄃᆞᆫ니리잇고 부인이 텽파의 대경ᄒᆞ여 왈 이 엇던 말고 반ᄃᆞ시 소랑이 너를 박ᄃᆡᄒᆞ고 화시씌 은졍이 온젼ᄒᆞ미로다 쇼졔 웃고 왈 ᄒᆡᄋᆡ 비록 불민ᄒᆞ나 엇디 지아븨 뜻을 모ᄅᆞ리오 진실로 ᄒᆡᄋᆞ와 화시를 차등티 아니ᄒᆞᄃᆡ 텬셩이 녀ᄌᆞ를 동실ᄒᆞ고 무상츌입과 언어화답을 염히 너길디언뎡 박ᄃᆡᄒᆞᄂᆞᆫ 쓰디 아니〃이다 부인이 머리를 흔들어 왈 불연ᄒᆞ다 녀ᄉᆡᆨ을 염히 너긴다 ᄒᆞ미 곡졀이 잇ᄂᆞ니 샥발위승ᄒᆞ고 만념을 긋처 심산의 드러 도를 닷그며 쳐ᄌᆞ를 두디 아닌 거ᄉᆞᆫ 닐온 염ᄉᆡᆨ이[거니]와 몸의 오사ᄌᆞ포며 옥ᄃᆡ단훠ᄒᆞ고 슈파아흘흔 재 만ᄉᆡ 녜ᄉᆞ 사름과 ᄀᆞᆺᄐᆞᄃᆡ 홀로 부인의 침소의 도라오기만 드믈게 ᄒᆞ니 이 ᄯᅩ흔 박ᄃᆡ 아니오 무어시리오 비록 힝실 닷는 승이라도 너ᄀᆞᆺ튼 슉녀를 보면 죡히 농쥰홀 거시어ᄂᆞᆯ 이ᄀᆞᆺ티

76면

서외ᄒᆞ니 소ᄉᆡᆼ이 엇디 일단 괴물이 아니리오 당초 셕파의 셰언으로 너의 일ᄉᆡᆼ을 그ᄅᆞᆺ 밋ᄎᆞ니 다 내의 죄라 쇼졔 지삼 그러티 아니믈 니ᄅᆞᄃᆡ 부인 고디 듯디 아냐 번뇌ᄒᆞ믈 마디 아니〃 셕공이 ᄯᅩ흔 듯고 의려ᄒᆞ고 졔ᄉᆡᆼ이 다 고이히 너기니 이 니ᄅᆞᆫ바 연쟉이 홍곡의 뜻을 아디 못홈 ᄀᆞᆺ더라 이십일 후 샹셰 공ᄉᆞ 의논ᄒᆞ라 셕가의 니ᄅᆞ니 공이 마자 한훤을 파ᄒᆞ고 닐오ᄃᆡ 현셰 요ᄉᆞ이 내 집의 오디 아니〃 므슴 연괴 잇더냐 ᄉᆡᆼ왈 ᄌᆞ연 다ᄉᆞᄒᆞ고 됴회길도 ᄆᆞ양 밧바 과문ᄒᆞ더[니]이다 공이 쇼왈 그ᄃᆡ 츌뉴ᄒᆞᆫ 풍도로 내의 녀셰 되니 쥬야 흑ᄉᆡᆼ은 ᄉᆞ랑ᄒᆞ야 일〃불견이 여삼츄어ᄂᆞᆯ 현셔는 내의 졍을 모ᄅᆞ고 박ᄒᆞ미 심ᄒᆞ다 샹셰 칭샤 왈 흑ᄉᆡᆼ이 외로온 몸으로 봉친지하의 관ᄉᆡ 다쳡ᄒᆞ오니 한가티 못ᄒᆞ미라 엇디 ᄉᆞ랑ᄒᆞ시ᄂᆞᆫ 졍을 모ᄅᆞ리잇고 공이 환쇼ᄒᆞ며 그 손을 잇그러 ᄂᆡ당의 드러가니 부인이 마자 녜를 일우매 ᄉᆡᆼ이 사모를 수기고 공경ᄒᆞ미 고집ᄒᆞ니 부인이

77면

더욱 흔ᄒᆞ더라 공이 좌우로 쇼져를 브ᄅᆞ니 칭탁ᄒᆞ고 오디 아니커ᄂᆞᆯ 공이 쇼왈 현셰 녀ᄋᆞ로 더브러 동쥬ᄒᆞ연 디 삼 년의 ᄌᆞ식이 잇거ᄂᆞᆯ 슈습ᄒᆞ야 츄ᄉᆞᄒᆞᄆᆞᆫ 엇디오 그ᄃᆡ 날로 더브러 드러가 보미 엇더뇨 ᄉᆡᆼ왈 명을 힝ᄒᆞ미 어렵디 아니ᄒᆞᄃᆡ ᄌᆞ모씌 뵈오미

느즌디라 타일 다시 오리이다 공이 듯디 아니코 잇그러 쇼져 침소의 오니 셕시 놀나 니러 마자 좌를 뎡흔 후 공이 나가니 부인이 ᄀ만이 여어보니 냥인이 다 눈을 ᄂ초고 긔식이 석〃ᄒ야 만분도 부〃의 친이ᄒᄂ 빗치 업고 또 오라도록 말이 업더니 반향 후 쇼졔 뎌의 거동을 슷치고 마디 못ᄒ야 수괴ᄒ믈 머금고 몬져 말을 여러 왈 쳡이 산듕을 써난 디 오란디라 그 ᄉ이 존당 존휘 엇더 ᄒ시니잇가 상셰 기리 딕왈 셩톄 일양 평안ᄒ시니이다 다만 유ᄋ를 보고져 ᄒ시니 명일 보내쇼셔 셜파의 니러나고 진 부인은 일로븟터 근심ᄒ고 애들와 병이 니러나니 셕시 스ᄉ로 모친의 조급ᄒ믈 민망 ᄒ야 빅단 위로ᄒ더라

78면

ᄎ후ᄂ 샹셰 혹 오나 도 밧겨셔 셕싱 등으로 한담ᄒ다가 도라가고 미양 밧브믈 칭ᄒ 고 닉당의 드러가디 아니터라 지셜 츄밀ᄉ 녀운이 삼ᄌᄉ녀를 두어 뎨 이녜 용뫼 아 름답고 지죄 민쳡ᄒ니 츄밀이 ᄉ랑ᄒ야 가셔를 골히더니 샹셔 복야 소경이 당셰에 영웅으로 군ᄌ의 풍이 잇ᄂ디라 쓰디 기우러 비록 삼취라도 감심ᄒ야 드려보내고져 ᄒ딕 듯디 아닐가 의려ᄒ더니 샹이 소경으로 샹태우를 더으시니 녀운이 승시ᄒ여 후 궁 녀귀비ᄂ 이 곳 친딜이라 ᄀ만이 도모ᄒ니 텬지 신텽ᄒ샤 소현셩을 명툐ᄒ야 니 ᄅ샤딕 딤이 드ᄅ니 경이 삼 부인을 ᄀ초디 아냣다 ᄒᄂ디라 츄밀ᄉ 녀운의 녜 슉녀 의 풍이 잇다 ᄒ니 특별이 작미ᄒ야 경의 셋재 부인을 뎡ᄒ리니 경의 뜻이 엇더뇨 소 싱이 식양 왈 신이 텬은을 과히 닙ᄉ와 쟉위 외람ᄒ오믈 숑구흡더니 또 일딕 쳥아로 ᄉ혼을 니ᄅ시니 엇디 외람티 아니리잇가 ᄒ믈며 가유실인ᄒ야 폐

79면

하의 주신 바 슉녀를 욕홀디니 뎐교를 환슈ᄒ시믈 ᄇ라ᄂ이다 샹이 쇼왈 경은 고집 디 말고 딤을 져ᄇ리디 말나 고어의 님군의 주신 바ᄂ 견마라도 공경흔다 ᄒ니 ᄒ믈 며 ᄉ혼 슉녜어늘 엇디 다ᄉᄒᄂ뇨 소샹셰 비록 불열ᄒ나 셩은이 늬흥ᄒ시믈 감격 ᄒ야 텬명을 슉샤ᄒ고 도라와 고ᄒ니 부인이 대경 왈 네 임의 냥쳐를 두고 엇디 또 취쳐ᄒ며 다시 녀시ᄂ 녀귀비의 친쇽이라 결련ᄒ미 불가커늘 내 [아히] 엇디 ᄉ양튼 아니코 모호히 물러오뇨 샹셰 고왈 히이 또흔 번ᄉᄒ믈 구ᄒ리잇가마ᄂ 샹명이 급ᄒ 시고 ᄉ의 여ᄎᄒ시니 진실로 ᄉ양티 못홀너이다 부인이 미두불평ᄒ야 듀뎨ᄒ며 샹

셰 역시 즐겨 아니터니 틱일ᄒᆞ야 셩녜홀ᄉᆡ 증츈 슌일이라 겨유 슌일이 ᄀᆞ려시니 냥개 위의를 졍졔ᄒᆞ야 ᄇᆡᆨ냥으로 녀시를 마자 ᄌᆞ운산 장현동의 드러와 텽듕의셔 교ᄇᆡᄒᆞ니 신부의 화용월틱 목난이 춰우의 저〃시며 츄월이 노텬의 빗겻는 둧 풍

80면

영쇄락ᄒᆞ미 ᄯᅩᄒᆞᆫ 화시긔 나으미 이시니 일개 다 깃거ᄒᆞᄃᆡ 부인이 죠곰도 흔연ᄒᆞ미 업고 샹셰 불힝이 너기니 아디 못게라 당초의 셕쇼졔 근친ᄒᆞ엿다가 수월 후 도라오니 모다 반기고 새로이 ᄉᆞ랑ᄒᆞ니 화시 앙〃ᄒᆞ미 ᄌᆞ자 헐ᄯᅳ리미 만흐ᄃᆡ 셕시 일양 화슌ᄒᆞ니 핑계 어들 조각이 업더니 의외예 녀시ᄭᅴ 셩혼홀ᄉᆡ 혼긔 님박ᄒᆞ되 화시 젼혀 신낭의 길복을 다ᄉᆞ리디 아니〃 부인이 이에 화셕 이 인을 ᄒᆞᆫ 가지로 시긴대 화시 츄ᄉᆞᄒᆞ고 아니〃 셕쇼졔 화시 잇는ᄃᆡ ᄌᆞ임흔다 시비홀가 두려 ᄯᅩ 못ᄒᆞ더니 혼긔 님박ᄒᆞ니 양부인이 싱의 오술 뎜고ᄒᆞ랴 가져오라 ᄒᆞ시니 두 사름이 서ᄅᆞ 보고 ᄃᆡ답디 못ᄒᆞ여 이윽게야 화시 ᄃᆡ왈 쇼쳡은 노둔ᄒᆞᆫ 지질노 ᄃᆡ긱의 번ᄉᆞᄒᆞ믈 당ᄒᆞ니 일우디 못ᄒᆞ엿ᄂᆞ이다 셕시는 묵연브답ᄒᆞ야 말ᄉᆞᆷ을 ᄭᅮ미디 아니ᄒᆞ니 양부인이 블연변ᄉᆡᆨ 왈 아모 대악투뷘들 싀어미 말을 듯디 아니랴 다시 이런 무힝ᄒᆞᆫ 일이 이시면 뎡ᄒᆞ야 관셔티 아니리

81면

라 임의 화시 ᄉᆞ괴 이실딘대 셕시 쾌히 가져다가 지어 명일 밋게 ᄒᆞ라 쇼졔 슈명ᄒᆞ고 금슈를 거두어 ᄌᆞ긔 방듕의 도라오매 셕패 니ᄅᆞ러 차탄 왈 낭지야 이런 고경을 만나시니 연약ᄒᆞᆫ 심경이 편ᄒᆞ시며 ᄯᅩᄒᆞᆫ 밋처 못ᄒᆞ리니 쳡이 조역ᄒᆞ리이다 쇼졔 잠소 왈 쳡은 여러 녀붕우를 만날가 영힝ᄒᆞ노니 엇디 괴로오며 지죄 노둔ᄒᆞ나 유여 밋ᄎᆞ리니 셔모는 길복의 가티 아닌디라 모ᄅᆞ미 념녀 마ᄅᆞ쇼셔 패 불승칭찬ᄒᆞ야 탄복ᄒᆞ고 도라가다 샹셰 이 날 드러와 뎌의 온화ᄒᆞᆫ 빗ᄎᆞ로 촉하의셔 길복 지으믈 보고 심하의 칭션ᄒᆞ고 공경ᄒᆞ나 각별 유의티 아니코 몬져 상의 올나 누엇더니 쇼졔 임의 여러 가지 치의를 지어 시녀를 맛디고 스ᄉᆞ로 촉단을 긋처 흉ᄇᆡ를 슈노하 관복의 븟치니 임의 계초명인디라 인ᄒᆞ야 신셩ᄒᆞ라 드러가거늘 샹셰 뎌의 침션의 신긔ᄒᆞ믈 고이히 너기고 일단의 감동ᄒᆞ니 젼일은 신셩 후 바로 외당으로 나가더니 이 날 짐즛 모친 창

82면

외여셔 안부를 뭇줍고 벽운당의 가 부인을 볼시 쇼졔 몬져 도라와 의관을 그르고 누어 쉬고져 ᄒᆞ더니 쯧 아닌 상셰 드러오니 부인이 대경ᄒᆞ야 급히 니러 안자 오술 닙고져 ᄒᆞᆯ 적 싱이 홀연 겻틱와 안ᄌᆞ며 그 옥슈를 년ᄒᆞ야 ᄀᆞᆯ오ᄃᆡ 평안이 쉬시미 올커놀 엇디 믄득 니러나ᄂᆞ뇨 부인이 뎌의 집슈 흔연ᄒᆞᆷ믈 보고 크게 븟그려 옥면의 홍광이 취ᄒᆞ[이]니 졍치 휘동ᄒᆞ야 심신이 요동ᄒᆞ나 싱은 졍인군ᄌᆞ라 그 용광을 취ᄒᆞ미 아니로ᄃᆡ 셩심을 감탄ᄒᆞ야 촉을 멀니 ᄒᆞ고 당을 디워 친이[ᄒᆞ미] 평싱 처엄이라 부〃 냥인의 공경ᄒᆞ며 친이ᄒᆞ미 차착디 아니터라 싱이 비록 이러틋 이ᄃᆡᄒᆞ나 녀ᄌᆞ의 뜻을 술펴 믝밧기를 아닛ᄂᆞᆫ디라 ᄆᆞ춤내 녀시 엇ᄂᆞᆫ 셜화를 내디 아니터라 명됴의 졍당의 모드니 양참졍이 쇼왈 금일은 셕시 손ᄋᆞ의 길복을 셤기라 쇼졔 ᄌᆡ빅 슈명ᄒᆞ고 관복을 밧드러 몬져 부인을 보시게 하니 부인이 빅분 경아ᄒᆞ야

83면

실셩칭찬 왈 내 비록 화시를 그릇 너겨 셕시를 맛디니 엇디 일인이 일야지닉의 다시 지을 줄 알며 더욱 슈션의 신묘ᄒᆞᆷ은 이에 [사름의 밋출 배 아니라 약난의 직금되라도 신이ᄒᆞᆷ을] 밋디 못ᄒᆞ리로다 소윤 냥인이 나아가 펴보고 칭찬ᄒᆞᆷ믈 마디 아니니 셕패 흔〃 쾌락ᄒᆞ야 부인의 ᄉᆞᆯ오ᄃᆡ 아디 못거이다 오늘 길복을 못 밋ᄎᆞ면 샹셰 녀시를 취티 아니시리잇가 부인이 쇼왈 두 식부 어들 적 지은 길복이 이시니 파혼ᄒᆞᆯ 도리ᄂᆞᆫ 업ᄉᆞ려니와 제 임의 미셰ᄒᆞᆫ 신낭과 다ᄅᆞ고 ᄒᆞᆷ믈며 내의 독ᄌᆞ라 엇디 늘근 거술 닙혀 보내리오 이러므로 셕시를 시겨 못 밋ᄎᆞ면 녯 거술 닙히랴 하더[니]라 경히 칭찬ᄒᆞ더니 시긱이 다ᄃᆞ매 셕시 옥슈로 길복을 밧들매 모든 눈이 ᄒᆞᆫ 가지로 관광ᄒᆞ매 쇼져의 츄슈 ᄀᆞᆺ튼 명뫼 ᄂᆞ죽ᄒᆞ야 셤기기를 ᄆᆞᄎᆞ매 안연히 믈너나니 긔식이 ᄌᆞ약ᄒᆞᆫ디라 인〃이 칭찬ᄒᆞᄃᆡ 홀로 양부인과 소시 일ᄏᆞᆺ디 아니커놀 양참졍이 쇼이문 왈 녀ᄋᆞᄂᆞᆫ 나히 만핫고 다시 투긔를 아닛ᄂᆞᆫ 사름이

84면

어니와 쇼녀ᄂᆞᆫ 년쇼 투졍이 반ᄃᆞ시 이시리니 오늘 셕쇼부의 현덕을 보매 가히 칭복ᄒᆞᆯ 거시어놀 ᄒᆞᆫ 소릐 표장이 업ᄂᆞ뇨 소시 피셕ᄒᆞ야 ᄉᆞᆯ오ᄃᆡ 므ᄅᆞᆺ 녀ᄌᆞ란 거시 복어인이라 유슌ᄒᆞ오미 큰 덕이니 손녀ᄂᆞᆫ 싱각건대 사름이 지아비게 혼자 통을 닙고 므ᄅᆞ

일을 견일코져 ᄒᆞ미 그 탐심과 욕심이 무궁ᄒᆞ야 긋칠 줄을 모ᄅᆞ미라 빅시 텬명이니 일신 화복이 다 창텬의 뎡ᄒᆞ신 거시니 녀후 대악으로 쳑희를 인톄를 삼으나 후셰예 춤 밧고 ᄭᅮ지즐 ᄯᆞᄅᆞᆷ이오 태ᄉᆞ 셩덕은 삼쳔 후궁을 형뎨ᄀᆞᆺ티 ᄒᆞ시고 일백 ᄌᆞ식을 긔츌ᄀᆞᆺ티 ᄒᆞ시나 후셰예 다ᄉᆞᄒᆞ닷 말이 업ᄉᆞᆸᄂᆞ니 쇼녀ᄂᆞᆫ ᄲᅧ 혜오ᄃᆡ 가뷔 여러흘 취ᄒᆞ도록 원위예 거ᄒᆞ여 ᄆᆞᄋᆞᆷ을 평안이 ᄒᆞ고 내 힝실만 ᄆᆞᆯ게 닷가 사ᄅᆞᆷ의게 븟그러오믈 뵈디 말디니 길복을 아니 지으므로 그 혼인이 못되며 긔식을 불평이 ᄒᆞ므로 드러올 사ᄅᆞᆷ이 아니 드러오리잇가 셰쇽 녀ᄌᆡ ᄉᆞ의

85면

를 모ᄅᆞ고 ᄒᆞᆫ갓 투긔와 악언으로 칠거를 범ᄒᆞ고 구고ᄭᅴ 불슌ᄒᆞ며 가부와 결워 화긔를 일흐니 실로 그 ᄯᅳᆺ을 모ᄅᆞ리러이다 임의 투긔를 ᄒᆞ믄 이 지아비를 앗기고 뎍국을 믜워ᄒᆞ미어ᄂᆞᆯ ᄆᆞᆫ득 불미ᄒᆞᆫ 말과 쇼독ᄒᆞᆫ 언어로 가부와 힐난ᄒᆞ야 은졍이 어긔여 믜워ᄒᆞᄂᆞᆫ 뎍국의 툥을 도라보내며 일신의 투뷔라 득명ᄒᆞ고 겨집의 유순ᄒᆞᆫ 덕을 져ᄇᆞ리고 ᄆᆞᄋᆞᆷ을 샹히와 단명ᄒᆞᆯ 딩됴를 지으미 엇디 가쇠 아니리오 셜ᄉᆞ 가뷔 ᄋᆡ듕ᄒᆞ야 취ᄒᆞᆫ 거ᄉᆞᆯ 다 ᄇᆞ리고 내 몸의 은ᄋᆡ 완젼ᄒᆞ나 반ᄃᆞ시 그 ᄆᆞᄋᆞᆷ의 일편도이 너기리니 이런즉 비록 화락ᄒᆞ나 엇디 붓그럽디 아니며 이런 일을 모ᄅᆞ고 다만 닐오ᄃᆡ 뎍국을 업시ᄒᆞ고 가부의 ᄯᅳ디 단졍ᄒᆞ야 은의 내게 도라왓다 혜ᄂᆞᆫ 쟈ᄂᆞᆫ 빅만 념티를 다 닛고 마치 툥ᄋᆡ만 구ᄒᆞ미니 엇디 더럽디 아니리오 다만 가뷔 쳥누의 ᄃᆞᆫ녀 방탕패려ᄒᆞ야 위의를 일ᄒᆞ면 ᄉᆞ리로 ᄃᆡ간ᄒᆞᆯ 거시오 집의셔 챵녀를 모흐거든 의식

86면

을 후히 치고 평안이 머므ᄅᆞ나 셜만ᄒᆞ고 무례ᄒᆞ믄 업시ᄒᆞ야 챵뉴로 ᄒᆞ야곰 감히 내 방듕의 ᄃᆞ디 못ᄒᆞ게 ᄒᆞ다가 챵녜 만일 ᄌᆞ식을 나흐면 가부의 골육을 디녀시니 ᄯᅩᄒᆞᆫ 쳔ᄃᆡ티 말고 난간의 안칠디니이다 금일 셕시의 ᄌᆞ약ᄒᆞ믄 이 곳 샹ᄉᆡ라 불평ᄒᆞ여도 녀시 드러오고 평안ᄒᆞ면 타인이 ᄯᅩᄒᆞᆫ 녜ᄉᆞ로이 보려니와 만일 셕시 불안ᄒᆞᆯ딘대 경의 둘재로 드러와 엇디 그ᄅᆞ디 아니리오 이러므로 쇼녀ᄂᆞᆫ 다만 념티 잇ᄂᆞᆫ 사ᄅᆞᆷ으로 알고 각별 항복디 아닛ᄂᆞ이다 양공이 텽파의 크게 긔특이 너겨 시녀로 외당의 가 한어ᄉᆞ를 블너드러와 웃고 ᄀᆞᆯ오ᄃᆡ 네 므ᄉᆞᆷ 복으로 이ᄀᆞᆺ튼 슉녀를 어덧ᄂᆞ뇨 내 소녀ᄂᆞᆫ 당금의 태ᄉᆡ라 문왕이 아니로ᄃᆡ 태ᄉᆞ를 두엇ᄂᆞ뇨 어ᄉᆡ 쇼왈 므ᄉᆞ 일이 잇관ᄃᆡ 샹공이

새로이 희롱ᄒᆞ시ᄂᆞ니잇고 셕패 슈말을 ᄌᆞ시 뎐ᄒᆞ니 어ᄉᆡ ᄯᅩᄒᆞᆫ 항복ᄒᆞ나 짐즛 닐오ᄃᆡ 소시의 언단이 다 투긔ᄒᆞᄂᆞᆫ 말이라 현〃이 드러나디 아니므로 샹공이

87면

몰나 드ᄅᆞ시나 그 언ᄉᆡ ᄌᆞ시 술피면 투긔ᄂᆞᆫ 웃듬으로 흉ᄒᆞᆫ 투기로다 만쇄 대쇼ᄒᆞ고 소시 잠소 브답이러라 이ᄢᅢ 소샹셰 ᄒᆞᆫ 가지로 좌의 이시ᄃᆡ ᄒᆞᆫ 말도 아니코 졔인의 환쇼ᄒᆞ믈 보매 단슌의 옥치를 비최여 간〃이 미쇼ᄒᆞ니 어ᄉᆡ 그 손을 잡아 양부인ᄭᅴ 주왈 이제 악뫼 비록 신부를 ᄃᆞ려 올디라도 이대도록 단졍ᄒᆞᄂᆞᆫ 톄ᄒᆞᄂᆞᆫ 신부ᄂᆞᆫ 업ᄉᆞ리이다 ᄌᆞ문아 네 됴뎡의 가셔ᄂᆞᆫ 샹활ᄒᆞ고 슉엄ᄒᆞ미 젼혀 이러티 아니터니 엇디 집의 이셔든 이대도록 소졸ᄒᆞ뇨 샹셰 ᄇᆡ야흐로 잠간 희롱 왈 어ᄂᆞ 사ᄅᆞᆷ이 형ᄀᆞᆺ티 부모 안젼의ᄂᆞᆫ 모진 긔운을 비양ᄒᆞ고 거관ᄒᆞ야 하인의게란 츅쳑공슌ᄒᆞ미 이시리잇가 어ᄉᆡ 무쟝 대쇼ᄒᆞ고 다시 닐오ᄃᆡ 네 이제 공슌ᄒᆞ믄 이시려니와 이수ᄭᅴ 굴복홈도 가ᄒᆞ냐 나ᄂᆞᆫ 쳐ᄉᆞ의게 슉엄ᄒᆞ미 상셜 ᄀᆞᆺ틀와 샹셰 ᄃᆡ왈 쇼뎨ᄂᆞᆫ 본ᄃᆡ 용졸ᄒᆞ야 거가의 불엄ᄒᆞ거니와 뎌적 운취각의셔 ᄆᆡ져ᄭᅴ 빅만 쳥죄ᄒᆞᄂᆞ니 용셔

88면

ᄒᆞ라 비ᄅᆞ시니 아디 못게라 그 적은 상셜이 노갓더니잇가 좌위 일시의 박쇼ᄒᆞᆫ대 어ᄉᆡ 그 등을 텨 대쇼 왈 네 진실로 내의 취졸을 점〃 나타내ᄂᆞᆫ도다 널로 더브러 말을 결우다가 내의 젼졍이 다 모함ᄒᆞ리니 다시 아니리라 샹셰 왈 쇼뎨 엇디 감히 형의 젼졍을 방해롭긔 ᄒᆞ리오 다만 올ᄒᆞᆫ 말을 ᄒᆞ미라 어ᄉᆡ 왈 이 말이 더욱 해ᄒᆞ미라 네 말이나 허언으로 미뢰여 내게 방해롭디 아니리라 샹셰 비로소 옥면의 우음이 ᄀᆞ득ᄒᆞ여 날호여 우ᄉᆞ니 화긔 날빗출 ᄀᆞ리오ᄂᆞᆫ디라 참졍과 양부인의 두굿기미 ᄒᆞᆫ 업더라 쟝ᄎᆞᆺ 날이 느ᄌᆞ매 녀가의 가 신부를 마자오니 용뫼 아름다오ᄃᆡ 부인과 샹셰 깃거 아니믄 그 심졍을 ᄡᅦ텨 보와 브졍ᄒᆞ믈 놀나미라 날이 져믈매 신부 슉소를 쳥운의 뎡ᄒᆞ고 ᄉᆡᆼ이 ᄉᆡᆼ각ᄒᆞᄃᆡ 비록 어디〃 아니나 편벽ᄒᆞ미 가티 아니타 ᄒᆞ야 쥬의를 뎡ᄒᆞ고 신방의 가 디낼ᄉᆡ 셕패 벽운당의 가니 쇼졔 ᄋᆞᄌᆞ를 품고 상상의셔 든 즘이 ᄇᆡ야히라 패 혀

89면

혀 ᄎᆞ고 나오며 왈 신션 ᄀᆞᄐᆞᆫ 낭군을 ᄂᆞᆷ의게 보내고 어드ᄅᆞ셔 즘이 오ᄂᆞᆫ고 진실로 견

고흔 녀쥐로다 드듸여 녹운당의 니르니 화시 미우의 근심이 즘겨 흔흐는 빗치 ᄀ득흐더니 셕파를 보고 빵누를 드리워 골오듸 쳡이 셔모를 흔하더니 금일 황샹을 통흔흐ᄂ니 만승지쥬로 티국이나 홀 거시어늘 음난흔 힝실을 신하의게 ᄂ리오니 불구의 죽으리라 패 위로흐고 도라와 그 인품의 ᄂ도흐믈 차셕흐더라 계명의 셕시 니러나 관수흐고 시녀로 졍당의 가보라 흐니 도라와 고흐듸 소윤 두 부인과 샹공은 가 겨시듸 화부인과 신뷔 밋처 아니 가 겨시더이다 쇼졔 다시 닐오듸 네 가보와 두 부인이 다 가시거든 날ᄃ려 니르라 이 쁫은 사름이 혹 결운다 홀가 두리며 칭찬홀가 괴로와 흐미라 ᄆ시 겸공흐고 텬연흐미 여차흐니 양부인과 샹셰 지극 경듕흐여 관듸흐며 샹셰 세 부인을 두매 일삭ᄂ의 십일은 셔당의 잇고 팔일은 화시긔 잇고 뉵일은 셕시긔 머

90면

물며 쏘 뉵일은 녀시긔 도라가니 그 졔가의 ᄎ졔 이시미 이 ᄀᆺ고 샹시 화시로는 혹 화답흐야 언어의 자〃미 일삭의 두어 슌이니 원ᄂ 다른 일이 아니라 그 뎐도 조급흐믈 경계흐매 ᄌ연 말이 되고 지어 셕쇼져는 힝시 서ᄅ 차착흐미 엽고 쏘 미진흔 배 업[ᄉ니 쏘 니를 연괴 업]서 피치 묵묵이오 녀시는 더옥 새로 만난 재라 다만 후듸홀 ᄯ롬이러라 양부인이 ᄋᄌ의 졔가 잘 흐믈 더욱 아름다이 너겨 쏘흔 거ᄂ리기를 고로〃 흐야 비록 안흐로 셕시를 긔이히 너겨 ᄉ랑흐나 나타내미 업고 화시 비록 경뎐흐나 그 ᄆ음이 믉고 놉하 부녀의 긔습이 잇고 여러 아들이 이시므로 ᄌ못 듕히 너겨 그른 일이 이시나 즉시 닐오듸 고티게 흐고 ᄌ이흐믈 친녀 ᄀᆺ티 흐니 화셕 이인이 경셩이 동〃흐며 쵹〃흐야 ᄇ라미 북두 ᄀᆺ고 미더흐미 태산 ᄀᆺ트야 효셩이 뉴〃흐니 가힝의 엄슉흐미 착난티 아니〃 샹하의 화긔 ᄀ득흐듸 오직 녀시는 모든 사름이 것추로 흔연흐나 ᄆ양 속으로는

91면

화셕을 웃듬흐니 이는 곳 소부 샹해 다 신의를 크게 너겨 후를 멸시흐니 셕시 만일 지극흔 덕과 놉흔 힝실 곳 아니면 엇디 능히 화시로 칭병흐미 이시리오 녀시 그윽이 샹셔 자최 희소흐믈 의려흐며 본 소힝이 녀ᄉᆨ을 멀니흐민 줄은 모르고 다만 두 부인긔 혹흐야 ᄌ가를 멸듸흐민가 샤곡흔 의ᄉ 용츌흐니 여러 돌의 니르러는 믄득 녀힝

을 닛고 황야의 분주ᄒᆞ야 두 부인 방을 긔찰ᄒᆞ니 니셕 냥패 긔미를 알고 상셔의 귀예 모호히 뎐ᄒᆞ니 싱이 비록 아라드ᄅᆞ나 스ᄉᆞ로 상냥ᄒᆞᄃᆡ 내 안젼의 보디 아닌 젼은 발셜ᄒᆞ며 신텽티 아닐 거시라 ᄒᆞ야 텽이불텽이라 화부인이 녀시 온 후는 셕쇼져의 현철홈과 공슌ᄒᆞ믈 씌ᄃᆞ라 화목ᄒᆞ더니 일월이 뉴매ᄒᆞ야 하 뉵월 망시 되니 디당의 오식 부용이 셩ᄒᆞ야 향긔를 ᄃᆞ토니 화시 시녀로 더브러 부용뎡의 가 두 부인을 청ᄒᆞ니 녀시

92면

몬져 니ᄅᆞ고 셕시 셕파로 더브러 나아오매 셜익은 춘 돌 ᄀᆞᆺ고 아미는 버들 ᄀᆞᆺᄐᆞ며 츄파명목은 딩〃ᄒᆞ야 효셩의 졍긔를 씌엿고 냥협은 도홰 죠로를 비왓는ᄃᆞᆺ 불근 입은 단사를 쥐ᄒᆞ야 밧그로 고온 거ᄉᆞᆯ 쟈랑ᄒᆞ고 초옥을 갓근 ᄃᆞᆺᄒᆞᆫ 흰 니는 안흐로 형영ᄒᆞ야 고으믈 비양커ᄂᆞᆯ 광윤ᄒᆞᆫ 귀밋티 기름 방틱을 허비티 아냐셔 흐ᄅᆞ는 빗치 거울 ᄀᆞᆺ고 봉익초요로 금년을 가ᄇᆡ야이 옴기매 영〃단〃ᄒᆞ야 만신의 수식을 호츌ᄒᆞ니 홍쵸샹을 ᄭᅳ으고 금사삼을 븟치며 칠보션 드러 난간의 오르매 신향은 년향을 퇴ᄒᆞ고 광치는 춤치ᄒᆞ야 좌우의 됴림ᄒᆞ니 운예를 ᄲᆞᆯ고 태양을 ᄃᆡᄒᆞ며 희야의 명조를 비쵬 ᄀᆞᆺᄐᆞ여 슈려쇼쇄ᄒᆞ미 비길 곳 업ᄂᆞᆫ디라 근시인이 눈을 ᄡᅩ와 칭복ᄒᆞ고 화녀 냥인이 여취여티ᄒᆞ야 반향이 디나매 화시 비ᄅᆞ소 ᄀᆞᆯ오ᄃᆡ 오ᄂᆞᆯ 우연히 니ᄅᆞ러 훈향내아의 경난샤를 싱각ᄒᆞ

93면

니 부인으로 더브러 완경코져 ᄒᆞ더니 이제 보건대 엇디 말 업고 무식ᄒᆞᆫ 년고ᄌᆞᆯ 보리오 벽운당의 가 부인을 귀경ᄒᆞ미 올타소이다 셕시 웃고 칭샤 왈 쳡도 하화를 보고져 ᄒᆞᄃᆡ ᄌᆞ연 쳔연ᄒᆞ더니 현뎌의 부ᄅᆞ시는 덕을 닙ᄉᆞ와 경식을 상완ᄒᆞ고 만힝ᄒᆞ야 ᄒᆞ거ᄂᆞᆯ 엇디 위쟈ᄒᆞ시믈 과히 ᄒᆞ야 쳡의 슈괴ᄒᆞ믈 도으시ᄂᆞ니잇가 화시 낭〃이 웃고 ᄒᆞᆫ가지로 홍쥬리를 ᄭᅳ어 디당의 가 년화를 것거 믈결을 농ᄒᆞ더니 화시 닐오ᄃᆡ 이 부용이 심히 긔이ᄒᆞ야 진홍 분홍 빅년 황년 쳥년이니 ᄌᆞ고로 년홰 홍빅 두 가지ᄲᅮᆫ이어ᄂᆞᆯ 어이 오식이 잇ᄂᆞ뇨 셕패 탄식고 닐오ᄃᆡ 이는 우리 션쳐ᄉᆡ 편쥬를 ᄐᆞ고 션유를 ᄒᆞ샤 남히예 가시니 히듕의 셤이 잇고 셤ᄉᆞ의 오식하홰 픠엿거ᄂᆞᆯ 긔특이 너기샤 년실을 것거 도라와 모ᄉᆞᆯ 프고 년실을 시므시니 다ᄉᆞᆺ 힛 만의 일지 나 히마다 셩ᄒᆞ니 쳐시

심히 ᄉᆞ랑ᄒᆞ샤 뉴리로 못 ᄀᆞ을 ᄑᆞ고 완

94면

농담 물을 이리로 다혀 슈세를 깁게 ᄒᆞ시고 뎡ᄌᆞ를 지으시고 이 곳 잇는 일을 누셜티 아니시며 죵일토록 이 곳의 와 디내시더니이다 ᄎᆞ고로 부인과 샹셰 ᄎᆞ마 이 당을 보디 못ᄒᆞ샤 일향 즘가시므로 부인ᄂᆡ도 이제야 보시ᄂᆞ니이다 삼인이 텽파의 긔특고 귀히 너겨 쏘흔 머리를 드러 뎨익을 보니 청옥판의 불근 ᄌᆞ로 메워 금년오치하화뎡이라 ᄒᆞ여시니 필법과 묵광이 비무ᄒᆞ여 농새 놀나는디라 화셕 이인이 불승경복ᄒᆞ야 문왈 셔뫼야 이 존고 필법이샤냐 ᄃᆡ왈 이는 우리 션쳐ᄉᆞ의 쓰신 배라 냥인이 흠탄ᄒᆞ믈 마디 아니니 원ᄂᆡ 샹셰 부친의 칙과 셩시 작부흔 거술 ᄎᆞ마 보디 못ᄒᆞ여 깁히 간ᄉᆞᄒᆞ고 취셩뎐과 셔당 벽샹의 쁜 글을 다 ᄀᆞ리와시니 냥인이 보디 못ᄒᆞ엿다가 이 날 보고 다 경복ᄒᆞ더라 인ᄒᆞ야 셕시 다시 ᄀᆞᆯ오ᄃᆡ 이 부용이 비샹ᄒᆞ야 다른 년곳과 다ᄅᆞ고 화협이 무궁ᄒᆞ야 송이 크기 뉴 업ᄉᆞ니 이 니른바 요디

95면

하화로 일뉘라 아디 못게라 일즉 픠는가 셕패 왈 듕하의 픠여 계츄의 디ᄂᆞ이다 셕시 좌우로 분망ᄒᆞ매 고젹이 완연ᄒᆞ니 인심이 감창ᄒᆞ여 기리 툐탕ᄒᆞ야 화시ᄃᆞ려 왈 존당이 깁히 즘가 겨실딘대 쳡 등이 한유ᄒᆞ미 가티 아닌디라 ᄎᆡ련뎡으로 가 홍빅년을 보미 올ᄒᆞ이다 화시 조차 ᄎᆡ련뎡의 모다 항다와 과품을 나와 즐길ᄉᆡ 녀시 뎌 셕시의 힝신동지 일마다 과인ᄒᆞ니 심두의 불평ᄒᆞ야 혜오ᄃᆡ ᄎᆞ인이 이시면 내게 틈이 오디 아니리로다 ᄒᆞ더니 날이 느ᄌᆞ매 흣터디니 셕패 녀시 침소의 가 말ᄒᆞᆯᄉᆡ 녀시 무러 ᄀᆞᆯ오ᄃᆡ 셕부인은 진실로 뎍강신션 ᄀᆞᆺᄐᆞ신디라 샹공의 즁ᄃᆡ 가ᄇᆞ얍디 아니로소이다 셕패 ᄇᆞ야흐로 취ᄒᆞ엿는디라 실언ᄒᆞ믈 ᄭᆡ돗디 못ᄒᆞ여 왈 셕부인은 당셰예 슉녀라 부인이 더욱 ᄉᆞ랑ᄒᆞ시ᄂᆞ니이다 경언간의 셕시 셕파를 청ᄒᆞ니 패 즉시 벽운당의 와 웃고 왈 그ᄃᆡ 날 불러 므엇ᄒᆞ려 ᄒᆞᄂᆞ뇨 내 앗가 쳥운당의 가 부인의 은통을 자랑

96면

오과라 쇼졔 희롱인가 ᄒᆞ야 쇼이문 왈 므어시라 ᄒᆞ시뇨 패 슈미를 ᄌᆞ시 니른대 셕시 그 진뎍흔 말인 줄 알고 경식 왈 셔모의 부탕되미 엇디 이대도록 ᄒᆞ시뇨 실노 쳡이

셔모로 ᄒᆞ야 해롭더이다 패 쇼왈 엇디 해로오뇨 쇼제 ᄃᆡ왈 듕회 듕 죠롱ᄒᆞ야 찬양ᄒᆞ시니 두 부인이 화평ᄒᆞ다가도 셔모의 말슴의 촉노ᄒᆞ야 화긔 ᄉᆞ라디고 언어의 미안ᄒᆞ미 만흐니 쳥컨대 ᄎᆞ후란 그른 일이 이시나 어딘 일이 이시나 지친을 편드디 말고 ᄇᆞ려 두시면 두호ᄒᆞ야 주심도곤 감샤ᄒᆞ리이다 셕패 고쟝 대쇼ᄒᆞ고 ᄃᆡ왈 날을 ᄀᆞ장 괴로와 ᄒᆞ시니 이제란 노인이 건슌노치를 봉ᄒᆞ야 간셥디 말니이다 쇼제 ᄃᆡ왈 괴로오미 아니라 슌편ᄒᆞᆫ 도리니이다 패 웃기를 긋치디 아니터라 ᄎᆞ야의 녀시 녹운당의 가 여어보니 화부인이 두 아ᄃᆞᆯ을 알픠 두어 희롱ᄒᆞ고 시녀는 병외예 ᄃᆡ후ᄒᆞ더니 샹셰 드러오다가 난간 아래 니ᄅᆞ러 뎌 셕시의 엿보믈 보고

97면

만분 통히ᄒᆞᄃᆡ 본 톄 아니코 드러가 부인으로 더브러 슈침ᄒᆞ니 녀시 삼경이 진토록 여어보ᄃᆡ 그 동졍을 보디 못ᄒᆞ고 무류히 도라왓더니 수오일 후 녀시 벽운당의 가 여어보니 이 날 샹셰 드러오다가 뎌의 챵하의 굴신ᄒᆞ여시믈 보고 이 시녜라 ᄒᆞ야 문왈 네 엇던 사ᄅᆞᆷ인다 녀시 대경ᄒᆞ야 황망히 ᄃᆞ라나니 ᄉᆡᆼ이 비로소 아라보고 문을 열고 드러오니 셕시 니러마자 좌뎡ᄒᆞ고 문왈 엇던 시네 엿듯더니잇가 샹셰 냥구팀음 ᄃᆡ왈 황혼이라 ᄌᆞ시 모ᄅᆞᄃᆡ 복쳡의 모양이러이다 셕시 뎌의 쥬졔ᄒᆞ믈 보고 이젼 드른 말이 잇는 고로 스ᄉᆞ로 짐쟉ᄒᆞ야 다시 뭇디 아니터라 샹셰 ᄎᆞ후 녀시를 그릇 너기나 ᄉᆞ식디 아니니 녀시 ᄯᅩᄒᆞᆫ 모ᄅᆞ더니 일〃은 샹셰 쳥운당의 가니 녀시 업거ᄂᆞᆯ 블기 알녀 ᄒᆞ야 몬져 녹운당의 와보니 오히려 보디 못ᄒᆞ야 벽운당을 ᄇᆞ라보니 희미ᄒᆞᆫ 월하의 녀시 난간 ᄀᆞ의 업더여시믈 보고 샹셰 쳥운당의 와 시녀로 녀시를 쳥ᄒᆞ니 녀시 급히 도

98면

라왓거ᄂᆞᆯ 샹셰 졍식 문왈 혼야의 어ᄃᆡ를 갓더뇨 녀시 ᄃᆡ왈 졍당의 가 혼뎡 후 취운각의 갓더니이다 샹셔는 본ᄃᆡ 사ᄅᆞᆷ을 지극ᄒᆞᆫ 도로 ᄀᆞᄅᆞ쳐 ᄂᆡ외지심이 업는 고로 쟝ᄎᆞᆺ 졍도로 ᄀᆞᄅᆞ쳐고져 ᄒᆞ야 칙ᄒᆞᄃᆡ 부인이 녀힝을 젼혀 모ᄅᆞ는디라 녀ᄌᆞ란 거시 일동일졍이 차란ᄒᆞ여도 평ᄉᆡᆼ 힝실이 샹ᄒᆞᄂᆞ니 야힝의 쵹을 잡으며 호령이 불츌문외며 빅니 불분상이어ᄂᆞᆯ 셜ᄉᆞ 운취각의 가실디라도 이 혼애오 한형의 츌입ᄒᆞ는 고디라 져제 내 둔니는 침쇠라도 오히려 남녀의 명분을 졍히 ᄒᆞ샤 밤의 힝티 아니시거ᄂᆞᆯ ᄒᆞ믈며 그

되 엇디 브ᄅᆞ시미 업고 한형의 겨신 고들 황야의 분주ᄒᆞ야 ᄃᆞ니리오 더욱 뎍국의 방의 엿드ᄅᆞ믄 이 금슈의 힝홀 배라 젼의 이 말 니르리 잇거늘 내 십분 밋디 아니ᄒᆞ더니 ᄉᆡᆼ의 눈의 세 번을 보니 비로소 뎐언이 진뎍ᄒᆞ믈 ᄭᆡ듯

99면

고 조ᄎᆞ 통힉ᄒᆞ믈 이긔디 못ᄒᆞᄂᆞ니 부인은 다시 이 거조를 말고 ᄀᆡ과조신ᄒᆞ야 소문의셔 힉로ᄒᆞ믈 ᄉᆡᆼ각홀디어다 ᄒᆞ더라

소현셩녹 권지삼

1면

셜파의 샹셰 위풍이 싁〃ᄒᆞ고 긔개 엄위ᄒᆞ니 녀시 대참ᄒᆞ여 말을 못ᄒᆞ더라 녀시 소ᄉᆡᆼ을 위인을 보니 스ᄉᆞ로 발뵈디 못ᄒᆞ여 듀ᄉᆞ모탁ᄒᆞ매 믄득 강홍이 져주로ᄡᅧ 한무뎨 녀태ᄉᆞ 니간ᄒᆞ믈 법바다 ᄀᆞ만이 무고를 일워 취셩뎐의 범ᄒᆞ니 ᄉᆞ긔 쥬밀ᄒᆞᆫ디라 뉘 능히 알니오 일〃은 태부인이 일죽 니러 관수ᄒᆞ고 안ᄌᆞ시니 셕쇼졔 마ᄎᆞᆷ 유질ᄒᆞ야 문안의 불참ᄒᆞ매 스레질 ᄒᆞ리 업거늘 부인이 계션으로 ᄒᆞ여금 쇄소를 시길ᄉᆡ 션이 믄득 평상 아래를 ᄡᅳᆯ다가 ᄒᆞᆫ 봉ᄒᆞᆫ 거ᄉᆞᆯ 내여 왈 이거시 상 아래 이시니 드리ᄂᆞ이다 부인이 가져다가 봉ᄒᆞᆫ 거ᄉᆞᆯ 슈샹ᄒᆞ고 우히 축ᄉᆞ ᄡᅥ시믈 보고 의심ᄒᆞ야 보니 그 글의 흉참ᄒᆞ고 표한ᄒᆞ미 극ᄒᆞ고 필젹이 쳥신ᄒᆞ야 완연히 셕부인의 ᄒᆞᆫ 배라 크게 고이히 너겨 봉ᄒᆞᆫ 바를 ᄣᅥ히니 목인과 오여지물이 ᄎᆞ마 보

2면

디 못홀러라 부인이 잠간 보고 좌우로 불을 가져다가 ᄉᆞᆯ와ᄇᆞ린 후 시녀를 당브 왈 너희 등이 ᄎᆞᄉᆞ를 누셜ᄒᆞᆫ죽 ᄉᆞ죄를 뎡ᄒᆞ리라 좌위 텽녕ᄒᆞ매 블승송구ᄒᆞ야 입을 봉ᄒᆞ되 홀로 계션이 누셜티 아니믈 탹급ᄒᆞ야 ᄒᆞ더니 부인이 ᄎᆞ후 셕시와 ᄌᆞ녀를 보나 ᄉᆞ식디 아니니 친ᄉᆡᆼᄌᆞ녜 다 모ᄅᆞ더니 계션이 윤시를 ᄃᆡᄒᆞ야 ᄀᆞ만이 고ᄒᆞᄂᆞᆫ 톄ᄒᆞ여 왈 태부인이 아ᄅᆞ시면 큰 죄 이시리니 쳡의 말이라 마ᄅᆞ시고 부인만 아ᄅᆞ쇼셔 윤시 평일

양부인으로 얼미 친모의 디난디라 그 침소의 흉ᄒᆞᆫ 일이 이시믈 드ᄅᆞ매 심신이 황홀ᄒᆞ야 년망이 운취각의 가 소시ᄅᆞᆯ 보아 왈 져〃 모친 슉소의 ᄌᆡ변이 잇ᄂᆞᆫ 줄을 모ᄅᆞᄂᆞᆫ다 소시 경왈 내 듯디 못ᄒᆞ엿ᄂᆞ니 므ᄉᆞ 일고 윤시 션의 말을 ᄌᆞ시 뎐ᄒᆞ고 왈 태〃 일언도 아니시고 ᄉᆞᆯ와ᄇᆞ리시ᄂᆞᆫ ᄯᅳ디 반ᄃᆞ시 지목ᄒᆞᆫ 재 듕ᄒᆞᆫ 사ᄅᆞᆷ인 고로 니ᄅᆞ디 아니시미어니와 그저 두미 엇디 측ᄒᆞ디 아니리오 소시 대경 왈 가ᄂᆡ예 이런 변이 이시ᄃᆡ 아ᄃᆞᆼ

3면

이 모ᄅᆞ니 시봉의 ᄐᆡ만ᄒᆞ미 엇디 붓그럽디 아니리오 태〃ᄂᆞᆫ 즘〃ᄒᆞ시나 우리 도리ᄂᆞᆫ 듯고 안심ᄒᆞ야 잇디 못하리라 드ᄃᆡ여 좌우로 복야ᄅᆞᆯ 청ᄒᆞ니 즉시 드러와 문왈 져졔 므ᄉᆞᆷ 분뷔 겨시니잇고 소윤 이인이 좌우ᄅᆞᆯ 믈니티고 ᄀᆞ만이 슈말을 닐러 왈 아모의 일인 줄 모ᄅᆞᄃᆡ 대강 시녀의 일은 아닌가 시브다 샹셰 블승히연ᄒᆞ야 ᄃᆡ왈 ᄌᆞ당의 힝ᄒᆞ시ᄂᆞᆫ 배 신듕ᄒᆞ시니 가듕이 평안ᄒᆞ기ᄅᆞᆯ 힘ᄡᅳ시ᄂᆞᆫ ᄯᅳ디어니와 우리 등이 듯고 즘〃ᄒᆞ미 가티 아니〃 원ᄂᆡ 어드러조차 이 말이 나니잇고 윤시 계션의 말을 니ᄅᆞ니 복애 반향을 팀음ᄒᆞ다가 션을 블러 문왈 네 글시ᄅᆞᆯ 보니 엇던 사ᄅᆞᆷ의 필젹이러뇨 션이 머믓거리다가 고왈 부인ᄂᆡ 필뎍이오 태부인이 ᄒᆞ시ᄃᆡ 이ᄂᆞᆫ 식부의 ᄒᆞᆯ 배 아니로다 ᄒᆞ시더이다 복애 더옥 경왈 그 글시 엇더ᄒᆞ더뇨 션왈 아모의 필뎍인 줄 모ᄅᆞ오ᄃᆡ 보ᄋᆞᆸ기예 신긔쳥묘ᄒᆞ야 뉴 다ᄅᆞ더이다 소싱이 뎌의 말이 졈〃 슈상ᄒᆞ믈 보고

4면

크게 의심하야 두 누의ᄅᆞᆯ 도라보와 ᄀᆞᆯ오ᄃᆡ 이ᄂᆞᆫ ᄌᆞ젼의 가 뭇ᄌᆞ오면 반ᄃᆞ시 니ᄅᆞ디 아닐 거시니 져졔 힐문ᄒᆞ야 보쇼셔 소시 응셩ᄒᆞ야 취셩뎐의 가니 마초와 인젹이 업거ᄂᆞᆯ 죠용히 뭇ᄌᆞ오ᄃᆡ 쇼녜 요ᄉᆞ이 촉한뎜병ᄒᆞ야 ᄌᆞ로 시좌티 못ᄒᆞ엿더니 고이ᄒᆞᆫ 일이 잇ᄂᆞᆫ가 시브오니 경히ᄒᆞ믈 이긔디 못ᄒᆞ오며 무고의 흉ᄒᆞ미 등한ᄒᆞᆯ 배 아니오 ᄯᅩ 츅ᄉᆞᄒᆞᆫ 필뎍이 이실 거시니 쳥컨대 뭇ᄌᆞᆸᄂᆞ니 엇던 사ᄅᆞᆷ의 소작이러니잇가 부인이 웃고 닐오ᄃᆡ 내 니ᄅᆞ디 아녓더니 네 엇디 아ᄂᆞᆫ다 소시 왈 쇼녜 비록 불효ᄒᆞ나 엇디 모ᄅᆞ리잇고 부인이 날호여 ᄀᆞᆯ오ᄃᆡ 이 요망ᄒᆞ나 내 임의 업시ᄒᆞ여시니 무해ᄒᆞ고 지어 글시로ᄂᆞᆫ 더옥 분변티 못ᄒᆞ리니 엇디 쇼쇄ᄒᆞᆫ 일을 셩언ᄒᆞ야 가듕이 소동ᄒᆞ야 티가ᄒᆞᄂᆞᆫ 졍도ᄅᆞᆯ 일흐리오 너ᄋᆞᄂᆞᆫ 방심ᄒᆞᆯ디어다 소시 모친의 즐겨 니ᄅᆞ디 아니믈 보고 ᄯᅩ

ᄒᆞᆯ 일이 업서 도라와 샹셔ᄃᆞ려 ᄌᆞ시 니ᄅᆞ니 샹셰 가연히 니러나 ᄀᆞᆯ오ᄃᆡ 소뎨 친히 가ᄉᆞᆯ와

5면

보리라 드ᄃᆡ여 모젼의 니ᄅᆞ러 ᄂᆞ죽이 고ᄒᆞᄃᆡ 히ᄋᆡ 효셩이 업ᄉᆞ므로 가ᄂᆡ 우환을 ᄉᆞᆯ피디 못ᄒᆞ야 뮤고의 흉ᄒᆞ미 존당의 범ᄒᆞ니 스ᄉᆞ로 죄ᄅᆞᆯ 혜아려 죽기ᄅᆞᆯ ᄇᆞ라며 작얼ᄒᆞᆫ 재 반ᄃᆞ기 쇼ᄌᆞ의 거ᄂᆞ린 가온대셔 나시니 모친이 엇디 니ᄅᆞ디 아니샤 아ᄒᆡ 심식 황난케 ᄒᆞ시ᄂᆞ니잇고 부인이 쇼왈 내 아ᄒᆡ 총명ᄒᆞᄃᆡ 아디 못ᄒᆞ고 ᄯᅩ 이리 조ᄇᆡ야오냐 네 어미 비록 쇼〃녀ᄌᆡ나 식견이 고루티 아냐 일즉 혜아리미 깁흐니 방해로오면 대ᄉᆞᄅᆞᆯ 엇디 모호히 ᄒᆞ리오 이ᄂᆞᆫ 투악 잇ᄂᆞᆫ 녀ᄌᆡ 요괴로온 일노 뎍국을 잡아 간텹계ᄅᆞᆯ ᄒᆞ미오 날을 해ᄒᆞ미 아니라 만일 의심ᄒᆞ고 고디 드러 힐문ᄒᆞᆯ딘대 그 ᄯᅳᆺ을 마치미라 임의 어더내여 업시ᄒᆞ고 아른 톄 아니면 긋치려니와 일회나 드러나면 시녀ᄅᆞᆯ 회뢰ᄒᆞ야 현인을 모해ᄒᆞ리니 이[러]므로 내 즉시 ᄉᆞᆯ와ᄇᆞ리고 발티 아냐 브졍ᄒᆞᆫ ᄆᆞ음으로 양홰 듕니 해ᄒᆞᆷ ᄀᆞᆺ트믈 실쇼ᄒᆞ고 나죵의 엇던ᄃᆞᆯ 보려ᄒᆞ니

6면

아ᄒᆡᄂᆞᆫ 구ᄐᆞ여 알녀 말고 내의 쳐티ᄅᆞᆯ 보라 샹셰 텽파의 췌ᄒᆞᆫ 거시 ᄭᆡᆫ듯ᄒᆞ야 공슈샤례 왈 히ᄋᆞ의 무식ᄒᆞᆫ 소견으로 ᄒᆞ야곰 흉금이 열니ᄂᆞᆫ디라 삼가 명교ᄅᆞᆯ 밧ᄌᆞ오려니와 이 쇼ᄌᆞ의 삼쳐 가온대셔 난 일이니 더옥 불안ᄒᆞ이다 부인이 뎜두ᄒᆞ더라 샹셰 믈러와 심듕의 울〃ᄒᆞ야 여러 날이 디나도 삼부인긔 종젹을 긋ᄎᆞ니 화셕 이인은 젼혀 무심ᄒᆞᄃᆡ 녀시 일단 겁ᄒᆞᄂᆞᆫ 쓰디 이셔 혜오ᄃᆡ 존괴 아니 날을 의심ᄒᆞᄂᆞᆫ가 ᄒᆞ야 긔회ᄅᆞᆯ 엿더니 양부인 ᄉᆡᆼ일이 다ᄃᆞᄅᆞ매 세 부인이 ᄒᆞᄅᆞ식 돌녀셔 셜연헌슈ᄒᆞᆯᄉᆡ 녀시 셕시 시녀로 더브러 동모ᄒᆞ고 셕시 헌슈ᄒᆞᄂᆞᆫ 날 독을 프러 양부인 상의 드리니 이째 셕시ᄂᆞᆫ 듀찬을 긔걸ᄒᆞ고 당의 도라와 의복을 졍졔ᄒᆞᆯᄉᆡ 그 ᄣᆡᄅᆞᆯ 타 용ᄉᆞᄒᆞ돗더라 쟝ᄎᆞᆺ 삼ᄌᆞ부와 이네며 뉴ᄒᆞᆫ님 한어ᄉᆞ 등이 샹셔로 더브러 참예ᄒᆞ고 부인의 친딜 양ᄉᆡᆼ 등 뉵칠인도 왓더니 풍뉴ᄒᆞ

7면

ᄂᆞᆫ 시녀로 ᄒᆞ여곰 듕계여셔 일곡 현금과 일무 예상을 ᄆᆞᄎᆞ매 술을 나오니 부인이 잔

을 드러 마시고 금져롤 드러 찬식을 하더홀식 믄득 독훈 긔운이 코흘 거스리고 금빗치 변ᄒᆞᄂᆞᆫ디라 부인이 잠간 웃고 드듸여 진식디 아니터니 이윽고 뉴싱 한싱이 헌쟉 후 소시 윤시 니어 ᄎᆞ례로 헌훈 후 샹셰 잔을 들고 모젼의 나아가니 부인이 ᄯᅩ훈 의심티 아니코 먹으ᄃᆡ 홀로 금반의 팔진미 뫼 ᄀᆞᄐᆞ나 햐져ᄒᆞ미 업시 날호여 ᄀᆞᆯ오ᄃᆡ 내 술을 여러 잔을 먹어 취ᄒᆞ이니 삼식부ᄂᆞᆫ 헌쟉디 말나 ᄒᆞ시니 대강 독을 쥬비 듕의 들가 ᄒᆞ미라 죵일토록 즐기ᄃᆡ 샹셰 모친의 ᄉᆞ식이 흔연훈 가온대 불안훈 빗치 잇고 햐뎌티 아니믈 크게 고이히 너기더니 셕양의 연파ᄒᆞ고 빙킥이 도라간 후 부인이 눈으로ᄡᅥ 셕파롤 보아 ᄀᆞᆯ오ᄃᆡ 이 음식을 그ᄃᆡ 모ᄅᆞ미 가져다가 쳐티ᄒᆞ미 엇더ᄒᆞ뇨 드듸여 손으로 ᄀᆞᄅᆞ치니 셕패 아라보고 시녀로 ᄒᆞ야곰

8면

거두어 나가 ᄌᆞ시 슬피니 다 독을 두엇ᄂᆞᆫ디라 더옥 경황홀 적 샹셰 마춤 드러오다가 대경ᄒᆞ야 힐문훈대 패 홀 일이 업서 ᄃᆡ왈 부인이 쳡을 가져다가 업시 ᄒᆞ라 ᄒᆞ시니 ᄶᅡ히 ᄇᆞ리매 불이 나ᄂᆞᆫ디라 쳡도 아모 연괸 줄 모ᄅᆞᄂᆞ이다 샹셰 텽파의 외당의 나와 시노롤 호령ᄒᆞ야 형당을 ᄀᆞ초고 벽운당 시녀 수십여 인을 다 잡아내여 결박ᄒᆞ고 웃듬으로 쥬찬ᄒᆞ던 차환을 무ᄅᆞ니 졔네 혼빅이 니톄ᄒᆞ야 다만 쥬댱ᄒᆞ니ᄂᆞᆫ 셕부인이라 ᄒᆞ니 샹셰 웃듬으로븟터 져주라 ᄒᆞ니 가듕이 불승산난훈디라 양부인이 시녀로 샹셔롤 부ᄅᆞᆫ대 싱이 비록 져줄 ᄯᅳᆺ이 급ᄒᆞ나 마디 못ᄒᆞ여 아직 날회라 ᄒᆞ고 졍당의 드러가니 부인이 문왈 네 엇디 벽운당 시녀롤 다 잡아내여 가도뇨 샹셰 쳑연히 화긔롤 소삭ᄒᆞ야 쥬왈 히ᄋᆡ 무상ᄒᆞ야 졔가의 불인훈 고로 금일 이런 망극훈 변을 만나니 인ᄌᆞ의 엇디 견ᄃᆡ여 참으리잇고 구ᄐᆡ여 셕시 일인 줄은

9면

모ᄅᆞ오ᄃᆡ 셕시롤 해ᄒᆞ민가 셕시의 자작인가 사획고져 ᄒᆞ미니이다 부인이 텽파의 소리롤 ᄀᆞ다듬아 ᄀᆞᆯ오ᄃᆡ 내 샹시 널로ᄡᅥ 글을 ᄀᆞᄅᆞ쳐 유식ᄒᆞ믈 경계ᄒᆞ거늘 엇디 식견의 여트며 소견의 불명ᄒᆞ미 길ᄀᆞ 쇼부만 ᄀᆞᆺ디 못ᄒᆞ뇨 사름의 인품으로 ᄒᆞ여곰 짐쟉ᄒᆞ야 알디니 화시 셩되 쇼강ᄒᆞ나 위인이 쳥개ᄒᆞ고 ᄯᅳᆺ이 놉하 ᄉᆞ족의 힝실이 잇고 셕시ᄂᆞᆫ 당셰에 현털훈 부인이라 빅힝ᄉᆞ덕의 낫브미 업ᄉᆞ니 엇디 대악부도롤 일우리오 ᄒᆞ믈며 내 ᄉᆞ랑ᄒᆞ미 친녀의 넘거늘 므슴 연고로 날을 해ᄒᆞ리오 셜ᄉᆞ 셕시롤 짐작홀

디라도 이 통달흔 녀지라 무고를 흘딘대 엇디 구트여 평상 아래 드리텨 보기 쉽게 흐며 스스로 글시를 친히 뻐 현뎌키 흐며 또 독을 두매 화시 녀시 연셕의 잇거니 족히 용

10면

스흐여 뎍인을 잡으며 날을 죽이려든 엇디 즈긔의 연셕의 티독흐야 위태흔 일을 흐리오 이는 간악흔 무리 셕시를 잡고져 흐야 시녀로 동심흐엿느니 네 이제 시녀를 져주매 반드시 복툐흐딕 셕부인이 시기매 노쥬 간의 거사디 못홀와 흐며 혹 셕시 스스로 티독더라 흐야 무상흔 말이 년쇽흐면 익믹흔 셕시로 흐여곰 스디의 빠디우고 간인은 버서디미라 엇디 통히티 아니리오 내 비록 모황흐나 혜아리미 잇느니 어닉 사름이 감히 이러틋 요괴로온 일을 흐야 어즈러이고 내의 듀셕 굿튼 현부를 해흐야 강츙의 무고스를 니히 너기느뇨 마를디어다 이미 망노인이 [슌이이니 져온] 너히 등이 궤사빅츌노 소기나 텽신티 아닛느니 여러 번 니르면 발각흐미 이시리니 아뫼라도 감히 이러틋 못흐리니 화

11면

셕 이인은 쳔만인이 권흐여도 이러티 아닐 뉘라 서의흔 의스로 어딘 이를 해티 말고 경은 또흔 직삼 솔피고 슈고로이 시녀를 져쥬디 말라 말솜이 쥰졀흐고 긔샹이 엄경흐야 셜샹가상과 동텬흔월 굿트니 이때 셕시는 딕하의 청죄흐고 화녀 이인은 시좌흐엿더니 부인의 말솜을 듯고 녀시 스스로 츅쳑흐야 흐더라 샹셰 비록 셕시를 의심티 아니나 뭇디 아니미 그른 고로 시녀를 져조고져 흐더니 모명을 듯고 묵연히 퇴흐야 일마다 승슌흐더니 츳야의 샹셰 시녀로 흐야곰 셕쇼져를 칙흐딕 부인이 존당의 쥬찬을 흐야 드릴딘대 당〃이 조심흐야 흐미 올커늘 엇디 요얼이 지존흐신 딕 범흐게 흐느뇨 비록 부인의 일이 아닐디라도 또흔 식봉의 게얼니 흔 죄 젹디 아니〃 맛당이 므솜 죄에 가흐뇨 셕시 회답 왈 쳡

12면

이 잔약흔 긔질노 믹식 불민흐나 존당 우러옵는 정셩은 귀신의게 질정흐야도 붓그럽디 아니딕 스익이 몸의 닐러 싯디 못홀 악명과 죄를 당흐니 하늘과 싸흘 불러 고홀

고디 업ᄉᆞ니 ᄉᆞᄉᆞ로 존고와 샹셔의 쳐티ᄒᆞ심만 기ᄃᆞ리ᄂᆞ이다 샹셰 텽파의 탄식고 젼혀 셕시씌 잇디 아냐 녀시를 못 미더 하나 보디 못ᄒᆞᆫ 배오 비록 고디 듯디 아니나 ᄆᆞ음이 불평ᄒᆞ야 셕시 당듕의 자최를 긋ᄎᆞ니 양부인이 불명타 칙ᄒᆞ야 셕패 크게 설워 셕시를 ᄃᆡᄒᆞ야 눈물을 ᄲᅳ려 왈 쳡이 낭군의 풍도와 문ᄌᆞ를 앗겨 부인으로 빵을 일우고 공쥐 젹슈의 빵유ᄒᆞ믈 보고져 ᄒᆞ더니 화락든 못ᄒᆞ고 낭군의 셩졍이 ᄂᆞᆷ과 달나 동실지락이 드물고 녀시 온 후 샹셔 자최 희고ᄒᆞ니 부인의 어딘 덕과 슈미ᄒᆞᆫ 용광으로 엇디 통이

13면

화시의 아래 되며 녀시와 가즉ᄒᆞᆫ고 듀야 애듧더니 이런 참ᄋᆡᆨ을 만나 일월도 그 진가를 빗최디 못ᄒᆞ게 되야시니 엇디 셟디 아니며 낭군 자최 돈졀ᄒᆞ니 이ᄂᆞᆫ 쳡이 부인 일싱을 ᄆᆞᄎᆞ미로소이다 셕시 텽파의 ᄌᆞ약ᄒᆞ고 탄식 왈 쳡이 하ᄂᆞᆯ씌 죄를 편벽히 어더이 앙화를 바드미니 엇디 셔모의 타시며 뎍국을 원ᄒᆞ리오 다만 ᄋᆡᄆᆡᄒᆞ믈 신원ᄒᆞᆯ 길히 업ᄉᆞ니 디하의 오히려 함ᄒᆞᆫ ᄒᆞᄂᆞᆫ 귀신이 되리니 엇디 슬프디 아니리오 지어 통ᄋᆡᄂᆞᆫ 츈몽 ᄀᆞᆺᄐᆞ니 ᄌᆞ식으로 ᄋᆡ즁을 둘 배 아니라 쳡의 효은이 이에 잇디 아냐 누명을 벗디 못ᄒᆞᆯ가 두리ᄂᆞ이다 패 탄복ᄒᆞ더라 녀시 요괴로이 현인을 잡으나 부인이 텽신티 아냐 쥰졀이 ᄭᅮ짓고 시녀를 져주디 아니〃 악연ᄒᆞ야 혜오ᄃᆡ 이 늘근 노인이 엇디 블그미 심ᄒᆞ뇨 비록 딘평 댱냥이라도

14면

이 흉ᄒᆞᆫ 부인은 소기디 못ᄒᆞ리니 쟝ᄎᆞᆺ 어일고 듀야 묘계ᄒᆞ매 홀연 ᄭᆡᄃᆞ라 만심환희ᄒᆞ고 졍신이 비양ᄒᆞ니 므슴 흉계고 원ᄂᆡ 텬하 가온대 쇼쇄ᄒᆞᆫ 환슐과 요괴로온 약이 무궁ᄒᆞ니 무고의 일은 방연이 뉴뎐ᄒᆞ고 환슐의 변은 진황 한무의 허무ᄒᆞᆫ 일 슝샹ᄒᆞ기로 비로ᄉᆞᆫ 배라 깁흔 산듕의 치약ᄒᆞ고 졀곡 득도ᄒᆞᆫ 재 ᄆᆞ음을 졍ᄒᆞᆫ ᄃᆡ 도라보내디 아냐 요망ᄒᆞᆫ 일을 쇽인을 ᄀᆞᄅᆞ쳐 뉴뎐ᄒᆞ니 오ᄃᆡ 시졀이 더욱 셩ᄒᆞ더니 태죄 듕흥ᄒᆞ신 후 인심이 슌후ᄒᆞ나 홀노 다 긋치디 못ᄒᆞ니 오직 강쥐 심양은 인물이 번화ᄒᆞ고 ᄯᅩᄒᆞᆫ 심산의 도ᄉᆡ 만흐므로 이에 요괴로온 환약이 삼죵이 이시니 ᄀᆞᆯ온 도봉ᄌᆡ오 별호ᄂᆞᆫ ᄀᆞᆯ온 회심단이니 이ᄂᆞᆫ 부〃 ᄉᆞ이 소원ᄒᆞ다가 이 약으로 그 지아비를 먹이면 은졍이 ᄉᆞ

15면

싱을 다 닛고 딘즁ᄒᆞ며 둘재ᄂᆞᆫ 여의긔용단이니 사ᄅᆞᆷ이 만일 먹으면 [즉시] 얼골이 변ᄒᆞ야 그 되고져 ᄒᆞᄂᆞᆫ 사ᄅᆞᆷ의 얼골이 되니 이 긔모로 ᄆᆞ음과 ᄀᆞᆺ티 긔용ᄒᆞᆫ다 ᄒᆞᄂᆞᆫ 뜻이오 셋재ᄂᆞᆫ 골온 외면회단이니 여의긔용단을 먹어 얼골이 밧고엿다가 외면회단을 먹으면 내 ᄂᆞᆺ치 도라오ᄂᆞᆫ 고로 이리 지으니 이 삼종 약뉘 갑시 쳔금이 디난디라 녀시 뻐곰 긔용단을 어더 일월을 소기고져 ᄯᅳ디 니러나 ᄀᆞ만이 두로 듯보아 구ᄐᆡ여 외면단과 긔용단을 어더 계교를 힝ᄒᆞ다 ᄌᆡ셜 소복애 가듕의 변을 만나ᄃᆡ 부인이 죵〃ᄒᆞ라 ᄒᆞ시니 모명을 거역디 못ᄒᆞ고 듀야 근노ᄒᆞ야 모친 당듕과 됴셕 식봉을 슬펴 샤곡ᄒᆞᆫ 거ᄉᆞᆯ 뎨방ᄒᆞ며 삼 부인ᄭᅴ 즁졀ᄒᆞ더니 일야ᄂᆞᆫ 혼뎡ᄒᆞ고 나와 셔헌의셔 명월을 완경ᄒᆞ며 시ᄉᆞ를 음영ᄒᆞ니 알ᄑᆡ

16면

두 셔동이 ᄉᆞ후ᄒᆞ고 ᄉᆞ면의 인젹이 뇨연ᄒᆞ더니 믄득 일딘 향풍의 패옥 소ᄅᆡ 니러나며 뒤흐로셔 일위 미인이 뇨〃뎡〃이 나와 샹셔의 겻ᄐᆡ 와 안ᄌᆞ며 왈 쳡이 죄 즁커니와 샹공의 박ᄃᆡ 너모 심ᄒᆞ니 쳡이 엇디 ᄒᆞᆫ티 아니리오 비록 셜가의 졍이 머므르고 복듕의ᄂᆞᆫ 셜시의 골육이나 낭군의 옥모화풍을 니ᄌᆞ리오 샹셰 머리를 두로혀 보니 이 곳 셕시라 아름다온 ᄌᆞᄐᆡ 월하의 더욱 귀신의 거우린들 엇디 능히 분변ᄒᆞ리오 샹셰 뎌를 보고 말을 드ᄅᆞ매 크게 고이히 너겨 명모를 졍히 ᄒᆞ야 냥구히 보고 말을 아니〃셕시 갓가이 와 샹셔의 손을 잡고 머리를 무릅희 언저 왈 낭군이 엇디 쳡을 ᄆᆡ몰히 ᄒᆞᄂᆞ뇨 ᄇᆞ라건대 쇼쳡의 샹ᄉᆞᄒᆞᄂᆞᆫ 졍을 어엿비 너기라 드ᄃᆡ여 방탕ᄒᆞ고 더러오미 극ᄒᆞᆫ디라 샹셰 다만 긔괴코 고이히 너기믄 셕시 뎌럴 니 만무ᄒᆞ고 아니라 ᄒᆞ랴

17면

ᄒᆞ매 ᄯᅩᄒᆞᆫ 용모 셩음이 분명ᄒᆞ고 다시 만삭ᄒᆞᆫ 톄지 의심되오미 업ᄉᆞ니 일단 경의ᄒᆞ믈 이긔디 못ᄒᆞ다가 ᄯᅩᄒᆞᆫ 탄식 왈 사ᄅᆞᆷ의 ᄆᆞ음을 알기ᄂᆞᆫ 어렵도다 우리 태〃의 지인ᄒᆞ심과 내의 디감ᄒᆞ미 타인의 비홀 배 아니로ᄃᆡ 셕시를 모ᄅᆞ과라 ᄒᆞ야 이에 손을 ᄯᅥᆯ티고 물러 안자 칙ᄒᆞᄃᆡ 그ᄃᆡ 힝실이 이런 줄을 모ᄅᆞ니 이 다 내의 불명ᄒᆞ미라 녀ᄌᆡ 되야 혼야의 셔당의 나옴도 그ᄅᆞ거니와 ᄌᆞ식으로뻐 타인의 ᄌᆞ식이라 ᄒᆞ믄 스ᄉᆞ로 실힝ᄒᆞᆫ 거ᄉᆞᆯ 쟈랑ᄒᆞ미니 이 엇디 인ᄌᆡ리오 내 당초 졍당 져조와 티독으로뻐 부인의 이

미ᄒᆞ고 녀시의 일인가 너겻더니 이제 샹냥컨대 그ᄃᆡ 작얼이라 쏄니 드러갓다가 명일로 도라갈디어다 셕시 분연히 니러나 샹셔를 박ᄎᆞ며 텰여의로 티려ᄒᆞ야 골오ᄃᆡ 이 반노 소경아 네 진실노 무례지언을 하도다 나는 이 공후의 ᄌᆞ손이오

18면

대신의 녀ᄌᆞ로셔 미쳔ᄒᆞᆫ 소광의 며ᄂᆞ리 되며 네의 ᄌᆡ취 되믈 ᄒᆞᆫᄒᆞ야 셜싱으로 부〃의 도를 일워 임의 회ᄐᆡᄒᆞ야시니 네 ᄌᆞ식만 너기는다 화시 녀시ᄭᅴ 혹ᄒᆞ야 일삭의 십일도 오디 아니〃 내 엇디 공방을 둙히 딕희리오 늘근 노고를 몬져 죽이고 조ᄎᆞ 너를 업시코져 ᄒᆞ더니 현마 엇디 하리오 샹셰 ᄂᆞᆺ빗출 졍히 ᄒᆞ고 ᄃᆡ답디 아니〃 셕시 니러 안흐로 드러 가더라 녀시 침소의 도라와 외면단을 먹고 심복 시녀로 더브러 탄왈 만일 내 이 약 곳 아니런들 ᄒᆞ마 누셜홀 쌘 ᄒᆞᆫ디라 부인만 그리 아는가 너겻더니 샹셰 역시 내 셕시를 잡는가 너기니 엇디 차악디 아니리오 ᄒᆞ더라 명됴의 샹셰 모젼의 나아매 삼 부인과 소윤 냥미와 두 셔뫼 모닷더라 샹셰 긔운을 촘고 눈을 ᄂᆞᆺ초와 부인ᄭᅴ 뵈온 후 면관히의ᄃᆡᄒᆞ고 계하의 ᄂᆞ려 청죄ᄒᆞ니 부인이 문왈 므ᄉᆞ 일이 잇ᄂᆞ뇨

19면

샹셰 두 번 절ᄒᆞ고 ᄊᆞ러 주왈 뎌적 무고와 티독이 비록 의심 저오나 나타난 일이 업고 또 모친의 ᄀᆞᄅᆞ치믈 밧ᄌᆞ와 사획디 못ᄒᆞ오나 일심의 불안ᄒᆞ야 디내옵더니 어제 월야의 셕시 나와 힝ᄉᆞ거동의 음난ᄒᆞ고 패악ᄒᆞ믄 니ᄅᆞ고 말고 스ᄉᆞ로 입 가온대 무고티독을 복툐ᄒᆞ니 젼일은 의심되나 이제 당ᄒᆞ야는 미뢰여 의심이 다른 ᄃᆡ 잇디 아니〃 청컨대 모친은 그 죄를 다ᄉᆞ리샤 강샹을 평히 ᄒᆞ고 히ᄋᆞ의 졔가 못ᄒᆞᆫ 죄를 다ᄉᆞ리샤믈 ᄇᆞ라ᄂᆞ이다 좌위 대경ᄒᆞ야 ᄂᆞᆺ〃치 도라보고 삼 부인은 샹셔의 하당ᄒᆞ야 ᄊᆞ러시믈 보고 당샹의 잇디 못ᄒᆞ야 듕계예 ᄂᆞ렷더니 이 말을 듯고 셕시 하늘을 우러〃 기리 탄식고 화시는 의아ᄒᆞ야 ᄌᆞ로 도라보니 부인이 날호여 문왈 오ᄋᆞ는 희언을 말디니 진실로 셕시 나갓더냐 샹셰 ᄃᆡ왈 히ᄋᆡ 비록 무상ᄒᆞ나 엇디 감히 모친ᄭᅴ 긔망ᄒᆞ며

20면

또 므ᄉᆞ 일로 셕시를 모함ᄒᆞ리잇고 부인 왈 네 아니 니ᄆᆡ 망냥을 본다 ᄃᆡ왈 히ᄋᆞ로 더브러 두 셔동이 ᄒᆞᆫ가지로 보앗ᄂᆞ니 요괴를 몰라 보리잇가 부인이 샹셔의 노셩ᄒᆞ믈

아나 오히려 밋디 아냐 셔동을 블러 엄히 힐문ᄒᆞ시니 셔동이 다 셕부인이라 ᄒᆞ야 삼인의 말이 구일ᄒᆞᆫ디라 부인이 역시 경아ᄒᆞ기ᄅᆞᆯ 반향이 디난 후 닐오ᄃᆡ 셕시ᄂᆞᆫ 드ᄅᆞ라 그ᄃᆡ 내 집의 오난 디 ᄉᆞ년의 므ᄉᆞ 일이 브족ᄒᆞ야 이런 패ᄒᆡᆼ을 ᄒᆞᄂᆞ뇨 셕시 눈물을 머금고 머리ᄅᆞᆯ 두ᄃᆞ려 왈 쇼쳡이 불혜ᄒᆞᆫ 긔질노 셩은을 후히 밧ᄌᆞ와 죵신토록 우러〃 시측고져 ᄒᆞ더니 효셩이 업ᄉᆞ와 망극ᄒᆞᆫ 변을 만나고 쳡이 어제 월야의 셔당의 갓더라 ᄒᆞ니 이ᄂᆞᆫ 창텬이 죄ᄅᆞᆯ ᄂᆞ리오시미라 입이 이시나 능히 발명티 못ᄒᆞ니 ᄉᆞ죄ᄅᆞᆯ 청ᄒᆞᆯ ᄯᆞᄅᆞᆷ이로소이다 소시 윤시 다 말려 왈 셕시 므슴 연고로 이런 변을

21면

닐위리오 말이 과실ᄒᆞᆫ가 ᄒᆞ노라 샹셰 앙텬ᄂᆡᆼ쇼 왈 쇼뎨 비록 무상ᄒᆞ나 ᄌᆞ유로 허언을 아냣ᄂᆞ니 엇디 사ᄅᆞᆷ마다 밋디 아닛ᄂᆞ뇨 결단ᄒᆞ야 그저 두디 못ᄒᆞ리니 국법으로 다ᄉᆞ리〃라 언미필의 면식이 ᄎᆞᆫ ᄌᆡ ᄀᆞᆺ트여 모젼이매 노긔ᄅᆞᆯ 강잉ᄒᆞ나 능히 억제티 못ᄒᆞ니 미우의 묵〃ᄒᆞᆫ 위풍이 ᄆᆡ쳐 북풍이 놉흠 ᄀᆞᆺ고 봉안은 더욱 몽농ᄒᆞ야 ᄀᆞ늘며 청긴ᄒᆞᆫ 셩음은 졈〃 ᄂᆞ즉ᄒᆞ야 쟝ᄎᆞᆺ 분긔 막힐 ᄃᆞᆺᄒᆞ니 부인이 뎌 거동을 보고 시러곰 ᄒᆞᆯ 일이 업서 이에 것딜너 ᄭᆞ지저 왈 셕시ᄅᆞᆯ 쳐티ᄒᆞ믈 죠용히 의논ᄒᆞᆯ 거시어ᄂᆞᆯ 엇디 져대도록 분긔ᄅᆞᆯ 발ᄒᆞ야 내 알픠 불공ᄒᆞ뇨 샹셰 ᄀᆡ용화긔ᄒᆞ고 샤례 왈 ᄒᆡᄋᆡ 엇디 감히 방ᄌᆞᄒᆞ리잇고 다만 셕시ᄅᆞᆯ 옥ᄉᆞ의 고ᄒᆞ사이다 부인 왈 비록 셕시 그ᄅᆞ나 그 ᄌᆞ식이 잇고 ᄒᆡᄐᆡᄒᆞ엿ᄂᆞ니 엇디 쳔박히 옥ᄉᆞᄅᆞᆯ 일우며 더욱 셕공의

22면

ᄂᆞᆺ출 보디 아니리오 아직 머므러 그 ᄌᆞ식 나기ᄅᆞᆯ 기ᄃᆞ려 ᄒᆡᆨ사ᄒᆞᆫ 후 내티미 가ᄒᆞ니라 샹셰 텽파의 돈슈 왈 만일 이럴딘대 그 죄ᄅᆞᆯ 다ᄉᆞ리디 아니미니 쇼ᄌᆡ 하 면목으로 ᄒᆡᆼ셰ᄒᆞ리오 모친은 세 변 슬피쇼셔 부인이 밋처 답디 못ᄒᆞ야셔 셕패 ᄎᆞᆯ고 왈 셕부인이 엇디 이럴 길히 이시리오 부인은 명찰ᄒᆞ샤 ᄎᆞᆯ화ᄅᆞᆯ 보디 아니케 ᄒᆞ쇼셔 ᄒᆞ믈며 복듕ᄋᆞ와 쇼공ᄌᆞ의 ᄂᆞᆺ출 보샤 관셔ᄒᆞ시믈 ᄇᆞ라ᄂᆞ니 샹셴들 엇디 슬피디 아니코 이대도록 뎐도ᄒᆞ시니잇가 부인이 그러히 너기거ᄂᆞᆯ 샹셰 심두의 불평ᄒᆞ야 ᄉᆞ매ᄅᆞᆯ 드러 무릅ᄒᆞᆯ ᄡᆞᆯ고 고텨 안ᄌᆞ며 작ᄉᆡᆨ고 관을 수겨 왈 셔뫼 이 일의 혐의로오믈 ᄉᆡᆼ각디 아니시고 엇디 말ᄉᆞᆷ을 간대로 ᄒᆞ시ᄂᆞ니잇가 셕시 셔모의 가챠ᄒᆞ시믈 미더 악ᄒᆡᆼ을 ᄒᆞ거ᄂᆞᆯ ᄎᆡᆨᄒᆞ야 금치 아니시고 도로혀 구하시니 엇디 사졍이 넘ᄶᅧ 일편되디 아니며 경이 평일 ᄇᆞ라

던 배 아니로

23면

소이다 셕패 샹셔의 이십 년이 디나도록 소릭 놉히믈 듯디 아냣다가 졍슉흔 빗ᄎ로 불평이 니ᄅ믈 듯고 븟그려 퇴ᄒ니 부인이 샹셔의 거동을 보고 ᄯ흔 고이히 너겨 아모리 홀 줄을 몰라 셕시ᄃ려 왈 임의 이 일의 다ᄃ라는 노뫼 실로 암연히 결티 못ᄒ리니 ᄋ직 심히 불안ᄒ여 ᄒ는디라 잠간 도라갓다가 익이 진흔 후 다시 모드미 가ᄒ니라 셕시 머리 조아 샤은 왈 셩덕을 닙ᄉ와 목숨을 사ᄅ샤 친뎡의 도라가오니 이 은혜는 산히도 가ᄇ야오이다 드듸여 소윤 이인과 화녀 이인을 니별ᄒ고 벽운당의 와 죠곰도 쳑〃흔 빗치 업서 힝장을 출힐시 샹셰 외당으로 나가 시녀로 ᄒ여곰 셕시ᄭ 뎐어 왈 부인이 이런 죄를 무릅ᄡ 어ᄂ 면목으로 친당원들 도라가리오 내 힝혀 모명을 밧ᄌ와 법ᄉ를 닐위디 아니코 셩교를 닷가 비례지언을 내디 아니므로 작야의 부인의 ᄒ던 말

24면

을 채 발티 아니믄 그듸를 앗기미 아니오 참졍의 늣출 본 배 아니라 내의 티가의 더러온 일을 니ᄅ디 아니미어니와 그듸 념치 이시면 복ᄋ를 거ᄂ려 어듸를 가리오 ᄲᆯ니 일긔 독쥬를 먹고 ᄌ살ᄒ야 셕공의 가풍과 내의 분과 그듸 죄를 쇽ᄒ고 [사라] 도라갈 ᄠ들 두디 말디어다 쇼졔 빙쇼ᄒ고 회답 왈 쳡의 사오나오미 다른 힝ᄉ로 닐너는 감심ᄒ려니와 무고티독과 작야 나갓다 ᄒ믄 감슈티 아닛ᄂ니 쳡도 잠간 성교를 보매 군ᄌ 거즛말ᄒ라 흔 듸는 업더이다 쳡이 비록 지은 죄 이실디라도 존괴 도라보내시면 집의 가 부모를 보고 편히 이실 ᄯ름이라 하고로 부모유톄를 ᄇ리고 쳥츈의 악명을 싯디 못ᄒ야 스ᄉ로 죽으리오 작죄 이신즉 븟그려오려니와 쳡이 비록 불쵸ᄒ나 무죄ᄒ미 빅일 ᄀᆺ트니라 빅관으로 칙ᄒ시나 참괴ᄒ야 친가의 도라가디 못ᄒ도록 흔 죄는 업ᄉ가 ᄒᄂ니 연이나 존고와 샹셰

25면

츌거ᄒ믈 지촉ᄒ실시 녀ᄌ 도라 의지홀 곳이 업ᄉ니 친당으로 도라가나 ᄯ흔 죽으라 ᄒ시믈 ᄲ듯디 못ᄒ야 ᄒ웁ᄂ니 작야ᄉ를 다시 일ᄏ라 칙ᄒ시나 쳡은 작죄 업ᄉ디라

두렵디 아냐이다 시녜 도라와 뎐ᄒᆞᆫ대 샹셰 통히ᄒᆞ믈 이긔디 못ᄒᆞ야 셜니 셕시의 혼셔 치단을 내야오라 ᄒᆞᆫ대 쇼졔 이에 쾌히 내여주거ᄂᆞᆯ 급히 말려 왈 부인이 엇디 이거ᄉᆞᆯ 내여보내ᄂᆞ뇨 내 맛당이 부인씌 고ᄒᆞ야 완젼킈 ᄒᆞ리라 ᄒᆞᆫ대 쇼졔 [왈] 불가ᄒᆞ이다 이 거ᄉᆞᆯ 아니보내면 문견이 다 날을 구챠히 너기리니 쾌히 가져가라 타일 소시의 인연이 이실딘대 혼셔 업기로 날을 ᄇᆞ리며 쳡으로 ᄒᆞᆯ 것 아니〃 셔모ᄂᆞᆫ 념녀 말라 드ᄃᆡ여 혼셔와 치단을 내여오니 샹셰 난간의 지혀 불을 가져다가 ᄉᆞᆯ으라 ᄒᆞ거ᄂᆞᆯ 셕패 나아와 ᄀᆞᆯ오ᄃᆡ 낭군이 이를 ᄎᆞ마 불 디ᄅᆞ고 뎌 쇼공ᄌᆞᄂᆞᆫ 어ᄂᆡ ᄡᅡ히 두려ᄒᆞ시ᄂᆞ니잇가 샹셰 셕파를 보고 졍금위좌ᄒᆞ야 머리를 수기고 반향이 디

26면

난 후 명모를 ᄀᆞᄂᆞ리 ᄒᆞ고 뉭안으로 ᄃᆡ왈 경은 평ᄉᆡᆼ의 무식 쇼ᄋᆡ라 군신유의와 ᄌᆞ모우러옵ᄂᆞᆫ 뜻 분이오 부〃유별과 부ᄌᆞ유친은 아디 못ᄒᆞᄂᆞ이다 셜파의 풍뫼 ᄆᆡᆼ녈ᄒᆞ니 셕패 뎌의 ᄌᆞ약ᄒᆞᆫ 면ᄉᆡᆨ이 ᄌᆞ연 츄연ᄒᆞ고 말ᄉᆞᆷ이 심히 ᄆᆡᆨ〃ᄒᆞ여 졉담티 못ᄒᆞᆯ디라 기리 탄식고 드러오다 샹셰 본ᄃᆡ 텬셩이 과도ᄒᆞ기를 삼가ᄂᆞᆫ디라 무관히 혼셔를 불 디ᄅᆞ미 아녀 녀시 셕시되여 나가실 적 셜가를 사통ᄒᆞ며 ᄌᆞ식이 다 셜가의 ᄌᆞ식이라 ᄒᆞ니 비록 무상히 너기나 대신의 명교로 풍교를 더러이디 아니랴 발셜티 아니나 아조 굿기를 ᄉᆡᆼ각ᄒᆞ야 그 ᄌᆞ식도 내의 골육이 아니니 더욱 혼셔를 머물디 아니리라 ᄒᆞ고 깁흔 ᄯᅳ들 뎡ᄒᆞ야 혼셔를 업시 ᄒᆞ니 타인은 다만 일시 셜분이라 ᄒᆞ더라 ᄎᆞ고로 ᄋᆞᄌᆞ를 어미를 ᄆᆞ자 맛뎌 구박ᄒᆞ여 보내고 벽운당을 ᄡᅳ러 자최를 업시 ᄒᆞ니 소샹셔의 명현관대ᄒᆞ므로도 능히 ᄭᆡ돗디 못ᄒᆞ믄 다 셕쇼져의

27면

ᄋᆡᆨ이 듕ᄒᆞ미러라 셕부인이 친당의 도라와 슈말을 뎐ᄒᆞ니 일개 대경ᄒᆞ고 셕장군이 ᄇᆞ련 대로ᄒᆞ야 보검을 ᄲᅢ혀 ᄀᆞᆯ오ᄃᆡ 내 당〃이 소경을 죽여 이 ᄒᆞᆫ을 셜ᄒᆞ리라 드ᄃᆡ여 분연히 니러 ᄌᆞ운산의 니ᄅᆞ니 소샹셰 의관을 졍히 ᄒᆞ고 마ᄌᆞ니 쟝군이 노긔 [등]텬ᄒᆞ야 칼흘 빗기고 당의 올라 눈을 브릅 ᄯᅳ고 소ᄉᆡᆼ을 보니 위풍이 규〃ᄒᆞ고 살기 만면이어ᄂᆞᆯ 샹셰 아라보고 아연 탄왈 텬디 사ᄅᆞᆷ을 내매 엇디 그 고ᄅᆞ디 아니미 이럿틋 ᄒᆞ야 강악ᄒᆞ미 이럿틋 심ᄒᆞ뇨 쟝군이 녀셩 왈 뉘 강악ᄒᆞ뇨 샹셰 왈 무식 불통ᄒᆞᆫ 쟈ᄂᆞᆫ 이곳 군휘라 쟝군이 대로ᄒᆞ야 칼흘 드러 ᄀᆞᆯ오ᄃᆡ 쟝군은 식노ᄒᆞ고 내 말을 드ᄅᆞ라 이제

텬해 신령ᄒᆞ고 인심이 불안ᄒᆞ니 쟝군이 맛당이 ᄀᆡ국공훈으로 국졍을 다ᄉᆞ리고 나라흘 보호ᄒᆞ미 올커

28면

늘 무단히 칼을 들고 날을 죽이려 ᄒᆞ시니 그 노ᄒᆞᆫ ᄠᅳᆺ을 아디 못ᄒᆞ거니와 대강 텬ᄌᆞ 명이 아니오 쇼ᄉᆡᆼ이 군녕의 간셥디 아니니 아디 못게라 소경이 쟝군ᄭᅴ 므솜 죄를 어덧ᄂᆞ뇨 내 비록 일개 셔ᄉᆡᆼ으로 황구쇼ᄋᆡ나 일즉 쟉위 지존의 근시ᄒᆞ니 ᄒᆞᆫ 가지 졍신이라 ᄒᆞ믈며 문무 ᄒᆞᆫ이 현격ᄒᆞ야 ᄉᆡᆼ은 공부ᄌᆞ를 흑ᄒᆞ고 쟝군은 뉵도삼냑을 스승ᄒᆞ며 내 ᄯᅩ 군후의 휘하의 잇디 아녓고 셩샹 탑하의 시신이라 쟝군이 공훈으로 유셰ᄒᆞ야 흑ᄉᆡᆼ을 해ᄒᆞ려 ᄒᆞ나 한신의 공노로ᄃᆡ 미앙의셔 버히니 ᄌᆞ고 쟝샹의 삼갈 배라 군휘 만일 모진 긔운을 비양ᄒᆞ나 두려ᄒᆞᄂᆞᆫ 바ᄂᆞᆫ 내의 죽으믈 저허ᄒᆞ디 아녀 군후의 머리를 보젼티 못ᄒᆞᆯ가 근심ᄒᆞᄂᆞ니 군휘 모ᄅᆞ미 ᄉᆞᆯ필지어다 셕쟝군이 듯기를 ᄆᆞᄎᆞ매 그 강녈졍딕ᄒᆞ믈 심복ᄒᆞ야 칼흘 ᄇᆞ리고 긔운이 져상ᄒᆞ야 눈셥을 �기고 탄왈 내 반ᄉᆡᆼ을 힝셰ᄒᆞᄃᆡ 도로혀 빅면

29면

셔ᄉᆡᆼ만 ᄀᆞᆺ디 못ᄒᆞ냐 드ᄃᆡ여 ᄉᆡᆼ의 손을 잡고 등을 두ᄃᆞ려 웃고 샤죄 왈 과격ᄒᆞᆫ 일을 노뷔 스ᄉᆞ로 ᄒᆞ니 샹셔ᄂᆞᆫ 모ᄅᆞ미 노ᄒᆞ여 말나 나의 소댱이 사름 죽이기를 힘ᄡᅳ므로 ᄆᆞᄋᆞᆷ과 ᄀᆞᆺ디 아니므로 믄득 칼흘 ᄲᅢ히미 본ᄂᆡ 소힝이라 뎐도ᄒᆞ믈 뉘웃노라 샹셰 그 거동을 보고 역시 웃고 사례 왈 흑ᄉᆡᆼ이 군후를 경시ᄒᆞ미 아니로ᄃᆡ 어린 소견을 펴미러니 쾌히 ᄊᆡ드ᄅᆞ시니 만힝이로소이다 쟝군이 셕시 내틴 바를 뭇디 아니코 이윽이 말ᄒᆞ다가 도라가니 샹셰 ᄯᅩᄒᆞᆫ ᄆᆞᄋᆞᆷ의 거리ᄭᅵ디 아니터라 쟝군이 셕시를 불러 웃고 닐오ᄃᆡ 내 샹시 널로ᄡᅧ 강딕ᄒᆞᆫ가 ᄒᆞ더니 소경은 더 모딘디라 샹시 보기예 얼골 거동은 심히 엄ᄒᆞᄃᆡ 인물은 심히 단졍소졸ᄒᆞ더니 그 속은 네 한아비 밋출 배 아니러라 셕시 왈 조뷔 엇디 ᄡᅧ 아ᄅᆞ시ᄂᆞ니잇고 쟝군이 슈말을 니ᄅᆞᆫ즉 셕시 대경ᄒᆞ야 묵연브답이어ᄂᆞᆯ 쟝군이 쇼왈 네 아니 날을

30면

뎐도히 너기ᄂᆞ냐 셕시 날호여 ᄃᆡ왈 손녜 엇디 감히 조부를 뎐도히 너기미 이시리잇

고 다만 조부의 뇌뎡 ᄀᆞᆺ트신 노로 뎌의 목숨을 경히 너기시니 차악ᄒᆞᄂᆞ이다 쟝군이 탄식ᄒᆞ더라 셕시 믈러와 ᄋᆞᄌᆞ를 기ᄅᆞ며 복듕 ᄋᆞ를 보호ᄒᆞ야 비록 소가의 가디 못ᄒᆞᆯ 디라도 두 ᄌᆞ식을 의지ᄒᆞ야 늙으믈 뎡ᄒᆞ고 지게 밧글 경히 나가디 아니니 부뫼 크게 잔잉히 너기며 됴당의 가 소샹셔를 만나ᄃᆡ 공복 가온대셔 ᄉᆡᆨ〃이 샹ᄃᆡᄒᆞ니 ᄉᆞ졍을 뭇디 못ᄒᆞ고 ᄒᆞᆫ갓 노ᄒᆞᆯ ᄯᆞ름이라 소샹셰 니부의 입딕ᄒᆞ엿다가 나와 모젼의 뵈오니 셕패 업거ᄂᆞᆯ 뭇ᄌᆞ온대 소부인 왈 셕셔뫼 팀병ᄒᆞ야 긔거티 못ᄒᆞ고 병셰 심히 듕ᄒᆞ니라 샹셰 경아ᄒᆞ야 문병ᄒᆞᆯᄉᆡ 원ᄂᆡ 셕패 셕부인이 츌화를 보니 듕미ᄒᆞ던 죠흔 ᄯᅳ디 쇼삭ᄒᆞ야 냥가의 무안ᄒᆞ고 다시 소복애 젼일 셕시 내틸 적 말ᄉᆞᆷ이 미안ᄒᆞ니 두로 심ᄉᆡ 울〃ᄒᆞ야 믄득 심병이 니러나

31면

니 본ᄃᆡ 긔질이 유약던 고로 팀병ᄒᆞᆫ 후ᄂᆞᆫ 날노 즁ᄒᆞ니 니패 듀야 구호ᄒᆞ며 소윤 이인이며 가듕 시녀들이 다 근심ᄒᆞ야 복쟈의게 무ᄅᆞ며 의원의게 약을 닐위ᄃᆡ ᄒᆞ리디 아니ᄒᆞ니 가듕이 불승우환ᄒᆞ더니 샹셰 나와 듯고 놀라 급히 일희당의 가 셔모를 볼ᄉᆡ [일희ᄂᆞᆫ 웃듬 쳡의 잇ᄂᆞᆫ 고디니 소쳐ᄉᆞ ᄉᆡᆼ시의 지은 일홈이라] 셕패 용뫼 한형ᄒᆞ고 긔식이 엄〃ᄒᆞ여 반ᄉᆡᆼ반ᄉᆞᄒᆞ야 금침의 ᄇᆞ렷거ᄂᆞᆯ 샹셰 크게 근심ᄒᆞ야 나아가 무로ᄃᆡ 경이 십여 일을 써낫다가 도라오니 그 ᄉᆞ이 셔뫼 엇디 이러틋 유병ᄒᆞ시니잇고 증셰를 알고져 ᄒᆞᄂᆞ이다 셕패 눈을 드러 샹셔를 보고 눈물이 비ᄀᆞᆺ거ᄂᆞᆯ ᄉᆡᆼ이 ᄯᅩᄒᆞᆫ 감창ᄒᆞ여 위로 왈 셔뫼 엇디 이러틋 슬허 ᄒᆞ시ᄂᆞ니잇가 ᄆᆞᄋᆞᆷ을 널니ᄒᆞ야 실셥ᄒᆞ믈 방비ᄒᆞ쇼셔 셕패 이에 울며 왈 미망 노쳡이 낭군 ᄇᆞ라믈 태산ᄀᆞᆺ티 ᄒᆞ야 친딜의 아ᄅᆞᆷ다오믈 보고 인연을 일웟더니 운쉬 긔구ᄒᆞ야 이런 일을 만나니 쳡이

32면

냥가의 ᄂᆞᆺ치 업고 우숨이 화ᄒᆞ야 우룸이 되니 셕노애 쳡을 ᄒᆞᆫᄒᆞ시며 낭군이 ᄯᅩ 쳡을 믜워ᄒᆞ시니 이 졍히 니ᄅᆞᆫ바 집이 이시나 드러가디 못ᄒᆞ고 나라히 이시나 의디ᄒᆞᆯ ᄃᆡ 업ᄉᆞ니 고궁일신이 우〃냥〃ᄒᆞ야 대풍의 토ᄉᆞ를 블워ᄒᆞ믄 간 곳마다 브드티미라 쳡의 인ᄉᆡᆼ이 거뫼줄만 못ᄒᆞ도다 여ᄎᆞ고로 쳡이 ᄌᆞ분필ᄉᆞᄒᆞᄂᆞ니 낭군은 ᄇᆞ라건ᄃᆡ 쳡의 셕시 쳔거ᄒᆞᆫ 죄를 샤ᄒᆞ고 시신을 션노야 묘하의 무더 박명ᄒᆞᆫ 녕혼을 위로ᄒᆞ쇼셔 샹셰 텽파의 안ᄉᆡᆨ을 ᄂᆞ죽이 ᄒᆞ고 소ᄅᆡ를 온유히 ᄒᆞ야 샤죄 왈 경이 비록 무상ᄒᆞ나 엇디

감히 셔모ᄅᆞᆯ 미온ᄒᆞ미 이시리오마ᄂᆞᆫ 뎌적 모친이 내 말슴을 허탄이 너기ᄂᆞᆫᄃᆡ 셔모 ᄯᅩᄒᆞᆫ 그리 듯디 아니시고 셕시ᄅᆞᆯ 구ᄒᆞ시거ᄂᆞᆯ 일시의 ᄎᆞᆷ디 못ᄒᆞᆫ 배러니 그 일로ᄡᅥ 이러ᄐᆞᆺ 유병ᄒᆞ시고 ᄯᅩᄒᆞᆫ 말슴이 여ᄎᆞᆫ 디경의 이시니 블승황공ᄒᆞ여 욕ᄉᆞ무디ᄒᆞ나 비록 만 번

33면

후회ᄒᆞᆫ들 엇디 미ᄎᆞ리오 이 다 내의 셩이 조급ᄒᆞ고 언에 뎐도ᄒᆞ미라 ᄇᆞ라건대 셔모ᄂᆞᆫ 경의 죄ᄅᆞᆯ 샤ᄒᆞ시고 ᄆᆞ음을 널니ᄒᆞ야 됴병ᄒᆞ쇼셔 셕시의 사오나오미 셔모씌 간셥디 아니커ᄂᆞᆯ 이대도록 용녀ᄒᆞ시ᄂᆞ니잇고 셕패 탄왈 만일 낭군이 언어희뇌 ᄌᆞᄌᆞ면 쳡이 족히 개회티 아닐 거시로ᄃᆡ 수십 년의 다ᄃᆞᆺ도록 노식을 보디 아냣다가 일됴의 졀칙을 드르니 수괴ᄒᆞ미 용납디 못ᄒᆞᆯ 듯ᄒᆞ니 자연 번뇌ᄒᆞ미라 엇디 셕부인으로 난 병이리오 샹셰 웃고 위로 왈 소경이 평ᄉᆡᆼ 심경이 여트므로 ᄆᆞ음의 두ᄂᆞᆫ 일이 업ᄂᆞ니 셔뫼 경을 깁히 외ᄃᆡᄒᆞ고 그ᄅᆞᆺ 너기샤 이러ᄐᆞᆺ 유심지인으로 미뢰여 호의ᄒᆞ시니 경이 ᄯᅩᄒᆞᆫ ᄆᆡ야ᄒᆞ야 ᄒᆞᄂᆞ니 만일 셕시 ᄀᆞᆺ트면 비록 그도곤 더ᄒᆞᆫ 말이라도 이대도록 노ᄒᆞ야 아니시리이다 셕패 샹셔의 거동이 화슌ᄒᆞ고 말슴이 근졀ᄒᆞ믈 보고 ᄯᅩᄒᆞᆫ 웃고 ᄃᆡ왈 쳡이 낭군을 셕부인씌셔 더 듕히 너

34면

기더니 낭군이 ᄆᆡ물ᄒᆞ시니 ᄇᆞ라고 ᄉᆞ랑ᄒᆞ던 ᄆᆞ음이 아연ᄒᆞ야 이리 노흡디 셕시 ᄀᆞᆺᄐᆞ면 므ᄉᆞ 일 그대도록 노호오리오 쳡이 ᄒᆞᆫ ᄒᆞ믄 낭군을 친딜도곤 더 혜므로 비로ᄉᆞ미뢰[소이]다 샹셰 은은히 함쇼ᄒᆞ고 구병ᄒᆞ매 약을 친히 다ᄉᆞ리고 씌ᄅᆞᆯ 그ᄅᆞ디 아니니 셕패 감샤ᄒᆞ믈 이긔디 못ᄒᆞ더니 수일 후 샹셰 드러와 문후ᄒᆞ고 안자 한담ᄒᆞᆯᄉᆡ 셕장군의 말을 니ᄅᆞ니 셕패 ᄯᅩᄒᆞᆫ 놀라고 우이 너겨 인ᄒᆞ야 죠용히 문왈 낭군이 혼셔 치단을 쇼화ᄒᆞ니 뎌 쇼공ᄌᆞᄅᆞᆯ 엇디려 ᄒᆞ시ᄂᆞ뇨 샹셰 미우ᄅᆞᆯ 찡기고 ᄃᆡ왈 그 모ᄌᆞᄂᆞᆫ 경의 간셥ᄒᆞᆯ 배 아니라 패 경왈 부인은 낭군이 ᄇᆞ리시려니와 골육도 ᄎᆞᆺ디 아니려 ᄒᆞ시ᄂᆞ니잇가 샹셰 ᄃᆡ왈 내 비록 사오나오나 엇디 내 ᄌᆞ식을 ᄇᆞ리며 모ᄋᆡ자픠라 ᄒᆞ나 어ᄆᆡᄋᆡ증으로 ᄌᆞ식의 ᄋᆡ증이 들려시리오마ᄂᆞᆫ 이ᄂᆞᆫ 그러티 아닌 거시니이다 셕패 그 거동을 보고 씨ᄃᆞ라 반

35면

ᄃᆞ시 셕시ᄅᆞᆯ 음힝으로 의심ᄒᆞᄂᆞᆫ도다 ᄒᆞ야 변ᄉᆡᆨ 왈 낭군의 말ᄉᆞᆷ이 고이ᄒᆞ다 엇디 이리 모호히 구ᄂᆞ뇨 셕부인 ᄌᆞ식이 샹공 아ᄃᆞᆯ이라 어미ᄅᆞᆯ 비록 거절ᄒᆞᆫ들 긔츌조차 ᄇᆞ리랴 말ᄉᆞᆷ을 이리 ᄒᆞ시ᄂᆞ냐 샹셰 미쇼 왈 내 엇디 ᄌᆞ식을 ᄇᆞ리〃오 이러므로 운ᄋᆞ 형뎨 ᄉᆞ랑이 병이 되여이다마ᄂᆞᆫ 그 밧근 내 ᄌᆞ식이 업ᄉᆞ니 내 ᄌᆞ식이 아닌 거ᄉᆞᆯ ᄉᆞ랑ᄒᆞ기도 고이ᄒᆞ니 셔모ᄂᆞᆫ 내 진짓 ᄌᆞ식을 ᄃᆞ려오쇼셔 됴셕으로 ᄎᆡᆨᄒᆞ셔도 긔츌은 어엿비 너기리이다 셕패 왈 셕부인 아ᄃᆞᆯ이 샹공 ᄌᆞ식으로 아ᄂᆞ이다 샹셰 왈 경도 그러히 너겻더니 그ᄅᆞᆺ 아ᄃᆞᆺ더이다 셕패 왈 엇디 그ᄅᆞᆺ 아랏노라 ᄒᆞ시ᄂᆞᆫ 거시 그ᄅᆞᆺ 아ᄂᆞᆫ 말이로다 샹셰 왈 내 스ᄉᆞ로 알미 아냐 셕시의 말이라 패왈 셕부인이 므어시라 ᄒᆞ더뇨 샹셰 답디 아니커ᄂᆞᆯ ᄌᆡ삼 힐문ᄒᆞᆫ대 샹셰 날호여 닐오ᄃᆡ 셔모의 병이 나으시거든 도셩의 드러가 셕시ᄅᆞᆯ 보ᄋᆞᆸ고 무

36면

ᄅᆞ쇼셔 ᄀᆞ장 잘ᄒᆞ던 거시니 셔모씌라 얼현이 ᄉᆞᆯ오리잇가 셕패 탄왈 낭군이 ᄇᆞᆯ셔 셕부인을 믜워 이리 말ᄉᆞᆷ을 ᄒᆞ거니와 셕부인이 이런 뉴ᄂᆞᆫ 아니〃이다 샹셰 왈 내 ᄯᅩᄒᆞᆫ 셕시ᄅᆞᆯ 이러티 아닌 뉴로 아더니 ᄒᆡᆼᄉᆡ 여ᄎᆞᄒᆞ니 사ᄅᆞᆷ으로 ᄒᆞ여곰 아디 못ᄒᆞᆯ너이다 패 탕ᄒᆞᆫᄒᆞ믈 마디 아니ᄒᆞ고 샹셰 ᄯᅩᄒᆞᆫ 탄식ᄒᆞ더라 ᄎᆞ야의 셕패 긔운이 잠간 낫거ᄂᆞᆯ 샹셰 물러 외당의 와 쵹을 ᄇᆞᆰ히고 글을 보더니 이ᄣᅢ 녀시 셕시ᄅᆞᆯ 해ᄒᆞ나 샹셔의 ᄌᆞᆼ적이 제게 더으ᄂᆞᆫ 일이 업고 긔ᄉᆡᆨ이 녜 ᄀᆞᄐᆞ니 녀시 ᄯᅩ ᄉᆡᆼ각ᄒᆞᄃᆡ 화시ᄅᆞᆯ ᄆᆞ자 업시 ᄒᆞ야 그 가권을 아ᄉᆞᆯ 거시라 이 날 황혼의 약을 ᄉᆞᆷ겨 화시 되여 외당의 나오니 인젹이 젹연ᄒᆞᆫᄃᆡ 사창의 쵹영이 휘황ᄒᆞ고 샹셔의 글 닑ᄂᆞᆫ 소ᄅᆡ 나거ᄂᆞᆯ ᄀᆞ만이 여어 보니 샹셰 의관을 졍히 ᄒᆞ고 씌ᄅᆞᆯ 그ᄅᆞ디 아니코 셔안을 ᄃᆡᄒᆞ야 셔뎐을 볼ᄉᆡ 녀시 비록

37면

부뷔 되연 디 팔[구] 삭이나 존당의 가듕 회듕 비편ᄒᆞ야 보디 못ᄒᆞ고 ᄉᆞ실의 혹 모드나 혼야의 드러와 ᄉᆡᆨ〃이 머믈고 새배 나가니 그 얼골을 ᄌᆞ시 모ᄅᆞ더니 이 날 여어 보니 ᄎᆡ봉 ᄀᆞᄐᆞᆫ 엇게예 청삼을 닙고 년곳 ᄀᆞᄐᆞᆫ 얼골의 거믄 관을 뻐시니 귀밋ᄎᆞᆫ 츄월이 운니의 비쵠ᄃᆞᆺ 미우 ᄉᆞ이예 졍명지긔 어ᄅᆡ여시니 ᄆᆞᆯ근 눈을 ᄒᆞᆫ 번 [두로매 명광이 ᄉᆞ벽의 빗최고 졍치 두우ᄅᆞᆯ 쌔치]매 공경ᄒᆞᆷ과 ᄉᆞ랑ᄒᆞ오믈 이긔디 못ᄒᆞ야 더욱 화시

를 업시코 독통코져 뜻이 니러나 [흔 번 보고] 드러가 싱의 겻틱 안즈니 샹셰 화시 나와시믈 보고 놀나 문왈 부인이 엇디 나왓느뇨 화시 탄식 왈 쳡이 셕시로 더브러 샹공의 통을 닙더니 이제 낭군이 쳡을 박딕흐고 외당의 나와 날을 보내니 쳡이 공방의 빅두음을 읇는디라 오늘 월야를 타 이에 니르럿느이다 샹셰 딕왈 내 쏘흔 다亽흐야 녹운당을 춧디 못흐엿거니와 이 밤의 엇디 부인이 외당의 나오리오 쌜니

38면

드러가라 화시 거즛 붓그리는 톄흐야 니러 드러가니 샹셰 심하의 늣게 너기나 쏘흔 싱각흐딕 셩졍이 녀식을 불관히 너겨 듀야 독쳐흐니 년쇼흔 녀지 삼가디 못흐미 잇도다 흐고 쏘흔 인흐야 탄왈 흐나흔 대악이오 하나흔 추비흐야 부녀 亽덕의 간셥디 아니흐니 내 평일 화셕으로뻐 이러티 아닐 인물노 알미 진실로 불명흐니 추후는 눈을 금고 므음을 허틀워 디인흐기를 폐흐리라 흐더라 명됴의 문안흐니 양부인이 즐기디 아니시거늘 샹셰 뭇즈온대 답왈 내 다시 싱각흐니 셕시의 죄 심히 불명흐고 네의 쳐티 모호흔디라 므음이 불평흐여라 소시 쏘흔 닐오딕 셕시 현마 그대도록 흘 니 이시리오므는 아이 그 얼골을 보왓노라 흐니 사롬으로 흐여곰 아디 못흘 배로다 샹셰 무언 브답흐고 퇴흐엿더니 이 날 화시 나왓거늘 샹셰 크게 미안흐야 졍식고

39면

본 톄 아니니 오래 안자 히이치다가 드러가니 샹셰 수일 후 녹운당의 와 자딕 亽기 엄쥰흐야 젼일과 굿디 아니커늘 고이히 너기나 엇디 이 일인 줄 알니오 이후는 샹셰 외당의 잇는 날이면 녀시 화시 되여 나가 긔괴흔 거조를 무궁히 흐니 샹셰 혹 칙흐고 경계흐야 드려 보내고 구외예 내디 아니나 일로조차 화시의 깁흔 졍이 어긔여디니 이째 화시 싱자흐니 의약을 극진이 흐나 드러 가 보디 아니흐니 가듕이 다 의려흐더라 원닉 즈고로 셩현군지나 간인의게 속는 일이 잇고 일월지광으로도 부운이 그리오니 당요적 亽흉이 잇는디라 소샹셰 어디〃 아닌 거시 아니로딕 쏘 가듕의 요괴로온 일이 이시니 엇디 흔홉디 아니리오 연이나 간인이 쳔방빅계로뻐도 므춤내 몱근 거울의 도망티 못흘디라 흔 번 소샹셔를 소김도 고이커늘 엇디 두 번 소기리오

40면

일〃은 샹셰 완농담 ᄀ의 나와 한가히 거ᄅ며 차탄ᄒ야 ᄀᆯ오ᄃ 내 만일 형뎨 ᄒ나만 잇던들 서ᄅ 손을 잇그러 한유ᄒ며 외롭디 아닐낫다 ᄒ더니 믄득 ᄇ라보니 듯글이 니ᄂ 고ᄃ 추죵이 구름 ᄀᆺ고 다ᄉᆺ ᄌ상이 ᄆᆯ머리ᄅᆯ ᄀᆯ와 오거ᄂᆯ 보니 이ᄂ 셩우경 님슈보 등이라 샹셔 덕으로 등뎨ᄒ야 벼술이 다 한원 츈경과 풍ᄃ헌의 올낫ᄂ디라 샹시 소ᄉᆡᆼ 셤기믈 놉흔 ᄉᄉᆡᆼ으로 ᄒ고 소ᄉᆡᆼ도 뎌 오인으로 더브러 지극ᄒ 친위 되여 서ᄅ 공경ᄒ고 ᄉ랑ᄒ나 사ᄅᆷ이 챠작ᄒ 줄을 알니 업ᄉ며 마츰내 소ᄉᆡᆼ이 구외예 내여 일가지친의도 아니니 그 팀듕ᄒ 우인이 이ᄀᆺ[ᄐ]니 뎌 오인이 불승감격ᄒ야 ᄒ더니 금일 ᄌ운산의 니ᄅ니 소ᄉᆡᆼ이 뎌의 오믈 보고 편암의 거러 안자 낙시ᄅᆯ 모ᄉ 더뎌 희롱ᄒ고 동티 아니니 님슈보 등이 몰나[보]고 곡듕으로 드러가고

41면

부의 니ᄅ러 왓ᄂ 줄을 니ᄅ니 문니 ᄃ왈 샹공이 ᄀᆯ 밧긔 나가 겨시니이다 오인이 ᄆᆯ을 두로혀 ᄎ즐ᄉ 완농담 셕녁히 일위 소년이 ᄇ의ᄅᆯ 금풍의 붓치고 낙시ᄅᆯ 옥슈원비의 빗겨 셕벽의 지혀시미 표연히 신션 ᄀᆺ튼디라 졔인이 놀라 갓가이 가니 그 사ᄅᆷ이 낙시ᄅᆯ ᄇ리고 몸을 두로혀 듕인 총듕을 향ᄒ거ᄂᆯ ᄌ시 보매 이 곳 소샹셰라 졔ᄉᆡᆼ이 반겨 웃고 왈 녕형션ᄉᆡᆼ이 엇디 와 겨시니잇고 샹셰 답왈 국화 향긔ᄅᆯ 보매 츄슈ᄃ셰ᄅᆯ ᄉᆡᆼ각ᄒ야 이에 나왓더니 졔형의 ᄎᄌ믈 어드니 만ᄒᆡᆼ이로다 드ᄃ여 쳥ᄒ여 바회우히 버러 안자 오래 보디 못ᄒ믈 일ᄏᆺ고 츄경을 둘너보니 단풍은 비단댱을 틴ᄃᆺ ᄒ고 국화ᄂ 만발ᄒ야 미풍의 텬향이 옹비ᄒ고 시내ᄂ 잔〃ᄒ야 옥암의 빗기 흐ᄅ고 창〃녹듁과 낙〃당숑

42면

이 반공의 쎄텨시며 팀향목은 만산ᄒ야 곳다온 긔운을 토ᄒ니 이ᄅᆯ ᄃᄒ야ᄂ 셰간을 아조 닛고 진쇽 듯글을 탕젹ᄒᆯ디라 졔인이 칭찬 왈 소형은 진실로 쳥고ᄒ 사ᄅᆷ이로다 이런 션경을 ᄃᄒ야 낙시ᄅᆯ 희롱ᄒ니 엇디 아ᄅᆷ답디 아니리오 쇼뎨 등이 형을 불워ᄒᄂ니 됴셕의 영쥐 션산을 ᄃᄒ엿닷다 샹셰 잠쇼 왈 군형이 일즉 영쥐션산을 본다 언어의 허탄ᄒᆷ을 군ᄌ 삼가디 아닛ᄂ냐 졔인이 다 웃고 왈 보든 아냐시나 션산이 잇다 ᄒ더라 인ᄒ야 님슈뵈 닐오ᄃ 강쥐ᄂ 실노 고이ᄒ 짜히라 약이 이셔 능히 사ᄅᆷ

의 얼골을 곳친다 ᄒᆞ더라 샹셰 쇼왈 므슴 약이런고 님싱 왈 내 친족 왕싱이란 재 강쥐 잇더니 ᄒᆞᆫ 챵녀를 심히 닛디 못ᄒᆞ야 ᄌᆞ로 가 보더니 일〃은 그 챵기 스ᄉᆞ로 왓거ᄂᆞᆯ 깃거 동침ᄒᆞ려 ᄒᆞ니 남ᄌᆞ로ᄃᆡ 외모ᄂᆞᆫ 녀ᄌᆞ라 대경ᄒᆞ야 무ᄅᆞ

43면

니 기네 웃고 왈 내 곳 그ᄃᆡ ᄋᆡ듕ᄒᆞ던 녀라 왕싱이 크게 고이히 너겨 힝혀 희롱인가 너겨 기녀를 ᄃᆞ리고 기녀의 집의 가보니 과연 올커ᄂᆞᆯ 아연이 도라 왓더니 그 후 드ᄅᆞ니 그녀의 고인이 이셔 그 약을 먹고 와 소기고 그 챵녀를 ᄃᆞ려 멀니 피ᄒᆞᆫ 고로 황싱이 듀야 근노ᄒᆞᆫ다 ᄒᆞ더라 샹셰 탄왈 진짓 협ᄀᆡᆨ 방탕ᄌᆞ로다 ᄒᆞ고 챵녀를 일코 엇디 근노ᄒᆞ며 티쇼ᄀᆡᆨ이 되리오 애둘은 사ᄅᆞᆷ이로다 졔싱 왈 시셰지인이 다 그러ᄒᆞ니 왕싱을 ᄎᆡᆨ디 못ᄒᆞ리라 샹셰 ᄒᆞᆫ탄ᄒᆞ믈 마디 아냐 믄득 일흥이 쇼연ᄒᆞ니 이ᄂᆞᆫ 왕싱이 그ᄅᆞᆫ 고ᄃᆡ 외입ᄒᆞ믈 애둘와 ᄒᆞ미라 이윽이 담쇼ᄒᆞ다가 흣터디니 샹셰 독좌완경ᄒᆞ매 홀연 흉금이 열녀 크게 의려ᄒᆞ니 이 졍히 부운을 ᄡᅳᆯ고 일월이 빗출 토ᄒᆞ며 암실의 야광듀를 비쵬 ᄀᆞᆺᄐᆞ니 화셕 냥

44면

인의 ᄋᆡᆨ이 진ᄒᆞ미러라 샹셰 님싱의 말을 듯고 ᄉᆡᆼ각ᄒᆞᄃᆡ 화시 비록 셩되 초졸ᄒᆞ야 유슌ᄒᆞᆫ 덕이 저그나 위인이 놉고 ᄇᆞᆰ으며 조흔디라 엇디 황야의 분주ᄒᆞ야 외당의 나오며 거지 음난ᄒᆞᆯ 니 이시리오 ᄒᆞ믈며 셕시ᄂᆞᆫ 고문명가의 녀ᄌᆞ라 당초 ᄒᆡᆼᄉᆡ 슉녀의 위풍이 이셔 옥결빙심 ᄀᆞᆺᄐᆞ니 내 ᄒᆞᆫᄀᆞᆺ 부〃의 ᄉᆞ졍만 잇디 아니ᄒᆞ더니 의외예 이런 일이 이시니 내 실로 고이히 너기ᄃᆡ 셕시 화시 얼골을 보고 말을 친히 드러시므로 의심이 업더니 이제 님싱의 말로 보건대 녀시 심히 어디〃 아닌 재라 혹 요망ᄒᆞᆫ 일을 ᄒᆞ돗던가 의심ᄒᆞ야 도라 왓더니 이 날 쏘 화시 월야를 타 나와 싱의 겻ᄐᆡ 안ᄌᆞ니 샹셰 이에 의려ᄒᆞ야 촉을 나오혀 노코 니기 보ᄃᆡ 죠곰도 의심되디 아니커ᄂᆞᆯ 거지를 볼ᄉᆡ 화시 이에 웃고 왈 낭군이 녀시ᄂᆞᆫ ᄌᆞ로 ᄎᆞᆺ고 쳡을 소히 ᄒᆞ니

45면

엇디 애둛디 아니리오 샹셰 ᄃᆡ왈 부인은 내 조강이매 듕히 너기더니 요ᄉᆞ이 부인 ᄒᆡᆼ젹을 보건대 졍이 쇼삭ᄒᆞ이ᄂᆞ니 녀신들 각별이 후ᄃᆡᄒᆞᆯ 일 업고 그 인물이 거의 셕시

나 다ᄅᆞ디 아니ᄒᆞ니 불힝ᄒᆞ여 [ᄒᆞ노라] 화시 믄득 작ᄉᆡᆨ고 말을 아니니 샹셰 의심이 동ᄒᆞ엿ᄂᆞᆫ디라 엇디 그리 보내리오 짐즛 그 ᄉᆞ매ᄅᆞᆯ 잇그러 니러나 ᄀᆞᆯ오ᄃᆡ 부인은 녹운당으로 가미 엇더뇨 화시 ᄉᆞ양 왈 샹공은 여긔셔 밤을 디내쇼셔 ᄉᆡᆼ이 듯디 아니코 구ᄐᆞ여 잇그러 녹운당으로 가니 화시 조슈불갑ᄒᆞ야 ᄇᆡᆨ계칭탁ᄒᆞᄃᆡ ᄉᆡᆼ이 더욱 의심이 동ᄒᆞ야 우겨 ᄃᆞ리고 녹운당의 니ᄅᆞ니 화시 촉하의 안자 고ᄉᆞᄅᆞᆯ 슈련ᄒᆞ거ᄂᆞᆯ 샹셰 가 화시ᄅᆞᆯ ᄃᆞ려 문을 들매 진짓 화시 소텬의 오믈 보고 크게 놀나 문왈 네 엇던 녀ᄌᆡ뇨 샹셰 웃고 날호여 ᄀᆞᆯ오ᄃᆡ 요ᄉᆞ이 부인이 분신법을 ᄒᆡᆼᄒᆞ야 날마다 셔당의 나

46면

[오니] ᄉᆡᆼ이 오ᄂᆞᆯ은 청ᄒᆞ야 합신코져 ᄒᆞ노라 화시 보건대 뎌 녀ᄌᆡ ᄌᆞ기로 더브러 호발도 다ᄅᆞ디 아니〃 일단 경아ᄒᆞ미 극ᄒᆞ고 ᄯᅩᄒᆞᆫ 대로ᄒᆞ야 ᄭᅮ지저 왈 네 엇던 니믹 망냥이완ᄃᆡ 감히 내 얼골이 되여 샹공을 소기고 날을 업슈이 너기ᄂᆞ뇨 가화시 노즐 왈 네 엇던 요괴완ᄃᆡ 내 얼골이 되어 내 방의 잇ᄂᆞ뇨 화시 블연 대로ᄒᆞ야 겻ᄐᆡ 노ᄒᆞᆫ 텰션을 드러 가화시ᄅᆞᆯ 티니 화시 소ᄅᆡ 딜너 왈 네 엇던 거시완ᄃᆡ 이리 방ᄌᆞᄒᆞ뇨 샹셰 하 긔괴히 너겨 날호여 ᄀᆞᆯ오ᄃᆡ 두 부인은 셜만이 힐난티 말나 내 스ᄉᆞ로 분변ᄒᆞ리라 드ᄃᆡ여 시녀로 ᄒᆞ여곰 청운당의 가 두 셔모ᄅᆞᆯ 브ᄅᆞᄃᆡ 죠곰도 요란ᄒᆞ야 츄셩뎐의 가게 말나 시네 승명ᄒᆞ야 두로 청ᄒᆞ니 니셕 이패 몬져 드러오매 방듕의 두 화시 안자시ᄃᆡ 소샹

47면

셰 ᄒᆞᆫ 부인의 ᄉᆞ매ᄅᆞᆯ 구디 잡아 미우의 우음이 ᄀᆞ득ᄒᆞ엿ᄂᆞᆫᄃᆡ 두 화시ᄂᆞᆫ 서ᄅᆞ 빠호거ᄂᆞᆯ 냥인이 대경ᄒᆞ야 어린ᄃᆞ시 셔〃 볼ᄉᆡ 샹셰 잠쇼ᄒᆞ고 시녀로 소시 윤시ᄅᆞᆯ 청ᄒᆞ니 두 부인이 다 츄침ᄒᆞ믈 칭ᄒᆞ고 오디 아니니 셕패 년망이 운츄각의 가 혼동ᄒᆞ야 ᄀᆞᆯ오ᄃᆡ 냥 부인은 이런 긔관을 귀경티 아니려 ᄒᆞ시ᄂᆞ니잇가 소시 문왈 므슴 긔관고 패왈 가셔 보시면 아ᄅᆞ시리이다 이인이 밋디 아냐 와셔 보고 역시 대경ᄒᆞ야 왈 뎨 어인 거죄뇨 ᄉᆡᆼ이 비로소 슈말을 ᄌᆞ시 고ᄒᆞᆫ대 소시 쇼왈 가히 우읍도다 이럴딘대 뉘 가마귀 ᄌᆞ웅을 분변홀고 샹셰 왈 쇼뎨 잠간 살피미 잇ᄂᆞ니 녀시ᄅᆞᆯ ᄆᆞ자 청ᄒᆞ야 온 후 결단ᄒᆞ사이다 언미필의 시네 회보 왈 청운당의 가니 녀부인이 아니 겨시더이다 샹셰 이에 청운당 시녀와 녹운당 시녀ᄅᆞᆯ 잡아 내여 엄문

48면

ᄒᆞᄃᆡ 화부인이 셕문안 후ᄂᆞᆫ 침당을 ᄯᅥ나디 아냐 겨시냐 시녜 고왈 부인이 혼뎡ᄒᆞ신 후ᄂᆞᆫ 이에 이셔 움즉이디 아냐 겨시니 엇디 셔당의 나가시리잇고 청운당 시녀ᄂᆞᆫ 서ᄅᆞ 보며 말을 아니ᄒᆞ니 샹셰 ᄌᆡ삼 힐문ᄒᆞᆫ대 뎌 시녜 엇디 감히 은회ᄒᆞ리오 이에 브디 불각의 고ᄒᆞᄃᆡ 부인이 날마다 화부인이 되여 나가시니 쇼비 등이 므ᄉᆞᆷ 연괸 줄 알니잇고 샹셰 왈 녀부인과 동심ᄒᆞᆫ 시녜 이에 이실 거시니 너희 ᄃᆡ고ᄒᆞ야 죄를 더으디 말라 시녜 이에 녀시 심복 미양을 ᄀᆞᄅᆞ쳐 고ᄒᆞ니 샹셰 잡아내여 형당을 ᄀᆞ초와 져주어 실ᄉᆞ를 국문ᄒᆞ니 양이 혼비빅산ᄒᆞ야 슈말을 ᄌᆞ시 고ᄒᆞ고 그 두가지 약을 내여 드리니 여의긔용단은 빗치 붉고 크기 져비알만 ᄒᆞ고 외면회단은 빗치 프르고 크기 콩만 ᄒᆞ니 소시 등이 ᄃᆞ토와 보고 우으ᄃᆡ 샹셰 ᄒᆞᆯ노 눈을 드러 보디

49면

아니ᄒᆞ니 샤싁을 보디 아니려 ᄒᆞ미러라 셕파 등이 오면단을 프러 두 화시를 ᄂᆞᆫ화 주니 진짓 화시 노긔 ᄀᆞ득ᄒᆞ여 약을 드러 쾌히 먹어 왈 내 이 약을 먹다 부모 유톄 달니 되랴 네 내 얼골이 되고져 ᄒᆞ니 우리 부친 쳡녀로 녀운의게 의탁ᄒᆞ여도 내 얼골 되고져 ᄒᆞᆯ 니 업ᄉᆞ리라 샹셰 정싁 왈 모ᄅᆞ미 어ᄌᆞ러이 구디 말나 화시 오면단을 먹으ᄃᆡ 젼혀 용뫼 변티 아니〃 샹셰 ᄯᅩᄒᆞᆫ 녀시를 권ᄒᆞ니 녀시 먹디 아니ᄒᆞ거ᄂᆞᆯ 윤시 웃고 왈 아니 먹ᄂᆞᆫ 재 의심젓도다 소시 나아가 우[김]질노 드러 부으니 녀시 마디 못ᄒᆞ야 먹으매 ᄆᆞᆫ득 녜 얼골이 드러나니 표연ᄒᆞᆫ 화부인이 변ᄒᆞ야 풍영ᄒᆞᆫ 녀시 되엿더라 샹셰 ᄇᆡ야흐로 자븐 ᄉᆞ매를 노코 정금단좌ᄒᆞ매 좌위 일댱을 박쇼ᄒᆞᆯᄉᆡ 샹셰 탄왈 군ᄌᆞ의 곳의ᄂᆞᆫ 요괴로온 일이 업거ᄂᆞᆯ 쇼뎨 불인ᄒᆞ야 가ᄂᆡ에 이런 변이 이시니 대댱뷔 되야 ᄋᆞ녀ᄌᆞ를 거ᄂᆞ리디 못ᄒᆞ니 사ᄅᆞᆷ을 ᄃᆡ하매 용속ᄒᆞ미 붓그럽디 아니며 됴뎡정ᄉᆞ를 의논ᄒᆞ리오 셕시 잡으믄 녀시 ᄒᆞᆫ 배니 두 셔모와 져〃ᄂᆞᆫ 힐문ᄒᆞ쇼셔 패 당션ᄒᆞ야

50면

미양을 붓들고 무ᄅᆞ니 양이 녀시 당초븟터 모계ᄒᆞ던 일을 일〃히 고ᄒᆞ니 소윤 이인이 졔셩 쇼왈 우리 당쵸 아ᄋᆞᆯ 그ᄅᆞᆺ 너겻더니 이제 보건대 아ᄋᆡ 쳐티도 그ᄅᆞ디 아니코 우리 의심ᄒᆞᆷ도 올톳다 셕파ᄂᆞᆫ 슈무족두ᄒᆞ야 흔희ᄒᆞ믈 이긔디 못ᄒᆞ야 ᄒᆞ고 녀시ᄂᆞᆫ 불승슈괴ᄒᆞ야 움즉이디 못ᄒᆞ며 화시ᄂᆞᆫ ᄉᆞ짓기를 마디 아니ᄒᆞ더니 날이 새매 취셩뎐의

드러가 쟉야ᄉᆞ를 일〃히 고ᄒᆞᆫ대 부인이 불승히연ᄒᆞ야 이에 녀시를 블러 당하의 쑬니고 수죄홀식 위엄이 늠〃ᄒᆞ고 언에 명빅ᄒᆞ야 드ᄅᆞ매 모골이 숑연ᄒᆞ더라 이에 녀시를 내티고 계션 미양 들을 듕타ᄒᆞ야 본향의 옴기고 궁듕을 쳥평ᄒᆞ고 셕파로 더브러 차아ᄒᆞ야 ᄀᆞᆯ오ᄃᆡ 내 아ᄒᆡ 졍식 지극 공번되더니 이 일이 이시니 엇디 고이티 아니리오 셕패 쏘ᄒᆞᆫ 탄식 왈 이ᄂᆞᆫ 샹셔를 원티 못홀 거시오 다 녀시의 사오나옴과 셕부인의 익회 가ᄇᆡ얍디 아니민가 ᄒᆞᄂᆞ니 모다 올타 ᄒᆞ더라 어시의 녀시 츌화를 만나 친당의 도라가 부모를 보고 제 일을 고ᄒᆞ니 부뫼 쏘ᄒᆞᆫ 대로ᄒᆞ야 소샹셔를 해ᄒᆞ려 ᄒᆞ며 녀시를 ᄀᆡ가ᄒᆞ야 보내려 ᄒᆞ더니

51면

각셜 셕부인이 친당의 온 수월 후 일개 영ᄌᆞ를 ᄉᆡᆼᄒᆞ니 참졍 부뷔 지극 ᄉᆞ랑ᄒᆞ고 깃거ᄒᆞ며 셕시 냥ᄌᆞ를 어드매 ᄆᆞ음의 족ᄒᆞ고 ᄯᅳᆺ의 차 소가 거졀을 ᄒᆞᆫ티 아니코 두 아ᄒᆡ 댱셩ᄒᆞ면 족히 아비를 ᄎᆞᄌᆞ리라 아랏더니 ᄯᅳᆺ 아닌 셕패 근친와셔 소샹셰 아ᄒᆡ를 ᄎᆞᆺ디 아닐 긔식의 언단이 슈샹ᄒᆞ야 셕시ᄃᆞ려 무ᄅᆞ라 ᄒᆞ던 말을 니ᄅᆞ니 참졍이 대로 왈 내 소경을 졍인군ᄌᆞ로 아랏더니 엇디 이대도록 무샹ᄒᆞᆫ 줄 아라시리오 ᄇᆡᆨ 가지를 구박ᄒᆞᆫ들 엇디 내 녀ᄋᆞ를 이런 곳으로 의심ᄒᆞ야 제 ᄌᆞ식도 ᄎᆞᆺ디 아니려 ᄒᆞ더뇨 부인은 다만 눈물만 흘니고 셕시 탄왈 이ᄂᆞᆫ 다 내의 죄악이 듕ᄒᆞ미라 연이나 샹셰 엇디 너모 심티 아니리오 쳡은 ᄇᆞ리나 엇디 그 골육을 ᄎᆞᆺ디 아니리오 아ᄌᆞ미ᄂᆞᆫ 샹셔로 더브러 내 말을 힐난티 말고 거동만 보라 창텬이 ᄆᆞᄎᆞᆷ내 쳡의게 편벽히 아니리라 좌위 ᄀᆡ읍 뉴톄러라 셕패 도라간 후 셕시 샹셰 심경이 ᄯᅳᆺ을 뎡ᄒᆞᆫ 후ᄂᆞᆫ 곳티기 어려온 줄을 스ᄉᆞ로 아ᄂᆞᆫ디라 ᄌᆞ가의 인연은 츈몽ᄀᆞᆺ티

52면

너기나 오직 ᄆᆞ음의 노티 못ᄒᆞᄂᆞᆫ 바ᄂᆞᆫ 뎌 두 ᄋᆞᄌᆞ 부ᄌᆞ유친을 일흘가 듀야 방심티 못ᄒᆞ더라 셰월이 과긱 ᄀᆞᆺᄐᆞᆫ디라 ᄉᆞ오 삭이 되엿더니 일〃은 참졍이 됴참ᄒᆞ고 길히셔 소샹셔를 만나 ᄒᆞᆫ 가지로 집의 드러가 좌졍ᄒᆞᆫ 후 샹셰 몬져 말을 펴 ᄀᆞᆯ오ᄃᆡ 쇼ᄉᆡᆼ이 블셔브터 와 뵈ᄋᆞᆸ고져 ᄒᆞ되 심히 다ᄉᆞᄒᆞ야 금일 샹공이 브ᄅᆞ신 후 와셔 뵈ᄋᆞ니 쏘ᄒᆞᆫ 참괴ᄒᆞ이다 셕참졍이 말을 ᄒᆞ고져 ᄒᆞ매 분이 몬져 니러나더니 샹셰 뎌의 말을 기드리디 아니코 니러나 ᄀᆞᆯ오ᄃᆡ 마ᄎᆞᆷ 노뫼 불평ᄒᆞ니 감히 오래 뫼셧디 못ᄒᆞᄂᆞ니 후일의

다시 와 샤례ᄒᆞ리이다 언필의 나가니 공이 ᄭᅮ짓기를 마디 아니ᄒᆞ더라 이러ᄒᆞᆫ 십 여 일 후 비로소 셕시 잉ᄆᆡᆼᄒᆞ미 드러나니 양부인 샹셔로 ᄒᆞ야곰 셕시를 ᄃᆞ려오라 ᄒᆞ시니 샹셰 ᄃᆡ왈 쇼ᄌᆡ 비록 피폐ᄒᆞ나 엇디 부녀를 ᄃᆞ리고 ᄃᆞᆫ니리잇고 부인 왈 불가ᄒᆞ다 네 공연히 셕시를 ᄃᆞ리고 ᄃᆞ니미 아니라 이는 ᄉᆞᄉᆞ로 가 권실ᄒᆞ미 올ᄒᆞ니라 샹셰 응ᄃᆡᄒᆞ나 즐겨 가디 아니코 녜부의 ᄀᆡ별

53면

ᄒᆞ야셔 친녹을 가져다가 샹고ᄒᆞ야 임의 혼셔와 봉치를 고텨ᄒᆞ야 셕가의 보ᄂᆡ니 참졍이 대로ᄒᆞ야 아니 바ᄃᆞ려 ᄒᆞ거늘 부인 왈 녀ᄋᆡ 소시의 사ᄅᆞᆷ이라 혼셰 업ᄉᆞ면 의지ᄒᆞᆯ ᄃᆡ 업ᄂᆞ니 이제 ᄎᆡ례를 아삿다가 도로 보내는 ᄯᅳ디 인연을 이으려 ᄒᆞ미니 ᄉᆞ리의 믈니티디 못ᄒᆞ리라 참졍이 바다 셕시를 주고 졍히 그 ᄯᅳ들 몰라 ᄒᆞ더니 이윽고 셕패 글로ᄡᅥ 슈말을 ᄌᆞ시 ᄀᆡ별ᄒᆞ얏거ᄂᆞᆯ 합개 놀라고 깃거 서로 티하ᄒᆞ더라 수일 후 소상셰 니ᄅᆞ러 서로 보매 참졍이 깁히 노ᄒᆞ야 그 무안ᄒᆞᆷ믈 보고져 ᄒᆞ야 좌우로 셕시의 두 아들을 내여다가 뵈여 왈 이 아ᄒᆡ 이러틋 아비 업ᄉᆞᆫ 거시 되니 그ᄃᆡ 닐오ᄃᆡ 그 모ᄌᆞ는 내의 간셥디 아닌 배라 ᄒᆞ니 내 ᄯᆞᆯ은 샹셔ᄭᅴ 부〃지ᄋᆡ 그처뎟거니와 ᄎᆞᄋᆞ는 엇디 그ᄃᆡ ᄌᆞ식이 아니리오 그ᄃᆡ 보와 다ᄅᆞᆫ의 ᄌᆞ식이여든 두고 가고 그ᄃᆡ ᄌᆞ식이여든 부ᄌᆞ 디의를 니으라 연이나 부ᄌᆞ유친을 일울 적 이 아ᄒᆡ로ᄡᅥ 다ᄅᆞᆫ의 ᄌᆞ식이라 ᄒᆞ미 붓그럽디 아니랴 샹셔는 ᄉᆞᆲ혀 보라 이 아ᄒᆡ 다ᄅᆞᆫ 사ᄅᆞᆷ의 ᄌᆞ식인가 군ᄌᆞ 되여 언어의

54면

패려무식ᄒᆞ미 이 ᄀᆞᄐᆞ니 샹셰 식녹대신이 되기 붓그럽디 아니냐 소ᄉᆡᆼ이 텽파의 츈풍화긔를 고티고 흔연 ᄃᆡ왈 샹공의 말ᄉᆞᆷ을 드ᄅᆞ니 ᄉᆡᆼ이 고이히 너기ᄂᆞ이다 ᄉᆡᆼ이 비록 간인의 속으나 일즉 ᄌᆞ식으로ᄡᅥ 의심되다 닐러 내티디 아냣더니 금일 샹공의 말ᄉᆞᆷ으로 보건대 쇼ᄉᆡᆼ의 화락ᄒᆞ야 부ᄌᆞ유친 부〃유별을 온젼코져 ᄒᆞ던 ᄯᅳ디 쇼삭ᄒᆞ야 참괴ᄒᆞ니 붓그러오믈 강잉ᄒᆞ야 인연을 니으미 불가ᄒᆞ고 ᄒᆞ믈며 샹공 말ᄉᆞᆷ으로 츄이ᄒᆞᆯ딘대 내 입의셔 셕시 구박ᄒᆞᆯ 적 나디 아닌 말이 이시니 ᄯᅩᄒᆞᆫ 의심이 니러나 아ᄒᆡ 굿ᄐᆡ여 내 ᄌᆞ식인 줄 모ᄅᆞ니 아모리나 쳐티ᄒᆞ쇼셔 ᄉᆡᆼ은 본ᄃᆡ 무식ᄒᆞᆫ디라 샹셔로 식ᄒᆞᆷ믈 진실로 붓그리ᄂᆞ이다 언필의 ᄉᆞ매를 ᄯᅥᆯ티고 니러나니 참졍이 더욱 노ᄒᆞ더라 샹셰 ᄌᆞ운산의 도라오니 셕패 마자 웃고 왈 낭군이 금일 므ᄉᆞᆫ ᄂᆞᆺᄎᆞ로 부인을 보시니잇고 샹

셰 아연 잠쇼ᄒᆞ고 ᄃᆡ답디 아니터니 부인이 문왈 셕시를 ᄀᆞ려오고져 ᄒᆞ니 네 ᄯᅳ디 엇더뇨 샹셰 ᄃᆡ왈 셕공이 노ᄒᆞ여 ᄒᆞ니 아ᄃᆡ 두사이다

55면

ᄒᆞ더라 십여 일 후 샹셰 됴회 길히셔 팔왕을 만나니 왕이 ᄃᆞ리고 셕공의 집의 가시니 참졍과 쟝군이 마자드려 네필의 소샹셔로 ᄒᆞᆫ가지로 보ᄃᆡ 피ᄎᆞ ᄀᆡ식이 됴티 아니ᄒᆞ니 왕이 고이히 너겨 왈 소통지 참졍과 옹셔지의 잇거ᄂᆞᆯ 금일 두 사ᄅᆞᆷ이 미온지식이 〃 시니 엇딘 연괴뇨 셕쟝군이 웃고 젼후 곡졀을 니ᄅᆞᆫ대 왕이 대쇼 왈 통지의 타시 아니라 요망ᄒᆞᆫ 부인의 연괴여ᄂᆞᆯ 셕공이 엇디 노ᄒᆞ여 ᄒᆞᄂᆞ뇨 나를 보와 두 사ᄅᆞᆷ이 다 셜파ᄒᆞ믈 ᄇᆞ라노라 참졍은 칭샤ᄒᆞ고 닐오ᄃᆡ 만ᄉᆡᆼ이 엇디 감히 통지를 녀셔라 ᄒᆞ야 ᄃᆡ졉을 경히 ᄒᆞ리오 다만 구박ᄒᆞ던 형젹을 ᄒᆞᆫᄒᆞ미러니 대왕이 이러ᄐᆞᆺ ᄒᆞ시니 혹ᄉᆡᆼ은 ᄆᆞ음의 두디 아니ᄒᆞᄂᆞ이다 샹셔ᄂᆞᆫ 묵〃이어ᄂᆞᆯ 왕이 쇼왈 통지 엇디 ᄃᆡ답디 아닛ᄂᆞ뇨 ᄉᆡᆼ이 일댱팀음ᄒᆞ여 ᄀᆞᆯ오ᄃᆡ 혹ᄉᆡᆼ의 ᄆᆞ음의 엇디 잡은 ᄯᅳ디 이시리오 ᄉᆞᄉᆞ로 ᄆᆞ음이 허탄ᄒᆞ야 운우의 흐터시니 셜파ᄒᆞ며 아니믈 아디 못ᄒᆞᄂᆞᆫ디라 젼일 말ᄉᆞᆷ도 무식ᄒᆞ야 ᄉᆞᆲ히

56면

디 못ᄒᆞ미 이 ᄯᅩᄒᆞᆫ 패려ᄒᆞ미오 ᄎᆡᆨ을 듯ᄌᆞᆸ고 다시 와 뵈옴도 방탕ᄒᆞ야 념티 업ᄉᆞ미니 임의 념티 상진ᄒᆞᆫ 재 유심ᄒᆞᄂᆞᆫ ᄯᅳ디 이시리잇가 이러므로 대왕 말ᄉᆞᆷ을 ᄃᆡ답디 못ᄒᆞ과이다 셕공이 블연 변ᄉᆡᆨᄒᆞ고 왕이 그 손을 잡아 쇼왈 통지ᄂᆞᆫ 진실로 ᄎᆞᆫ 물의 돌히로다 너모 견고ᄒᆞ기로 당부의 풍치 아조 업ᄉᆞ니 도혹션ᄉᆡᆼ의ᄂᆞᆫ 웃듬이오 풍뉴랑의ᄂᆞᆫ 말재로다 연이나 오ᄂᆞᆯ은 즐기미 올ᄒᆞ니라 샹셰 ᄉᆞᄉᆡᆨ이 화열ᄒᆞ야 사ᄅᆞᆷ으로 ᄒᆞ여곰 그 ᄯᅳᆺ을 측냥티 못ᄒᆞᆯ러라 이윽고 부마 셕옥과 우복야 구쥰이 니ᄅᆞ니 일시의 셩녈ᄒᆞ매 쥬찬을 나와 슌비 소ᄉᆡᆼ의게 가되 ᄉᆡᆼ이 ᄆᆞ양 먹디 아니〃 왕이 구ᄐᆞ여 먹이랴 금ᄇᆡ의 온향을 브어 권ᄒᆞ니 샹셰 ᄉᆞ양 왈 신이 실노 술을 먹디 못ᄒᆞᄂᆞ니 대왕은 용셔ᄒᆞ쇼셔 구쥰이 ᄯᅩ 잔을 들고 알ᄑᆡ 가 닐오ᄃᆡ 현형이 대왕의 명을 거ᄉᆞ시거니와 쇼뎨의 잔을 아니 먹디 못ᄒᆞ리라 샹셰 역쇼 왈 내 만일 먹으면 엇디 대왕과 형이 권

57면

ᄒᆞ신 후 먹으리오마ᄂᆞᆫ 진실노 일비를 먹으면 병이 복발ᄒᆞ니 젼일의 칠왕 뎐해 먹이시던 날 동일토록 신음ᄒᆞ고 오히려 ᄒᆞ리디 못ᄒᆞ엿ᄂᆞ니 결단ᄒᆞ여 먹디 못ᄒᆞ리라 왕이 다시 권ᄒᆞ시니 샹셰 팔왕의 ᄉᆞ랑ᄒᆞ시ᄂᆞᆫ �듣 마디 못ᄒᆞ야 ᄒᆞᆫ 잔을 먹으니 ᄉᆡ부매 ᄯᅩ ᄒᆞᆫ 잔을 드러 알픠 오니 샹셰 뎌 사ᄅᆞᆷ들의 괴로이 권ᄒᆞ믈 보고 ᄉᆞ매로 ᄂᆞ출 ᄀᆞ리와 잔을 믈니티고 먹디 아니〃 졔인이 ᄒᆞᆯ 일이 업서 서로 웃고 쥬반을 권ᄒᆞ야 셕양이 되니 소샹셰 더욱 취ᄒᆞ야 니러 하딕 왈 대왕의 은ᄉᆞᄒᆞ신 향온이 만신의 텬힝ᄒᆞ니 쟝ᄎᆞᆺ 이긔여 뫼시디 못ᄒᆞᆯ디라 몬져 하딕ᄒᆞᄂᆞ이다 구복애 듯디 아니코 손을 잡아 안ᄌᆞ니 셕쟝군 왈 내 집이 비록 더러오나 통지 ᄒᆞ로 밤 더 새믈 앗기디 말라 왕이 ᄯᅩᄒᆞᆫ 권ᄒᆞ시니 샹셰 ᄃᆡ왈 쇼ᄉᆡᆼ이 ᄉᆞ양ᄒᆞᆯ 연고 업ᄉᆞ되 므단이 노모ᄭᅴ 아니 뵈디 못ᄒᆞ리니 타일의 오리이다 쟝군이 그 ᄉᆞ매를 잡으매 샹셰 ᄒᆞᆫ 번 ᄯᅥᆯ티니 쟝군의 용녁으로

58면

도 감히 밋디 못ᄒᆞ야 노하 ᄇᆞ리고 즁인이 뎌의 긔ᄉᆡᆨ이 엄슉ᄒᆞ믈 보매 다 말을 그치되 홀로 구쥰이 잡고 노티 아니〃 샹셰 쇼왈 현형이 엇디 이리 잡도이 구ᄂᆞ뇨 구복애 소릐를 ᄂᆞ족이 ᄒᆞ야 ᄀᆞᆯ오ᄃᆡ 형이 평일 집법이 업고 심히 통달ᄒᆞ더니 엇디 이리 고집ᄒᆞ뇨 블셔 날이 어두어시니 이제 어이 가리오 이에 이시미 올ᄒᆞ니라 소ᄉᆡᆼ이 ᄒᆞᆯ 일이 업서 강잉ᄒᆞ야 안ᄌᆞ니 다시 술을 권ᄒᆞ거ᄂᆞᆯ 샹셰 임의 모친ᄭᅴ 못 뵈올ᄯᅵ라 ᄆᆞ음을 잠간 펴 강잉ᄒᆞ야 두어 잔을 계유 먹고 견ᄃᆡ디 못ᄒᆞ여 왕을 향ᄒᆞ야 ᄀᆞᆯ오ᄃᆡ 대왕이 신을 취토록 먹이시니 감격ᄒᆞ나 시례ᄒᆞ미 반ᄃᆞᆺ ᄒᆞ리로소이다 왕왈 통지ᄂᆞᆫ ᄉᆞ실의 가 쉬미 올ᄒᆞ니라 셕한님 셕혹ᄉᆞ 등이 [다 셕참졍 아들] 샹셔 ᄉᆞ매를 잇그러 ᄆᆡᄌᆞ 침소의 가니 셕시 놀라 나오고져 ᄒᆞ니 혹ᄉᆞ 형뎨 웃고 왈 이 사ᄅᆞᆷ이 누의로 더브러 친ᄒᆞ니 피티 못ᄒᆞ리라 권ᄒᆞ여 안치고 문을 닷고 나가니 샹셔ᄂᆞᆫ 아모란 줄 모르고 다만 벼개 ᄀᆞ의 구러뎟더라 셕시 뎌 소ᄉᆡᆼ을 보매 일단

59면

ᄒᆞᆫᄒᆞᄂᆞᆫ ᄆᆞ음과 놀라온 ᄯᅳ디 극ᄒᆞ니 상머리의 안자 촉을 도〃고 녜악을 슈련ᄒᆞ더니 삼경이 진ᄒᆞᆫ 후 샹셰 스ᄉᆞ로 ᄭᆡ야 보니 관도 그르디 아니코 누엇거ᄂᆞᆯ 고이히 너겨 ᄉᆞ면을 둘러보니 셔벽하의 일위 미인이 담장소복으로 소두를 헤ᄠᅳᆯ고 셔안의 비겨 칙

보거늘 다시 보니 이 셕부인이라 믄득 어제 취ᄒᆞ야 드러오믈 알고 또 목이 갈ᄒᆞ야 상머리의 향다를 취ᄒᆞ야 마시고 ᄶᅵ를 그ᄅᆞ고 오술 다시 녀믠 후 누었던 자리를 ᄲᅥ나 칙상 ᄀᆞ의 가 뉵침을 어더 베고 ᄂᆞ촐 덥고 다시 줌드니 셕시ᄂᆞᆫ 마ᄎᆞᆷ내 자디 아니ᄒᆞ더라 명됴의 샹셔 니러나 소셰ᄒᆞ되 마ᄎᆞᆷ내 부인ᄃᆞ려 일언도 아니코 안졍히 관ᄃᆡ흔 후 나가되 그 ᄋᆞ직 좌우에 이시나 또ᄒᆞᆫ 본 톄 아니코 외당의 와 참졍ᄭᅴ 하딕홀ᄉᆡ 셕혹ᄉᆡ 샹셔의 면ᄉᆡᆨ이 불평ᄒᆞ믈 보고 문왈 형이 어제 술을 먹으매 불안ᄒᆞ냐 샹셰 ᄃᆡ왈 아모란 줄 모르되 일신이 곤뇌ᄒᆞ야 견되디 못ᄒᆞ리로다 참졍 왈 필연 어제 샹ᄒᆞ여시니 그ᄃᆡ 더욱 날을 원망ᄒᆞ리로다 소ᄉᆡᆼ이 잠간 웃고 니러나 ᄌᆞ운산의 도

60면

라와 양부인ᄭᅴ 뵈옵고 셔당의 나와 혼곤ᄒᆞ야 누엇더니 믄득 한츅ᄒᆞ고 번열ᄒᆞ야 병이 니러나니 원ᄂᆡ 소ᄉᆡᆼ이 몸을 ᄉᆞᄉᆞ로 조심ᄒᆞ야 힝혀 부인ᄭᅴ 불효를 기틸가 두리고 일개 다 이러틋 위와다 디내더니 이 날 못 먹ᄂᆞᆫ 술을 인졍의 거리ᄶᅧ 세 잔을 먹고 또 의관도 그ᄅᆞ디 아냐 촌 ᄃᆡ 것구러뎟다가 ᄭᆡᆫ 후 또 편히 자지 못ᄒᆞ야 셔안의 비겨 새와나니 일노조차 병이 발ᄒᆞᆫ디라 겨유 강잉ᄒᆞ야 모친ᄭᅴ 됴셕 문안을 일운 후ᄂᆞᆫ 셔당의 나와 누어 신음ᄒᆞ야 뉵칠 일이 되니 날노 더ᄒᆞᆫ 둣ᄒᆞ니 샹셰 홀ᄂᆞᆫ 문안ᄒᆞ고 부인ᄭᅴ 술오ᄃᆡ 불쵸ᄋᆡ ᄌᆞ교를 밧ᄌᆞ와 일즉 술 먹기를 조심ᄒᆞ옵더니 모일의 팔왕이 셕공집의 ᄃᆞ려가샤 여러 지샹으로 더부러 핍박ᄒᆞ야 권ᄒᆞ시니 마디 못ᄒᆞ야 잠간 먹습고 그 밤을 편히 쉬디 못ᄒᆞ옵기로 텸병ᄒᆞ야 병이 날듯ᄒᆞ오니 셔당의셔 됴리ᄒᆞ야지이다 부인이 놀나 골오ᄃᆡ 이러커든 의약이나 다ᄉᆞ리라 엇디 됴리티 아니코 실셥ᄒᆞᄂᆞ뇨 샹

61면

셰 샤례ᄒᆞ고 외당의 와 누은 후ᄂᆞᆫ ᄌᆞ못 팀즁ᄒᆞ니 가듕이 블승술난하고 양부인이 듀야 근심ᄒᆞ야 닐오ᄃᆡ 병이 이러틋 즁ᄒᆞ니 셕시를 브를 거시라 ᄒᆞ고 사ᄅᆞᆷ으로 ᄒᆞ야곰 샹셔의 병 듕ᄒᆞ믈 뎐ᄒᆞ고 오라 ᄒᆞ시니 셕시 듀뎌ᄒᆞ다가 부모ᄭᅴ 고왈 가뷔 병이 잇고 존괴 젼일을 뉘우ᄎᆞ니 오라 ᄒᆞ여 겨시니 엇디ᄒᆞ리잇가 참졍이 변ᄉᆡᆨ 왈 가디 못ᄒᆞ리라 아모리 녀진들 이럴 길히 이시랴 소ᄉᆡᆼ이 병이 듕홀디라도 조강지쳬 잇고 태의 약을 밧드니 네가 므엇ᄒᆞ리오 블과 너를 됴희ᄒᆞ미로다 셕시 ᄃᆡ왈 비록 그러ᄒᆞ오나 아니가미 그ᄅᆞ니 야〃ᄂᆞᆫ ᄉᆡᆼ각ᄒᆞ야 보쇼셔 참졍이 평일의 ᄌᆡ조와 인물이 긔특ᄒᆞ되 셩졍

이 고집ᄒᆞ야 그른 줄을 알며도 우기면 쳔인이 권ᄒᆞ나 두로혀디 못ᄒᆞᄂᆞᆫ 집법이라 소샹셔를 심히 혼ᄒᆞ며 ᄯᅩᄒᆞᆫ 녀ᄋᆞ로ᄡᅥ 뎌의게 아니 보내려 ᄯᅳ들 뎡ᄒᆞ엿ᄂᆞᆫ디라 부인과 셕시 지삼 불가ᄒᆞᆷ을 니ᄅᆞᄃᆡ 견집ᄒᆞ야 듯디 아니〃 셕시 ᄒᆞᆯ 일이 업서 드ᄃᆡ여 가디 못ᄒᆞᆫ디라

62면

양부인이 잠싼 그룻 너기ᄂᆞᆫ 빗치 잇거ᄂᆞᆯ 셕패 나아가 고ᄒᆞᄃᆡ 이ᄂᆞᆫ 셕참졍의 고집ᄒᆞ시미오 쇼부인의 타시 아니〃이다 부인 왈 이ᄂᆞᆫ ᄋᆞ직 불명ᄒᆞ고 내의 모호ᄒᆞ미니 셕시 엇디 혼티 아니리오 셕공은 대댱뷔라 엇디 의리를 모ᄅᆞ리오마ᄂᆞᆫ 이ᄂᆞᆫ 셕시 혼ᄒᆞ야 오디 아니미로다 인ᄒᆞ야 우어 왈 경의 병이 듕ᄒᆞᄆᆞ로 불럿더니 셕시 유심ᄒᆞᆯ딘대 혈마 엇디ᄒᆞ리오 셕패 참괴ᄒᆞ야 물러나다 샹셔의 병이 일〃 위듕ᄒᆞ니 스ᄉᆞ로 ᄆᆞ음을 널리 ᄒᆞ고 담을 크게 ᄒᆞ야 통셩을 ᄎᆞᄆᆞ며 식음을 비록 거ᄉᆞ려 토ᄒᆞ나 반드시 강잉ᄒᆞ야 먹으며 일향 슌편ᄒᆞᆫ 빗ᄎᆞ로 디내나 신샹의 괴로이 신음ᄒᆞᄆᆞᆫ 극ᄒᆞ더니 일〃은 부인이 나와 보실ᄉᆡ 샹셰 병댱을 것고 옷옷과 ᄯᅴ를 ᄆᆡ며 관을 ᄡᅳ고 강잉ᄒᆞ야 상의 ᄂᆞ려 마ᄌᆞ니 부인이 드러와 보시매 신식은 각별 패ᄒᆞᆫ 일이 업ᄉᆞ되 호흡이 쳔촉ᄒᆞ고 슈족이 불 ᄀᆞᆺᄐᆞ니 부인이 손을 잡고 함누쳑연ᄒᆞ야 문왈 네 우연ᄒᆞᆫ 병으로 듕ᄒᆞ미 이 ᄀᆞᄐᆞ니 내 ᄆᆞ음이 불평ᄒᆞᆷ을

63면

어이 다 니ᄅᆞ리오 너ᄂᆞᆫ 모ᄅᆞ미 조심ᄒᆞ야 됴리ᄒᆞ미 올커ᄂᆞᆯ 엇디 이러툿 관소ᄒᆞ고 안잣ᄂᆞᆫ다 샹세 안식을 유화히 ᄒᆞ야 ᄉᆞᆯ오ᄃᆡ 쇼지 불쵸ᄒᆞᆫ 몸을 삼가디 못ᄒᆞ옵기의 팀병ᄒᆞ야 오래 뫼옵디 못ᄒᆞ오니 불회 비경ᄒᆞ이다 연이나 쵹샹ᄒᆞᆫ 병이 일시 괴로오나 ᄌᆞ연 수이 ᄒᆞ리〃이다 부인이 츄연ᄒᆞ야 즐기디 아니시니 샹셰 좌우를 도라보아 ᄀᆞᆯ오ᄃᆡ 내 아젹 먹은 후ᄂᆞᆫ 미음을 가져다가 주디 아니〃 병인이 엇디 보호ᄒᆞ리오 이제 ᄲᆞᆯ리 가져오라 화시 급히 니러나 ᄇᆡᆨ녕미음을 가져다가 주니 흔연이 마시고 이에 모친 겨ᄐᆡ 안자 고ᄉᆞ네악으로 의논ᄒᆞ며 붕우의 ᄌᆡ조도 ᄉᆞᆯ와 온화ᄒᆞᆫ 말솜과 아듕ᄒᆞᆫ 우음이 ᄌᆞ약ᄒᆞ야 됴곰도 병식을 뵈디 아니ᄒᆞ더니 부인이 드러가신 후ᄂᆞᆫ 새로이 신음ᄒᆞᆷ을 이긔디 못ᄒᆞ더니 패 셕시 오디 아니믈 뎐ᄒᆞ니 샹셰 묵연 브답이더라 수일 후 참졍이 셕시ᄃᆞ려 너ᄂᆞᆫ 내 ᄉᆡᆼ젼의 보내디 아니려 ᄒᆞ거니와 그 아ᄃᆞᆯ은 양부인 보시게 보내라 쇼

졔 명을 니어 냥즈를 유모를 맛뎌 보내니 양

64면

부인이 드릭시고 이에 냥 손즈를 블너 보고 두긋기고 스랑ᄒ며 셔당의 보내니 샹셰 신음 듕 ᄋ즈 와시믈 듯고 드려다가 볼식 두 ᄋ히 당셩 슈미ᄒ미 미ᄎ리 업ᄉ니 부즈 지졍이 엇디 깃부디 아니며 ᄉ랑티 아니리오 무릅 우히 언저 그 손을 어르믄져 유모를 명ᄒ되 이ᄂ 내 즈식이니 내 집의 두고 너히ᄂ 셕가 비복이니 도라가라 유뫼 아모리 홀 줄을 몰라 셕파의게 고ᄒ니 패 탄왈 낸들 엇디ᄒ리오 슌히 모드미 올커놀 샹셰 병이 듕흔디 부인이 불러 계시거늘 무단이 오디 아니니 부인이 그릇 너기시고 샹셰 노ᄒ야 ᄒ시니 참졍의 고집ᄒ시미 애둛디 아니리오 샹셰 명ᄒ시니 너히 등이 아직 도라가미 올토다 이네 각〃 공즈를 써나가매 아연이 눈물을 흘니고 도라가 참졍씌 고ᄒ니 웃고 왈 즈문이 깁히 노ᄒ닷다 셕시ᄂ 고개를 수겨 말을 아니ᄒ더니 수일 후 셕패 글노뻐 참졍씌 브티니 대개 소싱의 병이 극듕ᄒ니 셕시를 보내라 흔 쓰디라 셕시 이에 고ᄒ디 쇼네 결단ᄒ려 가려

65면

ᄒ니 야〃ᄂ 막디 마ᄅ쇼셔 참졍이 녀ᄋ의 동심ᄒ믈 보고 홀 일이 업서 탄왈 네 갈딘대 모ᄅ미 조심ᄒ야 환을 엇디 말라 셕시 슈명ᄒ야 이에 즈운산의 니ᄅ러 문 밧씌 머믈고 부인씌 청죄ᄒ니 부인이 듯고 흔연이 시녀로 밧비 드러오라 ᄒ신대 셕시 명을 니어 드러와 취셩뎐 당하의 청죄ᄒ니 모다 ᄇ라보매 녹발이 허트러 옥면의 더퍼시니 난최 옥계의 ᄠ러딘ᄃᆺ 셰요ᄂ 거의 긋처딜 듯ᄒ여 염여흔 틔도와 쇄락흔 긔질이 새로이 황홀ᄒ고 아릿다온 용뫼 심신이 녹을디라 남누흔 의상과 조심ᄒᄂ 거동이 더욱 졀묘ᄒ야 계하의 ᄭ러 샤죄 왈 쇼쳡이 더러온 긔질노 셩문의 의탁ᄒ와 일마다 그ᄅ오디 존고 덕틱으로 수삼 셰를 디녀숩더니 ᄆ춤내 텬앙을 닙ᄉ와 슬하를 니별ᄒ엿숩더니 지삼 은익를 닙어 악명을 신원ᄒ옵고 가뷔 병이 잇ᄉ오니 비록 브ᄅ시ᄂ 명이 업술디라도 나아와 샤례코져 ᄒ오되 인식 미셰ᄒ와 뜻과 굿디 못ᄒ온디라 역명

66면

흔 죄를 일야 혜아례 죽기를 ᄇ랄 ᄯ름이러니 가부의 증셰 듕ᄒ다 ᄒ오니 금일은 당

돌ᄒᆞ믈 닛고 문하의 니ᄅᆞ러 구문코져 ᄒᆞ옵더니 쇼쳡의 깁흔 죄를 샤ᄒᆞ시고 안젼의 불너 보내시니 쳡이 존안의 뵈오매 불승경희ᄒᆞ와 죽어 무흔이로소이다 양부인이 좌를 명ᄒᆞ야 셕시를 당의 올리고 위로 왈 가운이 불힝ᄒᆞ고 현뷔 익이 듕ᄒᆞ야 고이ᄒᆞᆫ 거죄 이시니 당초 무고ᄉᆞ와 티독은 노신이 경으로 더브러 의심이 잇디 아니ᄒᆞ더니 쳔만 의외예 녜시 단약으로ᄡᅥ 그ᄃᆡ 용뫼되여 나가 여ᄎᆞ여ᄎᆞᄒᆞ니 경이 비록 총명ᄒᆞ나 귀신이 아니어니 엇디 분변ᄒᆞ리오 이러므로 그ᄃᆡ를 내야 보내고 화시를 ᄆᆞ자 잡다가 형젹이 패루ᄒᆞ니 경이 붕우의 ᄒᆞᆫ 말의 ᄭᆡᄃᆞ라 그 비밀ᄒᆞᆫ 긔회를 들텨내니 노인이 ᄉᆞ경의 ᄀᆞ리와 그런디 구ᄐᆞ여 경의 불명ᄒᆞ미 아닌가 ᄒᆞ노라 이제 임의 간당을 ᄡᅳ러 ᄇᆞ리고 다시 모다 즐길디니 그ᄃᆡ 당초의 오디 아님도 당〃ᄒᆞᆫ 녜교와 정대ᄒᆞᆫ 의리로 혜아리면 그ᄅᆞ거니와 ᄯᅩᄒᆞᆫ 드르니 그ᄃᆡ

67면

ᄆᆞ음으로 못ᄒᆞᆫ 일이라 ᄒᆞ니 엇디 개회ᄒᆞ리오 경의 병의 위듕ᄒᆞ니 심ᄉᆡ 솔난ᄒᆞᆫ디라 그ᄃᆡ 화시로 더브러 병측을 슬피라 셕시 츄연 샤례ᄒᆞ고 소윤 이인과 화시 니파로 서로 보매 졔인이 반기고 슬허ᄒᆞ야 별ᄂᆡ를 몬내 닐너ᄒᆞ며 ᄯᅩ 싱ᄌᆞᄒᆞ믈 티하ᄒᆞ더라 이날 져녁 부인이 화셕 이인을 ᄃᆞ리고 셔헌의 오시니 샹셰 븟들녀 마줄ᄉᆡ 셕시 모친의 겨ᄐᆡ 이시믈 보고 믄득 눈을 ᄂᆞ족이 ᄒᆞ야 모친과 말솜ᄒᆞ니 부인이 닐오ᄃᆡ 셕공이 고집ᄒᆞ야 보내디 아니시니 셕시 너의 유병ᄒᆞ믈 듯고 지삼 간ᄒᆞ야 참졍의 ᄯᅳ들 도로혀 오늘 와시니 가히 부녀의 덕을 일티 아낫다 ᄒᆞ리로다 이제 너희 부뷔 반ᄃᆞ시 각각 ᄒᆞᆫᄒᆞ되 셕시ᄂᆞᆫ 젼일 츌화를 노ᄒᆞ고 경은 유병ᄒᆞ되 즉시 오디 아니믈 그릇 너기려니와 내 ᄯᅳ든 다 그ᄅᆞ디 아니ᄒᆞ니 각〃 품은 ᄯᅳ들 ᄇᆞ리고 화히ᄒᆞ라 셕시 공슈ᄒᆞ야 듯ᄌᆞ올 ᄲᅮᆫ이오 샹셰 사왈 엄명을 밧들리이다 ᄒᆞ더라 부인이 니러나시며 왈 화시 ᄆᆞ양 새와나니 셕시

68면

오늘난 예셔 구호ᄒᆞ라 셕시 비록 어려오나 ᄃᆡ답고 도로 안ᄌᆞ매 샹셰 각별 말도 아니코 다만 괴로이 신음ᄒᆞᆯ ᄯᆞ름이러라 ᄎᆞ야의 셕시 상ᄀᆞ의셔 구호ᄒᆞᆯᄉᆡ 샹셰 ᄒᆞᆫ 경 ᄌᆞᆷ을 일우디 못ᄒᆞ고 머리를 ᄡᅡ고 눈을 ᄀᆞᆷ아 혼미ᄒᆞ미 극ᄒᆞᆫ디라 셕시 셜ᄉᆞ 젼일 츌화ᄂᆞᆫ ᄒᆞᆫᄒᆞ나 ᄯᅩᄒᆞᆫ 샹셔의 본심이 아니오 냥ᄌᆞ를 나코 ᄉᆞ년 동쥬ᄒᆞ야 은의 ᄐᆡ산ᄀᆞ티 얽ᄆᆡ엿

ᄂᆞᆫ디라 져의 증셰 심듕ᄒᆞ믈 보고 심시 황난ᄒᆞ니 츅하의 안자 밤이 뭇도록 ᄒᆞᆫ 뎜 조오롬이 업ᄉᆞ되 샹셰 혹 다룰 구ᄒᆞ나 반ᄃᆞ시 시녀를 브ᄅᆞ고 부인으로 더브러 말을 아니ᄒᆞ더니 이튼날 셕시 드러가 문안ᄒᆞ고 침소의 와 잠깐 쉬더니 부인이 불러 니ᄅᆞ시되 화시 홀연 병드러 긔거티 못ᄒᆞᆫ다 ᄒᆞ니 현뷔 ᄋᆞᄌᆞ의 병침을 년ᄒᆞ야 볼찌어다 셕시 명을 밧고 녹운당의 가보니 화시 상의 누어 골오되 쳡이 년야ᄒᆞ야 새와나니 그런디 일신이 피곤ᄒᆞ야 견ᄃᆡ디 못ᄒᆞ니 두어 날 쉬고져 ᄒᆞ니 부인은 셔당의 가 구호ᄒᆞ쇼셔 셕시 뎌의 병이 ᄯᅩᄒᆞᆫ 가비얍디

69면

아니믈 보고 ᄃᆡ왈 쳡이 불민ᄒᆞ니 가부의 병침을 능히 잘 쇼히디 못ᄒᆞ려니와 년일ᄒᆞ여 가리니 부인은 방심ᄒᆞ야 됴셥ᄒᆞ쇼셔 드ᄃᆡ여 셔당의 도라와 샹셔를 보니 잠간 즘드러시되 번열ᄒᆞ야 오술 그ᄅᆞ고 가슴을 드러내야 누어시나 시동 시네 다 난간 밧긔 잇ᄂᆞᆫ디라 셕시 그 츅 샹홀가 두려 나아가 오술 ᄃᆞ릐여 덥ᄒᆞ니 샹셰 문득 ᄭᆡ야 보고 즉시 오술 녀미고 벽을 도라 누으니 원ᄂᆡ 샹셰 셕시를 노ᄒᆞ야 ᄒᆞ미 아니라 참졍과 댱군이 혹 칼흘 드러 ᄌᆞ기를 죽이려 ᄒᆞ며 참졍은 변ᄉᆡᆨᄒᆞ믈 노ᄒᆞ미오 ᄯᅩᄒᆞᆫ 셕시 것ᄎᆞ로 평안ᄒᆞᆫ ᄉᆡᆨ을 지으나 그 ᄆᆞᄋᆞᆷ 가온대ᄂᆞᆫ 깁히 ᄆᆡ쳐 유심ᄒᆞ믈 슷치고 몬져 발셜ᄒᆞ야 뎌의 ᄃᆡ답 아닛ᄂᆞᆫ 욕[을] 볼가 ᄒᆞ야 스ᄉᆞ로 닝낙ᄒᆞᆫ 빗출 도〃니 셕시ᄂᆞᆫ 이 영민 소통ᄒᆞᆫ 녀ᄌᆡ라 믄득 아라 보고 짐줏 모ᄅᆞᄂᆞᆫ 톄ᄒᆞ야 온슌ᄒᆞ고 ᄂᆞ즉ᄒᆞ야 친근히 구호ᄒᆞ미 이십 여 일의 니ᄅᆞ되 샹셰 ᄆᆞᄎᆞᆷ내 ᄒᆞ리디 아냐 증셰 날로 위즁ᄒᆞ니 일개 망극ᄒᆞ야 ᄒᆞᄂᆞᆫ 듕 화시 우연히 어든 병이 수이 ᄒᆞ리디 못

70면

ᄒᆞ야 미류ᄒᆞ엿ᄂᆞᆫ디라 셕시 셔당을 일시도 ᄯᅥ나디 못ᄒᆞ얏더니 샹셰 일〃은 화시 삼ᄌᆞ와 셕시 냥ᄌᆞ를 ᄃᆞ려다가 보고 탄식 왈 내 이제 죽으나 죡히 다ᄉᆞᆺ 아ᄃᆞᆯ을 두어시니 조션 불효ᄂᆞᆫ 기티디 아닐 거시로ᄃᆡ 오직 ᄌᆞ친긔 불회 비경ᄒᆞ리로다 언필의 믄득 혼미 아득ᄒᆞ야 긔졀ᄒᆞ거ᄂᆞᆯ 셕파 등도 ᄒᆞᆫ 가지로 잇ᄂᆞᆫ디라 대경 망극ᄒᆞ야 눈물을 흘니고 부인긔 고ᄒᆞ려 ᄒᆞ거ᄂᆞᆯ 셕시 급히 말려 왈 일시의 긔운이 막히미니 약을 ᄡᅳᆯ 거시어ᄂᆞᆯ 엇디 졍당의 고ᄒᆞ여 놀라시긔 ᄒᆞ리오 시녀로 ᄒᆞ여곰 요란히 구러 부인이 드ᄅᆞ시게 말라 ᄒᆞ고 친히 약을 가져가 년ᄒᆞ야 녀흘 ᄉᆡ 그 긔ᄆᆡᆨ이 위티ᄒᆞ믈 보매 소릐를 머

금고 쥬뤼 화ᄉᆡ의 니음차 옷기시 저ᄌᆞ니 좌위 실셩 뎨읍이러라 냥구케야 샹셰 숨을 내쉬고 잠간 인ᄉᆞ를 출히니 셕패 울며 왈 샹공이 앗가 엇디ᄒᆞ야 긔운을 막히시니잇가 샹셔 왈 우연히 아득ᄒᆞ야 혼절ᄒᆞ니 거의 사디 못ᄒᆞᆯ 번ᄒᆞ여이다 모친이 아라 겨시냐

71면

셕패 왈 놀나실가 고치 못ᄒᆞ이다 샹셰 대희ᄒᆞ야 문왈 셔모의 힝ᄉᆡ 감샤ᄒᆞ이다 엇디 총망 듕 미처 ᄉᆡᆼ각ᄒᆞ시뇨 니패 왈 셕파의 일이 아니라 셕부인의 ᄉᆡᆼ각ᄒᆞ시미니이다 샹셰 믄득 말을 그티더라 이 날 황혼의 졔인이 흐터디고 셕시 측하의 안자시니 샹셰 뎌의 눈물 자최 쳐량ᄒᆞ고 일삭 밧긔 구완ᄒᆞᄃᆡ 됴곰도 틔만티 아니ᄒᆞ며 밤의 눈을 브티디 못ᄒᆞ고 쥬야 단좌ᄒᆞ야 옷골흠도 그ᄅᆞ디 아니ᄒᆞ며 식음을 폐ᄒᆞ고 조심ᄒᆞ믈 보매 엇디 감동티 아니리오 일단 은졍이 노호온 거술 이긔ᄂᆞᆫᄃᆡ ᄌᆞ긔 혼절ᄒᆞᆫ ᄣᆡ 부인씌 고티 아니믈 아름다이 너겨 쥰절ᄒᆞᆫ 비출 덜고 ᄎᆞ야의ᄂᆞᆫ ᄆᆞ음을 프럿더니 이경 후 차를 구ᄒᆞ거ᄂᆞᆯ 셕시 나아와 주니 마시기를 다ᄒᆞᆫ 후 샹셰 비로소 무러 ᄀᆞᆯ오ᄃᆡ 부인이 엇디 소ᄉᆡᆼ의 병침의 니ᄅᆞ러 구호ᄒᆞ고 신고ᄒᆞ미 이ᄀᆞᄐᆞ뇨 ᄉᆡᆼ이 일야 불안ᄒᆞ믈 이긔디 못ᄒᆞᄂᆞ니 평안이 쉬시믈 쳥ᄒᆞᄂᆞ이다 셕시 머리를 수기고 졍ᄉᆡᆨ 브답이어ᄂᆞᆯ 샹셰 이윽긔야 또 닐오ᄃᆡ 쇼ᄉᆡᆼ

72면

이 비록 용졸ᄒᆞ나 장군이 칼노뻐 죽이고져 ᄒᆞ고 참졍이 면칙ᄒᆞ며 부인이 모명을 거역ᄒᆞ니 진실노 미안티 아니랴 연이나 부인이 ᄉᆡᆼ을 위ᄒᆞ야 듀야 근노ᄒᆞ시니 금일은 편히 쉬쇼셔 셕시 날호여 ᄃᆡ왈 쳡이 비박지질로 군ᄌᆞ의 후ᄃᆡ를 바다 복이 넘쪄 ᄋᆡᆨ을 보니 이 ᄯᅩᄒᆞᆫ 쳡의 운쉬 긔구ᄒᆞ미라 엇디 감히 유ᄒᆞᆫᄒᆞ야 존고 명을 거ᄉᆞ리리오마ᄂᆞᆫ 죄를 알며 범ᄒᆞ고 지어 조부와 부친의 일은 ᄯᅩᄒᆞᆫ 쳡의 깁ᄒᆞᆫ 죄라 쳥죄ᄒᆞᆯ ᄯᆞᄅᆞᆷ이로소이다 샹셰 ᄇᆡ야ᄒᆞ로 소ᄅᆡ를 화히 ᄒᆞ야 ᄃᆡ왈 이제 고ᄉᆞ를 닐러 쌜 ᄃᆡ 업ᄉᆞᄃᆡ 언경ᄒᆞ야 브절 업ᄉᆞᆫ 말을 ᄒᆞ미라 연이나 구병ᄒᆞ연 디 월여의 잠간도 쉬디 아니시니 금일은 내 긔운도 져기 나으니 평안이 쉬라 내 ᄯᅩᄒᆞᆫ 평안ᄒᆞ리로다 셕시 ᄃᆡ왈 쳡의 슉쇠 이시니 군ᄌᆡ 병이 나으시면 쳡이 스ᄉᆞ로 가 쉬리니 군ᄌᆞᄂᆞᆫ 념녀티 마ᄅᆞ소셔 샹셰 외당이라 혐의ᄒᆞ야 쉬디 아니믈 보고 ᄯᅩᄒᆞᆫ 올히 너겨 강권티 아니터라 이러구러 수일이 디난

73면

후 셕시 상머리의셔 약을 다스리다가 칼놀히 손이 듕히 샹ᄒᆞ야 피 흘러 자리의 ᄀᆞ득ᄒᆞ니 거두어 ᄲᅡᄆᆡ고 약질의 알ᄑᆞᆷ믈 이긔디 못ᄒᆞ야 면식이 츤 지 ᄀᆞᄐᆞ되 샹셰 좀 드러시ᄆᆡ로 소ᄅᆡ를 아니 ᄒᆞ되 온 몸이 ᄯᅥᆯ녀 정신이 아득ᄒᆞ니 상셔의 업더여 긔운을 딘뎡ᄒᆞ며 ᄎᆞ마 그 피를 보디 못ᄒᆞ야 시녀를 불너 업시고져 ᄒᆞᄃᆡ ᄯᅩᄒᆞᆫ 못ᄒᆞ더니 샹셰 마층 ᄭᆡ야 두로혀 누어 눈을 드러 보니 셕시 긔식이 창황ᄒᆞ야 손을 품고 업더엿거놀 문왈 부인이 어ᄃᆡ를 블평ᄒᆞ야 ᄒᆞᄂᆞ냐 셕시 ᄃᆡ왈 우연이 실슈ᄒᆞ야 손이 샹ᄒᆞ니 ᄌᆞ연 ᄆᆞᄋᆞᆷ이 편티 아니ᄒᆞ이다 샹셰 ᄇᆡ야흐로 보니 부인의 〃샹의 피 ᄀᆞ득ᄒᆞ엿거놀 경아ᄒᆞ야 이에 그 손을 보매 믄득 안식을 변ᄒᆞ고 닐오ᄃᆡ 엇디 이대ᄃᆞ록 듕샹ᄒᆞ엿ᄂᆞ뇨 스ᄉᆞ로 몸을 니러 깁을 ᄲᅦ여 약을 섯거 ᄲᅡᄆᆡ고 심히 블평ᄒᆞ야 ᄒᆞ더라 셕시 옥쉬 샹ᄒᆞᄆᆞ로브터 좌편 풀이 저리고 브어 임의로 ᄡᅳ디 못ᄒᆞ니 샹셰 ᄌᆡ삼 침당의 가 편히 쉬라 권ᄒᆞ되 듯디 아니ᄒᆞ더

74면

니 일〃은 셕패 부인을 뫼시고 드러와 샹셔를 볼ᄉᆡ 셕시는 셔안을 의지ᄒᆞ야 조을고 샹셔는 부인의 손을 잡고 ᄯᅩᄒᆞᆫ 자거놀 양부인이 우으시고 병풍 밧긔셔 소ᄅᆡᄒᆞ시니 셕시 놀나 ᄭᆡᄃᆞᄅᆞ니 샹셰 ᄌᆞ긔를 집슈ᄒᆞ야시믈 보고 손을 밀고 급히 니러 부인을 마ᄌᆞ니 부인과 셕패 웃고 드러 안ᄌᆞ매 샹셰 ᄯᅩᄒᆞᆫ ᄭᆡ야 보고 상의 ᄂᆞ려 안자 ᄀᆞᆯ오ᄃᆡ 년ᄒᆞ야 자디 못ᄒᆞ기로 앗가 좀 드러 맛좁디 못ᄒᆞ과이다 부인 왈 오놀은 엇더ᄒᆞ뇨 ᄃᆡ왈 두어 날은 나으니 다힝ᄒᆞ이다 부인이 경계 왈 네 샹시 힝식 지극 신듕ᄒᆞ매 병이 듕ᄒᆞ되 의심티 아냐 셕시로 듀야 구병ᄒᆞ긔 ᄒᆞᄂᆞ니 너는 모로미 조심ᄒᆞ야 됴셥ᄒᆞ라 샹셰 이에 셕시로 더브러 ᄉᆞ십여 일의 니ᄅᆞᄃᆞ록 일방의 이시되 됴곰도 유희예 일이 업더니 이 날 마츰 뎌의 손이 듕샹ᄒᆞ믈 보고 ᄆᆞᄋᆞᆷ의 블평ᄒᆞ되 ᄯᅩ 셔안의 비겨 조오롬을 보매 의식 은근ᄒᆞ야 그 손을 잡아 샹ᄒᆞᆫ 거술 보다가 인ᄒᆞ야 좀 드럿더니 모친이 보시고 의려

75면

ᄒᆞ야 당부ᄒᆞ믈 알고 다만 유〃히 명을 밧들 ᄯᆞ롬이러라 이러구러 ᄯᅩ 십여 일이 디나매 병셰 향차ᄒᆞ니 가듕이 진동ᄒᆞ야 경ᄉᆞ를 티하ᄒᆞ고 셕시 ᄆᆞᄋᆞᆷ을 펴 벽운당의 도라

와 쉬더니 홀연 팀병ᄒᆞ니 원ᄂᆡ 긔질이 버들 ᄀᆞᆺ튼ᄃᆡ 오십 일을 듀야 눈을 브티디 못ᄒᆞ고 안자 디내ᄂᆞᆫ 듕 우환의 용녀를 더ᄒᆞ니 분황홀 적은 아디 못ᄒᆞ엿다가 ᄆᆞ음을 펴매 병이 니러나니 이때 화시와 샹셰 쾌차ᄒᆞ야 니러나며 셕시 병 드니 가듕의 우환이 ᄲᅧ나디 아니ᄒᆞᄂᆞᆫ디라 샹셰 모친의 용녀ᄒᆞ시믈 근심ᄒᆞ야 더욱 의약을 브즈런이 다ᄉᆞ려 셕시 병이 ᄒᆞ리믈 ᄇᆞ라더니 이때 녀운이 제 ᄯᆞᆯ 내티믈 흔ᄒᆞ야 소샹셔를 해코져 ᄒᆞ되 핑계 업서 ᄒᆞ더니 강쥐 인심이 황난ᄒᆞ야 도적이 쳐〃의 모다 작난흔다 ᄒᆞ니 츄밀이 표를 올려 ᄀᆞᆯ오ᄃᆡ 강쥐ᄂᆞᆫ 듕지라 맛당이 총명 지조와 디략 ᄀᆞ즌 재 딘뎡ᄒᆞ리니 샹셔 복야 소경이 문뮈 겸젼ᄒᆞ고 디혜 과인ᄒᆞ니 가히 강쥐 안찰ᄉᆞ를 ᄒᆞ야 부임킈 홀디라 비록 직함이 나자디나 공노를 일

76면

워든 승품ᄒᆞ미 올ᄒᆞ니이다 텬지 유예ᄒᆞ시더니 녀구비 용ᄉᆞᄒᆞ야 셩지 윤허ᄒᆞ시니 츄밀이 통졍ᄉᆞ의 회뢰ᄒᆞ야 즉일노 발힝ᄒᆞ라 ᄒᆞ시니 소샹셰 뎐지를 듯ᄌᆞᆸ고 드러와 모친긔 ᄉᆞᆯ온대 부인이 대경 왈 강쥐ᄂᆞᆫ 이 험디라 네 즁병을 디내고 소복디 못ᄒᆞ얏거ᄂᆞᆯ 장ᄎᆞᆺ 원노의 어이 가리오 샹셰 ᄃᆡ왈 히ᄋᆡ 소셩ᄒᆞ연 디 오라오니 족히 념녀홀 배 아니옵고 더ᄃᆡ면 일 년이오 쉬 오면 반년지ᄂᆡ의 도라오올디니 과려ᄒᆞ시리오 부인이 기리 탄왈 네 쇼년의 부귀 극ᄒᆞ니 도시 황은이라 명을 밧드러 ᄉᆞ방의 가 군명을 욕디 아니미 가히 ᄉᆡ 될디라 너는 날을 ᄉᆡᆼ각디 말고 임ᄉᆞ를 션티ᄒᆞ야 청명을 드리오고 황샹 뎐지를 욕디 말나 샹셰 지비ᄒᆞ야 슈명ᄒᆞ고 두 셔모와 소윤 낭ᄆᆡ를 니별ᄒᆞ니 제인이 눈물을 ᄡᅳ리더라 이에 몬져 녹운당의 와 부인을 니별홀ᄉᆡ 다만 됴셕 식봉과 모친 좌의 ᄯᅥ나디 아니믈 니ᄅᆞ고 이에 벽운당의 니ᄅᆞ러 셕부인을 보매 부인이 침셕의 위둔ᄒᆞ야 병세 극듕흔디

77면

라 ᄉᆡᆼ이 비록 견고ᄒᆞ나 흔 번 보매 심ᄉᆡ 됴티 아냐 나아가 ᄂᆞ족이 닐오ᄃᆡ ᄉᆡᆼ이 국명으로 강쥐를 나가더니 부인의 병이 ᄒᆞ리믈 보디 못ᄒᆞ고 가니 심ᄉᆡ 불평ᄒᆞ도다 아ᄆᆞ려나 회츈ᄒᆞ야 서ᄅᆞ 보기를 ᄇᆞ라ᄂᆞ이다 셕시 청파의 정ᄉᆡ 왈 군지 황명을 밧ᄌᆞ와 만니의 힝ᄒᆞ시니 〃친지회 극홀디니 다른 ᄃᆡ ᄡᅳ디 업ᄉᆞ려든 혈〃흔 ᄋᆞ녀ᄌᆞ를 ᄃᆡᄒᆞ야 니별홈도 다ᄉᆞᄒᆞ미어ᄂᆞᆯ 엇디 몸 우히 공복을 닙고 부녀로 더브러 ᄉᆞ졍을 니ᄅᆞ시리오

쳡이 ᄇᆡ야 청츈이라 져근 병이 〃시나 ᄌᆞ연 소복ᄒᆞᆯ 거시니 브졀업ᄉᆞᆫ 념녀를 거리끼디 마ᄅᆞ쇼셔 ᄉᆡᆼ이 듯기를 ᄆᆞᄎᆞ매 기리 샤왈 부인의 말ᄉᆞᆷ이 올ᄒᆞᆫ디라 ᄉᆡᆼ이 엇디 심ᄉᆞ의 구애ᄒᆞ야 ᄉᆞ려ᄒᆞ리오 다만 병을 됴셥ᄒᆞ쇼셔 드ᄃᆡ여 니러 나가 궐하의 하딕ᄒᆞ니 샹이 인견ᄒᆞ야 위로ᄒᆞ시고 졀월을 주시니 샤은ᄒᆞ고 강셔를 향ᄒᆞᆯᄉᆡ 츄종을 다 ᄲᅥᄅᆞ텨 뒤히 조ᄎᆞ 오라 ᄒᆞ고 유ᄉᆡᆼ의 복ᄉᆡᆨ으로 강ᄌᆔ 니ᄅᆞ러 ᄒᆞᆫ 촌뎜의 드니 두어 늘그니 술 먹고 가무ᄒᆞ거ᄂᆞᆯ 안찰ᄉᆡ 나아가 만복ᄒᆞ믈

78면

청ᄒᆞ니 노인이 놀라 마자 닐오ᄃᆡ 슈ᄌᆞᄂᆞᆫ 어ᄃᆡ셔 오시니잇가 안ᄉᆡ ᄃᆡ왈 ᄉᆡᆼ은 경ᄉᆞ 사ᄅᆞᆷ으로 유산ᄒᆞ야 이 곳의 니ᄅᆞ럿더니 녈위 노당은 엇던 사ᄅᆞᆷ이시니잇고 노인 왈 우리ᄂᆞᆫ ᄃᆡ〃로 강ᄌᆔ셔 사라시니 둘이 형뎨라 셩명은 원화 원슝이라 ᄒᆞᄂᆞ니 슈지 멀리셔 왓도다 드ᄃᆡ여 술을 권ᄒᆞ되 츄ᄉᆞᄒᆞ고 먹디 아니ᄒᆞ며 죵용히 말ᄒᆞ야 풍쇽을 ᄉᆞᆺ치고 ᄯᅩ 무러 ᄀᆞᆯ오ᄃᆡ 이 고ᄃᆡ 여의ᄀᆡ용단과 오면회단이 잇다 ᄒᆞ니 어ᄃᆡ셔 ᄑᆞᄂᆞᆫ고 알고져 ᄒᆞ노라 노인 왈 이 약이 극[히]귀ᄒᆞ니 갑시 듕커니와 사고져 ᄒᆞᆯ딘대 예셔 졍동으로 이십 니만 가면 만츈산이란 뫼[히] 이시니 그 가온대 도화진인이 〃셔 이 단약을 고아 ᄑᆞ나니라 어ᄉᆡ ᄀᆞᄅᆞ치믈 샤례ᄒᆞ고 문왈 [이 진인이 도술이 놉흔가 노인 왈] 진인은 이삼 천 년 득도ᄒᆞᆫ 신션이라 그 조홰 텬디의 ᄀᆞ득ᄒᆞ니라 어ᄉᆡ 왈 이러면 청고ᄒᆞᆫ 도ᄉᆡ어ᄂᆞᆯ 엇디 구〃이 약을 ᄑᆞᄂᆞ뇨 노인 왈 데 [이] 약을 ᄑᆞ라 즁ᄉᆡᆼ의 구망을 응ᄒᆞ니 이 일단 젹션이라 ᄒᆞᄂᆞ니라 안ᄉᆡ 듯기를 다ᄒᆞ고 이윽이 안잣다가 하딕고 가니 그 노인이 서로 의심ᄒᆞᄃᆡ

79면

엇던 슈지 그대도록 긔특ᄒᆞᆫ ᄀᆞ 아니 도화진인이 와셔 희롱ᄒᆞ민가 비록 진군일디라도 우리 해로온 말 아냐시니 근심 업다 ᄒᆞ더라 소안ᄃᆡ 늑칠 일을 도라 인심을 숇힌 후 통문ᄒᆞ고 즉일의 부임ᄒᆞ니 부현관이 ᄃᆞ토와 영졉ᄒᆞ며 하리 분〃황〃ᄒᆞ미 청텬의 벽녁이 불의예 니러남ᄀᆞ티 너기더니 안ᄃᆡ 하관과 군졸을 인품으로 차등ᄒᆞ야 샹벌을 붉게 ᄒᆞ고 혁늑을 존절ᄒᆞ며 ᄇᆡᆨ셩을 어엿비 너기니 강ᄌᆔ 일ᄃᆡ 수월이 못ᄒᆞ야 태평가를 브ᄅᆞ고 적이 셩재 되니 소ᄉᆡᆼ의 덕퇵과 도량을 알리러라 안ᄃᆡ 일〃은 셔헌의 안잣더니 믄득 하리 ᄒᆞᆫ 쇼년을 미러 뎐하의 와 고ᄒᆞᄃᆡ 이 션비 미친 말을 내여 노야ᄭᅴ 알외

여디라 ᄒᆞ고 반일을 빠호니 마디못ᄒᆞ여 ᄃᆞ려왓ᄂᆞ이다 눈을 드러 보니 미목이 청녀ᄒᆞ고 풍되 슈려ᄒᆞᄃᆡ 병식이 ᄀᆞ득ᄒᆞ엿더라 이에 문왈 유싱은 엇던 사름이며 므슴 원민ᄒᆞ미 잇ᄂᆞ뇨 소회를 니ᄅᆞ면 결단ᄒᆞ리라 그 셔싱이 눈물을 흘니고 ᄀᆞᆯ오ᄃᆡ 싱은

80면

본ᄃᆡ 경ᄉᆞ ᄉᆞ름으로 표박ᄒᆞ여 이 ᄯᅡ히 와 ᄉᆞ고무친ᄒᆞᆫᄃᆡ 오ᄃᆡᆨ 비파뎡 명챵 취연을 가튝ᄒᆞ야 실인을 삼아 사더니 거년의 취연의 고인 니경쉬란 놈이 여의ᄀᆡ용단을 먹고 와 쇼싱을 소기니 쇼싱이 실소 취연으로 아라 그 후 ᄎᆞᆺ디 아니ᄒᆞ더니 경쉬 쇠를 타 취연[을] ᄃᆞ리고 무위군의 가 사니 이제 당ᄒᆞ여ᄂᆞᆫ 쇼싱이 아모리 가 ᄎᆞ자도 주ᄃᆡ 아니코 도로혀 쇼싱을 듕히 텨 이리 병 드러시니 노야의 신명 위덕을 힘 닙ᄉᆞ와 츄연을 ᄎᆞᆺ고 니경슈를 죽여 주시믈 ᄇᆞ라ᄂᆞ이다 안ᄃᆡ 텽파의 크게 우이 너기며 ᄯᅩᄒᆞᆫ 한심ᄒᆞ야 다시 문왈 유싱의 셩명이 무어신다 ᄃᆡ왈 셩명은 왕한이로소이다 안ᄃᆡ 이 믄득 님슈부의 니ᄅᆞ던 왕싱인 줄 알고 그 외입ᄒᆞ믈 잔잉이 너겨 닐오ᄃᆡ 네 말노 보건대 뎨요긔로온 약을 먹어 소김과 츄연의 빅반ᄒᆞ미 다 죄 이시되 츄연의 죄 더욱 듕ᄒᆞᆫ디라 다 자바다가 쳐티ᄒᆞ리라 드ᄃᆡ여 발치ᄒᆞ여 니경슈 츄연을 무위군의 가 자바다가 무를ᄉᆡ 츄연도 ᄌᆞ식이 극히 절셰ᄒᆞ더라 안

81면

ᄃᆡ 츄연을 엄문ᄒᆞ니 복툐ᄒᆞᄃᆡ 번ᄃᆡ 니가의 고인으로 왕싱이 핍박ᄒᆞ야 아ᄉᆞ니 브득이 계교를 ᄡᅳ미라 ᄒᆞ니 안ᄃᆡ 잠간 ᄉᆡᆼ각ᄂᆞᆫ ᄃᆞᆺᄒᆞ더니 소ᄅᆡ를 ᄀᆞ다ᄃᆞ마 ᄀᆞᆯ오ᄃᆡ 네 당초 니가의 가실딘대 왕싱과 사디 아닐 거시어ᄂᆞᆯ 그 ᄯᅢᄂᆞᆫ 슌히 조ᄎᆞᆺ다가 나죵의 소기니 몬져 실졀ᄒᆞᆫ 겨집이 되고 나죵의 실신ᄒᆞᆫ 겨집이 되니 아조 죄 업디 못ᄒᆞ리라 드ᄃᆡ여 듕히 텨 내티고 니싱을 칙왈 네 요망ᄒᆞᆫ 약을 먹어 사름을 소기니 당〃이 죄 듕ᄒᆞᆫ디라 오히려 짐쟉ᄒᆞ여 관셔ᄒᆞᄂᆞ니 다시 이런 거조를 말라 ᄯᅩ 왕싱을 ᄭᅮ지저 왈 네의 어림과 사오나오미 이 ᄀᆞᄐᆞ니 놈의 겨집을 앗고 후의 속으미 참혹ᄒᆞ며 붓그러온 줄을 모ᄅᆞ니 그 스ᄉᆞ로 용납디 못ᄒᆞᆯ 형젹을 가지고 엇디 내게 와 원민ᄒᆞ라 ᄒᆞ더뇨 드ᄃᆡ여 칼 메워 옥의 ᄂᆞ리오라 ᄒᆞ고 공ᄉᆞ를 파ᄒᆞ매 니경슈를 ᄭᅳ어 내티고 동헌의셔 쉬더니 날이 어두오매 심복인으로 ᄒᆞ여곰 왕싱을 ᄃᆞ려 내여와 텽의 올리고 문왈 내 그ᄃᆡ를 보니 임의 흉격의

82면

글을 ᄀᆞᆷ초앗고 안ᄎᆡ의 ᄉᆞ품이 잇거ᄂᆞᆯ 엇딘 연고로 셩인의 ᄀᆞᄅᆞ치신 거ᄉᆞᆯ 져ᄇᆞ리며 스승의 인도ᄒᆞ믈 니저 몸을 무례 방탕이 가져 부모의 유톄와 조션을 욕 먹이ᄂᆞ뇨 ᄒᆞᆨ ᄉᆡᆼ이 일죽 드ᄅᆞ니 대당뷔 셥세쳐신 슈신ᄒᆡᆼ도ᄒᆞ고 튱효를 일흘가 두릴디언졍 쳐ᄌᆡ 업 ᄉᆞᆯ가 근심티 아닐 거시니 ᄒᆞ믈며 됴고만 챵녜ᄶᆞ녀 ᄒᆞᆨᄉᆡᆼ이 비록 어디〃 못ᄒᆞ나 평ᄉᆡᆼ 됴고만 의긔를 품어 사름이 그른 고ᄃᆡ 나아가믈 보면 믄득 ᄆᆞ음이 불평ᄒᆞ야 ᄒᆞᄂᆞ니 형의 ᄒᆡᆼᄉᆞ를 보매 격졀ᄒᆞ믈 이긔디 못ᄒᆞ니 내 원컨대 어딘 미인을 ᄉᆞ족의 ᄀᆞᆯᄒᆡ여 형 의 호구를 뎡ᄒᆞ리니 쇼뎨로 더브러 경ᄉᆞ의 가미 엇더뇨 왕ᄉᆡᆼ이 크게 붓그리고 감격 ᄒᆞ야 ᄌᆡᄇᆡ 샤례 왈 쇼ᄉᆡᆼ은 인뉴의 츙수티 못ᄒᆞᆯ 거시어ᄂᆞᆯ 대인이 〃럿틋 어엿비 너기 시니 엇디 감히 ᄐᆡ교를 밧ᄌᆞᆸ디 아니리잇가 명대로 ᄒᆞ리이다 안ᄃᆡ 희동안ᄉᆡᆨᄒᆞ야 일노 브터 왕ᄉᆡᆼ을 머물워 부듕의 두고 의식을 후히 티며 형뎨로 칭ᄒᆞ야 붕위 되

83면

니 왕ᄉᆡᆼ이 지극 감격ᄒᆞ고 ᄯᅩᄒᆞᆫ 슈괴ᄒᆞ며 뎌 안ᄃᆡ 일동 인졍이 차란ᄒᆞ미 업서 일마다 과인ᄒᆞ고 쳐신ᄒᆞ매 녜의를 ᄀᆞ죽이 ᄒᆡᆼᄒᆞ니 뎌의 일을 보고 제 ᄒᆡᆼ실을 보아 ᄉᆡᆼ각ᄒᆞ매 ᄂᆞᆫ 공ᄌᆞ와 양화와 ᄀᆞ죽이 방블ᄒᆞ니 크게 ᄭᆡᄃᆞ라 ᄆᆞ음을 고티고 ᄯᅳ들 닷가 슈ᄒᆡᆼᄒᆞ믈 안ᄃᆡ ᄒᆞᄂᆞᆫ 대로 ᄒᆞᄂᆞᆫ디라 안ᄃᆡ 뎌의 ᄀᆡ과ᄒᆞ믈 깃거ᄒᆞ며 그 문ᄌᆡ 빗나믈 보고 평일 ᄌᆡ 조 ᄉᆞ랑ᄒᆞ고 앗기미 극ᄒᆞ던 고로 지극 후ᄃᆡᄒᆞ더라 안ᄃᆡ 일〃은 ᄇᆡ ᄐᆞ고 슌ᄒᆡᆼᄒᆞ더니 일 인의 주검이 물 우히 ᄯᅥ 오거ᄂᆞᆯ 샤공으로 ᄒᆞ여곰 건뎌 ᄇᆡ예 올리니 ᄒᆞᆫ 쇼년 녀ᄌᆡ 라 믄득 물을 토ᄒᆞ고 인ᄉᆞ를 출히거ᄂᆞᆯ 안ᄃᆡ 깃거 션창의 드려와 누이고 일긔 딘미를 갓다가 먹이니 ᄇᆡ야ᄒᆞ로 졍신을 아라 말 ᄒᆞ거ᄂᆞᆯ 근본을 무ᄅᆞ니 파쥐 가시랑의 ᄯᆞᆯ로 일개 션유ᄒᆞ다가 풍파를 만나 죽고 제 홀로 구ᄒᆞ믈 닙어 사랏노라 ᄒᆞ고 나흔 십팔셰 ᄂᆞᆫ ᄒᆞᆫ 쳐녀라 아릿답고 졀묘ᄒᆞ미 경국지ᄉᆡᆨ[이오] 팀어낙안지ᄐᆡ 잇ᄂᆞᆫ디라 안ᄃᆡ 반년 을 타향의 와 외로이 디내ᄂᆞᆫᄃᆡ 국

84면

ᄉᆡᆨ을 ᄃᆡᄒᆞ매 범연ᄒᆞᆫ 남질딘ᄃᆡ 엇디 무심ᄒᆞ리오마ᄂᆞᆫ 죠곰도 유의ᄒᆞ야 졍 두ᄂᆞᆫ 일이 업고 다만 그 심ᄉᆞ를 슬피 너겨 교ᄌᆞ를 ᄀᆞᆺ초와 부듕의 보ᄂᆡ고 슌ᄒᆡᆼᄒᆞ기를 ᄆᆞᄎᆞᆫ 후 도 라와 그 녀ᄌᆞ를 볼ᄉᆡ 가시 ᄌᆡᄇᆡᄒᆞ야 텬디 ᄀᆞᄐᆞᆫ 은혜를 샤례ᄒᆞ니 안ᄃᆡ 답녜 왈 이ᄂᆞᆫ

쇼져의 명이 기ᄅᆞ시미라 엇디 내의 공이리잇고 가시 눈물을 흘려 샤은ᄒᆞ믈 마디 아니코 안ᄃᆡᄂᆞᆫ 구디 ᄉᆞ양ᄒᆞ더라 이 날 가시 안ᄃᆡ를 보매 쇼년총쥰ᄒᆞ고 영호슈발ᄒᆞ니 크게 긔특이 너겨 믄득 ᄆᆞ음의 ᄉᆡᆼ각ᄒᆞ되 내 뎌의 구명ᄒᆞᆫ 은덕을 닙어시니 당〃이 함호결초ᄒᆞᆯ 거시오 뎨 쇼년 남ᄋᆞ로 ᄀᆡᆨ탁의 독쳐ᄒᆞ니 내의 ᄉᆡᆨ을 보매 반ᄃᆞ시 동심ᄒᆞᆯ 거시니 금야의 나가 뎌의 졍을 도〃리라 쥬의를 뎡ᄒᆞ고 이 밤의 외당[의] 나오니 안ᄃᆡ 졍히 ᄌᆞᆷ[을] 드럿거ᄂᆞᆯ 가시 나아가 블러 ᄀᆞᆯ오ᄃᆡ 샹공은 ᄊᆡ얏ᄂᆞᆫ다 ᄉᆡᆼ이 ᄌᆞᆷ을 ᄊᆡ텨보니 가시 겨ᄐᆡ 와 ᄌᆞ기를 흔들며 브르거ᄂᆞᆯ 고이히 너겨 니러 안자 문왈 현ᄆᆡ 엇디 이에 왓ᄂᆞ뇨 가시 ᄃᆡ왈 쳡이

85면

샹공의 은덕을 닙어 사라나고 샹공이 ᄒᆡ듕의셔 쳡을 구ᄒᆞ시니 우연ᄒᆞᆫ 인연이 아니오 샹공과 쳡이 다 ᄀᆡᆨ니의 외로온 쇼년이니 하ᄂᆞᆯ이 주시미라 고어의 닐오ᄃᆡ 텬여를 불취ᄒᆞ면 반슈 기희라 ᄒᆞ니 우리 냥인이 부뷔 되미 가티 아니미 업ᄉᆞᆯ디라 이러므로 쳡이 븟그러오믈 닛고 이에 니ᄅᆞ럿ᄂᆞ이다 안ᄃᆡ 쳥파의 안ᄉᆡᆨ을 ᄉᆡᆨ〃이 ᄒᆞ고 ᄎᆡᆨᄒᆞ야 ᄀᆞᆯ오ᄃᆡ 나ᄂᆞᆫ 드ᄅᆞ니 군ᄌᆞ의 ᄇᆡᆨ힝은 암실 가온대셔 정대ᄒᆞ믈 힘쓰고 눈 업ᄉᆞ니를 공경ᄒᆞ며 녀ᄌᆞ의 ᄉᆞ덕은 졀의 읏듬이라 이러무로 뉴하혜의 어디름과 녀종의 졀이 후셰의 뎐ᄒᆞᄂᆞ니 ᄉᆡᆼ이 비록 일개 셔ᄉᆡᆼ이라 어려셔브터 글을 닑어 녜의념티를 조심ᄒᆞ니 비록 하혜의 졍대ᄒᆞ믄 밋디 못ᄒᆞ나 ᄯᅩᄒᆞᆫ 녀ᄉᆡᆨ을 탐ᄒᆞ야 신기를 소기디 아닐 줄은 아ᄂᆞᆫ디라 그ᄃᆡ 강듕의 어육이 되게 ᄒᆞ야시매 인졍의 츄연ᄒᆞ야 구ᄒᆞ야시니 당〃이 형ᄆᆡ로 결의ᄒᆞ미 가ᄒᆞ거ᄂᆞᆯ 엇디 감히 셩교를 닛고 불법을 ᄒᆡᆼᄒᆞ며 현민들

86면

츈경의 녀ᄌᆞ로 ᄉᆞ문 쳬네니 참난을 만나시나 ᄠᅳ들 빙쳥옥결ᄀᆞ티 ᄒᆞ야 아ᄅᆞᆷ다온 부셔를 어더 부모 졔ᄉᆞ를 니으미 가ᄒᆞ거ᄂᆞᆯ 엇디 혼야의 분주ᄒᆞ야 상님의 쳔ᄒᆞ믈 ᄃᆞᆰ히 너기ᄂᆞ뇨 내 ᄎᆞᆯ히 현ᄆᆡ의 후의를 져ᄇᆞ릴디언졍 감히 명교의 죄인이 되디 아니리니 ᄂᆞᆷ이 알가 두리오니 밧비 드러가쇼셔 언필의 의관과 띄를 정히 ᄒᆞ고 엄연정금ᄒᆞ야 긔ᄉᆡᆨ이 십분 쥰절ᄒᆞ야 ᄎᆞᆫ 긔운이 ᄉᆞ벽의 쎄티고 쎠 슬히니 가시 크게 븟그려 샤례 왈 쳡이 삼가디 못ᄒᆞᆫ 되 즁ᄒᆞᆫ디라 노야ᄂᆞᆫ ᄇᆞ라건대 샤죄ᄒᆞ쇼셔 안ᄃᆡ 정ᄉᆡᆨ 왈 피ᄎᆡ ᄉᆞ문 일ᄆᆡᆨ이니 현ᄆᆡ의 존ᄐᆡᆼᄒᆞ믈 엇디 당ᄒᆞ리오 다만 이런 쇼쇄ᄒᆞ신 ᄠᅳ들 업시ᄒᆞ고 슈ᄒᆡᆼᄒᆞ

시면 혹싱이 당〃이 긔특훈 빅우를 골히여 현믹 직정을 져ᄇ리디 아니 ᄒ리이다 가시 깁히 뉘오처 칭샤ᄒ고 드러가니 안딕 탄왈 내 왕싱을 긔구히 너겻더니 엇디 더 심훈 재 이실 줄 알리오 이 ᄀ튼 녀ᄌ를 부듕의 오래 두디 못훌 거시로딕 임의 도라갈

87면

딕 업ᄉ 쟈를 ᄇ리면 처음의 아니 구ᄒ니만 굿디 못ᄒ니 엇디 쳐티ᄒ야〃 슌편훌고 ᄒ더니 홀연 훈 일을 ᄭ드라 명됴의 하인을 불러 황도 길일을 골히라 ᄒ고 스ᄉ로 위의를 극진히 츌혀 임의 날이 다ᄃ르매 부현관과 본부 ᄒ관을 청ᄒ야 연셕을 기당ᄒ고 득좌긔구를 버리매 모둔 사름이 다 혜오딕 뎌적 강중의셔 어든 녀ᄌ를 안딕 취ᄒᄂ니라 ᄒ야 공경ᄒ야 안잣더니 시긱이 다ᄃ르매 안딕 좌우로 ᄒ야곰 신낭의 길복을 내여다가 노코 부존과 디현을 딕ᄒ야 말을 펴 골오딕 혹싱 드ᄅ니 텬디 간의 신의를 듕히 훌ᄶ니 파쥐 가시랑의 참혹훈 익을 만나 풍낭의 ᄲ디니 내 마춤 구ᄒ야 내딕 ᄉ구무친훈디라 사름을 구ᄒ매 뎌의 평싱을 쾌히ᄒ고져 하되 맛당훈 딕 업고 오직 내 친우 왕싱이 얼굴이 관옥 굿고 문묵을 졍통ᄒ니 비록 젼일 츄연으로 티쇼긱이 되나 ᄌ고로 녀싀의 관졍티 아니리 업ᄉ니 가히 죡수티 못훌 거시오 ᄒ믈며 왕

88면

샹셔의 손ᄌ니 이 명문 ᄉ위라 피치 욕되디 아닌 고로 금일 길셕을 ᄀ초고 두 사름의 인연을 일우고져 ᄒᄂ니 녈위 현관은 엇더타 ᄒᄂ뇨 부현관이 듯기를 ᄆᄎ매 다 소릭를 ᄂ죽이 ᄒ야 칭하 왈 안딕 대인의 금옥 굿툰 말숨이 뚝히 만고호싀의 뉴를 쇼연케 ᄒ시고 의긔 산히 굿ᄐ시니 하관 등이 불승경앙훌 ᄲ이라 대인의 쳐티ᄒ시ᄂ 배 지극 올ᄒ시니 하관 등이 엇디 감히 다른 의논이 이시리잇고 됴흔 인연이니 위요긱이 되야 술을 먹으미 원이로소이다 안딕 즁논이 구일ᄒ믈 보고 깃거 좌우로 왕싱을 불러 길복을 닙히고 시녀로 가쇼져를 븟드러 내여와 교빅ᄒ니 부부의 풍뫼 새로오니 진짓 평싱 일딕러라 합환쥬를 뭇고 동방의 도라가니 하관 제긱이 안딕를 불승흠향ᄒ야 골오딕 뎌 ᄀ툰 미인 슉녀를 안딕 유의티 아니코 놈의게 보내니 엇디 하혜 미ᄌ를 뚝히 긔특다 ᄒ리오 쇼년 남ᄌ의 힝시 이 굿ᄐ니 진짓 공ᄌ의 유풍을

89면

니으미로다 ᄒᆞ더라 셕양의 파연ᄒᆞ고 듕빈이 흣터딘 후 안ᄃᆡ 셔헌의셔 편히 쉬다 이적의 왕ᄉᆡᆼ이 츄연을 일코 안ᄃᆡ로 더브러 ᄒᆞᆫ ᄃᆡ 이셔 슈힝ᄒᆞ며 젼일을 뉘웃ᄎᆞ나 오히려 아름다온 미인을 구ᄒᆞ미 오ᄆᆡ예 ᄆᆡ쳣더니 ᄯᅳᆺ 아닌 가시랑의 규슈를 엇ᄂᆞᆫ 듯 용뫼 신션 ᄀᆞᄐᆞ니 십분 다힝ᄒᆞ고 가시도 처엄은 안ᄃᆡ를 유정ᄒᆞ다가 견패ᄒᆞ야 붓그리며 힝실을 닷그나 그 일ᄉᆡᆼ이 필부의게 골몰홀가 두리더니 쳔만 몽즁의 셩네로 혼인ᄒᆞᄃᆡ 년쇼 풍뉴랑을 만나니 의ᄉᆡ 환희ᄒᆞ야 부〃의 딘듕ᄒᆞ미 그 진짓 빵을 어덧더라 서ᄅᆞ 안ᄃᆡ의 셩덕을 니ᄅᆞ고 감격ᄒᆞ믈 이긔디 못ᄒᆞ야 이튼날 부뷔 ᄒᆞᆫ 가디로 나아가 안ᄃᆡᄭᅴ 은혜를 샤례ᄒᆞ니 안ᄃᆡ 흔연 왈 내 엇디 공이 〃시리오 다 왕형과 현ᄆᆡ 복이 놉ᄒᆞ미라 이제 이 고디 피ᄎᆞ의 고향이 아니〃 왕형이 권실ᄒᆞ야 경ᄉᆞ의 가면 쇼뎨 힝니를 도으리라 이인이 샤례 왈 이러면 은혜 층냥 업ᄉᆞᄃᆡ 오직 왕도의 아

90면

ᄂᆞᆫ 사ᄅᆞᆷ이 업ᄉᆞ니 엇디ᄒᆞ리오 안ᄃᆡ 왈 내 죵쟈로 길흘 인도ᄒᆞ리니 ᄌᆞ운산의 드러가 봉셔를 뎐ᄒᆞ고 머믈면 님 흑ᄉᆞ도 반ᄃᆞ시 돌보미 이실거시오 편뫼 자비지심이 놉ᄒᆞ시니 편히 디내리니 근심티 말라 왕ᄉᆡᆼ 왈 님흑ᄉᆞᄂᆞᆫ 뉘시뇨 안ᄃᆡ 잠쇼 왈 이 님슈부니 일즉 형을 졀친이라 ᄒᆞ더라 왕ᄉᆡᆼ이 ᄇᆞ야흐로 ᄭᆡᄃᆞ라 대희 샤왈 원ᄂᆡ 이ᄂᆞᆫ ᄂᆡ죵형뎨니 일즉 빙군ᄒᆞᆫ 션ᄇᆡ여ᄂᆞᆯ 엇디 농문의 올라시며 ᄯᅩ 어이 쇼ᄉᆡᆼ과 졀친인 줄 니ᄅᆞ더니 잇고 안ᄃᆡ 다만 닐오ᄃᆡ 님형으로 더브러 친붕이므로 강쥐 ᄡᆞ히 친쳑을 니ᄅᆞᆯᄉᆡ 형을 일ᄏᆞᆺ더라 왕ᄉᆡᆼ이 텽파의 탄왈 샹해 님 형의 큰 ᄌᆡ조 적으믈 쇼ᄉᆡᆼ이 웃더니 엇디 공명을 몬져 취ᄒᆞᆯ 줄 알니오 안ᄃᆡ 함쇼 무언이러라 즉시 ᄐᆡᆨ일ᄒᆞ야 길 날ᄉᆡ 안ᄃᆡ 봉셔를 닷가 모친ᄭᅴ 올리고 십 니 댱뎡의 가 젼송ᄒᆞ고 도라오니라 이 적의 안ᄃᆡ 임소의 이션 디 팔 삭의 모친 ᄉᆡᆼ각ᄂᆞᆫ ᄯᅳ디 근졀ᄒᆞ야 화됴월셕

91면

과 됴운모우를 ᄃᆡᄒᆞ면 믄득 취셩뎐 문안ᄒᆞ던 ᄣᆡ를 ᄉᆡᆼ각고 탄식ᄒᆞ믈 마디 아냐 왈 부모 셤길 날은 젹고 님군 셤기〃ᄂᆞᆫ 오래거ᄂᆞᆯ 나ᄂᆞᆫ 학발편친을 다ᄅᆞᆫ 형뎨 업시 외로이 ᄇᆞ리고 만니의 믈너와 호듀딘찬으로 부리니 엇디 인ᄌᆞ의 ᄎᆞ마 ᄒᆞᆯ 배리오마ᄂᆞᆫ ᄆᆞ음과 ᄀᆞ티 못ᄒᆞ니 현마 엇디ᄒᆞ리오 ᄒᆞ고 됴셕 식음의 마시 업ᄉᆞ며 일월을 본즉 모친의 용

모를 딕흔ᄃᆞ시 반기고 슬허ᄒᆞ야 쇽졀업시 새박 니러 신셩ᄒᆞ던 ᄶᅢ를 마초고 의관을 졍히 ᄒᆞ야 동일토록 안자시미 모친ᄭᅴ 뫼심ᄀᆞ티 공경ᄒᆞ며 이경ᄉᆡᆨ디 안자 영모시를 지어 읇허 혼뎡ᄒᆞ던 거ᄉᆞᆯ 마초와 ᄒᆞᆫ ᄶᅢ도 폐티 아니〃 그 효셩과 힝실이 만나니 밧긔 이셔도 동〃촉〃ᄒᆞ야 부모 셤기ᄂᆞᆫ ᄆᆞᄋᆞᆷ을 놋치 아니〃 엇디 긔특디 아니리오 일〃은 안ᄃᆡ 하인을 불러 ᄀᆞᆯ오ᄃᆡ 여긔 만춘산 도화진인이란 재 잇다 ᄒᆞ니 올ᄒᆞ냐 하리 ᄃᆡ왈 잇ᄂᆞ니이다 안ᄃᆡ 왈 내 가셔 보쟈 ᄒᆞ니 너희 등이 길흘 ᄀᆞᄅᆞ치라

92면

하인 왈 노얘 가고져 ᄒᆞ시면 맛당이 목욕졍도ᄒᆞ고 ᄀᆞᆷ심티지ᄒᆞ야 폐ᄇᆡᆨ을 ᄀᆞ초와 가시리이다 안ᄃᆡ 왈 여등은 좀〃ᄒᆞ라 드ᄃᆡ여 쳔니마를 ᄐᆞ고 심복 동쟈를 ᄃᆞ리고 유싱의 복식으로 만츈산의 니ᄅᆞ니 뫼히 놉고 경개 슈려ᄒᆞ야 뎨일승디러라 뫼흘 올라셔 두로 ᄎᆞᄌᆞ니 솔 ᄉᆞ이 불근 뎐각이 은영이 뵈거ᄂᆞᆯ 이에 도관인 줄 알고 ᄎᆞᄌᆞ가니라 각셜 도화진인은 삼쳔년식 득도ᄒᆞᆫ 신션이로되 ᄆᆞᄋᆞᆷ을 졍ᄒᆞᆫ ᄃᆡ 보내디 아냐 요괴로온 약을 디어 셰샹의 ᄑᆞ더니 이 날 운산의셔 년단ᄒᆞ며 경을 외오다가 믄득 크게 놀라 ᄀᆞᆯ오ᄃᆡ 내 년단ᄒᆞ미 ᄌᆞ자 셰샹의 ᄑᆞ더니 이제 녕보도군이 오시니 반ᄃᆞ시 다ᄉᆞ리려 ᄒᆞ미로다 언필의 급작된비 붓ᄃᆞ시 오며 벽녁 소ᄅᆡ 나니 도식 발을 굴너 왈 금갑신은 ᄲᆞᆯ리 오라 말이 ᄆᆞᆺ디 못ᄒᆞ야셔 ᄒᆞᆫ 귀신이 알픽 와 뵈여 왈 ᄒᆞᆫ 쇼년 유싱이 ᄉᆞ부를 보라오ᄃᆡ 말ᄉᆞᆷ과 거디 무례ᄒᆞ야 젼혀 지계졍도ᄒᆞᄂᆞᆫ 일이 업습

93면

거ᄂᆞᆯ 뎨직 뇌뎐벽녁으로 해ᄒᆞ랴 ᄒᆞ니 몸의 옥뇽이 둘럿고 향긔로온 ᄇᆞ람과 화ᄒᆞᆫ 빗치 셔싱을 옹위ᄒᆞ야 감히 해티 못ᄒᆞᆯ 분 아니라 그 셔싱이 젼혀 구겁티 아니커ᄂᆞᆯ 뎨직 그 종쟈를 해코져 ᄒᆞ더니 소뷔 엇디 부ᄅᆞ시니잇고 진인이 급ᄒᆞ여 말을 못ᄒᆞ고 다만 젼상의 삼쳥을 ᄀᆞᄅᆞ치니 금갑신이 문왈 소뷔 엇디 삼쳥을 ᄀᆞᄅᆞ치시ᄂᆞ니잇가 진인이 ᄇᆡ야흐로 닐오ᄃᆡ 여의긔용단과 오면회단을 ᄑᆞ라 듕싱의 구망을 응ᄒᆞ나 그 실은 졍되 아니라 스ᄉᆞ로 그른 줄을 아더니 이제 녕보도군이 소가의 ᄌᆞ식이 되야 낫더니 내의 이 약 ᄑᆞᄂᆞᆫ 줄 듯고 오ᄂᆞᆯ 보려 이에 오니 졍히 샤죄코져 ᄒᆞ거ᄂᆞᆯ 네 엇디 ᄯᅩ 가 범ᄒᆞᆫ다 ᄲᆞᆯ니 도복을 닙고 관문 밧긔 가 마ᄌᆞ리라 금갑신이 놀나믈 마디 아니ᄒᆞ더라 진인이 도복을 닙고 골 밧긔 와 기ᄃᆞ리더니 소안ᄃᆡ 오믈 보고 마하의 국궁ᄒᆞ야 뵈니 안ᄃᆡ ᄂᆞ

려 마자 ᄒᆞᆫ 가지로 관듕의 드러

94면

가 좌를 뎡ᄒᆞ니 안ᄃᆡ 문왈 도ᄉᆡ 아니 도화진인다 진인이 ᄌᆡᄇᆡ ᄃᆡ왈 빈도는 과연 도화진인이러니 쳔만의외예 대인이 오시니 황공 숑뉼ᄒᆞ믈 이긔디 못ᄒᆞ리로소이다 안ᄃᆡ 날호여 닐오ᄃᆡ 도ᄉᆡ 날을 아는다 진인이 ᄉᆡᆼ각ᄒᆞᄃᆡ 뎨 텬샹의셔는 검공ᄒᆞ고 팀듕ᄒᆞ야 벼슬이 놉흐ᄃᆡ 군션 듕의 내둣디 아니코 도슐이 무궁ᄒᆞ나 나타내디 아니ᄒᆞ야 졔션이 오히려 그 슐업이 아모만 되엿는 줄 아디 못ᄒᆞ던 거시니 내 이제 삼쳥을 니ᄅᆞ면 반드시 허탄이 너길디니 슌편ᄒᆞᆯ 도리를 ᄒᆞ라 ᄒᆞ야 고ᄒᆞᄃᆡ 빈되 ᄉᆡᆼ각건대 대인이 소안된가 ᄒᆞ옵ᄂᆞ니 일즉 맛쟙디 못ᄒᆞᆫ 죄 듕ᄒᆞ미라 안ᄃᆡ 아라보믈 보고 ᄯᅩᄒᆞᆫ 긔이디 아냐 닐오ᄃᆡ 진실노 도ᄉᆞ의 말 ᄀᆞᆺ거니와 도ᄉᆞᄭᅴ 여의긔용단과 오면회단이 잇다ᄒᆞ니 사고져 ᄒᆞ노라 진인이 ᄃᆡ왈 일즉 빈도의게 이 약이 업ᄉᆞ니 대인이 그릇 아ᄅᆞ시도소이다 안ᄃᆡ 노왈 네 비록 득도ᄒᆞᆫ 요인〃들 엇디 감히 군ᄌᆞ를 소기리오 네 여의긔용단

95면

을 세샹의 뉴뎐ᄒᆞ야 쳥명ᄒᆞᆫ 시졀로 요괴로이 ᄆᆡᆫᄃᆞ니 다 너의 죄라 이제 업시ᄒᆞᆯ 줄 모ᄅᆞ고 악ᄉᆞ를 다시 ᄒᆞ고져 ᄒᆞ니 네 죄 디옥의 들기를 면티 못ᄒᆞ리니 ᄲᆞᆯ니 긔용단을 내여와 업시 ᄒᆞ야 샹텬ᄭᅴ 죄를 면ᄒᆞ고 쳥졍ᄒᆞᆫ 도법을 힝ᄒᆞ라 불연즉 네의 목숨이 보젼티 못ᄒᆞᆯ 거시오 셜ᄉᆞ 도슐노 다라나나 하늘ᄭᅴ 고ᄒᆞ야 죽도록 ᄒᆞ리니 네 쟝ᄎᆞᆺ 날과 결우고져 ᄒᆞᄂᆞ냐 진인이 텽파의 악연 샤죄 왈 빈되 엇디 감히 노야의 엄명을 거ᄉᆞ리〃잇고 드ᄃᆡ여 단방의 가 호로 둘흘 내여다가 드리니 안ᄃᆡ 보니 과연 올커놀 거두어 업시 ᄒᆞ고 다시 닐오ᄃᆡ 이 풀을 ᄯᅩᄒᆞᆫ 보고져 ᄒᆞ노라 도ᄉᆡ 민망ᄒᆞ나 뎌를 보매 ᄌᆞ연 ᄆᆞ음이 츅쳑ᄒᆞ고 졍신이 황〃ᄒᆞ야 풀을 ᄀᆞᄅᆞ쳐 뵈니 안ᄃᆡ 동쟈로 다 불을 디ᄅᆞ고 다시 ᄭᅮ지저 왈 네 진실노 도실딘대 쳥졍ᄒᆞ고 한가ᄒᆞ여 도업을 닷가 경을 외오고 구름을 희롱ᄒᆞᆯ

96면

거시어놀 다만 삼쳥만 위ᄒᆞ고 요긔예 약만 지어 ᄑᆞ라 갑슬 취ᄒᆞ니 이 므슴 신션이리오 극ᄒᆞᆫ 요괴라 도ᄉᆡ 감히 징션티 못ᄒᆞ고 눈물만 흘니고 그릇ᄒᆞ믈 샤죄ᄒᆞ니 안ᄃᆡ 다

시 닐오ᄃᆡ 네 만일 다시 그른 ᄠᅳᆺ을 먹디 말고 도혹을 닷그면 삼쳔 년 공뷔 헛되디 아니리라 다만 다시 ᄀᆡ용단을 지어 풀면 결단코 관셔티 아닐 ᄲᅮᆫ 아니라 네 도ᄒᆡᆼ도 쇼삭ᄒᆞ리라 진인이 샤례ᄒᆞ고 ᄇᆡᆨᄌᆞ차를 나 오ᄃᆡ 안ᄃᆡ 먹디 아니ᄒᆞ고 ᄉᆞ매를 ᄯᅥᆯ티고 니러나가니 진인이 ᄎᆞ후 ᄠᅳᆺ을 닷가 득도ᄒᆞ고 셰샹 자최를 샤졀ᄒᆞ니 ᄀᆡ용단과 오면단은 셰샹의 졀죵ᄒᆞ되 홀노 도봉ᄌᆞᄂᆞᆫ 다른 도ᄉᆡᆨ 고와 ᄑᆞ라 후셰예 긋디 아니나 ᄆᆞᄎᆞᆷ내 소안ᄃᆡ ᄉᆡᆼ젼은 그런 약뉘 나타나디 아니〃라 소안ᄃᆡ 도화진인을 졔어ᄒᆞ고 부듕의 도라와 졍ᄉᆞ를 다ᄉᆞ리더니 시졀이 오월 망시라 일긔 극열ᄒᆞ거ᄂᆞᆯ 안ᄃᆡ 심양 강ᄉᆡᆨ의 가 완경ᄒᆞᆯᄉᆡ 강풍이 쇼슬ᄒᆞ야

97면

풍엽이 뎍화ᄒᆞ고 ᄇᆡᆨ뇌 사안의 ᄂᆞ리니 일쳔뎜 눈이오 산영이 믈의 것구러뎌시니 고기ᄂᆞᆫ 묏부리의 ᄶᅱ노ᄂᆞᆫᄃᆞᆺ 년화ᄂᆞᆫ 향긔를 쟈랑ᄒᆞ고 어용은 창낭의 빗기 안자 물결을 농ᄒᆞᄂᆞᆫ디라 졀승ᄒᆞᆫ 산쳔을 둘러 보매 ᄉᆞ친지회 더욱 소사나니 쇽졀 업시 황셩을 ᄇᆞ라고 슬허ᄒᆞᆯ ᄯᆞ름이라 셕양의 술위를 두로혀 부듕의 니ᄅᆞ러 ᄎᆡᆨ을 ᄃᆡᄒᆞ매 더욱 심ᄉᆞ를 붓틸 곳이 업고 모친을 앙견ᄒᆞ오미 일시 밧븐디라 창을 열고 월광을 우러〃 모친인ᄃᆞᆺ 반기더니 홀연 유ᄌᆞ의 당셩ᄒᆞ믈 보고져 ᄠᅳᆺ이 잇고 ᄯᅩᄒᆞᆫ 두 셔모와 소윤 낭ᄆᆡ를 닛디 못ᄒᆞ야 글을 지어 회포를 위로ᄒᆞᄃᆡ 념녀 두 부인ᄭᅴᄂᆞᆫ 밋디 아냐 혹 셕시 약질의 팀병ᄒᆞ던 형용을 ᄉᆡᆼ각ᄒᆞ야 념녀ᄒᆞᆯ ᄯᅢ 이시나 거리ᄭᅵ디 아냐 ᄆᆡ양 ᄉᆞ친지졍이 부〃의 샹ᄉᆞ를 이긔ᄂᆞᆫ디라 듀야 모뎐의 뫼시며 황샹 농안의 졀ᄒᆞ고져 ᄠᅳᆺ이

98면

ᄇᆞ야니 진짓 튱효지인이라 임ᄉᆞ의 이션 디 십일삭의 팔왕 구쥰 등이 뎨ᄭᅴ 주왈 강쥐 안찰ᄉᆞ 소경이 도임ᄒᆞ연 디 일년지ᄂᆡ예 풍쇽이 슌후ᄒᆞ고 ᄇᆡᆨ셩이 어디러 밤의 문을 닷디 아니코 길ᄒᆡ 드른 거ᄉᆞᆯ 줍디 아니며 남녜 길흘 분ᄒᆞ야 크게 녜의 잇다 ᄒᆞ옵ᄂᆞ니 이 ᄀᆞᆺᄐᆞᆫ 인ᄌᆡ를 엇디 강쥐 ᄯᅡ히 ᄇᆞ리〃잇고 원컨대 불러 태용ᄒᆞ야지이다 샹이 응윤ᄒᆞ시니 즉일노 뎐지를 쳥ᄒᆞ야 ᄉᆞ명을 보내니 안ᄃᆡ 쇼셔를 밧ᄌᆞ와 향안을 ᄇᆡ셜ᄒᆞ고 ᄉᆞᄇᆡ를 ᄆᆞᆺᄎᆞᆫ 후 ᄒᆡᆼ니를 다ᄉᆞ려 발ᄒᆡᆼᄒᆞᆯᄉᆡ ᄇᆡᆨ셩이 길흘 막아 단ᄉᆞ호쟝으로 안ᄃᆡᄭᅴ 드려 울며 왈 샹공이 가시니 우리 ᄉᆞ랑ᄒᆞᄂᆞᆫ 부모를 일흐미라 경ᄉᆞ의 가샤 어딘 관원을 ᄀᆞᆯ히여 보내시면 ᄆᆞᄎᆞᆷ내 노야 은덕을 닙으미라 언필의 통곡ᄒᆞ니 안ᄃᆡ ᄯᅩᄒᆞᆫ 슬허 함

누ᄒᆞ고 위로 왈 내 너희의게 깃틴 은혜 업거늘 이러틋 후히 ᄒᆞ니 감샤ᄒᆞ믈 이긔디

99면

못ᄒᆞ리로다 셩상이 ᄇᆞᆰ히 ᄉᆞᆯ피샤 어딘 교ᄃᆡ를 ᄀᆞᆯ히여 보내시리니 너희ᄂᆞᆫ 녜법을 삼가고 풍화를 조심ᄒᆞ면 거의 죄를 면ᄒᆞ리라 ᄃᆞᄃᆡ여 반 일을 듀졔 년〃ᄒᆞ니 ᄇᆡᆨ셩이 향촌 탁쥬와 마육을 ᄲᅥ ᄃᆞ려와 노애 힝ᄒᆞ시되 졍을 표ᄒᆞᆯ 거시 업ᄉᆞ와 이 거ᄉᆞᆯ 우리의 산히 ᄀᆞᆺᄐᆞᆫ 졍을 고ᄒᆞᄂᆞ이다 안ᄃᆡ 술을 먹디 못ᄒᆞ나 ᄇᆡᆨ셩의 졍을 보고 반 잔을 부어 마시고 흔연이 안쥬를 먹어 왈 내 평ᄉᆡᆼ 일쟉불음이러니 금일 너희 등의 졍셩을 막디 못ᄒᆞ야 춰토록 먹은디라 힝매 밧바 힝ᄒᆞᄂᆞ니 여등은 무양ᄒᆞ라 ᄇᆡᆨ셩이 다 눈물을 흘니고 ᄇᆡᆨ니의 가 호송ᄒᆞ더라

소현셩녹 권지ᄉᆞ

1면

어시의 소안ᄃᆡ 일노의 무양히 득달ᄒᆞ여 황도의 니ᄅᆞ러 ᄉᆞᆨᄇᆡᆨᄒᆞ니 샹이 인견ᄒᆞ샤 강쥐 션티ᄒᆞᆫ 치덕을 기리 찬츌ᄒᆞ시고 다시 녜부샹셔 참지졍ᄉᆞ 홍문관 태혹ᄉᆞ를 도〃시니 ᄉᆡᆼ이 구디 ᄉᆞ양 왈 신이 년쇼 부직로 셩은을 과히 닙ᄉᆞ와 쟉위 오히려 과분ᄒᆞᄋᆞᆸ거늘 이제 텬은이 지듕ᄒᆞ샤 여러 가지 쟉위를 더으시면 신이 실노 복이 손ᄒᆞ고 폐하ᄭᅴ 불민ᄒᆞᆫ 죄를 어드리니 복망 셩샹은 ᄉᆞᆯ피쇼셔 샹이 답왈 경은 츄ᄉᆞ티 말라 경이 쇼년의 강쥐를 다ᄉᆞ리매 임의 태공망의 다ᄉᆞᆺ ᄃᆞᆯ의 졍ᄉᆞ 보ᄒᆞ던 일을 ᄌᆞᆨ히 힝ᄒᆞ니 경이 엇디 ᄒᆞᆫ 참졍 샹셔의 가티 아니미 이시리오 딤이 ᄯᅳ디 ᄯᅩᄒᆞᆫ 기우러뎌시니 고집ᄒᆞ미 신ᄌᆞ의 되 아니라 ᄒᆞ신대 안ᄃᆡ ᄒᆞᆯ 일 업서 샤은ᄒᆞ고 퇴됴ᄒᆞ야 ᄌᆞ운산의 도라오니 이ᄣᅢ 양부인이 샹셔를 보내고 듀야 념녀 무궁ᄒᆞ야 손ᄋᆞ를 희롱ᄒᆞ

2면

야 쇼일ᄒᆞᆯᄉᆡ 셕시 ᄯᅩᄒᆞᆫ 신질이 향차ᄒᆞ여 새로이 부인을 봉양ᄒᆞᄃᆡ 감지를 소임ᄒᆞ야 효셩이 동〃촉〃ᄒᆞ고 두 쇼고와 화시로 더브러 존고를 위로ᄒᆞ야 시름을 니ᄌᆞ시게 ᄒᆞ더니 믄득 샹셰 드러오ᄂᆞᆫ 션문을 보고 반가오며 깃브믈 이긔디 못ᄒᆞᆯ ᄎᆞ 믄득 ᄉᆡᆼ이 드

러와 금포옥딕로 모친의 뵈오니 일년닉예 영풍과 긔위 더욱 새로왓는디라 일개 새로이 경앙ᄒᆞ고 부인의 힝희ᄒᆞ믄 비길 딕 업서 그 손을 잡고 등을 어ᄅᆞ만져 닐오딕 네 청년 유ᄋᆞ로 국가의 공을 셰워 벼술이 참졍의 오ᄅᆞ니 이는 ᄇᆞ람의 넘고 텬은이 외람ᄒᆞᆫ디라 네 가지록 ᄆᆞ음을 닷고 뜻을 ᄂᆞ초와 조션을 욕디 말나 싱이 슈명ᄒᆞ고 시좌 후 소윤 냥믹와 니셕 이패 나와 서ᄅᆞ 반기며 화시 ᄯᅩᄒᆞᆫ 좌의 이시딕 셕부인은 이ᄢᅢ 그 유지 팀병ᄒᆞ믈 보고 우려ᄒᆞ야 나오디 못ᄒᆞ엿는디라 참졍이 닉심 고이히 너겨 뭇고져 ᄒᆞ나 ᄌᆞ모를 ᄀᆺ 만나와 영모

3면

ᄒᆞ던 심ᄉᆞ를 베퍼 즐기므로써 발셜티 아니ᄒᆞ고 졍히 긴 셜화를 ᄒᆞ고져 ᄒᆞᆯ 적 외당의 빙긱이 모드니 년망이 나와 딕긱ᄒᆞᆯ시 셕공은 친병이 듕ᄒᆞ므로 오디 못ᄒᆞ고 셕혹ᄉᆞ 등도 시약의 분주ᄒᆞ야 나오디 아[냣]는디라 오직 화평장이 졔ᄌᆞ와 빅관으로 더브러 니ᄅᆞ럿거놀 참졍이 마자 녜필의 한훤을 필ᄒᆞᆫ 후 승품ᄒᆞ믈 티하ᄒᆞ더니 님슈뵈 샤례 왈 존형이 ᄌᆞ비지심이 놉흐셔 표뎨 왕한을 슉녀로 빙ᄒᆞ시고 경셩 고틱의 도라 보내여 셩인ᄒᆞ게 ᄒᆞ시니 표뎨와 다뭇 쇼뎨 등의 감은ᄒᆞ믄 니ᄅᆞ도 말고 왕슉이 구천의셔 ᄯᅩᄒᆞᆫ 셩덕을 명심ᄒᆞ야 함호결초ᄒᆞ리로소이다 참졍이 딕왈 녕표뎨 이향의 뉴락ᄒᆞ야 영웅의 긔운이 쇼삭ᄒᆞ니 사름의 슬허ᄒᆞᆯ 배라 이러므로 쇼뎨 보호ᄒᆞ미오 마초아 가시랑의 규슈를 어드니 지뫼 샹덕ᄒᆞ매 녕뎨의 호구를 뎡ᄒᆞ미더니 형의 과당ᄒᆞ믈 드ᄅᆞ니 불승슈

4면

괴ᄒᆞ여라 님싱이 지삼 칭샤ᄒᆞ더라 이윽고 빅관이 흣터디니 왕싱이 ᄯᅩᄒᆞᆫ 드러와 뵈고 셩은을 샤례ᄒᆞ니 참졍이 반기고 깃거 쥬식을 관딕ᄒᆞ고 문왈 형이 이제 어딕 잇ᄂᆞ뇨 왕싱 왈 쇼싱이 귀틱 문하의 잇고져 ᄒᆞ더니 형이 여러 번 청ᄒᆞ야 도셩 십ᄌᆞ가 거리의셔 님형과 격장으로 사ᄂᆞ이다 참졍이 문왈 현믹도 무양ᄒᆞ시냐 왕싱 왈 셩은을 닙ᄉᆞ와 일양 평안ᄒᆞ니이다 드딕여 한담ᄒᆞ다가 도라가다 참졍이 드러와 다시 모친의 뫼셔 시딕 셕시를 보디 못ᄒᆞ니 일단 동ᄒᆞ믄 님별시의 그 병이 ᄌᆞ못 팀고ᄒᆞ야 위틱ᄒᆞ믈 방심티 못ᄒᆞ던 배오 ᄯᅩᄒᆞᆫ 싱각ᄒᆞ딕 비록 아모라 ᄒᆞ야도 셕시 무젹히 뇨절ᄒᆞᆯ 배 아니라 ᄒᆞ야 좌ᄉᆞ우샹ᄒᆞ딕 부인이 아직 뎌의 수이 도라옴과 그 티숑티용으로 문답ᄉᆞ를 드ᄅᆞ

시노라 불승환희 듕 즘탁ᄒᆞ얏기로 밋처 ᄋᆞ손의 유병ᄒᆞᆷ믈 니ᄅᆞ디 못ᄒᆞ얏더니 야

5면

심ᄒᆞ매 물러 듕당으로 나오다가 셕파를 만난디라 셕패 원ᄂᆡ 셕시의 ᄋᆞᄌᆞ의 병을 보고 근심ᄒᆞ야 수식을 씌여 도라오다가 참졍을 만나니 평일 셕시로 ᄆᆡ몰ᄒᆞᆷ믈 혼ᄒᆞ야 믄득 시험코져 ᄒᆞ야 짐즛 발을 구르고 가슴을 두ᄃᆞ려 닐오ᄃᆡ 낭군아 이런 일이 어ᄃᆡ 이시며 홍안박명인들 이대도록 단명ᄒᆞᆫ 재 이시랴 ᄉᆡᆼ이 믄득 셕신가 놀나ᄃᆡ 날호여 답왈 므ᄉᆞ 일이니잇가 셕패 거즛 오열ᄒᆞ야 ᄉᆞ매로 낫출 ᄀᆞ리오고 닐오ᄃᆡ 셕부인이 샹공 가신 후ᄂᆞᆫ 일양신음으로 디내시다가 ᄆᆞᄎᆞᆷ내 세샹을 ᄇᆞ리시니 장ᄉᆞ 디내연 디 오삭이오 두 공ᄌᆞᄂᆞᆫ 셕부의셔 기ᄅᆞ시고 벽운당의 영연을 뫼시니 엇디 세샹의 이런 일이 이시리잇가 참졍이 텽파의 믄득 ᄌᆞ약히 우어 왈 셔뫼 날을 소기시미라 이럴딘대 모친이 엇디 니ᄅᆞ디 아니시며 강쉬 비록 요원ᄒᆞ나 부음

6면

이 통티 아녀시리오 셕패 노ᄒᆞ여 니러나며 왈 셕부인이 만일 사라실딘대 내 비록 무상ᄒᆞ나 엇디 이런 불길ᄒᆞᆫ 말을 ᄒᆞ리오 샹공이 날로ᄡᅥ 이럿틋ᄒᆞᆫ 인물노 아ᄅᆞ시니 도라가ᄂᆞ이다 참졍이 급히 샤왈 경이 일시의 실언ᄒᆞᆷ믈 용샤ᄒᆞ쇼셔 뭇ᄌᆞᆸᄂᆞ니 셕시 언제 죽엇ᄂᆞ뇨 ᄯᅩᄒᆞᆫ 모부인이 니ᄅᆞ디 아니ᄒᆞ시ᄂᆞᆫ 쥬의를 듯고져 ᄒᆞᄂᆞ이다 패 다시 탄식고 왈 낭군이 총명ᄒᆞᄃᆡ ᄭᆡ돗디 못ᄒᆞ미 이러틋 하시뇨 처엄은 부인이 통코져 ᄒᆞ시더니 다시 ᄉᆡᆼ각ᄒᆞ매 타향 ᄀᆡᆨ니의 ᄉᆞ샹ᄒᆞ야 임ᄉᆞ를 그릇홀가 두리미오 이제 니ᄅᆞ히 함구ᄒᆞ시믄 낭군이 ᄀᆞᆺ 와셔 신긔 곤뇌ᄒᆞᆷ믈 념녀ᄒᆞ시미라 만일 그러티 아닐딘대 셕부인이 친가의 가 겨셔도 오ᄂᆞᆯ 반ᄃᆞ시 오실 배오 ᄯᅩ 두 공ᄌᆡ 엇디 오디 아니며 더욱 셕참졍과 셕흑ᄉᆞ 형뎨 일인도 낭군을 보디 아니믄 다 ᄉᆞ긔 드러날가 두리미니 일이 다 부인 쥬의니이다

7면

비록 부인이 당브ᄒᆞ시미 엄ᄒᆞ나 쳡이 ᄎᆞᆷ디 못ᄒᆞ야 발ᄒᆞ미오 셕부인 님죵의 니ᄅᆞᄃᆡ 내 비록 죽으나 두 ᄌᆞ식이 잇고 악명을 신셜ᄒᆞ니 무ᄒᆞᆫᄒᆞ되 낭군이 강쉬 험노의 가시니 녁시라도 디방명〃 듕 보호ᄒᆞ야 수이 도라오게 ᄒᆞ고 유셔 ᄒᆞᆫ 댱을 ᄡᅥ 주시니 그

가온대 고인 망부셕을 슬허ᄒᆞ고 두 공ᄌᆞ를 의탁ᄒᆞ엿ᄂᆞ니 셰샹의 이런 일도 잇ᄂᆞ니잇가 언필의 난간을 두ᄃᆞ리며 우는 톄 ᄒᆞ니 이ᄢᅢ 쵹영이 몽농ᄒᆞ야 셕파의 우름이 진가를 분변티 못ᄒᆞ고 그 말이 다 ᄎᆞ셰 잇는디라 비록 밋디 아니나 놀나오미 젹디 아닌 고로 일빵 봉안의 눈물이 어릭믈 ᄭᅵ돗디 못ᄒᆞ며 옥 ᄀᆞᆺ튼 얼골이 참면ᄒᆞ야 오직 머리를 수기고 팀음챠경ᄒᆞ야 ᄀᆞ장 오란 후 신싀을 뎡ᄒᆞ고 말을 아니터니 셕패 니러 간 후 싱이 다시옴 싱각ᄒᆞ딕 덕실[ᄒᆞᆫ 줄]을 아디 못ᄒᆞ다가 홀연 ᄭᅵ터 왈 내 벽운누의 가 볼 거시라 ᄒᆞ고 거름을

8면

두로혀 벽운당의 니ᄅᆞ니 사창의 쵹영이 휘황ᄒᆞ고 담쇠 소릭 들니이니 ᄇᆞ야흐로 소기믈 ᄭᅵᄃᆞ라 문을 열고 드러가니 셕시 평상 난간의 의디ᄒᆞ여 수싀이 ᄀᆞ득ᄒᆞ야 ᄋᆞᄌᆞ를 보거늘 반가오미 안싀의 ᄀᆞ득ᄒᆞ고 셕시 ᄯᅩᄒᆞᆫ 니러마자 좌를 뎡ᄒᆞ매 참졍이 날호여 닐오딕 거년의 부인이 질병이 겨신 거술 차복ᄒᆞ믈 보디 못ᄒᆞ고 발힝ᄒᆞ니 ᄆᆞ음의 뉴련ᄒᆞ더니 무ᄉᆞᄒᆞ신가 시브니 다힝ᄒᆞ이다 아디 못게라 셕샹의셔 엇디 [내의] 두 히ᄋᆞ를 보디 못홀너니잇가 셕시 옷기술 녀ᄆᆡ고 딕왈 쇼쳡은 존고 덕틱으로 수이 차경을 엇즙고 히ᄋᆞ는 풍한의 쵹샹ᄒᆞ야 고통ᄒᆞᄆᆞ로 츌입디 못ᄒᆞ고 쳡이 ᄯᅩᄒᆞᆫ 우환의 근심이 이셔 일즉이 나아가 ᄀᆞ득ᄒᆞᆫ 경ᄉᆞ를 티하티 못ᄒᆞ과이다 참졍이 듯기를 ᄆᆞᄎᆞ매 불승환희 듕 외모의 나타내미 업서 다만 나아가 ᄋᆞᄌᆞ의 병을 보고 원노의 뇌곤ᄒᆞ고 임의 와도로 가미 너모 고집ᄒᆞᆫ디라 시

9면

녀로 침금을 포셜ᄒᆞ라 ᄒᆞᆫ대 셕시 ᄂᆞ죽이 고왈 군직 금일 도라오시매 외당의 머므러 사름의게 급거ᄒᆞ믈 뵈디 말 거시오 그러티 아닐딘대 녹운당이 이시니 엇디 쳡의 곳의 몬져 오시미 가ᄒᆞ리오 쳥컨대 군ᄌᆞ는 싱각ᄒᆞ샤 단묵ᄒᆞ기를 힝ᄒᆞ소셔 싱이 텽파의 딕왈 내 ᄯᅩᄒᆞᆫ 혜아리미 그딕 ᄀᆞᆺ트딕 ᄋᆞᄌᆞ의 병이 잇고 신식 곤핍ᄒᆞ니 움즉여 ᄃᆞᆫ니미 괴로온디라 부인이 권간ᄒᆞ믈 시힝티 못ᄒᆞ미 구ᄐᆞ여 ᄆᆞ음이 편벽ᄒᆞ미 아니〃이다 언필의 자리의 나아가딕 젼혀 쇼년의 젼도ᄒᆞᆫ 경샹으로 부인ᄭᅴ 친합ᄒᆞ야 셜만ᄒᆞ야 ᄉᆞ모ᄒᆞ던 말과 어슈의 즐기미 업서 평안이 ᄌᆞ긔 침듕의 누어 자고 신셩ᄒᆞ라 니러 나가니 그 일년 밧ᄭᅴ 타향 긱니의 갓다가 도라와 졍듕ᄒᆞᆫ 부인으로 일실의 쳐ᄒᆞ야 침듕ᄒᆞ미

이 굿트니 도로혀 밧긔 나셔 ᄒᆞ는 일은 긔특디 아니코 그윽ᄒᆞᆫ 암일 가온대 졍대ᄒᆞ미 더욱 희한ᄒᆞᆯ디

10면

라 의논컨대 뉴하혜 미ᄌᆞ는 이대도록디 아니리라 명됴의 졍당의 모드매 참졍이 셕파를 보ᄃᆡ 어제 소기던 일을 뎨긔티 아니〃 패 대쇼ᄒᆞ고 작야 니언히 수며 속이던 말과 참졍의 경참ᄒᆞ던 긔식을 파셜ᄒᆞ니 일개 대쇼ᄒᆞ고 또 우어 왈 내 족히 디혜로오미 댱ᄌᆞ방을 압두ᄒᆞ리라 셩식을 요동티 아니코 삼촌지셜로 두어귀 져근 말을 발ᄒᆞ매 참졍을 소기과라 ᄉᆡᆼ은 다만 미〃히 웃고 쇼윤 냥인이 쏘ᄒᆞᆫ 긔롱ᄒᆞ야 웃더라 셕패 다시 문왈 낭군은 간 ᄃᆡ 족〃 미녀도 잘 어더 오시ᄂᆞ이다 왕ᄉᆡᆼ 쳐 가시 국ᄉᆡᆨ이러이다 ᄉᆡᆼ이 인ᄒᆞ여 왕ᄉᆡᆼ과 가시를 혼인ᄒᆞ던 말을 니ᄅᆞᄃᆡ 가시의 음난ᄒᆞ던 말은 아니터라 둉일토록 뫼셔 한담ᄒᆞ다가 이 날 녹운당의 와 화부인을 보고 ᄌᆞ녀를 어ᄅᆞ믄져 두굿기나 셕부인 ᄋᆞ직 유병ᄒᆞ믈 시름ᄒᆞ더니 의약을 다ᄉᆞ려 십여 일 후 향차ᄒᆞ니 ᄇᆡ야흐로 우환이 업ᄉᆞᆫ디

11면

라 이에 셩ᄂᆡ예 드러가 셕공을 보니 공이 반겨 쳥ᄒᆞ야 보고 쇼왈 현셔는 공젹을 셰워 위츼 노부로 더브러 ᄒᆞᆫ가지니 이제는 옹셔지분이 업고 동관지의 잇는디라 친히 가하례코져 ᄒᆞᄃᆡ 자뫼 팀병ᄒᆞ시니 나아가디 못ᄒᆞ얏더니 빗내 무ᄅᆞ믈 어드니 다 샤ᄒᆞ야라 뭇ᄂᆞ니 요ᄉᆞ이는 손ᄋᆞ의 병이 엇더뇨 참졍이 샤례 왈 셩샹의 너브신 덕으로 강쥐를 외람이 태용ᄒᆞ시믈 밧ᄌᆞ오니 불승외람ᄒᆞᆫ디라 숑구ᄒᆞ믈 이긔디 못ᄒᆞ리로소이다 즉시 나아와 악당긔 뵈올 거시로ᄃᆡ 시측여가의 유티의 병을 보아 한가티 못ᄒᆞ므로 늣게야 뵈오믈 참괴ᄒᆞ더니 기리 과쟝ᄒᆞ시믈 닙ᄉᆞ오니 더욱 슈괴ᄒᆞᆫ 듕 불감ᄒᆞ이다 셕공이 웃고 손을 잇그러 ᄂᆡ당의 드러가 진부인으로 더브러 서ᄅᆞ 뵐ᄉᆡ 부인의 두굿김과 반기미 양부인끠 ᄂᆞ리디 아니터라 이윽이 한담ᄒᆞ다가 하딕고 도라와 홀연 웃고 ᄉᆡᆼ각ᄒᆞᄃᆡ 화평장 집의

12면

아니 가미 가티 아닌디라 술위를 두로혀 화가의 나아가니 평장은 업ᄉᆞᄃᆡ 화ᄉᆡᆼ 등만

잇거늘 드러가 셜부인씌 뵈오니 셜시 새로이 힝희ᄒᆞ야 원노의 무ᄉᆞ히 도라오믈 하례ᄒᆞ고 셩찬을 ᄀᆞ초와 관ᄃᆡᄒᆞ니 참졍이 샤례ᄒᆞ고 친근이 말ᄉᆞᆷᄒᆞ미 ᄯᅩᄒᆞᆫ 셕가 진부인씌 더으니 이ᄂᆞᆫ 그 어려셔븟터 의지ᄒᆞ야 조강의 악뫼오 원ᄂᆡ 셜부인이 크게 현슉ᄒᆞ야 녀ᄋᆞ와 다르고 우인이 셩녀의 갓ᄀᆞ오니 이러므로 ᄉᆡᆼ이 친근 흠모ᄒᆞ미 더으ᄃᆡ 공경ᄒᆞ미 일톄오 두 악당을 두매 셕공은 공경ᄒᆞ고 츄존ᄒᆞ며 화공은 공슌히 ᄃᆡ졉ᄒᆞ나 셕공씌 밋디 못ᄒᆞ니 그 각〃 사ᄅᆞᆷ의 위인을 ᄃᆡ졉ᄒᆞ미라 화시ᄂᆞᆫ 모친이 어딜고 셕시ᄂᆞᆫ 부친이 어디니 대강 화공은 텬셩이 졀ᄃᆡᆨᄒᆞ나 위의 업고 진부인은 아ᄅᆞᆷ다오ᄃᆡ 셩졍이 편협ᄒᆞ미라 소샹셰 비록 밧그로 나타내미 업ᄉᆞ나 그 우렬을 명〃히 ᄀᆡ디ᄒᆞ고 거ᄎᆞ로 ᄒᆞ

13면

ᄅᆞᄂᆞᆫ듯 ᄒᆞᆫᄀᆞᆯᄀᆞ티 공경ᄒᆞ나 오직 화공과 진부인 곳 ᄃᆡᄒᆞᆫ즉 한훤 밧근 말이 업고 셕공과 셜부인을 ᄃᆡᄒᆞᆫ즉 혹 ᄯᅳᆺ의 결티 못ᄒᆞᄂᆞᆫ 바와 타인의 문견도 뎐ᄒᆞ야 허다 셜홰 긋디 아니터라 일〃은 셜부인이 술을 권티 아닌대 화ᄉᆡᆼ이 쇼왈 태〃ᄂᆞᆫ 엇디 일빅 하쥬로 소형을 권치 아니시ᄂᆞ니잇고 셜부인이 쇼왈 현셔의 힝신이 졍인군ᄌᆡ라 내 감히 도으며 ᄀᆞᄅᆞ칠 배 업거니와 남ᄌᆞ의 술 먹으미 녜ᄉᆡ나 술은 곳 광약이라 ᄒᆞ믈며 현셔ᄂᆞᆫ 일작불음으로ᄡᅥ 다만 일 술을 권ᄒᆞ야 취ᄒᆞ면 저컨대 슈힝ᄒᆞᄂᆞᆫ 곳을 니저ᄇᆞ릴가 두리미로다 소샹셰 샤례 왈 악뫼 쇼셔의 심ᄉᆞ를 ᇚ히시며 졍대히 ᄀᆞᄅᆞ치시니 감격ᄒᆞᆷ을 이긔디 못ᄒᆞᆯ소이다 ᄒᆞ더라 셕양의 하ᄃᆡᆨ고 ᄌᆞ운산의 도라와 이후ᄂᆞᆫ 샹이 녜경우ᄃᆡᄒᆞ미 미ᄎᆞ리 업고 참졍이 ᄯᅩᄒᆞᆫ 국ᄉᆞ를 [ᇚ히] 다ᄉᆞ리며 집

14면

의 이시매 냥미와 두 부인과 졔 쇼ᄌᆞ로 더브러 화락ᄒᆞ야 모젼의 효를 밧드니 인ᄉᆡᆼ의 즐거오미 극ᄒᆞ더라 오라디 아녀 두 부인이 잉틱ᄒᆞ여 ᄉᆡᆼᄌᆞᄒᆞ니 소시 일즉 참졍ᄃᆞ려 왈 현뎨의게 칠ᄌᆞ를 둘 줄 ᄯᅳᆺᄒᆞ엿시리오 진실로 이ᄂᆞᆫ ᄒᆞᆫ갓 조샹음덕분 아니라 아ᄋᆡ ᄌᆞ비 인심을 감동ᄒᆞ여 텬우신조ᄒᆞ미로다 참졍이 졍금샤례ᄒᆞ고 ᄯᅩᄒᆞᆫ 슬허 왈 현군의 쳥덕으로 불쵸뎨를 사브디 못ᄒᆞ야 겨시거늘 쇼뎨 므ᄉᆞᆷ 복으로 칠ᄌᆞ를 년ᄒᆞ야 보니 셰샹ᄉᆡ 이ᄀᆞᆺ티 샹반ᄒᆞᆷ과 셕ᄉᆞ를 ᄉᆡᆼ각ᄒᆞ야 더욱 슬허ᄒᆞᄂᆞ이다 소시 텽파의 ᄐᆞᆫ셩 톄읍 ᄲᅮᆫ이러라 참졍이 셕부인으로 더브러 언어를 슈작ᄒᆞᄂᆞᆫ ᄶᅢ 이시나 녯날 녀시의 흉ᄉᆞ로

셜파티 아니니 셕시 쏘흔 디난 일이오 뎌의 기셜ᄒᆞ야 니ᄅᆞ디 아니믈 보고 뭇디 아니나 심하의 일단 유감ᄒᆞᆫ믄 플니디 아냐 ᄆᆡ양 함흔ᄒᆞ미 ᄆᆡ쳣더니 일야는

15면

참졍이 벽운당의 와 ᄋᆞᄌᆞ를 희롱ᄒᆞ매 닐너 ᄀᆞᆯ오ᄃᆡ 너는 언제 당셩ᄒᆞ여 슉녀를 어더 어슈의 즐기믈 닐윌고 셕시 히옴 업시 공티 왈 엇던 슉네 드러올디 모ᄅᆞ거니와 두리건대 혼셔를 불디ᄅᆞ고 무함 구박ᄒᆞ야 츌화 보기 쉬울가 두리노라 참졍이 졍ᄉᆡᆨ 왈 부인이 내의 언어로 인ᄒᆞ야 네 일로뻐 됴희 공티ᄒᆞ미어니와 내 쏘흔 뭇노니 이제 다른 사름이 [내 얼골] 되여 이에 니ᄅᆞ면 부인이 가히 의심ᄒᆞ랴 졍당 작얼이 의심되여 부인을 지목ᄒᆞ미 업더니 날을 흔ᄒᆞᄂᆞ뇨 만일 이럴딘대 그ᄃᆡ 소견의는 ᄌᆞ모 해ᄒᆞ는 쳐지라도 감심ᄒᆞ야 ᄃᆞ리고 살라ᄒᆞ미냐 내 원간 졔가를 잘못ᄒᆞ믈 비로슨 배라 엇디 날을 흔ᄒᆞᄂᆞ뇨 셕시 손샤 왈

16면

쳡이 군ᄌᆞ를 됴희ᄒᆞ미 아니라 스ᄉᆞ로 ᄆᆞ음이 군협ᄒᆞ야 쳔균대량이 업ᄉᆞ므로 널니 ᄉᆡᆼ각디 못ᄒᆞ고 ᄆᆡ양 군ᄌᆞ의 블근 쳐티를 원ᄒᆞ더니 이제 명졍흔 ᄎᆡᆨ을 바드매 비인의 그ᄅᆞ믈 ᄭᆡ닷과이다 셜파의 셩안이 ᄀᆞᄂᆞ라디며 텽파의 그 말솜이 더욱 됴롱ᄒᆞ고 노긔미〃ᄒᆞ믈 보고 죵시히 셩모를 졍히 ᄒᆞ야 냥구히 볼 ᄯᆞ름이러니 쏘흔 웃고 왈 내 평일의 부인 언[에] ᄒᆡᆼᄉᆡᆨ 이대도록 사름을 죠롱ᄒᆞ믈 아디 못ᄒᆞ닷다 다만 뭇ᄂᆞ니 태인이 여의기용단을 먹고 날인 톄 홀딘대 부인이 가히 속디 아닐다 셕시 옷기솔 녀ᄆᆡ고 좌를 ᄲᅧ나 말솜을 ᄉᆡᆨᄉᆡᆨ이 ᄒᆞ야 ᄀᆞᆯ오ᄃᆡ 쇼쳡이 엇디 [샹공의] 쳥명지치를 농ᄒᆞ며 녀시의 소그미 그ᄅᆞ다 ᄒᆞ리오 이 일이 젼후의 나의 불민ᄒᆞ므로

17면

명텰보신지ᄎᆡᆨ으로 아디 못ᄒᆞ므로 이런 일이 잇는디라 ᄌᆞ당감쉬라 다만 군지 ᄋᆞ녀 삼인을 거ᄂᆞ리시매 가듕이 솔난ᄒᆞ니 그 지죄 놉고 위엄이 듕ᄒᆞ믈 족히 알디라 ᄌᆞ고 만승지쥐 ᄉᆞ히를 다ᄉᆞ리매 결을 업슨 듕 궁쳡의 츰언으로 황후를 폐츌ᄒᆞ미 구ᄐᆞ여 그ᄅᆞ디 아니ᄒᆞ믈 이에 ᄭᆡ닷고 마츰 샹공이 ᄋᆞᄌᆞ의 슉녀를 니ᄅᆞ실ᄉᆡ 슌ᄌᆡ 현티 못ᄒᆞ니 ᄒᆞ믈며 ᄎᆞ이 비록 ᄌᆞ라나 샹공 후덕을 밧드러 닛디 못ᄒᆞ고 불쵸ᄒᆞ야 녀ᄌᆞ의게 화를

깃칠가 일시의 언급ᄒᆞ미러니 이제 미〃ᄒᆞᆫ 욕과 죄칙을 바드니 불승황공ᄒᆞ야 욕ᄉᆞ무디로소이다 참졍이 뎨 깁히 노ᄒᆞ야 ᄒᆞᆷ믈 보고 ᄉᆞ리로 졀칙고져 ᄒᆞᄃᆡ 뎨 사ᄅᆞᆷ 되오미 구겹디 아닐 배오 화열ᄒᆞ야 그릇ᄒᆞ롸ᄒᆞ미 ᄯᅩᄒᆞᆫ 당부의 위의를 일ᄒᆞ미라

18면

다만 면식을 ᄎᆞ게 ᄒᆞ고 긔운을 슈졍ᄒᆞ야 다시 말을 아니ᄒᆞᆫ대 부인이 다만 온유단엄ᄒᆞ미 츄상 ᄀᆞᆺᄐᆞ여 ᄌᆞ연 사ᄅᆞᆷ으로 ᄒᆞ야곰 긔경ᄒᆞ게 ᄒᆞᄂᆞᆫ디라 참졍이 심하의 칭찬ᄒᆞᄃᆡ ᄯᅩᄒᆞᆫ 쥰졀ᄒᆞᆫ 빗출 도〃와 그 ᄆᆞ음을 것디ᄅᆞ더라 일〃은 참졍이 파됴ᄒᆞ고 집의 도라오다가 노샹의셔 일인을 만나니 기인이 몸의 셜비 오슬 닙어시ᄃᆡ 거동은 심히 비샹ᄒᆞ고 등의 걸식 두 자를 ᄲᅥᆺ거ᄂᆞᆯ 고이히 너겨 ᄃᆞ리고 집의 니ᄅᆞ러 쳥ᄒᆞ야 문왈 션ᄉᆡᆼ은 엇던 사ᄅᆞᆷ이완ᄃᆡ [구ᄐᆞ여] 걸식 두 ᄌᆞ를 빅샹의 븟텻ᄂᆞ뇨 기인이 믄득 눈을 부릅ᄯᅥ 수지저 왈 네 날을 엇던 인물노 아ᄂᆞ뇨 내 곳 너의 동관이어ᄂᆞᆯ 날노ᄡᅥ 주리게 ᄒᆞ니 네 죄 죽고 남디 못ᄒᆞ리라 참졍이 안ᄉᆡᆨ

19면

을 불변ᄒᆞ고 죠용히 문왈 션ᄉᆡᆼ의 말을 드ᄅᆞ니 내 반ᄃᆞ시 작죄ᄒᆞ미 잇ᄂᆞᆫ가 시브되 [능히] ᄭᆡᄃᆞᆺ디 못ᄒᆞ니 쳥컨대 션ᄉᆡᆼ은 블기 ᄀᆞᄅᆞ치라 기인이 더욱 노ᄒᆞ야 칼을 드러 셔안을 티며 크게 ᄭᅮ지ᄌᆞᄃᆡ 참졍이 죠곰도 노ᄒᆞ야 아니코 ᄉᆞ긔ᄌᆞ약ᄒᆞ니 기인이 ᄇᆡ야흐로 웃고 그 손을 잡으며 왈 그ᄃᆡ의 어딜미 가히 변티 아냣도다 참졍이 다시 문왈 경은 진토의 아득ᄒᆞᆫ 인물이라 그윽이 보건대 션ᄉᆡᆼ이 션풍도골노 쇽셰예 버서나시니 길흉을 ᄀᆞᄅᆞ치쇼셔 기인이 ᄇᆡ야흐로 웃고 그 손을 잡으며 왈 그ᄃᆡ의 어질미 가히 변티 아냣도다 참졍이 다시 문왈 경은 진토의 아득ᄒᆞᆫ 인물이라 그윽이 건대 션풍도골노 쇽셰예 버서나시니 길흉을 ᄀᆞᄅᆞ치쇼셔 기인 왈 나는 산야테인이라 엇디 대인의 휴구를 평탄ᄒᆞ리오 참졍이 답왈 셕의 부ᄌᆞ 노자긔 문녜

20면

어ᄒᆞ시니 경이 션ᄉᆡᆼ ᄀᆞᄐᆞᆫ 이인을 ᄃᆡᄒᆞ야 엇디 휴구를 뭇디 아니ᄒᆞ리잇고 기인이 흡〃히 대쇼ᄒᆞ며 왈 공이 공ᄌᆞ 문녜어노ᄌᆞᄒᆞ다 ᄒᆞ니 오늘 그ᄃᆡ 날ᄃᆞ려 길흉 무ᄅᆞ미 젼혀 다ᄅᆞ디 아니토다 내 ᄯᅩᄒᆞᆫ 뭇ᄂᆞ니 공ᄌᆞᄂᆞᆫ 엇던 사ᄅᆞᆷ이며 노ᄌᆞᄂᆞᆫ ᄯᅩ 엇던 사ᄅᆞᆷ고

참졍이 홀연 쇼왈 그ᄃᆡ 날 ᄆᆡᆨ바드미 심ᄒᆞ다 원ᄂᆡ 어ᄃᆡ 이시며 셩명은 뉘신고 알고져 ᄒᆞ노라 기인이 필연을 나와 ᄒᆞᆫ 글을 ᄡᅧ ᄀᆞᆯ오ᄃᆡ 내 비록 몸이 한헐ᄒᆞ나 한열을 피티 아니코 듀야 화로 ᄭᅵ의셔 괴로이 불을 븟처 초목을 ᄉᆞᆷ고 내 잇ᄂᆞᆫ 곳을 무를딘대 오로소 남그로 집을 ᄒᆞ고 디명을 니ᄅᆞ면 삼십 삼 ᄑᆞ른 거시 ᄀᆞ렷고 일홈을 무를딘대 담으로 노각을 둘럿고 그ᄃᆡ의 교두의친을 니ᄅᆞ면 그ᄃᆡ 날ᄃᆞ려 녜ᄅᆞᆯ 뭇고 ᄒᆞᆫ이 ᄎᆞ매 녕보와 태군을 ᄀᆞ족이 밧드니 의심

21면

컨대 그ᄃᆡ의 ᄌᆡ덕으로ᄡᅥ 내 불감ᄒᆞ야 ᄒᆞ노라 소가의 은혜 듕ᄒᆞ니 홍딘의 더러오믈 혐의티 아니코 음덕이 늉셩ᄒᆞ니 ᄌᆞ손이 영화롭고 우인이 청결ᄒᆞ니 ᄉᆞ긔예 일흠을 폐ᄒᆞᄂᆞᆫ도다 경이 경년의 죽고 팔십이오 팔년이오 오년이 오년의 ᄆᆞᄎᆞ니 텬되 이ᄀᆞᆺ도다 ᄒᆞ엿더라 ᄡᅳ기ᄅᆞᆯ ᄆᆞᄎᆞ매 참졍을 주니 바다 보기ᄅᆞᆯ ᄆᆞᄎᆞ매 ᄉᆡᆨᄃᆞ라 됴희ᄅᆞᆯ 노코 닐오ᄃᆡ 공의 ᄡᅳᆫ 거ᄉᆞᆫ 잠간 ᄉᆞᆯ피니 이 노ᄌᆞ노담이어니와 다만 너모 허탄ᄒᆞ도다 내 엇디 감히 이 말을 드ᄅᆞ리오 기인이 다만 웃고 허리 아래로셔 석 자 칼을 내여 주어 왈 내 고인을 만나ᄃᆡ 줄 거시 업서 일로ᄡᅥ 표졍ᄒᆞᄂᆞ니 오라디 아녀 이 칼 가질 사ᄅᆞᆷ이 날 거시니 헛도이 님자ᄅᆞᆯ 일티 말고 아직 그ᄃᆡ 벽상의 거러 두라 참졍 왈 ᄎᆞᄂᆞᆫ 듕뵈라 감히 밧디 못ᄒᆞ리로다 기인이 노왈 내 그ᄃᆡᄅᆞᆯ

22면

주미 아냐 구름 아래 별을 주ᄂᆞ니 그ᄃᆡᄂᆞᆫ 다만 바다 두라 셜파의 일진 청풍이 니ᄂᆞᆫ 고ᄃᆡ 형영이 업ᄉᆞ니 참졍이 그 고이ᄒᆞ믈 깃거 아녀 칼흘 ᄲᅢ혀 보니 ᄆᆞᆯ근 빗치 흰 눈 ᄀᆞᆺ고 줄ᄂᆡ칠셩 참요 네 ᄌᆡ 분명ᄒᆞ니 드ᄃᆡ여 벽상의 걸고 기인의 ᄡᅳᆫ 거ᄉᆞᆯ 밀〃히 덥어 궤 가온대 장ᄒᆞ나 ᄆᆞᄎᆞᆷ내 구외예 내디 아니ᄒᆞ더라 이적의 뉴혹ᄉᆡ 윤부인으로 더브러 금슬우비의 즐기미 심상ᄒᆞᆫ 부뷔 아니라 벼술이 ᄌᆡ샹의 오ᄅᆞᄃᆡ ᄒᆞᆫ낫 희쳡이 업ᄉᆞ니 한 시랑이 ᄆᆡ양 졸딕다 긔롱홀ᄉᆡ 일〃은 참졍이 듕당의셔 뉴한 이ᄉᆡᆼ으로 담쇼ᄒᆞ니 [한]ᄉᆡᆼ이 쇼왈 ᄌᆞ문은 비록 뎡녀의 ᄒᆡᆼ실을 ᄇᆡ호나 셩품이 녀ᄉᆡᆨ을 멀니ᄒᆞ미어니와 뉴형은 녀ᄉᆡᆨ의 주린 귓거ᄉᆡ ᄆᆞ음으로셔 마치 부인만 듕ᄃᆡᄒᆞ야 창하의 울젹ᄒᆞ니 엇디 용녈티 아니리오 뉴ᄉᆡᆼ 왈 쇼뎨ᄂᆞᆫ 본ᄃᆡ 현형의 호쾌 업고

23면

또 형인이 일즉 ᄇ란 바 쇼데 ᄲᅳᆫ으로 그 조상부모ᄒᆞ고 일신이 혈〃ᄒᆞ믈 측은ᄒᆞ야 그 정ᄉᆞ를 조차 위로ᄒᆞ며 또 내의 긔한을 술피고 가ᄉᆞ를 션치ᄒᆞ니 므슴 연고로 번오다ᄉᆞᄒᆞ믈 취ᄒᆞ리오 한ᄉᆡᆼ이 션ᄌᆞ를 텨 대쇼 왈 과연 혹ᄒᆞ미 심타 내의 부인이 ᄌᆡ뫼 구ᄐᆡ여 윤부인긔 ᄂᆞ리디 아니ᄒᆞᄃᆡ 내 화월총관이 되여시니 네의 오졸ᄒᆞ미 가쇠 아니가 뉴ᄉᆡᆼ이 다만 대쇼ᄒᆞ고 참졍은 셔안을 ᄃᆡᄒᆞ여 고ᄉᆞ를 보ᄃᆡ ᄆᆞᄎᆞᆷ내 이 인의 문답의 간셥디 아니터라 이 날 윤시 취운각의 가 소시로 더브러 투호 ᄐᆡᆯᄉᆡ 믄득 한어ᄉᆡ 드러오니 협실의 피ᄒᆞᆫ대 어ᄉᆡ 짐즛 모ᄅᆞᄂᆞᆫ 톄ᄒᆞ고 소부인을 ᄃᆡᄒᆞ야 우어 왈 뉴ᄉᆡᆼ이 윤부인을 깁히 쳔이 너기미러라 소시 왈 므슴 연괴니잇가 어ᄉᆡ 웃고 왈 뉴ᄉᆡᆼ이 ᄌᆞ문과 날로 더브러 닐오ᄃᆡ 윤시 비록 [ᄌᆡ상] ᄌᆞ데나 도로의 뉴

24면

리ᄒᆞ야 완노의게 잡혀 갓다가 ᄌᆞ문을 만나 도라와 내의 ᄇᆡ필이 되니 내 처엄은 ᄌᆡ모를 깃거ᄒᆞ더니 오래 두고 ᄉᆡᆼ각ᄒᆞ니 심히 비쳔ᄒᆞᆫ디라 조만의 슉녀를 취ᄒᆞ야 샹원을 뎡ᄒᆞ고 윤시로 쇼셩지녈의 두고져 ᄒᆞ노라 ᄒᆞ니 ᄌᆞ문이 ᄉᆞ리로 ᄀᆡ유ᄒᆞ되 뉴ᄉᆡᆼ의 ᄯᅳᆮ디 블셔 뎡ᄒᆞ엿더라 소시 텽파의 노왈 뉴랑은 단아ᄒᆞᆫ 한ᄉᆡ러니 이러틋 무상홀 줄 알니오 어ᄉᆡ ᄃᆡ왈 부인이 그ᄅᆞ다 날로ᄡᅥ 니ᄅᆞᆯ딘대 구ᄐᆡ여 뉴ᄉᆡᆼ의 말이 그ᄅᆞ디 아니니이다 드ᄃᆡ여 밧그로 나가니 윤시 협실의셔 임의 슈말을 다 듯고 노ᄒᆞ믈 이긔디 못ᄒᆞ야 강잉ᄒᆞ야 소시로 더브러 두어 말을 파ᄒᆞ고 침누의 도라오니 그 ᄌᆞ녜 네 아ᄒᆡ 모친 알ᄑᆡ 모드매 윤시 노긔 엄녈ᄒᆞ야 졔ᄌᆞ를 박ᄎᆞ고 침상 듕의 안자더니 홀연 혹ᄉᆡ 취안으로 드러와 부인을 보매 노ᄉᆡᆨ이 은〃ᄒᆞ야

25면

옥병을 지혀시니 옥모화ᄐᆡ 더욱 긔이ᄒᆞ야 소담청월ᄒᆞᆫ 광치 암벽이 블그니 취듕의 ᄃᆡᄒᆞ매 은졍이 더욱 뉴츌ᄒᆞ야 나아가 그 옥슈를 잡고 엇게를 딥허 흔연 왈 아름답다 부인이여 빗날샤 윤시야 날마다 션약을 먹음어 필부 뉴ᄉᆡᆼ을 농ᄒᆞᄂᆞᆫ도다 연이나 비쳔ᄒᆞᆫ 쳔가의 잡혀 갓닷다 엇디ᄒᆞ야 나의 가뫼 되니 봉관화리 엇디 욕되며 엇디 외람티 아니리오 내 조만의 슉녀를 어더 우디의 즐기믈 닐위리니 모ᄅᆞ미 그ᄃᆡ ᄒᆞᆫ티 말나 윤시 쳥필의 번연 작ᄉᆡᆨ고 손을 ᄯᅥᆯ쳐 물너 안ᄌᆞ니 뉴ᄉᆡᆼ이 부인의 ᄉᆞᄉᆡᆨ이 젼과 달나 츄상 녈

일 곳트믈 보고 의려ᄒᆞ야 문왈 그ᄃᆡ 므ᄉᆞᆷ 연고로 이대도록 쥰슈ᄒᆞ뇨 비록 아모 일이 이셔도 날을 이러ᄐᆞᆺ 멸ᄃᆡ티 못ᄒᆞ리니 두리건대 날을 염고ᄒᆞ미냐 윤시 문이답이라 뉴

26면

ᄉᆡᆼ이 믄득 노왈 그ᄃᆡ 힝디를 보니 극히 고이ᄒᆞᆫ디라 아모리 쳔가의 가 디내여시나 본은 ᄉᆞ족이어든 이러ᄐᆞᆺ 무힝ᄒᆞ리오 조만의 내티고 아름다온 슉녀를 빵〃이 어드리라 윤시 봉안을 놉히 ᄯᅳ고 아미를 거ᄉᆞ려 ᄭᅮ지저 왈 내 비록 운익이 긔구ᄒᆞ야 조상부모ᄒᆞ고 쳔신만고를 겻거 겨유 소ᄉᆡᆼ을 만나 결약형ᄆᆡᄒᆞ야 이에 니ᄅᆞ러ᄂᆞᆫ 연분이 이셔 그ᄃᆡ를 만나니 샹의ᄒᆞ야 사란 디 거의 칠 년이라 이ᄌᆞ 이녜 잇고 내 비록 불혜ᄒᆞ나 칠거를 범티 아냐거ᄂᆞᆯ 무단이 구박ᄒᆞ야 욕ᄒᆞ니 이제 그ᄃᆡ 비록 날을 내티나 죠곰도 두렵디 아니며 열 미인을 취ᄒᆞ나 관겨티 아니되 다만 경박ᄒᆞ믈 ᄒᆞᆫᄒᆞ노라 내 ᄯᅩᄒᆞᆫ 그ᄃᆡ를 아니 보나 족히 ᄉᆞ모ᄒᆞ야 죽디 아닐 거시오 그ᄃᆡ ᄯᅩᄒᆞᆫ 내의 미쳔홈과 불혜ᄒᆞ믈 보아 오매 괴로오리니 금일노븟터 부〃의 의를 긋처 서ᄅᆞ

27면

보디 아니미 만힝이라 뉴ᄉᆡᆼ이 뎌의 말이 이럿ᄐᆞᆺ ᄒᆞ믈 듯고 크게 고이히 너기고 ᄯᅩᄒᆞᆫ 불슌ᄒᆞ믈 미흡ᄒᆞ야 불연 변ᄉᆡᆨ 왈 [부인은 므ᄉᆞᆷ 연고로 날을 곤칙ᄒᆞᄂᆞ뇨 윤시 왈] 그ᄃᆡᄂᆞᆫ 므ᄉᆞ 일로 날을 욕ᄒᆞᄂᆞ뇨 내 아모리 잔약ᄒᆞᆫ나 그ᄃᆡ 곳튼 대댱부의 위엄을 저허 아닛ᄂᆞ니 그ᄃᆡ 임의로 ᄒᆞ라 언파의 ᄋᆞᄌᆞ를 밀티고 니러나니 뉴ᄉᆡᆼ이 일즉 부인의 소ᄅᆡ 놉히믈 듯디 못ᄒᆞ엿다가 뎌러ᄐᆞᆺ 쵸조ᄒᆞ믈 보니 졍홍이 식연ᄒᆞ야 묵〃히 안잣더니 명패 니ᄅᆞ믈 듯고 급히 나아가니 윤시 심하의 ᄉᆡᆼ각ᄒᆞᄃᆡ 내 팔ᄌᆡ 무상ᄒᆞ야 냥친을 조상ᄒᆞ고 쳔신만고를 겻거 뉴가의 의탁ᄒᆞ니 사ᄅᆞᆷ의 쳔히 너기미 올흔디라 지삼 혜아리매 뉴ᄉᆡᆼ의 타의 내미 고이티 아니〃 내 이제 ᄌᆞ녜 ᄀᆞ잣고 영통이 극ᄒᆞ야 봉관화리로 명부의 직을 ᄀᆞ초 누려시니 박명ᄒᆞᆫ 인ᄉᆡᆼ이 ᄆᆞᄎᆞᆷ내 됴키를 ᄇᆞ라디 못ᄒᆞ리라 명텰보신지칙을 ᄒᆞ야

28면

뉴가의 구박ᄒᆞ믈 닙디 말고 단발위리ᄒᆞ야 사문의 사ᄅᆞᆷ이 못ᄒᆞ다ᄒᆞ니 이ᄂᆞᆫ 그 험난을 겻거 ᄆᆞ음이 약ᄒᆞ야 긋디 못ᄒᆞ므로 사ᄅᆞᆷ의 의논 두리미 극ᄒᆞᆫ디라 뉴ᄉᆡᆼ의 ᄆᆞ음이 변

ᄒᆞ면 타인의게 더욱 박복다 긔롱을 드를가 ᄒᆞ야 믄득 츌가홀 의ᄉᆡ 니러나니 ᄉᆞᄉᆞ로 운환을 프러 칼을 ᄲᅢ혀 두발을 버히고져 ᄒᆞ더니 마초와 니패 드러오다가 보고 대경ᄒᆞ야 칼을 급히 앗고 붓드러 문왈 부인이 엇딘 연고로 이런 거조를 ᄒᆞ시ᄂᆞ뇨 윤시 약질의 슬픔과 분ᄒᆞ미 니러나니 말을 못ᄒᆞ고 눈물을 흘니며 ᄶᅡ히 업더지거ᄂᆞᆯ 니패 이에 황망이 문왈 이 엇딘 거죄뇨 윤시 일언도 아니코 혼〃팀〃ᄒᆞ야 심히 위급ᄒᆞᆫ디라 패 급히 좌우로 ᄒᆞ야곰 소시와 참졍을 쳥ᄒᆞ니 이인이 니ᄅᆞ러 보고 왈 윤ᄆᆡ 엇디 불의예 유병ᄒᆞ시뇨 니패 왈 쳡이 앗가 드러오니 윤부

29면

인이 칼로ᄡᅧ 두발을 버히고져 ᄒᆞ거ᄂᆞᆯ 칼을 아ᄉᆞ니 이러틋 침고ᄒᆞ시니 아모 연괸 줄 모ᄅᆞᄂᆞ이다 이인이 불승경아ᄒᆞ야 소시 나아가 문왈 아이 므슴 ᄯᅳᆺ잇디 못ᄒᆞᆫ 일이 잇관ᄃᆡ 신톄 발부를 샹히[오]려 ᄒᆞᄂᆞ뇨 윤시 냥구의 탄식고 왈 내 인ᄉᆡᆼ이 박명ᄒᆞ야 긔구ᄒᆞᆫ 디경을 만히 겻그니 이제ᄂᆞᆫ ᄆᆞ음을 안졍히 ᄒᆞ야 츌가ᄒᆞ믈 원ᄒᆞ미오 다른 ᄯᅳ디 아니로소이다 소시 위로 왈 현뎨 오히려 그ᄅᆞ도다 사ᄅᆞᆷ이 비록 단발홀 형셰라도 니고의 무리 [되미] 괴이커ᄂᆞᆯ 이제 그ᄃᆡᄂᆞᆫ 슬하의 ᄌᆞ녜 잇고 뉴혹ᄉᆡ 무양ᄒᆞ며 경즁명부의 직샹의 [원비로] 이런 의ᄉᆡ를 내미 극ᄒᆞᆫ 곡경이니 엇디 ᄉᆡᆼ각디 아닛ᄂᆞ뇨 윤시 눈물이 비오ᄃᆞᆺ ᄒᆞ야 왈 내 인ᄉᆡᆼ이 심히 고쵸ᄒᆞᆫᄃᆡ 부귀 극ᄒᆞ니 진실노 셰샹 영욕을 모ᄅᆞᄂᆞᆫ 사문지인이 되고져 ᄒᆞ[미]니 ᄉᆞᄉᆞ로 ᄆᆞ음이 고이ᄒᆞᆫ 줄을 모ᄅᆞ디 아닛ᄂᆞ이다 참졍은 다만 머리를 수기고

30면

오라도록 말이 업고 소시ᄂᆞᆫ 직삼 ᄉᆞ리로 ᄀᆡ유ᄒᆞ나 그 근본을 ᄭᆡᄃᆞᆺ디 못ᄒᆞ거니 뉴획ᄉᆡ 온다 ᄒᆞ거ᄂᆞᆯ 이인이 물너오다 뉴ᄉᆡᆼ 이 날 대궐 가 ᄃᆞᆫ녀 도라오니 시녀ᄂᆞᆫ 당 밧긔 잇고 금당을 ᄌᆞ옥이 디웟ᄂᆞᆫ디라 심하의 의려ᄒᆞ야 나아가 보니 부인이 머리를 ᄡᆞ고 상샹의 누어 부모 ᄉᆡᆼ각ᄂᆞᆫ 누뤄옷 알플 적시ᄂᆞᆫ디라 혹ᄉᆡ ᄒᆞᆫ 번 보고 크게 고이코 놀나와 겻ᄐᆡ [내]아가 안ᄌᆞ며 왈 부인이 므ᄉᆞ 일노 녜 아니턴 거조를 이럿틋 ᄒᆞᄂᆞ뇨 내 아춤의 니른 말은 일시 희롱의 일이라 엇디 그 일로ᄡᅧ 촉노ᄒᆞ미 이대도록 과도ᄒᆞ뇨 윤시 ᄆᆞᄎᆞᆷ내 ᄃᆡ답디 아니터니 긔 ᄋᆞᄌᆞ 뉴영이 영민ᄒᆞᆫ 아히라 믄득 닐오ᄃᆡ 앗가 모친이 칼흘 ᄲᅢ혀 머리를 버히고 승이 되려 ᄒᆞ시니 슉부와 소부인이 ᄀᆡ유ᄒᆞ야 구ᄒᆞ여 겨시

니이다 혹시 텽파의 ᄋᆞ지 비록 어리나 그 말이 밍낭티 아니믈 알고 평일 부인의 졍식 외로오믈 슬허ᄒᆞ며 그 힝지 셰

31면

샹ᄉᆞ의 거리끼ᄂᆞᆫ 배 업서 물욕의 쒸여나믈 근심ᄒᆞ야 죵ᄂᆡ의 일언 일이 이실가 우려ᄒᆞ던 배라 ᄎᆞ언을 드ᄅᆞ매 십분 대경ᄒᆞ야 진졍으로 그 부인을 ᄃᆡᄒᆞ야 노ᄒᆞᄂᆞᆫ 바를 무른대 윤시 다시 기구ᄒᆞ미 업고 인ᄒᆞ야 식음을 폐ᄒᆞ고 됴셕의 부모를 불너 톄읍ᄒᆞ니 좌우 시녜 아니 감창ᄒᆞ리 업더라 원ᄂᆡ 윤시 쇼년의 셜온 일을 겻고 소가의 의탁ᄒᆞ야 결의ᄒᆞ니 양부인과 참졍 남ᄆᆡ의 후ᄃᆡᄒᆞ미 골육의 디나고 가듕이 다 츄존ᄒᆞ나 곳마다 ᄌᆞ가 부모를 ᄉᆡᆼ각ᄒᆞ야 부인의 어엿비 너기믈 본즉 더욱 의식 감창ᄒᆞ니 임의 셰월이 오라매 심식 샹ᄒᆞ야 온유단졍ᄒᆞ던 셩품이 변ᄒᆞ야 쵸츈엄졍ᄒᆞᆫ 배 되엿고 겸ᄒᆞ야 뉴ᄉᆡᆼ이 한어ᄉᆞ 등 다려 ᄌᆞ가를 비박ᄒᆞ믈 ᄂᆞ리오더라 ᄒᆞ니 애듧고 분ᄒᆞ야 만일 내 부뫼 겨실딘대 나ᄂᆞᆫ 평장의 녀이오 더ᄂᆞᆫ 샹셔의 공지니 피ᄎᆞ의 욕

32면

되디 아닐 거ᄉᆞᆯ 부모를 일코 ᄂᆞᄆᆡ게 의디ᄒᆞ다 ᄒᆞ야 업슈이 너기미니 어ᄂᆡ ᄂᆞᆺᄎᆞ로 부〃의 의를 니어 살니오 의식 이에 밋처ᄂᆞᆫ 녀ᄌᆞ의 연약 편협ᄒᆞᆫ 심졍이 날노 더ᄒᆞ니 혹ᄉᆞ 곳 ᄃᆡᄒᆞ면 그 비박히 너긴다 ᄒᆞ야 븟그럽고 노회[오]미 니러나고 음식을 보면 심쇄 발ᄒᆞ야 ᄒᆞᆫ 술 물도 ᄂᆞ리오디 못ᄒᆞ니 뉴혹시 민망ᄒᆞ야 ᄒᆞ고 가듕이 그 ᄠᅳ들 몰나 ᄒᆞ더니 이젹의 윤시 소시의 힝지 젼과 다ᄅᆞᆷ을 보고 ᄀᆞ장 의심ᄒᆞ야 됴셕의 위로ᄒᆞ야 디내더니 일〃은 윤시 침소 난간의 의디ᄒᆞ엿다가 홀연 부모를 ᄉᆡᆼ각ᄒᆞ니 심식 단졀ᄒᆞ야 기리 탄식고 피를 토ᄒᆞ며 난간의 것구러디니 시녜 대경ᄒᆞ야 겨유 구ᄒᆞ고 아모리 ᄒᆞᆯ 줄 몰나 ᄒᆞ더니 혹시 니ᄅᆞ러 보고 년망이 붓드러 상의 누이고 약을 ᄡᅳ니 반향이 디난 후 인ᄉᆞ를 출히니 뉴ᄉᆡᆼ이 부인의 힝신동지 이곳티 실조ᄒᆞ믈

33면

슬허ᄒᆞ야 이에 그 손을 잡고 눈물을 흘려 왈 그ᄃᆡ 므슴 연고로 이러틋 팀병ᄒᆞ야 평일 온화 단아턴 셩졍을 다 일코 심긔 듕ᄒᆞ엿ᄂᆞ뇨 내 비록 박힝ᄒᆞ나 그ᄃᆡ의 가뷔라 심식 잇거든 쾌히 니ᄅᆞ고 은휘티 말나 윤시 손을 ᄯᅥᆯ티고 벽을 향ᄒᆞ야 누어 왈 내의 ᄇᆞ라ᄂᆞᆫ

배 ᄋᆞ직 어렷고 엄친이 아니 겨셔 삼죵의탁이 그ᄃᆡ씌 잇더니 그ᄃᆡ 일됴의 은의 박ᄒᆞ야 지어 한어ᄉᆞᄃᆞ려 내의 흔단을 포렴ᄒᆞ고 ᄌᆡ취를 니ᄅᆞ니 취ᄒᆞᆯ디라도 내 아쳐ᄒᆞᆯ 배 업거ᄂᆞᆯ 엇디 구ᄐᆡ여 내의 흔단을 니른 후 ᄌᆡ취ᄒᆞ리오 그ᄃᆡ 임의 부〃의 의 절ᄒᆞ야 외인을 ᄃᆡᄒᆞ야 규합의 부덕을 니ᄅᆞ니 이 므ᄉᆞᆷ 졍이리오 ᄎᆞ고로 내 부〃 덕업과 셰샹ᄉᆞ를 긋처 단발위승ᄒᆞ고 안졍ᄒᆞᆫ 도관을 어더 머므러 부모 졔ᄉᆞ나 일우며 양부인과 소참졍을 의디ᄒᆞ야 죵신ᄒᆞᄂᆞ니 그ᄃᆡ는 날로

34면

ᄡᅧ 의려티 말고 슉녀를 어더 동낙ᄒᆞ라 혹ᄉᆡ 텽파의 급히 문왈 뉘셔 한어ᄉᆞᄃᆞ려 그ᄃᆡ 흔단을 ᄒᆞ더라 ᄒᆞ더뇨 윤시 묵연브답ᄒᆞᆫ대 혹ᄉᆡ 시녀로 외당의 가 참졍을 쳥ᄒᆞ니 드러왓거ᄂᆞᆯ 혹ᄉᆡ 이에 졍ᄉᆡᆨ고 닐오ᄃᆡ 그ᄃᆡ는 언에 젹으니 이런 ᄃᆡ 간셥디 아닐 배어니와 드른 배 이실 연고로 믓ᄂᆞ니 뉘 이런 간언을 ᄒᆞᄂᆞ뇨 드ᄃᆡ여 윤시의 말을 다 니ᄅᆞ니 참졍이 텽파의 웃고 왈 대단티 아닌 말이니 뉴형이 구ᄐᆡ여 변ᄇᆡᆨᄒᆞ리오 이 불과 아ᄂᆞᆫ 사ᄅᆞᆷ이 일시 흥으로 우ᄉᆞ랴 ᄒᆞ미오 현ᄆᆡ는 고디 드러 ᄎᆞᆨ노ᄒᆞ시미니 피ᄎᆞ 서ᄅᆞ 웃고 파ᄒᆞᆯ 싸름이로소이다 뉴ᄉᆡᆼ 왈 그ᄃᆡ 말이 진실로 올흐ᄃᆡ 이 일노 윤시 ᄎᆞᆨ노ᄒᆞ야 토혈ᄒᆞᄂᆞᆫ 디경의 이시니 일시 희롱으로 인명을 해ᄒᆞ미 올ᄒᆞ냐 참졍이 경녀ᄒᆞ야 묵연브답이러니 믄득 양부인이 오신[대] ᄒᆞ니 뉴ᄉᆡᆼ은 니러나 나가고 참졍은 머므러 모

35면

친을 마자 좌를 뎡ᄒᆞ매 윤시 ᄯᅩᄒᆞᆫ 강잉ᄒᆞ야 니러나니 부인이 윤시의 형뫼 표연ᄒᆞ야 우화ᄒᆞᆯ듯 ᄒᆞ여시믈 보고 크게 놀라 그 손을 잡고 등을 어ᄅᆞ문져 문왈 네 엇디 수일ᄂᆡ의 이대도록 수쳑ᄒᆞ며 므ᄉᆞ 일노 ᄎᆞᆨ노ᄒᆞ야 단발ᄒᆞᆯ 의ᄉᆞ를 내는다 윤시 ᄃᆡ왈 쇼녜 근ᄂᆡ예 심ᄉᆡ 죠티 못ᄒᆞ므로 능히 좌하의 뫼옵디 못ᄒᆞ오니 브회 크도소이다 단발지ᄉᆞ는 심ᄉᆡ 여ᄎᆞ〃ᄒᆞ야 출하리 승니의 무리 되고져 ᄒᆞ나 엇디 쉬오리잇가 부인이 텽파의 졍ᄉᆡᆨ고 ᄎᆡᆨᄒᆞ야 닐오ᄃᆡ 네 비록 윤가 녀ᄋᆡ나 날로 더브러 모녀지의 이션 디 팔 년이라 임의 네의 어미 되야 그 흔단을 보고 ᄀᆞᄅᆞ치디 아닌 고로 니ᄅᆞ노라 므릇 녀ᄌᆞ란 거시 온순ᄒᆞ고 비약ᄒᆞ야 몸이 비록 황가지엽으로 쳔인의 가도 교ᄌᆞᆼᄒᆞ미 업서야 이 가히 ᄉᆞ덕을 온젼ᄒᆞ미어ᄂᆞᆯ 너와 월영은 방ᄌᆞᄒᆞ기를 젼쥬ᄒᆞ야 ᄆᆡ양 가부를 수

36면

짓고 졀졔ᄒᆞ믈 임의 그릇 너기더니 셜ᄉᆞ 뉴ᄉᆡᆼ이 그릇 이 말을 ᄒᆞ야실디라도 개회티 아니미 올커ᄂᆞᆯ ᄒᆞ믈며 뉴랑은 언듕돈후ᄒᆞᆫ 사ᄅᆞᆷ이라 엇디 즐겨 한ᄉᆡᆼ을 ᄃᆡᄒᆞ여 졍실의 흔단을 니ᄅᆞ리오 이 불과 한낭이 쇼년의 브졀 업시 유희ᄒᆞ미어ᄂᆞᆯ 네 과도히 고디 드러 믄득 뎐도ᄒᆞ믈 힝ᄒᆞ고 긔쇼ᄅᆞᆯ 바드니 ᄌᆡ삼 ᄉᆡᆼ각ᄒᆞ매 뉴랑 보기도 븟그러올[거]ᄉᆞᆯ 엇디 ᄭᆡᄃᆞᆺ디 못ᄒᆞᄂᆞ뇨 더욱 신톄발부ᄅᆞᆯ 샹히와 셩교ᄅᆞᆯ 닛고 패도ᄅᆞᆯ 힝ᄒᆞ야 ᄌᆞ힝ᄒᆞ미 크게 패악괴려ᄒᆞ기예 갓가오ᄃᆡ 뉴ᄉᆡᆼ이 허믈티 아니미 극히 어디러 프러디기의 갓가오니 네ᄒᆞᆫ티 말고 감격ᄒᆞ여 ᄒᆞ라 ᄉᆡᆼ심도 조ᄇᆡ야온 의ᄉᆞᄅᆞᆯ 두디 말고 수이 니러나 타인의 긔쇼ᄅᆞᆯ 밧디 말나 윤시 텽파의 황공ᄒᆞ고 ᄯᅩᄒᆞᆫ 감격ᄒᆞ믈 이긔디 못ᄒᆞ야 눈물을 흘니고 샤례 왈 모친의 명교ᄅᆞᆯ 쇼녜 엇디 거역ᄒᆞ리잇고 일시의

37면

애ᄃᆞᆯ와 실녜ᄒᆞ고 심긔 듕ᄒᆞ야 믄득 유병ᄒᆞ미 이ᄉᆞᆸ더니 됴리ᄒᆞ야 니러나리이다 부인이 그 졍ᄉᆞᄅᆞᆯ 슬피 너겨 탄식 왈 네의 ᄆᆞᄋᆞᆷ은 다른 사ᄅᆞᆷ과 ᄀᆞᆺ디 아니ᄒᆞ미 올커니와 그러나 ᄆᆞᄋᆞᆷ을 잡고 비회ᄅᆞᆯ ᄎᆞᆷ아 즐기미 올ᄒᆞ니 엇디 쉽다 ᄒᆞ고 강잉ᄒᆞ미 업ᄉᆞ리오 ᄒᆞ믈며 어ᄂᆞ 사ᄅᆞᆷ이 부모ᄅᆞᆯ 죽이디 아냐시며 내 비록 노혼ᄒᆞ나 네 어미의 모쳠ᄒᆞ여시니 범ᄉᆞᄅᆞᆯ 네의 친모의 ᄂᆞ리게 혜디 말나 내 엇디 월영의게 디미 이시리오 참졍이 희허쳑연 왈 쇼뎨 등은 ᄌᆞ모ᄅᆞᆯ 뫼와시나 션친의 자최ᄅᆞᆯ ᄉᆡᆼ각ᄒᆞ오면 심ᄉᆡ 봉졀ᄒᆞᆸ거든 ᄒᆞ믈며 현ᄆᆡᄂᆞᆫ ᄒᆞᆫ 위로ᄒᆞᆯ 일도 업ᄉᆞ오니 엇디 ᄆᆞᄋᆞᆷ이 환연ᄒᆞ시리잇가 연이나 ᄆᆞᄋᆞᆷ을 널니 ᄒᆞ야 슬프믈 강잉ᄒᆞ쇼셔 쇼뎨 비록 불민ᄒᆞ나 죵신토록 현ᄆᆡ로 ᄒᆞ여곰 서의ᄒᆞ미 업게 ᄒᆞ리라 지어 뉴한 이형의 희언은 일시의 우엄ᄌᆞᆨᄒᆞ니 셜ᄉᆞ 뉴

38면

형이 말을 ᄒᆞ나 관겨티 아니〃 현ᄆᆡᄂᆞᆫ 방심ᄒᆞ쇼셔 윤시 감격ᄒᆞ미 쌔의 ᄉᆞᄆᆞᆺ차 눈물을 흘녀 왈 이 몸이 ᄆᆞᆺᄎᆞ나 모부인과 거〃의 은혜ᄂᆞᆫ 갑기 어렵도다 참졍이 즐겨 아녀 ᄀᆞᆯ오ᄃᆡ 쇼뎨ᄂᆞᆫ 동긔의 졍이 잇거ᄂᆞᆯ 현ᄆᆡᄂᆞᆫ 엇디 이러ᄐᆞᆺ 박ᄒᆞ시뇨 동ᄉᆡᆼ의 우ᄋᆡ지의ᄂᆞᆫ ᄯᅧᆺ〃ᄒᆞᆫ디라 엇디 은혜라 칭ᄒᆞ여 구ᄐᆡ여 결의ᄒᆞᆫ 거ᄉᆞᆯ 낫타내고 골육친히 아니믈 ᄇᆞᆰ히리오 일 져〃ᄂᆞᆫ 감격다 말이 업ᄉᆞᄃᆡ 져〃ᄂᆞᆫ 은혜라 일ᄏᆞᄅᆞ시니 이런 곳의 다ᄃᆞ라 소원ᄒᆞᆫ가 ᄒᆞᄂᆞ이다 윤시 다만 감탄ᄒᆞ고 다시 샤례티 못ᄒᆞ더라 이윽이 말ᄉᆞᆷᄒᆞ다가 양부

인이 직삼 경계코 도라가시니 이때 소시 침소의셔 한어스를 딕흐야 진정으로 니른대 소부인이 그 당부의 경덕디 아니믈 미흡흐야 스리로 그른믈 논의흐야 어식 다만 대쇼

39면

흐고 입의 ᄀ득이 샤죄를 일컷더라 소시 인흐야 당의 ᄂ려와 윤시를 딕흐야 어스의 거즛말노 짐즛 소기려 흐던 듀의를 다 니르고 쇼왈 년긔 삼십이 거의로딕 쇼년 유희 그리 이셔 일의 맛당흐며 불가흐믈 아디 못흐고 무단히 아올 촉노흐니 엇디 뮙디 아니리오 윤시 이 말을 듯고 ᄇ야흐로 뉴싱의 익믹흐믈 알고 흔연이 칭샤 왈 이는 한샹공이 붕우의 친흐믈 유희흐시미라 엇디 개회흐리오 다만 뉴랑의 무졍흐믈 흔흐고 날욕흐더라 흐믈 붓그리미러니 이럴딘대 흑식는 무고턴가 시브이다 소시 쇼왈 아익 셩졍이 어렵더라 능히 뉴싱의 독흔 셩으로도 발뵈디 못흐니 내 그딕로 형데 되연 디 팔년의 희미흔 노식과 직약흔 우음을 보디 못흐엿더니 이번 일의 놉흔 소릭와 노식이 현츌흐니 아디 못게라 그런 셩이 어닉 곳의 드럿다가 그리 발흐더뇨 셜

40면

파의 냥인이 낭연 대쇼흐더라 소시 도라간 후 뉴싱이 드러와 닐오딕 부인이 날을 밋디 아니터니 이졔나 씌드르미 잇느냐 윤시 스식의 나타내디 아니흐고 오직 닐오딕 내의 비루흐믈 군직 염고흐미 올흐니 엇디 흔흐리오 뉴싱이 탄왈 내 비록 박힝흐나 부인의 경스를 슬피 너겨 빅슈히로흐믈 싱각더니 일됴의 내 아닌 말을 무함흐야 노흐니 사름의 ᄆ음을 아디 못흐미 이대도록 심홀 줄을 엇디 알니오 윤시 념용 샤왈 쳡이 박명흔 인싱으로 군직씌 일싱을 의탁흐엿거늘 일됴의 말을 지어 기졀흐려 흐믈 드르니 엇디 흔티 아니리오 연이나 불민흐야 군즈의 뜻을 모르는 죄 크도소이다 뉴싱이 부인의 온유흔 힝스와 익원흔 말을 드르니 은익 십숫듯 흐는디라 은근이 위로흐고 견권흔 졍이 측냥티 못흐더라 이 적의 소참졍이 벼술

41면

이 놉하 복녹이 졔미흔딕 뜻 가지[기]를 ᄂ즉이 흐며 팀묵언희흐고 사름의 급흔 일 구흐믈 못 밋출 ᄃ시 흐야 도로의 개걸흔 사름과 빙군흐야 취혼취가 못흐여 흐는 쟈는

다 쳔금을 흣터 소망을 조추니 젼후의 사름 구혼 거시 수쳔의 디나고 수방 진봉을 혼 가지 것도 밧디 아냐 나라히 주신 바 녹봉 밧근 츄호를 두디 아니며 두 부인이 이시나 감히 ᄉᆞ〃 직물 금은과 능내며 그ᄅᆞ시 업서 비록 친가의셔 오는 거시라도 고듕의 두엇다가 쓸 때는 반ᄃᆞ시 부인씌 고혼 후 내여 쓰고 ᄌᆞ젼ᄌᆞ힝ᄒᆞ미 업ᄉᆞ니 그 가법의 숨엄ᄒᆞ미 이ᄀᆞᆺ튼디라 시졀 사름들이 아니 탄복ᄒᆞ리 업서 그 녜법을 ᄇᆡᆨ홀딘대 당〃이 소현셩 부듕으로 가라 ᄒᆞ며 ᄌᆞ식 둔 재 다 그 쳥고ᄒᆞ믈 공경ᄒᆞ야 ᄀᆞᄅᆞ치믈 쳥ᄒᆞ니 십셰 이하 쇼ᄋᆞ들이 칙을 씨고 문의 몌여시니 참졍이 혼 번 보아 그 우열을

42면

슬펴 이십오인을 싸 뎨ᄌᆞ의 두어 ᄀᆞᄅᆞ치ᄃᆡ 크게 엄슉ᄒᆞ고 도리 이시니 모든 뎨지 공경ᄒᆞ고 ᄉᆞ랑ᄒᆞ야 그 졍셩이 믄득 부모의게 디나더라 일〃은 졔 부인내 의란당의 모다 한담홀ᄉᆡ 셕패 니ᄅᆞ러 보니 네 위 쇼부인이 다 긔환명부로 봉관을 수기고 슈샹을 븟쳐 난간의 버러시니 아름다온 얼골이 서ᄅᆞ 빗최ᄃᆡ 오직 특츌혼 쟈는 윤셕 이인이라 쳥월 소담ᄒᆞ며 쟈약 쇄락ᄒᆞ여 요디금당의 부용 ᄀᆞᆺ거ᄂᆞᆯ 소시의 쵸월혼 거조와 품염찰난혼 풍치 계화 일지 츈빙의 빗최고 츄월이 운니의 내왓는 ᄃᆞᆺ 쥰일소쇄ᄒᆞ여 비컨대 일됴난봉이 기산의 안잣는 ᄃᆞᆺᄒᆞ니 화시 잠간 써디미 이시나 ᄯᅩ혼 하등이 아니라 ᄇᆞ라보매 경복흠모ᄒᆞ믈 이긔디 못ᄒᆞ야 뎐도히 나아가 우어 왈 이 고디 풍경이 션간 ᄀᆞᆺ더니 과연 ᄉᆞ위 녀션이 강님ᄒᆞ야 황뎡경을 외오는도다 소시 쇼

43면

왈 셔모의 화려혼 말이 본 적마다 새로오니 깁히 그 구변을 항복ᄒᆞᄂᆞ이다 우리 등을 신션으로 비홀딘대 셔모는 웃듬 신션이 되시고 우리 후싱은 쇼〃혼 션도나 어덧도소이다 패 대쇼 왈 부인이 날을 신션이라 ᄒᆞ시니 내 엇디 당ᄒᆞ리오 신션은 쳔만년이라도 쇠티 아니커ᄂᆞᆯ 노인은 ᄉᆞ십이 머러셔도 ᄇᆡᆨ발이 니러나니 그릇 비기시ᄂᆞ이다 졔인이 낭쇼ᄒᆞ더라 이때 소시의게 ᄉᆞᄌᆞ 일녀 잇고 윤시 이ᄌᆞ 이녜오 화시 ᄉᆞ지오 셕시 삼지라 옥동 옥녜 ᄀᆞ득이 버러시니 셕패 칭복 왈 금일 쇼공ᄌᆞ 쇼쇼져의 명모 영용을 보매 각〃 부모의 풍치를 달마 딘쇽의 쒸여나니 타일 셩댱ᄒᆞ매 ᄌᆞ운산이 더욱 빗나리로소이다 니패 쇼왈 모든 공ᄌᆞ 듕 우리 칠공ᄌᆞ는 뉴혼 냥가 공ᄌᆞ씌 일ᄇᆡ나 승ᄒᆞ니 이는 다 소참졍을 품슈ᄒᆞ미로소이다 소시 답왈 셔모의 말숨이 올ᄒᆞ이다 연이나 뎨 딜

직 다 내의 아ᄋ만 못ᄒ니 앗갑다

44면

ᄒ리로다 윤시 쇼왈 졔ᄋ 즈라면 엇디 구ᄐ여 참졍긔 디리오 아직 어린 아희라 미ᄀ 화로 풍화ᄒ 거시 못 미ᄎ나 구ᄐ여 나리디 아니ᄒ리이다 셕패 머리를 흔드러 왈 불연타 졔공ᄌ 비록 아름다오나 엇디 참졍의 쇼시적 얼골의 밋ᄎ리오 참졍이 이에ᄂ 영풍이 쇄락ᄒ고 긔골이 쥰슈ᄒ여 ᄆᆰ고 ᄌ틱로온 거시 업사미어니와 쇼시적은 ᄒ갓 고을만 아녀 ᄌ틱와 향긔 어릐여 ᄌ연 사름으로 ᄒ여곰 ᄲ 싀고 ᄆ음이 녹게 하던 거시니 이제 쇼공ᄌ들이 관옥 ᄀᆞᄐ나 엇디 미ᄎ리오 화시 쇼왈 셔모의 참졍 기리ᄂ 소릐 너모 과도ᄒ이다 사롬이 어려실 적은 약ᄒ야 ᄌ연 ᄌ틱 잇ᄂ니 어ᄂ 아희 그러티 아닐 거시라 참졍이 독보ᄒ리잇가 ᄒ믈며 사롬이 보면 ᄆ음이 녹고 ᄲ 싀더라 ᄒ니 긔특디 아냐 해로온 얼골이로소이다 좌위 일시의 웃고 왈 화부인 말숨이 졍합ᄒ다 ᄒ대 셕패 ᄯᅩᄒ 쇼왈 다른

45면

부인은 밋디 아닐시 올커니와 소부인은 ᄯᅩᄒ 보와 겨시니 아ᄅ실 거시어ᄂᆯ 엇디 내 말을 밋디 아니시ᄂ뇨 소시 흡〃히 우서 왈 나ᄂ 졍신이 불명ᄒ야 어제 일도 닛거ᄂᆯ 더욱 쇼시의 아의 얼골이 엇던동 알니오 지삼 싱각ᄒ니 ᄀ장 곱디 아녀 딜ᄋ 등만 못ᄒ던 ᄃᆺᄒ이다 셕패 폴을 것고 손을 저어 거ᄌᆺ말이라 ᄃᆺ토니 셕부인이 거동을 보고 평싱 처엄으로 홍협이 미〃히 열녀 호치 현츌 왈 셔뫼 하 쵸급ᄒ야 ᄒ시니 져〃ᄂ 그만 ᄒ야 두쇼셔 졔인이 대쇼ᄒ더니 이 ᄣ예 참졍이 ᄂ당으로 드러오다가 마조텨 뎌 거동을 보고 웃고 왈 셔모와 져〃ᄂ 한가ᄒ시도소이다 므ᄉ 일노 셕셔뫼 뎌리 ᄂᆯᄲ 시ᄂ뇨 쇼윤 냥인이 졔셩ᄒ야 닐오ᄃ 현뎌ᄂ 쌜니 와 아들노 더브러 투식ᄒ라 참졍이 드ᄅ매 희롱ᄒᄂ 줄을 알고 우어 왈 아직 모친ᄭᅴ 뵈오라 드러가니 문안 후 즉시 나오리이다 화

46면

셕 이인이 ᄯᅩᄒ 니러 드러가니 모다 웃고 흣터디니라 이 날 졔쇼년 좌듕이 양부인ᄭᅴ 고왈 화셕소윤 ᄉ위 낭지 칠공ᄌ를 참졍ᄭᅴ 낫다 ᄒ니 이 아니 ᄀᆞᆺ디 아닌 말이니잇가

쳡은 니ᄅᆞ기를 칠공ᄌᆡ 비록 툐월ᄒᆞ나 참졍긔 ᄶᅥ러디다 ᄒᆞ되 소부인이 더욱 우기고 화셕 냥부인은 고디 듯디 아니시더이다 양부인이 쇼왈 너히 곱〃ᄒᆞ야 ᄒᆞ미 ᄌᆞ못 그ᄅᆞ다 네 한셜을 날회고 일언만 ᄒᆞ면 죡히 두 식부와 두 녀ᄋᆞ의 입을 막을낫다 셕시 믄득 아라듯고 머리를 수겨 함쇼ᄒᆞ고 셕파ᄂᆞᆫ ᄭᆡ듯디 못ᄒᆞ야 이윽 팀음ᄒᆞ다가 홀연 대쇼 왈 올코 묘ᄒᆞ니 부인의 ᄀᆞᄅᆞ치시미 가ᄒᆞᆫ디라 졔낭ᄌᆡ애 이제도 날과 징션ᄒᆞ시랴 소시 짐즛 닐오ᄃᆡ 므ᄉᆞ 일 못ᄒᆞ리오 실노 딜ᄋᆞᄂᆞᆫ 아ᄋᆡ게셔 만히 나으니이다 셕패 왈 그리면 화셕 이 부인과 참졍이 션쳐ᄉᆞ와 우리 부인도곤 나으셔 ᄌᆞ식을 잘 나하 겨시니잇가 만좌 무언대쇼ᄒᆞ고 소시

47면

쇼왈 이ᄂᆞᆫ 곳 모친이 ᄀᆞᄅᆞ치시미니 셔모의 능ᄒᆞ미 아니라 서ᄅᆞ 환쇼ᄒᆞ기를 마디 아니ᄒᆞ더라 이적의 상이 태ᄌᆞ 덕슈를 죽이[시]니 참졍이 차아 탄왈 만승의 긔업이 비록 크나 지친골육 잔해ᄒᆞ믈 풀닙ᄀᆞᄐᆡ ᄒᆞ니 뎨 곳 태조의 태ᄌᆞ로 타일 뎍을 니을 재라 그 죽으미 명〃히 알니로다 불승 ᄒᆞᆫᄒᆞ되 됴뎡의 구듀 팔왕 등도 ᄒᆞᆯ 일이 업ᄂᆞᆫ디라 드ᄃᆡ여 [야반] 촉영ᄉᆞ도 ᄌᆞ시 듯고 믄득 마음을 셰샹의 머므ᄅᆞ디 아니코 벼술을 불의예 ᄀᆞ디 못ᄒᆞ여 소임의 나아가나 범ᄉᆞ를 동관의게 미러 보내고 죵일토록 입을 여러 시논과 졍ᄉᆞ를 다ᄉᆞ리디 아니ᄒᆞ니 비록 벼술이 놉고 명망이 듕ᄒᆞ나 과연 ᄉᆞ긔 가온대ᄂᆞᆫ 일홈이 업ᄉᆞ니 그 활연 쳥아ᄒᆞ믈 가히 알니러라 일〃은 참졍이 모든 붕우로 더브러 ᄌᆞ운산 동녁히 유람ᄒᆞᆯᄉᆡ 황족 냥왕도 ᄒᆞᆫ 가지로 가고 참졍은 ᄶᅥ뎟더니 냥왕이 ᄇᆡᆨ관을 더브러 유산ᄒᆞ야 뎔

48면

을 ᄎᆞ자 쉴ᄉᆡ 졔승이 황망히 마자 법당 졍뎐의 안치니 힝듕의 다과를 드려 서ᄅᆞ 권ᄒᆞᆯᄉᆡ 다만 드ᄅᆞ니 머디 아닌 ᄃᆡ셔 사ᄅᆞᆷ의 소ᄅᆡ 나되 극히 고이ᄒᆞ야 알ᄂᆞᆫ 소ᄅᆡ도 아니오 우ᄂᆞᆫ 소ᄅᆡ도 아니어ᄂᆞᆯ 왕이 고이히 너겨셔 슈승을 불러 무러 왈 과인이 오ᄂᆞᆯ 황각 대신으로 더브러 유산ᄒᆞ거ᄂᆞᆯ 너히 등이 엇딘 연고로 격벽의 고이ᄒᆞᆫ 거ᄉᆞᆯ 두어 업슈이 너기기를 이ᄀᆞᆺ티 ᄒᆞᄂᆞᆫ다 슈승이 복디 ᄃᆡ왈 대왕과 녈위 노애 누추ᄒᆞᆫ 뎔을 비러 쉬시니 쇼뎍 등이 엇디 감히 업슈이 너기미리잇고마ᄂᆞᆫ 쇼뎍의 져근 상재 심히 총명ᄒᆞ고 긔특ᄒᆞ니 ᄉᆞ랑ᄒᆞ옵더니 수월 젼의 산과 ᄯᅳ라 갓다가 ᄒᆞᆫ 요괴를 만나니 드ᄃᆡ여 발광

ᄒᆞ여 도라와 겻방의 이셔 듀야 뎌 소ᄅᆡ를 ᄒᆞ니 쇼덕이 급〃ᄒᆞ야 혹 졍신이 뎡ᄒᆞᆫ ᄣᅢ 무ᄅᆞ면 제 닐오ᄃᆡ 졀ᄉᆡᆨ의 고온 겨집이 채로 온 몸을 두ᄃᆞ리니 이리 알노라 ᄒᆞ고 혹 인묘 ᄉᆞ시 ᄉᆞ이ᄂᆞᆫ

49면

나갓다가 즉시 도로 드러와 듀야를 보챈다 ᄒᆞ니 소승이 망극ᄒᆞᆷ을 이긔디 못ᄒᆞ며 뎌런 ᄣᅢᄂᆞᆫ 사ᄅᆞᆷ이 드리미러 보면 반ᄃᆞ시 더 알코 보ᄂᆞᆫ 쟈ᄂᆞᆫ 해로와 병드니 이러므로 감히 ᄭᅳ어내디 못ᄒᆞ엿ᄂᆞ이다 좌위 다 대경ᄒᆞ고 ᄯᅩᄒᆞᆫ 밋디 아니ᄒᆞ더니 홀연 알ᄂᆞᆫ 소ᄅᆡ 긋치며 그 샹재 크게 불러 왈 스승님아 이제ᄂᆞᆫ 그 귀신이 피ᄒᆞ야 ᄃᆞ라나시니 ᄉᆡ훤ᄒᆞ이다 졔승이 놀나 드리ᄃᆞ라 문왈 이제ᄂᆞᆫ 그 귀신이 어이 ᄃᆞ라나뇨 샹ᄌᆡ 닐오ᄃᆡ 그 요괴 닐오ᄃᆡ 이제 셩인이 오시니 내 엇디 감히 이시리오 금일ᄭᆞ디ᄂᆞᆫ 내 ᄀᆞ혈의 도라가리라 ᄒᆞ고 뎐도히 나아가더라 ᄒᆞᆫ대 모다 긔이히 너겨 지져괴더니 믄득 일위 쇼년이 편〃이 거러 드러오니 이 곳 소참졍이라 왕이 마자 녜필의 그 샹재의 고이ᄒᆞᆷ을 뎐ᄒᆞᆫ대 참졍이 쇼왈 엇디 셰샹의 이런 일이 이시리잇가 심히 허탄ᄒᆞ도소이다 참졍이 비록 입으로 이리 니ᄅᆞ나 ᄆᆞᄋᆞᆷ 가온대ᄂᆞᆫ 사겨 듯고 유산홀ᄉᆡ 뎔 문을

50면

나 ᄒᆞᆫ 고ᄃᆡ 니ᄅᆞ니 슈승이 탄왈 내 샹재 이에 와 원슈 병을 어드니 엇다 쉽디 아니리오 ᄇᆡᆨ관이 듯고 다 두려 도라가고져 홀ᄉᆡ 참졍이 눈을 드러 보니 젼면의 ᄒᆞᆫ 남기 셔시니 임의 수쳔 년 디난 양뉴목이라 기ᄅᆡ 운산의 다하고 몸픠 세 아름 이러라 집슈ᄒᆞᆫ 줄을 긔디ᄒᆞ고 좌우를 ᄃᆡᄒᆞ야 골오ᄃᆡ 녈위 제형은 대왕을 뫼셔 도라가쇼셔 쇼제ᄂᆞᆫ 날회여 뒤흘 조ᄎᆞ리라 제인이 응낙ᄒᆞ고 도라간 후 참졍이 홀연 운뮈 ᄉᆞᄉᆡᆨᄒᆞ고 긔왜 편디ᄒᆞ며 ᄒᆞᆫ 소ᄅᆡ 벽녁이 뫼히 물허디고 물이 허여디ᄂᆞᆫ 듯ᄒᆞᆫ 셰로 일쳔 화광을 거ᄂᆞ려 그 남글 티니 좌우 시위 종재 다 것구러디ᄃᆡ 참졍은 ᄂᆞᆾ빗출 곳치디 아니ᄒᆞ고 붓두로기를 급히 아냐 ᄡᅳ기를 ᄆᆞᆺ고 날호여 물러나니 비로소 그 불회를 디ᄅᆞ혀 분쇄ᄒᆞᆫ 후 일편 ᄇᆡᆨ

51면

일이 운간의 드러나 쳥명고요ᄒᆞᆫ디라 종재 인ᄉᆞ를 출혀 니러나 보니 나모 ᄀᆞ의 큰 진

에 죽엇고 남기 분이 되엿는디 훈 조각 남글 갓다가 바회 우희 언젓거놀 보니 이 곳 참졍의 글 지은 거술 쌔혀 내여 노핫는디라 아니 놀나리 업고 참졍이 쏘훈 고이히 너겨 주시 보니 주가 필젹이 완젼후야 훈 주도 샹티 아녓더라 즉시 뎔의 도라와 빅관으로 더브러 말후다가 집의 도라오나 무춤내 발셜티 아니후디 그 샹재 영〃히 병이 후리고 그 뎔이 평안후니 인추로 종자의 집의 년슉후야 만셩의 편힝후니 일노븟터 시인이 참졍의 신긔후믈 아라 츄앙후디 참졍이 더욱 무음을 굿게 후고 말을 젹게 후야 가숨 가온대 무궁훈 조화를 발티 아니후더라 이러구러 영화로이 날을 디내며 화부인이 오주 이녀를 나코 셕부인이 오주 삼녀를 나흐니 개〃히 곤산

52면

의 바옥이오 히듕의 구술이라 참졍이 십주 오녀를 두매 ㅂ래 너므니 깃븜과 다힝후미 극후여 쏘훈 부친을 싱각고 슬허후믈 마디 아니며 양부인이 여러 셩손을 두매 셕일 몽수를 싱각고 암〃히 긔이히 너겨 드디여 남주의 명은 다 운주를 후고 녀손은 다 슈주를 뎨명후되 무춤내 쑴 말을 니루디 아니〃 그 졍대팀듕후미 이 굿투니 그 아들이 엇디 놈의 뉴의 특츌티 아니리오 소시는 뉵주 수녀를 두고 윤시 수주 이녜 이시니 다 남풍녀모를 가젓더라 이때 양참졍이 기셰후니 부인이 익훼집상후미 과도후야 병이 위티후디 육즙을 나오디 아니후니 주네 불승솔난후여 소시 울며 간후디 셕일 야애 기셰후신 후 모친이 친히 육즙을 나오샤 긔운을 보호후시니 인〃이 밋디 못훌 셩덕이라 후던디라 이제 조뷔 츈취 희년의 디나시고 영복을 누리션디 여

53면

러 십년의 기셰후시니 모친의 슬허후시미야 노쇼의 이시리잇가마는 그러나 위회후시미 겨시더니 엇디 셔야〃의 일빅유훈을 품으신 상수의 비후시리잇가마는 모친의 슬허후심과 고집후미 여추후샤 무춤내 육즙을 물니티시고 병셰 듕후시니 쇼녀와 경의 졍수를 술피디 아니시니 엇디 망극디 아니리잇가 부인이 탄왈 네 샹시 총명후고 통달후되 홀로 어믜 무음을 아득히 모루닷다 내 당초 네 부친의 상수를 만나 스스로 몸을 보호후믄 경이 복듕의 잇고 가부의 유탁을 바다 삼년 제수를 일우려 후미어니와 이제 내 나히 오십의 디낫고 네의 남미 당셩후여 영귀후며 주네 번셩후니 이제는 내 사라 불관훈 사름이라 후믈며 부친의 싱아후신 셩은으로써 일텬지통을 만나니 오

ᄂᆡ ᄀᆞᆺᄂᆞᆫ 듯ᄒᆞᆫ디라 엇디 괴로이 투ᄉᆡᆼᄒᆞ리오 참경이 나아가 고왈 태〃의 말

54면

ᄉᆞᆷ이 비록 졍니로ᄂᆞᆫ 가ᄒᆞ시나 실로 대의예 어긔여[디]신디라 공ᄌᆞ와 증ᄌᆡ 엇디 셩인 이 아니시리잇가마ᄂᆞᆫ 신톄발부ᄂᆞᆫ 슈지부뫼라 훼불멸셩이 녜지시애라 ᄒᆞ시니 이제 조뷔 불힝ᄒᆞ시매 태〃 더욱 몸을 삼가 앗기샤 조부의 ᄉᆡᆼ휵지신을 보호ᄒᆞ시미 아름다 오신 배라 ᄌᆞ고로 큰 효ᄂᆞᆫ 구ᄐᆞ여 몸을 죽일 거시 아니라 ᄒᆞ미 이런 ᄃᆡ 경심ᄒᆞ셤즉 ᄒᆞ니이다 부인이 ᄌᆞ녀의 망극ᄒᆞ야 ᄒᆞ믈 보고 탄왈 이 ᄯᅩᄒᆞᆫ 관쉬라 ᄉᆞᄉᆡᆼ이 유명이오 부귀ᄌᆡ천이라 엇디 ᄒᆞᆫ 그릇 육즙의 명이 ᄃᆞᆯ녀시리오 너희ᄂᆞᆫ 안심ᄒᆞ라 내 스ᄉᆞ로 됴 리ᄒᆞ리라 ᄌᆞ녜 감히 다시 간티 못ᄒᆞ더니 부인이 ᄎᆞ후ᄂᆞᆫ ᄆᆞ음을 관회ᄒᆞ고 긔운을 됴 보ᄒᆞ야 고급을 긋치나 ᄆᆞᄎᆞᆷ내 육즙을 나오디 아니코 삼년을 디내니 ᄌᆞ녜 듀야 망극 ᄒᆞᄃᆡ 시러곰 마디 못ᄒᆞ니라 부친 삼년을 ᄆᆞᆺ고 새로이

55면

슬허ᄒᆞ니 ᄌᆞ부 등이 됴셕의 ᄌᆞ부 등이 됴셕의 뫼셔 디내더니 부인 친남 양샹셔 아들 양현이 급제ᄒᆞ니 양샹셰 잔ᄎᆡᄒᆞ야 경하ᄒᆞ니 부인이 이부 이녀ᄅᆞᆯ 거ᄂᆞ려 셩ᄂᆡ예 드러 가 ᄉᆞ위 거〃ᄅᆞᆯ 보고 연셕의 다ᄃᆞ라ᄂᆞᆫ 고집히 ᄉᆞ양ᄒᆞ고 나아가디 아니코 식부와 이 녀로ᄡᅥ 참예케 ᄒᆞ니 ᄉᆞ위 부인이 다 청츈 쇼년으로 ᄉᆡᆨ모 ᄌᆡ혜 일셰예 특츌ᄒᆞᆫ디라 단 장의 샤려ᄒᆞᆫ 거ᄉᆞᆯ 구티 아니ᄒᆞ야 ᄒᆞᆫ 가지 복ᄉᆡᆨ으로 홍샹을 ᄭᅳ으고 취삼을 ᄲᅥᆯ티며 패 옥을 드리오고 봉관을 졍히 ᄒᆞ야 ᄀᆡᆨ셕의 버러시니 신당이 충등티 아니ᄒᆞ고 용관이 상하티 못ᄒᆞ야 부용 ᄀᆞᄐᆞᆫ 얼골과 새별 ᄀᆞᄐᆞᆫ 눈ᄭᅵ며 원산 ᄀᆞᄐᆞᆫ 아미와 잉슌 년혐이 암 실이 ᄇᆞᆰᄂᆞᆫ 듯 봉익뉴요ᄂᆞᆫ 표〃아〃ᄒᆞ야 딘쇽의 ᄲᅱ여나고 교〃옥셩은 버들 ᄉᆞ이예 ᄆᆞᆰ 게 우ᄂᆞᆫ 황잉이

56면

오 쇄락ᄒᆞᆫ 골격과 ᄉᆡᆨ〃한 위의 ᄒᆞᆫ갓 사ᄅᆞᆷ으로 ᄒᆞ여곰 ᄉᆞ랑ᄒᆞ올 분 아니라 공경ᄒᆞᄂᆞᆫ 습긔 잇ᄂᆞᆫ디라 만좨 아득히 칭찬ᄒᆞ야 쥬식을 닛고 완경ᄒᆞ며 셕부인을 보매ᄂᆞᆫ 정신이 어리고 긔운이 져상ᄒᆞ니 이ᄯᅢ 쇼년 빙ᄀᆡᆨ 수쳔여 인이 버러 졀ᄉᆡᆨ이 수풀 ᄀᆞᄐᆞᄃᆡ 소윤 셕 삼인이 옥슈의 잡은 바 칠보션을 기우리고 듕인 총듕을 향ᄒᆞ야 홍슌옥치ᄅᆞᆯ 움죽

여 말솜을 일우매 향긔로온 ᄇ람이 니러 나고 빅틱만광이 뉴츌ᄒ니 본디 의상품과 지분을 염히 너기는 졀식이 이에 들매 탈거ᄒ야 비컨대 금분의 홍빅 부용이 셩히 픠여 이슬을 머금어 됴양의 쎨틴 둣흔 겻틱 디는 두견화로 골와이심 ᄀᄐ니 이때 셕참졍 부인과 화평장 부인이며 소윤 이

57면

인의 존고와 쇼고 등이 다 모닷는디라 각〃 그 녀ᄋ와 며ᄂ리 극진ᄒ믈 힝희ᄒ고 두굿기며 좌우의 티하를 죠곰도 ᄉ양티 아니터니 한참졍 부인이 소시ᄃ려 무러 양부의와 겨시믈 듯고 시녀로 쳥ᄒ야 보오믈 구ᄒ니 부인이 근쳥ᄒ믈 듯고 합닉로조차 나와 좌의 녜를 뭇고 안기를 뎡ᄒ매 좌듕이 ᄇ라보니 년긔 오십이 디나시딕 반분도 쇠ᄒ미 업서 일발이 불빅ᄒ고 용뫼 풍영ᄒ야 비컨대 ᄒ웍ᄒ 홍년화와 셩ᄒ 빅모란이라도 표담 ᄒ웍ᄒ믈 밋디 못홀디라 윤틱ᄒᄆ 히듕 구슬 ᄀ고 쇄락ᄒ 풍뫼 텬듕 셤궁 ᄀᄐ여 구름 ᄀᄐ 귀밋과 빅셜 ᄀᄐ 긔뵈 의심컨대 비견ᄒ리 업술디라 비록 ᄉ위 쇼부인이 싸혀나나 그 무궁한 광치와 ᄀ업순 ᄒ웍ᄒ매는 써디미 이시니 셕부인이 홀로 존고긔 ᄂ리디 아니딕 다만 셕시는 쇼년이라 쟈약ᄒ고 뇨라졍뎡ᄒ야 경영ᄒ ᄌ틱 이시미나 그 뭙

58면

고 어리로오며 풍완ᄒ매는 일분이나 밋디 못홀 둣ᄒ니 ᄒ갓 풍뫼 이ᄀ틀 분 아니라 동지위의 ᄌ연히 법되 이셔 ᄒ 번 움즉이매 난봉이 벽오의 오ᄅ는 둣 팀졍단좌ᄒ매 뇽이 여히쥬를 희롱ᄒ는 둣 ᄆ근 눈을 ᄒ 번 기우려 사름을 술피매 ᄌ연 사름이 경황ᄒ야 제 몸을 도라보와 국츅ᄒ 면모를 졍히 ᄒ야 향인딕긱홀시 쥬순을 여러 유화ᄒ 소릭와 뎡숙 ᄒᄅ는 둣ᄒ 말솜을 발ᄒ매 화긔 츈풍이 온화ᄒ야 빅물이 싱긔를 돕는 둣 ᄒ 업순 동지 위엄이 ᄒ갓 얼골 곱기의 십비나 더으니 이야 진짓 녀듕군왕이라 의복이 무식ᄒ미 심ᄒ니 더욱 그 용뫼 발월ᄒ야 구름 ᄉ이 엿보는 둘 ᄀ더라 좌듕이 ᄒ 번 보고 각〃 숨을 길게 쉬고 서ᄅ 도라보며 도로혀 놀나와ᄒ고 모진 범을 딕ᄒ 둣기 국츅ᄒ니 소윤 등이 그윽이 웃더라

59면

양부인이 듕인의 묵〃송연호믈 보고 심하의 고이히 너겨더니 홀연 씌드라 몬져 말을 펴 골오ᄃᆡ 미망 노쳡이 딜ᄋᆞ의 경ᄉᆞᄅᆞᆯ 듯고 아름답고 깃브믈 인ᄒᆞ여 이에 니ᄅᆞ러시나 몸이 타인과 ᄀᆞᆺ디 못ᄒᆞ야 박명죄인이라 감히 셩연의 참례티 못ᄒᆞ엿더니 브ᄅᆞ시믈 닙ᄉᆞ와 모드신 존안을 ᄃᆡᄒᆞ오니 평싱 요힝이로소이다 좌듕이 비로소 입을 여러 ᄃᆡ왈 쳡 등이 부인 셩화ᄅᆞᆯ 듯ᄌᆞᆸ고 앙모ᄒᆞ야 흡더니 빗내 님ᄒᆞ샤 후ᄒᆞᆫ 말숨을 듯ᄌᆞ오니 다힝ᄒᆞ믈 이긔디 못ᄒᆞ리로소이다 한참졍 부인 위시와 뉴샹셔 부인 단시 티샤 왈 부인이 귀녀ᄌᆞᄅᆞᆯ 두시고 돈ᄋᆞ의 용추ᄒᆞ믈 염히 아니 너기샤 쥬딘의 친ᄒᆞ므로ᄡᅥ 허ᄒᆞ시니 식뷔 유환 뇨됴ᄒᆞ야 슉녀의 풍치 이시니 이는 다 부인의 덕튁이로소이다 양부인이 손샤 왈 미

60면

망지인이 용녈ᄒᆞᆫ ᄌᆞ식을 셩문의 보내ᄋᆞᆸ고 듀야 우려ᄒᆞᄂᆞᆫ 배 죄ᄅᆞᆯ 어들가 념녜 이ᄉᆞ오ᄃᆡ 부인ᄂᆡ 관홍ᄒᆞ신 셩덕을 여러 셰월을 무ᄉᆞ히 디내오니 이 다 존문[의] 어디ᄅᆞ시미오 현셔 등의 관대ᄒᆞ므로 규합의 져근 허물을 용샤ᄒᆞᆫ 덕이니 쳡이 감격ᄒᆞ믈 이긔디 못ᄒᆞ야 구천의 가나 결초보은ᄒᆞ미 이시리로소이다 단부인이 ᄃᆡ왈 쳡의 식부ᄂᆞᆫ 부모 업ᄉᆞᆫ 인싱이어ᄂᆞᆯ 부인이 친녀의 념게 ᄒᆞ시니 놉흔 ᄯᅳᆺ을 깁히 감격ᄒᆞ야 ᄒᆞᄂᆞ이다 위시 다시 샤례 왈 오직 챵녀ᄅᆞᆯ 모도와 방탕ᄒᆞ미 심ᄒᆞ고 무고히 ᄌᆡ취ᄒᆞᄃᆡ 현뷔 죠곰도 ᄒᆞᆫ티 아냐 젼후 십여 년의 급ᄒᆞᆫ 우음과 뎌됴ᄒᆞᆫ 노식을 보디 못ᄒᆞ니 진실로 규목의 덕이 잇ᄂᆞᆫ디라 ᄒᆞᆫ갓 ᄋᆞᄌᆞ의 쾌ᄒᆞᆫ 복과 문호의 빗난 경ᄉᆞ 뿐이리오 금셕의 사겨 후셰예 뎐ᄒᆞ염즉 ᄒᆞ니이다 양부인이 ᄉᆞ양 왈 쇼녜 비록 잠간 뎐도ᄒᆞᆫ

61면

거시 업ᄉᆞ나 엇디 부인의 이ᄀᆞᆺ티 과당ᄒᆞ시믈 당ᄒᆞ리오 쇼녀의 우인이 강〃ᄒᆞ야 유슌ᄒᆞᆫ 덕이 젹으니 쳡이 됴셕으로 근심ᄒᆞᄂᆞ이다 ᄒᆞ믈며 윤ᄋᆞᄂᆞᆫ 쳡의 양녜라 그 졍ᄉᆡ 참혹ᄒᆞ니 엇디 긔츌이 아니라 ᄒᆞ야 ᄌᆞ익ᄒᆞ미 헐ᄒᆞ리오 부모 업ᄉᆞᆫ 인싱으로 ᄯᅩ 쳡이 가ᄅᆞ친 배 업ᄉᆞ니 근심ᄒᆞᄂᆞᆫ 배러니 뉴랑이 ᄇᆞ라매 념게 ᄃᆡ졉ᄒᆞ고 부인과 샹셰 친ᄋᆞᄀᆞᆺ티 ᄒᆞ야 일싱이 평안ᄒᆞ니 엇디 감격디 아니리잇고 두 부인이 ᄌᆡ삼 티샤ᄒᆞ더라 이ᄯᅢ 화평쟝 부인이 ᄯᅩᄒᆞᆫ 처엄으로 양부인을 보ᄋᆞᆸ고 소윤과 셕시ᄅᆞᆯ 구경ᄒᆞ매 ᄆᆞ음이 차악

ᄒᆞ야 ᄇᆞ야흐로 그 녀ᄋᆞ의 온젼히 복을 누리미 소참졍과 양부인의 덕이며 쇼고 등의 현심의 힘닙은 줄 알고 좌를 써나 양부인 알픠 나아와 옷기슬 념의고 샤례 왈 쇼쳡의 더러온 녀ᄋᆡ 멀니ᄂᆞᆫ 규목의 덕이 업고 갓가이ᄂᆞᆫ 님하의 풍치 업거ᄂᆞᆯ 외람히 산계 비

62면

질노 난봉의 비ᄒᆞ야 동상의 빗출 나타내고 문호의 광치를 도와시니 소녀의 용ᄌᆞ누질노 군ᄌᆞ 씌 가티 아니ᄒᆞ니 슉야의 황〃ᄒᆞ야 힝혀 일싱이 ᄆᆡ부ᄒᆞᄂᆞᆫ 환을 닐월가 두리더니 현셰 슉녀를 어드되 규합의 함원ᄒᆞ미 업서 쇼녀 일싱이 평안ᄒᆞ고 ᄌᆞ네 ᄀᆞᄌᆞ니 이ᄂᆞᆫ 다 부인의 일월 ᄀᆞᄐᆞ신 덕틱과 소윤 냥부인의 보호ᄒᆞ신 은혜로소이다 양부인이 흔연 쇼왈 어이 이런 말솜을 ᄒᆞ시ᄂᆞ뇨 식뷔 내 집의 오므로 허물된 일이 업거ᄂᆞᆯ 무관히 ᄌᆡ취ᄒᆞ니 쏘ᄒᆞᆫ 텬쉬어니와 년쇼녀ᄌᆞ의 ᄆᆞ음이 불평ᄒᆞ미 이시나 이 곳 녜ᄉᆡ라 엇디 허물이리오 이제ᄂᆞᆫ 두 식뷔 서ᄅᆞ 화동ᄒᆞ여 쥬아의 풍을 ᄯᆞᆯ오니 이 쏘ᄒᆞᆫ 식부의 냥졍ᄒᆞ며 온슌ᄒᆞᆫ 덕이라 ᄒᆞ믈며 여러 ᄌᆞ녀를 두어 당〃ᄒᆞᆫ 원비의 이시니 엇디 돈ᄋᆡ 공경티 아니며 쳡이 편벽ᄒᆞ미 이시리잇고 금일 부인을 보오니 영힝듕 티샤ᄒᆞ믄 불가ᄒᆞ이

63면

다 셜파의 눈을 드러 셜부인을 보니 유환졍뎡ᄒᆞ고 풍영쇄락ᄒᆞ여 위의동지 크게 법되이시니 십분 공경ᄒᆞ며 그 녀ᄋᆞ와 품격이 ᄀᆞᆺ디 아니믈 그윽이 칭찬ᄒᆞ더라 셜부인이 몸을 두로혀 셕시를 향ᄒᆞ야 은근이 샤왈 노신이 ᄌᆞ식으로써 부인의 셩화를 듯ᄌᆞᆸ고 ᄆᆡ양 보ᄋᆞᆸ고져 ᄒᆞ더니 이제 만나오니 ᄉᆞ모ᄒᆞ던 ᄆᆞ음을 위로ᄒᆞ리로소이다 미련ᄒᆞᆫ 녀ᄋᆞ의 브족ᄒᆞ믈 가ᄅᆞ치샤 허물을 곰초시고 긴 거ᄉᆞᆯ 나타내여 화동ᄒᆞ시니 쳡이 감격ᄒᆞ믈 이긔디 못ᄒᆞ리로소이다 셕시 념용피셕 ᄃᆡ왈 쇼쳡이 불혜ᄒᆞᆫ ᄌᆡ질노 죄 어드미 만흐ᄃᆡ 화부인의 어엿비 너기시믈 닙ᄉᆞ와 안항의 즐기믈 어덧더니 금일 존젼의 뵈ᄋᆞᆸ고 과장ᄒᆞ시믈 듯ᄌᆞ오니 감격듕 참안ᄒᆞ이다 진부인이 쏘ᄒᆞᆫ 양부인씌 샤례ᄒᆞ고 화시ᄃᆞ려 각별이 칭샤 왈 쳡신의 녀ᄋᆡ 셩졍이 소

64면

졸ᄒᆞ고 우인이 하암되거ᄂᆞᆯ 부인과 엇게를 ᄀᆞᆯ와 항녈이 되니 부인이 죄티 아니시고

어엿비 너겨 화락ᄒᆞ시니 진실로 은혜난망이로소이다 화시 또ᄒᆞᆫ 손사ᄒᆞ며 불감ᄒᆞ믈 일ᄏᆞᆮ더라 서ᄅᆞ 한훤을 파ᄒᆞ고 술이 두어 슌 디나매 소윤화셕 등이 쥬긔를 띄여시니 취식이 마치 삼식도홰 죠로를 머금고 빅옥의 연지를 비쵬 ᄀᆞᆺ고 셩안이 ᄀᆞᄂᆞ라시며 쥬슌이 더욱 불그며 봉관이 잠간 기우러시니 쇼쇄ᄒᆞᆫ 풍치와 절세ᄒᆞᆫ 용뫼 진실로 빙옥의 ᄌᆞ질이 션아의 얼골이라 ᄀᆞᆺ픤 다람화 네 가지를 것거 옥분의 심것ᄂᆞᆫ ᄃᆞᆺᄒᆞᆫᄃᆡ 더욱 셕부인 용광은 이 뉴의 특츌ᄒᆞ야 만좌의 독보ᄒᆞ니 모든 눈이 이에 다 뽀다져 칙〃이 칭찬ᄲᅮᆫ이라 왕복야 부인 경시는 기국공신 왕젼빙의 식뷔라 뎌 ᄉᆞ인을 보매 흠복ᄒᆞ믈 이긔디 못ᄒᆞ야 문왈 ᄉᆞ위 명

65면

뷔 츈취 몃치나 ᄒᆞ시뇨 ᄉᆞ인이 일시의 피셕ᄒᆞ야 소시 념용 고왈 쳡은 방년 이십뉵세로소이다 윤시 옷기ᄉᆞᆯ 녀ᄆᆡ고 ᄃᆡ왈 쳡은 이십ᄉᆞ세로소이다 화시 복슈 왈 쳡의 시년이 이십삼셰로소이다 셕시 정금념임 ᄃᆡ왈 쇼쳡은 셰샹 아란 디 십구년이로소이다 말ᄉᆞᆷ을 ᄆᆞᄎᆞ매 셩음이 쇄락낭쟈ᄒᆞ야 형산의 옥을 ᄆᆞᄋᆞᄂᆞᆫ ᄃᆞᆺ 단혈의 봉되 우ᄂᆞᆫ ᄃᆞᆺ 웅ᄃᆡ 영발ᄒᆞ니 좌위 어린ᄃᆞ시 ᄇᆞ라 보고 칭찬ᄒᆞ더니 믄득 시녜 드러와 닐오ᄃᆡ 장원 낭군이 드러와 헌쟉ᄒᆞ려 ᄒᆞ시ᄂᆞ이다 졔ᄀᆡᆨ이 다 니러 피ᄒᆞ고 일가 친족만 모닷더니 이윽고 ᄒᆞᆫ 쎼 남지 실ᄂᆡ를 ᄡᅧ 드러와 좌즁의 녜필ᄒᆞ고 장원이 잔을 드러 모친과 모든 숙모씌 헌슈홀ᄉᆡ 남좌녀좌를 분ᄒᆞ엿더니 양샹셰 닐오ᄃᆡ 소딜은 엇디 드러오디 아닛ᄂᆞ뇨 시녀로 참졍을 불러 왈 비록 ᄂᆡ당의 드러오기 미안ᄒᆞ나 우

66면

리 모다 드러와시니 혐의치 말고 ᄲᆞᆯ니 ᄆᆡ졔씌 뵈오라 참졍이 슉부의 말을 드ᄅᆞ매 강잉ᄒᆞ야 드러와 좌의 녜필ᄒᆞ고 슉부를 뫼셔 안ᄌᆞ니 유화ᄒᆞᆫ 거동과 쇄락ᄒᆞᆫ 얼골이며 식〃ᄒᆞᆫ 풍치 츄텬의 핀 계화 ᄀᆞᆺ고 구츄상풍의 ᄒᆡ동옥퇴 옥누의 ᄇᆡᄋᆡᄂᆞᆫ ᄃᆞᆺᄒᆞ야 남좌듕 툐츌ᄒᆞ니 만일 양부인 곳 아니면 나티 못홀 거시오 셕시 곳 아니면 그 빵이 되디 못홀 배라 인〃이 칭찬ᄒᆞ믈 마디 아니ᄒᆞ더라 한훤을 필ᄒᆞ고 참졍이 ᄌᆡ쵹ᄒᆞ야 외당으로 나가니 양부인이 이 날 식부와 ᄌᆞ녜 ᄂᆞᄆᆡ 뉴의 ᄲᅡ여 나고 더욱 참졍과 셕시ᄂᆞᆫ 고금의 드믄 인물과 얼골이라 심하의 두굿겁고 쾌ᄒᆞ야 만식 여의ᄒᆞ야 ᄒᆞ더라 셕양의 파연ᄒᆞ고 이 날 머물ᄉᆡ 참졍이 또ᄒᆞᆫ 잇더니 촉을 니으매 양샹셔 ᄉᆞ형데 드러와 ᄆᆡ져

를 보고 우어 왈 현미 오늘 특츌ᄒᆞᆫ ᄌᆞ녀를 ᄃᆞ리고 와 연샹의 쟈랑ᄒᆞ미

67면

젹디 아니ᄒᆞ도다 부인이 쇼왈 두 며ᄂᆞ리와 윤ᄋᆞ의 툐셰ᄒᆞ믈 보매ᄂᆞᆫ 내 ᄆᆞᄉᆞᆷ 복으로 이 ᄀᆞᄐᆞᆫ 아름다운 사ᄅᆞᆷ을 어더 슬하의 두엇ᄂᆞᆫ고 더욱 깃븐디라 월영과 경의 아름다오믄 ᄒᆞᆫ갓 두굿긔올 ᄯᆞᄅᆞᆷ이오 다힝ᄒᆞ미 업ᄉᆞᆫ디라 연이나 엇디 쟈랑ᄒᆞ미 이시리오 양공 형뎨 탄왈 져〃의 공번된 ᄆᆞ음과 놉픈 의긔며 소형의 쳥한고결ᄒᆞᆷ과 낙〃ᄒᆞᆫ 위인으로ᄡᅥ 싱휵ᄒᆞᆫ 배 헛되디 아니〃 경이 청년의 셤궁의 단계를 밧드러 어향을 ᄲᅩ이고 벼슬이 일품의 이시며 딜녜 ᄯᅩᄒᆞᆫ 슉녀의 여풍이 이셔 슉덕이 일시를 딘목ᄒᆞ니 니ᄅᆞᆫ 바 범이 나고 대희예 뇽이 이시미라 우리 등도 유광ᄒᆞ미 ᄀᆞ이 업서이다 부인이 츄연 타루ᄒᆞ시더니 믄득 참졍이 드러와 모친의 슬허ᄒᆞ시믈 보고 경아ᄒᆞ야 머리를 수기고 오래 말을 아니터니 부인이 비로소 눈물을 거두신 후 담쇼를 찬조ᄒᆞ야 온화

68면

ᄒᆞ고 팀졍ᄒᆞ야 ᄌᆞ연이 법되 잇고 사〃의 녜의 이셔 엄연ᄒᆞᆫ 셩인지되 잇ᄂᆞᆫ디라 양싱 등 십여 인이 버러시되 감히 참졍을 안항으로 못ᄒᆞ야 다 놉흔 스승ᄀᆞᆺ티 공경ᄒᆞᄃᆡ 참졍이 죠곰도 교즁ᄒᆞᆫ 빗치 업서 공경ᄒᆞ고 ᄉᆞ랑ᄒᆞ야 사ᄅᆞᆷ으로 ᄒᆞ여곰 졍이 뉴츌ᄒᆞ나 ᄯᅩᄒᆞᆫ 두려ᄒᆞ게 ᄒᆞᄂᆞᆫ디라 양공의 형뎨 블승탄복ᄒᆞ야 닐오ᄃᆡ 너 곳 ᄃᆡᄒᆞ면 우리 몸이 ᄌᆞ연 도라보아 슈련ᄒᆞ이고 네 말을 드ᄅᆞ면 셩교를 ᄃᆡᄒᆞᆷ ᄀᆞᄐᆞ니 실노 공ᄆᆡᆼ의 후신 곳 아니면 이러티 못ᄒᆞ리라 참졍이 잠쇼 손샤 왈 슉뷔 소딜을 이러틋 위쟈ᄒᆞ야 두려오미 몸 둘 ᄯᅡ히 업게 ᄒᆞ시ᄂᆞ니잇가 양공이 쇼왈 우리 엇디 거즛 위쟈ᄒᆞ미 이시리오 소시 닛ᄃᆞ라 우어 왈 경의 츄ᄉᆞᄒᆞᆷ도 가ᄒᆞ고 슉부의 기리심도 ᄆᆡᆼ낭티 아니ᄒᆞ거니와 오직 여러 양형이 오늘 셕샹의셔 념치를 다 닛고 자긔 부인들을 ᄲᅩ와 ᄇᆞ라니 싱각건

69면

대 혼인ᄒᆞ연 디 십여 년이나 ᄒᆞᆫᄃᆡ 새로이 듕회듕 ᄇᆞ라미 고이ᄒᆞ야 ᄒᆞ더니 모형의 [모시ᄂᆞᆫ 양샹셔 ᄎᆞ뷔오 장원의 쳐] 말을 드ᄅᆞ니 져 거게 본ᄃᆡ 부인을 모든 듕이면 본다 ᄒᆞ니 이 반ᄃᆞ시 요ᄉᆞ이 별 녜문을 다 그ᄃᆡ 등이 힝ᄒᆞᄂᆞᆫ가 시브다 좌듕이 다 대쇼 왈 현미 우리를 농ᄒᆞ미라 연이나 한싱도 단졍티 아니커ᄂᆞᆯ 현미의 말이 엇디 쾌ᄒᆞ뇨 소

시 낭쇼 왈 한싱의 단졍브졍은 내 모르거니와 대강 눈은 셩ᄒᆞ야 병 드디 아냐시므로 ᄒᆞᆫ 번 본 사ᄅᆞᆷ은 다시 보디 아닛ᄂᆞ니라 졔싱 왈 우리도 눈이 병 드디 아냐시되 부인을 본 적마다 새로워 눈을 쎄왓디 못ᄒᆞ노라 소시 왈 그러티 아니타 부뷔랏 거시 엇디 구ᄐᆞ여 얼골만 ᄇᆞ라 보리오 힝실을 ᄉᆞᆯ펴 보고 ᄌᆡ덕을 보아 공경ᄒᆞᆯ디라 슉부와 슉뫼 우희 겨시거ᄂᆞᆯ 무례히 ᄇᆞ라보아 아득히 졍신을 일흐미 의심컨대 ᄂᆞᆷ의 소견도 엄부 뫼신 사ᄅᆞᆷ

70면

ᄀᆞᆺ디 아니코 ᄲᅮᆫ아니라 거〃 등이 ᄯᅩᄒᆞᆫ 쳐ᄌᆞ ᄇᆞ라보기 겨를 업서 부모의 쇠노ᄒᆞ심도 모ᄅᆞ리로다 모다 손벽 텨 대쇼 왈 ᄆᆡ랑은 진실노 허무ᄒᆞᆫ 사ᄅᆞᆷ이로다 사ᄅᆞᆷ의 업ᄉᆞᆫ 허물을 지어 논박ᄒᆞ미 참혹ᄒᆞ니 험ᄒᆞᆫ 인물이라 화셕 냥 수〃ᄂᆞᆫ 뎌ᄀᆞᆺ티 사오나온 쇼고를 엇디 ᄃᆡ졉ᄒᆞ시ᄂᆞ니잇가 소시 냥〃이 웃고 화셕 이인이 ᄯᅩᄒᆞᆫ 함쇼ᄒᆞ더라 밤 들매 흣터디니 명일 부인이 ᄉᆞ 낭ᄌᆞ를 ᄃᆞ리고 집의 니ᄅᆞ러 셕파등ᄃᆞ려 닐오ᄃᆡ 화평쟝 부인을 보니 비록 임ᄉᆞ의 밋디 못ᄒᆞ나 번희 월희 뉴라 가히 당셰예 슉녀라 ᄒᆞ니 셜시의 현텰ᄒᆞ믈 알니러라 부인이 ᄯᅩᄒᆞᆫ 닐오ᄃᆡ 금일이야 내의 두 녀ᄋᆡ 하등이 아니믈 알니러라 단부인 위부인이 다 슌티 아닌 사ᄅᆞᆷ이로ᄃᆡ 두 아희 통뷔 되어 ᄉᆞ랑ᄒᆞ미 친녀 ᄀᆞᆺᄐᆞ니 내 비로소 ᄌᆞ식 용녈티 아니므로 알과라 ᄒᆞ더라 일〃은 참졍이 듕당의 혼자

71면

안잣더니 셕시 마츰 윤시 침소의 갓다가 도라가더니 그 ᄋᆞᄌᆡ 유모의게 안겨 니ᄅᆞ니 부인이 스ᄉᆞ로 안아 친히 화계예 나아가 고줄 것거 ᄋᆞᄌᆞ를 주고 인ᄒᆞ야 난간의 올나 쉬고져 ᄒᆞ야 신을 벗고 당의 올나 믄득 보니 참졍이 쥬함의 비겻다가 니러셔거ᄂᆞᆯ 부인이 ᄒᆞᆫ 번 보매 ᄀᆞ장 놀납고 ᄯᅩᄒᆞᆫ 어려워 츄식이 만안ᄒᆞ여 다만 ᄋᆞᄌᆞ를 노코 도로 당의 ᄂᆞ려 가고져 ᄒᆞ거ᄂᆞᆯ 참졍이 그 어려워ᄒᆞ믈 보고 이에 쳥ᄒᆞ여 닐오ᄃᆡ 마츰 경식이 아름다오매 샹완ᄒᆞ더니 부인이 이에 니ᄅᆞ러시니 잠간 안자 쉬미 올커ᄂᆞᆯ 엇디 ᄃᆞ러가시ᄂᆞ뇨 셕시 븟그려 감히 ᄒᆞᆫ 말도 못ᄒᆞ고 ᄯᅩ 진퇴냥난ᄒᆞ야 머믓기ᄂᆞᆫ ᄐᆡ되 진실로 더욱 ᄋᆡ원뇨라ᄒᆞ여 심신을 농쥰ᄒᆞ니 참졍이 뎌 거동을 보고 흔연이 우어 왈 부뷔 비록 공경ᄒᆞ고 식〃ᄒᆞ나 이대도록 ᄂᆡ외ᄒᆞᆯ

72면

거시 아니니니 부인이 하 어려워 ᄒᆞ시니 내 피ᄒᆞ야 나가사이다 언필의 난간의 ᄂᆞ려 외당으로 나가니 셕시 ᄇᆡ야흐로 놀나믈 딘뎡ᄒᆞ고 잠간 쉬여 침소로 가 일로븟터 츌입을 더욱 신듕히 ᄒᆞ니 참졍이 그 유슌ᄒᆞ고 뎡졍ᄒᆞ믈 깁히 심복ᄒᆞ야 ᄋᆡ셕ᄒᆞ미 날로 더으되 ᄯᅩᄒᆞᆫ 통이 화시의 우히 잇디 아니ᄒᆞ야 공경ᄒᆞ미 극ᄒᆞ며 년긔 졈〃 만하가매 녀ᄉᆡᆨ을 더욱 쉽굿티 너겨 됴셕의 효봉ᄌᆞ모ᄒᆞ고 시셔를 즘심ᄒᆞ야 사ᄅᆞᆷ이 그 얼골을 보나 그 말을 드ᄅᆞ미 젹고 그 말을 드ᄅᆞ나 그 우음 보니 젹으니 만일 시인지ᄉᆞ와 문인명공 곳 아니면 비록 왕후장상이리도 더브러 사괴며 졉담티 아니〃 긔개 청고ᄒᆞ고 ᄯᅳᆺ이 낙〃ᄒᆞ야 시인이 아니 공경ᄒᆞ리 업더라 일〃은 별샤의 안자 거문고를 ᄐᆞ더니 한 걸인이 슬피 울며 양식을 구ᄒᆞ거ᄂᆞᆯ 보니 용뫼 아름답고 풍치 청

73면

슈커ᄂᆞᆯ 셩명을 무ᄅᆞ니 단경상이라 본ᄃᆡ ᄉᆞ족의 션비로 집이 가난ᄒᆞ야 비러 먹노라 ᄒᆞ거ᄂᆞᆯ 불샹이 너겨 쥬식으로 위로ᄒᆞ고 별샤를 서러저 머므ᄅᆞ니 단ᄉᆡᆼ이 나히 십칠셰오 인물이 노셩ᄒᆞ고 [문ᄌᆡ] 광박ᄒᆞᄃᆡ 친족이 업거ᄂᆞᆯ 참졍이 니파의 기른 바 츄란이 본ᄃᆡ 냥인의 ᄌᆞ식으로 년긔 십팔셰오 ᄌᆞᄉᆡᆨ과 ᄆᆞ음이 아름다온디라 이에 단ᄉᆡᆼ을 주어 쇽현ᄒᆞ니 단ᄉᆡᆼ이 블승감격ᄒᆞ야 은혜를 ᄇᆡᆨ골의 사기더라 참졍이 단ᄉᆡᆼ을 보니 결단코 범부 하틔 아니라 크게 비상ᄒᆞ고 청긔ᄒᆞ며 문장이 바다 근원 ᄀᆞᆺᄐᆞ되 과업을 힘ᄡᅳ디 아니ᄒᆞ고 슉연이 인셰예 ᄯᅳᆺ이 젹은디라 죠용이 무러 ᄀᆞᆯ오ᄃᆡ 내 션ᄉᆡᆼ을 보니 벅〃이 ᄒᆞᆫ 번 드러 구텬의 비등ᄒᆞ려든 엇디 계지를 것디 못ᄒᆞ엿ᄂᆞ뇨 단ᄉᆡᆼ이 쇼왈 내 나히 졈고 지죄 박녈ᄒᆞ야 님군 도울 지죄 업ᄉᆞ니 므어ᄉᆞᆯ

74면

가지고 이런 셰상의 닙신ᄒᆞ리오 이런 고로 ᄉᆞᄉᆞ로 고초를 둘게 너겨 동셔로 부ᄅᆞ지져 비러먹고 탕〃호〃히 유〃ᄒᆞ야 오사ᄌᆞ포를 불관이 너기더니 공은 은혜로 일신이 평안히 누리니 이 ᄯᅩᄒᆞᆫ 은혜로다 참졍이 깁히 븟그려 칭샤 왈 션ᄉᆡᆼ은 진짓 개셰 군ᄌᆞ라 우리 무리ᄂᆞᆫ 쇽졀 업시 ᄇᆡ혼 것 업ᄉᆞᆫ 지조로 됴뎡 후록을 먹으니 엇디 참괴티 아니리오 내의 여러 아들이 다 슈혹홀 고디 업고 내 ᄉᆞᄉᆞ로 ᄀᆞᄅᆞ치고져 ᄒᆞᄃᆡ 문ᄉᆡᆼ이 만흔디라 저히 쇼ᄋᆞ의게ᄂᆞᆫ 결을티 못ᄒᆞ니 요ᄉᆞ이 구공이 보내라 ᄒᆞᄃᆡ 년쇼 미ᄉᆡᆼ이 지

샹문하의 나아가미 고이ᄒᆞᆷ을 듀졔ᄒᆞ더니 션싱이 ᄆᆞ쳐 한가ᄒᆞ시니 외람ᄒᆞ나 돈ᄋᆞ의 ᄉᆞ당이 되시면 만힝일가 ᄒᆞᄂᆞ이다 단싱이 ᄉᆞ양티 아니코 ᄃᆡ왈 ᄀᆞᄅᆞ치믄 어렵디 아니ᄃᆡ 다만 녕낭이 닙신ᄒᆞ매 내의 문싱으로 혁〃ᄒᆞᆫ 빗나미 업고 심히 무광ᄒᆞ니 지삼 슬펴보라 참

75면

졍이 쇼왈 션싱은 날을 젹게 너겨 보디 말나 내 비록 셰쇽의 벼술을 ᄒᆞ나 ᄆᆞ음은 명니의 간셥디 아니〃 엇디 셰를 ᄯᆞᆯ와 ᄌᆞ식의 스싱을 ᄀᆞᆯᄒᆡ리오 션싱이 임의 노셩ᄒᆞ고 팀묵언희ᄒᆞ니 당〃이 넷 사ᄅᆞᆷ의 스승 ᄀᆞᆯ희ᄂᆞᆫ 바와 ᄎᆞᆼ등티 아닌디라 다만 어디리 ᄀᆞᄅᆞ쳐 셩도ᄒᆞ게 ᄒᆞ라 구공은 졍딕ᄒᆞᆫ 사ᄅᆞᆷ이라 내 ᄯᅩᄒᆞᆫ 염히 너기ᄂᆞᆫ 배 아니로ᄃᆡ 내의 돈ᄋᆡ 다 불민티 아니므로 시쇽의 텸유ᄒᆞᄂᆞᆫ 말을 드ᄅᆞ며 가찬ᄒᆞᄂᆞᆫ 소ᄅᆡ 이셔 번영의 허명으로 디쇼 바드믈 두리미니 이러므로 깁히 곰초와 그 지혹을 방외예 일홈을 내디 아니려 ᄒᆞ미니 션싱은 ᄉᆞ양티 말나 단싱이 텽파의 안식을 곳티고 샤례ᄒᆞ니 참졍이 십ᄌᆞ를 다 불러 내여 스승을 뵈고 셔셕을 삼아 공경ᄒᆞ니 단싱이 그 쳥고ᄒᆞᆷ을 깁히 감격ᄒᆞ야 ᄒᆞ며 졔ᄋᆞ를 글을 ᄀᆞᄅᆞ치ᄃᆡ 지극 엄슉ᄒᆞ며 잠간 틔만ᄒᆞ

76면

면 요ᄃᆡ티 아니코 ᄆᆞ이 티ᄂᆞᆫ디라 일〃은 화부인 ᄎᆞᄌᆞ와 셕시 삼ᄌᆡ 다리의 피를 흘니고 드러와 각〃 저히 모친긔 뵈며 우러 왈 ᄉᆞ뷔 글을 잘못 외온다 ᄒᆞ고 이럿틋 티더이다 화시 대로 왈 제 불과 길ᄉᆞ의 비러 먹ᄂᆞᆫ 걸인으로 우리 집 ᄆᆞᆯ ᄃᆡ희ᄂᆞᆫ 소임도 불관ᄒᆞ거ᄂᆞᆯ 샹공이 과히 아라 셔셕으로 츄존ᄒᆞ고 내의 ᄒᆡᄋᆞ로ᄡᅧ 뎨ᄌᆞ의 두어시되 외람ᄒᆞᆫ 줄을 모ᄅᆞ고 방ᄌᆞ히 존대ᄒᆞᆫ 양 ᄒᆞ니 임의 과심터니 엇디 내의 쳔금지ᄋᆞ를 이럿틋 샹히왓ᄂᆞ뇨 내 반드시 이 놈을 내치게 ᄒᆞ리니 이후란 너히 등이 게 가 글을 ᄇᆡ호디 말나 졔ᄋᆡ 승〃ᄒᆞ야 물너나ᄃᆡ 홀로 셕부인은 안식을 쳑〃이 ᄒᆞ고 ᄋᆞᄌᆞ를 ᄉᆞ지저 왈 너히 듀야 즘심ᄒᆞᄂᆞᆫ 배 글ᄲᅮᆫ이라 조심ᄒᆞ야 닑어 외오미 올커ᄂᆞᆯ ᄆᆞ음의 관겨히 아녀기므로 틔만ᄒᆞ고 어둑ᄒᆞ야 불통ᄒᆞ니 션싱이 칙ᄒᆞ엿거ᄂᆞᆯ 스ᄉᆞ로 븟그럽디 아니며 비록

77면

쇼의나 거의 인ᄉᆞ를 알녀든 스승의게 죄를 닙고 드러와 어믜의게 하는 일이 심히 사오나온 [힝]실이라 시험ᄒᆞ야 마자 보라 셜파의 시녀로 ᄒᆞ야곰 ᄋᆞᄌᆞ를 잡아 ᄂᆞ리와 셰오고 틱디ᄒᆞ니 옥 ᄀᆞᆺ튼 ᄉᆞᆯ히 불근 피 흐ᄅᆞᄂᆞᆫ디라 셕패 다ᄃᆞ라 보고 황망히 말녀 긋친 후 공ᄌᆞ의 피를 슷고 스ᄉᆞ로 안아 ᄂᆡ당의 드러가니 참졍이 마ᄎᆞᆷ ᄒᆞᆫ 가지로 뫼셧더니 패 나아가 그 ᄋᆞᄌᆞ의 마ᄌᆞᆫ 다리를 드러 뵈고 슈말을 고ᄒᆞᆫ대 참졍은 다만 웃고 양부인은 쇼왈 쇼ᄋᆡ 비록 그릇ᄒᆞ야시나 이대도록 티리오 셕패 ᄃᆡ왈 셕부인이 유슌ᄒᆞ신가 너겻더니 일로 보아는 심히 모디ᄅᆞ시더이다 소시 칭찬 왈 모딜미 아니라 이 진실로 어딘 힝시라 내 샹시 현슉ᄒᆞ믈 아나 이대도록 긔특ᄒᆞ믄 채 아디 못ᄒᆞ과라 졍히 말ᄒᆞᆯ 제 화시 다ᄃᆞ라 노싀을 머금고 소시를 ᄃᆡᄒᆞ야 짐즛 참졍이 듯게 닐오ᄃᆡ 단싱이 무고히 내 ᄋᆞᄌᆞ를

78면

난타ᄒᆞ여 셩혈이 님니ᄒᆞ니 그 놈을 내티미 가ᄒᆞᆫ디라 쳡이 ᄋᆞᄌᆞ를 ᄀᆞᄅᆞ쳐 이후란 단싱의게 ᄇᆡ호디 말나 ᄒᆞ이다 소시 쇼왈 그ᄃᆡ의 훈ᄌᆞᄒᆞ미 졍히 올코 잘 ᄒᆞ도다 언필의 대쇼ᄒᆞ니 화시 묵연브답이러라 어시의 소부인이 화셕의 우인이 이ᄀᆞᆺ티 ᄂᆡ도ᄒᆞ믈 보고 다만 모호히 웃더니 양부인이 날호여 경계 왈 ᄉᆞ나희 ᄌᆞ식은 아비 ᄀᆞᄅᆞ칠 배라 아비 업ᄉᆞᆫ 사ᄅᆞᆷ은 마디못ᄒᆞ야 어미 ᄀᆞᄅᆞ치니 이 구ᄐᆞ여 덧〃ᄒᆞᆫ 일이 아니라 이제 여러 손ᄋᆡ 비록 그ᄃᆡ 친싱이나 제 아비 이셔 스승을 골희여 맛디니 남ᄋᆡ ᄒᆞᆯ놀 슈혹ᄒᆞ여도 죵신토록 아비ᄀᆞᆺ티 셤기미 녜라 이러므로 엄부엄ᄉᆡ ᄒᆞᆫ 가지니 싱이 셔셕의 이셔 뎨ᄌᆞ 틱만ᄒᆞ매 칙ᄒᆞ미 지극 올코 ᄋᆞ지 드러와 니ᄅᆞ매 그ᄃᆡ 당〃이 어ᄅᆞ만져 경계ᄒᆞᄃᆡ 지극 조심ᄒᆞ야 ᄇᆡ호고 게얼니 틱만ᄒᆞ야 죄를 엇디 말나 ᄒᆞᆯ디니 엇디 미거ᄒᆞᆫ ᄋᆞ희를 도〃와

79면

단싱을 ᄭᅮ짓고 글을 ᄇᆡ호디 말나 ᄒᆞᄂᆞ뇨 단싱이 불인ᄒᆞ야 제ᄋᆞ를 그른 도로 ᄒᆞᆯ 형셰면 경과 샹의ᄒᆞ야 내야 보내고 뎨ᄌᆞ를 삼디 못ᄒᆞ게 ᄒᆞ려니와 그러티 아닌 젹은 셔셕일시 ᄀᆞ장 듕ᄒᆞ니 제 아비도 ᄆᆞ음으로 못ᄒᆞ려든 더욱 그ᄃᆡ ᄌᆞ모의 위엄으로 밧긔 가당이 잇거놀 ᄌᆞ단ᄒᆞ야 ᄀᆞᄅᆞ쳐 스승을 ᄇᆡ반ᄒᆞ라 ᄒᆞ미 저컨대 녜를 건네텨 힝ᄒᆞᄂᆞᆫ가

ᄒᆞ노라 화시 처엄은 단싱의 일단 흔단을 닐너 내티려 ᄒᆞ다가 말솜을 듯고 아연슈괴ᄒᆞ야 빅샤슈명ᄒᆞ니 참졍은 일언도 아니코 밧그로 나가 화부인 ᄎᆞᄌᆞ를 불러 셔동으로ᄒᆞ야곰 틱지 왈 네 엇디 게얼니 ᄒᆞ고 죄를 어더 안히 드러가 눌ᄃᆞ려 ᄉᆞ부의 흔단을춤소ᄒᆞᄂᆞ뇨 언파의 다시 뭇디 아니코 매마다 고찰ᄒᆞ니 화부인이 듯고 창황이 소시를보아 골오ᄃᆡ ᄋᆞ지 각별 션싱을 해티 아냐 마즌 터흘 뵈거ᄂᆞᆯ 쳡이 일

80면

시의 ᄎᆞᆨ노ᄒᆞ미러니 샹공이 무단히 ᄋᆞᄌᆞ를 잡아내여 가니 반드시 듕타ᄒᆞ려 ᄒᆞᄂᆞ니져〃ᄂᆞᆫ 구ᄒᆞ쇼셔 소시 본ᄃᆡ ᄎᆞᆯ입이 가ᄇᆡ얍디 아닌디라 미〃히 우어 왈 딜ᄋᆡ 매맛다대단ᄒᆞᆯ 거시 아니니 그ᄃᆡᄂᆞᆫ 안심ᄒᆞ라 화시 ᄆᆞ음이 쵸급ᄒᆞ니 묵연이 ᄒᆞᆯ 바를 몰나 ᄒᆞ거ᄂᆞᆯ 소시 날호여 니러 외당의 니ᄅᆞ니 참졍이 졍히 ᄋᆞᄌᆞ를 티거ᄂᆞᆯ 소시 셔동을 ᄭᅮ지저 물니티고 질ᄋᆞ를 잇그러 당의 오ᄅᆞ니 참졍이 니러 마자 좌를 뎡ᄒᆞ고 ᄋᆞᄌᆞ를 ᄭᅮ지저 셔당으로 보내니 소시 쇼왈 그대도록 대소로이 구러 익구즌 아희를 티ᄂᆞ뇨 참졍이 다만 웃고 다른 말노 한담ᄒᆞ다가 흣터디니 화시 ᄇᆡ야흐로 셕시의 ᄋᆞᄌᆞ ᄀᆞᄅᆞ침과ᄌᆞ가의 훈ᄌᆞᄒᆞ미 샹반ᄒᆞ믈 ᄭᆡᄃᆞ라 그윽이 븟그려 ᄒᆞ더라 ᄎᆞ후ᄂᆞᆫ 졔ᄋᆡ 비록 ᄉᆞ부의 ᄎᆡᆨ을 바드나 감히 ᄉᆞᄉᆡᆨᄒᆞ야 부모ᄭᅴ 고티 못ᄒᆞ고 조심ᄒᆞ야 슈혹ᄒᆞ니 문니 날노 댱진ᄒᆞ더라 참졍

81면

이 본부의 나아가 졍ᄉᆞ를 다ᄉᆞ린 여가의 글을 놋티 아니ᄒᆞ더니 일〃은 모시를 닑다가 싱아뷔시니 은혜난망이라 ᄒᆞᆫᄃᆡ 다ᄃᆞ라ᄂᆞᆫ ᄆᆞ음이 감동ᄒᆞ야 눈물이 두 귀밋틔 니음차믈 ᄭᆡ닷디 못ᄒᆞ야 ᄎᆡᆨ을 덥고 기리 탄식 왈 사룸이 셰샹의 이셔 이 ᄀᆞᆺ튼 은혜로ᄡᅥ뫼와 효도를 못ᄒᆞ고 ᄯᅩ 얼골을 아디 못ᄒᆞᄂᆞᆫ 인싱이 무디ᄒᆞᆫ 즘싱만 못ᄒᆞ미라 내 이제비록 몸의 금의를 닙고 입의 팔딘미를 염ᄒᆞ며 벼술은 일품의 이시나 부ᄌᆞ유친과 삼강의 듕ᄒᆞᆫ 거술 힝티 못ᄒᆞ니 심ᄒᆞᆫ 죄인이라 엇디 범ᄉᆞ를 타인과 ᄀᆞᆺ티 ᄒᆞ리오 ᄒᆞ더니시동이 드러와 위승샹 와시믈 고ᄒᆞᆫ대 참졍이 눈물을 거두고 마자 드려 녜필의 좌뎡ᄒᆞᆫ 후 위공이 눈을 드러 참졍을 보고 무러 왈 형이 므솜 연괴 잇관ᄃᆡ 번뇌ᄒᆞᄂᆞᆫ 빗치잇ᄂᆞ뇨 참졍이 탄왈 쇼뎨의 슬허ᄒᆞᄂᆞᆫ 바ᄂᆞᆫ 엄친의 면

82면

목을 모르믈 슬허ᄒᆞ노라 위공이 츄연 왈 형의 심ᄉᆡ 이러틋 ᄒᆞ니 셕목인들 엇디 감동티 아니 리오 일즉 녕션인의 화상이 잇ᄂᆞ냐 참졍이 텽파의 더욱 감샹ᄒᆞ야 빵누를 ᄲᅥᄅᆞ쳐 왈 션친이 일즉 브졀 업시 너기샤 그리디 아냐 겨시니 엇디 이시리오 위공이 텽파의 닐오ᄃᆡ 일즉 우리 션군이 화법을 닉게 아ᄅᆞ시므로 녕션대인을 우연히 유산 가셔 만나 사괴시고 깁히 영풍신치를 닛디 못ᄒᆞ셔 그려 도라와 족ᄌᆞ를 ᄆᆡᆫᄃᆞ라 두어 겨시더니 녕대인이 기셰ᄒᆞ시매 감회ᄒᆞ야 깁히 곱초고 내디 아냐 겨시매 쇼뎨 ᄯᅩ 션인의 필뎍이매 깁히 장ᄒᆞ엿더니 형의 집의 화샹이 업ᄉᆞᆯ딘대 가져다가 보와 ᄆᆞ음을 위로ᄒᆞ라 참졍이 ᄒᆞᆫ 번 드ᄅᆞ매 어린 ᄃᆞᆺ 취ᄒᆞᆫ ᄃᆞᆺᄒᆞ여 반향이 디나매 슬픔과 깃브믈 딘뎡ᄒᆞ고 상의 ᄂᆞ려

83면

머리 조아 샤례 왈 현형의 셩은을 엇디 갑흐리오 원컨대 ᄲᆞᆯ니 겨두어 쇼뎨의 ᄆᆞ음을 위로ᄒᆞ라 위공이 흔연이 하ᄃᆡᆨ고 갈ᄉᆡ 참졍이 술위를 ᄇᆞ리고 급히 안마를 ᄀᆞ쵸와 위공을 ᄯᆞ롸 도셩의 드러가 공의 집의 니ᄅᆞ매 공이 참졍의 뎌 ᄀᆞᆺ튼 경샹을 보고 ᄆᆞ음이 슬허 ᄯᅩᄒᆞᆫ 눈물 흐ᄅᆞ믈 ᄭᆡ닷디 못ᄒᆞ야 좌우로 ᄒᆞ야곰 셔당의 가 화샹을 내여 오니 참졍이 멀니 ᄇᆞ라 보고 당의 ᄂᆞ려 친히 궤를 [밧]드러 올녀 노코 위공을 향ᄒᆞ야 닐오ᄃᆡ 경이 심혼이 살난ᄒᆞ니 후일의 니ᄅᆞ러 샤례ᄒᆞ리이다 언파의 궤를 가지고 집의 도라와 셔당의셔 시녀로 두 셔모를 쳥ᄒᆞ야 슈말을 니ᄅᆞ고 족ᄌᆞ를 벽샹의 거니 과연 샹면의 쇼소부 화샹이라 ᄒᆞ엿고 소쳐ᄉᆡ 졉니건 쓰고 ᄇᆡᆨ포조복의 학챵의를 닙고 손의 우션을 들고 산샹 바회 우

84면

히 셧ᄂᆞᆫ 양이라 ᄉᆡᆼ긔 발월ᄒᆞ야 ᄆᆞᆯ근 안치와 엄위ᄒᆞᆫ 위의며 쇄락ᄒᆞᆫ 긔골이 ᄉᆡᆼ시와 죠곰도 다ᄅᆞ디 아녀 말 못ᄒᆞᄂᆞᆫ 소쳐ᄉᆡ러라 니셕 이패 보고 다 놀나며 슬허 왈 이 진짓 션노야 얼골이라 호발도 다ᄅᆞ미 업ᄉᆞ이다 참졍이 의복을 곳티고 분향ᄒᆞᆫ 후 나아와 ᄒᆞᆫ 번 우러〃 보매 일쳔 줄 눈물이 두녁 귀밋틔 ᄆᆡ잘 ᄉᆞ이 업ᄉᆞ니 다만 흘너 옷 압과 ᄉᆞ매 젓ᄂᆞᆫ디라 니셕 이패 ᄯᅩᄒᆞᆫ 춤디 못ᄒᆞ야 서ᄅᆞ 븟들고 통곡ᄒᆞ니 부인과 소윤화셕 등이 나와 연고를 무ᄅᆞᆯᄉᆡ 참졍이 모친의 나오시믈 보고 황망이 셔모로 통곡을 긋치

라 홀 제 블셔 부인이 난간의 니르러 문왈 므亽 일이 잇관딕 너희 이러틋 슬허ᄒᆞᄂᆞ뇨 참졍이 오열ᄒᆞ여 답홀 바를 아디 못ᄒᆞ거놀 부인이 눈을 드러 보니 벽샹의 ᄒᆞᆫ 족ᄌᆞ를 거럿거

85면

놀 믄득 차악 발비ᄒᆞ야 무러 왈 뎨 엇디 션군의 얼골과 ᄀᆞᄐᆞ니 이 뉘 그림고 참졍이 겨유 ᄆᆞ음을 뎡ᄒᆞ야 가슴의 슬픈 거술 ᄂᆞ리오고 슈말을 고ᄒᆞ니 부인이 실셩 [통곡ᄒᆞ믈 씌돗디 못ᄒᆞ고 소시 ᄯᅩᄒᆞᆫ 울며] 통곡ᄒᆞ니 화셕 등이 ᄯᅩᄒᆞᆫ 감동ᄒᆞ야 다 눈물을 ᄡᅳ리며 니셕 등은 새로이 통곡ᄒᆞ니 오직 참졍이 ᄆᆞ음을 강잉ᄒᆞ고 모친을 븟드러 지삼 관회ᄒᆞ시게 ᄒᆞ며 두 셔모와 ᄆᆡ져를 권ᄒᆞ야 곡읍을 긋쳐 모친 ᄆᆞ음을 도〃디 말나 ᄒᆞ니 부인이 참졍의 위로ᄒᆞ믈 보고 슬프믈 강잉ᄒᆞ여 눈물을 거두고 탄왈 이 그림이 호발도 다ᄅᆞ디 아냐 네 부친이 말 아니코 안자심 ᄀᆞᄐᆞ니 금일의 비로소 아븨 ᄂᆞᆺ출 본디라 위공의 은혜 갑기 어렵도다 참졍이 읍〃히 탄셩ᄒᆞ야 면식이 쳐황여토ᄒᆞ니 ᄒᆞᆫ 말도 못ᄒᆞ거놀 부인이 도로혀 위로 왈 셰샹의 유복지 너ᄲᅮᆫ 아니라 네 이제 이를 보고 과도히

86면

샹회ᄒᆞ면 해롭디 아니랴 참졍이 함누ᄇᆡ샤 왈 쇼지 ᄯᅩᄒᆞᆫ 몸을 조심ᄒᆞᄋᆞᆸᄂᆞ니 엇디 과도ᄒᆞ미 이시리잇가 태〃는 방심ᄒᆞ쇼셔 드ᄃᆡ여 부인이 셕파 등과 ᄌᆞ부를 거ᄂᆞ려 드러가신 후 참졍이 소시로 더브러 닐오ᄃᆡ 져〃는 오히려 야〃의 얼골을 ᄉᆡᆼ각ᄒᆞ시려니와 쇼뎨는 아득ᄒᆞᆫ 바로써 위공의 화샹 두엇다 ᄒᆞ믈 듯고 총〃이 뫼셔오니 ᄒᆞᆫ갓 깁 가온대 그림이오 ᄒᆞᆫ ᄆᆞᄃᆡ 어음도 듯줍디 못ᄒᆞ오니 텬ᄒᆞ의 쇼뎨 졍시 ᄀᆞᄐᆞ니 어ᄃᆡ 이시리잇가 소시 탄왈 현마 엇디 ᄒᆞ리오 오늘 그 방불ᄒᆞ온 면모를 뵈와시니 일로조차 ᄆᆞ음을 관회ᄒᆞ라 참졍이 비록 모친 알퓌셔 쾌ᄒᆞᆫ 말을 ᄒᆞ나 효ᄌᆞ의 지극ᄒᆞᆫ 졍셩의 엇디 ᄆᆞ음이 편ᄒᆞ리오 ᄌᆞ연 심식 쳐창ᄒᆞ야 눈물을 졔어티 못ᄒᆞ고 식음을 나오디 못ᄒᆞ야 뉵칠일의 니ᄅᆞ러는 풍용이 수쳑ᄒᆞ니 부인이 알고 친히 셔당의 니ᄅᆞ러 보시니 참졍이 웃오술 닙고 화샹을 향ᄒᆞ야

87면

수러 안자 눈물만 흘니고 거지 실조ᄒᆞ거늘 부인이 심아ᄒᆞ야 문을 열고 칙ᄒᆞᄃᆡ 네 당〃이 녜를 본을 삼고 몸을 보듕홀 거시어늘 이제 쇽절 업시 그림을 ᄃᆡᄒᆞ야 톄읍만 ᄒᆞ고 늘근 어믜 혈〃ᄒᆞ믈 도라 보디 아니〃 ᄒᆞ믈며 네 몸은 곳 네 부친의 골혈이라 스ᄉᆞ로 몸을 공경ᄒᆞ고 조심ᄒᆞ야 아비 깃친 바 유톄를 앗기미 올커늘 엇딘 연고로 뎌 그림을 보고 믄득 몸의 샹ᄒᆞ믈 ᄉᆡᆼ각디 아닛ᄂᆞᆫ다 ᄌᆞ고로 효ᄌᆞ 만흐나 너ᄀᆞᆺ티 그림 보고 샹회ᄒᆞ야 병을 닐위여 부모의 유톄를 경히 너긴다 ᄒᆞ믄 듯디 못ᄒᆞ엿노라 ᄯᅩᄒᆞᆫ 이 그림이 네 부친 얼골이라 셜만이 벽샹의 거러두고 무샹히 볼 거시 아니〃 쌜니 ᄉᆞ당의 봉안ᄒᆞ라 참졍이 다만 샤죄ᄒᆞ고 ᄉᆞᆯ오ᄃᆡ 아히 ᄯᅩᄒᆞᆫ 봉안ᄒᆞ고져 ᄒᆞ오ᄃᆡ 그 방불ᄒᆞ오믈 보오매 ᄎᆞ마 수이 금초디 못ᄒᆞ미니 잠간 수일을 디류ᄒᆞ야 뫼신 후 봉안ᄒᆞ사이다 부인이 더욱 비ᄋᆡᆨᄒᆞ나 ᄋᆞᄌᆞ의 신ᄉᆡᆨ을 보매 념녀 듕ᄒᆞᆫ

88면

디라 수지저 닐오ᄃᆡ 내 일이 그ᄅᆞ디 아니커늘 네 엇디 우기ᄂᆞᆫ다 네 됴셕으로 ᄉᆞ당의 허비ᄒᆞ나 이러티 아니터니 화샹으로 병이 나게 되야시니 쌜니 ᄉᆞ당의 봉안ᄒᆞ라 참졍이 감히 거역디 못ᄒᆞ여 족ᄌᆞ를 ᄆᆞ라 ᄉᆞ당의 ᄒᆞᆫ가지로 뫼시고 ᄎᆞ후ᄂᆞᆫ 쳔만 ᄆᆞ음을 구지 잡아 슬프믈 관억ᄒᆞ더라 원ᄂᆡ 그림 보낸 승샹 위공은 남양인이오 명은 의셩이라 우인이 청념ᄒᆞ고 셩되 거ᄋᆞᄒᆞ야 시인의 공경ᄒᆞᄂᆞᆫ 배라 쳥년의 등과ᄒᆞ야 벼슬이 삼틱의 이시되 ᄌᆞ녜 업ᄉᆞ믈 슬허ᄒᆞ더니 원비 강시 이남 일녀를 나코 죽으니 후취ᄒᆞ매 계실 방시 드러오니 오라디 아냐 일개 영ᄌᆞ를 나흔디라 방시 ᄀᆞ만이 강시 소ᄉᆡᆼ을 해코져 ᄒᆞ되 승샹의 셩졍이 엄슉ᄒᆞ고 명단ᄒᆞ니 감히 발뵈디 못ᄒᆞ더라 승샹이 일즉 강부인 녀ᄋᆞ를 편ᄋᆡᄒᆞ야 아름다온 부셔를 어더 녀ᄋᆞ의 일ᄉᆡᆼ을 쾌히 ᄒᆞ고져 ᄒᆞᄃᆡ 아모 ᄃᆡ도 맛당ᄒᆞᆫ 고디 업서 듀야 애들와 ᄒᆞ더니 방시 ᄆᆞ양 닐오

89면

ᄃᆡ 아히 이제야 칠셰라 므어시 밧바 혼인 ᄀᆞᆯ히미 이대도록 급ᄒᆞ뇨 승샹 왈 인ᄉᆞ를 미리 아디 못홀 거시니 엇디 ᄀᆞᆯ히미 이ᄅᆞ다 ᄒᆞ리오 ᄒᆞᆫ대 방시 불열ᄒᆞᄃᆡ 나타내디 아니나 승샹이 엇디 몰나 보리오 심하의 ᄉᆡᆼ각ᄒᆞᄃᆡ 내 힝혀 불힝ᄒᆞ여 죽으면 져 히ᄋᆞ 등이 죽어 장홀 ᄶᅡ히 업ᄉᆞ리니 밧비 죵신ᄉᆞ를 뎡ᄒᆞ야 의지홀 곳을 엇게 ᄒᆞ리니 내 드ᄅᆞ니

소참정 집의 십여 개 동지 잇다 ᄒᆞᄃᆡ 보디 못ᄒᆞ니 ᄒᆞᆫ 번 보아 쓰ᄃᆡ ᄎᆞ거든 혼인을 뎡ᄒᆞ리라 ᄒᆞᄃᆡ ᄌᆞ연 쳐연ᄒᆞ야 참졍을 만나보나 몬져 발ᄒᆞ미 됴티 아냐 수이 니ᄅᆞ디 못ᄒᆞ더라 이ᄣᅢ 태종 황뎨 소경의 ᄃᆡ졀쳥명을 ᄉᆞ랑ᄒᆞ샤 특지로 우승샹을 도〃시니 참졍이 구디 ᄉᆞ양ᄒᆞ야 ᄀᆞᆯ오ᄃᆡ 신이 쇼년미직로 ᄒᆞᆫ 일도 보암즉디 아니커ᄂᆞᆯ 엇디 감히 삼틱의 츙수ᄒᆞ야 쇽졀업시 녹을 허비ᄒᆞ리잇고 샹왈 경은 츄ᄉᆞ티 말나 됴뎡의 늑슌 디난 재 이시나 뉘 노셩ᄒᆞ미 경과 ᄀᆞᆺ더뇨 므롯 쟝냑과 디혜 노쇼의 잇디 아냐 뉴후의 쇼년이 범아부를 제어ᄒᆞᄂᆞᆫ 쐬 이시

90면

니 엇디 나흐로 가리오 경은 ᄇᆞᆰ은 뜻으로 딤을 돕고 쇽졀 업시 ᄉᆞ양티 말나 참졍이 다시 ᄒᆞᆯ 일이 업서 샤은ᄒᆞ고 물너나 관면뉴를 드리오고 옥ᄃᆡ를 빗기 ᄯᅴ여 묘당의 나아가 삼틱의 거ᄒᆞ니 년이 이십오세더라 ᄉᆞ군보국ᄒᆞᆯᄉᆡ ᄆᆞ음을 다ᄒᆞ야 국ᄉᆞ를 다ᄉᆞ리고 몸을 졍히 ᄒᆞ야 빅관을 거ᄂᆞ리니 위의 묵〃ᄒᆞ고 직화와 춍명이 과인ᄒᆞ야 졍ᄉᆞ 결ᄒᆞ미 귀신 ᄀᆞᆺᄐᆞ니 ᄉᆞ희 태평ᄒᆞ고 녀민이 츄앙ᄒᆞ야 일시의 닐오ᄃᆡ 하ᄂᆞᆯ 괴오ᄂᆞᆫ 기둥이라 ᄒᆞ더라 승샹이 일〃은 셕파로 더브러 한담ᄒᆞᆯᄉᆡ 셕패 인ᄒᆞ야 문왈 샹공이 ᄉᆡᆼ아 이십여 년의 비록 크게 우으시ᄂᆞᆫ 양을 보디 못ᄒᆞ야 일양화열ᄒᆞ야 우음을 먹음고 희식을 ᄯᅴ여겨시되 ᄒᆞᆯ로 ᄉᆡᆨ〃ᄒᆞᆫ 빗과 엄ᄒᆞᆫ 거동이 업ᄉᆞ니 ᄉᆡᆼ각건대 거가의ᄂᆞᆫ 이러ᄒᆞ시미 가커니와 거관의 이 ᄀᆞᆺᄐᆞ시면 동관과 하리 비록 ᄉᆞ랑ᄒᆞ나 두리디 아닐가 ᄒᆞᄂᆞ이다 승샹이 웃고 왈 셔모의 말ᄉᆞᆷ이 올흐나 엇디 구ᄐᆞ여 업슈이 너기리잇가 언미필의 동지 보왈 밧긔 니부샹셔 경 노야와

91면

호부시랑 미 노애 공복으로 졍ᄉᆞ 취품ᄒᆞ라 와 겨시이다 승샹이 뎡파의 관복을 ᄀᆞ초고 외당의 나와 교위예 좌ᄒᆞ고 이인을 브ᄅᆞ니 두 직샹이 사모를 수기고 허리를 구펴 추주국궁ᄒᆞ야 ᄃᆞ라 드러 난간 ᄀᆞ의셔 절ᄒᆞ기를 ᄆᆞᆺ고 인ᄒᆞ야 업더여 졍ᄉᆞ를 품ᄒᆞ니 승샹이 듯기를 파ᄒᆞ고 그ᄅᆞ며 올흔 거ᄉᆞᆯ 분변ᄒᆞ며 니해곡딕을 일〃히 닐너 결단ᄒᆞ고 분부 왈 삼가 내 말로ᄡᅥ 구승샹긔 취품ᄒᆞ야 힝ᄒᆞ고 그ᄃᆡ 내게 와 고ᄒᆞ라 이인이 년셩ᄒᆞ야 ᄃᆡ답ᄒᆞ고 빅ᄉᆞᄒᆞᆫ 후 나가나 감히 우러〃 보디 못ᄒᆞ며 두려ᄒᆞ미 님군긔 더ᄒᆞ고 승샹의 양츈 ᄀᆞᆺᄐᆞᆫ 거죄 변ᄒᆞ야 츄상삭풍 ᄀᆞᆺᄐᆞ야 늠〃ᄒᆞᆫ 위엄과 ᄉᆡᆨ〃ᄒᆞᆫ 용뫼 한월 ᄀᆞᆺ

ᄐᆞ니 셕패 여어 보고 ᄇᆡ야흐로 머리를 흔드러 닐오ᄃᆡ 이 어려오며 어렵고 모디른 엄졍ᄒᆞᆫ 낭군이로다 ᄒᆞ더라 승상이 홀른 녹운당의 드러가니 화부인이 업거ᄂᆞᆯ 시녀ᄃᆞ려 무ᄅᆞ니 윤취각의 갓다 ᄒᆞ거ᄂᆞᆯ 졍히 상샹의 비겻더니 이ᄣᅢ 셕부인 침소의셔 글을 닑으니 소ᄅᆡ 낭〃ᄒᆞ야 옥을

92면

ᄆᆞᄋᆞᄂᆞᆫ ᄃᆞᆺ 쇄락ᄒᆞᆫ 옥셩이 미〃히 들니이니 본ᄃᆡ 두 당이 갓가와 겨유 서너 간은 격ᄒᆞ엿더라 낭구히 듯더니 홀연 그 소ᄅᆡ 긋치고 믄득 셕파의 우음 소ᄅᆡ 낭쟈 왈 이제 승샹ᄃᆞ려 무러 보와도 ᄋᆡᄆᆡᄒᆞ여라 ᄒᆞ니 셕시 ᄯᅩᄒᆞᆫ ᄂᆞ죽이 두어 말은 ᄒᆞ니 셕패 고장대쇼 왈 실로 그런 일이 업ᄉᆞ니 내 소부인은 뵈엿거니와 승샹은 ᄭᅮᆷ의도 뵈디 아냣ᄂᆞ니 부인은 드러 짐작 마ᄅᆞ시고 승샹ᄃᆞ려 무ᄅᆞ쇼셔 ᄒᆞ고 년ᄒᆞ야 무ᄅᆞᄃᆡ 부인의 소ᄅᆡᄂᆞᆫ ᄒᆞᆫ 말도 아라 듯디 못ᄒᆞ고 셕파ᄂᆞᆫ 긋마다 ᄋᆡᄆᆡᄒᆞᆯ와 ᄒᆞ거ᄂᆞᆯ 승샹이 오래 드ᄅᆞ매 일시의 ᄭᆡᄃᆞᆺ디 못ᄒᆞ야 심하의 고이히 너기ᄃᆡ 움즉이기 괴롭고 ᄯᅩ ᄆᆞ음이 가ᄇᆡ얍디 아닌디라 드롤 만ᄒᆞ더니 화부인이 니ᄅᆞ럿거ᄂᆞᆯ 상샹의 올나 자며 드ᄅᆞ니 삼경이 진토록 셕파의 발명이 긋디 아니터라 명됴의 셕패 샹을 보고 우으며 왈 작야의 셕부인ᄭᅴ 소갓ᄂᆞ이다 승샹이 홀연 ᄭᆡᄃᆞ라 잠쇼브답이어ᄂᆞᆯ 패 다시 닐오ᄃᆡ 내 당초 듕ᄆᆡᄒᆞᆯ 적 셕부인 글을 브졀업시 뵈엿더니 셕부인이 엇디ᄒᆞ야

93면

드ᄅᆞ시고 작야의 날ᄃᆞ려 니ᄅᆞ시ᄃᆡ 셔뫼 내 글로ᄡᅥ 승샹을 뵈다 ᄒᆞ니 이제 ᄉᆡᆼ각ᄒᆞ매 셔뫼 날을 ᄉᆞ랑ᄒᆞ미 아냐 믜이 너기셔 흔단을 내랴 짐즛 규듕 필덕을 뵈시미라 승샹 볼 적마다 붓그러웨라 ᄒᆞ시거ᄂᆞᆯ 내 아냣노라 ᄒᆞ되 고디 듯디 아니시니 샹공이 ᄒᆞ시니잇가 승샹이 텽파의 셕부인이 ᄌᆞ긔를 보면 글 지은 거ᄉᆞᆯ 곰초고 내디 아니며 언어의도 셔ᄉᆞ다히를 드노티 아니미 이 일이런 줄 ᄭᆡᄃᆞᆺ고 심하의 단듕ᄒᆞᆷ을 열복ᄒᆞ니 오직 닐오ᄃᆡ 경이 진실노 졍신이 불명ᄒᆞ야 십여 년 디난 일을 ᄉᆡᆼ각디 못ᄒᆞ니 엇디 지긔ᄒᆞ야 니ᄅᆞ미 이시리잇가 인ᄒᆞ야 외당의 손이 와시믈 듯고 나가니라 셕부인이 마춤 디나가다가 듯고 어히 업시 너겨 도로혀 모ᄅᆞᄂᆞᆫ 톄ᄒᆞ더니 이ᄣᅢ 나라히셔 연고 이셔 두 부인의 직텹을 즉시 ᄂᆞ리오디 못ᄒᆞ야 겨시더니 묘당이 평안ᄒᆞ매 드ᄃᆡ여 화시로ᄡᅥ 경국부인을 봉ᄒᆞ고 셕시로 됴국부인을 봉ᄒᆞ야 일품 명부의 직텹을 주시고 소쳐ᄉᆞ를

승상부츈후를 존ᄒᆞ며 양부인

94면

으로 진국부인을 봉ᄒᆞ야 일품녹을 주시며 승샹으로 ᄒᆞ여곰 슈셕ᄒᆞ야 ᄉᆞ연ᄉᆞ악ᄒᆞ실ᄉᆡ 젼임 츄밀ᄉᆞ 녀앙을 보내여 양부인긔 헌슈ᄒᆞ라 ᄒᆞ시니 영광이 만고의 처엄이러라 양부인이 승샹을 불러 닐오ᄃᆡ 네 부친이 벼술을 염히 너기던디라 이제 삼공직을 승ᄒᆞ미 미록 의예 덧〃ᄒᆞ나 내 그윽이 깃거 아닛ᄂᆞᆫ 배라 ᄒᆞ믈며 나는 일개 부인이라 녈로뻐 후봉을 밧ᄌᆞ오나 엇디 ᄉᆞ연의 셩ᄒᆞ믈 바드리오 승샹이 ᄇᆡ례 ᄃᆡ왈 아히 ᄯᅩᄒᆞᆫ ᄉᆡᆼ각ᄒᆞ오니 모친 셩괴 맛당ᄒᆞ오나 다만 히익 닙신ᄒᆞ야 현양부모ᄒᆞ오미 야〃를 증시ᄒᆞ고 태〃ᄭᅴ 영광을 뵈올 ᄯᆞ롬이니 당초 이 뎐괴 ᄂᆞ리실 제 감히 ᄉᆞ양티 못ᄒᆞ고 샤은ᄒᆞ얏ᄉᆞ오ᄃᆡ 이제 쟝ᄎᆞᆺ 엇디ᄒᆞ리잇가 부인이 팀음냥구의 닐오ᄃᆡ ᄉᆞ셰 이러ᄒᆞ고 황은이 늉셩ᄒᆞ니 ᄉᆞ양티 못ᄒᆞ려니와 너는 연셕을 부셩히 말나 승샹이 ᄇᆡ사슈명ᄒᆞ다 수일 후 대연을 딘셜ᄒᆞ야 양부인ᄭᅴ 헌슈홀ᄉᆡ 니원풍뉴와 샹방딘미 슈륙히산이 지여구산이라 경ᄉᆞ 명창 쳔여 인이 다 모드ᄃᆡ 승샹이 다만 ᄉᆞ악

95면

ᄒᆞ신 풍뉴를 ᄂᆡ당의 드려 부인을 보시게 홀ᄉᆡ 가셩이 아〃ᄒᆞ고 무슈 편편ᄒᆞ니 양부인이 잔을 들고 눈물을 드리워 좌듕의 솔오ᄃᆡ 미망 노쳡이 외로이 셰샹의 머므러 돈ᄋᆞ의 효양을 젼쥬ᄒᆞ며 ᄯᅩ 가친이 돈ᄋᆞ와 쳡을 무휵ᄒᆞ미 편벽ᄒᆞ샤 ᄆᆡ양 두굿기시더니 불힝ᄒᆞ야 기세ᄒᆞ시니 이제 국은을 닙ᄉᆞ와 이 갓ᄐᆞᆫ 은영을 밧ᄌᆞ오니 쳡이 엄친과 망부의 두굿기시믈 보디 못홀 제 ᄯᅩᄒᆞᆫ 경ᄉᆞ를 고홀 곳이 업서 홀로 쳡으로 더블어 샹회ᄒᆞ니 ᄉᆡᆼ각건대 우리 모ᄌᆞ의 심ᄉᆞ ᄀᆞᄐᆞ니 현마 엇디ᄒᆞ리잇고 ᄒᆞ믈며 이 ᄀᆞᄐᆞᆫ 경ᄉᆞᄂᆞᆫ 타인의 불워홀 배라 엇디 ᄆᆡ양 비회를 품으시리잇가 경언간의 녀츄밀 이제 샹공을 더브러 헌슈ᄒᆞ라 드러오신다 ᄒᆞ니 졔긱이 다 댱 ᄉᆞ이예 숨어 볼ᄉᆡ 츄밀이 녜필의 ᄒᆞᆫ번 눈을 드러 양부인을 보매 심신이 경황ᄒᆞ야 무릅플 ᄭᅮᄂᆞᆫ 줄을 몰나 닐오ᄃᆡ 쇼관이 황명을 밧ᄌᆞ와 부인ᄭᅴ 헌슈ᄒᆞ옵ᄂᆞ

96면

니 부인은 당돌ᄒᆞ믈 용샤ᄒᆞ쇼셔 부인이 념용ᄒᆞ야 손샤홀ᄉᆡ 언에 흐ᄅᆞᄂᆞᆫ ᄃᆞᆺ 상쾌ᄒᆞ여

또훈 엄정 싁〃ᄒᆞ미 비길 곳이 업ᄉᆞᆫ디라 츄밀은 원ᄂᆡ 운의 족딜이오 승샹의 동년이라 인물이 튱담ᄒᆞ야 그 슉부와 동미로 크게 굿디 아닌디라 이 날 양부인을 잠간 보매 송연ᄒᆞᆷ믈 이긔디 못ᄒᆞ야 ᄉᆡᆼ각ᄒᆞᄃᆡ 녀ᄌᆞ의 어위ᄎᆞ미 이 굿ᄐᆞ니 ᄉᆡ[슉]샹은 도로혀 긔특디 아니토다 ᄒᆞ고 감히 다시 눈으로 못ᄒᆞ며 삼빅헌슈를 뭇고 즉시 외당으로 나간 후 ᄌᆞ셰 헌슈홀ᄉᆡ 당셔 한ᄉᆡᆼ이 벼술이 샹셔의 잇ᄂᆞᆫ디라 ᄌᆞ포금씌예 오사모를 빗겨 나아와 뉴리빅를 딘뎡ᄒᆞ니 헌앙훈 긔도와 풍늉훈 인물이 니태빅이 다시 산 돗 츅슈가ᄉᆞ 일 곡을 브ᄅᆞ니 진짓 풍뉴 당뷔러라 ᄎᆞ셔 뉴ᄉᆡᆼ은 농두각 태혹ᄉᆞ로 입각 지샹이라 홍포를 븟치며 씌를 놉히 씌여 듀빅를 드러 나아와 노래를 브ᄅᆞ고 헌쟉홀ᄉᆡ 관옥 굿튼 얼골과 영ᄋᆞ훈 긔샹이며 쥰슈훈 골격이 혁〃ᄒᆞ야 관낭과 ᄉᆞ마샹여 굿더라

97면

임의 ᄎᆞ례 승샹긔 니ᄅᆞ니 한ᄉᆡᆼ이 뉴ᄉᆡᆼ을 두어 쇼왈 뎨 평일 우리를 가무 즐긴다 웃던 거시니 오늘 악모씌 헌슈ᄒᆞ고 그 츅슈가ᄉᆞ를 엇디 브ᄅᆞᄂᆞᆫ고 볼 거시라 뉴ᄉᆡᆼ 왈 뎨 본ᄃᆡ 셩음이 쇄락ᄒᆞ니 엇디 잘못 부를 니 이시리오 한ᄉᆡᆼ 왈 비록 그러나 ᄉᆡᆼᄂᆡ예 훈 번도 니기디 아냐시니 엇디 ᄉᆡᆼ소티 아니리오 ᄒᆞ더니 다만 보니 승샹이 금포옥씌로 ᄌᆞ금관을 쓰고 옥빅를 드러 모친 안젼의 니ᄅᆞ러 슈빅를 헌홀ᄉᆡ 그 미려쥰슈훈 풍되 미려 혁〃ᄒᆞ고 노래를 브ᄅᆞ매 소ᄅᆡ 구텬의 어ᄅᆡ니 쳥월홈과 쇄락ᄒᆞ미 비길 곳이 업서 음뉼이 마ᄌᆞ며 쳥탁이 분명ᄒᆞ니 뉴한 이인의 일ᄉᆡᆼ 니긴 가셩이라도 그 쳥유ᄒᆞ매ᄂᆞᆫ 잇디 못홀너라 졔인이 듯기를 다ᄒᆞ매 손을 티며 어린ᄃᆞ시 안자시며 양부인이 또훈 놀나며 우어 왈 네 나히 삼십 ᄃᆞ라시ᄃᆡ 일즉 노래 브ᄅᆞᆷ믈 듯디 못ᄒᆞ엿더니 언제 니겻던다 승샹이 함쇼ᄒᆞ고 퇴ᄒᆞ니 부인이 두굿기믈 이긔디 못ᄒᆞ고 인〃이 탄복ᄒᆞ여 왈 ᄉᆡᆼᄌᆞ이 소현셩 굿ᄐᆞ면 부

98면

뫼 죽어도 사랏ᄂᆞ니 굿ᄐᆞ리로다 승샹이 □□□□□□[1] 훈가지로 나간 후 졔긱이 다 나와 좌를 뎡ᄒᆞ고 하례 왈 승샹의 아름다오시믄 니ᄅᆞ도 말고 한[샹]셔 뉴혹ᄉᆡ 다 일ᄃᆡ예 ᄲᆡ혀나시니 부인이 뎌런 복녹을 두시고 엇디 쳑〃히 슬허ᄒᆞ시ᄂᆞ니잇가 부인이 손

1) 6자 정도의 글자가 문드러져 안 보임

샤ᄒᆞ야 감동티 못ᄒᆞ믈 일ᄏᆞᆯᄉᆡ 이ᄣᅢ ᄂᆡ외 삼십여 인이 버러시니 개〃히 옥을 사기고 고ᄌᆞ로 민 ᄃᆞᆺᄒᆞ니 구〃 찬양ᄒᆞ미 결을티 못ᄒᆞ더라 낙극진취ᄒᆞ매 ᄒᆞᆫ 창녜 듕계예 올라 셕양곡을 브ᄅᆞ니 듕빈이 흣티고 명일 표ᄅᆞᆯ 올녀 샤은ᄒᆞ다 각셜 녀앙이 도라가 슉부와 죵ᄆᆡᄅᆞᆯ 보고 닐오ᄃᆡ 소현셩의 모친은 이 진짓 고기 가온대 놓이오 사ᄅᆞᆷ 가온대 왕이라 그 유화ᄒᆞ고 어디러오미 양츈 ᄀᆞᆺᄐᆞ니 ᄌᆞ연이 법도와 위의 이셔 츄상동월 ᄀᆞᆺᄐᆞ니 ᄒᆞᆫ 번 보매 국츅ᄒᆞ고 서늘ᄒᆞ니 죵ᄆᆡ의 긔질노 엇디 발뵈리오 소현셩은 남ᄌᆡ라 그 싁〃엄위ᄒᆞ미 도로혀 고이티 아니ᄒᆞ더이다 녀운과 녀시 묵연이 븟그려 말을 못ᄒᆞ더라 일노조차 양부

99면

인의 긔록ᄒᆞᆫ 일홈이 만셩의 뎐힝ᄒᆞ고 ᄯᅩᄒᆞᆫ 부듕이 고요ᄌᆞ녹ᄒᆞ여 화긔 ᄀᆞ득ᄒᆞ며 소윤 등이 츌가ᄒᆞ야 ᄆᆞ양 ᄌᆞ운산의셔 열낙ᄒᆞ니 시졀 사ᄅᆞᆷ이 블워ᄒᆞᄂᆞᆫ 배라 일〃은 승샹이 그 망ᄆᆡ 교영의 졔ᄅᆞᆯ 디내고 소부인으로 더브러 슬허ᄒᆞ며 셕파 등이 다 눈물을 흘녀 왈 니부인이 비록 그릇ᄒᆞ시니 죽기ᄅᆞᆯ 샤ᄒᆞ야 가도와 두시면 참혹디 아닐낫다 경언간의 화셕 이인이 마초와 디나가다가 듯고 고이히 너겨 서ᄅᆞ 의려ᄒᆞᄃᆡ 아득히 아디 못ᄒᆞ니 팀음ᄒᆞ야 각〃 침소의 도라갓더니 셕패 셕부인 침당의 오나놀 부인이 죠용히 무러 왈 내 앗가 우연히 드ᄅᆞ니 셔뫼 이러틋 니ᄅᆞ시니 부인이 엇디 죽으시니잇가 셕패 부인의 단듕 언희ᄒᆞ믈 아나 니ᄅᆞ기 됴티 아냐 오직 웃고 닐오ᄃᆡ 엇디 죽으리오 염왕이 츼ᄉᆞᄅᆞᆯ 보내고 팀병이 질고ᄒᆞ니 됴로 ᄀᆞᆺᄐᆞᆫ 인ᄉᆡᆼ이 엇디 죽디 아니리오 셕부인이 쇼왈 셔모ᄂᆞᆫ 날을 외ᄃᆡᄒᆞᆫ다 반ᄃᆞ시 연괴 잇거ᄂᆞᆯ 엇디 긔이ᄂᆞ뇨 패 웃고 왈 내 엇디 긔이며 내 ᄯᅩ 언제 부인을 소기더뇨 진실노 질병의 빌미라

100면

셕시 크게 고이히 너겨 냥구히 팀음ᄒᆞ다가 왈 아니 존괴 ᄉᆞ〃ᄒᆞ시냐 셕패 손을 저어 왈 고이코 고이ᄒᆞᆫ 말 말나 ᄌᆞ식 죽이ᄂᆞᆫ 사ᄅᆞᆷ이 어ᄃᆡ 잇ᄂᆞ뇨 ᄒᆞ믈며 우리 부인 셩덕과 니부인의 현텰ᄒᆞ므로 이런 일이 이시랴 셕시 셕파의 말이 발명ᄒᆞ나 긔ᄉᆡᆨ이 현뎌ᄒᆞ니 그 근본을 모ᄅᆞ나 그 죽으믄 비명인 줄 명〃히 아라 보고 짐즛 닐오ᄃᆡ 셔모 말ᄉᆞᆷ이 그ᄅᆞ다 사ᄅᆞᆷ이 ᄌᆞ식 ᄀᆞᄅᆞ치기 어려오니 요슌지졔 다 불쵸ᄒᆞᆫ디라 만일 사오나온 힝실을 홀딘대 어딘 어버이 통히ᄒᆞ야 죽이디 아니코 엇디ᄒᆞ리오 죽엄즉 ᄒᆞᆫ 거ᄉᆞᆯ 살와 두

면 이는 ᄆᆞ음이 너모 인약ᄒᆞ야 쁠 ᄃᆡ 업ᄉᆞ미니 셔모는 ᄌᆞ식을 제 죄예 죽여도 사오납다 ᄒᆞ시ᄂᆞ니잇가 셕패 쇼왈 텬하의 ᄃᆡ 반ᄃᆞ시 잇ᄂᆞ니 손빙 오긔와 관듕 악의 그 ᄃᆡ를 어덧고 녀ᄌᆞ를 닐너도 쥬실 삼뫼 ᄀᆞ즉이 어딜고 사오나온 거슬 닐너도 걸듀의 포악ᄒᆞ미 저울의 ᄃᆞ라도 츄호도 더ᄒᆞ며 덜ᄒᆞ미 업ᄉᆞ리니 이러므로 금텬하 양부인의 밍녈 엄정 현

101면

슉ᄒᆞ심과 셕부인의 쵸쥰 모디ᄅᆞ시며 통달ᄒᆞ미 진짓 ᄃᆡ라 가히 태임 ᄀᆞᄐᆞᆫ 존고의 태ᄉᆞ ᄀᆞᄐᆞᆫ며ᄂᆞ리이시니 녜는 쥬실 삼모러니 이제란 소시 이뫼라 ᄒᆞ사이다 부인이 정식왈 셔모의 말숨이 불가ᄒᆞ다 내 엇디 감히 존고를 ᄃᆡᄒᆞ며 태ᄉᆞ를 ᄇᆞ라리오 됴롱과 희담도 너모 과도ᄒᆞ이다 셕패 다만 대쇼ᄒᆞ고 니러나가ᄃᆡ ᄆᆞᄎᆞᆷ내 교영의 죽은 말을 니ᄅᆞ디 아니ᄒᆞ니 그 사ᄅᆞᆷ되오미 이 ᄀᆞᆺ더라 명됴의 정당의 모드니 한상셰 ᄯᅩᄒᆞᆫ 드러와 뵈웁고 나간 후 부인이 홀연 니한님을 ᄉᆡᆼ각고 슬허ᄒᆞ더니 셕패 뭇ᄌᆞ오ᄃᆡ 니한님이 단아ᄒᆞ시나 소졸ᄒᆞ신 ᄃᆞᆺᄒᆞ야 한샹셔 긔샹의 밋디 못ᄒᆞᆯ 거시어ᄂᆞᆯ 부인이 미양 견고ᄒᆞ시기로 미ᄅᆞ여 가시니 그 ᄯᅳᆺ을 아디 못ᄒᆞ리로소이다 승샹이 탄왈 한형은 풍뉴 당뷔오 문인 지ᄉᆞ의 거동이 잇거니와 형은 니ᄅᆞᆫ 바 옥 ᄀᆞᄐᆞᆫ 군ᄌᆡ라 그 명단ᄒᆞ고 강딕ᄒᆞ며 청한고결ᄒᆞ미 의심컨대 당셰예 ᄯᅩ 잇디 아니리니 엇디 소졸ᄒᆞᆯ ᄂᆡ 이시리오 셔뫼 그ᄅᆞᆺ 아라 겨시이다 부인이 기리 늣겨 왈 니ᄉᆡᆼ이

102면

엇디 한낭의 뉘리오 한낭은 인후ᄒᆞ고 유슌ᄒᆞᆫ 사ᄅᆞᆷ이나 니ᄉᆡᆼ은 밧그로 온화ᄒᆞ고 낭졍ᄒᆞ나 그 실은 금옥의 구드며 도ᄒᆞ미 잇고 ᄒᆞᆫ 조각 불근 ᄆᆞ음은 텰셕 ᄀᆞᄐᆞ야 통고금달ᄉᆞ리ᄒᆞᄂᆞᆫ 정인이오 지뫼 겸젼ᄒᆞᆫ 군ᄌᆡ니 경이 비록 아름다오나 그 청한ᄒᆞ매는 잇디 못ᄒᆞ리니 내 팔ᄌᆡ 무상ᄒᆞ야 이 ᄀᆞᄐᆞᆫ 현셔를 참혹히 주기고 슬허ᄒᆞ노라 좌위 다 눈물을 흘니더라 문[안]을 파ᄒᆞ고 승샹이 셔당의 나와 셔젼을 샹고ᄒᆞ다가 니ᄉᆡᆼ의 지은 글을 보고 탄왈 시식 이ᄀᆞᆺ티 청고수려ᄒᆞ고 ᄒᆞᆫ 조각 듯글의 틔되 업ᄉᆞ니 셜ᄉᆞ 니문이 역모의 간셥디 아니나 원ᄂᆡ 향슈ᄒᆞᆯ 그ᄅᆞ시 아니랏다 ᄯᅩ 한ᄉᆡᆼ의 글과 뉴ᄉᆡᆼ의 집을 보고 혼자 우어 왈 뉴한 이형의 글이 다 ᄲᅢ여나ᄃᆡ 다만 너모 허탄ᄒᆞ고 ᄒᆞᆫᄌᆞ 함튝요용ᄒᆞ야 팀정ᄒᆞᆫ 거시 업서 어ᄌᆞ러이 ᄂᆞᆯ니는 눈 ᄀᆞᄐᆞ니 깁흔 큰 ᄌᆡ조는 아니라 불과 붓 긋틔

ᄂᆞᆯ니ᄂᆞᆫ 농샤 ᄲᅮᆫ이오 경뉸지ᄌᆡᄂᆞᆫ 못되리라 ᄒᆞ고 ᄯᅩ 소윤 냥ᄆᆡ의 글과 화셕 이인의 작시ᄒᆞᆫ 거시 잇거ᄂᆞᆯ ᄒᆞᆫ 번 보고 소시의 통달

103면

ᄒᆞᆫ 의ᄉᆡ며 윤시의 공교쳥슈ᄒᆞᆫ 문톄와 셕시의 ᄲᅢ여난 문ᄌᆡ며 화시의 졀묘ᄒᆞᆫ ᄌᆡ죄 각〃 득의ᄒᆞ야 귀신을 울니ᄂᆞᆫ 묘경이나 진짓 뎍슈ᄂᆞᆫ 소시 윤시라 차등티 아니코 화시 ᄯᅩᄒᆞᆫ 안항은 될 배오 특츌ᄒᆞᆫ 거ᄉᆞᆫ 셕부인 글이라 미인이 ᄃᆡ화ᄒᆞ고 금슈 요ᄎᆡᄒᆞᆫ 듯 창농이 비등ᄒᆞ고 연운이 어릐엿ᄂᆞᆫ디라 스ᄉᆞ로 ᄉᆡᆼ각ᄒᆞ매 ᄌᆞ가의 ᄌᆡ조 곳 아니면 ᄃᆡᄒᆞ리 업술ᄶᅵ니 심하의 칭찬ᄒᆞ야 보기를 냥구히 ᄒᆞ더니 믄득 셕패 니ᄅᆞ거ᄂᆞᆯ ᄎᆡᆨ을 덥고 니러마자 좌를 뎡ᄒᆞ매 셕패 승샹의 보던 바를 펴 완경ᄒᆞ고 칭찬 왈 셕부인 ᄌᆡ홰 이 ᄀᆞᆺ틀 분 아니라 ᄯᅩ 총명이 과인ᄒᆞ시더이다 드듸여 작일 문답ᄒᆞ던 말을 니ᄅᆞ고 ᄯᅩ 소기고져 ᄒᆞ야 왈 내 실노ᄡᅧ 고이ᄒᆞ이다 승샹이 혜풍화긔를 일코 미우를 ᄡᅵᆼ긔여 왈 ᄒᆞᆯ 말이 만코 아름다온 일이 무궁ᄒᆞ니 엇디 브졀업ᄉᆞᆫ 녯 말을 ᄒᆞ시ᄂᆞ뇨 셔뫼 셕시ᄃᆞ려 닐엇노라 ᄒᆞ시믄 본ᄃᆡ 소기시미어니와 후일도 브졀업시 마ᄅᆞ쇼셔 셕패 쇼왈 내 [아닌 줄] 엇디 아ᄅᆞ시뇨 승샹

104면

탄식고 답디 아니ᄒᆞ더라 홀연 묘당의 일이 이셔 공경 대신을 모드니 승샹도 모친ᄭᅴ 하닥고 드러가니 공ᄉᆡ 미결ᄒᆞ야 십여 일 밧ᄭᅴ 집의 니ᄅᆞ디 못ᄒᆞ니 외당이 여러 날 뷔여시니 단션ᄉᆡᆼ은 셔셕의 [이]셔 간셥디 아니코 오직 승샹이 나간 후 밧글 ᄉᆞᆯ피ᄂᆞ 니ᄂᆞᆫ 하관이니 셩명은 니홍이라 인물이 듕근ᄒᆞ고 강ᄃᆡᆨᄒᆞ니 승샹이 심히 ᄉᆞ랑ᄒᆞ고 미더ᄒᆞ야 쥬부를 ᄒᆞ이고 ᄂᆡ외 ᄀᆞᄉᆞ를 다 맛뎌 ᄌᆞ긔 ᄉᆞᆯ펴 범ᄉᆞ를 근노티 아니〃 홍이 ᄯᅩᄒᆞᆫ 위ᄒᆞᆫ 졍셩이 ᄉᆞ디를 피티 아닐너라 이ᄣᅢ 승샹이 나가고 ᄯᅩ 풍경이 빗나믈 ᄉᆡᆼ각ᄒᆞ야 화부인이 후원과 외당을 둘너 보고져 ᄒᆞ야 시녀로 ᄒᆞ야곰 후원 문과 외당 ᄉᆞ이 듕문을 열고 ᄃᆡ흰 노ᄌᆞ를 나간 후 알외라 ᄒᆞ니 ᄃᆡ흰 재 감히 거역디 못ᄒᆞ야 니홍을 보고 알외ᄃᆡ 노야의 샹원 부인이 가듕을 둘너 편관코져 ᄒᆞ샤 협문과 원문을 열나 ᄒᆞ시니 샹공ᄭᅴ 고ᄒᆞᆸᄂᆞ니 열쇠를 주쇼셔 니쥬뷔 듯고 ᄲᆡᆯ니 분부 왈 노애

105면

오늘 져녁의나 올 거시니 오셔든 열쇠를 너희롤 주어 열게 ᄒᆞ리라 노복이 듯고 도라와 시녀를 ᄃᆡᄒᆞ야 닐오ᄃᆡ 니샹공이 듯디 아니시고 여ᄎᆞ〃〃ᄒᆞ더라 ᄒᆞᆫ대 시네 화시긔 보ᄒᆞ니 부인이 대로 왈 제 엇디 감히 내의 녕을 거ᄉᆞ리〃오 내 가히 니홍ᄃᆞ려 친히 니ᄅᆞ라 네 불과 본부 가신으로 모쳐 노얘 그릇 술펴 쥬부의 올녀신들 엇디 감히 내의 녕을 거ᄉᆞ려 열쇠를 아니 주ᄂᆞ니 네 머리 버히기와 열쇠 드리기 쉬오며 쉽디 아니믈 골히여 힝ᄒᆞ라 시네 나와 니ᄅᆞ니 홍이 정식 왈 나ᄂᆞᆫ 드ᄅᆞ니 한 시졀 쥬아뷔 훈군홀식 졔군이 텬ᄌᆞ를 보고 닐오ᄃᆡ 우리ᄂᆞᆫ 쟝군 명을 듯고 텬ᄌᆞ를 아디 못ᄒᆞ노라 ᄒᆞ엿ᄂᆞ니 이제 승샹의 집 다ᄉᆞ리미 엇디 아부의 훈군ᄒᆞ매 디리오 내 비록 용녈ᄒᆞ나 한 시졀 군ᄉᆞ의 ᄆᆞ음만은 ᄒᆞ니 이제 텬지 오실디라도 문을 감히 여디 못ᄒᆞᄂᆞ이다 ᄒᆞ라 시네 이대로 회보ᄒᆞ니 부인이 상을 박ᄎᆞ고 즐왈 필부를 죽인 휘야 내 ᄒᆞᆫ이 프러지리다 시녀를 명ᄒᆞ야 니

106면

홍을 잡아 가도라 ᄒᆞ니 원ᄂᆡ 화부인의 권셰 ᄀᆞ장 듕ᄒᆞ야 가듕시네 다 츄존ᄒᆞ나 승샹의 티가ᄒᆞ미 엄ᄒᆞᆫ디라 ᄂᆡ각 시네라도 감히 밧 듕문의 나 노복 등으로 샹회ᄒᆞ미 업ᄉᆞ며 양부인이 승샹의 당셩ᄒᆞᆫ 후ᄂᆞᆫ ᄂᆡᄉᆞ를 총단ᄒᆞ나 외ᄉᆞᄂᆞᆫ 아름이 업ᄉᆞ니 ᄒᆞ믈며 져믄 부인ᄂᆡ야 엇디 죠고만 호령인들 문 밧긔 나가며 승샹이 니홍을 어든 후ᄂᆞᆫ ᄯᅩᄒᆞᆫ ᄉᆞ로 ᄒᆞᄂᆞᆫ 일이 업서 ᄒᆞᆫ갓 취품을 드를 ᄯᆞ름이러니 금일 화시 놉픈 셩을 니ᄅᆞ와 다ᄉᆞ쳬를 술피디 아니코 ᄂᆡ홍을 가도라 ᄒᆞ니 ᄂᆡ홍이 엇디 즐겨 구튝ᄒᆞ믈 바ᄃᆞ리오 다만 쥬부의 인을 벽의 걸고 관ᄃᆡ를 버서 노코 나가시니 화부인이 홍의 ᄃᆞ라나믈 듯고 더욱 노ᄒᆞ야 시노를 발ᄒᆞ야 잡으라 ᄒᆞ니 시뇌 마디 못ᄒᆞ야 ᄯᆞ와 가니 홍이 졍히 알픠 가거ᄂᆞᆯ 모다 븟들고 닐오ᄃᆡ 부인이 쥬부를 브ᄅᆞ시니 가디 못ᄒᆞ리니 잠간 가셔 ᄃᆡ답ᄒᆞ고 오라 홍

107면

이 즁복의 핍박ᄒᆞ믈 보고 잡히여 드러오니 화부인이 ᄒᆞ여곰 남긔 구박ᄒᆞ야 동여ᄆᆡ라 ᄒᆞ고 ᄯᅩ ᄒᆞᆫ 그릇 더러온 물로 입의 브으라 ᄒᆞ여 십분 외당이 요란ᄒᆞᄃᆡ 소윤 등이 잇ᄂᆞᆫ 곳과 취셩던 일희당이 멀고 ᄯᅩ 화시 시녀를 당부ᄒᆞ여 ᄂᆞᆷ이 알게 말나 ᄒᆞ니 셕부인

이 잠간 안아 간예티 아니랴 문을 긴〃이 닷고 드럿더라 어시의 승샹이 국亽를 뭇고 도라오더니 니홍의 아들 니랑이 완농담 ᄀ의 와 울거늘 고이히 너겨 집의 다드ᄅ딗 흔 노복도 나오ᄂ니 업거늘 추종을 믈니치고 쳑신으로 거러 은셩문을 드러 의셩문의 드니 인셩이 쟈쟈ᄒ거늘 머리를 드러ᄇ라보니 셋재 문 안희 노복이 가마괴 모돗 ᄒ야 흔 사름을 결박ᄒ야 티려 ᄒᄂ 형상이어늘 다ᄃ라 보니 이 곳 가신 니홍이라 노복이 승샹을 보고 놀나 좌우로 물너셔고 홍안은 안식을 변티 아니코 모이여 안잣ᄂ디라 승샹이 일단 묘믹이 잇ᄂ 줄 알고 하리로 ᄒ여곰 홍을 글너 알핀 나아와 곡졀을 니

108면

라 ᄒ니 홍이 듕계예 올나 날호여 고왈 신이 더러온 몸으로 은샹의 어엿비 너기시믈 닙어 가듕사를 맛다시니 듀야의 근노ᄒ야 은혜 갑기를 싱각ᄒ던디라 다른 일노 죄를 어드미 아니라 아춤의 은샹의 원비 부인이 외당과 후원을 귀경ᄒ시려 열쇠를 드리라 ᄒ시니 감히 거역흔 배 아니라 은샹이 겨시디 아닌딗 좌우 문호를 어ᄌ러이 여러 난잡ᄒ미 흔갓 은샹긔도 해로올 섄 아니라 또흔 경국부인씌도 해 이실 돗흔 고로 ᄆ음의 광딕ᄒ믈 곰초디 못ᄒ야 여ᄎ〃 알외미 본딕 우튱을 다ᄒ미오 방ᄌ흔 배 아니러니 부인이 진노ᄒ야 잡아 결박ᄒ고 더러온 거亽로뻐 벌ᄒ려 ᄒ시니 신의 [죄]ᄂ 듕커니와 원컨대 은샹은 亽죄를 용샤ᄒ시고 거두어 문 밧긔 내티시믈 ᄇ라ᄂ이다 승샹이 본딕 홍을 듕히 너기고 또흔 녜 글 가온대 부인녀지 밧글 총단ᄒ야 혹 나라흘 업티고 집을 망흔 재 흔 둘히 아니라 화시 방ᄌᄒ미 또흔 졸흔 녀지 아니므로 ᄆ양 암툙의

109면

새박 ᄀ음아ᄂ 일이 이실가 ᄒ더니 이 말을 듯고 경히ᄒ믈 이긔디 못ᄒ야 일당 놉흔 셩이 니러나니 문을 박ᄎ 열고 난간의 나와 흔 빵 눈을 두려디 ᄯ고 니홍 티던 노복을 결박ᄒ야 쑬니고 금녕을 급히 흔드러 녹운당 시녀를 잡아내니 일단 화긔 변ᄒ야 믈근 서리와 삭풍이 어ᄌ러이 부러 심골이 숑연ᄒ니 인〃이 젼뉼ᄒ기를 이긔디 못ᄒ더라 승샹이 소릭ᄒ야 문왈 뉘 감히 내 녕 업시 니쥬부를 결박ᄒ야 벌 먹이며 또 뉘 녕을 드러 엇던 시네 감히 나와 니ᄅ더뇨 형댱을 밧디 아냐셔 알외라 비복 등이 혼비빅산ᄒ니 스亽로 타인의 입을 비디 못ᄒ고 저히 직툐ᄒ야 죄를 더으디 아니〃 승샹

이 위슈ᄒᆞ야 가당이 업손가 방약무인ᄒᆞ던 노비 수인을 자바내야 별곤 오십 당 식 션틱ᄒᆞ야 텨 내티고 기여ᄂᆞᆫ 삼십 당식 죄주어 내티고 홍을 불러 위로 왈 내 불명ᄒᆞ야 부인 녀ᄌᆞ의 호령이 그ᄃᆡ 신상의 밋ᄎᆞ니 엇디 참괴티 아니리오 그ᄃᆡ는 안심ᄒᆞ고 녜 쓰들 곳치디 말나 홍

110면

이 ᄉᆞ양 왈 신이 쥬모를 해ᄒᆞ고 쥬인을 조ᄎᆞ미 불의라 원컨대 은샹노하 본향의 도라가게 ᄒᆞ시면 쳔년으로 셔좋ᄒᆞ리로소이다 승샹이 쇼왈 그ᄃᆡ ᄒᆞ나흘 알고 둘흘 모ᄅᆞᄂᆞᆫ 디라 당초의 부인의 일이 그ᄅᆞ나 내 임의 셜치ᄒᆞ고 쳥뉴ᄒᆞ니 고집히 가려ᄒᆞ믄 한핑의 죽으믈 비우ᄒᆞ야 죄코져 ᄒᆞ미니 내 가듕이 규합의 뎐도ᄒᆞ미 이시나 녀후의 념나미 업술 배오 내 ᄯᅩᄒᆞᆫ 뎨의 쇠년이 아니〃 엇디 너모 념녀를 멀리 ᄒᆞᄂᆞ뇨 니홍이 ᄎᆞ언을 듯고 황공ᄒᆞ야 사죄ᄒᆞ고 물너난 후 승샹이 안희 드러와 모친긔 뵈ᄋᆸ고 각별이 말을 ᄉᆞ식디 아니코 듕당의 나와 ᄋᆞᄌᆞ를 명ᄒᆞ야 조희예 쁜 거술 주며 화시 갓다가 주라 ᄒᆞ니 ᄋᆞ희 그릇 듯고 양부인긔 드리니 소윤 셕시 등이 뫼셧더니 고이히 너겨 소윤이인이 아사 볼시 이 믄득 승샹 필뎍이라 부인이 닑으라 ᄒᆞ시니 윤시 상 알픠 ᄉᆞ러 옥셩을 놉혀 닑으니 이 믄득 아름다온 글이 아니오 사름 수죄ᄒᆞᆫ 줄 알니러라 그 가온대 닐너ᄉᆞᄃᆡ

111면

부인의 힝실은 호령이 듕문 밧긔 나디 아니ᄒᆞ고 덕은 ᄉᆞ희예 ᄀᆞ득ᄒᆞ여야 가히 녀직되미 븟그럽디 아닛ᄂᆞ니 혹 그 듕의 가당이 업고 ᄌᆞ식이 어려 가되 이디 못홀 형셰면 마디 못ᄒᆞ야 닉외를 술펴 티가ᄒᆞ미 [ᄯᅩᄒᆞᆫ] 어딘 덕이어니와 만일 이러티 아닌ᄃᆡ 가댱의 위엄은 주러디고 부인의 작용이 편힝ᄒᆞ면 그 집이 그릇되디 아니며 그 가쥐 된 재 븟그럽디 아니랴 이제 부인의 힝시 패만ᄒᆞ고 넘쎠 밧긔 반뇌 업고 내의 닐너 허락ᄒᆞᆫ 배 업ᄉᆞᄃᆡ 녀후의 한신 죽이기를 본 바드며 내 죽디 아냐시되 문후의 입됴ᄒᆞ기를 흠모ᄒᆞ야 닉외를 절제 총디ᄒᆞ며 날을 ᄌᆞᆺ불와 압두ᄒᆞ야 시노를 호령ᄒᆞ야 하관을 잡아믹고 내 ᄯᅩᄒᆞᆫ 업순 째를 타 ᄉᆞ방을 편관코져 ᄒᆞ미 심히 녀힝이 아니라 위의를 일허니 홍의 업슈이 너기믈 바드니 이 므슴 도리뇨 비록 금쉬라도 사름의게 질들미 이신즉 거의 쥬인의 뜻을 알거ᄂᆞᆯ 부인은 내 경계ᄒᆞ미 ᄒᆞᆫ 두 번이 아니로ᄃᆡ 젼과 ᄒᆡ과홀 줄

112면

을 모ᄅᆞ니 알고 짐작 이리ᄒᆞ면 방ᄌᆞᄒᆞ미오 모ᄅᆞ고 ᄒᆞ면 어득ᄒᆞ미니 내의 근심이 일시의 급ᄒᆞᆫ 셩이 아니오 ᄯᅩ 이 일노 젼쥬 근심ᄒᆞ미[니] 내 만일 죽으면 멀니 곽광의 안해를 법 바다 문호의 불힝을 깃틸가 두리ᄂᆞ니 의식 이에 밋처는 한심ᄒᆞ믈 이긔지 못ᄒᆞ야 ᄎᆞ마 ᄃᆡ티 못ᄒᆞ고 글로ᄡᅥ 붓티ᄂᆞ니 ᄌᆞ시 슬펴보아 ᄆᆞ음을 잡아 올흔 고들 향코져 ᄒᆞ거든 이에 잇고 그러티 아니커든 ᄯᅩᄒᆞᆫ 십여 년 은졍을 긋고 ᄌᆞ식을 머므ᄅᆞ고 부뷔 각〃 내 집의 이셔 피ᄎᆞ의 슌편ᄒᆞ야 일 업기를 취ᄒᆞ미 죠흘디니 이 말이 비록 밋치나 ᄯᅩᄒᆞᆫ 헛말이 아니〃ᄌᆞ시 샹냥ᄒᆞ여 결단ᄒᆞ야 회보ᄒᆞ라 ᄒᆞ엿더라 윤시 닑기를 ᄆᆞᄎᆞ매 사ᄅᆞᆷ이 다 경아ᄒᆞᄃᆡ 양부인이 웃고 왈 이 반ᄃᆞ시 화시ᄭᅴ 붓틴 거실다 소시 왈 뉘게 ᄒᆞᆫ 동 알니오 도라 셕시ᄃᆞ려 문왈 그ᄃᆡ 이런 일을 힝ᄒᆞᆫ다 셕시 나즉이 닐오ᄃᆡ 그런 죄를 혹 저즌 줄 엇디 알니잇고마는 아직은 ᄉᆡᆼ각디 못ᄒᆞᆯ 소이다 이러굴제

113면

시녜 난혜 ᄉᆞᆯ오ᄃᆡ 나죄 경국부인이 니쥬부를 벌ᄒᆞ신다 ᄒᆞ고 승샹이 녹운당 시녀를 수죄ᄒᆞ야 칙ᄒᆞ시ᄃᆡ 쇼비 알외디 못ᄒᆞ엿ᄂᆞ이다 다 모다 웃고 소시 혀ᄎᆞ며 닐오ᄃᆡ 가뷘들 거동을 보고 압두ᄒᆞ니 승샹 ᄀᆞᄐᆞᆫ 지아비를 화시라셔 어이 넘난 ᄠᅳ들 두며 뎌런 곤칙을 바드리오 식견이 젹은 줄 알니로다 글을 ᄆᆞ라 딥ᄋᆞ로 주어 왈 네 모친ᄭᅴ 갓다가 드리라 양부인 은탄 왈 애듈은 사ᄅᆞᆷ이라 반ᄃᆞ시 ᄃᆡ답을 슌히 아냐 경의 노를 도〃리니 네 가셔 죠토록 ᄒᆞ라 소시 응셩 슈명ᄒᆞ고 쇼이ᄃᆡ 왈 쇼녜 말을 잘 못ᄒᆞ니 능히 셰긱의 소임을 잘 못ᄒᆞ야 태〃의 맛디신 바를 져ᄇᆞ릴가 두리ᄂᆞ이다 언파의 일좌 다 쾌히 우ᄉᆞᄃᆡ 셕부인이 홀로 ᄌᆞ늑ᄒᆞ고 근심ᄒᆞ미 ᄌᆞ긔 몸의 당ᄒᆞᆫ돗 ᄒᆞ야 죠곰도 웃는 빗치 업ᄉᆞ니 부인과 소윤이 다 칭복ᄒᆞ더라 소시 딥ᄋᆞ로 ᄒᆞ야곰 몬져 글을 주어 보내고 냥구케야 녹운당의 니ᄅᆞ니 화시 글을 보고 대로대참ᄒᆞ야 경히 분〃ᄒᆞ더니 믄득 보니 소부인이 드러와 안ᄌᆞ니 화시 마자 좌를 뎡ᄒᆞ고 긔ᄉᆡᆨ이 불호ᄒᆞ야 측냥티 못

114면

ᄒᆞ거ᄂᆞᆯ 소시 문왈 그ᄃᆡ 므ᄉᆞ 일을 맛는다 화시 모ᄅᆞ는가 ᄒᆞ여 승샹의 글을 주며 슈말을 다 니ᄅᆞ니 소시 왈 그ᄃᆡ는 엇더케 너기는다 화시 답왈 내 셜ᄉᆞ 그ᄅᆞ미 이실디라도 이리도록 곤칙을 ᄒᆞ며 더욱 승샹의 하관이 날을 업슈이 너기니 내의 쥬모로 치죄ᄒᆞ

미 죄 아니어늘 무단히 니홍을 편드러 수죄ᄒᆞ미 부〃의 졍이 업ᄉᆞ니 쳡이 반ᄃᆞ시 홍을 죽이고 츌화를 감슈ᄒᆞ랴 ᄒᆞᄂᆞ이다 소시 텽파의 옷기술 녀ᄆᆡ고 졍금단좌ᄒᆞ야 말솜을 니ᄅᆞ혀 ᄀᆞᆯ오ᄃᆡ 그ᄃᆡ ᄀᆞ장 쾌ᄒᆞᆫ 말을 ᄒᆞ거니와 ᄉᆡᆼ각건대 우리 모친과 내 아이 ᄒᆞᆫ녀ᄌᆞᄂᆞᆫ 유여 졔어ᄒᆞᆯ가 너기ᄂᆞ니 그ᄃᆡ 올ᄒᆞᆫ 일을 ᄒᆞ고 가뷔 그ᄅᆞ다 ᄒᆞ여도 방ᄌᆞᄒᆞ여 올ᄒᆞᆯ와 ᄒᆞ디 못ᄒᆞ려든 내 아이 어리고 병 드디 아냐 밧긔 잇거늘 그ᄃᆡ 니홍을 믜올딘대 아ᄒᆡ게 쳥ᄒᆞ야 다술 일 법 잇거니와 엇디 ᄉᆞᄉᆞ로 본부 관원을 결박ᄒᆞ야 틸 니 이시리오 처엄의 아의 글을 보매 반ᄃᆞ시 ᄡᅵᄃᆞ라 허물을 곳틸가 너겻더니 이러틋 올ᄒᆞᆫ톄ᄒᆞ니 엇디 가쇼롭디 아니리오 그ᄃᆡ 임의로 ᄒᆞ려니와 다만 엇디 계

115면

교ᄒᆞ야 니홍을 죽일고 쥬의를 듯고져 ᄒᆞ노라 언필의 팀졍묵〃ᄒᆞ니 ᄯᅩᄒᆞᆫ 양부인 여풍이오 승샹의 동긔라 석〃쥰졀ᄒᆞ미 셜상가빙 ᄀᆞᆺᄐᆞ니 화부인이 비록 셩분이 과도ᄒᆞ고 조급ᄒᆞ나 엇디 감히 소부인을 당ᄒᆞ며 입을 여러 곡딕을 니ᄅᆞᆯ 의ᄉᆡ 이시리오 그 심듕은 노ᄒᆞ오미 불 ᄀᆞᆺᄐᆞ나 ᄉᆞᄉᆡᆨ디 못ᄒᆞ고 ᄯᅩ 일단 참괴지심이 이셔 눈물을 흘니고 샤죄ᄃᆡ왈 쳡이 ᄆᆞ양 셩이 편협ᄒᆞ기로 그른 일을 ᄒᆞ나 본심이 나미 아냐 승샹이 곽광의 쳐의게 비기니 엇디 애둛디 아니리잇가 소시 왈 그러티 아니타 날로ᄡᅥ 보건대 그ᄃᆡ 이제 모친을 뫼시고 아이 이셔도 이ᄀᆞᆺ티 방ᄌᆞᄒᆞ니 타일 모친 쳔츄 후 불힝ᄒᆞ야 내 아이 몬져 죽을딘대 그ᄃᆡ 엇디 ᄒᆞᆫ갓 곽광 쳐 ᄲᅮᆫ이리오 녀후의 ᄒᆡᆼᄉᆞ를 ᄒᆞᆯ가 ᄒᆞ노라 화시 묵연브답이어늘 소시 비로소 경계ᄒᆞ야 닐오ᄃᆡ ᄎᆞ후란 이런 고이ᄒᆞᆫ 일을 말고 ᄆᆞ음을 곳티고 이 글월을 회답ᄒᆞᄃᆡ 여ᄎᆞ〃ᄒᆞ라 화시 ᄇᆡ야흐로 감격ᄒᆞ야 니러 샤례ᄒᆞ고 답셔를 ᄡᅥ ᄋᆞᄌᆞ를 주어 승

116면

샹ᄭᅴ 보내니 승샹이 바다 보니 ᄒᆞ여시되 쳡이 비록 무상ᄒᆞ나 어려셔븟터 셩현의 글을 닑어 잠간 녜의를 아ᄂᆞ니 그윽이 ᄉᆡᆼ각건대 나라희 황후와 황뎨 존ᄒᆞ미 ᄒᆞᆫ가지오 집의 가쟝과 가뫼 듕ᄒᆞ미 ᄒᆞᆫ가지니 군ᄌᆞ 슈신 졔가 티국 평텬하지본이라 ᄒᆞ나 ᄌᆞ고로 남ᄌᆞ 국ᄉᆞ를 다ᄉᆞ리면 집 일을 다 보미 어려온 고로 승샹이 대신이 되여 묘당ᄉᆞ를 ᄉᆞᆯ피므로ᄡᅥ 결을티 못ᄒᆞ여 니홍을 맛뎌 ᄂᆡ외를 다ᄉᆞ리게 ᄒᆞ니 홍은 외인이라 갓가이 졀친이 아니오 놉히 디긔 아니〃 비록 인물이 근실타 ᄒᆞ나 엇디 부듕 셰쇄ᄒᆞᆫ 일을 알

게 ᄒᆞ리오 홍이 듕권을 임ᄒᆞ매 녀뫼 서ᄅᆞ 아유ᄒᆞ야 가듕 죠고만 이를 몬져 홍의게 취품ᄒᆞᆫ 후 아등의 말을 조ᄎᆞ니 쳡이 그윽이 붓그려 ᄒᆞ기는 쳡의 인식 미셰ᄒᆞ야 샹공의 가모 소임을 능히 못ᄒᆞ며 닉조ᄒᆞᄂᆞᆫ 공이 업서 ᄒᆞᆫ 하관으로 가ᄉᆞ를 맛디ᄂᆞᆫ가 우려ᄒᆞ더니 금일 완경ᄒᆞ믄 승샹의 업기를

117면

기ᄃᆞ려 놀나 ᄒᆞ미 아니라 존당이 평안ᄒᆞ야 여러 ᄌᆞ녀를 희롱ᄒᆞ시거ᄂᆞᆯ 한가ᄒᆞᆫ 쌔를 타 소윤셕 삼부인을 더브러 후원을 보며 ᄯᅩ 산슈 셩ᄒᆞ믈 보아 명년의 즘틀을 티고져 ᄒᆞ미오 그 실은 완경지심이 아니오니 홍을 잡아 ᄆᆡ믄 무례ᄒᆞᆫ 말을 아니ᄒᆞ야 쥬모를 욕ᄒᆞ니 샹공이 오히려 쳡을 모욕ᄒᆞ미 듯디 못ᄒᆞ엿거ᄂᆞᆯ 제 가신으로셔 어ᄌᆞ러온 말을 ᄒᆞ므로 일시 분이 니러나매 춤디 못ᄒᆞ고 ᄯᅩᄒᆞᆫ 승샹ᄭᅴ도 졔가의 해로오므로 승샹이 밧긔 겨시면 내 ᄉᆞ이의셔 호령을 못ᄒᆞ려니와 샹공이 됴뎡의 드러 도라올 조만을 뎡티 못ᄒᆞ여시니 집의 가쥐 업다 ᄒᆞ야 노복과 홍이 무례커ᄂᆞᆯ 가뫼 일절을 고집히 딕희여 물허뎌가ᄂᆞᆫ 위의를 아니 붓들미 ᄌᆞ고로 쳡이 비록 외람ᄒᆞ고 당돌ᄒᆞ나 홍을 ᄆᆡ고 존고ᄭᅴ 주ᄒᆞ야 다ᄉᆞ려 비록 승샹이 나가시나 감히 범ᄉᆞ를 무례히 못ᄒᆞ고 집의 규경ᄒᆞᄂᆞᆫ 긔탄ᄒᆞ며 알게코져 ᄒᆞ미오 ᄌᆞ힝ᄒᆞᄂᆞᆫ 넘나미 아니러니 이제 홍을 안치고 내당 시녀를 잡아내여 티니 이ᄂᆞᆫ 시녀를 티미 아니라 쳡을 다ᄉᆞ

118면

[리]미라 쳡이 감히 냥인을 원망티 못ᄒᆞ나 일로 보건대 부〃지의 삼강과 오륜의 드디 말고 부듕하관을 부〃ᄃᆡ예 녀ᄒᆞ미 가ᄒᆞ거ᄂᆞᆯ 녜 셩현이 엇디 그릇ᄒᆞ야 듕ᄒᆞᆫ 하관은 쌔디고 경ᄒᆞᆫ 부뷔 드럿ᄂᆞᆫ고 고이히 너기며 ᄯᅩᄒᆞᆫ 부〃를 니ᄅᆞ디 말고 쳡으로ᄡᅥ 붕우를 취ᄒᆞ이여도 쳡은 샹공을 아란 디 십이년이오 홍은 다ᄉᆞᆺ ᄒᆡ라 션후를 ᄯᅩᄒᆞᆫ 분변티 아니시니 홍을 위ᄒᆞᆫ 경셩은 가히 지극거니와 ᄯᅩᄒᆞᆫ 쳡의게ᄂᆞᆫ 박졀ᄒᆞ도다 각〃 집의 잇고져 ᄒᆞ시니 녀ᄌᆞ의 삼죵지의 듕ᄒᆞ니 샹공은 삼강오륜을 니져ᄇᆞ리시나 쳡은 녀필죵뷔며 원부모형뎨를 딕희ᄂᆞ니 샹공이 ᄇᆞ릴딘대 복ᄋᆞ를 품고 의디ᄒᆞ야 눈긔 삼죵을 오롯긔 ᄒᆞ리니 임의로 쳐티ᄒᆞ라 곽광의 쳐와 녀무로 비기시니 감히 발명을 못ᄒᆞ나 다만 무측텬은 엇던 사ᄅᆞᆷ이며 녀후ᄂᆞᆫ ᄯᅩ 엇던 겨집고 이 글을 보매 모골이 숑연ᄒᆞ니 유〃창텬이 내 ᄯᅳᆺ을 알 밧긔 사ᄅᆞᆷ은 모ᄅᆞ리니 쳡이 임의 존문의 후환이 될 재

119면

면 ᄇᆞᆯ기 알고 쳐티 아니미 한뎨의 일과 ᄀᆞᆺ디 아냐 강ᄒᆞᆫ 가신과 노복이 업ᄉᆞ니 내 ᄯᅩ 업서야 가ᄒᆞᆫ디라 ᄲᅢᆯ니 졔ᄉᆞᄒᆞ야 후ᄅᆡ예 인셰예 변과 골육의 죽기를 뎨방ᄒᆞ고 뉘웃디 말믈 진졍으로 ᄇᆞ라노라 ᄒᆞ엿더라 승샹이 보기를 ᄆᆞᆺ고 노ᄉᆡᆨ이 프러뎌 다시옴 보며 언에 격졀ᄒᆞ고 상쾌ᄒᆞ야 강개ᄒᆞ미 극ᄒᆞᆫ디라 혜건대 화부인의 녁냥으로ᄂᆞᆫ 이런 말을 못ᄒᆞᆯ디라 보고 다시 보매 이 사ᄅᆞᆷ의게 디난 춍명이라 믄득 ᄭᆡ다라 함쇼 왈 이 반ᄃᆞ시 져〃의 ᄀᆞᄅᆞ치신 배로다 ᄒᆞ고 ᄋᆞᄌᆞ ᄃᆞ려 문왈 네 모친이 이 글을 ᄡᅳᆯ 제 뉘 잇더뇨 ᄋᆞᄌᆞᆨ ᄃᆡ왈 아ᄒᆡ 처엄은 그ᄅᆞᆺ 조모ᄭᅴ 드리니 윤부인이 ᄂᆞᆰ고 일시의 웃더니 도로 모친ᄭᅴ 보내시고 소부인이 와셔 ᄀᆞᄅᆞ쳐 ᄡᅴ[시]더이다 승샹이 어히 업서 도로혀 웃고 ᄉᆡᆼ각ᄒᆞᄃᆡ 내의 셩품이 사ᄅᆞᆷ을 미온ᄒᆞ면 눈 드러 보기 ᄲᅳᆯ코 ᄯᅩᄒᆞᆫ 드러가 말로 ᄎᆡᆨᄒᆞ면 화시 급ᄒᆞᆫ 셩을 내야 어즈러온 말을 만히 ᄒᆞ야 죠치 아니미 이실 듯ᄒᆞᆫ 고로 글을 지어 ᄋᆞᄌᆞ를 주어 ᄀᆞ만이 ᄎᆡᆨᄒᆞ고 졔어코져 ᄒᆞ더니

120면

일이 고이ᄒᆞ야 두로 펴디우고 화시의 항복은 밧디 못ᄒᆞ고 져〃의 언어를 보태여 도로혀 날을 ᄎᆡᆨᄒᆞ미 명뎡언슌히 ᄒᆞ야시니 엇디 우읍고 통분티 아니리오 연이나 져〃의 ᄇᆞ쵹이 이시니 말을 아니코 이셔 엇딘ᄂᆞᆫ고 보리라 ᄒᆞ야 글을 뎝어 ᄎᆡᆨ 사이예 ᄢᅵ오고 져녁 문안의 드러가니 양부인이 죠곰도 아른 톄 아니시고 소윤 등이 젼혀 모ᄅᆞᄂᆞᆫ ᄃᆞᆺᄒᆞ니 승샹이 ᄯᅩᄒᆞᆫ 줌〃ᄒᆞ엿더니 십여 일 후 녹운당의 가니 화시 쵹영을 ᄯᅩᆯ와 얼골을 ᄀᆞᆷ초니 승샹이 다시 ᄭᅮ짓ᄂᆞᆫ 말이 없고 흔연ᄒᆞ미 젼과 ᄒᆞᆫ가지로ᄃᆡ ᄎᆞ후ᄂᆞᆫ 오직 ᄂᆡ외를 통티 못ᄒᆞ야 엄슉ᄒᆞ미 극ᄒᆞ니 차환비복등 ᄂᆡ각시녀ᄂᆞᆫ 부인의 녕을 바드나 호령이 듕문 밧글 나디 못ᄒᆞ긔 ᄒᆞ고 승샹이 ᄯᅩᄒᆞᆫ 스ᄉᆞ로 ᄂᆡᄉᆞ를 아디 못하며 밧ᄭᅴ 아모 대ᄉᆡ 이셔도 모친과 냥ᄆᆡ로 의논ᄒᆞ야 결ᄒᆞ고 ᄌᆞ긔 부인ᄃᆞ려 뎐ᄒᆞ며 뭇디 아니니 셕시 승샹의 뎌 ᄀᆞᆺᄐᆞ믈 보고 더욱 ᄆᆞ음을 겸퇴ᄒᆞ고 안졍ᄒᆞ야 아츰 장소를 ᄆᆞᄎᆞᆫ 후ᄂᆞᆫ 취셩뎐의 드러가 날이 ᄆᆞᆺ도록

121면

ᄉᆡᆨ봉을 ᄉᆞᆯ피고 니구 ᄒᆞ시ᄂᆞᆫ 바를 도와 ᄒᆡᆼᄒᆞ나 가ᄉᆞ의 간셥디 아니며 말좌 시녀ᄃᆞ려도 불호ᄒᆞᆫ 말을 내디 아니니 인〃이 ᄉᆞ랑ᄒᆞ고 공경ᄒᆞ나 시비의 드디 아니〃 그 청고

홈과 견쳥ᄒᆞ믈 알니러라 소시 홀ᄂᆞᆫ 승샹의 나간 ᄧᅢ 일긔를 보려 뎔ᄌᆞ로 ᄒᆞ여곰 드려 오라 ᄒᆞ니 가져 왓거ᄂᆞᆯ ᄂᆞ리보더니 ᄒᆞᆫ 화젼이 ᄢᅵ엿거ᄂᆞᆯ ᄲᅢ혀보니 이 젼일 화시의 답장이오 긋ᄐᆡ 졀구 일슈를 지어시되 이 곳 승샹이 소시 ᄇᆞ쵹ᄒᆞ믈 우어 읇흔 배러라 그 ᄯᅳᆺ의 ᄒᆞ여ᄉᆞᄃᆡ 동긔를 듕타 니ᄅᆞᄃᆡ 말나 의로 ᄆᆡᄌᆞᆫ 동ᄉᆡᆼ이 더욱 듕ᄒᆞᆫ디라 죠희를 님ᄒᆞ야 화시의 조븐 말을 물니티고 깁흔 말을 ᄀᆞᄅᆞ쳐 날을 칙ᄒᆞ고 ᄒᆞᆫ 번 보매 묵연ᄒᆞ고 두 번 보니 이 곳 져〃의 ᄒᆞ신 배로다 스ᄉᆞ로 웃ᄂᆞ니 내 말이 궁진ᄒᆞᆫ 일이 업ᄉᆞᄃᆡ 업ᄉᆞᆫ 톄ᄒᆞ야 긋치노라 ᄒᆞ얏거ᄂᆞᆯ 소시 대경ᄒᆞ야 ᄀᆞᆯ오ᄃᆡ 아은 과연 ᄉᆞ랑의 총명이 잇도다 드ᄃᆡ여 그 긋ᄐᆡ ᄎᆞ운ᄒᆞᄃᆡ 이럿틋 명명ᄒᆞᆫ 총명이 이실딘대 엇디 [당년은] 아득던고 이의ᄒᆞ라 ᄌᆞ부터 말나 일즉 ᄀᆞᄅᆞ치디 아닌 거ᄉᆞᆯ 무흠ᄒᆞ미 그ᄅᆞ고 그른

122면

디라 그ᄃᆡ 보디 아닌 젼은 이러틋 ᄒᆞ야 셩현경계를 닛디 말고 결의 동ᄉᆡᆼ이 듕타 ᄒᆞ니 진실로 올흔디라 너도 한가를 날이의셔 경듕ᄒᆞ니 나도 너를 본밧노라 말이 궁진ᄒᆞ미 아니라 ᄒᆞ야 구변을 쟈랑ᄒᆞ나 날로ᄡᅧ 보건대 진실로 궁진ᄒᆞ민가 ᄒᆞᄂᆞ니 문군의 ᄇᆡᆨ두음과 소혜의 직금되 공교ᄒᆞ나 구챠ᄒᆞ기 심ᄒᆞᆫ디라 화시의 글은 니통달 니달ᄒᆞ야 분후도 구챠티 아니코 명ᄇᆡᆨᄒᆞ니 족히 고인의 ᄇᆞ졀업ᄉᆞᆫ 수고와 괴로온 작시의 ᄇᆡ승ᄒᆞ도다 ᄒᆞ야 ᄡᅳ기를 ᄆᆞᆺ차 ᄎᆡᆨ ᄉᆞ이예 ᄢᅵ우고 뎔ᄋᆞ를 셔당의 갓다가 두니 승샹이 명됴의 드러와 소시를 보고 우어 왈 작일의 빗난 글을 보오니 영힝ᄒᆞ오나 그 ᄯᅳᆺ을 아디 못ᄒᆞᆯ러이다 소시 쇼왈 너ᄂᆞᆫ 모ᄅᆞ거든 내 엇디 알니오 셜파의 남ᄆᆡ 서ᄅᆞ 웃더라 승샹이 희롱을 염히 너기나 동ᄉᆡᆼ ᄉᆞ랑ᄒᆞ미 지극ᄒᆞᆫ 고로 ᄆᆡ양 낭ᄆᆡ로 말솜ᄒᆞ야 이러틋 웃더라 일〃은 셔셕의 드러가 단ᄉᆡᆼ을 보고 졔ᄌᆞ의 ᄌᆡ조를 무ᄅᆞ니 션ᄉᆡᆼ이 ᄃᆡ왈 녕낭 등이 어리되 문ᄌᆡ 아름다와 옥당의 오를

123면

ᄌᆡ죄어니와 다만 앗갑고 앗가온 바ᄂᆞᆫ 승샹의 ᄌᆡ조를 뎐슈ᄒᆞ리ᄂᆞᆫ 업ᄉᆞᆯ너이다 승샹이 텽파의 악연 왈 엇디 니ᄅᆞ고 션ᄉᆡᆼ이 쇼왈 녕낭 열 사ᄅᆞᆷ이 붓 아래 문쟝을 일우고 긔품을 인ᄒᆞ야 문치 되나 다 쥬유의 아름다오미오 강하의 대ᄌᆡ 아니라 오직 뎨 삼낭이 거의 ᄀᆞᆺᄐᆞ려니와 ᄯᅩᄒᆞᆫ 두어 층이 ᄲᅥ러디리니 연이나 팔ᄌᆞᄂᆞᆫ 다 영귀ᄒᆞ고 당슈ᄒᆞ리라 승샹이 쇼왈 핑죄 ᄒᆞᆫ ᄌᆞ 깃친 글이 업고 당슈ᄒᆞ니 엇디 됴티 아니ᄒᆞ리오 다만 삼ᄋᆞᄌᆞ

ᄂᆞᆫ 게어ᄅᆞ기 짝이 업ᄉᆞ니 문장이 어ᄂᆞ 곳으로조차 나리오 션싱 왈 명공이 듯디 못ᄒᆞ엿ᄂᆞ냐 ᄌᆞ고 영웅이 엇디 머리를 놉혀 독셔ᄒᆞ미 이시리오 녜 신야 윤과 위슈 ᄌᆞ애며 한적 당냥 [제갈]이 므슴 경뎐을 닑으리오마ᄂᆞᆫ 텬디를 두로혀ᄂᆞᆫ 손이 잇고 유듀를 광부ᄒᆞᄂᆞᆫ 틀이 잇ᄂᆞ니 엇디 쇼〃ᄒᆞᆫ 태ᄉᆞ 쳔니 빅두미의 비길 배리오 이제 삼낭의 ᄌᆡ화ᄂᆞᆫ ᄒᆞᆫ갓 글을 니ᄅᆞ미 아니라 영웅과 호걸의 거동이 이셔 공밍의 졍도로 몸을 가질 재 아니라 반ᄃᆞ시 협긔를 쎠 의싀 구텬의 놀고져 ᄒᆞ

124면

ᄂᆞᆫ 긔운이 잇ᄂᆞ니라 태일 내의 말이 마ᄌᆞ리라 승상이 쏘ᄒᆞᆫ 웃고 왈 돈ᄋᆡ 만일 이러ᄐᆞᆺ 훌딘대 다 션싱의 덕이라 션싱이 대쇼 왈 엇디 내 덕이리오 다만 삼낭이 댱셩ᄒᆞ매 졔어키 어려오리니 승샹은 용심ᄒᆞ야 슬피라 언파라 빈쥐 쾌히 웃고 술을 나와 통음ᄒᆞ야 져믄 후 흣터디다 셰월이 뉴슈 ᄀᆞᆺᄐᆞ여 ᄌᆞ네 댱셩ᄒᆞ니 승샹이 너비 구ᄒᆞ야 각〃 아름다온 빅필을 엇게 ᄒᆞ고 두 부인으로 화락ᄒᆞ며 냥미를 화우ᄒᆞ고 셔모를 공경ᄒᆞ야 모젼의 효를 지극히 밧드러 비록 ᄌᆞ녀 만코 나히 쇠ᄒᆞ나 모친 안젼의ᄂᆞᆫ 몸 가지기를 아히ᄀᆞᆺ티 ᄒᆞ며 신셩과 혼뎡의 게어ᄅᆞ미 업서 일시도 폐티 아니며 양부인이 오ᄃᆡ 손싱디 보ᄃᆡ 가ᄉᆞ를 노티 아니〃 화셕 두 부인이 쏘ᄒᆞᆫ 녜문을 넘고디 아냐 방 듕의 촌만ᄒᆞᆫ 것도 ᄉᆞ〃 ᄌᆡ물과 그ᄅᆞ시 업서 다 양부인ᄭᅴ 드려 고듕의 녀헛다가 승샹과 ᄌᆞ가의 ᄲᅳᆯ 고디 이시면 취품코 어더 ᄡᅳ며 므롯 금슈능나를 어더도 다 고의 녀허 ᄡᅳᆯ ᄣᅢ 이시면 고ᄒᆞᆫ 후 임의로 내야 ᄡᅳ니 가듕이 다 의구ᄒᆞᆫ

125면

일노 아ᄃᆡ 오직 ᄉᆞ지를 머므ᄅᆞ면 시녜라도 무상히 너기더라 이러므로 양부인이 ᄉᆞ졀노 식부와 냥녀를 불러 셕파로 ᄒᆞ여금 고를 열고 니파로 됴ᄒᆞᆫ 능나를 ᄀᆞᆯ희야 내여 안젼의셔 ᄉᆞ 부인으로 ᄒᆞ여곰 ᄂᆡ외를 몰나 손ᄋᆞ들의 옷 지이 출혀 시녀로 지으라 맛뎌 지은 후 주ᄃᆡ 반촌 호리도 차등이 업ᄉᆞ나 오직 윤시 친개 업고 ᄉᆞ직 업서 응졉ᄒᆞ리 업ᄂᆞᆫ 고로 더욱 긔렴ᄒᆞ야 ᄒᆞᆫ 충식 도〃와 주시니 그 셩덕이 이 ᄀᆞᆺᄐᆞᆫ디라 네 부인이 몸이 한가ᄒᆞ고 긔운이 한헐ᄒᆞ야 동으로 모드며 셔로 노라 ᄉᆞᄉᆞ로 ᄒᆞᄂᆞᆫ 일이 업고 [화시] 비록 승샹의 원비나 의복의 간예티 아니며 ᄃᆡ긱의 수를 혜아려 부인 안젼의셔 셕파 등으로 더브러 쥬찬을 도을 ᄯᆞᄅᆞᆷ이오 소윤은 ᄌᆞ가 당부의 ᄃᆡ긱을 시녀로 맛디고

아르미 업서 다만 장복과 관복을 시녜 잘못홀가 ᄒᆞ야 스ᄉᆞ로 지은 밧근 죵일토록 시ᄉᆞ를 창화ᄒᆞ고 박혁을 쇼일ᄒᆞ야 시인의 틱와 풍아의 거동이 이시ᄃᆡ 홀노 셕시는 ᄃᆡ긔의 아름이 업고 침션의 간셥디 아냐 비록 부인이 졀복을 ᄆᆞᆯ나 주시나 시녀를 맛뎌 일우게 ᄒᆞ고 스ᄉᆞ로 양부

126면

인 식봉을 밧들며 의복을 몸소 ᄀᆞ음아라 신임ᄒᆞ며 뫼셔시미 그림ᄌᆡ 얼골 좃ᄃᆞᆺᄒᆞ니 비록 나히 늘그나 셩졍이 쇠티 아냐 ᄒᆞᆫ골 ᄀᆞᆺ튼디라 부인이 ᄌᆞ연 죵요롭고 듕히 너기미 화시ᄭᅴ 더으며 여러 십년을 뫼시ᄃᆡ 일호 미진ᄒᆞᆫ 일을 보디 못ᄒᆞ니 양부인이 안젼의 맛당ᄒᆞ믈 엇고 승상ᄭᅴ 허물을 뵈디 아니〃 가히 셕부인의 현텰ᄒᆞ믈 알니러라 승상이 모친을 쳔년 죵효ᄒᆞ고 벼슬이 졔후의 이셔 공젹을 ᄌᆞ로 셰우고 쉬 팔십이 너믄 후 기셰ᄒᆞ고 두 부인이 니어 도라간 후 ᄌᆞ손이 번셩ᄒᆞ야 관명이 긋디 아니며 냥ᄌᆡ 입샹ᄒᆞ고 칠ᄃᆡ를 년ᄒᆞ야 황각의 깃드리니 후인이 유시찬 왈 평싱의 죠덕슌검ᄒᆞ고 공근졀차ᄒᆞ야 덕셩여음이 흘너 ᄌᆞ손의 문을 놉히니 칠 ᄃᆡ 졍승이 나믄 효힝과 졍딕ᄒᆞ믈 창텬이 조우ᄒᆞ고 신명이 감동ᄒᆞ도다 ᄒᆞ더라 그 ᄌᆞ네 다 긔이ᄒᆞᆫ디라 일긔를 보매 후셰예 뎐ᄒᆞ염즉 홀ᄉᆡ 니어 뎐을 지어내니 소공의 힝젹이 쇼실의 만히 드러 죵신ᄒᆞᆫ 일긔 잇는 고로 별뎐을 ᄀᆞ온 소시삼ᄃᆡ록이라 ᄒᆞ노라

소현성록 연작 가계도 소씨 가문

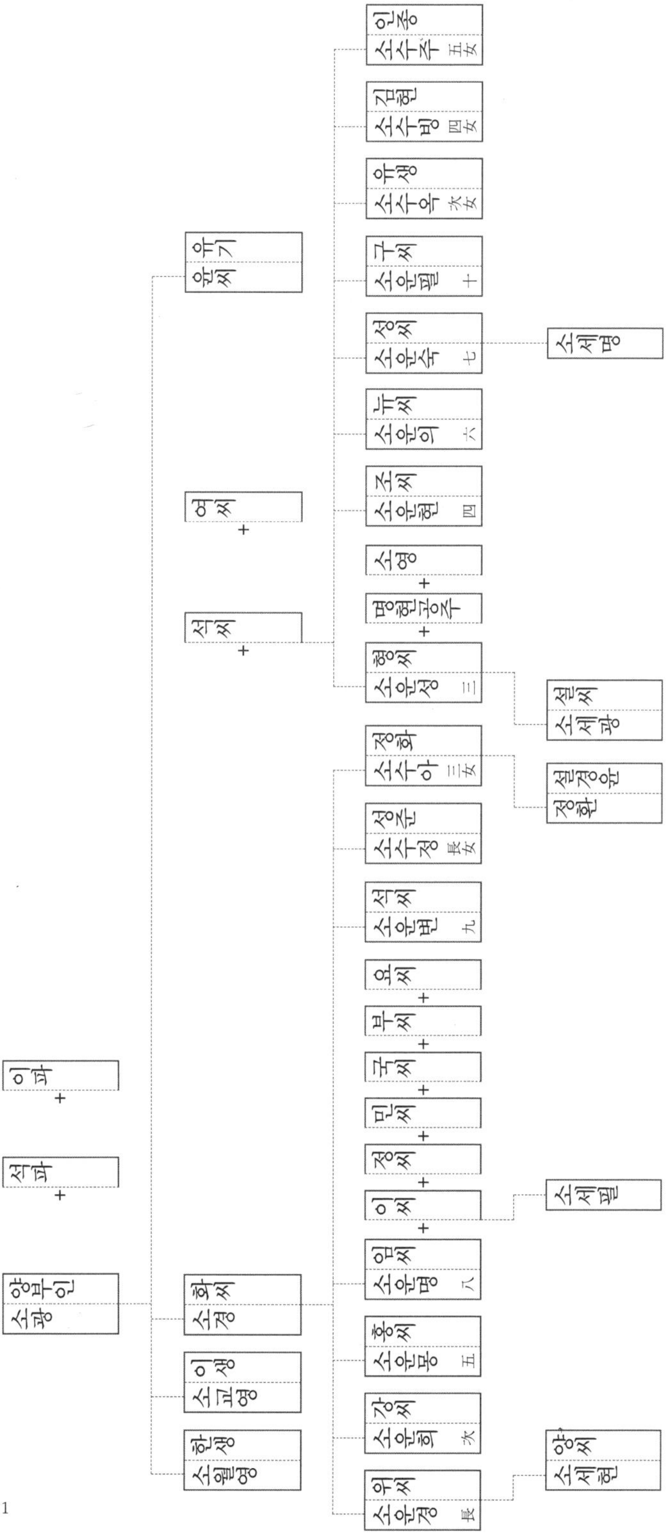